HEYNE
BÜCHER

Tip des Monats

In derselben Reihe
erschienen außerdem als Heyne-Taschenbücher:

Alistair MacLean · Band 23/1
Willi Heinrich · Band 23/4
Desmond Bagley · Band 23/5
Victoria Holt · Band 23/6
Michael Burk · Band 23/7
Marie Louise Fischer · Band 23/8
Will Berthold · Band 23/9
Mickey Spillane · Band 23/10
Robert Ludlum · Band 23/11
Susan Howatch · Band 23/12
Hans Hellmut Kirst · Band 23/13
Colin Forbes · Band 23/14
Barbara Cartland · Band 23/15
Louis L'Amour · Band 23/16
Victoria Holt · Band 23/18
Jack Higgins · Band 23/19
Desmond Bagley · Band 23/21
Caroline Courtney · Band 23/22
Robert Ludlum · Band 23/23
Gwen Bristow · Band 23/24
Heinz G. Konsalik · Band 23/25
Leon Uris · Band 23/26
Susan Howatch · Band 23/27
Colin Forbes · Band 23/28
Craig Thomas · Band 23/30
Marie Louise Fischer · Band 23/33
Johanna Lindsey · Band 23/34
Alistair MacLean · Band 23/35
Philippa Carr · Band 23/36
Joseph Wambaugh · Band 23/37
Mary Stewart · Band 23/38
John D. MacDonald · Band 23/39
Caroline Courtney · Band 23/40
Robert Ludlum · Band 23/41
Utta Danella · Band 23/42
Johanna Lindsey · Band 23/43
Stefan Murr · Band 23/44
Marie Louise Fischer · Band 23/45
John Gardner · Band 23/46
Alistair MacLean · Band 23/47
Gwen Bristow · Band 23/48
Jackie Collins · Band 23/49
John Saul · Band 23/50
Alexandra Cordes · Band 23/51
David Morrell · Band 23/52
Philippa Carr · Band 23/53
Eric Van Lustbader · Band 23/54
Barbara Cartland · Band 23/55
Mary Westmacott · Band 23/56
Schimanski · Band 23/57
Pearl S. Buck · Band 23/58
Alistair MacLean · Band 23/59
Caroline Courtney · Band 23/61
Alexandra Cordes · Band 23/65

2 Romane in einem Band

Len Deighton

Brahms Vier
Mexico Poker

14/7/93

WILHELM HEYNE VERLAG
MÜNCHEN

HEYNE TIP DES MONATS
Nr. 23/62

Aus dem Englischen übersetzt von Hedda Pänke

Aus dem Englischen übersetzt von Hedda Pänke

Printed in Germany 1991
Umschlagfoto: Photodesign Mall, Stuttgart
Autorenfoto: Mark Gerson
Umschlaggestaltung: Atelier Ingrid Schütz, München
Gesamtherstellung: Presse-Druck Augsburg

ISBN 3-453-04681-1

Inhalt

Brahms Vier

Seite 7

Mexico Poker

Seite 309

Brahms Vier

1

»Wie lange sitzen wir hier eigentlich schon?« fragte ich. Ich nahm das Fernglas und fixierte den gelangweilten jungen amerikanischen Soldaten in seinem Glaskasten.

»Fast ein Vierteljahrhundert«, sagte Werner Volkmann. Seine Arme ruhten auf dem Lenkrad, den Kopf hatte er daraufgelegt. »Dieser GI da war noch nicht mal geboren, als wir hier zum ersten Mal darauf gewartet haben, daß die Hunde bellen.«

Wenn die Hunde in ihren Ausläufen hinter den Überresten des Adlon-Hotels anschlugen, war das gewöhnlich das erste Anzeichen dafür, daß sich drüben etwas tat. Die Tiere spürten alle außergewöhnlichen Ereignisse, lange bevor die Hundeführer kamen, um sie zu holen. Deshalb hatten wir auch die Fenster heruntergekurbelt, deshalb froren wir uns fast zu Tode.

»Dieser amerikanische Soldat war noch nicht auf der Welt, der Spionagethriller, den er liest, noch nicht geschrieben, und wir beide waren fest davon überzeugt, daß die Mauer innerhalb weniger Tage wieder abgerissen werden würde. Dumme Jungs waren wir damals; aber irgendwie war alles besser. Was, Bernie?«

»Wenn man jung ist, ist alles besser, Werner«, sagte ich.

Auf dieser Seite des Checkpoint Charlie hatte sich nichts verändert. Hier war nie viel gewesen, nur eine kleine Baracke und ein paar Schilder, die darauf hinwiesen, daß man dabei war, den Westsektor zu verlassen. Aber auf ostdeutscher Seite war beträchtlich mehr in die Höhe gewachsen. Mauern und Zäune, Schlagbäume und Sperren und endlose weiße Linien, die die Fahrbahnen markierten. Erst kürzlich hatten sie ein riesiges Gelände ummauert, in dem die Touristenbusse von finster blickenden Männern überprüft und durchsucht wurden, die sogar beräderte Spiegel unter jedes Fahrzeug schoben – aus Angst, es könnte einer ihrer Landsleute darunter hängen.

Der Kontrollpunkt ist nie ganz ruhig. Die ungeheure Konzentration von Licht, das die ostdeutsche Seite erhellt, verursacht ein ständiges Summen wie von einem Insektenschwarm an einem heißen Sommertag. Werner hob den Kopf von den Armen und verlagerte sein Gewicht. Wir saßen beide auf Schaumstoffkissen; das hatten wir bereits vor einem Vierteljahrhundert gelernt. Das und das Verkleben des Druckschalters in der Tür, damit nicht jedesmal Licht aufleuchtet, wenn der Wagen geöffnet wurde. »Ich würde gern wissen, wie lange Zena in München bleibt«, sagte Werner.

»Ich kann München nicht ausstehen«, erklärte ich. »Ehrlich gesagt, ich kann diese verdammten Bayern nicht riechen.«

»Ich bin nur einmal dagewesen«, sagte Werner. »Wegen so 'ner eiligen Sache für die Amerikaner. Einer unserer Leute wurde schlimm zugerichtet, und die einheimischen Polizisten waren keine große Hilfe.« Sogar Werners Englisch hatte diesen starken Berliner Akzent, den ich kannte, seit wir zusammen zur Schule gegangen waren. Jetzt war Werner Volkmann vierzig Jahre alt, untersetzt, mit dichtem schwarzem Haar, schwarzem Schnurrbart und Augen mit schweren Lidern, was mitunter zu dem Trugschluß verleitete, er gehöre zur türkischen Bevölkerung Berlins. Er wischte ein Guckloch in die beschlagene Windschutzscheibe, so daß er in den grellen Glanz der Lichter blicken konnte. Hinter der Silhouette des Checkpoint Charlie war die Friedrichstraße im Ostsektor taghell erleuchtet. »Nein«, sagte er. »München ist überhaupt nicht mein Fall.«

In der Nacht zuvor hatte mir Werner nach etlichen Drinks die Sache mit seiner Frau anvertraut, die mit einem Coca-Cola-Fahrer auf und davon war. Während der letzten drei Tage hatte er mir ein durchgesessenes Sofa in seiner kleinen Dahlemer Wohnung am Rande des Grunewalds zur Verfügung gestellt. Wieder nüchtern, hielten wir die Version aufrecht, seine Frau sei zu Besuch bei einer Verwandten. »Da kommt jetzt was«, sagte ich.

Werner machte sich nicht mal die Mühe, den Kopf von der Rückenlehne zu heben. »Ein brauner Ford. Er wird durch den Checkpoint kommen und da drüben parken, während die Männer drinnen Kaffee und Hotdogs verputzen. Kurz nach Mitternacht kehren sie dann wieder in den Ostsektor zurück.«

Ich beobachtete. Wie er vorausgesagt hatte, war es ein brauner Ford, ein Lieferwagen ohne Beschriftung, mit einem Westberliner Kennzeichen.

»Wir stehen auf dem Platz, wo sie gewöhnlich parken«, sagte Werner. »Es sind Türken; sie haben Freundinnen drüben. Die Bestimmungen sagen, daß sie vor Mitternacht raus sein müssen. Nach Mitternacht fahren sie wieder rein.«

»Das müssen aber tolle Mädchen sein«, sagte ich.

»Eine Handvoll Westmark reicht lange da drüben«, sagte Werner. »Das weißt du doch, Bernie.« Ein Streifenwagen mit zwei Polizisten näherte sich langsam. Sie erkannten Werners Audi, und einer der Polizisten hob die Hand zu einem müden Gruß. Nachdem das Polizeiauto fort war, nahm ich mein Fernglas, um über die Schlagbäume hinweg dorthin zu sehen, wo ein ostdeutscher Grenzposten mit den Füßen stampfte, um die Blutzirkulation anzuregen. Es war bitter kalt.

Werner sagte: »Bist du sicher, daß er hier durchkommt und nicht über die Bornholmer oder Heinrich-Heine-Straße?«

»Das hast du mich bereits viermal gefragt.«

»Erinnerst du dich, wie wir gemeinsam beim Geheimdienst angefangen haben? Dein Vater hatte damals das Sagen – die Dinge sahen ganz anders aus. Kannst du dich noch an Mr. Gaunt erinnern – den Dicken, der all diese komischen Berliner Kabarettlieder singen konnte? Weißt du noch, wie er mit mir um fünfzig Mark gewettet hat, daß sie nie hoch wird... die Mauer, meine ich. Wird auch älter geworden sein. Ich war damals erst achtzehn oder neunzehn, und fünfzig Mark waren eine Menge Geld.«

»Das war Silas Gaunt. Er hatte einfach zu viele von diesen ›Orientierungshilfen‹ aus London gelesen«, sagte ich. »Eine gewisse Zeit lang hat er mich überzeugt, daß du in allem unrecht hättest, die Mauer inbegriffen.«

»Aber du hast nicht gewettet«, sagte Werner. Er goß Kaffee aus seiner Thermosflasche in einen Pappbecher und reichte ihn mir.

»Aber ich habe in jener Nacht, als sie die Sektorengrenzen schlossen, angeboten rüberzugehen. Ich war nicht viel klüger als der gute Silas. Es war nur so, daß ich keine fünfzig Mark hatte, um sie verwetten zu können.«

»Die Taxifahrer waren die ersten, die davon erfuhren. Gegen zwei Uhr nachts beschwerten sie sich über Funk, daß sie angehalten und ausgefragt würden, sobald sie die Grenze passierten. Der Vermittler in der Taxizentrale riet daraufhin den Fahrern, niemanden mehr rüberzubringen. Und dann rief er mich an und erzählte mir davon.«

»Und du hast mich dann vom Rübergehen abgehalten.«

»Dein Vater hielt es für besser, daß ich dich nicht mitnahm.«

»Aber du bist doch gegangen, Werner. Und der alte Silas hat dich begleitet.« Also hatte mein Vater dafür gesorgt, daß ich nicht in den Ostsektor fuhr, als sie die Grenzen dichtmachten. Das hatte ich bisher noch nicht gewußt.

»Wir sind gegen halb fünf Uhr früh rüber. Da waren russische

Lastwagen vor der Charité, und Soldaten luden Stacheldrahtrollen ab. Wir waren ziemlich schnell wieder zurück. Silas meinte, die Amerikaner würden Panzer schicken und den Zaun einreißen. Dein Vater war der gleichen Ansicht, oder?«

»Die Leute in Washington hatten zuviel Angst, Werner. Diese blöden Kerle ganz oben glaubten, die Russkis würden kommen und auch den Westsektor übernehmen. Sie waren doch geradezu erleichtert, daß die Mauer gebaut wurde.«

»Vielleicht wissen sie Dinge, die wir nicht wissen«, sagte Werner.

»Da magst du recht haben«, sagte ich. »Sie wissen, daß der Dienst von Idioten geleitet wird. Aber das beginnt sich langsam herumzusprechen.«

Werner gestattete sich ein dünnes Lächeln. »Und dann, gegen sechs Uhr morgens, hörtest du das Brummen schwerer Lastwagen und Baukräne. Erinnerst du dich, wie du auf meinen Motorradsattel geklettert bist, um zuzusehen, wie sie Stacheldraht quer über den Potsdamer Platz zogen? Ich wußte, daß so etwas kommen mußte. So leicht habe ich noch nie fünfzig Mark verdient. Keine Ahnung, warum Mr. Gaunt meine Wette überhaupt angenommen hat.«

»Er war noch neu in Berlin«, sagte ich. »Davor hatte er ein Jahr lang in Oxford Vorlesungen über Politologie und den ganzen statistischen Mist gehalten, den die Neuen von sich geben, wenn sie bei uns anfangen.«

»Vielleicht solltest du da mal Vorlesungen halten«, sagte Werner mit einer Spur Sarkasmus. »Du hast nicht studiert, Bernie, oder?« Es war eine rein rhetorische Frage. »Ich auch nicht. Aber du hast es auch ohne das ganz schön weit gebracht.« Ich reagierte nicht, aber Werner war in Plauderstimmung. »Siehst du Mr. Gaunt noch manchmal? Was für ein wunderbares Deutsch er doch sprach. Anders als du und ich – Hochdeutsch, herrlich.«

Werner, der es mit seinem Exportkredit-Unternehmen weiter gebracht hatte als ich, sah mich an und wartete auf eine Antwort. »Ich habe seine Nichte geheiratet«, sagte ich.

»Ach ja! Ich hatte ganz vergessen, daß der gute alte Silas Gaunt mit Fiona verwandt ist. Ich habe gehört, daß sie neuerdings in der Abteilung eine ziemliche Rolle spielen soll.«

»Sie ist sehr erfolgreich«, sagte ich. »Aber sie arbeitet zuviel. Es bleibt kaum noch Zeit für uns und die Kinder.«

»Du mußt ja jede Menge Kies machen«, sagte Werner. »Beide in

Spitzenpositionen, und dazu noch deine Extrazulage... Aber Fiona hat auch eigenes Geld, oder? Ist ihr Vater nicht irgend so ein Tycoon? Könnte der nicht einen netten, ruhigen Job für dich in seinem Büro finden? Wäre immerhin besser, als hier draußen zu sitzen und sich auf einer Berliner Straße zu Tode zu frieren.«

»Er kommt nicht«, sagte ich, als ich sah, wie der Schlagbaum sich wieder senkte und der Posten in seine Baracke zurückging. Die Windschutzscheibe war inzwischen erneut beschlagen, so daß die Lichter des Kontrollpunkts wie märchenhaft strahlende Kleckse wirkten.

Werner reagierte nicht. Ich hatte ihm nicht gesagt, warum wir eigentlich in seinem Auto am Checkpoint Charlie saßen, mit einem an die Autobatterie angeschlossenen Tonbandgerät, einem an die Sonnenblende geklebten Mikrophon und einem geliehenen Revolver, der unter meinem Arm die Jacke unangenehm ausbeulte. Wenige Minuten später beugte er sich vor und wischte wieder ein Guckloch in die Scheibe. »Das Büro hat keine Ahnung, daß du mich dabei hast«, sagte er.

Er wünschte sich sehnlichst, mich sagen zu hören, Berlin Station hätte ihm seine vergangenen Sünden vergeben. »Sie hätten wohl kaum etwas dagegen«, log ich.

»Sie haben ein gutes Gedächtnis«, klagte Werner.

»Du mußt ihnen Zeit lassen«, sagte ich. Tatsche war, daß Werner im Computer unter »nur für unbedenkliche Aufträge einsetzbar« geführt wurde; eine Klassifizierung, die ihn davor bewahrte, überhaupt Aufträge zu erhalten. In diesem Geschäft war alles »bedenklich«.

»Dann haben sie mir also nicht ihr Okay gegeben, oder?« fragte Werner, plötzlich die Wahrheit ahnend: daß ich in die Stadt gekommen war, ohne Berlin Station etwas davon zu sagen.

»Was macht's schon aus?« sagte ich. »Du verdienst doch gutes Geld, oder?«

»Ich könnte ihnen nützlich sein. Und die Abteilung könnte mir mehr unter die Arme greifen. Aber das habe ich dir alles schon gesagt.«

»Ich werde mit London sprechen«, sagte ich. »Mal sehen, was ich tun kann.«

Mein Versprechen beeindruckte Werner nicht. »Die werden es lediglich an die Berliner Dienststelle weiterleiten, und du kannst dir vorstellen, wie die Antwort ausfallen wird.«

»Deine Frau«, sagte ich, »ist sie Berlinerin?«

»Sie ist erst zweiundzwanzig«, sagte Werner versonnen. »Die Familie stammt aus Ostpreußen...« Er langte in seinen Mantel, als suche er nach Zigaretten, obwohl er wußte, daß ich das nie gestatten würde – Zigaretten und Feuerzeug sind in der Dunkelheit verdammt verräterisch –, und knöpfte den Mantel dann wieder zu. »Vielleicht hast du ihr Foto auf der Anrichte gesehen – ein zierliches, sehr hübsches Mädchen mit langen schwarzen Haaren.«

»Das ist sie also«, sagte ich, obwohl ich das Foto gar nicht bemerkt hatte. Aber wenigstens hatte ich das Thema gewechselt. Ich hatte keine Lust, mich von Werner über das Büro ausfragen zu lassen. Er hätte es eigentlich besser wissen sollen.

Armer Werner. Warum gab ein betrogener Ehemann immer eine so lächerliche Figur ab? Warum war es nicht der untreue Partner, der komisch wirkte? Es war alles so unfair; kein Wunder, daß Werner vorgab, seine Frau besuche Verwandte. Er starrte geradeaus, seine dichten schwarzen Augenbrauen senkten sich, als er sich auf den Kontrollpunkt konzentrierte. »Ich kann nur hoffen, daß er nicht versucht, mit gefälschten Papieren durchzukommen. Neuerdings halten sie alles unter UV-Licht, und die Markierungen werden jede Woche gewechselt. Sogar die Amerikaner verzichten mittlerweile auf falsche Papiere – es wäre glatter Selbstmord.«

»Davon weiß ich nichts«, sagte ich. »Ich soll ihn lediglich hier treffen und mit ihm sprechen, bevor ihn das Büro wieder irgendwohin schickt.«

Werner wandte den Kopf; das dichte schwarze Haar und der dunkle Teint ließen Zähne wie auf einer Zahnpastareklame strahlen. »London würde dich doch nie für so 'nen Zirkus herschicken, Bernie. Für solche Jobs haben sie Botenjungen, Leute wie mich.«

»Wir werden jetzt erst mal was essen und trinken gehen, Werner«, sagte ich. »Kennst du nicht ein ruhiges, kleines Restaurant, wo man Würstchen, Kartoffeln und ein gutes Berliner Bier kriegen kann?«

»Ich kenne eins, das dir vorschwebt, Bernie. Die Friedrichstraße hinunter, unter der Überführung am S-Bahnhof, auf der linken Seite. Am Ufer der Spree, Weinrestaurant Ganymed.«

»Sehr komisch«, sagte ich. Zwischen uns und dem Ganymed waren die Mauer, Maschinengewehre, Stacheldraht und zwei Bataillone waffenschleppender Bürokraten. »Wende die Karre, und dann nichts wie weg von hier.«

Er drehte den Zündschlüssel und startete. »Ich bin ohne sie besser dran«, sagte er. »Wer hat schon gern eine Frau zu Hause, die einen fragt, wo man gewesen ist und warum man so spät kommt?«

»Du hast recht, Werner«, sagte ich.

»Sie ist zu jung für mich. Ich hätte sie nie heiraten dürfen.« Er wartete, bis die Heizung die Scheiben klar gemacht hatte. »Wollen wir es morgen noch mal probieren?«

»Keine weitere Kontaktaufnahme, Werner. Das war der letzte Versuch. Ich fliege morgen nach London zurück. Ich werde in meinem eigenen Bett schlafen.«

»Deine Frau... Fiona. Sie war wirklich reizend zu mir, damals, als ich ein paar Monate Innendienst machen mußte.«

»Ich weiß«, sagte ich. Werner war von zwei ostdeutschen Agenten, die er in seiner Wohnung ertappt hatte, aus dem Fenster geworfen worden. Sein Bein war dreifach gebrochen, und es dauerte ewig, bis er völlig wiederhergestellt war.

»Und sag Mr. Gaunt, daß ich oft an ihn denke. Wahrscheinlich ist er längst im Ruhestand, aber ich nehme an, daß du ihn von Zeit zu Zeit siehst. Sag ihm, falls er jemals wieder eine Wette darüber auf Lager hat, was die Iwans als nächstes vorhaben, soll er sich erst mal an mich wenden.«

»Ich sehe ihn am Wochenende«, sagte ich. »Ich werde es ihm ausrichten.«

2

»Ich dachte schon, du hättest das Flugzeug verpaßt«, sagte meine Frau und knipste die Nachttischlampe an. Sie hatte noch nicht geschlafen, ihr langes Haar war kaum in Unordnung und das Rüschennachthemd nicht zerknüllt. Anscheinend war sie früh zu Bett gegangen. Im Aschenbecher lag eine brennende Zigarette. Wahrscheinlich hatte sie in der Dunkelheit gelegen und über die Arbeit nachgedacht. Auf dem Nachttisch lagen dicke Bände aus der Leihbücherei und ein dünner blauer Bericht des Sonderausschusses für Wissenschaft und Technologie mit Notizbuch und Stift und dem notwendigen Vorrat an Benson & Hedges, von dem sich ein beträchtlicher Teil inzwischen in Form von Kippen in dem großen geschliffenen Glasaschenbecher tummelte, den sie sich aus dem Wohnzimmer geholt hatte. Sie lebte ein anderes Leben, wenn ich weg war; es war, als käme ich in ein anderes Haus, ein anderes Schlafzimmer, zu einer anderen Frau.

»Irgend so ein dämlicher Streik auf dem Flughafen«, erklärte ich. Auf dem Radiowecker balancierte ein Glas Whisky. Ich nippte daran; die Eiswürfel waren längst zu einer lauwarmen Suppe zerschmolzen. Das war typisch für sie: einen Begrüßungsschluck sorgfältig vorzubereiten – weiße Leinenserviette, Cocktailquirl, ein paar Käsestangen –, um ihn dann völlig zu vergessen.

»Auf dem Londoner Flughafen?« Sie drückte ihre halbgerauchte Zigarette aus und wedelte den Rauch fort.

»Wo streiken sie denn sonst jeden Tag?« fragte ich gereizt.

»Es war aber nichts darüber in den Nachrichten.«

»Streiks haben keinen Neuigkeitswert mehr«, sagte ich. Offenbar nahm sie an, daß ich nicht direkt vom Flughafen kam, und ihr Versäumnis, mich wegen der drei vergeudeten Stunden zu bemitleiden, verbesserte meine Laune auch nicht gerade.

»Alles gutgegangen?«

»Werner läßt dich schön grüßen. Er hat mir diese Geschichte über deinen Onkel Silas und die Wette um fünfzig Mark in Sachen Mauerbau erzählt.«

»Doch nicht schon wieder!« sagte Fiona. »Wird er diese verdammte Wette denn nie vergessen?«

»Er mag dich«, sagte ich. »Er läßt dich herzlich grüßen.« Das

Ich kletterte ins Bett. »Unsinn. Sie werden einen der Westberliner Leute nehmen.«

»Das ist doch der älteste Trick der Welt, Liebling. Sie schicken dich rüber, um zu warten... und nach allem, was du weißt, hat er mit ihnen nicht mal in Kontakt gestanden. Nun mußt du ihnen sagen, daß der Kontaktversuch gescheitert ist, und du wirst derjenige sein, den sie losschicken, um ihn dir zu schnappen. Mein Gott, Bernie, du bist manchmal wirklich ein Trottel.«

So hatte ich das alles noch gar nicht gesehen, und es war mehr als nur ein Körnchen Wahrheit in Fionas zynischer Betrachtungsweise. »Nun, sie können sich einen anderen suchen«, sagte ich verärgert. »Soll doch einer von den Einheimischen los, um ihn einzufangen. Mein Gesicht ist da drüben viel zu bekannt.«

»Sie werden sagen, daß es sich um junge Leute ohne jede Erfahrung handelt. Das hast du doch eben selbst erklärt.«

»Es geht um Brahms Vier«, sagte ich zu ihr.

»Brahms – diese Namen klingen einfach albern. Mir hat es viel besser gefallen, als sie Codewörter wie Trojaner, Wellington und Burgunder benutzt haben.«

Die Art, wie sie das sagte, verstimmte mich. »Nach dem Krieg wurden die Codenamen extra so ausgewählt, daß keine Nationalität erkennbar war«, sagte ich. »Und die Nummer Vier im Brahms-Netz hat mir mal das Leben gerettet. Er war es, der mich aus Weimar herausgebracht hat.«

»Er ist es, der so verteufelt geheimgehalten wird. Ja, ich weiß. Was glaubst du denn, warum sie gerade dich hingeschickt haben? Siehst du jetzt wenigstens, warum sie dich dazu bringen werden, rüberzugehen und ihn zu holen?« Neben dem Bett starrte mich mein Foto aus dem Silberrahmen an. Dieser Bernard Samson, ein ernsthafter junger Mann mit Babygesicht, gewelltem Haar und Hornbrille, sah ganz und gar nicht so aus wie der zerknitterte alte Narr, den ich jeden Morgen rasierte.

»Ich war damals in der Klemme. Er hätte sich absetzen können, hätte nicht den langen Weg nach Weimar zurückzufahren brauchen.« Ich machte es mir in den Kissen bequem. »Wie lange ist das eigentlich schon her? – Achtzehn Jahre oder zwanzig?«

»Versuch zu schlafen«, erklärte Fiona. »Morgen früh werde ich im Büro anrufen und sagen, daß du dich nicht wohl fühlst. Das wird dir ein bißchen Zeit zum Nachdenken geben.«

»Du solltest die Berge von Arbeit sehen, die auf meinem Schreibtisch liegen.«

»Ich war mit Billy und Sally in dem griechischen Restaurant – zu Billys Geburtstag. Die Kellner haben ihm ein Ständchen gebracht und applaudiert, als er die Kerzen auspustete. Es war ganz reizend von ihnen. Ich wünschte, du hättest dabeisein können.«

»Ich werde nicht gehen. Ich werde das morgen dem Alten sagen. Derartige Aufgaben kann ich nicht mehr übernehmen.«

»Und da war noch ein Anruf von Mr. Moore von der Bank. Er sagte, es sei nicht dringend.«

»Wir wissen doch beide, was das heißt«, sagte ich. »Es bedeutet: Rufen Sie mich unverzüglich zurück, oder...!« Ich war ihr jetzt ganz nahe und nahm Parfümduft wahr. Ich fragte mich, ob sie es eigens für mich aufgetragen hatte.

»Harry Moore ist nicht so. Zu Weihnachten hatten wir um fast siebenhundert Pfund überzogen, und als wir ihn dann auf der Party meiner Schwester trafen, sagte er, wir brauchten uns keine Sorgen zu machen...«

»Brahms Vier brachte mich zum Haus eines Mannes namens Busch – Karl Busch –, der dieses Zimmer in Weimar hatte...« Alles war wieder da. »Drei Tage sind wir dort geblieben, und danach ist Karl Busch noch einmal dorthin zurückgekehrt. Sie haben Busch zu den Kasernen des Staatssicherheitsdienstes in Leipzig mitgenommen. Er wurde nie wieder gesehen.«

»Inzwischen gehörst du längst zum leitenden Personal, Liebling«, sagte sie schläfrig. »Du brauchst nirgendwohin, wenn du nicht willst.«

»Ich habe dich gestern nacht angerufen«, sagte ich. »Um zwei Uhr morgens, aber du hast dich nicht gemeldet.«

»Ich war hier, habe geschlafen«, sagte sie. Jetzt war sie hellwach. Das erkannte ich am Klang ihrer Stimme.

»Ich habe es eine halbe Ewigkeit klingeln lassen«, sagte ich. »Hab's zweimal versucht.«

»Dann muß dieses verdammte Telefon verrückt spielen. Ich habe gestern von hier aus versucht, mit dem Kindermädchen zu telefonieren, hab' aber keinen Anschluß bekommen. Ich werde morgen die Störungsstelle benachrichtigen.«

3

Richard Cruyer, der Leiter der Deutschland-Abteilung, war der Mann, dem ich Bericht zu erstatten hatte. Seine Entschuldigungen für die Tatsache, daß er zwei Jahre jünger war als ich, gaben ihm die Möglichkeit, sich an seinen schnellen Aufstieg in einer Dienststelle zu erinnern, die für schnelle Aufstiege nicht gerade berühmt war.

Dicky Cruyer hatte lockiges Haar und liebte es, Hemden mit offenem Kragen zu ausgeblichenen Jeans zu tragen und zwischen all den dunklen Anzügen und Eton-Krawatten den Wunderknaben zu spielen. Aber hinter den flotten Sprüchen und dem lässigen Benehmen verbarg sich der konservativste Spießer der ganzen Abteilung.

»Die glauben, ich schieb hier'ne ruhige Kugel, Bernard«, sagte er, während er in seinem Kaffee rührte. »Sie machen sich einfach nicht klar, wie mir der Europa-Bevollmächtigte im Nacken hockt und was diese endlosen Sitzungen mit allen möglichen Komitees hier im Hause bedeuten.«

Sogar Cruyers Klagen waren dazu angetan, zu demonstrieren, wie wichtig er war. Aber er lächelte, um mir zu zeigen, wie gut er seine Probleme ertrug. Sein Kaffee war ihm in Spode-Porzellan serviert worden, und er rührte ihn mit einem silbernen Löffel um. Auf dem Mahagonitisch standen eine weitere Spode-Tasse mit passender Zuckerdose und ein silbernes Sahnekännchen in Form einer Kuh. Es war eine wertvolle Antiquität – Dicky hatte mir das viele Male erzählt – und wurde nachts zusammen mit dem Logbuch und den letzten Kopien im Aktensafe eingeschlossen. »Sie glauben, meine Arbeit hier bestünde nur aus Lunchs im Mirabelle und einem *fine* mit dem Chef.«

Dicky sagte stets *fine* statt Cognac oder Brandy. Fiona hatte mir erzählt, daß er das tat, seit er in seinen Anfangssemestern Präsident der *Oxford University Food and Wine Society* gewesen war. Dickys Image als Gourmet war mit seiner Figur nur schwer in Einklang zu bringen: er war ein dünner Mann mit dünnen Armen, dünnen Beinen, dünnen, knochigen Händen und Fingern, mit denen er ständig seine dünnen, blutleeren Lippen berührte. Eine nervöse Geste, von der manche behaupteten, sie sei eine Folge der ihn umgebenden Feinseligkeit. Das war natürlich Unsinn, aber ich gebe zu, daß ich diesen kleinen Kriecher nicht leiden konnte.

Er nippte an seinem Kaffee, kostete ihn aufmerksam, während er seine Lippen bewegte und mich anstarrte, als wäre ich gekommen, um ihm die Jahresernte zu verkaufen. »Eine Spur bitter – findest du nicht auch Bernard?«

»Nescafé schmeckt für mich immer gleich«, sagte ich.

»Das ist reiner Dschagga, frisch gemahlen, bevor er gebrüht wurde.« Er sagte das ganz ruhig, nickte aber, um anzudeuten, daß er meinen Versuch, ihn zu ärgern, bemerkt hatte.

»Nun, er ist nicht aufgetaucht«, sagte ich. »Wir können hier den ganzen Vormittag rumsitzen und Dschagga trinken, und doch würde das Brahms Vier nicht über den Zaun bringen.«

Dicky sagte kein Wort.

»Hat er wieder Verbindung aufgenommen?« fragte ich.

Dick stellte seinen Kaffee ab, um in einem Aktenordner zu blättern. »Ja, wir haben einen Routinebericht von ihm erhalten. Er ist in Sicherheit.« Dicky kaute an einem Fingernagel.

»Warum ist er nicht aufgekreuzt?«

»Darüber weiß ich nichts Genaues.« Er lächelte. Er sah auf genau die Art gut aus, wie Ausländer englische Börsenmakler mit Melone für gutaussehend halten. Sein Gesicht war hart und knochig, und die Bräune vom Weihnachtsurlaub auf den Bahamas war noch nicht ganz verblaßt. »Er wird es schon erklären, wenn er den Zeitpunkt für richtig hält. Rück den Agenten im Außendienst nicht allzusehr auf den Pelz – das ist schon immer meine Devise gewesen, stimmt's, Bernard?«

»Die einzig richtige Art, Dicky.«

»Großer Gott! Was gäbe ich darum, noch einmal hinausgehen zu dürfen! Ihr Burschen habt doch den besseren Teil erwischt.«

»Ich stehe seit fast fünf Jahren schon nicht mehr auf der Liste für Außeneinsätze, Dicky. Ich bin jetzt ein Schreibtischhengst wie du.« Wie du immer einer gewesen bist, hätte ich sagen sollen, unterdrückte es aber. »Captain« Cruyer hatte er sich selbst genannt, als er von der Armee zurückgekommen war. Aber schon bald sah er ein, wie lächerlich das in den Ohren eines Vorgesetzten klingen mußte, der selbst die Generalsuniform getragen hatte. Und er sah auch ein, daß »Captain« Cruyer ein eher unwahrscheinlicher Kandidat für diesen illustren Posten gewesen wäre.

Er stand auf, zog sein Hemd glatt und nippte an seinem Kaffee, indem er eine Hand unter die Tasse hielt, um eventuelle Tropfen aufzufangen. Er bemerkte, daß ich meinen Dschagga nicht getrunken hatte. »Möchtest du lieber Tee?«

»Ist es noch zu früh für einen Gin-Tonic?«

Er reagierte nicht auf die Frage. »Ich glaube, du fühlst dich unserem Freund B Vier eng verbunden. Du bist ihm immer noch dankbar, daß er dir in Weimar zu Hilfe gekommen ist.« Er begegnete meinem überraschten Blick mit wissendem Nicken. »Ich habe die Akten gelesen, Bernard. Ich weiß Bescheid.«

»Es war sehr anständig von ihm, das zu tun«, sagte ich.

»Das war es«, sagte Dicky. »Das war wirklich sehr ehrenwert. Aber er hat es nicht nur darum getan.«

»Du warst nicht dabei, Dicky.«

»B Vier ist in Panik geraten, Bernard. Er hat sich abgesetzt. Er war irgendwo in Grenznähe, in irgendeinem gottverlassenen Nest im Thüringer Wald, zu dem Zeitpunkt, als unsere Leute ihn aufgriffen und ihm sagten, daß ihn der KGB gar nicht verhören wollte – oder irgend jemand anders, was das anbetraf.«

»Das ist doch schon Historie«, sagte ich.

»Wir haben ihn umgedreht«, sagte Cruyer. Nun hieß es »wir«, stellte ich fest. »Wir haben ihm irgendwelche Lappalien anvertraut und ihm geraten, zurückzugehen und die empörte Unschuld zu spielen. Wir erklärten ihm, er solle mit ihnen zusammenarbeiten.«

»Lappalien?«

»Namen von Leuten, die bereits entkommen waren, sichere Wohnungen, die längst aufgegeben waren ... ein paar Brocken, die Brahms Vier beim KGB gut aussehen ließen.«

»Aber sie haben Busch geschnappt, den Mann, der mich beschützt hat.«

Ohne Hast trank Cruyer seinen Kaffee aus und wischte sich mit einer Leinenserviette die Lippen. »Wir haben zwei von euch rausbekommen. Kein schlechter Schnitt in der schwierigen Situation – zwei von dreien. Busch ist zu seinem Haus zurückgegangen, um seine Briefmarkensammlung zu holen ... Briefmarkensammlung! Was soll man mit so einem Mann machen? Natürlich haben sie ihn eingesackt.«

»Die Briefmarkensammlung stellte wahrscheinlich seine ganzen Ersparnisse dar.«

»Kann sein, und so haben sie ihn geschnappt. Bernard. Diese Schweine geben einem keine zweite Chance. Ich weiß das, du weißt es, und er wußte es auch.«

»Also deshalb mögen unsere Leute draußen Brahms Vier nicht.«

»Ja, aus diesem Grund haben sie etwas gegen ihn.«

»Sie glauben, er hat über dieses Erfurter Netz geplaudert.«

Cruyer zuckte mit den Schultern. »Was hätten wir denn tun sollen? Wir hätten doch wohl kaum rumerzählen können, daß wir diese Geschichte nur erfunden haben, um den Burschen zur *Persona grata* beim KGB zu machen.« Cruyer ging zu seinem Barschrank hinüber und goß Gin in ein großes Waterford-Glas.

»Viel Gin, wenig Tonic«, sagte ich. Cruyer drehte sich um und starrte mich verblüfft an. »Wenn das für mich sein sollte«, fügte ich hinzu. Also hatte man einen Fehler gemacht. Sie hatten Brahms Vier dazu gebracht, die Adresse des alten Busch preiszugeben; und dann war das arme alte Luder wegen seiner Briefmarken zurückgegangen. Und in die Arme des KGB gelaufen.

Dicky goß noch ein bißchen mehr Gin ins Glas und fügte die Eiswürfel höchst vorsichtig hinzu, damit es nicht spritzte. Er brachte es mir zusammen mit einer kleinen Flasche Tonic, die ich nicht anrührte. »Du brauchst dir darüber keine Sorgen mehr zu machen. Du hast deinen Teil beigetragen, indem du nach Berlin gefahren bist. Alles übrige werden jetzt andere erledigen.«

»Ist er in Schwierigkeiten?«

Cruyer ging zum Barschrank zurück und beschäftigte sich damit, die Kronenkorken und Cocktailquirle wegzuräumen. Dann schloß er die Schranktüren und sagte: »Weißt du über das Material Bescheid, das uns Brahms Vier beschafft hat?«

»Wirtschaftsspionage. Er arbeitet bei einer ostdeutschen Bank.«

»Er ist die bestgehütete Quelle, über die wir in der DDR verfügen. Du bist einer der wenigen, die ihn von Angesicht zu Angesicht gesehen haben.«

»Und das vor fast zwanzig Jahren.«

»Er arbeitet auf dem Postweg – nur einheimische Adressen, um die Zensur und den Staatssicherheitsdienst zu umgehen – und schickt sein Material an die verschiedenen Mitglieder des Brahms-Netzes. In Notfällen benutzt er tote Briefkästen. Aber das ist auch schon alles – keine Mikropunkte, keine Codes, keine Mikrosender, keine Geheimtinte. Sehr altmodisch.«

»Und sehr sicher«, sagte ich.

»Sehr altmodisch und soweit sehr sicher«, stimmte Dicky zu. »Selbst ich habe keinen Zugang zur Brahms-Akte. Niemand weiß etwas über ihn, bis auf die Tatsache, daß er sein Material von irgendwo ganz oben bekommt. Wir sind da auf Vermutungen angewiesen.«

»Die du auch angestellt hast«, soufflierte ich, wohl wissend, daß Dicky es mir ohnehin erzählen würde.

»Von B Vier erhalten wir Informationen über wichtige Entscheidungen der Deutschen Investitionsbank. Und der Deutschen Bauern-Bank. Diese Staatsbanken gewähren der Industrie und der Landwirtschaft langfristige Kredite. Beide Banken werden von der Deutschen Notenbank kontrolliert, über die alle Zahlungen, Remittierungen und der Wertausgleich für das ganze Land laufen. Dann und wann erhalten wir auch Hinweise auf Transaktionen der Moskauer Narodnij Bank und regelmäßige Berichte über die COMECON-Sitzungen. Ich halte Brahms Vier für den Sekretär oder persönlichen Assistenten eines der Direktoren der Deutschen Notenbank.«

»Oder selbst für einen Direktor?«

»Alle Banken haben eine Abteilung für Wirtschaftsspionage. Leiter dieser Abteilung zu sein ist nicht gerade die Art von Job, um die sich ein Banker mit auch nur einem Funken Ehrgeiz reißt. Also müssen alle mal ran. Brahms Vier hat uns mit dieser Art Material viel zu lange versorgt, um etwas anderes als ein Angestellter oder Assistent sein zu können.«

»Du wirst ihn vermissen. Zu dumm, daß du ihn abziehen mußt«, sagte ich.

»Ihn abziehen? Ich versuche doch nicht, ihn abzuziehen. Ich will, daß er genau da bleibt, wo er im Augenblick ist.«

»Ich dachte...«

»Es ist seine Idee, daß er in den Westen kommen muß, nicht meine! Ich möchte ihn dort halten, wo er ist. Ich kann es mir gar nicht leisten, ihn zu verlieren.«

»Hat er es mit der Angst zu tun bekommen?«

»Letztendlich bekommen sie es alle mit der Angst zu tun«, sagte Cruyer. »Es ist Kampfmüdigkeit. Die Anstrengungen machen sie fertig. Sie werden alt und müde und beginnen Ausschau zu halten nach einem Sack voll Gold und einem Haus auf dem Lande mit Rosen vor der Tür.«

»Sie beginnen nach den Dingen Ausschau zu halten, die wir ihnen zwanzig Jahre lang versprochen haben. So ist es doch.«

»Wer weiß schon, was diese verrückten Hunde dazu bringt, so etwas zu tun?« sagte Cruyer. »Mein halbes Leben habe ich damit verbracht, nach den Motiven zu suchen.« Er sah aus dem Fenster. Grelles Sonnenlicht warf Streifen auf die Linden; darüber dunkelblauer Himmel mit sehr wenigen, sehr hohen Zirruswolken. »Und ich weiß immer noch nicht, welche Triebfeder in ihnen steckt.«

»Es kommt eine Zeit, wo du sie gehen lassen mußt«, sagte ich.

Er berührte seine Lippen; küßte er seine Fingerspitzen, oder kostete er den Gin, der auf seine Finger getropft war? »Du meinst Lord Morans Theorie? Ich glaube mich zu erinnern, daß er die Männer in vier Kategorien einteilte. In diejenigen, die nie Angst haben, jene, die Angst haben, es aber nicht zeigen, jene, die Angst haben und das auch zeigen, aber ihre Arbeit tun, und schließlich die vierte Gruppe – Männer, die Angst haben und sich drücken. Zu welcher Kategorie gehört Brahms Vier?«

»Ich weiß es nicht«, sagte ich. Wie zum Teufel kann man einem Mann wie Cruyer beibringen, wie es ist, Tag und Nacht Angst zu haben, Jahr für Jahr? Was hatte Cruyer außer einer genauen Überprüfung seiner Ausgaben zu fürchten?

»Nun, für den Augenblick wird er drüben bleiben müssen. Aber ein Ende ist in Sicht.«

»Warum bin ich dann geschickt worden, um ihn abzuholen?«

»Er hat uns was vorgemacht, Bernard. Er hat ein bißchen Wut abgelassen. Du weißt doch, wie diese Kerle mitunter sein können. Er hat uns gedroht auszusteigen, aber die Krise ist überstanden. Hat uns damit gedroht, mit einem alten, gefälschten US-Paß über den Checkpoint Charlie zu kommen.«

»Also war ich da, um ihn mir zu schnappen?«

»Wir hätten ja wohl kaum Zeter und Mordio schreien können, oder? Es war doch kaum möglich, der zivilen Polizei seinen Namen zu geben und die Häfen und Flugplätze über Fernschreiber zu informieren.« Er entriegelte das Fenster und bemühte sich, es zu öffnen. Es war den ganzen Winter über geschlossen gewesen, und nun bedurfte es Cruyers ganzer Kraft, es aufzubekommen. »Ah, ein Hauch Londoner Diesel. Das ist schon besser«, sagte er, als ein Schwall kalter Luft hereinzog. »Aber er ist immer noch ein schwieriger Fall. Er enthält uns den regelmäßigen Fluß an Informationen vor. Er droht sogar, ganz damit aufzuhören.«

»Und du ... womit drohst du?«

»Drohungen sind nicht mein Stil. Ich habe ihn lediglich gebeten, noch weitere zwei Jahre zu bleiben und uns dabei zu helfen, einen anderen an seine Stelle zu setzen. Großer Gott! Weißt du eigentlich, wieviel Geld er in den vergangenen fünf Jahren aus uns herausgequetscht hat?«

»Solange du nur nicht verlangst, daß ich gehe«, sagte ich. »Mein Gesicht ist drüben viel zu bekannt. Und ich werde langsam verdammt kurzatmig für derartige Gewalttouren.«

»Wir haben eine ganze Reihe von Leuten zur Verfügung, Bernard. Absolut unnötig, daß höhere Beamte irgendwelche Risiken eingehen. Außerdem – sollten die Dinge wirklich brenzlig werden, brauchen wir ohnehin jemanden aus Frankfurt.«

»Das hat für mich einen üblen Beigeschmack, Dicky. Was für eine Art Mitarbeiter würden wir denn aus Frankfurt brauchen?«

Cruyer rümpfte die Nase.

»Sollte B Vier tatsächlich daran denken, den Jungs in der Normannenstraße irgendwelche Geheimnisse zu stecken, müßten wir schnell handeln.«

»Zweckdienlicher Tod?« sagte ich und bemühte mich, Stimmlage und Gesicht ausdruckslos zu halten.

Cruyer zeigte eine Spur Unbehagen. »Wir müßten schnell handeln. Wir werden das tun müssen, was das Team vor Ort für notwendig erachtet. Du weißt, wie diese Dinge laufen. Zweckdienlicher Tod kann nie ausgeschlossen werden.«

»Es handelt sich um einen unserer Leute, Dicky. Er ist ein alter Mann, der der Abteilung mehr als zwanzig Jahre lang gedient hat.«

»Alles, was wir verlangen«, sagte Cruyer mit übertriebener Geduld, »ist, daß er uns weiter dient wie bisher. Was geschieht, wenn er den Kopf verliert und uns verraten will, sind Hypothesen – nutzlose Hypothesen.«

»Wir verdienen unsere Brötchen mit Hypothesen«, sagte ich. »Und ich beginne mich zu fragen, was ich anstellen muß, damit ›jemand aus Frankfurt‹ kommt, um mich auf die große Ansprache da oben vorzubereiten.«

Cruyer lachte. »Du warst schon immer ein komischer Kauz«, sagte er. »Warte nur, bis ich das dem Alten sage.«

»Ist noch was von dem köstlichen Gin da?«

Er nahm das Glas aus meiner ausgestreckten Hand. »Überlaß Brahms Frank Harrington und der Außenstelle Berlin, Bernard. Du bist kein Deutscher und kein Agent im Außendienst mehr, und du bist viel, viel zu alt.«

Er goß ein wenig Gin in mein Glas und nahm eine klauenförmige Silberzange, um Eiswürfel dazuzugeben. »Laß uns über etwas Erfreulicheres reden.«

»Wenn das so ist, Dicky – wie steht es eigentlich mit der Beihilfe für mein neues Auto? An der Kasse wollen sie ohne den Papierkram nichts rausrücken.«

»Sag es meiner Sekretärin.«

»Ich habe die Formulare bereits ausgefüllt«, erklärte ich. »Und wie der Zufall so will, habe ich sie sogar bei mir. Du brauchst nur noch zu unterschreiben... zwei Kopien.« Ich plazierte sie auf der Ecke seines Schreibtisches und reichte ihm den Füllhalter aus der verzierten Schreibtischgarnitur.

»Dieses Auto ist doch viel zu groß für dich«, murrte er, während er so tat, als schriebe der Füller nicht richtig. »Es wird dir noch leid tun, dich nicht für etwas Kompakteres entschieden zu haben.« Ich half ihm mit meinem Plastikkugelschreiber aus. Nachdem er unterschrieben hatte, betrachtete ich die Signatur und steckte die Formulare in die Tasche. Perfektes timing, würde ich sagen.

4

Wir hatten vor, Fionas Onkel Silas über das Wochenende zu besuchen. Der alte Silas Gaunt war nicht ihr richtiger Onkel; Er war ein entfernter Verwandter ihrer Mutter. Sie war Silas nie begegnet, bevor ich sie kurz nach unserem Kennenlernen zu ihm mitnahm, um sie zu beeindrucken. Sie hatte Oxford mit all den erwarteten brillanten Resultaten in Philosophie, Politologie und Wirtschaftskunde – oder den »Modernen Examen«, um im Jargon der akademischen Jugend zu bleiben – absolviert und sich den Dingen zugewandt, die ihre Altersgenossen für chic hielten: Sie studierte Russisch an der Sorbonne und vervollkommnete nebenbei ihr französische Aussprache, die für eine junge Engländerin der Oberschicht so unerläßlich ist; sie absolvierte einen kurzen Kochkursus am Cordon Bleu, arbeitete bei einem Kunsthändler, nahm an einer Transatlantikregatta teil und schrieb Reden für einen Mann, der nur um Haaresbreite die Wahl zum Abgeordneten der Liberalen im Parlament verpaßte. Kurz nach diesem Fiasko lernte ich sie kennen. Der alte Silas war von seiner neuentdeckten Nichte von Anfang an begeistert. Wir sahen ihn häufig, und unser Sohn Billy ist sein Patenkind.

Silas Gaunt war eine imponierende Persönlichkeit. Er hatte in jenen Tagen für den Geheimdienst gearbeitet, als dieser noch wirklich geheim war. In diesen längst vergangenen Zeiten wurden die Berichte in gestochener Handschrift abgeliefert und die Agenten im Außendienst in Sovereigns bezahlt. Als mein Vater die Außenstelle Berlin leitete, war Silas sein Chef.

»Er ist ein lächerlicher kleiner Furz«, sagte Fiona, als ich ihr von meinem Gespräch mit Dicky Cruyer berichtete. Es war Sonnabend vormittag, und wir befanden uns auf dem Weg zu Silas' Farm in den Cotswolds.

»Er ist ein gefährlicher kleiner Furz«, sagte ich. »Wenn ich daran denke, daß dieser Idiot Entscheidungen über Agenten im Außendienst trifft...«

»Du meinst, über Brahms Vier«, sagte Fiona.

»›B Vier‹ – jedenfalls ist das Dickys letzter Beitrag zur Terminologie. Ja, die Leute schätzen so was«, sagte ich. »Mich überläuft eine Gänsehaut.«

»Er will die Brahms-Quelle nicht verlieren«, sagte sie. Wir hatten die Autobahn verlassen und fuhren auf der Suche nach Elizabeth-Arden-Gesichtswasser durch Reading. Sie saß am Steuer des roten Porsche, den ihr Vater ihr zum letzten Geburtstag geschenkt hatte. Sie war fünfunddreißig geworden, und ihr Vater hatte gemeint, sie brauche etwas ganz Besonderes zur Aufmunterung. Ich fragte mich, womit er mich zu meinem Vierzigsten aufmuntern würde, der in zwei Wochen fällig war: Ich vermutete, daß es sich um die übliche Flasche Rémy Martin handeln würde, und fragte mich, ob ich in dem Karton die übliche Grußkarte irgendeiner Firma für Büroausstattungen finden würde, die sie ihm geschenkt hatte.

»Der Ausschuß für Wirtschaftsspionage ist auf die Bankinformation angewiesen, die Brahms Vier beschafft«, fügte sie nach einem langen, nachdenklichen Schweigen hinzu.

»Ich bin immer noch der Meinung, wir hätten auf der Autobahn bleiben sollen. Der Dorfdrogist hat doch sicher Gesichtswasser«, sagte ich. Allerdings hatte ich nicht die leiseste Ahnung, was Gesichtswasser eigentlich war. Ich wußte nur, daß meine Haut es geschafft hatte, jahrzehntelang ohne es auszukommen.

»Aber nicht Elizabeth Arden«, sagte Fiona. Wir steckten mitten in Reading in einem Stau, und es war keine Drogerie in Sicht. Der Motor war heißgelaufen, und sie schaltete ihn für einen Augenblick ab. »Vielleicht hast du recht«, gab sie schließlich zu und beugte sich herüber, um mir einen flüchtigen Kuß zu geben. Sie wollte mich bei Laune halten, denn ich würde derjenige sein, der aus dem Auto sprang und auf der Suche nach dieser verdammten magischen Essenz davonstürzte, während sie mit dem Verkehrspolizisten flirtete.

»Habt ihr auch genug Platz da hinten, Kinder?« fragte sie.

Die Kinder waren links und rechts von einem Koffer eingezwängt, aber sie beschwerten sich nicht. Sally brummte leise und las weiter in ihrem Kinder-Comic, und Billy fragte: »Wie schnell kannst du auf der Autobahn fahren?«

»Und Dicky sitzt mit im Ausschuß«, sagte ich.

»Ja. Er behauptet sogar, er sei seine Idee gewesen.«

»Ich kann schon gar nicht mehr zählen, in wie vielen Komitees er eigentlich hockt. Nie ist er in seinem verdammten Büro, wenn er mal gebraucht wird. Sein Terminkalender sieht aus wie ein Leitfaden für gutes Essen. Kürzlich hat er ›Frühstücks-Besprechungen‹ entdeckt. Jetzt säuft und frißt er den ganzen Tag. Keine Ahnung, wie er es schafft, dabei so dünn zu bleiben.«

Der Verkehr geriet wieder in Bewegung, und sie ließ den Motor an. Sie fuhr direkt hinter einem altersschwachen roten Doppeldekker-Bus. Der Schaffner stand auf der Plattform und starrte sie und das Auto mit unverhohlener Bewunderung an. Sie lächelte ihm zu, und er lächelte zurück. Es war albern, aber ich konnte mir nicht helfen, ich verspürte einen Stich von Eifersucht. »Ich werde hin müssen«, sagte ich.

»Nach Berlin?«

»Dicky weiß, daß ich gehen muß. Das ganze Gespräch zielte doch darauf ab, mir das klarzumachen.«

»Was kannst du denn ausrichten?« fragte Fiona. »Brahms kann doch schließlich nicht zum Weitermachen gezwungen werden. Wenn er sich entschlossen hat, nicht mehr für uns zu arbeiten, wird die Abteilung kaum etwas dagegen unternehmen können.«

»Nein?« sagte ich. »Na, du würdest vielleicht staunen.«

Sie sah mich an. «Aber Brahms Vier ist alt. Er muß doch schon im Rentenalter sein.«

»Dicky gab verhüllte Drohungen von sich.«

»Bluff.«

»Vielleicht«, stimmte ich zu. »Aber Dicky deutete auf seine Art an, daß andere vielleicht zu grob vorgehen könnten, wenn ich mich weigerte. Bei Dicky kann man leider nie sicher sein. Besonders, wenn es um seine Stellung geht.«

»Du brauchst nicht zu fahren, Liebling.«

»Es würde vermutlich keinen Unterschied machen, ob ich gehe oder nicht.«

»Na, dann...«

»Wenn aber jemand anders fährt – irgendein Bursche aus dem Berliner Büro – und dann etwas Unangenehmes passiert... Wie soll ich ausschließen, daß ich es nicht hätte besser machen können?«

»Selbst dann nicht, Bernard. Ich möchte einfach nicht, daß du fährst.«

»Wir werden sehen.«

»Du bist Brahms Vier nichts schuldig«, sagte sie.

»Ich bin ihm verpflichtet«, erklärte ich. »Ich weiß es und er auch. Darum hat er zu mir ein Vertrauen, das er zu anderen nicht hat. Er weiß, daß ich ihm etwas schuldig bin.«

»Es ist doch schon zwanzig Jahre her«, sagte sie, als wären Verpflichtungen wie Hypotheken, deren Belastung mit den Jahren abnimmt.

»Es ist doch völlig unwichtig, wie lange es her ist.«

»Wie steht es eigentlich mit dem, was du mir schuldig bist? Oder Billy und Sally?«

»Werd bloß nicht wütend, Liebling«, sagte ich. »Es ist so schon hart genug. Denkst du denn, ich will unbedingt rüber, um dort Pfadfinder zu spielen?«

»Keine Ahnung«, sagte sie. Sie war wütend, und als wir auf der Autobahn waren, trat sie so heftig aufs Gaspedal, daß die Nadel auf der Skala rotierte. Wir waren so schnell auf Onkel Silas' Farm, daß er nicht einmal dazu kam, die Sektflaschen für die Drinks vor dem Mittagessen zu öffnen.

Whitelands war eine Farm mit 240 Hektar Land in den Cotswolds – dem großen Kalksteinplateau, das das Themse-Tal von dem des Severn teilt –, und das Farmhaus aus alten, honigfarbenen einheimischen Steinen und Fenstern mit Mittelstreben und schiefer Tür machte einen fast zu perfekten Eindruck, wie die Kulisse für einen Hollywoodfilm; allerdings war es noch nicht Sommer, der Himmel war grau, der Rasen gelb, und die Rosensträucher standen geschnitten und blütenlos.

Entlang der großen Scheune waren recht sorglos andere Autos geparkt, ein Pferd stand angepflockt am Zaun, und an dem Metallgitter der Veranda klebten frische Schlammklümpchen. Die alte Eichentür war unverschlossen, und Fiona betrat die Halle auf jene besitzergreifende Art, die Familienmitglieder vorbehalten ist. Mäntel hingen an der Wand oder waren über ein Sofa drapiert.

»Dicky und Daphne Cruyer«, sagte Fiona, die einen Nerzmantel identifizierte.

»Und Bret Rensselaer«, sagte ich und berührte einen weichen Kamelhaarärmel. »Ist denn das komplette Büro da?«

Fiona zuckte mit den Schultern und drehte sich so, daß ich ihr aus dem Mantel helfen konnte. Aus dem hinteren Teil des Hauses drangen Stimmen und unterdrücktes Gelächter. »Nicht nur das Büro«, sagte sie. »Der Range Rover draußen gehört dem pensionierten General, der unten im Dorf lebt. Seine Frau hat die Reitschule – erinnerst du dich? Du konntest sie nicht leiden.«

»Ich möchte wissen, ob die Cruyers bleiben«, sagte ich.

»Nicht, wenn ihre Mäntel in der Halle sind«, erklärte Fiona.

»Du hättest Detektiv werden sollen«, sagte ich. Sie verzog das Gesicht. Derartige Bemerkungen faßte sie nicht als Kompliment auf. Diese Gegend von England hat die hübschesten Dörfer und die herrlichste Landschaft der Welt, und doch ist an dieser Perfektion etwas, das ich beunruhigend finde. In den beengten Cottages der Arbeiter leben Börsenjobber und Immobilienmakler, und der Wirt des altehrwürdigen Dorf-Pubs entpuppt sich als Airline-Pilot zwischen zwei Flügen. Die eigentlichen Dörfler wohnen in der Nähe der Hauptstraße in häßlichen, flachen Ziegelhäusern, und ihre Vorgärten sind mit ausrangierten Autoteilen vollgestellt.

»Wenn ihr zum Fluß hinuntergeht, vergeßt nicht, daß das Ufer schlammig und glatt ist. Und putzt euch um Gottes willen die Schuhe ab, bevor ihr zum Mittagessen wieder ins Haus kommt.« Die Kinder reagierten mit Freudengeheul. »Ich wünschte, wir hätten irgendwo auch so etwas, wohin wir uns an den Wochenenden zurückziehen könnten«, sagte Fiona zu mir.

»Wir haben doch irgendwo so etwas«, sagte ich. »Das hier. Dein Onkel Silas hat gesagt, du könntest kommen, so oft es dir gefällt.«

»Es ist nicht dasselbe«, erklärte sie.

»Da hast du verdammt recht, es ist nicht dasselbe«, sagte ich. »Wenn es dein Haus wäre, würdest du jetzt nicht in die Halle gehen, um ein Glas Sekt vor dem Essen zu schlürfen. Du würdest in der Küche Gemüse putzen.«

»Fiona, mein Liebling! Und Bernard!« Silas Gaunt kam aus der Küche. »Dacht' ich mir's doch, daß ich die Kinder kenne, die ich eben durchs Gebüsch klettern sah.«

»Entschuldige«, sagte Fiona, aber Silas lachte und schlug mir auf den Rücken.

»Wir werden zwar bald essen, aber es ist noch Zeit genug für einen kleinen Schluck. Ein paar Nachbarn waren da, aber ich konnte sie leider nicht überreden, zum Essen zu bleiben.«

Silas Gaunt war ein riesiger Mann mit einem enormen Bauch. Er war schon immer korpulent gewesen, aber nachdem seine Frau gestorben war, wurde er auf die Art reicher Männer dick, die ihren Gelüsten freien Lauf lassen können. Er kümmerte sich weder um seine Taille noch darum, daß seine Hemden so prall saßen, daß die Knöpfe unter Dauerdruck standen. Es war ihm auch gleichgültig, daß die schweren Hängebacken ihn wie einen bekümmerten Bluthund aussehen ließen. Sein Kopf war fast kahl, und die faltige Stirnhaut hing ihm so in die Augen, daß es aussah, als runzle er ständig die Stirn. Dieser Eindruck wurde durch sein lautes Gelächter wettgemacht, für das er den Kopf in den Nacken warf, den offenen Mund gegen die Decke gerichtet. Onkel Silas präsidierte über seine Lunch-Party wie ein Landedelmann über seine Farmarbeiter. Aber das erregte keinerlei Anstoß, weil es ganz offensichtlich nur Spaß war, genau wie sein Gehabe als Bauer mit all den Gummistiefeln in der Diele und der wettergegerbten Heugabel auf dem Rasen, die dort ausgestellt war wie eine moderne Skulptur.

»Sie besuchen mich alle«, sagte er und goß seinen Gästen 64er Château Pétrus ein. »Manchmal verlangen sie, daß ich irgendeine dumme Entscheidung zurücknehme, die die Abteilung in den sechziger Jahren getroffen hat, oder sie wollen, daß ich meinen Einfluß bei jemandem ganz oben geltend mache, oder sie erwarten, daß ich eine schauderhafte viktorianische Kommode, die sie geerbt haben, für sie verkaufe.« Silas blickte in die Runde, damit sich auch jeder am Tisch daran erinnerte, daß er Teilhaber eines Antiquitätengeschäftes in der Bond Street war. Der wortkarge Amerikaner Bret Rensselaer drückte den Arm der vollbusigen Blonden, die er mitgebracht hatte. »Aber sie kommen alle – glaubt nicht, daß ich einsam wäre.« Ich hatte Mitleid mit dem alten Silas; denn es war genau das, was nur sehr einsame Menschen von sich behaupten.

Mrs. Porter, seine Köchin und Haushälterin, trug einen Lendenbraten aus der Küche herein. »Prima, ich mag Rindfleisch«, erklärte mein Sohn Billy.

Mrs. Porter lächelte verständnisvoll. Sie war eine ältere Frau, die gelernt hatte, was den Wert des Dienstpersonals ausmacht: nichts hören, nichts sehen und kaum etwas sagen. »Ich habe nichts übrig für Stews und Pies und all diesen Mischmasch«, erklärte Onkel Silas, als er die zweite Flasche Limonade für die Kinder öffnete. »Ich habe gern ein Stück Fleisch auf dem Teller. All diese Saucen und Pürees finde ich abscheulich. Die Franzosen können mit ihrer Küche bleiben, wo der Pfeffer wächst.« Er goß ein wenig Limonade für meinen Sohn ein und wartete ab, bis Billy Farbe und Bouquet begutachtet hatte, einen Schluck nahm und dann zustimmend nickte, wie Silas es ihm beigebracht hatte.

Mrs. Porter stellte die Fleischplatte vor Silas hin und legte das Vorlegebesteck daneben, bevor sie wieder in die Küche ging, um die Gemüse zu holen. Dick Cruyer tupfte sich mit der Serviette Wein von den Lippen. Die Worte des Gastgebers schienen auf ihn gemünzt gewesen zu sein. »Ich kann es einfach nicht zulassen, daß du *la cuisine française* so heruntermachst, Silas.« Dicky lächelte. »Ich würde glatt von Paul Bocuse geächtet werden.«

Silas bediente Billy mit einer riesigen Portion rosafarbenen Roastbeefs und fuhr dann fort, Scheiben zu schneiden. »Fangt an zu essen!« befahl er. Dickys Frau Daphne reichte die Teller herum.

Zwischen durch:

„Du würdest in der Küche Gemüse putzen." Keine allzu verlockende Perspektive für Fiona. Denn es gibt bestimmt angenehmere Aktivitäten an Wochenenden. Aber es muß ja nicht immer eine opulente Mahlzeit sein – denn oft genügt ja etwas leichteres Heißes für zwischendurch. Etwas wie die schnelle …

Sie arbeitete in der Werbebranche und kleidete sich gern im Großmutterlook, mit schwarzem Samtstehkragen, Kameebrosche und dünnrahmiger Nickelbrille. Sie bestand auf einer Miniaturportion Fleisch.

Dicky sah, daß mein Sohn Bratensaft auf sein Hemd kleckerte, und lächelte mir mitfühlend zu. Die Cruyer-Jungen waren im Pensionat; ihre Eltern sahen sie nur in den Ferien. Es sei die einzige Möglichkeit, nicht durchzudrehen, hatte mir Dicky mehr als einmal gesagt.

Silas schnitt mit fachmännischer Konzentration das Fleisch. Die Gäste gaben Ahs und Ohs von sich. Dick Cruyer erklärte, es sei ein »köstliches Mahl«, und bezeichnete Silas als den »Herrn Wirt«. Fiona sah mich warnend an, damit ich Dicky nicht zu weiteren solchen Kommentare provozierte.

»Kochen«, sagte Silas, »ist die Kunst des Möglichen. Die Franzosen werfen allerlei Reste zusammen, hacken sie klein, mischen das Ganze und verfälschen es dann mit Würzsaucen. Ich will von diesem Mist nichts sehen, wenn ich mir ordentliches Essen leisten kann. Niemand, der noch seine fünf Sinne beisammen hat, würde sich für so etwas entscheiden.«

»Du solltest es einmal mit der *Nouvelle cuisine* versuchen«, sagte Daphne Cruyer, die auf ihre französische Aussprache stolz war. »Leichte Kost, und jeder Teller wie ein Gemälde.«

»Ich will aber kein kalorienarmes Essen«, grollte Silas und schwang das Messer in ihre Richtung. »*Nouvelle cuisine*«, sagte er abfällig. »Große bemalte Teller mit einem Klacks Essen in der Mitte. Als billige Hotelrestaurants so etwas machten, nannten wir es Rationierung; aber man braucht ja nur die Jungs von der PR-Front ranzulassen. Schon schreiben sie lange Artikel über die *Nouvelle cuisine* in den Frauenzeitschriften. Wenn ich für gutes Essen gut bezahle, verlange ich, daß mich der Kellner von einem Servierwagen bedient, daß er mich fragt, was und wieviel ich möchte. Ich schätze es gar nicht, wenn Teller mit Fleisch und zwei Sorten Gemüse von Kellnern aus der Küche an meinen Tisch getragen werden, die einen Hering nicht von einem Karfreitagsbrötchen unterscheiden können.«

»Dieses Rindfleisch ist perfekt gebraten, Onkel Silas«, sagte Fiona, die erleichtert zur Kenntnis nahm, daß er es geschafft hatte, seine leidenschaftliche Rede ohne die üblicherweise eingestreuten Flüche zu Ende zu bringen. »Aber für Sally bitte nur eine kleine Scheibe... durchgebraten, wenn möglich.«

»Guter Gott, Nichte!« sagte er. »Gib deiner Tochter doch endlich mal was, das ein bißchen Blut in ihre Adern bringt. Durchgebratenes Fleisch! Kein Wunder, daß sie so abgehärmt aussieht.«

»Was ist abgehärmt?« fragte Billy, der rosafarbenes Fleisch mochte und Silas' Handfertigkeit mit dem rasierklingenscharfen Vorlegemesser bewunderte.

»Mager, käsig, anämisch und kränklich«, sagte Silas. Er stellte das rosafarbene Fleisch vor Sally hin.

»Sally geht es hervorragend«, sagte Fiona. Es gab nichts, was sie schneller in Erregung versetzte, als die Andeutung, einem ihrer Kinder könnte es an irgend etwas fehlen. Vermutlich war das eine Art Schuldgefühl, das sie mit allen berufstätigen Müttern teilte. »Sally ist die beste Schwimmerin ihrer Klasse«, sagte Fiona. »Stimmt's, Sally?«

»Ja, im letzten Halbjahr«, flüsterte Sally.

»Bring etwas Roastbeef in deinen Bauch«, sagte Silas. »Davon kriegst du Locken.«

»Ja, Onkel Silas«, sagte sie. Er ließ sie nicht aus den Augen, bis sie einen Bissen in den Mund steckte und ihn anlächelte.

»Du bist ein Tyrann, Onkel Silas«, sagte meine Frau, aber Silas reagierte gar nicht darauf. Er wandte sich an Daphne: »Nun sag du nicht auch noch, daß du durchgebratenes Fleisch haben willst.«

»*Bleu* für mich«, sagte sie. »*Avec un petit peu de moutarde anglaise.*«

»Gebt Daphne den Senf«, sagte Silas. »Und reicht ihr die *pommes de terre* – sie könnte ein wenig zulegen. Dann hättest du etwas, woran du dich festhalten kannst«, sagte er zu Cruyer und fuchtelte mit der Vorlegegabel vor seiner Nase herum.

»Halt dich zurück«, sagte Cruyer, der solche persönlichen Bemerkungen in bezug auf seine Frau gar nicht schätzte.

Dicky Cruyer lehnte die *charlotte russe* mit der Bemerkung ab, er habe bereits »hinlänglich genossen«, und so teilten Billy und ich uns Dickys Portion. *Charlotte russe* war eine von Mrs. Porters Spezialitäten. Nach dem Essen nahm Silas die Herren mit in das Billardzimmer und sagte zu den Damen: »Geht zum Fluß hinunter oder setzt euch in den Wintergarten – und falls es euch kalt sein sollte, im Salon brennt ein hübsches Kaminfeuer. Mrs. Porter wird euch Kaffee bringen oder Brandy, falls ihr wollt. Aber Männer müssen nun mal von Zeit zu Zeit fluchen und rülpsen. Wir werden rauchen, fachsimpeln und über Cricket diskutieren. Das wäre für euch doch nur langweilig. Geht und kümmert euch um die Kinder. Das ist es, wofür ihr von der Natur geschaffen worden seid.«

Sie fügten sich nicht gerade damenhaft – wenigstens nicht Daphne und Fiona. Daphne nannte Silas ein chauvinistisches Schwein, und Fiona drohte, die Kinder in seinem Arbeitszimmer spielen zu lassen – einem Heiligtum, das buchstäblich jedem verboten war. Aber es half nichts; er drängte die Herren ins Billardzimmer und schloß die Damen aus.

Das düstere Billardzimmer mit seiner Mahagonitäfelung sah noch immer so aus, wie es im 19. Jahrhundert nach dem Geschmack eines Bierbarons eingerichtet worden war. Selbst die Geweihe und Familienporträts waren auf ihren Plätzen geblieben. Die Fenster führten auf den Rasen hinaus, aber der Himmel draußen war dunkel, und der Raum wurde nur von dem grünen Licht erhellt, das vom Tuch des Tisches reflektiert wurde. Cruyer bereitete den Tisch vor, und Bret suchte sich ein Queue aus, während Silas das Sakko ablegte und mit seinen hellroten Hosenträgern schnippte, bevor er Getränke und Zigarren herumgehen ließ. »Also Brahms Vier macht sich zum Narren?« sagte Silas, als er sich eine Zigarre genommen hatte und nach den Streichhölzern griff. »Na, habt ihr denn alle die Sprache verloren?« Er schüttelte die Schachtel, daß die Hölzer klapperten.

»Nun, ich meine...« sagte Cruyer und ließ fast das Kolophonium fallen, mit dem er die Spitze des Queues einrieb.

»Spiel nicht den Dummkopf, Dicky«, sagte Silas. »Der Chef ist höchst beunruhigt bei der Vorstellung, er müßte auf all diese Bankdaten verzichten. Er sagte, du hättest Bernard ins Spiel gebracht, um die Dinge zu klären.«

Cruyer – der sehr darauf bedacht gewesen war, mir gegenüber nichts davon verlauten zu lassen, daß er mich dem Chef gegenüber erwähnt hatte – spielte mit seinem Queue, um sich eine Taktik zu überlegen, und sagte dann: »Bernard? Sein Name fiel zwar, aber ich bin dagegen. Bernard hat seine Pflicht bereits getan. Das habe ich ihm auch schon gesagt.«

»Laß die Spitzfindigkeiten, Dicky. Spar dir das für deine Ausschußsitzungen auf. Sir Henry hat mich beauftragt, euch an diesem Wochenende die Köpfe zurechtzurücken und am Montag ein paar vernünftige Vorschläge zu unterbreiten... spätestens am Dienstag. Die ganze verdammte Sache kann sehr schnell hochgehen, wie ihr wißt.« Er sah erst auf den Tisch, dann blickte er seine Gäste an. »Wie wollen wir's machen? Bernard ist nicht gerade ein Weltmeister, also wird er mit mir zusammen gegen euch beide spielen.«

Bret sagte nichts. Dick Cruyer sah Silas mit neu erwachtem Respekt an. Vielleicht hatte er bis zu diesem Nachmittag den Einfluß unterschätzt, den der alte Mann immer noch ausübte, oder er hatte sich nicht ganz klar gemacht, daß Silas noch immer der abgebrühte Hund war, der er innerhalb des Dienstes gewesen war, derselbe rücksichtslose Manipulator von Menschen, der Dicky Cruyer zu sein versuchte. Onkel Silas war aus seinen Krisen immer wie neugeboren hervorgegangen, wie Phönix aus der Asche – etwas, das Dicky Cruyer nicht immer gelungen war.

»Ich bleibe dabei, daß Bernard nicht hinzufahren braucht«, beharrte Cruyer, jedoch schon weniger überzeugt. »Sein Gesicht ist zu bekannt. Deren Leute würden ihm sofort auf die Schliche kommen. Eine falsche Bewegung, und wir finden uns im Innenministerium wieder, um auszuknobeln, wen wir gegen ihn austauschen können.« Wie Silas bemühte er sich um einen gleichmütigen Ton und brachte jene Beiläufigkeit zustande, mit der Engländer eine Sache von Leben und Tod bevorzugt zu diskutieren pflegen. Er beugte sich derweil über den Tisch, und es entstand ein Schweigen, während er zu seinem Eröffnungsstoß ansetzte.

»Wer soll denn sonst gehen?« fragte Silas und reckte den Kopf, um Cruyer anzusehen, wie ein Lehrer, der einem begriffsstutzigen Schüler eine mehr als einfache Frage stellt.

»Wir haben eine Liste von fünf oder sechs Leuten zusammengestellt, die dafür in Frage kämen«, sagte Cruyer.

»Leute, die Brahms Vier kennen? Leute, denen er vertraut?«

»Brahms Vier traut keinem«, sagte Cruyer. »Du weißt doch, wie Agenten sind, wenn sie sich mit dem Gedanken an Ausstieg tragen.« Er trat zurück, und Bret Rensselaer studierte die Situation auf dem Spielfeld, um dann die von ihm gewählte Kugel ohne viel Federlesens im Loch zu versenken. Bret war Dickys Vorgesetzter, ließ aber Dicky die Fragen beantworten, als sei er lediglich ein Zuschauer. Das war genau Bret Rensselaers Art.

»Guter Stoß, Bret«, sagte Silas. »Also ist niemand von euch jemals mit ihm zusammengetroffen?« Er zog an seiner Zigarre und blies den Rauch in Cruyers Richtung. »Oder habe ich das falsch verstanden?«

»Bernard ist der einzige, der jemals mit ihm zusammengearbeitet hat«, gab Cruyer zu, legte sein Sakko ab und hängte es sorgfältig über eine Stuhllehne. »Ich bin ja nicht mal in der Lage, ein neueres Foto von ihm aufzutreiben.«

»Brahms Vier.« Silas kratzte sich am Bauch. »Er ist ungefähr in meinem Alter. Ich kenne ihn aus der Zeit, als Berlin noch Berlin war. Wir teilten die Freundinnen und haben uns gemeinsam einen angezwitschert. Ich kenne ihn, wie man nur Männer kennt, mit denen man aufgewachsen ist. Berlin! Wie habe ich diese Stadt geliebt.«

»Wie gut wir das verstehen«, sagte Cruyer mit einer Spur von Schärfe in der Stimme. Er nahm die Kugeln aus der Tasche und baute sie auf dem Spielfeld erneut auf.

»Brahms Vier hat Ende 1946 versucht, mich umzubringen«, sagte Silas, ohne auf Cruyer einzugehen. »Er paßte mich vor der Tür einer kleinen Bar am Alexanderplatz ab und schoß auf mich, als ich im Lichtkegel der Tür auftauchte.«

»Und er hat dich verfehlt?« fragte Cruyer mit der schicklichen Portion Anteilnahme.

»Ja. Man sollte eigentlich meinen, daß selbst ein ungenauer Schuß einen so großen Burschen wie mich treffen müßte, vor allem, wenn er in vollem Licht steht. Aber der dumme Hund verfehlte mich. Glücklicherweise hatte ich meinen Fahrer dabei, einen Militärpolizisten, der mich seit meiner Ankunft auf Schritt und Tritt begleitete. Wie ihr wißt, war ich ein Zivilist in Uniform, und ich brauchte jemanden, der mir dabei half, meine Rolle als Sam Browne zu spielen, und mich daran erinnerte, wann ich zu grüßen hatte. Nun gut, er stürzte sich also auf Brahms Vier, und ich bin sicher, er hätte ihn zum Krüppel geschlagen, wenn ich nicht dazwischengegangen wäre. Er war der festen Überzeugung, Brahms Vier habe auf ihn gezielt, und war ziemlich erbost darüber.«

Silas trank einen Schluck Port, paffte seine Zigarre und nahm mein unbeholfenes Schweigen zur Kenntnis. Cruyer erkundigte sich pflichtschuldigst danach, was dann geschehen war.

»Die Russkis kamen angerannt. Soldaten, Militärpolizei, vier große Bauernburschen mit schmutzigen Stiefeln und Bartstoppeln. Sie wollten den armen Brahms Vier abschleppen. Natürlich hieß er damals noch nicht Brahms Vier, das kam erst später. Der Alexanderplatz liegt in ihrem Sektor, auch als die Mauer noch nicht gebaut war. Aber ich erklärte ihnen, er sei ein englischer Offizier, der zuviel getrunken habe.«

»Und das haben sie geglaubt?« fragte Cruyer.

»Nein, aber der Durchschnittsrusse ist von klein auf gewöhnt,

Lügen zu hören. Sie haben mir nicht geglaubt, aber sie haben auch nicht viel Initiative aufgebracht, mir das Gegenteil zu beweisen. Sie unternahmen einen ziemlich schwachen Versuch, ihn wegzuzerren, aber mein Fahrer und ich trugen ihn zu unserem Auto. Es war unvorstellbar, daß die Russen ein Fahrzeug mit dem Kennzeichen der britischen Armee anrühren würden. Sie wußten, was geschehen würde, wenn jemand es wagen sollte, ein russisches Offiziersauto ohne Erlaubnis anzutasten. Und so haben wir ihn in den Westen gebracht.«

»Warum hat er auf dich geschossen?« fragte ich.

»Dieser Brandy gefällt dir, was?« fragte Silas. »Zwanzig Jahre im Holzfaß; es ist heutzutage nicht leicht, an diese Art von Cognac heranzukommen. Ja nun, er hatte mich einige Tage beobachtet. Er hatte Gerüchte gehört, nach denen ich derjenige war, der Gehlens Leute hatte hochgehen lassen; und bei dieser Razzia waren einige seiner engsten Freunde verletzt worden. Aber wir sprachen über die alten Zeiten, und schließlich nahm er Vernunft an.« Ich nickte. Diese vage Erklärung war Silas' Art, mir höflich zu sagen, ich solle mich gefälligst um meine eigenen Angelegenheiten kümmern.

Ich sah zu, wie Bret Rensselaer durch einen Mittelstoß die rote Kugel so perfekt schnitt, daß die weiße nach dem Aufprall auf die gegenüberliegende Bande auf dem gleichen Weg zurückkam. Für seinen nächsten Stoß veränderte er seine Position nur wenig. »Und seit 1946 hast du ständig mit ihm zusammengearbeitet?« fragte ich und sah Silas an.

»Nein, nein, nein«, sagte Silas. »Ich habe ihn von unseren Leuten in Hermsdorf ferngehalten. Mir standen Geldmittel zur Verfügung, und ich schickte ihn mit der Maßgabe in den Ostsektor zurück, sich abwartend zu verhalten. Während des Krieges war er bei der Reichsbank gewesen – sein Vater war Börsenmakler –, und ich wußte, daß das Regime da drüben – kommunistisch oder nicht – irgendwann Männer mit erstklassigen Bankerfahrungen dringend brauchen würde.«

»Du hast also in ihn investiert«, sagte Cruyer.

»Man könnte auch sagen, er hat in mich investiert«, sagte Silas. Das Spiel lief jetzt langsamer; jeder nahm sich mehr Zeit, seine Spielzüge vorzubereiten, weil aller Gedanken woanders waren. Cruyer führte seinen Stoß, verfehlte und fluchte unterdrückt. Silas fuhr fort: »In den folgenden Jahren sollten wir beide in Positionen kommen, die es uns ermöglichten, einander zu helfen. Das war bereits absehbar. Zunächst bekam er einen Job beim Finanzamt.

Habt ihr euch schon mal gefragt, wie kommunistische Länder überhaupt kommunistisch werden? Keineswegs dank der Geheimpolizei – es sind die Steuereintreiber. Die Kommunisten schalten private Firmen aus, indem sie die Steuerrate entsprechend der Zahl der Angestellten steil anheben. Nur Unternehmen mit weniger als einem Dutzend Angestellten haben eine Überlebenschance. Nachdem sie auf diese Weise die freie Wirtschaft zerstört hatten, wurde Brahms Vier während der Währungsreform zur Deutschen Emissions- und Girobank versetzt.«

Dicky lächelte triumphierend, als er zu Silas sagte: »Und die wurde später zur Deutschen Notenbank.« Gut geraten, Dicky, dachte ich.

»Wie lange war er denn ein Schläfer?« fragte ich.

»Lange genug«, sagte Silas. Er lächelte und trank seinen Port. »Ein herrlicher Port ist das«, sagte er und hob das Glas gegen das Licht, um die Farbe sehen zu können. »Aber dieser verdammte Arzt hat mein Quantum auf eine Flasche pro Monat beschränkt – eine Flasche pro Monat, ich bitte euch! Ja, er war während der ganzen Zeit ein Schläfer, als der Dienst mit Verrätern durchsetzt war, mit gewissen Kollegen von euch, die dem Kreml jede Einzelheit brühwarm weitererzählten. Er hatte Glück oder er war schlau – wahrscheinlich von beidem ein wenig. Seine Akte lag dort begraben, wo niemand an sie herankam. Er überlebte. Aber, bei Gott, ich habe ihn zum Leben erweckt, nachdem wir diese Maulwürfe endlich los waren. Wir befanden uns damals in einem wahrhaft beklagenswerten Zustand, und Brahms Vier war eine erstklassige Quelle.«

»Und du hast ihn persönlich geführt?« fragte Dicky Cruyer. Er tauschte sein Queue gegen ein anderes aus, als sei es für seinen verpatzten Stoß verantwortlich gewesen.

»Das hatte Brahms Vier zur Bedingung gemacht«, sagte Silas. »So etwas gab es damals häufiger. Er erstattete mir persönlich Bericht. Ich trug dazu bei, daß er sich sicherer fühlte, und auch für mich war es gut.«

»Und was geschah, als du aus Berlin abgezogen wurdest?« fragte ich.

»Ich mußte ihn einem anderen Betreuer übergeben.«

»Und wer war das?« fragte ich.

Silas sah mich an, als müsse er sich überlegen, ob er es mir anvertrauen könne, aber er hatte sich längst entschieden. »Bret hat ihn von mir übernommen.« Wir drehten uns alle erneut zu Bret

Rensselaer um, einem Amerikaner im dunklen Anzug, Mitte Fünfzig, mit blondem, sich lichtenden Haar und einem flüchtigen, nervösen Lächeln. Bret war der Typ Amerikaner, der sich darin gefiel, für einen Engländer gehalten zu werden. Angeworben, während er mit einem Rhodes-Stipendium in Oxford studierte, war er ein überzeugter Anglophile geworden, der in vielen europäischen Stationen gedient hatte, bevor er den Schreibtisch des Bevollmächtigten für Europäische Wirtschaft übernahm, der später zum Ausschuß für Wirtschaftsspionage wurde und nun Brets privates Imperium war. Wenn Brahms Vier als Quelle versiegte, würde Bret Rensselaer buchstäblich zusammenklappen. Kein Wunder, daß er so nervös wirkte. Bret war wieder an der Reihe. Er balancierte das Queue, als prüfe er sein Gewicht, und griff dann nach dem Kolophonium. »Ich habe Brahms Vier jahrelang auf persönlicher Basis betreut, genau wie Silas es vor mir getan hatte.«

»Hast du ihn jemals von Angesicht zu Angesicht gesehen?«

»Nein, ich war noch nie im Osten, und er ist, soweit ich weiß, nie herausgekommen. Er kannte lediglich meinen Codenamen.« Endlich war er mit dem Kolophonium fertig und plazierte es sorgfältig auf dem Rand der Spielstandstafel.

»Den du ebenfalls von Silas übernommen hast«, sagte ich. »Das heißt doch, daß du unter der Vorspiegelung weitergemacht hast, du seist Silas.«

»Selbstverständlich habe ich das«, sagte Bret, als habe er das von Anfang an klarstellen wollen. Das einzige, was Agenten im Außendienst mehr verabscheuen als den Wechsel eines Kontaktmannes, ist der heimliche Wechsel eines Betreuers. Es ist nicht gerade das, wessen sich ein Schreibtischstratege brüsten würde. Bret hatte seinen Stoß noch immer nicht geführt. Er stand da und sah mich an, sprach jetzt aber ein wenig schneller, da er sich in der Defensive befand. »Brahms Vier hatte eine so gute Beziehung zu Silas, daß kein Neuling darauf hoffen konnte, etwas Ähnliches zustande zu bringen. Es war besser, ihn glauben zu lassen, sein Material würde immer noch zu Silas gelangen.« Er beugte sich über den Tisch, um seinen Stoß zu setzen. Natürlich war er fehlerlos, auch der nächste, aber der dritte lief fehl.

»Obwohl Silas längst nicht mehr da war«, sagte ich und trat einen Schritt zur Seite, damit Silas einen besseren Überblick über die Situation auf dem Spielfeld gewann, bevor er seinen Stoß führte.

»Ich war ja schließlich nicht tot!« sagte Silas indigniert über die

Schulter hinweg, als er danebenzielte. »Ich blieb im Spiel. Bret kam mehrmals, um sich mit mir zu beraten. Und gelegentlich schickte ich ihm ein Päckchen mit verbotenen Dingen hinüber. Wir meinten, er würde meine Auswahl wiedererkennen und so weiter.«

»Aber nach der großen Reorganisation im letzten Jahr wurde er zu nachlässig«, fügte Bret Rensselaer trübsinnig hinzu. »Es kam zwar immer noch manches großartige Material von ihm, aber eben nicht mehr hundertprozentig. Er begann auch, immer mehr Geld zu fordern. Nicht daß jemand von uns etwas dagegen gehabt hätte – er war jeden Pfennig wert, den er erhielt –, aber wir bekamen allmählich das Gefühl, er suche nach einer Möglichkeit für den Ausstieg.«

»Und nun ist es zum Bruch gekommen?« fragte ich.

»Könnte durchaus sein«, sagte Bret.

»Es könnte sich aber auch nur um ein Vorspiel zu weiteren Geldforderungen handeln«, sagte Silas.

»Ganz schön verrückt«, meinte Bret. »Eine ganz schön verdrehte Art für eine Honorarforderung. Nein, ich glaube, er will raus. Ich bin überzeugt, daß er diesmal wirklich aussteigen will.«

»Was macht er mit all dem Geld?«

»Das haben wir nie herausgefunden«, sagte Bret.

»Wir durften noch nicht einmal versuchen, es herauszubekommen«, sagte Cruyer bitter. »Jedesmal, wenn wir in dieser Richtung etwas unternehmen wollten, legte jemand an der Spitze sein Veto ein.«

»Nimm's nicht so schwer«, sagte Bret in der freundlich-verbindlichen Art eines Mannes, der weiß, daß er der Boss ist. »Es wäre doch unsinnig, eine verdammt gute Quelle aufs Spiel zu setzen, nur um herauszufinden, daß er irgendwo eine Geliebte versteckt, oder daß er seine Mäuse auf einem Schweizer Nummernkonto anhäuft.«

Selbstverständlich war es Silas, der darüber entschied, wieviel man mir unter den Aspekten der Sicherheit anvertrauen konnte. »Wir wollen mal so sagen, daß wir sein Honorar auf ein Konto bei einer Münchner Bank einzahlen, unter dem Namen eines Verlages, der nie etwas veröffentlicht«, sagte Silas. Falls ich wirklich über den Zaun ging, wollten sie ganz sicher sein, daß ich nur das wußte, was ich wissen durfte. Das war das übliche Verfahren, das wußten wir alle.

»Teufel noch mal, er will einfach die Möglichkeit haben, sein Geld auch auszugeben«, sagte ich. »Daran ist doch nichts Falsches, oder?«

Silas wandte sich mit einem fast boshaften Ausdruck in den

Augen zu mir. »Nein, daran ist nichts Falsches – es sei denn, du bist auf das Zeug angewiesen, das er schickt. Dann ist allerdings alles falsch, Bernard!« Er leerte die Tasche und stieß die Kugel mit solcher Wucht über das Spielfeld, daß sie nach dem Aufprall auf die gegenüberliegende Bande auf dem gleichen Weg zu ihm zurückgeschossen kam. Er hatte eine Art brutaler Entschlossenheit an sich, die ich schon mehr als einmal bemerkt hatte.

»Okay, du versuchst also, mir zu beweisen, daß ich der einzige bin, der rüberfahren und mit ihm reden kann«, sagte ich. »Ich vermute, daß dieses nette Spielchen hier allein aus diesem Grund veranstaltet worden ist. Oder irre ich mich?« Ich hielt Silas' Blick fest, und er lächelte kläglich.

»Du bist einfach nicht der Richtige«, sagte Bret ohne große Überzeugungskraft. Niemand sonst sagte ein Wort. Sie wußten alle, daß ich der Richtige war. Dieses verdammte Zusammensein war nur deshalb inszeniert worden, um mir zu zeigen, daß die Entscheidung einmütig getroffen worden war. Dicky Cruyer berührte mit dem feuchten Ende seiner Zigarre die Lippen, steckte sie aber nicht in den Mund. Bret sagte: »Das wäre ja so, als würden wir die vereinigten Kapellen des Wachregiments unter den Klängen von ›Rule, Britannia‹ rüberschicken! Brahms wäre entsetzt, und das mit Recht. In dem Augenblick, wo du drüben ankommst, hättest du einen Schatten an den Fersen.«

»Das glaube ich nicht«, sagte Cruyer. Sie sprachen über mich, als wäre ich gar nicht vorhanden. Ich hatte das Gefühl, sie würden genauso miteinander diskutieren, wenn ich eingebuchtet oder umgebracht worden wäre. »Bernard kennt sich da drüben aus. Und er braucht nicht lange zu bleiben – ein Gespräch genügt, damit wir wissen, was eigentlich in seinem Kopf vorgeht. Und um ihm klarzumachen, wie wichtig es für uns ist, daß er die Stellung noch ein paar Jahre hält.«

»Was ist eigentlich mit dir, Bernard?« fragte mich Silas. »Du hast bisher noch gar nichts dazu gesagt.«

»Es sieht ganz so aus, als müßte jemand rüber«, sagte ich. »Und jemand, den er kennt, hätte eine größere Chance, eine klare Antwort zu bekommen.«

»Und«, sagte Bret entschuldigend, »es bleibt nicht viel Zeit... Ist es das, was du sagen wolltest?«

Cruyer sagte: »Im letzten Monat hatten wir einen Kurier mit dem Bus hinübergeschickt. Er nahm den gewöhnlichen Touristenbus und hatte keinerlei Schwierigkeiten.«

»Gestatten sie mittlerweile, daß Touristen aus West-Berlin den Bus verlassen?« fragte Silas.

»Aber ja«, sagte Cruyer und lächelte aufgeräumt. »Seit deiner Zeit hat sich einiges verändert, Silas. Sie besuchen das Mahnmal der Roten Armee in Treptow. Sie halten sogar für eine Pause mit Kaffee und Kuchen – die DDR ist auf Westmark dringend angewiesen. Ein anderer guter Ort für ein Treffen ist das Pergamon-Museum. Die Touristenbusse aus dem Westen halten da ebenfalls.«

»Wie denkst du darüber, Bernard?« meinte Bret. Er fingerte an seinem Siegelring und tat so, als habe er an nichts anderem Interesse als an Cruyers vertracktem Eckstoß.

Ich fand ihre Hypothesen geradezu aufreizend. Aus solchem Zeug setzten sich die endlosen Aktennotizen zusammen, unter denen die Abteilung begraben lag. Ich sagte: »Was für einen Sinn hat es, Vermutungen aufzustellen? Wir müssen einfach wissen, was er vorhat. Er ist kein Dummkopf, sondern ein gebildeter Mann mit einem wichtigen und interessanten Job. Wir müssen in Erfahrung bringen, ob er noch immer glücklich verheiratet ist und ob er Freunde hat, die zur Feier des Geburtstags seiner Enkel Ansprachen halten. Oder ob er vielleicht ein alter Einzelgänger geworden ist, uneins mit sich und der Welt und auf medizinische Behandlung westlichen Zuschnitts angewiesen... Vielleicht hat er aber auch nur herausgefunden, wie es ist, in eine wohlgeformte achtzehnjährige Nymphomanin verliebt zu sein.«

Bret lachte kurz auf und sagte: »Zwei Erster-Klasse-Tickets nach Rio, und vergessen Sie den Champagner nicht.«

»Es sei denn, die Wohlgeformte arbeitet für den KGB«, sagte ich.

Bret blickte mich leidenschaftslos an. »Wie sollte man diesen Job also am besten angehen, Bernard?«

»Ganz bestimmt würde ich mit euch darüber nicht diskutieren, bis auf die Feststellung allerdings, daß ich keinerlei Arrangements von hier aus wünsche. Keine Dokumente, keine Vorbereitungen, keinen Kontakt für den Notfall, keine örtliche Unterstützung – nichts. Ich würde alles allein machen.« Es war nicht gerade die Art von Eigenständigkeit, die die Abteilung schätzte. Ich rechnete mit lautstarken Einwänden, aber es kamen keine.

»Ganz richtig«, sagte Silas.

»Ich habe noch nicht zugesagt, hinüberzugehen«, erinnerte ich sie.

»Wir überlassen es dir«, sagte Silas. Die anderen nickten. Ihre

Gesichter waren im Dämmerlicht hinter dem hell erleuchteten Tisch nur schwach zu erkennen. Cruyers Hände, sehr weiß in dem blendenden Licht, krochen über das grüne Tuch wie zwei riesige Spinnen. Die Kugel verfehlte den anvisierten Zielpunkt. Seine Gedanken waren nicht beim Spiel, meine auch nicht.

Silas quittierte Cruyers Fehlstoß mit einer Grimasse und nippte an seinem Port. »Bernard«, sagte er plötzlich, »ich würde...« Mitten im Satz brach er ab. Mrs. Porter hatte das Zimmer betreten. Sie hielt ein Kristallglas und ein Geschirrtuch in den Händen. Silas sah auf und begegnete ihrem Blick.

»Telefon, Sir«, sagte sie. »Ein Anruf aus London.«

Sie sagte nicht, wer der Anrufer war. Offenbar ging sie davon aus, daß er es ohnehin wußte. Und tatsächlich wußten oder vermuteten wir alle, daß es jemand war, der an dem Ausgang des Gesprächs brennend interessiert war. Silas rieb sich das Gesicht, sah mich an und sagte: »Bernard... nimm dir doch noch einen Brandy, wenn du magst.«

»Danke«, sagte ich, aber ich hatte das Gefühl, als hätte Silas eigentlich etwas ganz anderes sagen wollen.

Wochenenden bei Onkel Silas liefen immer nach demselben Schema ab: ein zwangloser Lunch am Sonnabend, eine Partie Billard oder Bridge bis zur Teezeit und ein Abendessen in Glanz und Gala. An diesem Sonnabend waren vierzehn Gäste beim Dinner anwesend: wir, die Cruyers, Rensselaer und seine Freundin, Fionas Schwester Tessa, die (da ihr Ehemann nicht da war) neben Onkel Silas saß, ein amerikanisches Ehepaar namens Johnson, das sich in England aufhielt, um Antiquitäten für sein Geschäft in Philadelphia einzukaufen, ein junger modischer Architekt, der Cottages in »Traumhäuser« verwandelte und damit genug Geld machte, um eine geräuschvolle neue Frau und einen geräuschvollen alten Ferrari zu unterhalten, und ein rotnasiger Farmer aus dem Dorf, der während des ganzen Abends nur zweimal den Mund aufmachte, und das auch nur, um seine kraushaarige Frau um den Wein zu bitten.

»Du hast Glück gehabt!« sagte Fiona mürrisch, als wir uns in der kleinen Mansarde für die Nacht zurechtmachten. »Ich hab' neben Dicky Cruyer gesessen. Er hat nur über dieses abscheuliche Boot gesprochen. Im nächsten Monat will er damit nach Frankreich.«

»Dicky kann doch ein Großsegel nicht von einem Marlspieker unterscheiden. Er wird sich den Hals brechen.«

»Sag nicht so was, Liebling«, meinte Fiona. »Meine Schwester Tessa fährt mit. Und Ricky auch, dieser brillante junge Architekt, und Colette, seine überaus amüsante Frau.« Es lag ein Hauch von Schärfe in ihrer Stimme; offenbar war sie von beiden nicht gerade begeistert. Außerdem war sie immer noch erbost, von unserer Konferenz im Billardzimmer ausgeschlossen worden zu sein.

»Es muß ein ziemlich großer Kahn sein«, stellte ich fest.

»Sechs Kojen... acht, wenn man sich gut kennt, sagt Daphne. Sie ist nicht mit von der Partie. Sie wird leicht seekrank.«

Ich sah sie spöttisch an. »Hat deine Schwester eine Affäre mit Dicky Cruyer?«

»Wie schlau du bist«, sagte Fiona mit einer Stimme, die keine Spur Bewunderung enthielt. »Aber du hinkst der Zeit hinterher, Liebling. Sie hat sich in jemanden verliebt, der wesentlich älter ist, hat sie mir gestanden.«

»Sie ist ein Biest.«

»Die meisten Männer finden sie attraktiv«, sagte Fiona. Aus irgendeinem Grund empfand sie eine geheime Befriedigung, wenn ich ihre Schwester kritisierte, und war ganz erpicht darauf, mich in dieser Hinsicht zu provozieren.

»Ich dachte, sie hätte sich mit ihrem Mann ausgesöhnt.«

»Es war ein Versuch«, meinte Fiona. »Eine Prüfung.«

»Darauf kannst du Gift nehmen«, stimmte ich zu. »Besonders für George.«

»Du hast neben dieser antiken Dame gesessen – war sie wenigstens amüsant?«

»Neben einer Dame aus der Antiquitätenbranche«, korrigierte ich ihre Beschreibung, und sie lächelte. »Sie hat mir zur Vorsicht beim Kauf von Kommoden geraten; man müsse damit rechnen, daß sie neue Ober- und alte Unterteile haben.«

»Wie bizarr!« sagte Fiona und kicherte. »Wo gibt's so was?«

»Hier«, sagte ich und sprang zu ihr ins Bett. »Gib mir die verdammte Wärmflasche!«

»Das ist keine Wärmflasche. Das bin ich! Oh, deine Hände sind ja eiskalt.«

Ich wurde wach, als einer der Farmerhunde bellte und jenseits des Flusses ein anderer Hund auf einer anderen Farm antwortete. Ich öffnete die Augen, um zu sehen, wie spät es war, und stellte fest, daß die Nachttischlampe brannte. Es war vier Uhr morgens. Fiona war im Morgenrock und trank Tee. »Entschuldige bitte«, sagte sie.

»Es war der Hund.«

»Ich kann nie richtig schlafen, wenn ich von zu Hause fort bin. Deshalb bin ich runtergegangen und habe Tee gemacht. Es ist noch was da. Möchtest du eine Tasse?«

»Nur eine halbe. Wie lange bist du schon wach?«

»Ich hörte, daß jemand die Treppe hinunterging. Ein unheimliches altes Haus, findest du nicht auch? Hier, willst du einen Keks?«

Ich nahm nur den Tee und trank einen Schluck. Fiona fragte: »Hast du versprochen zu gehen? Berlin – hast du es versprochen?« Mir schien, als hinge von meiner Antwort ab, wie wichtig sie mir im Vergleich zu meiner Arbeit war.

Ich schüttelte den Kopf.

»Aber bei diesem Billardspiel ist es doch darum gegangen. Das habe ich mir schon gedacht. Silas war wild entschlossen, niemanden von uns dabeizuhaben. Manchmal frage ich mich, ob er sich klarmacht, daß auch ich zum höheren Dienst gehöre.«

»Sie machen sich alle große Sorgen wegen dieser Brahms-Vier-Geschichte.«

»Aber warum wollen sie ausgerechnet dich schicken? Welche Gründe haben sie genannt?«

»Wer sollte denn sonst rüberfahren? Silas?« Ich berichtete ihr das Wesentliche unserer Unterhaltung im Billardzimmer. Die Hunde begannen wieder zu bellen. Ich hörte, wie unten eine Tür ging und Silas versuchte, die Tiere zu beruhigen. Seine Stimme hatte einen rauhen Klang, und er sprach mit ihnen auf die gleiche Art, wie er auch mit Billy und Sally redete.

»Ich kenne die Aktennotiz, die Rensselaer dem Chef geschickt hat«, sagte Fiona. Sie sprach jetzt leiser, als habe sie Angst, unser Gespräch könnte belauscht werden. »Fünf Seiten lang. Ich habe sie mit in mein Büro genommen, um sie zu lesen.« Ich sah sie überrascht an. Fiona war nicht der Mensch, der die Richtlinien in so flagranter Weise mißachtete. »Ich mußte einfach Bescheid wissen«, fügte sie hinzu.

Ich trank meinen Tee und schwieg. Ich war nicht einmal sicher, ob ich wissen wollte, was Rensselaer und Dicky Cruyer für mich auf Lager hatten.

»Brahms Vier könnte geisteskrank sein«, sagte sie schließlich. »Bret und Dicky halten das durchaus für möglich.« Sie wartete, bis die Worte bei mir angekommen waren. »Sie denken, er könnte eine Art geistigen Zusammenbruchs erlitten haben. Deshalb sind sie so besorgt. Man kann einfach nicht wissen, wie er sich verhält.«

»Steht das in der Aktennotiz?« Ich lachte. »Damit wollten Bret und Dicky doch nur ihre Ärsche retten.«

»Dicky hat vorgeschlagen, ein paar fähige Mediziner anhand der Berichte von Brahms Vier eine Diagnose stellen zu lassen, aber Bret hat das abgelehnt.«

»Mal wieder einer von Cruyers ganz schlauen Einfällen«, meinte ich.

»Laß die Psychoquacksalber an die Suche ran, und wir stehen am nächsten Sonntag inklusive falscher Zitate in jeder Zeitung. Gott sei Dank, daß Bret das verhindert hat. Wie äußert sich denn diese ›Verrücktheit‹ von Brahms Vier?«

»Es ist die übliche Art von Paranoia: Feinde überall und niemand, dem er vertrauen kann. Er fragt, ob er eine komplette Aufstellung all der Personen bekommen könnte, die Zugang zu seinen Berichten haben, und ob wir wüßten, daß es irgendwo oben ein Leck geben muß, durch das sein Material heraussickert. Also die übliche Art von Sprüchen, die Leute drauf haben, die die Kurve kratzen wollen.«

Ich nickte. Fiona hatte nicht die leiseste Ahnung, wie das Leben eines Agenten im Außendienst aussah. Dicky und Bret auch nicht. Keiner von diesen Schreibtischhengsten wußte Bescheid. Mein Vater pflegte zu sagen: »Der Preis der Freiheit ist ewiger Verfolgungswahn. Wachsamkeit allein reicht nicht aus.«

»Vielleicht hat Brahms Vier recht«, sagte ich. »Vielleicht lauern wirklich überall Feinde.« Ich dachte an das, was mir Cruyer darüber erzählt hatte, wie die Abteilung Brahms Vier behilflich gewesen war, sich in das Regime zu integrieren. Er mußte sich eine Reihe von Feinden geschaffen haben.

»Vielleicht ist er gar nicht so irre.«

»Und das Leck an höchster Stelle? Gibt es das auch?« fragte Fiona.

»Wäre schließlich nicht das erste Mal, oder?«

»Brahms Vier hat speziell um dich gebeten. Haben sie dir das gesagt?«

»Nein.« Ich verbarg meine Überraschung. Das also war der Grund der Unruhe im Billardzimmer gewesen.

»Er lehnt den Kontakt zu seinem bisherigen Betreuer ab. Er hat ihnen gesagt, daß er mit keinem anderen zu tun haben will als mit dir.«

»Wetten, daß das den Chef schließlich davon überzeugt hat, er sei verrückt?«

Ich stellte die leere Teetasse auf den Nachttisch und knipste das Licht aus. »Ich muß unbedingt noch ein bißchen schlafen«, erklärte ich. »Ich wünschte, ich könnte auch mit fünf Stunden Nachtruhe auskommen wie du. Aber mir reicht das leider nicht.«

»Du wirst nicht gehen, oder? Versprich mir, daß du es nicht tust.«

Ich brummte und verbarg mein Gesicht in den Kissen. Ich schlafe immer mit dem Gesicht nach unten; so bleibt es länger dunkel.

5

Am Montag nachmittag war ich in Bret Rensselaers Büro. Es befand sich im obersten Stockwerk, nicht weit von den Räumen, die Sir Henry innehatte. Alle Büros auf der oberen Etage waren dem persönlichen Geschmack der Benutzer entsprechend eingerichtet; das war einer der Vorteile des höheren Dienstalters. Brets Raum war »modern«, mit Glas und Chrom und grauem Teppichboden. Er war streng, nüchtern und farblos, genau richtig für Bret mit seinem dunklen Kammgarnanzug aus der Savile Row, dem frischen weißen Hemd, der Club-Krawatte, seinem blonden Haar, das langsam weiß zu werden begann, und dem Lächeln, das scheu und flüchtig wirkte, aber in Wirklichkeit nur der Reflex seiner Gleichgültigkeit war.

Das Nicken, das Lächeln und der Finger, der auf das schwarze Ledersofa zeigte, unterbrachen keineswegs das Gespräch, das er gerade über sein weißes Telefon führte. Ich setzte mich und wartete, bis er damit fertig war, dem Anrufer klarzumachen, daß weder heute noch morgen, noch sonstwann in der Zukunft die geringste Chance dafür bestand, miteinander essen zu gehen.

»Pokerst du, Bernard?« fragte er ganz nebenbei, während er den Hörer auf die Gabel legte.

»Nur um Streichhölzer«, erwiderte ich vorsichtig.

»Hast du dir schon mal überlegt, was du machen willst, wenn du dich zur Ruhe setzt?«

»Nein«, sagte ich.

»Also keine Absicht, eine Bar in Malaga zu kaufen oder eine Gemüsegärtnerei in Sussex?«

»Hast du dergleichen vor?« fragte ich zurück.

Bret lächelte. Er war wohlhabend, sehr wohlhabend. Die Vorstellung, er könne in einer Gemüsegärtnerei in Sussex arbeiten, war erheiternd. Und was Malaga und seine ordinären Verführungen betraf, würde er eher das Flugzeug entführen, als sich in seinen Luftraum zu begeben. »Ich vermute, daß deine Frau Geld hat«, sagte Rensselaer. Er machte eine Pause. »Aber ich würde sagen, du bist genau der Typ des perversen Snobs, der nie Gebrauch davon machen würde.«

»Würde mich das zum perversen Snob machen?«

»Wenn du klug genug wärst, ihr Moos durch Investitionen zu verdoppeln, würde das doch keinem schaden, oder?«

»Du meinst abends? Oder sollte ich es tun, statt hier zu arbeiten?«

»Jedesmal, wenn ich dir Fragen stelle, stellst du mir auch eine.«

»Ich hatte keine Ahnung, daß ich befragt werde«, sagte ich. »Werde ich überprüft?«

»In diesem Geschäft kann es nicht schaden, dann und wann gewisse Bankkonten zu überfliegen«, sagte Rensselaer.

»Auf meinem würdest du nur Motten finden.«

»Kein Familiengeld?«

»Familiengeld? Ich mußte dreißig werden, bis ich ein Kindermädchen bekam.«

»Leute wie du, die Agenten im Außendienst waren, haben immer irgendwo Geld oder Sicherheiten versteckt. Ich wette, du hast in einem Dutzend Städte Nummernkonten.«

»Was sollte ich da wohl einzahlen? Essenbons?«

»Guten Willen«, sagte er. »Guten Willen. Bis die Zeit reif ist.« Er nahm eine kurze Aktennotiz auf, die ich ihm über Werner Volkmanns Import-Export-Geschäft geschickt hatte. So war das also. Er fragte sich, ob ich mit Werner den Profit seiner Firma teilte.

»Volkmann macht nicht genug Mäuse, um hübsche Schmiergelder zahlen zu können, wenn es das ist, was du meinst«, sagte ich.

»Aber du willst, daß die Abteilung ihm ein Bündel rüberschiebt?« Er stand noch immer hinter seinem Schreibtisch; er liebte es, auf den Füßen zu sein, und bewegte sich wie ein Boxer, verlagerte sein Gewicht und krümmte den Körper, als wolle er imaginären Treffern ausweichen.

»Du sollst dir ein paar neue Guckerchen anschaffen«, sagte ich. »Da steht nirgendwo, daß die Abteilung ihm auch nur einen Pfennig geben soll.«

Bret lächelte. Wenn er es leid war, den scheuen, netten Jungen zu spielen, ging er urplötzlich zum Angriff über. Aber immerhin war es unwahrscheinlich, daß er einen hinterrücks attackierte. »Vielleicht habe ich es zu hastig gelesen. Aber was zum Teufel ist eigentlich Vorfinanzierung?«

Bret war wie einer jener Richter am Obersten Gerichtshof, die sich vorbeugen, um zu fragen, was ein Chauvi ist oder ein Zentralcomputer. Sie wissen, wofür sie diese Dinge halten, aber sie wollen sie durch gütliche Übereinkunft definiert haben und in den Protokollen festgehalten wissen.

»Volkmann beschafft Geld für westdeutsche Firmen, damit die sofort nach dem Export von Waren nach Ostdeutschland bezahlt werden können.«

»Wie macht er das denn?« fragte Bret, blickte auf seinem Schreibtisch umher und wühlte in einigen Papieren.

»Dazu bedarf es einer Unmenge komplizierten Papierkrams«, sagte ich. »Aber im Kern geht es darum, daß sie Einzelheiten über den Transport und die Preise an eine ostdeutsche Bank schicken. Die unterschreiben sie, stempeln sie ab und erklären, daß mit den ostdeutschen Importeuren alles in Ordnung ist. Sie bestätigen auch die Zahlungstermine. Volkmann geht zu einer Bank, einem Bankenkonsortium oder auf den allgemeinen Geldmarkt im Westen und versucht aufgrund dieser Unterlagen die nach Lieferung der Waren fälligen Summen vorfinanziert zu bekommen.«

»Ist das nicht so ähnlich wie Factoring?«

»Es ist komplizierter, weil man es mit einer Menge Menschen zu tun hat, und die meisten von ihnen sind Bürokraten.«

»Und dein Kumpel Volkmann macht bei jedem Abschluß seinen Schnitt. Sauber.«

»Es ist ein hartes Geschäft, Bret«, sagte ich. »Da gibt es jede Menge Konkurrenten, die um Bruchteile von Prozenten unterbieten, nur um beim nächstenmal das Geschäft machen zu können.«

»Aber Volkmann hat doch gar keine Bankerfahrungen. Er ist ein Hansdampf.«

Ich atmete tief durch. »Dafür braucht man kein Bankfachmann zu sein«, erklärte ich geduldig. »Werner Volkmann macht diese Vorfinanzierungsgeschäfte jetzt schon seit mehreren Jahren. Er hat gute Kontakte zum Osten. Mit einem Minimum an Aufwand bewegt er sich zwischen den beiden Welten hin und her. Sie schätzen ihn drüben, weil sie wissen, daß er versucht, mit ostdeutschen Exporten Kompensationsgeschäfte zu machen...«

»Was für Kompensationsgeschäfte?«

»Eine ganze Reihe von Banken will nur Bargeschäfte tätigen. Werner bemüht sich darum, Kunden im Westen aufzutun, die bereit sind, ein paar ostdeutsche Exporte abzunehmen. Auf diese Weise kann er ihnen einige Devisen ersparen oder unter Umständen sogar erreichen, daß die Exporterlöse die Summen ausgleichen, die für Importe auf den Tisch geblättert werden müssen.«

»So ist das also«, meinte Bret nachdenklich.

»Volkmann könnte uns sehr nützlich sein, Bret«, sagte ich.

»Wie?«

»Indem er Geld transferiert, Waren transferiert, Menschen transferiert.«

»Das tun wir bereits.«

»Aber wie viele Leute stehen uns denn zur Verfügung, die hinüber und herüber wechseln können, ohne lange befragt zu werden?«

»Worin besteht nun Volkmanns Problem?«

»Du weißt doch, wie Frank Harrington ist. Er kommt mit Werner nicht klar, wird es wohl nie können.«

»Und jemand, den Frank nicht ausstehen kann, setzt Berlin nicht ein.«

»Frank *ist* Berlin«, sagte ich. »Inzwischen ist es eine ziemlich winzige Truppe da drüben, Bret. Frank muß jede Kleinigkeit billigen.«

»Und du verlangst nun von mir, daß ich Frank sage, wie er sein Berliner Büro zu führen hat?«

»Hast du eigentlich jemals was von dem gelesen, was ich dir geschickt habe, Bret? Ich habe lediglich darum gebeten, daß die Abteilung billigt, daß eine fällig werdende Obligation durch Angebot eines neuen Papiers derselben Art neu finanziert wird, für die dann eine unserer Handelsbanken die Bürgschaft übernimmt.«

»Und das heißt Geld«, sagte Bret triumphierend.

»Wir reden hier ganz einfach über die Möglichkeiten einer unserer eigenen Banken, Werner ganz normale Vergünstigungen zu geltenden Zinsraten zu geben.«

»Warum kann er das denn nicht auch ohne uns bekommen?«

»Weil die Art von Banken, die sich mit derartigen Wechselgeschäften befassen, genau wissen wollen, wer Werner Volkmann ist. Und unsere Abteilung hat nun mal die altmodische Regelung, daß Agenten draußen nicht einfach irgendwo hingehen und Sir Henry als Referenz angeben dürfen. Oder daß sie von derartigen Vorfinanzierungsgeschäften wußten, seit sie achtzehn sind und Agenten über den Zaun schicken.«

»Wie hat Volkmann es dann geschafft, im Geschäft zu bleiben?«

»Indem er die regulären Banken umging, indem er Geld auf dem ›freien Markt‹ aufnahm. Und das bedeutet Abstriche an seinen Provisionen. Es macht ihm das Leben schwer. Aber wenn er das Finanzierungsgeschäft aufgibt, verlieren wir eine gute Möglichkeit und einen nützlichen Kontakt.«

»Stell dir nur mal vor, er fingiert einen dieser Abschlüsse, und die Banken bekommen ihr Geld nicht.«

»Um Himmels willen, Bret. Die Jungs von der Bank sind weiß Gott alt genug, ihre Windeln selbst wechseln zu können.«

»Aber sie werden Zeter und Mordio schreien.«

»Wozu haben wir denn diese lausigen Banken, wenn nicht für derartige Geschäfte?«

»Über wieviel Knete reden wir hier eigentlich?«

»Eine Million Deutsche Mark Betriebskapital würden in etwa hinkommen.«

»Hast du den letzten Rest deines Verstands verloren?« wollte Bret wissen. »Eine Million DM? Für diesen Hundesohn? No, Sir.« Er kratzte sich den Nasenflügel. »Hat Volkmann dir das alles eingeblasen?«

»Kein Wort. Er zeigt mir lieber, welch ein Erfolg er ist.«

»Woher weißt du denn dann, daß er klamm an Barem ist?«

»In diesem Geschäft kann es nicht schaden«, sagte ich, »dann und wann gewisse Bankkonten zu überfliegen.«

»Eines Tages wirst du bei deinen inoffiziellen Nachforschungen an etwas geraten, das dich ganz und gar nichts angeht. Was machst du dann?«

»Ich schwöre, daß es eine offizielle Nachforschung war«, erklärte ich.

»Den Teufel würdest du tun«, sagte Rensselaer.

Ich war drauf und dran, den Raum zu verlassen. »Bevor du gehst«, sagte er, »was würdest du sagen, wenn ich dir mitteilte, daß Brahms Vier speziell um dich gebeten hat? Stell dir mal vor, er traut sonst niemandem in der Abteilung. Na, was sagst du nun?«

»Es klingt so, als sei er ein guter Menschenkenner.«

»Okay, Scherzbold. Aber nun was Offizielles, für die Akten.«

»Es könnte einfach bedeuten, daß er mir vertraut. Es gibt nicht viele Leute in der Abteilung, die er persönlich kennt.«

»Sehr diplomatisch, Bernard. Nun, unten beginnen die von der Auswertung anzunehmen, Brahms Vier sei umgedreht worden. Die meisten, mit denen ich da unten gesprochen habe, sind inzwischen der Meinung, Brahms Vier könne sehr gut schon damals ein hoher KGB-Mann gewesen sein, als er mit Silas Gaunt vor der kleinen Bar am Alexanderplatz zusammenstieß.«

»Die meisten da unten«, erklärte ich geduldig, »würden einen höheren KGB-Offizier nicht einmal dann erkennen, wenn er vor ihren Augen mit einer roten Fahne herumwedelte.«

Rensselaer nickte, als würde er sein Personal zum ersten Mal unter diesem Aspekt betrachten. »Mag sein, daß du recht hast,

Bernard.« Er sagte Bernard stets mit der Betonung auf der zweiten Silbe; das war das Amerikanischste an ihm.

Das war genau der Augenblick, in dem Sir Henry Clevemore den Raum betrat, eine hochgewachsene, sich reserviert gebende, etwas ungepflegte Erscheinung mit jener leicht ramponierten Attitüde, die die britische Oberschicht kultiviert, um zu beweisen, daß sie nicht *nouveau riche* ist.

»Es tut mir aufrichtig leid, Bret«, sagte der Chef, als er mich entdeckte. »Ich wußte nicht, daß Sie eine Besprechung haben.« Er sah mich an, runzelte die Stirn und versuchte, sich an meinen Namen zu erinnern. »Schön, Sie zu sehen, Samson«, sagte er schließlich. »Wie ich hörte, haben Sie das Wochenende bei Silas verbracht. Haben Sie sich gut amüsiert? Was macht er denn so da unten? Angeln?«

»Billard«, sagte ich. »Hauptsächlich Billard.«

Sir Henry zeigte ein kleines Lächeln und sagte: »Ja, das klingt mehr nach Silas.« Er drehte sich um und warf einen Blick auf Brets Schreibtisch. »Ich habe meine Brille verlegt«, sagte er. »Habe ich sie vielleicht hier liegenlassen?«

»Nein, Sir. Sie waren heute noch gar nicht hier«, sagte Bret. »Aber ich glaube mich zu erinnern, daß Sie eine Lesebrille im obersten Schubfach des Schreibtischs Ihrer Sekretärin aufbewahren. Soll ich sie Ihnen holen?«

»Natürlich. Sie haben recht«, sagte der Chef. »Die oberste Schublade. Jetzt fällt's mir ein. Meine Sekretärin ist heute nicht da, sie ist krank. Ich fürchte, ich komme ohne sie einfach nicht zurecht.« Er lächelte erst Bret an und dann mich. Offenbar wollte er klarstellen, daß es sich um einen Scherz handelte, der allein seiner Bescheidenheit und seinem Wohlwollen entsprang.

»Der Alte hat im Augenblick viel um die Ohren«, stellte Bret loyal fest, nachdem der Chef gemächlich das Zimmer verlassen hatte, Entschuldigungen murmelnd, daß er unsere »Besprechung« gestört habe.

»Weiß jemand, wer sein Nachfolger wird, wenn er... geht?« fragte ich Bret. »...plem-plem wird«, hätte ich fast gesagt.

»Es steht noch kein Termin fest. Aber es könnte durchaus sein, daß sich der Alte wieder fängt und noch drei Jahre weitermacht.« Ich sah Bret an, er blickte mich an und sagte schließlich: »Besser einen Teufel, den du kennst, als einen, den du nicht kennst, Bernard.«

6

Die beiden Schwestern waren sich nicht sehr ähnlich. Meine Frau, Fiona, war dunkel, mit einem großflächigen Gesicht und einem Mund, der schnell zu lächeln bereit war. Tessa, die jüngere, war hell, fast blond, mit blauen Augen und einem ernsthaften Gesichtsausdruck, der sie wie ein kleines Kind aussehen ließ. Ihr Haar war glatt und so lang, daß es ihre Schultern berührte. Manchmal warf sie es nach hinten oder ließ es ins Gesicht fallen, so daß sie hindurchblikken mußte.

Ich war nicht überrascht, Tessa im Wohnzimmer zu finden, als ich aus dem Büro nach Hause kam. Die beiden standen einander sehr nahe – vermutlich das Ergebnis gemeinsam durchgestandener Kindheitsleiden, die ihr hochtrabender, autoritärer Vater »Charakterbildung« nannte –, und Fiona hatte das ganze letzte Jahr darauf verwandt, Tessas Ehe mit George, einem wohlhabenden Autohändler, zu kitten.

Im Sektkübel befand sich eine geöffnete Champagnerflasche, der Pegel befand sich in Höhe des Etiketts. »Gibt es was zu feiern?« erkundigte ich mich, während ich meinen Mantel auszog und in der Diele aufhängte.

»Sei doch nicht so verdammt spießig«, sagt Tessa und reichte mir eine bis zum Rand gefüllte Sektflöte. Das war eines der Probleme, wenn man in die Wohlhabenheit hineinheiratete – es gab praktisch keinen Luxus mehr.

»Um halb neun gibt es Abendessen«, sagt Fiona, umarmte mich schicklich und hielt dabei das Glas hoch, um nichts zu verschütten, während sie mir einen Kuß gab. »Mrs. Dias ist so lieb, länger zu bleiben.«

Mrs. Dias, unsere portugiesische Köchin, Haushälterin und Mädchen für alles, blieb immer länger, um das Abendessen zuzubereiten. Ich fragte mich, wieviel uns ihre Arbeit kostete. Dieser Posten, wie so viele andere Haushaltsausgaben, wurde stets unter dem Berg anderer Rechnungen begraben, um dann aus Fionas Treuhandvermögen bezahlt zu werden. Sie wußte, daß mir das nicht gefiel, aber vermutlich war ihre Abneigung gegen das Kochen größer als die gegen Streitereien mit mir in dieser Angelegenheit. Ich setzte mich aufs Sofa und probierte den Champagner. »Köstlich«, stellte ich fest.

»Tess hat ihn mitgebracht«, erklärte Fiona.

»Das Geschenk eines Verehrers«, sagte Tessa schelmisch.

»Ist es gestattet, nach seinem Namen zu fragen?« Ich sah, daß Fiona mich anstarrte, tat aber so, als bemerkte ich es nicht.

»Alles zu seiner Zeit, Schätzchen«, sagte Tessa. »Für den Augenblick bleibt er inkognito.«

»Hast du gesagt, in *flagrante delicto*?«

»Du Luder!« sagte sie und lachte.

»Und wie geht's George?« fragte ich.

»Jeder lebt sein Leben«, sagte Tessa.

»Reg Tessa nicht auf«, mischte Fiona sich ein.

»Er regt mich doch gar nicht auf«, stellte Tessa fest und schob ihr Haar mit juwelengeschmückter weißer Hand zurück. »Ich habe George gern und werde ihn immer gern haben. Aber wir sind einfach nicht in der Lage, ohne Streitereien miteinander zu leben.«

»Soll das heißen, daß du dich um eine Scheidung bemühst?« fragte ich und trank noch ein bißchen von dem Champagner.

»George will keine Scheidung«, sagte sie. »Es macht ihm Spaß, unser Haus in der Woche wie ein Hotel zu benutzen. Und dann hat er ja auch noch das Cottage, um seine Damen dorthin mitzunehmen.«

»Damen?« Ich zeigte nur oberflächliches Interesse.

»Es ist bekannt geworden«, sagte Tessa. »Aber im Augenblick macht er so viel Geld, daß er kaum Zeit für andere Dinge als für die Arbeit haben dürfte.«

»Glücklicher Mann«, sagte ich. »Alle anderen, die ich kenne, stehen vor dem Bankrott.«

»Nun, in dieser Beziehung ist George sehr clever«, erklärte Tessa. »Er bekam vor Jahren die Vertretung für kleine, billige Autos, als noch niemand sie haben zu wollen schien.« Sie sagte das stolz. Selbst Frauen, die Auseinandersetzungen mit ihren Ehemännern haben, sind stolz auf deren Errungenschaften.

Fiona griff nach dem Champagner. Sie legte ein Tuch um die Flasche und goß den Rest des Inhalts mit der Gewandtheit eines Kellermeisters in unsere Gläser. Sie achtete darauf, daß sie das Glas nicht mit der Flasche berührte, und hielt das Tuch so, daß das Etikett sichtbar war, als sie eingoß. Soviel professionelle Feinheit ist für jemanden, der mit Hauspersonal aufgewachsen ist, ganz natürlich. Während sie mein Glas füllte, sagte sie: »Tess möchte, daß ich ihr dabei helfe, eine Wohnung zu finden.«

»Und sie einzurichten«, fügte Tessa hinzu. »Ich bin in solchen

Dingen gar nicht gut. Denk nur an das Durcheinander, das ich in unserer augenblicklichen Behausung angerichtet habe. George hat es nie gefallen. Manchmal glaube ich, daß unsere Ehekrise mit dem Haus angefangen hat.«

»Aber es ist doch ein wunderschönes Haus«, sagte Fiona loyal. »Nur ein bißchen groß für euch beide.«

»Es ist alt und dunkel«, erklärte Tessa. »Und es hat durchaus etwas von einer Müllhalde. Ich verstehe, daß George es nicht mag. Er hat es nur gekauft, weil er eine Adresse in Hampstead haben wollte. Von Islington aus war das ein Schritt aufwärts. Inzwischen sagt er, wir könnten uns Mayfair leisten.«

»Und diese neue Wohnung«, erkundigte ich mich, »wird die George gefallen?«

»Mach mal 'n Punkt!« sagte Tessa mit dem komischen Cockney-Akzent, den sie besonders passend fand, wenn sie mit mir sprach. »Ich habe bisher noch gar keine neue Wohnung gefunden. Deshalb bitte ich ja um Hilfe. Ich sehe mir Wohnungen an, kann mich dann aber nicht entscheiden. Ich höre, was diese pfiffigen Makler mir erzählen, und glaube ihnen aufs Wort – das ist mein Problem.«

Was Tessa an Problemen in ihrem Leben auch durchlitten haben mochte, sie gingen ganz gewiß nicht auf das Konto ihres Glaubens an das, was ihr irgendein Mann erzählt hatte, aber ich widersprach ihr nicht. Ich nickte und trank mein Glas aus. Es war fast Zeit fürs Abendessen. Die immer gut aufgelegte Mrs. Dias war eine passable Köchin, aber ich war nicht sicher, ob ich einen weiteren Teller ihrer *feijoada* würde ertragen können.

»Du hast doch nichts dagegen, Liebling, oder?« fragte Fiona.

»Wogegen?« fragte ich. »Oh, daß du Tessa dabei hilfst, eine Wohnung zu finden? Nein, natürlich nicht.«

»Du bist ein Schatz«, sagte Tessa zu mir, und zu Fiona: »Du hattest großes Glück, dir Bernard zu angeln, bevor ich ihn kennenlernte. Ich hab' schon immer gesagt, daß er ein wundervoller Ehemann ist.«

Ich schwieg. Nur Tessa brachte es fertig, daß die Feststellung, man sei ein wundervoller Ehemann, so klang, als sei man ein Überträger der Pest.

Tessa lehnte sich auf dem Sofa zurück. Sie trug ein durchgeknöpftes Kleid aus rauchgrauer Seide, das an den Rundungen schimmerte. Eine Hand hielt das Champagnerglas, die andere spielte mit einer echten Perlenkette. Nervös schlug sie die Beine übereinander und schlang die Perlen um ihren weißen Hals.

»Tessa möchte dir etwas sagen«, erklärte Fiona nach einer Pause.

»Ist noch Champagner da, Liebling?« fragte ich.

»Tessas Dom Pérignon ist alle«, sagte Fiona. »Du wirst dich mit Sainsbury aus dem Kühlschrank begnügen müssen.«

»Sainsbury aus dem Kühlschrank klingt köstlich«, erklärte ich und streckte ihr mein leeres Glas entgegen. »Was willst du mir sagen, Tessa?«

»Kennst du einen Giles Trent?« fragte sie.

»Arbeitet für das Foreign Office. Ein großer Mann mit gewellten grauen Haaren und dunkler Stimme. Älter als ich und nicht halb so attraktiv.«

»Er arbeitet nicht direkt fürs Foreign Office«, sagte Tessa betont. »Sein Büro liegt zwar im Foreign Office, aber er gehört zu eurer Organisation.«

»Hat er dir das gesagt?«

»Ja.«

»Das hätte er nicht tun sollen«, erklärte ich.

»Ich weiß«, erwiderte Tessa. »Ich habe mit Fiona über ihn gesprochen, und sie sagte, daß Giles Trent 1978 in Berlin mit euch zusammengearbeitet hat. Sie sagt, er sei sehr wichtig.«

Fiona kam mit dem Sekt herein und goß mir ein Glas ein. Ich erwiderte: »Nun, wenn Fiona das sagt...«

»Tessa ist meine Schwester. Sie wird deine Geheimnisse schon nicht an die Russen verraten, Liebling. Nicht wahr, Tessa?«

»Jedenfalls nicht, bevor mir der richtige Russe über den Weg läuft. Und selbst dann... Ich meine, habt ihr jemals Fotos von russischen Damen gesehen?« Sie hatte die Perlenkette im Mund; es machte ihr Spaß, kindlich zu erscheinen.

»Was ist denn nun mit Giles Trent?« fragte ich.

Tessa spielte wieder mit der Kette. »Ich habe ihn im letzten Sommer kennengelernt. Ich wurde ihm bei einem Abendessen vorgestellt, das jemand aus unserer Straße gab. Er hatte Karten für Covent Garden – Mozart. Den Namen der Oper habe ich vergessen, aber alle sagten, wie schwer es sei, Karten zu bekommen. Doch Giles hat das geschafft. Es war einfach himmlisch. Ich mache mir nicht besonders viel aus Opern, aber wir hatten eine Loge und eine Flasche Champagner in der Pause.«

»Und du hattest eine Affäre mit ihm«, fügte ich hinzu.

»Er ist ein so gutaussehendes Scheusal, Bernie. Und George war fort. Er sah sich an, wie die Japaner Autos bauen.«

»Und warum hast du ihn nicht begleitet?« fragte ich.

»Wenn du jemals an einer solchen Reise teilgenommen hättest, zu der Autofirmen die Händler einladen, würdest du das nicht fragen. Ehefrauen sind da völlig fehl am Platze, Herzchen. Sie haben Mädchen in jedem Hotelzimmer – wie fließendes Wasser.«

Fiona goß Sekt für Tessa und sich ein und sagte: »Tess will dir von Giles Trent erzählen. Sie will keine Ratschläge für ihre Ehe.« Diese Rüge wurde, wie jede ehefrauliche Kritik, mit einem Lächeln serviert.

»Dann erzähl mir doch von Giles Trent«, sagte ich.

»Du hast eben nur einen Scherz gemacht, Bernie, ich weiß. Aber Giles Trent ist wirklich älter als du, viel älter. Er ist Junggeselle, sehr bestimmt auf seine Art. Anfangs hielt ich ihn für schwul. Er ist so ordentlich und sauber und pingelig mit allem, was er trägt und ißt und so. In der Küche – er hat ein himmlisches Haus in der Nähe der King's Road – sind alle Messer und Pfannen fein säuberlich aufgereiht, die kleinen links, die großen rechts. Und alles ist so makellos, daß ich Angst hatte, ein Ei zu kochen oder eine Scheibe Brot abzuschneiden – ich hätte ja auf den Kachelfußboden krümeln oder das Brett zerkratzen können.«

»Wie bist du denn dahintergekommen, daß er nicht schwul ist?« fragte ich.

»Ich habe dir gesagt, daß er nicht zuhören wird«, beschwerte sich Tessa bei Fiona. »Ich habe dir gesagt, daß er nur zynische Bemerkungen machen wird, und ich habe recht behalten.«

»Es ist ernst, Bernard«, sagte meine Frau. Sie nannte mich nur Bernard, wenn die Dinge wirklich ernst standen.

»Willst du damit sagen, daß für Tessa und Giles die Hochzeitsglocken läuten werden?«

»Ich will damit sagen, daß Giles Trent geheimes Material an jemanden aus der sowjetischen Botschaft weitergibt.«

Es entstand ein längeres Schweigen, bis ich schließlich sagte: »Scheiße!«

»Giles Trent ist schon lange beim Geheimdienst«, sagte Fiona.

»Länger als ich«, erklärte ich. »Giles Trent unterrichtete an der Ausbildungsschule, als ich dazukam.«

»In Berlin war er eine Zeitlang bei der Fernmeldetruppe«, sagte Fiona.

»Ja«, sagte ich. »Und er hat die Ausbildungsrichtlinien für Verhöre zusammengestellt. Mir gefällt das ganz und gar nicht. Giles Trent, eh?«

»Giles Trent scheint nicht der Typ dafür zu sein«, erklärte Fiona.

Alle Damen hatten ein Faible für den eleganten Giles Trent. Er zog vor ihnen den Hut und trug stets ein sauberes Hemd.

»Sie sind nie der Typ«, erwiderte ich.

»Aber er hat keinerlei Kontakt zu Agenten im Außendienst«, sagte Fiona.

»Nun, wenigstens etwas, wofür wir dankbar sein müssen«, sagte ich. Ich sah Tessa an. »Hast du jemandem davon erzählt?«

»Nur Daddy«, sagte Tessa. »Er meinte, ich solle das alles vergessen.«

»Der gute alte Daddy«, murmelte ich. »Immer zur Stelle, wenn man ihn braucht.«

Mrs. Dias kam mit einer Platte gebackener Shrimps herein. »Essen Sie nicht zuviel davon, Sir«, sagte sie mit ihrem schrillen Akzent. »Sie machen dick.« Die Portugiesen sind an sich ein eher bekümmertes Völkchen, und dennoch lächelte Mrs. Dias unentwegt. Ich hatte das Gefühl, daß wir ihr zuviel zahlten.

»Sie sind unbezahlbar, Mrs. Dias«, sagte meine Frau strahlend, aber ihr Lächeln schwand, als sie entdeckte, daß es sich bei den Krabben um jene handelte, die sie zum morgigen Mittagessen auftauen wollte.

»Sie ist ein Schatz«, erklärte Tessa, nahm eine Kostprobe der frittierten Shrimps, verbrannte sich den Mund und spuckte die Stücke eiligst in ihre Papierserviette. »Mein Gott, sind die heiß!« Sie verzog das Gesicht.

Fiona, die alles Frittierte verabscheute, winkte ab, als ich ihr die Platte reichte. Ich nahm ein Stück, pustete und aß es. Es war nicht schlecht.

»Wir schaffen das jetzt schon allein«, erklärte Fiona munter. Ich drehte mich um und sah, daß Mrs. Dias in der Tür stand und uns mit breitem Lächeln beobachtete. Sie verschwand wieder in der Küche. Es gab eine Rauchwolke und lautes Geschepper. Wir taten so, als hätten wir es nicht gehört.

Ich wandte mich an Tessa: »Woher weißt du, daß er Material an die Russen weitergibt?«

»Er hat es mir gesagt.«

»Einfach so?«

»Wir saßen an einem Nachmittag in einem komischen kleinen Club in Soho und tranken etwas, während Giles den Pferden im Fernsehen zusah. Er gewann ein bißchen Geld bei einem der Rennen, und wir gingen ins Ritz. Dort trafen wir ein paar Freunde, denen Giles imponieren wollte, indem er sie zum Abendessen einlud. Ich schlug das Annabelle's vor – George ist da Mitglied. Wir blieben recht lange, und Giles entpuppte sich als Supertänzer...«

»Führt das alles zu etwas, das er dir im Bett erzählt hat?« erkundigte ich mich.

»Nun ja. Wir fuhren in diese entzückende kleine Wohnung, die er in der Nähe der King's Road hat. Ich trank noch ein paar Gläschen, und – um die Wahrheit zu sagen – ich dachte an George und all diese orientalischen Kirschblüten und dachte, was soll's. Ich habe mich von Giles zum Bleiben überreden lassen.«

»Was hat er denn nun gesagt, Tessa? Es ist fast halb neun, und ich bekomme langsam Hunger.«

»Mitten in der Nacht wurde ich wach. Es war einfach schrecklich. Er saß aufrecht im Bett und schrie. Du kannst es dir nicht vorstellen, Herzchen. Es war ein Alptraum. Ich meine, ich habe auch schon Alpträume gehabt und gesehen, daß andere welche hatten – im Pensionat hatte die Hälfte der Mädchen im Schlafsaal nachts Alpträume, nicht, Fi? Aber doch nicht so! Er war in Schweiß gebadet und zitterte wie Espenlaub.«

»Giles Trent?« fragte ich.

»Ja. Ich weiß, es ist schwer vorstellbar, nicht wahr? Ich meine, er ist so verdammt steifleinen und kontrolliert. Aber da saß er im Bett, schrie und hatte einen Alptraum.«

»Erzähl Bernie, was er geschrien hat«, sagte Fiona.

»Er schrie: ›Helft mir, helft mir! Sie haben mich dazu gezwungen!‹ und ›Bitte, bitte, bitte!‹ Dann ging ich und holte ihm ein großes Glas Perrier-Mineralwasser. Er sagte, das sei genau das, was er brauche. Er riß sich zusammen und schien wieder ganz der alte zu sein. Und dann fragte er mich, wie ich reagieren würde, wenn er mir sagte, er sei ein sowjetischer Spion. Ich sagte, daß ich lachen würde. Er nickte und meinte, es sei dennoch die Wahrheit. ›Geld?‹ fragte ich. ›Du tust es für Geld, nicht wahr?‹ Das war ein Scherz, müßt ihr wissen. Schließlich dachte ich, er mache sich über mich lustig.«

»Und was sagte er dazu?«

»Ich wußte, daß er kein Geld brauchte«, sagte Tessa. »Er war in Eton und kennt jeden, der etwas darstellt. Er hat denselben Schneider wie Daddy, und der ist nicht billig. Außerdem ist Giles Mitglied von unendlich vielen Clubs, und ihr wißt ja, wie hoch die Aufnahmegebühren heutzutage sind. George regt sich jedesmal auf, aber er muß natürlich seine Geschäftsfreunde ausführen. Aber Giles redet nie über Geld. Sein Vater bezahlt die Miete für das Haus, in dem er wohnt, und gibt ihm einen Zuschuß, der groß genug ist, Leib und Seele zusammenzuhalten.«

»Und er hat sein Gehalt«, stellte ich fest.

»Na, das reicht doch nicht weit, Bernie«, sagte Tessa. »Stell dir nur mal vor, Fiona müßte mit deinem Gehalt auskommen.«

»Das tun andere auch«, erklärte ich.

»Andere – aber nicht Leute wie wir«, erklärte Tessa überlegen. »Die arme Fiona muß Sainsbury-Sekt kaufen, weil sie weiß, daß du dich aufregen würdest, wenn sie die Marke holt, die Daddy immer trinkt.«

»Erzähl Bernie, was Giles über das Treffen mit dem Russen gesagt hat«, warf Fiona hastig ein.

»Er berichtete über seine Begegnung mit diesem Burschen von der Handelsdelegation. Eines Abends war Giles in einem Pub irgendwo an der Portobello Road. Er hat Spaß daran, immer neue Pubs ausfindig zu machen, die sonst nur die Anwohner kennen. Sie wollten gerade schließen. Er wollte einen Drink, aber sie bedienten ihn nicht mehr. Da bot ihm ein Mann, der am Tresen stand, an, ihn zu einem Schach-Club in Soho mitzunehmen – Kar's Club in der Gerrard Street. Das ist eine Bar nur für Mitglieder, wo man bis drei Uhr morgens ausschenkt. Dieser Russe war dort Mitglied und schlug vor, Giles ebenfalls aufzunehmen. Giles trat dem Club bei. Kein besonderes Etablissement, nach allem, was ich gehört habe – Kunstleute, Schreiberlinge und so weiter. Er spielt ganz gut Schach und gewöhnte sich an, regelmäßig dorthin zu gehen, gegen den Russen zu spielen und sich andere Partien anzusehen.«

»Wann war denn die Nacht mit diesem Alptraum?« fragte ich.

»Ich kann mich nicht genau erinnern, aber eine Weile ist es schon her.«

»Und er hat häufiger von den Russen gesprochen? Oder nur das eine Mal mitten in der Nacht?«

»Ich habe das Thema wieder aufs Tapet gebracht«, sagte Tessa. »Ich war neugierig. Ich wollte herausbekommen, ob es ein Scherz war oder nicht. Giles Trent kannte deinen Namen, und er kennt auch Fiona, also nahm ich an, daß er mit irgendwelchen Geheimdienstsachen beschäftigt ist. Letzten Freitag gingen wir ziemlich spät noch in seine Wohnung, und er zeigte mir diesen Schachcomputer, den er sich gerade gekauft hatte. Ich sagte, nun brauche er ja nicht mehr in diesen Schach-Club zu gehen. Aber er erklärte, die Besuche dort machten ihm Spaß. Ich fragte, ob er denn keine Angst habe, mit dem Russen zusammen gesehen und der Spionage verdächtigt zu werden. Giles brach auf dem Bett zusammen und murmelte, daß man mit derartigen Vermutungen durchaus recht hätte. An diesem Abend hatte er ziemlich viel getrunken – Brandy, was ihm nach meinen Beobachtungen wesentlich weniger gut bekommt als anderes Zeug.«

Tessa war sehr ruhig und ernst geworden. Das war ein ganz neuer Zug an ihr. Bisher hatte ich sie nur in der Rolle der ungehemmten Abenteurerin gesehen. »Weiter«, forderte ich sie auf.

»Nun, ich war immer noch überzeugt, er mache Scherze«, sagte Tessa. »Ich hielt es für einen Gag. Aber er scherzte nicht. ›Ich wünschte bei Gott, da herauskommen zu können‹, sagte er. ›Aber jetzt haben sie mich in der Hand. Ich werde mich nie von ihnen befreien können. Ich werde vor dem Old Bailey enden, verurteilt zu dreißig Jahren.‹ Ich fragte, ob er nicht doch noch entkommen könne. Schließlich könne er ein Flugzeug besteigen und irgendwohin fliegen.«

»Und wie hat er reagiert?«

»›Um in Moskau zu enden? Lieber lande ich in einem englischen Gefängnis und höre, wie mich englische Stimmen verdammen, als daß ich mein Leben in Moskau beschließe. Kannst du dir überhaupt vorstellen, wie es da ist?‹ sagte er. Und dann erzählte er von dem Leben, das Kim Philby und diese beiden anderen in Moskau gehabt haben. Mir wurde klar, daß er alles darüber gelesen hatte und sich zu Tode sorgte.«

Tessa trank einen Schluck Sekt.

»Was soll jetzt geschehen, Bernie?« fragte Fiona.

»Wir können nicht so tun, als sei nichts passiert«, sagte ich. »Wir werden es melden müssen.«

»Ich würde die Sache lieber fallenlassen«, stellte Tessa fest.

»Fallenlassen?« sagte ich. »Es geht hier schließlich nicht darum, daß irgendein Frischluftfanatiker das Gerstenfeld deines Dads zertrampelt hat und du gefragt wirst, ob du Anzeige wegen unbefugten Betretens erstatten willst oder nicht. Hier geht es um Spionage. Wenn ich nicht weitergebe, was du mir erzählt hast, könnte ich mich sehr gut neben ihm auf der Anklagebank vom Old Bailey wiederfinden – du und Fiona übrigens auch.«

»Stimmt das?« fragte Tessa. Es war typisch für sie, daß sie diese Frage an Fiona stellte und nicht an mich. In allem, was Tessa sagte oder tat, lag eine schlichte Direktheit, und es war schwer, ihr über längere Zeit böse zu sein. Sie bestätigte die gängige Theorie vom zweiten Kind in jeder Hinsicht: Tessa war offen, aber oberflächlich, zärtlich, aber unbeständig, eine Exhibitionistin ohne ausreichendes Selbstvertrauen für eine Schauspielerin. Fiona dagegen wies alle Eigenschaften älterer Kinder auf: Stabilität, Zuversicht, Intellekt in reichlichem Maß und jene kühle Überlegenheit allen Unzulänglichkeiten dieser Welt gegenüber.

»Ja, Tess. Bernie hat recht.«

»Ich werde sehen, was ich machen kann«, sagte ich. »Aber ich kann nichts versprechen. Eines sage ich dir allerdings: Sollte ich es schaffen, deinen Namen aus der Geschichte herauszuhalten, und du stellst mir ein Bein, indem du mit irgendeiner Menschenseele, inklusive deines Vaters, darüber plauderst, werde ich dafür sorgen, daß du und er und jeder, der sonst noch etwaige Enthüllungen macht, nach dem Buchstaben des Gesetzes angeklagt werden.«

»Vielen Dank, Bernie«, sagte Tessa. »Es wäre auch zu gräßlich für George.«

»Er ist der einzige, an den ich bei dieser Sache denke.«

»Du bist gar nicht so hart, wie du immer tust«, erklärte sie. »In Wirklichkeit hast du einen weichen Kern. Wußtest du das eigentlich?«

»Wenn du das noch einmal sagst«, drohte ich, »werde ich einen Volltreffer auf deiner hübschen Nase landen.«

Sie lachte. »Du bist zu komisch«, sagte sie.

Fiona verließ das Zimmer, um sich nach den Fortschritten des Abendessens zu erkundigen. Tessa bewegte sich auf dem Sofa auf mich zu. »Ist er in großen Schwierigkeiten? Giles – ist er in großen Schwierigkeiten?« Ein Hauch von Besorgnis klang in ihrer Stimme mit. In meinen Ohren hörte es sich ungewöhnlich unterwürfig an – so, als würde man sich bei einem Arzt nach der Diagnose erkundigen.

»Wenn er mit uns zusammenarbeitet, wird ihm nicht viel geschehen«, erklärte ich. Das entsprach natürlich nicht der Wahrheit, aber ich wollte sie nicht beunruhigen.

»Ich bin überzeugt, daß er sich kooperativ zeigt«, sagte sie, nahm einen Schluck Sekt und sah mich mit einem Lächeln an, das mir zeigte, daß sie kein Wort davon glaubte.

»Seit wann trifft er sich denn mit diesem Russen?« wollte ich wissen.

»Eine ganze Weile schon. Aber das kannst du leicht herausfinden, indem du dich danach erkundigst, wann er in diesen Schach-Club eingetreten ist, oder?« Tessa schwenkte ihr Glas und sah zu, wie Blasen aufstiegen. Sie zeigte etwas von den Kunstfertigkeiten, die sie auf der Schauspielschule gelernt hatte – ein Jahr, bevor sie George kennengelernt und geheiratet hatte, anstatt Filmstar zu werden. Sie legte den Kopf zur Seite und sah mich bedeutungsvoll an. »Giles ist im Grunde nicht schlecht; aber mitunter kann er ein ziemlicher Dummkopf sein.«

»Ich werde noch einmal mit dir sprechen müssen, Tessa. Du wirst vermutlich alles vor einem Untersuchungsbeamten wiederholen, zu Papier bringen lassen und unterschreiben müssen.«

Sie fuhr mit einem Finger auf dem Rand ihres Glases herum. »Ich helfe dir unter der Bedingung, daß du sanft mit Giles umgehst.«

»Ich werde sanft mit ihm umgehen«, versprach ich. Zum Teufel, was hätte ich denn sonst sagen sollen?

Das Abendessen wurde auf Minton-Porzellan serviert, und der Tisch war mit den Hochzeitsgeschenken gedeckt: alten Silberbestecken von Fionas Eltern und einer Kristallvase, die mein Vater auf einem der Berliner Trödelmärkte entdeckt hatte, die er regelmäßig am Sonnabendmorgen besuchte. Der runde Eßtisch war fast zu groß für drei Personen, und so setzten wir uns nebeneinander und nahmen Tessa in die Mitte. Der Hauptgang bestand aus einer Art Hühnergulasch, das in einer viel zu großen Schüssel serviert wurde. Mrs. Dias hatte Flecken auf ihrer weißen Schürze und lächelte nicht mehr. Nachdem sie in die Küche zurückgekehrt war, flüsterte Fiona, daß Mrs. Dias die kleine Servierschüssel habe fallen lassen und mehr als die Hälfte des Gulaschs auf dem Fußboden gelandet sei.

»Warum zum Teufel flüstern wir denn?« fragte ich.

»Ich habe gewußt, daß du brüllen würdest«, stellte Fiona fest.

»Ich brülle nicht«, sagte ich. »Ich fragte lediglich...«

»Wir haben dich genau verstanden«, sagte Fiona. »Wenn du Mrs. Dias aufregst und wir sie verlieren...« Den Rest ließ sie ungesagt.

»Warum versuchst du, ausgerechnet mir Schuldgefühle einzureden?« wollte ich wissen.

»So ist er immer, wenn etwas zu Bruch geht«, stellte Fiona fest. »Aber wenn er selbst etwas zerbricht, ist natürlich alles anders.«

Ich teilte das aus, was vom Huhn übrig war. Ich nahm viel von dem Reis. Fiona hatte eine der wenigen wirklich guten Flaschen Rotwein geöffnet, die noch im Schrank standen, und ich goß dankbar ein.

»Willst du nicht bei mir wohnen, während Bernard fort ist?« fragte Fiona ihre Schwester.

»Wohin fährst du denn?« fragte mich Tessa.

»Das steht noch nicht fest«, sagte ich. »Ich bin mir nicht einmal sicher, ob ich überhaupt fahre.«

»Berlin«, sagte Fiona. »Ich finde es scheußlich, hier allein zu sein.«

»Ich komme sehr gern, Schätzchen«, sagte Tessa. »Wann denn?«

»Ich habe dir doch schon gesagt, daß noch nichts feststeht«, erklärte ich. »Es kann sehr gut sein, daß ich gar nicht fahre.«

»Bald«, sagte Fiona. »Nächste oder übernächste Woche.«

Mrs. Dias erschien, um die Teller abzuräumen und Lobpreisungen für ihre Kochkünste einzuheimsen; sie wurden ihr von Fiona reichlich zuteil und von Tessa sogar noch übertroffen.

»Und Senhor Sam?« Für sie war ich immer Senhor Sam; nie sagte sie Samson. »Senhor Sam... hat es ihm geschmeckt?« Sie richtete die Frage an Fiona, nicht etwa an mich. Es kam mir vor, als hörte ich Onkel Silas, Bret Rensselear und Dicky Cruyer meine Chancen diskutieren, lebend aus Berlin herauszukommen.

»Sehen Sie sich doch seinen Teller an«, sagte Fiona heiter. »Kein Krümel ist mehr übrig, Mrs. Dias.«

Es war nur deshalb nichts übrig, weil mein Anteil aus einem Flügel und einem Brustbein bestanden hatte. Der weitaus größte Teil des Hühnergulaschs lag mittlerweile auf Küchenfolie ausgebreitet im Garten, um von den Katzen der Nachbarschaft verschlungen zu werden. Ich hörte, wie sie miteinander balgten und an die leeren Milchflaschen vor der Hintertür stießen. »Es war köstlich, Mrs. Dias«, sagte ich, und Fiona belohnte mich mit einem strahlenden Lächeln. Es verschwand sehr schnell, als Mrs. Dias die Küchentür hinter sich geschlossen hatte. »Mußt du immer so verflucht ironisch sein?« erkundigte sich Fiona.

»Es war köstlich«, stellte ich fest. »Genau das habe ich ihr gesagt.«

»Nächstes Mal kannst du mit den Frauen verhandeln, die uns die Agentur schickt. Vielleicht siehst du dann endlich ein, wieviel Glück du gehabt hast.«

Tessa legte den Arm um mich. »Sei nicht so streng mit ihm, Fiona-Schatz. Du hättest George hören sollen, als das Au-pair-Mädchen seinen albernen Videorecorder hinuntergeworfen hatte.«

»Oh, das bringt mich auf was«, sagte Fiona. »Du wolltest doch heute diesen Film von W. C. Fields aufzeichnen.«

»Richtig«, sagte ich. »Wann läuft er denn?«

»Um acht«, meinte Fiona. »Ich fürchte, du hast ihn verpaßt.«

Tessa streckte den Arm aus und legte mir ihre Hand auf die Lippen, bevor ich den Mund öffnen konnte.

Mrs. Dias brachte Käse und Gebäck. »Ich habe ihm gesagt, er soll den Timer einstellen«, sagte Fiona. »Aber er wollte ja nicht hören.«

»Männer sind nun mal so«, meldete sich Tessa. »Du hättest eben nicht sagen dürfen, er solle ihn einstellen. Dann hätte er es getan. So muß ich bei George dauernd taktieren.«

Tessa ging zeitig. Sie hatte eine Verabredung mit einem »alten Schulfreund« an der Bar des Savoy-Hotels. »Schöne Schule!« sagte ich zu Fiona, als sie ins Wohnzimmer zurückkehrte, nachdem sie ihre Schwester zur Tür gebracht hatte. Ich ließ sie Tessa immer zur Tür begleiten. Es gab stets noch gewisse schwesterliche Vertraulichkeiten, die kurz vor dem Abschied ausgetauscht werden mußten.

»Sie wird sich nie ändern«, stellte Fiona fest.

»Armer George«, sagte ich.

Fiona setzte sich neben mich und gab mir einen Kuß. »War ich heute abend sehr widerlich?« wollte sie wissen.

»*Asinus asino, et sus sui pulcher* – Für den Esel ist der Esel schön, und das Schwein für das Schwein.«

Fiona lachte. »Als wir uns kennenlernten, hast du häufig lateinische Zitate benutzt. Warum tust du das jetzt nicht mehr?«

»Ich bin erwachsen geworden.«

»Werde bloß nicht zu erwachsen«, sagte sie. »Ich liebe dich so, wie du bist.«

Ich reagierte mit einem langanhaltenden Kuß.

»Die arme Tess. So etwas konnte auch nur ihr passieren, nicht wahr? Sie ist so ein Wirrkopf. Sie kann sich kaum an ihren eigenen Geburtstag erinnern, geschweige denn an die Tage, an denen sie mit Giles zusammengewesen ist. Ich bin ja so froh, daß du sie nicht angeschrien oder verlangt hast, sie solle alles in chronologischer Reihenfolge erzählen.«

»Irgendwann wird das doch jemand tun«, sagte ich.

»Wie war dein Tag?« fragte sie. »Schlimm?«

»Bret Rensselaer will nicht zulassen, daß Werner die Vergünstigungen unserer Bank erhält«, erwiderte ich.

»Hast du dich mit ihm gestritten?«

»Er mußte mir unbedingt beweisen, wie hart man wird, wenn man fünfzehn Jahre lang hinter dem Schreibtisch gesessen hat.«

»Was hat er denn gesagt?«

Ich erzählte es ihr.

»Ihr habt euch aber auch schon aus geringerem Anlaß gekabbelt«, stellte Fiona fest, nachdem ich ihr eine Zusammenfassung von Bret Rensselaers Vorstellung eines »harten Burschen« gegeben hatte.

»Sprüche«, sagte ich. »Ich nehme nichts von dem, was er gesagt hat, wirklich ernst.«

»Gar nichts?«

»Rensselaer und Cruyer sind nicht davon überzeugt, daß Brahms Vier umgedreht worden ist – auch der Chef nicht, darauf kannst du wetten. Wenn sie ihn für einen KGB-Agenten hielten, würden sie doch nicht darüber diskutieren, wer aus London rübergeht und seinen Kopf in die Schlinge steckt. Wenn sie tatsächlich annehmen würden, Brahms Vier sei ein KGB-Mann, wäre die Berlin-Akte längst begraben und würde nicht mit der Aufschrift ›Dringend‹ herumgereicht. Sie sind dabei, die Entschuldigungen und Halbwahrheiten zu konstruieren, die sie brauchen, um ihre Inkompetenz zu rechtfertigen. Sie richten Mauern gegen die Fragen auf, die zwangsläufig gestellt werden, wenn diese Geschichte ruchbar wird.« Ich griff nach dem Wein, den Tessa verschmäht hatte, und goß ihn in mein Glas. »Sie machen sich auch keine Sorgen um mich, sonst hätten sie mich nicht mal in die Nähe des Büros gelassen, solange das Thema auf der Tagesordnung stand.«

»Aber sie müssen es doch mit dir besprechen. Brahms Vier verlangt dich als Kontaktmann. Das habe ich dir doch schon gesagt.«

»Woran sie wirklich glauben, ist die Tatsache, daß Brahms Vier verdammt noch mal die beste Quelle ist, die sie in diesem Jahrzehnt hatten. Aber wie üblich dämmerte ihnen diese Erkenntnis erst, als sie im Begriff waren, sie zu verlieren.«

»Und was wirst du aus dieser scheußlichen Geschichte mit Trent machen?«

Ich zögerte. Daß ich allein auf Hypothesen angewiesen war, sollte sie ruhig wissen. »Die Kontaktaufnahme mit Trent könnte ein Versuch des KGB sein, in die Abteilung einzudringen.«

»Mein Gott!« rief Fiona echt erschrocken. »Ein sowjetischer Schritt, von hier aus an Brahms Vier heranzukommen?«

»Um herauszufinden, woher das Material stammt. Brahms Vier ist einer der bestgeschützten Agenten, die wir haben. Und das nur, weil er es mit dem alten Silas zu tun hatte und der zu seinem Wort stand. Das Material einzusehen, das wir hier in London erhalten, ist der einzige Weg für sie, Brahms Vier auf die Schliche zu kommen.«

»Aber das ist undenkbar«, sagte Fiona.

»Warum?«

»Weil Giles nie an die Berichte von Brahms Vier heran könnte. Sie sind doppelt und dreifach gesichert. Selbst ich habe sie noch nicht gesehen, und auch du erhältst nur die Informationen, die unbedingt nötig sind.«

»Die Russen wissen vielleicht gar nicht, daß Giles an dieses Material nicht heran kann. In ihren Augen hat er unter Umständen eine Position, in der er alles einsehen kann, was er will.«

Fiona starrte mir in die Augen und versuchte, meine Gedanken zu lesen. »Denkst du, Brahms Vier könnte herausbekommen haben, daß der KGB versucht, ihm auf die Schliche zu kommen?«

»Ja«, sagte ich. »Davon bin ich fest überzeugt. Seine Bitte um Versetzung in den Ruhestand ist genau seine Art, einen totalen Austausch in der Kontaktkette herbeizuführen.«

»Es wird immer beängstigender«, stellte Fiona fest. »Ich glaube wirklich, du solltest nicht rüberfahren. Das ist kein simpler kleiner Tagesausflug. Das ist eine große Operation, bei der für beide Seiten viel auf dem Spiel steht.«

»Ich kann mir nicht vorstellen, wen sie sonst schicken sollten«, sagte ich.

Plötzlich wurde Fiona wütend. »Du willst ja gehen, verdammt noch mal!« schrie sie. »Du bist genau wie die anderen. Es fehlt dir, nicht wahr? Du liebst dieses verfluchte Macho-Geschäft.«

»Ich liebe es nicht«, sagte ich. Es war die Wahrheit, aber sie glaubte mir nicht. Ich legte die Arme um sie und zog sie an mich. »Mach dir doch keine Sorgen«, sagte ich. »Ich bin zu alt und habe viel zuviel Angst, um etwas Gefährliches zu tun.«

»In diesem Geschäft braucht man gar nicht erst etwas Gefährliches zu tun, um verletzt zu werden.«

Ich sagte ihr nicht, daß Werner mich angerufen und gefragt hatte, wie schnell ich zurückkommen könnte. Das hätte alles nur noch mehr kompliziert. Ich sagte ihr nur, daß ich sie liebte, und das war die Wahrheit.

7

Es war kalt, verdammt kalt; wann zum Teufel würde es endlich Sommer werden? Mit den Händen in den Taschen und hochgestelltem Kragen lief ich durch Soho. Es war später Nachmittag, aber die meisten Läden waren bereits geschlossen. Vor ihren Eingängen wartete der zu Bergen gestapelte Abfall auf den Abtransport am nächsten Morgen. Es war eine trostlose Gegend geworden; sie hatte ihren Charme durch die Seuche der Pornoshops und der schäbigen kleinen Kinos »für Erwachsene« verloren. Ich genoß die verräucherte Wärme von Kar's Club und die Chance, eines dieser heißen, würzigen Rumgetränke zu mir zu nehmen, für die der Club ebenso bekannt war wie für das Schachspiel.

Kar's Club war nicht die Art Restaurant, die Tessa besonders schätzen würde. Er lag in einem Souterrain der Gerrard Street in Soho und hatte einer Weinhandlung als Lager gedient, bevor bei einem dieser heftigen deutschen Luftangriffe im April 1941 eine Brandbombe die oberen Stockwerke zerstörte. Es waren drei große, ineinander übergehende Räume mit Holzdecke und geräuschvoller Heizung; das alte Mauerwerk war weiß gestrichen, um die Lampen zu reflektieren, die sorgfältig über den Tischen angebracht waren und die Schachbretter beleuchteten.

Jan Kar war ein ehemaliger polnischer Armeeangehöriger, der seinen kleinen Club eröffnet hatte, nachdem er bei Kriegsende aus der Armee entlassen worden war und einsah, daß er nie in seine Heimat zurückkehren würde. Inzwischen war er ein alter Mann mit einem imponierenden Wust feiner weißer Haare und einer prachtvollen Säufernase. Neuerdings stand sein Sohn Arkadij hinter dem Tresen, aber die Mitglieder waren in der Mehrzahl noch immer Polen und andere osteuropäische Immigranten.

Ich entdeckte niemanden, den ich kannte, bis auf zwei junge Champions im zweiten Raum, deren Spiel bereits ein halbes Dutzend Zuschauer angelockt hatte. Weniger ernsthafte Schachanhänger wie ich blieben in dem Raum, wo Essen und Trinken ausgeschenkt wurde. Es war bereits ziemlich voll. Die Gäste waren meist ältere Männer mit Bärten, dunklen Ringen unter den Augen und großen Pfeifen. Hinten in der Ecke, unter der Uhr, starrten zwei schweigsame Männer finster auf das Brett vor sich und dann einander an. Sie spielten ungeduldig und schlugen jeden gegnerischen Stein bei der ersten sich bietenden Gelegenheit – wie Kinder, die Dame spielen. Ich saß so, daß ich über meinem Schachbrett, dem Buch mit Schachaufgaben und meinem Drink die Tür im Auge behalten und jeden sehen konnte, der hereinkam und sich in das Mitgliedsbuch eintrug.

Giles Trent kam ziemlich früh. Ich betrachtete ihn mit ganz neuem Interesse. Er sah jünger aus, als ich ihn in Erinnerung hatte. Er nahm seinen braunen schmalkrempigen Filzhut mit einer hastig-nervösen Geste vom Kopf, wie ein Schuljunge, der das Zimmer des Rektors betritt. Sein graues gewelltes Haar war lang genug, einen Teil seiner Ohren zu bedecken. Er war so groß, daß er sich der niedrigen Decke wegen bücken mußte, als er unter den rosafarbenen, troddelbewehrten Lampenschirmen entlangging. Er hängte seinen Mantel auf und fuhr sich mit den Fingern durch die Haare, als wären sie in Unordnung geraten. Er trug einen karierten Anzug von der Art, wie ihn betuchte Börsenmakler bevorzugen. Eine passende Weste und eine goldene Uhrkette rundeten das Bild ab.

»Hallo, Kar«, sagte Trent zu dem alten Mann, der neben der Heizung saß und bedächtig seinen gewohnten Whisky mit Wasser trank. Fast alle Mitglieder nannten ihn Kar. Nur einige der älteren Polen, die mit ihm zusammen in Italien gekämpft hatten, wußten, daß Kar sein Familienname war.

Trent blieb an der Theke, wo der junge Arkadij kalten Imbiß feilhielt, den unnachahmlichen Rumpunsch, den sein Vater – wie berichtet wurde – mitten im italienischen Schlachtengetümmel erfunden hatte, guten Kaffee, warmes Bier, eiskalten Wodka, kümmerliche Schach-Tips und ungenießbaren Tee. Trent nahm Rumpunsch.

»Mr. Chlestakow war heute noch nicht da«, sagte der Junge zu Trent.

Trent brummte und drehte sich um. Ich blickte schnell auf mein Schachbuch hinunter, stützte mein Kinn auf die Hand und war so in der Lage, mein Gesicht vor ihm zu verbergen.

Trents Russe erschien etwa zehn Minuten später. Er trug einen teuren Kamelhaarmantel und handgefertigte Schuhe. Er reichte Trent nur bis zur Schulter, ein kugelbäuchiger Mann mit breiten Bauernhänden und einem fröhlichen Gesicht. Als er den Hut ablegte, enthüllte er schwarzes pomadisiertes, hoch gescheiteltes Haar. Er lächelte, als er Trent sah, klopfte ihm auf die Schulter, fragte, wie es ihm ginge, und nannte ihn »Towarischtsch«.

Diesen Typ kannte ich; er war einer jener Sowjet-Offiziellen, die gern die aufgeräumte, verbindliche Seite des Sowjet-Lebens zeigen. Ein Mann, der zu Parties immer ein paar Flaschen Wodka mitbrachte und einem augenzwinkernd zu verstehen gab, er sei ein unverbesserlicher Schelm, der im Dienste der Freundschaft jede Regel übertreten würde.

Trent hatte ihn wohl gefragt, was er trinken wolle, denn ich hörte den Russen antworten: »Wodka. Ich komme nur hierher, um den guten Büffelgraswodka meines polnischen Freundes zu trinken.« Er sprach das glatte Englisch, das auf Sprachschulen vermittelt wird und dem das Auf und Ab der Sprachmelodie fehlt, das man nur mitbekommt, wenn man lange im Land lebt.

Sie setzten sich an einen Tisch, den Trent ausgesucht hatte. Der Russe trank etliche Wodkas, lachte viel und laut über alles, was Trent ihm erzählte, und aß marinierten Hering mit Schwarzbrot.

Auf jedem Tisch lag ein Schachbrett und eine Schachtel mit Figuren. Trent klappte das Brett auseinander und stellte die Figuren auf. Er tat das in jener gemessenen, geistesabwesenden Art, mit der Menschen Dinge tun, wenn sie sich über etwas ganz anderes Sorgen machen.

Der Russe zeigte keinerlei Anzeichen von Besorgnis. Er biß hungrig in sein Brot und kaute den Fisch mit offensichtlichem Behagen. Dann und wann rief er quer durch den Raum, um sich bei dem alten Jan Kar nach der Wettervorhersage, dem Dollarkurs oder nach Sportergebnissen zu erkundigen.

Der alte Jan war seit 1939 in einem russischen Gefangenenlager gewesen, bis er entlassen wurde, um dem Polnischen Korps von General Anders beizutreten. Er mochte die Russen nicht, und seine Antworten waren höflich, aber knapp. Trents Gegenüber gab nicht zu erkennen, ob ihm diese offensichtliche Zurückhaltung auffiel. Er lächelte breit und quittierte jede sparsame Antwort mit einem Nicken.

Ich stand auf und ging zur Theke, um mir noch etwas zu trinken zu holen – Kaffee diesmal –, und von da aus konnte ich hören, was Trent sagte. Ich stand mit dem Rücken zu ihnen.

»Alles braucht seine Zeit«, sagte Trent. »Man muß Geduld haben.«

»Da kommt mir gerade eine verrückte Idee«, sagte der Russe. »Nehmen Sie doch alles, was Sie haben, und bringen Sie es zu dem Kopiergeschäft in der Baker Street, in dem Sie die anderen Kopien auch haben machen lassen.«

Der Russe hatte ziemlich laut gesprochen, und obwohl ich mich nicht umdrehte, hatte ich den Eindruck, als würde ihn Trent am Ärmel berühren, um ihn zum Leisersprechen zu bewegen. Trents Stimme war ruhiger. »Überlassen Sie das mir«, sagte er. »Überlassen Sie das mir.« Er klang wie jemand, der ängstlich darauf bedacht war, das Thema zu wechseln.

»Giles, mein Freund«, sagte der Russe mit leicht undeutlicher Stimme, was vielleicht schon eine Folge des Wodkas war. »Selbstverständlich überlasse ich es Ihnen.«

Ich nahm den Kaffee, den mir Jans Sohn eingegossen hatte, und ging zurück an meinen Tisch. Diesmal setzte ich mich mit dem Rücken zu ihnen, konnte sie aber in einem fliegenverschmutzten Porträt General Pilsudskis schwach erkennen.

Ich vertiefte mich wieder in eine der Partien, die Capablanca und Aljechin während der Weltmeisterschaften von 1927 gegeneinander ausgetragen hatten, obwohl ich kaum etwas davon begriff. Als Capablanca gewonnen hatte, waren Trent und der Russe die Treppe hinauf und auf die Straße verschwunden.

»Darf ich dir einen Augenblick Gesellschaft leisten?« fragte der alte Jan, als ich meine Schachfiguren in die Schachtel gestellt und das Brett zusammengeklappt hatte. »Ich habe dich seit Jahren nicht mehr gesehen.«

»Ich bin inzwischen verheiratet, Jan«, sagte ich. »Und ein großer Schachspieler war ich noch nie.«

»Ich habe vom Tod deines Vaters erfahren. Tut mir sehr leid. War ein großartiger Mann.«

»Es ist schon lange her«, erwiderte ich.

Er nickte. Er bot mir einen Drink an, aber ich erklärte, daß ich schon bald gehen müßte. Er sah sich um. Der Raum war leer. Alle waren im Nebenzimmer, um bei der Partie zuzusehen, die sich zu einem wahren Duell ausgewachsen hatte. »Bei der Arbeit, was? Es ist der Russe, stimmt's?«

»Welcher Russe?« fragte ich.

»Unverschämter Hund«, sagte Jan Kar. »Man sollte annehmen, sie wüßten, wo sie nicht erwünscht sind.«

»Das würde ihren Bewegungsspielraum entscheidend einengen.«

»Ich behalte das natürlich für mich. Und mein Sohn auch.«

»Ich hoffe, daß du das tust, Jan«, sagte ich. »Es ist sehr heikel, sehr, sehr heikel.«

»Ich hasse die Russen«, sagte der alte Jan.

Giles Trents Haus war eines in einer Reihe von schmalbrüstigen Wohnhäusern im georgianischen Stil, die von Spekulanten errichtet worden waren, als die Ausstellung von 1851 Chelsea zu einer honorigen Adresse für höhere Angestellte und Ladenbesitzer gemacht hatte. In der Nähe der Haustür – schwarzlackiertes Holz mit Löwenkopftürklopfer aus Messing – stand Julian MacKenzie, ein kecker junger Mann, der gerade ein halbes Jahr unserer Abteilung angehörte. Ich hatte ihn gebeten, ein Auge auf Trents Haus zu haben, weil ich wußte, daß er es nicht wagen würde, allzu viele Fragen zu stellen.

»Er ist ungefähr vor einer halben Stunde mit dem Taxi nach Hause gekommen«, sagte MacKenzie. »Er hat keinen Besuch.«

»Licht?«

»Nur im Erdgeschoß – aber mir kam es so vor, als sei auch hinten Licht angegangen. Vielleicht war er in der Küche, um sich eine Tasse Kakao zu machen.«

»Sie können jetzt nach Hause gehen«, teilte ich MacKenzie mit.

»Sie wollen also nicht, daß ich mit hineinkomme?«

»Wer sagt denn, daß ich hineingehe?«

MacKenzie grinste. »Na dann viel Glück, Bernie«, sagte er und salutierte spöttisch.

»Wenn man zwanzig Jahre bei der Abteilung ist und Neulinge einen Bernie nennen«, sagte ich, »fängt man an zu glauben, daß man es vielleicht doch nicht zum Boss der Abteilung bringen wird.«

»Entschuldigen Sie, Sir«, sagte MacKenzie. »Ich wollte Ihnen nicht zu nahe treten.«

»Schwirr ab«, sagte ich.

Ich mußte dreimal klingeln und klopfen, bis ich Trent dazu brachte, mir die Tür zu öffnen. »Wer zum Teufel ist denn da?« fragte er, als die Tür noch nicht einmal halb geöffnet war.

»Mr. Trent?« fragte ich respektvoll.

»Was gibt es denn?« Er sah mich an, als wäre ich ihm total fremd.

»Es wäre vielleicht besser, wenn ich hineinkommen dürfte«, sagte ich. »Es geht um etwas, das wir lieber nicht zwischen Tür und Angel besprechen sollten.«

»Nein, nein, nein. Es ist Mitternacht«, protestierte er.

»Bernard Samson von *Operations*«, sagte ich. Warum zum Teufel hatte ich mir nur Gedanken darüber gemacht, daß Trent mich im Club erkennen könnte? Hier stand ich nun auf seiner Schwelle, und er behandelte mich wie einen Staubsaugervertreter. »Ich arbeite im Ressort Deutschland mit Dicky Cruyer.«

Ich hatte gehofft, daß diese Enthüllung eine drastische Veränderung seines Verhaltens bewirken würde, aber er brummte nur, trat einen Schritt zurück und murmelte, daß es sicherlich Zeit bis morgen gehabt hätte.

Die schmale Diele mit Regency-Streifentapete und gerahmten Stichen niederländischer Meister, von denen ich noch nie etwas gehört hatte, führte auf eine enge Treppe, und durch eine offene Tür konnte ich in eine gut ausgestattete Küche sehen. Das Haus befand sich im Zustand fleckenloser Ordnung: keine Kratzer im Anstrich, keinerlei Risse in der Tapete, keine Spuren auf dem Teppich. Alles war in einem Zustand, der das Markenzeichen derer ist, die reich, anspruchsvoll und kinderlos sind.

Die Diele führte in das »himmlische« Wohnzimmer, von dem Tessa gesprochen hatte. Da gab es weißen Teppichboden, blaue Wände und glänzende weiße Ledersessel mit Messingknöpfen. Es hing sogar ein fast farbloses, abstraktes Gemälde über dem weißen Miniflügel. Ich konnte nicht glauben, daß dies Trents Geschmack widerspiegelte; es war genau die Einrichtung, die unter großen Kosten von tatkräftigen geschiedenen Frauen entworfen wird, die keine Schecks annehmen.

»Ich kann nur hoffen, daß es wirklich wichtig ist«, sagte Trent. Er starrte mich an. Er bot mir nichts zu trinken an und bat mich nicht einmal, Platz zu nehmen. Vielleicht macht sich meine Art von Trenchcoat nicht besonders gut auf Weiß.

»Es ist wichtig«, sagte ich. Trent hatte die Krawatte abgelegt, die er im Kar's Club getragen hatte; jetzt steckte ein Seidenschal im offenen Hemd. Sein Jackett war gegen eine Kaschmirjacke und die Schuhe gegen ein Paar graue Samtslipper vertauscht worden. Ich fragte mich, ob er sich zwischen Heimkehr und Zubettgehen immer so aufwendig anzog oder ob seine Tracht für die Verspätung verantwortlich war, mit der er mir die Tür geöffnet hatte. Oder hatte er den Besuch von Tessa erwartet?

»Ich kenne Sie«, sagte er plötzlich. »Sie haben doch Fiona Kimber-Hutchinson geheiratet, stimmt's?«

»Waren Sie heute abend im Kar's Club?« fragte ich.

»Ja.«

»Und haben mit einem Angehörigen der sowjetischen Botschaft gesprochen?«

»Es ist ein Schach-Club«, sagte Trent. Er ging hinüber zum Sessel, in dem er gesessen hatte, legte ein Lesezeichen in eine Taschenbuchausgabe von Zolas *Germinal* und stellte sie ins Regal zu den gebundenen Ausgaben von Agatha Christie und anderen Kriminalromanen. »Ich unterhalte mich dort mit vielen Leuten. Ich spiele Schach gegen jeden, der Lust dazu hat. Keine Ahnung, womit sie ihr Geld verdienen.«

»Der Mann, in dessen Gesellschaft Sie sich heute abend befanden, wird in der Liste der Diplomaten als Erster Sekretär geführt, aber ich halte ihn für einen KGB-Mann.«

»Darüber habe ich mir noch keine Gedanken gemacht.«

»Tatsächlich? Sie haben sich wirklich keine Gedanken darüber gemacht? Hätten Sie etwas dagegen, wenn ich das zitiere?«

»Drohen Sie mir nicht«, sagte Trent. Er öffnete eine Silberdose auf dem Tisch, wo das Buch gelegen hatte, nahm eine Zigarette heraus, zündete sie an und stieß den Rauch auf eine Art aus, die vielleicht als unterdrückte Verärgerung gedeutet werden konnte. »Ich bin Ihnen in bezug auf Stellung und Dienstalter voraus, Samson. Kommen Sie mir also in meinem eigenen Haus nicht mit diesen Starker-Mann-Methoden, die bei Ihresgleichen so wirksam sind.«

»Sie können doch unmöglich der Meinung sein, daß Ihnen Ihr höherer Rang das unbestreitbare Recht gibt, sich regelmäßig mit KGB-Agenten zu treffen und dabei die Vorzüge verschiedener Fotokopiergeschäfte zu erörtern.«

Trent wurde rot. Er drehte sich um, doch das machte sein Unbehagen erst recht deutlich. »Fotokopien? Wovon zum Teufel reden Sie eigentlich?«

»Ich hoffe, Sie wollen nicht sagen, Sie wollten lediglich Schachaufgaben kopieren. Oder Sie hätten den KGB-Agenten im Auftrag des Chefs getroffen. Oder aufgrund einer geheimen Abmachung mit einer dritten Person, deren Namen Sie leider nicht preisgeben dürften.«

Trent drehte sich um und kam auf mich zu. »Alles, was ich Ihnen sage«, meinte er und tippte mit dem Finger gegen meine Brust, »ist, daß Sie jetzt auf der Stelle mein Haus verlassen werden. Alles Weitere über meinen Anwalt.«

»Ich würde Ihnen nicht raten, einen Anwalt einzuschalten«, sagte ich in dem freundlichsten Ton, der mir zur Verfügung stand.

»Hinaus«, sagte er.

»Wollen Sie mir nicht noch sagen, daß Sie dafür sorgen werden, daß ich aus der Abteilung fliege?«

»Hinaus«, wiederholte er. »Und demjenigen, der Sie geschickt hat, können Sie sagen, daß ich vorhabe, gesetzliche Maßnahmen zu ergreifen, um meine Rechte zu wahren.«

»Sie haben keine Rechte«, stellte ich fest. »Sie unterzeichnen doch regelmäßig die Bestimmung. Haben Sie sich eigentlich je die Mühe gemacht zu lesen, was dieses Stück Papier besagt?«

»Mit Sicherheit besagt es nicht, daß ich nicht berechtigt bin, einen Rechtsanwalt zu konsultieren, wenn sich ein kleiner Möchtegern Zugang zu meinem Haus verschafft und mich des Verrats oder dergleichen bezichtigt.«

»Ich bezichtige Sie nicht, Trent. Ich stelle Ihnen lediglich ein paar einfache Fragen, auf die Sie sehr komplizierte Antworten geben. Wenn Sie damit beginnen, Anwälte in diesen Dialog hineinzuziehen, werden unsere Chefs das als einen sehr unfreundlichen Akt betrachten. Sie werden es für eine Konfrontation halten, Trent. Und es handelt sich um eine Konfrontation, die Sie nie gewinnen können.«

»Ich werde gewinnen.«

»Denken Sie doch logisch, Trent. Selbst wenn Sie vor Gericht gehen und das Unmögliche erreichen, ein Urteil gegen die Krone, und Ihnen Auslagen und Kosten erstattet werden sollten – glauben Sie wirklich, Sie würden Ihren Job zurückbekommen? Und wohin werden Sie sich dann wenden, um einen neuen zu finden? Nein, Trent, Sie werden es sich schon gefallen lassen müssen, von einem minderwertigen Wicht wie mir befragt zu werden, weil das alles mit zum Job gehört, Ihrem Job. Ihrem einzig möglichen Job.«

»Moment, einen Moment. Da gibt es eine ganze Reihe von Dingen, die ich zunächst einmal klären möchte«, sagte er. »Wer hat behauptet, daß ich mich regelmäßig mit diesem sowjetischen Diplomaten treffe?«

»Wir haben da dieses neue Verhörsystem – Sie haben eines der Bücher darüber geschrieben, Sie müßten sich also auskennen –, bei dem der Untersuchende die Fragen stellt und der Mann, der überprüft wird, sie beantwortet.«

»Werde ich denn überprüft?«

»Ja, das werden Sie«, sagte ich. »Und ich halte Sie für schuldig. Für mich sind Sie ein Agent, der für die Russen arbeitet.«

Trent griff nach dem Seidenschal um seinen Hals und lockerte ihn, als sei es ihm heiß geworden. Er empfand jetzt Angst, eine Angst, in die ein solcher Mann nie durch physische Gewalt gebracht werden könnte. Trent mochte körperliche Anstrengung, Unbequemlichkeit und sogar Härte. Während der Schulzeit hatte er gelernt, damit fertig zu werden. Er hatte vor etwas anderem Angst: er fürchtete, daß dem großartigen, illusionären Image, das er sich von sich selbst gemacht hatte, Schaden zugefügt werden könnte.

Es gehörte zu meinem Job, mir darüber klarzuwerden, was einen Menschen erschreckt, um dann nicht darauf herumzureiten, sondern zu anderen, unbedeutenden Dingen überzugehen und ihm ausreichend Gelegenheit zu geben, den Schorf der Angst abzukratzen und die empfindliche Wunde darunter bloßzulegen.

Und so erzählte ich Trent nichts von dem Elend und der Ungnade, die ihn erwarteten.

Statt dessen sagte ich ihm, wie einfach es für mich wäre, die Untersuchung abzubrechen und meine Notizen zu vernichten, wenn er morgen in mein Büro käme, um eine freiwillige Erklärung abzugeben. In diesem Fall würde es keine weitere Untersuchung geben.

Trent würde berichten, ihm sei ein eindeutiges Angebot von russischer Seite gemacht worden, und wir würden ihm sagen, wie er darauf zu reagieren habe.

»Aber würde die Abteilung dem zustimmen? Ich meine, würde man die Sache so behandeln, als habe sie mit meinem Bericht überhaupt erst begonnen?«

Selbstverständlich gab es keine Notizen, keinen Bericht, die zu vernichten gewesen wären. Mein Gespräch mit Tessa hatte ich niemandem gegenüber erwähnt. Ich nickte weise: »Gebrauchen Sie Ihre Fantasie, Trent. Was würde der Chef wohl vorziehen? Was meinen Sie? Wenn wir herausfinden, daß Sie Kontakt zu den Russen hatten, haben wir eine Katastrophe am Hals. Aber wenn Sie als einer unserer Leute bezeichnet werden können, der den Russen Material zuspielte, haben wir einen mittleren Triumph zu verzeichnen.«

»Wahrscheinlich haben Sie recht.«

»Selbstverständlich habe ich recht. Ich weiß, wie diese Dinge laufen.«

»Sie erwarten von mir, daß ich meine Treffen mit ihm fortsetze?«

»Genau. Sie würden für uns arbeiten. Sie würden einen Narren aus ihm machen.«

Trent lächelte; das gefiel ihm.

Nachdem ich mein Repertoire noch mehrmals vorgetragen hatte, wurde Trent zugänglich genug, mir eine Reihe von Drinks aufzunötigen und mir für meine Freundlichkeit und Rücksichtnahme zu danken.

Er wiederholte meine Instruktionen gewissenhaft und dankbar und blickte auf, um auf mein zustimmendes Nicken zu warten. Inzwischen hatte ich – nach etwa einstündiger Unterhaltung – die Rolle eines väterlichen Beichtvaters, Beschützers und womöglich sogar Retters angenommen. »So ist es richtig«, sagte ich und verlieh meiner Stimme eine gewisse Wärme. »Machen Sie es so, und Sie werden klarkommen. Alles wird klarkommen. Es könnte sich unter Umständen sogar als weiterer Schritt auf Ihrer Karriereleiter entpuppen.«

8

Welche Frau hätte ihren Ehemann nicht irgendwann einmal der Untreue verdächtigt? Und wie viele Ehemänner haben angesichts unerklärter Abwesenheit, unbedachter Bemerkungen oder verspätete Heimkehr der Gattin nicht eine gewisse Unsicherheit verspürt? An meinen Befürchtungen war nichts Konkretes. Fionas Umarmungen waren lustvoll wie immer; sie lachte über meine Scherze, und ihre Augen strahlten, wenn sie mich ansah. Vielleicht strahlten sie ein bißchen zu sehr, denn mitunter glaubte ich, an ihr jene profunde Leidenschaft zu entdecken, die Frauen nur Männern zeigen, denen sie bereits entglitten sind.

Die meiste Zeit meines Lebens habe ich versucht, die Gedanken und Gefühle anderer Menschen zu erraten. Das kann ein gefährliches Unterfangen sein. Wie der Arzt leicht der Hypochondrie unterliegt, der Polizist der Korruption oder der Pfarrer dem Materialismus, wußte ich, daß ich das Verhalten der Menschen, die mir nahestanden, zu genau beobachtete. Mißtrauen geht mit dem Job Hand in Hand, es ist die endemische Krankheit des Spions. Für Freundschaft und Ehe kann sie mitunter fatale Folgen haben.

Nach meinem Besuch bei Giles Trent kam ich erst sehr spät nach Hause und schlief dann schnell und fest ein. Als ich am nächsten Morgen um sieben Uhr wach wurde, war Fionas Platz an meiner Seite leer. Auf dem Radiowecker stand ein Buttertoast und eine Tasse mit inzwischen kaltem Kaffee. Sie mußte sehr früh gegangen sein.

Aus der Küche hörte ich die Stimmen der Kinder und ihres jungen Kindermädchens. Ich sah zu ihnen hinein und holte mir ein Glas Orangensaft. Ich versuchte, mich an ihrem Spiel zu beteiligen, erntete jedoch nur Hohn und Spott, weil ich nicht begriff, daß alle Antworten in der Indianersprache gegeben werden mußten. Ich warf ihnen Luftküßchen zu, die von ihnen nicht erwidert wurden, und ging dann, in meinen Lammfellmantel gehüllt, hinunter auf die Straße, wo ich geschlagene fünfzehn Minuten damit verbrachte, mein Auto in Gang zu bringen.

Es graupelte, als ich in einen fürchterlichen Verkehrsstau geriet, und Dicky Cruyer hatte seinen großen Jaguar so nachlässig geparkt, daß es für mich ausgesprochen kitzlig war, auf den mir zustehenden Platz in der Tiefgarage zu kommen. Beklag dich nicht, Samson. Sei froh, daß du überhaupt einen Parkplatz hast: Dicky – noch nicht ganz perfekt in der Steuerungstechnik – braucht eigentlich deren zwei.

Ich verbrachte eine halbe Stunde am Telefon, um mich danach zu erkundigen, wann mein neuer Wagen geliefert würde, erhielt aber keine klarere Auskunft als die Feststellung, daß die Liefertermine ungewiß seien. Ich sah auf die Uhr und beschloß, Fiona über den Hausapparat anzurufen. Ihre Sekretärin sagte: »Mrs. Samson hatte heute früh einen Termin außerhalb.«

»O ja, ich glaube, sie hat so etwas erwähnt.«

Ihre Sekretärin wußte, daß ich lediglich versuchte, das Gesicht zu wahren. In dieser Beziehung stellen Sekretärinnen immer genau die richtigen Vermutungen an. Ihre Stimme wurde extrem freundlich, als wolle sie mich für Fionas Unterlassungssünde entschädigen. »Mrs. Samson sagte, sie würde erst spät zurück sein. Aber sie wird mich im Laufe des Vormittags anrufen. Das hält sie immer so. Ich werde ihr sagen, daß Sie angerufen haben. Kann ich vielleicht etwas ausrichten, Mr. Samson?«

War ihre Sekretärin in etwaige Vorgänge eingeweiht, fragte ich mich. War das eine dieser Affären, über die Frauen gern ernsthaft diskutieren, oder wurde sie lachend weitergegeben wie jene Jugendromanzen, die mir Fiona gebeichtet hatte? Oder war Fiona die Art gestrauchelte Frau, die sich niemandem anvertraut? Ich kam zu dem Schluß, daß das genau ihrem Stil entsprechen würde. Niemand würde Fiona besitzen; das betonte sie selbst nur allzugern. Es war immer etwas an ihr, das sie vor aller Welt geheimhielt.

»Soll ich Ihrer Frau etwas ausrichten, Mr. Samson?« fragte ihre Sekretärin noch einmal.

»Nein«, erwiderte ich. »Sagen Sie ihr nur, ich hätte angerufen.«

Bret Rensselaer bezeichnete sich gern als *»workaholic«*. Daß diese Beschreibung ein müdes, altes Klischee war, hielt ihn nicht davon ab, es zu benutzen. Er mochte Klischees. Wie er sagte, waren sie die beste Art, einfache Ideen selbst in die Köpfe von Idioten zu bekommen. Klischee oder nicht – die Beschreibung stimmte; er liebte seine Arbeit. Er hatte ein Haus auf den Virgin Islands geerbt und ein dickes Aktienpaket, was ihn in die Lage versetzt hätte, seine Tage im Müßiggang zu beschließen, hätte ihm der Sinn danach gestanden. Aber er saß jeden Tag um 8.30 Uhr hinter seinem Schreibtisch, und es war nicht bekannt, daß er auch nur einen einzigen Tag wegen Krankheit gefehlt hätte. Abwesenheit aus anderen Gründen war dagegen nicht unüblich: Ostern in Le Touquet, Pfingsten in Deauville, Juni in Ascot und August in Dublin waren Termine, die in Brets Kalender rot angestrichen waren.

Überflüssig zu sagen, daß Rensselaer nie als Agent im Außendienst tätig gewesen war. Seine einzige Erfahrung bestand in ein paar Jahren in der US-Marine zu jener Zeit, als sein Vater noch annahm, er würde die in Familienbesitz befindliche Bank übernehmen.

Bret hatte sein Leben auf Drehsesseln verbracht – im Hader mit Diktiergeräten und lächelnd vor Ausschüssen. Seine Muskeln stammten vom Hantelstemmen und Joggen auf dem Rasen seines Hauses am Themse-Ufer. Und wenn man ihn so ansah, mußte man zugeben, daß es eine sehr bekömmliche Art der Körperertüchtigung war, denn Bret war mit Würde gealtert. Sein Gesicht war so gleichmäßig gebräunt, wie es nur die Sonne fertigbringt, die den Pulverschnee besonders teurer Skiorte bestrahlt. Sein blondes Haar wechselte fast unmerklich ins Weiße. Und die Brille, die er inzwischen zum Lesen brauchte, war geformt wie jene, die bei diesen Burschen von der kalifornischen Highway Patrol an den Taschenklappen hängen, wenn sie einem einen Strafzettel verpassen.

»Schlechte Nachrichten, Bret«, sagte ich, nachdem er endlich Zeit gefunden hatte, mich in seinen Tagesablauf einzubauen. »Giles Trent kommt heute vormittag vorbei, um uns zu sagen, was er an die Russen ausgeplaudert hat.«

Bret sprang nicht auf und begann Kniebeugen zu machen, wie er es getan haben soll, als ihm Dicky die Nachricht überbrachte, daß seine Frau ihn verlassen habe. »Ein bißchen ausführlicher, bitte«, sagte er ruhig.

Ich berichtete von meinem Besuch im Kar's Club und dem Gespräch, das ich mit angehört hatte. Ich sagte auch, daß ich Trent vorgeschlagen hatte, uns über alles Bericht zu erstatten. Ich sagte allerdings nicht, weshalb ich in den Kar's Club gegangen war oder was mir Tessa erzählt hatte.

Er hörte mir schweigend zu, stand aber auf, um sich angelegentlich mit seiner Sammlung von Büroklammern zu beschäftigen.

»Drei Russen«, sagte er schließlich. »Wo waren denn die beiden anderen?«

»Sie saßen in einer Ecke, spielten mit zwei Fingern Schach und hatten sich nichts zu sagen.«

»Bist du sicher, daß sie dazugehörten?«

»Es war ein KGB-Stoßtrupp«, sagte ich. »Sie waren nicht schwer zu identifizieren – billige Moskauer Anzüge, Quadratlatschen und in Schweigen versunken, weil ihr Englisch gerade ausreicht, um eine Tasse Kaffee zu bestellen. Sie waren für den Fall da, daß der Aufdringliche sie brauchte. Sie arbeiten zu dritt.«

»Steht ein Chlestakow auf der Liste der Diplomaten?«

»Nein. Das habe ich für Trent erfunden. Aber es war ein KGB-Mann – teurer Anzug, keine Ringe. Ist dir schon mal aufgefallen, daß diese KGB-Leute im Westen nie Ringe kaufen? Ringe hinterlassen Spuren, die erklärt werden müßten, wenn sie nach Hause beordert werden. Du verstehst?«

»Aber du hast doch gesagt, daß sie alle im Mitgliederbuch des Clubs als Ungarn eingetragen sind. Bist du wirklich sicher, daß es sich um Russen handelt?«

»Sie haben zwar nicht gerade Kasatschok getanzt und Balalaika gespielt«, sagte ich. »Aber auch nur, weil es ihnen nicht eingefallen ist. Dieser dicke kleine Bursche Chlestakow – natürlich ein Deckname – nannte Trent ›Towarischtsch‹. Towarischtsch! Himmel, das habe ich niemanden mehr sagen hören, seit das Fernsehen diese alten Garbofilme wiederholt hat.«

Bret Rensselaer nahm seine Brille ab und begann, mit ihr herumzuspielen. »Dieser russische Typ sagte also: ›Da kommt mir gerade eine verrückte Idee. Nehmen Sie doch alles, was Sie haben, und bringen Sie es zu dem Kopiergeschäft in der Baker Street...‹«

»›...in dem Sie die anderen Kopien auch haben machen lassen‹«, vollendete ich für ihn. »Ja, genau das hat er gesagt, Bret.«

»Aber er muß doch verrückt sein, so etwas in einer Bar zu sagen, wo ihn jeder hören kann.«

»So ist es, Bret«, sagte ich und bemühte mich, nicht allzu ironisch zu klingen. »Wie der Mann selbst gesagt hat – er ist ein KGB-Angehöriger, der auf die verrücktesten Ideen reagiert, die ihm gerade durch den Kopf schießen.«

Bret spielte mit seiner Brille, als sei es seine erste Begegnung mit der Scharniertechnik. »Was beschäftigt dich denn?« fragte er, ohne aufzusehen.

»Na, hör mal, Bret«, sagte ich. »Ist dir schon jemals ein Russe begegnet, der spontane Entschlüsse faßt? Ist dir schon jemals ein Russe begegnet, der irgend etwas tut, nur weil ihm eine verrückte Idee gekommen ist?«

Bret lächelte unbehaglich, antwortete aber nicht.

»Alle KGB-Leute, mit denen ich es bisher zu tun gehabt habe, wiesen bestimmte unauslöschliche russische Eigenschaften auf, Bret. Sie sind sehr langsam, sehr umständlich und sehr gründlich.«

Bret verstaute seine metallgefaßte Brille in ihrem Etui, lehnte sich zurück und sah mich an. »Und nun willst du, daß ich dir sage, auf was du da gestoßen bist?«

»Es hätte nur noch gefehlt, daß sie die Internationale gesungen hätten, Bret«, sagte ich. »Es war keineswegs Trent, der sich indiskret verhielt. Er blieb kühl und verschlossen. Es war der KGB-Mann, der mir vorkam, als würde er in einem Stück von Tschechow auftreten.«

»Du willst mir doch nicht etwa sagen, die drei hätten nur so getan, als wären sie Russen?«

»Nein«, sagte ich. »Meine Vorstellungskraft ist nicht groß genug für die Überlegung, daß jemand, der gar kein Russe ist, einen Russen darstellen möchte.«

»Also glaubst du, die drei haben nur für dich Theater gespielt? Du hältst es für möglich, daß sie es getan haben, um Giles Trent in die Pfanne zu hauen?«

Ich schwieg.

»Aber warum hat Trent dann gestanden, als du ihm Vorhaltungen gemacht hast?« fragt Bret und rieb so auch noch Salz in meine Wunden.

»Ich weiß es nicht«, gab ich zu.

»Bleib auf dem Teppich, Junge. Werd bloß nicht zu kompliziert. Überlaß das denen von der Koordination. Die Burschen werden schließlich dafür bezahlt, daß sie die Fäden zusammenknüpfen.«

»Sicher«, sagte ich. »Aber inzwischen sollten wir besser jemand in Trents Wohnung schicken, damit er sich da mal umsieht. Nicht nur einen flüchtigen Blick unters Bett und auf den Dachboden. Eine ordentliche Durchsuchung.«

»Abgemacht. Sag meiner Sekretärin, sie möchte die notwendigen Unterlagen fertig machen. Ich unterschreibe sie dann. Inzwischen kannst du dir ja schon jemand suchen, den du darauf ansetzt – jemand, dem du vertrauen kannst. Ach, übrigens, Bernard – es sieht ganz so aus, als müßten wir dich doch bitten, nach Berlin zu fahren.«

»Ich bin nicht sicher, ob ich dieser Bitte nachkommen kann, Bret«, sagte ich ebenso charmant.

»Das mußt du entscheiden«, meinte er und lächelte, um mir zu beweisen, wie liebenswürdig er sein konnte. Die meiste Zeit war er die Zuvorkommenheit in Person. Er öffnete einem die Tür, ließ einen als ersten in den Fahrstuhl, lachte über jeden Witz, stimmte Entschlüssen zu und bat sogar um Rat. Aber wenn der Freundlichkeiten genug waren, brachte er einen dazu, genau das zu tun, was er wollte.

Ich dachte immer noch über Bret Rensselaer nach, als ich an diesem Abend meine Arbeit beendete. Er war anders als die anderen Abteilungschefs, mit denen ich zu tun hatte. Abgesehen von jenen Momenten unverblümter Feindseligkeit war er zugänglicher als Sir Henry und verläßlicher als Dicky Cruyer. Und Bret besaß jene Selbstsicherheit, für die man Amerikaner sein muß – und reich. Er war der einzige, der es sich leisten konnte, sich über die Tradition der Abteilung hinwegzusetzen, daß nur der Chef ein wirklich großes Auto fahren durfte, während sich der Rest des Stabes mit Jaguars, Mercedes und Volvos begnügte. Bret hatte eine verdammt große Bentley-Limousine mit uniformiertem Chauffeur.

Ich sah Brets glänzenden schwarzen Bentley in der Garage, als ich im Kellergeschoß aus dem Fahrstuhl trat. Das Innenlicht war eingeschaltet, und ich hörte Mozart aus dem Stereoradio. Brets Chauffeur saß auf dem Rücksitz, schnippte seine Zigarettenasche in eine Papiertüte und wiegte sich im Rhythmus der Musik.

Der Chauffeur, Albert Bingham, war ein sechzigjähriger ehemaliger schottischer Gardist, dessen erzwungenes Schweigen während des Fahrens sich in einer zwanghaften Geschwätzigkeit in der Freizeit entlud. »Hallo, Mr. Samson«, rief er mir entgegen. »Stehe ich Ihnen etwa im Wege?«

»Nein«, sagte ich. Aber Albert war bereits aus seinem Wagen heraus und auf einen Plausch aus.

»Ich habe mich schon gefragt, ob Sie vielleicht den Wagen Ihrer Frau nehmen würden«, erzählte er. »Doch dann dachte ich wieder, sie würde vielleicht zurückkommen, um ihn selbst abzuholen. Ich weiß, wie gern sie diesen Porsche fährt, Mr. Samson. Wir haben uns erst letzte Woche darüber unterhalten. Ich sagte ihr, ich könnte ihn ihr von einem Burschen frisieren lassen, den ich in der Werkstatt kenne, in der auch der Bentley gewartet wird. Er ist ein wahrer Hexenmeister und hat selbst einen Porsche. Aus zweiter Hand natürlich, und nicht das neueste Modell wie das Ihrer Frau.«

»Ich werde mit diesem ältlichen Ford nach Hause fahren«, sagte ich und tippte mit den Schlüsseln an die Scheibe.

»Wie ich hörte, bekommen Sie einen Volvo«, meinte er. »Das ist genau der richtige Wagen für einen Familienvater.«

»Im Porsche meiner Frau müssen wir uns zu sehr zusammenquetschen«, stellte ich fest.

»Mit dem Volvo werden Sie zufrieden sein«, sagte Albert in dem Ton, der den Bentley-Fahrer auszeichnet. »Es ist ein solides Auto, allemal so gut wie ein Mercedes, verlassen Sie sich auf mich.«

»Ich könnte mich vielleicht auf Sie verlassen«, sagte ich, »wenn ich jemals versucht sein sollte, ihn gegen einen Mercedes einzutauschen.«

Albert lächelte und nahm einen Zug aus seiner Zigarette. Er wußte, wann er auf den Arm genommen wurde, und er wußte auch, wie er mir zeigen konnte, daß er nichts übelnahm. »Ihre Frau wollte Mr. Rensselaer in ihrem Porsche mitnehmen, aber er bestand auf dem Bentley. Er hat etwas gegen schnelle Sportwagen, Mr. Rensselaer, meine ich. Er will seine Beine ausstrecken können. Er ist im Krieg verwundet worden – wußten Sie, daß er eine Kriegsverletzung hat?«

Ich hatte keine Ahnung, wovon Albert da sprach. Fiona hatte gesagt, sie gehe zu Tessa, um mit ihr Angebote von Immobilienmaklern durchzusehen. »Verletzt? Nein, das wußte ich nicht.«

»Es war auf einem U-Boot. Er brach sich die Kniescheibe, als er den Niedergang hinunterfiel – das ist eine Art Leiter auf einem Schiff –, und es wurde noch auf See gerichtet. Ein U-Boot bricht keine Patrouillenfahrt ab, nur weil sich ein Fähnrich das Bein verletzt hat.« Albert lachte.

Wohin war Rensselaer mit meiner Frau gefahren? »Na, da hätten Sie ja fast einen freien Abend gehabt, Albert.«

Dankbar dafür, daß ich mich nicht hinters Steuer geklemmt und vor ihm geflüchtet war, wie es die meisten meiner Kollegen taten, wenn er einen Schwatz mit ihnen beginnen wollte, holte Albert tief Atem und sagte: »Es macht mir nichts aus, Mr. Samson. Wenn ich ehrlich bin, sind mir die Überstunden ganz lieb. Und was macht es mir schon aus, ob ich zu Hause in meiner muffigen Stube sitze oder mich hier in das echte Leder zurücklehne? Es ist Mozart, Mr. Samson, und Mozart höre ich hier in der Tiefgarage ebenso gern wie sonstwo auf der Welt. Dieses Stereoradio ist wirklich hervorragend. Kommen Sie doch und hören Sie, wenn Sie mir nicht glauben wollen.«

Sie konnten nicht weit sein, sonst hätte Albert den Bentley nicht zurückgebracht, um hier zu warten. »Wie ist der Verkehr heute abend, Albert? Ich muß ins West End.«

»Furchtbar, Mr. Samson. Eines Tages wird gar kein Durchkommen mehr sein. Und ich sage Ihnen, dieser Tag ist nicht mehr fern.« Das war eine Standardfeststellung von Albert; er sprach sie ganz automatisch aus, während er sich eine Antwort auf meine Frage zurechtlegte. »Piccadilly ist um diese Zeit besonders schlimm. Wegen der Theater.«

»Ich weiß nie, wie ich auf dem Heimweg Piccadilly am besten umfahre«, sagte ich.

Albert zog an seiner Zigarette. Ich hatte ihm den bestmöglichen Einstieg in sein Lieblingsthema geliefert: Abkürzungen in der City. »Nun...«

»Nehmen Sie doch mal Ihre Fahrt vorhin«, unterbrach ich ihn. »Wie haben Sie das geschafft bei dem starken Verkehr?... Wann sind Sie losgefahren... um sieben?«

»Viertel acht. Also, sie sind zunächst auf einen Drink in den White Elephant Club in der Curzon Street gegangen. Von dort aus hätten sie zum Connaught laufen können, ich weiß, aber es hätte anfangen können zu regnen, und unter Umständen wären zu dieser Zeit keine Taxis auf der Curzon Street gewesen. Der Tisch im Grill Room des Connaught-Hotels war für acht Uhr bestellt. Keine Chance, einen so großen Wagen wie meinen in der Curzon Street zu parken. An manchen Abenden in dieser Jahreszeit parken sie da alle in zweiter Spur. Ich bin über Birdcage Walk, vorbei am Bukkingham Palace und Hyde Park Corner dorthin gelangt... ein ziemlicher Umweg, werden Sie sagen. Aber wenn Sie so viele Jahre hinter dem Steuer in London verbracht haben wie ich, werden Sie...«

Alberts Stimme drang kaum noch an mein Ohr, während ich mich fragte, warum meine Frau mir gesagt hatte, sie würde den Abend mit ihrer Schwester Tessa verbringen, während sie mit Bret Rensselaer im Connaught-Hotel zu Abend aß. »So spät schon?« rief ich und sah auf meine Uhr, während Albert in bestem Fluß war. »Ich muß los. War nett, mit Ihnen zu plaudern, Albert. Sie sind eine nie versiegende Quelle an Informationen.«

Albert strahlte. Ich konnte immer noch *Cosi fan tutte* aus dem Stereoradio des Bentley hören, als ich bereits die Ausfahrt hinauffuhr.

Ich sah ihr zu, als sie ihr regenfeuchtes Kopftuch abnahm. Sie trug ein Seidentuch nur dann, wenn sie eine frische Frisur vor Wetterunbilden schützen wollte. Sie schüttelte den Kopf und fuhr sich mit den Fingern durch die Haare. Ihre Augen funkelten, und ihre Haut schimmerte. Sie lächelte; wie schön sie schien, und wie weit entfernt.

»Hast du auswärts gegessen?« fragte sie, als sie das unbenutzte Gedeck sah, das Mrs. Dias für mich aufgelegt hatte.

»Ja, ein Käsebrötchen in einem Pub.«

»Schlimmer hätte es kaum sein können«, sagte sie. »Fett und Kohlenhydrate; das ist nicht gut für dich. Es waren ein kaltes Hühnchen und Salat da.«

»Hat Tessa etwas Passendes gefunden?«

Vielleicht war es der Klang meiner Stimme oder die Art, wie ich vor ihr stand und sie ansah – auf jeden Fall zögerte sie einen Moment, bevor sie den Regenmantel ablegte. »Ich konnte nicht zu Tessa gehen. Es ist etwas dazwischengekommen.« Sie schüttelte den Regenmantel, daß die Tropfen im Licht sprühten.

»Arbeit, meinst du?«

Sie sah mich fest an, bevor sie nickte. Wir hatten ein stillschweigendes Abkommen darüber, nicht nach der Arbeit des anderen zu fragen. »Etwas, das Rensselaer von mir wollte«, sagte sie und sah mich an, als wollte sie mich herausfordern, die Sache weiter zu verfolgen.

»Als ich ging, habe ich dein Auto in der Garage gesehen, aber der Sicherheitsdienst sagte, du wärst schon fort.«

Sie ging an mir vorbei, um den Mantel in die Diele zu hängen. Nachdem sie das getan hatte, sah sie in den Garderobenspiegel und kämmte sich die Haare, während sie sagte: »Heute ist eine Menge mit der Diplomatenpost gekommen. Etwas davon mußte übersetzt werden, aber Brets Sekretärin kann nicht besonders gut Deutsch. Also bin ich über die Straße gelaufen und habe dort gearbeitet.«

Die Behauptung, im Foreign Office gewesen zu sein, war als Ausrede für Abwesenheit der älteste Witz der Abteilung. In diesem dunklen Labyrinth war es unmöglich, jemanden zu finden. »Du hast mit Bret Rensselaer zu Abend gegessen«, sagte ich, unfähig, meinen Ärger länger zurückzuhalten.

Sie hörte auf, sich das Haar zu kämmen, öffnete die Handtasche und ließ den Kamm hineinfallen. Dann lächelte sie mich an und sagte: »Du erwartest von mir doch nicht, daß ich verhungere, oder?«

»Erzähl mir nur nicht so 'nen Mist«, fuhr ich hoch. »Du hast die Abteilung um Viertel nach sieben mit Rensselaer zusammen verlassen. Du hast in seinem Bentley gesessen, als er die Tiefgarage verließ. Dann habe ich erfahren, daß er den Empfang des Connaught als Kontaktadresse für den Nachtdienst hinterlassen hatte.«

»Du hast doch nichts von deinen Fähigkeiten verloren, Liebling«, sagte sie mit Eis in jeder Silbe. »Einmal ein Spion, immer ein Spion – heißt es nicht so?«

»Zumindest ist es das, was Leute wie Cruyer und Rensselaer sagen. Es ist das, was Leute sagen, wenn sie versuchen, es denen zu geben, die die wirkliche Arbeit machen.«

»Nun, jedenfalls hat es sich für dich ausgezahlt«, sagte sie. »Deine Erfahrung hat dich in die Lage versetzt herauszufinden, daß ich mit Bret Rensselaer im Connaught zu Abend gegessen habe.«

»Warum mußtest du mich denn anlügen?«

»Wieso habe ich gelogen? Ich habe dir gesagt, daß ich etwas für Rensselaer zu erledigen hatte. Wir sind essen gegangen – es war ein gutes Essen, besonders der Wein –, aber wir haben Dienstliches besprochen.«

»Was?«

Sie schob sich an mir vorbei in den vorderen Raum und von dort ins Eßzimmer. Sie nahm die sauberen Teller und das Besteck auf, die für mich gedeckt worden waren. »Du solltest es besser wissen, als mich das zu fragen«, sagte sie und ging in die Küche.

Ich folgte ihr und sah zu, wie sie die Teller in den Schrank zurückstellte. »Weil es geheim ist?«

»Es ist vertraulich«, sagte sie. »Hast du denn keine Arbeit, die zu vertraulich ist, um mit mir darüber zu sprechen?«

»Wenn ich im Grillroom des Connaught darüber reden kann, könnte ich es auch mit dir besprechen.«

»Du weißt sogar den Raum, in dem wir uns aufgehalten haben. Du hast deine Schularbeiten aber wirklich gut gemacht. Alle Achtung.«

»Was hätte ich denn tun sollen, während du mit dem Boss zu Abend gegessen hast? Wurde von mir erwartet, mich am kalten Huhn gütlich zu tun und dann vor dem Fernseher zu sitzen?«

»Ich habe gedacht, du würdest mit einem Freund ein Bier trinken und dann die Kinder von meinen Eltern abholen.«

O mein Gott! Das hatte ich vergessen. »Die Kinder habe ich total vergessen«, gab ich zu.

»Ich habe meine Mutter angerufen. Hatte mir schon gedacht, daß du es vergessen würdest. Sie hat ihnen Abendbrot gemacht und sie dann mit einem Taxi hergebracht. Es ist in Ordnung.«

»Die liebe Schwiegermama«, sagte ich.

»Du brauchst nicht so verdammt ironisch zu sein, wenn es um meine Mutter geht«, sagte Fiona. »Es reicht schon, wenn du versuchst, mit mir einen Streit über Bret anzufangen.«

»Reden wir nicht mehr davon«, sagte ich.

»Mach, was du willst«, meinte Fiona. »Heute abend habe ich wirklich genug geredet.« Sie knipste das Licht im Speisezimmer aus, ging in die Küche, öffnete den Geschirrspüler, schloß ihn wieder und schaltete ihn an. Die Düsen der Spülmaschine verursachen in ihrem Stahlgehäuse Geräusche wie wagnerianische Trommelwirbel. Sie machen jedes Gespräch unmöglich.

Als ich aus dem Bad kam, erwartete ich, Fiona in die Kissen vergraben und angeblich schlafend vorzufinden. Das tat sie mitunter, wenn wir uns gestritten hatten. Aber diesmal saß sie im Bett und las einen dicken Wälzer mit dem typischen billigen Einband der Abteilungs-Bibliothek. Sie wollte mich darauf hinweisen, welch ergebener Arbeitssklave sie doch war.

Während ich mich auszog, versuchte ich es mit einem neuen, freundlichen Ton: »Was wollte Bret denn?«

»Ich wünschte, du würdest nicht immer noch darauf herumreiten.«

»Da ist doch nichts zwischen euch, oder?«

Sie lachte. Es war ein spöttisches Lachen. »Du verdächtigst mich... mit Bret Rensselaer? Er ist doch fast so alt wie mein Vater.«

»Vermutlich war er sogar älter als der Vater dieser Angestellten in der Chiffrierabteilung – Jennie Sowieso –, die kurz vor Weihnachten gegangen ist.«

Fiona hob die Augen von ihrem Buch; derartige Dinge interessierten sie. »Du glaubst doch nicht... mit Bret, meinst du?«

»Die von der Inneren Sicherheit hatten jemanden geschickt, um herauszufinden, warum sie ging, ohne ordnungsgemäß zu kündigen. Sie sagte, sie habe ein Verhältnis mit Bret gehabt, und er habe ihr erklärt, es sei aus.«

»Meine Güte«, meinte Fiona. »Der arme Bret. Vermutlich mußte Sir Henry darüber informiert werden.«

»Der Chef hat sich über die Nachricht gefreut, daß das Mädchen als absolut unbedenklich eingestuft worden war. Und damit hatte es sich dann auch.«

»Wie nachsichtig von dem Alten. Ich hätte erwartet, er würde toben. Andererseits – Bret ist nicht verheiratet. Seine Frau hat ihn verlassen, nicht?«

»Es heißt, Bret sei zuvor vom Pfad der Tugend abgewichen.«

»Und immer mit jemandem, der eine Unbedenklichkeitsbescheinigung hatte. Na ja, gut für Bret. Also deshalb hast du gedacht...« Sie lachte wieder. Diesmal war es ein echtes Lachen. Sie schloß das Buch, ließ den Finger aber zwischen den Seiten. »Er unterzieht sich im Augenblick der Pflicht, jedes Nachlassen der Wachsamkeit auszuschließen.«

»Ich habe ihm von Giles Trent erzählt«, sagte ich. »Tessa habe ich heraushalten können.«

»Bret ist entschlossen, sich jeden persönlich vorzuknöpfen.«

»Aber er verdächtigt doch nicht etwa dich?«

Fiona lächelte. »Nein, Liebling. Bret hat mich nicht ins Connaught eingeladen, um mich unter die Lupe zu nehmen. Er hat den ganzen Abend nur über dich geredet.«

»Über mich?«

»Zu gegebener Zeit wird er dich beiseite nehmen, um dich über mich auszufragen. Du weißt doch, wie so etwas läuft. Schließlich bist du länger im Geschäft als ich.« Sie schob ein Lesezeichen in das Buch, bevor sie es beiseite legte.

»Um Gottes willen.«

»Frag doch Bret, wenn du mir nicht glaubst.«

»Unter Umständen werde ich das sogar tun«, sagte ich. Sie wartete, bis ich im Bett war, und knipste dann das Licht aus. »Ich dachte, im Käse sei Protein«, sagte ich. Sie antwortete nicht.

9

Dicky Cruyer war in Bret Rensselaers Büro, als sie mich am Mittwoch rufen ließen. Cruyer hatte seine Daumen in die Gesäßtaschen seiner Jeans gehakt und seinen Lockenkopf so geneigt, als lausche er einem fernen Geräusch.

Rensselaer saß mit verschränkten Armen auf seinem Drehsessel, seine Füße ruhten auf einem Lederhocker. Diese entspannten Posen waren einstudiert, und ich vermutete, daß beide ihre Haltung eingenommen hatten, als sie mich kommen hörten. Das war ein schlechtes Zeichen. Rensselaers verschränkte Arme und Cruyers Pose zeigten jene Angriffslust, die ich von Untersuchungsbeamten her kannte.

»Bernard!« rief Dicky Cruyer so freudig überrascht, als wäre ich nur kurz zum Tee vorbeigekommen und hätte sie nicht nach seinem dritten Anruf noch eine halbe Stunde warten lassen. Rensselaer betrachtete uns leidenschaftslos wie jemand, der im Taxi an zwei Männern an der Bushaltestelle vorbeifährt. »Sieht ganz nach einem neuen Ausflug für Big B. aus«, verkündete Dicky.

»In der Tat?« erkundigte ich mich ohne große Begeisterung. Bret trug kein Jackett. Die schlanke Gestalt im weißen Hemd, mit Fliege und Weste wirkte wie ein Flußschiffer auf einem Mississippi-Riverboat, der vor der letzten Strombiegung zu singen anhebt.

»Kein Sprung über den Stacheldraht oder sonst was Gefährliches«, sagte Dicky. »Nur ein Besuch in unserem Berliner Büro. Ein Ostdeutscher hat an Frank Harringtons Tür geklopft. Er hatte einen Sack von Dokumenten bei sich und verlangte, nach London gebracht zu werden. Wollte mit keinem der Unseren in Berlin sprechen, sagt Frank.« Dicky Cruyer fuhr sich mit den Fingern durch die Haare, bevor er Rensselaer ernst zunickte.

»Noch so eine Posse«, sagte ich.

»Hältst du das für möglich, Bernard?« erkundigte sich Rensselaer mit jener ernsthaften Aufrichtigkeit, der ich inzwischen zu mißtrauen gelernt hatte.

»Was sind das denn für Dokumente?« fragte ich Dicky.

»Richtig«, sagte Cruyer. Meine Frage beantwortete er nicht.

Rensselaer nahm sich Zeit mit der Beschreibung der Papiere. »Interessantes Zeug«, stellte er zurückhaltend fest. »Das meiste stammt von hier. Protokolle eines Treffens des Chefs mit irgendeinem höheren Beamten des Foreign Office, eine Bewertung unseres Erfolges, diplomatische Leitungen außerhalb Londons anzuzapfen, Teile eines Berichts über unsere Benutzung von amerikanischen Dechiffriermaschinen... eine bunte Mischung, aber der Aufmerksamkeit wert. Stimmt's?«

»Mindestens, Bret«, sagte ich.

»Was soll denn das nun wieder heißen?« fragte Cruyer.

»Für jemanden, der noch an den Weihnachtsmann glaubt«, fügte ich hinzu.

»Du meinst, es ist ein KGB-Trick?« fragte Rensselaer. »Ja, auch das wäre möglich.« Cruyer war durch den Wandel in Rensselaers Verhalten sichtlich aus der Fassung gebracht. Er starrte ihn an. »Andererseits«, meinte Rensselaer, »ist es auch etwas, das wir auf eigene Gefahr ignorieren würden. Stimmst du mir da zu, Bernard?«

Ich schwieg.

Dicky Cruyer griff nach der großen Messingschnalle seines Cowboyledergürtels. »Unsere Leute in Berlin machen sich Sorgen – große Sorgen.«

»Old Frank macht sich immer Sorgen«, erklärte ich. »Mitunter ist er wie ein altes Waschweib; das wissen wir doch alle.«

»Frank hat auch Grund zur Sorge, seit er diesen Posten in Berlin übernommen hat«, stellte Rensselaer fest und dokumentierte so seine Loyalität gegenüber seinen Untergebenen. Allerdings stellte er nicht in Abrede, daß Frank Harrington, unser höchster Mann in Berlin, mitunter ein altes Waschweib war.

»Ist alles Material von hier?« wollte ich wissen. »Einwandfrei von hier? Wort für Wort? Kopien unserer Unterlagen? Von hier – aber wie?«

»Es hat doch keinen Sinn, Frank danach zu fragen«, sagte Dicky Cruyer schnell, bevor ihm jemand vorwerfen konnte, das nicht herausgefunden zu haben.

»Es hat keinen Sinn, Frank überhaupt etwas zu fragen«, erwiderte ich. »Aber warum hat er nicht alles hergeschickt?«

»Das wollte ich nicht«, sagte Rensselaer. Seine Arme waren noch immer verschränkt, und seine Augen blickten auf das *Who is Who* in seinem Bücherregal. »Wenn es tatsächlich der KGB ist, der versucht, bei uns ein bißchen Wirbel zu machen, möchte ich nicht, daß ihr Maulwurf hier alles mitbekommt. Das wäre für sie doch nur Anlaß zu hämischer Schadenfreude. Und wenn es einmal klappt, versuchen sie's immer wieder. Nein, wir nehmen die Sache ganz locker. Bernard wird rüberfliegen, das Material sichten, mit dem Burschen reden und uns dann sagen, was er davon hält. Nur keine Überreaktion.« Er schob die Schreibtischschublade so heftig zu, daß es wie ein Pistolenschuß klang.

»Reine Zeitverschwendung«, stellte ich fest.

Bret Rensselaer stieß sich mit dem Fuß ab, um seinen Drehsessel in Bewegung zu setzen, und sah mich an. Er zupfte sich die gestärkten Manschetten gerade und lächelte mich an. »Ich möchte, daß die Sache genau so gehandhabt wird, Bernard. Du fliegst rüber und siehst dir alles mit unvoreingenommenen Augen an. Es wäre nicht gut, Dicky zu schicken.« Er blickte zu Cruyer hinüber und lächelte. »Er würde sich so aufspulen, daß er mit dem Chef über den heißen Draht sprechen würde.«

Dicky Cruyer schob seine Hände tief in die Taschen seiner Jeans, brummte und ließ die Schultern hängen. Es gefiel ihm gar nicht, wenn Rensselaer andeutete, er sei leicht erregbar. Cruyer wollte gern als kühler und gelassener Macher gelten.

Rensselaer sah mich an und lächelte. Er wußte, daß er Cruyer verärgert hatte, und wollte das Vergnügen darüber mit mir teilen. »Sieh dir das Fernschreiben aus Berlin an und notier' dir, welche Quellen sie angeben. Dann sieh dir die Originale an: Geh die Protokolle des Treffens im Foreign Office durch, grab die Aktennotiz über die Dechiffriermaschine aus und so weiter. So wirst du dir vor Ort ein besseres Bild machen können.« Er blickte zu Dicky hinüber, der schmollend zum Fenster hinaussah, und dann zu mir. »Zu welchem Urteil du auch kommst – Frank Harrington sagst du auf jeden Fall, es sei Müll.«

»Selbstverständlich.«

»Flieg morgen mit der Royal Air Force, sprich mit Frank und beruhige ihn. Sieh dir auch diesen ostdeutschen Burschen an und sortier' den Ramsch, den er verhökert.«

»Okay«, sagte ich. Ich hatte gewußt, daß Bret einen Weg finden würde, mich zu dem zu machen, was Dicky »Big B.« nannte.

»Und wie stehen die Dinge mit Giles Trent?« wollte ich wissen.

»Wir kümmern uns um ihn, Bernard«, sagte Rensselaer. »Wir reden darüber, wenn du zurück bist.« Er lächelte. Er sah gut aus und konnte seinen Charme anknipsen wie ein Filmstar. Selbstverständlich könnte sich Fiona in ihn verlieben. Am liebsten hätte ich ihm ins Auge gespuckt.

Am nächsten Tag nahm ich das Militärflugzeug nach Berlin. Die

Maschine war leer bis auf mich, zwei ältere Sanitäter, die tags zuvor einen kranken Soldaten nach London gebracht hatten, und einen Brigadegeneral mit einer erstaunlichen Menge Gepäck.

Der Brigadegeneral lieh sich meine Zeitung aus und wollte mit mir über das Angeln mit künstlichen Fliegen plaudern. Er war ein leutseliger Mann und sah sehr jung aus im Vergleich zu allen anderen Brigadegeneralen, die ich kannte – aber das hatte nicht viel Beweiskraft. Er konnte nichts dafür, daß er eine entfernte Ähnlichkeit mit meinem Schwiegervater hatte, für mich jedoch war das eine entscheidende Barriere. Ich stellte meinen Sitz zurück und murmelte etwas darüber, daß die letzte Nacht sehr kurz gewesen sei. Dann starrte ich aus dem Fenster, bis dünne Wolkenfetzen wie schwache Pinselstriche das strenge, regelmäßige Muster des unter uns liegenden Landes unterbrachen, das unzweifelhaft Deutschland war.

Der Brigadegeneral begann mit einem der ältlichen Sanitäter zu schwatzen. Er fragte ihn, wie lange er bei der Armee sei, ob er Familie habe und wo er lebe. Der Gefreite antwortete so knapp, daß es ein Indiz dafür war, daß er sich lieber mit seinem Kumpel über Fußball unterhalten hätte. Aber der Brigadegeneral leierte weiter. Auch seine Stimme klang wie die von Fionas Vater. Er verfügte sogar über dasselbe kleine »hm?«, mit dem auch Fionas Vater jede seiner unbekümmert bigotten Äußerungen beendete.

Ich erinnerte mich daran, wie ich Fionas Eltern kennengelernt hatte. Ich war von ihnen eingeladen worden, das Wochenende bei ihnen zu verbringen. Sie besaßen ein riesiges Herrenhaus unbestimmten Alters in der Nähe von Leith Hill in Surrey. Das Haus war von Bäumen umgeben – hauptsächlich Fichten und Kiefern. Um das Haus gab es drei baumbestandene Berghänge, so daß Fionas Vater – David Timothy Kimber-Hutchinson, Mitglied der *Royal Society of Arts*, wohlhabender Geschäftsmann, Farmer und preisgekrönter Hobbymaler von Aquarellen – stolz von sich behaupten durfte, er besitze das ganze Land, das er vom Fenster seines Arbeitszimmers aus sehen könnte.

Einem Gastgeber, der an einem Sonntag um 10.30 Uhr das Frühstück abräumen läßt, fehlt es entschieden an natürlichem menschlichem Erbarmen. Fionas Vater sah das anders. »Ich bin seit halb sieben auf den Beinen und habe beim Füttern der Pferde geholfen. Und vor dem Frühstück habe ich mein bestes Jagdpferd bewegt.«

Er trug Breeches, blankgeputzte Stiefel, einen gelben Kaschmir-

Rollkragenpullover und ein kariertes Reitsakko, das seiner etwas plumpen Gestalt Pfiff gab. Ich kam in den Genuß seines Aufzugs, weil er mich im Frühstückszimmer dabei ertappte, wie ich barfüßig und angetan mit einem uralten Morgenrock und Pyjama die ausgetrockneten Rühreireste von der elektrischen Warmhalteplatte kratzte.

»Sie haben doch nicht vor, diesen Resteteller« – er kam näher, um zwei trockene Speckstreifen und vier verschrumpelte Champignons unter den Eiflöckchen zu beäugen – »mit hinauf ins Zimmer zu nehmen?«

»Eigentlich doch«, erwiderte ich.

»Nein, nein, nein.« Er sagte das mit jener Entschiedenheit, die alle Konferenzdiskussionen beendete. »Meine liebe Frau möchte kein Essen im Schlafzimmer haben.«

Den Teller in der Hand, startete ich zur Tür. »Ich nehme das nicht für Ihre Frau hinauf«, sagte ich. »Es ist für mich.«

Dieser sehr frühe Zusammenstoß mit Mr. Kimber-Hutchinson erstickte jede Sohn-Vater-Bindung, die unter Umständen sonst hätte entstehen können. Aber zu jener Zeit hatte sich der Gedanke, Fiona zu heiraten, noch nicht in meinem Kopf festgesetzt, und die Aussicht, Mr. David Kimber-Hutchinson wiederzusehen, lag in gnädiger Ferne.

»Mein Gott, Mann. Sie sind ja noch nicht mal rasiert!« rief er mir nach, als ich mit meinem Frühstück treppauf marschierte.

»Du hast ihn provoziert«, sagte Fiona, nachdem ich ihr von der Begegnung berichtet hatte. Sie lag in meinem Bett, hatte ihr Rüschennachthemd angezogen und wartete darauf, die Beute vom Frühstücksbüfett mit mir zu teilen.

»Wie kannst du so was sagen«, beschwerte ich mich. »Ich habe den Mund lediglich aufgemacht, wenn er mich angesprochen hat, und auch das nur, um höfliche Konversation zu machen.«

»Du Heuchler! Du weißt sehr gut, daß du ihn provoziert hast. Du hast ihm doch all diese blauäugigen, naiven Fragen über Profit durch billige Arbeit gestellt.«

»Aber nur, weil er ständig behauptet, ein Sozialist zu sein«, sagte ich. »Nimm dir nicht auch noch die zweite Scheibe Speck, eine für jeden.«

»Du Biest. Du weißt, daß ich Champignons nicht ausstehen kann.« Sie leckte sich die Finger. »Du bist doch nicht besser, Liebling. Was tust du denn, was dich zu einem besseren Sozialisten macht als Daddy?«

»Ich bin kein Sozialist«, sagte ich. »Ich bin Faschist. Das habe ich dir schon häufig gesagt, aber du hörst mir ja nie zu.«

»Daddy hat seine eigenen Vorstellungen vom Sozialismus«, sagte Fiona.

»Er lehnt es ab, Geschäfte mit den Franzosen zu machen, verflucht die Amerikaner, stellt keine Juden ein, hält alle Araber für Ganoven, und der einzige Russe, den er mag, ist Tschaikowskij. Wo bleibt da die Brüderlichkeit?«

»Ein großer Teil dieser Tirade war auf mich gemünzt«, sagte Fiona. »Daddy ist wütend, seit ich eine Empfehlung vom alten Silas Gaunt erhalten habe. Das ist Mutters Familie, und Daddy bekämpft sie.«

»Ich verstehe.«

»Wenn ich meinen Vater so reden höre wie gestern abend, habe ich das Gefühl, unbedingt in die Kommunistische Partei eintreten zu müssen. Du nicht auch?«

»Nein. Ich habe das Gefühl, *deinen Vater* zum Eintritt überreden zu müssen.«

»Ach, ernsthaft, Liebling.«

»Die Kommunistische Partei?«

»Du weißt schon, was ich meine: Arbeiter aller Länder, vereinigt euch und all das. Daddy legt Lippenbekenntnisse für den Sozialismus ab, tut aber nie etwas dafür.«

»Du würdest ihm nicht entkommen, indem du der KP beitrittst«, sagte ich. »Dein Vater würde einen Scheck ausschreiben und sie kaufen. Und dann würde er ihre Sportplätze als Bauland verhökern.«

»Komm zurück ins Bett«, sagte Fiona. »Jetzt, wo wir das Frühstück verpaßt haben, gibt es nichts, wofür es sich aufzustehen lohnte.«

Fiona erwähnte die politische Einstellung ihres Vaters selten und blieb auch vage, was Aussagen über ihre eigene Überzeugung betraf. Bei politischen Diskussionen am Abendbrottisch blickte sie normalerweise ins Leere oder fühlte sich veranlaßt, ein Gespräch über Kinder, Handarbeiten oder Friseure zu beginnen. Manchmal fragte ich mich, ob sie an ihrem Job in der Abteilung wirklich interessiert war oder ob sie nur blieb, um mich im Auge behalten zu können.

»Wir werden gleich landen, alter Junge«, sagte der Brigadegeneral. »Sind Sie auch angeschnallt?«

Das Flugzeug war nun über Berlin. Ich konnte das Zickzack der

Mauer erkennen, als der Pilot eine Schleife zog, um zum Anflug auf den RAF-Flughafen Gatow anzusetzen, die ehemalige Ausbildungsstätte der deutschen Luftwaffe. Die Rollbahn endete kurz vor der Mauer; allerdings war die »Mauer« hier ein Maschendrahtzaun und ein breiter Sandstreifen, von dem es in Geheimdienstberichten hieß, daß er ohne Minen und Hindernisse belassen wurde, falls der Tag kommen sollte, an dem Einheiten des nahegelegenen Panzerkorps der Roten Armee darüberrollen würden, um Gatow mit intakten Rollbahnen und unbeschädigten elektronischen Einrichtungen zu übernehmen.

10

Haben Sie je ein Mädchen wiedergesehen, das Sie vor langer Zeit beinahe geheiratet hätten? Lächelte sie das gleiche bezaubernde Lächeln und drückte sie Ihren Arm auf eine Art, die Sie fast schon vergessen hatten? Haben ihre Lachfältchen in Ihnen die Frage aufgeworfen, welch wundervolle Zeiten Ihnen da wohl entgangen sein mögen? Das ist es, was ich jedesmal für Berlin empfinde, wenn ich hierher zurückkehre.

Lisl Hennigs Hotel unweit der Kantstraße im Westsektor war unverändert. Niemand hatte den Versuch unternommen, die durch Geschützeinschläge der Roten Armee 1945 demolierte pokkennarbige Fassade auszubessern oder zu übermalen. Der imposante Hauseingang neben dem Optikergeschäft öffnete sich immer noch auf dieselbe grandiose Marmortreppe. Der geflickte Läufer, früher rot, heute von verschossenem Braun, führte hinauf in den »Salon«, Lisls ständiges Domizil. Lisls Mutter hatte die schweren Eichenmöbel noch im alten Kaufhaus Wertheim am Potsdamer Platz ausgesucht, lange bevor das gutbürgerliche Wohnhaus zu diesem schäbigen Hotel wurde.

»Guten Tag, Liebchen«, sagte Lisl, als hätte sie mich erst gestern gesehen. Sie war alt, eine gewaltige Frau, deren Formen aus dem Sessel quollen, in dem sie saß. Ihr rotes Seidenkleid betonte jede Rundung, so daß sie aussah wie geschmolzene Lava, die einen Abhang hinunterfließt. »Du siehst erschöpft aus. Du arbeitest zuviel.«

In diesem »Salon« hatte sich wenig verändert seit Lisls Kindheit in einem Haus mit fünf Angestellten. Fotos hingen an den Wänden: sepiafarbene Familien in Ebenholzrahmen, Berühmtheiten der dreißiger Jahre, Schauspielerinnen mit langen Zigarettenspitzen, Schriftsteller unter breitkrempigen Hüten, glitzernde Filmstars aus den UFA-Studios, sorgsam retuschierte Primadonnen der Staatsoper, Künstler der Dada-Bewegung, Trapezartisten aus dem Wintergarten und Sänger aus längst vergessenen Etablissements. Alle signiert mit jenen blumigen Versicherungen ewiger Zuneigung, die Symbole der Kurzlebigkeit des Showbusiness sind.

Lisls verstorbener Mann war auch zu sehen, bekleidet mit dem Frack, den er trug, als er an jenem Abend, da der Führer im

Auditorium saß, Beethovens Fünftes Klavierkonzert mit den Berliner Philharmonikern spielte. Aber es gab kein Foto von dem gebrochenen Krüppel, der am Ende seiner Tage für ein Trinkgeld in einer heruntergekommenen Bar an der Rankestraße spielte.

Einige Fotos zeigten Freunde der Familie: Jene, die in den dreißiger und vierziger Jahren gekommen waren, um in Lisls Salon die Reichen und Berühmten zu treffen, und jene, die in den fünfziger Jahren erschienen waren, um hier Männer mit Konservendosen und Arbeitserlaubnissen kennenzulernen. Es gab auch neuere Fotos, Porträts jener Dauergäste, die alle Prüfungen und Mühsal klaglos erduldeten: die Ungewißheit, ob es warmes Wasser geben würde, den Lärm der Zentralheizung, telefonische Botschaften, die häufig vergessen, Briefe, die selten ausgehändigt wurden, und das Licht im Bad, das nie funktionierte. So treue Gäste wurden auf einen Sherry in Lisls kleines enges Büro gebeten, wenn sie die Rechnung beglichen. Und ihre Fotos wurden über der Kasse als Heiligtümer gehütet.

»Du siehst wirklich schrecklich aus, Liebchen«, sagte sie.

»Mir geht es gut, Tante Lisl«, erwiderte ich. »Hast du ein Zimmer für mich?«

Sie knipste noch eine Lampe an. Eine große Grünpflanze in einem Jugendstiltopf warf einen plötzlichen spitzen Schatten auf die häßliche braune Tapete. Sie wandte sich mir zu, um mich besser sehen zu können, und ein Teil ihrer Perlenkette verschwand in einer Fettfalte. »Für dich ist doch immer ein Zimmer frei, Liebchen. Komm, gib mir einen Kuß.«

Aber ich hatte mich längst vorgebeugt, um sie zu küssen. Das war ein notwendiges Ritual. Sie hatte mich schon Liebchen genannt und von mir Küsse gefordert, als ich noch nicht laufen konnte. »Es ändert sich doch nichts, Tante Lisl«, sagte ich.

»Nichts ändert sich! Alles ändert sich, wolltest du wohl sagen. Sieh mich an. Sieh in mein häßliches Gesicht und auf diesen schlaffen Körper. Das Leben ist hart, Bernd, mein Schatz«, sagte sie und benutzte den Namen, unter dem ich als Junge bekannt gewesen war. »Du wirst das auch noch feststellen. Das Leben ist grausam.« Nur Berliner können sich über ihr Selbstmitleid lustig machen. Lisl war eine der erfolgreichsten Überlebenden des Lebens – das wußten wir beide. Sie lachte dröhnend, und ich stimmte mit ein.

Sie ließ ihre *Stuttgarter Zeitung* auf den Teppich gleiten. Sie verbrachte ihr Leben damit, Zeitungen zu lesen und über das zu reden, was sie darin gefunden hatte. »Was führt dich denn in unsere herrliche Stadt?« fragte sie. Sie rieb sich das Knie und seufzte. Jetzt, mit der Arthritis in den Beinen, ging sie nur noch aus dem Haus, wenn sie zur Bank mußte.

»Verkaufst du immer noch Tabletten?« wollte sie wissen. Ich hatte ihr erzählt, daß ich für ein Pharmaunternehmen arbeitete, das Medikamente nach Ost und West exportierte. Sie wartete die Antwort nicht ab, sie hatte mir meine Geschichte ohnehin nie geglaubt. »Hast du Fotos von deiner reizenden Frau und den bezaubernden Kindern mitgebracht? Ist zu Hause alles in Ordnung?«

»Ja«, sagte ich. »Ist der Raum oben frei?«

»Natürlich«, erwiderte sie. »Wer sollte da schon wohnen wollen, wenn ich Zimmer mit Balkon und Bad anbieten kann?«

»Ich gehe hinauf, um mich zu waschen«, erklärte ich. Das Mansardenzimmer war mein Raum gewesen, als mein Vater, ein Major des Nachrichtendienstes, hier einquartiert gewesen war. Der Ort war voller Erinnerungen.

»Ich kann nur hoffen, daß du nicht auf die andere Seite gehst«, sagte Lisl. »Sie haben im Osten alle Medikamente, die sie brauchen. Und sie gehen neuerdings ziemlich grob gegen Medizinverkäufer vor.«

Ich lächelte pflichtschuldig über ihren kleinen Scherz. »Ich gehe nirgendwohin, Lisl«, stellte ich fest. »Ich mache nur Urlaub.«

»Ist zu Hause wirklich alles in Ordnung, Liebchen? Es ist doch hoffentlich nicht diese Art Urlaub, oder?«

Frank Harrington, der Leiter unseres Berliner Büros, traf Punkt vier bei Lisl ein. »Na, hast du's satt, auf dem Sofa in Werners Wohnung zu kampieren?«

Ich sah ihn an, ohne etwas zu erwidern.

»Wir sind langsam«, sagte Frank. »Aber irgendwann erfahren wir doch alles.«

»Hast du es dabei?«

»Ich habe alles mitgebracht.« Er stellte einen teuer aussehenden schwarzen Aktenkoffer auf den Tisch und öffnete ihn. »Ich habe sogar den Stadtplan dabei, den ich mir in London von dir geborgt habe. Entschuldige, daß ich ihn so lange behalten habe.«

»Schon gut, Frank«, sagte ich und warf den Londoner Stadtplan in meinen Koffer, um ihn nicht zu vergessen. »Und wo ist der Mann, der dieses Zeug geliefert hat?«

»Wieder drüben.«

»Ich hatte geglaubt, er würde bleiben, bis ich mit ihm geredet habe. So hatte sich das London jedenfalls vorgestellt.«

Harrington seufzte. »Er ist zurückgegangen«, sagte er. »Du weißt doch, wie diese Leute sind, wenn sie sich in einer derartigen Situation befinden. Gestern wurde er nervös und ist schließlich wieder rübergegangen.«

»Das ist schade«, stellte ich fest.

»Unten bei Lisl ist ein bezauberndes Mädchen. Blond. Kann nicht viel älter als achtzehn sein. Wohnt sie hier?«

Frank Harrington war ein hagerer Sechzigjähriger. Sein Gesicht war blaß, mit grauen Augen, einer knochigen Nase und einem stumpf geschnittenen Lippenbart, wie ihn Soldaten zu tragen pflegen. Seine Frage war ein Versuch, das Thema zu wechseln, aber Frank hatte schon immer ein Auge für die Damen gehabt.

»Das kann ich dir nicht sagen, Frank«, meinte ich.

Ich begann die Dokumente durchzusehen, die er mitgebracht hatte. Einige waren Wortprotokolle von Sitzungen, die im Foreign Office stattgefunden hatten, als unsere Leute dort besondere Instruktionen erhalten hatten. Nichts von diesem Material war von besorgniserregender Bedeutung, aber daß es in die Hände des ostdeutschen Staatssicherheitsdienstes gelangt war, war beunruhigend. Sehr beunruhigend.

Frank Harrington saß an dem kleinen Dachfenster, von dem aus ich früher meine Papierflugzeuge gestartet hatte. Er rauchte seine stinkende Pfeife. »Du erinnerst dich wohl nicht mehr daran, wie dein Vater einmal eine Geburtstagsparty für Frau Hennig organisierte?« Frank Harrington war der einzige mir bekannte Mensch, der Lisl Frau Hennig nannte. »Er hatte eine sechsköpfige Tanzkapelle unten im Salon, und alle Schwarzmarktschieber vom Potsdamer Platz steuerten Lebensmittel bei. Nie wieder habe ich ein so großes Fressen gesehen.«

Ich blickte von den Dokumenten hoch.

Er wedelte in einer versöhnlichen Geste mit der Pfeife. »Versteh mich bitte nicht falsch, Bernard. Dein Vater hatte mit dem schwarzen Markt nichts zu tun. Die Lieferanten waren Freunde von Frau Hennig.« Er lachte über einen plötzlichen Einfall. »Dein Vater wäre der letzte gewesen, der vom schwarzen Markt profitiert hätte. Dein Vater war ein Gerechter – so pedantisch genau, daß sich gewöhnliche Sterbliche wie ich ihm gegenüber oft ganz klein und minderwertig vorkamen. Er war ein Selfmademan, dein Vater. Und die sind alle so – ein bißchen unversöhnlich, unbeugsam und entschlossen, streng nach dem Buchstaben des Gesetzes zu verfahren.« Er wedelte wieder mit der Pfeife. »Du nimmst mir das doch nicht übel, Bernard? Dein Dad und ich standen uns sehr nahe. Das weißt du.«

»Ja, Frank. Ich weiß.«

»Hatte nicht mal 'ne richtige Ausbildung, dein Vater. Ging von der Schule ab, als er vierzehn war. Verbrachte seine Abende in der Leihbücherei. Wurde als Oberst aus der Armee entlassen und brachte es dann zum Leiter des Berliner Büros. Verdammt gut für einen Autodidakten.«

Ich legte ein paar Dokumente beiseite, um an den Bericht über die amerikanischen Dechiffriermaschinen zu kommen. »Bin ich auch so?« fragte ich ihn. »Unversöhnlich, unbeugsam und entschlossen, nach dem Buchstaben des Gesetzes zu verfahren?«

»Ach, komm schon, Bernard. Du willst mir doch nicht sagen, du wärst gern zur Universität gegangen. Du bist in dieser Stadt aufgewachsen, Bernard, bist durch diese Straßen geradelt, wie sie die Mauer gebaut haben. Du sprichst deutsch so gut wie ein Deutscher. Und du kannst untertauchen wie ein Einheimischer. Deswegen können wir dich ja auch nie finden, wenn du einmal beschlossen hast, mit uns nichts zu tun haben zu wollen.«

»Ja, ich bin ein Berliner«, sagte ich und dachte daran, daß auch Pfannkuchen Berliner genannt wurden.

»Du meinst also, dein Vater hätte dich zurück nach England schicken und Politologie und Neue Sprachen studieren lassen sollen? Du glaubst, es wäre besser gewesen, wenn dir ein Oxford-Professor erklärt hätte, in welcher Beziehung Bismarck irrte, und wenn dir irgendein junger Tutor beigebracht hätte, welche Präpositionen den Dativ regieren?«

Ich schwieg. Ich wußte die Antwort nicht.

»Verdammt noch mal, Junge! Du kennst dich in diesem Teil der Welt besser aus als jeder Oxford-Absolvent – selbst wenn der sein Leben lang studiert.«

»Könntest du mir das bitte schriftlich geben, Frank?«

»Du bist also immer noch verärgert, daß der junge Dicky Cruyer den Job gekriegt hat? Na gut, warum solltest du auch nicht? Ich habe meinen Standpunkt in dieser Frage klargemacht. Das kann ich dir versichern.«

»Ich weiß, daß du das getan hast, Frank«, sagte ich und legte die Dokumente zusammen, damit sie wieder in den großen braunen

Umschlag paßten. »Aber Tatsache ist nun mal, daß man in Oxford und Cambridge nicht nur Geschichte und Grammatik lernt. Man lernt auch die Menschen kennen, mit denen man dort zusammentrifft. Und im späteren Leben ist man auf derartige Erfahrungen angewiesen. Daß man die Straßen und Plätze dieser heruntergekommenen alten Stadt kennt, zählt nicht viel, wenn es um einen freien Posten geht.«

Frank Harrington zog an seiner Pfeife. »Und Cruyer ist nicht nur jünger als du, er hat auch weniger Dienstjahre.«

»Reib es mir nicht unter die Nase, Frank«, sagte ich.

Er lachte. Ich empfand Gewissensbisse, ihn ein altes Waschweib genannt zu haben, aber es konnte seiner Karriere auf gar keinen Fall schaden, denn er stand zur Pensionierung an, und auch der Abschied von Berlin würde keine besondere Härte für ihn bedeuten. Er konnte Berlin nicht leiden und machte auch keinen Hehl daraus. »Laß mich an den Chef schreiben«, sagte Frank, als sei ihm plötzlich eine brillante Idee durch den Kopf geschossen. »Der Alte wurde mit mir zusammen während des Krieges ausgebildet.«

»Um Himmels willen, nein!« Das war das Problem mit Frank. Genau wie Lisl behandelte er mich immer wie einen Neunzehnjährigen auf der Suche nach seinem ersten Job. Er war weniger ein altes Waschweib als eine wohlmeinende alte Tante.

»Was willst du denn nun mit all dem Altpapier machen?« erkundigte er sich und stocherte mit einem Streichholz in seinem Pfeifenkopf herum, als suche er etwas.

»In den Müll damit«, sagte ich. »Irgend jemand in Moskau hat davon geträumt, uns mit diesem Mist auf die Palme treiben zu können.«

Frank nickte, ohne mich anzusehen. »Ich habe mir schon gedacht, daß du das sagen würdest. Du mußtest das einfach sagen, Bernard. Ganz egal, was es sein würde, du mußtest sagen, es sei Müll.«

»Kann ich dich zu einem Drink einladen?« fragte ich.

»Ich werde lieber zurück ins Büro gehen und dieses Zeug in den Reißwolf stopfen.«

»Okay«, sagte ich. Er nahm an, daß London das Material vernichtet sehen wollte. Er wußte, in welche Richtung ihre Gedanken liefen. Vielleicht war er schon zu lange hier.

»Du wirst vermutlich die Stadt unsicher machen und ein paar deiner alten Freundinnen besuchen wollen.«

»Ich doch nicht, Frank.«

Er lächelte und zog an seiner Pfeife. »So bist du schon immer gewesen, Bernard. Du konntest es nicht ertragen, irgend jemanden wissen zu lassen, was du vorhast.« Ich erinnerte mich daran, daß er das schon zu mir gesagt hatte, als ich noch ein Kind gewesen war. »Nun, ich freue mich, dich morgen zum Dinner zu sehen. Komm, wie du willst. Es gibt nichts Besonderes.«

Nachdem er fort war, ging ich an meinen Koffer, um mir ein frisches Hemd herauszunehmen. Ein Stück Papier war aus dem Stadtplan gefallen, den Frank mir zurückgegeben hatte. Vielleicht war es als Lesezeichen benutzt worden. Ich hob es auf. Es war ein Brief, adressiert an Frau Harrington; als Anschrift war nur ein Postfach angegeben. Eine ziemlich verrückte Art, zu einem Brief an Franks Frau zu kommen. Ich steckte ihn in meine Brieftasche.

Die Russen haben die Staatsoper bekommen, die Museumsinsel, die Regierungsgebäude und ein paar der schlimmsten Wohngebiete; die Westmächte bekamen den Zoo, den Tiergarten, das KaDeWe, viele Nachtclubs und die Villen der Reichen in Grunewald. Und durch beide Welten zieht sich, wie ein Spieß durchs Schaschlik, die Ost-West-Achse.

Der Bendlerblock, von wo aus das Oberkommando die deutsche Wehrmacht ausschickte, Europa zu erobern, ist inzwischen in die Büros einer Kosmetikfirma umgewandelt worden. Hier ist nichts so, wie es scheint, und nichts, was mir behagen würde. Der Anhalter Bahnhof, eine gelbliche Ziegelfassade mit drei großen Portalen, war einmal Ausgangspunkt für die Expreßzüge nach Wien und in den Südosten Deutschlands. Heute verkehren hier keine Züge mehr. Der mächtige Portikus steht auf einem Stück Brachland, seit langem verlassen, den Gräsern und wildwachsenden Blumen überlassen. Werner Volkmann hatte diesen Treffpunkt gewählt, wie er es schon früher häufig getan hatte. Meist war es ein Zeichen dafür, daß er sich besonders verfolgt fühlte. Er hatte einen kleinen Aktenkoffer in der Hand und trug einen gewaltigen schwarzen Mantel mit Persianerkragen. Dieser Mantel hätte bei jedem anderen auf einen Impresario oder feinen Pinkel schließen lassen, aber Werner wirkte damit wie einer, der seine Kleidung auf dem Flohmarkt am Nollendorfplatz kauft.

Es wurde bereits dunkel. Werner blieb stehen und blickte die Straße hinunter. Hinter der hohen, Graffiti-bedeckten Mauer war ein bläulichgrünes Licht zu sehen, das in jeder anderen Stadt ein Fußballstadion hätte vermuten lassen, dessen Flutlichtanlage für ein abendliches Spiel eingeschaltet worden war. Doch die Mauer verlief quer über den Potsdamer Platz. Einst der verkehrsreichste Platz Europas, lag nun in seiner Mitte, einsam und verlassen, ein angestrahlter Todesstreifen mit einem Wirrwarr von Stacheldraht und Minen.

Werner stand immer noch da und wandte jetzt den Kopf, um einem Dutzend oder mehr Jugendlicher hinterherzublicken, die an ihm vorbei in Richtung Hallesches Tor gingen. Sie waren verwegen gewandet: in engen Röhrenhosen, hohen Stiefeln und Parkas die Mädchen, mit nietenbeschlagenen ärmellosen Jacken und Baskenmützen die Jungen. Einige von ihnen trugen Haarsträhnen in allen Regenbogenfarben. Werner überraschte dieses Beispiel Berliner Jugend nicht mehr als mich. Wer seinen ständigen Wohnsitz in Berlin hat, braucht keinen Wehrdienst zu leisten, und es gibt eine Tendenz bei der Jugend, das auch gebührend zu feiern. Aber Werner sah ihnen immer noch hinterher und wartete, bis ein gelber Doppeldeckerbus stoppte, um alle aufzunehmen, die an der Haltestelle gewartet hatten. Erst dann fühlte er sich sicher. Er wandte sich abrupt um und überquerte an der Ampel die Straße. Ich folgte schnell, als wollte ich die Grünphase noch ausnutzen.

Er betrat das Café Leuschner, hängte seinen Hut an einen Haken und suchte sich dann einen Tisch hinten in der Ecke. Seinen Aktenkoffer deponierte er auf dem Stuhl neben sich. Ich winkte ihm zu, als hätte ich ihn eben erst entdeckt, und ging hinüber an seinen Tisch. Werner rief den Kellner und bestellte zwei Kaffee. Seufzend ließ ich mich auf einen Stuhl fallen. Werner war verspätet erschienen, in unserem Metier ein unverzeihlicher Fehler.

»Da war einer von Frank Harringtons Leuten«, sagte Werner. »Ich mußte ihn erst loswerden.«

»Warum sollte dir denn einer von Franks Leuten folgen?«

»London hat Frank die Meinung gegeigt«, stellte Werner fest. »Es ist die Rede davon, daß er sehr bald abgelöst wird.«

»Aber was hat das denn mit dir zu tun? Warum sollte man dich beobachten?«

»Gibt es irgendeine undichte Stelle in London?« wollte Werner wissen. Da er wußte, wie unwahrscheinlich es war, daß ich ihm antwortete, fügte er hinzu: »Es wäre schließlich nur fair, wenn du es mir sagen würdest. Du erwartest von mir, daß ich für dich über die Mauer gehe, da wäre es doch nur recht und billig, wenn du mir erzählst, was in London vor sich geht.«

»Es gibt keine undichte Stelle«, sagte ich. Ich hätte ihm auch noch sagen können, daß ihn bisher noch niemand gebeten hatte, »über die Mauer« zu gehen, und daß gerade seine regelmäßigen Besuche im Osten ein verdammt guter Grund waren, ihm so wenig wie möglich über die Vorgänge in London zu erzählen.

»Und das Geld? Wird London mir in dieser Bankgeschichte helfen?«

»Es gibt auch kein Geld«, erklärte ich.

Werner sank noch ein bißchen tiefer auf die Tischplatte. Ich sah mich in dem Café um. Ein geräumiges Lokal, dessen große Spiegel mit den vergoldeten Rahmen von Putten gehalten wurden und dessen Plastiktischplatten wie Marmor wirkten. Der schöne alte Tresen zog sich über die ganze Länge des Raumes. Ich kannte ihn, seit Leuschners Vater dahinter gestanden hatte. Die Berliner Kinder konnten hier echte amerikanische Ice Cream kaufen, bis Leuschners Tochter ihren Soldaten geheiratet hatte und nach Arkansas gezogen war.

Der Kaffee kam: zwei kleine Kannen, winzige Sahnekännchen und Zuckerstücke, in ein Papier gewickelt, das für Tee warb, sowie die üblichen Tassen mit Blümchenmuster. Geblümte Tassen und Untertassen erinnerten mich an die Frühstücksmahlzeiten meiner Kindheit, bei denen mein Vater das unzulängliche Deutsch meiner Mutter korrigiert hatte. »Es geht um die Wurst« sei eben etwas ganz anderes als: »Mir ist alles Wurst.« Meine Mutter lächelte nur und goß noch einmal Kaffee in die Blümchentassen. Sie hatte lediglich sagen wollen, daß zum Abendbrot nicht genug Wurst für alle da sein würde. Aber mein Vater neigte nun einmal dazu, alles viel komplizierter zu machen, als es eigentlich war. Auch das war charakteristisch für einen Selfmademan.

Ich sagte: »Was soll eigentlich das ganze Theater mit dem konspirativen Treffpunkt? Ich hätte dich doch ganz einfach hier treffen können.«

»Dann hätten wir mit Franks Aufpasser herumgesessen.«

»Wie du meinst, Werner«, sagte ich.

»Frank Harrington macht sich Sorgen«, stellte Werner fest.

»Worüber?« Nun konnte ich meine Verblüffung nicht mehr verbergen. »Ich denke, Frank läßt dich nicht einmal in die Nähe seines Büros.«

Werner setzte sein orientalisches Lächeln auf, von dem er annahm, daß es ihn besonders rätselhaft aussehen ließ. »Ich brauche doch nicht extra ins Büro zu gehen, um die letzten Neuigkeiten zu erfahren. Frank hat jede Menge Ärger mit London. Es gehen

Gerüchte um, daß dort irgendwo eine undichte Stelle ist. Frank hat nun Angst, daß man ihn zum Sündenbock machte. Er befürchtet, daß sie ihn loswerden wollen und nach einer Möglichkeit suchen, ihm seine Pension nicht zahlen zu müssen.«

»Quatsch!«

»Wenn Frank abberufen wird – glaubst du, daß das Berliner Büro mich dann wieder einsetzen wird?«

»Es gibt keine undichte Stelle.«

»Gut«, meinte Werner und nickte. Es gibt nichts, was beunruhigender wäre als Werner, wenn er versucht, aufrichtig zu sein. »Max Binder ist wieder drüben. Er hat eine Frau und drei Kinder und bekam hier keinen Job. Da ist er schließlich in den Osten zurückgegangen.«

Max Binder war ein Schulfreund von uns, ein fleißiger Schüler, der zu Weihnachten immer den Solopart von »Stille Nacht, heilige Nacht« vortrug und einen geheimen Schatz verbotener Nazi-Abzeichen besaß, auf den wir alle ganz wild waren. Ich hatte ihn immer gern gehabt. »Max ist ein feiner Kerl«, stellte ich fest. »Seine Frau ist doch aus dem Osten, oder?«

»Sie haben eines von diesen Zuckerbäcker-Apartments an der Stalinallee bekommen.« Werner nannte diese Straße immer noch bei ihrem alten Namen. »Neuerdings sehen die Leute ein, daß diese Wohnungen gar nicht so schlecht sind, jede Menge Schränke und viel Platz. Die neuen Wohnungen draußen in Marzahn sind dagegen Hamsterkäfige. Dort wohnen vierköpfige Familien in einem Raum zusammen, der Max' Besenschrank entspricht.«

»Warst du vor kurzem drüben? Hast du Max gesehen?«

»Ich treffe mich von Zeit zu Zeit mit ihm. Er hat jetzt einen guten Job. Er ist beim Zoll.«

Es war etwas in Werners Stimme, das meine Aufmerksamkeit erregte. »Machst du mit Max irgendwelche faulen Geschäfte?«

»Mit Max?« Werner goß sich noch etwas Kaffee ein.

»Ich kenne dich doch, Werner. Und ich kenne Max. Was kocht ihr da aus?«

»Max' Büro erledigt den Papierkram, den ich für meine Vorfinanzierungsgeschäfte brauche. Das ist alles.«

»Du meinst die Garantie, daß das Geld gezahlt wird«, stellte ich fest.

Werner machte gar keinen Versuch abzustreiten, daß da irgendwas Krummes lief. »Hör mal, Bernard. Ich habe Zena in der letzten Woche gesehen. Sie hat versprochen, zu mir zurückzukommen.«

Er wollte, daß ich ihm gratulierte. »Wie schön, Werner.«

»Sie war in Berlin... nur kurz zu Besuch. Wir sind essen gegangen. Sie wollte wissen, wie es mir geht.«

»Und wie geht es dir?«

»Ich möchte, daß sie zurückkommt, Bernie. Ich kann ohne sie nicht leben. Das habe ich ihr auch gesagt.«

»Und?«

»Ich habe ihr gesagt, daß ich jetzt bald ein bißchen mehr Geld haben werde. Geld war doch schon immer unser Problem. Aber wenn ich ein bißchen mehr verdienen würde, käme sie zu mir zurück. Das hat sie mehr oder weniger versprochen.«

»Ich werde noch einmal versuchen, London zu bewegen, dieser Bankgeschichte doch noch zuzustimmen, Werner. Aber hör auf mit dieser verrückten Idee, die Papiere zu fälschen, oder was immer du tun willst. Wenn du da drüben in Schwierigkeiten kommst, stopfen sie dich in die Tiefkühltruhe und werfen den Schlüssel weg. Sie werden dir ›Betrug am Volksvermögen‹ oder etwas in der Art vorwerfen, und sie werden dich zu einer Strafe verdonnern, die Nachahmer abschrecken soll.«

Werner nickte. »Ich will es doch nur ein paarmal machen. Ich will nur so viel Geld in den Händen haben, daß ich nicht immer vor diesen Banken zu Kreuze kriechen muß. Diese Hyänen saugen mich aus. Bei jedem Geschäft, das ich mache, sahnen sie kräftig ab.«

»Ich sagte, vergiß es.«

»Ich habe Zena versprochen, mit ihr einen richtig schönen Urlaub in Spanien zu machen. Bist du schon mal in Marbella gewesen? Es ist einfach herrlich. Eines Tages werde ich mir ein kleines Haus kaufen und mich dort niederlassen. Zena hat ein bißchen Sonne und Erholung dringend nötig. Ich übrigens auch. So was wäre ein neuer Anfang für uns. Vielleicht auch Südamerika. Es ist es wert, einen neuen Start zu versuchen.«

Werner hatte zwei Tassen schwarzen Kaffee getrunken und schüttelte jetzt die letzten Tropfen aus der Tülle. »Weiß Frank über deine Import-Export-Schieberei Bescheid?« fragte ich.

»Frank Harrington? Großer Gott, nein. Der geht mir doch aus dem Weg. Letzten Monat war ich in dieser Wechselstube am Zoo, um Travellerschecks einzulösen. Frank war auch da. Als er mich sah, verließ er die Schlange und ging. Frank Harrington will mit mir nichts zu tun haben. Nein, zum Teufel, er wäre der letzte, mit dem ich so etwas besprechen würde.« Er griff nach meiner Kaffeekanne und schwenkte sie, um herauszufinden, ob noch Kaffee darin war. »Kann ich den Rest haben?«

Ich nickte. »Warum sprichst du nicht mit Frank darüber?«

Diesmal goß Werner Sahne in seinen Kaffee. Er hatte dieses zwanghafte Bedürfnis, zu trinken und zu knabbern, das häufig ein Zeichen von Nervosität ist. »Ich will nicht, daß er weiß, wie oft ich rübergehe.«

»Ist da irgend etwas, das du mir noch nicht erzählt hast?«

Er beschäftigte sich emsig mit seinem Kaffee, wickelte ein zweites Zuckerstück aus, brach es entzwei und tat eine Hälfte in die Tasse. Die andere steckte er in den Mund und kaute geräuschvoll, während er das Papier mit der Handkante glättete. »Bevormunde mich nicht, Bernie. Wir sind miteinander aufgewachsen. Wir beide wissen, wo's langgeht.«

»Du drehst also keine krummen Dinger mit den Leuten im Osten?« beharrte ich. »Du hast keine schwachsinnigen Vereinbarungen mit ihnen getroffen?«

»So, daß ich alle deine Geheimnisse verraten könnte, meinst du?« Er faltete das Zuckerpapier sorgfältig, um einen winzigen Pfeil daraus zu machen. In einem Testflug ließ er ihn gegen die Pfeffer-und-Salz-Fäßchen segeln. »Was sollte ich ihnen schon sagen? Daß Frank mich in der Wechselstube geschnitten hat und daß du in der Stadt bist und bei Lisl wohnst? Soll ich ihnen sagen, daß es Gerüchte gibt, nach denen du von London ausgewählt worden bist, Franks Posten zu übernehmen, daß Frank dich aber nicht zum Nachfolger haben will?«

Ich sah auf den Papierpfeil. »Du könntest durchaus nützlich für sie sein, Werner. Du hörst doch das Gras wachsen.« Ich nahm den Pfeil und warf ihn in Werners Richtung zurück. Aber bei mir flog er nicht.

»Willst du mich denn nicht verstehen?« fragte er ruhig. »Ich erhalte keine Aufträge mehr. Dafür hat Frank gesorgt. Früher habe ich von den Amerikanern Jobs bekommen oder von eurem Militärischen Geheimdienst, wenn der mal mit irgendwelchen Dingen nicht klarkam. Aber nun werde ich nirgendwo mehr eingesetzt. Und um ein Doppelagent zu sein, weiß ich zuwenig, Bernie. Ich bin draußen. Deine Aufträge sind die einzigen, die ich zur Zeit habe, und die gibst du mir auch nur um der guten alten Zeiten willen – das weiß ich genausogut wie du.«

Ich erinnerte Werner nicht daran, daß er mir erst vor ein paar Minuten gesagt hatte, es sei »nur fair«, ihm zu erzählen, was ich über mögliche undichte Stellen in London wüßte. »Sie sagen also, daß ich Berlin bekommen soll? Sagen sie auch, wer mein Nachfolger in London wird?«

Werner nahm den Pfeil. Bei ihm flog er prächtig, aber nur, weil er sich genug Zeit nahm, die Flügel neu zu falten und für eine optimale Aerodynamik zu sorgen. »Du weißt doch, wie das in einer Stadt wie dieser ist. Die Leute klatschen immer. Aber das heißt noch längst nicht, daß ich alles glaube, was da so erzählt wird.«

»Komm schon, Werner. Ich bin ganz Ohr. Du kannst mir ruhig erzählen, was du gehört hast. Ich werde schon nicht in Tränen ausbrechen.«

Diese Worte schienen eine weit größere Bedeutung für ihn zu haben, als ich beabsichtigt hatte. Wir sprachen deutsch, und es liegt in der Natur der deutschen Syntax, daß man einen Satz erst im Kopf vorformulieren muß, bevor man zu sprechen beginnt. Man kann keinen Satz mit einer vagen Vorstellung beginnen und seine Aussage dann mittendrin ändern, wie es Menschen tun, die von klein auf gewohnt sind, englisch zu sprechen. Als Werner anfing, mußte er es auch zu Ende bringen. »Es heißt, daß deine Frau deinen Londoner Job übernehmen soll.«

»Nun, das wäre ein hübsches Bäumchen-wechsele-Dich«, stellte ich fest. Ich hatte noch immer keine Ahnung, worauf der arme alte Werner da eigentlich hinauswollte.

Er hielt den Pfeil vor die Augen, so daß er ihn im spärlichen Licht des Cafés besser sehen konnte. Er widmete ihm seine ganze Aufmerksamkeit, während er fast hastig zu sprechen begann: »Es heißt, daß ihr euch trennt, deine Frau und du. Sie sagen... sie sagen, daß Rensselaer und deine Frau...« Er ließ den Pfeil fliegen, aber diesmal taumelte er auf die Untertasse, und die Flügel wurden braun vom verschütteten Kaffee.

»Bret Rensselaer«, sagte ich. »Dem Alter nach könnte er ihr Vater sein. Ich kann mir nicht vorstellen, daß sich Fiona in Rensselaer verliebt haben soll.«

Werners Gesichtsausdruck sagte mir, daß es lediglich mir an Vorstellungskraft fehlte. »Falls Rensselaer irgendwelche Schuldgefühle haben sollte, Cruyer die Sektion Deutschland gegeben und dir deine Frau genommen zu haben, wäre es doch sehr geschickt von ihm, dich nach Berlin zu schicken. So hätte er dich aus dem Weg. Die Bezahlung ist gut, und die Spesen sind die besten der Branche. Es ist ein Job, der dir Spaß machen würde, und du würdest ihn verdammt gut ausfüllen. Du würdest ihn nie ausschlagen, Bernie, das weißt du genau.«

Ich dachte darüber nach. Es bereitete mir Übelkeit, aber ich war entschlossen, es nicht zu zeigen. »Ich würde Fiona nie im Wege stehen, wenn sie die Chance erhält, einen höheren Posten in *Operations* zu bekommen. Auf dieser Ebene wäre sie dann die einzige Frau.« Ich lächelte. »Es ist schön, Werner. Aber wie alle Gerüchte zu schön, um wahr zu sein. Tatsache ist, daß Fiona Rensselaer nicht ausstehen kann, der Alte einer Frau diesen Posten nie geben und niemand mir Berlin anbieten würde, wenn Frank geht.« Ich lächelte, aber mein Lächeln gefror, und ich blickte zur Seite.

»Was macht dich so sicher?« erkundigte sich Werner. »Ich hätte auch nie gedacht, daß meine Frau sich mit einem Coca-Cola-Fahrer nach München absetzt. Ich habe ihn ein paarmal gesehen. Sie erzählte mir, er wäre der Bruder einer Kollegin aus dem Büro. Sie sagte, er würde sie manchmal nach Hause fahren. Als ich eines Abends heimkam, war er da. Er trank ein Bier mit ihr. Nie im Leben wäre mir dabei etwas verdächtig vorgekommen. Mir ging es wie dir jetzt. Sie sagte, sie hielte ihn für ziemlich dumm. Und das genügte, um mich davon zu überzeugen, daß sich zwischen den beiden nichts abspielte. Es war genauso, wie du eben gesagt hast. Ich nahm an, sie könne den Burschen nicht ausstehen – so wie du eben betont hast, deine Frau könne Rensselaer nicht ausstehen.« Er wickelte noch ein Zuckerstück aus und begann, einen weiteren Flieger zu falten. »Vielleicht kannst du ihn nicht leiden – genau wie ich den Coca-Fahrer nicht leiden konnte – und kannst dir daher nicht vorstellen, daß es deiner Frau anders geht.« Er ließ den Pfeil in den Aschenbecher segeln. »Ich habe das Rauchen aufgegeben«, meinte er bekümmert, »aber ich weiß einfach nicht, wohin mit den Fingern.«

»Du hast mich doch nicht herkommen lassen, um mir diesen Mist aufzutischen, daß Rensselaer ein Verhältnis mit meiner Frau hat, Werner – oder?«

»Nein. Ich wollte dir ein paar Fragen über das Büro stellen, und du bist der einzige, den ich kenne, der mit Frank auf gleicher Ebene sprechen kann.«

»Ich spreche nicht mit Frank auf gleicher Ebene«, stellte ich fest. »Frank behandelt mich wie einen zwölfjährigen Jungen.«

»Frank ist sehr autoritär«, erwiderte Werner. »In Franks Tagen waren sie alle Cambridge-Jüngelchen oder Oxford-Boys – genau wie Frank, der es für eine gute Sache hielt, einen kleinen Job für den Geheimdienst zu übernehmen, während er Sonette schrieb. Frank hat dich gern, Bernard. Er hat dich sogar sehr gern. Aber nie würde er sich mit dem Gedanken befreunden können, daß ein zäher kleiner Berliner Junge wie du seinen Posten übernehmen könnte. Er meint es wirklich gut mit dir, ich weiß. Aber was, meinst du, würde er davon halten, Anordnungen von jemandem ohne ordentliche akademische Ausbildung entgegennehmen zu müssen?«

»Ich erteile ihm keine Anordnungen«, sagte ich mehr fürs Protokoll.

»Du weißt schon, wie ich das meine«, erwiderte Werner. »Ich möchte einfach nur wissen, was Frank gegen mich hat. Sollte ich ihn mit irgend etwas verärgert haben – okay. Wenn es sich aber um ein Mißverständnis handelt, möchte ich die Gelegenheit bekommen, es aufzuklären.«

»Warum ist eine Aufklärung denn so wichtig für dich?« fragte ich. »Du hältst da was am Kochen, das dir eine Villa in Marbella sowie Rioja und Rosen für den Rest deiner Tage bescheren soll. Was zum Teufel sollte dir da an einer Aufklärung liegen?«

»Tu doch nicht so, Bernie«, meinte Werner. »Frank könnte mir eine Menge Ärger machen.«

»Du hast zuviel Fantasie, Werner. Du bildest dir das alles nur ein.«

»Er haßt mich, Bernie, und vor dir hat er Angst.«

»Angst?«

»Er befürchtet, du könntest sein Nachfolger werden – du könntest zu viele Fragen stellen, unbequeme Fragen. Alles, woran Frank in diesen Tagen denkt, ist seine Pension. Er würde nichts tun, was dieses Ziel gefährden könnte. Ganz egal, was er dir sagt – zum Beispiel, wie gut er sich mit deinem Vater verstanden hat.«

»Frank ist erschöpft«, sagte ich. »Frank hat den Berlin-Blues. Er haßt niemanden mehr. Er haßt nicht einmal mehr die Kommunisten. Deshalb will er fort.«

»Hast du denn nicht mitbekommen, daß ich dir gesagt habe, Frank blockiert deine Versetzung hierher?«

»Und hast du nicht mitbekommen, daß ich dir schon einmal gesagt habe, das ist kompletter Schwachsinn? Ich werde dir sagen, warum du keine Aufträge mehr bekommst, Werner. Du bist ein Klatschmaul geworden, und das ist das Schlimmste, was einem in diesem Geschäft passieren kann. Du erzählst mir da irgendwelche dummen Gerüchte und behauptest, daß niemand dich leiden könne. Du mußt dich zusammennehmen, Werner, sonst mußt du mich auch bald auf die lange Liste derjenigen setzen, die dich nicht verstehen.«

Werner lehnte sich über den Tisch, sein gewaltiger Mantel mit dem Pelzkragen ließ ihn noch größer erscheinen, als er war. Als er nun nickte, berührte sein Kinn fast die Tischplatte. »Ich verstehe«, sagte er. »Als ich herausfand, daß meine Frau mich betrügt, konnte ich auch kein normales Wort mehr mit jemandem wechseln.«

»Ich rufe dich an, Werner«, erklärte ich und stand auf. »Vielen Dank für den Kaffee.«

»Setz dich«, sagte Werner. Seine Stimme klang sanft, hatte aber eine Spur von Dringlichkeit. Ich setzte mich wieder. Zwei Männer hatten das Restaurant betreten. Der jüngere Leuschner hatte gerade den Pegelstand der Flaschen überprüft, die unter dem großen Spiegel aufgereiht waren. Nun wandte er sich um und zeigte das Lächeln, das das Ergebnis von zehn hinter dem Tresen verbrachten Jahren war. »Was darf es sein?« Hastig wischte er über den narbigen Marmortisch, eines der wenigen Dinge, die den Krieg ebenso gut überstanden hatten wie die beiden Leuschners. »Möchten Sie etwas essen? Ich kann Ihnen Bratwurst mit Rotkohl oder Brathuhn mit Spätzle empfehlen.«

Die Männer waren etwa 30jährige Schwergewichte mit derben Schuhen, zweireihigen Regenmänteln und Hüten, deren Krempen breit genug waren, Regenwasser nicht in den Nacken laufen zu lassen. Ich fing Werners Blick auf. Er nickte; offensichtlich waren es Polizeibeamte. Einer von ihnen griff nach der plastikumhüllten Speisenkarte, die vor sie hingelegt worden war. Jung-Leuschner zwirbelte die Enden des Kaiser-Wilhelm-Bartes, den er sich zugelegt hatte, um älter zu wirken. Jetzt, mit seinem langsam kahl werdenden Schädel, brauchte er ihn eigentlich nicht mehr. »Oder wollen Sie etwas trinken?«

»Eine Portion Schokoladeneis«, sagte einer der Männer mit einer Stimme, die jedem riet, nicht allzu überrascht zu sein.

»Einen Klaren«, sagte der andere.

Leuschner traf seine Wahl unter einem halben Dutzend klarer Schnäpse und goß großzügig ein. Dann häufte er zwei Kugeln Eis auf eine Servierschale und legte Löffel nebst Serviette dazu. »Und ein Glas Wasser«, murmelte der Mann, der bereits begonnen hatte, sein Eis zu verschlingen. Sein Begleiter lehnte sich mit dem Rücken an die Theke und sah sich beiläufig um, während er an seinem Schnaps nippte. Keiner von beiden setzte sich.

Um mich zu beschäftigen, goß ich Milch in die Tasse und rührte sorgfältig um. Der Mann war in Rekordzeit mit seinem Eis fertig. Der andere sagte irgend etwas Unverständliches, und beide kamen an unseren Tisch.

»Wohnen Sie hier in der Nähe?« fragte der mit dem Schoko-Eis.«

»In Dahlem«, erwiderte Werner. Er lächelte und versuchte, seine Abneigung zu verbergen.

»Hübsche Gegend«, meinte der Eis-Polizist. Es war schwer zu entscheiden, wieviel davon Freundlichkeit und wieviel Ironie war.

»Können Sie sich ausweisen?« fragte der zweite Mann. Er lehnte sich mit seinem ganzen Gewicht auf meiner Stuhllehne, und ich konnte seine Schnapsfahne riechen.

Werner zögerte einen Augenblick. Er überlegte, was es nützen würde, sie zu zwingen, sich als Polizisten auszuweisen. Dann holte er seine Brieftasche hervor.

»Öffnen Sie den Koffer«, sagte der mit dem Eis und zeigte auf den Aktenkoffer, der neben Werner auf einem Stuhl lag.

»Das ist meiner«, erklärte ich.

»Selbst wenn er Herbert von Karajan gehörte, wäre mir das egal.«

»Aber mir nicht«, stellte ich fest. Jetzt sprach ich englisch.

Er sah mir ins Gesicht und dann auf meine englische Kleidung. Ich brauchte nicht erst zu sagen, daß ich Angehöriger der Schutzmächte war. »Ausweis?«

Ich reichte ihm den Militärausweis, der mich als Major Bishop von den *Royal Engineers* auswies. Er zeigte mir ein trübes Lächeln und sagte: »Dieser Ausweis ist vor zwei Monaten abgelaufen.«

»Und was glauben Sie, was in der Zwischenzeit passiert ist?« wollte ich wissen. »Denken Sie, ich hätte mich in jemand anders verwandelt?«

Er blickte mich kalt an. »An Ihrer Stelle würde ich den Ausweis in Ordnung bringen lassen, Major Bishop«, sagte er. »Sonst hält Sie der nächste Polizist, dem Sie begegnen, womöglich noch für einen Deserteur, Spion oder sonstwas.«

»Dann macht sich der nächste Polizist eben zum Narren«, erklärte ich.

Aber die beiden Männer waren bereits im Aufbruch. Der mit dem Eis ließ im Vorbeigehen ein paar Münzen auf den Tresen fallen.

»Verdammte Nazis«, stellte Werner fest. »Sie haben mich herausgepickt, weil ich Jude bin.«

»Sei doch kein Esel, Werner.«

»Warum denn sonst?«

»Es gibt doch Tausende von Gründen, weshalb ein Polizist nach dem Ausweis fragt. Es könnte in der Nähe ein Verbrechen geschehen sein ... ein gesuchtes Auto hier in der Gegend ... eine Beschreibung, die auf dich paßt.«

»Sie werden die Militärpolizei holen. Sie werden zurückkommen und uns zwingen, den Koffer zu öffnen. Sie machen das nur, um uns zu zeigen, wer Herr im Hause ist.«

»Nein, das werden sie nicht tun, Werner. Sie werden die Straße hinuntergehen, ins nächste Café, in die nächste Kneipe, und es dort noch einmal versuchen.«

»Ich wünschte, du wärst nicht so halsstarrig.«

»In welcher Beziehung?«

»Frank Harrington. Auf diese Art sorgt er für Druck.«

»Hast du dir schon mal überlegt, was es eigentlich kostet, einen Mann unter ständiger Bewachung zu halten? Vier Männer und zwei Autos in Achtstundenschicht an fünf Tagen in der Woche. Aber wir brauchten sechs Männer und drei Autos. Die Autos brauchen Radiofunk auf unserer Wellenlänge, also fallen Mietwagen schon mal aus. Die Männer müssen gut ausgebildet und überprüft sein. Bedenkt man die Versicherung und die medizinische Versorgung, die alle Mitarbeiter unserer Abteilung erhalten, und die besonderen Vergünstigungen, kostet ein Mann pro Woche gut und gern mehr als tausend Mark. Die Autos verschlingen noch einmal tausend pro Stück. Rechne noch mal tausend Mark für Rücklagen hinzu – und Frank müßte zehntausend Mark in der Woche nur dafür ausgeben, daß er dich überwachen läßt. Dafür müßte er dich schon ganz schön hassen.«

»Frag ihn doch«, sagte Werner verstockt.

Ich hatte das Gefühl, daß er den Gedanken an Franks Vendetta nicht aufgeben wollte, weil er sonst der Tatsache ins Auge sehen mußte, seinen Job nicht so ausgeführt zu haben, wie es von ihm erwartet worden war.

Ich hob ergeben die Hände.

»Ich werde mit ihm sprechen, Werner. Aber in der Zwischenzeit wollen wir nicht mehr davon reden. Hör jetzt endlich auf mit dem Unsinn, daß Frank dich verfolgt. Versprichst du mir das?«

»Du verstehst mich eben nicht«, erwiderte Werner.

Ich betrachtete den Aktenkoffer, den ich als meinen ausgegeben hatte. Nur um meine Neugierde zu befriedigen, fragte ich: »Was ist eigentlich in ›meinem‹ Koffer, Werner?«

Er streckte die Hand aus und berührte ihn. »Würdest du mir glauben, wenn ich dir sagte, daß eine halbe Million Schweizer Franken drin sind?«

Ich sah ihn an, aber er lächelte nicht. »Paß gut auf dich auf, Werner«, sagte ich. Schon damals, als wir noch Jungen waren, hatte ich nie gewußt, wann Werner sich einen Jux machte und wann nicht.

11

Ich erinnerte mich an Frank Harringtons Partys in jenen Tagen, als mich mein Vater in meinem ersten Dinnerjacket dorthin mitgenommen hatte. Seither hatte sich viel geändert, aber das Haus war immer noch dasselbe, komplett mit Gärtner, Koch, Haushälterin, Dienstmädchen und dem Kammerdiener, der schon während des Krieges bei Frank gewesen war.

Ich genoß Franks »Komm-wie-du-willst-es-gibt-nichts-Besonderes«-Party mit einem Dutzend der wohlhabendsten und einflußreichsten Bürger Berlins. Bei Tisch saß ich neben einem Mädchen namens Poppy, das erst kürzlich von einem Mann geschieden worden war, der zwei Brauereien und ein Pharmaunternehmen besaß. Da war auch ein Mann von der Bundesbank mit seiner Frau, der Intendant der Deutschen Oper mit seinem hübschesten Mezzosopran, eine Museumsdirektorin, von der gesagt wurde, sie sei eine Kapazität auf dem Gebiet mesopotamischer Tonscherben, ein hoher Beamter aus dem Polizeipräsidium, schlicht als »vom Tempelhofer Damm« vorgestellt, und Joe Brody, ein unauffälliger Amerikaner, der es vorzog, als Angestellter von Siemens bezeichnet zu werden. Frank Harringtons Frau war auch da, eine Dame von ungefähr sechzig Jahren, mit strahlendem Lächeln und einer Dauerwelle, die sie wie eine Badekappe trug. Harringtons Sohn, von British Airways auf der Berlin-Route eingesetzt, war ebenfalls anwesend, ein liebenswerter junger Mann mit dünnem blonden Schnurrbart und so rosigem Teint, daß es aussah, als habe ihn seine Mutter abgeschrubbt, bevor sie ihn in das Eßzimmer ließ.

Natürlich waren sie alle aufgedonnert. Die Damen trugen lange Kleider, und der Mezzosopran hatte Schmuck im Haar. Die Gattin des Bundesbankdirektors hatte sich in Gold verwandelt, und die Museumsdirektorin trug Pucci. Die Herren waren in dunklen Anzügen erschienen, mit jener Art von Bändchen im Knopfloch und den gestreiften Krawatten, die einem sofort die Informationen lieferten, die man brauchte.

Während des Essens drehte sich das Gespräch um Geld und Kultur.

»Es gibt keinerlei Reibereien zwischen Frankfurt und Bonn«, stellte der Mann von der Bundesbank fest.

»Kein Wunder, wenn Sie Ihre Profite an die Regierung zurückfließen lassen. Zehn Milliarden Deutsche Mark – werden Sie die Summe auch in diesem Jahr wieder den Politikern zur Verfügung stellen?« fragte Frank. Natürlich ahnten sie, womit Frank Harrington sein Geld verdiente, oder hatten zumindest gewisse Vorstellungen davon.

Der Mann von der Bundesbank lächelte, bestätigte aber nichts.

Nun griff die Museumsdirektorin ein: »Stellen Sie sich doch mal vor, Ihnen und Bonn geht gleichzeitig das Geld aus«.

»Es ist keineswegs Aufgabe der Bundesbank, die Regierung zu unterstützen oder der Wirtschaft zu helfen, die Vollbeschäftigung oder den Handelsausgleich wiederzuerlangen. Die Bundesbank hat vor allem für den Erhalt der Währungsstabilität zu sorgen.«

»Sie mögen das vielleicht so sehen«, sagte der Mezzosopran, »aber es bedarf doch lediglich einer parlamentarischen Mehrheit in Bonn, die Rolle der Bundesbank den Vorstellungen der Politiker entsprechend zu ändern.«

Der Mann von der Bundesbank schnitt sich noch ein Stück vom stark duftenden Limburger Käse ab und nahm sich eine Scheibe Schwarzbrot. »Wir gehen davon aus, daß die Unabhängigkeit der Bundesbank verfassungsmäßig garantiert ist. Keine Regierung könnte es sich erlauben zu versuchen, uns mittels einer parlamentarischen Mehrheit zu übernehmen.«

Frank Harringtons Sohn, der in Oxford Geschichte studiert hatte, sagte: »Zweifellos haben Reichsbank-Vertreter Ähnliches gesagt, bevor Hitler die Gesetze änderte, um soviel Geld drucken zu lassen, wie er brauchte.«

»So, wie es jetzt bei Ihnen in Großbritannien geschieht?« erkundigte sich der Bundesbank-Mann höflich.

Mrs. Harrington wandte sich eilig an den Mezzosopran und fragte: »Was hört man denn Neues über die *Parsifal*-Inszenierung?«

»Du siehst, mein Sohn, zum Raum wird hier die Zeit.« Diese Worte boten Mrs. Harrington, dem Mezzosopran und der Expertin für antike Töpferkunst ausreichend Gelegenheit, dem Handlungsablauf von *Parsifal* mannigfache Anspielungen und Symbole zu entnehmen. Das erwies sich als reiche Quelle für Gespräche nach dem Essen, aber ich wurde ihrer schnell leid und fand es weit amüsanter, mit Poppy über die Qualität der verschiedenen Obstler zu diskutieren, um herauszufinden, ob nun Birne, Himbeere, Zwetschge oder Mirabelle am besten war. Es war eine Kontroverse, die es erforderlich machte, daß wir uns ausgiebig mit Frank Har-

ringtons Vorräten beschäftigten, bis Poppy aufstand und meinte: »Die Damen ziehen sich zurück. Kommen Sie.«

Der Wunsch, mit ihr zu flirten, hing eng mit den Zweifeln und Befürchtungen zusammen, die ich in bezug auf Fiona hegte. Ich wollte mir selbst beweisen, daß ich dieses Spielchen auch beherrschte, und Poppy wäre eine geradezu ideale Eroberung. Aber ich war nüchtern genug einzusehen, daß es nicht der richtige Zeitpunkt war und Frank Harringtons Haus mit Sicherheit nicht der geeignete Ort.

»Liebste Poppy«, beklagte ich mich, beflügelt von der Wirkung des reichlich genossenen Klaren in meinen Adern, »Sie können mich doch jetzt nicht allein lassen. Ohne Ihre Hilfe komme ich nie wieder auf die Beine.« Ich tat so, als sei ich schwer betrunken. Tatsache war jedoch, daß ich – wie alle Agenten im Außendienst, die noch am Leben sind – vergessen hatte, wie es ist, wirklich betrunken zu sein.

»Birne ist das beste«, verkündete sie und nahm die Flasche hoch. »Und hier, ein Himbeergeist für Sie, mein Freund.« Sie knallte die Flasche vor mir auf den Tisch.

Sie verließ mich, die halbleere Schnapsflasche, ihr leeres Glas und ihre Schuhe an die Brust gedrückt. Ich sah ihr mit Bedauern nach. Poppy war genau mein Typ. Ich trank zwei Tassen schwarzen Kaffee und ging dann quer durch den Raum zu Frank. »Gestern war ich mit Werner zusammen«, verkündete ich ihm.

»Du Armer«, stellte Frank fest. »Laß mich erst deinen Brandy auffüllen, bevor du es mir erzählst.« Er trat einen Schritt zurück, um nach der Flasche zu greifen, aber ich bedeckte mein Glas mit der Hand. »Wie dumm von mir«, meinte Frank. »Du trinkst ja das Zeug, das die Damen bevorzugen.«

Ich ignorierte den Seitenhieb und sagte: »Er glaubt, du hättest etwas gegen ihn.«

Frank goß sich Brandy ein und runzelte die Brauen, als würde er nachdenken. Bevor er antwortete, stellte er die Brandyflasche auf einem Seitentisch ab. »Es gibt da eine Anweisung in seiner Akte. Du hast sie gesehen, Bernard.«

»Ja, ich weiß davon«, erwiderte ich. »Aber sie ist fünf Jahre alt. Meinst du nicht, daß es an der Zeit wäre, ihm eine neue Chance zu geben?«

»Du meinst eine Sache, die nicht allzu heikel ist, hm?«

»Er fühlt sich ausgebootet.«

»Das glaube ich gern«, erwiderte Frank. »Die Amerikaner setzen ihn nicht ein, und auch sonst erhält er keine Aufträge von anderen hier.«

Ich sah Frank an und nickte, um ihn wissen zu lassen, was für eine dumme Antwort das war. Die Amerikaner besaßen Kopien unserer Unterlagen, aus denen hervorging, daß wir Werner nicht mehr einsetzten. Sie würden ihm ohne guten Grund wohl kaum einen Auftrag erteilen. »Er glaubt, du hättest persönlich etwas gegen ihn.«

»Hat er dir auch gesagt, warum?«

»Er sagte, er könne nicht verstehen, warum.«

Frank warf einen Blick durch den Raum. Der Polizeibeamte unterhielt sich mit Poppy; er begegnete Franks Blick und lächelte. Franks Sohn lauschte dem Mezzosopran, und Mrs. Harrington bedeutete dem Mädchen, das mit weißem Häubchen und Schürze bekleidet war, wie ich es sonst nur auf alten Fotos gesehen hatte, es möge den halbtrockenen Champagner bringen. Frank wandte sich wieder mir zu, als bedauere er, daß nichts seine unmittelbare Aufmerksamkeit erforderte. »Vielleicht hätte ich dir das über Werner schon viel früher erzählen sollen«, stellte er fest. »Aber ich bemühe mich immer, solche Dinge nur dann zu sagen, wenn ein unmittelbarer Anlaß dafür besteht.«

»Sicher«, sagte ich. Poppy lachte über irgend etwas, das ihr der Polizeibeamte gerade erzählt hatte. Wie konnte sie ihn nur amüsant finden?

»Eines Abends im September 1978 übertrug ich Werner die Verantwortung für die Sicherheit der Nachrichtenzentrale. Es war eine Menge los an diesem Tag. Die Baader-Meinhof-Bande hatte eine Lufthansa-Boeing entführt, und Bonn war davon überzeugt, sie würden in Prag landen... Du brauchst nur deine Frau zu fragen. Keiner von uns kam auch nur eine Minute zur Ruhe.« Frank trank einen Schluck Brandy. »Gegen drei Uhr morgens kam ein Dechiffrier-Beamter mit einem Funkspruch, den man vom Sender der russischen Armee in Karlshorst abgefangen hatte. Es war ein Befehl des Kommandierenden Generals, einen Militärflughafen im Südwesten der Tschechoslowakei bis auf weiteres rund um die Uhr in Betrieb zu halten. Ich wußte aufgrund anderer Signale, die wir erhalten hatten, worauf sich diese Botschaft bezog. Sie hatte nichts mit den Baader-Meinhof-Leuten zu tun. Daher hielt sich die Botschaft zurück. In jener Nacht war meine Abhöreinheit die einzige, die davon wußte. Das habe ich bei der NATO überprüft.«

»Ich weiß nicht recht, worauf du eigentlich hinauswillst, Frank«, sagte ich.

»Diese verdammte Nachricht ging über Karlshorst zurück – mit einem ›Abgehört‹-Vermerk darauf. Und Werner war der einzige, der davon wußte.«

»Nicht ganz der einzige, Frank. Was ist mit dem Dechiffrier-Beamten, dem Funker, demjenigen, der die Nachricht zu den Akten legte, nachdem du sie gestoppt hattest, deiner Sekretärin, deinem Assistenten... das sind eine Menge Leute.«

Kunstvoll lenkte Frank das Gespräch in eine andere Richtung. »So, so, du hast also gestern abend mit dem guten alten Werner gesprochen. Wo hat die Wiedervereinigung denn stattgefunden? Am Anhalter Bahnhof?«

Ich konnte meine Überraschung nicht verbergen.

»Komm schon, Bernard«, sagte Frank. »Du hast doch diesen alten Militärausweis benutzt, den ich dir mal gegeben habe. Und du warst, verdammt noch mal, zu faul, ihn zurückzugeben, als er abgelaufen war. Du weißt, daß diese Ausweise fingierte Nummern tragen und daß sichergestellt ist, daß wir angerufen werden, wenn sie in irgendeinem Polizeibericht auftauchen. Ich habe deinen Ausweis natürlich bestätigt. Schließlich habe ich mir denken können, daß es sich um dich handelte. Wer sollte sich zu dieser Tageszeit sonst schon im Café Leuschner aufhalten, wenn nicht Pusher, Zuhälter, Nutten, Herumtreiber und dieser unverbesserlich romantische Bernard Samson?«

Joe Brody, der Amerikaner »von Siemens«, kam zu uns herübergeschlendert. »Was heckt ihr denn da gerade aus?« wollte er wissen.

»Wir unterhalten uns über den Anhalter Bahnhof«, sagte Frank.

Joe Brody seufzte. »Vor dem Krieg war das der Mittelpunkt der Welt. Viele Berliner machen immer noch Ausflüge dorthin, um sich diese Portal-Ruine anzusehen und sich dabei vorzustellen, sie könnten noch immer die Züge hören.«

»Joe war 1939 und 1940 hier«, sagte Frank. »Er hat die Nazis auf dem Höhepunkt ihrer Macht erlebt.«

»Und kam mit der US-Army wieder zurück. Soll ich Ihnen noch etwas über den Anhalter Bahnhof erzählen? Als wir damals die Kopien von Stalins Befehl an seine weißrussische und ukrainische Front erhielten, in einem gemeinsamen Angriff Berlin zu erobern und dem Krieg ein Ende zu machen, war der Anhalter Bahnhof als Treffpunkt dieser großen Armeen bestimmt.«

Frank nickte und sagte: »Joe, erzähl Bernard doch mal, was wir damals mit dieser Nachricht aus Karlshorst gemacht haben... der, in der es hieß, für den Kommandierenden russischen General solle ein Flugfeld offengehalten werden. Erinnerst du dich?«

Joe Brody war ein kahlköpfiger Amerikaner mit gescheiten Augen, der seine Nase zuhielt, wenn er nachdachte – wie jemand, der gerade ins Wasser springen will. »Was möchten Sie denn wissen, Mr. Samson?«

Frank Harrington antwortete für mich: »Sag ihm, wie wir herausfanden, wer ausgeplaudert hat, daß wir diese Nachricht abgefangen hatten.«

»Eigentlich war das gar keine große Sache«, sagte Brody landsam, »aber Frank hielt sie für wichtig genug, jeden zu überprüfen, der mit dieser Nachricht zu tun gehabt hatte.«

»Und das haben wir dann auch getan«, fiel Frank ein. »Ich hatte damals gar nichts gegen Werner. Ich hatte den Dechiffrier-Beamten in Verdacht, doch der stellte sich als völlig unschuldig heraus.«

»Hatte zu dieser Zeit nicht auch Giles Trent mit dem Funkverkehr zu tun?«

»Giles Trent? Ja, der war damals bei uns.«

»Nein, nein«, erklärte Brody. »Das können wir Giles Trent nicht anhängen. Soweit ich weiß, hatte er keinen Zugang zum Nachrichtenverkehr.«

»Haben Sie ein so gutes Gedächtnis?«

Brodys goldberahmte Brillengläser funkelten, als er sich umdrehte, um zu prüfen, ob auch niemand zuhörte. »Frank hatte mir damals freie Hand gegeben. Er sagte, ich solle so tief bohren, wie ich es für nötig hielt. Vermutlich wollte er damit erreichen, daß ich meinen Leuten erklärte, ihr Tommies hättet nicht die Absicht, irgendwelche Risse zu verkleistern.« Frank befeuchtete sich die Lippen. Offenbar wollte er damit andeuten, daß er noch immer interessiert zuhörte, obwohl er die Geschichte schon mehrmals gehört hatte. »Also habe ich gebohrt«, fuhr Joe Brody fort. »Es war Ihr Werner Sowieso...«

»Werner Volkmann«, half ich aus.

»Volkmann, ja, stimmt«, sagte Brody. »Die anderen konnten wir einen nach dem anderen ausschließen. Der andere Bursche – Trent, Giles Trent – beanspruchte zwar etwas mehr Zeit, weil London sich ein bißchen albern damit hatte, uns Einblick in seine Akte nehmen zu lassen. Aber schließlich stand auch er mit absolut weißer Weste da.« Er faßte sich wieder an die Nase. »Glauben Sie mir, Volkmann war die undichte Stelle. Ich habe schon Hunderte dieser Untersuchungen durchgeführt.«

»Und nie einen Fehler gemacht?« wollte ich wissen.

»Jedenfalls nicht solche Fehler«, erklärte Brody. »Ich renne nicht los und mache eine Unbedenklichkeitsbescheinigung zunichte, nur um mich ganz groß fühlen zu können. Es war Volkmann. Nicht Trent oder einer der anderen – es sei denn, sie hätten uns alle Märchen aufgetischt. Sie können Ihren Leuten in London sagen, daß diese Akte geschlossen ist.«

»Nehmen Sie doch mal an, ich würde Ihnen sagen, Trent habe mittlerweile eine orangefarbene Akte«, sagte ich.

»Heiliger Strohsack«, sagte Brody ohne allzu große Gemütsbewegung. »Wieder einer dieser Fälle?«

»Sieht ganz so aus, als hätten wir's im Keim erstickt«, erklärte ich. »Aber es wäre wesentlich überzeugender, wenn Trent nicht auch in Ihrer Geschichte irgendwie mit drinstecken würde.«

»Das Gefühl kenne ich, junger Mann«, sagte Brody. »Schließlich hätten doch alle Nachforschungen und Recherchen keinen Sinn, wenn sie nicht die vorgefaßten Meinungen bestätigten, an denen wir so hart gearbeitet haben.«

»Es könnte jeder gewesen sein – nur nicht Werner. Ist das nicht so?« fragte Frank.

»Nein!« erklärte ich zu laut. »Darum geht es doch überhaupt nicht.«

»Bernard ist mit Werner zur Schule gegangen«, erläuterte Frank Joe Brody.

»Ihre Loyalität ehrt Sie, mein Junge«, sagte Brody. »Himmel, ich kenne Burschen in Ihrer Lage, die sogar versuchen würden, es ihren eigenen Frauen anzuhängen.«

Frank Harrington lachte, und Brody auch.

Am nächsten Tag frühstückte ich mit Lisl. Wir saßen in dem Raum, den sie ihr Arbeitszimmer nannte. Er besaß einen winzigen Balkon, der auf die verkehrsreiche Kantstraße hinausführte.

Es war ein herrliches Zimmer, und ich erinnerte mich daran, wie ich es als kleiner Junge betreten durfte, wenn mein Vater die Monatsrechnung bezahlte. Abgesehen von den kleinen gerahmten Fotos, die die Wände bedeckten, gab es da noch Tausende von wunderbaren Dingen für die Augen eines Kindes. Auf kleinen Tischen waren elfenbeinerne Schnupftabakdosen verstreut, ein Messingaschenbecher, der aus einem Teil einer Granatenhülse aus dem Ersten Weltkrieg hergestellt war. *Ein Geschenk aus Lemberg* war in das Messing gehämmert, und um den Rand waren russische Knöpfe gelötet. Da gab es zwei Fächer, die sich zu japanischen Landschaften öffneten, einen kleinen Porzellan-Zeppelin mit den Worten *Berlin-Staaken* an der Seite, Operngläser aus vergilbtem Elfenbein und eine Uhr in einer silbernen Kutsche, die nicht mehr funktionierte. Am eindrucksvollsten für den kleinen Jungen, der ich damals war, war jedoch ein preußischer Orden, der Lisls Großvater verliehen worden war – ein ganz hervorragendes militärisches Schmuckstück auf verblichenem roten Samt in einem Silberrahmen, den Lisls Mädchen stets auf Hochglanz polierten.

Das Frühstück war auf einem kleinen Tisch am Fenster serviert worden. Das Fenster war gerade so weit geöffnet, daß die Spitzenstores sich leicht bewegten, die gestärkte Leinentischdecke jedoch nicht. Lisl thronte auf dem hohen Eßzimmerstuhl, von dem sie sich ohne fremde Hilfe erheben konnte. Ich war auf die Sekunde pünktlich; denn ich wußte, daß nichts ein Zusammensein mit einem Deutschen so vermiesen kann wie Unpünktlichkeit. »Mein Liebchen«, sagte Lisl, »komm und gib mir einen Kuß. Ich komme nicht hoch – es ist diese verfluchte Arthritis.«

Ich beugte mich vor und küßte sie, wobei ich darauf bedacht war, nicht mit der dicken Schicht Rouge, Puder und Lippenstift in Berührung zu kommen, die sie aufgelegt hatte. Ich fragte mich, wie früh sie wohl aufgestanden sein mochte, um Haar und Make-up herzurichten. »Du darfst hier nichts ändern«, sagte ich. »Es ist ein wunderbares Zimmer, genauso bezaubernd wie früher.«

Sie lächelte. »Nei-en, nei-en.« Da war er wieder, dieser typische Berliner Tonfall. Wenn ich ihn hörte, wußte ich, daß ich zu Hause war.

»Es ist immer noch so wie damals, als mein Vater noch lebte«, stellte ich fest.

Sie hatte es gern, wenn man ihr Komplimente über das Zimmer machte. »Es war sogar schon so, als mein Vater noch lebte«, sagte sie. Lisl sah sich um, als wollte sie ganz sicher gehen, daß sie auch die Wahrheit gesagt hatte. »Ein paar Jahre lang hing ein Bild vom Führer über dem Kamin – ein signiertes Foto –, aber es war eine große Erleichterung, Kaiser Wilhelm wieder dort aufhängen zu können.«

»Obwohl der nicht signiert hat«, stellte ich fest.

»Bengel«, tadelte Lisl lächelnd. »So, so, deine Arbeit ist also beendet, und du fährst wieder nach Hause zu deiner großartigen Frau und den reizenden Kindern. Wann wirst du sie denn endlich einmal mitbringen, Liebchen!«

»Bald«, sagte ich und goß mir Kaffee ein.

»Das möchte ich dir auch geraten haben«, meinte sie und kicherte. »Sonst besieht sich deine Tante Lisl noch die Radieschen von unten.« Sie brach ein Stück von ihrem Brötchen ab und sagte: »Werner meint, wir Deutschen hätten einfach zu viele Wörter für den Tod. Stimmt das?«

»Im Englischen sagen wir *dead shot, dead letter, dead fire, dead calm* und so weiter. Das Deutsche ist präziser und hat ein eigenes Wort für jede Bedeutung.«

»Werner sagt, die Deutschen hätten tausend verschiedene Wörter für Tod, genau wie die Eskimos Tausende für Schnee haben. Und die Juden für Idiot.«

»Ist das so?«

»›Schmo‹, ›Schlemihl‹, ›Schnook‹, ›Schmuck‹.« Sie lachte.

»Siehst du Werner eigentlich häufig?«

»Er ist ein guter Junge. Seit ich nicht mehr so gut auf den Beinen bin, fühle ich mich hier ziemlich einsam, und Werner steckt immer mal den Kopf herein, wenn er vorbeikommt. Du weißt ja, daß er ungefähr in deinem Alter ist.«

»Er ist ein bißchen älter, aber wir haben dieselbe Klasse besucht.«

»Ich erinnere mich noch genau an die Nacht, in der er geboren wurde. Es war der erste März 1943. Es gab einen schlimmen Bombenangriff – es brannte in der Bachstraße und in Siegmunds Hof. Unter den Linden hatte bös was abbekommen, und die Passage in der Friedrichstraße lag in Schutt und Asche. Auf dem Gelände der italienischen Botschaft und dem Haus der Familie Richthofen waren Blindgänger niedergegangen. Eine Bombe hatte die Uhr der Kaiser-Wilhelm-Gedächtniskirche zum Stehen gebracht – seither zeigt sie halb acht. Manchmal sage ich zu Werner: ›Du hast die Uhr der Gedächtniskirche mit deiner Geburt angehalten.‹ Werners Mutter war bei uns Köchin. Sie wohnte mit ihrem Mann nur vier Türen weiter unter dem Dach. Ich ging und holte sie her, bevor die Wehen einsetzten. Hast du gewußt, daß Werner in diesem Haus hier geboren wurde? Natürlich hast du es gewußt. Ich habe es bestimmt schon hundertmal erzählt.«

»Werner«, sagte ich. »Kein typischer Name für einen netten jüdischen Jungen.«

»Ein Name für die Welt und einer für die Familie«, sagte Lisl. »So haben sie es schon immer gehalten.«

»Und du hast die Familie versteckt, Lisl? Was war denn mit dem Vater?«

»Sein Vater war ein kräftiger Mann – das hat Werner von ihm geerbt –, er arbeitete während des Krieges als Totengräber auf dem Jüdischen Friedhof in Weißensee.«

»Und wurde nie festgenommen?«

Sie lächelte dieses Lächeln, das ich schon auf deutschen Gesichtern gesehen hatte – ein Lächeln, das andeutete, daß man wohl nie ganz verstehen würde. »Damit die Nazis Arier hätten einstellen müssen, die sich um die jüdischen Gräber kümmern und die Juden hätten begraben sollen? Nein, die Arbeiter auf dem Friedhof in Weißensee sind nie festgenommen worden. Als 1945 die Russen kamen, lief da immer noch ein Rabbi frei herum. Er hatte dort mit Werners Papa zusammen als Totengräber gearbeitet.« Sie lachte, ich nicht. Nur Menschen, die beim Einmarsch der Russen dabeigewesen sind, war es gestattet, darüber zu lachen.

»Nach Kriegsende ist Werners Vater gestorben. Er starb daran, daß er jahrelang nicht genug zu essen bekommen hatte.«

»Werner hat Glück gehabt«, stellte ich fest. »Fünfjährige Waisen haben doch eigentlich kaum eine Chance.«

»Steckt er in irgendwelchen Schwierigkeiten?« fragte Lisl. Ihr war eine gewisse Veränderung in meiner Stimme nicht entgangen.

Ich zögerte. »Werner kann mitunter recht stur sein«, stellte ich fest.

»Ich habe ihm die Hälfte meiner Ersparnisse gegeben«.

»Er würde dich nie betrügen, Lisl.«

Ihre getuschten Wimpern flatterten. »Ich kann es mir nicht leisten, das Geld zu verlieren«, sagte sie. »Ich hatte es angelegt, aber Werner sagte, er könne mehr daraus machen. Ich habe das alles schriftlich. Ich bin pflegeleicht, das weiß Werner.« Es war typisch für sie, das Modewort »pflegeleicht« zu verwenden. Aber Lisl war ganz und gar nicht pflegeleicht: Sie war gestärktes, altmodisches Leinen.

»Er würde dich nicht betrügen, Tante Lisl. Werner schuldet dir mehr, als er je zurückzahlen kann. Das weiß er genau. Aber wenn er dein Geld verliert, würde auch nichts Schriftliches es dir wiederbringen.«

»Es soll etwas mit Exporten zu tun haben«, meinte Lisl, als könnte ein solches Geständnis mich dazu bewegen, ihr zu helfen.

»Ich komme ja wieder«, sagte ich. »Und wenn ich wieder da bin, rede ich mit Werner. Aber du solltest mit deinem Geld ein bißchen vorsichtiger umgehen, Lisl.«

Sie blies verächtlich Luft durch die Zähne. »Vorsichtig? Einige der renommiertesten, größten und reichsten deutschen Unternehmen stehen vor dem Bankrott, und du sagst mir, ich soll vorsichtig sein. Wo soll ich denn meine Ersparnisse anlegen?«

»Ich werde sehen, was ich tun kann, Lisl.«

»Eine auf sich gestellte Frau ist in diesen Dingen sehr hilflos, Liebchen.«

»Ich weiß, Lisl, ich weiß.« Ich ertappte mich dabei, daß ich schon wieder an Fiona dachte. Ich erinnerte mich daran, wie ich versucht hatte, sie bei meinem letzten Berlin-Besuch anzurufen. Ich hatte es drei- oder viermal probiert, aber keinen Anschluß bekommen. Sie hatte zwar erklärt, das Telefon wäre nicht in Ordnung gewesen, aber ich kam davon nicht los.

Wäßriges Sonnenlicht rieselte über den Perserteppich und zeichnete einen goldenen Bogen in die staubige Luft. Lisl schwieg und aß ihr Brötchen. Das Telefon klingelte. Es war für mich: Frank Harrington. »Bernard? Wie schön, daß ich dich erreiche. Ich schikke dir einen Wagen, damit er dich zum Flughafen bringt. Wann willst du bei Frau Hennig fort, und willst du unterwegs noch irgendwo halten?«

»Ich habe mich bereits um ein Auto gekümmert, Frank. Trotzdem vielen Dank.«

»Nein, nein, nein. Ich bestehe darauf, daß du mit unserem Wagen fährst.«

»Ich kann das jetzt nicht mehr rückgängig machen, Frank.«

Es entstand eine Pause am anderen Ende der Leitung, bevor Frank sagte: »Es war schön, dich gestern abend bei uns zu haben. Fast wie in alten Zeiten.«

»Ich habe versäumt, mich für die Einladung zu bedanken«, sagte ich, obwohl ich bereits einen Blumenstrauß für Mrs. Harrington in Auftrag gegeben hatte.

»Das Gespräch gestern... du weißt schon über wen... Hoffentlich hältst du davon in London nichts schriftlich fest.«

Das war es also. »Ich werde sehr diskret vorgehen, Frank.«

»Ich wußte doch, daß ich mich auf dich verlassen kann, alter Junge. Also, wenn du es ablehnst, daß ich dir einen Wagen schikke...«

Ich wußte, daß sich »der Wagen« als Frank entpuppen würde,

der »ganz zufällig vorbeigekommen« war und mir dann bis zum Abflug der Maschine in den Ohren liegen würde. Ich bedauerte noch einmal, murmelte ein paar Höflichkeitsfloskeln und legte den Hörer wieder auf die Gabel.

»Frank Harrington?« erkundigte sich Lisl. »Der wollte doch sicher, daß du ihm irgendeinen Gefallen tust.«

»Frank ist schon immer ein Kümmerer gewesen. Das weißt du auch.«

»Er hat doch nicht etwa versucht, sich von dir Geld zu borgen?«

»Ich kann mir nicht gut vorstellen, daß er welches braucht.«

»Er hat ein großes Haus in England und dann die elegante Behausung hier. Und die vielen Gäste.«

»Das gehört zu seinem Job, Lisl«, erwiderte ich. Lisls Beschwerden über die Verschwendungssucht der Staatsdiener kannte ich seit langem.

»Und was ist mit der Kleinen, die er in Lübars versteckt hält – gehört die auch zum Job?« Lisls Lachen war mehr ein Prusten als Ausdruck echter Empörung.

»Frank?«

»Ich höre eine Menge, Liebchen. Die Leute glauben zwar, ich sei eine dumme alte Frau, die hier oben sitzt und nichts anderes zu tun hat, als sich die Knie einzureiben, aber ich höre doch so manches...«

»Frank war mit meinem Vater in der Armee. Er muß doch ungefähr sechzig sein.«

»Das ist ein sehr gefährliches Alter, Liebchen. Weißt du das denn nicht? Wart's ab, bis du in die gefährlichen Sechziger kommst.« Bei dem Versuch, ihren Kaffee ohne Gelächter in den Mund zu bekommen, verschüttete sie ein paar Tropfen.

»Das hast du von Werner«, behauptete ich.

Ihre Wimpern zitterten, und sie fixierte mich mit ihren stahlharten Augen. »Du glaubst wohl, du könntest mich dazu bringen, dir zu sagen, von wem ich es gehört habe. Ich kenne deine kleinen Tricks, Bernard.« Lisl drohte mir mit dem Finger. »Aber es war nicht Werner. Ich weiß alles über Frank Harrington, der immer so tut, als könne er kein Wässerchen trüben.« Dieser Vergleich schien mir ganz ausgezeichnet auf den untadeligen Frank und seinen blankgescheuerten Sohn zu passen. »Seine Frau ist zu oft und zu lange in London. Da hat sich Frank hier ein anderes Vergnügen gesucht und gefunden.«

»Du bist ja ein überaus reicher Born an Informationen, Tante

Lisl«, stellte ich fest. Ich ließ meine Stimme so gleichgültig wie möglich klingen. Ich wollte ihr zeigen, daß ich an Franks Doppelleben nicht glaubte, aber auch nicht übermäßig beunruhigt wäre, wenn ich daran glauben würde.

»Ein Mann in seinem Beruf sollte es doch wahrlich besser wissen. Ein Mann mit einer Geliebten in einem teuren kleinen Haus in Lübars ist ein Sicherheitsrisiko.«

»Damit hast du wahrscheinlich recht.«

Ich dachte schon, sie würde das Thema wechseln, aber sie konnte es sich nicht verkneifen, noch hinzuzufügen: »Und Lübars liegt dicht an der Mauer... da ist man den Russkis verdammt nahe.«

»Ich weiß, wo Lübars liegt, Lisl«, meinte ich mürrisch.

»Herzlichen Glückwunsch zum Geburtstag«, sagte sie, als ich schon an der Tür stand.

»Vielen Dank, Lisl«, erwiderte ich. Meinen Geburtstag hatte sie noch nie vergessen.

12

Von der Höhe der bunt angestrichenen Wohnhäuser des Märkischen Viertels, in dem 6000 Westberliner leben und das die Architekten eine »geplante Gemeinschaft«, die Bewohner jedoch »Beton-Dschungel« nennen, sieht man über die nahe Grenze und weit in den Ostsektor hinein.

»Manchen gefällt es hier«, sagte Axel Mauser. »Wenigstens behaupten sie das.« Axel war in den letzten Jahren sehr gealtert. Er war drei Jahre jünger als ich, aber sein weißes verhärmtes Gesicht, seine Glatze und die Art, wie die Jahre hinter Schreibtisch und Aktenbergen seine Schultern gebeugt hatten, ließen ihn eher wie fünfzig als wie vierzig aussehen. »Sie behaupten, es gefalle ihnen, daß die Geschäfte, die Kirche, das Schwimmbad und die Restaurants als Bestandteile des Komplexes errichtet worden sind.«

Ich trank ein kleines Bier und sah mich um – ein trostloser Raum, keine Bücher, keine Bilder, kein Plattenspieler, kein Teppich. Nur ein Fernseher, ein Sofa, zwei Sessel und ein Tisch mit Plastikblumen in einer Vase. In einer Ecke waren Zeitungen ausgebreitet, um den Fußboden vor Ölflecken zu schützen. Darauf lagen die Teile eines auseinandergenommenen Rennrades, das als Geburtstagsgeschenk für seinen halbwüchsigen Sohn repariert wurde. »Aber du bist nicht dieser Meinung?«

»Trink dein Bier aus und nimm dir noch eins. Ich persönlich finde es abscheulich hier. Wir haben im Viertel zwölf Schulen und fünfzehn Kindergärten. Zwölf Schulen! Wenn ich daran denke, komme ich mir vor wie eine Ameise. Manche dieser Kinder sind noch nie im Stadtzentrum gewesen – sie haben das Berlin, in dem wir aufgewachsen sind, nie kennengelernt.«

»Vielleicht ist das besser für sie« sagte ich.

Es knackte und zischte, als er eine Dose Export-Pils öffnete. »Du hast recht, Bernd«, sagte er. »Was sollen die Kinder denn schon im Stadtzentrum finden außer Verbrechen und Drogen und Elend?« Er goß die Hälfte des Dosenbiers in sein, die andere Hälfte in mein Glas. So war Axel nun einmal; er war ein Teiler.

»Wenigstens hast du eine herrliche Aussicht.«

»Es ist schon erstaunlich, wie weit man von hier aus an einem klaren Tag sehen kann. Aber ich würde diese Aussicht herzlich gern gegen die elende kleine Wohnung eintauschen, in der mein Großvater hauste. Ich habe von diesem ›deutschen Wirtschaftswunder‹ zwar gehört, aber noch nie etwas davon gesehen. Zu meinem zwölften Geburtstag hat mir mein Vater ein neues Fahrrad geschenkt. Und was kann ich meinem Ältesten bieten? Ein gebrauchtes.«

»Kinder sehen das nicht so, Axel«, meinte ich. »Besonders wenn es sich um dieses außergewöhnliche Rennmodell handelt. Es wird ihm noch weit besser gefallen, wenn er hört, wie schwer du daran gearbeitet hast, um es in Gang zu bekommen.«

Axel Mauser war einer der Klügsten in der Schule gewesen, in Chemie und Mathematik sogar Klassenbester und so wild auf Sprachen, daß er mir sein Fahrrad lieh, wenn ich mit ihm Englisch sprach. Nun arbeitete er im Archiv des Polizeipräsidiums als Verwaltungsbeamter und lebte in dieser beengten Wohnung mit drei Kindern und einer Frau, die – selbst am Sonnabend – in der nahe gelegenen AEG-Fabrik arbeitete, um sich den Gebrauchtwagen und den jährlichen Pauschalurlaub auf Ibiza leisten zu können. »Aber ich kann es mir nicht leisten, irgendwo anders hinzuziehen. Weißt du eigentlich, was man heutzutage in Berlin an Mieten zahlt?«

»Dein Vater lebt wieder im Osten.«

Axel lächelte grimmig. »Nur wegen dieses verdammten Idioten Binder – Max Binder, erinnerst du dich noch an diesen Spieler?«

Spieler – ich fragte mich, ob er damit Schauspieler oder Glücksspieler meinte. Max hatte von beidem etwas. »Ich habe Max immer ganz gern gehabt«, sagte ich.

Axel machte eine Pause, als wolle er über diesen Punkt mit mir diskutieren, fuhr dann aber fort: »Max hat meinem Vater dauernd geschrieben, wie gut ihm das Leben da drüben gefalle. Und Vater hat alles geglaubt. Na, du kennst ihn ja. Pausenlos hat er davon geschwärmt, wie schön es doch war, als er vor dreißig Jahren die Linden entlangschlenderte. Er hat sich gefragt, ob er drüben alle seine Freunde vom Alexanderplatz wiedertreffen würde – er hatte doch schon immer einen Tick mit seinem Alex! –, und er wollte unbedingt die Restaurierungsarbeiten an der St.-Hedwigs-Kathedrale sehen. Wenn keine Gäste da waren, hat er sich mit Tante Lisl in ihrer Bar über die guten alten Zeiten unterhalten. Die beiden haben förmlich in Nostalgie geschwelgt – wie es war, als sie Hindenburg im Bristol und Lotte Lenya im Wintergarten sahen...«

»Und mit Joseph Goebbels an der Bar des Kaiserhof gesprochen haben«, fiel ich ein. »Ja, ich kenne all diese Geschichten. Ich konnte von den Erzählungen deines Vaters nie genug bekommen, als ich jung war. Ich bin häufig zu ihm gegangen, als er in Tante Lisls Bar hinter dem Tresen stand.« Aus der Nachbarwohnung drangen die Geräusche von Polizeisirenen. Schüssen und aufgeregten Kindern, die fernsahen. Axel ging hinüber zur Wand und schlug mit der flachen Hand dagegen. Es hatte jedoch keinen anderen Effekt, als daß die Plastikblumen auf dem Tisch ins Wackeln gerieten.

Axel zuckte über den anhaltenden Lärm nur die Achseln. »Und dann hat er doch auch noch für deinen Vater gearbeitet. Stell dir nur mal vor, die finden drüben heraus, welche Aufträge er für deinen Vater erledigt hat. Die stecken ihn doch stehenden Fußes ins Gefängnis.«

«Bevormunde ihn nicht, Axel. Rolf ist ein zäher alter Bursche. Er kann sehr gut auf sich selbst aufpassen.«

Axel nickte. »Also habe ich zu ihm gesagt: ›Wenn du glaubst, deine Jugend wiederzufinden, indem du in den anderen Teil der Stadt gehst, Vater, dann mußt du eben gehen. Und Tante Lisl kannst du gleich mitnehmen...‹ Wäre meine Mutter noch am Leben gewesen, hätte sie sich das alles gar nicht angehört. Sie hätte ihm glatt den Mund verboten.«

»Nun, er fand in der Bar aber auch ein dankbares Publikum vor«, stellte ich fest.

»Dabei hat er sich dauernd darüber beschwert, bei Tante Lisl arbeiten zu müssen, weißt du noch? Und doch hat er es genossen, hinter der Bar stehen und über das ›wahre Berlin‹ sprechen zu können, das Berlin, in dem noch eine christliche Weltanschauung herrschte. Wenn ein paar Gäste ihm dann noch einige Drinks spendiert hatten, erzählte er von der Kaiserzeit, als sei er General im Ersten und nicht Artilleriehauptmann im Zweiten Weltkrieg gewesen.« Axel nahm ein paar Schlucke von seinem Bier. »Kein Narr ist so schlimm wie ein alter Narr«, sagte er mit unerwarteter Heftigkeit und blickte in sein Bier, so daß ich seine Augen nicht sehen konnte. »Ich möchte nicht, daß ihm irgend etwas zustößt, Bernd.«

»Ich weiß«, erwiderte ich. »Aber mach dir keine allzu großen Sorgen um ihn. Er ist über fünfundsechzig. Er kann zu Besuch in den Westen kommen.«

»Manchmal trifft er sich mit Werner.« Axel sah mich an. »Die beiden kungeln da etwas aus.«

»Tatsächlich?«

»Bist du eigentlich immer noch beim Militärischen Geheimdienst?«

Ich nickte. Das war meine Ausrede für Berliner, die sich an meinen Vater erinnerten, mich kommen und gehen gesehen und mir von Zeit zu Zeit ihre Sofas und Autos zur Verfügung gestellt hatten. Es war nicht gerade eine Ausrede, die Hochachtung bei Deutschen hervorrief. Deutschland ist das einzige Land der Welt, in dem ein Job bei einer Geheimdienstorganisation nur wenig mehr gilt als Kuppelei. Das ist ein Relikt aus der Nachkriegszeit, wo Spitzel und Zuträger praktisch hinter jeder Ecke lauerten.

»Du bist doch nicht hinter meinem Vater her?«

»Hör endlich auf, dir Sorgen um ihn zu machen, Axel«, sagte ich. »Rolf ist heil aus dem Krieg zurückgekommen und hat die Nachkriegszeit überlebt. Ich bin sicher, daß es ihm gutgeht. Vielleicht kann ich ihn sogar besuchen, wenn ich das nächste Mal in den Ostsektor gehe. Ich werde ihm etwas mitnehmen, wenn du willst.«

»Also, was soll das eigentlich alles, Bernd?« fragte Axel. Er stand auf, trat ans Fenster und starrte gen Osten, zur Spitze des Ostberliner Fernsehturms, der vom Alexanderplatz aufragte. Früher einmal war dort das Herz der Stadt gewesen, wo Fußgänger den Fahrrädern, Fahrräder den Autos und Autos den Straßenbahnen auswichen, die mit beängstigender Geschwindigkeit über die fünfspurige Kreuzung ratterten. Inzwischen war der Verkehr verschwunden und der Alex lediglich eine ordentliche Betonfläche mit roten Fahnen, Blumenschalen und Spruchbändern. »Du könntest ruhig damit herausrücken«, sagte Axel und starrte noch immer zum Fenster hinaus.

»Womit?«

»Es ist schön, dich wiederzusehen, Bernd. Aber wie du sagst, arbeitest du jetzt von London aus. Du bist nur ein paar Tage in der Stadt und hast eine Menge alter Freunde zu besuchen. Da kannst du mir doch nicht einreden, daß du eigens zu mir in meine kleine Wohnung gekommen bist, nur um dich zu erkundigen, wie gut ich mein Examen in Chemie bestanden habe, um eine Dose Bier zu trinken – die du übrigens sehr langsam getrunken hast, wie ein Polizist im Dienst –, um dich durch das Geschrei der Kinder in der Nachbarwohnung stören zu lassen und dich eng an die Heizung zu drücken, weil ich es mir nicht leisten kann, sie ganz aufzudrehen. Du mußt doch einen Grund gehabt haben herzukommen. Ich bin sicher, du willst mich um einen Gefallen bitten.«

»Erinnerst du dich noch, wie ich vor ein paar Jahren hinter einem jungen Burschen her war, der eine Aktentasche aus einem Büro in der Nähe des Bahnhofs Zoo gestohlen hatte?«

»Du hast mich gebeten, mich nach einem Postfach zu erkundigen und dir zu sagen, wer es gemietet hatte. Aber das war eine offizielle Anfrage. Sie kam von der britischen Armee.«

»Diesmal ist die Sache heikler, Axel.« Ich zog den Brief aus der Tasche, den Frank Harrington in meinem Stadtplan vergessen hatte. Axel nahm ihn nur zögernd, und selbst dann warf er keinen Blick darauf. »Vermutlich ist es dringend? Solche Dinge sind immer dringend.« Er las die Adresse.

»So ist es, Axel. Sonst hätte ich es ja auch über die Post machen können.«

Er lachte spöttisch. »Hast du in letzter Zeit mit unserer hervorragenden Bundespost zu tun gehabt? Letzte Woche haben sie vier Tage gebraucht, um einen Brief von Tiergarten nach Tempelhof zu befördern. Und dann war er auch noch zerrissen. Und das Porto...« Er las die Zahlen auf der Adresse. »Eintausend ist Berlin und achtundzwanzig ist Frohnau, Hermsdorf, Lübars...«

»Kannst du irgendwie herausbekommen, wer dieses Postfach gemietet hat? Namen und Adresse? Auch wenn es Sonnabend ist?«

Axel seufzte. »Ich werd' mal anrufen.«

»Vielen Dank, Axel.«

»Aber es hängt davon ab, wer heute vormittag Dienst hat. Natürlich kann ich niemanden zwingen...«

»Wenn ich diese Sache erledigt habe, könnte ich sofort nach Hause fliegen.«

»Wir waren schon immer der Meinung, daß aus dir ein Gangster werden würde«, stellte Axel fest. »Habe ich dir das eigentlich schon mal gesagt?«

»Ja, Axel. Mehrmals.«

»Wir haben Herrn Storch, den Mathelehrer, gefragt, aber der sagte, alle Engländer seien so wie du.«

»Manche sind schlimmer, Axel«, sagte ich.

Er lachte nicht; Er wollte mir zeigen, wie wenig ihm diese Nachfrage behagte. Er wollte, daß ich zweimal nachdachte, bevor ich ihn um solche Gefälligkeiten bat.

Er ging in die Diele, um zu telefonieren, und schloß die Tür, damit ich nichts hören konnte. Wenig später war er zurück.

»Die Empfängerin, Mrs. Harrington, hat auch das Postfach gemietet«, sagte Axel. »Sie hat eine Adresse in Lübars angegeben. Ich weiß genau, wo das ist. Eine Straße mit herrlichen Häusern und einem Blick über Äcker und Weiden. Was würde ich darum geben, in einer solchen Straße wohnen zu können!«

»Ist es schwierig, ein Postfach unter falschem Namen zu mieten?« wollte ich wissen.

Axel zuckte mit den Schultern. »Keine Ahnung«, sagte er. »Soviel ich weiß, muß man dabei seinen Personalausweis vorlegen...« Er ließ den Satz versickern, als warne er mich, ihn um einen weiteren Gefallen zu bitten.

»Ich war seit meiner Kindheit nicht mehr in Lübars. Ist es immer noch so schön da?«

»Das Dorf Lübars liegt ganz in der Nähe. Wenn dieses Fenster nach Norden ginge, könntest du die Straße sogar von hier aus sehen. Sie erhalten alles so, wie es einmal war: die kleine Kirche aus dem achtzehnten Jahrhundert, die Feuerwache, den Dorfanger mit den herrlichen Kastanienbäumen, die Bauernhäuser und das alte Gasthaus. Es ist nur einen Steinwurf entfernt und doch eine ganz andere Welt.«

»Ich muß gehen, Axel«, sagte ich. »Vielen Dank für das Bier.«

»Und was ist, wenn sie mich am Montag feuern? Was dann? Du erklärst, wie leid es dir tut, und ich versuche für den Rest meines Lebens, meine Familie mit Sozialunterstützung über die Runden zu bringen.«

Ich schwieg.

»Du bist verantwortungslos, Bernd. Aber das warst du schon immer.«

Ich hätte erwartet, daß Frank Harrington seine Geliebte in irgendeinem anonymen Wohnblock versteckt hielt, wo kein Mieter vom anderen etwas wußte. Aber die Adresse, die Axel Mauser mir beschafft hatte, lag im nördlichsten Teil der Westsektoren, einem Stück Land, das sich zwischen den Tegeler Forst und die Mauer schob. Nicht allzu weit vom Stadtzentrum gab es hier Bauernhäuser, und zwischen den blitzenden Pkws waren Traktoren auf dem Kopfsteinpflaster abgestellt.

Die großen Einfamilienhäuser sollten wirken, als stünden sie seit Bismarcks Zeiten hier, aber sie waren zu makellos, um etwas anderes sein zu können als Rekonstruktionen. Ich fuhr langsam eine baumbestandene Allee entlang und folgte drei Kindern auf ihren gestriegelten Ponys. Es war ordentlich und sauber und unpersönlich, wie eine jener Hollywoodkulissen, die man für alles verwenden konnte, was alt und fremd aussehen sollte. Nummer 40 war ein schmales, zweigeschossiges Haus mit einem Vorgarten, der groß genug für zwei hohe Bäume war, und mit viel freiem Land dahinter. Am Drahtzaun hingen zwei Schilder. Auf einem stand: *Bellevue Zwinger* und auf dem anderen: *Vorsicht Hunde* in drei Sprachen. Noch bevor ich sie gelesen hatte, begannen die Hunde zu bellen. Es klang nach sehr großen Hunden.

Nachdem ich das Tor hinter mir gelassen hatte, sah ich einen umzäunten Auslauf und ein niedriges Ziegelgebäude. Mehrere Hunde versuchten, das Gatter zu überwinden. »Guter Hund«, sagte ich, glaube aber nicht, daß sie mich hörten.

Eine junge Frau kam aus dem Haus. Sie war Anfang Zwanzig, mit sanften grauen Augen, sonnengebräunter Haut und pechschwarzem Haar, das sie im Nacken zu einem Knoten geschlungen hatte. Sie trug khakifarbene Baumwollhosen und ein passendes Hemd mit Schulterklappen und geknöpften Taschen. Alles saß sehr knapp. Darüber trug sie eine jener Lammfellwesten – Fell nach innen – mit farbenfreudiger Stickerei, die einmal das Statussymbol der Hippies gewesen waren.

Sie musterte mich lange genug, um meinen Burberry-Trenchcoat und den Professor-Higgins-Hut einordnen zu können. »Wollen Sie einen Hund kaufen?« fragte sie in gutem Englisch.

»Ja«, erwiderte ich, ohne zu zögern.

»Wir halten nur deutsche Schäferhunde.«

»Ich mag deutsche Schäferhunde sehr gern.« Eine Großausgabe dieser Spezies tauchte aus dem Haus auf. Sie näherte sich uns bis auf etwa anderthalb Meter, sah die Frau an, krümmte die Schultern und knurrte drohend in meine Richtung.

»Sie sind doch nicht gekommen, um einen Hund zu kaufen«, stellte sie fest und blickte mir ins Gesicht. Was sie sah, schien sie zu amüsieren, denn sie lächelte und zeigte schneeweiße Zähne. Der Hund auch.

»Ich bin ein Freund von Frank«, sagte ich.

»Von meinem Frank?«

»Es gibt nur einen Frank«, stellte ich fest. Sie lächelte, als wäre es ein Scherz.

»Ist irgend etwas...«

»Nein, Frank geht es gut«, sagte ich schnell. »Wenn ich ganz ehrlich sein soll, weiß er noch nicht einmal, daß ich Sie besuche.«

Sie hatte mich mit halbgeschlossenen Augen angeschaut, nun öffnete sie den Mund und gab einen kleinen Schrei der Überraschung von sich. »Sie sind Werners englischer Freund, stimmt's?«

Wir blickten uns an, beide gleichermaßen überrascht und sprachlos. »Ja, das bin ich, Frau Volkmann«, sagte ich schließlich. »Aber ich bin nicht gekommen, um über Werner zu sprechen.«

Sie sah sich um, ob Nachbarn in den Gärten waren, die hätten zuhören können. Aber ihre Nachbarn befanden sich alle hinter Doppelfenstern und Gardinen. »Ich kann mich nicht an Ihren Namen erinnern, aber Sie waren mit Werner in einer Klasse... Ihr Deutsch ist tadellos«, meinte sie und wechselte in diese Sprache über. »Überflüssig, mit Ihnen Englisch sprechen zu wollen. Ich werde Rudolf in den Zwinger bringen, dann gehen wir ins Haus und trinken Kaffee. Er ist bereits fertig.« Rudolf knurrte. Er wollte nicht in den Zwinger, es sei denn, zusammen mit mir.

»Die Woche über habe ich ein Mädchen, das mir hilft«, sagte Frau Zena Volkmann, während Rudolf es sich ergeben gefallen ließ, in den umzäunten Auslauf gesperrt zu werden. »Aber am Wochenende ist es einfach unmöglich, jemanden zu bekommen, egal, was man zahlt. Es heißt, wir hätten so viele Arbeitslose, aber die Leute wollen einfach nicht arbeiten, das ist das Problem.« Sie sprach mit dem Dialekt derer, die aus Gebieten jenseits der Elbe stammen. Alle Welt behauptet, das Wort Ostelbisch sei nicht abschätzig gemeint, aber ich habe es bisher nur von Menschen gehört, die von westlich der Elbe stammten.

Wir betraten das Haus durch eine Vorküche. Auf einer summenden Tiefkühltruhe waren zwölf Plastikschüsseln aufgereiht. Sie enthielten abgemessene Portionen Brot und Hackfleisch. In einer Ecke standen Besen und Eimer, es gab eine Spüle und Regale mit Hundefutter in Dosen; Halsbänder und Leinen hingen von Haken an der Wand. »Ich kann das Haus nicht länger als eine oder zwei Stunden verlassen, weil die Welpen viermal am Tag gefüttert werden müssen. Zwei Würfe. Einer ist erst vier Wochen alt und braucht ständige Betreuung. Und der nächste Wurf ist jeden Tag fällig. Nie hätte ich mich darauf eingelassen, wenn ich gewußt hätte, was da auf mich zukommt.«

Sie ging eine Stufe hinauf und öffnete die Tür zur eigentlichen Küche. Hier duftete es angenehm nach frisch gebrühtem Kaffee. Hier gab es nichts, was auf die Anwesenheit der Hunde hingewiesen hätte. Die Küche war penibel sauber und aufgeräumt, mit blitzenden Pfannen und Töpfen auf einem Regal und funkelndem Geschirr und Glas im Schrank.

Sie schaltete die Kaffeemaschine aus, stellte Tassen und Untertassen auf ein Tablett und häufte ein paar Kekse auf einen dazu passenden Teller. Das Geschirr trug das unvermeidliche Blümchenmuster. Wir gingen in eines der hinteren Zimmer. Dieser rückwärtige Teil des Hauses war irgendwann einmal umgebaut worden, um ein riesiges Fenster in die Wand einzulassen. Es gewährte einen Blick weit über das Land hinter dem Hundeauslauf. Ein Traktor zog langsam seine Bahnen über ein Feld und störte einen Schwarm Krähen auf, die in der braunen, frisch aufgeworfenen Erde nach Nahrung gesucht hatten. Nur die graue Linie der Mauer störte die ländliche Szenerie. »Man gewöhnt sich daran«, sagte Frau Volkmann, als sei es die Antwort auf eine Frage, die jeder Besucher stellte.

»Nicht jeder«, erwiderte ich.

Sie nahm eine Schachtel Zigaretten vom Tisch, zündete sich eine an und inhalierte, bevor sie sprach: »Mein Großvater hatte einen Bauernhof in Ostpreußen. Er hat mich hier mal besucht und konnte nicht aufhören, die Mauer anzustarren. Sein Hof war fast achthundert Kilometer von hier entfernt, aber es war immer noch Deutschland. Wissen Sie, wie weit Polen jetzt entfernt ist? Weniger als sechzig. Das ist es, was Hitler uns gebracht hat. Er hat Deutschland zu einem der zweitklassigen Länder gemacht, die er so verachtete.«

»Soll ich den Kaffee eingießen?« fragte ich. »Er riecht gut.«

»Mein Vater war Lehrer. Er hat uns Kindern Geschichte beigebracht. Er sagte, das würde verhindern, daß so etwas noch mal geschieht.« Sie lächelte, aber es lag keine Spur von Humor darin; es war ein kleines höfliches, bescheidenes Lächeln – die Art von Lächeln, das Fotomodelle aufsetzen, wenn sie für teure Uhren werben.

»Wir wollen es hoffen«, sagte ich.

»Es verhindert nicht, daß die Geschichte sich wiederholt. Schauen Sie sich doch um in der Welt. Können Sie die Hitlers um uns denn nicht sehen? Es besteht doch kein Unterschied zwischen Hitler-Deutschland und Tschernenko-Rußland. Hammer und Sichel können einem Hakenkreuz sehr ähnlich sehen, besonders wenn sie über Ihrem Kopf wehen.« Sie nahm die Tasse, in die ich Kaffee gegossen hatte. Ich beobachtete sie genau; es war viel Feindseligkeit an ihr, auch wenn es unter ihrem Lächeln und der Gastfreundschaft gut verborgen war. »Werner will, daß ich zurückkomme«, sagte sie.

»Er weiß nicht, daß ich hier bin«, sagte ich.

»Aber er hat Ihnen gesagt, wo Sie mich finden können?«

»Haben Sie Angst vor ihm?« wollte ich wissen.

»Ich möchte nicht zu ihm zurück.«

»Er glaubt, daß Sie in München leben. Er glaubt, Sie wären mit einem Coca-Cola-Fahrer auf und davon.«

»Das war nur ein Junge, den ich flüchtig kannte.«

»Er hat keine Ahnung, daß Sie sich noch in Berlin aufhalten«, sagte ich. Ich versuchte, ihr Sicherheit zu geben.

»Ich gehe nie in die Stadt. Alles, was ich brauche, lasse ich mir schicken. Ich habe Angst, ihm in der Lebensmittelabteilung des KaDeWe über den Weg zu laufen. Geht er da immer noch mittags hin, um zu essen?«

»Ja, er geht immer noch dorthin.«

»Warum hat Ihnen Frank gesagt, wo ich wohne?«

»Auch Frank hat es mir nicht gesagt.«

»Sie haben es ganz allein herausgefunden?« erkundigte sie sich ironisch.

»So ist es«, sagte ich. »Ich habe es herausgefunden. Heutzutage ist es nicht sehr schwer, den Aufenthaltsort von jemandem festzustellen. Es gibt Bankauszüge, Kreditkarten, Führerscheine, Zulassungspapiere. Hätte Werner vermutet, daß Sie noch in Berlin sind, er hätte Sie schneller gefunden als ich. Werner ist ein Experte, wenn es darum geht, Leute aufzuspüren.«

»Ich schreibe Postkarten, und Freunde von mir stecken sie in München in den Briefkasten.«

Ich nickte. Konnte ein Profi wie Werner wirklich auf solche Amateurtricks hereinfallen?

Ich sah mich im Zimmer um. Ein paar gerahmte Plakate des Berliner Ensembles und eine Lithographie von Käthe Kollwitz hingen an den Wänden. Der flauschige Teppich war cremefarben, auf Sofa und Sesseln, bezogen mit Naturleinen, lagen orangefarbene Seidenkissen. Alles war sehr behaglich, weder kleine Plastikschüsseln noch abgenagte Knochen deuteten auf die Anwesenheit von Hunden hin. Ich vermutete, daß es für Frank Harrington auch so zu sein hatte. Er war nicht der Typ Mann, der sich mit übelriechender Alltäglichkeit abfand. Durch die Schiebetüren sah ich einen großen Mahagoni-Eßtisch mit einer Kristallschale und einem silbernen Tafelaufsatz. Es war der größte Raum des Hauses, der zum Speisezimmer ausgewählt worden war. Ich fragte mich, wer hier wohl vorbeikam, um an intimen Abendessen mit Frank Harrington und seiner jungen Geliebten teilzunehmen.

»Es ist nichts Dauerhaftes«, sagte Frau Volkmann. »Frank und ich stehen uns nahe, sehr nahe. Aber es ist nicht für immer. Wenn er nach London zurückgeht, ist alles vorbei. Das haben wir von Anfang an gewußt.« Sie nahm einen Keks und knabberte an ihm, so daß man ihre blendend weißen Zähne sehen konnte.

»Geht Frank denn nach London zurück?« fragte ich.

Wohlerzogen hatte sie auf der Sofakante gesessen, aber jetzt schlug sie mit der Faust auf eines der Seidenkissen, um es sich in den Rücken zu stopfen und sich dagegen zu lehnen. »Seine Frau möchte, daß er befördert wird. Sie weiß, daß eine Versetzung nach London das Verhältnis mit mir beenden würde. Franks Beförderung selbst ist nicht so wichtig für sie, nur die Tatsache, daß ihn das von Berlin und von mir entfernen würde.«

»So sind Ehefrauen«, stellte ich fest.

»Ich würde aber nicht zu Werner zurückgehen. Frank sähe es gern, aber ich werde das nie tun.«

»Warum sollte Frank das gern sehen? Er kann Werner nicht ausstehen.«

»Frank fühlt sich schuldig, weil er mich Werner weggenommen hat. Anfangs hat er sich wirklich große Sorgen darüber gemacht. Derartige Schuldgefühle können sehr leicht in Haß umschlagen, wissen Sie.« Sie lächelte und glättete ihren Ärmel mit einer sinnlichen Gebärde, langsam glitt sie mit den Fingerspitzen den Arm hinunter. Sie war eine sehr schöne Frau. »Am Wochenende ist es hier schrecklich langweilig«, sagte sie.

»Wo ist Frank?«

»In Köln. Er kommt erst morgen abend zurück.« Sie lächelte vielsagend. »Er läßt mich zu oft allein.«

Ich weiß nicht, ob es tatsächlich die Einladung ins Bett war, nach der es sich anhörte. Aber ich war nicht in der Stimmung, das herauszufinden. Ich kam in das Alter, in dem man Angst vor Zurückweisung bekommt. Und so trank ich Kaffee, lächelte und betrachtete die graue Linie der Mauer. Es war noch immer verhältnismäßig früh am Nachmittag, aber es wurde dunstig.

»Weshalb sind Sie eigentlich hier? Hat London Sie geschickt, um mich loszuwerden? Wollen Sie mir Geld anbieten, damit ich Frank aufgebe?«

»Was für Bücher lesen Sie an den langen, einsamen Abenden, wenn Frank nicht da ist, Frau Volkmann? Die Zeiten sind doch längst vorbei.«

»Schade. Ich dachte, Sie würden mir die Gelegenheit geben, aufzuspringen und zu sagen, daß ich ihn nie aufgeben werde, nie, nie, nie.«

»Hätten Sie das denn getan?«

»Frank ist ein sehr attraktiver Mann, Mr. ...?«

»Samson. Bernard Samson.«

»Er ist zwar manchmal rücksichtslos, aber er ist sehr attraktiv. Frank ist ein richtiger Mann.«

»Ist Werner denn kein richtiger Mann?«

»O ja, ich weiß. Werner ist Ihr Freund. Er hat mir von Ihnen erzählt. Sie sind eine Bewunderungsgesellschaft auf Gegenseitigkeit, Sie beide. Nun, Werner mag ja ein wunderbarer Freund sein, aber leben Sie mal ein Jahr mit ihm zusammen, dann finden Sie vielleicht heraus, wie er wirklich ist. Nie kann er eine Entscheidung treffen. Immer erwartet er, daß ich ihm sage, wie, wann, was, warum. Schließlich heiratet eine Frau doch auch, um das endlich hinter sich zu lassen, oder?«

»Sicherlich«, erwiderte ich und versuchte, ihr das Gefühl zu geben, daß ich das nachempfinden könnte. In Wahrheit wünschte ich mir ein paar Menschen mehr, die bereit waren, Anordnungen auszuführen, statt sie zu geben.

»Trinken Sie doch noch einen Kaffee«, sagte sie liebenswürdig. »Doch dann bestehe ich darauf, daß Sie mir endlich sagen, was das alles zu bedeuten hat. Mysteriöse Besucher können auch länger bleiben als erwünscht, wissen Sie.«

»Sie waren sehr nachsichtig mit mir, Frau Volkmann. Ich weiß das zu schätzen. Der Anlaß meines Besuchs ist, Ihnen offiziell mitzuteilen, daß meine Chefs in London unter den gegebenen Umständen eine Überprüfung für notwendig halten.«

»Eine Sicherheitsüberprüfung?«

»Ja, Frau Volkmann. Es wird eine Sicherheitsüberprüfung geben müssen. Sie werden auf Herz und Nieren geprüft werden.«

»Aber das ist doch schon geschehen. Damals, als ich Werner heiratete.«

»Ja, sicher. Aber diesmal ist es etwas ganz anderes. Wie Sie wissen, ist Frank ein hoher britischer Beamter, und wir werden das durchführen müssen, was wir *Category Double X Clearance* nennen. Wir hoffen daß Sie die Notwendigkeit unseres Vorgehens einsehen und sich denjenigen gegenüber kooperativ verhalten, die dafür ausgewählt werden.«

»Ich verstehe nicht. Kann das denn nicht Frank arrangieren?«

»Wenn Sie mir einen Augenblick zuhören, Frau Volkmann, werden Sie einsehen, wie wichtig es ist, daß Frank davon nichts erfährt.«

»Frank soll nichts davon erfahren?«

»Geben Sie Frank die Chance, sein Privatleben geheimzuhalten. Er hat doch schon eine Menge Schwierigkeiten auf sich nehmen müssen, um das alles...« Ich wischte vage durch die Luft. »Wie müßte er sich denn vorkommen, wenn junge Leute aus seinem eigenen Büro Berichte darüber anfertigten, wohin Sie gehen, wen Sie treffen, wieviel Sie auf der Bank haben? Und was würde er empfinden, wenn er Aufzeichnungen über irgendwelche alten Beziehungen lesen müßte, die Sie fast vergessen haben und die ihm nur Schmerz zufügen müßten?«

Sie inhalierte den Rauch ihrer Zigarette und blickte mich aus halb geschlossenen Augen an. »Wollen Sie damit sagen, daß Ihre Leute ihre Nasen in all diese Dinge stecken werden?«

»Sie sind doch eine realistische Frau, Frau Volkmann. Sie haben doch sicher bereits vermutet, daß die Überprüfung schon im Gange ist. Keiner meiner Leute hat mir bisher Bericht erstattet, aber Sie müssen doch gemerkt haben, daß man Ihnen in den letzten drei, vier Wochen gefolgt ist. Wir setzen für diese Jobs natürlich nicht unsere erfahrensten Leute ein; es überrascht mich also nicht, daß Sie mitbekommen haben, was da vor sich geht.«

Ich wartete auf ihre Reaktion, aber sie saß kerzengerade auf dem Sofa und sah mir in die Augen. Sie rauchte und schwieg.

»Ich hätte natürlich schon vor einem Monat bei Ihnen vorbeikommen sollen«, sagte ich, »aber auf meinem Schreibtisch lag so viel Arbeit, daß ich es einfach nicht geschafft habe.«

»Sie Bastard«, sagte sie. Diesmal lächelte sie nicht. Ich hatte das Gefühl, daß dies die wahre Zena Volkmann war.

»Ich befolge nur meine Anordnungen, Frau Volkmann«, stellte ich fest.

»Das hat Eichmann auch getan«, sagte sie bitter.

»Nun ja, Sie wissen natürlich weit besser über die deutsche Geschichte Bescheid als ich, Frau Volkmann. Ich muß mich da ganz auf Ihr Urteil verlassen.«

Ich stürzte den Rest meines Kaffees hinunter und stand auf. Sie rührte sich nicht, ließ mich aber keine Sekunde aus den Augen.

»Ich würde nur ungern wieder hinten hinausgehen, wenn Sie nichts dagegen haben«, sagte ich. »Ich möchte die Hunde nicht stören.«

»Sie haben Angst, daß die Hunde Sie in Stücke reißen.«

»Das könnte auch ein Grund sein«, gab ich zu. »Sie brauchen sich nicht die Mühe zu machen, mich hinauszubegleiten.«

»Dafür wird Frank Sie aus dem Dienst entfernen lassen«, versprach sie.

Ich blieb stehen. »An Ihrer Stelle würde ich Frank nichts davon sagen, Frau Volkmann«, sagte ich. »Es handelt sich um eine Londoner Entscheidung. Es ist eine Entscheidung von Franks Freunden. Wenn das alles bekannt wird, müßte Frank vor einer Untersuchungskommission erscheinen. Er würde eine Menge zu erklären haben. Es ist nicht auszuschließen, daß er seinen Job verliert und seine Pension dazu. Und wenn das geschieht, könnten Franks Freunde auf den Gedanken kommen, alles sei nur Ihre Schuld. Frank hat auch in Bonn Freunde, genau wie in London – sehr treue Freunde.«

»Hinaus!«

»Wenn Sie nichts zu verbergen haben, gibt es doch gar keine Probleme«, sagte ich.

»Verschwinden Sie, bevor ich die Hunde auf Sie hetze.«

Ich ging zum Auto zurück und wartete. Ich wollte wissen, ob meine hastig improvisierte Geschichte irgendwelche Folgen zeigte; dafür gab ich mir anderthalb Stunden. An einem Sonnabendnachmittag um diese Zeit herrschte nicht viel Verkehr; sicher würde schon bald etwas geschehen, sagte ich mir.

Vom Fahrersitz aus hatte ich das Haus im Blick. Nach 75 Minuten kam sie heraus. Sie trug einen Gucci-Koffer und eine Reisetasche und war mit einem Leopardenmantel und passendem Hut bekleidet. Echter Pelz, natürlich. Sie war nicht die Frau, die sich Gedanken über Leoparden gemacht hätte. Das Auto hielt, noch bevor sie die Gartentür geschlossen hatte. Sie stieg nach vorn zum Fahrer, und der Wagen setzte sich sofort wieder in Bewegung. Ich griff instinktiv nach vorn, um den Zündschlüssel umzudrehen, aber ich hatte das Auto längst erkannt, in das sie geklettert war. Es handelte sich um Werners Audi, und Werner saß am Steuer. Gestenreich redete sie auf ihn ein, während der Audi an mir vorbeifuhr. Ich duckte mich, aber sie waren viel zu sehr in ihre Unterhaltung vertieft, als daß sie mich hätten entdecken können. Soviel zu ihren Lügen über Werner. Und soviel auch zu Werners Geschichten über sie.

Es hatte keinen Sinn, ihnen nachzujagen. Werner würde mich mit Sicherheit bemerken, wenn ich versuchte, ihnen zu folgen. Aber Berlin wurde ja gut überwacht. Die Sicherheitskräfte an den Kontrollpunkten, auf den Flughäfen und an den großen Kreuzungspunkten würden mir sicherlich sagen können, wohin sie gefahren waren.

Ich lief zurück zum Haus und öffnete das Fenster zur Vorküche mit einem Drahtkleiderbügel, den ich in meinem Auto gefunden hatte. Sie hatte sich in aller Eile aus dem Staub gemacht. Die bunten Plastikschüsseln stapelten sich schmutzig im Abwaschbecken. Das würde Frank gar nicht gefallen. Es würde ihm aber auch nicht gefallen, daß ich seine Dame in die Flucht getrieben hatte – wenn er herausbekam, daß ich es gewesen war. Es gab eine ganze Reihe von Dingen, die ihm nicht gefallen würden.

Neben dem Telefon lag eine Nachricht. Darin hieß es schlicht und einfach, daß Zena wegen plötzlicher Familienereignisse ein paar Tage fortmüsse, ihn aber in der nächsten Woche im Büro anrufen würde. Weiter stand da, daß ein Nachbar die Hunde füttern würde, und ob er einhundert Mark auf dem Tisch in der Diele hinterlassen könne.

In welche krummen Geschäfte Werner auch verwickelt sein mochte – es sah ganz so aus, als sei Zena mit von der Partie. Ich fragte mich, ob für diese Geschäfte Informationen von Frank nötig waren. Und wenn ja, welche.

13

Von Bret Rensselaers Büro im obersten Stockwerk hatte man einen Ausblick, der einen glauben machen konnte, ganz London bestünde nur aus Grün. Die Wipfel des St. James' Park, des Green Park, der Gärten des Buckingham Palace und des Hyde Park dahinter bildeten eine ununterbrochene, flaumige Decke. Jetzt aber versank das alles in dem grauen Dunst, der London an derartigen Nachmittagen verschluckt. Der Himmel darüber war dunkel, aber einige letzte Schimmer von Sonnenlicht brachen durch und malten Strähnenmuster auf die smaragdgrünen Rechtecke der Plätze von Belgravia.

Trotz der dunklen Regenwolken hatte Bret Rensselaer noch kein Licht eingeschaltet. Die magere Beleuchtung ließ die gläserne Tischplatte wie Stahl schimmern. Ein ähnlich metallisches Licht lag auch auf Rensselaers Gesicht und ließ ihn leichenähnlicher denn je aussehen.

Dicky Cruyer hockte neben dem Boss, bewegte sich jedoch dann und wann wenigstens soweit, daß er dessen Gesicht sehen und die passende Antwort parat halten konnte. Cruyer war sich seiner Rolle vollauf bewußt. Stets war er zur Stelle, wenn Rensselaer einen Zeugen brauchte – *agent provocateur*, beredter Unterstützer oder schweigender Zuhörer. Aber Cruyer war nicht nur Meßdiener; er war ein Mann, der wußte, daß alles seine Zeit hat, daß es eine Zeit der Umarmungen und eine der Zurückhaltung gibt. Mit anderen Worten: Cruyer wußte genau, wann er sich mit dem Chef auseinandersetzen konnte. Das war etwas, das ich nie hinbekam. Ich wußte ja nicht einmal, wann ich mich mit meiner Frau auseinandersetzen konnte.

»Du hast Frank doch nicht gesagt, daß das alles echtes Material war?« fragte mich Cruyer nun schon zum dritten Mal innerhalb von dreißig Minuten.

»Frank kümmert sich einen Dreck darum, ob es echt ist oder nicht«, sagte ich, »solange es nicht aus seinem Berliner Büro gesickert ist.«

»Du urteilst sehr hart über Frank«, sagte Bret, ließ es aber dabei bewenden. Er zog sein Jackett aus und hängte es sorgfältig über eine Sessellehne.

»Wie soll ich es euch denn sonst verkaufen?« erkundigte ich mich. »Erwartet ihr von mir, daß ich euch sage, er sitzt jeden Abend zu Hause, probiert falsche Bärte aus und brütet über neuen Codes und Chiffres – nur um in Übung zu bleiben?« Wahrscheinlich war ich verärgert über Werners Klatsch, daß Frank mich nicht zum Nachfolger haben wollte. Ich glaubte es zwar nicht, war aber dennoch erbost. Die Freundschaft mit Frank war immer ambivalent gewesen. Wir waren nur Freunde, wenn ich mir meiner untergeordneten Position bewußt blieb; und mitunter konnte ich das nicht.

»Ich will keinen Streber im Berliner Büro«, sagte Bret Rensselear und gab mir Gelegenheit, dem persönlichen Fürwort zu entnehmen, daß Rensselaer derjenige war, der darüber zu entscheiden hatte, wer diesen begehrten Posten erhielt. »Frank Harrington« – die Benutzung des Vornamens diente dazu, Rensselaer von seinem Untergebenen zu distanzieren – »ist damals hinübergegangen, um einen Sumpf von Inkompetenz trockenzulegen. Und genau das hat er getan. Er ist kein gottverdammter Superstar, das wissen wir alle. Er war ein Verwalter, der geschickt wurde, den Konkurs abzuwikkeln.« Bret Rensselaer hatte Frank Harrington für Berlin eingeteilt, und er hatte es nicht gern, wenn über seine Auserwählten Abfälliges geäußert wurde.

»Frank hatte wahre Wunder vollbracht«, sagte Dicky. Es kam wie ein Reflex, und während ich ihn noch dafür bewunderte, fügte er hinzu: »Du hast dich damals dafür entschieden, Frank diesen Posten zu geben, und du hast es getan, obwohl die Hälfte der führenden Köpfe dieser Abteilung der Meinung waren, das müsse in einem Desaster enden. Desaster!« Dicky nutzte einen kostbaren Augenblick dazu, mit der Zunge zu schnalzen und auf diese Weise seine Verachtung für all jene erstaunlich kurzsichtigen Leute auszudrükken, die Rensselaers kühne Entscheidung in Frage gestellt hatten. Dabei sah er mich an, weil er mich zu der Reihe der Zweifler zählte.

Rensselaer ergriff wieder das Wort: »Ist dir irgend etwas an dem Material aufgefallen, das dieser schnell entschwundene Helfer« – ein Blick in meine Richtung identifizierte mich als die Person, die den Helfer durch unsere Finger hatte gleiten lassen – »Frank auf den Schreibtisch geknallt hat?«

»Soll ich darauf antworten, Bret?« fragte ich. »Oder wollen wir beide darauf warten, daß Dicky etwas sagt?«

»Was zum Teufel soll das denn?« erkundigte sich Dicky ängstlich. »Mir sind tatsächlich ein paar Dinge aufgefallen. Ich bin gerade im Begriff, einen Bericht darüber anzufertigen.« Im Begriff zu sein, einen Bericht anzufertigen, war das, womit sich Dicky am nächsten an das Eingeständnis totaler Unkenntnis heranwagte.

»Bernard?« sagte Rensselaer und sah mich an.

»Daß alles durch Giles Trents Büro ging?«

Rensselaer nickte. »Genau«, sagte er. »Jedes einzelne Schriftstück von dem Zeug, das an die Russen weitergegeben wurde, ist zu einem früheren oder späteren Zeitpunkt durch Trents Hände gegangen.«

»Dann will ich euch noch etwas sagen«, meinte ich. »Vor ein paar Jahren – Daten und Details habe ich – hat das Berliner Büro eine Nachricht abgefangen, die innerhalb von drei Tagen nach Karlshorst zurückgelangte. In jener Nacht hatte Giles Trent Dienst.«

»Warum zum Teufel ist das nicht in seiner Akte?« fragte Dicky Cruyer. Ich bemerkte, daß er ein goldenes Medaillon unter seinem dunkelblauen Seidenhemd trug. Es paßte zu seinen weißen Jeans.

»Er kam aus dieser Sache absolut sauber heraus«, sagte ich. »Berlin erklärte einen anderen zum Schuldigen und unternahm alles Notwendige.«

»Aber du glaubst es nicht«, sagte Rensselaer.

Ich hob die Hände in einer Geste hilfloser Resignation, die jedem Schmierenkomödianten in der Rolle des Shylock alle Ehre gemacht hätte.

»Aber er war im Haus?« fragte Rensselaer.

»Er hatte Dienst«, sagte ich und umging die Frage. »Und er hat alles bearbeitet, was letzte Woche in Berlin angekommen ist.«

»Was hältst du davon, Dicky?« wollte Rensselaer wissen.

»Vielleicht denken wir um zu viele Ecken«, meinte Dicky. »Vielleicht haben wir den ganz klaren Fall, daß Trent uns verkaufen will, suchen aber verbissen nach etwas anderem.« Er lächelte. »Manchmal ist das Leben ganz einfach. Manchmal sind die Dinge genauso, wie sie erscheinen.« Das war ein Aufschrei aus tiefster Seele.

Ich schwieg, Rensselaer auch. Er sah mich an, fragte aber nicht, was ich dachte. Vermutlich bin ich nicht so unergründlich wie Cruyer.

Nachdem Rensselaer uns entlassen hatte, bat mich Dicky Cruyer in sein Büro. Es war eine Einladung, die ich auf eigene Gefahr ablehnen konnte, wie Dickys Stimme deutlich gemacht hatte, aber ich sah lange genug auf meine Armbanduhr, um ihn dazu zu bewegen, den Barschrank zu öffnen.

»Also gut«, meinte er, als er mir einen großen Gin-Tonic in die Hand drückte. »Was soll das eigentlich alles?«

»Wo soll ich anfangen?« erkundigte ich mich und sah wieder zur Uhr. Meine Schwierigkeiten mit der eigensinnigen und sturen Art Bret Rensselaers hingen mit der kurzatmigen Verwirrung zusammen, die Dicky Cruyer zu jedem Zusammensein beisteuerte.

»Versuchst du uns jetzt einzureden, daß Giles Trent unschuldig ist?« erkundigte er sich mürrisch.

»Nein«, erwiderte ich. Ich nahm einen Schluck der überaus schwachen Mischung, während Cruyer in seinem Glas nach einem Etikettfetzen der Tonicflasche angelte, der da zwischen den Eiswürfeln herumschwamm.

»Also ist er schuldig.«

»Wahrscheinlich.«

»Dann verstehe ich nicht, warum ihr, Rensselaer und du, eben so herumsalbadert habt.«

»Kann ich mir noch etwas Gin nehmen?«

Er nickte und beobachtete, wieviel ich eingoß. »Warum stellen wir dann Trent nicht einfach zur Rede, und die Sache ist erledigt?«

»Bret möchte mit ihm spielen. Bret möchte herausbekommen, was die Russen eigentlich durch ihn erfahren wollen.«

»Durch ihn erfahren wollen!« rief Cruyer erregt. »Gütiger Himmel! Jetzt sind sie schon so lange hinter ihm her, aber Bret will ihnen noch etwas mehr Zeit geben... Wie lange soll das denn noch so weitergehen, bis Bret endlich weiß, was sie wollen?« Er sah zu mir auf und sagte: »Sie wollen wissen, was wir hier auf der obersten Etage tun, sagen und denken. Das ist es, was sie wissen wollen.«

»Nun, das wäre nicht weiter beunruhigend. Alles, was hier oben getan, gesagt und gedacht wird, paßt mühelos auf die Rückseite einer Briefmarke, und dann ist da immer noch Platz für ein Vaterunser.«

»Du und deine dummen Sprüche«, sagte Cruyer. Im Hinblick auf Trent hatte er recht. Sie würden nur jemanden als Agenten benutzen, der uns so nahe war, daß er ihnen alles erläutern konnte. »Trent war am Balliol, genau wie ich«, sagte Dicky plötzlich.

»Willst du dich damit brüsten, ein Geständnis ablegen oder dich beschweren«, fragte ich.

Dicky lächelte dieses zarte Lächeln, mit dem alle Absolventen des Balliol-College dem Neid gewöhnlicher Sterblicher begegnen. »Ich will damit lediglich sagen, daß er kein Dummkopf ist. Er muß doch vermuten, was vor sich geht.«

»Trent kann keinen Schaden mehr anrichten«, stellte ich fest. »Er ist entdeckt, und nun können wir mit ihm spielen, solange es uns paßt.«

»Diese verdammten Doppel-, Dreifach- und Vierfachagenten schmecken mir nicht. Irgendwann kommt man an einen Punkt, wo man nicht mehr weiß, was eigentlich los ist!«

»Du hältst es für verwirrend«, sagte ich.

»Natürlich ist es verwirrend!« rief Cruyer. »Trent wird schon bald nicht mehr wissen, für welche Seite er nun wirklich arbeitet.«

»Solange wir das wissen, ist alles gut«, stellte ich fest. »Wir werden dafür sorgen, daß Trent nur die Dinge erfährt, von denen wir wollen, daß sie Moskau zu Ohren kommen.«

Dicky Cruyer hatte nichts dagegen, daß ich mit ihm sprach wie mit einem Achtjährigen; er schätzte es sogar. »Okay, das sehe ich ein«, sagte er. »Aber was ist mit dieser undichten Stelle in Berlin?«

»Es ist kein neues Leck. Es ist ein Zwischenfall, der Jahre zurückliegt.«

»Aber neu entdeckt.«

»Nein. Frank wußte seinerzeit davon. Es war nur für uns neu. Er hat es uns damals nicht gesagt, weil er die Sache nicht für wichtig genug hielt.«

»Deckst du jemanden?« wollte Cruyer wissen. Wie unbeweglich sein Geist auch sein mochte, seine Antennen waren stets empfangsbereit.

»Nein.«

»Deckst du Frank oder einen alten Berliner Schulfreund?«

»Laß das, Dicky«, riet ich ihm. »Das sind alles nur Hintergrundinformationen. Frank hat diesen Fall abgeschlossen. Wenn du jetzt hingehst und alles wieder aufrührst, könnte man annehmen, du seist rachsüchtig.«

»Rachsüchtig! Mein Gott, ich erkundige mich lediglich nach ein paar Einzelheiten über eine undichte Stelle in Berlin, und du sagst, ich sei rachsüchtig.«

»Ich sagte nur, daß du Gefahr läufst, dafür gehalten zu werden. Frank trifft sich jedesmal mit dem Chef, wenn er in London ist. Und er ist nahe genug an der Pensionierung, um Zeter und Mordio zu schreien, wenn irgend jemand versucht, Wellen in seinem Teich zu schlagen.« Cruyers Gesicht wurde unter der Bräune eine Spur blasser, und ich wußte, daß ich einen empfindlichen Nerv getroffen hatte. »Mach, was du willst, Dicky«, fügte ich hinzu. »Ich habe nur versucht, dir einen Rat zu geben.«

Er warf mir einen Blick zu, um sich zu vergewissen, daß ich das nicht ironisch gemeint hatte. »Ich weiß das zu schätzen«, sagte er. »Und wahrscheinlich hast du sogar recht.« Er trank einen Schluck Gin und verzog das Gesicht, als würde er ihm nicht schmecken. »Frank lebt auf großem Fuß, nicht wahr? Letzten Monat war ich bei ihm auf dem Land. Was für ein herrliches Haus! Und dann hat er auch noch all die Unkosten für das Haus in Berlin.«

Zwei Häuser in Berlin, war ich versucht zu sagen. Aber ich nippte an meinem Gin-Tonic und lächelte.

Dicky Cruyer fuhr mit dem Finger am Taillenbund seiner weißen Jeans entlang, bis er das Lederetikett des Herstellers gefunden hatte. Auf diese Weise beruhigt, sagte er: »Die Harringtons werden da im Dorf wahrlich als Honoratioren angesehen, weißt du. Seine Frau überreicht die Preise bei Festivitäten, ist Jurymitglied bei Sportveranstaltungen und verkostet die Torten des Hausfrauenvereins. Kein Wunder, daß er sich zur Ruhe setzen will, wenn all das auf ihn wartet. Warst du eigentlich schon mal da draußen?«

»Nun ja, ich kenne ihn schon lange«, sagte ich zurückhaltend. Zum Teufel noch mal, ich hatte auch keine Ahnung, warum ich mich gewissermaßen dafür entschuldigte, seit meiner Kindheit Gast in Franks Haus gewesen zu sein.

»Ach ja, das hatte ich vergessen. Er war ein Freund deines Vaters. Frank hat dich in den Dienst gebracht, nicht wahr?«

»In gewisser Weise«, sagte ich.

»Bei mir war es der Chef«, sagte Dicky. Mein Herz sank, als er es sich in seinem Charles-Eames-Sessel bequem machte und den Kopf zurücklehnte. Das war ein Anzeichen dafür, daß Cruyer sich in Erinnerungen verlor. »Damals war er natürlich noch nicht der Chef, er war ein Tutor – nicht mein Tutor, Gott sei Dank – und knöpfte sich mich eines Nachmittags in der College-Bücherei vor. Wir begannen über Fiona zu sprechen. Deine Frau«, fügte er hinzu, für den Fall, daß ich ihren Namen vergessen haben sollte. »Er fragte mich, was ich von der Meute hielt, mit der sie sich immer umgab. Ich sagte ihm, daß sie in meinen Augen schlichtweg Abschaum seien. Und das waren sie auch! Trotzkisten und Marxisten und Maoisten, die mit Parolen um sich warfen und auf kein politisches Argument reagieren konnten, ohne zuvor in der Parteizentrale nachgefragt zu haben, was gerade die aktuelle Linie war. Jahre später habe ich natürlich festgestellt, daß Fiona für die Abteilung arbeitete. Da verstand ich dann, warum sie sich unter dieses Gesindel mischen mußte, mit Sicherheit auf Anweisung des Chefs.

Sie muß mich damals für einen absoluten Trottel gehalten haben. Aber ich habe mich immer wieder gefragt, warum der Chef nicht einmal andeutungsweise eine Bemerkung gemacht hat, worum es damals ging. Hast du gewußt, daß sich Fiona bei den Marxisten eingeschleust hat, als sie noch ein junges Mädchen war?«

»Vielen Dank für den Gin-Tonic, Dicky«, sagte ich, trank mein Glas aus und stellte es genüßlich auf seinen polierten Rosenholzschreibtisch. Er sprang aus dem Sessel hoch, ergriff das Glas und polierte energisch die Stelle, wo es gestanden hatte. So etwas verfehlte nie die Wirkung, ihn aus seinen langen, ausschweifenden Monologen zurück auf die Erde zu holen. Aber ich war sicher, daß er dabei eines Tages zu Fall kommen würde.

Nachdem er den Schreibtisch lange genug mit einem Taschentuch poliert und sich vergewissert hatte, daß der ursprüngliche Glanz wiederhergestellt war, wandte er sich erneut mir zu. »Ja, natürlich, ich darf dich nicht aufhalten. Du hast in den letzten Tagen kaum etwas von der Familie gesehen. Aber du magst doch Berlin sehr? Jedenfalls habe ich dich das sagen hören.«

»Ja, ich mag es.«

»Ich kann nicht verstehen, was du an Berlin findest. Es ist eine schmutzige Stadt, die während des Krieges in Schutt und Asche gebombt wurde. Die paar anständigen Gebäude, die das überlebt haben, befinden sich im Ostsektor, und selbst die werden abgerissen, um diesen gräßlichen Arbeiterwohnungen Platz zu machen.«

»Das mag richtig sein«, gab ich zu. »Aber die Stadt hat etwas. Und die Berliner sind die wunderbarsten Menschen auf der Welt.«

Cruyer lächelte. »Ich habe ja gar nicht gewußt, daß du eine romantische Ader hast, Bernard. Hat sich die stilvolle und unnahbare Fiona aus diesem Grund in dich verliebt?«

»Jedenfalls nicht meines Geldes oder meiner gesellschaftlichen Stellung wegen«, erwiderte ich.

Cruyer nahm mein leeres Glas, die Kronenkorken und die Serviette, die ich unbenutzt gelassen hatte, und legte alles auf ein Plastiktablett, das die Reinemachefrauen forträumen würden. »Könnte Giles Trent etwas mit unseren Problemen in bezug auf das Brahms-Netz zu tun haben?«

»Das habe ich mich auch schon gefragt«, sagte ich.

»Wirst du dich mit ihnen treffen?«

»Wahrscheinlich.«

»Hoffentlich erfährt Trent nichts von deiner Absicht«, stellte er ruhig fest.

»Er war am Balliol, Dicky«, sagte ich.
»Er könnte es unabsichtlich weitergeben. Und dann müßtest du drüben mit einem heißen Empfang rechnen.« Er trank sein Glas aus, wischte sich die Lippen und stellte es ebenfalls auf das Tablett.
»Und Bret würde seine kostbare Quelle verlieren«, sagte ich.
»Darüber wollen wir uns keine Gedanken machen«, erwiderte Cruyer. »Das ist allein Brets Problem.«

14

Am Abend holte ich Fiona vom Haus ihrer Schwester ab. Sie hatte mich gebeten, das Auto zu nehmen, so daß sie ein Faltbett zurücktransportieren konnte, das sie Tessa zu einer Zeit geliehen hatte, als diese beschloß, von George getrennt zu schlafen. Das Bett war nie benutzt worden. Ich hatte schon immer vermutet, daß Tessa es lediglich als Drohung einsetzen würde. So war sie nun einmal.

Tessa hatte ein Abendessen vorbereitet. Es war genau die extravagante Art von *nouvelle cuisine*, über die sich Onkel Silas so bitter beklagt hatte. Eine dünne Scheibe Kalbfleisch mit zwei winzigen Pfützen farbenfreudiger Saucen, Erbsen in einer ausgehöhlten Tomate und ein paar Mohrrübenwaffeln, mit einem Blatt Minze garniert. Tessa hatte diese Fertigkeiten auf einer Kochschule in Hampstead gelernt.

»Es ist köstlich«, stellte Fiona fest.

»Es war richtig lecker«, sagte Tessa, als sie mit dem Essen fertig war. Sie schien niemals mehr als nur einen Löffel voll zu jeder Mahlzeit zu benötigen. Die *nouvelle cuisine* ist für Menschen wie Tessa wie geschaffen, die sich dem Vorwand des Essens nur seiner gesellschaftlichen Vorteile wegen unterziehen. »Er hatte diese herrlichen dunklen Augen, die einem glatt durch die Kleider gehen, und wenn er einem etwas zeigen wollte, legte er den Arm um einen und ergriff einen bei den Händen. ›Soo, soo, soo‹, sagte er immer. Ich glaube er war Spanier, aber er tat natürlich so, als sei er Franzose.«

»Tessa hat uns die wunderbarsten Dinge gekocht, während du fort warst«, sagte Fiona.

»Soo etwas?« fragte ich.

»Für die Kinder auch«, sagte Fiona schnell und hoffte, damit an mein Dankbarkeitsgefühl zu appellieren. »Sie hat mir literweise Minestrone zum Einfrieren mitgegeben. Das ist unglaublich praktisch, Tess-Schätzchen, und die Kinder essen Suppe für ihr Leben gern.«

»Und wie war's in Berlin?« erkundigte sich Tessa. Sie lächelte. Wir verstanden einander. Sie wußte, daß ich ihren Damen-Imbiß nicht ausstehen konnte, genausowenig wie ihre angeblichen Possen mit dem spanischen Kochlehrer, aber sie scherte sich nicht im geringsten darum. Fiona war der Friedensstifter, und es amüsierte Tessa, ihre Schwester Fürsprache einlegen zu sehen.

»Berlin war wundervoll«, sagte ich mit falschem Enthusiasmus.

»Deutsches Essen ist derber als französisches Essen«, stellte Tessa fest. »Genau wie die deutschen Frauen, nehme ich an.« Das war auf mich gemünzt und im besonderen auf das dralle deutsche Mädchen, mit dem ich zusammengewesen war, als ich Tessa vor meiner Hochzeit mit Fiona kennenlernte.

»Kennst du das deutsche Sprichwort: Man ist, was man ißt?« fragte ich.

»Was wird man bei einer Kohldiät?« erkundigte sich Tessa.

»Ein Schmetterling?« bot ich an.

»Und wenn man Klöße ißt?«

»Wenigstens hat man danach keinen Hunger mehr«, stellte ich fest.

»Gib ihm noch ein Stück Fleisch«, sagte Fiona, »sonst hat er den ganzen Abend schlechte Laune.«

Als Tessa mit meinem Nachschlag aus der Küche zurückkehrte, war der Teller kein Ausstellungsstück für die *nouvelle cuisine* mehr. Da lag ein anständiges Stück Kalbfleisch und größere Mengen eigenartig geformter Karotten, die bewiesen, wie schwierig es sein mußte, dünne, gleichmäßige Scheiben zu schneiden. Es gab auch nur noch eine Sauce, und die war über das Fleisch gegossen. »Wo ist denn das Minzeblatt?« wollte ich wissen. Tessa landete einen verspielten Schlag zwischen meine Schulterblätter, der jedoch stark genug war, mich zum Husten zu bringen.

»Ist dir in der Diele nichts aufgefallen?« fragte Tessa Fiona, während ich mein Essen verdrückte.

»Doch«, erwiderte Fiona. »Dieser entzückende kleine Tisch. Ich wollte dich schon danach fragen.«

»Giles Trent. Er veräußerte ein paar Dinge, die seiner Großmutter gehört haben. Er braucht den Platz und hat noch mehr zu verkaufen. Also, falls jemand Interesse an einem Eßtisch haben sollte... O Fiona, es ist wirklich ein ganz herrlicher Mahagonitisch mit acht Stühlen. Ich würde wer weiß was dafür geben, aber er paßt hier einfach nicht rein. Außerdem hat dieser Tisch Georges Mutter gehört. Ich wage nicht, ihn auszutauschen.«

»Giles Trent?« meldete ich mich. »Hält er Ausverkauf?«

»Er arbeitet doch noch bei euch, oder?« fragte Tessa. »Er hat mir erzählt, daß er mit dir gesprochen hat und daß alles gut werden wird. Ich bin ja so froh.«

»Was verkauft er sonst noch so?«

»Nur Möbel. Er will sich von keinem seiner Bilder trennen. Ich wünschte, er würde mir eine dieser Rembrandt-Radierungen geben. Ich hätte so gerne eine.«

»Würde George damit einverstanden sein?« fragte Fiona.

»Ich würde sie George zum Geburtstag schenken«, erklärte Tessa. »Kein Mann hat eine Chance, wenn du etwas kaufst, das du haben willst und ›Herzlichen Glückwunsch‹ sagst, wenn er es zum ersten Mal sieht.«

»Du bist ziemlich skrupellos«, stellte Fiona fest und gab sich keine Mühe, ihre Bewunderung zu verbergen.

»Ich würde bei Rembrandt-Radierungen sehr vorsichtig sein«, mischte ich mich ein. »Es liegen eine Menge Platten herum, und die Händler drucken einfach ein paar Blätter nach, um sie über Dummköpfe wie Trent auf den Markt zu werfen.«

»Dürfen sie das denn?« wollte Tessa wissen.

»Was sollte sie davon abhalten?« fragte ich zurück. »Es ist weder Fälschung noch Betrug.«

»Aber das ist ja so, als würde man Geld drucken«, sagte Fiona.

»Noch besser«, meinte ich. »Es ist, als würdest du das Geld deines Mannes ausgeben und ›Herzlichen Glückwunsch‹ sagen.«

»Hast du auch genug Fleisch gehabt?« erkundigte sich Tessa.

»Es war köstlich«, sagte ich. »Und was gibt es zum Nachtisch?«

»Tess möchte sich Wiederholungen von ›Dallas‹ im Fernsehen ansehen. Wir sollten jetzt besser das Bett hinunterbringen und nach Hause fahren«, sagte Fiona.

»Es ist nicht schwer«, meinte Tessa. »George hat es allein heraufgetragen, und er ist nicht sehr kräftig.«

Das Faltbett war auf dem Kofferträger oben auf dem Autodach befestigt, und wir befanden uns auf dem Heimweg, als Tessa sich ›Dallas‹ ansah. »Fahr vorsichtig«, sagte Fiona, als wir die Ausfahrt des großen Apartmenthauses passierten, in dem Tessa und George wohnten, und sie sah, daß es zu schneien begonnen hatte. »Es ist schön, dich wieder zu Hause zu haben, Liebling. Ich habe dich schrecklich vermißt, als du fort warst.« In der Dunkelheit des Wageninneren herrschte eine sehr intime Atmosphäre, die durch das schlechte Wetter draußen noch verstärkt wurde.

»Ich habe dich auch vermißt«, sagte ich.

»Und ist in Berlin alles glattgegangen?«

»Keine Probleme«, erwiderte ich. »Schnee im April – meine Güte!«

»Aber nichts, um den Verdacht von Giles zu nehmen?«

»Es scheint leider, als stecke er noch tiefer drin.«

»Ich wünschte, Tessa würde sich nicht mehr mit ihm treffen. Aber es ist nichts Ernstes zwischen den beiden. Das weißt du doch, oder?«

»Warum sollte er seine Möbel verkaufen?« fragte ich.

»Mit Möbeln und Antiquitäten kann man neuerdings gute Preise erzielen. Vermutlich liegt das an der Rezession. Die Leute stecken ihr Geld lieber in Dinge, die wertbeständig sind.«

»Aber das wäre doch ein sehr guter Grund, sich nicht von ihnen zu trennen«, stellt ich fest. »Und wenn er sie schon verkaufen muß, warum gibt er sie nicht auf eine Auktion? Warum verkauft er sie Stück für Stück?«

»Müssen für solche Sachen Steuern bezahlt werden? Meinst du das?«

»Die Radierungen sind klein. Die Lithographien können gerollt werden«, erwiderte ich. »Aber Möbel sind schwer und sperrig.«

»Bernard! Du glaubst doch nicht etwa, Giles sei dumm genug, auf und davon zu laufen?«

»Es ist mir nur so durch den Kopf gegangen«, sagte ich.

»Dann wäre er ein Idiot. Und kannst du dir den armen alten Giles in Moskau vorstellen: schlangestehend, um seine Wodka-Ration in Empfang zu nehmen?«

»Es sind schon eigenartigere Dinge passiert, Liebling. In diesem Geschäft nehmen die Überraschungen kein Ende.«

Ich bog in die Finchley Road ein und fuhr in Richtung Süden. Auf der Gegenfahrbahn herrschte reger Verkehr; Paare, die den Abend in der Stadt verbracht hatten und nun auf dem Heimweg in die nördlichen Vororte waren. Der Schnee schmolz, sobald er den Boden berührte, aber die Luft war voll davon – wie ein Fernsehbild, wenn gleichzeitig der elektrische Mixer eingeschaltet ist. Die Flokken trieben an den Lichtsignalen und erleuchteten Schaufenstern vorbei wie buntes Konfetti. Ein paar landeten auf der Windschutzscheibe und blieben einen Moment lang kleben, bevor sie schmolzen.

»Ich habe mich mit Frank über die alten Zeiten unterhalten«, sagte ich. »Er erzählte mir von 1978, als die Baader-Meinhof-Bande Schlagzeilen machte.«

»Ich erinnere mich«, meinte Fiona. »Irgend jemand nahm an, es würde einen zweiten Entführungsversuch geben. Ich war ziemlich nervös, ich hatte nie zuvor erlebt, was Alarmbereitschaft bedeutete. Ich rechnete fest damit, daß irgend etwas Furchtbares geschehen würde.«

»Damals wurde auch eine Botschaft aus Karlshorst abgefangen. Es ging wohl um einen tschechoslowakischen Flughafen.«

»Stimmt. Ich habe mich damit befaßt. Frank hatte damals eine seiner schulmeisterlichen Anwandlungen. Er erklärte mir alles über die Abhörmechanismen und wie ich die verschiedenen Arten des militärischen Funkverkehrs der Russen am vorletzten Absatz der jeweiligen Botschaft erkennen könnte.«

»Frank hat diese Nachricht nie nach London übermittelt«, sagte ich.

»Das ist nicht verwunderlich«, erklärte Fiona. »Er stand immer auf dem Standpunkt, daß es die Aufgabe der Berliner Dienststelle sei, London nicht mit einer Lawine unwichtigen Materials zu überschütten. Es sei einfach, an geheime Informationen zu kommen, sagte er. Die Schwierigkeit bestehe darin, die Spreu vom Weizen zu sondern.« Sie fröstelte und versuchte, die Heizung höher zu stellen, aber die lief bereits auf vollen Touren. »Warum? Macht sich Frank Gedanken darüber? Es ist so lange her – zu lange, um sich jetzt noch Gedanken darüber zu machen.«

Ich fragte mich, ob sie an andere Dinge dachte; vielleicht war es auch zu spät, sich Gedanken über unsere Ehe zu machen. »Sieh dir das an«, sagte ich. Ein weißer Jaguar war auf der schlüpfrigen Fahrbahn ins Schleudern geraten und im Schaufenster eines Geschäftes gelandet. Überall auf dem Bürgersteig lag Glas verstreut, weiß wie Schnee, da lag auch eine Frau mit Blut an den Händen und im Gesicht. Der Fahrer pustete in eine Plastiktüte, die ihm von einem ausdruckslos dreinblickenden Polizisten hingehalten wurde.

»Ich bin froh, daß ich nicht mit dem Porsche zu Tessa gefahren bin. Du hast doch gegen die Polizei gar keine Chance, wenn sie dich hinter dem Steuer eines roten Porsche antrifft. Wann bekommst du denn den neuen Volvo?«

»Der Händler spricht immer noch von nächster Woche. Wahrscheinlich hofft er, daß ich die Nerven verliere und doch diesen Kombi nehme, den er so gern loswerden möchte.«

»Geh doch zu einem anderen Händler.«

»Er nimmt diese alte Kiste hier zu einem günstigen Preis in Zahlung.«

»Und warum nimmst du nicht den Kombi?«

»Zu teuer.«

»Laß mich die Differenz bezahlen. Du hast doch bald Geburtstag.«

»Das wäre mir nicht recht, Liebling. Aber trotzdem – vielen Dank fürs Angebot.«

»Er wäre ungeheuer praktisch, falls wir wieder mal mit Betten durch die Gegend ziehen«, sagte sie.

»Ich werde deinem Vater nicht die Genugtuung bereiten, etwas von deinem Geld anzunehmen.«

»Er wird es doch gar nicht erfahren.«

»Aber ich werde es wissen, und ich bin es, der ihm gesagt hat, wohin er sich seine Aussteuer stecken kann.«

»Wohin er sich meine Aussteuer stecken kann, Liebling.«

»Ich liebe dich, Fiona«, sagte ich. »Selbst wenn du meinen Geburtstag vergessen solltest.«

Sie legte die Fingerspitzen an ihre Lippen und berührte dann zart meine Wange. »Wo warst du eigentlich an jenem Abend 1978?« erkundigte sie sich. »Warum warst du nicht an meiner Seite?«

»Ich war in Gdansk bei dieser Zusammenkunft der Werftarbeiter, die sich dann als Falle des KGB herausgestellt hat. Erinnerst du dich?«

»Ich muß es wohl verdrängt haben. Ja, Gdansk, natürlich. Ich habe mir damals große Sorgen gemacht.«

»Ich mir auch. Meine Karriere war ein Fiasko nach dem anderen – damals wie heute.«

»Aber du bist doch immer wieder heil herausgekommen.«

»Und das ist mehr, als ich von manchem anderen sagen kann, der mit mir zusammen gewesen ist. 1978 befanden wir uns noch in einem guten Zustand – heute ist davon kaum etwas übrig.«

»Immer warst du mit irgendeinem Auftrag unterwegs. Ich haßte es, so allein in Berlin bleiben zu müssen. Ich habe die menschenleeren, dunklen Straßen gehaßt. Ich weiß nicht, was ich ohne den guten alten Giles angefangen hätte, der mich jeden Abend nach Hause brachte und mich mit Anrufen oder Büchern über Deutschland aufmunterte, von denen er meinte, ich müsse sie unbedingt lesen, um mein Wissen zu erweitern. Der liebe, alte Giles. Deswegen tut es mir ja so leid, daß er jetzt in der Tinte sitzt.«

»Er hat dich nach Hause gebracht?«

»Egal, wann ich meine Arbeit beendet hatte – sogar mitten in der Nacht, wenn viel los war –, Giles kam jeden Abend zu uns herauf, um eine Zigarette mit mir zu rauchen, ein wenig zu plaudern und mich dann nach Hause zu bringen.«

Ich fluchte über einen anderen Wagen, der uns überholt und dabei unsere Windschutzscheibe mit Dreck bespritzt hatte. Nach einigen Minuten Pause sagte ich: »Hat denn Giles nicht in dem anderen Gebäude gearbeitet? Da brauchte er doch einen roten Paß, um zu dir kommen zu können.«

»Offiziell ja. Aber gegen Ende jeder Schicht kamen Leute aus dem Anbau ins Hauptgebäude – es sei denn, einer der Oberbonzen aus London war da. Die meisten von uns hatten das Gefühl, sich nach acht Stunden Dienst waschen und umziehen zu müssen.«

»Aber es hat doch eine Untersuchung gegeben. Ein gewisser Joe Brody hat jeden über eine undichte Stelle in jener Nacht befragt.«

»Nun, was soll ich dazu sagen, Liebling? Glaubst du, irgend jemand von uns hätte Frank in die Pfanne gehauen? Wärst du an unserer Stelle hingegangen und hättest gesagt, daß es durchaus üblich war, daß Leute aus dem Anbau zu uns kamen, um Papiere und Bleistifte zu klauen und ihre Freundinnen in den Aufenthaltsraum im obersten Stockwerk mitzunehmen?«

»Ich hatte ja keine Ahnung, was da alles vor sich ging.«

»Mädchen plaudern miteinander, Liebling. Besonders wenn es nur wenige Mädchen in einer fremden Stadt sind, die gezwungen sind, mit der verrufensten Bande von Männern zusammenzuarbeiten.« Sie drückte meinen Arm.

»Also wurde Joe Brody von allen beschwindelt? Giles Trent hatte Zugang zu dem Funkspruch!«

»Brody ist Amerikaner, Liebling. Man kann doch sein Vaterland nicht verraten, oder?«

»Frank würde der Schlag treffen, wenn er das wüßte«, sagte ich. Es war eine erschreckende Vorstellung, daß Franks Anweisungen, Direktiven, Memoranden und komplizierte Routine jederzeit von jedem über den Haufen geworfen werden konnten, selbst wenn er sich im Büro aufhielt. In jenen Tagen hatte ich die meisten meiner Dienststunden mit Aufträgen außerhalb zugebracht, vor denen sich geschicktere Kollegen unter Hinweis auf ihre unzulänglichen Deutschkenntnisse drückten. Schlauer Dicky, dummer Bernard.

»Frank ist doch nur ein mieser Egoist«, stellte Fiona fest. »Er liebt das Geld und das Prestige, aber von der Arbeit, die damit verbunden ist, hält er nicht viel. Frank liebt es, den Gastgeber für den Jetset zu spielen, die Rechnung aber den Steuerzahler begleichen zu lassen.«

»Aber so etwas muß sein«, wandte ich ein. »Manchmal glaube ich, der Chef hält Frank nur da drüben, um von ihm all den Klatsch und die Gerüchte zu erfahren. Der Alte genießt den Klatsch. Aber Frank weiß sehr wohl zwischen Gerüchten und wirklich wichtigen Dingen zu unterscheiden. Er hat ein ausgesprochenes Talent dafür, Ärger im vorhinein zu erahnen. Ich könnte dir ein Dutzend Fälle nennen, wo er die Kastanien aus dem Feuer geholt hat – lediglich aufgrund von Gerüchten und dieses Animus, den er nun mal hat.«

»Wer wird nach Berlin gehen, wenn sich Frank zur Ruhe setzt?«

»Keine Ahnung«, sagte ich. »Vermutlich werden sie den Computer nach jemandem befragen, der Berlin ebenso verabscheut wie Frank, der ebensoviel Geld für Extravaganzen ausgibt wie er, der das gleiche altertümliche Deutsch spricht wie Frank und der aussieht wie ein Engländer auf Pauschalreise, wie Frank das mitunter hinkriegt.«

»Du bist boshaft. Frank ist stolz auf seine deutschen Sprachkenntnisse.»

»Er könnte damit durchkommen, wenn er nicht versuchte, Anweisungen für die deutschen Angestellten zu verfassen, die er dann ans Schwarze Brett pinnen läßt. Das einzige Mal, daß ich Werner lachen sah, richtig herzhaft lachen, war vor dem Schwarzen Brett in der Haupthalle. Er las Franks deutschsprachige Anordnungen für den Brandfall. Ein wahrer Klassiker! Ein deutscher Wachmann hat sie jedes Jahr zu Weihnachten zum besten gegeben. Einmal wurde er von Frank dabei erwischt, und der sagte dann zu mir: ›Ist doch köstlich, wie sich diese Deutschen über die Unzulänglichkeiten ihrer eigenen Sprache lustig machen können.‹ ›Ja, Frank‹, erwiderte ich. ›Und er hat eine Stimme, die deiner ein bißchen ähnlich ist. Hast du das noch nicht bemerkt?‹ ›Das finde ich gar nicht‹, sagte Frank. Bis heute weiß ich nicht, ob er gemerkt hat, wo der eigentliche Witz lag.«

»Bret sagte, der Chef habe deinen Namen im Zusammenhang mit dem Berliner Posten erwähnt.»

»Bist du viel mit Bret zusammen gewesen, als ich fort war?«

»Fang doch nicht wieder damit an, Liebling. Es kann wirklich keine Rede davon sein, daß ich etwas mit Bret Rensselaer habe.«

»Mir gegenüber hat niemand etwas verlauten lassen«, stellte ich fest. »Über den Job, meine ich.«

»Würdest du ihn denn annehmen?«

»Würdest du denn gern wieder hinübergehen?«

»Ich mache alles, wenn du nur wirklich glücklich bist, Bernard.«

»Ich bin glücklich genug.»

»Ich wünschte, du würdest es ein bißchen mehr zeigen. Ich mache mir Sorgen um dich. Würdest du gern nach Berlin gehen?«

»Das kommt darauf an«, meinte ich vorsichtig. »Wenn sie verlangen, daß ich Franks Bruchbude übernehme und sie so lasse, wie sie ist, würde ich um keinen Preis der Welt annehmen. Wenn sie aber gestatten, die Dienststelle so umzugestalten, daß sie ins zwanzigste Jahrhundert paßt, wäre es schon ein Job, der sich lohnt.«

»Und ich kann mir lebhaft vorstellen, daß du das dem Chef auch mit genau diesen Worten sagen würdest. Will es denn nicht in deinen anbetungswürdigen Schädel, daß Frank, Dicky, Bret und der Alte davon überzeugt sind, eine ganz hervorragende Organisation zu leiten, die den Neid der restlichen Welt erregt? Dein Angebot, sie auf den Stand des zwanzigsten Jahrhunderts zu bringen, dürften sie nicht gerade mit übermäßiger Begeisterung aufnehmen.«

»Das muß ich mir merken«, sagte ich.

»Jetzt habe ich dich verärgert.«

»Nur weil du recht hast«, erwiderte ich. »Aber es lohnt sich kaum, darüber zu diskutieren, was ich sagen werde, wenn sie mir den Berliner Posten anbieten. Es besteht nämlich nicht die geringste Chance, daß sie es wirklich tun.«

»Wir werden sehen«, sagte Fiona. »Ist dir eigentlich klar, daß wir eben an unserem Haus vorbeigefahren sind? Wohin fahren wir denn, zum Teufel noch mal?«

»Da parkt ein Auto... mit zwei Männern drin. Gegenüber unserem Eingang.«

»Bernard, ich bitte dich!«

»Ich fahre ums Karree. Mal sehen, ob da noch mehr von der Sorte lauern. Ich gehe dann von dort zu Fuß zurück.«

»Mißt du der Sache nicht ein bißchen zuviel Bedeutung bei? Wahrscheinlich ist es ein Pärchen, das sich voneinander verabschiedet.«

»Ich habe den Dingen jahrelang zuviel Bedeutung beigemessen«, erwiderte ich. »Ich fürchte, das hat mich zu einem Mann gemacht, mit dem es sich schwer leben läßt. Aber ich bin am Leben geblieben, Schätzchen. Und das bedeutet mir eine Menge.«

Die Straßen waren verlassen; weder Fußgänger noch Insassen in irgendwelchen geparkten Autos, soweit ich sehen konnte. Ich hielt den Wagen an. »Gib mir fünf Minuten, Liebling. Dann fahr die Straße hinunter und in unsere Einfahrt hinein, als wäre alles ganz normal.»

Sie wirkte besorgt. »Um Himmels willen, Bernard. Sei bitte vorsichtig.«

»Ich komme schon durch«, sagte ich, während ich die Tür öffnete. »Schließlich ist das mein tägliches Brot.«

Ich nahm die Pistole aus meinem Jackett und stopfte sie in eine Tasche meines Regenmantels. »Du trägst eine Waffe mit dir herum?« erkundigte sich Fiona beunruhigt. »Was in aller Welt willst du denn damit?«

»Eine neue Anweisung«, erklärte ich. »Jeder, der regelmäßig mit Papieren der Kategorie Eins zu tun hat, muß eine Waffe mit sich führen. Es ist nur ein Pusterohr.«

»Ich finde Waffen abscheulich«, stellte sie fest.

»Fünf Minuten.«

Sie streckte die Hand aus und ergriff meinen Arm. »Da ist nichts zwischen mir und Bret«, versicherte sie. »Es gibt überhaupt nichts zwischen mir und einem anderen Mann. Ich schwöre es. Du bist der einzige.«

»Das sagst du nur, weil ich neuerdings eine Waffe trage«, sagte ich. Es war ein erbärmlicher Witz, aber sie schenkte mir das strahlendste Lächeln, dessen sie fähig war, und glitt herüber auf den Fahrersitz.

Es war kalt, und Schneeflocken trafen mein Gesicht. Inzwischen fiel der Schnee dicht genug, und die Luft war kalt genug, um die Flocken gefroren zu halten, so daß sie in immer neuen Formen herumwirbelten.

Ich bog von Norden her in die Duke Street ein, in der wir wohnten. Ich hatte die Absicht, mich mit dem Auto von hinten zu nähern. So war es sicherer. Es ist verdammt mißlich, sich auf einem Autositz umzudrehen. Der Wagen gehörte nicht zu unserem Fuhrpark, andererseits war es auch kein Fabrikat, das eine schnelle Flucht mit quietschenden Reifen zustande gebracht hätte. Es war ein altes Lancia-Coupe mit einer Radioantenne auf dem Dach.

Der Fahrer mußte mich im Rückspiegel gesehen haben, denn die Tür schwang auf, als ich mich näherte. Ein Mann stieg aus. Er war ungefähr dreißig. Er trug eine schwarze Lederjacke mit Reißverschluß und eine diese bunten Wollstrickmützen, die sie in Wintersportorten verkaufen. Das war beruhigend. Für einen Stoßtrupp des KGB wäre die Mütze entschieden zu auffällig gewesen.

Er ließ mich näher kommen und hielt seine Hände weit genug von seinen Taschen entfernt. »Mr. Samson?« rief er.

Ich blieb stehen. Der andere Insasse des Wagens hatte sich nicht gerührt. Er bewegte sich nicht einmal, um mich anzuschauen. »Wer sind Sie?« wollte ich wissen.

»Ich habe eine Nachricht von Mr. Cruyer«, sagte er.

Ich ging noch ein bißchen näher, blieb aber vorsichtig. Das Pusterohr in meiner Manteltasche hielt ich auf ihn gerichtet. »Erzählen Sie mal ein bißchen mehr«, forderte ich ihn auf.

Er blickte dorthin, wo die Waffe eine ziemliche Beule machte, und sagte: »Er hat mir aufgetragen, auf Sie zu warten. Sie haben keine Kontaktnummer hinterlassen.«

Damit hatte er recht. Fionas Bitte, dieses verdammte Bett zu transportieren, hatte mich zu Hause erwartet. »Also, worum geht es?«

»Um Mr. Trent. Er ist erkrankt und befindet sich in einem Haus in der Nähe des Kennington Oval. Mr. Cruyer ist bei ihm.« Er deutete vage in die Richtung des Autos. »Soll ich anrufen und ihm sagen, daß Sie kommen?«

»Ich werde mit meinem Wagen fahren.«

»Sicher«, sagte der Mann. Er zog die Strickmütze über die Ohren. «Ich werde Mr. Cruyer bitten, Sie anzurufen und meine Auskunft zu bestätigen, ja?« Er war taktvoll genug, nicht zu grinsen, aber meine Vorsicht schien ihn zu erheitern.

»Tun Sie das«, meinte ich. »Man kann nie vorsichtig genug sein.«

»Klar«, sagte er und beehrte mich mit einem flüchtigen Gruß, bevor er die Wagentür öffnete. »Sonst noch was?«

»Nein«, sagte ich. Die Waffe ließ ich nicht los, bis das Auto abgefahren war. Dann ging ich in meine Wohnung hinauf und genehmigte mir einen Malt-Whisky, während ich auf Cruyers Anruf wartete. Bevor das Telefon klingelte, kam Fiona. Sie umarmte mich heftig und küßte mich mit eiskalten Lippen.

Cruyer war nicht sehr auskunftsfreudig, bis auf die Angabe der Adresse, eine Beschwerde, daß er fast eine halbe Stunde lang vergeblich versucht habe, mich zu erreichen, und die Bitte, mich zu beeilen, sehr zu beeilen. Da ich nur ungern mit dem Faltbett dort aufgetaucht wäre, hob ich es vor meinem Aufbruch vom Autodach. Die Anstrengung ließ mich nach Luft japsen und meine Hände zittern. Oder lag es an der Begegnung mit dem Mann aus dem Auto? Ich war mir da nicht ganz sicher.

Jener Teil Südlondons, der seinen Namen von Surrey County Cricket-Field hat, ist nicht die chice Wohngegend, die manche Touristen sich darunter vorstellen. Das Oval ist eine schäbige Ansammlung von kleinen Fabriken, Arbeiterwohnungen und einem Park, dessen Durchqueren nach Einbruch der Dunkelheit nicht zu empfehlen ist. Und dennoch, abseits der Hauptverkehrsstraßen mit ihrem Dieselgestank, streunenden Katzen und Abfall, gibt es Enklaven renovierter Häuser – meist im viktorianischen Stil –, bewohnt von Politikern und Staatsbeamten, die entdeckt haben, wie angenehm nahe Westminster diesem aus der Mode gekommenen Bezirk ist. So ein Haus war es auch, in dem Cruyer auf mich wartete.

Dicky lümmelte im Wohnzimmer herum und las *The Economist*. Derartige Lektüre trug er aus Gewohnheit zusammengerollt in der Tasche seiner Seemannsjacke, die jetzt neben ihm auf dem Sofa lag. Er war mit Jeans, Joggingschuhen und einem weißen Rollkragenpullover bekleidet, den Hochseefischer bei schlechtem Wetter an Deck zu tragen pflegen.

»Tut mir leid, daß du mich nicht erreicht hast«, sagte ich.

»Macht nichts«, erklärte Dicky in einem Ton, der das Gegenteil ausdrückte. »Trent hat eine Überdosis geschluckt.«

»Was hat er denn genommen? Wie geht es ihm?« wollte ich wissen.

»Seine Schwester hat ihn gefunden, Gott sei Dank«, erwiderte Dicky. »Sie hat ihn hergebracht. Es ist ihr Haus. Dann hat sie einen Arzt gerufen.« Dicky sprach das Wort Arzt so aus wie andere Sittenstrolch oder Terrorist. »Keiner von unseren Leuten«, fuhr Dicky fort. »Irgend so ein Quacksalber aus der örtlichen Poliklinik.«

»Wie geht es ihm?«

»Trent? Er wird es überleben. Aber es ist vielleicht ein Anzeichen dafür, daß seine russischen Freunde die Daumenschrauben angezogen haben. Ich möchte allerdings nicht, daß sie sie so weit anziehen, daß Trent zu der Auffassung gelangt, sie könnten ihm mehr schaden als wir.«

»Hat er so was gesagt? Hat er gesagt, daß sie ihn unter Druck setzen?«

»Ich glaube, wir können ruhig davon ausgehen, daß es so ist«, meinte Dicky. »Und deshalb muß ihn jemand mit den Realitäten des Lebens vertraut machen.«

»Und die wären?«

»Jemand wird ihm sagen müssen, daß wir uns es nicht leisten

können, ihn in Moskau Fragen beantworten zu lassen, die ihm von KGB-Verhörexperten gestellt werden. Ein paar geheime Papiere zu verlieren ist eine Sache. Aber ihnen dabei behilflich zu sein, ein komplettes Diagramm unseres Führungsstabs, der Struktur unserer Zentrale, angereichert mit persönlichen Daten unserer wichtigsten Beamten für ihre Akten anzufertigen – das können wir nicht hinnehmen.« Dicky hob die zusammengerollte Zeitung und schlug sich damit auf die Innenfläche seiner linken Hand. Bedeutungsvoll fügte er hinzu: »Und Trent sollte auch einsehen, daß er zuviel weiß, um vor Old Bailey erscheinen zu können.«

»Und nun erwartest du, daß ich ihm das alles erkläre?« fragte ich.

»Ich dachte, du hättest es ihm bereits klargemacht.«

»Ist dir noch nicht in den Sinn gekommen, daß ein Selbstmordversuch ein Indiz dafür sein könnte, daß er bereits unter zu großem Druck stand?« wollte ich wissen.

Dicky vertiefte sich in das Problem, den *Economist* so eng zusammenzurollen, daß er nicht mehr hindurchgucken konnte. Nach einem längeren Schweigen meinte er: »Ich habe dem dummen Hund nicht gesagt, er soll sein Land verraten. Du glaubst wohl, weil er ein Balliol-Mann ist, möchte ich ihn schonen, was?« Er holte eine seiner Zigaretten hervor und steckte sie sich in den Mund.

»Ich bin nie auf einem College gewesen«, stellte ich fest. »Ich weiß nicht, wovon du redest.«

Er hievte sich vom Sofa und ging zum Kaminsims, wo er nach Streichhölzern suchte und an einem Blütenblatt zupfte, um zu sehen, ob die Narzissen aus Plastik waren; sie waren es nicht. »Du hast zwar nicht studiert, aber manchmal triffst du den Nagel auf den Kopf, Bernard, alter Freund. Ich habe über dieses Gespräch nachgedacht, das du heute nachmittag mit Bret Rensselaer geführt hast. Erst als ich heute abend hier herumgesessen habe, bin ich darauf gekommen, worauf du eigentlich hinauswolltest.« Nie zuvor hatte ich Dicky so ruhelos gesehen. Er fand eine Streichholzschachtel auf dem Sims, aber sie war leer.

»Tatsächlich?«

»Du hältst das alles für zu perfekt, nicht wahr? Dir gefällt die Art und Weise nicht, wie das Trent belastende Material in Berlin so bequem in Franks Hände gelangte. Du findest es verdächtig, daß er in jener Nacht Dienst hatte, als dieser verdammte Funkspruch abgefangen wurde. Im Klartext: Dir schmeckt es nicht, daß alles so lückenlos auf Trent hinweist.«

»Es gefällt mir nicht«, gab ich zu. »Wenn alle meine Fragen so optimale Antworten finden, weiß ich, daß ich die falschen Fragen gestellt habe.«

»Lassen wir doch das Geschwafel«, sagte er. Er legte die Streichholzschachtel zurück auf den Sims; er hatte beschlossen, nun doch nicht zu rauchen. »Glaubst du, Moskau hat bemerkt, daß wir Trent auf die Spur gekommen sind? Hältst du es für möglich, daß Moskau die Absicht hat, ihn zum Sündenblock zu machen?« Sorgfältig steckte er die nicht gerauchte Zigarette zurück in die Schachtel.

»Das wäre immerhin eine gute Idee«, stelle ich fest.

»Um uns glauben zu machen, für alle undichten Stellen der letzten Jahre wäre allein Trent verantwortlich?«

»Ja. So könnten sie reinen Tisch machen. Wir stecken Trent hinter Gitter, seufzen erleichtert auf und sind fest davon überzeugt, alles sei in Butter.«

Jetzt benutzte Dicky die Zeitschrift dazu, rote Kreis auf seine Hand zu drucken, und erforschte das Ergebnis mit jener Aufmerksamkeit, die Wahrsagerinnen des Handflächen ihrer wohlhabenden Klienten widmen.

»Dafür gäbe es aber nur einen Grund«, sagte er schließlich. Er ließ seine Hand in Frieden und starrte mir ins ausdruckslose Gesicht. »Sie müssen jemanden ähnlich günstig postiert haben wie Trent... jemand, der sie auch weiterhin mit dem Material versorgt, das Trent bisher geliefert hat.«

»Besser«, sagte ich. »Viel besser.«

»Warum besser?«

»Weil Moskau seine Leute allzu gern nach Hause holt. Sie geben Geld aus, sammeln ein paar harmlose Touristen als Geiseln ein und versagen es sich sogar, einen geschnappten Agenten seine Strafe absitzen zu lassen, um ihn auszutauschen. Sie unternehmen wirklich alle Anstrengungen, um ihre Leute nach Hause zu holen.«

»Ich könnte dir da ein paar Leute nennen, die sich drüben nicht gerade wie zu Hause fühlen«, meinte Dicky.

»Das macht doch keinen Unterschied«, sagte ich. »Moskau setzt vor allem auf eins – sie sicher in Rußland zu haben... Dort gibt es dann Orden, Ehrungen und all diesen Heldenmist, auf den sich Moskau so gut versteht.«

»Und bisher gibt es keinerlei Anzeichen, daß sie versuchen, Trent heimzuholen.«

»Eigenartig, nicht?« fragte ich. »Sie müssen schon einen wirklich triftigen Grund haben, Trent einfach so fallenzulassen. Und es gibt nur ein Motiv, das sie dazu bewegen könnte: die Einschleusung oder Absicherung eines anderen Agenten, eines besseren Agenten.«

»Aber vielleicht wissen die Russen noch gar nicht, daß wir Trent auf die Schliche gekommen sind.«

»Und vielleicht will Trent auch gar nicht nach Moskau. Ja, an diese beiden Möglichkeiten habe ich auch schon gedacht. Sie könnten beide zutreffen. Dennoch bin ich der Überzeugung, daß Trent absichtlich geopfert werden soll. Und das wäre in der Tat sehr ungewöhnlich.«

»Diese andere Person«, meinte Dicky, »dieser andere Agent, den Moskau unter Umständen schon an Ort und Stelle plaziert hat... Du denkst dabei an jemanden ganz oben, stimmt's?«

»Schau in die Akten, Dicky. Seit Jahren haben wir keinen guten Doppelagenten mehr gehabt, und wir haben auch keinen ihrer wichtigen Agenten schnappen können. Das läßt doch nur einen Schluß zu: Irgend jemand hier verpfeift alles, was wir vorhaben oder tun«, erklärte ich. »Und wir haben eine lange Reihe von elenden Mißerfolgen und Reinfällen, einiges davon Sachen, zu denen Trent mit Sicherheit keinen Zugriff hatte.«

»Die Akten besagen nicht alles – das wissen wir doch beide«, erklärte Dicky. »Und wenn sie tatsächlich ganz oben jemanden eingeschleust haben, werden sie doch nicht so dumm sein, auf alles sofort zu reagieren, was er ihnen zuträgt. Das müßte doch eine meilenweite Spur hinterlassen. Für so etwas sind die viel zu schlau.«

»Richtig«, sagte ich. »Und daher besteht durchaus die Möglichkeit, daß Moskau mehr weiß, als es den Anschein hat.«

»Hältst du das für möglich?« erkundigte sich Dicky. Er schlug mit der Zeitschrift einen Trommelwirbel auf seiner Handfläche.

»Du bist es nicht«, sagte ich. »Vielleicht ist es sogar niemand Bestimmtes. Vielleicht gibt es gar keinen ausdrücklichen Verrat – nur Unvermögen.«

»Warum nicht ich?« beharrte Dicky. Er war indigniert, so schnell und bestimmt von jedem Verdacht befreit zu sein.

»Wenn du ein Moskauer Agent wärst, hättest du dir dein Büro anders eingerichtet. Zum Beispiel hättest du deine Sekretärin in ein Vorzimmer verbannt und sie nicht zu dir hereingeholt, wo sie jederzeit sehen kann, was du tust. Du würdest sicherstellen, daß du über alle aktuellen Dinge genau informiert bist – über alle Dinge, Dicky, auch über die, bei denen du dir im Augenblick nicht die

Mühe machst, sie herauszufinden. Du würdest keine geheimen Papiere im Kopierer vergessen und dann ein Gezeter im ganzen Haus anstimmen, wie du es im letzten Jahr dreimal getan hast. Ein Agent Moskaus würde nie die allgemeine Aufmerksamkeit so auf sich ziehen. Und du würdest auch genug vom Fotografieren verstehen, um nicht so schauderhafte Urlaubsfotos zu machen, wie du das jedes Jahr von neuem fertigbringst. Nein, du bist kein Mann Moskaus, Dicky.«

»Du aber auch nicht«, erklärte Dicky. »Sonst hättest du diese ganze Geschichte nie ins Rollen gebracht. Laß uns in dieser Sache zusammenarbeiten. Du wirst nach Berlin gehen und Kontakt zum Brahms-Netz aufnehmen. Wir werden deine Berichte über diese Reise auf streng vertrauliche Gespräche beschränken. Und Trent halten wir von jetzt an gut unter Verschluß – alles, was wir sagen, tun oder über ihn denken. Auf diese Weise können wir die Dinge vielleicht in den Griff bekommen.«

»Du meinst, wir sollten auch Bret nichts davon sagen?«

»Das regle ich schon. Er erfährt nur das, was er unbedingt erfahren muß.«

»Du hast doch nicht etwa Bret im Verdacht?« Sofort dachte ich an Fiona. Wenn sie eine Affäre mit Bret hatte, würde dies durch eine Untersuchung ans Tageslicht kommen. Das würde einen schönen Wirbel geben. »Jeder kann es sein. Das hast du selbst gesagt. Es könnte sogar der Chef persönlich sein.«

»Also, ich weiß nicht, Dicky.«

Dicky erregte sich. »Jetzt weiß ich, was du denkst. Du glaubst, das könnte eine ganz abgefeimte Methode sein, Bret in Sachen Informationen auszuhungern. Damit ich seinen Job übernehmen kann.«

»Nein«, erklärte ich, obwohl mir genau das gerade durch den Kopf gegangen war.

»Das wäre kein guter Start«, meinte Dicky. »Wir müssen einander vertrauen. Was muß ich tun, damit du mir vertraust?«

»Ich hätte gern etwas Schriftliches, Dicky. Etwas, das ich kurz vor meiner Verurteilung präsentieren könnte.«

»Und dann würdest du das tun, was ich vorgeschlagen habe?«

»Ja.« Jetzt, wo Dicky meine Überlegungen und Befürchtungen ausgesprochen hatte, fühlte ich mich unbehaglich – mehr noch, ich hatte Angst. Ein Moskauer Agent vor Ort gefährdet uns alle, aber wenn er enttarnt wurde, konnte er unter Umständen die ganze Abteilung diskreditieren.

Dicky nickte. »Weil du weißt, daß ich recht habe. Du weißt sogar verdammt gut, daß ich recht habe. Da sitzt ein Moskauer Agent direkt an der Abteilungsspitze.«

Ich erinnere Dicky nicht daran, daß er anfangs betont hatte, erst mein Gespräch mit Bret habe ihn dazu gebracht einzusehen, worauf ich hinauswollte. Es war besser, Dicky glauben zu machen, es sei alles seine Idee. Balliol-Männer waren nun mal gern kreativ.

Draußen erklangen Schritte, es wurde an die Tür geklopft. Der Arzt trat ein. »Der Patient schläft jetzt, Mr. Cruyer«, sagte er respektvoll. In dieser viktorianischen Kulisse hatte ich einen Mann mit Backenbart und Zylinder erwartet. Aber der Arzt war jung, jünger als Dicky, ein großäugiger Junge mit langen, gewellten Haaren, die ihm bis auf seinen steifen weißen Kragen reichten. Er trug eine betagte schwarze Gladstone-Tasche, die er von einem ehrwürdigen Vorgänger geerbt haben mußte.

»Wie lautet Ihre Diagnose, Doc?« fragte Dicky.

Der Arzt stellte seine Tasche auf den Boden, um sich den Mantel anzuziehen. »Selbstmord ist nicht mehr eine so seltene Tragödie wie in früheren Tagen«, stellte er fest. »In Deutschland nehmen sich jährlich vierzehntausend Menschen das Leben, mehr, als bei Verkehrsunfällen sterben.«

»Gehen Sie mir mit den Statistiken«, entgegnete Dicky. »Wird es unser Freund da oben noch einmal versuchen? Was meinen Sie?«

»Hören Sie, Mr. Cruyer, ich bin nur praktischer Arzt, kein Wahrsager. Ob Sie nun Statistiken mögen oder nicht – ich kann Ihnen jedenfalls sagen, daß von zehn Suizidgefährdeten acht ihre Absichten vorher ankündigen. Wenn Ihr Freund also jemanden gehabt hätte, der für ihn dagewesen wäre, hätte er diesen verzweifelten Schritt vielleicht gar nicht unternommen. Und das bringt mich zu Ihrer Frage. Wenn Sie Mr. Trent die Anteilnahme und Fürsorge zuteil werden lassen, die er offensichtlich braucht, werden Sie wissen, was er vorhat, lange bevor Sie einen Quacksalber wie mich bemühen müssen, um den Scherbenhaufen zusammenzukehren.«

Dicky nickte, als stimmte er der kleinen Rede des Arztes voll zu. »Wird er morgen wieder auf den Beinen sein?« fragte er.

»Auf jeden Fall am Wochenende«, erklärte der Arzt. »Dank Miß Trent.« Er trat einen Schritt zur Seite, um Giles Trents unverheiratete Schwester in den Raum zu lassen. »Ihre Zeit als Krankenschwester hat sich bezahlt gemacht. Ich hätte es nicht besser machen können als sie.«

Miß Trent reagierte nicht auf die salbungsvolle Art der Arztes.

Sie war Ende Fünfzig, hochgewachsen und dünn wie ihr Bruder. Ihr dunkles Haar war gewellt, ihre Brille mit glitzernden Steinen besetzt. Sie trug eine Kaschmirjacke und einen Rock in rot-blau-grünem Schottenmuster. Am Kragen ihrer Baumwollbluse steckte eine alte goldene Brosche. Sie vermittelte den Eindruck eines Menschen, der genug Geld besaß, seinen bescheidenen Neigungen nachgehen zu können.

Die Einrichtung des Raumes entsprach Miß Trent, sie war nüchtern, mittelklassig und altmodisch. Teppiche, Bücherschrank und Uhr waren wertvolle Stücke, die sie wahrscheinlich von ihren Eltern geerbt hatte. Sie paßten irgendwie nicht hierher, und ich fragte mich, ob sie vielleicht zu jenen Dingen gehörten, von denen sich Giles Trent kürzlich getrennt hatte.

»Ich habe lediglich vernünftig gehandelt«, stellte sie fest und rieb sich aufgeräumt die Hände. Ein leichter schottischer Hochlandakzent wurde hörbar.

Der junge Arzt wünschte uns allen einen guten Abend und verließ uns. Der Himmel mochte wissen, was Dicky ihm erzählt hatte, aber abgesehen von seinem kleinen Ausbruch war sein Benehmen ungewöhnlich respektvoll.

»Sie sind also der Mann, für den mein Bruder arbeitet«, sagte Miß Trent.

»Ja, das bin ich«, erwiderte Dicky. »Sie können sich sicher vorstellen, wie schockiert ich war, als ich erfuhr, was geschehen ist.«

»Ja, das kann ich mir vorstellen«, meinte sie frostig. Ich fragte mich, wieviel sie über die Arbeit ihres Bruders wußte und welche Vermutungen sie anstellte.

»Aber ich wünschte, Sie hätten nicht die Poliklinik angerufen«, sagte Dicky. Er gab ihr einen Karte, auf der die Telefonnummern für Notfälle der Abteilung verzeichnet waren. »Es ist doch viel besser, unseren privaten medizinischen Dienst in Anspruch zu nehmen, auf den Ihr Bruder ein Anrecht hat.« Dicky lächelte sie an und behielt dieses Lächeln tapfer bei, trotz der düsteren Blicke, mit denen sie ihn und die Karte bedachte. »Wir werden Ihren Bruder in ein nettes Krankenzimmer bringen lassen, wo sich ständig eine Krankenschwester um ihn kümmern kann und wo er jede medizinische Hilfe bekommt, die er braucht.« Wieder das Lächeln, und wieder keine Reaktion. Miß Trents Haltung war unerschütterlich. »Sie haben Ihr Bestes getan, Miß Trent.«

»Mein Bruder bleibt hier«, stellte sie fest.

»Ich habe bereits alle Vorkehrungen getroffen«, erklärte Dicky. Er war ein ebenbürtiger Gegner. Dicky hatte die dickfellige Entschlossenheit eines Rhinozeros. Ich war höchst interessiert daran, wie diese Konfrontation sich weiterentwickeln würde, aber meine Gedanken wanderten immer wieder zu Fiona. Ich stellte sie mir zusammen mit Bret vor: plaudernd, tanzend, lachend, liebend.

»Haben Sie denn nicht gehört, was ich gesagt habe?« wollte Miß Trent wissen. »Mein Bruder braucht Ruhe. Ich werde nicht zulassen, daß Sie ihn stören.«

»Das ist eine Entscheidung, mit der sich keiner von uns beiden zu befassen braucht«, sagte Dicky. »Ihr Bruder hat einen Vertrag unterzeichnet, nach dem sein Arbeitgeber für seine medizinische Betreuung verantwortlich ist. In einer Situation wie dieser« – Dicky hielt lange genug inne, um eine Augenbraue zu heben – »muß Ihr Bruder von einem unserer Ärzte gründlich untersucht werden. Wir dürfen auch die Leute von der Versicherung nicht vergessen. Sie können unter Umständen recht unangenehm werden, wenn nicht alles genau nach den Regeln verläuft.«

»Er schläft.« Das war ein winziger Rückzug.

»Wenn seine Versicherung aufgehoben werden sollte, wird Ihr Bruder seinen Pensionsanspruch verlieren, Miß Trent. Ich glaube nicht, daß Sie behaupten wollen, Ihre medizinischen Kenntnisse seien größer als die des Arztes, der ihn untersucht hat.«

»Ich habe nicht gehört, daß der Doktor gesagt hätte, er wäre transportfähig.«

»Er hat es mir schriftlich gegeben.« Dicky schlug seine Zeitschrift auf, entnahm ihr ein Schriftstück und überflog es. »Hier haben wir es.« Er reichte ihr das handgeschriebene Dokument. Sie las es schweigend und gab es dann zurück.

»Das muß er bei seiner Ankunft geschrieben haben.«

»Ja, so war es«, sagte Dicky.

»Aber da hatte er meinen Bruder doch noch gar nicht untersucht. Das also haben Sie die ganze Zeit miteinander besprochen, bevor er nach oben kam.«

»Der Krankenwagen wird jeden Augenblick hier sein, Miß Trent. Darf ich Sie darum bitten, sich die Mühe zu machen, ein paar Sachen für Ihren Bruder in einen Koffer oder eine Tasche zu packen? Natürlich sorge ich dafür, daß Sie die Gepäckstücke zurückbekommen.« Er lächelte gewinnend. »Wenn ich es richtig verstanden habe, wird er seine Kleidung in ein oder zwei Tagen brauchen.«

»Ich werde ihn begleiten«, sagte sie.

»Ich werde das Büro anrufen und fragen, ob das möglich ist«, erklärte Dicky. »Aber nach meinen Erfahrungen werden die es ablehnen. Das tun sie meistens. Das ist ja das Problem, wenn so was mitten in der Nacht geschieht. Zu dieser Zeit ist es unmöglich, einen wirklich Verantwortlichen an den Apparat zu bekommen.«

»Ich dachte, Sie wären verantwortlich«, hielt sie ihm entgegen.

»Genau!« sagte Dicky. »Das meine ich ja. Es wäre niemand da, der meine Entscheidung widerrufen könnte.«

»Armer Giles«, sagte die Frau, »daß er für einen Mann wie Sie arbeiten muß.«

»Lange Zeit war er alleinverantwortlich«, stellte Dicky fest.

Miß Trent blickte plötzlich hoch, um zu sehen, wie er das gemeint haben könnte, aber sein Gesicht war genauso ausdruckslos, wie ihres gewesen war. Verärgert drehte sie sich um und betrachtete mich, die Zeitung und den Bleistift, den ich in der Hand hielt. »Und Sie?« wollte sie wissen. »Was machen Sie eigentlich?«

»Ein Kreuzworträtsel«, sagte ich. »Ein Wort mit sechs Buchstaben. Hier heißt es: ›In der Oper verheiratet, aber nicht in Sevilla.‹ Wissen Sie es?«

»Ich weiß mit Opern nicht Bescheid. Ich verabscheue Opern, und ich habe keine Ahnung von Sevilla«, sagte Miß Trent. »Und wenn Sie nichts Wichtigeres zu tun haben, als mich das zu fragen, sollten Sie besser mein Haus verlassen.«

»Ich habe Sie nichts Wichtigeres zu fragen, Miß Trent«, erwiderte ich. »Vielleicht ist Ihr Bruder in der Lage, es zu lösen.«

Großer Gott, dachte ich, nimm doch mal an, Bret stellt sich als Moskauer Agent heraus, der versucht, Fiona für seine Sache zu gewinnen. Das wäre ja grauenhaft.

»Da ist überhaupt kein Kreuzworträtsel«, sagte Miß Trent. »Sie denken sich Fragen aus. Das ist die Seite mit den Anzeigen.«

»Ich bin auf der Suche nach einem neuen Job«, erwiderte ich.

15

Dicky hatte Trent nach Berwick House bringen lassen, einem Herrensitz aus dem 18. Jahrhundert, benannt nach einem Sohn von Jakob II. und der Schwester des Herzogs von Marlborough. Berwick House war 1940 vom Kriegsministerium übernommen worden und wie so viele gute Dinge, die vorübergehend von der Regierung mit Beschlag belegt worden waren, nie an die eigentlichen Besitzer zurückgegeben worden.

Die Abgeschirmtheit hätte auch nicht besser sein können, wenn das Haus eigens für uns errichtet worden wäre. Drei Hektar Land, umgeben von einer alten, vier Meter hohen Mauer, die inzwischen mit Gräsern und Efeu so überwuchert war, daß das Ganze eher verlassen als geheim aussah.

Auf dem Krocketrasen hatte die Armee schwarze Nissenhütten errichtet, die den bewaffneten Wachen nun als Schlafquartiere dienten, und zwei Fertigbauten, die für Vorträge genutzt wurden, wenn im Hauptgebäude eine Konferenz oder ein spezieller Fortbildungskurs abgehalten wurde. Aber trotz dieser Verunstaltungen hatte Berwick House viel von seiner ursprünglichen Eleganz bewahrt. Der Burggraben war das pittoreskeste Merkmal des Besitzers, und er wies noch immer seine Binsen, Seerosen und Irispflanzen auf. Nichts deutete auf die Unterwasservorrichtungen hin, die nachträglich hinzugefügt worden waren. Selbst bei der Umwandlung des kleinen rustikalen Teehauses und des Pförtnerhäuschens in Wachtpostenunterstände war man sorgfältig darauf bedacht gewesen, ihr ursprüngliches Äußeres zu erhalten. Und die Lichtschranken und akustischen Warnanlagen, die rings um das Gelände angebracht waren, hatte man so gut in Gebüsch und Unterholz versteckt, daß selbst die Techniker bei Reparatur- und Wartungsarbeiten Schwierigkeiten hatte, die Anschlüsse zu finden.

»Sie haben vielleicht Nerven«, sagte Giles Trent. »Das ist eine glatte Entführung, ganz egal, welche fantastischen Erklärungen Dicky mir auch geben mag.«

»Es hat ihn sehr aufgeregt, daß Sie eine Überdosis Tabletten geschluckt haben«, stellte ich fest.

»Sie sind doch ein hämischer Hund«, sagte er. Wir befanden uns in seinem engen Zimmer in der zweiten Etage: cremefarbene

Ölwände, ein Metallbett und der bei Trafalgar sterbende Nelson als Druck an der Wand.

»Sie denken, ich müßte Mitleid mit Ihnen haben«, meinte ich. »Aber ich empfinde keins. Deshalb sind wir uns uneins.«

»Sie können es wohl nicht lassen, was?«

»Ich bin kein Vernehmungsbeamter«, erklärte ich heiter. »Und im Gegensatz zu Ihnen bin ich auch nie einer gewesen. Sie kennen die meisten unserer Untersuchungsleute, Giles. Sie haben sogar einige von ihnen ausgebildet, wie ich Ihrer Akte entnommen habe. Sagen Sie mir, wen Sie gern auf Ihren Fall angesetzt sähen, und ich werde dafür sorgen, daß Sie ihn bekommen.«

»Geben Sie mir eine Zigarette«, sagte Trent. Wir wußten beide, daß es gar nicht in Frage kam, Trent auch nur in die Nähe eines Untersuchungsbeamten zu lassen. Das hätte die üppigsten Gerüchte wuchern lassen – von der Curzon Street bis hin zum Kreml. Ich reichte ihm eine Zigarette. »Warum darf ich nicht ein paar Schachteln haben?« erkundigte sich Trent, der ein starker Raucher war.

»Die Bestimmungen von Berwick House untersagen das Rauchen in den Schlafzimmern. Außerdem meint der Arzt, es sei nicht gut für Sie.«

»Ich habe keine Ahnung, warum Sie sich solche Mühe geben, mich am Leben zu erhalten«, meinte Trent in einem nicht sehr überzeugenden Anfall von Melancholie. Er war zu groß für den knappen Morgenrock, der ihm zur Verfügung gestellt worden war, und er zupfte dauernd am Kragen herum, um das Vorderteil seines knopflosen Pyjamas zu verdecken. Vielleicht erinnerte er sich an die Ausbildungsrichtlinien für Verhöre, in denen er selbst empfohlen hatte, die Verdächtigen einem Verlust von »Würde und Bequemlichkeit« auszusetzen.

»Wir halten Sie aber nicht für Old Bailey frisch und munter, wenn Sie das annehmen sollten«, sagte ich.

Er zündete die Zigarette an, die ich ihm gegeben hatte, und krümmte sich dann zusammen, um jenen ersten tiefen Zug zu tun, nach dem es den Nikotinabhängigen verlangt. Erst nachdem er den Rauch ausgestoßen hatte, sagte er: »Sie glauben nicht?«

»Damit Sie eine Bühne für eine öffentliche Zirkusvorstellung bekommen? Sie wissen zuviel, Giles.«

»Sie schmeicheln mir. Ich kenne lediglich Bruchstücke. Wann war ich denn schon mal dabei, wenn wirklich wichtige Dinge geplant und vorbereitet wurden?« Aus seiner Stimme hörte ich enttäuschten Ehrgeiz heraus. Hatte das bei seinem Verrat eine Rolle gespielt, fragte ich mich.

»Es sind genau die Bruchstücke, die die Regierung wirklich verabscheut, Trent. Denn Bruchstücke sind es, die das Interesse von Zeitungen und Zeitschriften erregen. Deshalb können Sie sich auch nicht an den Reihen von Reportern vorbei vor die Schranken von Old Bailey drängen. Sie wissen, daß ihre Leser keine langatmigen Berichte über das sowjetische Wirtschaftssystem vorgesetzt bekommen wollen, wenn sie statt dessen erfahren können, daß jemand eine Wanze im Schlafzimmer der Geliebten des ungarischen Militärattachés angebracht hat.«

»Wenn nicht Old Bailey, was dann?«

»Das habe ich Ihnen doch schon gesagt, Trent. Halten Sie nur Ihren Freund Chlestakow bei Laune.« Ich setzte mich auf sein Bett. Damit wollte ich ihm zeigen, daß ich mich auf eine längere Plauderstunde eingerichtet hatte. Ich wußte, daß es Trent nervös machen würde, sein Bett in Unordnung gebracht zu sehen. Irritation konnte einen Mann durchaus redselig machen. Auch das war etwas, was ich in Trents Trainingsprogramm gelesen hatte. »Er ist ja nicht ohne einen gewissen Sinn für Humor, Ihr Kontaktmann von der Botschaft. Nennt sich Chlestakow. So hieß auch der Zechpreller in Gogols *Revisor*, ein Mann, der sich die Taschen mit Bestechungsgeldern füllt, der die Tochter des Stadthauptmanns verführt, der die korrupten Beamten der kleinen Stadt belügt, betrügt und hintergeht und doch straffrei ausgeht, wenn der Vorhang fällt. Er geht straffrei aus, oder etwa nicht? Oder wird er am Ende doch ins Gefängnis geworfen?«

»Wie soll ich das denn wissen?«

»Gogol hatte Sinn für Humor«, beharrte ich.

»Wenn nicht Old Bailey, was dann?«

»Schreien Sie doch nicht, Trent. Nun, das dürfte doch offensichtlich sein, oder nicht? Entweder wir bekommen das Gefühl, Sie seien kooperativ – dann werden Sie auf die Weide geführt und beenden Ihre irdischen Tage mit anderen Senioren in irgendeinem Seebad an der Südküste, oder Sie weigern sich, mit uns zusammenzuarbeiten – dann enden Sie in einem Krankenwagen mit Blaulicht, der die Notaufnahmestation nicht mehr rechtzeitig erreicht.«

»Wollen Sie mir drohen?«

»Das ist durchaus meine Absicht«, erklärte ich. »Ich bemühe mich nach besten Kräften, etwas Vernunft in Ihren hirnlosen Schädel zu trichtern.«

»Chlestakow, oder wie er auch immer heißen mag, vermutet nichts. Aber wenn Sie mich weiterhin hier unter Verschluß halten, wird er mit Sicherheit bald Verdacht schöpfen. Wie lange war ich denn ohne Bewußtsein?«

»Sie wissen, daß ich darauf nicht antworten kann. Die entscheidende Frage ist die: Wann werden Sie endlich anfangen, uns die Wahrheit zu sagen?« Er reagierte nicht, sondern unterzog seine Zigarette einer gründlichen Prüfung, um zu erforschen, wieviel Züge ihm noch blieben. »Lassen Sie uns auf das erste Verhör zurückkommen. Ich habe heute früh den Bericht darüber gelesen...« Er sah hoch. »O ja, ich bleibe dabei, Giles. Ich leide an der Arbeitsmoral der Unterklasse. In dieser Befragung haben Sie ausgesagt, daß Sie regelmäßig mit Ihrer Schwester und Chlestakow in die Oper gegangen sind, um ihm fotokopierte Dokumente zu übergeben. Mit Interesse habe ich festgestellt, daß Sie das Wort ›Treff‹ benutzten.« Ich machte eine Pause, um zu sehen, welche Wirkung die Erwähnung seiner Schwester und der Opernbesuche auf ihn hatte. Ich beobachtete ihn genau, während ich weiterschwatzte. »Es ist ein Wort aus der Welt der Spione, dieses ›Treff‹. Ich kann mich nicht erinnern, es je selbst benutzt zu haben, aber ich habe es häufig in Fernsehfilmen gehört. Es hat genau diesen romantischen Anklang, den Spionage in den Augen mancher Leute besitzt. ›Treff‹! Im Deutschen hat es sowohl die Bedeutung von begegnen als auch die, einen Schlag zu landen. Und es hat auch unwiderstehliche militärische Bezüge zu ›Schlacht‹, ›Kampf‹ oder ›Gefecht‹. Ist Ihnen das bewußt, Giles?«

Wegen seiner gierigen Züge war die Zigarette fast heruntergebrannt, und jetzt versuchte er, sie am Leben zu erhalten. »Darüber habe ich nie nachgedacht.«

»Wahrscheinlich ist das genau der Grund, weshalb Chlestakow es Ihnen gegenüber angewandt hat. Dieses Wort ließ Sie sich beide wagemutiger vorkommen, verwegener – wie Männer, die die Weltgeschichte verändern können. Ich habe mal einen KGB-Mann gefragt, warum sie ihre Leute mit all dem Zubehör ausrüsten, das sie auch Ihnen gegeben haben. Die Kamera sieht aus wie ein Feuerzeug, das Funkgerät ist als Videorecorder getarnt und so weiter. Chlestakow hat Sie doch sicher nie aufgefordert, etwas von diesem Zeug wirklich zu benutzen – das tut der KGB in den seltensten Fällen. Warum treiben sie also einen solchen Aufwand, wenn es in einem freien Land doch genügt, irgendwo ein kleines Gespräch zu führen oder mit einem Taxi zu einem Fotokopiergeschäft zu fahren? Nun, dieser KGB-Mann sagte mir, daß sie ihren Leuten damit Zutrauen und Sicherheit vermitteln wollen. Hat das bei Ihnen auch gewirkt, Giles? Haben Sie sich Ihrer selbst sicherer gefühlt, als Sie all dieses Drum und Dran um sich hatten? Es war natürlich verhängnisvoll. Als wir das ganze Zeug unter den Dielenbrettern Ihrer Wohnung fanden, waren Sie dran. Nicht sehr einfallsreich, es ausgerechnet unter den Dielen zu verstecken. Fußboden und Dachkammern sind immer die ersten Orte, wo gesucht wird. Stammt diese Idee von Chlestakow?«

»Sie ist tatsächlich von ihm«, sagte Trent. Er stand auf, zog den Gürtel seines Morgenrocks enger und ging zur Tür. Er öffnete sie und blickte den Korridor entlang. Als er zurückkam, murmelte er etwas davon, eine Tasse Tee trinken zu wollen. Er sagte, er hätte sich eingebildet, die Krankenschwester auf dem Gang gehört zu haben. Aber ich wußte, daß ich ihn beunruhigt hatte.

»Um auf diesen Punkt zurückzukommen, Giles. Sie sagten, Sie hätten Opernkarten für Chlestakow und Ihre Schwester gekauft, damit Sie« – ich brach kurz ab – »weniger verdächtig wirkten. Das ist eine recht eigenartige Bemerkung, Giles. Ich habe gestern nacht darüber nachgedacht, als ich nicht einschlafen konnte. Weniger verdächtig als was, fragte ich mich. Weniger verdächtig als zwei Männer? Für mich ergab das keinen Sinn. Warum haben Sie Ihre Schwester mit in die Oper genommen, wenn Sie Ihre Zusammenkünfte mit Chlestakow so geheim wie möglich halten wollten? Also bin ich aufgestanden und habe Ihre Aussage noch einmal gelesen. Ich fand Ihre Schilderung dieser Opernbesuche. Sie zitieren Ihre Schwester mit den Worten: ›Mister Chlestakow ist ein netter Mann, wenn man bedenkt, daß er Russe ist!‹ Ich vermute, daß Sie das gesagt haben, um die Tatsache zu unterstreichen, daß Ihre Schwester Russen eigentlich nicht besonders mag.«

»Das stimmt«, sagte Trent.

»Sogar, daß sie im Grunde Russen gegenüber Vorurteile hat.«

»Ja.«

»Was auch immer Ihre Schwester von Chlestakow und seinen Genossen hält, aufgrund Ihrer Niederschrift komme ich zu dem Schluß, daß sie seinen Namen kannte und auch über seine Nationalität Bescheid wußte.«

»Ja.« Trent beendete sein Hin- und Hergelaufe, blieb vor dem kleinen elektrischen Ofen stehen, der in den Kamin eingebaut war, und rieb sich nervös die Hände. »Sie liebt die Oper. Sie mitzunehmen war immer eine gute Ausrede für die Begegnungen.«

»Ihre Schwester ist da nicht ganz aufrichtig zu Ihnen gewesen, Giles«, stellte ich fest. »Gestern abend habe ich ihr eine Fangfrage gestellt, die selbst ein ausgesprochener Opernbanause hätte beantworten können. Ihre Schwester erklärte mir, sie könne Opern nicht ausstehen. Sie sagte das in einer gewissen Erregung. Sie sagte es so, als hätte sie einen besonderen Grund, Opern zu hassen.«

»Ich weiß nicht, worauf Sie hinauswollen.«

»Frieren Sie, Giles? Sie zittern ja.«

»Mir ist nicht kalt.«

»Wir wissen doch beide, was sich wirklich abgespielt hat, nicht wahr, Giles? Sie haben sich über Ihre Schwester an Sie herangemacht. Ist Chlestakow, ein netter Mann im richtigen Alter, nicht in das kleine Wollgeschäft Ihrer Schwester gekommen und hat sie gebeten, ihm bei der Auswahl von Wolle behilflich zu sein? Für seine Mutter? Für seine Schwester? Für seine Tochter? Nicht für seine Frau? Was ist denn mit ihr? Ist er Witwer? So oder so ähnlich reden sie doch immer. Und nachdem die Beziehung in Gang gekommen war – sie sind nie in Eile, die Leute vom KGB, das bewundere ich sehr, bei uns muß es immer schnell gehen und bei den Amerikanern fast noch schneller –, hat Ihre Schwester Sie eingeladen, sich ihnen anzuschließen. Und Sie haben zugestimmt.«

»Sie stellen alles so hin, als sei es sorgfältig geplant gewesen.« Er war verärgert, aber sein Zorn richtete sich nicht gegen mich. Er richtete sich gegen niemanden. Er war mit einem Knall explodiert, als habe man eine Patrone ins Feuer geworfen.

»Und Sie wollen, daß ich glaube, es sei nicht geplant gewesen, was? Nun, ich mache Ihnen da keinerlei Vorwürfe. Es kann einen Mann schon wütend machen, wenn er herausfindet, daß er eine Rolle in einem Stück spielt, das in Moskau geschrieben wurde.«

»Sie hat meinen Vater zehn Jahre lang gepflegt. Während dieser Zeit hat sie etliche vielversprechende Heiratsanträge ausgeschlagen. Sollte ich ihr diese kleine Hoffnung auf Glück zerstören?«

Ungläubig schüttelte ich den Kopf. »Wollen Sie mir etwa einreden, Sie hätten das alles geglaubt? Sie waren also tatsächlich davon überzeugt, der Märchenprinz sei einfach so ins Wollgeschäft Ihrer Schwester gekommen und habe Ihrer Schwester den Schuh anprobiert, der auch prompt paßte? Haben Sie es für reinen Zufall gehalten, daß er für den KGB arbeitet und Sie für unseren Geheimdienst tätig sind?«

»Er arbeitet für die sowjetische Handelsdelegation«, murrte Trent.

»Lassen Sie die Scherze, Giles«, sagte ich. »Sonst platze ich noch vor Lachen.«

»Ich wollte es glauben.«

»Ich weiß, wie das ist«, erwiderte ich. »Denn so ging es mir mit dem Klapperstorch. Aber eines Tages muß man sich ja wohl ernsthaft fragen, wie er die Babys so heil durch den engen Schornstein bekommt.«

»Wo liegt denn der Unterschied, ob ich mit ihnen in die Oper gegangen bin oder sie mit uns?«

»Das ist nun eine Frage, die ich beantworten kann«, erklärte ich. »Der Chef will Sie nicht einbuchten, aus Gründen, die wir bereits diskutiert haben. Aber im Hinblick auf Ihre Schwester gibt es solche Hindernisse nicht.«

»Meine Schwester?«

»Mit Ihnen als ungenanntem Zeugen. Sie wissen, wie derartige Dinge gehandhabt werden. Sie haben doch sicherlich schon Zeitungsberichte über Spionageprozesse gelesen. In Ihrem besonderen Fall würde ich sogar annehmen, daß Sie sie mit besonderer Aufmerksamkeit gelesen haben.«

»Sie hat mit der Sache absolut nichts zu tun.«

»Wenn Sie sich einbilden, das sei genug, um sie vor dem Gefängnis zu bewahren, müssen Sie träumen.«

»Sie Schwein!«

»Denken Sie darüber nach«, empfahl ich ihm.

»Ich werde mich umbringen«, sagte er verzweifelt. »Und diesmal werde ich es geschickter anfangen.«

»Und Ihre Schwester alledem allein aussetzen? Ich bin überzeugt, daß Sie das nicht tun werden«, sagte ich.

Er sah so jämmerlich aus, daß ich ihm ein paar Zigaretten gab und versprach, ihm seine Sachen hinaufzuschicken. »Lassen Sie die Visite über sich ergehen und nehmen Sie brav die Tabletten, die Ihnen die Schwester gibt. Essen Sie zu Mittag, und dann machen wir einen hübschen kleinen Spaziergang im Garten.«

»Garten? Auf mich wirkt er eher wie ein Dschungel.«

»Halten Sie sich um zwei Uhr bereit.«

»Bereit? Wofür?«

»Bereit dafür, mir etwas mehr über Ihren Kumpel Chlestakow zu erzählen und ein paar Ungereimtheiten aufzuklären, auf die ich in Ihrem Bericht gestoßen bin.«

»Welche Ungereimtheiten?«

»Das wäre jetzt wohl etwas voreilig, oder?«

Noch gab es ein paar Flecken blauen Himmels, aber die Wolken verdunkelten sich, und Regen lag in der Luft. Trent trug einen Blouson mit Pelzkragen, den er hochgestellt hatte. Auf seinem Kopf saß eine flotte Kappe, die aussah, als stamme sie aus einem exklusiven Hutgeschäft.

Er wirkte seltsam befangen im Freien und rauchte schon wieder, anstatt die frische Luft einzuatmen. »Wann werden sie mich hier rauslassen?« fragte er. Nachdem er sich seiner Zigarette entledigt hatte, hob er einen Zweig auf, zerbrach ihn in kleine Stücke und warf sie in das träge dahinfließende Wasser des Burggrabens.

»Sie werden morgen nach Hause gehen.«

»Gibt es jemand, der für mich einen Scheck einlösen könnte?«

»Erkundigen Sie sich an der Kasse.« Wir gingen am Burggraben entlang, bis wir an eine kleine Holzbrücke kamen. Wir überquerten sie, verließen den sträucherbestandenen Garten und wandten uns dem vernachlässigten Waldgelände zu. »Chlestakow hat eine Postkarte geschrieben«, sagte ich.

»An welche Adresse? Meine Wohnung?«

»Wohin sollte er sie denn wohl sonst schicken?«

»Will er sich mit mir treffen?«

»Es heißt darauf, daß ein gewisser Geof gerade ein Angelwochenende verbringt. Er hat vier dicke Fische unbestimmter Gattung an Land gezogen und hofft, am sechzehnten dieses Monats gegen vierzehn Uhr wieder an seiner Arbeitsstelle sein zu können. Ich vertraue darauf, daß Ihnen das etwas sagt.«

»Dann sagt es Ihnen also nichts?«

»Es sagt mir lediglich, daß die Moskauer Spionagemaschinerie unter Benutzung derselben antiquierten Methoden dahinrattert, die sich schon vor Jahrzehnten als hinderlich erwiesen haben.«

»Sie scheint aber zu funktionieren«, entgegnete Trent herausfordernd.

»Wenn ein riesiger Polizeistaat derart viel Geld, Zeit und Menschen dafür aufwendet, den freien Westen zu infiltrieren, kommt er auch zu Ergebnissen.«

»Ich kann die Russen ebensowenig ausstehen wie Sie«, stellte Trent fest. »Man hat mich gezwungen, für sie zu arbeiten.«

»Weil sie damit gedroht haben, Sie unseren Sicherheitsleuten zu verraten. Das haben Sie mir bereits alles gesagt.«

»Spotten Sie nur – Sie haben ja keine Ahnung, wie das ist.«

»Aber Sie wußten genau, was zu tun ist, nicht wahr? Sie haben mehr und mehr spioniert. Sie haben für Ihren Freund Chlestakow zur Schaufel gegriffen, alles mögliche ausgebuddelt und ihm alles gegeben, was sein Herz nur begehrte. Für einen Mann, der die Russen nicht ausstehen kann, sind Sie ein wahres Musterbeispiel an Zuvorkommenheit und Kooperation.«

»Ich wußte, daß das nicht ewig dauern würde – deshalb. Ich habe vieles von dem beschafft, was sie von mir verlangten. Aber ich ließ mir Zeit, und manchmal habe ich es auch abgelehnt. Manchmal habe ich Chlestakow gesagt, es sei einfach nicht möglich. Ich habe versucht, Zeit zu gewinnen. Ich wußte, daß sie mich schließlich doch von der Angel lassen würden.«

»Warum haben Sie ihnen das geglaubt? Warum sollte ein Geheimdienst einen geradezu ideal postierten Agenten von der Angel lassen?«

»Das hat mir Chlestakow von Anfang an zugesagt.« Trent sah mir in die Augen. »Und ich habe ihm geglaubt. Es sollte nur eine vorübergehende Angelegenheit sein. Das hat er mir fest versprochen. Es gelang mir auch, gewisse Bedingungen auszuhandeln. Er garantierte mir, mich nie über Sachen zu befragen, die unsere eigenen Agenten gefährden könnten. Er wollte generelle Hintergrundinformationen.«

»Und ein paar kleine Extras.«

»Es waren ganz alltägliche Dinge, die Chlestakow für seine offiziellen Berichte brauchte. Er fragte nach den Abläufen in unserem Büro und wie die einzelnen Beamten zum Dienst eingeteilt sind. Er wollte wissen, wie alt Rensselaer ist und ob Cruyer sein Haus bar oder mit Hypotheken bezahlt hat. Viele seiner Fragen konnte und einige wollte ich nicht beantworten. Aber er sagte mir, er brauche solche Details. Das würde in Moskau Eindruck machen.«

»Er appellierte an Ihr Mitgefühl, oder?« erkundigte ich mich ironisch. »Wenn Sie dem armen alten Chlestakow nicht halfen, mußte er damit rechnen, mit einem anderen Auftrag in eine andere Stadt geschickt zu werden. Und Ihre Schwester wollte Chlestakow in London.«

»Es mag albern klingen, aber...«

»Es klingt erbärmlich«, stellte ich fest. »Es klingt dumm und vermessen. Haben Sie sich nie gefragt, ob sich Ihr Verrat auch lohnt? Glauben Sie nicht, daß unser Land einen hohen Preis für das Liebesleben Ihrer Schwester gezahlt hat?«

»Hol Sie der Teufel.«

»Haben Sie nie befürchtet, geschnappt zu werden?«

»Nein.«

»Hat Chlestakow nie mit Ihnen über die Maßnahmen gesprochen, die er ergreifen würde, wenn Sie in Verdacht gerieten? Hat er Ihnen nicht gesagt, er würde dafür sorgen, daß Sie aus Großbritannien hinausgebracht würden, wenn die Dinge anfingen schiefzugehen? Hat er Ihnen nicht ein paar Telefonnummern gegeben, die Sie anrufen sollten, falls so ein Bluthund von der Sicherheit anfing, Ihnen unbequeme Fragen zu stellen?«

»Das habe ich Ihnen doch alles schon gesagt. Wir haben nie über die Möglichkeit gesprochen, daß ich enttarnt werden könnte.«

»Sie haben mir eine Menge Lügen aufgetischt, Trent. Jetzt möchte ich endlich ein paar ehrliche Antworten, sonst finden Sie sich in einem anderen Haus auf dem Lande wieder – wo es keine Gartenspaziergänge und Zigaretten nach dem Essen geben wird. Habe ich mich verständlich genug ausgedrückt?«

»Sie haben sich verständlich ausgedrückt«, sagte Trent. Er ließ keine Anzeichen von Furcht, lediglich unterdrückte Wut erkennen. Seine körperliche Stärke schien seiner geistigen Zähigkeit zu entsprechen. Es war nicht die Stärke eines Sportlers, sondern die natürliche Kraft eines Mannes, der groß und stark gewachsen ist. In diesem Zusammenhang war es eigenartig, sich Trents Selbstmordversuch vorzustellen, und noch seltsamer, daß er damit gescheitert war, nachdem er sich einmal dazu entschlossen hatte. Aber ich verdrängte den Gedanken und verfolgte ihn nicht weiter. Wir bahnten uns einen Weg durch Brombeergestrüpp und Farnkraut. Unter unseren Schritten knackten Zweige und gluckste Schlamm. Einmal sprang ein Kaninchen aus dem Unterholz und erschreckte uns.

»Ich habe ihnen sehr deutlich gemacht, daß ich niemals nach Moskau gehen würde«, sagte Trent. »Lieber würde ich in England im Gefängnis sein als in Rußland im Exil. Chlestakow meinte, das ginge schon in Ordnung. Er sagte, es wäre ihnen auch recht. Es sei gut, daß ich es ihnen von Anfang an gesagt hätte. So könne er dafür sorgen, daß ich nicht mit irgendwelchen Informationen in Berührung käme, die den KGB vor Gericht in Verlegenheit bringen könnten.«

»Den KGB in Verlegenheit bringen! Hat er das wirklich gesagt? Sie stecken Dissidenten in psychiatrische Kliniken, sie bringen Tausende in Arbeitslager, sie unternehmen Attentate auf Emigranten und erpressen Andersdenkende. Mit Sicherheit ist der KGB das rücksichtsloseste, skrupelloseste und mächtigste Instrument der

Tyrannei, das die Welt bisher gesehen hat. Aber der gute alte Chlestakow befürchtet, Sie könnten ihn in Verlegenheit bringen.«

»Das alles ist Vergangenheit«, meinte Trent abwehrend. »Sagen Sie jetzt lieber, was Sie von mir verlangen, und ich werde es tun.«

»Was hat die Postkarte zu bedeuten?«

»Daß ich mich am nächsten Dienstag abend mit ihm treffen soll. Am Montag nachmittag soll ich ihn um drei Uhr anrufen, um die notwendigen Einzelheiten zu erfahren.«

»Ich halte es für besser, wenn Sie dem zuvorkommen. Setzen Sie sich mit ihm in Verbindung und sagen Sie ihm, daß es sich um einen dringenden Notfall handelt. Erzählen Sie ihm, daß Sie hierher gebracht worden sind, nachdem Sie eine Überdosis Tabletten geschluckt hatten, und daß Sie hier verhört wurden. Bleiben Sie so nahe wie möglich bei der Wahrheit.«

»Soll ich ihm sagen, daß Sie sich mit mir beschäftigen?«

»Ja«, erwiderte ich. »Sagen Sie ihm, daß Sie Angst haben. Deuten Sie an, daß das Spiel aus ist. Erzählen Sie ihm, daß Sie sich fürchten, echt fürchten.«

Trent nickte.

»Er wird wissen wollen, ob außer Ihnen noch jemand zur Rede gestellt wurde. Sagen Sie ihm, daß alle befragt wurden. Er wird sich erkundigen, ob wir irgendwelche Beweise hätten. Zögern Sie ein bißchen und sagen Sie dann, wir hätten wohl keine.«

»Überhaupt keine?«

»Er wird Ihnen sagen, daß es der Selbstmordversuch war, der uns dazu veranlaßt hat, Sie erst einmal in Sicherheit zu bringen, und Sie werden zugeben, daß das höchstwahrscheinlich der Wahrheit entspricht. Ich möchte, daß Chlestakow alles unternimmt, um Sie in Sicherheit zu wiegen. Verstehen Sie? Also jammern Sie noch ein bißchen weiter. Er wird sich bei Ihnen erkundigen, wer denn für diese Untersuchung verantwortlich ist, und dann nennen Sie meinen Namen. Er wird mich nicht für bedeutend genug halten, um eine so wichtige Überprüfung durchzuführen. Er wird Ihnen sagen, daß wir – gemessen an dem, was Sie beide tun – vermutlich einen Vernehmungsbeamten von außerhalb hinzuziehen würden. Alles begriffen?«

»Sie haben sich deutlich ausgedrückt.«

»Nachdem sich die Wogen der ersten Erregung geglättet haben, werden Sie Chlestakow zu verstehen geben, wie schade es sei, daß Sie ausgerechnet jetzt so dumm waren, die Tabletten zu schlucken. Gerade jetzt, wo Sie im Begriff waren, an eine ganz große Sache heranzukommen. Sagen Sie ihm, daß Sie einen Bericht über das Berliner System anfertigen sollten – über alle Berlin-Verbindungsnetze und jede Einzelheit, die jemals da drüben gelaufen ist. Das sollte ihm eigentlich den Mund wäßrig machen.«

»Ich habe noch nie etwas von einem Berliner System gehört.«

»Aber er wird davon gehört haben.«

»Und nun soll ich wohl andeuten, daß ich jetzt kaum noch die Chance habe, da heranzukommen?«

»Sachte, sachte. Das wird einige Zeit brauchen. Sie wollen erst ganz sicher sein, daß Sie unter keinem, absolut keinem Verdacht mehr stehen. Weisen Sie immer wieder darauf hin, daß es sich in der Tat um hochbrisantes Material handelt. Es ginge schließlich um alle Fakten und Zahlen der letzten zehn Jahre, und dazu auch noch um die CIA-Verbindungen und den Austausch von Erkenntnissen.«

»Und dann werden Sie mir irgendwann Material zur Verfügung stellen, das ich ihm zuspielen soll?« fragte Trent. »Es wäre besser, wenn ich das von Anfang an wüßte.«

»Wir lassen Sie doch nicht im Stich, Trent. Wir werden Ihnen etwas geben, was den Genossen Chlestakow glücklich macht und ihn da läßt, wo er die Möglichkeit hat, sich die Pantoffeln wärmen zu lassen.«

»Halten Sie meine Schwester da raus.«

»Okay. Ich halte sie raus. Aber es wäre ganz gut, wenn Sie Ihre Aufgabe zweihundertprozentig erfüllen würden.«

»Das werde ich«, sagte er.

Wir ließen das Gesträuch wieder hinter uns und überquerten die kleine bucklige Brücke. Trent blieb stehen, um sich eine Zigarette anzuzünden. Er duckte sich in seinen Jackenkragen, um die Flamme zu schützen. Ich sagte: »Da ist noch was, was ich Sie gern fragen würde. Für die aktuelle Angelegenheit ist es nicht wichtig. Ich bin nur neugierig.«

Sein Kopf tauchte wieder auf, umgeben von einer Wolke blauen Rauchs. Er warf das abgebrannte Streichholz in den Burggraben. Zwei Enten kamen eilig herangerudert, entdeckten, daß es nichts Eßbares war, und schwammen gelassen wieder davon. »Was denn?« Er blickte in den Burggraben, wo jetzt tote Blätter und Wasserpflanzen in der von den Enten verursachten Strömung schaukelten.

»An einem Abend im September 1978...«

»1978 war ich in Berlin«, sagte er, als wäre die Frage damit beantwortet.

»Das waren wir alle«, stellte ich fest. »Fiona war da, Frank war da, ich war da. Dicky arbeitete in Frankfurt, und er nutzte jede sich bietende Gelegenheit, um nach Berlin zu kommen. Bret auch. Ich würde Sie gern nach einem Funkspruch fragen, der während dieses Baader-Meinhof-Desasters abgefangen wurde. Können Sie sich erinnern?«

»Die Flugzeugentführung – es fällt mir wieder ein. Frank Harrington war der Meinung, daß alles nur inszeniert worden wäre, um ihn um seinen guten Ruf zu bringen.« Trent lächelte. Das war seine Art von Humor.

»Im Zusammenhang mit diesem russischen Funkspruch hat es eine Untersuchung gegeben.«

Trent drehte sich zu mir um. »Ja, auch daran erinnere ich mich. Frank beauftragte einen Amerikaner damit. Es war ein Fiasko.«

»Ein Fiasko?«

Trent zuckte mit den Schultern und schwieg.

»Sie sind im Hauptgebäude gewesen«, sagte ich, »nachdem Ihr Dienst beendet war. Haben Sie den Funkspruch gesehen... vielleicht auf Fionas Schreibtisch?«

»Am Abend des großen Desasters? Wer sagt denn, daß ich da bei Fiona im Büro war?«

»Fiona. Sie sind gekommen, um sie abzuholen und heimzubringen.«

»Aber nicht an diesem Abend. Da war ich nicht im Hauptgebäude. Und schon gar nicht bei denen in *Operations*.«

»Sind Sie ganz sicher? Sie wollen doch nicht behaupten, daß es Ihnen nicht gestattet war, sich in *Operations* aufzuhalten?«

»Nun, offiziell war es mir tatsächlich nicht erlaubt. Aber jeder, der einen Dienstausweis hatte, konnte das Hauptgebäude betreten. Ich leugne nicht, daß ich *Operations* ziemlich häufig heimgesucht habe. Ich tat es nur dann nicht, wenn ich wußte, daß Frank da oben hofhielt. Sie wissen doch, wie Frank ist. Ich habe einmal miterlebt, wie er einen leitenden Beamten zur Minna gemacht hat, nur weil der einen Feuerlöscher aus seinem Büro entfernt hatte.«

»In Sachen Brandschutz zeigt Frank eine gewisse Besessenheit«, bestätigte ich. »Das ist bekannt.«

»Nun, er zeigt auch auf anderen Gebieten eine gewisse Besessenheit. Zum Beispiel Leuten gegenüber, die unbefugt in das Hauptgebäude eindringen. Nein, an diesem Abend war ich nicht oben. Es hieß, daß Frank einem Schlaganfall nahe sei, weil Bonn befürchtete, Berlins Regierender Bürgermeister werde entführt.

Wir alle hielten es daher für ratsamer, ihm so weit wie möglich aus dem Wege zu gehen.«

»Es war lediglich eine Nachricht aus Karlshorst abgehört worden...«

Er nickte. »Und innerhalb von drei Tagen wurde Karlshorst davon informiert und änderte prompt Codes und Wellenlänge. Ja, ich weiß alles darüber. Dieser amerikanische Bursche... Joe Sowieso... ›Sagen Sie einfach Joe zu mir‹, meinte er immer...«

»Joe Brody.«

»Joe Brody. Er klärte die ganze Angelegenheit.«

»Es bleibt unter uns«, sagte ich.

»Unter uns oder nicht – das macht keinen Unterschied. Ich bin an diesem Abend nicht oben gewesen.«

»Fiona hat aber gesagt, daß Sie oben gewesen wären.«

»Dann hat sie Ihnen eben nicht die Wahrheit gesagt.«

»Warum sollte sie bei so einer Sache lügen?«

»Das ist eine Frage, die Sie Fiona stellen müssen.«

»Haben Sie die Information vielleicht auf eine andere Weise erhalten? Ich bin entschlossen, diesen Punkt zu klären. Sie können mir ruhig die Wahrheit sagen.«

»Weil Ihr Freund Werner Volkmann das verpfiffen hat und Sie ihn reinwaschen möchten?«

»Wie soll denn Werner an diesem Abend dort hineingekommen sein? Er hat doch nie in *Operations* zu tun gehabt. Er ist immer nur ein Agent im Außendienst gewesen.«

»Werner Volkmann war auch nicht oben. Er gehörte zur Sicherheitsstufe Eins in der Funkzentrale. Er brachte in dieser Nacht den Funkspruch von dort zur Dechiffrierabteilung.«

»Das ist alles? Dann müßte er die Nachricht im Auto dechiffriert haben, während er fünf Querstraßen weit fuhr.«

Trent rauchte nachdenklich. »Damals hieß es, daß Werner Volkmann an diesem Abend die ganze Zeit in der Dechiffrierabteilung herumgelungert habe. Dort könnte er die bereits dechiffrierte Botschaft gelesen haben. Aber er brauchte gar nicht die ganze Nachricht zu entziffern, um den Russen mitteilen zu können, daß sie abgehört worden waren. Es hätte doch völlig ausgereicht, ihnen die Anfangs- und Schlußcodes sowie die Zeit und die Karlshorster Armeesender-Kennung durchzugeben. Daran hätten die Russen bereits erkennen können, daß sie abgehört worden waren, ohne daß Werner den kompletten Inhalt der Nachricht zu erfahren brauchte.«

»Halten Sie es für wahrscheinlich, daß Werner es war?«
»Nein«, meinte Trent. »Werner ist zu faul, um Doppelagent zu sein. Wenn Sie mich fragen, ist er sogar zu faul, um ein einfacher Agent zu sein – nach allem, was ich von ihm gesehen habe.«
»Wer könnte es denn sonst gewesen sein?«
»Frank haßte Werner. Er suchte schon seit längerer Zeit nach einer Möglichkeit, ihn loszuwerden.«
»Aber irgend jemand muß es doch getan haben. Es sei denn, Sie halten es für möglich, daß Frank den abgehörten Funkspruch selbst den Russen zugespielt hat, um Werner die Schuld in die Schuhe schieben zu können.«
»Das wäre immerhin möglich.«
»Das kann doch nicht Ihr Ernst sein.«
»Warum denn nicht?«
»Wenn Frank Werner los sein wollte, hätte er ihn doch nur zu feuern brauchen. Er hätte sich doch nicht die Mühe machen müssen, einen abgehörten Funkspruch an die Russen zu verraten.«
»Es war nicht gerade das, was man als Geheimpapier von entscheidender Bedeutung bezeichnen könnte«, stellte Trent fest. »Wir haben doch schon erlebt, daß weit wichtigere Informationen als Spielmaterial benutzt wurden, um die Reputation eines Doppelagenten zu erhöhen.«
»Wenn Frank ihn hätte loswerden wollen, hätte er ihn rauswerfen können«, wiederholte ich.
»Vielleicht wollte Frank ihn diskreditieren?«
Ich starrte Trent an und dachte nach. »Da könnte etwas dran sein«, meinte ich schließlich.
»Werner Volkmann hat da so einige Geschichten über Frank in Umlauf gebracht.«
»Was für Geschichten?«
»Ach, Sie wissen doch, wie Werner ist, wenn er ein paar Bier getrunken hat. Er sieht dann dauernd Skandale, wo es keine gibt. Er erzählte Geschichten, daß Frank Geld vom Spesenkonto zweckentfremdet hätte. Und daß Frank den Sekretärinnen zwischen den Aktenschränken nachstellte. Vermutlich hat Frank eines Tages die Nase voll gehabt. Wenn man so etwas immer wieder erzählt, fangen die Leute schließlich an, es auch zu glauben, stimmt's?«
»Wahrscheinlich ja«, sagte ich.
»Jemand hat es verpfiffen«, überlegte Trent. »Und wenn es weder Werner noch Frank waren, hatte Moskau einen Agenten in *Operations* sitzen. Aber das war mit Sicherheit nicht ich.«

»Der Himmel mag wissen, wer es gewesen ist«, sagte ich und gab vor, jedes Interesse an diesem Mysterium verloren zu haben. Aber jetzt war ich sicher, daß der abgehörte Funkspruch von vitaler Bedeutung war. Er stellte den einzigen wirklichen Ausrutscher dar, den sich Moskaus gutplazierter »Maulwurf« geleistet hatte.

»Was wird geschehen, was meinen Sie?« wollte Trent wissen. Er wollte wissen, was mit *ihm* geschehen würde.

»Sie sind nun schon so lange im Geschäft«, erinnerte ich ihn. »Länger als ich. Sie wissen doch, wie sich derlei Dinge abspielen. Haben Sie eigentlich eine Ahnung davon, wie viele ähnlich schuldige Leute wie Sie sich vom Dienst zurückgezogen haben – mit einer vorbehaltlosen Rechtfertigung und voller Pension?«

»Wie viele denn?« fragte Trent. Er wußte, daß ich nicht antworten konnte, und das amüsierte ihn.

»Viele«, erwiderte ich. »Leute aus der Abteilung Fünf, Leute aus Sechs, ein paar aus der Sonderabteilung und drei aus Cheltenham, denen wir sogar mit Ihrer Hilfe im letzten Jahr auf die Schliche gekommen sind.«

Trent schwieg. Wir beobachteten vier Männer, die aus dem Haus kamen und über den Kiesweg auf das Pförtnerhäuschen zugingen. Einer von ihnen ließ immer einen Schritt aus, um mit den anderen im Tritt zu bleiben. Es waren Wachtposten. Nur diese Männer sind so bemüht, mit ihren Kameraden Schritt zu halten. »Ich verabscheue Gefängnisse«, stellte er fest. Er sagte es so beiläufig, wie andere ihre Abneigung gegen Dinnerparties oder das Segeln bekunden.

»Sie haben noch nie eins von innen gesehen?«

»Nein.«

»Es ist nicht wie hier, glauben Sie mir. Aber lassen Sie uns hoffen, daß es dazu nicht kommt – weder für Sie noch für jemand anders.«

»Das nennt man wohl ›die Tür offenhalten‹«, meinte Trent. So lautete auch ein Zwischentitel in seinen Ausbildungsvorschriften.

»Lehnen Sie es deshalb nicht ab«, erwiderte ich. Wir dachten wohl beide an das, was Trent geschrieben hatte: »Versprechen Sie dem Verdächtigen alles. Versprechen Sie ihm die Freiheit. Verheißen Sie ihm das Blaue vom Himmel. Später wird er kaum in der Lage sein, darüber mit Ihnen zu hadern.«

16

Alle Welt witzelte über das *Yellow Submarine*, aber Fiona schien sich gern in der Datenzentrale, drei Stockwerke unter Whitehall, aufzuhalten. Ich ging auch manchmal für kurze Augenblicke hinunter. Da unten, wo die Luft erwärmt, dehydriert, gefiltert und gereinigt war und der Himmel stets ein helles Blau zeigte, hatte man das Gefühl, als sei das Leben vorübergehend zum Stillstand gekommen, um einem die Möglichkeit zu geben, selbst den Atem anzuhalten und sich ein paar ruhige Gedanken zu machten. Das ist auch der Grund, weshalb das Personal da unten so verdammt saumselig ist, und auch der, daß ich selbst hinunterging, um mir zu holen, was ich brauchte.

Die Datenzentrale kann nur vom Foreign Office her betreten werden. Da dieser Eingang von so vielen Menschen benutzt wurde, war es für feindliche Agenten ausgesprochen schwierig, unser Computerpersonal zu identifizieren und sich ihm zu nähern. Die Datenzentrale war über drei Etagen verteilt: In einer befanden sich die großen Computer, in der zweiten das Personal und in der tiefsten und geschütztesten die geheimen Daten.

Ich näherte mich der Sicherheitskontrolle im Erdgeschoß und verbrachte die üblichen drei Minuten, bis der uniformierte Wachmann meine Fotografie und eine Personenbeschreibung auf seinen Videoschirm geholt hatte. Er kannte mich natürlich, der alte Mann hinter dem Pult, aber dennoch hielt er die vorgeschriebene Prozedur genau ein. Je höher der Dienstrang, desto länger dauerte es, bis die Sicherheitsüberprüfung überstanden und die Männer am Pult zufrieden waren. Sie waren geradezu erpicht darauf, die höheren Dienstgrade zu beeindrucken. Ich hatte schon miterlebt, daß jüngere Mitarbeiter mit kaum mehr als einem Kopfnicken und einem Augenzwinkern die Kontrolle passierten.

Er gab einen Code ein, um dem Computer mitzuteilen, daß ich den Wunsch hatte, die Datenzentrale zu betreten, und lächelte. »Das hätten wir, Sir.« Er sagte es, als sei er ungeduldiger gewesen als ich. »Wollen Sie Ihre Frau besuchen, Sir?«

»Wir haben heute Hochzeitstag«, erzählte ich ihm.

»Oho. Dann wird es wohl Champagner und Rosen geben.«

»Zwei kleine Helle und ein gegrilltes Hähnchen«, erwiderte ich.

Er lachte. Er zog es vor zu glauben, daß ich meine alten Anzüge trug, weil ich Spion war.

Fiona war im untersten Geschoß der geheimen Datenbank. Es war ein sehr großer, offener Raum – wie eine gutbeleuchtete Tiefgarage. Entlang einer Wand waren den leitenden Angestellten kleine, abgeteilte Räume zugewiesen, mit einem winzigen Teppich, einem hüfthohen Bücherbord und einem Sessel für Besucher, die nie kamen. Es gab schier endlose Metallregale für Magnetplatten und gegenüber einige Abspielgeräte. Auf dem Fußboden lag der antistatische Teppich, dessen Silbergrau den unbarmherzigen Schein der fluoreszierenden Beleuchtung widerspiegelte.

Sie sah mich nicht, als ich den verglasten Gang entlangkam, der sich über die ganze Länge des Raumes hinzog. Ich schob die durchsichtige Tür auf: Bis auf meine Frau war niemand zu sehen. Ich hörte das Summen der Elektrizität und das beständige Surren der Abspielgeräte. Ein unvermutetes Greinen ertönte, wenn eines der Geräte plötzlich in eine höhere Geschwindigkeit überging, bevor es sich wieder dem Rhythmus unregelmäßiger Herzschläge anpaßte.

Fiona stand vor einem der Geräte und wartete darauf, daß das Jammern erstarb und die Maschine zum Stillstand kam. Dann drückte sie einen Knopf, und eine Lade schnurrte auf. Sie brachte die Scheibe in einer Hülle unter und ließ die Haken einschnappen, bevor sie das Gerät wieder schloß. Fiona war ausgesprochen stolz darauf, daß sie jederzeit in der Lage war, für jemanden vom Fachpersonal in der Datenzentrale einspringen zu können. »So können sie einem wenigstens nicht vormachen, daß sie es heute nicht mehr schaffen könnten, oder was auch immer sie erfinden, um früher nach Hause gehen zu können.«

Ich trat an das Terminal mit schwenkbarem Bildschirm und Drucker. Ein Stuhl auf Rollen war nahe herangeschoben, und der Kunststoffpapierkorb quoll über von breiten blaßgrünen Computerbögen.

»Du hast daran gedacht«, sagte Fiona. Ihr Gesicht leuchtete auf, als sie mich sah. »Du hast es nicht vergessen. Wie schön!«

»Herzlichen Glückwunsch, Liebling«, sagte ich.

»Du weißt, daß wir heute in die Schule gehen wollten, um unseren Sohn siegen zu sehen.«

»Selbst das habe ich nicht vergessen.« Es war gang und gäbe in unserer Ehe, daß ich überarbeitet und vergeßlich war, obwohl Fiona ihrer Arbeit wesentlich mehr Zeit widmete als ich meiner. Sie unternahm stets geheimnisvolle Reisen und hatte späte, zeitraubende Verabredungen mit Leuten, die sie nie namentlich erwähnte. Es hatte eine Zeit gegeben, da war ich stolz gewesen, eine Frau zu haben, die so tüchtig und gefragt war. Inzwischen war ich mir ihrer nicht mehr so sicher. Ich fragte mich, mit wem sie zusammen war und was sie an jenen Abenden tat, an denen ich allein in meinem kalten Bett lag.

Sie küßte mich. Ich zog sie an mich und sagte ihr, wie sehr ich sie liebte und wie sehr ich sie vermißte, wenn wir voneinander getrennt waren. Ein Mädchen, das einen Wagen mit in braune Schachteln verpackten neuen Magnetplatten vorbeirollte, sah uns und glaubte wohl, einer unerlaubten Liebesaffäre auf die Spur gekommen zu sein. Ich zwinkerte ihm zu, und es lächelte nervös.

Fiona begann die Papiere einzusammeln, die über ihren Schreibtisch verstreut waren; die Regale hinter ihr waren mit Akten, Büchern und Bedienungsanleitungen bis zum Rand vollgestopft. Sie mußte erst einen Stapel Unterlagen beiseite räumen, um sich setzen zu können. Sie öffnete den Mund, um etwas zu sagen, besann sich dann aber eines Besseren und wartete, bis eine Maschine, die in der Nähe auf Hochtouren lief, zum Stillstand gekommen war. »Hast du das Kindermädchen angerufen und es gebeten, den Kindern heute früher Abendbrot zu machen?«

»Sie hatte gerade im Garten zu tun. Ich habe Billy gebeten, es ihr zu sagen.«

»Aber du weißt doch, daß Billy immer alles durcheinanderbringt. Ich wünschte wirklich, sie würde bei den Kindern bleiben. Ich möchte nicht, daß sie zwischendurch etwas im Garten erledigt.«

»Vielleicht hat sie nur ein paar Sachen von den Kindern aufgehängt.«

»Wir haben einen perfekt funktionierenden Trockner«, stellte Fiona fest.

Das Kindermädchen zog es vor, die Kleidungsstücke im Garten zu trocknen, aber ich beschloß, das nicht zu erwähnen. Der Trockner war eine schier unerschöpfliche Quelle von Auseinandersetzungen zwischen den beiden Frauen. »Ruf sie doch mal an«, schlug ich vor.

»Wird es lange dauern bei dir?«

»Nein. Ich brauche nur eine Personenangabe.«

»Wenn es eine halbe Stunde oder länger dauert, könnte ich inzwischen etwas anderes erledigen.«

»Es dauert vielleicht zehn Minuten«, sagte ich, setzte mich vor das Terminal und drückte OPEN. Die Maschine begann zu schnurren, und auf dem Monitor erschien: »Geben Sie Ihren Namen, Dienstgrad und Abteilung ein.« Ich tat es, und der Text verschwand wieder, während der Computer meine Angaben mit den gespeicherten Personalunterlagen verglich. Dann erfolgte wieder eine Anweisung: »Achten Sie darauf, daß keine andere Person den Monitor einsehen kann. Geben Sie jetzt Ihre geheime Zulassungsnummer ein.« Ich kam dieser Bitte nach, und auf dem Monitor erschien: »Bitte Datum und Zeit.« Ich gehorchte. Die Maschine forderte: »Die heutige Codenummer bitte.« Ich gab auch die ein.

»Wann fängt diese Sportveranstaltung eigentlich an?« rief Fiona zu mir herüber. Sie hatte sich über ihren Schreibtisch gebeugt und widmete ihre ganze Aufmerksamkeit der Aufgabe, ihre Nägel mit *Passion Red* zu lackieren.

Der Computer fragte: »Programm?« Ich reagierte mit: »KAGOB«, um den KGB-Programmteil abzurufen. »Um halb acht. Aber ich dachte, wir könnten vorher noch schnell einen Drink im Pub gegenüber nehmen.«

Dasselbe Mädchen, das uns beim Küssen beobachtet hatte, kam wieder hinter uns vorbei. Es drückte ein riesiges Bündel Computerausdrucke an den Busen. Überall standen Behälter für den Geheimmüll herum, aber das Mädchen wollte offenbar noch einen Blick auf das heimliche Liebespaar werfen.

Ich tippte die anderen Codes ein, *»Redland Overseas«* und den Namen Chlestakow. Der Computer wollte wissen: »Nur Monitor?« Das war ein Sperrverfahren. Es bedeutete, daß das Material ausgedruckt werden würde, wenn ich keine anderen Anweisungen gab. Ich drückte auf START.

Das Terminal begann zu summen. In diesem Augenblick wies es Millionen von Worten zurück, die nicht zu Chlestakow gehörten. Dann räusperte sich plötzlich der Drucker, stieß zweimal auf und ratterte vier Zeilen Text, bevor sich die Maschine wieder zur Ruhe setzte. »Zieh nicht am Papier«, rief mir Fiona zu. »Bei dem neuen Endlospapier stimmt irgend etwas mit der Perforation nicht. Wir hatten heute nachmittag schon dreimal eine Blockierung.«

»Ich ziehe niemals am Papier«, gab ich zurück.

»Wenn es nicht richtig transportiert, wähle null drei an und bitte den Störungsdienst um Hilfe.«

»Und verabschiede dich von allem, was du heute vor Mitternacht noch vorgehabt haben solltest.«

»Zieh nicht dran, dann verklemmt es sich nicht«, sagte Fiona. Sie hatte die Augen keine Sekunde von ihren Nägeln gelassen.

Der Drucker erwachte plötzlich zum Leben und lieferte einen langen Absatz mit Angaben über Chlestakow, während das Typenrad hin- und herschnurrte. Es verblüffte mich immer wieder, wie der Drucker jede zweite Zeile rückwärts ausdruckte. Es erinnerte mich an Leonardo da Vincis Spiegelschrift. Zweifellos hatten es die Konstrukteure darauf angelegt, dem menschlichen Bedienungspersonal seine Unzulänglichkeit deutlich vor Augen zu führen. Das Geratter endete mit einem Stakkato von Schlußcodes, die anzeigten, daß alle relevanten Daten überprüft worden waren, und der Drucker schwieg. Ein rotes Licht leuchtete auf: SYSTEMS BUSY, die Computerbezeichnung für süßes Nichtstun.

Fiona erhob sich von ihrem Schreibtisch und kam mit ausgestreckten Fingern auf mich zu. Hätte ich nicht gewußt, daß sie sich die Nägel lackiert hatte, hätte ich das durchaus als Drohgebärde mißdeuten können. »Du hattest wirklich gutes Wetter für deinen Ausflug nach Berwick House. Du hättest doch den Porsche nehmen sollen.«

»Bei einem solchen Wagen erwarten die Leute immer hohe Trinkgelder.«

»Wie geht es denn dem armen Giles?«

»Er tut sich selber leid.«

»Hat er eine tödliche Dosis genommen, oder war es eine Art Hilfeschrei?«

»Ein Hilfeschrei? Du warst in letzter Zeit wohl wieder mit Soziologen zusammen.«

»War es einer?«

»Wer kann das wissen? Das Tablettenröhrchen war zwar leer, aber es hätten ja schließlich auch nur noch ein paar drin gewesen sein können. Dank der schnellen Reaktion seiner Schwester erbrach er sich, bevor sich alle Tabletten aufgelöst hatten.«

»Der Arzt konnte auch nichts Näheres sagen?«

»Das war ein ganz junger Bursche, und Dicky hatte ihm offenbar den Kopf mit dunklen Andeutungen über den Geheimdienst verdreht. Ich glaube, der wußte gar nicht, was da eigentlich vor sich ging. Es war Trents Schwester, die ihn verarztet hat. Sie hat den Doktor nur gerufen, weil sie als ehemalige Krankenschwester offenbar darauf getrimmt ist, daß es eines Medicus bedarf, der mit dem Kopf nickt, wenn sie die Entscheidungen treffen und die ganze Arbeit machen.«

»Glaubst du, daß er es noch mal versucht?« fragte Fiona. Sie pustete auf ihre Nägel.

»Er wird es nicht tun, wenn ihm etwas an seiner Schwester liegt. Ich habe ihm klargemacht, daß ich dafür sorgen würde, daß sie vor Gericht gestellt wird, sollte er in irgendeine Richtung Reißaus nehmen.«

»Du haßt ihn, nicht wahr? Es ist lange her, seit ich dich so erlebt habe. Ich wette, du hast den armen Giles wahrhaftig das Fürchten gelehrt.«

»Ich bezweifle sehr, daß mir das geglückt ist.«

»Du hast ja keine Ahnung, wie furchteinflößend du wirken kannst. Dann läßt du all deine bösen Scherze ab, aber dein Gesicht ist unbeweglich wie Stein. Vermutlich habe ich mich auch deshalb in dich verliebt. Du warst so verdammt brutal.«

»Ich?«

»Hör auf, so scheinheilig ›Ich?‹ zu fragen. Du weißt sehr gut, was für ein harter Bursche du sein kannst.«

»Ich hasse die Giles Trents dieser Welt. Und wenn du das hart nennst, wünschte ich, daß es noch viel mehr so harte Burschen wie mich gäbe, verdammt noch mal. Ich hasse die Kommunisten und die unverbesserlichen Dummköpfe in diesem Land, die ihr Spiel spielen und glauben, sie seien lediglich tolerante, liberale Menschen. Ich habe sie aus der Nähe gesehen. Ich meine nicht die glattzüngigen kleinen Schweine, die rüberkommen, um dem Gewerkschafts-Kongreß Besuche abzustatten, und von internationaler Freundschaft reden. Ich habe sie dort erlebt, von wo sie kommen, dort, wo sie ihr Plastiklächeln nicht aufzusetzen brauchen und die Totschläger nicht verstecken müssen.«

»Man kann die Sowjetunion eben nicht führen wie ein Blumengeschäft in Chelsea, Liebling.«

Ich knurrte. Das war ihre übliche Reaktion auf meine Tiraden über den KGB. Trotz ihrer Reden von sozialer Gerechtigkeit und der Notwendigkeit, das Elend in der Dritten Welt zu lindern, war Fiona letztlich der Meinung, der Zweck heilige die Mittel – wenn es ihr in ihre Argumentation paßte. Daran konnte ich doch etwas von der Schule ihres Vaters erkennen.

»Aber Trent ist doch kein richtiger KGB-Agent, oder?«

»Sie haben Trent eingeredet, daß sie ihn nur etwa drei Jahre brauchen.«

»Vermutlich sollte ihm das die Entscheidung erleichtern.«

»Trent hat es geglaubt.«

Sie lachte. »Ich könnte mir durchaus vorstellen, daß er das behauptet hat, um das Eis zwischen euch ein bißchen zum Schmelzen zu bringen.«

»Er ist kein wirklicher Trottel. Ich bin der Meinung, daß sie es tatsächlich so gemeint haben.«

»Aber warum? Welchen Sinn sollte das haben?«

»Und sein KGB-Kontaktmann hat ihm auch geraten, das Funkgerät im Fußboden zu verstecken. Das ist ihm so nebenbei entwischt, während wir uns unterhielten. Ich bin davon überzeugt, daß es stimmt.«

»Was soll das bedeuten?«

»Die Dielenbretter? Das würde ich einem meiner Agenten nur raten, wenn ich, aus welchem Grund auch immer, wünschte, daß er gefaßt wird. Da kannst du auch gleich eine Anzeige in der Lokalzeitung aufgeben.«

»Ich kann dir immer noch nicht ganz folgen.«

»Sie haben Trent auch keinerlei Not-Codes gegeben.«

»Was ist denn das?«

»Telefonnummern, die er anrufen kann, falls er sich verfolgt fühlt, seine Wohnung abgehört wird oder er feststellt, daß sich ein Sicherheitsbeamter an seinem Schreibtisch zu schaffen macht, wenn er mal ein bißchen früher zum Dienst erscheint. Sie haben ihm auch nicht versprochen, ihn außer Landes zu schaffen, wenn etwas schiefläuft.«

»Kannst du dir Giles Trent in Moskau vorstellen? Ich bitte dich!«

»Die Marschroute des KGB wird in Moskau festgelegt. Sie lassen doch keinen örtlichen Mann darüber entscheiden, was der Persönlichkeit dieses oder jenes Agenten besser entspricht, den er führt. Man kann diese verdammten Russen einfach nicht verstehen. Alle KGB-Agenten haben Not-Codes.«

»Vielleicht haben sie sich dazu entschlossen, gewisse Neuerungen einzuführen.«

»Sie verändern nie etwas.«

Vorsichtig überprüfte sie einen Fingernagel auf seinen Grad der Trockenheit. »Wenn du willst – ich bin fertig.«

»Okay.« Ich stand auf und las die Daten über Chlestakow noch einmal.

»Komm bloß nicht auf die Idee, diesen Computerausdruck mit aus dem Hause nehmen zu wollen«, warnte sie. »Die Sicherheitsleute drehen sonst durch.«

»An unserem Hochzeitstag? Das würde ich nicht wagen.« Ich

verfütterte den Ausdruck an den Reißwolf und sah zu, wie sich die Papierschlangen in den durchsichtigen Plastiksack ringelten.

»Ich verstehe nicht«, meinte Fiona, »warum sie ihm keine Not-Codes gegeben haben.«

»Ich bin inzwischen der Meinung, daß Trent zum Sündenbock aufgebaut worden ist. Ich glaube, sie wollten, daß wir ihn schnappen. Und ich bin der Ansicht, daß sie alles wissen, was wir zu ihm sagen.«

»Warum?«

»Es wurden keinerlei Vorkehrungen für den Fluchtfall getroffen, sie haben gesagt, daß sie ihn nur drei Jahre brauchen, und sie haben ihm ein Funkgerät gegeben – ein Gerät, für das er nicht ausgebildet wurde und das er nicht brauchte – und ihm gesagt, er solle es unter den Dielen seiner Wohnung verstecken. Ich bin der festen Überzeugung, daß er aus einem ganz bestimmten Grund aufgebaut worden ist.«

»Aus welchem?«

»Der einzige Grund, den ich mir vorstellen kann, ist der, daß sie vertuschen wollen, daß sie bereits einen anderen Agenten in unserer Mitte haben.«

Ich hatte erwartet, daß sie lachen würde. Sie lachte nicht; sie runzelte die Stirn. »Meinst du das ernst?«

»Jemand ganz oben.«

»Hast du schon mit Bret darüber gesprochen?«

»Dicky hält es für besser, wenn es unter uns bleibt.«

»Dicky ist also mit von der Partie.«

»Was man auch gegen Dicky sagen könnte – auf keinen Fall würde ihn jemand verdächtigen, ein Doppelagent zu sein. Die Russen würden sich einer Witzfigur, wie er eine ist, doch nie bedienen. Ich habe zugestimmt, daß wir alles vertraulich behandeln, was mit Trent in Zusammenhang steht.«

»Alles?«

»Wenigstens alles Wichtige.«

Sie bewegte den Kopf, als versuche sie, mich in einem neuen Licht zu sehen. »Du hältst Informationen zurück? Das bedeutet doch, daß du im Grunde dem Chef und dem Ausschuß wichtige Dinge vorenthältst.«

»Im Grunde schon.«

»Du mußt verrückt geworden sein, Liebling. Es gibt eine Bezeichnung für das, was du da tust: Man nennt es Verrat.«

»Es war Dickys Idee.«

»Ach so, das ist natürlich etwas anderes«, meinte sie ironisch. »Du brauchst dann nur zu sagen, alles sei Dickys Einfall gewesen ...«

»Du hältst es also für völlig verrückt?«

Sie schüttelte ungläubig den Kopf. »Das darf doch alles nicht wahr sein«, sagte sie schließlich. »Ich kann einfach nicht glauben, daß ich hier stehe und dir zuhöre, wie du diesen lächerlichen Schwachsinn von dir gibst.«

»Laß uns gehen und sehen, wie unser Sohn die Olympischen Spiele gewinnt«, sagte ich.

»Der arme kleine Billy«, meinte sie. »Er ist so überzeugt davon, daß er siegen wird.«

»Du scheinst es nicht zu sein.«

»Er ist ein wunderbares Kind«, sagte Fiona. »Aber ich fürchte, daß er als letzter durchs Ziel gehen wird.«

»Hier gibt es nicht zufällig einen Barschrank?« erkundigte ich mich.

»Kein Alkohol im *Yellow Submarine* – strikte Anordnung von Sir Henry«, erwiderte Fiona.

»Zu meinem Geburtstag«, erklärte ich, »wünsche ich mir eine Taschenflasche.«

Fiona tat, als habe sie es nicht gehört.

17

Wir erreichten Billys Schule fünfzehn Minuten vor acht, und so kam ich um den Drink, den ich mir selbst versprochen hatte. Es war eine typische staatliche Schule, in den sechziger Jahren von einem Architekten entworfen, der nebenbei noch tausend andere Dinge zu erledigen gehabt hatte: ein gigantischer Schuhkarton, der ohne die Risse in der Hartfaserverschalung und ohne die Rostflecken auf den Mauern absolut nichtssagend gewesen wäre.

Die Sportveranstaltung fand in einem riesigen verglasten Gebäude neben dem Sportplatz statt. Etwa drei Dutzend pflichtbewußte Eltern hatten Programme erworben und hockten nun zusammengepfercht auf metallenen Klappstühlen in der zugigsten Ecke der Sporthalle. Der junge, bärtige Rektor, er trug den farbenfreudigen und voluminösen Schal irgendeiner Provinzuniversität, trieb uns zur Eile an, da wir uns verspätet hatten, und erinnerte uns daran, daß es nicht gestattet war, den Boden der Turnhalle mit Straßenschuhen zu betreten. Da ich es versäumt hatte, mich mit dem passenden Schuhwerk auszurüsten, lief ich immer an der Wand entlang rund um die Halle, während die älteren Jungen zu den Klängen von Pink Floyd, die aus einem krächzenden Tonbandgerät drangen, Kniebeugen vollführten.

Bei den anderen Eltern war kein Platz mehr für uns, und so half ich Fiona auf ein Turnpferd und hievte mich neben sie. Der Rektor warf mir einen mißbilligenden Blick zu, als habe er den Eindruck, ich sei genau der Typ, der seinen gebohnerten Turnhallenboden mit Straßenschuhen betrat.

Das erste Ereignis war der Staffellauf der Jüngeren. Es gab jede Menge Geschrei und Geschubse und Gehüpfe in gespielter Erregung. Fiona neigte sich zu mir und sagte: »Ich habe über Giles Trent nachgedacht. Hat er an dem Abend, an dem er die Tabletten nahm, eigentlich den Besuch seiner Schwester erwartet?«

»Sie behaupten nein. Aber vielleicht lügen sie beide.«

»Warum sollten sie lügen?«

»Er, weil er als Absolvent einer *Public School* sich schämt zuzugeben, was für eine Farce er da aufgeführt hat.«

»Und sie? Warum sollte seine Schwester die Unwahrheit sagen?«

»Wenn sie zugeben würde, daß Trent sie erwartet hat, müßte sie sich fragen, ob dies nicht eine Art ›Hilfeschrei‹ war, um ihr zu sagen, sie solle endlich Schluß machen.«

»Eine ziemlich drastische Art, ihr das beizubringen. Findest du nicht auch? Hätte er es ihr nicht auch bei einer gemütlichen Tasse Tee sagen können?«

»Seine Schwester ist nicht der Typ Frau, der sich eingestehen würde, daß ihr Bruder seine Seele verkauft hat, nur um ihr einen Mann zu verschaffen. Sie hätte gemurrt und mit den Schultern gezuckt und alles, was er ihr gesagt hätte, von sich gewiesen.«

»Aber er sah sich zu diesem Zeitpunkt doch ernsthaftem Druck von uns und von seinem russischen Kontaktmann ausgesetzt. Hat er denn angenommen, sein Selbstmordversuch könnte die Russen dazu bewegen, die Segel zu streichen?«

»Vielleicht«, meinte ich. Ich sah dem Wettlauf zu. Meine Güte, was für eine Energie die Kinder aufbrachten; ich fühlte mich alt, sehr alt.

»Oder glaubte er, die Abteilung würde wegen seines Selbstmordversuchs zarter mit ihm umgehen?« Fiona hatte wirklich begonnen, über das Problem Giles Trent nachzudenken – jetzt, wo sexuelle und moralische Aspekte mit im Spiel waren. Vermutlich sind alle Frauen so.

»Keine Ahnung, Liebling«, sagte ich. »Ich stellte lediglich Vermutungen an.«

»Deine Vermutungen sind mitunter sehr zutreffend.«

»Ob wohl viele verheiratete Männer einen solchen Ritterschlag von ihren Frauen bekommen?«

»Alles nur, um dich in einem falschen Gefühl der Sicherheit zu wiegen«, meinte sie.

Fiona blickte hoch und sah, daß Hürden für den nächsten Wettkampf aufgebaut wurden. Der bärtige Rektor stellte sich in Positur. Er hielt ein Bandmaß in der Hand und überprüfte die Position jeder einzelnen Hürde und gab seiner Zustimmung oder Ablehnung mit Nicken oder Kopfschütteln Ausdruck. Fiona betrachtete die Kinderparade, bis sie ganz sicher war, daß Billy nicht darunter war. Dann wandte sie sich wieder dem Thema Trent zu. »Giles hat es für seine Schwester getan. Er hätte das alles nie von sich aus gemacht, oder? Du hast doch gesagt, daß sich die Russen über seine Schwester an ihn herangemacht haben.«

»Aber bilde dir ja nicht ein, daß sie ihn kalt erwischt hätten. Glaub nur nicht, daß sich der KGB die Mühe gemacht hätte, wenn er nicht von vornherein ziemlich sicher gewesen wäre, daß Trent auf ihr Angebot eingehen würde.«

»So sehe ich das aber nicht.«

»Du glaubst also, daß sich eine Frau an einen verheirateten Mann auf die bloße Chance hin heranmacht, er könnte von seiner Frau genug haben? Nein, sie sondiert zunächst peinlich genau ihre Erfolgsaussichten.« Ich hätte fast Tessa gesagt, hielt mich aber rechtzeitig zurück.

»Nach welchen Anzeichen würde sie denn suchen?«

»Es gibt Menschen, die finden die Vorstellung, schier unvorstellbar schlimme Dinge zu tun, faszinierend. Wie wäre es, mal jemanden umzubringen? Oder Geheimnisse an die Russen auszuplaudern? Wie würden sie sich fühlen mit einer ordinären kleinen Geliebten in einem Versteck in Bayswater? Anfangs spielen sie nur mit diesen Vorstellungen, weil sie ihnen einfach noch zu verrückt erscheinen. Aber eines Tages nehmen diese unmöglichen Ideen Gestalt an. Sie beginnen sich zu fragen: Wie würde ich es anstellen? Schritt für Schritt gehen sie dann zur eigentlichen Planung über.«

»Ich nehme zur Kenntnis, daß du mir nicht gesagt hast, nach welchen Anzeichen eine Frau Ausschau hält, wenn sie hinter einem verheirateten Mann her ist.«

Ich lächelte und spendete einem erfolgreichen Hürdenläufer Beifall.

Sie ließ das Thema nicht fallen. »Du nimmst also an, daß Giles bereits über das Stadium der Fantasievorstellungen hinaus war, als die Russen sich an seine Schwester heranpirschten?« wollte sie wissen.

»Ich weiß nicht. Aber auf jeden Fall ist er, als er herausfand, womit der Freund seiner Schwester seine Brötchen verdient, nicht gerade in unser Sicherheitsbüro gestürmt.«

»Weil er schon mal über eine derartige Möglichkeit nachgedacht hatte?«

»Jeder denkt an so etwas«, sagte ich.

»Sich eine Geliebte anzuschaffen, oder Geheimnisse zu verraten?«

»Es ist doch durchaus menschlich, über solche Dinge nachzudenken.«

»Aus welchen Gründen ist ausgerechnet Giles einen Schritt weitergegangen?«

»Er stellte sich vor, wie es wäre, wenn er sündigte. Und er stellte fest, daß er mit dieser Vorstellung durchaus würde leben können.«

Ich holte meine Zigarettenpackung hervor, aber der Rektor kam herüber, lächelte und schüttelte den Kopf; also steckte ich sie wieder ein.

»Aber du könntest mit der Vorstellung nicht leben, eine ordinäre kleine Geliebte in Bayswater zu haben?«

»Man kann eben nicht alles haben«, stellte ich fest. »Es ist unmöglich, die Realität zu erleben und die Fantasie zu behalten. Man kann nicht das Beste von beiden Welten einheimsen.«

»Gerade hast du der Wahlplattform der Liberalen Partei eine entscheidende Schlappe beigebracht.«

»Niemand kann zwei Herren zugleich dienen. Man sollte annehmen, daß selbst ein Strohkopf von der *Public School* wie Trent das weiß.«

»Es war nie etwas zwischen Bret und mir«, sagte sie und berührte meine Hand.

»Ich weiß«, erwiderte ich.

»Weißt du's wirklich?«

»Ja, ich weiß es wirklich.« Ich wollte es glauben; wahrscheinlich war das ein Fehler.

»Das freut mich, Liebling. Ich könnte den Gedanken nicht ertragen, daß du dir meinetwegen Sorgen machst.« Sie sah mir in die Augen. »Ausgerechnet Bret... Ich habe noch nie etwas Besonderes an ihm finden können. Wann ist denn Billy an der Reihe?«

Ich blickte auf das Programm. »Es müßte der übernächste Wettbewerb sein, das Hindernislaufen der Jüngeren.«

Ich beugte mich zu Fiona hinüber und flüsterte ihr zu, wie sehr ich sie liebte. Ich konnte den schwachen Duft ihres Shampoos riechen, als ich mich an ihr Haar schmiegte.

»Niemand hat geglaubt, daß es hält«, stellte sie fest und umarmte mich. »Meine Mutter prophezeite, daß ich dich innerhalb von sechs Monaten wieder verlassen würde. Bis zu Billys Geburt hielt sie sogar ein Zimmer für mich bereit. Hast du das gewußt?«

»Ja.«

»Tessa war die einzige, die mir zugeredet hat, dich zu heiraten. Sie hat gewußt, wie sehr ich dich liebe.«

»Sie hat gewußt, wie leicht du mich um den Finger wickeln kannst.«

»Eine hübsche Vorstellung.« Sie lachte. »Ich habe immer befürchtet, daß irgendeine schlaue kleine Dame daherkommen und herausfinden würde, wie leicht sie dich um den Finger wickeln kann; aber bisher habe ich keine derartigen Anzeichen bemerkt.

Tatsache ist, daß du ausgesprochen störrisch bist, Liebling. Du läßt dich nicht um den Finger wickeln. Du bist kein Frauentyp.«

»Wie müßte ein Frauentyp denn beschaffen sein?«

»Du denkst nicht groß über Frauen nach. Ich brauche mir keinerlei Sorgen zu machen, daß du ein Doppelleben führen könntest. Du würdest dir nie die Mühe machen, diese kleine ordinäre Geliebte in Bayswater zu verstecken.«

»Du hörst dich an wie Giles Trent. Er erklärte mir, Werner Volkmann könne nie ein Doppelagent sein, weil er viel zu faul sei.«

»Dir könnte niemand Faulheit vorwerfen, Liebling, aber du springst auch nicht über deinen Schatten, um nett zu Frauen zu sein – zu mir nicht, zu Tessa nicht, nicht einmal zu deiner Mutter.«

Ich fand diese Kritik ungerechtfertigt. »Ich behandle Frauen genauso wie Männer«, stellte ich fest.

»Um Himmels willen, mein geliebter, starrköpfiger Ehemann! Kannst du denn nicht begreifen, daß Frauen nun einmal nicht so behandelt werden wollen wie Männer? Frauen wollen umsorgt und verwöhnt werden. Wann bringst du mir schon mal Blumen oder ein Überraschungsgeschenk mit? Und es fiele dir nicht im Traum ein, mir den Vorschlag zu machen, übers Wochenende wegzufahren.«

»Wir fahren pausenlos übers Wochenende weg.«

»Ich meine nicht mit den Kindern zu Onkel Silas – da geht es doch nur darum, dem Kindermädchen ein bißchen Zeit zum Verpusten zu geben. Nein, ich meine ein bezauberndes Wochenende in Paris oder Rom, nur wir zwei in einem hübschen kleinen Hotel.«

Nie werde ich aufhören, mich darüber zu wundern, was im Kopf einer Frau vorgeht. »Jedesmal wenn ich dich gebeten habe, mich auf einer Reise zu begleiten, hast du behauptet, du könntest nicht mitkommen, weil du zuviel zu tun hättest.«

»Ich spreche auch nicht davon, dich auf einer dieser verdammten Dienstreisen zu begleiten. Glaubst du denn, ich möchte allein in Berlin herumspazieren, während du dich mit irgendeinem alten Kumpel triffst?«

»Ich muß wieder hin.«

»Ich habe gehört, wie Dicky mit Bret darüber gesprochen hat.«

»Was haben sie denn gesagt?«

Es war typisch für Fiona, daß sie sich erst umsah, ob jemand in Hörweite war. Ihre Sorgen waren überflüssig. Einige Eltern plauderten mit dem Rektor, andere riefen draußen auf dem dunklen, windgepeitschten Sportplatz nach ihren Kindern, während der

Rest in stoischer Ruhe auf seinen Sitzen verharrte und die Wettkämpfe verfolgte. »Der Chef hat offenbar gesagt, kein anderer sei erfahren genug, um rübergeschickt werden zu können. Dicky meinte, daß sie das Brahms-Netz wohl bald würden aufgeben müssen. Bret tat zwar so, als würde er zustimmen, aber es ist ganz klar, daß er auf seinem Posten nicht überleben könnte, wenn er auf seine Brahms-Vier-Quelle verzichten müßte. Schließlich haben sie – zumindest für den Augenblick – den Kompromiß geschlossen zu versuchen, noch ein paar Jahre aus ihm herauszuquetschen. Dich halten sie für den einzigen, der in der Lage wäre, ihn zum Weitermachen zu bewegen.«

»Sie wollen das Netz also so lange am Leben erhalten, bis Bret in Pension geht und Dicky einen anderen Posten bekommen hat. Stellen sie sich das etwa so vor?«

»Ich kann nicht ausschließen, daß sie das im Hinterkopf haben. Wenn das Material von Brahms Vier ausfällt, wird es größere Veränderungen geben. Jemand wird die Verantwortung für den Fehlschlag übernehmen müssen. Selbst wenn es nur ein Schicksalsschlag ist, werden sie erwarten, daß irgendeiner die Schuld auf sich nimmt.«

»Ich bin gar nicht so überzeugt davon, daß das Material von Brahms Vier wirklich weltbewegend ist«, sagte ich. »Dann und wann hat er zwar ziemlich saftiges Zeug geliefert, aber im großen und ganzen hat es sich doch um ganz schlüssige Wirtschaftsprognosen gehandelt.«

»Nun, Bret hütet es wie seinen Augapfel. Ich bin sicher, daß keiner von uns bisher mehr als einen Bruchteil davon gesehen hat.«

»Selbst Bret räumt ein, daß ein Großteil seiner Informationen lediglich die Bestätigung von Geheimmaterial ist, das wir bereits aus anderen Quellen haben. Von Brahms Vier bekommen wir korrekte Zahlen über sowjetische Weizenkäufe – häufig jedoch erst, nachdem wir bereits von neuen Transportverträgen erfahren haben, die von den Sowjets unterzeichnet worden sind. Und die Art der Schiffe, die sie chartern, läßt durchaus darauf schließen, wieviel Weizen sie in Argentinien kaufen und wieviel sie durch den Golf von Mexiko verschiffen. Wir brauchen Brahms Vier doch nicht nur, um zu erfahren, daß die Moskauer Narodnij Bank argentinische Pesos kauft. Aber was hat er uns über die russischen Panzer gesagt, die nach Afghanistan gebracht wurden?«

»Jetzt bist du unlogisch, Liebling. Die Russen sind doch nicht auf die Hilfe ihrer Staatsbank angewiesen, um in Afghanistan einzumarschieren. Brahms Vier liefert eben Bankgeheimnisse.«

»Glaubst du denn, daß die Russen nicht schon lange vor den Soldaten Geld nach Kabul gebracht haben? Glaubst du denn, sie hätten keine Helfer in Pakistan angeheuert? Und die Leute, die man in diesem Teil der Welt kaufen kann, nehmen nun mal keine Diner's-Club-Karten. Der KGB muß mit klingender Münze bezahlt haben – und das in einer Größenordnung, die nur von einer Bank bereitgestellt werden kann.« Für das nächste Rennen wurden Kisten und Gummireifen aufgestellt.

»Ist Billy jetzt dran?« erkundigte sich Fiona. »Wofür wird das denn da aufgebaut?«

»Ja, er nimmt am Hindernislauf teil.« Hindernislauf! Nur mein Sohn hatte sich für so etwas entscheiden können.

»Liebling«, sagte sie, »wir wissen doch, daß es überhaupt nicht wichtig ist, wie gut oder wie schlecht das Material von Brahms Vier ist. Diese Informationsquelle irgendwo in der sowjetisch kontrollierten Bankwelt ist genau die Art von Geheimdienstarbeit, die selbst ein Politiker versteht. Du kannst dem Minister nicht mit elektronischer Nachrichtenübermittlung kommen oder ihm von Spionagesatelliten aufgenommene Fotos zeigen. Das ist viel zu kompliziert, und er weiß, daß all das technologische Instrumentarium Sache der Amerikaner ist. Aber erzähle dem Minister, daß wir einen Mann in der Moskauer Narodnij Bank und in ihrem geheimen Wirtschaftsausschuß haben, und er wird begeistert sein. Bilde einen Ausschuß, der sich um die Auswertung dieses Materials kümmert, und der Minister kann mit den Amerikanern von einer ganz anderen Position aus verhandeln. Wir wissen doch, daß Bret sein Imperium auf dem Material von Brahms Vier aufgebaut hat, also fang jetzt nicht an, daran herumzumäkeln. Du könntest dich unbeliebt machen.«

»Das wäre ja eine ganz neue Erfahrung für mich.«

Sie setzte dieses süße Lächeln auf, das sie immer zeigte, wenn sie sicher war, daß ich ihren Rat nicht befolgen würde, und sagte: »Ich meinte, wirklich unbeliebt.«

»Das muß ich eben auf mich nehmen«, sagte ich verärgert. »Und wenn deinem Freund Bret meine Meinung nicht paßt, kann er das halten wie ein Dachdecker.« Ich wußte, daß ich überzogen hatte. Sie merkte, daß ich sie noch immer einer Beziehung mit Bret verdächtigte. Es wäre wesentlich klüger gewesen, sich nicht so aufzuspielen und sie glauben zu lassen, ich sei ahnungslos.

Da entdeckte ich Billy. Ich winkte ihm zu, aber er war zu schüchtern, um zurückzuwinken; er lächelte nur. Zusammen mit anderen Knirpsen marschierte er durch die Turnhalle. Vermutlich durften nur so unbeholfene kleine Jungen wie Billy am Hindernislauf teilnehmen.

Es war ein Staffellauf, und aus unerfindlichen Gründen war Billy der Startläufer seiner Mannschaft. Er krabbelte durch zwei Gummireifen, lief Zickzack um eine Reihe von Plastikkegeln und kletterte auf eine Kiste, bevor er zum Schlußsprint und Stabwechsel ansetzte. Er rutschte aus und fiel der Länge nach hin. Als er wieder auf den Beinen stand, war sein Gesicht blutverschmiert; sein weißes Sporthemd auch. Seine Kameraden schimpften mit ihm, und er wußte nicht recht, in welche Richtung er laufen sollte. Dieses Gefühl kannte ich gut.

»O mein Gott«, sagte Fiona.

Ich hielt sie davon ab, hinunterzuspringen und zu ihm zu laufen. »Es ist nur die Nase«, stellte ich fest.

»Woher willst du das wissen?« fragte Fiona.

»Ich weiß es eben«, erwiderte ich. »Laß ihn in Ruhe.«

18

Rolf Mauser tauchte immer dann auf, wann und wo er am allerwenigsten erwartet wurde. »Wo zum Teufel kommst du denn her?« fragte ich übelgelaunt, weil ich vor Tau und Tag durch einen Telefonanruf aus dem Bett geholt worden war. Übelgelaunt auch, weil ich hier auf dem Londoner Fernbusbahnhof an der Victoria Station knöcheltief im Schmutz stehen und schalen Kaffee aus der Maschine trinken mußte.

»Ich konnte nicht bis zum Morgen warten, und ich weiß, daß du in der Nähe wohnst.« Ich kannte Rolf Mauser, seit ich ein Schuljunge und er ein arbeitsloser ehemaliger Hauptmann der Wehrmacht gewesen war, der sich seinen Lebensunterhalt mühsam mit Schwarzmarktgeschäften verdiente und indem er für meinen Vater Botengänge erledigte. Jetzt war er sechsundsechzig Jahre alt, aber er hatte sich kaum verändert, seit ich ihn das letzte Mal hinter der Bar in Lisl Hennigs Hotel gesehen hatte.

»Dein Sohn Axel sagte, du wärst in Ost-Berlin.«

»Eigentlich stimmt das ja auch«, meinte Rolf. »Aber sie lassen uns alte Leute neuerdings raus, weißt du.«

»Ja, ich weiß. Hast du Axel besucht? Er hat sich Sorgen um dich gemacht, Rolf.«

»Jetzt also Rolf? Ich kann mich an eine Zeit erinnern, als ich Herr Mauser genannt wurde.«

»Und ich kann mich an eine Zeit erinnern, als man dich Hauptmann Mauser nannte«, rief ich ihm ins Gedächtnis zurück. Es war mein Vater, der ihn so tituliert hatte, nachdem er festgestellt hatte, daß Mauser noch drei Wochen vor Kriegsende zum Hauptmann befördert worden war. Rolf hatte vor Stolz nur so geglüht.

»Hauptmann Mauser.« Er lächelte pflichtschuldig das Lächeln, das Familiengruppen für den Amateurfotografen bereithalten. »Ja, dein Vater wußte, wie man der Eitelkeit eines jungen Mannes schmeichelt.«

»Wußte er das, Rolf?«

Er spürte meine Verstimmung und antwortete nicht. Er sah sich auf dem Busbahnhof um, als erblickte er ihn zum ersten Mal. Er trug einen braunen Ledermantel, wie er Unter den Linden in Ost-Berlin in den Geschäften angeboten wird, wo nur reiche Westtouristen es sich erlauben können einzukaufen. Wie so viele Deutsche bevorzugte er auf Taille geschnittene Kleidung. Der Mantel mit Gürtel ließ diesen rundschultrigen Mann mit der spitzen Nase, die jedesmal zuckte, wenn er sprach, wie ein fülliges Gürteltier aussehen, das sich auf die Hinterbeine gestellt hatte. Er hatte ein rundes Gesicht, einen blassen Teint und müde Augen – die Folge von jahrelangem Herumsitzen in dunklen Bars, wenig Schlaf, Tabak und Alkohol. Es war nur noch wenig übrig von jenem zähen, jungen Artillerieoffizier, der sich bei der Frühjahrsoffensive der Roten Armee 1944 in Winniza am Bug das Eichenlaub zu seinem Ritterkreuz verdient hatte.

»Willst du noch weit, Rolf?«

»Hast du alles mitgebracht?«

»Du hast vielleicht Nerven.«

»Du bist mir einen Gefallen schuldig, Bernd.«

Ein Bus näherte sich, das Geräusch seines Dieselmotors wurde durch den niedrigen Einfahrtsbogen noch verstärkt. Vorsichtig fuhr er an die markierte Haltestelle heran. Ein halbes Dutzend erschöpfter Passagiere kletterte heraus, um das Gepäck in Empfang zu nehmen, zu gähnen und sich zu kratzen, als seien sie noch nicht ganz wach. »Mit deinem Lodenhut und dem Ledermantel wirst du in der englischen Provinz ziemliches Aufsehen erregen«, sagte ich zu Mauser. Er reagierte nicht auf meine Bedenken. Der Busfahrer stieg aus und änderte das Endstationsschild in Cardiff.

»Gib mir das Paket, Bernd, und heb' dir deine guten Ratschläge für Werner auf.« Er zupfte sich an der Nase. »Bist du etwa wegen dieser Sache nervös? Ich kann mich nicht erinnern, dich in den guten alten Zeiten nervös gesehen zu haben.«

»Was zum Teufel willst du bloß mit einer Waffe, Rolf?« Ich war versucht, ihm zu sagen, daß ich nur deshalb nervös war, weil ich ihm einfach nicht zutraute, mit einer Waffe umgehen zu können. In den »guten alten Zeiten« hatte Rolf Botengänge für meinen Vater erledigt und Geschichten über seine Heldentaten im und nach dem Krieg zum besten gegeben. Nur der Himmel wußte, welche dunklen Taten er früher einmal begangen haben mochte. Aber viele Jahre lang hatte er wenig mehr getan, als Briefe und Pakete unter seinem Bartresen zu verstecken, um sie dann Fremden zu übergeben, wenn sie das richtige Kennwort wußten.

»Habe ich dich denn gefragt, was du damals in Pankow mit dem Motorrad wolltest?« erkundigte er sich.

Es war ein lächerlicher Vergleich, aber Rolf schien ihn für passend zu halten. Eigentlich seltsam, daß er keine der anderen Gefälligkeiten erwähnte, die er mir erwiesen hatte. Er hatte zwar nicht gerade sein Leben, aber doch mehr als einmal seinen Job für mich riskiert. Und seinen Job für einen Freund aufs Spiel zu setzen rangierte in meiner Bewertungsskala für Freundschaft ganz oben.

»Gibst du mir die Aktentasche, oder willst du hier mitten auf dem Busbahnhof umpacken?« fragte er. Als Kind hatte mich Rolf Mausers Erscheinung eingeschüchtert, vor allem die mächtigen Augenbrauen, die an den äußeren Enden nach oben zeigten und ihm ein fast dämonisches Aussehen verliehen. Als ich dann begriff, daß er seine buschigen Augenbrauen nach oben bürstete, damit sie ihm nicht in die Augen fielen, war meine Angst vor Rolf Mauser verschwunden, und ich sah in ihm nur einen einsamen alten Mann, der gern in Jugenderinnerungen schwelgte.

»Und wenn ich nun kein Geld gehabt hätte?« wollte ich wissen.

Hinter uns schwang ein dünner Neger einen riesigen Besen und kehrte Brathuhnknochen, Eispapier und sonstigen Abfall vor sich her. Rolf drehte sich um und warf seinen Pappbecher auf den Haufen, als der Mann langsam an uns vorbeifegte. »Alle britischen Geheimdienstler in gehobenen Positionen haben stets fünfhundert Pfund in gebrauchten Scheinen zu Hause. So lauten die Bestimmungen seit Jahren, Bernd.«

»Hier hast du die Aktentasche«, sagte ich.

»Du warst schon immer sehr aufmerksam, Bernd.«

»Mir gefällt die Sache nicht, Rolf.«

»Warum denn nicht?«

»Was willst du mit der Waffe?«

»Wer hat dir gesagt, einen Safe zu knacken?«

»Das war doch kein Safe, Rolf. Diese Kassette, in der sie die Schulunterlagen aufbewahrten, konnte man doch mit Messer und Gabel öffnen.«

»Mein Sohn Axel sagte, du wärst ein guter Freund.«

»Brauchtest du Axel zur Bestätigung, Rolf?«

»Wir wissen beide, daß du ein guter Freund bist.«

»Oder bist du zu der Überzeugung gelangt, daß nur ich dumm genug wäre, dir Geld und eine Waffe zu geben, ohne viel zu fragen?«

»Du bist ein guter Freund. Ich schätze das. Wir schätzen es alle.«

»Wer ist das, ›wir alle‹?«

Rolf Mauser lächelte. »Wir schätzen dich alle, Bernd: ich, Axel, Werner und die anderen. Und nun stehen wir in deiner Schuld.«

»Kann sein«, meinte ich vorsichtig. Rolf war genau der Typ, dessen Gefälligkeiten einen ganz schön in Schwierigkeiten bringen konnten. Er stellte die Aktentasche auf den Boden und hielt sie mit den Knöcheln fest, während er seinen Ledermantel öffnete. Als er ihn wieder zugeknöpft hatte, zog er den Gürtel enger, als könnte ihn das wärmer halten.

»Wer ist Brahms Vier, Bernd. Wie heißt er?«

»Das kann ich dir nicht sagen, Rolf.«

»Ist er immer noch in Berlin?«

»Das weiß niemand«, erwiderte ich. Das stimmte natürlich nicht, aber so weit konnte ich mich wenigstens vorwagen.

»Es gibt Gerüchte, daß Brahms Vier nicht mehr für euch arbeitet. Wir würden gern wissen, ob er Berlin verlassen hat.«

»Was geht euch das an?« wollte ich wissen.

»Wenn Brahms Vier ausfällt, werdet ihr das ganze Brahms-Netz aufgeben. Und das sollten wir rechtzeitig wissen. Wir müssen uns darauf einstellen.«

Ich sah ihn einen Augenblick schweigend an. Rolf Mausers Beteiligung am Brahms-Netz war – wenigstens soweit ich wußte – neueren Datums und minimal. Doch dann fiel bei mir der Groschen. »Du meinst, wegen eurer Schiebereien? Weil ihr von London aus mit Dingen versorgt werdet, die ihr braucht, um Werners Import-Export-Schwindel aufrechtzuerhalten?«

»Du hast doch nichts darüber gesagt, Bernd?«

»Ich habe genug eigene Probleme; ich habe es wahrhaftig nicht nötig, mir noch zusätzliche aufzuhalsen«, sagte ich. »Aber die Zentrale in London ist schließlich nicht dazu da, eure krummen Geschäfte in Ostdeutschland oder sonstwo zu unterstützen.«

»So hast du aber nicht immer geredet, Bernd. Ich kann mich noch sehr gut daran erinnern, daß Brahms einmal als die beste Quelle im Berliner System bezeichnet wurde. Als die mit Abstand beste.«

»Die Zeiten ändern sich, Rolf.«

»Du willst uns also jetzt den Wölfen zum Fraß vorwerfen?«

»Was soll denn das?«

»Du glaubst wohl, wir wüßten nicht, daß ihr hier einen KGB-Spitzel in der Zentrale habt? Es besteht durchaus die Gefahr, daß das Brahms-Netz jeden Augenblick hochgeht.«

»Wer behauptet das? Hat Werner das gesagt? Werner gehört nicht zum Netz. Er ist nicht einmal offiziell bei der Abteilung beschäftigt. Das weißt du doch, oder?«

»Ist doch völlig egal, wer das gesagt hat«, wich Rolf aus.

»Also war es Werner. Und wir wissen beide, wer es ihm erzählt hat. Nicht wahr, Rolf?«

»Keine Ahnung«, erwiderte Rolf unerschüttert, obwohl seine Augen etwas ganz anderes verrieten.

»Seine Frau. Diese verdammte Zena«, sagte ich. Ich verfluchte Frank Harrington und seine Weibergeschichten. Ich kannte Frank viel zu gut, um ihn zu verdächtigen, etwas wirklich Wichtiges weitergegeben zu haben. Aber ich hatte genug von Zena Volkmann gesehen, um zu wissen, daß sie mit ihrer Beziehung zu Frank hausieren ging. Damit wertete sie sich auf. Sie würde Werner alle möglichen wilden Vermutungen, Gerüchte und Halbwahrheiten auftischen. Und Werner würde jedes Wort glauben, das sie von sich gab.

»Zena macht sich eben Sorgen um Werner«, sagte Rolf defensiv.

»Du mußt ziemlich naiv sein, Rolf, wenn du glaubst, daß sich Zena Volkmann über jemand anders als sich selbst Sorgen macht.«

»Vielleicht liegt das daran, daß sich sonst niemand so richtig um sie kümmert«, behauptete Rolf.

»Mir kommen die Tränen«, sagte ich.

Ich fürchte, wir haben uns doch ein bißchen verbittert getrennt. Als ich mich noch einmal umdrehte, hatte er den Bus noch nicht bestiegen. Ich nahm an, daß er auch nicht die Absicht hatte, es zu tun.

19

Einige der geheimsten Unterredungen, von denen ich gehört hatte, hatten nicht in abhörsicheren, sogenannten »stillen Räumen« unter den neuen Büros der Abteilung stattgefunden, sondern in Restaurants, in St. James' Clubs und sogar auf den Rücksitzen von Taxis. So war ich nicht allzu überrascht über Dicky Cruyers Vorschlag, gegen neun Uhr auf einen »vertraulichen Plausch« zu ihm nach Hause zu kommen.

Ein Mann, der gerade die Klingel reparierte, ließ mich ein. Dickys Frau Daphne arbeitete an diesem Morgen zu Hause. Der große Ecktisch im Wohnzimmer wurde fast ganz von einem riesigen Entwurf eingenommen. Ein Marmeladenglas mit farbigen Filzstiften stand auf dem Fernseher, und über das Sofa verstreut waren Rohentwürfe für eine neue Cornflakes-Werbung. Überall war Daphnes Kunstschulausbildung sichtbar; da gab es farbenfrohe Volkskunst und grobgewebte Kissenbezüge, ein primitives Gemälde von Adam und Eva über dem Kamin und eine Sammlung von Streichholzschachtel-Etiketten in einer alten Vitrine. Die einzigen persönlichen Stücke im Raum waren Fotos: ein Bild der beiden Cruyer-Söhne inmitten hundert anderer mürrisch dreinblickender, grauuniformierter Jungen vor dem riesigen neogotischen Gebäude, das ihr Internat war, und an den Kaminsims gelehnt ein großes glänzendes Foto von Dickys Boot. Leise tröpfelte Gilbert and Sullivan aus der Hifi-Anlage. Dicky summte mit.

Hinter der Eßdiele entdeckte ich Daphne in der Küche. Sie goß heiße Milch in große Porzellanbecher. Im Aufblicken sagte sie »*Ciao!*« mit mehr Herzlichkeit als üblich. Wußte sie, daß ihr Mann eine Affäre mit meiner Schwägerin gehabt hatte? Ihr Haar war ein strubbeliger Mop, der nur von häufigen Besuchen bei einem sehr teuren Friseur herrühren konnte. Aufgrund des wenigen, was ich über Frauen wußte, konnte das durchaus ein Indiz dafür sein, daß sie über Dicky und Tessa Bescheid wußte.

»War der Verkehr schlimm?« erkundigte sich Dicky, als ich meinen Trenchcoat auf einen Sessel warf. Das war seine subtile Art, mir beizubringen, daß ich mich verspätet hatte. Dicky liebte es, die Leute gleich von Anfang an in die Defensive zu bringen. Derartige Taktiken hatte er einem Buch über junge, erfolgreiche Wirtschaftsbosse entnommen. Während eines Wochenendes hatte ich es mir heimlich aus seinem Büro entliehen, um es auch einmal zu lesen.

»Nein«, log ich. »Ich habe nur zehn Minuten gebraucht.«

Er lächelte, und ich wünschte, ich hätte mich nicht auf dieses Spielchen eingelassen.

Daphne brachte Kakao auf einem Blechtablett, das für Pears Seife warb. Meine Tasse feierte das silberne Thronjubiläum Georgs V. Dicky beglückwünschte Daphne zu dem Kakao und nötigte mir einen Keks auf, während sie ihre Stifte und Papiere zusammenraffte, um sich ins obere Stockwerk zurückzuziehen. Manchmal fragte ich mich, wie die beiden miteinander klarkamen; ein Geheimdienstler ist ein recht eigenartiger Bettgenosse für ein Weib aus der Werbebranche. Da war es schon besser, mit einer Kollegin aus der Abteilung verheiratet zu sein; ich brauchte sie nicht jedesmal zu bitten, den Raum zu verlassen, wenn ich vom Büro aus angerufen wurde.

Er wartete, bis er seine Frau hinaufgehen hörte. »Habe ich dir nicht gesagt, daß das Brahms-Netz bald in die Brüche gehen wird?«

Das war natürlich eine rein rhetorische Frage. Es wurde von mir erwartet, daß ich bestätigte, er habe genau das mit unheimlicher Präzision eine Million Mal oder mehr vorausgesagt. Aber ich sah ihm direkt in die Augen und meinte: »Vielleicht hast du es gesagt, Dicky. Ich kann mich nicht mehr genau erinnern.«

»Um Himmels willen, Bernard! Ich habe es Bret erst vor zwei Tagen noch einmal gesagt.«

»Was ist denn passiert?«

»Die Leute haben sich abgesetzt. Frank ist hier.«

»Frank ist hier?«

»Wiederhole doch nicht immer, was ich sage. Ja, verdammt. Frank ist hier.«

»In London?«

»Er ist oben und nimmt ein Bad. Er ist gestern abend angekommen, und wir haben die ganze Nacht geredet.« Dicky stand vor dem Kamin und klopfte mit den Fingern gegen das Sims; einer seiner Cowboystiefel ruhte auf dem Messinggitter.

»Gehst du heute nicht ins Büro?« Ich umschloß die Kakaotasse mit beiden Händen, aber er war nicht sehr heiß, und so trank ich ihn. Ich verabscheue kalten Kakao.

Dicky zupfte an dem goldenen Medaillon, das an einer dünnen Kette um seinen Hals hing. Es war eine feminine Geste, und weiblich war auch das kunstvolle Lächeln, mit dem er meine Frage beantwortete.

»Bret wird erfahren, daß Frank in London ist«, sagte ich. »Und wenn du nicht im Büro erscheinst, wird er zwei und zwei zusammenzählen.«

»Bret kann meinetwegen zum Teufel gehen«, stellte Dicky fest.

»Trinkst du denn deinen Kakao nicht?«

»Eigentlich ist es Schokolade«, erklärte Dicky. »Unsere Nachbarn von gegenüber haben sie aus Mexiko mitgebracht und Daphne gezeigt, wie die Mexikaner sie zubereiten.«

Das war Dickys Art zu sagen, daß er sie nicht mochte. »Das ist gesund«, stellte ich fest und trank auch seinen Kakao. Seine Tasse war mit Nagetieren verziert, die Namen wie Flopsy, Mopsy, Cottontail und Peter trugen. Sie war kleiner als meine; wahrscheinlich wußte Daphne, daß er Kakao auf mexikanische Art nicht ausstehen konnte.

»Ja, meinetwegen kann Bret zum Teufel gehen«, wiederholte Dicky. Das Gasfeuer im Kamin brannte nicht. Er gab dem künstlichen Holzscheit einen freundlichen Stoß mit der Stiefelspitze.

Falls Dicky darauf aus war, einen Kampf auf Biegen und Brechen mit Bret anzuzetteln, würde ich mein Geld auf Bret Rensselaer setzen. Aber das sagte ich nicht; es war auch nicht nötig. »Gehört das alles zu deinem Plan, Bret aus den Dingen herauszuhalten?«

»Unserem Plan«, meinte Dicky. »*Unserem* Plan.«

»Ich habe noch immer nicht dieses vertrauliche Papier, das du mir versprochen hast.«

»Du meine Güte. Ich werde dich schon nicht im Stich lassen.« Von oben erschollen die Klänge der Rolling Stones. »Das ist Daphne«, erläuterte Dicky. »Sie behauptet, bei Musik besser arbeiten zu können.«

»Also – worauf ist Frank aus? Warum kommt er hierher und weint sich an deiner Brust aus, anstatt ganz offiziell im Büro zu erscheinen?«

Wieder zeigte Dicky dieses kunstvolle Lächeln. »Wir wissen doch beide Bescheid, Bernard. Frank ist hinter meinem Job her.«

»Frank ist hundert Jahre alt und wartet auf seine Pensionierung.«

»Wenn er sich aber von meinem Schreibtisch aus zur Ruhe setzt, bekommt er pro Jahr ein paar Tausender mehr an Pension. Wenn er sich aus meiner Position verabschiedet, kann Frank mit dem *Commander of the Order of the British Empire* rechnen, vielleicht sogar mit dem *Knight Commander.*«

»Hat du Frank in seinen Hoffnungen auf deinen Posten bestärkt? In seinem Alter hat er doch nicht die Spur einer Chance.«

Dicky runzelte die Stirn. »Lassen wir das beiseite, wenigstens für den Augenblick. Wenn Frank unausgesprochene Ambitionen hat, dann ist es nicht an uns, Spekulationen darüber anzustellen. Kannst du mir folgen?«

»Dir folgen? Ich bin dir weit voraus. Frank hilft dir dabei, Bret Rensselaer loszuwerden. Dann bekommst du Brets Job und Frank deinen – bis auf den kleinen Schönheitsfehler, daß Frank deinen nie im Leben erhalten wird.«

»Du hast einen miesen Charakter«, stellte Dicky ohne jede Empörung fest. »Du mußt bei allen Menschen immer nur das Schlechteste vermuten.«

»Und das Erschütternde daran ist, daß ich so häufig recht behalte.«

»Nun, sei nachsichtig mit Frank. Er ist ziemlich durcheinander.«

Dicky übertrieb natürlich maßlos – sowohl im Hinblick auf das Auseinanderfallen des Brahms-Netzes als auch in bezug auf Franks Gemütszustand. Zehn Minuten später kam Frank herunter. Er sah nicht schlimmer aus, als auch ich ausgesehen hätte, wenn ich mit Dicky die ganze Nacht herumgehockt hätte. Er war frisch rasiert und hatte dort, wo er die Ecken seines Schnurrbarts gestutzt hatte, zwei winzige Schnittwunden. Er trug einen dreiteiligen Anzug mit grauen Streifen, ein sauberes Hemd und blitzblank polierte Halbschuhe. Außerdem fuchtelte er mit dieser verfluchten Pfeife herum. Frank war müde und heiser vom vielen Sprechen, aber er war ein Experte darin, das Beste aus sich zu machen, und ich wußte, daß er Dicky und mir gegenüber keinerlei Schwachpunkte eingestehen würde.

Frank schien erfreut, mich zu sehen. »Ich bin froh, daß du hier bist, Bernard. Hat dich Dicky ins Bild gesetzt?«

»Ich habe ihm nichts gesagt«, meinte Dicky. »Ich wollte, daß er es von dir hört. Möchtest du heiße Schokolade, Frank?«

Frank sah rasch auf seine goldene Armbanduhr. »Ein kleiner Gin-Tonic könnte eigentlich nicht schaden, wenn es dir nichts ausmacht.«

»Es ist Kakao, Frank«, sagte ich. »Auf mexikanische Art zubereitet.«

»Du hast gesagt, daß er dir schmeckt«, beschwerte sich Dicky.

»Ich finde ihn köstlich«, sagte ich. »Schließlich habe ich schon zwei Tassen getrunken, oder etwa nicht?«

»Falls du Plymouth Gin hast«, meinte Frank, »hätte ich ihn gern pur oder mit Bitter Lemon.« Er ging zum Kamin hinüber und klopfte seine Pfeife aus.

Als Dicky vom Barwagen zurückkam und die Tabakasche im Kamin sah, sagte er: »Um Himmels willen, Frank! Siehst du denn nicht, daß es ein Gasfeuer ist?« Er drückte Frank den Gin in die Hand und ging vor dem Kamin in die Knie.

»Tut mir leid«, sagte Frank.

»Er sieht aus wie ein echter offener Kamin«, meinte Dicky und benutzte einen von Daphnes Cornflakes-Entwürfen, um die Tabakreste zu einem winzigen Haufen zusammenzukehren, den man unter dem künstlichen Holzscheit verstecken konnte.

»Es tut mir leid, Dicky, wirklich«, sagte Frank noch einmal, als er sich aufs Sofa setzte, einen gelben Ölzeug-Tabaksbeutel auf den Knien. Er sah mich an und nickte, bevor er einen Schluck Gin nahm. Dann, in veränderter Tonlage, sagte er: »Es kann schlimm werden, Bernard. Falls du vorhaben solltest rüberzufahren, wäre jetzt der richtige Zeitpunkt.«

»Wie schlimm?«

Dicky stand auf und schlug sich gegen die Beine, um Aschenreste von seinen Fingern loszuwerden. »Verdammt schlimm«, sagte er. »Erzähl ihm doch, wie du davon erfahren hast, was vor sich gegangen ist.«

»Ich bin noch nicht mal sicher, daß ich weiß, was im Moment vor sich geht«, stellte Frank fest. »Aber der erste Hinweis auf mögliche Probleme kam von diesem Polizeiverbindungsmann in Bonn. Er rief mich an und sagte, in Hitzacker in Niedersachsen sei ein Mann aus der Elbe gefischt worden. Er hatte die Minenfelder und Grenzhindernisse überwunden und war in den Fluß gesprungen. Er war zwar fix und fertig, wies aber keinerlei Verletzungen auf. Dem westdeutschen Polizeibericht konnte ich entnehmen, daß man keinerlei Schüsse oder ähnliches auf der anderen Seite gehört hatte. Die perfekte Flucht.«

»Ein Glückspilz«, stellte Dicky fest.

»Oder jemand, der überaus gut informiert war«, entgegnete Frank. »In diesem Gebiet verläuft die Grenze entlang dem nordöstlichen Ufer der Elbe, so daß die Ostdeutschen keinerlei Sperren oder Hindernisse im Fluß installieren können. Deswegen bemüht sich die DDR auch so darum, die Grenze mitten durch die Elbe verlaufen zu lassen. Aber bis dahin ist es ein fast ideales Gelände für einen Fluchtversuch.«

»Ein Grenzgänger? Warum wurde Bonn eingeschaltet, und warum hat man dich angerufen?«

»Bonn horchte auf, als sich herausstellte, daß der Flüchtling ein ostdeutscher Zollbeamter war.«

Frank sah mich an, als erwarte er eine Reaktion. Als sie nicht kam, verbrachte er geraume Zeit damit, seine Pfeife in Brand zu setzen. »Ein ostdeutscher Zollbeamter«, wiederholte er und fuchtelte mit dem Streichholz durch die Luft, um es zu löschen. Er hätte das abgebrannte Streichholz um ein Haar in den Kamin geworfen, besann sich aber gerade noch rechtzeitig und deponierte es in dem großen Cinzano-Aschenbecher, den Dicky neben seinem Ellbogen abgestellt hatte. »Max Binder. Einer von deinen Leuten. Ein Mann aus dem Brahms-Netz.«

Dicky hatte bereits die ganze Nacht mit Franks ausführlichen Erzählungen verbracht und versuchte nun, die Dinge voranzutreiben. »Als Frank am nächsten Morgen die übliche Kette in Gang setzen wollte, um mit dem Rest des Brahms-Netzes Kontakt aufzunehmen, erhielt er keine Antwort.«

»Das habe ich nicht gesagt«, wandte Frank pedantisch ein. »Von zwei Mitgliedern habe ich bereits Botschaften erhalten.«

»Du hast keine Botschaften bekommen«, korrigierte Dicky fast noch pedantischer. »Du hast Signale bekommen, daß der Kontakt unterbrochen ist.« Dicky hatte erkannt, daß der Zusammenbruch des Brahms-Netzes seine große Chance darstellte, und war entschlossen, die Geschichte in seinem Sinne zu schreiben.

Frank knurrte und trank seinen Gin.

»Diese Hunde haben krumme Dinger gedreht«, sagte Dicky. »Sie haben faule Geschäfte mit diesen Import-Bankkrediten gemacht und damit ein Vermögen erschachert. Und Bret hat unter Umständen sogar falsche Papiere autorisiert und alles, was sie sonst noch benötigten.«

»Werner hat sich über die falschen Papiere beklagt«, sagte ich.

»Das war es doch gerade, was uns von der Fährte abgebracht hat«, stellte Frank fest. »Die falschen Unterlagen waren es, die sie vor allem brauchten.«

»Wir haben eine ganze Reihe von inoffiziellen Beschwerden der DDR darüber erhalten, daß wir ›antisozialistischen Kräften Hilfe und Unterstützung gewähren‹«, fügte ich hinzu.

Frank blickte von seiner Pfeife auf und meinte scharf: »Das

nehme ich dir fast übel, Bernard. Du weißt sehr gut, daß die Ostdeutschen ein regelrechtes Bombardement von Protesten auf dieser Ebene ablassen. Wie zum Teufel sollte ich wissen, daß ihre Cocktail-Party-Sticheleien ausnahmsweise mal auf Tatsachen beruhten?«

Dicky konnte ein grimmiges Lächeln nicht unterdrücken und wandte sich ab, um es zu verbergen. Das Brahms-Netz als kriminelle Bande, die die Abteilung zu ihrem eigenen Profit ausnutzte, reichte mit Sicherheit aus, um Bret Rensselaer zu Fall zu bringen. Und obendrein würde Bret seine Quelle Brahms Vier verlieren. »Frank sagt, er rechnet mit einer Mordanklage von seiten der DDR gegen sie«, fügte Dicky hinzu.

»Wer? Wo?« fragte ich. Sofort dachte ich an Rolf Mauser und war verblüfft genug, mir meine Bestürzung auch anmerken zu lassen. Ich machte mir Sorgen über die Art, mit der ich Bret dazu genötigt hatte, einem Darlehen für Werner zuzustimmen. Würde er nun annehmen, auch ich sei an diesen krummen Geschäften beteiligt? Ich stand auf und ging zum Barwagen hinüber. »Hast du was dagegen, wenn ich mir etwas zu trinken nehme, Dicky?«

»Hat sich irgend jemand mit dir in Verbindung gesetzt?« fragte mich Frank. »Nach Meinung seines Sohnes ist Rolf Mauser nach Hamburg gefahren. Aber ich möchte wetten, daß er in London ist.«

»Noch jemand?« erkundigte ich mich und hielt die Ginflasche hoch. »Nein. Nein, mit mir hat bisher niemand versucht, Verbindung aufzunehmen.«

Frank sah mich einen Augenblick an, bevor er den Kopf schüttelte. »Nein«, korrigierte er. »Ich sagte lediglich, daß eine Anklage wegen Mordes der nächste Schritt wäre, wenn das Netz aufgeflogen ist. Das ist ein Kunstgriff, den die DDR gegenüber Ausreißern anwendet«, erklärte er. »Eine Mordanklage macht aus jedem Flüchtling automatisch einen Kapitalverbrecher. So kann die Beschreibung über Fernschreiber verbreitet, können Armee- und Polizeidienststellen benachrichtigt werden. Und natürlich ist bei einem Mörder auch die Chance größer, daß die Bevölkerung bei der Fahndung mithilft. Heutzutage sind die Menschen drüben Schwarzmarkthändlern gegenüber recht tolerant.« Frank sah mich erneut an. »Stimmt's, Bernard?«

Ich trank einen Schluck von dem Gin, den ich mir eingegossen hatte, und fragte mich, inwieweit Frank vermutete, daß ich mich mit Rolf oder irgendeinem anderen Mitglied des Brahms-Netzes getroffen hatte. Dicky hegte mit Sicherheit keinerlei Verdacht. Er konnte offenbar an nichts anderes denken als daran, wie er die neue Situation zu seinen Gunsten ausnutzen konnte. Aber Frank kannte mich seit meiner Kindheit. Es war nicht so leicht, ihn hinters Licht zu führen. »Es hat so kommen müssen«, meinte Frank, »Brahms war doch nur dafür gut, das Material von Brahms Vier in die richtigen Kanäle zu leiten. Sie haben Unheil gestiftet, und nun sitzen sie in der Tinte. So was haben wir schon häufiger erlebt, oder?«

»Du sagst, daß sie ohne jede Unterstützung von unserer Seite auseinandergelaufen sind?«

»Nein. Das ist Dickys Interpretation. Vielleicht sind sie auch nur für ein paar Tage untergetaucht«, sagte Frank. »Das tun sie doch auch, wenn der Staatssicherheitsdienst eine seiner Routinekontrollen veranstaltet.«

»Routinekontrolle oder nicht«, sagte ich. »Sie könnten aufgegriffen werden. Und dann wird ihnen die Normannenstraße ein Angebot machen, das sie kaum ausschlagen können. Vielleicht werden sie gleich ein zweites Netz mit auffliegen lassen – wer weiß? Ist es das, woran du denkst, Frank?«

»Welche Art von Angebot könnten sie denn nicht ausschlagen?« wollte Dicky wissen.

Ich schwieg, aber Frank sagte: »Der Stasi wird sie schon zum Reden bringen, Dicky.«

Dicky goß sich einen Drink ein. »Arme Hunde. Max Binder, der alte Rolf Mauser – wer sonst noch?«

»Heben wir uns die Trauergesänge auf, bis wir wissen, ob sie wirklich geschnappt sind«, sagte ich. »Wo ist Max Binder jetzt?«

»Noch immer in diesem Notaufnahmelager in Hamburg. Die Leute da werden ihn uns nicht übergeben, bevor sie mit ihm fertig sind.«

»Das paßt mir nicht, Frank«, sagte Dicky. »Es gefällt mir nicht, wenn irgendwelche untergeordneten deutschen Vernehmungsbeamten unsere Leute ausquetschen. Hol ihn da sofort raus.«

»Das können wir nicht«, erwiderte Frank. »Wir haben uns an die Formalitäten zu halten.«

»Unsere Berliner Leute kommen doch nicht ins Aufnahmelager«, wandte Dicky ein.

Geduldig erklärte Frank: »Berlin steht immer noch unter dem Viermächtestatus. Daher können wir die Dinge in Berlin in unserem Sinne regeln. Aber Vorkommnisse in der Bundesrepublik müssen nun mal über die zuständigen Stellen der Bundesregierung laufen, und das dauert.«

»Wann hast du ihn gesehen, Frank?«

Daphne Cruyer klopfte und steckte den Kopf zur Tür herein. »Ich fahre jetzt in die Agentur, Liebling. Wir haben da Probeaufnahmen von Zehnjährigen für die Fernsehwerbung, und ich kann meine Assistentin nicht mit einer Horde kleiner Monster allein lassen.« Sie trug einen breitkrempigen Hut, einen langen blauen Mantel und glänzende Stiefel. Seit dem Besuch bei Onkel Silas hatte sie ihr Blümchen-Lätzchen-und-Oma-Brille-Image sehr verändert.

»*Bye, bye*, Liebling«, sagte Dicky und küßte sie pflichtschuldig. »Ich rufe dich vom Büro aus an, wenn ich länger arbeiten sollte.«

Daphne beglückte auch mich mit einem herzlichen Kuß. »Ihr Männer müßt doch immer länger arbeiten«, meinte sie spitz. Jetzt war ich sicher, daß sie über Dicky und Tessa Bescheid wußte. Ich fragte mich, ob ihre erstaunliche Aufmachung auch eine Reaktion auf Dickys Untreue war.

Erst nachdem wir alle zugesehen hatten, wie Daphne in ihr Auto gestiegen und fortgefahren war, beantwortete Frank meine Frage.

»Die Identifizierung hat mir genügt«, sagte Frank. »Es hätte doch gar keinen Sinn gehabt, in dieses gottverlassene Nest in Niedersachsen zu fahren. Ich habe den ganzen folgenden Tag damit verschwendet, den Rest von ihnen aufzuspüren.«

»Daphne hat vergessen, ihre Aktenmappe mitzunehmen«, stellte Dicky fest und nahm eine flache Ledertasche vom Tisch, wo sie sie abgelegt hatte, als sie ihn geküßt hatte. »Ich werde in der Agentur anrufen und sagen, sie sollen einen Boten schicken, um sie abzuholen.« Es war genau die Art von Fürsorglichkeit, die nur untreue Ehemänner zeigen.

Dicky verließ das Zimmer, um von der Diele aus zu telefonieren. Seine laute Stimme wurde durch die Riffelglasfüllung der Tür gedämpft.

»Erzähl mir lieber, was wirklich passiert ist«, sagte ich zu Frank, »während Dicky noch am Telefon hängt.«

»Was meinst du denn damit?«

»Wenn ein DDR-Zöllner die Elbe durchschwimmt, lockt das doch keinen Bonner Polizeiverbindungsmann hinter dem Ofen hervor. Und selbst wenn ihn diese Tatsache irgendwie interessieren sollte – wie kommt er dann darauf, gerade dich sofort davon zu informieren?« Frank zeigte keinerlei Reaktion, also fuhr ich fort: »Der Bonner Verbindungsmann hat gar keine Telefonnummern von unserer Geheimdienststelle in Berlin, Frank. Ich dachte, darüber würde sogar Dicky stolpern.«

»Sie waren in Max Binders Wohnung, um ihn festzunehmen.«

»Unter welcher Beschuldigung?«

»Das wissen wir nicht. Es muß mit ihrem Finanzierungsschwindel zusammenhängen. Nur seine Frau war zu Hause. Sie konnte ihn rechtzeitig warnen, und er hat sich dünngemacht.«

»Hast du das von Max Binder?«

»Ich habe es von jemandem, dem Werner es erzählt hat«, räumte Frank ein. »Werner ist nicht in Gefahr. Es gibt keinerlei Hinweise, daß noch jemand außer Binder betroffen ist. Und Max Binder ist entkommen, indem er bei Hitzacker durch die Elbe schwamm, wie schon gesagt. Er ist immer noch im Notaufnahmelager. Ich würde gern Kontakt zu Brahms Vier aufnehmen, aber niemand will mir sagen, wie ich das anstellen soll.«

Aus der Diele war noch immer Dickys Stimme zu hören. Er hatte ausführlich erklärt, was die Aktentasche enthielt und von wo sie abgeholt werden sollte, und nun machte er sich Gedanken, ob der Bote auch in der Lage wäre, sie richtig zu befördern. Die Klingel läutete zweimal, und Dicky schrie dem Elektriker zu, er solle endlich aufhören, sie zu testen. »Du hast es von jemandem, dem Werner es erzählt hat«, wiederholte ich. »Wer war's denn, Frank?«

»Zena hat es mir erzählt«, sagte Frank und stocherte in seinem Pfeifenkopf herum, um mich nicht ansehen zu müssen. »Sie ist ein hinreißendes Wesen, und ich bete das kleine Ding an. Sie muß sich von Zeit zu Zeit mit Werner treffen. Sie hat ein paar Einzelheiten zu dieser Max-Binder-Geschichte herausbekommen.« Er zog an seiner Pfeife, aber es kam kein Rauch.

»Ich verstehe.«

»Du weißt von mir und Zena Volkmann, nicht wahr?« Wieder stocherte er in seiner Pfeife herum. Als er sicher war, daß der Tabak nicht brannte, steckte er sie in die Tasche und nahm einen tüchtigen Schluck von seinem Gin.

»Ja, ich weiß. Vermutlich hat sie dir auch jene Papiere gegeben, die ich mir in Berlin angesehen habe.«

»Sie waren echt«, sagte Frank.

»Nur zu echt«, stellte ich fest. »Sie kamen direkt aus der Moskauer Zentrale. Hochprozentiges Material, sorgfältig ausgewählt, um alles so aussehen zu lassen, als sei Giles Trent ihr einziger Mann in London. Woher hatte sie das Zeug denn?«

»Zena kennt eine Menge Leute«, sagte Frank.

»Sie kennt zu viele Leute, Frank. Zu viele falsche Leute.«

»Es wäre besser, wenn wir das alles nicht mit Bret oder jemand anders aus der Londoner Zentrale besprechen würden.«

»Zena beteiligt sich offensichtlich an dem Schwindel, den Brahms da aufgezogen hat.«

»Schon möglich«, meinte Frank. Er trank sein Glas aus und leckte sich die Lippen.

»Es ist nicht nur möglich, Frank. Es ist verdammt offensichtlich. Das Mädchen hält dich zum Narren. Sie hat während der ganzen Zeit mit Werner und den anderen unter einer Decke gesteckt.«

»Willst du mir etwa einreden, daß dein Kumpel Werner seine eigene Frau verkuppelt hat?« Franks Stimme klang rauh; er schien entschlossen, sich nur dann von seinen Illusionen zu lösen, wenn er gleichzeitig meine zerstörte.

»Ich weiß es nicht«, erwiderte ich. »Vielleicht hatte sie sich wirklich von Werner getrennt. Doch dann stellte sie fest, daß sie etwas in den Händen hatte, was sie an das Brahms-Netz verkaufen konnte. Und Werner war die einzige Verbindung dazu, die sie besaß.«

»Was sollte sie denn an Brahms zu verkaufen haben?« Frank schien sich ausgesprochen unbehaglich zu fühlen. Er öffnete und schloß die Lasche seines gelben Tabakbeutels und betrachtete den Inhalt, als wäre er von größtem Interesse für ihn.

»Informationen, Frank.«

»Du glaubst doch hoffentlich nicht, daß ich ihr irgendwelche Dinge anvertraut haben könnte, die kritisch werden könnten?«

»Das sollten wir besser herausfinden, Frank«, sagte ich. »Und zwar verdammt schnell. Wir haben Agenten da draußen, die gewarnt werden müssen, falls Zena Volkmann dein Bettgeflüster an Männer weitergibt, deren Adresse die Normannenstraße ist.«

»Wir wollen nicht überreagieren«, meinte Frank. »Ich habe von ihr Informationen erhalten, nicht sie von mir.«

»Für mich ist das keineswegs eine Überreaktion, Frank«, stellte ich fest. »Ich bin nämlich derjenige, der hinübergehen wird. Ich fahre auf die andere Seite des Checkpoint Charlie, um die Kastanien aus dem Feuer zu holen, und muß mich dabei so schnell bewegen, daß der Stasi immer einen oder zwei Schritte hinter mir bleibt. Also sorge dafür, daß Zena nichts von meinen Reiseplänen erfährt. Ich werde mich von dir und deinen außerehelichen Aktivitäten so fern wie möglich halten, Frank.«

»Sei doch kein Dummkopf, Bernard. Glaubst du denn, einer

dieser Narren, mit denen du in Steglitz dann und wann einen hebst, könnte dich heil über die Mauer bringen? Bildest du dir wirklich ein, einer dieser Burschen, mit denen du die Schulbank gedrückt hast, würde die Stadt besser kennen als ich? Ich habe die meiste Zeit meines Lebens damit verbracht, mir die Berliner anzusehen, mit ihnen zu sprechen und mich über sie zu informieren. Ich bekomme meine Informationen aus einer Million verschiedener Quellen, und ich studiere sie. Das ist es, was ich den ganzen Tag tue, Bernard. Ich kenne Berlin wie ein Bibliothekar seine Bücherregale, der Zahnarzt das Gebiß seiner Patienten, ein Schiffsingenieur die Listen und Tücken seines Motors. Ich kenne jeden Quadratzentimeter dieser verdammten Stadt, von den höchsten Höhen bis in die tiefsten Niederungen.«

»Du kennst die Stadt, Frank. Du kennst sie besser als jeder andere. Das gebe ich zu.«

Frank sah mich spöttisch an. »Um Himmels willen!« sagte er plötzlich. »Du willst doch nicht etwa sagen, daß du mir mißtraust.« Er stand auf, sah mich an und schlug sich mit der flachen Hand gegen die Brust. »Du sprichst mit Frank Harrington. Ich kenne dich, seit du ein kleines Würmchen warst.«

»Laß das, Frank«, sagte ich.

»Das werde ich nicht tun«, erwiderte er. »Ich habe deinem Vater versprochen, daß ich mich um dich kümmern werde. Ich sagte es ihm, als du zur Abteilung kamst, und ich sagte es ihm später, am Ende. Ich habe ihm versprochen, mich um dich zu kümmern, und wenn du auf die andere Seite rübergehst, dann wirst du das auf meine Weise tun.«

Nie zuvor hatte ich Frank so gefühlsbetont erlebt. »Laß mich darüber nachdenken«, sagte ich.

»Ich meine es ernst«, betonte Frank. »Entweder du richtest dich nach mir, oder du gehst gar nicht.« Da war eine Chance, diese Reise zu umgehen, und einen Moment lang war ich versucht, sie beim Schopfe zu packen. »Auf meine Art, oder ich lege mein Veto ein.«

Aus der Halle hörte ich Dicky mit dem Elektriker hadern, daß er für die Reparatur der Klingel zuviel verlangte. Dann steckte Dicky den Kopf durch die Tür und borgte sich von mir einen Fünfer. »Es ist Schwarzarbeit«, erläuterte er, während er das Geld nahm. »Du bekommst diese Dinge nur erledigt, wenn du auf der Stelle bar zahlst.«

»Okay, Frank«, sagte ich, nachdem Dicky gegangen war. »Wir machen es so, wie du willst.«

»Nur du und ich«, sagte Frank. »Ich bring' dich schon rüber.« Er versprach mir nicht, mich auch wieder zurückzubringen, stellte ich fest.

»Dicky will alles ganz geheim halten«, meinte ich. »Hat er dir das gesagt?«

Frank sah in seinem Ölzeug-Tabaksbeutel nach, wieviel Tabak ihm noch geblieben war. »Auf diese Weise kann man wenigstens keine Fehler machen«, erklärte er.

»Er will nicht einmal Bret einweihen«, sagte ich.

»Es stammt von jemandem«, stellte Frank fest, »der ausgezeichneten Zugang zu unseren Unterlagen hat.«

Ich schwieg. Eine solche Bemerkung von Frank war Majestätsbeleidigung, und ich wußte nicht, was ich darauf hätte sagen sollen.

Ich sah auf die Uhr über dem Kamin und fragte mich laut, ob sie wohl richtig ging. Ich bat Frank, doch mal zu uns zum Essen zu kommen, und er versprach, mich anzurufen, sobald es ihm paßte. Dann rief ich Dicky auf Wiedersehen zu, der immer noch am Telefon hing und erklärte, wie wichtig Daphnes Cornflakes-Aktenordner wäre. Eine Feststellung, die jemand am anderen Ende der Leitung in Abrede zu stellen schien.

Von den »sicheren Häusern«, in denen ich mich mit Trent treffen konnte, hatte ich das Wettbüro an der Kilburn High Road ausgesucht. Das Mädchen hinter dem Tresen nickte mir zu, als ich eintrat. Ich schob mich an drei Männern vorbei, die die Abstammung eines Rennpferdes diskutierten, ging durch eine Tür, auf der »Nur für Personal« stand, und die Treppe hinauf in ein kleines Vorderzimmer. Vom Fenster aus sah man auf den breiten Bürgersteig, wo gebrauchte Badewannen und Waschbecken zum Verkauf standen.

»Sie kommen doch immer rechtzeitig zum Kaffee«, stellte Trent fest. Er stand vor einer hölzernen Bank. Darauf waren eine Flasche Milch, eine Kantinenpackung Sainsbury-Pulverkaffee und eine Tüte Zucker aufgereiht, aus der der Griff eines Eßlöffels ragte. Trent goß kochendes Wasser aus einem Elektrokessel in eine angeschlagene Tasse, auf die mit Nagellack der Name Tiny gemalt war. »Egal, wie lange ich schon auf Sie warte – in dem Augenblick, in dem ich beschließe, Kaffee zu machen, tauchen Sie Sie auf.«

»Es ist etwas dazwischengekommen«, sagte ich vage. Zum ersten Mal sah ich in Trent den gutaussehenden Mann, der auf Tessa so attraktiv gewirkt hatte. Er war hochgewachsen, mit einem

Haupt wie ein Löwe. Sein ergrauendes Haar wies silberne Strähnen auf, wodurch er wie einer dieser italienischen Filmstars aussah, die ihre Rolle neben vollbusigen Teenagern spielen.

»Ich denke nicht, daß wir es nötig haben, uns hier in diesem erbärmlichen Raum zu treffen.« Seine Stimme war dunkel und klangvoll.

»Welchen anderen erbärmlichen Raum würden Sie denn vorschlagen?« erkundigte ich mich und schnappte mir eine Tasse von dem Abtropfbrett über der Spüle. Ich gab kochendes Wasser, Kaffeepulver, Zucker und Milch hinein.

»Mein Büro ist doch nicht allzu weit von Ihrem entfernt«, sagte Trent. »Während meines normalen Arbeitsablaufs komme ich mehrmals in der Woche zu Ihnen hinüber. Warum zum Teufel sollte ich dort mehr Verdacht erregen als in diesem Wettbüro hier?«

»Das ist es, was ich an Pulverkaffee nicht ausstehen kann«, stellte ich fest. »Diese Klümpchen. Sie treiben herum, und wenn man sie in den Mund bekommt, schmecken sie einfach scheußlich.«

»Haben Sie gehört, was ich gesagt habe?«

»Ich hatte keine Ahnung, daß Sie eine Antwort erwarten«, erwiderte ich. »Ich nahm an, Sie beklagten sich generell über die Ungerechtigkeit des Lebens.«

»Sie müssen zuerst den Kaffee hineintun. Wenn Sie dann ein wenig kochendes Wasser hinzugießen, löst er sich schnell auf. Erst dann schütten Sie die kalte Milch dazu.«

»Ich war noch nie gut im Kochen«, gab ich zu. »Zunächst einmal wirken Sie in einem heruntergekommenen Wettbüro in Kilburn nicht halb so verdächtig, wie Sie vielleicht meinen! An den Renntagen ist der Laden da unten rappelvoll mit Männern in teuren Anzügen, die auf ein einziges Pferd mehr setzen, als Sie und ich im Jahr verdienen. Und was Ihre Meinung betrifft, es sei sicherer, uns in Ihrem oder meinem Büro zu treffen – da kann ich Ihre Naivität nur mit Verwunderung zur Kenntnis nehmen.«

»Was wollen Sie damit sagen?«

»Sicherheit wovor?« fragte ich zurück. »Oder, wie Sie es sicher meinen: vor wem? Was halten Sie denn an einem Treffen in Ihrem Büro für sicher, wo uns all diese Oxford-Absolventen mit offenen Mündern anstarren? Denken Sie denn, ich hätte die Prozession kinnloser Krustentiere vergessen, die beim letzten Mal stattfand, als ich in Ihrem Büro war? Sie wollten wohl feststellen, ob die

Leute vom Geheimdienst ihre Kanone an der Hüfte oder im Schulterhalfter tragen.«

»Sie haben Vorstellungen«, sagte Trent.

»Stimmt«, erwiderte ich. »Ich werde dafür bezahlt, mir Dinge vorzustellen. Und ich brauche nicht viel Zeit, um mir vorzustellen, was mit Ihnen passiert, wenn die Chose mit Chlestakow schiefgeht. Sie mögen ja durchaus eine Kapazität bei der Zubereitung von Pulverkaffee sein, aber Sie wären sicherer, wenn Sie die Sicherheitsvorkehrungen mir überlassen würden.«

»Halten Sie mir bloß nicht schon wieder einen Vortrag über Sicherheit«, sagte er. »Ich will keinen Wachtposten rund um die Uhr vor meinem Haus, und ich will auch keine Spezialschlösser an Türen und Fenstern.«

»Dann sind Sie eben ein verdammter Narr«, stellte ich fest. Wir standen neben der Holzbank. Es gab in dem Raum nur kleine harte Stühle. Es war wesentlich bequemer, stehenzubleiben.

»Chlestakow ist nicht gekommen«, sagte Trent. Er blickte aus dem Fenster und beobachtete eine junge Frau mit einem Baby auf dem Arm. Sie sprach die Passanten an. Die meisten von ihnen gingen mit peinlich berührten Gesichtern weiter. »Sie bettelt«, stellte Trent fest. »Und ich hatte gedacht, die Zeiten seien für immer vorbei.«

»Sie verbringen zuviel Zeit in Mayfair«, erwiderte ich. »Wer ist denn gekommen?«

»Und keiner gibt ihr was. Sehen Sie das?«

»Wer ist gekommen?«

»Zum Treffen an der Waterloo Station? Niemand.«

»Sie schicken doch immer jemand«, sagte ich. »Und bleiben Sie vom Fenster weg. Was denken Sie, warum wir Gardinen angebracht haben?«

»Es ist niemand gekommen. Ich habe mich exakt an die Verabredung gehalten. Auf die Minute genau stand ich unter der großen Normaluhr. Zwei Stunden später ging ich noch einmal hin, aber es war noch immer niemand da. Also lief ich zu dem Ersatz-Treffpunkt.«

»Wo war das?«

»In der Lebensmittelabteilung von Selfridge's, nahe dem Frischfischstand. Ich verhielt mich genau wie verabredet.«

»Die Moskauer Zentrale bleibt bei alten, bewährten Methoden«, stellte ich fest. »Unter dieser verfluchten Normaluhr haben wir 1975 einen ihrer Leute festgenommen.« Ich trat neben ihn ans

Fenster und beobachtete die bettelnde Frau. Ein Mann im dunklen Regenmantel und mit Filzhut griff in seine Innentasche.

»Nun hat sie doch noch Glück«, meinte Trent. »Ich habe mich schon gefragt, warum sie sich nicht vor die Barclay Bank stellt. Aber wahrscheinlich ist es vor einem Wettbüro doch aussichtsreicher.«

»Sind Sie denn nicht in der Lage, einen Polizisten in Zivil zu erkennen, wenn Sie einen sehen?« wollte ich wissen. »Nach dem Landstreichergesetz von 1824 ist das Betteln und Almosenheischen auf öffentlichem Straßenland verboten. Und da sie ein Kleinkind bei sich hat, kommt auch noch ein Vergehen gegen das Gesetz zum Schutz von Kindern und Jugendlichen hinzu.«

»Dieser Hund!« stellte Trent fest.

»Der Polizist in Zivil hält sich da unten auf, weil es sich hier um ein ›sicheres Haus‹ handelt«, sagte ich. »Aber das weiß er natürlich nicht. Er weiß nur, daß es ein vom Innenministerium benanntes Gebäude ist. Und die Frau bettelt bestimmt nicht berufsmäßig, sonst hätte sie längst gelernt, sich von Wettbüros fernzuhalten, denn Wettbüros ziehen Betrüger an und die wiederum Polizisten.«

»Wollen Sie etwa sagen, daß die Frau für den KGB arbeitet und daß sie dieses ›sichere Haus‹ beobachten lassen?«

Ich beantwortete seine Frage nicht. »Vermutlich haben sie gedacht, Sie werden beschattet, Trent. Das ist die einzige Erklärung für Chlestakows Fernbleiben. Die Russen lassen nie ein Treffen ausfallen. Berichten Sie mir doch noch einmal von der letzten Zusammenkunft.«

»Sie haben recht. Eben ist ein Polizeiauto gekommen. Sie wird hineinverfrachtet.« Er sah mich an und meinte: »Es klappte sehr gut. Ich sagte Chlestakow, daß es durchaus möglich wäre, an das Berliner System heranzukommen. Er wurde fast verrückt bei dieser Aussicht und lud mich zum Essen in einen fantastischen Club an der Curzon Street ein. Er bestand darauf, daß wir ein reichhaltiges Menü und einen sehr teuren Rotwein bestellten. Ich bin zwar nicht so wild auf feines französisches Essen, aber er wollte mich ganz offensichtlich bei Laune halten. Deswegen kann ich ja auch nicht verstehen, warum die sowjetische Botschaft mich jetzt hat sitzenlassen.«

»Die Botschaft nicht«, wandte ich ein. »Nur die KGB-Abteilung der Botschaft. Sie haben einen Grund – Sie können sicher sein, daß die Russen einen Grund für alles haben, was sie tun.«

»Sie sagten, es würde alles von Moskau aus entschieden.«

»Habe ich das? Nun, dann stimmt es wohl auch. Der Londoner

KGB-Chef würde nicht einmal seine Unterwäsche wechseln, bevor Moskau mit der Seife einverstanden ist, die die Wäscherei verwendet.«

»Aber warum sollte Moskau beschlossen haben, mich fallenzulassen? Und wenn sie es schon vorhatten, warum sagen sie es mir dann nicht?«

»Das weiß ich nicht, Giles, alter Freund.«

»Nennen Sie mich nicht so ironisch ›Giles, alter Freund‹.«

»Sie werden sich schon damit abfinden müssen, daß ich Sie Giles, alter Sowieso nenne, solange es mir paßt«, entgegnete ich. »Denn auch wenn die Moskauer Zentrale beschlossen haben sollte, Sie fallenzulassen, heißt das noch lange nicht, daß Sie nur von der Liste derer gestrichen wurden, die zu Wodka, Kaviar und einer Filmvorführung über das Wasserkraftwerk Kuibyschew eingeladen werden.«

»Nein?«

»Es könnte bedeuten, daß sie anfangen, grob zu werden«, erklärte ich ihm.

Er nahm diese Aussicht sehr ruhig auf. »Wollen Sie wissen, was ich darüber denke?«

»Ich würde es nur allzu gern wissen«, erwiderte ich. Das meinte ich ironisch, aber Trent merkte es nicht.

»Ich bin überzeugt, daß Chlestakow von euch geschnappt worden ist.«

»Geschnappt? Sie meinen von der Sonderabteilung?«

»Von der Sonderabteilung oder von Ihren eigenen, für Festnahme zuständigen Beamten. Vielleicht aber auch von einer Organisation, die mit Ihnen nicht unbedingt verbunden ist.«

»Was für eine Art Organisation, mit uns verbunden oder nicht, hätten wir denn benutzen sollen, um Chlestakow zu schnappen?«

»Die CIA.«

»Sie reden wie ein achtzehnjähriger Atomwaffengegner. Sie wissen doch sehr gut, daß wir nie zulassen würden, daß die verdammte CIA irgend jemand in unserem Land festsetzt. Und Sie wissen ebenso gut, daß keine Organisation, mit uns verbunden oder nicht, es wagen würde, einen sowjetischen Staatsangehörigen in Gewahrsam zu nehmen. Das könnte sie gar nicht.«

»Es ist doch einfach unmöglich, von euch Kerlen jemals eine eindeutige Antwort zu bekommen.«

»Sagen Sie mal, sind Sie betrunken, Trent?« fragte ich und trat näher an ihn heran.

»Natürlich nicht.«

»Himmel, es ist doch noch nicht einmal Mittag.«

»Warum zum Teufel sollte ich nicht ein Glas trinken, wenn mir danach ist? Schließlich mache ich doch für euch die Drecksarbeit, oder? Wer streicht denn Orden und Beförderungen ein, wenn es uns gelingt, dem alten Chlestakow Sand in die Augen zu streuen? Das werden Sie sein, der verdammte Dicky Cruyer und die ganze Bande.«

Ich packte ihn am Revers und schüttelte ihn, bis sein Kopf hilflos hin und her pendelte. »Hören Sie zu, Sie Stinktier«, sagte ich sanft. »Die einzige Drecksarbeit, die Sie zu erledigen haben, ist die, Ihren eigenen Mist wegzuräumen. Und wenn Sie auch nur noch ein einziges Glas trinken, bevor ich Ihnen die Erlaubnis dazu gebe, hole ich mir einen Haftbefehl und sperre Sie da ein, wo Sie das Leben von Agenten nicht mehr gefährden können.«

»Ich bin nicht betrunken«, sagte er. In der Tat war er nüchterner geworden, nachdem ich ihm sein Gehirn durchgeschüttelt hatte.

»Wenn ich auch nur einen Agenten verlieren sollte, bringe ich Sie um, Trent.«

Er schwieg; er sah, daß ich es ernst meinte. »Es sind Ihre Freunde, was?« meinte er. »Es sind Ihre Berliner Schulfreunde. Ha!«

Ich hätte ihn nicht schlagen sollen, es war ja auch nur ein kleiner Stoß in den Magen, aber er trug dazu bei, daß er noch nüchterner wurde.

Ich ging ans Telefon und wählte unsere Notfall-Nummer. Ich erkannte die Stimme am anderen Ende der Leitung. »Peter? Hier ist Bernard. Ich bin im *Coach and Horses.*« Alle unsere »sicheren Häuser« trugen Pub-Namen. »Ich brauche jemanden, der einen Betrunkenen nach Hause bringt und sich ein bißchen um ihn kümmert, bis er wieder einen klaren Kopf hat. Aber ich kann niemanden brauchen, der sich von rührenden Geschichten erweichen läßt.«

Ich legte den Hörer auf und sah zu Trent hinüber. Er saß auf einem der harten Stühle, hielt sich den Bauch und weinte still in sich hinein.

»Sie kommen schon wieder klar«, versicherte ich ihm. »Sparen Sie sich Ihre Tränen für Chlestakow auf. Wenn er für sie nicht mehr von Nutzen ist, schicken sie ihn nämlich nach Hause und verpassen ihm einen Posten, der die Zurückgebliebenen hier zu noch größeren Leistungen anspornt.«

20

Wie üblich erschien Rolf Mauser zur unpassenden Zeit. Ich sah gerade eine sehr gute BBC-Dokumentation über Modelleisenbahnen, die Kinder waren oben mit irgendeinem Spring- und Hüpfspiel beschäftigt, und ich war in der Küche und verhandelte mit dem Kindermädchen über seinen Lohn.

Ich lotste Rolf ins Kinderzimmer und wollte ihm seinen Ledermantel abnehmen, aber er wedelte mich gereizt beiseite. »Geht es dir gut, Rolf?« erkundigte ich mich.

»Gib mir einen Whisky.«

Er sah blaß aus. Ich gab ihm einen großen Scotch, und er setzte sich hin und starrte auf die Modellbahnen auf dem Bildschirm, ohne sie wirklich zu sehen. Das Licht der Tischlampe fiel auf eine frische Schnittwunde an seinem Ohr. Ich sah, wie er sich mit der Hand an den Kopf griff. Er zuckte zusammen, als er die schmerzenden Stellen berührte.

»Bist du in Ordnung, Rolf?« Sein Selbstvertrauen schien geschwunden; selbst seine dämonischen Augenbrauen hingen herab.

»Ich bin sechsundsechzig Jahre alt, Bernd, und immer noch am Leben.«

»Du bist ein zäher alter Hund, Rolf.« Seine Schuhe waren zerschrammt, und sein Ledermantel wies vorn Schmutzflecken auf. Er nahm Papierservietten aus einer Packung vom Tisch und begann sich notdürftig zu reinigen.

Die Modellzüge auf dem Fernsehschirm vollführten einen Höllenlärm. Ich betätigte die Fernbedienung und stellte den Ton ab. Rolf Mauser sah sich verstohlen um, zog dann eine braune Papiertüte aus der Tasche und reichte sie mir. »Du hast gesagt, du könntest ihn loswerden.«

Ich holte ein Bündel aus der Tüte. Nachdem ich einen dicken Wollschal abgewickelt hatte, sah ich meinen Revolver. Ich kippte den Lauf herunter und schnupperte daran. Ich konnte nichts riechen außer frischem Öl. Die Waffe war gereinigt worden. Rolf muß ein guter Soldat gewesen sein.

»Du hast gesagt, du könntest ihn loswerden«, wiederholte er. Ich schüttelte die Tüte. Es waren noch drei Patronen und drei leere Messinghülsen darin.

»Was hast du angestellt, Rolf?«

»Sieh zu, daß du ihn loswirst, sage ich dir.«

Ich steckte die Waffe und den Schal wieder in die braune Papiertüte und schloß sie im Schreibtisch ein, wo ich auch unbezahlte Rechnungen, Fionas Schmuck und Briefe von der Bank aufbewahrte, die mein überzogenes Konto betrafen.

Rolf drehte sich um und beobachtete mich. »Ich fahre heute abend zurück«, sagte er. »Könntest du mir einen Wagen leihen, damit ich nach Harwich komme?«

»Mir wäre lieber, ich wüßte, was das alles zu bedeuten hat«, stellte ich fest.

»Ja oder nein?« fragte er.

»Draußen steht ein blauer Mini. Wann mußt du da sein?«

»Gib mir einen festen Umschlag, dann schicke ich dir die Schlüssel zurück und schreibe dir, wo ich den Wagen geparkt habe.«

»Du wirst die Fähre nicht mehr erreichen«, sagte ich. Er sah zu mir auf, ohne zu antworten. Ich bezweifelte, daß er die Absicht hatte, das Land mit der Fähre zu verlassen. Rolfs Art, Geheimnisse zu bewahren, bestand darin, jedem, der sie hören wollte, endlose Lügengeschichten aufzutischen. »Ich hole den Schlüssel«, sagte ich. »Der Wagen gehört dem Kindermädchen, also geh vorsichtig damit um.«

»Hast du einen Hut für mich, Bernd? Ich hab' meinen verloren.«

Ich kam mit einer ganzen Auswahl von Kopfbedeckungen zurück. Er entschied sich für eine Stoffmütze und probierte sie auf. Sie paßte ihm gut genug, um die Schnittwunden zu verbergen und sein Gesicht zu beschatten. »Du hast das Auto gestohlen«, erklärte ich ihm, als ich ihm die Mütze noch tiefer über die Ohren zog. »Du wolltest mich eigentlich besuchen, hast dann aber die im Auto steckenden Schlüssel entdeckt und bist fortgefahren, ohne zu klingeln.«

»Klar, Bernd, klar.«

»Es wird dir zwar niemand glauben, aber bleib dabei. Ich werde dieselbe Geschichte erzählen.«

»Ich hab' doch schon gesagt, daß ich es tun werde«, murrte er.

»Was ist denn mit dem Brahms-Netz passiert?«

»Nichts.«

»Max Binder ist durch die Elbe geschwommen.«

»Max hat die Nerven verloren«, sagte er.

»Und wer hat sonst noch die Nerven verloren?«

»Ich jedenfalls nicht«, erklärte er und sah mir in die Augen.

Vertrauen hin, Vertrauen her – er war so bissig wie immer. »Ich befasse mich mit Problemen erst, wenn sie akut sind. Ich schwimme nicht quer durch die Elbe und überlasse Frau und Kinder ihrem Schicksal.«

»Der Rest des Brahms-Netzes brav auf dem Posten? London macht sich gewisse Sorgen.«

»Ein leichter Schluckauf«, sagte er. »Brahms hat diesen kleinen Schluckauf, von dem die Ökonomen immer reden, wenn ihre Fehlplanungen eine halbe Million Menschen um die Arbeitsplätze gebracht haben.« Zu diesem bitteren Witz gestattete er sich ein kleines schiefes Lächeln.

»Wir wollen nur hoffen,daß aus dem Schluckauf kein Keuchhusten wird.«

Rolf Mauser nickte. »Wir haben Vorkehrungen getroffen«, sagte er. »Wir wissen schon lange, daß London nicht in der Lage ist, uns zu beschützen.«

Ich ließ diese Kritik unkommentiert. Das Brahms-Netz war alt und verschlissen. Es hätte schon vor Jahren aufgelöst werden sollen. Genauso wie es für London nur einen Grund gab, es weiterbestehen zu lassen – das Material von Brahms Vier –, war für die anderen dieser verdammte Im- und Exportschwindel das einzige Motiv, weiterzumachen. Es war eine Vernunftehe. Und wie alle diese Verbindungen basierte sie auf dem Eigeninteresse beider Seiten.

Rolf nahm sich noch einen Whisky – einen großen. Dann stand er auf, knöpfte den Mantel zu und kündigte seinen Aufbruch an.

»Halt bloß nicht an, um einen Polizisten nach dem richtigen Weg zu fragen«, riet ich ihm. »Deine Fahne braucht nur einmal über ihn hinwegzuwehen, und du findest dich in einer Zelle wieder.«

»Ich werde schon durchkommen«, versicherte er. »Ich bin gern auf mich selbst gestellt, Bernd. Dein Vater hat das gewußt.«

»Hast du englisches Geld?«

»Setz dich wieder vor den Fernseher«, meinte er. »Und sag deiner Frau, es täte mir leid, daß ich nicht länger bleiben konnte.«

»Sie wird Verständnis dafür haben«, erwiderte ich.

Er lächelte wieder sein schiefes kleines Lächeln. Schon vor unserer Heirat war er nicht mit ihr ausgekommen.

Rolf war etwa drei Stunden fort, als das Telefon klingelte. Es war Dicky. »Wo bist du?« wollte er wissen.

»Wo ich bin? Wo zum Geier soll ich schon sein? Ich bin zu Hause und überlege, ob ich die Heizung wieder hochdrehe und mir den Spätfilm ansehe.«

»So, wie sie neuerdings die Telefonverbindungen herstellen, weiß man doch nie, wo sich die Leute gerade aufhalten«, grummelte Dicky ausweichend.

»Was gibt's denn?« erkundigte ich mich. Der Film hatte bereits begonnen, und ich hatte keine Lust, mit ihm über meine Berlin-Spesen oder das neue Auto zu plaudern.

»Hat jemand versucht, mit dir Verbindung aufzunehmen?« fragte er. Auf dem Fernsehschirm wurde der Vorspann durch einen kleinen Dampfer ersetzt, der über einen klaren blauen See tuckerte.

»Keine Menschenseele.«

»Du hast heute jemanden beim Sicherheitsdienst angerufen, um Giles Trent nach Hause bringen zu lassen.«

An Bord des Dampfers waren drei Männer in weißen Anzügen. Sie beugten sich über die Reling und äugten ins Wasser. »Trent hatte getrunken«, sagte ich. »Er wurde ausfallend und beschuldigte uns, Chlestakow festgenommen zu haben, seinen Kontaktmann von der sowjetischen Botschaft.«

»Wer war am Telefon?«

»Im Sicherheitsbüro? Dieser Junge mit dem Schnurrbart – Peter. Ich kenne seinen Nachnamen nicht.«

»Hatte er irgendwelche Probleme mit Trent?«

»Hör mal, Dicky«, erwiderte ich, »ich kann sehr gut entscheiden, wann jemand mit einer orangefarbenen Akte es nötig hat, nach Hause gebracht zu werden. Trent kann sich ja beim Alten beschweren, wenn er Lust dazu hat. Wenn dieser Hund mich aber weiterhin so anmacht, lasse ich ihn hinter Schloß und Riegel bringen. Und dagegen ist gar nichts zu machen – es sei denn, man zieht mich von dem Fall ab. Übrigens wäre mir das gar nicht so unangenehm. Wie du weißt, macht es mir nicht allzuviel Spaß.«

»Das weiß ich alles«, meinte Dicky.

»Und wenn sie mich abziehen, wird das auf dich zurückfallen, Dicky.«

»Nun reg dich doch nicht so auf«, sagte Dicky besänftigend. »Kein Mensch gibt dir die Schuld daran. Du hast getan, was in deinen Kräften stand; das sagt jeder.«

»Wovon redest du eigentlich, Dicky?«

»Von diesem Fiasko mit Trent. Die verdammten Zeitungen werden es doch wieder so hinstellen, als wären wir's gewesen. Du kennst das ja. Wir können ihnen nur begegnen, wenn wir ihnen ein bißchen mehr von dem erzählen, was wir Moskau unterjubeln wollen.«

»Könntest du bitte noch mal ganz von vorn anfangen?« bat ich.

»Hat dich denn niemand angerufen und dir gesagt, daß Trent getötet worden ist?«

»Wann? Wie?«

»Heute am späten Nachmittag oder am frühen Abend. Irgend jemand ist hinten über die Gartenmauer geklettert und hat sich an der Regenrinne hochgehangelt, um durch ein offenes Fenster in das obere Stockwerk zu gelangen. Die Sonderabteilung wird uns jemanden zur Verfügung stellen, der einen vorläufigen Bericht verfaßt.«

»Trent ist tot?«

»Erschossen. Er war gerade unter der Dusche. Der Vorhang war zugezogen, so daß sich der Mörder nicht mit Blut bespritzte. Jedenfalls sagen das die Leute von der Sonderabteilung. Von den Nachbarn hat keiner einen Schuß gehört. Bei dem derzeitigen Fernsehprogramm, das nur Mord und Totschlag bringt, könnte man eine Maschinenpistole abfeuern, ohne daß jemand das Getöse mitkriegt.«

»Irgendwelche Vermutungen, wer es getan haben könnte?«

Dicky gab einen kleinen höhnischen Laut von sich. »Machst du Witze? In dem Bericht heißt es, daß die Kugeln die Badezimmerwand mit abnorm niedriger Geschwindigkeit getroffen haben. Die Ballistiker sind der Meinung, daß die Patronen eigens von Experten präpariert worden sind – ein Teil der Treibladung wurde entfernt. Schöne Laborarbeit, was? Ich glaube, es waren deine Freunde vom KGB. Aber warum haben sie das getan, Bernie?«

»Wenigstens wird der Fernsehapparat der Nachbarn auf diese Weise nicht beschädigt. Wer hat Trent eigentlich gefunden?«

»Seine Schwester. Sie hat einen Schlüssel. Sie wollte sehen, wie es ihm nach dieser Geschichte mit den Schlaftabletten ging. Wenn sie nicht gekommen wäre, hätten wir ihn nicht vor morgen früh gefunden. Ich hatte immer den Verdacht, Trent sei schwul. Ich meine, er hat doch nie geheiratet. Aber da seine Schwester einen Schlüssel zu seinem Haus besaß, ist das auch wieder unwahrscheinlich. Findest du nicht auch?«

»Sonst noch was, Dicky?«

»Was? Nein. Aber ich dachte, es wäre gut, dich zu fragen, ob er sich irgendwie eigenartig benommen hat, als er dich heute vormittag verließ.«

»Ich kann dir da nicht helfen, Dicky.«

»Na, ich weiß ja, daß du morgen früh aufstehen mußt. Frank sagt, du sollst dich warm anziehen. Es ist kalt in Berlin.«

Nachdem ich aufgelegt hatte, ging ich zum Schreibtisch und wickelte den Revolver aus. Ich entdeckte eine Reihe von Löchern in dem Wollschal. Rolf hatte ihn um die Waffe gewickelt, bevor er Trent erschoß, sozusagen als Schalldämpfer. Ich mußte ein Vergrößerungsglas zu Hilfe nehmen, um die Spuren auf den Patronenhülsen zu erkennen, die Rolf hinterlassen hatte. Kein Zweifel – die Patronen waren von jemandem präpariert worden, der Büchsenmacherwerkzeug und ein Pulvermaß besaß.

Ich setzte mich und starrte auf den Fernsehschirm. Der Dampfer sank, die Männer ertranken. Vermutlich war es eine Art Komödie.

21

Es war sehr, sehr dunkel, und Frank Harrington war übervorsichtig. Er knipste seine Taschenlampe nur an, um mich auf einen Sicherheitsschacht hinzuweisen, in den ich fallen konnte, auf große Pfützen oder die Gleise, die wir überqueren mußten.

Es riecht seltsam in Berlins U-Bahn-Tunneln. Das ruft Erinnerungen an Geschichten über jene Techniker wach, die in den letzten Kriegstagen die Schleusen des Landwehrkanals zwischen Schöneberger und Möckernbrücke gesprengt haben sollen, so daß die Tunnel überflutet wurden und Zivilisten und Soldaten ertranken. Andere behaupten, es habe gar keine Überflutung gegeben, nur Risse, und das Wasser sei aus dem zerstörten Schott gekommen, das den U-Bahnhof Friedrichstraße vor den Fluten der Spree bewahrte. Aber stellen Sie diese Alpträume nie gegenüber jemandem in Abrede, der sich nach Einstellung des Zugverkehrs in der Dunkelheit seinen Weg über die Bahnschwellen gesucht hat, denn er wird Ihnen von den Geistern da unten erzählen. Und auch der eigenartige Geruch ist geblieben.

Langsam bewegte sich Frank vorwärts. Er sprach die ganze Zeit leise vor sich hin, damit ich immer wußte, wo er war. »Die Hälfte der Fahrgäste in den U-Bahn-Zügen zwischen Moritzplatz und Voltastraße merken gar nicht, daß sie Ost-Berlin unterqueren.«

»Sind wir schon unter dem Ostsektor?« fragte ich.

»Auf dieser Linie hier merken sie es natürlich. Die Fahrgäste werden auf dem Bahnhof Friedrichstraße über Lautsprecher davon informiert.« Er blieb stehen und lauschte. Aber nur das Geräusch tropfenden Wassers und das entfernte Summen eines elektrischen Generators waren zu hören. »Du wirst die Markierungen an der Tunnelwand sehen, wenn es soweit ist. Die Grenze ist mit roter Farbe gekennzeichnet.« Er richtete seine Lampe auf die Tunnelwand, wo die Markierungen auftauchen würden. Aber da waren nur Kabelbündel, die von Haken zu Haken durchhingen und vom Schmutz der Jahrzehnte schwarz geworden waren. Als er die Lampe ausknipste, stolperte er über einen zerbrochenen Abfluß und fluchte. Aber es war nicht besonders schlimm, denn er hatte Gummistiefel an und trug alte Sachen unter seinem Overall. Die Kleidung, die ich unter meinem Overall anhatte, war alles, was mir für meinen Aufenthalt in Ost-Berlin zur Verfügung stand. Wir waren der Meinung, daß es Befragungen und Untersuchungen geradezu herausfordern würde, wenn ich drüben mit einem Koffer oder einem Paket durch die nächtlichen Straßen trabte.

Es kam mir vor, als liefen wir schon stundenlang die Geleise entlang. Manchmal blieb Frank stehen und horchte. Aber es war nichts zu hören als das Rascheln der Ratten und das unaufhörliche Summen der elektrischen Anlagen.

»Hier werden wir eine Zeitlang warten.« Er hielt seine Armbanduhr dicht vors Gesicht. »In manchen Nächten sind Ostberliner Bahnwärter auf den Geleisen unterwegs, um die Anlagen an der Endstation zu überprüfen – früher hieß sie Kaiserhof, heute Thälmannplatz. Die Kommunisten benennen ihre Straßen und Bahnhöfe immer nach ihren Helden, wie es scheint.« Frank ließ seine Lampe lange genug leuchten, um mir eine Vertiefung in der Tunnelwand zu zeigen, in der ein gelb angestrichener Metallkasten mit einem Telefon stand, von dem aus die Zugführer sich melden konnten, in Notfällen, wenn ein Zug auf freier Strecke zwischen den Bahnhöfen stehengeblieben war. Es gab dort auch eine Bank, und Frank setzte sich. Wir befanden uns nicht allzu tief unter der Straße, und ich spürte einen kalten Zug, der aus einem nahen Luftschacht kam.

»Hast du dich jemals gefragt, warum die Mauer diese absurde Linienführung hat?« fragte Frank. »Darüber wurde auf der Londoner Konferenz im Lancaster House noch während des Krieges entschieden. Sie teilten die Stadt auf, wie sie den alliierten Truppen zufallen würde, wenn sie erst einmal da waren. Eilenden Fußes wurden Boten ausgeschickt, eine Karte von Berlin zu beschaffen; aber das einzige, was in Whitehall zur Verfügung stand, war ein Stadtadreßbuch von 1928. Und so haben sie eben das benutzt. Sie hielten sich an die Grenzen der Verwaltungsbezirke, wie sie 1928 bestanden. Man meinte, diese Grenzziehung sei lediglich für das vorläufige Abkommen bestimmt, und so machte man sich keine großen Gedanken darüber, ob sie Gasversorgungsleitungen, Kanalisationsrohre, S- und U-Bahn-Linien durchschnitten. Das war 1944. Und heute sitzen wir damit fest.« Wir hockten in der Dunkelheit. Ich wußte, daß Frank für sein Leben gern einen Zug aus seiner verdammten Pfeife genommen hätte, aber er widerstand dieser Versuchung. Statt dessen redete er.

»Als die Kommunisten vor Jahren begannen, diese unglaubliche große Satellitenstadt in Marzahn zu bauen, wollten sie, daß sie eine eigene Verwaltung bekam und ein eigenständiger Stadtbezirk wurde. Die kommunistischen Juristen setzten sich mit Männern aus Moskau zusammen und gingen die Kriegsvereinbarungen noch einmal durch. Sie kamen zu dem Schluß, daß auf keinen Fall ein neuer Bezirk geschaffen werden durfte. Durch den Bruch des alten Abkommens würden sie einen Präzedenzfall für die Westmächte schaffen, ebenfalls Veränderungen in die Wege zu leiten.«

»Juristen regieren die Welt«, stellte ich fest.

»Am U-Bahnhof Stadtmitte werde ich dich auf die Straße hinauflassen«, sagte Frank. Er hatte mich bereits ausführlich informiert, mir Fotos und eine Karte gezeigt, aber ich unterbrach ihn nicht, als er mir jetzt alles noch einmal erklärte. »Stadtmitte ist der Schnittpunkt zweier U-Bahn-Linien. Ost- und Westberliner Züge fahren dort durch. Natürlich auf verschiedenen Ebenen.«

»Wie lange dauert's noch, Frank?«

»Immer mit der Ruhe. Wir müssen warten, bis wir sicher sein können, daß die Ostberliner nicht ihre Gleisanlagen reparieren. Sie sind zwar nicht bewaffnet, haben aber Funkgeräte, um sich mit denjenigen zu verständigen, die den Strom ein- und ausschalten. Die Leitungen dürfen nicht unter Saft stehen, wenn sie mit ihrer Arbeit beginnen.«

Wir warteten eine halbe Ewigkeit in der Dunkelheit. Dann liefen wir langsam weiter durch den Tunnel. »Als sich die Rote Armee 1945 ihren Weg in die Stadt erkämpfte, wurde sie am Bahnhof Stadtmitte aufgehalten«, sagte Frank. »Er war der Befehlsstand der Elften Freiwilligen Panzer-Grenadierdivision Nordland. Das waren die letzten regulären deutschen Truppen, die aushielten, und sie waren nicht sehr deutsch. ›Nordland‹ war ein bunt zusammengewürfelter Haufen ausländischer Freiwilliger, hauptsächlich Norweger, Dänen und Holländer und darunter auch neunzig Franzosen, von der Division Charlemagne abkommandiert. Die Deutschen verteidigten sich etwa hier, wo wir uns gerade befinden, und die Russen konnten nicht auf die Gleisanlagen gelangen. Du kennst doch den Spruch, daß ein einziger Mann eine ganze Armee aufhalten kann, wenn er seinen Kampf im Tunnel führt. Nun, die Deutschen kämpften ihre letzte Schlacht, und das geschah in einem Tunnel.«

»Und was ist passiert?«

»Die Russen manövrierten ein Feldgeschütz die Treppe hinunter, über den Bahnsteig und auf die Geleise. Dann feuerten sie hier in den Tunnel hinein, und das war das Ende vom Lied.« Frank streckte plötzlich seine Hand aus, um mich am Reden zu hindern.

Er mußte ein übermenschliches Gehör haben, denn erst nachdem wir eine Weile reglos dagestanden hatten, konnte ich den Klang von Stimmen und gedämpftes Hämmern vernehmen. Frank beugte sich zu mir herüber und flüsterte: »In diesen alten Tunneln tragen die Geräusche weit. Wahrscheinlich sind diese Männer nicht näher als auf dem U-Bahnhof Französische Straße.« Er sah sich um. »Hier werden wir uns trennen.« Er deutete auf einen Luftschacht. Ganz oben war ein schwacher Schimmer grauen Lichts zu sehen. »Aber sei leise.«

Ich streifte den Overall ab und reichte ihn Frank; dann kletterte ich den Luftschacht hinauf. Eiserne Trittringe waren in das Ziegelwerk eingelassen. Einige waren zwar verrostet und zerbrochen, aber da ich nichts zu tragen hatte, kam ich ganz leicht nach oben. Das Abdeckgitter wurde von verrosteten Haken an Ort und Stelle gehalten. Es wirkte unverrückbar.

»Drück es hoch«, sagte Frank unter mir. »Drück es hoch, damit du sehen kannst, ob die Luft rein ist. Dann pack die Gelegenheit beim Schopf und mach dich davon.«

Ich drückte gegen das Gitter, und es bewegte sich ganz leicht. Es war nicht etwa gereinigt oder geölt worden – Frank war viel zu vernünftig, um etwas so Auffälliges zu tun –, aber es war offenbar erst kürzlich bewegt worden, um mir den Ausstieg zu erleichtern.

»Viel Glück, Bernard.«

Ich warf meine Schutzhandschuhe in den Schacht zurück und kletterte dann so schnell ich konnte an die Oberfläche. Aber ich hätte mir gar keine Sorgen zu machen brauchen. Die Friedrichstadt, das Regierungszentrum des alten Berlin, ist, an westlichen Maßstäben gemessen, selbst an Werktagen ruhig und leer. Jetzt war kein Mensch zu sehen, nur aus der Ferne, in östlicher Richtung, war Verkehrslärm zu hören. Der Stadtbezirk Mitte ist wie eine kommunistische Faust, die in den Westen hineingestoßen ist. Er ist von drei Seiten von dem »antifaschistischen Schutzwall« umgeben, den der Rest der Welt die Mauer nennt. Sie war nahe. Gleißendes Licht beleuchtete den offenen Streifen des Grenzlandes taghell und ließ die Dunkelheit darüber grau aussehen, wie Nebel, der von einer eiskalten See landeinwärts kriecht.

Frank hatte meine Route sorgfältig gewählt. Der Zugang zum Luftschacht war den Passanten verborgen. Da waren ein Sandberg und große Schotterhaufen, Bauwerkzeuge und ein Generatoranhänger der Städtischen Elektrizitätswerke. Die Berliner Ausstiegsdeckel sind sehr schwer, und als dieser endlich wieder fest an seinem Platz saß, war ich hochrot im Gesicht und außer Atem. Ich ruhte mich einen Moment lang aus, bevor ich die Charlottenstraße hinunterging, um dann in die Nebenstraße einzubiegen, die hinter der Staatsoper parallel zu Unter den Linden entlangführt. Ich würde die Spree überqueren müssen. Es gab keine Möglichkeit, die Brücken zu umgehen, da der Fluß diesen Teil von Berlin Mitte an zwei Seiten begrenzt, während die Mauer an den beiden anderen Seiten aufragt.

Als ich mich der Staatsoper näherte, sah ich Lichter und Menschen. An der Rückseite des Gebäudes standen Türen offen, und Männer transportierten riesige Kulissen und die Statue eines Reiters, eindeutig Requisiten aus dem letzten Akt von *Don Giovanni*. Ich überquerte die Straße, um mich weiter im Schatten zu halten, änderte jedoch meine Absicht, als ich aus der Richtung des alten Reichsbankgebäudes – heute das Zentralkomitee der SED – zwei Volkspolizisten auf mich zukommen sah. Hätten wir nicht warten müssen, bis der U-Bahn-Verkehr eingestellt worden war, hätte ich mich unter die Gruppen von Touristen und westlichen Besuchern mischen können, die die Grenzübergänge passieren, nur um abends die Oper oder eines der Theater zu besuchen. Einige von ihnen tragen Smokings und Rüschenhemden oder auffällige Uniformen der in West-Berlin stationierten Alliierten. In ihrer Begleitung Damen in langen Abendkleidern und mit kunstvollen Frisuren. Derartige Besucher vermitteln den frustrierten Ostberlinern einen Hauch westlicher Dekadenz. Keiner dieser Besucher wurde auf der Straße nach seinen Personalpapieren gefragt, aber ein solcher Aufzug wäre inmitten von Arbeitern, zwischen denen ich mich bewegen würde, eher verdächtig gewesen.

Es waren kaum Menschen zu sehen. Ich wandte mich nach Norden und blieb unter dem Brückenbogen des Bahnhofs Friedrichstraße stehen. Ein paar Männer diskutierten lautstark über das Programm des Kabaretts auf der anderen Straßenseite, einige Eisenbahner warteten auf den Beginn ihrer Schicht, und eine Handvoll afrikanischer Touristen starrte ins Nichts. Die Weidendammer Brücke war wahrscheinlich meine beste Chance. Dort war es dunkler als auf den anderen Brücken, die über die Spree auf die Museumsinsel führen; dort wurden zu viele Regierungsgebäude bewacht.

Erinnerungen, wohin ich auch blickte, und vor den Kriegserinnerungen gab es kein Entrinnen. Die letzten Flüchtlinge aus dem Führerbunker waren hier entlanggekommen. Sie hatten den Fluß über die Fußgängerbrücke überquert, weil alle anderen zerstört waren, und Martin Bormann unweit der Spree tot zurückgelassen.

Die Charité. In der Leichenhalle dieses finsteren Gebäudes, so ging das Gerücht, soll die Rote Armee die sterblichen Überreste der Männer gefunden haben, die im Juli 1944 das Attentat auf Hitler versucht hatten. Ihre Körper sollen auf persönlichen Befehl Hitlers dorthin gebracht und aufbewahrt worden sein.

Ein Volkspolizist näherte sich mir vom alten Brecht-Theater an der Spree her. Als er mich sah, beschleunigte er seine Schritte. Meine Papiere waren in Ordnung, aber es fiel mir zu spät ein, daß ich nicht wußte, wie man mit einem Volkspolizisten redete. »He, Sie«, rief er mich an.

Wie sprachen die Ostberliner heutzutage eigentlich einen Volkspolizisten an? Schließlich befand ich mich nicht in den USA. Eine allzu vertrauliche Tonart wäre ebenso verdächtig wie eine zu unterwürfige. Ich beschloß, ein wenig angetrunken zu tun, ein Schichtarbeiter, der sich ein paar Wodka genehmigt hatte, bevor er sich auf den Heimweg machte. Aber wie viele Wodka durfte ein Mann heutzutage picheln, ohne Gefahr zu laufen, auf einer Dienststelle zu landen?

»Was machen Sie hier?« Die Stimme des Volkspolizisten war scharf, und seine Aussprache verriet, daß er irgendwo im Norden zu Hause war: in Rostock, Stralsund oder auf Rügen vielleicht. Auf dieser Seite der Mauer hielt sich die Theorie, daß Rekruten von auswärts verläßlicher seien als Berliner.

Ich ging weiter. »Stehen Sie auf«, sagte der Volkspolizist. Ich blieb stehen und drehte mich um. Er redete mit zwei Männern, die im Schatten der Brücke auf der Erde saßen. »Wo kommen Sie her?«

Der ältere der beiden, ein bärtiger Mann in Overall und abgetragener Lederjacke, sagte: »Und wo kommen Sie her, Jungchen?«

»Wir werden Sie nach Hause bringen lassen«, kündigte der Volkspolizist an.

»Mich nach Hause bringen«, wiederholte der Bärtige. »Das ist gut. Bringen Sie mich nach Hause, nach Schöneberg.« Er lachte. »Yorckstraße, bitte, gleich neben der S-Bahn.«

Der jüngere Mann kam unsicher auf die Füße. »Komm schon«, sagte er zu seinem Begleiter.

»Yorckstraße, Schöneberg«, wiederholte der Bärtige. »Von hier aus nur zwei Stationen mit der S-Bahn. Aber Sie haben noch nie davon gehört, und ich werde es nie wiedersehen.« Er begann unmelodisch zu singen: »Es war in Schöneberg, im Monat Mai.«

Das Singen machte den Grad seiner Trunkenheit deutlicher als das Sprechen.

Der Volkspolizist war jetzt schon weniger konziliant. »Sie müssen von der Straße«, stellte er fest. »Stehen Sie auf. Zeigen Sie mir Ihren Ausweis.«

Der Betrunkene gab ein listiges kleines Lachen von sich. Sein Begleiter meinte: »Lassen Sie ihn doch in Ruhe. Sie sehen ja, daß es ihm nicht besonders gut geht.« Er verschluckte beim Sprechen so viele Konsonanten, daß seine Worte fast unverständlich waren.

»Wenn Sie nicht in zwei Minuten auf dem Nachhauseweg sind, bringe ich Sie zur Dienststelle.«

»Er ist polizeiwidrig dumm«, sagte der bärtige Mann und lachte.

»Kommen Sie mit«, befahl der Volkspolizist.

Der Mann begann wieder zu singen, lauter diesmal: »Es war in Schöneberg, im Monat Mai...«

Ich eilte davon, damit der Volkspolizist mich am Ende nicht noch um Hilfe bat. Selbst als ich bereits hundert Meter und mehr die Straße hinunter war, konnte ich den alten Mann von dem Mädelchen singen hören, das die Buben oft und gern geküßt, wie das in Schöneberg so üblich ist.

Am Oranienburger Tor, wo die Chausseestraße hinauf zum Stadion der Weltjugend führt, bog ich ab in das Labyrinth der Nebenstraßen. Ich hatte vergessen, wie es war, ein »eingeschleuster« Agent zu sein, mit falschen Papieren und einer nicht gerade überzeugenden Identität. Ich war zu alt für so etwas; wenn ich endlich wieder warm und sicher hinter meinem Schreibtisch in London saß, würde ich mich hüten, mich um derartige Aufträge zu reißen.

Vor mehr als einem Jahrhundert waren diese häßlich aussehenden Mietshäuser mit ihren vier oder fünf Stockwerken errichtet worden, um der Landbevölkerung, die auf der Suche nach Arbeit in den Fabriken in die Stadt gekommen war, eine Bleibe zu bieten. Sie hatten sich nicht sehr verändert. Rolf Mauser wohnte in einem langgestreckten, baufälligen Mietshaus am Prenzlauer Berg. Er war trübäugig und barfuß, als er mir in seinem rotseidenen Schlafrock über dem Pyjama die Tür öffnete.

»Was zum Teufel machst du denn hier?« wollte er wissen, während er die Sicherheitskette von der Tür nahm. Diesmal war die Reihe an ihm, mitten in der Nacht überrascht zu werden; und ich genoß es sehr.

Er führte mich ins Wohnzimmer, und ich ließ mich in einen

Sessel fallen, ohne Hut und Mantel abzulegen. »Kleine Programmänderung, Rolf«, sagte ich. »Ich fand es plötzlich nicht mehr gut, nachts auf den Straßen zu sein.«

»Es ist nie gut, auf den Straßen zu sein«, meinte er. »Möchtest du hier schlafen?«

»Hast du denn Platz für mich?«

»Platz ist das einzige, was ich im Überfluß habe. Du kannst zwischen drei Zimmern wählen.« Er stellte eine Flasche polnischen Wodka auf den Tisch und öffnete die Tür des weißen Kachelofens, um in der Asche herumzustochern. »Auf dieser Seite der Mauer sind die Mieten relativ niedrig, auch für größere Wohnungen Warum sollte ich also umziehen?« Der beißende Geruch brennender Kohlen erfüllte den Raum.

»Ich war nicht sicher, ob du überhaupt da bist, Rolf.«

»Warum denn nicht? Nach allem, was in London passiert ist, ist das hier doch der sicherste Ort, oder nicht?«

»Wie kommst du denn darauf, Rolf?« fragte ich.

»Die Beweise sind in London. Deswegen werden sie dort nach dem Schuldigen suchen.«

»Das hoffe ich, Rolf«, sagte ich.

»Ich mußte es tun, Bernd. Ich mußte ihn um die Ecke bringen, weißt du. Dieser Mann in London war dabei, das ganze Netz hochgehen zu lassen.«

»Wir wollen nicht mehr darüber reden«, meinte ich, aber Mauser war entschlossen, meine Zustimmung zu seiner Tat zu bekommen.

»Er hat dem Berliner KGB bereits gesagt, er solle Personal und Zellen für bis zu fünfzig Festnahmen bereithalten. Das Brahms-Netz wäre kaputtgemacht worden. Und darüber hinaus weitere Netze. Verstehst du jetzt, warum ich es tun mußte?«

»Ich verstehe es, Rolf. Ich verstehe es sogar besser als du selbst.« Ich goß mir einen Schluck von Rolfs Wodka mit Fruchtgeschmack ein und stürzte ihn hinunter. Er war zu stark, als daß der Fruchtgeschmack ihn hätte abmildern können.

»Ich mußte ihn zur Strecke bringen, Bernd.«

»Um die Ecke bringen, zur Strecke bringen – das ist Ganovensprache, Rolf. Sehen wir der Tatsache doch ins Auge: Du hast ihn ermordet.«

»Ich habe ein Attentat auf ihn verübt.«

»Nur auf Persönlichkeiten des öffentlichen Lebens können Attentate verübt werden; und selbst dann müßten die Opfer auch noch Tyrannen sein. Und Exekutionen sind ein Teil der Rechtsprechung in einigen Ländern. Nimm es endlich zur Kenntnis: Du hast ihn ermordet.«

»Reine Wortklauberei. Nachdem die Gefahr beseitigt ist, ist man immer schlauer.«

»Er war ein schwacher und törichter Mann, zerrissen von Schuld und Furcht. Er wußte nichts wirklich Wichtiges. Und vom Berliner System hat er zum ersten Mal in der vergangenen Woche gehört.«

»Ja«, sagte Rolf. »Berliner System – das ist es, was er ihnen versprochen hat. Ich habe Werner danach gefragt. Er sagte, das würde bedeuten, daß alle Netze und Kontakte, sogar die Verbindungen für den Notfall und die Kontakte zwischen den verschiedenen Diensten im gesamten Berliner Gebiet zusammenbrechen würden. Wir haben uns große Sorgen gemacht, Bernd.«

»Woher hattest du Trents Namen und Adresse?« fragte ich.

Er gab keine Antwort.

»Von Werner. Und der hatte beides von der verdammten Zena. Stimmt's?«

»Du hast Frank nach einer Begebenheit im Jahr 1978 gefragt. Frank nahm an, daß dieser Trent überprüft werden würde.«

»Und das hat er Zena erzählt?«

»Du kennst doch Zena. Sie hat es aus ihm herausgeholt.«

»Wie oft soll ich dir noch sagen, daß Werner gar nicht bei der Abteilung beschäftigt ist? Warum hast du dich nicht mit dem Olympia-Stadion in Verbindung gesetzt?«

»Keine Zeit, Bernd. Und auf Werner ist mehr Verlaß als auf eure Leute am Olympia-Stadion. Deswegen wendest du dich doch auch an ihn, oder?«

»Warum hast du mir in London nicht gesagt, wo du hinwolltest?«

»Wir wollten nicht, daß die Londoner Zentrale davon erfährt«, sagte Rolf. Er goß sich jetzt auch Wodka ein. Er begann zu schwitzen, und das kam nicht von der Wärme des Ofens.

»Warum nicht?«

»Na, woher würde dieser Trent seine Informationen über das Berliner System wohl bekommen? Erklär mir das mal. Von jemandem in London natürlich, Bernd.«

»Verdammt wahr«, sagte ich wütend. »Er hätte sie von mir bekommen.« Ich sah ihn an und fragte mich, wie weit ich ihm vertrauen konnte.

»Von dir, Bernd? Nie im Leben.«

»Es war alles Teil eines Täuschungsmanövers, du Trottel. Ich habe ihm gesagt, er solle Moskau die Information versprechen. Ich versprach ihm das Berliner System, weil ich ihn am Haken haben wollte, während ich ihn umdrehte.«

»Du meinst, es war ein offizieller Plan?«

»Du bist ein verdammter Narr, Rolf.«

»Ich habe den armen Hund für nichts umgebracht?«

»Du hast mir meinen schönen Plan vermasselt, Rolf.«

»O mein Gott, Bernd.«

»Du solltest mir jetzt besser zeigen, wo ich schlafen kann, Rolf. Ich habe morgen einen anstrengenden Tag.«

Er stand auf und wischte sich mit einem roten Taschentuch den Schweiß von der Stirn. »Ich werde nicht einschlafen können, Bernd. Das ist ja eine schreckliche Sache, die ich da angerichtet habe. Wie soll ich denn mit meinem Schuldbewußtsein schlafen können?«

»Denk an all die armen Hunde, die du in diesen Artilleriefeuern getötet hast, Rolf, und zähle einen dazu.«

22

Der nächste Morgen war sehr sonnig. Sogar der Bezirk Prenzlauer Berg sah gut aus. Aber Rolf Mausers Wohnung im zweiten Stock führte auf einen kopfsteingepflasterten Hof hinaus, der fast ganz von einer verrußten Kastanie eingenommen wurde. Das grünliche Licht, das ihre jungen Blätter reflektierten, erweckte den Anschein, als stünde die ganze Wohnung unter Wasser.

Nur ein paar kümmerliche Büsche wuchsen im Hof. Aber ein gutes Dutzend Fahrräder stand da, und Kinderwagen waren in doppelter Spur geparkt. Auch Reihen von Mülltonnen; ihr Inhalt war von den hungrigen Katzen, die mich nachts mit ihrem ärgerlichen Gekreisch geweckt hatten, ringsum verstreut worden. Die engen, abbröckelnden Stuckwände des Hofes, die den Kastanienbaum zu früher Blüte gebracht hatten, ließen jedes Geräusch widerhallen. Alle Welt konnte die Ermahnungen, Auseinandersetzungen und lauten Begrüßungen zweier Frauen hören, die eimerweise Wasser auf den Schmutz kippten und mit kräftigen Besen energisch herumschrubbten.

»Es ist nicht gerade der *Kaiserhof* in seinen besten Tagen«, stellte Rolf fest, goß sich Kaffee aus einer verbeulten Kanne ein und überließ es mir, das gleiche zu tun. Er hatte die schroffe Art des Soldaten, das egozentrische Benehmen eines Mannes, der zu lange allein gelebt hat. »Diese verdammten Katzen haben mich wachgehalten.«

»Schusterjungen«, stellte ich fest und nahm eines dieser typischen Berliner Roggenbrötchen. »Ich habe sehr gut geschlafen. Vielen Dank für das Bett, Rolf.«

»Es ist jetzt ziemlich schwierig, sie zu bekommen«, sagte Rolf. »Der Brotpreis ist festgelegt. Keiner von diesen faulen Bäckern will sich die Mühe machen, etwas anderes als Brot zu backen.« Er hatte sich von seinen Selbstvorwürfen der vergangenen Nacht erholt, wie alle Soldaten ihr Gewissen mit jedem Morgengrauen erneuern müssen.

»Es ist überall das gleiche«, sagte ich.

»Bleib doch eine Woche, wenn du magst. Ich hab's satt, hier allein rumzuhocken. Das Ehepaar, mit dem ich die Wohnung teile, ist zu Besuch bei seiner verheirateten Tochter.« Er nahm seine

Kaffeetasse vom Tablett, das er mitgebracht hatte, goß Milch hinein und setzte sich aufs Bett, während ich mich fertig rasierte. »Aber dafür wirst du mir die Kohlen aus dem Keller holen müssen.«

»Ich hoffe, ich werde keine Woche brauchen.«

»Du willst dich mit Brahms Vier treffen?«

»Vielleicht.«

»Gibt es wirklich jemanden mit dem Namen Brahms Vier?«

»Das hoffe ich, Rolf.«

»Und ich dachte immer, es handelte sich um den Tarnnamen eines Syndikats. Warum sonst sollte das Material von Brahms Vier immer getrennt von dem gehalten werden, was wir sonst so schickten?«

»Daran ist doch nichts Ungewöhnliches.«

»Offiziell gehört er zum Brahms-Netz.« Er machte eine Pause, um anzudeuten, daß er dabei war, etwas Bedeutendes zu sagen. »Aber niemand aus dem Brahms-Netz hat ihn je zu Gesicht bekommen.«

»Woher willst du das wissen?« fragte ich scharf. »Verdammt noch mal, Rolf, du solltest wirklich wissen, daß man Agenten Dritten gegenüber nicht namentlich erwähnt.«

»Auch dann nicht, wenn es sich bei diesen Dritten ebenfalls um Agenten handelt?«

»Besonders dann nicht, weil sich dadurch das Risiko, enttarnt zu werden, entscheidend erhöht.«

»Du warst lange fort, Bernd. Du hast zu lange hinter deinem Schreibtisch in London gehockt. Du sprichst jetzt im Ton dieser Anweisungen, die Frank Harrington zu erteilen beliebt.«

»Trink mir bitte nicht den ganzen Kaffee weg«, beschwerte ich mich.

Er hörte auf, sich Kaffee einzugießen, sah hoch und grinste mich an. »Nimm doch mal an, es gibt ihn gar nicht.« Er goß den Rest des Kaffees inklusive Satz in meine Tasse. »Nimm doch mal an, er ist lediglich ein Postfach beim KGB, und du wurdest über Jahre hinweg zum Narren gehalten.«

»Ist das deine Vermutung, Rolf?«

Er biß von seinem Schusterjungen ab und kaute. »Nein. Ich spiele lediglich *Advocatus diaboli.*«

Rolf Mauser hatte recht: Obwohl er kein Mitarbeiter der Abteilung war, vertraute ich Werner Volkmann mehr als jedem aus dem Berliner Büro. Er hatte ein Auto, das er auf dieser Seite der Mauer benutzte. Er erwartete mich an der Schönhauser Allee, wo die U-Bahn aus dem Tunnel kommt und als Hochbahn auf ihrer antiquierten Konstruktion dahinrattert, die über die ganze Straßenbreite ihren Schatten wirft.

Ich öffnete die Tür und setzte mich neben ihn. Ohne ein Wort der Begrüßung startete er den Wagen und fuhr in Richtung Norden.

»Kein Wunder, daß Brahms Vier nervös wird«, stellte ich fest. »Zu viele Leute fangen an, sich für ihn zu interessieren.«

»Er wird die nächsten sechs Monate nicht unentdeckt überstehen«, erwiderte Werner.

»Aber London macht sich Hoffnungen, noch weitere zwei Jahre aus ihm herausholen zu können.«

Er machte ein Geräusch, das seine ganze Verachtung für die Londoner Zentrale und all ihre Pläne und Ambitionen ausdrückte. »Mit dem Brahms-Netz als Übermittler?«

»Es könnten auch andere Wege ausprobiert werden«, sagte ich.

»Vielleicht VHF-Funk, stark genug, um das Olympia-Stadion zu erreichen?« erkundigte sich Werner mit unmißverständlicher Schärfe.

»Auch das wurde ins Gespräch gebracht«, gestand ich. Es war Dickys einziger Beitrag während einer sehr langen Sitzung im vergangenen Monat gewesen.

»Von einem Idioten«, stellte Werner fest.

»Aber was wäre die Alternative? Ihn in ein anderes Netz zu stecken?«

»Das wäre immerhin machbar, oder etwa nicht?«

»Du mußtest noch nie einen Agenten in ein bestehendes Netz integrieren«, erwiderte ich. »Die meisten dieser Netze werden von launenhaften Primadonnen geführt. Ich könnte all die Streitigkeiten und die Unruhe nicht ertragen, die mit diesen verdammten Mußehen verbunden sind.«

»Bring ihn mit einem anderen Netz zusammen, und du verzögerst die Lieferungen«, stellte Werner fest. Natürlich war das eine reine Vermutung; er wußte nicht, welche anderen Netze mit Verbindungen nach Berlin wir noch besaßen. Aber seine Annahme war in der Tat richtig. Es gibt eine ganze Reihe von Männern wie Werner; sie können einfach nicht aufhören zu arbeiten – bezahlt oder unbezahlt. Wahrscheinlich war es Werner, der das Brahms-Netz so lange zusammengehalten hatte.

»Und man erhöht die Zahl der Leute, die von seiner Existenz wissen«, fügte ich hinzu.

»Existiert er denn?« fragte Werner. »Manchmal bin ich mir da nicht so sicher.«

»Hast du dich mit Rolf Mauser unterhalten?«

»Natürlich habe ich das«, gab Werner zu. »Glaubst du, das Netz kann jahrelang mit Material umgehen, ohne sich zu fragen, woher es stammt? Besonders, wenn wir mit Forderungen nach vordringlicher Behandlung bombardiert werden.«

»Ich treffe mich mit ihm so schnell wie möglich«, sagte ich.

Werner nahm seinen Blick von der Fahrbahn und sah mich kurz und prüfend an. »Du hast wohl heute deinen mitteilsamen Tag, was? Das ist ja sehr ungewöhnlich. Warum solltest du ausgerechnet mir erzählen, daß du dich mit ihm treffen wirst?«

»Weil du das bereits vermutet hast.«

»Nein, nein, nein«, sagte Werner. »Das ist es nicht.«

»Weil wir ihn unter Umständen sehr schnell aus Ost-Berlin herausholen müssen, Werner.«

»Ich bringe dich, wohin du willst«, bot Werner an. »Ins Zentrum? Ich habe nichts vor.«

»Ich brauche das Auto, Werner. Und du hast eine Menge zu tun. Ich möchte, daß du nach London fliegst und heute abend wieder hier bist.«

»Wozu das?«

»Wenn es geschieht, wird es schnell geschehen.«

»Wenn was geschieht?«

»Stell dir mal vor, Werner...« Es war schwer, das auszusprechen. »Stell dir vor, daß Fiona der KGB-Agent in London ist.«

»Deine Frau?«

»Denk mal darüber nach. Es paßt einfach alles: das Giles-Trent-Fiasko, die Art, mit der sie versuchte, ihm die undichte Stelle bei der Information an Karlshorst anzuhängen. Bret hat sich in der fraglichen Zeit nicht in Berlin aufgehalten. Dicky hat die Nachricht nie zu Gesicht bekommen. Fiona ist immer diejenige, die zur richtigen Zeit am richtigen Platz war.«

»Das kannst du doch unmöglich ernst meinen, Bernie.«

»Ich wünschte, daß ich mich irre, Werner. Aber wenn es Fiona ist, und wenn sie sich dazu entschließt, das Weite zu suchen, wird sie die Kinder mitnehmen.« Ich hätte ihm gern gesagt, daß ich Unsinn redete.

»Aber Bernie, der diensthabende Offizier am Flughafen würde sie wahrscheinlich erkennen. Wenn sie allein fliegt, könnte sie sagen, sie verreise dienstlich. Aber wenn sie die Kinder bei sich hat, müßte sich doch jede Flughafen-Aufsicht veranlaßt fühlen, im Büro nachzufragen, bevor sie durchgelassen wird.«

»Also, was wird sie tun?« fragte ich ihn.

»Wenn sie wirklich für den KGB arbeitet, wird sie dafür sorgen, daß sie die Kinder auf irgendeine Art allein hinausbekommt. Lieber Himmel, Bernie. Es ist zu schrecklich, um darüber nachzudenken. Es kann doch nicht Fiona sein, oder?«

»Wir werden uns auf Dicky verlassen müssen«, sagte ich. »Er wird dir alles geben, was du brauchst. Bring die Kinder zu meiner Mutter. Versuch, alles normal klingen zu lassen. Ich möchte nicht, daß Fiona merkt, daß ich sie in Verdacht habe. Aber achte darauf, daß immer jemand bei ihnen ist – Leute, die wissen, was notfalls getan werden muß, nicht einfach Sicherheitsbeamte –, und arrangier' die Sache so, daß ich jederzeit schwören kann, ich hätte nichts damit zu tun. Nur für den Fall, daß ich mich im Hinblick auf Fiona irre.«

»Ich bin ganz sicher, daß du dich irrst, Bernie.«

»Du solltest jetzt besser gehen. Ich setze dich an einem Taxihalteplatz ab und fahre mit deinem Auto weiter. Ich habe einen anstrengenden Tag vor mir. Bis heute abend, bei Rolf.«

»Ich bin sicher, daß du dich im Hinblick auf Fiona irrst«, sagte Werner, aber jedesmal, wenn er das sagte, klang es ein bißchen weniger überzeugt.

23

Ich besuchte Brahms Vier in seinem Büro im Stadtbezirk Mitte. Nachdem ich das erforderliche Formular für den Mann am Empfang in der Halle ausgefüllt hatte, wurde ich nach oben gebracht. Hier also saß der Mann, der – wie es Dicky genannt hatte – »aus irgendeinem gottverlassenen Nest im Thüringer Wald gekommen war«, um mich aus meinem Versteck in der kleinen Straße hinter dem Goethe-Museum in Weimar herauszuholen, Minuten vor meiner geplanten Festnahme. Das würde ich nie vergessen.

Der Himmel mag wissen, wem in der Londoner Zentrale der Einfall gekommen war, das Netz Brahms zu nennen, und durch welchen Zufall dieser Agent die Nummer vier erhalten hatte. Vor Jahrzehnten war sie in seine Papiere eingetragen worden, und für London war es dabei geblieben. Sein wirklicher Name war Dr. Walter von Munte, aber da er im Arbeiter- und Bauernstaat der Deutschen Demokratischen Republik lebte, hatte er das »von« vor langer Zeit abgelegt. Er war ein hochgewachsener Mann von etwa sechzig Jahren mit zerfurchtem Gesicht, goldgerahmter Brille und grauen, ordentlich geschnittenen Haaren. Er wirkte trotz seiner Größe zerbrechlich, und seine altmodisch guten Manieren ließen ihn, gemessen an westlichen Maßstäben, servil erscheinen. Der schwarze Anzug, den er trug, war sorgfältig gebügelt, aber wie der steife Kragen und die schwarze Krawatte schon häufig getragen. Er rang seine Hände wie ein Leichenbestatter von Dickens.

»Bernd«, sagte er. »Ich kann es einfach nicht glauben, daß Sie es sind... nach all den Jahren.«

»Ist es wirklich schon so lange her?«

»Sie waren noch nicht verheiratet. Und jetzt haben Sie, wie ich höre, bereits zwei Kinder. Oder habe ich das falsch verstanden?«

»Sie haben es richtig verstanden«, erwiderte ich. Er stand hinter seinem Schreibtisch und sah mir zu, wie ich zum Fenster ging. Wir waren nicht allzu weit von der Mauer entfernt. Von hier aus hätte ich fast die Reste des Anhalter Bahnhofs und aus einem höheren Stockwerk wohl auch das Café Leuschner sehen können. Wie zufällig berührte ich den Telefonverteilerkasten unter dem Fensterbrett und blickte hinauf zu den Lampenanschlüssen, als ich wieder vom Fenster zurücktrat.

Er wußte, worum es mir ging. »Sie brauchen sich keine Gedanken über versteckte Mikrofone zu machen. Dieses Büro wird regelmäßig nach derartigen Geräten abgesucht.« Er lächelte grimmig.

Erst nachdem ich auf einem Plastiksessel Platz genommen hatte, setzte er sich auch. »Sie wollen also raus?« fragte ich leise.

»Es bleibt wohl nicht mehr viel Zeit«, sagte er. Er war ganz ruhig und sachlich.

»Warum so eilig?«

»Sie wissen, warum«, entgegnete er. »Einer Ihrer Leute in London erstattet regelmäßig dem KGB Bericht. Es ist nur eine Frage der Zeit...«

»Aber Sie sind doch ein Sonderfall«, stellte ich fest. »Sie werden aus allem anderen rausgehalten, was sonst geschieht.«

»Sie haben eine gute Quelle«, meinte er. »Es muß jemand an der Londoner Spitze sein.«

»London möchte, daß Sie bei der Stange bleiben«, sagte ich. »Wenigstens noch zwei Jahre.«

»London ist dem Fischer sin Fru. London will immer noch mehr. Sind Sie deshalb hergekommen? Um mir zu sagen, daß ich weitermachen soll?«

»Das ist einer der Gründe«, gestand ich.

»Dann verschwenden Sie Ihre Zeit, Bernd. Aber es ist schön, Sie einmal wiederzusehen.«

»Sie werden darauf bestehen.«

»Bestehen?« Während er über die Vorstellung nachdachte, London könne ihn zum Weitermachen zwingen, riß er vorsichtig den Rand von einem Briefmarkenblock ab. »Wie sollen sie denn darauf bestehen können? Was könnten sie unternehmen, wenn ich aufhöre, Informationen zu liefern? Wenn sie mich verraten, würde sich das sehr schnell herumsprechen, und Ihre ganze Abteilung müßte darunter leiden.«

»Aber es kann doch gar keine Rede davon sein, daß London Sie verraten würde. Das wissen Sie doch.«

»Welche Zwangsmaßnahmen können sie denn sonst anwenden? Wie können sie darauf bestehen?« Nachdem er den Briefmarkenblock gesäubert hatte, rollte er den Randstreifen zusammen, um aus ihm eine kleine Kugel zu formen.

»Sie müßten die Hoffnung aufgeben, in den Westen zu gehen. Und Sie wollen doch in den Westen.«

»Meine Frau möchte hinüber. Sie will das Grab ihres Bruders besuchen. Er ist während des Krieges in Tunesien gefallen. Sie haben sich als Kinder sehr nahe gestanden. Aber wenn das unmöglich sein sollte... bitte.« Er zuckte mit den Schultern, rollte den Briefmarkenrand wieder auf und strich ihn glatt.

»Und Sie wollen Ihren Sohn in São Paulo besuchen.«

Er sagte lange Zeit nichts und spielte mit dem Briefmarkenrand, als würde er an nichts anderes denken. »Sie sind immer noch so gewissenhaft wie früher, Bernd. Ich hätte wissen müssen, daß Sie die Zahlungen verfolgen.«

»Eine Holdinggesellschaft in Luxemburg, die Geld von der Bayerischen Vereinsbank in München erhält und dann an die Niederlassung der Banco Nacional in São Paulo weiterleitet, ist nicht schwer zu verfolgen«, stellte ich fest. »Auf diesem Verlagskonto tut sich nicht genug, um jemanden längere Zeit hinters Licht führen zu können.«

»Wer weiß noch davon?« Er öffnete den Messingdeckel seines Tintenfasses und betrachtete die eingetrockneten Tintenrückstände.

»Ich habe es niemandem erzählt.«

»Das weiß ich zu schätzen, Bernd.«

»Sie haben mich aus Weimar rausgeholt.«

»Sie waren jung. Sie brauchten Hilfe.«

Er rollte den Markenrand ein zweites Mal, warf ihn mit beachtlicher Akkuratesse in das ausgetrocknete Tintenfaß und schloß den Messingdeckel. »Einen Tag später haben sie Busch festgenommen.«

»Das ist schon lange her.«

»Ich hatte ihnen seine Adresse gegeben.«

»Ich weiß.«

»Wer konnte denn auch ahnen, daß der dumme alte Knabe wieder nach Hause gehen würde?«

»Ich hätte das gleiche getan.«

»Sie nicht, Bernd. Sie sind aus härterem Holz geschnitzt.«

»Deswegen haben sie ja auch mich geschickt, um Sie zum Bleiben zu überreden«, sagte ich.

Er lächelte nicht. Ohne von seinem Schreibtisch aufzublicken, sagte er: »Nehmen Sie doch mal an, ich könnte Ihnen helfen, den Verräter in London zu entlarven.«

Das war es also. Das also war der Grund für all die Nachrichten und Probleme der letzten Zeit. Ich schwieg. Munte wußte über London nichts, bis auf die Identität von Silas Gaunt, der sein Freund gewesen war und der ihn vor langer Zeit geführt hatte.

Aber inzwischen hatte Gaunt kaum Verbindung zur alltäglichen Routine in der Londoner Zentrale. Silas war ganz bestimmt keiner von ihnen.

Er begann wieder zu sprechen und spielte dabei nervös an seinem Tintenfaß herum. »Ich kann Ihnen zwar nicht seinen Namen nennen, aber ich kann ihn einwandfrei und zu Ihrer Zufriedenheit identifizieren. Und Beweise liefern, die sogar ein Gericht zufriedenstellen würden – wenn das der Kurs sein sollte, den London einzuschlagen wünscht.«

Giles Trent, vielleicht. Ich mußte herausfinden, ob er mir da etwas verkaufen wollte, das ich bereits wußte. »Wie soll das aussehen? Welche Art von Beweisen?«

»Können Sie mich hier rausbringen?«

»Sie allein?«

»Mich und meine Frau. Wir müßten beide gemeinsam gehen können. Wir würden uns nicht trennen.«

Ich war ganz sicher, daß er mir von Giles Trent erzählen würde. Falls der KGB herausbekommen hatte, daß wir Trent auf die Spur gekommen waren und ihn umgedreht hatten, würde ich das gern wissen wollen. Aber für das allein konnte ich Munte nicht hier rausbringen.

Vielleicht ahnte er etwas von den Gedanken, die mir durch den Kopf gingen. »Ich spreche von jemandem, der Zugang zur Londoner Datenzentrale hat«, stellte er fest und starrte mich an. Er wußte, daß es mich überraschte, daß er von deren Existenz überhaupt etwas wußte. »Jemand mit einem Pass-Code, der mit dem Präfix ›*Knee jerk*‹ beginnt.«

Ich saß ganz ruhig und versuchte, unbeteiligt auszusehen. Jetzt gab es keine Möglichkeit mehr, der schrecklichen Wahrheit auszuweichen. Diese »*Knee-jerk*«-Codes wurden nur von einigen wenigen, handverlesenen Spitzenleuten in der Londoner Zentrale benutzt. Wurden sie in den Computer der Londoner Zentrale eingegeben, hatte man Zugang zu den Daten der CIA. Waren also Unterlagen mit dem Vermerk »*Knee-jerk*« hier in Ost-Berlin aufgetaucht, gab es für einen möglichen Verrat keine Grenzen. Es war nicht Giles Trent, um den es hier ging; es ging um jemanden am Puls von *Operations*. »Wie schnell könnten Sie diese Beweise liefern?«

»Noch heute abend.«

»Wann möchten Sie reisen?« Dies änderte alles. Wenn Brahms Vier dazu beitragen konnte, einen gutplazierten Sowjetagenten zu identifizieren, würde London ihn als Zeugen vor Ort haben wollen.

»Sie wissen, wie Frauen sind, Bernd. Meine Frau wird vielleicht ein paar Tage brauchen, um darüber nachzudenken.«

»Morgen. Sie kommen mit mir zurück. Aber lassen Sie mich eines klarstellen: Sollten Sie keine unwiderlegbaren Beweise haben, die mich in die Lage versetzen, die Person zu enttarnen, die dieses Material liefert, wird aus dem Handel nichts.«

»Ich werde Ihnen vier handgeschriebene Seiten geben. Würde Ihnen das genügen?«

»Handgeschrieben? Dann ist es mit Sicherheit nicht echt. Kein Agent würde so dumm sein.«

»Finden Sie, Bernd? Mitunter – wenn es schon spät ist und man sich müde fühlt – kann es sich als sehr schwierig erweisen, die notwendigen Vorsichtsmaßregeln zu ergreifen. Geben Sie dem KGB-Offizier in der Londoner Botschaft die Schuld, der das Original weiterreichte, anstatt eine Abschrift anfertigen zu lassen. Oder geben Sie einem Mitarbeiter hier in Berlin die Schuld, der das Dokument in der Akte gelassen hat, Bernd. Der Agent tut mir leid. Ich weiß, was er empfunden hat.«

»Handgeschrieben! Und keinem ist das aufgefallen?«

»Viele unserer Dokumente sind handgeschrieben. Wir sind hier noch nicht ganz so automatisiert wie ihr im Westen. Es ist eine sehr ausdrucksstarke Handschrift – sehr sauber und schwungvoll.«

»Aus London?« Fionas Handschrift. Aber konnte das alles nicht auch eine Falle sein?

»Wir sind nur eine Bank. Unsere Sicherheitsvorkehrungen sind nicht besonders ausgefeilt. Es handelt sich um einen sehr interessanten und streng geheimen Bericht über die Zusage einer Stützung des britischen Pfundes durch die Bank von England. Ich habe ihn nur deshalb als das erkannt, was er war, weil ich nach derartigen Dingen gesucht habe.«

»Noch heute abend, sagen Sie?«

»Ich weiß, wo der Bericht ist.«

»Ihre Frau kann nicht mehr mitnehmen als das, was sie auf dem Körper trägt und in ihre Taschen stecken kann.«

»Wir haben schon oft darüber gesprochen, Bernd.«

»Also keine Freunde und Verwandten, keine kleinen Hunde und Papageien, keine Alben mit Familienfotos.«

»Sie weiß das«, sagte er.

»Es geht leider nicht anders«, stellte ich fest. »Machen Sie Ihrer Frau keine Angst, bringen Sie ihr aber bei, daß sie ihr Leben aufs Spiel setzt.«

»Sie wird keine Angst haben, Bernd.«

»Sehr gut.«

»Wir treffen uns um neun Uhr, mein Freund. Werden Sie das Haus der Pioniere in der Wuhlheide in der Nähe von Köpenick finden? Von hier sind es fünfundzwanzig Minuten mit der S-Bahn. Zimmer G-341. Ich werde die Dokumente dabeihaben.«

»Ich werd's schon finden.«

Er stand auf, die Hände in die Hüften gestemmt, warf den Kopf zurück und seufzte wie jemand, der nach langem Schlaf erwacht. »Wenigstens ist die Entscheidung gefallen«, sagte er. »Können Sie sich vorstellen, was das für mich bedeutet, Bernd?«

»Ich muß meine Frau in London anrufen«, sagte ich. »Sie macht sich Sorgen, wenn sie nichts von mir hört. Kann ich über eine sichere Leitung direkt wählen?«

»Nehmen Sie diesen Apparat hier. Ich telefoniere mehrmals am Tag mit dem Westen. Wählen Sie die Neun und dann die Nummer«, sagte er. »Die Gespräche werden nicht abgehört, aber notiert. Seien Sie also zurückhaltend, Bernd.«

»Wir haben einen abgesprochenen Code«, erwiderte ich. »Privates Geplauder. Ich werde das Handgeschriebene kurz erwähnen, und sie wird wissen, was geschehen ist.«

24

Der Pionierpark in der Wuhlheide ist ein ausgezeichnetes Beispiel für die Bedeutung, die Sport und Freizeit in Ostdeutschland haben. In einer sechs Quadratkilometer großen Parklandschaft war ein Komplex geschaffen worden mit Sportstadien, Fußballplätzen, Leichtathletikanlagen, Schwimmhallen und sogar einer Trabrennbahn. Ich fand das Hauptgebäude und suchte mir in seinem glänzenden Inneren meinen Weg, vorbei an gut ausgestatteten Turnhallen und riesigen Badebecken, die von Tauchlehrern bis zu Reihen summender Haartrockner über alles nur Denkbare verfügten.

Der Raum G-341 befand sich in der dritten Etage, und ich blickte durch die Glasscheibe der Tür, bevor ich eintrat. Es war ein kleiner Probenraum, mit verschiedenartigen Hölzern herrlich getäfelt und besetzt von vier älteren Herren, die Schuberts *Der Tod und das Mädchen* spielten. Dr. Munte saß am Flügel, spielte aber nicht. Mit geneigtem Kopf und geschlossenen Augen lauschte er der Darbietung. Plötzlich stand er auf und sagte: »Nein, meine Herren, nein. Da fehlt die nötige Anmut.« Er sah mich durch die Tür, gab aber kein Zeichen des Erkennens von sich. »Vielleicht haben wir heute abend schon zuviel Schubert gespielt. Lassen Sie uns sehen, wie gut Sie Haydns Siebenundsiebzigstes in C-Dur noch beherrschen.« Er bat mich einzutreten und begrüßte mich mit Verbeugung und Handschlag, während die Musiker die Noten für das Quartett heraussuchten.

»Das ist erst unsere dritte Probe«, meinte er entschuldigend. Einem der Herren fielen die Noten auf den Boden, und er mußte auf die Knie, um die Blätter wieder einzusammeln.

»Es ist keine leichte Aufgabe«, sagte ich.

Munte gab den Herren mit beiden Händen den Einsatz, beobachtete sie einen Augenblick lang fast mit Besitzerstolz und zog mich dann in ein angrenzendes Zimmer. Dieser Raum war größer, an den Wänden standen Stahlschließfächer für Instrumente und hölzerne Garderobenschränke.

»Sie haben *Die Forelle* verpaßt«, stellte er fest. »Da spiele ich den Klavierpart.«

»Haben Sie die Unterlagen?«

Er senkte den Kopf und lauschte noch immer auf die Musik, die aus dem Nebenraum drang. »Die erste Violine schafft es nicht mehr ganz«, meinte er betrübt. »Er hat seine Fingergelenke bestrahlen lassen, aber ich fürchte, es hat nicht allzuviel geholfen.«

»Die Unterlagen«, wiederholte ich ungeduldig. »Haben Sie sie mitgebracht?«

»Nein«, sagte er. »Das habe ich nicht.«

»Warum nicht?«

Bevor er antworten konnte, ging die Tür eines anderen angrenzenden Raumes auf. Ein untersetzter Mann kam herein, in der einen Hand ein Cello, an der anderen ein Kind hinter sich herziehend. »Da ist ja Herr Doktor Munte«, sagte der dicke Mann zu seinem Sohn. »Frag ihn, wie lange du jeden Tag üben mußt.« Er wandte sich an uns und meinte: »Um diesen kleinen Teufel zum Üben zu bringen, braucht man wahrhaftig die Geduld eines Heiligen. Alles, was er im Kopf hat, ist amerikanischer Jazz. Sprechen Sie mit ihm, Herr Doktor Munte. Sagen Sie ihm, daß er üben muß. Sagen Sie ihm, daß er richtige Musik spielen soll, deutsche Musik.«

»Wenn er kein Interesse hat, wird er die Musik nie lieben, Herr Spengler. Vielleicht sollten Sie ihn das tun lassen, was er will.«

»Ja, das ist moderne Erziehung, was?« sagte der dicke Mann und machte sich nicht mal die Mühe, seine Verärgerung über Muntes mangelnde Hilfsbereitschaft zu verbergen. »Aber ich halte nicht viel von diesen modernen Ansichten. Schließlich sind wir hier nicht in Kalifornien...« Er sah mich an und schien zu vermuten, daß er keinen Ostberliner vor sich hatte, entschied jedoch, daß ich kein Ausländer sei, und fuhr fort: »Schließlich sind wir Deutsche. Hier ist nicht Kalifornien – noch nicht. Gott bewahre uns vor den Dingen, die da im Westen vor sich gehen. Wenn ich sage, mein Sohn übt Cello, dann übt er Cello. Hast du gehört, Lothar? Du wirst jeden Nachmittag eine Stunde üben, bevor du mit deinen Freunden Fußball spielst.«

»Ja, Papa«, erwiderte der Junge beflissen. Er klammerte sich an die Hand seines Vaters, bis der Mann seine Finger löste, um einen Schlüssel aus der Tasche zu holen. Der Junge schien durch den Spruch seines Vaters beruhigt.

Der dicke Mann stellte das Cello in ein Schließfach und schloß die Tür ab. Dann sicherte er es noch mit einem Vorhängeschloß. »Du bist nicht kräftig genug für Fußball«, sagte er laut, als sie hinausgingen. Der kleine Junge ergriff wieder die Hand seines Vaters.

»Wir Deutsche finden Bestätigung in der Unterdrückung«, stellte Munte traurig fest. »Das war schon immer unser Untergang.«

»Die Unterlagen.«

»Die Akte mit dem Bericht, den Sie haben möchten, ist mit Boten unterwegs zum Vorsitzenden des Wirtschaftsausschusses der Bank.«

»Warum?« War der Berliner KGB bereits in Aktion getreten?

»Es ist eine umfangreiche Akte, Bernd. Ich könnte mir eine ganze Reihe völlig unverfänglicher Gründe vorstellen, weshalb sie angefordert worden ist.«

»Können Sie sie morgen zurückbekommen?«

»Der übliche Gang der Dinge wäre, in der Registratur nachzufragen und abzuwarten, bis sie festgestellt haben, wo sie ist. Irgendwann findet sich die Akte dann wieder auf dem Schreibtisch ein.«

»Sie wollen mir doch nicht etwa vorschlagen, daß wir abwarten, bis sich die schwerfälligen Räder der kommunistischen Bürokratie für uns zu drehen beginnen?«

»Ich schlage gar nichts vor«, sagte Munte scharf. Offensichtlich identifizierte er sich mit den schwerfälligen Rädern der Bürokratie und war pikiert.

»Gehen Sie morgen zu wem auch immer. Beschaffen Sie sich dieses verdammte Dokument und bringen Sie es mir.«

»Wie sollte ich ein derartiges Vorgehen erklären? Erhalt und Rückgabe selbst der unbedeutendsten Akten müssen abgezeichnet werden. Was soll der Vorsitzende des Wirtschaftsausschusses denken, wenn der Bote ihm erklärt, ich hätte die Akte an mich genommen – oder wäre sogar in das Büro des Vorsitzenden gekommen, um Einblick zu nehmen?«

»Du meine Güte«, meinte ich verärgert. Am liebsten hätte ich ihn angeschrien, aber ich hielt meine Stimme im Zaum. »Warum machen Sie sich darüber Gedanken, ob dieses Vorgehen ungewöhnlich ist oder nicht? Was kümmert es Sie denn, auf welchen Verdacht irgend jemand kommen könnte. Schließlich geht es hier doch um das letzte, was Sie tun werden, bevor wir uns von hier verabschieden.«

»Ja, darum geht es«, sagte er. »Aber stellen Sie sich mal vor, Sie sehen das Dokument und kommen zu dem Schluß, es sei doch nicht das, was Sie sich vorgestellt haben. Dann sagen Sie ›Vielen Dank‹ und überlassen mich in meiner Bank meinem Schicksal, während Sie nach London zurückkehren und denen sagen, ich hätte nichts Wichtiges anzubieten gehabt.«

»Schön und gut«, sagte ich., »Aber ich kann Ihnen nun einmal nicht mit hundertprozentiger Sicherheit versprechen, daß ich Sie hier rausbringe, bevor London meiner Forderung zugestimmt hat. Ich kann Sie nicht auf eigene Faust rausbringen, das wissen Sie doch. Ich könnte Ihnen einen Haufen Lügen auftischen, aber ich sage Ihnen die Wahrheit.«

»Wie lange kann es dauern?«

Ich zuckte mit den Schultern.

»Die schwerfälligen Räder der westlichen Bürokratie?« fragte er ironisch. Er war verärgert. Die Angst kann so etwas bei manchen Menschen bewirken, besonders bei so introvertierten, nüchtern wirkenden alten Männern wie Munte. Es war eigenartig, daß er jahrelang den Gefahren der Spionage furchtlos ins Auge gesehen hatte und nun bei der Aussicht, künftig im Westen zu leben, derart verschreckt war. Das hatte ich schon bei anderen erlebt: Die Vorstellung, in einer leistungsorientierten, lauten, schnellebigen, bunt gewürfelten Gesellschaft leben und ihren Gefahren – Überdruß, Verbrechen, Armut – trotzen zu müssen, konnte schon traumatisch sein. Er brauchte eine Rückversicherung. Und wenn ich ihn nicht schnell und erfolgreich beruhigte, konnte er durchaus plötzlich zu dem Entschluß kommen, überhaupt nicht in den Westen zu wollen. So etwas war schon vorgekommen – nicht nur ein, sondern viele Male.

»Es müssen gewisse Vorbereitungen getroffen werden«, sagte ich. »Sie kommen in kein Flüchtlings-Notaufnahmelager. Sie werden als wichtige Persönlichkeit behandelt, und man wird sich um Sie kümmern, so daß Sie sich keinerlei Gedanken zu machen brauchen. Sie werden nach Gatow, dem Militärflughafen der Royal Air Force, gebracht und von dort aus mit einem Militärflugzeug nach London fliegen – ohne Zoll- und Einwanderungsformalitäten. Aber für all das brauchen Sie auch Dokumente, und so etwas dauert nun mal seine Zeit.« Ich ließ die Gefahren der Überwindung der Mauer unerwähnt.

»Ich werde die Unterlagen morgen beschaffen«, sagte er. »Wird Silas Gaunt da sein?«

»Er wird da sein. Da bin ich ganz sicher.«

»Wir waren früher gute Freunde. Ihren Vater habe ich übrigens auch gekannt.«

»Ja, ich weiß.« Im Nebenraum entstand eine kurze Pause, bevor der langsame Satz begann.

»Haydn ist die ewige Wahrheit«, stellte er fest.

»Sie werden schon klarkommen, wenn Sie erst einmal drüben sind«, meinte ich. »Sie werden alte Freunde wiedertreffen und jede Menge zu tun haben.«

»Und ich kann meinen Sohn sehen.«

Ich wußte, daß sie Munte nicht so schnell nach Brasilien lassen würden. Da standen lange Aussprachen auf dem Programm, und sie würden auch nach rund sechs Wochen, wenn in manchen Fällen Auslandsreisen gestattet wurden, noch zögern, ihn nach Brasilien reisen zu lassen, weil die dortige deutsche Kolonie mit ostdeutschen Agenten geradezu durchsetzt ist. »Vielleicht werden wir in der Lage sein, Ihren Sohn für Sie nach London zu holen«, sagte ich.

»Eins nach dem anderen«, gab er zurück. »Noch bin ich nicht in London.«

»Aber Sie werden es schon bald sein«, erklärte ich glatt, während ich darüber nachdachte, welche Route ich für den Rückweg in die Stadt wählen sollte.

»Werde ich das?« fragte Munte in einem Tonfall, der mich veranlaßte, ihm wieder meine ganze Aufmerksamkeit zu widmen. »Sie haben London gesagt, daß ich aussteigen will. Und wenn ich das Gespräch mit Ihrer Frau richtig deute, das Sie von meinem Telefon aus geführt haben, wissen sie jetzt auch über die Beweise Bescheid, die ich liefern kann, um den Verräter festzunageln.«

»Ja?« meinte ich zweifelnd. Aus dem Nebenraum drang die getragene Melodie des Quartetts; die erste Violine quälte mit steif werdenden Fingern einen klagenden Ton hervor.

»Sind Sie wirklich so ein Narr? Irgend jemand in London macht sich doch Gedanken darüber, was Sie hier herausfinden könnten. Er wird dafür sorgen, daß er alles erfährt, was Sie London zu berichten haben. Und dann wird man geeignete Maßnahmen ergreifen, uns beide zu beseitigen.«

»Sie machen sich zu viele Sorgen«, stellte ich fest. »Was ich meiner Frau gesagt habe, wird sie nicht zu Protokoll geben.«

»Ich glaube Ihnen nicht. Jemand muß doch die Verantwortung dafür übernehmen, daß wir hier heil herausgebracht werden.«

»Mein unmittelbarer Vorgesetzter. Er ist der einzige Mensch, der informiert wird. Und er ist todsicher nicht der Mann, hinter dem wir her sind.«

»Ich gehe heute abend nicht nach Hause.«

»Wohin wollen Sie dann?«

»Wir haben da eine Laube. Nur zwei kleine Räume mit Küche,

aber wir sind an das Stromnetz angeschlossen. Da brauche ich nicht die ganze Nacht wach zu liegen, aus Angst, ein Polizist könnte an die Tür klopfen. Meine Frau ist schon am Nachmittag hingefahren. Sie wird mir eine Suppe warmhalten.«

»Wo ist das?«

»In Buchholz, hinter der Kirche. Es ist eine riesige Kleingartenkolonie. Hunderte von Menschen fahren zum Wochenende dort hinaus, selbst in dieser Jahreszeit.«

»Heute abend noch? Aber es ist doch ein ziemlich langer Weg bis nach Buchholz. Soll ich Sie hinfahren? Ich habe ein Auto.«

»Das wäre sehr liebenswürdig. Die Busverbindungen sind nicht besonders gut, und die S-Bahn ist ein ganzes Stück von uns entfernt.«

Mir wurde klar, daß er dieses Thema nur angeschnitten hatte, um eine Mitfahrgelegenheit zu bekommen. »Wann können Sie denn fertig sein?«

»Ich muß das Ende des Haydn-Quartetts abwarten und meinem Freund sagen, daß seine Finger schon besser geworden sind. Das stimmt natürlich nicht, aber es ist eine barmherzige Lüge, die man von einem Freund erwarten kann.« Er lächelte freudlos. »Und ich werde meine Freunde kaum wiedersehen, oder?«

Zunächst brachte ich Munte zu seiner Wohnung in Erkner, einem von Seen und Wäldern umgebenen Bezirk am äußersten Stadtrand. Ich wartete etwa zehn Minuten im Auto, bis er mit einem kleinen Koffer wieder herauskam.

»Familienfotos, alte Briefe und die Orden meines Vaters«, sagte er entschuldigend. »Mir ist plötzlich klargeworden, daß ich nie mehr hierher zurückkehren werde.«

»Nehmen Sie nicht zuviel mit«, warnte ich.

»Das meiste werde ich wegwerfen«, erwiderte er. »Das hätte ich schon vor Jahren tun sollen, aber es scheint so, als hätte ich nie Zeit dafür gehabt.«

Nördlich von Erkner fuhr ich auf die Autobahn, mit der Fritz Todt – Hitlers Generalinspekteur für das Straßenbauwesen – Berlin umgeben hat, den Berliner Ring. Die Fahrbahn war in schlechtem Zustand, und mehr als einmal wurde der Verkehr auf die andere Spur umgeleitet. In der Nähe der Ausfahrt Blumberg wurden wir von einer Militär-Motorradstreife gestoppt, Militärpolizisten winkten aufgeregt mit ihren Leuchtsignalstäben. Sie liefen laut rufend umher und zeigten jenes anmaßende Verhalten, das alle Militärpolizisten auf der Militärschule lernen. Der Zivilverkehr wurde angehalten, weil ein sowjetischer Konvoi vorbeifuhr. Die schweren Lastwagen – einige trugen Panzer, andere Raketen – brauchten etwa zehn Minuten auf der holprigen Fahrbahn, bis sie an uns vorüber waren. Während des Zwangshaltes erzählte mir Munte einen Witz. Er erzählte ihn mir nicht nur, er erklärte mir auch vorher, daß es sich um einen Witz handelte.

»Es gibt in Ost-Berlin einen Witz über diese arg vernachlässigten Autobahnen«, meinte er. »Die Leute sagen: Warum können die verdammten Nazis nicht zurückkommen und ihre Autobahnen in Ordnung bringen.«

»Das ist wirklich ein Witz«, bemerkte ich.

Wir warteten also, während die russischen Lastwagen durch Regenpfützen platschten und ihre Aufhängungen an den Frostaufbrüchen und Schlaglöchern ruinierten. Munte starrte vor sich hin, ohne etwas wahrzunehmen. »Hier bin ich während der Kämpfe um Berlin entlanggefahren«, sagte er plötzlich. »Es war gegen Ende April 1945. Es hieß, Panzer der Ersten weißrussischen Armee seien in den Nordwesten Charlottenburgs vorgedrungen und an der Bismarckstraße aufgehalten worden. Es gab auch unbestätigte Berichte über Infanterie der Roten Armee in Moabit. In meinem Auto mit Sonderzulassung hatte ich meinen jüngeren Bruder und zwei seiner Schulfreunde. Wir wollten das Haus meiner Eltern in Wannsee erreichen, bevor die Russen so weit südlich vordrangen. Was für ein Idiot ich damals war! Wir hatten keine Ahnung, daß die Russen von Südwesten her einrückten und bereits in Wannsee standen. Sie waren sogar schon am Grunewald vorbei und kämpften in den Straßen von Friedenau.«

Er schwieg, bis ich schließlich fragte: »Sind Sie nach Wannsee gekommen?«

»Ich befand mich genau hier, auf demselben Autobahnabschnitt, und wurde gestoppt, genau wie eben. Eine motorisierte SS-Einheit holte sich den letzten Tropfen Benzin aus meinem Auto und schob es dann von der Fahrbahn. Das haben sie mit jedem Wagen gemacht, der hier entlangkam. Ich habe beobachtet, wie sie sogar zwei Luftwaffen-Benzintankwagen unter Waffengewalt requirierten.«

»Sind Sie zu Fuß nach Hause gegangen?«

»Als mich die SS-Männer aus dem Wagen holten, überprüften sie auch meine Papiere. Ich hatte meinen Reichsbank-Ausweis dabei, und sie akzeptierten ihn ohne weiteren Kommentar. Aber den drei Kindern wurde befohlen, sich zu einer Gruppe zusammengetriebener Soldaten zu gesellen, die zum Fronteinsatz gezwungen wurden. Ich protestierte, aber sie drohten, mich ebenfalls in die Schlacht zu schicken.« Er räusperte sich. »Ich habe keinen der Jungen wiedergesehen.«

»Es ist fast vierzig Jahre her«, erinnerte ich ihn. »Sie machen sich doch nicht immer noch Vorwürfe?«

»Ich hätte bei meinem Bruder bleiben sollen. Er war erst fünfzehn.«

»Sie haben das getan, was Sie für richtig hielten«, erwiderte ich, um ihn zu trösten.

»Ich habe getan, was mir befohlen wurde«, entgegnete Munte. »Ich habe es getan, weil ich Angst hatte. Ich habe das bisher noch niemandem gestanden, aber Ihnen will ich die Wahrheit sagen: Ich hatte Angst.«

Der russische Konvoi war vorbei, und unsere Autoschlange geriet wieder in Bewegung. Munte lehnte sich in seinem Sitz zurück, sein Kopf ruhte am Fenster. Für den Rest der Fahrt sagte er nichts mehr, bis auf den Hinweis, daß wir uns dem Autobahnabzweig Pankow näherten.

Es war spät, als wir Buchholz erreichten, ein Dorf, das inzwischen zum Vorort geworden war. Die Straßenbahnlinie endet vor der Kirche in einer Straße, die breit wie ein Dorfanger ist. Es war dunkel, und das einzige Licht kam aus einer leeren Weinstube, in der ein Kellner den Boden fegte.

Munte bat mich, neben der Kirche abzubiegen. Wir holperten über eine schmale Landstraße, die an einem Friedhof entlangführte. Es war dunkel, aber im Licht der Scheinwerfer konnte ich sehen, daß Bäume und Büsche die Straße säumten, die kaum breiter als das Auto war. Die Parzellen waren von ordentlich geschnittenen Hecken oder säuberlich gestrichenen Zäunen mit kunstvoll geschwungenen schmiedeeisernen Toren umgeben; Beweise für die jeweilige Individualität des Geschmacks.

Gegen den von West-Berlins Lichtermeer schwach rosa gefärbten Horizont konnte ich die geduckten Umrisse der Lauben und Wochenendhäuser auf jedem Stückchen Land ausmachen. Sie waren liebevoll von ihren Eigentümern hergerichtet und zeigten den Stolz der Hausbesitzer.

Munte streckte die Hand aus, um mir zu zeigen, wo ich halten sollte. Ich war ihm für seine Richtungshinweise in diesem Labyrinth schmaler und enger Wege dankbar, denn es gab keinerlei

Möglichkeit, zu wenden oder auch nur einem entgegenkommenden Wagen auszuweichen.

»Ihre Informationen werden in London ganz separat aufbewahrt, Herr Doktor Munte«, sagte ich. »Selbst wenn es also einen Verräter in London geben sollte, brauchten Sie nichts zu befürchten.« Der alte Mann stieg so steifbeinig aus dem Auto, als wäre er während der kurzen Fahrt gealtert.

Er beugte sich herunter, um mich anzusehen. Ich lehnte mich über den Beifahrersitz und kurbelte das Seitenfenster hinunter, damit ich ihn hören konnte. »Sie brauchen nicht drum herumzureden, Bernd«, meinte er. »Ich gehe morgen früh ins Büro und werde für Sie das Dokument holen. Ich habe keine Angst.«

Ich schwieg und bemerkte, daß er wieder die Hände rang, wie er es schon am Vormittag getan hatte.

»Ich fahre nie da lang«, fügte er hinzu, als sei er mir eine Erklärung schuldig. »Ganz egal, welche Umwege ich deshalb in Kauf nehmen muß – ich habe diesen Abschnitt der Autobahn stets gemieden. Bis zum heutigen Abend war ich, seit es passierte, nie wieder dort.«

»Es tut mir leid, wenn ich Sie aufgeregt habe.«

»Ich hätte es schon vor Jahren tun sollen«, stellte er fest. »Jetzt bin ich endlich diese schrecklichen alten Alpträume los.«

»Das ist gut«, erwiderte ich, obwohl ich wußte, daß er lediglich die alten durch neue ersetzt hatte.

Ich war erschöpft, als ich zu Rolf Mausers Wohnung am Prenzlauer Berg zurückkehrte. Aber ich traf die üblichen Vorsichtsmaßnahmen, parkte Werners Wartburg um die Ecke und blieb dort eine Weile sitzen, um die Umgebung zu beobachten, bevor ich ausstieg.

Die Straßen waren leer. Die einzigen Geräusche kamen von der Hochbahn in der Schönhauser Allee oder gelegentlich vorbeifahrenden Bussen oder Autos. Wo Rolf Mauser lebte, gab es keine Parkprobleme.

Am Eingang des Wohnhauses spendete eine schwache Glühbirne ein spärliches Licht; sie war zu hoch angebracht, um gesäubert werden zu können. Sie beleuchtete die gesprungenen Bodenfliesen mit Blumenmuster und ein Dutzend oder mehr an der Wand angebrachte Metallbriefkästen. Linker Hand wand sich eine breite Steintreppe in die Höhe. Zur Rechten führte ein schmaler Flur zu einer metallverstärkten Tür, durch die man auf den Hof hinter dem Gebäude gelangte. Nachts war die Metalltür verschlossen, um die Fahrräder der Mieter zu schützen und zu verhindern, daß irgend jemand den häuslichen Frieden durch das Klappern mit den Mülltonnen störte.

Ich spürte, daß da jemand stand, noch bevor ich die leichte Bewegung wahrnahm. Und ich erkannte, was für eine Bewegung das war. So rührte sich ein Mensch, der wußte, daß die Zeit des Wartens endlich vorüber war.

»Achtung«, flüsterte eine Stimme.

Ich duckte mich zurück in den Schatten und griff in meiner Tasche nach dem Messer, der einzigen Waffe, deren Besitz ich in einer Stadt riskierte, in der Überprüfungen an der Tagesordnung waren.

»Bernie?« Es war Werner, einer der wenigen Deutschen, die mich anders als Bernd nannten.

»Was gibt's denn?«

»Hat irgend jemand gesehen, daß du hereingekommen bist?«

»Nein. Warum?«

»Rolf hat Besuch.«

»Wen?«

Draußen war das Geräusch zweier Autos zu hören. Wenn in Prenzlauer Berg zwei Autos gleichzeitig vor einem Mietshaus halten, handelt es sich nur in den seltensten Fällen um einen Freundschaftsbesuch. Schnell folgte ich Werner den engen Flur entlang, aber er bekam die Tür zum Hof nicht rechtzeitig auf. Zwei uniformierte Volkspolizisten und zwei Männer in Ledermänteln traten ins Haus und richteten den Strahl ihrer Taschenlampen auf die Namen an den Briefkästen.

»Mauser«, sagte der jüngere der Volkspolizisten und beleuchtete das Namensschild genauer.

»Meisterdetektiv«, knurrte ein Mann im Ledermantel mit spöttischer Bewunderung. Als er sich umwandte, sah ich im Schein der Taschenlampe, daß er ein Mann von Mitte Dreißig war, mit einem Ziegenbart nach leninscher Manier.

»Sie haben gesagt, es sei Nummer neunzehn«, erwiderte der junge Volkspolizist, sich verteidigend. »Ich habe Sie nur zu der Adresse gebracht, die Sie mir genannt haben.« Er war sehr jung und sprach mit sächsischem Dialekt, der in den Ohren der meisten Deutschen komisch klingt.

»Nach den Anordnungen des Chefs hätte ich bereits vor einer Viertelstunde hier sein müssen«, grollte Lenin mit der harten Aussprache der Berliner Arbeiterklasse. »Zu Fuß wäre ich schneller hier gewesen.«

»Aber auch dann wären Sie bei der falschen Adresse gelandet«, erklärte der Volkspolizist. Sein Dialekt war jetzt fast noch stärker als zuvor.

Der Mann im Ledermantel reagierte verärgert. »Vielleicht hat Ihnen jemand gesagt, es sei bequemer, zur Volkspolizei als zur Armee zu gehen. Es interessiert mich nicht, daß Ihr Vater ein großes Tier in der Partei ist. Wir sind hier in Berlin. Es ist meine Stadt. Halten Sie den Mund und tun Sie, was Ihnen gesagt wird.« Bevor der junge Volkspolizist etwas erwidern konnte, war er bereits auf der Treppe. Die drei anderen folgten ihm, und er setzte seine Ansprache fort. »Wartet nur, bis der KGB-Oberst da ist. Dann werdet ihr springen, Jungs, dann werdet ihr schon springen.«

Werner fummelte immer noch an der Klinke der Hoftür, bis ihm endlich klarwurde, daß die Volkspolizisten mit ihren Taschenlampen nicht den Flur entlang leuchten und uns entdecken würden. »Das war knapp«, stellte er fest.

»Was geht hier eigentlich vor?«

»Zwei vom Stasi sind oben in Rolfs Wohnung. Sie sind vor etwa drei Stunden gekommen. Du weißt, was das heißt.«

»Sie warten auf jemanden.«

»Sie warten nicht auf jemanden«, widersprach Werner grimmig. »Sie warten auf dich. Hast du irgend etwas oben in der Wohnung gelassen?«

»Natürlich nicht.«

»Machen wir, daß wir von hier wegkommen«, sagte Werner.

»Glaubst du, daß sie draußen einen als Posten zurückgelassen haben?«

»Laß mich vorgehen. Meine Papiere sind in Ordnung.«

»Warte einen Moment.« Ich konnte erst einen Schatten, dann einen Volkspolizisten ausmachen. Er schob die Tür auf und blickte ins Treppenhaus, als habe er unsere Stimmen gehört. Dann ging er wieder hinaus.

Wir warteten noch ein paar Minuten, und dann brachten vier Männer vom Staatssicherheitsdienst Rolf Mauser die Treppen herunter und ins Auto. Rolf vollführte einen Höllenspektakel; seine Stimme dröhnte durchs Treppenhaus, lange bevor er selbst in Sicht kam.

»Lassen Sie mich sofort los! Was soll das alles? Ich bestehe auf einer Antwort. Wie können Sie es wagen, mir Handschellen anzulegen? Das hätte doch wirklich Zeit bis morgen gehabt! Lassen Sie mich sofort los!«

Rolfs lautes Gezeter mußte durch alle Wände gedrungen sein. Aber keiner der Mieter kam an die Tür. Niemand wollte sehen, was da vorging.

Die Haustür fiel krachend ins Schloß, und wir hörten Rolfs Stimme draußen auf der menschenleeren Straße, bis der Motorenlärm seine Worte verschluckte.

Erst nachdem die Volkspolizist mit dem Festgenommenen abgefahren war, öffneten sich einzelne Wohnungstüren. Man hörte geflüsterte Fragen und noch leisere Antworten. Nach wenigen Minuten war alles wieder still.

»Das war das einzig Richtige«, stellte ich fest. »Einer, der bei der Verhaftung schweigt, hat so gut wie ein Geständnis abgelegt. Rolfs Geschrei wird ihnen zu denken geben. Und das gibt uns wiederum die Chance, zu versuchen, ihm zu Hilfe zu kommen.«

»Er hat nicht gebrüllt, um sie von seiner Unschuld zu überzeugen«, sagte Werner. »Er hat getobt, um dich zu warnen.«

»Ich weiß«, erwiderte ich. »Und es gibt auch nichts, womit wir ihm helfen könnten.« War Rolf Mauser Fionas erstes Opfer, fragte ich mich. Und würde ich das nächste sein?

25

Offiziell hatte Werner keine Unterkunft in Ost-Berlin, aber sein Lagerhaus an der Spree in Friedrichshain beherbergte im Erdgeschoß ein Büro und darüber vier Räume, die er sich zu einer bequemen Wohnung hatte ausbauen lassen, mit einer winzigen Küche und einem Wohnzimmer. Er verstieß gegen die Bestimmungen, wenn er über Nacht hier blieb – niemand durfte einen Gast ohne polizeiliche Anmeldung übernachten lassen –, aber da Werner Devisen brachte, verlor niemand ein Wort über sein kleines »Nest«.

Werner schloß die mächtige Speichertür mit drei verschiedenen Schlüsseln auf. »Kühlschränke, Farbfernseher, echte – in den USA hergestellte – Bluejeans, Black-and-Decker-Werkzeuge, die begehrtesten Errungenschaften des dekadenten Westens, werden hier von Zeit zu Zeit gelagert«, erklärte er die Doppelt-und-dreifach-Sicherung.

»Black-and-Decker-Werkzeuge?«

»Zur Revonierung und Vergrößerung von Wohnungen. Oder, besser gesagt, um irgendeine kleine Datsche auf Vordermann zu bringen, damit sie mit Profit an den Mann gebracht werden kann.« Er ging die Treppe hinauf und schloß eine andere Tür auf.

»Jede Menge Black and Decker«, stellte ich fest, während ich mich in dem frisch renovierten Raum mit den beiden Aquarellen an der Wand umsah: eine verzerrte Nackte und ein verkrüppelter Clown. Ich beugte mich vor, um sie näher in Augenschein zu nehmen. Deutsche Expressionisten natürlich. In der Andeutung des Tragischen liegt etwas, das die Herzen der Berliner anrührt.

»Nolde und Kirchner«, sagte Werner, zog seinen Mantel aus und hängte ihn an einen edlen Mahagoni-Garderobenständer. »Nicht gerade dein Geschmack, ich weiß.«

»Aber ziemlich viel wert, Werner«, entgegnete ich. Ich blickte mich weiter um und entdeckte ein paar hübsche alte Möbelstücke, Antiquitäten. Werner hatte schon immer zu organisieren verstanden: In der Schule hatte er es fertiggebracht, amerikanische Schokoriegel, Teile demolierter Panzer, Militärabzeichen, Rollschuhräder und andere Schätze zu organisieren, die das Herz eines Schuljungen damals höherschlagen ließen.

»Für Westmark ist auf dieser Seite der Mauer alles zu haben. Und es gibt immer noch Berge verborgener Schätze in Kellern und auf Böden.«

Ich hängte Hut und Mantel neben Werners Sachen und folgte ihm in den nächsten Raum. Licht fiel durchs Fenster herein. Werner durchquerte das Zimmer und blickte hinaus. Da war die Spree. Helles Mondlicht fiel auf einen schmutzigen Uferstreifen. Gegen den Himmel zeichnete sich die komplexe Eisenkonstruktion der Hochbahn ab, auf ihrem Weg in den Westen jäh abgeschnitten und dem Rost überlassen. In der Nähe ein dachloses Fabrikgebäude, herrenlos und verlassen seit dem Ende der Kämpfe im Frühling 1945. Zur Rechten konnte ich den Flußlauf entlang bis zu den gleißenden Bogenlampen der Oberbaumbrücke sehen, einem der Grenzübergänge, denn hier bildet die Spree die Grenze zwischen dem Ost- und dem Westteil der Stadt.

Werner zog abrupt die Vorhänge zu und schaltete die Tischlampen ein. »Wir brauchen was zu trinken«, stellte er fest. Da er keinerlei Protest von mir hörte, förderte er eine Flasche deutschen Weinbrand und zwei Gläser zutage. Dann holte er Eis und einen Krug Wasser aus einem Kühlschrank neben dem großen Stereo-Fernseher.

»Das ist das sicherstes Anzeichen dafür, daß ein Mann getrennt lebt«, sagte ich. »Wenn er das Eis im Wohnzimmer hat. Ehemänner müssen in die Küche gehen, um sich Eis für ihren Drink zu holen.«

»Und wie ist es mit Junggesellen?«

»Da ist das Eis im Schlafzimmer«, erklärte ich.

»Du hast doch auf alles eine Antwort«, stellte Werner fest. »Als wir Kinder waren, hat mich das häufig irritiert.«

»Ich weiß«, erwiderte ich. »Ich bin gut, wenn es darum geht, Menschen zu irritieren.«

»Nun, Zena hast du mit Sicherheit irritiert«, sagte er.

»Warum hast du mir denn nicht gesagt, daß du weißt, wo sie ist?«

»Und dich glauben lassen, sie hätte eine Affäre mit Frank Harrington?«

»Hatte sie denn keine Affäre mit Frank Harrington?« fragte ich vorsichtig zurück. Ich trank meinen Weinbrand ohne das von Werner angebotene Wasser.

»Du trinkst zuviel. Weißt du das?«

»Ja, ich weiß. Meine Frau sagt mir das auch immer.«

»Entschuldige«, sagte Werner. »Ich hatte nicht die Absicht, dich zu kritisieren. Aber im Augenblick kannst du es dir einfach nicht erlauben, dir das Hirn zu vernebeln.«

»Wenn es das bewirkt, gib mir noch einen.«

Er goß Weinbrand in mein Glas und sagte: »Nein, diese Wohnung in Lübars ist ein ›sicheres Haus‹. Zena erledigte einen Auftrag für Frank Harrington. Sie ist mir nie untreu gewesen. Sie hätte mir mehr erzählt, aber sie wußte, wie sehr ich Frank Harrington immer verabscheut habe.«

»Hat sie dir das erzählt? Einen Auftrag?«

»Sie ist zu mir zurückgekommen«, sagte Werner. »Sie hat alles erklärt, und wir haben einen neuen Anfang gemacht. Manchmal muß es erst zu einem ernsthaften Zerwürfnis kommen, damit sich die Menschen wieder verstehen.«

»Na, dann auf dein Wohl, Werner«, sagte ich.

»Eigentlich warst du es, der uns wieder zusammengebracht hat«, sagte Werner. »Du hast ihr Angst eingejagt.«

»Jederzeit zu Diensten«, bot ich an.

Sein Lächeln zeigte mir, daß er ganz und gar nicht erheitert war. »Ich habe getan, was du von mir verlangt hast. Ich bin heute nach London geflogen und habe mich mit Dicky getroffen. War das eine Hetze! Nur mit Müh und Not habe ich den Rückflug erwischt.«

»Alles gutgegangen? Keine Schwierigkeiten am Kontrollpunkt?«

»Du willst wissen, ob mir jemand gefolgt ist? Die hier kümmern sich keinen Pfifferling darum, ob ich nach London fliege und postwendend zurückkomme. London ist jetzt das Zentrum der Vorfinanzierungsgeschäfte. Ich fliege häufig hin und her. Wie zum Teufel sollte ich sonst Geschäfte für sie machen können? Keine der westdeutschen Banken ist besonders scharf darauf, einem Konsortium beizutreten, es sei denn, eine nette kleine Londoner oder New Yorker Bank ist mit von der Partie.«

»Das ist gut.«

»Die DDR braucht Westmark, Bernie. Sie suchen händeringend Devisen. Sie sitzen zwischen den Russen und dem Westen in der Zwickmühle. Sie brauchen Erdöl aus der Sowjetunion, aber sie brauchen auch westliche Technologie. Und der Druck wird immer stärker. Keine Ahnung, wie die Dinge hier in einem Jahrzehnt aussehen werden. Ach, übrigens, ich habe Lisl das Geld zurückgezahlt, das ich mir von ihr geliehen hatte – mit Zinsen.«

»Sei doch nicht so besorgt, Werner.«

»Diese Menschen sind Deutsche, Bernie. Selbstverständlich mache ich mir Sorgen über die Verhältnisse hier.«

»Sicher.«

»Sieh mich nicht so an«, beschwerte er sich.

»Wie sehe ich dich denn an?«

»Du hast diesen Warum-müßt-ihr-Juden-bloß-immer-so-sentimental-sein-Blick drauf.«

»Du leidest an Verfolgungswahn«, stellte ich fest. »Und warum bist du eigentlich so verdammt knickerig mit deinem Weinbrand? Es ist noch nicht mal Cognac.«

Diesmal schob er mir die Flasche über den Tisch. »Ich habe mich auf deinen Wunsch hin mit Dicky Cruyer getroffen. Er ist damit einverstanden, daß ich dich morgen in den Lastwagen stecke. Zu diesem Zeitpunkt hattest du bereits mit deiner Frau telefoniert, so daß es Dicky gleich festmachen konnte. Sobald du im Westen bist, werde ich deinen kostbaren Brahms Vier hinausbringen.« Werner lächelte. Er wußte, daß Dicky mich nach Berlin geschickt hatte, um Brahms Vier bei der Stange und vor Ort zu halten.

»Klingt gut«, stellte ich fest.

»Ich werde mich wesentlich besser fühlen, wenn du erst wieder drüben bist«, sagte Werner. »Es gibt hier zu viele, die sich an dein Gesicht erinnern könnten.«

»Na und?«

»Sei doch nicht kindisch«, tadelte Werner. Er nahm die Weinbrandflasche, verschloß sie und stellte sie zurück in eine alte Lackkommode, die mit einer chinesischen Berglandschaft bemalt war.

»Hast du die auch für ein Paar Levis bekommen?« fragte ich, verärgert über die Art, wie er die Tür schloß.

»Wenn so ein kleiner, neunmalkluger Hund vom Stasi dich erkennt, nehmen sie dich hopp. Du weißt zuviel, um hier frei herumlaufen zu können. Keine Ahnung, warum London das überhaupt zugelassen hat.«

»Nun, du weißt eben nicht alles, Werner«, meinte ich. »Hin und wieder gibt es doch Dinge, die der Alte mit dir nicht bespricht.«

»Du glaubst doch hoffentlich nicht, daß der Stasi Rolf Mauser heute abend einen Routinebesuch abgestattet hat. Sie wissen, daß du hier bist, Bernie. Sie suchen nach dir – das liegt doch auf der Hand.«

»Laß mich mit meinen Problemen allein fertig werden, Werner. Ich habe darin mehr Übung.«

Werner stand auf und sagte: »Laß uns hinuntergehen. Ich zeige dir den Lastwagen, in dem du dich verstecken wirst.«

Auch ich erhob mich und trank die letzten Tropfen aus meinem Glas.

»Die Trinkerei macht dich ausgesprochen übellaunig«, stellte Werner fest.

»Nein«, entgegnete ich. »Es liegt daran, daß die Flasche weggestellt wurde.«

Das Lagerhaus, das Werner vom Außenhandelsministerium gemietet hatte, war groß. Neben zwei 30-Tonnen-Lastwagen war immer noch reichlich Platz für Packkisten und Werkbänke und das Büro mit seinen zwei Schreibtischen, drei Aktenregalen und einer altertümlichen Schreibmaschine.

»Wir schließen dich ein«, sagte Werner und kletterte hinten auf den Anhänger. »Die ersten paar Male haben wir die Öffnung zugeschweißt, nachdem die Leute drin waren. Aber dabei haben wir einem mal die Beine versengt, und deshalb schrauben wir sie jetzt zu und streichen sie mit einem schnelltrocknenden Lack. Ich hoffe, du leidest nicht unter Platzangst.« Er deutete auf die Stelle vorn auf der Ladefläche, wo zwei Metallplatten angehoben waren und eine Nische freigaben. »Jede Menge Luftlöcher, aber sie sind wegen der Dämpfer nicht sichtbar. Auf diese beiden Leisten kommt ein kleiner Holzsitz; wir werden ein weiches Kissen drauflegen, weil du da ziemlich lange drinbleiben mußt.«

»Wie lange?«

»Diese Kerle beim Zoll reißen sich auch nicht gerade um Arbeit«, sagte Werner. »Wenn sie zehn Minuten lang Formulare ausgefüllt haben, müssen sie sich erst mal eine Stunde lang erholen.«

»Wie lange insgesamt?«

»Manchmal stehen die Lastwagen zwei Tage lang rum, bis diese Bande endlich hochblickt und nickt. Es soll Fahrer gegeben haben, die glatt durchgedreht sind. Vielleicht ist das der tiefere Sinn.«

»Maximal drei Tage?«

»Das reine Glücksspiel, Bernie. Entspann dich und nimm was zu lesen mit. Ich lasse eine kleine Lampe für dich anbringen. Wie ist's? Es kann aber auch sein, daß sie uns sofort durchwinken.«

»Ich bin es nicht, der in dieser Metallkiste reisen wird«, sagte ich.

»Wußte ich's doch«, meinte Werner mit einer Stimme, die mehr verdrossen als befriedigt klang.

»Was hast du gewußt?«

»Von Anfang an habe ich vermutet, daß dieser verrückte Hund irgendein Ding drehen würde. Und – da haben wir's. Also, wer fährt?«

»Brahms Vier geht zuerst. Er wird seine Frau mitnehmen. Du kannst doch da gut und gerne zwei Leute unterbringen, nicht wahr? Es ist besser, wenn sie den Anfang machen.«

»Das ist doch nicht der wahre Grund. Du willst mir doch bloß beweisen, was für ein wunderbarer Mensch du bist.«

»Ich *bin* ein wunderbarer Mensch«, sagte ich.

»Du bist ein verrückter Hund«, sagte Werner.

»Hast du es Dicky gesagt?«

»Ich habe alles so gemacht, wie du es mir gesagt hast. Niemand weiß etwas davon, bis auf Dicky Cruyer ... und die Leute, denen er es erzählt.«

»Und meine Kinder?« Irgendwann mußte ich die Frage, die ich bisher vermieden hatte, ja doch stellen.

»Du machst dir ganz unnötige Sorgen, Bernie. Es kann einfach nicht Fiona sein.«

»Beobachtung rund um die Uhr? Drei Männer und zwei Autos pro Schicht?«

»Ich habe es genauso arrangiert, wie du es mir aufgetragen hast. Die Kinder werden Tag und Nacht bewacht. Ich war verblüfft, daß Dicky Cruyer sofort zugestimmt hat.«

»Danke, Werner«, sagte ich.

»Kennt Fiona diesen Ort?« Also war auch Werner nicht ganz überzeugt.

»Ich habe ihr nichts gesagt.«

»Sie würde dich nicht festnehmen lassen, Bernie. Du bist schließlich der Vater ihrer Kinder.« Er entschuldigte Fiona. Warum wird der betrogene Partner nur stets und ständig wie ein Aussätziger behandelt? Das ist verdammt unfair. Aber ich hatte Werner ähnlich behandelt, als er sich mit seiner ungetreuen Frau herumgeplagt hatte.

»Du wirst also zwei Sitze hier einpassen lassen?« fragte ich und klopfte an die Metallplatte der versteckten Nische.

»Wo nehmen wir sie auf?«

»Das müssen wir uns genau überlegen, Werner«, erwiderte ich. »Es wäre keine besonders gute Idee, sie hierher kommen zu lassen. Du willst doch nicht, daß irgendein kleiner Kriecher deine Adresse in ein Vernehmungsprotokoll schreibt, das dann in NATO-Kreisen kursiert.« Werner erschauderte, sagte jedoch kein Wort. »Aber wir sollten mit einem so großen Brummer nicht die Hauptverkehrsstraßen verlassen«, fuhr ich fort. »In einer Pankower Nebenstraße würde er sich ausnehmen wie ein Dampfer in der Wüste.«

»Müggelheimer Damm«, schlug Werner vor. »Das ist eine lange, fast schnurgerade Straße durch den Wald, der den Großen Müggelsee am Rand der Stadt begrenzt. Auf der ganzen Strecke von der Köpenicker Altstadt bis Müggelheim kein einziges Haus – nur Wald. Und es ist von hier aus bequem zu erreichen.«

»Wie willst du da hinkommen? Vorbei am Hauptquartier der Russen in Karlshorst? Oder vorbei am Ehrenmal der Roten Armee in Treptow?« Beide Orte zeichneten sich durch Ballung von Verkehrspolizisten und Sicherheitsbeamten in Zivil aus.

»Was macht das schon? Auf dieser Strecke sind wir ja sauber.«

»Ein Lastwagen, der auf einer einsamen Waldstraße anhält?« meinte ich zweifelnd.

»Es wird so aussehen, als hätte der Fahrer eben mal hinter einen Baum gemußt.«

»Und wo auf dem Müggelheimer Damm?«

»Fahr einfach weiter, bis du mich siehst«, sagte Werner. »Es ist besser, wenn ich mich für einen Halteplatz entscheide, der mir vom Augenschein her gefällt. Du wirst mich schon finden. An einem Werktag werden in der Gegend kaum sehr viele hellgelbe Dreißigtonner parken.«

»Um halb eins«, sagte ich. »Wir können nur hoffen, daß die Verkehrspolizei da Mittagspause macht.«

»Meinst du, daß seine Frau womöglich Platzangst bekommt? Bei Frauen kommt das häufiger vor. Ich erinnere mich an einen lange zurückliegenden Fall, wo eine Frau wie wild gegen den Boden des Fahrzeugs trommelte, weil sie es einfach nicht mehr ertrug, im Kofferraum eingesperrt zu sein. Sie wurden alle festgenommen. Was meinst du, können wir uns darauf verlassen, daß Brahms Vier ihr notfalls eine Spritze verpaßt, die wir ihm mitgeben werden?«

»Wenn nötig, ja.«

»Ich wußte, daß du nicht als erster gehen würdest«, sagte Werner. »Ich wußte, daß du erst einmal Brahms Vier rüberschicken würdest.«

»Wie kamst du darauf?«

»Du würdest dich doch nie in eine Situation bringen, die London Gelegenheit gäbe, die Meinung zu ändern, ohne daß du etwas dagegen tun kannst.«

»Eins rauf mit Mappe, Werner«, sagte ich.

»*Fait accompli*, das paßt zu dir. So war es schon immer.« Er sprang vom Lastwagen herunter.

»Noch eins«, meinte ich. »Nur, um ganz sicher zu gehen. Ich

möchte, daß Brahms Vier von dem Augenblick an unter Beobachtung steht, an dem er in Buchholz die Straßenbahn besteigt, um zur Arbeit zu fahren.«

»Kein Problem«, sagte Werner.

»Irgendwelche Abweichungen von dem, was ich ihm gesagt habe, und wir lassen die Sache schießen.«

»Du gefällst mir, Bernie. Du bist der einzige Mann, den ich kenne, der noch mißtrauischer ist als ich. Und das beruhigt mich.«

»Jede noch so kleine Abweichung«, wiederholte ich.

»Du wirst ihm doch nichts vom Müggelheimer Damm sagen, bevor er dort angekommen ist?«

»Ich werde ihm nicht einmal antworten, wenn er guten Morgen sagt.«

»Selbst wenn es Fiona sein sollte«, meinte Werner. »Sie kann auf die täglich wechselnden Informationen gar nicht reagieren, ohne sich als KGB-Agentin zu erkennen zu geben.«

»Aber Moskau könnte zu der Ansicht kommen, daß es die Sache wert ist. Brahms Vier ist eine gute Quelle – vielleicht die einzige wirklich große undichte Stelle, die sie nicht stopfen konnten.«

»Deswegen willst du, daß er als erster rübergeht. Selbst wenn sie davon erfahren sollten, wird Moskau den ersten durchlassen. Das werden sie tun, weil sie glauben, daß du es bist. Sie werden der Meinung sein, daß der zweite Fluchtversuch ihre einzige Chance ist, Brahms Vier in die Hände zu bekommen. Es ist ein gefährliches Spiel, Bernie. Wenn du recht hast, werden sie dich schnappen.«

»Vielleicht irre ich mich«, sagte ich.

26

»Machen Sie sich keine Sorgen, Frau von Munte«, sagte ich. »Ihr Mann wird bald wieder da sein.« Ich sah aus dem Fenster. Die kleinen Obst- und Gemüsegärten erstreckten sich in alle Richtungen über das flache Land, und die kuriose Ansammlung von Hütten und Schuppen sah bei Tageslicht fast noch bizarrer aus. Überall lagen Sandhaufen, Zementsäcke und Stapel von Ziegeln und Holz für weitere Heimwerkerbetätigung.

Der Mai war gekommen. Obstbäume, Kletterpflanzen, Sträucher und Büsche umrahmten die Häuschen. Fliederduft hing überall in der Luft, und die Kirschbäume standen in schneeweißer Blüte. Man sah Tulpen, Narzissen und Rhododendron. Aber die Vegetation reichte nicht aus, um das einstöckige Nachbarhaus zu verbergen, das hellrot gestrichen und in mühevoller Kleinarbeit mit wackeligen gelben Linien verziert worden war, um mit den vorgetäuschten Ziegelsteinen den Eindruck einer mittelalterlichen Burg zu erwecken.

Das kleine Haus der Muntes war da wesentlich bescheidener. Passend zur Umgebung war es dunkelgrün gestrichen, und seine hölzernen Fensterläden trugen altmodische Blumenmuster. An eine Seite der Laube schloß sich ein Gewächshaus an, mit Kräutertöpfen, Anzuchtkisten mit Salatpflanzen und ein paar Nelken, alles eng zusammengedrängt, um die Sonnenstrahlen einzufangen. Auch der Garten paßte zu einem älteren Ehepaar; er war sauber und ordentlich – wie ein Foto in einer Zeitschrift für Hobbygärtner.

»Warum haben Sie ihm geraten zu behaupten, er fühle sich nicht wohl?« Frau Munte war eine ernste Frau in schwarzem Kleid mit weißem Spitzenkragen. Ihr Haar war straff zurückgekämmt und im Nacken zu einem Knoten zusammengefaßt, ihr Gesicht hatte die hohen Wangenknochen und schmalen Augen der Baltendeutschen. Blaue Augen und rötlichblondes Haar sind keine Seltenheit in Estland. »Warum haben Sie das getan?« Es war ein unergründliches Gesicht, aber es wirkte auch gelassen. Es war eines dieser Gesichter, die, abgesehen von ein paar Falten und Flecken, nie älter werden.

»So wird sich ein paar Tage lang niemand wundern, wenn er dem Büro fernbleibt.«

»Ich wünschte, wir wären in der Wohnung in Erkner geblieben. Hier haben wir keinen Fernseher. Ich langweile mich entsetzlich.«

»Ihr Nachbar sonnt sich. Warum gehen Sie nicht auch für eine halbe Stunde hinaus?« Der Burgbesitzer nebenan hatte eine Decke auf seinen Minirasen ausgebreitet. Jetzt verteilte er Sonnenschutzcreme auf seinem Oberkörper und suchte mit wachsamem Gesichtsausdruck den Himmel nach dunklen Wolken ab.

»Nein. Er würde mit mir schwatzen wollen«, sagte Frau Munte. »Er ist pensionierter Busfahrer und lebt allein. Wenn er erst einmal anfängt zu reden, hört er nicht wieder auf. Er züchtet Tulpen. Ich hasse Tulpen, Sie auch? Sie sehen aus wie aus Plaste.« Sie stand an dem winzigen Fenster und sah auf ihre Rhododendren und Rosen. »Walter hat sich soviel Mühe mit seinen Blumen gegeben. Er wird sie sehr vermissen, wenn wir fort sind.«

»Es wird auch da Rosen und Rhododendren geben«, sagte ich.

»Noch heute früh ist er hinausgegangen, um seine Rosen zu gießen. Ich habe ihm klargemacht, wie albern das ist, aber er hat darauf bestanden.«

»Rosen brauchen viel Pflege um diese Jahreszeit«, sagte ich. »Im vergangenen Jahr haben meine schwarze Flecken bekommen.«

»Werden Sie uns begleiten?«

»Ich komme nach.«

»Wahrscheinlich haben Sie so was schon öfter gemacht?«

»Es ist ganz gefahrlos, Frau von Munte. Sicher ist es unbequem, aber nicht gefährlich.«

»Das müssen Sie doch sagen«, meinte sie ärgerlich. »Es gehört zu Ihren Aufgaben, uns Mut zuzusprechen.«

»Wenn Ihr Mann zurück ist, wird es Zeit, an den Aufbruch zu denken.«

»Warum muß er eigentlich den ganzen Weg hier wieder heraus machen? Warum konnten wir uns nicht in der Stadt treffen?«

»So haben wir es nun mal geplant.«

Sie sah mich an und schüttelte den Kopf. »So haben Sie es geplant, damit Sie sich zunächst die Unterlagen ansehen können, die er mitbringt. Sie wollen sich die Möglichkeit offenhalten, alles abzublasen. Werner hat mir berichtet, was Sie ihm gesagt haben.«

»Warum lesen Sie Ihr Buch nicht weiter?« lenkte ich ab. Es war eine Anthologie mit dem Titel *Mehr Kurzgeschichten aus Polen*. Zwei- oder dreimal hatte sie versucht, darin zu lesen, es aber immer wieder beiseite gelegt. Ihr Geist war mit anderen Dingen beschäftigt. Ich sagte: »Es bringt doch nichts, wenn Sie grübeln.«

»Woher soll ich wissen, daß mein Mann nicht schon unterwegs ist?«

»In den Westen?«

»Ja. Woher soll ich das wissen?«

»Ohne Sie würde er nirgendwo hingehen, Frau von Munte.«

»Darüber waren Sie wohl enttäuscht«, erwiderte sie mit Befriedigung in der Stimme. »Sie wollten wohl, daß Walter allein hinübergeht.«

»Nein«, erwiderte ich.

»O doch, das wollten Sie. Sie haben Ihr Arrangement für eine Person getroffen. Mich wollten Sie hier zurücklassen.«

»Hat Ihr Mann Ihnen das gesagt?«

»Er vertraut mir. So war es in unserer Ehe immer.«

»Was hat er Ihnen denn sonst noch anvertraut?« fragte ich und lächelte, um der Frage die Schärfe zu nehmen.

»Ich weiß zum Beispiel, warum er heute in sein Büro gegangen ist.«

»Ja, und?«

»Es geht um ein von einem kommunistischen Agenten mit der Hand geschriebenes Dokument. Von irgend jemand ganz oben im Londoner Geheimdienst.«

Ich leugnete nicht, daß sie recht hatte.

»Ja«, meinte sie. »Und Sie werden die Handschrift erkennen und wissen, wer es ist.«

»Das hoffe ich«, erwiderte ich.

»Aber ich frage mich, was Sie dann tun werden. Werden Sie preisgeben, um wen es sich handelt, oder werden Sie Ihr Wissen für Ihre Zwecke ausnutzen?«

»Wie kommen Sie darauf?«

»Für mich ist das ganz klar«, stellte sie fest. »Wenn es Ihnen nur darum ginge, die Wahrheit herauszufinden, hätten Sie die Papiere auch nach London schicken lassen können. Aber Sie wollen sie sich ansehen. Sie wollen derjenige sein, der am Schalthebel sitzt.«

»Könnten Sie mir bitte einen Kaffee machen?«

»Mein Mann ist zu gutmütig«, sagte sie. »Er hat seine Macht nie dazu benutzt, sich selbst weiterzubringen. Er tut das, was er macht, aus Überzeugung.« Ich nickte. Sie ging zu einem kleinen Spülbekken, das im Schrank versteckt werden konnte, wenn es nicht mehr benötigt wurde, füllte den Elektrokessel und schaltete ihn ein. »Wir haben diese Laube während des Krieges erworben. Walter meinte, hier draußen wäre man vor Bomben sicherer. Wir haben Kartoffeln,

Porree und Zwiebeln angebaut. Damals gab es natürlich keinen Strom, und wir mußten weit laufen, um Trinkwasser zu holen.« Sie redete wie unter Zwang, die Hände in die Seiten gestemmt, während sie auf den Kessel starrte. Ich bemerkte ihre schmalen roten Hände und die roten knochigen Ellbogen, als sie ihre Arme rieb, als wäre ihr kalt. Bisher hatte sie ihre Nervosität verborgen, aber oft zeigt sie sich auch durch ein Frösteln. Sie wartete, bis das Wasser im Kessel kochte, und goß es dann in die Kanne. »Sind Sie verheiratet?« fragte sie. Sie hatte einen Kaffeewärmer über die Kanne gestülpt und umfaßte sie mit beiden Händen, um sich an ihr zu wärmen. »Sitzt Ihre Frau den ganzen Tag zu Hause und langweilt sich?«

»Sie ist berufstätig«, erwiderte ich. »Wir arbeiten zusammen.«

»Haben Sie sich auf diese Weise kennengelernt? Ich habe Walter in dem großen Haus seiner Eltern in der Nähe von Bernau kennengelernt. Er stammt aus einer alten, angesehenen Familie, wissen Sie.«

»Ich bin Ihrem Schwiegervater einmal begegnet«, sagte ich, »ein bemerkenswerter Mann. Ich war damals noch ein Kind, aber er sprach mit mir wie mit seinesgleichen. Und wenige Tage später schickte er mir eine ledergebundene Ausgabe der *Schönen Müllerin*. Sie stammte aus seiner Bibliothek, erkennbar am Exlibris und an seinem in Gold geprägten Namen auf dem Einband. Mein Vater erzählte mir, daß kaum ein Dutzend Bücher aus seiner Bibliothek den Krieg überstanden haben. Ich besitze es heute noch.«

»Sie haben als Kind in Berlin gelebt. Das erklärt Ihren Berliner Tonfall.« Sie schien entspannter, jetzt, da sie wußte, daß ich den alten von Munte gekannt hatte. »Hunderte von Menschen sind zur Beerdigung des alten Herrn gekommen. Sie haben ihn in der Nähe des Hauses begraben, wo auch die anderen Familienangehörigen bestattet sind. Mein Vater war Landarzt. Er hat den alten Herrn bis zu seinem Ende betreut. Welchen Beruf hatte Ihr Vater?«

»Er begann als Büroangestellter. In den dreißiger Jahren war er lange arbeitslos. Dann ging er zur Armee. Als der Krieg ausbrach, wurde er Offizier. Nach Kriegsende ist er dann bei der Armee geblieben.«

»Ich bin Walters zweite Frau. Ida ist bei einem der ersten Luftangriffe ums Leben gekommen.« Sie goß uns Kaffee ein. »Haben Sie Kinder?«

»Zwei, einen Jungen und ein Mädchen.«

»Es ist natürlich Idas Kind, das er wiedersehen möchte.« Sie schob mir die große Tasse schwarzen Kaffees mit einer Geste über den Tisch, die zeigte, daß sie sich zurückgesetzt fühlte.

»In São Paulo?«

»Es gibt nur das eine Kind. Deshalb ist Walter ja auch so in seinen Sohn vernarrt. Ich kann nur hoffen, daß er nicht enttäuscht wird.«

»Enttäuscht? In welcher Hinsicht?«

»Es ist so lange her«, sagte sie, als reiche diese Feststellung bereits aus, die Möglichkeit zur Gewißheit zu machen, daß die beiden Männer voneinander enttäuscht sein würden.

»Er empfindet sicherlich Dankbarkeit«, sagte ich. »Walter läßt ihm doch so viel zukommen.«

»Er gibt seinem Sohn alles«, sagte sie. »Jeden Pfennig, den er bei Ihnen verdient. Er ermöglicht ihm das Leben, das eigentlich mir zustände.« Sie trank einen Schluck Kaffee. Ihre Worte klangen bitter, aber ihr Gesicht blieb ruhig.

»Und nun wird sein Sohn in der Lage sein, Ihnen beiden zu danken.«

»Wir werden Fremde für ihn sein. Er wird es ablehnen, sich um uns zu kümmern. Und Walter hat keine Möglichkeit, etwas zu verdienen.«

»Es wird schon alles gutgehen«, versprach ich vage.

»Unsere Anwesenheit wird ihn an seine Verpflichtung erinnern, und dagegen wird er sich innerlich sträuben. Andererseits wird er sich deswegen schuldig fühlen und diese Schuldgefühle uns anlasten.« Sie trank ihren Kaffee. Offenbar hatte sie lange über alles nachgedacht. »Ich war schon immer eine Pessimistin. Ist Ihre Frau auch pessimistisch?«

»Da sie mich geheiratet hat, muß sie wohl eine Optimistin sein«, sagte ich.

»Sie haben mir gar nicht erzählt, wie Sie sich kennengelernt haben«, sagte Frau Munte.

Ich murmelte, daß ich ihr auf einer Party begegnet sei, und ging dann hinüber, um aus dem Fenster zu sehen. Sie war damals mit zwei anderen Mädchen erschienen. Dicky Cruyer kannte ihren Namen, und so näherte ich mich ihr sofort mit einer Flasche Sancerre und zwei leeren Gläsern. Wir tanzten zu der Musik eines krächzenden Plattenspielers und sprachen über unseren Gastgeber, einen Angehörigen des Foreign Office, der seine Versetzung nach Singapur feierte.

Fiona tippte Briefe für eine Reiseagentur an der Oxford Street. Es war ein Zeit-Job, der in der folgenden Woche auslaufen sollte. Sie fragte mich, ob ich nicht eine wirklich interessante Arbeit für jemanden mit einem guten Abschluß wüßte, der auch maschineschreiben konnte und Steno in drei Sprachen beherrschte. Anfangs nahm ich das nicht ganz ernst. Ihre Kleidung und ihr Schmuck ließen nicht vermuten, daß sie wirklich auf einen Job aus war.

»Sie sagte, daß sie Arbeit suche«, erklärte ich.

Zu diesem Zeitpunkt war Bret Rensselaer in einem Geschäftshaus in Holborn mit einem Geheimauftrag beschäftigt, bei dem es darum ging, bestimmte Daten aus dem Berliner Büro auszuwerten. Wir benötigten zusätzliches Personal, und Bret hatte bereits entschieden, daß wir dabei nicht den üblichen Dienstweg beschreiten würden. Die offizielle Prozedur der Personalbeschaffung dauerte aufgrund der zahllosen Formulare und der zeitraubenden Vorstellungsgespräche viel zu lange. Noch schlimmer: Die Personalabteilung pflegte uns die Anwärter zu schicken, die das Foreign Office als untauglich abgelehnt hatte.

»Was hatte sie an?« fragte Frau Munte.

»Nichts Besonderes«, erwiderte ich. Es war ein knappsitzender Angorapullover, an den ich mich erinnerte, weil es zweier chemischer Reinigungen und jeder Menge Bürsterei bedurft hatte, ehe auch die letzten Wollflusen von meinem einzigen guten Anzug verschwunden waren. Ich fragte sie, wo sie denn Steno und Schreibmaschine gelernt habe, und sie hatte einen dieser albernen Scherze auf Lager, die klarstellten, daß sie Oxford-Absolventin war, und ich gab vor, derartige Feinheiten nicht zu verstehen. An diesem Punkt versuchte Dicky Cruyer, sie zum Tanzen abzuklatschen, aber Fiona fragte schnippisch, ob er denn nicht sehen könne, daß sie gerade mit dem bestaussehenden Mann im Raum tanze.

»Und Sie haben sie wiedergesehen?« erkundigte sich Frau Munte.

Ich hatte mich gleich für den nächsten Abend mit ihr verabredet und hoffte, ihr dabei schon einen Job anbieten zu können. Es war eine verlockende Vorstellung, sie bei mir im Büro zu haben. Bret Rensselaer behagte die Vorstellung gar nicht, jemanden einzustellen, der nicht ordnungsgemäß auf Herz und Nieren überprüft worden war. Aber als er dann herausfand, daß sie mit Silas Gaunt verwandt war, der inzwischen zu einer Art Legende für die Abteilung geworden war, gab er ihr widerwillig seine Zustimmung. Anfangs wurde zur Bedingung gemacht, daß sie nur außerhalb meines Büros arbeitete und keinen Zugang zu brisantem Material oder irgendwelche Kontakte zu den Berliner Leuten hatte. Aber ein paar Jahre harter Arbeit und viele Überstunden brachten ihr eine Reihe von Beförderungen und schließlich einen Posten bei *Operations* ein.

»Ich habe ihr einen Job vermittelt«, sagte ich.

»Vielleicht war es mehr der Posten als Sie, auf den sie aus war«, meinte Frau Munte und legte den Kopf schief, um anzudeuten, daß das kein ernsthafter Einwand war.

»Vielleicht war es so«, erwiderte ich.

Ich beobachtete zwei Männer am anderen Ende der Straße, die von der Buchholzer Kirche herführte. Sie waren beide in Zivil, aber eindeutig vom Staatssicherheitsdienst. Es war ungeschriebenes Gesetz, daß die Leute vom Staatssicherheitsdienst niemals Schnauz- oder Vollbärte trugen und stets so gekleidet waren, daß sie für jeden Bürger der DDR auf Anhieb erkennbar waren. Jedermann, mit Ausnahme der ganz Naiven, war sich zwar darüber klar, daß es auch Volkspolizisten in Zivil gab, die nicht so leicht zu identifizieren waren, aber wo zum Teufel waren die? »Frau von Munte«, sagte ich sachlich, »da kommen zwei Volkspolizisten die Straße herauf und durchsuchen der Reihe nach jedes Haus.« Ich fuhr mit meinen Beobachtungen fort. Jetzt sah ich noch zwei weitere Männer – einer davon in Polizeiuniform – und hinter ihnen einen schwarzen Volvo, der sich äußerst vorsichtig über die schmale Straße bewegte. Dahinter erschien ein Minibus mit Blinklicht auf dem Dach. »Vier Volkspolizisten«, sagte ich. »Vielleicht sogar noch mehr.«

Sie kam zu mir ans Fenster, hatte aber soviel gesunden Menschenverstand, genügend Abstand zu halten. »Was für Volkspolizisten?« fragte sie.

»Solche, die Volvos fahren dürfen«, erwiderte ich. Wegen des akuten Devisenmangels kamen nur hohe Ränge oder Sondereinheiten in den Genuß importierter Autos.

»Was machen wir?« Sie zeigte keine Spur von Angst. Seit Jahrzehnten mit einem Spion verheiratet, hatte sie derartige Alpträume vermutlich unzählige Male durchlebt.

»Holen Sie zwei Kisten mit Sämlingen aus dem Gewächshaus«, sagte ich. »Ich will mich hier noch einmal umsehen, bevor wir gehen.«

»Wohin wollen wir denn?«

»Zurück zu meinem Auto.«

»Dann müssen wir an ihnen vorbei.«

»Sie werden uns auf jeden Fall sehen, welchen Weg wir auch nehmen. Frechheit siegt.«

Sie drückte einen lächerlichen, Fes-ähnlichen Hut auf ihr Haar und befestigte ihn mit gefährlich aussehenden Hutnadeln. Dann sah sie sich um. Mit Sicherheit gab es viele Dinge, die sie eigentlich hatte mitnehmen wollen, aber nun griff sie sich nur einen Pelzmantel aus einem Karton unter dem Bett und zog ihn an. Sie ging ins Gewächshaus, kam zurück, reichte mir eine Anzuchtkiste und behielt die andere selbst. Als wir hinausgingen, lächelte sie dem Nachbarn zu, der auf der Decke vor seiner Burg ausgestreckt lag. Er schloß die Augen und tat, als schliefe er. Ich schloß die kleine Gartenpforte sorgfältig hinter Frau Munte und folgte ihr die Straße hinunter, auf die Volkspolizisten zu.

Sie arbeiteten sich systematisch vor, je ein Zwei-Mann-Team auf jeder Seite der Straße. Ein Mann ging in den Garten und klopfte an die Tür, während der andere die Rückseite im Auge behielt. Mit Sicherheit war der Fahrer des Autos bereit, einen Schuß auf jeden abzugeben, der versuchen sollte, sich davonzumachen. Auf dem Rücksitz des Volvo saß noch ein Mann. Es war Lenin, der ranghöhere Offizier des Trupps, der Rolf Mauser festgenommen hatte. Er rekelte sich auf dem Rücksitz und strich Namen und Adressen auf einem Notizblock an.

»Wer sind Sie? Wo wollen Sie hin?« fragte einer der Volkspolizisten, als wir näher kamen. Es war wieder der junge Sachse. Ihm war die Aufgabe zugefallen, die Sträucher an der Straße zur Seite zu drücken, die sonst den Lack der Autos hätten zerkratzen können.

»Geht Sie nichts an, junger Mann«, sagte Frau Munte. Sie gab eine recht merkwürdige Figur ab, wie sie da in der Sonne stand, mit den Jungpflanzen im Arm, dem Pelzmantel und ihrem Kaffeeklatschhut.

»Wohnen Sie hier?« Er machte einen Schritt vorwärts, um uns den Weg zu verstellen. Ich sah, daß die Klappe seiner Pistolentasche aufstand. Er hatte die Arme über der Brust verschränkt; eine Geste, die Polizisten für leutselig halten.

»Ob wir hier wohnen?« fragte Frau Munte zurück. »Was glauben Sie denn? Halten Sie uns für Hausbesetzer?«

Sogar die Volkspolizisten grinsten. Wem auch immer Frau Munte ähnlich sehen mochte, auf keinen Fall konnte sie mit einem dieser ungepflegten, langhaarigen Hausbesetzer verwechselt werden, die man häufig in Nachrichtensendungen des Westfernsehens zu Gesicht bekam. »Kennen Sie hier jemanden, der Munte heißt?«

»Diese Leute kenne ich nicht«, meinte sie verächtlich. »Ich bin lediglich hergekommen, um Dinge zu kaufen, die sonst nirgendwo zu haben sind. Mein Sohn hilft mir, diese Nelken zu tragen. Er hat heute seinen freien Tag und hat mich mit dem Wagen hergefahren. Zehn Mark für die paar Pflanzen. Es ist eine Schande. Sie sollten sich endlich mal um die Profitgeier kümmern, die immer mehr ihr Unwesen treiben.«

»Das tun wir«, sagte der Volkspolizist. Er lächelte immer noch, bewegte sich aber keinen Zentimeter.

Sie beugte sich zu ihm hinüber. »Weshalb sind Sie eigentlich hier?« flüsterte sie laut. »Sind Sie hinter einem Fall von Gruppensex her? Oder machen sich die Huren hier wieder breit?«

Er grinste und trat zur Seite. »Für solche Dinge sind Sie viel zu jung, Muttchen«, sagte er. Er blickte uns nach, wie wir mit unseren Pflanzenkisten davonstolperten. »Macht Platz für die fleißigen Gärtner«, rief er den anderen Volkspolizisten zu, und auch die traten beiseite. Der Mann auf dem Rücksitz des Volvo starrte in seine Unterlagen und reagierte nicht. Wahrscheinlich nahm er an, unsere Papiere seien überprüft worden.

27

Meine Pflanzenkiste war so schwer und unhandlich, daß ich schwitzte, als wir an der Kirche von Buchholz ankamen, aber Frau Munte beklagte sich nicht. Vielleicht war sie kräftiger, als sie aussah. Vielleicht hatte sie sich aber auch die leichtere Kiste genommen.

Buchholz ist die Endhaltestelle der Straßenbahnlinie 49. Auf dem kopfsteingepflasterten Dorfplatz standen die Fahrräder der Straßenbahnbenutzer, die im weiteren Umkreis der Endhaltestelle wohnten. Hunderte standen und lagen da, gestapelt und übereinandergetürmt; der schmale Zugang zu den einzelnen Rädern war ein schier undurchdringliches Labyrinth. In diesem Labyrinth stand ein Mann. Er hielt eine Zeitung in den Händen, gestattete sich aber dann und wann einen Blick über ihren Rand hinweg in die Umgebung, wie jemand, der darauf wartete, daß die Straßenbahn endlich kam. Es war Werner Volkmann; der Bären-Torso und die kurzen Beine waren ebenso unverwechselbar wie der Hut, der auf seinem mächtigen Schädel thronte.

Er tat so, als habe er mich nicht gesehen, aber ich wußte, daß er seinen Standort so gewählt hatte, daß er das Auto im Blickfeld behielt. Ich schloß auf und verstaute die Pflanzen im Kofferraum, dann bat ich Frau Munte, auf dem Rücksitz Platz zu nehmen. Erst als Frau Munte im Auto saß und uns nicht mehr hören konnte, überquerte Werner die Straße und kam auf mich zu.

»Ich wähnte dich am anderen Ende der Stadt«, sagte ich ruhig und unterdrückte den Impuls, ihn anzuschreien.

»Wahrscheinlich ist alles in Ordnung«, sagte Werner. Er drehte sich um und blickte die Straße entlang. Vor dem Postamt parkte ein Polizeiauto, aber der Fahrer zeigte keinerlei Interesse an uns. Er unterhielt sich mit einem Polizisten in einem der langen weißen Mäntel, wie sie nur die Verkehrspolizei trägt. »Vier Volkspolizisten in Zivil haben dem Büro deines Mannes heute früh einen Besuch abgestattet. Es handelte sich lediglich um ein paar höfliche Nachfragen, aber er bekam es mit der Angst zu tun.«

»Die gleiche Truppe, die Rolf Mauser festgenommen hat, durchkämmt gerade die Lauben und erkundigt sich, ob jemand ihn kennt.«

»Ich weiß. Ich habe sie kommen sehen.«

»Vielen Dank, Werner.«

»Es hätte doch keinen Sinn gehabt, zu dir zu eilen und mich gleich mit festnehmen zu lassen«, entgegnete Werner. »Frei bin ich eine größere Hilfe für dich.«

»Wo ist er jetzt?«

»Brahms Vier? Er hat sich nicht lange in seinem Büro aufgehalten. Er kam schon bald wieder heraus, mit einem kleinen Aktenkoffer und einem gequälten Blick. Ich wußte nicht, was ich tun solle – ich hätte dich nicht erreichen können, hier gibt es kein Telefon. Also habe ich ihn von einem meiner Leute einsammeln lassen. Ich hielt mich im Hintergrund. Er kennt mich nicht. Ich wollte nicht, daß er das Lagerhaus sieht, also habe ich ihn an den Müggelsee bringen lassen. Der Laster wird ebenfalls dorthin gefahren. Dann kam ich her, um dich zu fragen, wie's nun weitergehen soll.«

»Laß uns wenigstens einen Versuch unternehmen, der sich gut in unserem Bericht ausnehmen wird«, erwiderte ich. »Bringen wir die alte Dame zum Müggelsee und stecken wir sie in den Laster.«

»Du hast deinen Mann gut bedeckt gehalten«, stellte Werner fest. »Da arbeitet er seit wenigstens zwanzig Jahren in dieser Stadt, aber ich habe ihn bis heute noch nie zu Gesicht bekommen.«

»Top Tarnung«, sagte ich und imitierte die Stimme von Frank Harrington auf die plumpeste Art.

Werner grinste. Er genoß jeden Scherz, der sich gegen Frank richtete.

Dann nahm er auf dem Fahrersitz Platz und umfaßte das Steuerrad. Er ließ den Motor an, wendete den Wagen und fuhr in südlicher Richtung über die Berliner Straße auf das Stadtzentrum zu. »Zum Müggelsee geht es über die Autobahn schneller, Werner«, sagte ich.

»Dafür müßten wir den Ostsektor verlassen und in die Zone hineinfahren«, entgegnete Werner. »Ich überquere die Stadtgrenze nicht gern.«

»So bin ich auch hergekommen. Es geht schneller.«

»Heute ist Himmelfahrtstag. Viele werden sich den Tag frei nehmen, um zu schwimmen oder sich in die Sonne zu legen. Es ist zwar kein offizieller Feiertag mehr, aber viele machen doch blau... frönen dem Absentismus. Das ist übrigens der einzige ›ismus‹, der hier wirklich beliebt ist. Die Volkspolizist wird sich massenweise an den Ausfallstraßen aufhalten, um Alkoholsünder zu schnappen und den Leuten grundsätzlich den Spaß zu verderben, einfach freizumachen, wenn ihnen der Sinn danach steht.«

»Du hast mich überzeugt, Werner.«

Frau Munte beugte sich zu uns vor. »Haben Sie gesagt, daß wir zum Müggelsee fahren? Dort wird es um diese Jahreszeit sehr voll sein.«

»Bernie und ich sind dort herumgeschwommen, als wir noch Kinder waren«, sagte Werner. »Der Große Müggelsee ist im Sommer immer der erste See, der sich erwärmt, und im Winter der erste, der zufriert – gut fürs Schlittschuhlaufen. Aber Sie haben natürlich recht, gnädige Frau. Es wird da heute von Menschen wimmeln. Ich könnte mich ohrfeigen, daß ich nicht an den Feiertag gedacht habe.«

»Kommt mein Mann auch da hin?«

»Ihr Mann ist schon da«, erwiderte ich. »Wir werden uns mit ihm treffen, und nach Einbruch der Dunkelheit gehen Sie bereits über die Grenze.«

Kurz darauf sahen wir die ersten Vatertagszecher. Ein Dutzend oder mehr saßen auf einem Kremser. Diese Pferdegespanne mit luftbereiften Rädern gibt es in Osteuropa noch ziemlich häufig. Dieses hier war mit Birkenzweigen, Papiergirlanden und Blumen geschmückt. Und die herrlichen Apfelschimmel trugen bunte Bänder in ihren Mähnen. Die Männer auf dem Kremser hatten Hüte auf – Kreissägen und Zylinder – und kurzärmelige Hemden an. Manche steckten im beliebtesten Statussymbol Osteuropas: in Bluejeans. Und ihre T-Shirts waren eindeutig westlichen Ursprungs: Eines verkündete *I love Daytona Beach, Florida,* und ein anderes stellte fest, daß der Tag ging und Johnny Walker kam . . . Die Pferde trabten gemächlich dahin, und die Männer sangen lauthals, schwenkten ihre Bierflaschen, riefen den Passanten Scherzworte zu und pfiffen den Mädchen hinterher. Sie jubelten, als unser Wagen an ihnen vorbeifuhr.

Als wir nach Köpenick kamen, sahen wir noch mehrere solcher »Väter«. Männergruppen standen unter einem Baum am Straßenrand; sie rauchten und tranken mit einer Hingabe, die unverwechselbar deutsch ist. Andere sangen und lachten; manche schliefen bereits ihren Rausch aus, ordentlich nebeneinanderliegend wie Baumstämme.

Werner hielt den Wagen am Ende des Müggelheimer Dammes an. Es waren keine anderen Fahrzeuge zu sehen. Hohe Fichten verdunkelten die Straße. Dieser ausgedehnte Wald rahmt die Seenplatte ein und erstreckt sich weit darüber hinaus. Keine Spur von Werners Dreißigtonner, aber er hatte seinen Fahrer am Straßenrand entdeckt. Er stand an der Abzweigung einer kleinen Straße, die zum Seeufer hinunterführte.

»Was ist los?« fragte ihn Werner besorgt.

»Allet in Ordnung«, erwiderte der Mann, ein großer, bulliger Kerl in Latzhosen mit einer rot-weiß geringelten Wollmütze, wie sie britische Fußballfans tragen. »Ick hatte den Laster hier abjestellt, wie du jesaacht hast. Aba 'n paar von die Irren da...« Er deutete auf einige Gruppen von Männern, die auf einem Parkplatz jenseits der Straße herumstanden. »Die fing'n doch jlatt an, druff rumzuklettern. Ick mußte'n wegfahr'n.« Er sprach den breitesten Berliner Dialekt, den ich je gehört hatte, wie einer dieser Komiker alten Stils, die man heute noch in kleinen Kabaretts in den Seitenstraßen von Charlottenburg Witze erzählen hören kann.

»Wo steht er jetzt?« fragte Werner.

»Ich hab 'n vonne Straße wech in 'ne Schneise jefahr'n«, sagte der Fahrer. »Aba det Erdreich is nich allzu fest – vonwej'n den dußlichen Rejen inne letzte Woche. Der is schwer, mußte wiss'n. Wenn wa uns festfahr'n, sitz'n wa inne Tinte.«

»Da ist die andere Person«, sagte Werner und wies mit dem Kopf in Frau Muntes Richtung.

»Sieht nich aus, als ob se schwer wär«, stellte der Fahrer fest. »Wat wiej'n Se denn, Frolleinchen? Fuffzich Kilo, wa?« er grinste sie an. Frau Munte, die sicher einiges mehr wog, sagte kein Wort. »Nun sei'n Se mal nich so zimpalich«, sagte der Fahrer.

»Und der Mann?« wollte Werner wissen.

»Ah«, machte der Fahrer. »Der Herr Professor.« Er war einer jener Deutschen, die jeden älteren, gutgekleideten Landsmann mit »Herr Professor« anreden. »Ick hab' ihm jesaacht, er soll zu det Restaurang an'n See jeh'n und sich 'ne Tasse Kaffee zu Jemüte führ'n. Jemand würde schon komm', wenn't soweit wär.«

Noch während er sprach, sah ich den schwarzen Volvo und den Minibus aus Richtung Müggelheim kommen. Offenbar hatten sie auf der Autobahn viel Zeit gutgemacht, indem sie sich mit Blinklicht und Sirene Vorrang vor dem normalen Verkehr verschafft hatten.

»Hol den Professor«, sagte Werner zu mir. »Ich fahre die Dame zum Lastwagen und komme dann hierher zurück, um euch zu holen.

Als ich über den Waldweg zum See hastete, vernahm ich seltsame Geräusche, wie das gleichmäßige, rauschende Getöse, das Wellen verursachen, wenn sie durch die Kiesel eines langen, steinigen Strandes ins Meer zurückgesogen werden. Es wurde lauter, als ich mich dem Ausflugsrestaurant näherte, aber ich war in keiner Weise auf das Bild vorbereitet, das sich mir bot.

Der Innenraum des Restaurants war, wie immer an Werktagen, geschlossen. Aber draußen im Biergarten krakeelten Hunderte von Trunkenbolden, hauptsächlich junge Arbeiter in hellen Hemden und Jeanshosen; einige trugen Schlafanzüge und arabische Kopfbedeckungen oder Kreissägen, wie das am Vatertag so üblich ist. Nirgends war eine Frau zu sehen. Eine lange Schlange ringelte sich vor dem Fensterausschank mit der Aufschrift »Getränke« und eine ähnlich durstige vor einem anderen mit dem Schild »Kaffee« – allerdings wurde auch hier nur Bier in Pappbechern verkauft. Die Tische waren mit leeren Pappbechern übersät, weitere waren großzügig über die Blumenrabatten verteilt oder auf der niedrigen Begrenzungsmauer aufgereiht.

»Heiliger Bimbam!« lallte ein Schluckspecht neben mir – über diesen Anblick offenbar ebenso verblüfft wie ich.

Das Tosen kam aus den Kehlen der Männer, die zusahen, wie ein Gummiball hoch in die Luft geschlagen wurde. Er stieg über ihre Köpfe, beschrieb einen Bogen vor dem klarblauen Himmel und kehrte dann auf die Erde zurück, nur um auf einem ähnlich kunstfertigen Stiefel zu landen, der ihn erneut in die Lüfte schickte.

Ich brauchte ein paar Minuten, bis ich Munte entdeckte. Durch irgendein Wunder hatte er einen Stuhl gefunden und saß an einem Tisch in Ufernähe, wo es nicht ganz so übervölkert war. Er schien weit und breit der einzige Mensch zu sein, der Kaffee trank. Ich setzte mich neben ihn auf ein Mäuerchen. Es waren keine weiteren Stühle zu sehen; das umsichtige Personal hatte sie wohl rechtzeitig aus der Gefahrenzone gebracht. »Es ist Zeit«, sagte ich. »Ihre Frau ist da. Es ist alles in Ordnung.«

»Ich habe es Ihnen mitgebracht«, sagte er.

»Danke«, erwiderte ich. »Ich wußte, daß Sie es tun würden.«

»Die Hälfte unserer Angestellten hat heute ebenfalls frei genommen. Es war also kein Problem, in das Büro des Chefs zu gehen, die Akte herauszusuchen und sie mitzunehmen.«

»Wie ich hörte, hatten Sie Besuch von der Volkspolizei.«

»Das Büro hatte Polizeibesuch«, korrigierte er mich. »Ich bin gegangen, bevor sie mich gefunden haben.«

»Sie sind auch nach Buchholz gekommen.«

»Ich dachte gerade über eine Möglichkeit nach, Sie zu warnen, als ein Mann die Straße entlangkam und mich hierher brachte.« Er griff in seine Tasche und förderte einen braunen Umschlag zutage. Er legte ihn auf den Tisch. Ich ließ ihn erst einmal liegen. »Wollen Sie ihn denn nicht öffnen und hineinsehen?« wollte er wissen.

»Nein«, sagte ich. Nicht weit von uns entfernt hatte sich eine sechsköpfige Blaskapelle formiert und gab jetzt die Geräusche von sich, die Musiker machen müssen, bevor sie zu spielen beginnen.

»Sie wollen doch die Handschrift sehen. Sie wollen doch wissen, wer der Verräter in der Londoner Zentrale ist.«

»Ich weiß, wer es ist«, sagte ich.

»Sie vermuten es, wollen Sie sagen.«

»Ich weiß es. Ich habe es immer gewußt.«

»Ich habe heute früh meine Freiheit riskiert, um die Unterlagen zu holen«, sagte er.

»Es tut mir leid«, sagte ich. Ich nahm den Umschlag vom Tisch und spielte mit ihm, als würde ich überlegen, was zu tun sei. Schließlich gab ich ihn ihm zurück. »Nehmen Sie ihn mit nach London«, sagte ich. »Geben Sie ihn Richard Cruyer – er ist ein schlanker Bursche mit Lockenkopf und abgeknabberten Fingernägeln –, achten Sie darauf, daß er niemand anders in die Hände fällt. Jetzt müssen wir gehen. Die Volkspolizei scheint uns verfolgt zu haben. Es sind dieselben, die auch in Buchholz waren.«

»Meine Frau – ist sie in Sicherheit?« Beunruhigt stand er auf. In diesem Augenblick begann die Blaskapelle ein Stimmungslied zu spielen.

»Ja. Das habe ich Ihnen doch schon gesagt. Aber jetzt müssen wir uns beeilen.« Ich konnte sie bereits kommen sehen. Ich konnte Lenin erkennen mit seinem langen braunen Ledermantel und dem kleinen Bart. Er trug auch eine braune Lederkappe und eine metallgerahmte Brille. Sein Gesicht war hart, seine Augen waren hinter den reflektierenden Brillengläsern verborgen. Neben ihm ging der junge sächsische Volkspolizist, bleich und ängstlich, wie ein in der Menge verlorenes Kind. Es war unüblich, einen so jungen Mann in ein solches Team zu nehmen, dachte ich. Sein Vater mußte schon einen beträchtlichen Einfluß haben. Die vier Volkspolizisten waren plötzlich am Ende des Weges stehengeblieben – ebenso überrascht von dem Tohuwabohu, wie ich es gewesen war.

Die Blasmusik war zu laut für Gespräche. Ich packte Muntes

Arm und zog ihn hastig in eine Menschengruppe hinein, die sich untergehakt hatte und versuchte, miteinander zu tanzen. Einer von ihnen – ein muskulöser Bursche mit buschigem Schnurrbart – trug einen gestreiften Pyjama über seiner Kleidung. Er schnappte sich Munte: »Komm, Vater, tanzen.«

»Ich bin nicht Ihr Vater«, hörte ich ihn sagen, während ich mich auf die Zehenspitzen reckte, um nach den Vopos Ausschau zu halten. Sie hatten sich nicht bewegt. Ratlos standen sie vor der Aufgabe, in dieser Menge jemanden zu finden. Lenin tippte einen der älteren Männer an und schickte ihn zu der Schlange, die nach Bier anstand. Den vierten Mann sandte er den Pfad zurück; zweifellos mit dem Auftrag, noch mehr Volkspolizisten aus dem Minibus zu holen.

Munte befreite bereits zum zweiten Mal seinen Arm von dem des Mannes im Pyjama. »Ich habe keinen Vater mehr«, jammerte der Mann. Der »Vaterlose« tat so, als müßte er weinen. Seine Freunde lachten und wiegten sich im Takt der Hm-ta-ta-Musik. Ich packte Munte und schob ihn weiter durch die Tanzenden. Als ich einen Blick zurück warf, sah ich Lenin mit seiner Lederkappe; er hatte einen Blumenkübel erklommen, um über die Köpfe der Tanzenden hinwegschauen zu können. Um ihn herum hatte das Tanzen aufgehört, der Fußball rollte unbeachtet die Stufen hinab.

»Laufen Sie da lang, zwischen den Bäumen hindurch«, sagte ich zu Munte. »Sie werden einen breitschultrigen Mann treffen, ungefähr in meinem Alter; er trägt einen Mantel mit Persianerkragen. Wenn nicht, gehen Sie einfach die Straße entlang, bis Sie einen großen Lastwagen sehen. Aus seiner gelben Plane steht ›Underberg‹. Halten Sie den Laster an und steigen Sie ein. Ihre Frau wird bereits drin sein.«

»Und was ist mit Ihnen?«

»Ich werde versuchen, die Vopos aufzuhalten.«

»Das ist aber gefährlich, Bernd.«

»Nun machen Sie schon.«

»Danke, Bernd«, sagte der alte Mann ruhig. Wir wußten beide, daß ich das nach Weimar für ihn tun mußte.

»Laufen Sie, aber rennen Sie nicht«, rief ich ihm nach, während er davontrottete. Sein dunkler Anzug würde dafür sorgen, daß ihn schon bald die Dämmerung des Waldes verschluckte.

Ich bahnte mir meinen Weg zum Seeufer. Eine Reihe von Männern war auf den Bootssteg gegangen; jetzt kletterten sie in ein kleines Segelboot. Jemand versuchte, die Halteleine zu lösen; aber das stellte sich für den ungeschickten Trunkenbold als zu schwierig heraus. Jemand von dem Restaurantpersonal schrie die Männer an, aber sie schenkten ihm keinerlei Beachtung.

Donnernde Hochrufe lenkten meine Aufmerksamkeit wieder auf den Biergarten. Drei junge Betrunkene balancierten auf der niedrigen Mauer. Jeder von ihnen trug einen Bierkrug und einen Zylinder – sonst nichts. Alle paar Schritte blieben sie stehen und verbeugten sich, um den Jubel der Menge entgegenzunehmen. Dann tranken sie einen Schluck aus ihren Krügen.

Lenin hatte seine drei Vasallen an seiner Seite, als er sich mit den Ellbogen einen Weg durch die murrende Menge bahnte. Seine bloße Anwesenheit dämpfte ihre Ausgelassenheit. In der Annahme, die Volkspolizisten seien da, um Faulenzer aufzuspüren und sie festzunehmen, verhielten sich die Zuschauer außerordentlich abweisend. Pfiffe ertönten. Die vier Vopos wurden geschubst und geknufft. Ein großer Kerl mit Sweatshirt und Jeans schien entschlossen, ihnen den Weg zu verstellen. Aber sie waren darauf trainiert, mit derartigen Situationen fertig zu werden. Wie alle Polizisten wußten sie, daß es schneller Reaktion mit einem genau berechneten Grad von Gewalttägigkeit bedarf, um eine Menge zur Räson zu bringen. Einer der uniformierten Volkspolizisten streckte den bärtigen Mann mit einem Hieb seines Schlagstockes nieder, Lenin blies dreimal auf seiner Pfeife, als könnte damit weitere Verstärkung herbeigeholt werden, und die vier tauchten in die Menge, die sich nun teilte, um ihnen Platz zu machen.

Inzwischen war Munte etwa hundert Meter in den Wald hineingegangen und kaum noch zu sehen, aber Lenin hatte ihn offenbar doch entdeckt, denn kaum hatte er das dickste Menschenknäuel hinter sich gelassen, begann er zu rennen.

Ich rannte auch und wählte dabei einen Weg, der den der Volkspolizisten schneiden würde. Neben ihnen lief ich durch das federnde Unterholz des dunklen Waldes. Lenin blickte sich um, um zu erkunden, wer sie da verfolgte, sah dann aber wieder nach vorn. »Hier entlang!« schrie ich und hastete nun einen Weg hinunter, der zum Seeufer zurückführte.

Lenin und seine drei Vasallen rannten weiter hinter Munte her. Mit Sicherheit hatte der alte Mann inzwischen bemerkt, daß er verfolgt wurde. »Hallo, ihr vier!« rief ich ebenso laut wie anmaßend, um sie von meinem angeblich höheren Dienstrang zu überzeugen. »Diesen Weg hier, ihr verdammten Dummköpfe. Er will zum Boot!«

Immer noch hasteten die Männer hinter Munte her, während ich mit der Sturheit der Verzweiflung auf meinem Kurs blieb. Es war meine letzte Chance. »Hört ihr mich, ihr Idioten?« schrie ich atemlos. »Hier entlang, sage ich!«

Meine Verzweiflung war wohl doch überzeugend, denn Lenin änderte die Richtung und kam angelaufen, seine Kommißstiefel ließen den Waldboden erbeben, seine Augen waren weit aufgerissen und sein Gesicht hochrot vor Anstrengung. »Das Boot ist versteckt«, schrie ich erklärend, weil ich vermutete, daß sie da unten am See gar kein Boot finden würden. Ich winkte die uniformierten Volkspolizisten an mir vorbei und ging den Weg wieder hinauf, als würde ich weiteren Nachschub erwarten, der meine Ratschläge nötig hatte.

Doch als ich etwa fünfzig Meter den Weg hinauf war, hatte Lenin das Seeufer erreicht und weder ein Boot noch einen Platz gefunden, wo eines hätte versteckt sein können. Er schickte den jungen Sachsen zurück, um mich zu suchen.

»Bleiben Sie stehen«, sagte der Volkspolizist in seinem unverwechselbaren Dialekt.

»Hier entlang!« bluffte ich bis zum bitteren Ende.

»Halt«, sagte der Sachse. »Bleiben Sie stehen, oder ich schieße.« Er hielt seine Pistole in der Hand. Ich sagte mir, daß ein so junger Mann, der mit dem Leiter seiner Einsatzgruppe herumstritt, sehr wohl der Typ sein könnte, der auch abdrückte. Ich blieb stehen. »Ihren Ausweis, bitte«, sagte der Volkspolizist.

Ich konnte sehen, wie sich Lenin den Weg entlangquälte, schwer atmend und vor Wut wild gestikulierend. Das Spiel war aus. »Ich wollte Ihnen nur behilflich sein«, erklärte ich. »Ich sah ihn diesen Weg entlangkommen.«

»Durchsuchen Sie ihn«, sagte Lenin zu dem jungen Sachsen. Er hielt inne, um wieder zu Atem zu kommen. »Und dann bringen Sie ihn hinter Schloß und Riegel.« An die anderen Volkspolizisten gewandt, meinte er: »Auf zum Müggelheimer Damm, aber wahrscheinlich ist er längst entwischt. Sie müssen dort ein Auto abgestellt haben.« Er trat dicht an mich heran und starrte mir in die Augen. »Der hier wird uns alles ganz genau erklären.«

28

Sie brachten mich in ein Büro in der Polizeikaserne. Es besaß ein vergittertes Fenster und ein gewaltiges Schloß; offenbar waren sie zu der Erkenntnis gelangt, daß ich nicht so gefährlich war, um in eine Zelle gesteckt zu werden. In gewisser, fast perverser Weise verübelte ich ihnen das. Und ich verübelte ihnen auch die Tatsache, daß Lenin den sächsischen Knaben zu meinem ersten Verhör geschickt hatte. »Wie heißen Sie, und in wessen Auftrag handeln Sie?« – der ganze Quatsch. Und dauernd dieser Dialekt. Ich versuchte immer wieder, die geographische Lage seines Heimatortes herauszubekommen, aber das war ein Spiel, auf das er sich nicht einließ. Vermutlich stammte er aus der Ecke Deutschlands, wo Polen und die Tschechoslowakei aneinanderstoßen. Aber ich schaffte es mit der Diskussion über seinen Dialekt und seine Familie doch, ihn ein wenig unachtsam zu machen; denn als ich dann plötzlich auf das Fiasko am Müggelsee zu sprechen kam, rutschte es ihm heraus, daß die Muntes entkommen waren. Ich nickte und bat ihn unvermittelt, mir etwas zu essen zu besorgen, so daß er vermutlich nicht mitbekam, was er da eben verraten hatte.

Als der sächsische Knabe mit mir fertig war, setzten sie einen uninteressierten jungen Volkspolizisten zu mir ins Büro, der nicht auf meine Gesprächsversuche reagierte. Er sagte kein einziges Wort und beobachtete mich noch nicht einmal, als ich zum Fenster ging, um hinauszusehen. Wir befanden uns im obersten Stockwerk dessen, was die internationale Geheimdienstgemeinde »Normannenstraße« nennt: im Gebäude des Staatssicherheitsdienstes der DDR in Berlin-Lichtenberg.

Von meinem Fenster aus konnte ich auf die Frankfurter Allee hinuntersehen. Diese breite Straße ist Ost-Berlins Hauptverkehrsstraße in östlicher Richtung, und es herrschte dort reger Verkehr. Es war kälter geworden, und die einzigen Menschen auf der Straße waren die Büroangestellten des Staatssicherheitsministeriums, die nach Dienstende dem U-Bahnhof Magdalenenstraße zustrebten.

Lenin gab mir gegen Mitternacht die Ehre. Sie hatten mir natürlich meine Armbanduhr abgenommen, zusammen mit meinem

Geld, einem Päckchen französischer Zigaretten und meinem Schweizer Offiziersmesser, aber ich konnte eine Kirchturm- oder Rathausuhr schlagen hören. Lenin war die Liebenswürdigkeit in Person. Er lachte sogar über einen Witz, den ich über die Qualität des Kaffees machte. Er war älter, als ich angenommen hatte, etwa in meinem Alter. Kein Wunder, daß er bei der Jagd durch den Wald außer Puste geraten war. Er trug einen braunen Cordanzug mit geknöpfter Brusttasche und litzenbesetztem Revers. Ich fragte mich, ob das ein Eigenentwurf von ihm war oder ob er das gute Stück in einem der abgelegeneren Teile Ungarns oder Rumäniens von einem Dorfschneider erworben hatte. Er verreiste gern; das hatte er mir gesagt. Dann sprach er über alte amerikanische Filme, über die Zeit, als er zur Geheimpolizei von Kuba abkommandiert worden war, und seine Vorliebe für englische Kriminalromane.

Er holte seine kleinen Stumpen hervor und bot mir einen an; ich lehnte ab. Es war ein Standardtrick bei Verhören.

»Ich vertrage sie nicht«, erklärte ich ihm. »Sie kratzen mich schrecklich im Hals.«

»Dann schlage ich vor, daß wir beide die französischen Zigaretten rauchen, die wir Ihnen abgenommen haben. Gestatten?«

Ich war nicht in der Position, Einwände erheben zu können. »Gut«, sagte ich. Er zauberte eine halbleere Packung Gauloises aus seinem Jackett und entnahm ihr eine Zigarette, bevor er mir die Packung über den Tisch schob.

»Diese Zigaretten habe ich in der U-Bahn gefunden«, sagte ich.

Er lächelte. »Das habe ich in Ihrem Festnahmeprotokoll vermerkt. Sie glauben wohl, ich höre nicht auf das, was Sie sagen.« Er warf mir sein Feuerzeug zu. Es war ein westliches Fabrikat, ein Wegwerffeuerzeug mit sichtbarer Tankfüllung. Es war zwar fast leer, aber es funktionierte. »Und nun werden wir die Beweise vernichten – wir verbrennen sie, Sie und ich, was?« Er zwinkerte vertraulich.

Lenin, der eigentlich Erich Stinnes hieß, hatte ein enzyklopädisches Gedächtnis; er war in der Lage, die schier endlose Namensliste seiner Lieblingsschriftsteller herunterzubeten – es waren sehr, sehr viele und sehr verschiedenartige –, und er schien mit verblüffender Genauigkeit alle Handlungsdetails zu kennen, über die sie jemals geschrieben hatten. Und er sprach über die fiktiven Gestalten, als lebten sie. »Glauben Sie«, fragte er mich, »daß Sherlock Holmes die Aufklärung eines Verbrechens schwieriger finden würde, wenn er es mit dem Angehörigen einer fremden Kultur zu tun hätte? Vielleicht hat er nur deshalb so großen Erfolg, weil er ausschließlich mit Kriminellen umgeht, die wie er das Credo des englischen Gentleman haben.«

»Das sind doch nur Märchen«, sagte ich. »Kein Mensch nimmt sie ernst.«

»Ich nehme sie ernst«, erwiderte Lenin. »Holmes ist mein Mentor.«

»Holmes gibt es nicht. Holmes hat es nie gegeben. Er ist nur ein Hirngespinst.«

»Wie können Sie nur so ein Philister sein«, rügte Lenin. »In *Im Zeichen der Vier* sagt Holmes, daß das, was nach Ausschalten alles Unmöglichen übrig bleibt, die Wahrheit sein muß, wie unglaubwürdig sie auch erscheinen mag. Eine solche Weitsicht kann doch nicht leichtfertig von der Hand gewiesen werden.«

»Aber in *Studie in Scharlachrot* behauptet er fast das Gegenteil«, gab ich zu bedenken. »Er sagt, wenn eine Tatsache im Gegensatz zu einer langen Reihe von Folgerungen steht, ließe sie durchaus eine andere Interpretation zu.«

»Ah, Sie sind also ein Gläubiger«, sagte Lenin. Er paffte an einer Gauloise. »Für mich ist das dennoch kein Widerspruch.«

»Hören Sie, Erich«, sagte ich. »Alles, was ich von diesem verdammten Sherlock Holmes kenne, ist dieser merkwürdige Zwischenfall mit dem Hund in der Nacht.«

Lenin fuchtelte mit der Hand, um mich zum Schweigen zu bringen, lehnte sich zurück, legte die Fingerspitzen aneinander und sagte: »Ja, Silver Blaze.« Er runzelte die Stirn, während er versuchte, sich an die genauen Worte zu erinnern. »Der Hund tat nachts gar nichts. Das war der merkwürdige Zwischenfall.«

»Exakt, Erich, alter Freund«, sagte ich. »Und nun unter uns Sherlock-Holmes-Fans: Hätten Sie was dagegen, mir zu erklären, warum Sie nicht den geringsten Versuch unternehmen, mich zu verhören?«

Lenin lächelte ein schmallippiges kleines Lächeln, wie ein Pfarrer, der aus dem Mund eines Bischofs einen zweideutigen Witz hört. »Genau das würde ich in Ihrer Situation auch sagen, Englishman. Ich habe meinem Vorgesetzten zu bedenken gegeben, daß ein hochrangiger Geheimagent aus London sich mit Sicherheit fragen würde, warum wir mit ihm nicht die übliche Prozedur durchziehen. Er muß doch daraus schließen, daß er bald nach Hause kann. Und wenn ein Festgenommener das erst einmal denkt, wird er kein einziges Wort mehr über seine Lippen lassen.

Dann kann es Wochen dauern, bis wir etwas aus ihm herausbekommen.«

»Und was hat Ihr Vorgesetzter darauf gesagt?«

»Es ist mir nicht gestattet, den genauen Wortlaut wiederzugeben.« Er zuckte entschuldigend mit den Schultern. »Aber wie Sie sehen können, schenkte er meinen Hinweisen keinerlei Beachtung.«

»Daß ich verhört werden sollte, solange ich noch warm sei?«

Er schloß halb die Augen und nickte; wieder war es die Manieriertheit eines Kirchenmannes. »Das ist es, was hätte getan werden müssen, nicht wahr? Aber diese Schreibtischhengste lassen sich ja nichts sagen.«

»Ich weiß«, erwiderte ich.

»Ja. Sie wissen genausogut wie ich, wie das ist«, sagte er. »Wir arbeiten beide auf der rauhen Seite dieses Geschäfts. Ich bin ein paarmal im Westen gewesen – auf dieselbe Art herumgekommen wie Sie. Aber wer heimst die Beförderungen und die dicken Gehälter ein? Die Parteifunktionäre an ihren Schreibtischen. Sie sind fein raus, weil kein Parteisystem stets und ständig gegen sie arbeitet.«

»Wir haben auch eins«, sagte ich. »Es heißt Eton und Oxbridge.«

Aber Lenin war nicht zu bremsen. »Im letzten Jahr hatte mein Sohn ein so gutes Zeugnis, daß er ohne weiteres auf die Universität hätte gehen können. Aber er hat seinen Studienplatz an einen Jungen mit schlechteren Noten verloren. Als ich protestierte, wurde mir erklärt, daß es die offizielle Politik sei, Kinder von Arbeitern gegenüber denen aus höheren Berufssparten zu bevorzugen – worunter sie auch mich einreihten. Verdammt, sagte ich, ihr bestraft meinen Sohn also dafür, daß sein Vater klug genau war, sein Examen zu bestehen? In was für einem Arbeiterstaat leben wir hier eigentlich?«

»Zeichnen Sie dieses Gespräch hier auf?«

»Damit sie mich gleich mit Ihnen zusammen einbuchten? Glauben Sie, ich sei verrückt?«

»Ich möchte immer noch wissen, warum ich nicht verhört werde.«

»Sagen Sie mal«, meinte er und beugte sich plötzlich vor, zog an seiner Zigarette und blies den Rauch nachdenklich von sich, als forme sich in seinem Kopf eine Frage. »Wieviel kriegen Sie eigentlich pro Tag?«

»Ich verstehe nicht ganz.«

»Ich will nicht wissen, was Sie verdienen«, sagte er. »Alles, was ich erfahren will, ist, was man Ihnen an Tagesspesen zahlt, wenn Sie unterwegs sind.«

»Einhundertzwölf Pfund pro Tag für Kost und Logis. Dazu kommen Extras und Reisekosten.«

Lenin blies eine Rauchfahne, die seine Empörung verriet. »Und uns wollen sie keinen Tagessatz zahlen. Die Kasse besteht darauf, daß wir alles aufschreiben. Wir müssen über jeden einzelnen Pfennig Rechenschaft ablegen.«

»Das ist die Art von kleinem schwarzen Buch, die ich nur sehr ungern führen würde.«

»Diskriminierend. Genau. Das ist es. Ich wünschte, ich könnte das endlich einmal in die Köpfe der Idioten hineinbekommen, die dieses Amt leiten.«

»Sie nehmen nichts von unserem Gespräch auf?«

»Ich will Ihnen mal was ganz im Vertrauen sagen«, meinte Lenin. »Vor einer Stunde habe ich mit Moskau telefoniert. Ich forderte, Sie auf meine Art vernehmen zu dürfen. Nein, sagten sie. Der KGB-Oberst sei bereits unterwegs – das sagen sie immer, nur trifft er nie ein –, und ich hätte nichts anderes zu tun, als Sie zu bewachen. Dumme Hunde. Das ist Moskau.« Er inhalierte und pustete den Rauch verärgert wieder aus. »Aber ich will Ihnen mal was sagen – selbst wenn Sie jetzt zusammenbrechen und ein vollständiges Geständnis ablegen sollten, könnte ich nur müde lächeln.«

»Es wäre den Versuch durchaus wert«, meinte ich.

Er grinste. »Was würden Sie an meiner Stelle tun? Wenn dieser KGB-Mann morgen früh eintrifft, wird er Ihren Fall übernehmen. Glauben Sie wirklich, er würde es mir als Verdienst anrechnen, wenn ich schon vorher aktiv geworden wäre? Den Teufel würde er tun! No, Sir. Ich habe nicht vor, für diese Parteibonzen etwas aus Ihnen herauszuholen.«

Ich nickte, hatte mich aber von seinem Verhalten keineswegs einlullen lassen. Ich hatte längst begriffen, daß nur der ganz Überzeugte mit dem Gedanken an Ketzerei spielt. Nur der Jesuit beschwert sich über den Papst, nur sehr ergebene Eltern bespötteln ihr Kind, nur die Superreichen heben den Pfennig aus dem Rinnstein auf. Und in Ost-Berlin sind es nur die wirklich Getreuen, die mit solcher Selbstsicherheit dem Verrat das Wort reden.

Sie brachten mich am nächsten Morgen um sieben Uhr hinunter. Kurz zuvor hatte ich Motorengeräusche und Männerstimmen gehört. Auf diese Art und Weise agieren Wachkommandos, wenn sie bei »hohem Besuch« Eindruck schinden wollen.

Es war ein Plüschbüro osteuropäischen Zuschnitts: moderne finnische Einrichtung und auf dem Boden ein Schaffellteppich. Ein Hauch von Desinfektionsmitteln mischte sich mit dem billigen Geruch des Bohnerwachses. Der Geruch von Moskau.

Fiona saß nicht hinter dem Schreibtisch; sie stand an einer Seite des Raumes. Mein Freund Lenin stand steif neben ihr. Offenbar hatte er sie unterrichtet, aber Fionas Autorität zeigte sich an der anmaßenden Art, mit der sie ihn entließ. »Gehen Sie in Ihr Büro und machen Sie weiter. Ich rufe an, wenn ich Sie brauche«, sagte sie in dem lebhaften Russisch, das ich immer so an ihr bewundert hatte. Also war der sogenannte Erich Stinnes ein Russe – zweifellos ein KGB-Offizier. Dafür konnte er verdammt gut berlinern. Wahrscheinlich war er hier groß geworden, ein Besatzerkind wie ich.

Fiona straffte ihren Rücken, als sie mich ansah. »Nun?« fragte sie.

»Guten Tag, Fiona«, sagte ich.

»Du hast es vermutet?« Sie war verändert, härter vielleicht, aber auch selbstsicher und entspannt. Es mußte eine Erleichterung für sie sein, nach einem Leben der Verstellung endlich sie selbst sein zu können. »Manchmal war ich sicher, daß du die Wahrheit ahntest.«

»Ahnung? Es war doch offensichtlich, oder hätte es wenigstens sein sollen.«

»Und warum hast du nichts dagegen unternommen?« Ihre Stimme war stählern, so als zwänge sie sich dazu, genauso automatisch wie eine Waage zu reagieren.

»Du weißt doch, wie das ist«, meinte ich ausweichend. »Ich habe nach anderen Erklärungen gesucht. Ich wollte es verdrängen. Ich wollte es nicht wahrhaben. Du hast nie irgendwelche Fehler gemacht, wenn es das ist, was du hören willst.« Das stimmte natürlich nicht, und sie wußte es genau.

»Ich hätte diesen verdammten Bericht nicht mit der Hand schreiben dürfen. Ich wußte, daß diese verfluchten Dummköpfe ihn in der Akte lassen würden. Sie hatten versprochen...«

»Gibt es in diesem Büro eigentlich irgend etwas zu trinken?« fragte ich.

Jetzt, da ich mit den Tatsachen fertig werden mußte, fand ich das leichter, als mit der Furcht davor leben zu müssen. Vermutlich sind Befürchtungen immer schlimmer als die Wirklichkeit; ebenso wie alle Wünsche schöner sind als ihre Erfüllung.

»Vielleicht.« Sie öffnete ein Fach ihres Schreibtischs und fand eine fast volle Flasche Wodka. »Wie wär's damit?«

»Ich bin nicht wählerisch«, sagte ich, nahm eine Tasse vom Regal und goß mir großzügig ein.

»Du solltest dein Trinken lassen«, sagte sie leidenschaftslos.

»Du machst mir das nicht gerade leicht«, erwiderte ich, stürzte den Schnaps hinunter und goß noch einmal ein.

Sie zeigte mir das knappste aller Lächeln. »Ich wünschte, es hätte nicht so enden müssen.«

»Das klingt wie eine Zeile aus einem Hollywoodfilm«, sagte ich.

»Du machst es dir selbst schwer.«

»Ich bin von alledem nicht gerade begeistert.«

»Ich habe es stets zur Bedingung gemacht, daß dir nichts zustößt. Seit diesem Auftrag in Gdansk habe ich dich immer abgesichert.«

»Du hast jeden meiner Aufträge verraten, willst du wohl sagen.« Die Tatsache, daß sie mich beschützt hatte, hatte durchaus etwas Demütigendes.

»Dir wird nichts geschehen. Noch heute vormittag bist du frei. Und das hat nichts damit zu tun, daß Werner deine Freilassung erpressen wollte.«

»Werner?«

»Er hat am Flughafen Tegel mit einem Auto auf mich gewartet und mir die Pistole auf die Brust gesetzt. Er hat mich bedroht und mir das Versprechen abgenommen, dich freizulassen. Werner ist ein Schuljunge«, sagte sie. »Er spielt Schuljungenspiele und hat die gleichen Schuljungenmanieren wie du, als wir uns kennenlernten.«

»Vielleicht ist es ein Verlust, sie aufgegeben zu haben«, stellte ich fest.

»Aber nicht mein Gewinn.« Sie trat näher zu mir, um mich noch einmal anzusehen. »Es war ein guter Trick, durchblicken zu lassen, du würdest als erster die Grenze passieren. Das brachte mich auf den Gedanken, ich könnte rechtzeitig hier sein, um Brahms Vier zu fassen, deinen kostbaren Doktor von Munte.«

»Statt dessen hast du mich gefaßt.«

»Ja, das war sehr clever, Liebling. Aber stell dir mal vor, ich würde mich nicht von dir trennen wollen.«

»Das kann nicht dein Ernst sein«, erwiderte ich. »Es wäre nicht gut für dich, mich bei dir zu haben. In einem sowjetischen Gefängnis wäre ich nur ein Hemmschuh für dich, denn ein Ehemann im Knast paßt nicht in die sowjetische Gesellschaftsordnung, um die du dich so sorgst.«

»Da hast du recht.«

»Wenigstens bemühst du dich nicht um Entschuldigungen«, meinte ich.

»Warum sollte ich? Du würdest sie ja doch nicht verstehen«, sagte sie. »Du redest nur immer über das Klassensystem und machst Witze über seine Mängel. Ich tue wenigstens etwas dagegen.«

»Nur keine Erklärungen«, bat ich. »Laß mir doch einen letzten Hauch von Illusion.«

»Du bist doch noch immer dasselbe arrogante Schwein, das ich auf Freddy Springfields Party kennengelernt habe.«

»Ich würde gern glauben, daß ich ein bißchen klüger bin als der Mann, den du damals zum Narren gehalten hast.«

»Du hast nichts zu bedauern. Du gehst zurück nach London und bekommst Dicky Cruyers Schreibtisch. Und bis Ende des Jahres wirst du auch Bret Rensselaer überflügelt haben.«

»Werde ich das?«

»Ich habe dich zum Helden gemacht«, sagte sie verbittert. »Du hast mich zur Flucht gezwungen, und das zu einem Zeitpunkt, als niemand sonst die Wahrheit ahnte. Bis du wegen dieses handschriftlichen Berichts mit mir telefoniert hast, hatte ich geglaubt, ich könne ewig so weitermachen.«

Ich schwieg. Ich hätte mich ohrfeigen können, daß ich die Wahrheit nicht schon vor Jahren erkannt hatte – daß ich Fionas größter Aktivposten gewesen war. Wer würde glauben, daß Bernard Samson mit einem ausländischen Agenten verheiratet war und es nicht merkte? Die Ehe mit mir hatte ihr das Leben schwerer gemacht, aber sie hatte sie abgesichert.

»Und du hast deine kostbaren Agenten gerettet. Du hast Brahms Vier so sicher heimgebracht, daß alle eure anderen Agenten wieder aufatmen können.«

Ich sagte noch immer nichts. Sie hätte mich auch aufs Glatteis führen können. Bis ich nicht genau wußte, daß die Muntes in Sicherheit waren, zog ich es vor, auf diesem Gebiet den tumben Toren zu spielen.

»O ja, du bist der personifizierte berufliche Erfolg, mein Liebling. Nur dein Privatleben ist eine Katastrophe. Keine Frau, kein Heim, keine Kinder.«

Sie zeigte Schadenfreude. Sie wollte mich zu einem Ausbruch provozieren. Ich kannte diese Tonlage von anderen Auseinandersetzungen zu anderen Zeiten und an anderen Orten. Es war genau die Stimmlage, mit der sie mitunter Werner kritisiert hatte, meine Rechtschreibung, meine Aussprache, meine Anzüge, meine alten Schulfreunde.

»Kann ich jetzt gehen?«

»Major Erich Stinnes wird dich um neun Uhr zum Checkpoint Charlie bringen. Die Vereinbarungen sind getroffen. Es geht alles in Ordnung.« Sie lächelte. Sie genoß die Möglichkeit, mir zu zeigen, wieviel Autorität sie besaß. Sie war Oberst des KGB, sie würden sie gut behandeln. Der KGB kümmerte sich um die Seinen; das hatte er schon immer getan. Nur den Rest der Welt behandelte er wie Dreck. Ich ging zur Tür, aber Fiona konnte es noch nicht dabei bewenden lassen. Sie war eine Frau. Und Frauen bringen einen immer dazu, sich an einen Tisch zu setzen, um einen Vortrag über sich ergehen zu lassen, oder einen langen Brief zu schreiben, und sie stellen sicher, daß sie nicht nur das letzte Wort, sondern auch den letzten Gedanken haben.

»Die Kinder werden die beste Schule von Moskau besuchen. Das ist ein Bestandteil der Vereinbarung, die ich getroffen habe. Unter Umständen könnte ich sogar dafür sorgen, daß du sie dann und wann besuchen darfst. Aber das kann ich natürlich nicht hundertprozentig versprechen.«

»Natürlich nicht.«

»Ich könnte sie doch nicht zu Besuchen nach England schicken, Liebling. Wie sollte ich sicher sein, daß du sie mir auch wieder zurückschickst?«

»Nein«, meinte ich. »Das könntest du nicht.«

»Ich habe das Konto ausgeglichen und darüber hinaus sechshundert Pfund auf dein Konto überwiesen, damit du das Kindermädchen auszahlen kannst. Und einhundert für ein paar ausstehende Rechnungen. Ich habe alles aufgeschrieben und den Brief bei Mr. Moore, dem Bankdirektor, hinterlegt.«

»Okay.«

»Sir Henry wird dich natürlich zu sich rufen lassen. Du kannst ihm sagen, daß auf unserer Seite keinerlei Interesse an irgendwelchen Veröffentlichungen über meinen Standortwechsel besteht. Ich könnte mir vorstellen, daß ihm das ganz gut in den Kram paßt – nach all den Fehlschlägen, die der Dienst im vergangenen Jahr hat hinnehmen müssen.«

»Ich werde es ihm sagen«, versprach ich.

»Dann leb wohl, Liebling. Bekomme ich denn keinen Abschiedskuß?«

»Nein«, sagte ich und öffnete die Tür. Lenin wartete am Treppenabsatz, seine Lederkappe in der Hand. Er sah Fiona hinter mir. In Anwesenheit eines ranghöheren Offiziers lächelte er nicht. Ich fragte mich, ob er wußte, daß sie meine Frau war. Sie würde wahrscheinlich von Berlin aus arbeiten. Armer Erich Stinnes.

Als wir im Erdgeschoß angelangt waren, ging ich an ihm vorbei, und er mußte sich beeilen, um mit mir Schritt zu halten, als ich durch die Tür trat, um diesem widerlichen Gebäude endlich zu entkommen. »Wäre sonst noch was?« fragte Lenin, als er das Auto heranwinkte.

»Zum Beispiel?« fragte ich.

Ich saß in dem schwarzen Volvo und blickte auf die sonnigen Straßen hinaus: die Stalinallee, die in der Nacht, als alle Straßenschilder bis zum Morgengrauen umgetauscht worden waren, zur Karl-Marx-Allee wurde, den Alexanderplatz, Unter den Linden und dann nach links in die Friedrichstraße hinein, von wo man den Checkpoint Charlie bereits erkennen konnte.

»Ich bringe Sie direkt durch den Kontrollpunkt«, sagte Stinnes. Der Fahrer drückte auf die Hupe. Der Grenzpolizist erkannte den Wagen, öffnete den Schlagbaum, und wir fuhren hindurch, ohne anzuhalten.

Der amerikanische Soldat in seinem Glaskasten auf der westlichen Seite schenkte uns kaum einen Blick. »Es reicht«, sagte ich. »Ich werde mir ein Taxi nehmen.« Aber ich hatte Werner längst entdeckt. Er saß im Auto auf der Straßenseite, wo wir immer parkten, wenn wir am Checkpoint Charlie warteten. Der Volvo hielt an. Ich stieg aus und nahm einen tiefen Zug der berühmten Berliner Luft. Ich wäre gern zum Kanal gelaufen, an ihm entlang bis zum Lützowplatz und dann zu Vaters Büro an der Tauentzienstraße. Ich würde die Schublade seines Schreibtisches öffnen und mir eine Tafel Schokolade von seiner Verpflegung herausnehmen. Ich würde den Schuttberg hinaufklettern, der die Hälfte des Bürgersteigs einnahm, und auf der anderen Seite in einer Wolke von Staub wieder hinunterrutschen. Ich würde durch die Überreste der Klinik laufen, wo gesäuberte Flaschen, abgeklopfte Ziegelsteine und geborgene Bretter und andere Holzstücke so stolz gestapelt waren. Im Laden an der Ecke würde ich Frau Mauser fragen, ob Axel zum Spielen rauskäme. Ja, und dann würden wir losziehen, vielleicht Werner finden und mit ihm schwimmen gehen. Es wäre genau der richtige Tag dafür...

»Ist alles gutgegangen, Werner?«

»Ich habe vor einer Stunde mit England telefoniert«, sagte Werner. »Ich wußte, das wäre das erste, wonach du fragen würdest. Vor dem Haus deiner Mutter stehen bewaffnete Polizisten. Was die Russen auch anstellen, es hat keinen Sinn. Die Kinder sind in Sicherheit.«

»Danke, Werner«, sagte ich. An die Kinder zu denken machte es leichter, nicht an Fiona denken zu müssen. Noch besser wäre es allerdings, gar nicht mehr denken zu müssen.

Mexico Poker

1

»Manche von ihnen sind direkt darauf aus, ums Leben zu kommen«, sagte Dicky Cruyer und stieg voll auf das Bremspedal, um einen Zeitungsjungen nicht zu überfahren. Der Junge grinste, als er sich zwischen den langsam fahrenden Autos hindurchschlängelte und seine Zeitungen mit der Hingabe eines Fächertänzers schwenkte. SECHS VOR ERSCHIESSUNGSKOMMANDO – die Schlagzeilen waren riesig und in dickem Schwarz. »Hurrikan bedroht Veracruz.« Das grobrasterige Foto einer Straßenkampfszene in El Salvador nahm die ganze Titelseite eines Boulevardblattes ein.

Es war später Nachmittag. Die Straßen glänzten in dieser eigenartig hellen Schattenlosigkeit, die einem Gewitter vorausgeht. Alle sechs Autoreihen, die auf der Avenida de los Insurgentes entlangkrochen, kamen zum Halten, und noch mehr Zeitungsjungen sprangen auf der Straße umher, mit ihnen eine Frau, die Blumen anbot, und ein Kind mit Lotterielosen, die hinter ihm herflatterten wie die Blätter einer Toilettenpapierrolle.

Ein gutaussehender Mann in verwaschenen Jeans und kariertem Hemd suchte sich seinen Weg zwischen den Autos. Er wurde von einem Kind begleitet. Der Mann hielt eine Colaflasche in der Hand. Er nahm einen Schluck, neigte den Kopf nach hinten und blickte zum Himmel empor. Er stand aufrecht und unbeweglich wie eine Bronzestatue, und dann quoll ein großer Feuerball aus seinem Mund.

»Teufel, Teufel«, sagte Dicky Cruyer. »Das ist verdammt gefährlich.«

»Er verdient sein Brot damit«, sagte ich. Ich kannte die Feuerschlucker von früher. In den großen Verkehrsstaus war immer einer da, der seine Künste zeigte. Ich schaltete das Autoradio ein, um ein wenig Musik zu hören, aber wegen irgendwelcher atmosphärischer Störungen war der Empfang nicht besonders. Es war stickig heiß in dem Wagen, und ich kurbelte das Fenster herunter, doch der Gestank der Abgase, der sofort hereindrang, ließ es mich gleich wieder schließen. Ich hielt meine Hand vor die Austrittsschlitze der Klimaanlage, doch die hereinströmende Luft war warm.

Wieder pustete der Feuerschlucker einen orangefarbenen Feuerball in die Luft.

»Verdammt gefährlich für die Autofahrer«, erklärte Dicky. »Bei all diesen Benzindämpfen solche Flammen... kannst du dir das vorstellen?« Gemächliches Donnergrollen war zu hören. »Wenn es doch nur regnen würde«, sagte Dicky. Ich sah zum Himmel. Die tiefhängenden Wolken waren goldgesäumt. Wegen der immerwährenden Smogdecke über der Stadt wirkte der riesige Sonnenball, dessen Licht sich zwischen die Bauten aus Glas und Beton zwängte, blaß.

»Wer hat uns dieses Auto eigentlich besorgt?« fragte ich. Ein Motorradfahrer mit hoch aufgetürmten Bierkästen auf dem Soziussitz schlängelte sich auf bedenkliche Weise durch die Autoreihen und verfehlte die Blumenverkäuferin nur um Haaresbreite.

»Ein Angehöriger der Botschaft«, sagte Dicky. Er nahm den Fuß von der Bremse, und der große blaue Chevrolet rollte ein paar Meter weiter, doch dann kam der Verkehr erneut zum Stehen. In jeder Stadt nördlich der Grenze hätte man an dieses fabrikneue Auto keinen zweiten Blick verschwendet. Aber Mexico City ist ein Ort, an dem die Wagen gefahren werden, bis sie ihren letzten Schnaufer tun. Die meisten um uns herum waren zerbeult und verrostet, oder sie waren in grellen Farben bemalt. »Ein Freund von mir hat ihn uns geliehen.«

»Ich hätte es mir denken können«, sagte ich.

»Die Zeit war knapp. Sie wußten bis vorgestern nichts von unserer Ankunft. Henry Tiptree – der, der uns vom Flughafen abholte – hat ihn uns netterweise zur Verfügung gestellt, weil ich ihn von Oxford her kenne.«

»Ich wünschte, du hättest ihn nicht in Oxford kennengelernt, denn dann hätten wir uns ein Auto von Hertz mieten können... mit einer funktionierenden Klimaanlage.«

»Was soll ich machen?« fragte Dicky gereizt. »Es ihm vielleicht zurückbringen und sagen, es sei uns nicht gut genug?«

Wir beobachteten, wie der Feuerschlucker einen weiteren Flammenball in die Luft stieß, während der kleine Junge von Autofahrer zu Autofahrer eilte, um hier und da einen Peso für die Darbietung seines Vaters einzusammeln.

Dicky holte ein paar mexikanische Münzen aus der Brusttasche seiner Jeansjacke und gab sie dem Kind. Es waren Dickys verblichene Kluft, seine Cowboystiefel und sein lockiges Haar, die die Aufmerksamkeit der Beamtin an der Paßkontrolle des Flughafens Mexico City erregt hatte. Nur die flinke Zunge seines Freundes aus der Botschaft hatte Dicky vor einer Leibesvisitation bewahrt.

Dicky Cruyer verkörperte eine eigenartige Mischung aus Gelehrsamkeit und skrupellosem Ehrgeiz. Hinzu kam, daß er völlig unsensibel war, was ihm oft genug zum Verhängnis wurde. Sein fehlendes Gespür für Menschen, Orte und Situationen ließ ihn mitunter mehr als Clown denn als den kühlen, überlegenen Intellektuellen erscheinen, für den er sich gern hielt. Doch selbst dann ging für Freund oder Feind etwas Furchteinflößendes von ihm aus.

Die Blumenverkäuferin beugte sich vor, klopfte gegen die Fensterscheibe und winkte Dicky zu. »*Vamos!*« schnauzte er sie an. Es war fast unmöglich, ihr Gesicht hinter dem Arm voller Blumen zu erkennen. Da gab es Blüten in allen Farben, Formen und Größen, Blumen für Hochzeiten und Blumen für Gastgeberinnen, Blumen für Geliebte und Blumen für mißtrauische Ehefrauen.

Der Verkehr setzte sich langsam wieder in Bewegung. Ungeduldig rief Dicky erneut: »*Vamos!*« Diesmal noch lauter.

Die Frau sah, daß ich in meiner Tasche nach Geld suchte, und sonderte ein Dutzend langstieliger rosafarbener Rosen von den weniger teuren Ringelblumen und Astern ab. »Vielleicht wäre es ganz gut, Werners Frau ein paar Blumen mitzubringen«, sagte ich.

Dicky ignorierte meinen Vorschlag. »Gehen Sie doch aus dem Weg!« schrie er die Frau an, und der Wagen schoß vorwärts. Die Alte sprang zur Seite.

»Immer mit der Ruhe, Dicky. Du hättest sie fast über den Haufen gefahren.«

»*Vamos!* habe ich ihr gesagt. *Vamos!* Sollen sie doch nicht auf der Fahrbahn herumtanzen. Sind hier denn alle verrückt? Sie hat mich doch genau verstanden.«

»*Vamos* bedeutet: auf geht's«, sagte ich. »Sie nahm an, du wolltest ihr etwas abkaufen.«

»In Mexiko heißt es aber auch: hau ab«, erklärte Dicky und fuhr dicht auf den weißen VW-Bus vor uns auf, der mit Menschen und Tomatenkisten vollgepfropft war. Seine Karosserie war schlammverkrustet wie alle Autos, die in dieser regnerischen Jahreszeit über die Landstraßen bewegt wurden. Die Motorklappe war entfernt worden, um dem Motor mehr Kühlung zu verschaffen. Der undichte Auspufftopf, der mit Draht hochgebunden war, verursachte einen derartigen Heidenlärm, daß Dicky brüllen mußte, um sich verständlich zu machen. »*Vamos* heißt hau ab! Das sagen sie immer in den Western.«

»Vielleicht sieht sie sich keine Western an«, sagte ich.

»Kümmere du dich lieber um den Stadtplan und die Straßen.«

»Das Ding ist kein richtiger Stadt-, sondern ein Übersichtsplan und zeigt lediglich die Hauptverkehrsstraßen.«

»Wir werden schon hinfinden. Die Straße zweigt von der Insurgentes ab.«

»Hast du überhaupt eine Vorstellung, wie groß Mexico City ist? Allein die Avenida de los Insurgentes ist ungefähr fünfzig Kilometer lang«, sagte ich.

»Du achtest auf deine Seite, ich auf meine. Volkmann hat doch gesagt, es sei im Zentrum.« Er rümpfte die Nase. »Außerdem sagt kein Mensch Mexico City. Hier nennen alle die Stadt nur Mexico.«

Ich erwiderte nichts darauf und legte den kleinen, bunten Übersichtsplan zur Seite und sah hinaus auf die belebten Straßen. Ich hatte absolut nichts dagegen, noch eine Stunde oder auch zwei durch die Stadt kutschiert zu werden, wenn Dicky der Sinn danach stand.

»Im Zentrum kann doch nur bedeuten, irgendwo am Paseo de la Reforma in der Nähe der Säule mit dem Engel. Zumindest würde das jeder Tourist annehmen, der zum ersten Mal nach Mexico kommt, und Volkmann und seine Frau Zena waren vorher noch nie hier, stimmt's?«

»Werner sagte, es sollten zweite Flitterwochen sein.«

»Ich möchte meinen, daß einmal Flitterwochen mit Zena völlig ausreichend sind«, sagte Dicky.

»Mehr als genug«, erwiderte ich.

»Ich bringe deinen verdammten Werner um, wenn er uns für nichts und wieder nichts aus London hergelockt hat.«

»Ist doch eine hübsche Abwechslung zum Büroalltag«, erwiderte ich und registrierte, daß Werner inzwischen *mein* Werner geworden war und es bleiben würde, falls die Dinge schiefliefen.

»Für dich mag das so aussehen«, sagte Dicky. »Du hast nichts zu verlieren. Dein Schreibtisch wartet auf dich, bis zu zurückkommst. Aber in unserem Bau gibt es mindestens ein Dutzend Leute, die sich um meinen Job reißen. Das bietet Bret doch nur die Chance, auf die er wartet, um meinen Posten übernehmen zu können. Das ist dir doch klar, oder?«

»Wie könnte Bret deinen Posten übernehmen wollen, Dicky? Rangmäßig ist er doch höher angesiedelt als du.«

Der Verkehr bewegte sich nun im besseren Schrittempo vorwärts. Ein kleines schmutzgesichtiges Kind hinten im VW-Bus starrte Dicky fasziniert an. Der unverfrorene Blick schien ihn aus der Fassung zu bringen. Dicky drehte sich zur Seite und sah mich an. »Bret ist auf der Suche nach einem Job, der ihm zusagt, und meiner würde es. Jetzt, wo sein Komitee aufgelöst worden ist, hat er doch nichts mehr groß zu tun. Es wird ja bereits darüber diskutiert, wer sein Büro bekommt und wer die große, blonde Sekretärin, die diese engen weißen Pullover trägt, übernimmt.«

»Gloria?« fragte ich.

»Oho. Sag bloß nicht, daß du auch schon da gewesen bist.«

»Wir Arbeitstiere halten zusammen, Dicky.«

»Sehr komisch«, stellte er fest. »Wenn Bret meinen Job übernimmt, wird er dir Feuer unterm Hintern machen. Im Vergleich dazu wird dir nachträglich die Arbeit für mich wie ein einziger Urlaub vorkommen. Ich hoffe, das ist dir klar, alter Junge.«

Bis zu diesem Moment, da Dicky es mit der Angst zu tun bekam, hatte ich nicht gewußt, daß die glänzende Karriere von Bret eine so jähe Talfahrt nahm. Doch Dicky war in puncto Bürotaktik äußerst gewieft, also war ich bereit, ihm zu glauben. »Hier ist die *Zóna Rosa*«, sagte ich. »Warum parkst du nicht bei einem dieser Hotels, und wir nehmen uns ein Taxi?«

Dicky schien erleichtert bei der Vorstellung, einen Taxifahrer Werner Volkmanns Apartmenthaus finden zu lassen – aber da er nun einmal Dicky war, mußte er erst noch ein paar Minuten mit mir darüber diskutieren. Als er auf die andere Fahrspur hinüberwechselte, grinste ihn das schmutzige Kind im VW an und schnitt dann eine fürchterliche Grimasse. Dicky warf mir einen Seitenblick zu. »Hast du diesem Kind etwa eine lange Nase gedreht? Du meine Güte, benimm dich doch endlich deinem Alter entsprechend, Bernard.« Dicky war schlechter Laune, und das Gespräch über seinen Posten hatte ihn noch empfindlicher gemacht.

Er bog von der Avenida de los Insurgentes in eine Nebenstraße ab und fuhr in östlicher Richtung weiter, bis wir eine Tiefgarage in einem der großen Hotels fanden. Während wir über die Rampe in die Dunkelheit hineinfuhren, schaltete er die Scheinwerfer ein. Dies war eine andere Welt. Hier residierten gepflegt die neuesten Modelle von Mercedes, Cadillac und Porsche, rochen nach Leder und wurden von zwei bewaffneten Sicherheitsposten bewacht. Einer von ihnen klemmte ein Ticket unter den Scheibenwischer und hob die Schranke, so daß wir passieren konnten.

»Dein Schulkumpel Werner hat also einen KGB-Topmann hier in der Stadt entdeckt. Warum hat der Abteilungsleiter Europa darauf bestanden, daß ich zu dieser stinkenden Jahreszeit hierher fliege?«

Dicky kurvte langsam durch die Garage und suchte einen Parkplatz.

»Es war nicht Werner, der Erich Stinnes entdeckt hat«, erwiderte ich, »sondern seine Frau. Und für ihn besteht in der Abteilung Alarmbereitschaft. Da ist Platz.«

»Zu schmal! Dies ist schließlich ein dicker Schlitten. Alarmbereitschaft? Das brauchst du mir nicht erst zu sagen, alter Junge. Ich war es, der diese Verfügung unterzeichnet hat. Erinnerst du dich? Ich, der Leiter der Deutschlandabteilung des britischen Geheimdienstes. Aber ich habe Erich Stinnes nie zu Gesicht bekommen. Ich könnte Erich Stinnes nicht vom Mann im Mond unterscheiden. Du bist doch derjenige, der ihn identifizieren kann. Warum mußte ich also her?«

»Du bist hier, um zu entscheiden, was wir tun. Ich bin weder bedeutend noch verläßlich genug, um entscheiden zu dürfen. Wie wäre es da? Neben dem weißen Mercedes?«

»Hmmmmm«, machte Dicky. Er hatte Schwierigkeiten, den Wagen auf der mit weißen Linien markierten Fläche einzuparken. Einer der Sicherheitsleute – ein großer Mann mit unergründlichem Gesichtsausdruck in gestärktem Khaki und sorgsam polierten Stiefeln – kam, um uns zuzusehen. Mit in die Seiten gestemmten Armen stand er da und starrte, während Dicky vor- und zurücksetzte, um sich zwischen den weißen Wagen mit Schiebedach und einen Betonpfeiler zu quetschen, der bereits Lackspuren anderer Fahrzeuge aufwies. »Bist du bei dieser Blonden aus Brets Büro wirklich weitergekommen?« fragte Dicky, als er sein Vorhaben aufgab und auf eine andere Parklücke mit dem Vermerk »Reserviert« auswich.

»Gloria? Ich dachte, jeder wüßte über mich und Gloria Bescheid«, erwiderte ich. Dabei kannte ich sie nicht näher als Dicky, aber ich konnte der Versuchung nicht widerstehen, ihn damit zu piesacken. »Meine Frau hat mich verlassen. Ich bin wieder ein freier Mann.«

»Deine Frau ist übergelaufen«, sagte Dicky verächtlich. »Sie arbeitet für die verdammten Russkis.«

»Das ist aus und vorbei«, entgegnete ich. Ich hatte keine Lust, mich über meine Frau, meine Kinder oder irgendein anderes Problem zu unterhalten, und schon gar nicht mit Dicky, denn der war ganz bestimmt der letzte, den ich ins Vertrauen ziehen würde.

»Du und Fiona – ihr standet euch doch sehr nahe«, meinte Dicky, und es klang wie ein Vorwurf.

»Es ist kein Verbrechen, die eigene Frau zu lieben«, sagte ich.

»Tabuthema, was?« Es machte Dicky Spaß, einen Nerv anzubohren und dann auf die Reaktion zu warten. Ich hätte es besser wissen müssen, statt auf seine Sticheleien einzugehen. Die Verbindung mit Fiona wurde mir fraglos als eine Art Schuld angelastet, und jeder meiner Schritte würde so lange mit Argusaugen beobachtet werden, bis ich meine Loyalität wohl zum hundertsten Male unter Beweis gestellt hatte. Offiziell hatte man mir zwar nichts gesagt, aber Dickys Worte waren nicht der erste Hinweis darauf, was die Abteilung wirklich dachte.

»Ich bin nicht auf diese Reise mitgekommen, um über Fiona zu diskutieren«, sagte ich.

»Zank doch nicht mit mir herum«, sagte Dicky. »Laß uns zu deinem Freund Werner gehen, mit ihm sprechen und die ganze Sache hinter uns bringen. Ich kann es kaum erwarten, aus diesem Dreckloch wieder rauszukommen. Januar oder Februar – das ist die Zeit, zu der Leute mit Verstand nach Mexiko fahren, aber doch nicht mitten in der Regenzeit.«

Dicky öffnete die Tür des Autos, und ich rutschte über den Fahrersitz, um auf seiner Seite auszusteigen. *»Prohibido aparcar«*, sagte der Sicherheitsposten und pflanzte sich mit verschränkten Armen vor uns auf.

»Wie bitte?« fragte Dicky und erklärte in seinem Schulspanisch, wir seien Hotelgäste und hätten eine sehr wichtige geschäftliche Verabredung und würden den Wagen höchstens eine Stunde dalassen.

»Prohibido aparcar«, wiederholte der Mann ungerührt.

»Gib ihm ein bißchen Geld, Dicky«, sagte ich. »Darauf ist er aus.«

Der Parkwächter blickte von Dicky auf mich und strich sich mit dem Daumen über seinen mächtigen schwarzen Schnurrbart. Er war ein riesiger Mann, so groß wie Dicky und doppelt so breit.

»Nichts bekommt der von mir«, sagte Dicky. »Ich zahle doch nicht zweimal.«

»Laß mich das erledigen«, schlug ich vor. »Ich habe etwas Kleingeld dabei.«

»Halt du dich da raus«, erwiderte Dicky. »Man muß wissen, wie diese Leute zu behandeln sind.« Er starrte den Wachmann an. *»Nada! Nada! Nada! Entiende?«*

Der Wachtposten sah auf unserem Chevrolet herunter, zupfte dann den Scheibenwischer mit Daumen und Zeigefinger hoch und ließ ihn mit einem Knall gegen die Scheibe zurückschnellen. »Er wird das Auto ruinieren«, sagte ich. »Es ist kaum der richtige Zeitpunkt, eine Auseinandersetzung vom Zaun zu brechen, die wir sowieso nicht gewinnen können.«

»Vor dem habe ich keine Angst«, betonte Dicky.

»Ich weiß, daß du keine Angst hast«, sagte ich. »Aber ich.« Ich schob mich rasch zwischen ihn und den Sicherheitsposten, denn unter Dickys Oberflächencharme lag ein fast bösartiger Zug verborgen, und er war zudem ein eifrig trainierendes Mitglied im Judoclub des Foreign Office. Dicky fürchtete sich schlicht vor nichts. Das war auch der Grund, weshalb ich so ungern mit ihm zusammenarbeitete. Ich drückte ein paar Geldnoten in die aufnahmebereite Hand des Mexikaners und schob Dicky auf die Tür mit der Aufschrift »Fahrstuhl zur Hotelhalle« zu. Der Riese beäugte unseren Abgang, wobei sein Gesicht noch immer keine Gemütsregung erkennen ließ. Dicky behagte das alles überhaupt nicht. Er nahm an, ich hätte versucht, ihn vor dem Wachmann zu beschützen und fühlte sich durch mein Eingreifen gekränkt.

Die Hotelhalle zierte die allgegenwärtige Kombination von getönten Spiegeln, Kunststoffmarmor und schwammigem Teppichboden, die internationale Touristen angeblich so schätzen. Wir setzten uns unter einen riesigen Plastikblumenstrauß mit Blick auf den Springbrunnen.

»Machismo«, stellte Dicky trübsinnig fest. Wir warteten darauf, daß der zylinderbehütete Portier einen Taxifahrer auftrieb, der uns zu Werners Apartmenthaus brachte. *»Machismo«*, sagte er noch einmal nachdenklich. »Sogar der letzte von ihnen ist davon noch besessen. Deswegen kommen sie hier ja auch nicht voran. Ich werde mich über den Kerl da unten beim Hoteldirektor beschweren.«

»Warte damit, bis wir das Auto wieder abgeholt haben«, riet ich.

»Wenigstens hat die Botschaft jemanden von Rang geschickt, um uns abzuholen. Das bedeutet, London hat ihnen den Wink gegeben, uns volle diplomatische Unterstützung zukommen zu lassen.«

»Oder aber es heißt, daß die Botschaftsangehörigen in Mexico City – dein Freund Tiptree eingeschlossen – jede Menge freie Zeit haben.«

Dicky hörte auf, seine Travellerschecks zu zählen. »Was muß ich nur tun, Bernard, damit du dir endlich merkst, daß das hier Mexico ist? Nicht Mexico City, Mexico!«

2

Das war ein ganz neuer Werner Volkmann, der uns begrüßte. Das war nicht der introvertierte jüdische Waisenjunge, mit dem ich in Berlin zur Schule gegangen und aufgewachsen war, auch nicht der einflußreiche, übergewichtige Banker, der auf beiden Seiten der Mauer willkommen war. Dieser neue Werner war eine zähe, muskulöse Erscheinung im kurzärmeligen Baumwollhemd und gut sitzenden Leinenhosen. Sein gewaltiger, herabhängender Schnurrbart war ebenso gestutzt wie das buschige, schwarze Haar. Der Urlaub mit seiner zweiundzwanzigjährigen Frau Zena hatte ihn sichtlich verjüngt.

Wir standen auf dem Balkon im sechsten Stock des kleinen Luxus-Apartmenthauses im Zentrum von Mexico City. Der Blick, den man von hier aus auf die Stadt und die Berge als dunkle Kulisse hatte, war grandios. Die untergehende Sonne tauchte die Welt in Rosa – jetzt, da sich die Gewitterwolken verzogen hatten. Streifen orangefarbener und goldener Wolken waren über den Himmel getuscht. Es sah aus, als habe ein vorbeikommender Vandale ein Werbeplakat für eine smoggerötete Sonne aufgeschlitzt.

Die Dimensionen des Balkons reichten aus, um eine Menge teurer weißer Gartenmöbel ebenso wie große Töpfe mit exotischen Blumen aufzustellen. Grünblättrige Pflanzen rankten am Spalier, um Schatten zu spenden, und in Regalen war eine Kakteensammlung aufgereiht wie Bücher. Werner schenkte ein rosafarbenes Getränk aus einem Glaskrug ein. Es sah aus wie jene Gesundheitssäfte, die einem auf Parties aufgenötigt werden und von denen kein Mensch betrunken wird. Das Gebräu wirkte auch nicht gerade verlockend, aber mir war heiß, und ich nahm dankbar ein Glas entgegen.

Dicky Cruyers Cowboyhemd zeigte dunkle Schweißflecken. Er hatte seine blaue Jeansjacke von den Schultern genommen. Er warf sie auf einen Sessel und streckte die Hand nach einem Glas aus, das Werner ihm reichte.

Dessen Frau Zena hielt ihm ihr Glas zum Nachfüllen hin. Sie lag ausgestreckt auf einem Liegestuhl und trug ein dünnes, regenbogenfarben gestreiftes Kleid, das ihre gebräunten Glieder dunkel hindurchschimmern ließ. Als sie sich bewegte, um an ihrem Drink zu nippen, glitten die deutschen Modezeitschriften zu Boden, die auf ihrem Bauch gelegen hatten. Zena murmelte eine Verwünschung. Ihr ostpreußischer Tonfall war unverkennbar. Er war wahrscheinlich das einzige, was sie von ihren Eltern geerbt hatte, und ich hatte so das Gefühl, sie wäre mitunter ohne ihn glücklicher.

»Woraus besteht denn das Getränk?« fragte ich.

Werner hob die Zeitschriften auf und gab sie seiner Frau. In Geschäften war er zäh, in Freundschaften freimütig, aber zu Zena war er immer nachsichtig.

Werner beschaffte Geld von westlichen Banken für ostdeutsche Importe, um dann seinerseits wiederum das Geld von der DDR-Regierung zu kassieren, wobei er einen kleinen Prozentsatz als Provision für sich behielt. Vorfinanzierung nennt man das. Aber es waren keine eigentlichen Bankgeschäfte. Es war eine Art freier Markt, auf dem sich schon viele die Finger verbrannt hatten. Werner mußte demnach ganz schön zäh und clever sein, um über die Runden zu kommen.

»In dem Drink? Fruchtsäfte«, sagte Werner. »Bei diesem Klima ist es für Alkohol noch zu früh.«

»Für mich nicht«, stellte ich fest. Werner lächelte, machte aber keinerlei Anstalten, mir von irgendwoher einen anständigen Schluck zu besorgen. Er war mein engster und ältester Freund, was sich darin zeigte, daß er einen auch mal kritisierte, was neue Feinde stets vermeiden. Zena blickte nicht auf. Sie tat noch immer so, als würde sie in ihren Magazinen lesen.

Dicky war in den Blütendschungel getreten, um einen noch besseren Blick auf die Stadt zu haben. Ich schaute über seine Schulter und stellte fest, daß der Verkehr noch immer zähflüssig dahinkroch. Auf der Straße unten waren blinkende rote Lichter zu sehen und Sirenengeheul zu hören, als zwei Polizeiautos über den Bürgersteig fuhren, um dem Stau zu entgehen. Irgendwo hatte ich gelesen, daß in dieser Stadt mit ihren dreißig Millionen Menschen alle zwei Minuten ein Kapitalverbrechen verübt wird und der Lärm in den Straßen nie verebbe. »Was für ein Irrenhaus«, sagte Dicky.

Eine rötliche Katze wurde munter, machte einen Buckel und sprang geschmeidig von ihrem Schlafplatz herunter. Sie trottete hinüber zu Dicky, krallte ihre beiden Vorderpfoten in sein linkes Bein und blickte zu ihm auf. »Mistvieh!« schrie Dicky. »Verschwinde!« Dicky trat mit dem rechten Fuß nach der Katze, ohne sie zu treffen. Das Tier reagierte so schnell, als hätte es dieselbe Nummer zuvor schon mit anderen *gringos* abgezogen.

Sich das schmerzende Bein reibend, wich Dicky vor der Katze zum anderen Ende des Balkons aus. Er warf einen Blick in die große Diele mit ihren mexikanischen Fliesen, alten Masken und einheimischen Geweben. Sie wirkte wie ein Kunstgewerbegeschäft, aber offenbar war eine Menge Geld investiert worden, um diese Wirkung zu erzielen. »Eine nette kleine Hütte haben Sie hier«, stellte Dicky fest, und mehr als nur ein Hauch Sarkasmus lag in seiner Stimme. Die Einrichtung entsprach nicht Dickys Stil. Alles, was sich allzu weit von der Möbelabteilung von »Harrods« entfernte, war für ihn zu exotisch.

»Sie gehört Zenas Onkel und Tante«, erklärte Werner. »Wir hüten sie, solange sie in Europa sind.« Das erklärte das Notizbuch, das ich neben dem Telefon gesehen hatte. Ordentlich hatte Zena »Weinglas«, »Becher«, »kleine Porzellanschale mit blauen Blumen« eingetragen. Es war eine Liste der entstandenen Bruchschäden und typisch für Zenas Ordnungssinn und ihre Rechtschaffenheit.

»Sie haben sich da eine miese Jahreszeit ausgesucht«, nörgelte Dicky. »Oder besser gesagt: Zenas Onkel hat eine gute gewählt.« Er stürzte den Inhalt seines Glases hinunter, das er so stark kippte, daß die nachrutschenden Eiswürfel, Gurken- und Zitronenscheiben erst von seinen Lippen gebremst wurden.

»Zena macht das nichts aus«, sagte Werner, als sei seine eigene Meinung ohne Bedeutung.

Zena, immer noch in ihre Zeitschrift vertieft, sagte: »Ich liebe die Sonne.« Sie sagte es zweimal und fuhr dann fort zu lesen, ohne ihre Lage zu verändern.

»Wenn es doch nur schon regnen würde«, sagte Werner. »Diese Gewitterstimmung ist nahezu unerträglich.«

»Sie haben also diesen Typ Stinnes gesehen?« fragte Dicky so beiläufig, als sei das gar nicht der Grund gewesen, der uns beide über Tausende von Kilometern hierher gescheucht hatte, um mit ihnen zu reden.

»Im ›Kronprinz‹,« sagte Werner.

»Was ist der ›Kronprinz‹?« fragte Dicky. Er stellte sein Glas ab und benutzte eine Papierserviette, um sich die Lippen abzutupfen.

»Ein Club.«

»Was für ein Club?« Dicky klinkte beide Daumen in seinen Ledergürtel ein und sah nachdenklich auf die Spitzen seiner Cowboystiefel hinunter. Die angriffslustige Katze war Dicky gefolgt.

Dicky setzte zu einem gemeinen Fußtritt an, aber die Katze war schneller als er. »Hau ab, du Biest!« schrie Dicky mit beträchtlicher Lautstärke.

»Das mit der Katze tut mir leid«, sagte Werner. »Aber ich vermute, Zenas Tante hat uns die Wohnung nur deshalb überlassen, damit wir Cherubino Gesellschaft leisten. Es muß an Ihren Jeans liegen. Katzen macht es Spaß, sich darin zu verkrallen.«

»Es tut verdammt weh«, sagte Dicky und rieb sich erneut das Bein. »Sie sollten ihr mal die Krallen schneiden lassen oder so etwas. In diesem Teil der Welt können Katzen alle möglichen Krankheiten übertragen.«

»Warum ist es wichtig, was für ein Club es ist?« fragte Zena plötzlich. Sie schlug die Zeitschrift zu und strich sich die Haare zurück. Sie sah verändert aus mit offenen Haaren; nicht mehr wie das zähe kleine Karrieremädchen, sondern eher wie eine Dame mit Muße. Ihr Haar war lang und rabenschwarz und wurde von einem silbernen mexikanischen Kamm gehalten.

»Ein Club für deutsche Geschäftsleute. Er besteht seit 1902«, sagte Werner. »Zena mag das kalte Buffet mit anschließendem Tanz, was sie dort jeden Freitagabend veranstalten. Es gibt hier in der Stadt seit eh und je eine große deutsche Kolonie.«

»Werner erwähnte, daß eine Belohnung für das Auffinden von Stinnes ausgesetzt sei«, sagte Zena.

»Normalerweise ist das so«, sagte Dicky verschlagen. Er wußte genau, daß eine Belohnung in einem solchen Routinefall nicht in Frage kam. Wahrscheinlich war das Werners Art, Zena zur Zusammenarbeit mit uns zu motivieren. Ich sah ihn an, und er blickte zurück, ohne mit der Wimper zu zucken.

»Woher wollen Sie wissen, daß es sich tatsächlich um Stinnes handelt?« fragte Dicky.

»Es ist Stinnes«, sagte Werner gelassen. »Sein Name steht auf der Mitgliedskarte, und sein Konto an der Bar lautet ebenfalls auf diesen Namen.«

»Und sein Scheckbuch«, fügte Zena hinzu. »Sein Name ist auf die Schecks aufgedruckt.«

»Welches Geldinstitut?« fragte ich.

»Bank of America«, sagte Zena. »Eine Zweigstelle in San Diego, Kalifornien.«

»Namen bedeuten nichts«, erklärte Dicky. »Wieso glauben Sie, daß dieser Bursche ein KGB-Mann ist? Und selbst wenn – woher wollen Sie wissen, daß es derselbe ist, der Bernard in Ostberlin ins

Verhör genommen hat?« Er machte eine flüchtige Handbewegung in meine Richtung. »Es könnte doch auch jemand sein, der lediglich denselben Decknamen benutzt. Alles schon mal dagewesen. Wir kennen KGB-Leute, die das getan haben. Nicht wahr, Bernard?«

»Das ist bekannt«, stimmte ich zu, obwohl ich verdammt sein wollte, wenn ich mich auch nur an einen einzigen Fall einer derart schlampigen Vorgehensweise der schwerfälligen, aber gründlichen Bürokraten des KGB erinnern konnte.

»Wieviel?« fragte Zena. Als Dicky sie mit hochgezogenen Augenbrauen ansah, fügte sie ungerührt hinzu: »Was springt für uns raus, wenn wir Ihnen Stinnes präsentieren? Werner sagte, daß Sie ihn dringend suchen.«

»Moment mal«, warf Dicky ein. »Bis jetzt haben wir ihn noch nicht. Wir haben ihn noch nicht einmal zweifelsfrei identifiziert.«

»Erich Stinnes«, sagte Zena, als wiederhole sie eine vorbereitete Lektion. »Anfang vierzig, dünnes Haar, billige Brille, raucht wie ein Schlot, berlinert.«

»Bart?«

»Kein Bart«, sagte Zena. Hastig fuhr sie fort: »Er muß ihn sich abrasiert haben.« Sie gab ihre Ansprüche nicht bereitwillig auf.

»Sie haben also mit ihm gesprochen?« fragte ich.

»Er ist jeden Freitag im Club«, erwiderte Werner. »Er ist dort Stammgast und hat Zena erzählt, er sei bei der sowjetischen Botschaft beschäftigt, als Fahrer, wie er betonte.«

»Sie sind immer Fahrer«, meinte ich. »Damit erklären sie ihre hübschen, großen Autos und die Tatsache, daß sie überall hinfahren können, wo sie wollen.« Ich schenkte mir noch etwas von Werners Fruchtpunsch ein. »Hat er über Bücher oder amerikanische Filme gesprochen, Zena?«

Sie schwang die Beine vom Liegestuhl und stellte ihre braunen Schenkel zur Schau. Der Ausdruck in Dicky Cruyers Gesicht entging mir nicht, als sie ihr Kleid glattstrich. Sie hatte jenen Sex-Appeal, der mit Jugend, Gesundheit und grenzenloser Energie Hand in Hand geht. Und jetzt, da sie wußte, daß sie den richtigen Erich Stinnes gefunden hatte, funkelten ihre perlgrauen Augen. »Das stimmt. Er liebt alte Hollywood-Musicals und englische Kriminalromane.«

»Dann ist er es«, sagte ich ohne allzuviel Enthusiasmus. Insgeheim hatte ich gehofft, daß das alles zu nichts führte, weil ich dann schon bald wieder nach London hätte zurückkehren können, nach

Hause und zu meinen Kindern. »Ja, das dürfte ›Lenin‹ sein, der mich zum Checkpoint Charlie brachte, nachdem sie mich freigelassen hatten.«

»Was wird jetzt geschehen?« fragte Zena. Sie war klein und reichte Dicky gerade bis zur Schulter. Manche sagen, kleine Menschen seien aggressiv, um ihre Statur zu kompensieren. Wenn man sich Zena Volkmann so ansah, konnte man glatt auf den Gedanken kommen, aggressive Menschen seien nur deshalb so klein geraten, damit sie nicht die Weltherrschaft übernehmen. Zenas Aggressivität erinnerte stets an blubbernde Milch am Rande des Topfes kurz vor dem Überkochen. »Was werden Sie mit ihm machen?«

»Frag nicht«, riet Werner.

Aber Dicky antwortete ihr. »Wir möchten uns mit ihm unterhalten, Frau Volkmann. Aber keineswegs auf die harte Tour, falls Sie das befürchtet haben sollten.«

Zena lächelte. Was dies anbelangte, hegte sie keinerlei Befürchtungen, sondern eher wegen des Geldes, das sie für das Arrangement zu bekommen hoffte. »Wollen Sie, daß ich Ihnen dabei helfe?« fragte sie.

Dicky antwortete nicht direkt. Er sah von Zena zu Werner und wieder zu Zena hin. »Stinnes ist KGB-Major«, sagte er. »Der Rang ist zu niedrig, als daß unser Computer groß mit Fakten über den Mann aufwarten könnte. Das meiste, was wir über ihn wissen, stammt von Bernard, der von ihm verhört wurde.« Ein Blick in meine Richtung betonte die Unzuverlässigkeit unbestätigter Geheimdienstinformationen, aus welcher Quelle sie auch immer kamen. »In Berlin ist er immerhin ein Top-Mann. Was macht er also in Mexiko? Was spielt er für ein Spiel? Was macht er als sowjetischer Staatsbürger in Ihrem deutschen Club?«

Zena lachte. »Sie meinen, er hätte Mitglied im ›Perowskij‹ werden sollen?« Sie lachte wieder.

Werner sagte: »Zena kennt sich gut in der Stadt aus, Dicky. Sie hat Tanten, Onkel, Cousinen und einen Neffen hier. Nach Abschluß der Schule hat sie ein halbes Jahr hier verbracht.«

»Wer, was, wo ist ›Perowskij‹?« fragte Dicky. Er war Leiter der Deutschlandabteilung des britischen Geheimdienstes und schätzte es gar nicht, ausgelacht zu werden. Ich bemerkte außerdem, daß es ihm schwerfiel, sich daran zu gewöhnen, daß Werner ihn Dicky nannte.

»Zena hat nur Spaß gemacht«, erläuterte Werner. »›Perowskij‹ ist ein großer, ziemlich heruntergekommener Club für Russen in der Nähe des Nationalpalastes. Im Erdgeschoß ist ein Restaurant, das für jedermann zugänglich ist. Es wurde nach der Revolution eröffnet. Früher waren die Mitglieder für gewöhnlich Herzöge und Grafen und andere Leute, die den Bolschewiken entkommen sind. Jetzt verkehrt dort ein ziemlich bunt zusammengewürfelter Haufen, aber die antikommunistische Richtung ist immer noch *de rigueur*. Die Leute von der sowjetischen Botschaft machen einen großen Bogen drum herum. Wenn ein Mann wie Stinnes dort hineingeht und redet, wie ihm der Schnabel gewachsen ist, kommt er unter Umständen nicht wieder heil heraus.«

»Tatsächlich?« fragte ich.

Werner drehte sich um und sah mich an. »Es ist eine rauhe Stadt, Bernie, und sie besteht nicht nur aus *margaritas* und *mariachis*, wie einem die Reiseprospekte weismachen.«

»Aber im ›Kronprinz‹ ist man nicht so pingelig, was die Mitglieder anbelangt?« beharrte Dicky.

»Dort geht ja auch niemand hin, um über Politik zu reden. Das ist der einzige Ort in der Stadt, wo man echt deutsches Bier vom Faß bekommt und gutes, deutsches Essen«, erklärte Werner. »Der Club ist sehr populär. Man trifft dort auf ein sehr gemischtes Publikum. Viele Gäste befinden sich auf der Durchreise: Piloten, Vertreter, Schiffbauingenieure, Geschäftsleute und sogar Priester.«

»Und KGB-Leute?«

»Ihr Engländer geht einander aus dem Weg, wenn ihr im Ausland seid«, sagte Werner. »Wir Deutschen hocken gern zusammen, Ostdeutsche, Westdeutsche, Exilanten, Ausgebürgerte, Steuerflüchtlinge, Männer, die sich von ihren Ehefrauen abgesetzt haben, Männer, die ihren Gläubigern entwischen wollen, Männer, die vor der Polizei Reißaus genommen haben; Nazis, Monarchisten, Kommunisten, sogar Juden wie ich. Wir mögen es, zusammenzusein, weil wir Deutsche sind.«

»Deutsche wie Stinnes?« fragte Dicky ironisch.

»Er muß lange Zeit in Berlin gelebt haben. Sein Deutsch ist so gut wie Bernies«, sagte Werner und sah mich an. »Auf gewisse Weise sogar noch überzeugender, denn er hat diese Art von starkem Jargon drauf, den man nur selten zu hören bekommt, es sei denn in einer Kneipe in einem Arbeiterbezirk. Erst nachdem ich ihm eine ganze Weile konzentriert zugehört hatte, merkte ich, daß da irgend etwas im Klang seiner Sprechweise nicht ganz stimmt. Ich wette aber, daß jedermann im Club fest davon überzeugt ist, Stinnes sei Deutscher.«

»Er ist nicht hier, um braun zu werden«, stellte Dicky fest. »Ein solcher Mann wird nur aus ganz besonderen Gründen hergeschickt. Hast du eine Vermutung, weshalb, Bernard?«

»Stinnes war auf Kuba, wie er mir während unseres Gesprächs erzählt hat. Ich nehme an, daß er dort war, um den Kubanern ein paar Ratschläge zu erteilen, als sie sich Anfang der siebziger Jahre von einigen ihrer Bonzen befreiten. Es war eine große Umwälzung damals. Stinnes muß so etwas wie ein Lateinamerika-Experte gewesen sein.«

»Nichts gegen Geschichte«, meinte Dicky, »aber was macht er jetzt?«

»Agenten führen, würde ich sagen. Guatemala ist ein wichtiger Punkt auf der Landkarte des KGB, und das ist von hier aus nicht sehr weit entfernt. Jedermann kann jederzeit hinüber; die Grenze ist nur Dschungel.«

»Ich glaube nicht, daß es das ist«, sagte Werner.

»Die DDR hat die Sandinistische Befreiungsfront immerhin auch schon unterstützt, als es noch lange nicht danach aussah, als könnte sie gewinnen und an die Macht kommen«, sagte ich.

»Die Ostdeutschen unterstützen alles, was geeignet ist, ein Stachel im Fleisch der Amerikaner zu sein«, stellte Werner fest.

»Also was glaubst du wirklich, was er hier treibt?« erkundigte sich Dicky.

Bisher hatte ich mich zurückgehalten, weil ich nicht wußte, wieviel ich nach Dickys Meinung vor Zena und Werner sagen durfte. Dabei blieb ich und sagte: »Stinnes spricht gut englisch. Wenn das Scheckbuch nicht ein bewußter Schachzug ist, um uns von der richtigen Fährte abzubringen, könnte er beispielsweise Agenten nach Kalifornien einschleusen. Vielleicht geht es um Daten und Informationen aus der Elektronik- und Softwarebranche.« Ich improvisierte, denn ich hatte nicht die leiseste Ahnung, was Stinnes wirklich tat.

»Warum sollte sich London auch nur einen Pfifferling um diese Kinkerlitzchen scheren?« fragte Werner, der mich gut genug kannte, um zu erkennen, daß ich bluffte. »Sag bloß nicht, daß die Zentrale den Alarm wegen Stinnes ausgelöst hat, nur weil er den Amerikanern Computergeheimnisse klaut.«

»Es ist der einzige Grund, den ich mir vorstellen kann«, erwiderte ich.

»Behandle mich nicht wie einen dummen Jungen«, sagte Werner. »Wenn du mir nichts erzählen willst, dann sag es ruhig.«

Als würde sie auf Werners Verbitterung reagieren, ging Zena zum Kamin hinüber und drückte auf einen verborgenen Klingelknopf. Von irgendwoher aus dem Labyrinth des Apartments kam das Geräusch von Schritten, und eine Indiofrau erschien. Sie hatte diese »Kopf-hoch-Haltung«, die viele Mexikanerinnen so aussehen läßt, als könnten sie jederzeit einen Wasserkrug auf dem Kopf balancieren. »Ich habe mir gedacht, daß Sie gern einmal mexikanisch essen würden«, sagte Zena. Für mich persönlich war es das letzte, was ich gern essen wollte, aber ohne unsere Reaktion abzuwarten, sagte Zena der Frau, daß wir uns unverzüglich zu Tisch begeben würden. Zena wandte ihr klägliches Spanisch mit einer unerschütterlichen Zuversicht an, die es besser klingen ließ, als es war. Zena erledigte alles auf diese Art.

»Sie versteht perfekt deutsch und darüber hinaus auch noch etwas englisch«, sagte Zena, nachdem die Frau sich wieder entfernt hatte. Es war eine Warnung, unsere Zungen in Zaum zu halten. »Maria arbeitet seit mehr als zehn Jahren für meine Tante.«

»Aber Sie haben nicht deutsch mit ihr gesprochen«, stellte Dicky fest.

Zena lächelte ihn an. »Bei dem Zeitaufwand, den man braucht, um *tortillas, tacos, guacomole, quesadillas* und so weiter zu sagen, könnten Sie auch gut und gern noch ein *por favor* hinzufügen, und Sie haben es hinter sich gebracht.«

Der Tisch war festlich mit handbesticktem Leinen, edlem Porzellan, Silberbesteck und Kristallgläsern gedeckt. Das Mahl stand in einem offensichtlichen Zusammenhang mit der von Zena erwarteten Belohnung. Das Essen war gut und, Gott sei Dank, nicht allzu mexikanisch. Ich habe nur eine sehr beschränkte Aufnahmekapazität für die diversen Variationen von *tortillas*, Bohnenmus und Chilies, die von Dallas bis Kap Hoorn einem den Gaumen betäuben und die Eingeweide versengen. Wir begannen mit gegrilltem Hummer und kühlem Weißwein, und keine einzige gebackene Bohne war in Sicht.

Die Vorhänge waren zurückgezogen, so daß die Luft ungehindert durch die offenen Fenster dringen konnte. Sie brachte jedoch noch keine Kühle. Die Sonne war inzwischen hinter den Bergen verschwunden, die die Stadt von allen Seiten umgeben. Die Lichter der Stadt wirkten wie die Sterne in einem Planetarium. Das Speisezimmer wurde lediglich vom Schein der großen Kerzen erhellt.

»Mitunter gelingt es der Zentrale in London doch, unseren amerikanischen Freunden eine Nasenlänge voraus zu sein«, sagte

Dicky und spießte abrupt einen weiteren Hummerschwanz auf. Hatte er wirklich so lange gebraucht, um sich eine Antwort für Werner zurechtzulegen? »Es würde uns Washington gegenüber in eine gute Position bringen, wenn wir tatsächlich brauchbares Material über das Einsickern von KGB-Leuten irgendwo auf Uncle Sams Hinterhof auf den Tisch legen könnten.«

Werner langte nach der Weinflasche, um das Glas seiner Frau aufzufüllen. »Dieser Tropfen stammt aus Chile«, sagte er. Er schenkte auch Dicky, mir und sich selbst nach. Das war so Werners Art, Dicky zu verstehen zu geben, daß er ihm kein Wort glaubte, obwohl ich mir keineswegs sicher war, ob Dicky das auch begriff.

»Er ist gar nicht einmal so schlecht«, stellte Dicky fest, der sich für einen Weinkenner hielt. Er hatte zuvor bereits eine große Schau abgezogen, als er den Korken beschnüffelte. »Ich nehme an, daß es mit einem weiteren Kursrückgang des Peso zunehmend schwieriger werden wird, anständige Importweine zu bekommen. Den mexikanischen Wein kann man ja wohl so ziemlich vergessen.«

»Stinnes ist immerhin erst vor zwei oder drei Wochen hier angekommen«, sagte Werner störrisch. »Wenn die Zentrale in London an ihm interessiert ist, hängt das mit Sicherheit nicht mit irgendwelchen seiner Aktivitäten zusammen, die das Silicon Valley oder die guatemaltekischen Regenwälder betreffen, sondern mit jenen Dingen, die er in den letzten beiden Jahren in Berlin getan hat.«

»Das also ist Ihre Meinung?« erkundigte sich Dicky und sah Werner mit dem freundlichen und respektvollen Interesse eines Mannes an, der etwas dazulernen möchte.

»Ich bin kein Idiot«, sagte Werner, der ihn durchschaute. »Ich habe den KGB-Leuten bereits ein Schnippchen geschlagen, als ich zehn Jahre alt war. Bernie und ich haben bereits für die Abteilung gearbeitet, als 1961 die Mauer gebaut wurde. Da waren Sie noch auf der Schule.«

»Ein Punkt für Sie, alter Junge«, sagte Dicky mit einem Lächeln. Er konnte es sich leisten, zu lächeln. Er war zwei Jahre jünger als wir beide, gehörte kürzer zum Dienst und hatte trotz harter Konkurrenz den begehrten Posten des Abteilungschefs Deutschland ergattert. Und er hatte ihn – trotz der Gerüchte über eine bevorstehende Neustrukturierung in der Zentrale – noch immer inne. »Tatsache ist jedoch, daß mir die Leute in London nicht jede Kleinigkeit auf die Nase binden, die ihnen gerade durch den Kopf geht. Ich bin nur das Grubenpferd, das in den Sielen ackert, klar?

Sie konsultieren mich nicht, wenn es darum geht, neue Kernkraftwerke zu bauen.« Er träufelte ein wenig zerlassene Butter über sein letztes Stück Hummer – so sorgfältig, als habe er keinen anderen Gedanken im Kopf.

»Erzähl mir von Stinnes«, sagte ich zu Werner. »Kommt er in den ›Kronprinz‹ mit einer ganzen Reihe von KGB-Zombies im Schlepptau? Oder erscheint er allein? Sitzt er in der Ecke vor seinem großen Glas Berliner Weiße mit Schuß oder schnüffelt er herum, um zu sehen, was er auskundschaften kann? Wie verhält er sich, Werner?«

»Er ist ein Einzelgänger«, erwiderte Werner. »Wahrscheinlich hätte er Zena auch gar nicht angesprochen, wenn er sie nicht für eines der Biedermann-Mädchen gehalten hätte.«

»Wer sind die Biedermann-Mädchen?« wollte Dicky wissen. Nachdem die Überreste des Hummer-Ganges abgetragen worden waren, brachte die indianische Dienerin eine erlesene Auswahl mexikanischer Gerichte: gebackene Bohnen, ganze Chillies und diverse *tortillas* sowie *enchiladas, tacos, tostadas* und *quesadillas*. Dicky ließ sich jeweils die genaue Zubereitung beschreiben, probierte aber nur winzige Mengen.

»Ein Mann, der scharfe Chillies ißt, wird in Mexiko für stark und potent gehalten.« Zena richtete die Bemerkung an die Adresse von Dicky.

»Oh, ich liebe Chillies«, erklärte Dicky und nahm die Spur von Spott auf, die in Zenas Stimme gelegen hatte. »Ich hatte schon immer eine Schwäche für Chillies«, betonte er, als er nach einer Platte griff, auf der verschiedene Pfefferschoten arrangiert waren. Ich blickte zu Werner, der Dicky interessiert beobachtete. Dicky sah hoch und in Werners Gesicht. »Es sind die winzigen dunklen, die einem das Gehirn wegpusten«, erläuterte Dicky. Er nahm eine blaßgrüne Schote und lächelte über unsere skeptischen Mienen, bevor er ein Stück abbiß.

Einen Moment herrschte gespanntes Schweigen. Jeder, außer Dicky, wußte, daß er die Cayenne für eine der sehr milden *aji*-Chillies aus den östlichen Provinzen gehalten hatte. Ganz rasch wußte es auch Dicky. Sein Gesicht wurde hochrot, sein Mund öffnete sich halb, und Tränen schossen ihm in die Augen. Er kämpfte tapfer gegen den höllisch brennenden Schmerz an, indem er Unmengen von Reis in sich hineinstopfte.

»Die Biedermanns sind eine wohlhabende Berliner Familie«, sagte Zena, als würde sie Dickys verzweifelte Situation gar nicht bemerken. »Sie sind in Deutschland ziemlich bekannt und auf dem Sektor Reiseunternehmen geschäftlich tätig. In den Zeitungen stand zu lesen, das Unternehmen habe einen Millionen-Dollar-Kredit aufgenommen, um ein Feriendorf auf der Halbinsel Yucatán zu bauen. Aber es wurde nie fertiggestellt. Erich Stinnes dachte, ich wäre die jüngere Schwester Poppy, die pausenlos in den Klatschspalten auftaucht.«

Wieder entstand ein Schweigen, während alle darauf warteten, daß sich Dicky erholte. Schließlich lehnte er sich auf seinem Stuhl zurück und brachte ein klägliches Lächeln zustande. Schweiß stand ihm auf der Stirn, und er atmete mit offenem Mund. »Kennst du diese Biedermanns, Bernard?« fragte Dicky. Er klang heiser.

»Nehmen Sie doch eine Avocado«, empfahl Werner, »sie verschafft Ihnen Linderung.« Dicky griff sich eine Avocado aus der Schale und begann sie zu essen.

Ich sagte: »Als mein Vater für die Militärregierung in Berlin tätig war, gab er dem alten Biedermann eine Lizenz, damit der sein Busunternehmen wieder flottmachen konnte. Es war eines der ersten nach dem Krieg; er begründete damit das Familienvermögen, nehme ich an. Ja, ich kenne die Familie. Poppy Biedermann war auch bei einem Abendessen bei Frank Harrington zugegen, als ich das letzte Mal in Berlin war.«

Dicky löffelte die Avocado sehr schnell, um das Brennen in seinem Mund zu mildern. »Das war verdammt scharf«, bekannte er schließlich.

»Es gibt nichts, womit sich feststellen ließe, welche Schoten scharf sind und welche nicht«, sagte Zena in einem so freundlichen Ton, daß es mich überraschte. Bei manchen Züchtungen kann man an ein und derselben Pflanze scharfe und milde Chillies antreffen.« Sie lächelte.

»Wäre es denkbar, daß diese Biedermanns für Stinnes interessant sind?« fragte Dicky. »Weißt du, ob sie zum Beispiel eine Fabrik besitzen, die Computer-Software in Kalifornien herstellt? Oder so etwas ähnliches?«

»Selbst wenn, so wäre dies noch lange kein Grund, den Kontakt mit dem Boß zu suchen«, erwiderte ich. Ich sah, daß sich Dicky in die Silicon Valley-Geschichte verbissen hatte und daß es nicht leicht sein würde, ihn davon wieder abzubringen. »In so einem Fall würde man sich doch eher an einen Experten für Mikrochips oder an jemand, der die Programme für die Software ausarbeitet, heranmachen.«

»Wir müssen uns über die augenblickliche Situation in Kalifornien Klarheit verschaffen«, stellte Dicky fest. Er seufzte. Diesen Seufzer kannte ich. Dicky bereitete mich gerade auf eine schweißtreibende Woche in Mexico City vor, während er in Südkalifornien herumschwirren würde.

»Unterhalte dich mit den Biedermanns«, schlug ich vor. »Das ist einfacher.«

»Stinnes hat sich nach den Biedermanns erkundigt«, sagte Werner. »Er fragte, ob ich sie kenne. Ich kenne Paul sehr gut, aber Stinnes habe ich erzählt, sie seien mir nur von den Zeitungen her ein Begriff.«

»Werner, du hast mir ja gar nicht gesagt, daß du die Biedermanns kennst«, unterbrach ihn Zena aufgeregt. »Sie stehen doch auch laufend in den Klatschspalten. Die bildhübsche Poppy Biedermann ist gerade von einem Millionär geschieden worden.«

Dicky sah mich an und meinte: »Es ist besser, wenn du mit den Biedermanns sprichst. Es hätte keinen Sinn, wenn ich in Erscheinung trete. Pack die Sache ganz informell an. Finde heraus, wo er ist, und besuche ihn. Würdest du das für mich tun, Bernard?« Das war eine Anordnung im amerikanischen Stil: so verhüllt, daß sie wie eine höfliche Frage klang.

»Ich kann es versuchen.«

»Ich will das nicht über London laufen lassen«, sagte Dicky, »oder Frank Harrington ins Spiel bringen, damit er uns vorstellt. Dann würde doch alle Welt wissen, wie interessiert wir an der Sache sind.« Er goß sich Eiswasser ein und trank ein paar Schlucke. Er war gerade dabei, ein wenig von seiner Haltung wiederzufinden, als er unvermutet losschrie: »Verdammter Bastard!« Sein Blick war auf den armen Werner fixiert; den Kopf hatte er dicht über dem Tisch nach vorne geschoben. Werner blickte perplex, bis Dicky mit dem Kopf inzwischen fast auf dem Teller brüllte: »Diese verfluchte Katze!«

»Cherubino, du bist wirklich sehr ungezogen«, sagte Zena sanft. Sie beugte sich hinunter, um die Katzenkrallen von Dickys Bein zu lösen. Aber inzwischen hatte es Dicky geschafft, einen Tritt anzubringen, der Cherubino mit lautem Schmerzensgeheul quer durch den Raum schickte.

Mit roten Wangen stand Zena auf. Sie war wütend. »Sie haben ihr weh getan«, sagte sie verärgert.

»Es tut mir unendlich leid«, erwiderte Dicky. »Ich fürchte, das war eine reine Reflexreaktion.«

Zena schwieg. Sie nickte und verließ den Raum, um nach der Katze zu sehen.

»Paul Biedermann ist recht zugänglich«, sagte Werner, der das peinliche Schweigen überbrücken wollte. »Er hat mir im vergangenen Jahr eine Bankbürgschaft besorgt. Es war zwar eine recht teure Angelegenheit, aber er war da, als ich ihn brauchte. Er hat ein Büro in der Stadt und ein Haus in der Nähe von Tucmazan an der Küste.« Werner blickte zur Tür, aber Zena war nicht in Sicht.

»Na bitte«, meinte Dicky. »Mach dich an ihn ran, Bernard.«

Ich kannte Paul Biedermann auch, den ich kürzlich in Berlin getroffen und kaum wiedererkannt hatte. Er hatte mit einem neuerworbenen Ferrari nach einer feuchtfröhlichen Party auf dem Weg von Guatemala City nach Mexiko einen schweren Unfall gehabt. Bei einhundertachtzig Stundenkilometern war der Wagen in einer Kurve von der Fahrbahn abgekommen und in den Dschungel gerast. Die Rettungsmannschaften brauchten lange Zeit, bis sie ihn fanden, und genau so lange, bis sie ihn aus dem Autowrack herausgeschnitten hatten. Das Mädchen neben ihm auf dem Beifahrersitz war bei dem Unfall ums Leben gekommen, aber bei der polizeilichen Untersuchung war man darüber hinweggegangen. Was immer auch gewesen sein mochte – jedenfalls war nun eines seiner Beine kürzer als das andere, und sein Gesicht trug das Narbengespinst von mehr als hundert säuberlichen Stichen. Diese Gebrechen trugen nichts dazu bei, meine Abneigung gegen Paul Biedermann zu verringern.

»Ich brauche nur einen mündlichen Bericht. Also im Augenblick nichts Schriftliches. Weder von mir noch von dir oder von Biedermann.« Dicky ging bewußt auf Nummer Sicher. Er hielt sich alle Möglichkeiten offen. Nur nichts Schriftliches, bis Dicky die Ergebnisse kannte und über die Zuteilung von Schuld oder Meriten mit gottgleicher Unparteilichkeit befunden hatte.

Werner warf mir einen Blick zu. »Klare Sache, Dicky«, sagte ich. Dicky Cruyer war mitunter ein schrecklicher Clown; aber es gab auch einen anderen, sehr gewieften Dicky, der ganz genau wußte, was er wollte und wie er es bekommen konnte; selbst wenn das hieß, solchen üblen kleinen Reflexen wie dem eben einfach nachzugeben.

3

Der Dschungel hat einen eigentümlichen Geruch. Unter dem sattgrünen Laubwerk und den vielfarbigen tropischen Blüten, die die Wege begrenzen wie das endlose Schaufenster eines teuren Blumengeschäftes, gibt es da einen Mischmasch an Verwesung, der stinkt wie eine Kloake. Mitunter wurde die Fahrbahn durch die Vegetation verdunkelt, die sich über ihr wieder geschlossen hatte. Schlingpflanzen befingerten das Wagendach. Ich kurbelte das Fenster für einen Moment hoch, obwohl die Klimaanlage nicht funktionierte.

Dicky war nicht mit von der Partie. Er war nach Los Angeles geflogen und hatte mir die Telefonnummer eines Büros bei einer Bundesbehörde hinterlassen. Es war nicht weit entfernt von den Geschäften und Restaurants in Beverly Hills, wo er jetzt zweifellos an einem klaren, blauen Pool saß, vor sich einen kühlen Drink und eine reichhaltige Speisekarte, die er mit der uneingeschränkten Hingabe studierte, die Dicky stets dem eigenen Wohlergehen widmete.

Der große, blaue Chevy, den er mir dagelassen hatte, war nicht gerade das geeignete Gefährt für diese Tour durch den Dschungel. Zollfrei importiert von Tiptree, Dickys Kumpel von der Botschaft, fehlte ihm die harte Federung und das verstärkte Chassis der vor Ort gekauften Wagen. Im Auf und Ab der Schlaglöcher kam ich mir vor wie ein Jo-Jo, und die unangenehmen Geräusche, die jedesmal entstanden, wenn das Bodenblech über Erdwellen schrammte, gingen mir auf die Nerven.

Ich war an diesem Morgen schon sehr früh aufgebrochen, um die Berge der Sierra Madre möglichst schnell hinter mich zu bringen und dann den heißesten Teil des Tages in irgendeinem Restaurant bei einem späten Mittagessen verstreichen zu lassen. Daß ich allerdings während der größten Hitze damit beschäftigt sein würde, auf einer staubigen Straße in der Gesellschaft von drei Kindern und einem Huhn ein Rad mit einem platten Reifen zu wechseln, hatte ich nicht geahnt. Ich verfluchte, während mir der Schweiß in Strömen herunterlief, Dicky, Henry Tiptree und sein Auto, die Londoner Zentrale und Paul Biedermann – den letzten ganz besonders, weil er sich dazu entschlossen hatte, in einem so gottverlassenen Nest wie Tucmazan in Michoacan an der mexikanischen Pazifikküste zu leben. Das ist allenfalls ein Ort für Leute, die ein Privatflugzeug oder eine Luxusyacht ihr eigen nennen. Sich von Mexico City aus in einem Chevy wie dem Tiptrees dorthin zu begeben, ist nicht empfehlenswert.

Es war früher Abend, als ich das Meer erreichte und damit auch ein Dorf – unterschiedlich »Klein-San Pedro« oder »Santiago« genannt, je nachdem, wer mir die Richtung gewiesen hatte. Auf der Karte war es unter keinem der beiden Namen zu finden; selbst die Straße, die dorthin führte, war nur als dünne gestrichelte Linie eingezeichnet. Santiago bestand lediglich aus einer Müllhalde und etwa zwei Dutzend Hütten, aus Lehm und altem, verrostetem Eisen errichtet, einem von einem großen Kreuz gekrönten Bau aus Fertigteilen und einer *cantina* mit grünem Blechdach. Die *cantina* wurde durch emaillierte Werbeschilder für Bier und Limonade zusammengehalten. Sie waren überall dort angenagelt worden, wo Risse im Mauerwerk aufgetreten waren. Weitere Schilder waren dringend vonnöten. Menschen waren keine zu sehen, nur Katzen, Hunde, ein paar Ziegen und etliche flatternde Hühner.

Vor der *cantina* stand eine gelblich blasse Fordlimousine. Erst als ich neben ihr anhielt, sah ich, daß sie auf Ziegeln aufgebockt und ihr Inneres ausgeschlachtet worden war. Weitere Hühner tummelten sich in dem Wagen. Als ich den Chevy abschloß, tauchten Leute auf. Sie kamen von der Müllhalde, einer Wabe winziger Zellen, bestehend aus Kisten, Latten und flachgeklopften Ölfässern. Die Müllhalde war anscheinend mehr als nur eine Müllhalde. Frauen oder Kinder konnte ich nicht entdecken. Von der Halde näherten sich nur kleinwüchsige, dunkelhäutige Männer mit den gelassenen, unergründlichen Gesichtern, die man von aztekischen Skulpturen her kennt, geprägt von Grausamkeit und Tod.

Der Geruch des Dschungels war immer noch gegenwärtig, aber nun gesellte sich auch noch der Gestank menschlichen Unrats hinzu. Räudige Hunde stöberten im Abfall herum. Eine Außenwand der *cantina* war mit einem großflächigen Wandgemälde bedeckt. Die Farben waren verblichen, aber die Umrisse eines roten Traktors, der einen Pfad durch hohes Gras schnitt, und die lächelnden Landarbeiter, die fröhlich winkten, ließen erkennen, daß es sich bei diesem Kunstwerk um den Bestandteil einer Propagandakampagne für irgendeinen längst vergessenen Agrarplan der Regierung handelte.

Es war immer noch sehr heiß, und mein feuchtes Hemd klebte an meiner Haut. Die Sonne begann im Meer zu versinken, lange Schatten warfen Muster auf die staubige Straße und die Glühbirnen am Eingang zur *cantina* gelbe Kleckse in die blaue Luft. Ich trat über eine große Promenadenmischung hinweg, die vor dem Eingang schlief, und stieß die schmalen Schwingtüren auf. Hinter dem Tresen befand sich ein dicker, schnurrbärtiger Mann. Er saß auf einem hohen Hocker, sein Kopf war ihm nach vorn auf die Brust gesunken, als würde er schlafen. Seine Füße hatte er auf der Theke deponiert, und die Sohlen seiner Stiefel berührten die Schublade der Registrierkasse. Als ich die Bar betrat, blickte er hoch, wischte sich mit einem schmutzigen Taschentuch übers Gesicht und nickte, ohne zu lächeln.

Die Bareinrichtung bestand aus einer wahllosen Ansammlung von Gegenständen, die mexikanische Träume und Sehnsüchte widerspiegelten. An den Wänden sepiafarbene Familienfotos in rissigen, wurmstichigen Rahmen; auf zwei sehr alten Postern der Fluggesellschaft Pan Am waren die Schweizer Alpen und die Wolkenkratzer von Chicago abgebildet. Selbst die Pin-up-Fotos enthüllten eine ambivalente Natur von *machismo*: mexikanische Filmstars in dekorativen Badeanzügen und schlüpfrige *gringas*, herausgerissen aus amerikanischen Pornomagazinen. In einer Ecke prunkte eine mächtige alte Musicbox, deren Mechanik allerdings nicht mehr vorhanden war. In der anderen Ecke gab es eine alte Öltonne, die als Abtritt benutzt wurde. Die Klänge mexikanischer Musik drangen aus einem Radio, das im Regal über den Tequilaflaschen stand, die trotz ihrer unterschiedlichen Etiketten so aussahen, als wären sie viele Male aus demselben Krug nachgefüllt worden.

Ich bestellte ein Bier und sagte dem *cantinero*, er möge sich auch eins einschenken. Er holte zwei Flaschen aus dem Kühlschrank und goß sie gleichzeitig ein, wobei er die beiden Flaschen in der linken Hand, die Gläser in der rechten hielt. Ich trank einen Schluck Bier. Es war dunkel, stark und sehr kalt. »*Salud y pesetas*«, sagte der Barmann.

Ich trank auf »Gesundheit und Geld« und fragte ihn, ob er nicht jemanden wüßte, der einen platten Reifen flicken könne. Er antwortete nicht sofort. Er musterte mich von oben bis unten und reckte dann den Hals, um meinen Chevy zu beäugen, obwohl ich fest überzeugt war, daß er meine Ankunft sehr genau beobachtet hatte. Es gäbe schon einen Mann, der solche Arbeiten erledige, sagte er, nachdem er die Angelegenheit sorgsam überdacht hatte. So etwas könne durchaus arrangiert werden, allerdings seien die Materialien für derartige Aufträge teuer und schwer zu beschaffen. Viele der

Leute, die behaupteten, sie brächten dergleichen fertig, seien unfähig und ihre Flicken würden bei den hohen Temperaturen und den schlechten Straßen dann doch wieder Luft durch- und den Reisenden stranden lassen. Der Motor, die Bremsen, die Lenkung und die Reifen: dies seien die entscheidenden Teile eines Automobils. Er selbst besäße zwar keins, aber einer seiner Cousins habe einen Wagen, und daher kenne er sich in diesen Dingen aus. Außerdem bestünde auf diesen Straßen immer die Möglichkeit, daß ein Reisender, der eine Panne hat, es mit schlechten Menschen, ja sogar *bandidos* zu tun bekommt. Ja, ja – für einen Reifenschaden bräuchte ich unbedingt jemanden, der diese lebenswichtige Reparatur auch ordentlich erledigt.

Ich trank mein Bier und nickte verständnisvoll. In Mexiko ist das nun mal die Art, wie die Dinge ablaufen. Es war nichts damit gewonnen, wenn ich seine weitschweifige Erklärung unterbrach. Schließlich war es das, wofür er seine Provision bekam. Er schrie den Männern laut etwas zu, deren Gesichter in der Türöffnung aufgetaucht waren, und sie verschwanden. Zweifellos liefen sie los, um dem Mann, der Reifen flicken konnte, zu sagen, daß sein Glückstag schließlich doch angebrochen war.

Wir nahmen jeder noch ein Bier. Der Name des *cantinero* war Domingo. Durch das Geräusch der Registrierkasse geweckt, hob der Hund den Kopf und knurrte. »Ruhig, Pedro«, sagte der Kneipier und schob mir einen kleinen Teller Chillies über den Tresen zu. Ich lehnte dankend ab. Ich legte etwas Geld vor mich auf die Theke und fragte, wie weit es bis zum Haus von Biedermann sei. Er musterte mich spöttisch, bevor er antwortete. Es sei eine lange, lange Strecke auf der Straße, und die Straße sei sehr, sehr schlecht. Der Regen habe sie an verschiedenen Stellen unterspült. Das geschähe in dieser Jahreszeit immer wieder. Mit einem Motorrad oder mit einem Jeep sei es allerdings möglich durchzukommen. Aber mit meinem Chevy, den Domingo mein Doppelbett nannte – *cama matrimonial* – sei dies völlig aussichtslos. Besser wäre es, den Pfad zu nehmen und zu Fuß zu gehen; den Pfad, den die Dorfbewohner auch gingen. Es würde nicht länger als fünf Minuten dauern, vielleicht zehn. Fünfzehn Minuten höchstens. Wenn ich zu Fuß zum Biedermann-Haus ginge, sei alles okay.

Señor Biedermann schulde mir ein bißchen Geld, erläuterte ich und wollte wissen, ob ich mit Schwierigkeiten rechnen müßte, wenn ich versuchte, es einzutreiben?

Domingo sah mich an, als wäre ich geradewegs vom Mars

herabgestiegen. Wußte ich denn nicht, daß Señor Biedermann *muy rico* war? *Muy, muy rico?*

»Wie reich?« fragte ich.

»Keinem kommt das, was er gibt, wenig vor oder das, was er hat, viel«, sagte der Barbesitzer. »Wieviel schuldet er Ihnen?«

Ich ignorierte seine Frage. »Hält er sich zur Zeit in dem Haus auf?« Ich fummelte mit dem Geld auf dem Tresen herum.

»Er ist nicht gerade ein Mann, mit dem man leicht auskommt«, sagte Domingo. »Ja, er ist oben im Haus. Er ist dort ganz allein. Er findet niemanden mehr, der für ihn arbeiten würde, und seine Frau ist neuerdings auch nur selten bei ihm. Keiner hier in der Gegend will für ihn arbeiten.«

»Warum?«

Domingo steckte seine Daumenspitze in den Mund und hob die Faust an, um anzudeuten, daß Biedermann ein schwerer Trinker war. »Er schafft gut und gern zwei oder drei Flaschen, wenn er im Tritt ist. *Tequila, mezcal, aguardiente* oder importierter Whisky – wenn er erst einmal mit dem Schlucken angefangen hat, ist es ihm gleich. Dann wird er saugrob zu jedem, der nicht mit ihm trinken will. Er hat einen der Arbeiter verprügelt, die für ihn den Fußboden ausgebessert haben. Der Junge mußte in die Poliklinik. Jetzt weigern sich die Leute, die Arbeit zu beenden.«

»Wird er auch grob zu Leuten, die Geld eintreiben wollen?« fragte ich.

Domingo lächelte nicht. »Wenn er nicht gerade trinkt, ist er ein guter Mann. Vielleicht hat er Probleme; wer weiß?«

Wir begannen wieder über das Auto zu reden. Domingo würde die Reifenreparatur in die Wege leiten und sich um meinen Wagen kümmern. Wenn der Bierlastwagen rechtzeitig eintraf, wäre es vielleicht sogar möglich, das Auto vor Biedermanns Haus abzuliefern. Nein, sagte ich. Es sei besser, wenn der Wagen blieb, wo er war. Ich hatte unterwegs einige Bierkutscher getroffen.

»Ist der Pfad zu Biedermanns Haus gut?« fragte ich. Ich schob ihm ein bißchen Geld zu.

»Welchen Weg Sie auch nehmen, es gibt immer schlechte Straßen«, sagte Domingo ernst. Ich hoffte, es war nur ein weiteres Sprichwort.

Ich holte meinen Schultersack aus dem Auto. Er enthielt ein frisches Hemd und Unterwäsche, Badehose und Handtuch, Rasierzeug, eine große Plastiktüte, etwas Schnur, eine Taschenlampe, ein paar Antibiotika, Lomatil und eine Flasche Rum zum Desinfizieren von Wunden. Keine Waffe. Mexiko ist kein besonders guter Platz für waffentragende *gringos*.

Ich nahm den Trampelpfad, den mir Domingo gezeigt hatte. Er stieg steil an, vorbei an den Steinstufen, von denen Domingo gesagt hatte, sie seien alles, was von einem Aztekentempel übriggeblieben war. Es war sonnig hier oben, während das Dorf bereits vom Schatten verschluckt war. Ich blickte mich um und sah, daß die Dorfbewohner um den Chevy herumstanden. Domingo paradierte davor auf besitzergreifende Art. Pedro hob das Bein, um einen Reifen anzupinkeln. Domingo sah auf, als spüre er, daß er beobachtet wurde. Aber er winkte nicht. Er war kein freundlicher Mann, nur redselig.

Wegen der Moskitos rollte ich meine Hemdärmel herunter. Der Pfad führte über den Kamm eines buschbedeckten Hügels. Dahinter erstreckten sich riesige Felsbrocken und Büschel von Yucca mit scharfen Blättern, die sich wie Schwerter in den Horizont bohrten. Es war gar nicht einfach, auf dem steinigen Pfad voranzukommen, und ich hielt dann und wann inne, um Atem zu schöpfen. Durch das Gestrüpp und die Kiefern konnte ich die purpurfarbenen Berge sehen, über die ich gefahren war. In der klaren Abendluft waren ihre Konturen hart und scharf, und es sah aus, als wären sie zum Greifen nahe. Während ich weiterlief, erblickte ich dann und wann die Straße, die sich an den Ausläufern der Berge entlangzog, um in einer großen Schleife den Ozean zu erreichen. Ich nahm an, daß sie nur von den Biedermanns gelegentlich benutzt wurde und ihre Beschaffenheit verdammt schlecht war.

Ich brauchte fast eine Stunde, um das Haus zu erreichen. Als ich über den Kamm kam, lag es dicht vor mir. Es war ein kleines modernes Haus, dessen Fundamente in die Felsen gesetzt waren, gegen die das Meer seine Brecher schleuderte. Von einer Seite des Hauses aus führte ein kleiner Dschungelpfad direkt hinunter zum Meer und dem Stück Sandstrand mit der kleinen, hölzernen Pier, an der kein Boot vertäut war.

Der Maschendrahtzaun, der das Grundstück umschloß, war durch einen Erdrutsch beschädigt worden. Es gab eine Lücke, die groß genug war, um hindurchzukriechen. Der Trampelpfad setzte sich hinter dem beschädigten Zaun fort. Weiße und rosafarbene Kamelien- und Rosenbüsche und die unvermeidlichen purpurfarbenen Bougainvillea waren gärtnerisch so angelegt worden, daß sie als Sichtschutz für die Doppelgarage und den schattigen Autoabstellplatz unter einer überwucherten Pergola dienten. Ein Wagen war nicht zu sehen, und hölzerne Balken versperrten die weißen Garagentüren.

Offenkundig hatte Paul Biedermann trotz der Verabredung, die ich mit ihm getroffen hatte, das Weite gesucht. Ich war nicht sonderlich überrascht. Einen Hang zur Feigheit hatte er schon immer gehabt.

Es bereitete mir keine Schwierigkeiten, ins Haus zu gelangen. Die Vordertür war zwar verschlossen, aber eine zurückgelassene Leiter reichte bis zu einem Balkon hinauf. Das Schiebefenster war lediglich durch einen Kunststoffriegel gesichert, der sich einfach genug überwinden ließ.

Es kam noch genug Licht durch die Fenster, um zu sehen, daß das Schlafzimmer aufgeräumt und mit rigoroser Sorgfalt gesäubert worden war, was ein untrügliches Zeichen dafür ist, daß einer abgehauen ist. Das riesige Doppelbett war nicht bezogen und mit einer durchsichtigen Folie abgedeckt. Zwei kleine Teppiche waren zusammengerollt und zum Schutz vor Termiten in Plastiksäcke gestopft worden. Im Papierkorb fand ich ein halbes Dutzend zerrissener Gepäckschildchen von einer früheren Reise nach Mexico City. Auch drei neue Airline-Schultertaschen lagen herum, die für die neue Reise offenbar nicht benötigt worden waren. Ich öffnete einen der Schränke. Es roch nach Mottenpulver. Ich inspizierte die Kleidungsstücke: cremefarbene Herrenanzüge aus Leinen, bunte Hosen und Pullover, handgefertigte Schuhe – auf Spannern und in Schuhbeuteln mit den Initialen P. B. – und Schubladen voller Hemden und Unterwäsche.

In einem anderen Schrank befanden sich die Kleider einer Frau, kostspielige Wäsche, gefaltet und in Seidenpapier, sowie eine Vielzahl von Schuhen in allen Formen und Farben. Auf der Frisierkommode stand ein gerahmtes Foto von Herrn und Frau Biedermann in Badeanzügen. Sie posierten auf einem Sprungbrett und lächelten selbstbewußt. Das Bild war vor dem Unfall aufgenommen worden.

Die drei Gästezimmer im oberen Stockwerk – jedes von ihnen verfügte über einen Balkon mit Meerblick – waren leergeräumt. Vor den Türen der Schlafräume verlief eine offene Galerie, die den Blick in den großen Wohnraum unten freigab. Alle Möbel waren mit Schutztüchern eingehüllt, und an einer Seite des Wohnraumes stand ein Eimer mit Schmutzwasser. Eine Maurerkelle, Klebemittel und fleckige Lappen markierten die Stelle, wo eine große Fläche des Bodens neu gefliest worden war.

Lediglich in Biedermanns Arbeitszimmer, das einen Ausblick auf den gesamten Küstenstrich bot, fanden sich gewisse Anzeichen, die darauf hindeuteten, daß es erst kürzlich benutzt worden war. Der Raum war mit jener besonderen Gattung von Luxusmöbeln ausgestattet, die man steuerlich als Büroeinrichtung absetzen kann. Da war ein großer ledergepolsterter Sessel vorhanden, ein Barschrank und ein herrlicher Intarsienschreibtisch. In einer Ecke stand eines dieser Ruhemöbel, die Hollywood Besetzungscouch nennt. Darauf lagen eine flüchtig zusammengelegte Decke und ein fleckiges Kissen. Ein großer Papierkorb enthielt Computerausdrucke und ein paar Ausgaben des *Wallstreet Journal*. Weitere, vertraulichere Ausdrucke ringelten sich nun als Papiergewürm im durchsichtigen Kunststoffsack des Reißwolfs. Die Notizblöcke waren jedoch leer. Bis auf ein paar wirtschaftliche Nachschlagewerke, Telefon- und Telexverzeichnisse gab es keinerlei Bücher. Paul Biedermann war schon in der Schule kein großer Leser, dafür aber ein guter Rechner gewesen. Ich probierte den Lichtschalter, aber er funktionierte nicht. Ein Haus, draußen an den Rand des Nichts gebaut, ist auf einen Generator angewiesen, und der ist natürlich nur in Betrieb, wenn das Haus bewohnt wird. Während ich vergeblich nach ihm suchte, schwand das Tageslicht schnell. Das Meer hatte den tiefsten Purpurton angelegt, und der Horizont im Westen war fast verschwunden.

Ich ging wieder ins Obergeschoß und wählte mir das letzte Gästezimmer auf der Galerie als Nachtquartier aus. Im Schrank fand ich eine Decke, in die ich mich gegen den kalten Dunst hüllte, der vom Meer aus hereindrang. Bald wurde es auch zu dunkel zum Lesen, und da mein Interesse am *Wallstreet Journal* ohnehin nur mäßig war, döste ich ein – eingelullt vom Rauschen der Wellen.

Es war 2.35 Uhr, als mich das Auto weckte. Ich sah die Scheinwerfer schon über die Zimmerdecke huschen, lange bevor ich den Motor hörte. Zunächst glaubte ich an einen Traum, aber dann kroch das helle Lichtbündel erneut über die Decke, und ich vernahm den Dieselmotor. Ich kam gar nicht auf den Gedanken, daß das Paul Biedermann oder ein Familienmitglied sein könnte, die heimkamen. Ich wußte instinktiv, daß da Gefahr im Anzug war.

Ich schob die Glastür auf und trat auf den Balkon hinaus. Das Wetter war stürmisch geworden. Dünne, zerklüftete Wolkenfetzen jagten am Mond vorbei, und der Wind hatte so aufgefrischt, daß sich sein Brüllen mit dem Donnern der Brecher gegen die

Felsen unten vermischte. Ich beobachtete das sich rasch nähernde Auto. Das Tempo und die hoch und dicht nebeneinander angebrachten Scheinwerfer ließen auf ein geländegängiges Fahrzeug schließen. Die Zielstrebigkeit, mit der der Fahrer nach hinten zur Garage steuerte, bewies, daß er sich hier genau auskannte.

Zwei Männerstimmen drangen an mein Ohr. Die nächtlichen Besucher hatten offensichtlich einen Schlüssel für die Vordertür gehabt. Ich durchquerte das Gästezimmer und schlich auf die Galerie, damit ich ihre Unterhaltung unten im Wohnraum verfolgen konnte.

»Biedermann hat das Weite gesucht«, stellte der eine fest.

»Kann durchaus sein«, sagte der andere, als mache dies ihm überhaupt nichts aus. Sie sprachen deutsch miteinander. Der Berliner Dialekt von Erich Stinnes war unverkennbar, aber das Deutsch des anderen Mannes hatte einen eindeutig russischen Akzent.

»Sein Auto ist nicht da«, sagte der erste Mann. »Was ist, wenn nun die Engländer vor uns da waren und ihn mitgenommen haben?«

»Dann wären wir ihnen auf der Straße begegnet«, sagte Stinnes. Er klang absolut gelassen. Ich hörte, daß er sich auf dem großen Sofa niederließ. »Das tut gut.« Ein wohliger Seufzer folgte. »Hol dir doch was zu trinken, falls du magst. In seinem Arbeitszimmer steht ein Barschrank.«

»Nach dieser Fahrt durch den stinkenden Dschungel würde mir ein Bad jetzt gut tun.«

»Das nennst du Dschungel?« erkundigte sich Stinnes sanft. »Wart's ab, bis du in das Ausbildungslager an der Ostküste kommst, in dem die Freiheitskämpfer trainiert werden, und bis du dir deinen Weg durch irgendeinen wirklich tropischen Regenwald mit einer Machete schlagen und die halbe Nacht damit zubringen mußt, dir irgendwelche Insektenlarven aus dem Hinterteil zu polken – dann wirst du wissen, was ein Dschungel ist.«

»Das, was wir hinter uns haben, reicht mir völlig.«

Ich spähte über den Rand des Geländers. Dank des Mondlichtes, das durch die hohen Fenster drang, waren beide gut zu erkennen. Sie trugen dunkle Anzüge, weiße Hemden und bemühten sich, so auszusehen wie mexikanische Geschäftsleute. Stinnes war ungefähr in meinem Alter. Ich schätzte ihn auf vierzig. Den kleinen Leninbart, den er trug, als ich ihn das letzte Mal sah, hatte er sich abrasiert. Trotzdem erkannte ich ihn eindeutig allein an den harten

Augen hinter den runden, goldgefaßten Brillengläsern und der Art zu sprechen wieder.

Sein Begleiter war älter, wenigstens fünfzig, aber er wirkte noch keineswegs gebrechlich. Im Gegenteil. Er hatte Schultern wie ein Preisboxer, kurzgeschnittene Haare und besaß die rastlose Energie eines Athleten. Er sah auf seine Uhr, dann aus dem Fenster und tigerte unruhig durch den Raum. An der Stelle, wo die Fliesenarbeiten begonnen worden waren, stieß er mit dem Fuß gegen die Maurerkelle, die daraufhin über den ganzen Boden schlitterte und dann laut gegen die Wand schepperte.

»Ich habe dir doch gesagt, du sollst etwas trinken«, sagte Stinnes, der sich in keinster Weise devot gegenüber dem anderen zeigte.

»Und ich habe dir gesagt, du solltest Biedermann Angst einjagen. Das hast du anscheinend so hervorragend getan, daß er seine Zelte hier gleich abgebrochen hat. Das ist nicht gerade die Abwicklung, die von dir erwartet wurde.«

»Ich habe ihn überhaupt nicht in Furcht und Schrecken versetzt«, widersprach Stinnes ruhig, »da ich mich keineswegs an deinen Rat gehalten habe. Der Mann ist ohnehin schon viel zu verängstigt und bedarf eher des Zuspruchs. Früher oder später wird er schon wieder auftauchen.«

»Früher oder später«, wiederholte der Ältere. »Du meinst, wenn du längst wieder in Europa bist und Biedermann dann das Problem eines anderen ist. Wenn es nach mir ginge, würde ich die Sache als absolut vorrangig deklarieren und jeden in Mittelamerika verfügbaren unserer Leute darauf ansetzen. Ich würde Biedermann schon beibringen, daß Befehl nun einmal Befehl ist.«

»Ja, ich weiß«, sagte Stinnes. »Für euch, die ihr euer ganzes Leben hinter dem Schreibtisch verbringt, ist alles immer ganz einfach. Aber Biedermann ist nur ein Mosaikstein in einem weitaus komplizierteren Plan... und keiner von uns beiden weiß, wie der eigentlich genau beschaffen ist.«

Es war eine gönnerhafte Antwort, und die weiche Stimme des älteren Mannes verbarg keineswegs seine Verärgerung darüber. »Ich sage dir, er ist das schwache Glied in der Kette, mein Freund.«

»Vielleicht soll er genau das sein«, erwiderte Stinnes selbstbewußt. »Eines Tages wird dir die Engländerin vielleicht die Verantwortung für die Durchführung eines ihrer verrückten Pläne übertragen. Und dann wirst du in der Lage sein, Anordnungen zu übergehen und zu beweisen, was für ein kluger Kopf du doch im

Außendienst sein kannst. Doch bis dahin wirst du das tun, was man dir aufträgt – ganz gleich, wie unsinnig die Aufträge auch erscheinen mögen.« Er stand auf. »Ich werde mir jetzt erst einmal einen Schluck zu trinken holen, unabhängig davon, ob du etwas willst oder nicht. Biedermann hat einen ausgezeichneten Cognac.«

Stinnes entschwand aus meinem Sichtfeld. Ich hörte, wie er ins Arbeitszimmer ging. Mit zwei halbvollen Gläsern kam er zurück. »Hier, das wird dich beruhigen, Pawel. Hab Geduld, es wird schon alles gut werden. Man kann diese Dinge nicht übers Knie brechen. Daran mußt du dich gewöhnen. Dissidenten in Moskau jagen ist etwas anderes.« Er reichte dem älteren Mann ein Glas, und beide tranken. »Französischer Cognac! Schnaps und Bier sind es einfach nicht wert, getrunken zu werden, es sei denn, sie kommen direkt aus dem Kühlschrank.« Er nahm noch einen Schluck zu sich. »Ah, das ist gut. Ich werde froh sein, wieder nach Berlin zu kommen – wenn auch nur für kurze Zeit.«

»Ich war 1953 in Berlin«, sagte der ältere Mann. »Wußtest du das?«

»Ich auch«, erwiderte Stinnes.

»Dreiundfünfzig? Was hast du da gemacht?«

Stinnes gluckste. »Ich war erst zehn Jahre alt. Mein Vater war Soldat. Meine Mutter war auch in der Armee. Während der Unruhen wurden wir alle in den Kasernen gehalten.«

»Dann hast du keine Ahnung. Ich war mitten drin. Maurer und Bauarbeiter, die an diesen neuen Wohnhäusern an der Stalinallee arbeiteten, haben den ganzen Zirkus angefangen. Es begann als Protest gegen eine zehnprozentige Erhöhung der Arbeitsnormen. Sie marschierten zum Haus der Ministerien in der Leipziger Straße und wollten mit Parteichef Ulbricht sprechen, der sich aber zu dem Zeitpunkt am Sitz der Parteiführung befand.« Er lachte. Es war ein tiefes, männliches Lachen. »Es war der arme, alte Bergbauminister, den sie hinausschickten. Er mußte ihnen gegenübertreten. Ich war damals zwanzig und bei der sowjetischen Kontrollkommission beschäftigt. Mein Chef steckte mich in die Kluft eines Bauarbeiters und schickte mich hinaus, damit ich mich unter den Mob mische. In meinem ganzen Leben habe ich niemals wieder solche Angst gehabt.«

»Bei deinem Akzent hattest du auch allen Grund, ängstlich zu sein.«

Sein Kollege fand diese Bemerkung überhaupt nicht amüsant. »Meinen Mund habe ich nicht aufgemacht. Ich hielt dafür die

Ohren offen. An jenem Abend marschierten die Streikenden hinüber zum RIAS in West-Berlin und verlangten, daß ihre Forderungen über den Rundfunk verbreitet würden. Diese konterrevolutionären deutschen Schweine.«

»Wie lauteten denn ihre Forderungen?« fragte Stinnes.

»Das übliche: freie und geheime Wahlen, Herabsetzung der Arbeitsnormen und so weiter.« Pawel trank einen Schluck. »Ich riet meinen Leuten, unsere Männer rauszuschicken, um die Straßen zu säubern, wie wir das 1945 getan haben. Ich sagte ihnen, sie sollten ein sofortiges Ausgehverbot verhängen und der Armee den Befehl erteilen, bei Zuwiderhandlungen sofort zu schießen.«

»Aber das haben sie nicht getan«, sagte Stinnes.

»Ich war erst zwanzig Jahre alt. Für Jungen wie mich hatten die Männer, die im Krieg gekämpft hatten, keine Zeit. Die Möglichkeiten der Kontrollkommission wurden nicht ernsthaft erwogen. So saßen sie die ganze Nacht herum und hofften, daß am nächsten Morgen alles vorbei wäre.«

»Aber die Unruhen breiteten sich am nächsten Tag weiter aus.«

»Gegen elf Uhr am 17. Juni rissen sie die Rote Fahne vom Brandenburger Tor herunter und plünderten die Parteibüros.«

»Aber die Armee brachte ihnen schließlich doch die Flötentöne bei, oder nicht?«

»Schließlich kamen sie nicht mehr drum herum. Überall im Land waren Streiks ausgebrochen. In Dresden, Leipzig, Jena und Gera, sogar in Rostock und auf der Ostseeinsel Rügen. Es dauerte lange Zeit, bis sich die Dinge wieder beruhigt hatten. Sie hätten sofort handeln sollen. Seither habe ich nicht viel für Leute übrig, die sagen, man müsse Geduld haben, es würde schon alles gut werden.«

»Und nun hättest du wohl gern, daß ich dasselbe täte?« fragte Stinnes spöttisch. »Unsere Jungs auf die Straße schicken, um die Straßen zu säubern, wie ihr sie 1945 gesäubert habt? Ein striktes Ausgehverbot verhängen und bei Zuwiderhandlungen vom Standrecht Gebrauch machen?«

»Du weißt genau, was ich meine.«

»Du hast keine Ahnung, worum es bei diesem Geschäft eigentlich geht, Pawel. Du hast deine Karriere im wesentlichen damit verbracht, dich um Schreibkram zu kümmern, ich dagegen mit der Führung von Menschen.«

»Was willst du damit sagen?«

»Während wir noch in der Verführungsphase sind, möchtest du zur Vergewaltigung übergehen. Glaubst du etwa, du könntest

Agenten aufmarschieren lassen wie einst die preußische Infanterie? Verstehst du nicht, daß Menschen wie Biedermann hofiert werden wollen?«

»Wir sollten niemals Agenten einsetzen, die uns politisch nicht unbedingt ergeben sind«, stellte Pawel fest.

Stinnes stand auf und ging zum Fenster. Ich konnte ihn deutlich im Mondlicht sehen, als er aufs Meer hinausblickte. Draußen fuhr der Wind durch die Bäume und zauste an den Fenstern. Stinnes schwenkte sein Glas und ließ den teuren Cognac genießerisch darin kreisen. »Dich beseelt noch immer die Leidenschaft, die ich früher auch einmal besessen habe«, sagte Stinnes. »Wie schaffst du es, dir deine Illusionen zu bewahren, Pawel?«

»Du bist ein Zyniker«, antwortete der Ältere. »Ebensogut könnte ich fragen, wie du in deinem Job weitermachen kannst, ohne von ihm überzeugt zu sein.«

»Überzeugt?« fragte Stinnes und trank einen Schluck Cognac. »Wovon überzeugt? Überzeugt von meinem Job oder von der Notwendigkeit der sozialistischen Weltrevolution?«

»Du redest, als wären diese beiden Dinge unvereinbar.«

»Sind sie denn vereinbar? Ist es gut, wenn ein ›Arbeiter- und Bauernstaat‹ so viele Geheimpolizisten nötig hat wie wir?«

»Es gibt eine Bedrohung von außen«, sagte Pawel und bediente sich dabei eines der üblichen Parteiklischees.

»Weißt du, was Brecht nach dem Aufstand vom 17. Juni geschrieben hat? Ich rede von Brecht, nicht von irgendeinem westlichen Reaktionär. Brecht schrieb ein Gedicht mit dem Titel *Die Lösung*. Hast du es jemals gelesen?«

»Ich habe keine Zeit für Poesie.«

»Brecht wirft darin die Frage auf, ob es nicht einfacher wäre, die Regierung löste das Volk auf und wählte ein anderes.«

»Weißt du eigentlich, was die Leute in Moskau über dich sagen?« fragte Pawel. »Sie überlegen: Ist dieser Mann ein Russe, oder ist er ein Deutscher?«

»Und was hast du geantwortet, wenn dir diese Frage gestellt wurde, Pawel?«

»Ich war dir zuvor noch nie begegnet und kannte dich nur vom Hörensagen.«

»Und jetzt? Nachdem du mich kennengelernt hast?«

»Du sprichst so gern Deutsch, daß ich manchmal glaube, du hast vergessen, wie man Russisch spricht.«

»Ich habe meine Muttersprache nicht vergessen, Pawel. Aber für dich wäre es gut, dein Deutsch aufzupolieren. Dein grauenhaftes Spanisch allerdings hätte das fast noch nötiger; es grenzt an eine Beleidigung für meine Ohren.«

»Du benutzt deinen deutschen Namen so häufig, daß ich mich frage, ob du dich des Namens deines Vaters schämst.«

»Das tue ich keineswegs, Pawel. Stinnes war mein Deckname, und ich habe ihn beibehalten. Viele andere haben dasselbe getan.«

»Hast du eigentlich deshalb eine Deutsche geheiratet, weil dir die russischen Mädchen nicht gut genug waren?«

»Ich war im aktiven Dienst, als ich heiratete, Pawel. Soweit ich mich erinnere, hat es keinerlei Einwände gegen meine Eheschließung gegeben.«

»Und jetzt redest du vom Juniaufstand 1953, als würdest du mit den deutschen Terroristen sympathisieren. Was ist denn mit unseren russischen Jungs, die ihr Blut vergossen haben, um Ruhe und Ordnung wiederherzustellen?«

»Meine Loyalität steht außer Frage, Pawel. Meine Personalakte ist in dieser Beziehung besser als deine. Das weißt du auch.«

»Aber du bist nicht mehr überzeugt.«

»Vielleicht ist meine Überzeugung eine andere als deine«, sagte Stinnes. »Vielleicht ist das die Erklärung.«

»Da gibt es keine halben Sachen«, sagte der ältere Mann. »Entweder akzeptierst du die Entscheidungen des Parteikongresses und seine Auslegung des Marxismus-Leninismus, oder du bist ein Ketzer.«

»Ein Ketzer?« fragte Stinnes mit vorgetäuschtem Interesse. »*Extra ecclesiam nulla salus;* außerhalb der Kirche ist kein Heil möglich. Ist es das, Pawel? Nun, vielleicht bin ich ein Ketzer. Und es ist dein Mißgeschick, daß die Partei das vorzieht, und der Dienst auch. Ein Ketzer wie ich verliert seinen Glauben nicht.«

»Aber du machst keinerlei Anstalten, etwas zu unternehmen«, sagte Pawel vorwurfsvoll. »Du unterziehst dich ja noch nicht einmal der Mühe, dieses Haus zu durchsuchen.«

»Es ist weder ein Auto da noch ein Boot an der Pier. Glaubst du denn, ein Mann wie Biedermann läuft zu Fuß durch den Dschungel, vor dem du dich so fürchtest?«

»Du hast gewußt, daß er nicht hier sein würde.«

»Inzwischen ist er bestimmt tausend Kilometer weit weg«, sagte Stinnes. »Er ist reich. Ein solcher Mann kann jederzeit überall hin. Vielleicht bist du noch nicht lange genug im Westen, um zu verstehen, wie schwer das unseren Job mitunter macht.«

»Aber warum sind wir denn dann durch diesen schrecklichen Dschungel gefahren?«

»Du weißt genau, warum wir hier sind. Wir sind gekommen, weil Biedermann gesagt hat, der Engländer habe ihn angerufen und ein Treffen verabredet. Wir machten uns auf den Weg, weil diese törichte Frau in Berlin gestern abend ein dringliches Fernschreiben geschickt und uns befohlen hat, hierher zu kommen.«

»Und du wolltest beweisen, daß sich Berlin irrt. Du wolltest beweisen, daß du es besser weißt als sie.«

»Biedermann ist ein Lügner. Das haben wir immer wieder erleben müssen.«

»Dann wollen wir uns auf den Rückweg machen«, sagte der ältere Mann. »Du hast bewiesen, was du beweisen wolltest. Nun laß uns zurück nach Mexico City, zurück zu elektrischem Licht und warmem Wasser.«

»Das Haus muß durchsucht werden, da hast du recht, Pawel. Sieh dich um. Ich werde hier warten.«

»Ich habe keine Waffe.«

»Falls dich jemand umbringen sollte, Pawel, werde ich ihn mir vorknöpfen.«

Der ältere Mann zögerte, als wolle er widersprechen, machte sich dann aber, nervös mit seiner Taschenlampe herumfuchtelnd, an seine Aufgabe, während ihn Stinnes mit kaum verhohlener Verachtung beobachtete. Er kam die Treppe herauf, war aber ein Amateur. Ich trat auf den Balkon hinaus, um ihm zu entgehen. Doch selbst das hätte ich mir sparen können, denn er schickte lediglich den Strahl seiner Taschenlampe in den Raum, um zu sehen, ob das Bett benutzt war oder nicht. Kaum zehn Minuten später war er wieder unten bei Stinnes im Wohnraum und sagte, daß das Haus leer sei. »Können wir jetzt zurückfahren?«

»Du bist ziemlich lässig vorgegangen, Pawel. Hat dich Moskau deshalb als meinen Assistenten herbeordert?«

»Du weißt, warum mich Moskau geschickt hat«, brummte der ältere Mann.

Stinnes lachte kurz auf, und ich hörte, wie er das Glas auf den Tisch stellte. »Ja, ich habe deine Personalakte gelesen. Du bist hier, um dich ›politisch zu bewähren‹. Was hast du denn in Moskau angestellt, daß die Abteilung glaubt, du seist politisch nicht verläßlich?«

»Nichts. Du weißt sehr gut, daß dieser Hund mich loswerden will, nachdem ich herausgefunden habe, daß er sich hat bestechen lassen. Aber eines Tages wird auch seine Stunde kommen. Ein Krimineller kommt auf die Dauer nicht durch.«

»Und inzwischen, Pawel, kommst du mir gerade recht. Du bist politisch unzuverlässig und daher der Mann, bei dem ich ganz sicher sein kann, daß er meine unkonventionellen Anschauungen bestimmt für sich behält.«

»Du bist mein Vorgesetzter, Major Stinnes«, sagte der ältere Mann verdrießlich.

»Das stimmt. Nun, laß uns zurückfahren. Während der ersten paar Stunden wirst du dich hinter das Lenkrad klemmen. Ich wechsle dich ab, sobald wir die Berge erreicht haben. Wenn du irgend etwas auf der Straße siehst, überfahre es einfach. Es kommen zu viele Menschen auf diesen Straßen um, weil sie Augen ausweichen wollten, die im Scheinwerferlicht aufleuchteten.«

4

Ich schlief nicht wieder richtig ein, nachdem die beiden abgefahren waren. Ich döste zwar, bildete mir aber immer wieder ein, ich würde ihr Auto zurückkommen hören. Aber es war nur der Wind. Und dann, als es dämmerte und der Wind nachließ, wurde ich von den verschiedenen Lauten der Tiere wachgehalten. Sie kamen durch das dichte Unterholz, das bis an die eine Seite des Hauses heranreichte, direkt zum Wasser. Da war ein Bach; er floß dicht am Fenster von Paul Biedermanns Arbeitszimmer vorbei. Vermutlich machte es ihm Spaß, die Tiere zu beobachten. Das war ein Aspekt des Biedermannschen Charakters, auf den ich bisher noch nicht gestoßen war.

Der Morgen hüllte alles in sein hartes, graues Licht und ließ das Meer aussehen wie Granit. Ich ging hinunter in die Küche und fand ein paar Konservendosen: Bohnen und Tomaten. Da ich keine Möglichkeit fand, das Zeug warm zu machen, aß ich es kalt. Ich hatte Hunger.

Aus dem Küchenfenster warf ich einen Blick zurück in Richtung Santiago. Dort war der Himmel hellrosa. Ich zählte sieben Geier, die sehr hoch kreisten. In den Bäumen in der Nähe des Hauses hockten Vögel und machten jede Menge Krach. Affen kletterten auf den Ästen herum und unternahmen gelegentliche Ausflüge in den Garten.

Ich hätte viel für eine Tasse Kaffee gegeben, aber Pulver in kalte Dosenmilch gerührt reizte mich nicht. Ich behalf mir mit einem Schuß von Biedermanns Cognac. Er war genauso wie Stinnes gesagt hatte, sogar so gut, daß ich mir noch einen zweiten zur Stärkung genehmigte.

Ich suchte mir einen von Biedermanns edlen Streifenpullovern aus und ging ins Freie. Obwohl die schwarzen Wolken verschwunden waren, wehte immer noch ein kalter Wind vom Meer her. Auf der Straße waren die Reifenspuren des Jeeps zu sehen. Ich folgte der neuen Schotterstraße bis zum Eingangstor. Es stand offen; die Sicherungskette war durchschnitten worden. Trotz des geborgten Pullovers fröstelte ich noch mehr, als ich das Haus umrundete, den windgeschützten Patio überquerte und hinter dem Haus den Hügel hinaufkletterte. In diesem Augenblick bemerkte ich den Swimmingpool zum ersten Mal. Er befand sich etwa zweihundert Meter vom Haus entfernt und war hinter einer Reihe von Sträuchern verborgen, die von irgendeinem Landschaftsgärtner zu diesem Zweck angepflanzt worden waren.

Der Pool war groß und sehr blau. Und langausgestreckt auf dem Boden lag an der tieferen Seite eine menschliche Gestalt. Zunächst dachte ich, es wäre ein Ertrunkener. In eine billige graue Decke gehüllt, bildete die Figur ein formloses Bündel, das in den Tiefen des blauen Schattens fast verschwand. Erst als ich an dem Holzbau vorbeikam, der vier Umkleidekabinen und die Filteranlage beherbergte, war ich mir sicher, daß der Pool absolut trocken war.

»He!« rief ich der leblosen Gestalt zu. *»Tú qué haces?«*

Sehr langsam entrollte sich die Decke und enthüllte einen Mann in zerknitterten weißen Hosen und einem T-Shirt, das für Underberg warb. Einer seiner nackten, sonnengebräunten Arme trug ein sauberes Narbennetzwerk, auch eine seiner Gesichtshälften. Er blinzelte und schielte bei dem Versuch, mich in dem gleißenden Licht zu erkennen.

»Paul Biedermann«, rief ich. »Was, zum Teufel machst du denn im Pool?«

»Sind die anderen fort? Wie sind Sie hergekommen?« Seine Stimme klang heiser, und er räusperte sich.

»Ich bin's, Bernd«, sagte ich. »Wir haben miteinander telefoniert. Bernd Samson. Ich kam zu Fuß. Ja, die beiden anderen sind schon vor Stunden fortgefahren.« Er mußte die Straße beobachtet haben. Meine Ankunft über den Pfad war jedoch unbemerkt geblieben.

Biedermann hatte ein Jagdgewehr bei sich. Er schob es zur Seite, als er den Kopf bis fast zu den Knien vorbeugte und die Arme ausstreckte. Dann rieb er sich die Beine und versuchte, seinen Kreislauf wieder anzukurbeln. Es mußte sehr unbequem für ihn gewesen sein, die ganze Nacht auf dem harten Betonboden des Pools zu verbringen. Er blickte auf und lächelte, als er mich erkannte. Es war ein unbeholfenes Lächeln, entstellt durch die runzligen Narben der einen Gesichtshälfte.

»Bernd, bist du allein?« fragte er und bemühte sich, seine Worte so klingen zu lassen, als hätten sie für ihn nicht mehr Bedeutung als die Frage, wie das Wetter denn sei. In dem Licht, das von den gestrichenen Innenwänden des Pools reflektierte, sahen sein Gesicht und seine Arme blau aus.

»Ich bin allein«, sagte ich. »Komm, schalte den Strom ein und mach mir eine Tasse Kaffee.«

Er hängte sich das Gewehr über und kletterte die Leiter des leeren Swimmingpools herauf. Die Decke ließ er dort, wo sie war. Ich fragte mich, ob er die Absicht hatte, eine weitere unbequeme Nacht dort unten zu verbringen.

Er bewegte sich wie ein Automat. Im Haus zeigte er mir all die Dinge, die ich auch allein hätte finden können. Propangas zum Kochen war ebenso vorhanden wie ein Generator fürs Licht und ein batteriebetriebenes Sony-Kurzwellenradio. Schweigend setzte er Wasser auf und maß den Kaffee ab. Es war, als wollte er den Beginn eines Gespräches so lange wie möglich hinauszögern. Selbst als wir dann im Arbeitszimmer saßen und mit den Händen Tassen starken schwarzen Kaffees umklammerten, bot er immer noch keine Erklärung für sein eigentümliches Benehmen an. Ich sagte auch nichts. Ich wartete darauf, daß er zu sprechen begann. Üblicherweise war es so besser, und ich wollte sehen, wie er begann. Noch wichtiger war allerdings, welche Themen er umgehen würde.

»Ich hatte alles«, sagte Paul Biedermann. »Eine Menge Geld, meine Gesundheit und eine Frau, die mir nach dem Unfall zur Seite stand, obwohl dieses Mädchen in meinem Auto umgekommen war.« Kaum zu glauben, daß dies der nervöse Schuljunge war, den ich in Berlin gekannt hatte. Das lag nicht nur an dem starken amerikanischen Akzent, den er sich auf seiner teuren Ostküstenschule zugelegt hatte, sondern auch etwas an seiner Haltung, seinem Benehmen. Paul Biedermann war so rückhaltlos amerikanisch geworden, wie es nur Deutsche fertigbringen.

»Das war eine üble Sache«, sagte ich.

»Ich war drei Tage lang bewußtlos. Insgesamt verbrachte ich fast sechs Monate im Krankenhaus, die Rekonvaleszenzzeit eingeschlossen. Sechs Monate, und ich hasse Krankenhäuser.« Er trank einen Schluck Kaffee. »Aber dann habe ich mich mit diesen Bastarden eingelassen und kann seither nicht mehr richtig schlafen. Verstehst du, Bernd? Ich habe buchstäblich kein Auge mehr zugemacht, seit das alles angefangen hat.«

»Tatsächlich?« meinte ich. Ich wollte hier nicht mit hechelnder Zunge herumsitzen. Ich wollte gleichgültig klingen, fast gelangweilt. Aber ich wollte Bescheid wissen, besonders nachdem ich Stinnes und seinen Kumpel über Biedermann hatte reden hören, als wäre er ein KGB-Agent.

»Die Russen«, sagte Biedermann. »Spione und so weiter. Du weißt, wovon ich rede, nicht?« Er sah mir über die Schulter, als wolle er die Tiere und Vögel draußen in den Bäumen beobachten.

»Ja, ich weiß, worüber du redest, Paul«, sagte ich.

»Weil auch du mit von der Partie bist, nicht?«

»In gewisser Beziehung.«

»Ich habe mit meiner Schwester Poppy gesprochen. Sie hat dich bei einem Abendessen im Haus eines der großen Berliner Spionagechefs getroffen. Du bist einer von ihnen, Bernd. Wahrscheinlich bist du es schon immer gewesen. Hat dich dein Vater deshalb auf eine Berliner Schule gehen lassen, anstatt dich nach England zu schicken, wie es die anderen englischen Familien mit ihren Kindern getan haben?«

»Wer waren sie, Paul. Wer waren die Männer, die hier nachts aufgetaucht sind?«

»Ich habe sie nicht kommen sehen. Ich war mit dem Gewehr unterwegs, um Eidechsen zu schießen. Ich verabscheue Eidechsen, du auch? Diese Russkis sind wie Eidechsen, findest du nicht? Besonders der mit der Brille. Ich wußte, daß sie kommen würden, und ich habe recht behalten.«

»Wie gut kennst du sie?«

»Sie haben mich herumgereicht wie ein Paket. Ich hatte bereits mit so vielen Russen zu tun, daß ich fast den Überblick verloren habe. Diese beiden wurden aus Berlin geschickt. Der mit dem starken Berliner Dialekt nennt sich zwar Stinnes, ist aber kein echter Deutscher, sondern Russe. Der andere nennt sich Pawel Moskwin. Klingt wie ein Deckname, nicht? Ich habe noch nicht herausbekommen, ob sie für Moskau arbeiten oder den DDR-Geheimdienst. Was meinst du, Bernd?«

»Moskwin heißt ›Mann aus Moskau‹. Es könnte ein echter Name sein. Haben sie diplomatischen Status?«

»Sie sagten ja.«

»Dann sind sie Russen. Das KGB versieht seine Leute fast ausnahmslos mit einem diplomatischen Deckmäntelchen. Die Ostdeutschen nicht. Die arbeiten meist in Westdeutschland und schleusen ihre Agenten unter die Flüchtlinge und Aussiedler, die hinübergehen.«

»Warum?«

»Das gehört zu ihrem Konzept, überall und jederzeit präsent zu sein. Ostdeutsche Agenten in Westdeutschland sind schwer auszumachen. Sie brauchen keine diplomatische Tarnung. Und in anderen Gegenden der Welt gibt es das ostdeutsche Agentennetz auch dann noch, wenn die Russen mit ihren Diplomatenpässen längst entlarvt und ausgewiesen worden sind.«

»Sie antworten nie auf meine Fragen. Ich habe gedacht, sie würden mich in Ruhe lassen. Jetzt, wo ich doch die meiste Zeit in Mexiko verbringe.« Nicht die meiste Zeit, sondern den Löwenanteil des Jahres. Den Löwenanteil des Rechnungsjahres. Es war eine fiskalische Zeitrechnung.

»Wie kam es denn, daß du dich mit den Russen eingelassen hast, Paul?« fragte ich, vorsichtig seine eigenen Worte benutzend.

»Was blieb mir denn übrig? Ich habe doch die Hälfte meiner Familie drüben in Rostock sitzen. Sollte ich ihnen etwa sagen, sie sollten sich zum Teufel scheren, damit sie es dann an meinen Tanten und Onkeln auslassen?«

»Ja, genau das hättest du tun sollen«, sagte ich.

»Nun, ich habe es nicht gesagt«, meinte Biedermann. »Ich habe mitgespielt. Ich habe ihnen zwar gesagt, daß ich wirklich ernste Sachen nicht mitmachen würde, aber als sie dann mit diesen Nullacht-fünfzehn-Aufträgen ankamen, habe ich mitgespielt.«

»Was hattest du denn für sie zu erledigen?«

»Geldwaschen. Sie haben mich nie darum gebeten, ihnen Geld zu geben. Sie scheinen jede Menge Kies zu haben, um damit herumschmeißen zu können. Sie wollten Deutsche Mark in Dollar gewechselt haben, Schwedenkronen in Pesos und umgekehrt, lateinamerikanische Währungen in niederländische Gulden.«

»Aber das hätten sie doch alles ganz bequem bei einer Bank in Westberlin erledigen können.«

Er lächelte, starrte auf irgend etwas hinter meinem Rücken und trank seinen Kaffee. »Das stimmt«, meinte er dann auf deutsch, einen Moment lang vergessend, daß wir uns in englisch unterhielten. Er berührte seine Gesichtshälfte, als entdecke er die furchtbaren Narben zum ersten Mal. »Aber da kam noch etwas hinzu. Das Geld ging mir in Form größerer Barschecks zu, und ich hatte es in kleineren Beträgen und Spenden weiterzuleiten.«

»Auf welchem Wege?«

»Per Post.«

»Und in welchen Summen?«

»Hundert Dollar, zweihundert Dollar. Nie mehr als fünfhundert Dollar – oder der entsprechende Wert in irgendeiner anderen Währung.«

»Bar?«

»O ja. Auf keinen Fall mit Schecks.« Er rutschte unbehaglich hin und her, und ich hatte das Gefühl, daß er seine Beichte inzwischen bereute. »Hohe Noten in neutralen Umschlägen und nie per Einschreiben. Das hätte zu viele Namen, Adressen und postalischen Formularkram bedeutet. Zu riskant, meinten sie.«

»Und an wen ist all das Geld gegangen?«

Er stellte seine Kaffeetasse auf dem Tisch ab und begann in seinen Hosentaschen zu stöbern, als suche er seine Zigaretten. Dann stand er auf und sah sich um. Schließlich entdeckte er ein Silberkästchen auf dem Tisch. Er nahm sich eine Zigarette und hielt mir dann das offene Kästchen hin. Das war natürlich genau jene Art von Ausweichmanöver, das die Psychologen als »Hinhaltetaktik« bezeichneten. Bevor er die ganze Prozedur mit der Suche nach den Streichhölzern wiederholen konnte, warf ich ihm meine hin. Er zündete sich seine Zigarette an und wedelte dann nervös den Rauch fort. »Du weißt, wohin es gegangen ist, Bernd. Gewerkschaften, Friedensbewegungen, Anti-Atom-Gruppierungen. Offiziell kann ihnen Moskau keine Gelder zukommen lassen. Die Summen haben von ›kleinen Leuten‹ überall in der Welt zu kommen. Du bist doch nicht von gestern, Bernd. Wir wissen doch beide, wie so etwas gemacht wird.«

»Ja, uns ist klar, wie so etwas läuft, Paul.« Ich fragte mich, ob es die Cognacflasche auf dem Beistelltisch war, die vorhin seine Blicke angezogen hatte, als er mir über die Schulter sah. Jedenfalls blickte er sie jetzt nicht an, sondern mich.

»Mach dich gefälligst nicht über mich lustig. Ich muß an meine Verwandten denken. Wäre ich es nicht gewesen, der ihre verdammten Spenden koscher gemacht hat, hätten sie einen anderen gefunden. Es wird die Weltgeschichte nicht ändern, oder?« Er wanderte noch immer durch den Raum und betrachtete die Einrichtung, als sähe er sie zum ersten Mal.

»Keine Ahnung, was es bewirken wird, Paul. Du bist doch derjenige, der die teure Ausbildung genossen hat: Schulen in der Schweiz, College in Amerika und zwei Jahre Studium in Yale. Sag du mir, ob es die Weltgeschichte ändern wird.«

»Früher warst du nicht so überheblich«, stellte Biedermann fest. »Als du mir den Ferrari angedreht hast, warst du nicht so arrogant.«

»Es war ein guter Wagen. Ich hatte keinerlei Probleme mit ihm«, sagte ich. »Ich habe ihn nur verkauft, weil ich nach London ging. Du hättest ihn besser behandeln müssen.« Was für ein Gedächtnis er doch hatte. Mir war völlig entfallen, daß ich ihm das Auto verkauft hatte. Wahrscheinlich ist es das, wodurch die Reichen noch reicher werden: daß sie sich erbsenzählerisch an jedes Detail einer Transaktion erinnern, die sie mal getätigt haben.

Er behielt die Zigarette im Mund und spielte an der Tastatur des Computers herum, als wolle er ihn benutzen. »Es wird immer schwerer«, sagte er. Er drehte sich um und sah mich an. Der Rauch seiner Zigarette stieg vor seinem Gesicht auf wie ein feiner Schleier und kam ihm in die Augen, so daß er blinzelte. »Jetzt, nachdem die Mexikaner die Banken verstaatlicht haben und der Peso in den Keller gerutscht ist, gibt es unendlich viele Bestimmungen für den Geldumtausch. Es ist gar nicht so einfach, diese Transaktionen durchzuführen, ohne Aufsehen zu erregen.«

»Dann erklär das doch deinen Russen«, schlug ich vor.

»Ich will nicht, daß sie meine Probleme lösen. Ich will raus aus dem ganzen Geschäft.«

»Sag es ihnen.«

»Und riskiere, daß meinen Verwandten etwas zustößt?«

»Du redest, als wärst du so eine Art Meisterspion«, sagte ich. »Wenn du ihnen sagst, du hättest genug, werden sie es damit bewenden lassen.«

»Sie werden mich umbringen«, prophezeite er.

»Unsinn«, sagte ich. »Du bist für sie doch gar nicht wichtig genug, als daß sie dafür Zeit und Mühe aufwenden würden.«

»Sie werden ein Exempel an mir statuieren. Sie werden mir den Hals durchschneiden und dafür sorgen, daß alle Welt erfährt, warum.«

»Das werden sie nicht tun«, sagte ich. »Wie könnten sie auch? Aufmerksamkeit auf das gut getarnte Netz ihrer Finanzierungsaktionen lenken wollen sie in keinem Fall. Nein, solange sie davon überzeugt sind, daß du den Mund darüber hältst, werden sie dich ziehen lassen, Paul. Sie werden dich vielleicht ein bißchen knuffen und dir in der Hoffnung drohen, daß du genug Angst bekommst, um weiterzumachen. Aber wenn sie erst einmal einsehen, daß dein Entschluß endgültig ist, werden sie sich damit abfinden.«

»Wenn ich das nur glauben könnte.« Er zog hastig an der Zigarette. »Ein neuer Angestellter meines Büros in Mexico City – ein deutscher Bursche – hat schon Fragen nach dem Geld gestellt, das ich verschicke. Es ist nur eine Frage der Zeit...«

»Du läßt doch nicht dein Büropersonal die Umschläge adressieren, oder?«

»Nein, natürlich nicht. Aber ich gebe die Umschläge in die Adressiermaschine. Ich kann mir doch nicht die Nächte um die Ohren schlagen, um Briefe zu beschriften.«

»Du bist ein Trottel, Paul.«

»Ich weiß«, sagte er betrübt. »Dieser Junge hat die Adressenliste auf den neuesten Stand gebracht und dabei bemerkt, daß alle diese Wohltätigkeitsorganisationen und Gewerkschaften auf dieselbe Weise codiert sind. Es ist ein anderer Code als bei allen anderen Adressen. Ich habe gesagt, daß ich zu Weihnachten regelmäßig eine Reihe von Spenden mache, aber ich bin mir nicht sicher, ob er mir das auch abgenommen hat.«

»Du solltest ihn besser in eines deiner anderen Büros versetzen.«

»Ich werde ihn nach Caracas schicken. Aber dadurch wird das Problem nicht gelöst. Irgendeinem anderen Angestellten kann etwas auffallen. Ich kann die Umschläge schließlich nicht per Hand schreiben und schriftliches Beweismaterial gegen mich überallhin verschicken, oder?«

»Warum erzählst du mir das eigentlich alles, Paul?«

»Ich mußte mit jemand darüber sprechen.«

»Komm mir doch nicht damit«, sagte ich.

Er drückte seine Zigarette aus und meinte: »Ich habe den Russen gesteckt, der britische Geheimdienst habe Verdacht geschöpft. Ich habe ihnen weisgemacht, in meinen verschiedenen Büros würden Nachforschungen angestellt.«

»Haben sie dir das abgenommen?«

»Ich sagte ihnen, daß die Nachforschungen telefonisch erfolgen. So brauchte ich ihnen keine Personenbeschreibung zu liefern.« Er ging zum Beistelltisch und nahm die Cognacflasche hoch. Er stellte sie in den Barschrank und schloß die Tür.

»Das war sehr schlau«, stellte ich fest, obwohl ich sicher war, daß eine solche Version in den Ohren jedes erfahrenen Geheimdienstmannes höchst unglaubwürdig klang.

»Ich wußte, daß sie mir eine Ruhepause gönnen müssen, wenn ich überwacht werde.«

»Und dein Gespräch mit mir ist Bestandteil dieses Plans? Hast du ihnen von meinem Anruf erzählt? Bist du deshalb auf diese Idee gekommen? Waren sie deshalb letzte Nacht hier?«

Paul beantwortete meine Fragen nicht, und das bewies mir die Richtigkeit meiner Vermutung. Biedermann hatte sich diesen ganzen Unsinn, daß die Briten Verdacht geschöpft hätten, erst ausgedacht, nachdem ich mit ihm telefoniert hatte. »Du arbeitest im

Spionagegeschäft«, sagte er. »Das hast du selbst zugegeben. Ich bin mir zwar im klaren, daß du keinen sehr hohen Posten innehast, aber du mußt Leute in wichtigen Positionen kennen. Außer dir kenne ich niemanden, über den ich Kontakt aufnehmen könnte.«

Ich gab ein vages Brummen von mir.

»Heißt das, daß du mir helfen kannst?« fragte er.

Ich trank meine Kaffeetasse aus und stand auf. »Wenn du diese Adressenliste für mich kopierst – London könnte an ihr interessiert sein – werde ich dafür sorgen, daß Bonn erfährt, daß wir über dich Ermittlungen anstellen. Du wirst unter dem Rubrum laufen, das der NATO-Geheimdienst ›sacred‹ nennt. Keiner der anderen Dienste wird dich ausforschen, ohne uns zuvor zu informieren. Das wird sehr schnell an die Ohren deiner Meister dringen.«

»Moment mal, Bernd. Ich möchte nicht, daß Bonn meine Bewegungsfreiheit einschränkt oder meine Post öffnet.«

»Du kannst nicht alles haben, Paul. ›Sacred‹ ist die niedrigste Stufe, die wir haben. Es ist eher unwahrscheinlich, daß Bonn etwas herausfindet, was interessant genug wäre, um weitere Schritte zu unternehmen. Sie werden dich uns überlassen.«

Biedermann sah nicht gerade beglückt über die Vorstellung aus, sein guter Ruf könne Schaden nehmen. Aber er sah ein, daß es das beste Angebot war, das er bekommen konnte. »Hau mich bloß nicht übers Ohr«, sagte er.

»Wie sollte ich das wohl tun?«

»Ich bin nicht darauf aus, an den Meistbietenden zu verkaufen. Ich will raus. Ich habe nicht die Absicht, einen Herrn in Moskau gegen einen in London einzutauschen.«

»Du bringst mich zum Lachen, Paul«, sagte ich. »Du hältst dich wohl tatsächlich für einen Meisterspion, was? Bist du überhaupt sicher, daß du raus willst? Willst du nicht in Wirklichkeit noch tiefer hinein?«

»Ich brauche Hilfe, Bernd.«

»Wo hast du dein Auto versteckt?«

»Bei Ebbe kann man den Strand entlangfahren.«

Darauf hätte ich auch kommen können. Die Flut spülte alle Reifenspuren fort. Doch daran hatten auch Stinnes und sein Kumpel nicht gedacht. Mitunter können Amateure den Profis doch ein paar Tricks beibringen. »Es ist Ebbe«, sagte ich. »Hol es und fahre mich ins Dorf, bevor da jemand auf den Gedanken kommt, meinen Chevy auszuschlachten.«

»Behalte den Pullover«, sagte er. »Er steht dir gut.«

5

»*Muy complicado*«, sagte Dicky. Wir drängten uns über eine riesige kopfsteingepflasterte Plaza, auf der zweimal die Woche einer der belebtesten Straßenmärkte Mexico Citys abgehalten wurde. So etwas nannte Dicky Arbeit mit Vergnügen paaren. Er hörte sich meinen Bericht über den Besuch bei Paul Biedermann an. »Verdammt *muy complicado*«, sagte er nachdenklich. Auf diese Art drückte er aus, daß er nichts begriff.

»Für mich ist das nicht besonders kompliziert«, erwiderte ich. Mir war Biedermanns Story deprimierend simpel vorgekommen – zu simpel vielleicht, um die ganze Wahrheit sein zu können.

»Biedermann versteckt sich die ganze Nacht in diesem verdammten Pool und umklammert dabei eine Flinte«, stellte Dicky ironisch fest. »Nein, das ist selbstverständlich nicht kompliziert. Überhaupt nicht kompliziert.« Er hatte den Nagel seines kleinen Fingers abgeknabbert und inspizierte nun das Ergebnis. »Du willst mir doch nicht weismachen, daß du dieses ganze Zeug glaubst?«

Im Osten türmten sich zwar Kumuluswolken auf, aber die Schwüle war nahezu unerträglich. Wir gingen an einer Reihe von Händlern vorbei, die Artikel aus zweiter Hand feilboten, von alten Zündkerzen bis zu gefälschten Naziorden. Dicky blieb stehen, um sich ein paar lädierte Keramikfiguren zu betrachten, von denen eine handschriftliche Notiz behauptete, sie wären antik. Dicky nahm eine von ihnen hoch und begutachtete sie. Sie sah zu neu aus, um alt sein zu können, aber das taten viele der Fragmente im Nationalmuseum auch.

Dicky reichte sie mir und schlenderte weiter. Ich legte sie wieder auf den Boden zu dem anderen Plunder zurück. Ich hatte bereits zu viele zerbrochene Fragmente in meinem Leben. Als ich Dicky wiederfand, betrachtete er einen Korb voller versilberter Armreifen. »Ich muß ein paar kleine Geschenke für London besorgen«, sagte er.

»Was an Biedermanns Geschichte stimmt deiner Meinung nach nicht?« fragte ich.

»Hör doch auf, mich zu examinieren«, schnappte Dicky. Es stank ihm, in Mexiko zu sein; denn wie ich ihn kannte, wäre er lieber in London, um dafür zu sorgen, daß ihm sein Job erhalten blieb. Auf eine verdrehte Art machte er mich für seine Situation verantwortlich, obwohl – weiß Gott! – niemand lieber als ich ihm zum Abschied zugewinkt hätte.

Er begann mit dem Indio zu feilschen, der hinter dem volkstümlichen Schmuck hockte. Nach einer ganzen Serie von Geboten und Gegenangeboten entschloß sich Dicky dazu, sechs Reifen zu kaufen. Er kauerte sich nieder und begann, die nach seinem Dafürhalten besten sechs auszusuchen.

»Ich habe dich gefragt, was du persönlich glaubst oder nicht«, sagte ich. »Zum Teufel, Dicky, du trägst schließlich die Verantwortung, und ich muß nun mal Bescheid wissen.«

Immer noch kauernd, sah er mich mit diesem Blick unter den Wimpern hervor an, der die Herzen der Damen im Schreibpool schneller schlagen ließ. Er merkte, wozu ich ihn bewegen wollte. »Du glaubst wohl, ich hätte mir in Los Angeles ein paar schöne Tage gemacht und meine Zeit und das Geld der Abteilung verschwendet, was?« Dicky sah sehr nach Hollywood aus, seit er aus Kalifornien zurückgekommen war. Die ausgeblichenen Jeans waren gestreiften leichten Leinenhosen und einem kurzärmeligen, grünen Safarihemd mit Patronenhalteschlaufen für die Großwildjagd gewichen.

»Warum sollte ich das annehmen?«

Zufrieden mit seiner Armreifenauswahl zückte Dicky seine mexikanischen Pesos und bezahlte. Er lächelte und steckte die Armreifen in die Tasche seines Hemdes. »Ich habe Frank Harrington in L. A. getroffen. Du hattest keine Ahnung, daß ich mich mit Frank treffen würde, oder?«

Frank Harrington leitete unser Berliner Büro. Er war ein alter, erfahrener Whitehall-Stratege mit Einfluß dort, wo es wichtig war: ganz oben. Mir schmeckte es ganz und gar nicht, daß sich Dicky mit ihm traf, besonders wenn es um Begegnungen ging, von denen ich absichtlich ausgeschlossen wurde. »Nein, ich habe davon nicht gewußt.«

»Frank nahm an einer CIA-Konferenz teil, und ich hielt ihn davon ab, das Thema Stinnes anzuschneiden.« Wir waren am Ende einer Standreihe angelangt, und Dicky wandte sich der nächsten zu: Herrliche, farbenprächtige Früchte und Gemüsesorten auf der einen, ramponierte Möbel auf der anderen Seite. »Das ist hier nicht einfach so ein mexikanischer Markt«, stellte Dicky fest, der darauf bestanden hatte, daß wir herkamen. »Es ist ein *tiangui* – ein Indio-Markt. So etwas bekommen nicht viele Touristen zu Gesicht.«

»Es wäre besser gewesen, früher herzukommen. Um die Mittagszeit ist es immer so verdammt heiß.«

Dicky lachte verächtlich. »Bevor ich nicht gejoggt und ein ordentliches Frühstück zu mir genommen habe, bin ich nur ein halber Mensch.«

»Vielleicht hätten wir uns ein Hotel hier in der Stadt suchen sollen. Diese Fahrten von und nach Cuernavaca verschlingen viel Zeit.«

»Es würde dir gut tun, morgens auch ein paar Kilometer zu joggen, Bernard. Du hast ziemlich zugelegt. Das kommt von all dem ungesunden fetten Zeug, das du in dich hineinstopfst.«

»Ich mag nun mal deftiges Essen«, sagte ich.

»Sei doch nicht albern. Hier, sieh doch mal die wunderbaren Gemüse und appetitlichen Früchte. Sieh dir die Mengen von Chillies an. Das müssen doch mindestens fünfzig verschiedene Sorten sein. Schade, daß ich meine Kamera nicht dabei habe.«

»Weiß Frank irgend etwas über Stinnes?«

»Himmel! Frank kennt jeden in Berlin, das weißt du doch, Bernard. Frank sagt, Stinnes sei einer ihrer klügsten Köpfe. Frank hat eine dicke Akte über ihn und seine Aktivitäten.«

Ich nickte. Frank behauptete stets, dicke Akten über alles und jeden zu haben, wenn er weit weg war von seinem Büro. Wenn man allerdings in Berlin mit ihm zusammen war, entpuppte sich »die Akte« als kleine, rosa Karte mit dem gekritzelten Hinweis »siehe Datenzentrale«. »Der gute alte Frank«, sagte ich.

Hinter den Gemüsen wurde das Ende des Marktes von Imbißständen beherrscht. Fast jedermann auf dem Markt schien zu essen. Die Leute aßen und kauften, aßen und schwatzten und aßen sogar, wenn sie rauchten und tranken. Einige der Hingebungsvolleren ließen sich zum Essen nieder, und für diese *aficionados* waren Sitzmöglichkeiten aufgestellt worden. Da gab es Stühle und Hocker in allen Arten und Größen, die nur eins gemeinsam hatten: ihre Gebrechlichkeit.

An den meisten der Stände gab es dampfende Töpfe, in denen Reis, Huhn, Schweinefleisch und jede Art von Bohnen zusammen brutzelten. Die Holzkohlengrills waren bestückt mit knusprigen Fleischscheiben und erfüllten die Luft mit Rauch und appetitanregenden Düften. Die immer präsenten *tortillas* wurden ebenso schnell gegessen wie sie geknetet, ausgerollt und gebacken wurden. Eine alte Frau kam auf Dicky zu und reichte ihm eine *tortilla*. Dicky war verwirrt und versuchte, mit ihr zu diskutieren.

»Sie möchte, daß du die Beschaffenheit und Farbe begutachtest«, sagte ich.

Dicky schenkte ihr eines seiner charmantesten Lächeln, befingerte die *tortilla,* als wolle er sich einen dreiteiligen Anzug daraus schneidern lassen und reichte sie mit einer Serie von »*Gracias, adiós*« wieder zurück.

»Stinnes spricht übrigens ganz ausgezeichnet Spanisch«, sagte ich. »Hat Frank etwas davon erwähnt?«

»Du hattest recht mit Stinnes. Er ging nach Kuba, um dort ein paar von ihren Sicherheitsproblemen zu lösen. Er machte seine Sache so gut, daß er Anfang der siebziger Jahre zum karibischen *troubleshooter* des KGB wurde. Er war auch in all jenen Regionen, in die die Kubaner Truppen geschickt haben, und das sind nicht wenige.«

»Weiß Frank, warum Stinnes hier ist?«

»Ich glaube, diese Frage hast du schon selbst beantwortet«, sagte Dicky. »Er ist hier, um sich um deinen Freund Dicky zu kümmern.« Er sah mich an, und als ich nicht reagierte, sagte er: »Glaubst du das nicht, Bernard?«

»Ein bißchen Geld aufzutreiben, um einer Gewerkschaft unter die Arme zu greifen oder eine Anti-Atom-Demo zu unterstützen? Nicht gerade der Traumjob für einen der klügsten Köpfe des KGB, oder?«

»Ich weiß nicht«, sagte Dicky. »Mittelamerika steht auf der Prioritätenliste des KGB ganz oben. Das kannst auch du nicht leugnen, Bernard.«

»Laß es mich anders ausdrücken«, sagte ich. »Verdeckte Finanzierung dieser Art ist ein reiner Verwaltungsjob. Es ist absolut nichts für Stinnes mit seinen Sprachkenntnissen und seinen jahrelangen Erfahrungen im Außendienst.«

»Hoho«, sagte Dicky. »Nachtigall, ich hör dir trapsen, was? Du willst damit wohl andeuten, daß ihr Burschen mit Außendiensterfahrung und exzellenten Sprachkenntnissen für Aufgaben glatt zu schade seid, die Verwaltungsmenschen wie ich erledigen können?«

Genau das hatte ich gedacht, aber da ich dies nicht zugeben wollte, stritt ich es ab. »Warum der deutsche Name?« fragte ich. »Und warum arbeitet ein Mann wie er von Berlin aus? Er muß um die vierzig sein; ein kritisches Alter für einen Mann mit Ambitionen. Warum ist er nicht in Moskau, wo die wirklichen Entscheidungen fallen?«

»*Si, maestro*«, sagte Dicky sehr langsam. Er sah mich spöttisch an und fuhr sich mit der Fingerspitze über die dünnen, blutleeren Lippen, als wolle er sich am Lächeln hindern. Anstatt meine eigenen Gefühle zu verheimlichen, hatte ich mich unwillkürlich mit Stinnes identifiziert. Auch ich war vierzig Jahre alt und wollte dort dabei sein, wo die großen Entscheidungen getroffen wurden. Dicky nickte bedeutungsvoll. Von Sprachen und praktischer Arbeit im Außendienst und vor Ort mochte er nur begrenzt Ahnung haben, aber in Sachen Bürotaktik war er absolute Spitze. »Dafür hat Frank Harrington eine Erklärung parat. Stinnes – richtiger Name Nikolai Sadoff – hat ein deutsches Mädchen geheiratet, das mit der russischen Sprache nicht klarkommt. Sie lebten eine Zeitlang in Moskau, aber seine Frau fühlte sich dort nicht wohl. Schließlich bat Stinnes um Versetzung. Sie wohnen in Ostberlin. Frank Harrington glaubt, Mexico City sei für Stinnes nur eine kurze Zwischenstation.«

»Ja, er redete so, als würde er schon bald zurückgehen. ›Wenn ich wieder in Europa bin‹, sagte er.«

»Er sagte sicherlich auch, die Engländerin habe ihm die Verantwortung für einen ihrer verrückten Pläne übertragen, stimmt's?«

»So ähnlich.«

»Wir wissen doch beide, wer diese Engländerin ist, nicht wahr? Deine Frau leitet diese Operation. Es war deine Frau, die das Fernschreiben aus Berlin geschickt hat, das sie nur widerwillig befolgten. Richtig?«

Ich sagte nichts.

Dicky starrte mich mit geschürzten Lippen und zusammengekniffenen Augen an. »Das stimmt doch, oder nicht?« Er lächelte. »Oder meinst du, sie könnten noch eine andere Engländerin haben, die das KGB-Büro in Berlin leitet?«

»Wahrscheinlich ist es Fiona«, sagte ich.

»Da bin ich aber froh, daß wir wenigstens in diesem Punkt übereinstimmen«, sagte Dicky sarkastisch. Erst jetzt, da ich die Geringschätzung in seiner Stimme bemerkte, wurde mir klar, daß er es genauso verabscheute, bei diesem Auftrag mit mir zusammenzuarbeiten wie ich mit ihm. Im Londoner Büro war unsere Beziehung erträglich, aber bei derartigen Jobs war bereits die kleinste Meinungsverschiedenheit enervierend. Dicky wandte sich von mir ab und mit größtem Interesse den verschiedenen Fleischtöpfen zu. Einer der Standbesitzer hob einen Deckel, damit wir an dem Gericht schnuppern konnten. »Riech mal«, sagte ich. »Da ist genug Chilli drin, um dich zum Röcheln zu bringen.«

»Zum Verröcheln und damit in die Todesanzeigen der *Times*, meinst du wohl«, sagte Dicky und ging schnell weiter. Das Essen bei den Volkmanns hatte seinen Appetit auf Chillies gedämpft. »Unser Freund Biedermann beginnt sauer auf die Russen zu werden. Er erfindet Geschichten von britischen Geheimagenten, die ihn anrufen. Weiß der Geier, welchen Quatsch er ihnen sonst noch erzählt. Daher sind sie nervös geworden und haben Stinnes rübergeschickt, um ein paar Arschtritte auszuteilen und Biedermann wieder auf Vordermann zu bringen.«

»Sagt das Frank?« wollte ich wissen.

»Nein, ich. Das liegt doch schließlich auf der Hand. Ich weiß gar nicht, warum du dich so anstellst. Sicher, es ist keine große Sache. Aber diese KGB-Leute mögen nun mal eine nette, kleine Spritztour nach Mexiko, frischen Hummer und ein Bad im Pazifik, um ihren Arbeitsalltag zu verschönern. Stinnes macht da keine Ausnahme.«

»Etwas stimmt da nicht. Biedermann ist wohlhabend und erfolgreich; er ist nebenbei aber ziemlich konfus und saft- und kraftlos. Ihm fehlt die Motivation, und ganz bestimmt ist er nicht auf deren Bezahlung angewiesen.«

»Na und? Biedermann hat eben Angst um seine Familie. Wollen wir hier etwas essen? Einiges sieht wirklich gut aus. Sieh doch mal hier.« Er studierte das Schild. »Was sind *carnitas*?«

»Geschmortes Schweinefleisch. Es wird auf *chicharrones* serviert – Schweinekrusten. Man ißt erst das Fleisch und dann die Unterlage.«

»Wir werden erst noch bis zum Ende der Reihe gehen, um zu sehen, was sie einem sonst noch zu bieten haben. Dann kehren wir hierher zurück und probieren etwas.« Dicky schaffte es, mich immer wieder zu verblüffen. Gerade war ich zu der Feststellung gelangt, er sei der typische *gringo*-Tourist, da wollte er ein Mittagessen an der *fonda* einnehmen. »Wie sieht deine Theorie aus?« fragte er.

»Ich habe keine«, erwiderte ich. »Bei Agenten ist alles denkbar. Manche warten auf den Anbruch des sozialistischen Jahrtausends, manche hassen ihre Eltern, manche sind wütend, weil sie von einem Kredithai geschröpft worden sind. Aber gewöhnlich fängt alles mit den Möglichkeiten an. Da stellt ein Mann fest, daß er mit etwas Geheimem und Wertvollem zu tun hat. Er beginnt darüber nachzudenken, ob er diese Möglichkeit nicht nutzen kann, zu mehr Geld zu kommen. Erst dann wird er ein überzeugter kommunistischer Agent. Wie paßt nun Biedermann in dieses Bild? Was sind seine Geheimnisse? Was ist seine Motivation?«

»Schuld«, sagte Dicky. »Er fühlt sich schuldig wegen seines Reichtums.«

»Würdest du Paul Biedermann kennen, wüßtest du, was für ein guter Witz das ist.«

»Wie wäre es mit Erpressung?«

»Weswegen?«

»Sex?«

»Paul Biedermann würde jede Summe blechen, damit die Leute sagen, er sei sexbesessen. Er sieht sich gern als reichen Playboy.«

»Du läßt dein Urteil von deiner Abneigung gegen Paul Biedermann beeinflussen, Bernard. Tatsache bleibt, daß Biedermann ein Agent ist. Du hast diese beiden KGB-Leute gehört. Er ist ein Agent. Es führt doch zu nichts, wenn du dir einreden willst, er sei es nicht.«

»Oh, er ist ein Agent«, sagte ich. »Aber er ist nicht die Art von Agent, um die sich ein Mann wie Stinnes kümmern würde. Das ist es, was mich irritiert.«

»Deine Erfahrung bringt dich dazu, die Qualitäten zu überschätzen, die ein Agent braucht. Versuch doch mal, es von deren Warte aus zu betrachten: Ein reicher amerikanischer Geschäftsmann – jemand, den die örtliche Polizei nur ungern behelligen würde –, ein abgelegenes Haus an einem einsamen Strand im Westen Mexikos. Zu Land nicht weit von der Hauptstadt entfernt, zu Wasser nicht allzu weit von Wladiwostok.«

»Waffenlieferungen meinst du?«

»Ein Mann mit dem Ruf eines Trinkers, der so grob mit seinen Angestellten umspringt, daß er in seinem Haus alleingelassen wird. Frau und Kinder sind oft unterwegs. Günstiger Strand, die Pier geeignet für ein großes Motorboot.«

»Nun mach mal halblang, Dicky«, sagte ich. »Nach Biedermannschen Maßstäben ist das lediglich ein Ferienhaus. Es ist ein Ort, an den er sich zurückzieht, um das *Wallstreet Journal* zu lesen und das Wochenende damit zu verbringen, von der Möglichkeit zu träumen, wie er auf die Schnelle eine Million oder zwei machen kann.«

»Demnach steht das Haus rund die Hälfte des Jahres völlig leer. Dann steht es Stinnes und seinen Kumpanen allein zur Verfügung. Wir wissen, daß Waffen von Kuba aus zur mexikanischen Ostküste gehen, um in kleinen Flugzeugen weitertransportiert zu werden. Also warum bringt man sie dann nicht gleich aus dem Land, in dem sie hergestellt werden, über den Pazifik?« Wir kamen ans Ende der Imbißstände, und Dicky fand Interesse an einem Stand, wo Bilder feilgehalten wurden. Da gab es Familienfotos und kolorierte Lithographien von Generälen und Präsidenten. Alle Bilder steckten in feinen, alten Rahmen.

»Irgend etwas stimmt da nicht«, sagte ich. Allerdings hatte Dicky ein überzeugendes Szenarium zusammengestellt. Wenn es das Haus war, das sie interessierte, spielten die Qualitäten, die Biedermann besaß, um als Agent tätig zu sein, keine Rolle. Ja, der Londoner Zentrale würde ein Bericht dieser Art ausgezeichnet zupaß kommen. Die Geschichte hatte genau den dramatischen Effekt, den man dort so liebte. Sie hatte die geopolitischen Aspekte, die nach Karten und kolorierten Diagrammen geradezu schrien. Und im großen und ganzen konnte sie sogar zutreffen.

»Wenn etwas daran nicht stimmt«, sagte Dicky ironisch, »werde ich London einfach vorschlagen, die ganze Sache zu vergessen.« Demonstrativ blickte er auf seine Armbanduhr, einen imposant aussehenden schwarzen Chronometer, den er sich ebenfalls neu gekauft hatte. »Der Regen wird bald losgehen?« meinte er.

»Selbst in der Regenzeit regnet es selten am Vormittag.«

»Dann wird es Schlag Mittag zu schütten beginnen«, sagte Dicky und sah hinauf zu den Wolken, die sich gelblich zu färben begannen.

»Ich bin mir noch nicht klar darüber, was London eigentlich von Stinnes will«, sagte ich.

»London will Stinnes abwerben«, sagte er, als habe er sich gerade eben daran erinnert. »Sollen wir zum Schweinefleisch zurückgehen? Was sagtest du, wie es heißt – *carnitas*?«

»Abwerben?« Das konnte alles bedeuten – von der Überredung zum Überlaufen bis zum Schlag auf den Kopf und dem Einrollen in einen Teppich. »Das könnte schwierig werden.«

»Je höher sie sind, desto tiefer fallen sie«, stellte Dicky fest. »Du hast doch selbst gesagt, er sei vierzig Jahre alt und bei der Beförderung übergangen worden. Seit Ewigkeiten sitzt er in Ostberlin fest. Berlin ist für westliche Geheimdienste ein Zuckerschlecken, aber die Hölle für deren Leute. Als kluger KGB-Kopf in Ostberlin auf dem Abstellgleis stehen zu müssen, kann ganz schön verdrießen.«

»Ich nehme an, daß es seiner Frau dort gefällt«, sagte ich.

»Was hat das denn damit zu tun?« fragte Dicky. »Würde ich denn einen Geheimdienstjob in Kanada annehmen, nur weil meine Frau gefallen am Eishockey findet?«

»Nein, Dicky, du bestimmt nicht.«

»Dieser Stinnes wird einsehen, was das beste für ihn ist. Frank Harrington schätzt unsere Chancen als gut ein.«

»Du hast mit Frank über das alles gesprochen?«

»Sicher. Frank mußte eingeweiht werden, weil Berlin sein Bereich ist.« Er fuhr sich nervös mit den Fingern durch sein lockiges Haar. »Das Problem ist nur, daß wir von der Datenzentrale wissen, daß Stinnes einen achtzehnjährigen Sohn hat. Das könnte sich als heikel erweisen.«

»Himmel, Dicky«, sagte ich, nachdem ich diese Neuigkeit in etwa verdaut hatte. »Hast du das alles schon gewußt, bevor wir London verlassen haben?«

»Du meinst das mit Stinnes?«

»Ja.«

»Es sah ganz so aus, als würden sich die Dinge in dieser Richtung entwickeln.« Das war Dicky in der Defensive. Er hatte es also die ganze Zeit über gewußt, das war offensichtlich. Ich fragte mich, was er noch alles wußte, mir aber nicht sagen würde, bis es soweit war. »Die Londoner Zentrale hat seinetwegen die Abteilung in Alarmbereitschaft versetzt, stimmt's?« Mittlerweile hatten wir die *carnitas* wieder erreicht. Er wählte sich einen Stuhl, der nicht wackelte, und setzte sich. »Ich hätte meine Portion gern in einer *tortilla* verpackt. Schweinekrusten machen dick.«

»Die Zentrale löst auch Alarm aus wegen Angestellten, die sich mit der Portokasse aus dem Staube machen.«

»Aber man schickt keine so hohen Beamten wie uns los, um sie zu identifizieren, wenn sie irgendwo gesichtet werden«, sagte Dicky.

»Abwerbung«, sagte ich und überdachte alle Konsequenzen. »Ein Kaliber wie Stinnes? Du und ich? Das ist Wahnsinn!«

»Wahnsinn ist es nur, wenn du es dafür hältst«, sagte Dicky. »Wenn du meine Meinung hören willst...« Er machte eine kleine Pause. »Unter allem Vorbehalt...« Ein bescheidenes Lächeln folgte. »...gebe ich uns eine gute Chance.«

»Und wann hast du zum letztenmal einen KGB-Offizier abgeworben?«

Dicky biß sich auf die Lippe. Wir kannten die Antwort beide. Dicky war ein Schreibtischhengst. Stinnes war der erste KGB-Offizier, in dessen Nähe Dicky jemals gekommen war, und dabei hatte er Stinnes noch nicht einmal zu Gesicht gekriegt.

»Hat London denn nicht zugesagt, jemand zu schicken, der uns hilft? Das ist eine knifflige Kiste, Dicky. Wir brauchen jemand, der uns zur Seite steht – jemand mit Erfahrung.«

»Unsinn. Wir schaffen das schon. Ich will nicht, daß mir Bret Rensselaer auf der Pelle sitzt. Wenn wir das unter Dach und Fach bringen können, ist das ein großartiger Coup.« Er lächelte. »Ich habe nicht gedacht, daß du auf die Idee kommen könntest, London um Hilfe zu bitten, Bernard. Ich hielt dich für denjenigen, der am liebsten alles im Alleingang erledigt.«

»Ich bin nicht allein«, sagte ich. »Du bist mit von der Partie.« Der Standbesitzer rührte in seinem Kessel mit Schweinefleisch und legte mundgerechte Bissen auf eine große Metallplatte.

»Und du würdest vorziehen, mit deinem Freund Werner zusammenzuarbeiten, was?«

In meinem Hinterkopf schrillte die Alarmglocke. »Wir sind zusammen zur Schule gegangen«, sagte ich. »Ich kenne ihn schon sehr lange.«

»Werner Volkmann ist doch nicht bei der Abteilung beschäftigt, schon seit Jahren nicht mehr.«

»Formell ist das richtig«, sagte ich. »Aber doch von Zeit zu Zeit.«

»Weil du ihm die Aufträge erteilt hast«, sagte Dicky. »Versuche nicht, es so hinzustellen, als wären die von der Abteilung an ihn ergangen.«

»Werner kennt sich in Berlin aus«, sagte ich.

»Du kennst dich in Berlin aus. Frank Harrington kennt sich in Berlin aus. Unser Freund Stinnes kennt sich in Berlin aus. Es herrscht kein Mangel an Leuten, die sich in Berlin auskennen. Das ist kein Grund, ihn zu beschäftigen.«

»Werner ist Jude. Er wurde in Berlin geboren, als die Nazis an der Macht waren. Werner sieht instinktiv Dinge in Menschen, die uns verborgen bleiben. Du kannst sein Wissen über Berlin nicht mit dem vergleichen, was ich weiß.«

»Beruhige dich doch. Jeder weiß, daß Werner dein zweites Ich ist und man ihn daher nicht kritisieren darf.«

»Was hättest du gern? Du kannst ›mageres Fleisch‹ haben, ›reines Fleisch‹, ›Fleisch ohne Fett‹ und ›von jedem etwas‹...«

»Was ist der Unterschied zwischen...«

»Laß uns nicht spitzfindig werden«, unterbrach ich ihn. »Nimm *surtido*, das ist von jedem etwas.« Dicky nickte zum Zeichen seines Einverständnisses.

Dicky, der schon immer eine bemerkenswerte Begabung dafür gezeigt hatte, was sein leibliches Wohl anging, entdeckte nun, daß ein *carnitas*-Stand zweckdienlicherweise stets neben anderen aufgebaut ist, die die notwendigen Beigaben feilhalten, auch *salsas* und eingelegte Kaktusfrüchte. Er stellte fest, daß *tortillas* per Kilogramm verkauft werden. »Ein Kilo«, sagte er, als die *tortilla*-Händlerin mit der Bezahlung verschwand und ihn mit einem riesigen Fladenstapel zurückließ. »Glaubst du, daß sie sich halten, damit ich sie Daphne mitnehmen kann?« Er wickelte etwas Fleisch in die oberste *tortilla*. »Köstlich«, sagte er, als er die erste verdrückt hatte und eine zweite in Angriff nahm. »Was sind das eigentlich alles für Stücke?«

»Das ist Ohr und das da Innereien«, sagte ich.

»Warte ab, bis Daphne hört, was ich gegessen habe. Sie wird sich übergeben. Unsere Nachbarn waren letztes Jahr in Mexiko und wohnten im ›Sheraton‹. Sie haben sich die Zähne nur mit Mineralwasser geputzt. Ich wünschte, ich hätte meine Kamera dabei, damit du fotografieren könntest, was ich hier auf dem Markt verspeise. Also, was war das doch gleich – *carnitas*? Ich möchte ganz korrekt sein, wenn ich daheim davon berichte.«

»Carnitas«, sagte ich. *»Surtido.«*

Dicky wischte sich den Mund am Taschentuch ab, stand auf und sah sich auf dem Marktplatz um. Von unserer Position aus konnte ich sehen, wie die Leute Plastikspielzeug verkauften, antike Tische und vergoldete Spiegel, billige Hemden, Messingbettgestelle, abgegriffene amerikanische Filmzeitschriften und eine reiche Auswahl an Kristallstöpseln, die ihre Flaschen und Krüge immer um etliches überdauern. »Tja«, sagte Dicky. »Es ist schon eine tolle Stadt, was? Dreißig Millionen Menschen zusammengepfercht in 2200 Metern Höhe mit riesigen Berggipfeln rundherum und einer undurchdringlichen dauerhaften Smogdecke über den Köpfen. Wo sonst findest du eine Metropole ohne Fluß, ohne Küste, dafür aber mit so lausigen Straßen? Und dennoch ist das eine der ältesten Städte, die die Menschheit kennt. Wenn das kein Beweis dafür ist, daß die menschliche Rasse steinerweichend verrückt ist, gibt es keinen.«

»Ich kann nur hoffen, daß du von mir nicht erwartest, daß ich stehenden Fußes zu Stinnes laufe, um ihm die Chance zum Überlaufen anzubieten«, sagte ich.

»Ich habe darüber nachgedacht«, meinte Dicky. »Die Volkmanns kennen ihn doch. Sollen wir nicht *sie* den ersten Schritt machen lassen?«

»Werner arbeitet nicht für die Abteilung. Das hast du doch eben selbst gesagt.«

»Einwand«, sagte Dicky. »Ich habe gesagt, daß Werners Berlinkenntnisse kein hinlänglicher Grund sind, ihn in Berlin einzusetzen. Wir wollen uns doch daran erinnern, daß Werner den Vermerk ›nur für unbedenkliche Fälle einsetzbar‹ in seiner Akte hatte.«

»Du bist doch mitunter ein ziemlich gehässiger Hund, Dicky«, sagte ich. »Du spielst darauf an, daß 1978 vertrauliche Mitteilungen durchgesickert sind. Du weißt aber sehr gut, daß Werner von jedem Verdacht reingewaschen worden ist.«

»Es war deine Frau, die das getan hat«, sagte Dicky, plötzlich verdrossen. Er war verärgert, weil er Fiona nie in Verdacht gehabt hatte, Geheimnisse zu verraten. Ich begriff, daß Dicky in mir eher jemand sah, der ihn hinters Licht geführt hatte, als jemand, der Fionas eigentliches Opfer war.

Der Himmel war inzwischen von Gewitterwolken verdunkelt, und es herrschte diese eigentümliche Luftbewegung, die Blitz und Donner vorausgeht. Ich habe mich nie an die schnellen Auswirkungen von Hitze und hoher Luftfeuchtigkeit gewöhnen können. Als wir den Markt betreten hatten, war die Luft vom süßen Duft frischer Früchte erfüllt gewesen. Jetzt machte er bereits dem Geruch der Fäulnis Platz, der von den zerdrückten, beschädigten und verdorbenen Produkten ausging.

»Ja, es war meine Frau. Werner war unschuldig.«

»Wenn du mir genau zugehört hättest, wäre dir nicht entgangen, daß ich sagte, daß Werner diesen Vermerk in seiner Akte hatte. Ich habe nicht gesagt, daß das immer noch so ist.«

»Und jetzt willst du Werner bitten, Stinnes für dich abzuwerben?«

»Ich hielt es für besser, wenn *du* das tun würdest, Bernard.«

»Er macht Urlaub«, sagte ich. »Es ist eine Art zweiter Flitterwochen.«

»Das hast du bereits gesagt«, meinte Dicky. »Aber ich habe so das Gefühl, als würden sie sich bereits miteinander langweilen. Wenn du in den Flitterwochen wärst – erste, zweite oder dritte –, würdest du die Abende doch sicherlich nicht in irgendeinem heruntergekommenen Club in einem schmuddeligen Stadtteil verbringen, oder?«

»Wir haben den Club noch nicht gesehen«, erinnerte ich ihn. »Vielleicht ist er ganz kolossal.«

»Herrlich, wie du das eben gesagt hast, Bernard. Ich wünschte, ich hätte es auf Tonband aufnehmen können, wie du eben ›kolossal‹ gesagt hast. Sicher, es könnte Mexicos Antwort auf ›Caesar's

Palace‹ in Vegas oder das ›Lido‹ in Paris sein. Aber ich warne dich, verwette nicht dein ganzes Geld darauf. Weißt du, wenn ich in den zweiten Flitterwochen mit dieser köstlichen kleinen Zena wäre, würde ich mich in Acapulco aufhalten oder mir irgendeinen Sandstrand suchen, an dem man ungestört ist. Ich würde sie jedenfalls nicht in den ›Kronprinz‹-Club mitschleppen, um zu sehen, wie das Rommé-Turnier ausgeht.«

»Aber so, wie es nun einmal ist«, sagte ich, »wirst du die köstliche kleine Zena nirgendwohin mitnehmen. Ich dachte, ich hätte dich sagen hören, du könntest sie nicht ausstehen. Ich erinnere mich, daß du gesagt hast, einmal Flitterwochen mit Zena wären für dich mehr als genug.« Vom schwefelgelben Himmel kam laufend Donnergrollen als Vorzeichen eines heftigen Gewitters.

Dicky lachte. »Ich gebe zu, daß ich da ein wenig voreilig war«, sagte er. »Ich war noch nicht lange genug von zu Hause fort, als ich das behauptet habe. So, wie ich es jetzt sehe, wirkt Zena auf mich von Tag zu Tag mehr sexy.«

»Und du glaubst, ein Gespräch mit Stinnes über westliche Demokratie und die freie Welt wird den Volkmanns einen neuen Lebensinhalt geben?« fragte ich.

»Ungeachtet deiner Ironie – ja. Warum schlägst du es ihnen nicht einfach vor und wartest ab, wie sie reagieren?«

»Warum schlägst *du* es ihnen nicht einfach vor und wartest ab, wie sie reagieren?«

»Sieh dir doch bloß diese Kinder an und den Esel und den alten Mann mit dem Sombrero. Das ist genau die Art Motiv, mit dem man im Foto-Club Preise einheimst. Wirklich zu dumm, daß ich keine Kamera dabei habe. Hast du mitbekommen, was man in diesem Land für einen Fotoapparat anlegen muß? Die Amerikaner setzen den Peso wirklich unter Druck. Nein, ich glaube, du solltest mit ihnen darüber reden, Bernard. Schnapp dir Werner und sprich mit ihm. Dann kann er heute abend in den ›Kronprinz‹ gehen und nachsehen, ob Stinnes da ist.« Dicky blieb vor einem Stand stehen, um einem Mann zuzusehen, der *chiles rellenos* zubereitete. Er füllte Fleisch in große Paprikaschoten, und darauf kam dann noch ein großer Löffel gehackter Chillies, bevor sie fritiert und in eine Tomaten-Knoblauch-Sauce gelegt wurden. Schon beim Zusehen wurde mir übel.

»Werner wird wissen müssen, was London Stinnes anzubieten bereit ist. Ich nehme an, es wird schließlich um eine einmalige große Zahlung, ein Gehalt und vertragliche Abmachungen über die

Größe des Hauses gehen, das sie bekommen, und welche Automarke und so weiter.«

»Wird das tatsächlich so gemacht?« fragte Dicky. »Das klingt wie ein Ehevertrag.«

»Sie möchten es gern genau festgelegt haben, was sie erwarten können.«

»London wird zahlen«, sagte Dicky. »Sie wollen Stinnes; sie wollen ihn wirklich. Das bleibt natürlich unter uns; das braucht Werner Volkmann nicht zu wissen.« Verschwörerisch berührte er mit dem Zeigefinger einen seiner Nasenflügel. »Sind die Forderungen realistisch, werden sie bestimmt nicht abgelehnt.«

»Was soll Werner also zu Stinnes sagen?« Auf dem Kopfsteinpflaster erschienen glänzende schwarze Flecken, einer nach dem anderen auf dem grauen Staub. Der Regen war da.

»Laß uns das alles ganz locker angehen, ja?« sagte Dicky. Seine Frau Daphne arbeitete in einer kleinen Werbeagentur. Dicky hatte mir erzählt, daß sie dort sehr aggressive Methoden und die modernsten Verkaufstechniken anwandten. Mitunter beschlich mich das Gefühl, daß Dicky es sehr gern hätte, wenn die Abteilung auf die gleiche Weise geführt würde – vorzugsweise von ihm selbst.

»Du meinst, wir wollen Werner nicht voll einweihen?«

»Laß uns sehen, wie der Keks krümelt«, sagte Dicky.

Meine Voraussage, daß es nur nachmittags regnen würde, war nur zu richtig. Es war ein paar Minuten nach eins, als es zu schütten begann. Dicky nahm mich im Auto bis zur Universität mit, wo er sich mit einem seiner Oxford-Freunde treffen wollte, und dort – auf der offenen Plaza – entließ er mich in den strömenden Regen. Ich verfluchte ihn. Aber es lag keine persönliche Feindseligkeit in Dickys Egoismus; dasselbe hätte er auch fast jedem anderen angetan.

Es war nicht einfach, ein Taxi zu bekommen, aber schließlich hielt doch ein alter weißer VW-Käfer an. Die Sitze waren zerschlissen, und auf dem schmutzigen Boden lagen Zigarettenkippen herum. Dafür war das walnußfurnierte Armaturenbrett so reichlich ausgestattet wie das Cockpit eines Boeing-Jets. Neben einem ganzen Sortiment an Schraubenschlüsseln und Schraubenziehern, die daran befestigt waren, gab es eine Taschenlampe in Kugelschreiberform und ein großes koloriertes Medaillon des Schreines der Jungfrau von Guadalupe zu bewundern. Im Gegensatz zu dem Äußeren seines Gefährtes sah der Fahrer wie aus dem Ei gepellt aus. Mit seinem frischgestärkten weißen Hemd und der dunkelgrauen Krawatte sah er mehr nach Börsenmakler denn nach Taxifahrer aus. So ist Mexiko nun einmal.

Als wir in die Nähe von Werner Volkmanns Apartment gelangten, schafften es die Gullys nicht mehr, die Regenmassen aufzunehmen, und die Straßen verwandelten sich im Nu zu flachen Seen, in denen der Verkehr zeitweise steckenblieb. Es gab das übliche Dauerkonzert der Autohupen. Das Taxi kam nur langsam voran, und ich sah den durchnäßten, schmutzigen Kindern zu, die trockene, saubere Lotterielose anboten, die durch Klarsichthüllen geschützt wurden. Viele gutgekleidete Passanten auf Einkaufstour verfügten über Chauffeure, die ihnen, bewaffnet mit einem Schirm, den Schlag der Limousine öffneten. Ich konnte mir nicht vorstellen, daß sich Zena Volkmann in irgendeinem anderen Stadtteil als der *Zona Rosa* wohlfühlen würde. In dieser Gegend, eingerahmt von der Avenida de los Insurgentes, der Avenida Chapultepec und dem breiten Paseo de la Reforma, liegen die großen internationalen Hotels, die schicken Restaurants und noblen Geschäfte mit Hauptsitz in Paris oder New York. Und in den gutbesuchten Cafés, die auch den Bürgersteig mit Beschlag belegen, kursieren stets die allerneuesten Gerüchte, Witze und Skandale, die diese unglaubliche Stadt im Überfluß liefert.

Zena Volkmann hätte natürlich überall wohnen können. Aber sie zog es vor, komfortabel und gediegen zu leben. Sie hatte den Reichtum und die Reichen auf eine Art schätzen gelernt, die nur eine Kindheit in bitterer Armut lehrt. Sie war eine Überlebende, die auf der Leiter hinangeklommen war ohne das Privileg, etwas anderes gelernt zu haben als Lesen, Schreiben und sich ihr Gesicht anzumalen; hinzu kam ihre natürliche Begabung fürs Rechnen. Vielleicht tat ich ihr unrecht, aber ich hatte das Gefühl, daß sie bereit war, alles zu tun, wenn nur der Preis dafür hoch genug war. Sie besaß diese fundamentale Unsicherheit, die aus einer Phase der Armut für immer und ewig fortlebt und die kein noch so großes Vermögen beheben kann.

Sie machte aus ihrem Herzen keine Mördergrube. Selbst inmitten der Gegensätze von Mexiko zeigte sie kein sonderliches Mitgefühl für die Not der Hungernden. Und wie so viele ehemals arme Schlucker hatte sie nur Verachtung für den Sozialismus in jeder seiner verschiedenartigen Erscheinungsformen übrig, da sich nur die Reichen und Schuldbewußten die subtilen Wonnen gleichmacherischer Philosophien gestatten können.

Zena Volkmann, die erst zweiundzwanzig Jahre alt war, hatte den größten Teil ihrer Kindheit bei ihren Großeltern verbracht. Von ihnen hatte sie die nostalgisch verklärte Sehnsucht nach einem Deutschland von einst geerbt. Es war ein protestantisches Deutschland der Aristokraten und der Handküsse, der silbernen Zeppeline und der Mensuren. Es war ein kultiviertes Deutschland der Industrie, Wissenschaft und Schönen Künste; ein kaiserliches Deutschland, regiert von tüchtigen, unbestechlichen Preußen von der großen kosmopolitischen Stadt Berlin aus. Es war ein Deutschland, das sie nie erlebt hatte; ein Deutschland, das es so nie gegeben hat.

Die kunstvoll arrangierte nachmittägliche Kaffeestunde war eine Manifestation ihrer Nostalgie. Die dünnen Porzellantassen, die Silbergabeln für die Obsttorte, die winzigen Damastservietten zum Abtupfen der Lippen waren Bestandteil einer Zeremonie, die typisch deutsch ist.

Zenas braunseidenes Nachmittagskleid mit besticktem Kragen und Saum unter dem Knie ließ sie aussehen wie eine begeisterte Hausfrau. Ihre langen dunklen Haare waren zu zwei Zöpfen geflochten und über den Ohren zu dieser altmodischen Schnecken-Frisur zusammengesteckt, die heute kaum noch getragen wird und nahezu unbekannt ist. Und Werner, der dasaß wie ein liebenswerter Gorilla, war soweit gegangen, einen hellbraunen Tropenanzug anzuziehen, zu dem er obendrein eine gestreifte Krawatte trug. Als ich in meinem zerknitterten, regenfeuchten Hemd die Kaffeetasse auf dem Knie meiner schlammbespritzten Nylonhose balancierte, war mir peinlich bewußt, daß mein Aufzug nicht in diesen Rahmen paßte.

Als Zena in die Küche gegangen war, hatte ich Werner von meinem Ausflug zu Biedermanns Haus erzählt, von den Russen, die ich dort beobachtet hatte, und von Biedermanns Beichte. Werner ließ sich Zeit mit einer Reaktion. Er drehte sich um und sah aus dem Fenster. Auf einem Beistelltisch lagen die Scherben einer zerbrochenen Tasse nebst Untertasse in einem großen Aschenbecher. Werner stellte den Aschenbecher seitlich auf den Servierwagen, auf dem der Fernseher stand. Als Zena aus der Küche zurückkam, hatte er noch immer keinen Kommentar abgegeben.

»Biedermann war immer ein Einzelgänger«, sagte Werner erst dann. »Er hat zwei Brüder, aber Paul leitet die Geschäfte. Wußtest du das?«

Es war ein belangloses Geplauder, aber da Zena jetzt bei uns war, wußte ich nicht, wieviel ich vor ihr sagen sollte. »Sind beide Brüder geschäftlich aktiv?«

»Der alte Biedermann hat alles gleichmäßig unter den fünf Kindern aufteilt – zwei Mädchen und drei Jungen. Aber die anderen überlassen alle Entscheidungen Paul.«

»Warum denn auch nicht?« fragte Zena und legte mir ein Stück Obsttorte vor. »Er weiß, wie man Geld macht. Die anderen vier brauchen nichts anderes zu tun, als es auszugeben.«

»Du hast ihn nie leiden können, Bernie, stimmt's?« fragte Werner. »Du hast Paul nie gemocht.«

»Ich habe ihn ja kaum gekannt«, sagte ich. »Er ist an irgend so eine feine Schule übergewechselt. Ich erinnere mich gut an seinen Vater. Sein Vater hat mich auf seinem Schoß die Laster über den Hof steuern lassen, während er Gaspedal und Bremse betätigte. Ich war damals noch ein keiner Junge. Ich habe den alten Mann sehr gern gehabt.«

»Es war ein dreckiger alter Fuhrhof«, sagte Werner. Er erzählte das eher Zena als mir. »Voller Schmutz und Unrat. Was für ein Wunderland war er doch für uns Kinder, wenn wir dort spielten. Wir hatten einen Mordsspaß.« Er nahm von Zena ein Stück Torte entgegen. Sein Stück war schmal; sie hatte ihn auf Diät gesetzt. »Paul war ein sehr guter Schüler. Der alte Mann war so stolz auf ihn, aber sie hatten nicht mehr viel gemeinsam, als Paul mit all diesen guten Zensuren und Hochschuldiplomen zurückkam. Der alte Biedermann hatte selbst keine ordentliche Ausbildung genossen. Er verließ die Schule, als er vierzehn war.«

»Er war ein echter Berliner«, sagte ich. »Er leitete das Transportunternehmen wie ein Despot. Jeden einzelnen seiner Arbeiter kannte er mit Namen. Er schickte sie zur Hölle, wenn er wütend war, und betrank sich mit ihnen, wenn es etwas zu feiern gab. Sie luden ihn zu ihren Hochzeiten und Taufen ein, und er fehlte bei keiner Beerdigung. Und wenn die Gewerkschaft alljährlich ihren Wochenendausflug veranstaltete, luden sie ihn immer mit ein. Ohne den Alten hätte keiner von ihnen gehen wollen.«

»Du sprichst von dem Fuhrhof«, sagte Werner. »Aber das war nur ein winziger Teil des Gesamtunternehmens.«

»Es war das Geschäft, das der alte Biedermann auf die Beine gestellt hatte und das einzige, an dem er wirklich hing!« Irgendwo in der Küche begann ein Wasserkessel zu pfeifen, aber Zena rührte sich nicht. Schließlich verstummte er. Vermutlich war die alte Indiofrau da.

»Aber es war ein Zuschußgeschäft«, sagte Werner.

»Deshalb war es Paul Biedermanns erste Tat, als er von diesem Managementkurs aus Amerika zurückkam, den Fuhrhof zu verkaufen und den alten Mann aufs Altenteil abzuschieben.«

»Du klingst so bitter, Bernie. Aber das ist doch nicht der Grund, warum du Paul so verabscheust, nicht?«

Ich trank noch etwas Kaffee und wurde das Gefühl nicht los, daß Zena keineswegs die Absicht hatte, uns allein zu lassen, damit wir die Dinge bereden konnten, über die wir reden mußten. So setzte ich die Plauderei fort. »Die Sache hat dem alten Biedermann den Todesstoß versetzt. Nachdem der Fuhrhof verkauft war und das Unternehmen von New York aus gesteuert wurde, hatte er nichts mehr, wofür es sich für ihn zu leben gelohnt hätte. Erinnerst du dich, wie er den ganzen Tag in Leuschners Café herumsaß und jedem, der ihm nur zuhören wollte, sogar uns Kindern, von den alten Zeiten erzählte?«

»So ist es nun mal heutzutage«, sagte Werner. »Unternehmen werden mit Hilfe von Computern geführt. Die Gewinnspannen sind hauchdünn, und kein Manager kann es sich leisten, die Augen lange genug von seinen Zahlenkolonnen zu heben, um die Namen seiner Angestellten auswendig zu lernen. Das ist der Preis, den wir für den Fortschritt zahlen.«

Zena nahm den Aschenbecher mit den Scherben hoch. An der Art, wie sie es vermied, ihren Mann anzusehen, merkte ich, daß Werner der Schuldige war. Sie nahm auch die Kaffeekanne und ging in die Küche. Ich sagte: »Dicky hat sich in Los Angeles mit Frank Harrington getroffen. Offenbar hat London beschlossen, den Versuch zu unternehmen, Erich Stinnes abzuwerben.« Ich hatte vorgehabt, ihm dies mit der Ruhe eines Nachrichtensprechers mitzuteilen, aber dennoch waren die Worte wie eine Sturzflut aus mir herausgesprudelt.

»Ihn abzuwerben?« Ich stellte interessiert fest, daß Werner ebenso bestürzt und verblüfft reagierte, wie ich es getan hatte. »Gibt es da irgendeine Vorgeschichte?«

»Du meinst, ob es schon Sondierungsgespräche mit Stinnes gegeben hat? Das habe ich mich auch gefragt, aber nach allem, was ich aus Dicky herausholen konnte, scheint der Plan einem Sprung ins kalte Wasser zu gleichen.«

Werner lehnte sein beachtliches Gewicht im Sessel zurück und pfiff. »Und wer soll einen Versuch starten?«

»Dicky möchte, daß du es tust.« Ich trank noch einen Schluck

Kaffee und versuchte, ganz beiläufig zu klingen. Ich sah, daß Werner zwischen Empörung und Wonne hin und hergerissen war. Werner wünschte sich sehnlich, wieder ein regulärer Mitarbeiter der Abteilung zu werden. Aber er wußte auch, daß die Wahl nicht wegen seiner Befähigung auf ihn gefallen war. Er war schlicht und einfach der Mann, der am nächsten an Stinnes dran war. »Das ist ja eine wirklich großartige Chance«, sagte Werner verärgert. »Eine großartige Chance für Mißerfolg. Und damit könnten Frank Harrington und all die anderen, die mich jahrelang verleumdet haben, abermals die Möglichkeit bekommen, mich erneut mies zu machen.«

»Sie müssen natürlich davon ausgehen, daß die Chancen gering sind«, sagte ich. »Aber wenn Stinnes darauf anspringt, wirst du zum Stadtgespräch, Werner.«

Werner bedachte mich mit einem schiefen Lächeln. »Du meinst in beiden Teilen, Ost und West?«

»Worüber redet ihr denn?« fragte Zena, als sie mit dem frischen Kaffee zurückkam. »Hat es was mit Erich Stinnes zu tun?«

Werner warf mir einen Blick zu. Er wußte, daß ich in Zenas Beisein nicht debattieren wollte. »Wenn ich die Sache anpacken soll, wird Zena davon erfahren müssen, Bernie«, sagte er entschuldigend. Ich nickte. Es war nun mal Tatsache, daß Werner ihr jedes Wort von dem erzählte, was ich ihm sagte. Und dann konnte sie es auch gleich von mir erfahren.

Zena schenkte Kaffee nach und bot uns eine Auswahl Kekse an, die Werner besonders gern aß. »Es geht um Stinnes, nicht wahr?« fragte sie, als sie ihre Kaffeetasse nahm – sie trank ihn schwarz und stark – und sich setzte. Selbst in diesem eher strengen Kleid sah sie sehr schön aus. Ihre großen Augen, die blendendweißen Zähne und die hohen Wangenknochen in dem leicht gebräunten Gesicht ließen sie wirken wie die Schöpfung eines aztekischen Goldschmieds.

»London will ihn abwerben«, sagte Werner.

»Du meinst, sie wollen ihn anheuern, damit er dann für sie arbeitet?« fragte Zena.

»Man rekrutiert normale Bürger, um sie zu Spionen zu machen«, erklärte Werner geduldig. »Aber ein feindlicher Sicherheitsoffizier, besonders einer, der dazu beitragen könnte, sein eigenes Agentennetz auffliegen zu lassen, wird abgeworben.«

»Das ist doch ein und dasselbe«, sagte Zena unbekümmert.

»Das ist ein großer Unterschied«, sagte Werner. »Wenn du

jemand als Spion anwirbst, gaukelst du ihm romantische Bilder vor und läßt ihn sich mutig und tapfer fühlen. Aber ein Agent, den du abwirbst, weiß Bescheid. Er kennt sich aus im Metier. Abwerbung ist eine tückische Sache. Du mußt in der Lage sein, abgefeimten Lügnern Lügen aufzutischen. Sie sind zynisch und anspruchsvoll. Für gewöhnlich läßt es sich ganz vielversprechend an, um dann irgendwann schiefzulaufen. Und am Ende ist jeder auf jeden sauer.«

»Wie du das sagst, klingt es wie ein Scheidungsverfahren«, stellte Zena fest.

»Es ist ja auch ein bißchen so«, sagte ich. »Aber es kann wesentlich brutaler sein.«

»Brutaler als eine Scheidung?« Zena flatterte mit den Augenlidern. »Ihr wollt Erich Stinnes also lediglich die Chance bieten, in den Westen überzulaufen? Kann er das denn nicht von sich aus zu jedem Zeitpunkt tun, an dem er Lust dazu hat? Er ist in Mexiko. Warum sollte er nach Moskau zurückkehren, wenn er nicht will?« Zenas Art, die Welt zu sehen, hatte etwas ausgeprägt Weibliches an sich.

»So einfach ist das nicht«, sagte Werner. »Es gibt nicht viele Länder, die osteuropäischen Staatsbürgern Asyl gewähren. Die Seeleute, die von ihren Schiffen springen, Passagiere und Aeroflot-Besatzungen, die ihre Maschinen irgendwo beim Auftanken verlassen, oder sowjetische Delegierte, die in ausländische Polizeireviere laufen und um Asyl nachsuchen, stellen fest, daß das so einfach nicht ist. Selbst konservative Regierungen schicken sie schnurstracks nach Moskau zurück und setzen sie den damit verbundenen Folgen aus.« Er kostete einen Keks. »Ganz ausgezeichnet, Liebling«, lobte er.

»Jene mit Haselnüssen habe ich leider nicht bekommen können. Aber die mit Honig sind auch gar nicht so schlecht, nicht wahr? Warum lassen sie denn die Leute nicht bleiben? Weshalb schicken sie sie überhaupt nach Rußland zurück? Das ist ja abscheulich«, sagte Zena.

»Überläufer zu unterstützen heißt die Russen zu verärgern«, sagte Werner. »Wenn Stinnes erklärt, er möchte in Mexiko bleiben, läuft der sowjetische Botschafter sofort zum mexikanischen Außenminister und setzt die einheimischen Behörden unter Druck.«

»Warum sagt Stinnes in einem solchen Fall nicht, sie sollen sich zum Teufel scheren?« fragte Zena.

»Der Botschafter erklärt dann, Stinnes habe goldene Löffel gestohlen oder müsse sich in Moskau wegen irgendeines Verbrechens vor Gericht verantworten. Wenn die Mexikaner ihn dann nicht überstellen, werden sie beschuldigt, einen Kriminellen zu schützen. Und vergiß darüber hinaus nicht, daß schließlich jemand den Überläufer finanziell gut versorgen oder ihm einen Job verschaffen muß.«

»Warum sollten sich die Mexikaner um die Russen scheren?« fragte Zena.

Da Werner von den Keksen vollauf in Anspruch genommen wurde, sagte ich: »Die Russen haben in diesem Teil der Welt eine Menge Einfluß, Frau Volkmann. Sie können ziemliche Probleme schaffen, indem sie Nachbarländer dazu bringen, Druck auszuüben. Kuba wird zu derartigen kleinen Hilfsdiensten immer gern bereit sein, weil seine Wirtschaft total vom sowjetischen Geld abhängig ist. Sie können wirtschaftliche Sanktionen verhängen. Sie können die UN-Kommissionen beeinflussen, das Gewäsch der Unesco und so weiter. Und alle mittelamerikanischen Länder haben mit einheimischen kommunistischen Parteiorganisationen zu kämpfen, die bereit sind, alles zu tun, was die Russen verlangen. Regierungen stoßen die Sowjetunion nicht ohne guten Grund vor den Kopf. Einem Überläufer Asyl zu gewähren ist mit Sicherheit keiner.«

»Aber es gibt doch immer wieder Überläufer«, beharrte Zena.

»Sicher«, sagte ich. »Viele werden von den USA unterstützt, weil die Flucht von berühmten Musikern oder Künstlern eine Negativwerbung für das kommunistische System ist. Und die können auch im Westen für ihren Lebensunterhalt leicht aufkommen. Aber der Rest muß eben irgend etwas Wertvolles im Gepäck haben, als Eintrittsgeld sozusagen.«

»Geheimnisse?«

»Das kommt ganz darauf an, was Sie als Geheimnisse bezeichnen. Üblicherweise gewährt ein Land jemandem Asyl, der Informationen darüber liefert, wie und auf welche Art die Sowjets im Gastland spioniert haben. Für solche Berichte ist eine Regierung im allgemeinen bereit, dem sowjetischen Druck zu widerstehen.«

»Und weil das so ist«, sagte Werner, »ist es den meisten anständigen Russen verwehrt, zu uns zu kommen, aber die KGB-Bastarde können das jederzeit. Nimm alle zusammen, die der Sowjetunion den Rücken gekehrt haben, und du hast ein Ballett und ein Orchester, eine Handvoll Sportstars, aber eine ungeheure Armee von Geheimpolizisten.«

Zena sah mich mit ihren großen grauen Augen an und meinte betont: »Aber wenn ihr euch in puncto Erich Stinnes nicht irrt, ist er ein KGB-Agent. Also könnte er auch Spionagegeheimnisse an Mexiko liefern. So würde es ihm doch auch ohne eure Hilfe erlaubt werden, hierzubleiben.«

»Würden Sie den Rest Ihres Lebens gern in Mexiko verbringen, Frau Volkmann?« fragte ich.

Sie schwieg einen Augenblick, als würde sie diese Vorstellung überdenken. »Wahrscheinlich nicht«, gab sie zu.

»Nein, ein Mann wie Stinnes wird einen britischen Paß haben wollen.«

»Oder einen US-Paß?« fragte Zena.

»Die amerikanische Staatsangehörigkeit sichert einem nicht automatisch das Recht zu, ins Ausland zu reisen. Ein britischer Paß weist einen britischen Staatsbürger aus, und die haben das Recht, zu jedem von ihnen gewünschten Zeitpunkt das Land zu verlassen. Stinnes wird uns eine beachtliche Liste von Forderungen überreichen, falls er sich zu dem Schritt entschließt. Er wird eine Reihe von Dokumenten brauchen, damit er eine völlig neue Identität erhält, und zwar eine, die so niet- und nagelfest ist, daß sie allen Überprüfungen standhält.«

»Was für Dokumente wären das?«

»Papiere, die die Zusammenarbeit vieler verschiedener Regierungsstellen erforderlich machen«, sagte ich. »So wird er zum Beispiel einen Führerschein benötigen, nur darf der nicht so mir nichts, dir nichts für einen Vierzigjährigen ausgestellt werden, ohne die entsprechenden Eintragungen in den normalen Akten einschließlich des nachgewiesenen Bestehens der Fahrprüfung. Er wird auch irgendeine harmlos aussehende Akte in dem für ihn zuständigen Finanzamt bekommen müssen. Er wird eine Kreditkarte haben wollen; was schreibt er in das Antragsformular? Und dann sind da die Reisedokumente. Wahrscheinlich wird er eine gewisse Bewegungsfreiheit haben wollen, und das bereitet immer gewisse Kopfschmerzen. Übrigens muß er uns ein paar Fotos für seinen Paß und den seiner Frau geben. Eine gute Aufnahme dürfte jeweils genügen. Ich lasse die nötigen Abzüge dann in der Botschaft machen.«

Werner nickte. Er wußte, daß das seine Instruktionen waren, die zugleich die Angebote beinhalteten, die er Stinnes unterbreiten konnte. »Du gehst davon aus, daß er in England leben wird?« fragte Werner.

»Fürs erste Jahr sicherlich«, sagte ich. »Die Verhöre werden sich eine Weile hinziehen. Könnte das zum Problem werden?«

»Er hat immer davon gesprochen, daß er am liebsten in Deutschland leben würde. Stimmt's, Zena?«

»Jedenfalls hat er das immer wieder betont«, pflichtete sie ihm bei. »Aber so etwas sagt doch jeder im ›Kronprinz‹. Man trinkt deutsches Bier und tauscht Neuigkeiten aus der alten Heimat aus. Es ist ganz natürlich, daß von Deutschland mit großer Zuneigung gesprochen wird. Aber wenn Sie jemandem die Möglichkeit bieten wollen, sich mit einem gewissen Komfort zurückzuziehen, ist England gar kein schlechter Ort, denke ich.« Sie lächelte.

»Dicky ist davon überzeugt, daß er auf jedes einigermaßen vernünftige Angebot eingehen wird«, sagte ich.

»Tatsächlich?« fragte Werner skeptisch.

»London glaubt, Stinnes sei bei Beförderungen übergangen worden. Sie gehen davon aus, daß er in Ostberlin in die Ecke gestellt worden ist, um dort zu versauern.«

»Warum ist er denn dann hier?« erkundigte sich Werner.

»Dicky meint, sie wollten ihm eine nette kleine Abwechslung bieten.«

»So etwas gibt man nur von sich, wenn einem keine befriedigende Erklärung einfällt«, meinte Werner. »Findest du nicht auch, Bernie?«

»Ich bin davon überzeugt, daß seine Anwesenheit mit Paul Biedermann zusammenhängt«, sagte ich vorsichtig. »Fragt sich bloß, in welcher Beziehung, zum Teufel?«

Werner nickte. Er nahm mich nicht ernst. Er wußte, daß ich Biedermann nicht mochte, und glaubte, meine Abneigung würde meine Einschätzung der Dinge beeinflussen. »Aus welchem Grund nimmst du das an, Bernie?« fragte er.

»Stinnes und sein Begleiter hatten keine Ahnung, daß ich sie draußen in Biedermanns Haus belauschte. Sie sagten, Biedermann würde von ihnen geführt, und das glaube ich auch.«

»Paul Biedermann hat für das KGB Geld gewaschen«, erzählte Werner Zena. »Und dann hat er es für sie verschickt.«

»So ein Hund«, stellte Zena fest. Der Familienbesitz in Ostpreußen, den sie nicht hatte erben können, weil ihre alte Heimat inzwischen ein Teil der UdSSR war, hatte sie mitleidlos gegenüber Menschen gemacht, die dem KGB halfen. Aber sie hielt sich nicht weiter mit Biedermann auf, ihre Gedanken galten Stinnes. »Was ist denn so besonderes an Stinnes dran?« wollte sie von mir wissen.

»London will ihn haben«, sagte ich. »Und die Wege der Zentrale sind wundersam und unberechenbar.«

»Das ist alles Dicky Cruyers Idee«, sagte sie, als sei ihr plötzlich die Erleuchtung gekommen. »Ich wette, London steckt überhaupt nicht dahinter. Dicky Cruyer ist nach Los Angeles gefahren und hat sich dort mit Frank Harrington getroffen. Und dann kam er zurück mit der elektrisierenden Neuigkeit, daß London Erich Stinnes haben will und daß er zum Überlaufen überredet werden soll.«

»Das könnte er nicht tun«, sagte Werner, der es haßte, wenn sein Vertrauen zur Londoner Zentrale untergraben wurde. »Es ist eine Londoner Anordnung, nicht, Bernie? Es muß eine sein.«

»Sei doch nicht kindisch, Werner«, widersprach seine Frau. »Kann doch sein, daß es im nachhinein sanktioniert worden ist. Du weißt, daß man Frank Harrington zu allem überreden kann.«

Werner brummte. Zenas Liebesaffäre mit dem älteren Frank Harrington war etwas, das nie erwähnt wurde; aber ich konnte sehen, daß sie nicht in Vergessenheit geraten war.

Zena wandte sich an mich. »Ich habe doch recht, oder? Sie wissen, daß ich recht habe.«

»Eine erfolgreiche Abwerbung könnte für Dickys Chancen, weiterhin für Deutschland verantwortlich zu sein, wahre Wunder wirken«, sagte ich. Ich stand auf und ging zum Fenster hinüber. Ich hatte fast vergessen, daß wir hier in Mexico City waren, aber die Berge, die gerade noch hinter einem Dunstschleier sichtbar waren, die dunkle Wolkendecke, das tropische Gewitter, das mit seinen Blitzen die Stadt prügelte, waren etwas, das es in Europa nicht gab.

»Wann sehen wir Geld dafür, daß wir Stinnes aufgespürt haben?« fragte Zena. Ich hatte ihr den Rücken zugewandt und redete mir nun ein, sie würde mit Werner sprechen.

Es war auch Werner, der die Antwort gab. »Das wird schon werden, Liebling. Diese Dinge brauchen nun mal gewisse Zeit.«

Zena trat zu mir ans Fenster und sagte: »Ohne Geld werden wir überhaupt nichts unternehmen.«

»Ich weiß nichts über das Geld«, sagte ich.

»Kein Mensch scheint etwas über das Geld zu wissen. Ist das Ihre Methode?«

Werner hockte noch immer schwer in seinem Sessel und knabberte Kekse. »An Bernie liegt es doch nicht, Liebling. Wenn es nach Bernie ginge, würde er uns die Kronjuwelen geben.« Die Kronjuwelen waren seit jeher Werners Vorstellung von absolutem Reichtum. Ich erinnerte mich daran, daß er während unserer Schulzeit von seinen besonders geschätzten Heiligtümern immer gesagt hatte, er würde sie nicht einmal gegen die Kronjuwelen eintauschen.

»Ich bitte nicht um die Kronjuwelen«, sagte Zena spröde. Ich drehte mich um und sah sie an. Mein Gott, sie war hart, und dennoch beeinträchtigte diese Härte ihre Schönheit nicht. Mit einem Mal ging mir die fatale Anziehungskraft auf, die sie auf den armen Werner ausübte. Es war, als hielte man sich zutrauliche Piranhas in der Badewanne oder eine zahme Felsenpython im Wäscheschrank. Beide Tierarten kann man zwar nie ganz domestizieren, aber es macht Spaß zu sehen, welche Wirkung sie auf den Freundeskreis haben. »Die Tatsache, Erich Stinnes aufgespürt zu haben, gehört honoriert.«

Ich sah Werner an, aber der probierte gerade ein neues unergründliches Gesicht aus. »Ich habe keine Ahnung, wer Ihnen gesagt hat, es gäbe für Hinweise über den Aufenthaltsort von Erich Stimmes eine Belohnung. Ich mit Sicherheit nicht. Tatsache ist, daß die Abteilung niemals irgendwelche Prämien aussetzt, Frau Volkmann. Zumindest habe ich noch nicht davon gehört, daß derartige Zahlungen erfolgt sind.« Sie sah mich mit so gelassenem, leidenschaftslosem Interesse an, daß ich mich zu fragen begann, ob mein Kaffee vergiftet war. »Aber ich könnte es vielleicht arrangieren, daß Sie die Kosten der Flugreise ersetzt bekommen; Hin- und Rückflug erster Klasse.«

»Ich will keine Almosen«, sagte sie. »Ich will nur das, was mir zusteht.« Sie sagte »mir«, nicht »uns«, stellte ich fest.

»Welche Vergütung würden Sie denn für angemessen halten?« fragte ich.

»Sechzehntausend amerikanische Dollar«, sagte sie wie aus der Pistole geschossen. Zunächst wunderte ich mich, wie sie auf eine so exakte Summe gekommen war, bis mir klar wurde, daß die Höhe des Betrages nichts mit der erbrachten Leistung zu tun hatte. Sie brauchte das Geld für irgend etwas anderes. Aber so arbeitete Zenas Gehirn nun einmal; jeder Schritt, den sie tat, zielte in eine unvorhersehbare Richtung.

»Das ist eine Menge Geld, Frau Volkmann«, sagte ich. Ich sah zu Werner, aber der goß sich gerade Kaffee ein und konzentrierte sich derart darauf, als hätte er alles andere um sich herum vergessen. Es ging ihm anscheinend durchaus nicht gegen den Strich, daß mir Zena die Hölle heiß machte. Vermutlich gab sie nur dem Groll Ausdruck, der sich in all den Jahren in Werner angestaut hatte, als er unter den instinktlosen Praktiken der Londoner Eierköpfe zu leiden hatte. Aber es bereitete mir durchaus kein Vergnügen, von Zena so abgekanzelt zu werden. »Ich trage dafür Sorge, daß Ihre Forderungen an London weitergeleitet werden.«

»Und sagen Sie ihnen auch...« begann sie. Ihre Stimme klang noch immer sanft, und sie lächelte, so daß ein zufälliger Beobachter durchaus den Eindruck gewinnen konnte, wir tauschten eine Liebenswürdigkeit nach der anderen aus. »Sagen Sie ihnen, ich würde dafür sorgen, daß Erich Stinnes Ihnen kein Wort glaubt, wenn ich kein Geld bekomme.«

»Wie wollen Sie das denn fertigbringen, Frau Volkmann?« erkundigte ich mich.

»Nein, Zena...« sagte Werner, aber es war bereits zu spät. Er hätte früher eingreifen müssen.

»Ich werde ihm reinen Wein einschenken über das, was Sie vorhaben«, sagte sie. »Ich werde ihm nicht verhehlen, daß Sie ihn betrügen wollen, wie Sie mich betrogen haben.«

Ich lachte verächtlich auf. Zena schien darob überrascht. »Sie waren doch bei unserer Unterhaltung dabei, Frau Volkmann. Haben Sie denn immer noch nicht begriffen? Ihr Mann verdient sein Geld durch Vorfinanzierungen. Er leiht Geld von westlichen Banken, um im voraus für Güter zu bezahlen, die dann in die DDR exportiert werden. Die Durchführung dieser Geschäfte bringt es mit sich, daß er geraume Zeit in der Deutschen Demokratischen Republik verbringt. Es ist doch sehr einsichtig, daß sich die britische Regierung eines Mannes wie Werner bedient, um mit Stinnes das anstehende Thema zu besprechen.«

Ich warf Werner einen Blick zu. Er stand jetzt mit verschränkten Händen hinter Zena, seine Stirn war gerunzelt. Er hatte uns unterbrechen wollen, aber nun sah er mich nur an und wartete darauf, was ich noch vorzubringen hatte. »Beim Fußball beginnt jedes Spiel damit, daß zur Wahl der Seiten eine Münze in die Luft geworfen wird. Allerdings hat in unserem Metier die Seitenwahl – Sie können auch ›Abwerbung‹ dazu sagen – nicht unbedingt etwas mit klingender Münze zu tun. Es kann auch ganz anders ablaufen: ein Schlag über den Schädel, und dann erfolgt die Verschiffung in einer Lattenkiste. Ich behaupte nicht, daß dies passieren muß, aber Werner und ich wissen beide, daß es im Bereich des Möglichen liegt. Und falls dergleichen eintritt, möchte ich ganz sichergehen, daß die andere Seite Werner für einen unschuldigen Zuschauer hält, der den vollen Eintrittspreis bezahlt hat. Wenn die da drüben nämlich den Eindruck gewinnen, Werner sei einer von jenen Typen, die über den Zaun klettern und den Torwart mit Bierdosen beschmeißen, können sie ungemütlich werden. Und wenn das KGB ungemütlich wird, Frau Volkmann, dann wird es sehr ungemütlich. Daher gebe ich Ihnen den guten Rat, mit Erich Stinnes auf keinen Fall so zu sprechen, daß er auf den Gedanken kommen könnte, Werner stünde in enger Verbindung zur Abteilung. Andernfalls besteht das große Risiko, daß Ihnen beiden Unangenehmes widerfährt.«

Ich sah Zena an, und sie nickte. »Wenn Werner mit Stinnes sprechen will, werde ich die Sache nicht verpatzen«, versprach sie. »Aber rechnen Sie nicht mit meiner Unterstützung.«

»Die erwarte ich auch nicht«, sagte ich.

Werner legte ihr den Arm um die Schultern, um sie zu trösten. Allerdings sah Zena nicht so aus, als würde sie sich große Sorgen um ihn machen. Die erhofften sechzehntausend Dollar, die ihr durch die Lappen gegangen waren, schmerzten sie weit mehr, und sie war deshalb wütend.

6

»Falls Zena mich jemals verlassen sollte, dann weiß ich nicht, was ich mache«, sagte Werner. »Ich glaube, ich würde sterben.« Er wedelte eine Fliege mit seinem Strohhut fort.

Das war Werner in seiner düsteren Stimmung. Ich nickte, war aber versucht, ihn daran zu erinnern, daß Zena ihn in der Vergangenheit bereits mehrfach verlassen hatte, er aber immer noch am Leben war. Er hatte sogar die erste kurz zurückliegende Zeit überlebt, als sie mit Frank Harrington zusammenlebte – einem verheirateten Mann, der alt genug war, um ihr Vater sein zu können – und alles so danach aussah, als könne etwas Dauerhaftes daraus werden. Nur würde Zena nie etwas auf Dauer machen, es sei denn, Werner auf Dauer unglücklich.

»Zena ist sehr ehrgeizig«, sagte Werner. »Ich glaube, das ist dir doch klar?«

»Sie ist sehr jung, Werner.«

»Zu jung für mich, willst du sagen?«

Ich drückte mich vorsichtig aus. »Zu jung, um zu wissen, wie die Welt wirklich aussieht, Werner.«

»Ja, arme Zena.«

»Ja, arme Zena«, sagte ich. Werner sah mich an, als wollte er herausfinden, ob das Echo ironisch gemeint war. Ich lächelte.

»Ein herrliches Hotel ist das«, sagte Werner. Wir saßen auf dem Balkon und frühstückten. Es war noch früh am Morgen, und die Luft war kühl. Die Stadt lag in unserem Rücken, und wir blickten auf die sanftgerundeten Berge.

»Dicky hat es aufgetan«, sagte ich.

Zena hatte Werner für einen Tag von der Leine gelassen, und er war von Mexico City aus nach Cuernavaca gekommen, um mir von seinem Zusammentreffen mit Stinnes im ›Kronprinz‹ zu berichten. Dicky hatte beschlossen, unser »Hauptquartier« in diesem Kurort aufzuschlagen, den so viele Nordamerikaner aufsuchen, um dort ihre alten Tage zu verbringen und ihre billigen Pesos auszugeben.

»Er trifft sich mit irgend jemand.«

Werner nickte. »Es war klug von euch, hier in Cuernavaca zu wohnen. Auf dieser Seite der Berge ist es immer kühler, und man braucht diesen Smog nicht Tag und Nacht einzuatmen.«

»Andererseits«, sagte ich, »wohnt Dicky gleich nebenan.«

»Dicky ist schon in Ordnung«, sagte Werner. »Du machst ihn nur nervös.«

»Ich mache ihn nervös?« fragte ich ungläubig.

»Mit dir zu arbeiten, muß doch ziemlich problematisch für ihn sein«, stellte Werner fest. »Du kennst den Aufgabenbereich Deutschland besser, als er ihn jemals kennen wird.«

»Aber er hat den Job bekommen«, sagte ich.

»Hast du etwa erwartet, daß er ihn ausschlägt?« fragte Werner. »Du solltest ihm eine Chance geben, Bernie.«

»Dicky geht es blendend. Er braucht keine Hilfe, weder von dir noch von mir. Er verlebt gerade eine herrliche Zeit.«

Dicky hatte ein Treffen mit einem pensionierten amerikanischen CIA-Beamten namens Miller und einem Engländer organisiert, der für sich in Anspruch nahm, großen Einfluß beim mexikanischen Sicherheitsdienst zu haben. In Wirklichkeit probierte Dicky natürlich ein paar der besten örtlichen Restaurants auf Kosten des Steuerzahlers aus und erweiterte seinen ohnehin schon großen Freundes- und Bekanntenkreis. Dicky hatte mir schon seinen »privaten« Karteikasten mit Kontaktadressen in aller Welt gezeigt, den er zu Hause in seinem Schreibtisch aufbewahrte. Auf der Rückseite der jeweiligen Karte hatte Dicky kurz notiert, wie er die Vermögensverhältnisse, die Macht und den Einfluß des Betreffenden beurteilte. Dann und wann witzelte er über seine Kartei. »Er wird eine herrliche Karte bei mir«, pflegte er zu sagen, wenn ein hohes Tier seinen Weg kreuzte. Manchmal fragte ich mich, ob er auch über mich eine Karteikarte angelegt hatte – und wenn ja, was er darauf notiert haben mochte.

Dicky war ein eifriger Tourist, und seine Wahl von Bars, Restaurants und Hotels war das Ergebnis intensivster Recherchen in Stadtführern und Reisemagazinen. Die »Hazienda Margarita«, eine alte Ranch am Rande der Stadt, war Beweis für die Vorteile, die derart hingebungsvolle Nachforschungen bringen können. Es war ein bezauberndes altes Haus. Kühle Steinkolonnaden umgaben einen Innenhof mit Pfefferbäumen und großen Palmen. Die hohen Schlafräume waren mit herrlichen Fliesen ausgelegt, und es gab große Fenster und kühle Balkone, da das Anwesen – wenn man einer Tafel in der Rezeption glauben schenken durfte – zur Zeit der *conquistadores* errichtet worden war, zu einer Zeit, als man die Erfindung der Klimaanlage noch nicht ins Auge gefaßt hatte.

Einstweilen genoß ich jene Art von gesundem Frühstück, das

Dicky als den einzig wahren Start in einen neuen Tag bezeichnete. Ein Krug mit frisch ausgepreßtem Orangensaft stand auf dem Tisch, eine Kanne heißen Kaffees, Kondensmilch, knusprige Brötchen und ein Topf mexikanischer Honig. Auf dem mit einer Orchidee geschmückten Frühstückstablett lag eine Ausgabe von *The News*, der lokalen englischsprachigen Zeitung. Werner trank Orangensaft und Kaffee, lehnte jedoch Brötchen und Honig ab. »Ich habe Zena versprochen abzunehmen.«

»Dann werde ich deine auch noch essen«, sagte ich.

»Du bist auch zu dick«, stellte Werner fest.

»Aber ich habe Zena keinerlei Versprechungen gemacht«, sagte ich und tauchte das Messer in den Honig.

»Stinnes war gestern da«, sagte Werner.

»Wird er anbeißen, Werner?«

»Wer könnte das bei so einem Mann mit Sicherheit sagen«, meinte Werner. »Ich habe ihm erzählt, daß ich hier in Mexico City einen Mann getroffen hätte, den ich von Berlin her kenne. Ich sagte, er habe ostdeutsche Flüchtlinge mit den nötigen Pässen ausgestattet, damit sie nach England gehen konnten. Stinnes fragte, ob ich echte oder gefälschte Dokumente meinte. Ich sagte echte Papiere, Pässe und Personalausweise und eine Aufenthaltserlaubnis für London oder eine beliebige andere Großstadt.«

»Briten haben keine Personalausweise«, stellte ich richtig. »Und sie brauchen auch keine besondere Erlaubnis, um in der Stadt ihrer Wahl leben zu können.«

»Nun, das habe ich nicht gewußt«, sagte Werner pikiert. »Schließlich habe ich noch nie in England gelebt, oder? Aber wenn die Engländer keine Papiere verlangen, warum, zum Teufel, bieten wir sie ihm denn dann eigentlich an?«

»Zerbrich dir darüber nicht den Kopf, Werner. Was hat Stinnes gesagt?«

»Er sagte, daß Flüchtlinge niemals wirklich glücklich würden. Er kenne eine Menge Exilanten, aber alle hätten bereut, ihr Heimatland verlassen zu haben. Er sagte, sie würden die Sprache nie völlig beherrschen und seien niemals gänzlich integriert. Am schlimmsten aber sei, sagte er, daß die Kinder getrennt von ihren Eltern in einem anderen Land aufwachsen und ihnen schließlich fremd würden. Natürlich wollte er nur Zeit gewinnen.«

»Hat er Kinder?«

»Einen erwachsenen Sohn.«

»Wußte er, worauf du hinaus wolltest?«

»Vielleicht war er anfangs nicht ganz sicher. Aber ich blieb beharrlich, und Zena hat mir dabei geholfen. Du weißt, daß sie gesagt hat, sie würde nicht helfen, Bernie. Aber sie hat es getan. Sie erklärte ihm, daß ein bißchen Geld alle Probleme beseitigen könne. Zena erzählte ihm, daß Freunde von ihr nach England gegangen wären und jede Minute in ihrer neuen Heimat genießen würden. Sie hätten ein großes Haus auf dem Lande mit einem riesigen Garten, und ihnen stünde ein Sprachlehrer zur Verfügung. Sie erklärte ihm, die Probleme ließen sich durchaus alle lösen, wenn nur etwas Beistand und Hilfe vorhanden sei.«

»Zu diesem Zeitpunkt muß er gewußt haben, wohin der Hase läuft«, sagte ich.

»Ja, er wurde vorsichtig«, erwiderte Werner. »Ich nehme an, er befürchtete, ich könnte ihn zum Narren halten.«

»Und?«

»Ich mußte noch ein bißchen deutlicher werden. Ich erklärte, daß dieser Freund von mir jederzeit einen Job in England für jemanden finden könnte, der über Erfahrungen auf dem Gebiet des Sicherheitswesens verfügt. Er wäre für ein paar Wochen Urlaub nach Mexiko gekommen, nachdem er eine ausgedehnte Reise durch die Vereinigten Staaten unternommen habe, um Sicherheitsexperten für eine große britische Gesellschaft zu finden, ein Unternehmen, das für die britische Regierung tätig sei. Die Bezahlung sei sehr gut, sagte ich ihm, mit langfristigen Verpflichtungen beider Seiten.«

»Ich wünschte, du hättest diesen Freund wirklich, Werner«, sagte ich. »Ich würde ihn gern einmal treffen. Wie hat Stinnes reagiert?«

»Was sollte er darauf schon sagen, Bernie? Ich meine, was würdest du oder ich an seiner Stelle sagen?«

»Er sagte, vielleicht...?«

»Er sagte ja. Das heißt, er wagte sich an das Ja so weit heran, wie er nur konnte. Er befürchtete offenbar, es könnte sich um eine Falle handeln. Jeder an seiner Stelle hätte doch Angst, er könnte in eine Falle tappen. Er sagte, er würde gern nähere Einzelheiten hören, und bat um die Möglichkeit, über die Sache nachzudenken. Außerdem müsse er sich dann natürlich auch mit dem Mann treffen, der diese Position zu vergeben habe. Natürlich behauptete ich, lediglich Vermittler zu sein, so eine Art Zwischenträger...«

»Hat er dir das abgenommen?«

»Vermutlich ja«, sagte Werner. Er nahm die Orchidee und betrachtete sie, als sähe er eine solche Blüte zum ersten Mal. »In Mexico City wachsen keine Orchideen, aber hier in Cuernavaca entwickeln sie sich prächtig. Kein Mensch weiß, warum. Vielleicht liegt es am Smog.«

»Du darfst es nicht nur vermuten, Werner.« Es regte mich auf, wenn er wichtige Fragen dadurch umging, daß er das Thema wechselte. »Ich habe gestern keine Witze gemacht... als ich mit Zena sprach. Ich meinte es durchaus ernst, daß sie grob werden können.«

»Er hat mir schon geglaubt«, sagte Werner in einem Ton, dem anzumerken war, daß er mich nur beruhigen wollte.

»Stinnes ist kein Amateur«, sagte ich. »Er ist immerhin derjenige, den sie auf mich angesetzt haben, als ich drüben in der DDR festgenommen wurde. Er hat mich zur Normannenstraße gebracht und saß mit mir die halbe Nacht zusammen, um die eher subtilen Aspekte bei Sherlock Holmes zu diskutieren, zu rauchen, zu lachen und mir klarzumachen, daß sie Scheiße aus mir herausprügeln würden, wenn es nach ihm ginge.«

»Wir haben eine ganze Reihe KGB-Agenten wie Erich Stinnes kennengelernt«, sagte Werner. »Er ist bei einem Bier durchaus leutselig, aber unter anderen Umständen kann er ziemlich ungemütlich werden. Man darf ihm nicht trauen, Bernie. Ich bin sorgsam auf Distanz gegangen. Wie du weißt, bin ich nicht gerade ein Held.«

»Hatte er jemand dabei?«

»Einen älteren Mann – ungefähr fünfzig –, gebaut wie ein Bulldozer, mit kurzgeschnittenen Haaren. Er scheint keine Sprache ohne starken russischen Akzent sprechen zu können.«

»Klingt ganz nach dem Kerl, mit dem er auch in Biedermanns Haus war. Pawel, so hat er ihn genannt. Ich habe dir doch erzählt, was sie miteinander gesprochen haben?«

»Ich habe mir schon gedacht, daß es sich um ihn handelt. Glücklicherweise spricht dieser Pawel nicht gerade fließend Deutsch, besonders als Stinnes und ich richtig loslegten. Stinnes wurde ihn dann auch sehr schnell los, als er begriff, welche Richtung unser Gespräch nahm. Das hielt ich für ein gutes Zeichen.«

»Wir können alle guten Zeichen brauchen, die wir nur kriegen können, Werner.« Ich trank einen Schluck Kaffee. »Es ist gut und schön, mit ihm über Sprachunterricht in Hampshire zu sprechen, aber er weiß genau, wie die Wirklichkeit aussieht. Er würde in irgendeinem lausigen ›Sicheren Haus‹ hocken und KGB-Geheimnisse auszuplaudern haben, und er würde sich jeden Abend eine halbe Flasche Scotch hinter die Binde kippen, um zu vergessen, welchen Schaden er seinen eigenen Leuten zufügt und daß am nächsten Morgen alles wieder von vorn anfängt. He, sieh doch nicht so besorgt drein, Werner.«

Er sah mich an und biß sich auf die Lippe. »Stinnes weiß, daß du hier bist, Bernie. Ich bin ganz sicher, daß er das weiß.« Ein Anflug von Unruhe war spürbar. »Er hat mich gefragt, ob ich einen Engländer kenne, der mit Paul Biedermann befreundet sei. Ich erwiderte, daß Paul eine Menge Engländer kennt. Stinnes meinte, das könne schon sein, aber dieser bestimmte Engländer würde auch den Rest der Familie Biedermann kennen – und das seit langem.«

»Auch das trifft auf eine ganze Reihe von Leuten zu«, stellte ich fest.

»Aber auf niemand in Mexico City«, entgegnete Werner. »Ich bin überzeugt, Stinnes weiß, daß du hier bist. Und das ist ausgesprochen schlecht.«

»Warum sollte das schlecht sein?« fragte ich, obwohl ich wußte, was er sagen würde. Ich kannte Werner schon so lange, daß unsere Gedanken in den gleichen Bahnen verliefen.

»Weil es ganz danach klingt, als wisse er dies von Paul Biedermann.«

»Kann sein«, sagte ich.

»Wenn Stinnes wegen Biedermann besorgt ist – und das ist dem Gespräch zu entnehmen, das du belauscht hast –, dann ist er durchaus in der Lage, ihn durch den Fleischwolf zu drehen. Wir beide wissen, daß Biedermann nicht fähig ist, viel zu ertragen. Und dann posaunt er alles hinaus, was er weiß – und noch ein paar Dinge dazu, die er nur vermutet.«

»Was sollte Biedermann ihnen schon groß erzählen? Daß ich alte Ferraris verkauft habe, die dauernd liegengeblieben sind?«

»Du machst wohl Witze. Biedermann könnte ihnen erzählen, daß du für den SIS, den britischen Geheimdienst, arbeitest, oder von Frank Harrington und den Leuten, mit denen sich Frank trifft.«

»Sei doch nicht albern, Werner. Das KGB weiß alles über Frank Harrington. Er befindet sich seit langem in Berlin, und er war kein Unbekannter in Berlin, als er den Job übernahm. Und was die Frage nach meinem Arbeitgeber betrifft – wir haben uns in jener

Nacht, als er mich in der Normannenstraße am Wickel hatte, auch über die Höhe des Einkommens unterhalten.«

»Ich bin sicher, daß er mit dir sprechen will, Bernie. Es fehlte nur noch, daß er deinen Namen genannt hätte.«

»Na, irgendwann wird er mit mir sprechen müssen. Und er wird mich wiedererkennen. Dann wird er ein Fernschreiben nach Moskau schicken und sich einen Computerausdruck mit allem kommen lassen, was sie dort über mich wissen. So ist das nun mal, Werner. Dagegen kann man nichts machen.«

»Das gefällt mir aber nicht, Bernie.«

»Was soll ich denn tun? Mir einen falschen Bart ankleben und einen Stein in den Schuh stecken, damit ich hinke?«

»Laß Dicky die Sache abwickeln.«

»Dicky? Stinnes würde sehr schnell das Weite suchen.«

»Das kann auch passieren, wenn du es versuchst«, sagte Werner. »Aber über Dicky ist nichts bekannt, da er nicht als Agent im Außendienst gearbeitet hat. Es ist daher kaum anzunehmen, daß sie Dicky gegenüber die brutale Masche abziehen werden.«

»Nun, das wäre ein anderes Argument«, sagte ich.

»Das ist nichts, worüber man Scherze machen sollte, Bernie. Mir ist klar, daß du Zena gestern ein eher rosiges Bild gemalt hast. Und ich weiß es sehr zu schätzen, daß du nicht versucht hast, sie zu beunruhigen. Aber es ist uns doch hoffentlich beiden klar, daß die beste Methode zur Verhinderung einer Abwerbung die ist, den Abwerber um die Ecke zu bringen... Und wir wissen auch, daß Moskau diese Meinung teilt.«

»Hast du Zeit und Ort eines Treffens festgesetzt?«

»Das gefällt mir alles immer noch nicht, Bernie.«

»Was soll schon passieren? Ich erzähle ihm, wie angenehm es doch ist, in Hampshire zu leben. Und er wird mir empfehlen, ihm nicht die Hucke vollzulügen.«

In dem großen Patio unter unserem Balkon ertönte Musik. Ein paar Leute des Hotelpersonals errichteten eine Bühne, stellten Klappstühle auf und dekorierten die Säulen mit farbigen Laternen für das Konzert, dessen Ankündigung ich in der Hotelhalle gesehen hatte. Unter den hohen, stachligen *palmitos*, an der anderen Seite des Patios, befanden sich sechs Männer und ein sehr auffallendes Mädchen. Einer der Männer zupfte auf einer Gitarre. Das Mädchen lächelte und summte eine Melodie, aber die anderen Männer saßen absolut passiv herum, wie dies für heiße Länder so typisch ist.

Werner folgte meinem Blick und beugte sich vor, um zu sehen, was da vor sich ging. Der Gitarrenspieler stimmte eine Weise an, die jeder in Mexiko kennt, und sang leise:

»Das Leben, es ist nichts wert, das Leben ist nichts wert, es beginnt mit einem Weinen, und mit einem Weinen endet es auch.
Und darum ist in dieser Welt das Leben nichts wert.«

»Stinnes«, sagte Werner, »deutete an, daß dieser Pawel ein Problem werden könnte, weil er verzweifelt bemüht sei, nach Moskau zurückzukommen und dort wieder in Gnaden aufgenommen zu werden. Stinnes befürchtet, daß er bei der erstbesten Gelegenheit Schwierigkeiten machen könnte.«

»Das klingt ja ganz nach einem vertraulichen Schwatz, Werner. Er sagte also, er habe Angst?« Stinnes war nicht der Typ, der leicht zu erschrecken war und ganz bestimmt nicht der Typ, das auch noch zuzugeben.

»Was ich dir berichtet habe, ist eine kurze Zusammenfassung«, sagte Werner. »Stinnes ließ dies alles nur durchblicken, verpackt in Beschönigungen und Doppeldeutigkeiten, aber was er damit meinte, war klar.«

»Und das Resultat?«

»Er möchte mit dir reden. Allerdings an einem absolut sicheren Ort, wo sich keine Wanzen befinden und keine unliebsamen Zeugen auftauchen können.«

»Zum Beispiel?«

»Auf Biedermanns Boot.«

»Stinnes' Vorschlag klingt vernünftig«, sagte ich. »Das hast du fein gemacht, Werner.«

»Vernünftig für ihn, aber nicht für dich.«

»Warum nicht?«

»Du bist wohl verrückt? Es ist sicher, daß Biedermann dann mit von der Partie sein wird. Sie werden draußen auf dem Pazifik kreuzen und dich einfach über Bord werfen und hinterher erklären, du hättest beim Schwimmen einen Krampf bekommen. Die örtliche Polizei hat Biedermann doch in der Tasche, und das gilt auch für den einheimischen Arzt, der den Totenschein ausstellen wird.«

»Du hast dir mein Ableben ja schon in allen Details ausgemalt, Werner.«

»Wenn du zu dumm bist, die Gefahr selbst zu sehen, dann muß ich dich eben mit der Nase darauf stoßen.«

»Ich kann mir nicht vorstellen, daß sie sich solche Mühe für etwas machen sollten, was sie doch wesentlich einfacher durch einen Verkehrsunfall erledigen könnten, wenn ich eines Morgens über den Paseo de la Reforma renne.«

»Natürlich weiß ich nicht, was du zu deinem Schutz arrangieren wirst. Ich nehme an, daß dann da draußen ein Fregatte der Royal Navy mit einem Hubschrauber an Bord in der Nähe sein wird, die euch auf dem Radarschirm im Auge behält. Mir ist klar, daß du mir nicht alles erzählst.«

Es gab Zeiten, in denen mich Werner wirklich zum Wahnsinn treiben konnte. »Du weißt nur zu genau, daß ich dir alles erzähle, was du wissen mußt. Und wenn ich mich mit Stinnes auf diesem verdammten Boot treffe, werde ich nicht einmal mein Schweizer Offiziersmesser dabeihaben... Fregatte der Royal Navy! Großer Gott, Werner, auf was für Gedanken du doch manchmal kommst.« Unter uns sang der Gitarrenspieler:

»... nur der Gewinner wird geachtet.
Deshalb ist das Leben nichts wert in Guanajuato...«

»Mach, was du willst«, sagte Werner vorwurfsvoll. »Ich weiß, daß du ja doch nicht auf mich hörst. Das hast du doch noch nie getan.«

Mir kam es so vor, als hätte ich mein halbes Leben damit verbracht, auf Werners Ratschläge zu hören. Und in meiner Erinnerung gibt es eine lange Liste von Malen, in denen ich herzhaft bereut hatte, es getan zu haben. Aber das behielt ich für mich und sagte statt dessen: »Es wird mir schon nichts zustoßen, Werner.«

»Du denkst, dir könnte nichts passieren, weil deine Frau zu den Russen übergelaufen ist?«

Ich hatte keine Ahnung, worauf er eigentlich hinauswollte. »Was meinst du denn damit, Werner?«

»Ich bin mit Fiona nie gut ausgekommen. Das gebe ich jederzeit zu. Aber das lag mehr an ihrem Verhalten als an meinem. Als du sie geheiratet hast, wollte ich mich mit ihr anfreunden.«

»Was willst du damit sagen, Werner?«

»Fiona arbeitet jetzt für das KGB. Nun, ich will nicht behaupten, daß sie dem Vater ihrer Kinder einen KGB-Schlägertrupp auf den Hals hetzen wird. Aber bilde dir bloß nicht ein, daß du dich immer und ewig absoluter Immunität von dieser Seite her erfreuen kannst. Das ist ganz und gar nicht die Arbeitsmethode des KGB, Bernie. Das weißt du genau.«

»Nein?«

»Ihr gehört jetzt zu verschiedenen Lagern, du und Fiona. Sie arbeitet gegen dich, Bernie. Vergiß das nie.«

»Du willst doch nicht etwa sagen, Fiona habe Stinnes in der Hoffnung nach Mexiko geschickt, daß auch du herkommen könntest, um Urlaub zu machen, anstatt nach Spanien zu fahren, wohin du doch bereits die Tickets gekauft hattest, als du aus der Zeitung erfuhrst, in Mexiko sei alles billiger? Du willst doch nicht andeuten, sie habe das getan, weil sie hoffte, du würdest Stinnes aufspüren und dies London melden? Und dann rechnete sie sich aus, daß man mich herschicken würde, um den Versuch einer Abwerbung zu unternehmen? Ich finde, das wären doch eine Menge Zufälle, nicht? Sie müßte schon über magische Kräfte verfügen, um das alles auszutüfteln.«

»Es macht dir Spaß, mich lächerlich zu machen«, sagte Werner. »Dabei fühlst du dich erst richtig wohl, was?«

»Ja, das stimmt. Und da du dich wohlfühlst, wenn du dich bemitleiden kannst, sind wir das perfekte Gespann.« Es wurde wärmer in der Morgensonne, und der süße Duft der Blumen hing in der Luft. Die Blüten waren groß und farbenprächtig, genau die Blüten, die in den Kulturfilmen des Fernsehens in Zeitlupe Insekten fressen.

»Ich habe nur ausgesprochen, was auf der Hand liegt. Du darfst nicht annehmen, auch weiterhin ein behütetes Leben führen zu können, bloß weil Fiona für sie arbeitet.«

»Weiterhin? Was willst du denn damit sagen?«

Werner beugte sich vor. »Fiona hat in all den Jahren, in denen sie als KGB-Maulwurf in der Londoner Zentrale saß, dafür gesorgt, daß dir nichts zustieß. Es hat doch keinen Sinn, das jetzt ableugnen zu wollen. Du hast es mir selbst erzählt, Bernard. Das war kurz nach deiner Freilassung.«

»Ich sagte, vielleicht hat sie eine solche Abmachung getroffen.«

»Aber das wird sie jetzt nicht mehr tun. Sie ist Stinnes Führungsoffizier und verantwortlich für das, was auch immer Biedermann vorhaben mag. Sie erledigt das von einem Ostberliner Schreibtisch aus. Moskau wird auf jeden ihrer Schritte achten, und sie muß ihnen beweisen, daß sie auf ihrer Seite ist. Selbst wenn sie dich beschützen wollte, dürfte sie es nicht tun. Solltest du mit der Vorstellung auf Paul Biedermanns Boot gehen, daß dir schon nichts geschehen kann, weil das KGB tut, was Fiona will, so wirst du unter Umständen nicht zurückkommen.«

»Na, vielleicht wäre das eine gute Gelegenheit herauszufinden, wie die Partie steht«, sagte ich. »Ich werde mich mit Stinnes auf dem Boot treffen und sehen, was passiert.«

»Sag aber nicht, ich hätte dich nicht gewarnt.«

Ich hatte keine Lust, mich herumzustreiten, besonders mit Werner nicht. Er machte sich Sorgen um meine Sicherheit, auch wenn er sich dabei benahm wie eine Glucke. Aber ich war nervös im Hinblick auf die Dinge, die Stinnes für mich in petto haben mochte. Und Werner zerrte nur weiter an meinen Nerven, weil er meine eigenen Befürchtungen laut äußerte. Meine Auseinandersetzung mit Werner war der Versuch, meine eigenen Ängste zu beschwichtigen, aber je länger wir miteinander haderten, desto weniger überzeugend klang ich. »Versetz dich an seine Stelle, Werner«, sagte ich. »Stinnes macht doch genau das, was du oder ich auch tun würden. Er hält sich bedeckt, fragt nach weiteren Informationen und spielt die ganze Sache auf Nummer Sicher. Er schert sich einen Pfifferling darum, ob wir das Rendezvous auf Biedermanns Boot annehmbar finden oder nicht. Wenn wir unsere Befürchtungen und Schwierigkeiten nicht über Bord werfen, wird er annehmen, es sei uns nicht ernst.«

Werner schob die Unterlippe vor, als würde er nachdenken. Und dann, als wollte er seine versonnene Pose nachdrücklicher machen, klemmte er seine Nase zwischen Daumen und Zeigefinger, während er die Augen schloß. Das war die ausgefeilte Version der nachdenklichen Pose, die er in der Schule einzunehmen pflegte, wenn er bemüht war, sich an diesen oder jenen Lehrsatz zu erinnern. »Ich werde dich begleiten«, sagte er. Das war ein nobles Angebot, denn Werner hatte einen Horror vor Schiffen aller Art.

»Wird Stinnes das gestatten?«

»Ich werde ganz einfach da auftauchen. Wir werden sagen, du hättest gewisse Probleme mit der Verkehrspolizei gehabt. Wir werden sagen, daß sie eine notariell beglaubigte Erklärung des tatsächlichen Eigentümers des Autos verlangt hätten, das du fährst. Das sei hier Gesetz. Wir werden sagen, daß du sie nicht besorgen konntest und daß ich dich deshalb mit meinem Auto fahren mußte.«

»Wird Stinnes uns das denn abnehmen?« fragte ich.

»Er wird glauben, korrupte Polizisten hätten versucht, dich abzukassieren. Es ist nicht ungewöhnlich, daß sie Autos anhalten, die von Ausländern chauffiert werden, um Geld zu fordern. Er wird annehmen, du wärst zu begriffsstutzig gewesen, um zu verstehen, was sie wirklich wollten.«

»Wann soll dieses Treffen denn stattfinden?«

»Morgen. Okay?«

»Gut.«

»Sehr früh.«

»Ich sagte okay, Werner.«

»Ich muß ihn anrufen, um den Termin zu bestätigen.«

»Irgendwelche Codes oder so etwas?«

»Nein, er will nur, daß ich ihn anrufe und ihm sage, ob mein Freund in der Lage ist, mit ihm den Angelausflug zu unternehmen.«

»Gut. Bei irgendwelchen Codes oder anderem Hokuspokus wäre mir auch nicht wohl in meiner Haut, denn das entspräche genau der Art, wie Moskauer Schreibtischleute die Sache einfädeln würden.«

Werner nickte. Der Gitarrespieler sang immer noch die einschmeichelnde Melodie:

. . . Christus auf Deinem Hügel, auf dem Bergrücken von Cubilete, tröste diejenigen, die leiden; Du wirst vom Volk angebetet.

Christus auf Deinem Hügel, auf dem Bergrücken von Cubilete.

»Es ist ein bekanntes Lied«, sagte Werner. »Wußtest du, daß der Cubilete ein Berg ist, der wie ein Würfelbecher geformt ist? Aber warum soll das Leben nichts wert sein?«

»Das Lied besagt, das Leben sei wohlfeil. Es handelt davon, daß Menschen in diesem Teil der Welt für nichts und wieder nichts getötet werden.«

»Übrigens«, sagte Werner, »wenn du dafür sorgen könntest, daß wir den Flug tatsächlich bezahlt bekommen, wie du dies angedeutet hast, wäre ich dir wirklich sehr verbunden.«

»Sicher«, sagte ich. »Das kann ich auf meine Kappe nehmen. Zwei Erster-Klasse-Tickets Berlin–Mexico City und zurück. Ich werde dir ein Voucher ausschreiben, das jede größere Fluggesellschaft einlöst.«

»Das wäre gut«, sagte Werner. »Der Peso ist zwar billig, aber man gibt doch eine Menge Geld aus.«

7

Es war immer noch Nacht, als wir Santiago erreichten, aber der Mond schien hell genug, um sehen zu können, daß das Tor zum Biedermann-Haus verschlossen war. Ich stellte fest, daß sich eine neue Kette gefunden hatte, um die alte zu ersetzen, die bei meinem vorangegangenen Besuch geknackt worden war. Die Gegensprechanlage blieb stumm.

»Wenn dieser Himmelhund nicht auftaucht...« knurrte ich und trat gegen das Tor.

»Immer mit der Ruhe«, sagte Werner. »Wir sind früh dran. Laß uns ein bißchen am Strand entlanggehen.«

Wir ließen Werners Kombi am Eingang stehen und wanderten zum Strand hinunter. Die Küste war übersät mit Strandgut, Holztrümmern von Schiffen und Hütten sowie Ästen, die der Sturm von den Bäumen gerissen hatte.

In den salzigen Geruch des Meeres mischte sich ein Hauch von Holzrauch. Genau dort, wo das Dschungelgestrüpp bis fast zum Sandstrand hinunterreichte, flackerte ein kleines Feuer. Werner und ich liefen darauf zu. Als wir um die Ecke des Felsens bogen, sahen wir ein paar in Decken gehüllte Gestalten.

Hier im Schutz der Felsen und der Vegetation war das Rauschen des Meeres nicht so stark, aber ich konnte des Stampfen der Brandung unter meinen Füßen spüren. Die Gischt in der Luft hinterließ feuchte Perlen auf meinen Brillengläsern.

Nahe dem Feuer, mit dem Rücken an einen Felsen gelehnt, stand ein Mann. Von Zeit zu Zeit flackerte das Feuer hell genug auf, um sein bärtiges Gesicht zu beleuchten und seine Haare, die in einem Pferdeschwanz zusammengehalten wurden. Es war ein muskulöser junger Mann, den die Sonne tief braun gebrannt hatte. Er trug alte Badehosen und ein T-Shirt, das ihm zu klein war. Er rauchte und starrte ins Feuer. Erst als wir dicht bei ihm waren, schien er uns zu bemerken.

»Wer ist da?« rief er in englischer Sprache. Seine Stimme war hoch und klang nervös.

»Wir wohnen hier in der Nähe und wollen zum Fischen hinausfahren«, sagte ich. »Wir warten nur auf das Boot.«

Eine der zusammengekauerten Gestalten gab ein durch die

Decke gedämpftes, leises Wimmern von sich. »Halt den Mund, Betty«, sagte der bärtige Junge, aber das Wimmern hörte nicht auf, sondern steigerte sich zu einem Schluchzen. »Halt' den Mund, habe ich gesagt. Es ist jemand hier. Versuch zu schlafen.« Er inhalierte tief den Rauch seiner Zigarette. Ein Geruch von Marihuana hing in der Luft.

Das weinende Mädchen setzte sich auf. Es war etwa achtzehn Jahre alt, hatte kurzgeschnittenes Haar und war sehr hübsch, wenn man von den Pickeln in seinem Gesicht absah, die von ungesundem Essen herrühren konnten. Als die Decke von den Schultern des Mädchens glitt, konnte ich sehen, daß es nur einen Büstenhalter trug. Sie hörte auf zu schluchzen und wischte sich die Tränen mit dem Handrücken ab. »Haben Sie eine amerikanische Zigarette für mich?« bettelte sie.

Ich hielt ihr die Schachtel hin. »Kann ich zwei haben?« flüsterte sie.

»Behalten Sie die Packung«, sagte ich. »Ich bin dabei, es mir abzugewöhnen.«

Sie zündete sich sofort eine Zigarette an und reichte die Schachtel an den bärtigen Jungen weiter. Der benutzte den Joint, den er geraucht hatte, dazu, sich eine Camel anzustecken. Hinter ihnen bewegte sich einer der Schläfer. Ich hatte das Gefühl, als seien alle wach und hörten uns zu.

»Sind Sie erst vor kurzem angekommen?« fragte ich. »Ich kann mich nicht erinnern, Sie vergangene Woche schon hier gesehen zu haben.«

Der Junge schien zu spüren, daß irgendeine Form von Erklärung vonnöten war. »Wir waren sieben, vier Jungen und drei Mädchen.« Er beugte sich vor und stocherte mit einem Stück Holz im Feuer herum. Ich entdeckte die Reste eines unentwickelten Films, die der Junge in die Glut schob. »Wir hatten uns zusammengetan und nördlich von hier, in Mazatlan, auf den Bus gewartet. Wir sind auf einer Rucksacktour die Küste entlang und wollen in Richtung Acapulco. Aber einer der Jungen – Theo – schlief vorgestern nacht unter einem Manzinellabaum. Der Milchsaft ist giftig und ruft Erbrechen und Krämpfe hervor. Das passierte an unserem letzten Lagerplatz, ein ziemliches Stück weiter oben an der Küste. Seither haben wir eine beachtliche Strecke hinter uns gebracht. Aber Theo war völlig durcheinander und hat sich von uns getrennt. Er wollte landeinwärts, um ein Krankenhaus zu suchen.« Der bärtige Junge rieb sich seinen Arm. Durch die Spuren des Jods, mit dem die böse

Schnittwunde an seinem Unterarm behandelt worden war, war die Stelle noch eine Spur dunkler als seine sonstige Haut.

»Haben Sie in der letzten Zeit vielleicht ein Motorboot gesehen?« erkundigte ich mich.

»Aber klar«, sagte der bärtige Junge. »Es liegt auf der anderen Seite der Landzunge vor Anker. Wir haben es gestern nachmittag beobachtet. Es ist ein beachtliches Schiffchen. Wollen Sie damit rausfahren? Es kam die Küste herauf, und sie versuchten, an der kleinen Pier da unten festzumachen. Aber ich nehme an, die Flut war ungünstig oder sonstwas. Sie mußten schließlich das Dingi nehmen, um ein paar Burschen an Land zu setzen.« Er drehte den Kopf, um den Wellen zuzusehen, die an den Strand schlugen.

»Wir haben das Boot noch nicht zu Gesicht bekommen«, sagte ich. »Sieht es denn einigermaßen ordentlich aus?« erkundigte ich mich.

»Dieses Boot ist ein Schiff, Mann«, sagte er. »Worauf sind Sie aus? Schwertfisch, Thunfisch oder was?«

»Wir sind auf alles aus, was sich da draußen rumtreibt«, sagte ich. »Sind Sie den ganzen Weg nur gewandert?«

»Wir heben dann und wann auch schon mal den Daumen, um weiterzukommen. Und zweimal sind wir mit einem mexikanischen Bus gefahren, aber an diesem Küstenstrich verläuft die Fernstraße zu weit landeinwärts. Wir bleiben gern in der Nähe der Küste. Wir schwimmen gern, und Fische fangen hilft Knete sparen. Aber es ist ziemlich schwierig, hier in dieser Gegend voranzukommen. Während der letzten sieben oder acht Kilometer haben wir uns unseren Weg buchstäblich freihauen müssen.«

Jetzt waren offensichtlich alle wach. Aber sie verhielten sich auch weiterhin so ruhig, daß sie jedes Wort mitbekommen konnten, das gesprochen wurde. Ich sah, daß sie sich hier im Schutz der nackten Felsen ein kleines Lager aufgeschlagen hatten. Sieben Rucksäcke lagen auf dem Felsen, festverschnürt, damit Ratten und Affen nicht drankamen. Irgend jemand hatte versucht, ein *palapas* zu bauen, eine Art Hütte, wie sie die Einheimischen als vorübergehenden Schutz errichten. Aber sie aus Palmwedeln zu bauen, ist nicht so einfach, wie man meint. Dieses hier war in sich zusammengefallen. Über einigen Burschen hing Wäsche zum Trocknen: ein Männer-T-Shirt, ein Paar Jeans und Unterhosen. Ein Plastikeimer war in einem Baum so montiert, daß er als Dusche dienen konnte, und zwei Blechteller waren bis zur Unkenntlichkeit verbogen.

»Da hat wohl jemand versucht, seine Teller zu essen«, stellte ich fest.

»*Yeah*«, sagte der bärtige Junge. »Wir haben versucht, einen Brunnen zu graben. Eine harte Sache. Es gibt kein Wasser hier. Morgen werden wir wohl weiterziehen müssen.«

»Wo werden Sie Ihren Freund treffen?« erkundigte ich mich.

Der Junge sah mich lange genug an, um mich wissen zu lassen, daß ich zu viele Fragen stellte, sagte dann aber doch: »Theo hat beschlossen, nach Hause zu fahren. Er hat uns seinen Rucksack dagelassen. Er wollte nicht mit nach Acapulco.«

»Das ist stark«, sagte ich.

»Diese Manzinellabäume können einem ganz schön zusetzen. Mann.«

»Ich werde mich vor ihnen in acht nehmen«, sagte ich.

»Tun Sie das«, sagte der Junge.

»Danke für die Zigaretten«, sagte das Mädchen sehr leise, bevor wir weitergingen. Werner und ich schlenderten am Strand zurück und setzten uns dann in den allradgetriebenen Kombi. Werner, der die erstaunliche Fähigkeit besaß, fast alles zu jeder Zeit überall zu bekommen, hatte ihn sich ausgeliehen. Ich fragte nicht, woher er den Wagen hatte. Er sah auf seine Uhr. »Stinnes müßte jeden Augenblick hier sein«, sagte er.

»Ein Mann wie er ist für gewöhnlich überpünktlich«, sagte ich.

»Falls du irgendwelche Zweifel hegen solltest...«

»Nein, wir bleiben dran.«

»Hast du dich gefragt, wer diese Leute da unten am Strand eigentlich sind? Hältst du sie für Hippies?«

»Ich frage mich immer noch«, erwiderte ich. Ich konnte die salzige Gischt auf meinen Lippen schmecken und putzte meine Brille, um die Spritzflecken loszuwerden.

»Weshalb hat das Mädchen geweint? Hat dich das nicht auch gewundert?«

»Sechs Leute auf Rucksacktour meilenweit durchs Gestrüpp – aber da gibt es sieben Rucksäcke.«

»Einer gehört dem Jungen, der ins Krankenhaus wollte. Himmel, du weißt doch, daß die Menschen die verrücktesten Dinge tun.«

»Ein verletzter, kranker Junge läßt seinen Rucksack zurück und damit alles, was er besitzt?«

»Es ist immerhin möglich«, meinte Werner.

»Und die anderen sechs schleppen einen zusätzlichen Rucksack mit? Wie die das wohl machen, Werner? Vergiß aber nicht, daß sie sich zur gleichen Zeit einen Weg durchs Gestrüpp schneiden müssen. Wie schleppt man da einen Rucksack, wenn man bereits einen auf dem Rücken trägt? Das mußt du bei Gelegenheit mal ausprobieren.«

»Komm schon, was willst du damit sagen?«

»Wenn diese Kinder einen Extrarucksack zu schleppen hätten, würden sie den Inhalt untereinander aufteilen. Noch wahrscheinlicher ist es allerdings, wenn man sich diese jungen Leute betrachtet, daß sie ihn im nächsten Dorf verkaufen, um ein paar Lebensmittel, Zigaretten oder was weiß ich dafür zu bekommen.«

»Und der Junge hatte eine böse Schnittwunde am Arm«, erinnerte Werner.

»Eine böse Schnittwunde an genau der richtigen Stelle, Werner, am Unterarm. Auch seine Hand wies Schnittverletzungen auf. Und diese Betty schluchzte, als wäre ihr das Herz gebrochen.«

»Vier Männer und drei Mädchen, die jede Nacht am Strand schlafen. Die ideale Voraussetzung für jede Art von Problemen.«

»Und daß sie nach Wasser gegraben haben wollen, nehme ich ihnen auch nicht ab«, sagte Werner nachdenklich. »Wenn unsere Vermutung stimmt, sollten wir die Polizei benachrichtigen.«

»Oh, sicher«, erwiderte ich. »Das ist genau das, was wir jetzt brauchen. Die Polizei wird uns die ganze Nacht über ausquetschen und sich darüber hinaus auch noch Stinnes und Biedermann vorknöpfen. Ich kann mir keinen sichereren Weg vorstellen, jede Chance für Stinnes' Abwerbung zunichte zu machen, als ihn in die Untersuchung eines Mordfalls hineinstolpern zu lassen!«

»Aber mir gefällt die Vorstellung nicht, daß wir gar nichts unternehmen sollen«, sagte Werner.

»Manchmal verblüffst du mich wirklich, Werner.«

Er antwortete nicht. Ich hatte ihn schon früher so erlebt. Werner hockte in einem selbstgerechten Schmollwinkel. Er war der Meinung, wir müßten unseren Verdacht der Polizei mitteilen, und ich hatte keinen Zweifel, daß er mir deswegen eine Moralpredigt halten würde, sobald er sie sich zurechtgelegt hatte. Wir saßen im Auto und sahen zu, wie sich der Himmel im Osten aufhellte. Jeder hing seinen Gedanken nach, bis wir eine halbe Stunde später die Scheinwerfer zweier Autos auf uns zuschwanken sahen.

In dem einen Wagen saß Stinnes und Paul Biedermann in dem anderen. Biedermann öffnete das Tor mit kaum mehr als einem gemurmelten Gruß, und wir fuhren alle vor das Haus.

»Tut mir leid, daß das Tor verschlossen war«, sagte Biedermann. Es gab keine formelle Vorstellung. Es war, als wären alle stillschweigend übereingekommen, daß dieses Treffen nie stattgefunden haben würde. »Die Diener müssen meine Anweisung vergessen haben.«

Die »Diener« waren ein Mann und ein Junge, die – angesichts des Zustands ihrer Stiefel – erst vor kurzem eingetroffen sein konnten, und zwar über den Dschungelpfad, den ich bei meinem vorangegangenen Besuch auch genommen hatte. Sie reichten uns Becher sehr süßen Kaffees, wie die Mexikaner ihn lieben. Sie trugen Jeans und karierte Hemden. Ich nahm an, daß sie auch die »Besatzung« von Biedermanns Motorboot bildeten. Sie behandelten Biedermann mit verdrossenem Respekt, der durchaus die Folge seiner Wutanfälle bei Trunkenheit sein konnte, für die er berüchtigt war. Aber jetzt war Biedermann nüchtern und in sich gekehrt. Wir vier standen im Patio und sahen auf den 13-Meter-Kabinenkreuzer, der einige hundert Meter vom Land entfernt vor Anker lag.

Ich nutzte die Gelegenheit, Stinnes genau zu betrachten, und nahm an, daß auch er das Beste aus der Möglichkeit machte, mich studieren zu können. Es waren nur sein perfektes Deutsch und der Berliner Dialekt, die es Stinnes ermöglichten, für einen echten Berliner gehalten zu werden. Solche dünnen drahtigen Körper und slawischen Gesichter sind dagegen in den Straßen von Moskau alltäglich. Er hatte seinen Strohhut abgesetzt und enthüllte eine hohe Stirn und Haare, die dünn genug waren, um die Form seines Schädels zu zeigen. Seine Augen wieselten hinter kleinen, runden goldgerahmten Gläsern seiner Brille, die er jetzt abnahm, um sie zu putzen. Sein Teint war fahl und besaß nicht genug Pigmente, um gleichmäßig braun zu werden. Unter der mexikanischen Sonne hatte sich die Haut über Wangenknochen und Nase in ein gelbliches Braun verwandelt, wie die nikotinverfärbten Finger eines Kettenrauchers. Sein Baumwollanzug – in der Farbe so hell, daß er fast weiß wirkte – saß schlecht und war durch die Autofahrt zerknittert. Und dennoch hatte Stinnes die schnellen, intelligenten Augen und die ausgeprägte Selbstsicherheit, die einen Mann für seine Mitmenschen attraktiv machen.

»Wir wollen gehen«, sagte Biedermann ungeduldig. Er war nervös und vermied es, meinem Blick zu begegnen. »Lassen Sie Ihren Kaffee ruhig stehen. Pedro und sein Sohn werden auf dem Boot neuen zubereiten, wenn Sie es wünschen. Wir nehmen genügend Verpflegung mit.« Er bemühte sich um uns wie ein Reiseleiter und wies uns den Weg, als wir zur Pier hinuntergingen. Er riet uns, vorsichtig auf die Stufen zu treten und auf schlüpfrige Holzbohlen zu achten. Ich blickte die Küste entlang, um nach den Hippies Ausschau zu halten. Aber sie waren zu weit entfernt und durch die Felsen verborgen. Ich sah über die Schulter zurück. Stinnes ging als letzter und suchte sich seinen Weg über die Stufen mit übertriebener Vorsicht. Sein Strohhut, die altmodische Brille und der zerknitterte helle Anzug ließen ihn aussehen wie eine Bühnenfigur von Tschechow, aber nicht zerstreut-onkelhaft, wie sie westliche Bühnen vorführen, sondern ganz der kalte, trockene Klassenfeind, wie ihn das sowjetische Theater brandmarkt.

Niemand hatte Werners Anwesenheit kommentiert, und ich war ihm dankbar, daß er da war. Entweder hatten sie nicht vor, unangenehm zu werden, oder sie planten so unangenehm zu sein, daß es auf ein Opfer mehr oder weniger nicht ankam.

Die *Maelstrom* war genau jene Art Boot, wie es die Paul Biedermanns dieser Welt lieben. Es ragte mit dem Oberdeck – gut für Erkundungen – dem markisenbedeckten Heck und einem großen »Zahnarztstuhl« für die Hochseefischerei hoch aus dem Wasser. Die mit Edelholz furnierte Kabine besaß eine teure Stereo-Anlage, einen großen Fernseher und eine Bar mit Kühlschrank. Von dort führten Stufen zu einer großen »Brücke«, ausgestattet mit einem Drehsessel für den Kapitän, der durch eine geschwungene Windschutzscheibe einen großartigen Panoramablick hatte. Sogar eine Kapitänsmütze, auf die das Wort »Captain«, umschlungen von gekreuzten Ankern, in feinem Goldgarn gestickt war, fehlte nicht. Doch Pedro, der Mexikaner, trug sie nicht, weil seine langen Haare für das gute Stück viel zu fettig waren. Er saß am Ruder wie ein Fernbusfahrer, der im Depot wartet. Er spielte mit einem Zigarillo, den er nicht ansteckte. Ein billiges Transistorradio war hinter die Sonnenblende geklemmt. Er stellte einen Sender ein, der mexikanische Musik brachte, und drehte die Lautstärke so herunter, daß in der Kabine nichts mehr zu hören war.

Der starke Motor arbeitete so ruhig, daß seine Geräusche weniger deutlich waren als die Vibration durch die Sohlen meiner Schuhe. Stinnes sah sich ohne große Anzeichen von Entzücken oder Bewunderung um. Wahrscheinlich war es genau das, was ein Kommunist zutiefst verabscheute. Selbst ein Liberaler wie ich fand alles ein bißchen zu protzig.

»Möchten Sie vielleicht etwas trinken?« fragte Biedermann mit einer Stimme, die den aufgeräumten Schwung des perfekten Gastgebers hatte. Er öffnete den Barschrank und holte verschiedene Flaschen heraus. »Scotch, Cognac, englischer Gin.« Er hielt eine Flasche hoch und schüttelte sie. »Robert Brown, ein mexikanischer Whisky. Sollten Sie ihn noch nicht probiert haben, wird er ein beachtliches Erlebnis sein.«

Stinnes ging quer durch die Kabine und sagte sehr leise: »Es ist besser, wenn Sie Herrn Volkmann wieder mit zum Haus nehmen, Paul. Wenn Pedro mir die Technik erklärt hat, werde ich mit dem Boot schon klarkommen.« Das war ein typischer KGB-Trick; sorgfältig geplant, aber völlig unerwartet. Sie konnten Spontaneität zwar nicht erlernen, aber sie entwickelten Methoden, auch ohne sie auszukommen.

Paul Biedermann sah zu ihm auf und blinzelte. »Sicher, wenn Sie es so haben wollen.«

»So möchte ich es haben«, sagte Stinnes. Er nahm seinen Strohhut ab und glättete sein spärliches Haar mit der flachen Hand.

»Ich werde auch Pedro und seinen Jungen mitnehmen. Oder wollen Sie, daß sie bei Ihnen bleiben?« Als Stinnes keine Antwort gab, zeigte Biedermann ein nervöses Lächeln und stand auf. »Pedro, zeige Señor Stinnes, wie das Boot zu handhaben ist.«

Ich saß am anderen Ende der Kabine und beobachtete Biedermann aufmerksam. Entweder hatte er Angst vor Stinnes, oder es war eine sehr gute Schau. Auch Werner betrachtete die Szene. Er hing auf typische Art zusammengekauert in einem Sessel und hatte die Augen halb geschlossen. So war es immer mit Werner. Er wußte gern alles, was um ihn herum vor sich ging, und stellte über das, was er nicht wußte, ebenso gern Vermutungen an. Aber er liebte es, halb schlafend auszusehen. Werner hätte einen erfolgreichen Klatschkolumnisten abgegeben, bis auf die Tatsache, daß er sehr viele Termine versäumt hätte.

Stinnes sah mich an. Ohne daß sich sein Gesichtsausdruck veränderte, wartete er auf mein Nicken, bevor er hinaufging, um das Steuer zu übernehmen. »Und, Paul«, sagte Stinnes, »keinen Alkohol! Es ist besser, wenn wir alle einen klaren Kopf behalten.«

»Oh, sicher«, sagte Paul Biedermann. »Ich dachte nur, jemand möchte...«

»Schließen Sie ihn lieber weg«, sagte Stinnes. »Nehmen Sie Herrn Volkmann mit ins Haus und trinken Sie noch einen Kaffee.«

»Bevor du ihn wegschließt«, sagte ich, »schaff mir doch ein bißchen zur Seite, ja?«

Ich goß mir einen guten Schluck Malt Whisky aus der Flasche ein, die Biedermann für mich bereitgestellt hatte, und trank ihn pur. Ich traue mich nirgendwo anders Wasser zu trinken als in Schottland. Allerdings bin ich noch nie in Schottland gewesen.

Stinnes lichtete den Anker. Durch ein Bullauge konnte ich das Dingi sehen, das Werner, Paul Biedermann und die beiden Mexikaner zur Pier zurückbrachte. Ich fragte mich, wie Werner bei dem Wellengang sich wohl fühlen mochte, der doch das Meer so gar nicht mochte. Er war eine beachtliche Geste der Freundschaft gewesen, daß er angeboten hatte mitzukommen.

Die *Maelstrom* nahm nun Fahrt auf, und Stinnes nahm Kurs auf die offene See. Ich ließ Stinnes Zeit, mit dem Schiff vertraut zu werden, und trank weiter meinen Malt Whisky. Ich fragte mich, was ich hier draußen auf dem Meer eigentlich tat – in diesem schwimmenden Cadillac, mitten in der Hurrikan-Saison und mit einem KGB-Offizier am Ruder. Er ließ nun die Maschine volle Kraft voraus laufen, und schon bald spritzten ganze Wasserladungen über das Deck. Bei einem zu harten Lenkmanöver bekam das Schiff eine bedenkliche Seitenneigung. Die Korrektur am Ruder erfolgte sofort. Stinnes lernte rasch.

Ich ließ ihn ziemlich lange allein. Als ich dann durch die Kabine ging, um mir einen zweiten Drink einzugießen, mußte ich mich ziemlich breitbeinig bewegen, weil das Boot erheblich schwankte. Wir hatten den Punkt erreicht, an dem der kalte Äquatorialstrom des Pazifischen Ozeans auf die warme Sommerströmung der Küste trifft. Ich hielt mich an meinem Drink fest, als ich nach oben zu Stinnes auf die Brücke ging. Die Sonne schien ihm in den Rücken und verwandelte sein schütteres Haar in einen leuchtenden Heiligenschein und zierte sein weißes Baumwollsakko mit einem Goldsaum. Der gedämpfte Klang mexikanischer Musik kam aus dem kleinen Transistorradio.

»Angenommen, ich nehme Sie ernst, was dann?« sagte Stinnes. »Angenommen ich sage ja, ich würde gern überlaufen. Ist das ein Witz? Oder sind Sie tatsächlich in der Lage zu verhandeln?«

»Wohin steuern Sie eigentlich?« erkundigte ich mich leicht beunruhigt. »Kein Land mehr in Sicht.« Ich mußte laut sprechen, um mich über das Fahrtgeräusch und die Musik aus dem Radio hinweg verständlich zu machen.

»Ich weiß schon, was ich tue«, sagte Stinnes. »Biedermann hat Radar, Sonar und Echolot und jeden anderen nautischen Luxus einbauen lassen.«

»Auch was, das gegen den Tod durch Ertrinken hilft?« fragte ich.

»Volkmann sagte, Sie hätten so eine Art Geschäft anzubieten«, sagte Stinnes. Er blickte auf die Instrumente und klopfte mit dem Knöchel gegen das Barometer.

»Sind Sie wild auf mexikanische Musik oder erwarten Sie eine Hurrikanwarnung?« fragte ich. Er schaltete das Transistorgerät aus. »Es gibt ein Geschäft«, sagte ich. »Fix und fertig ausgearbeitet. Es wartet nur noch auf Sie.«

»Warum ich?« erkundigte sich Stinnes.

Das hatte ich mich auch schon gefragt, aber keine Antwort darauf gefunden. »Warum nicht?« fragte ich zurück.

»Ihre Regierung hat Sie doch nicht ohne Grund den weiten Weg hergeschickt, ohne guten Grund.«

Keine Erwähnung von Dicky Cruyer, registrierte ich. Bedeutete das, daß er Dicky nicht kannte? Das könnte nützlich sein. »Für meinen Aufenthalt in Mexiko gibt es andere Gründe.«

Er sah mich an; sein Gesicht war ausdruckslos, aber ich wußte, daß er mir nicht glaubte. Er war so mißtrauisch, wie ich es an seiner Stelle auch gewesen wäre. Es konnte keine Halbheiten geben. Ich würde mich sehr anstrengen müssen, um diesen Mann hier für uns an Land zu ziehen. Er war mir ähnlich – zu kalt und zu verdammt zynisch, um auf etwas anderes einzugehen als auf absolute Aufrichtigkeit oder einen Zynismus, der noch profunder war als sein eigener. »Man hat Sie ins Visier genommen«, sagte ich. »Sie werden von London als Ausnahme-Agent der anderen Seite betrachtet.«

»Ist das so?« Seine Stimme war ausdruckslos, aber ich hatte das Gefühl, als ob er mir glaubte und stolz darauf sei, von London derart hoch eingestuft zu werden. Wahrscheinlich war das der richtige Weg, ihn sich zu angeln. Es würde so eine Art Liebesaffäre werden, und Stinnes hatte dieses gefährliche Alter erreicht, in dem ein Mann nur für die unschuldige Süße eines naiven Mädchens oder für die Erfahrung einer wissenden Frau empfänglich ist, die beide ihm zu schmeicheln verstehen.

»So ist London mitunter«, sagte ich. »Sie beschließen, daß sie jemand haben wollen, und dann husch, husch, husch. Ich verabscheue diese Art von Job.«

»Ich möchte nicht, daß irgend etwas davon in Ihrem Funkverkehr auftaucht«, sagte Stinnes. »Besonders nicht im Funkverkehr Ihrer Botschaft von Mexico City aus. Das mache ich von Anfang an zur Bedingung.«

Ich wollte nicht, daß er annahm, London sei allzu versessen auf ihn. Wenn Stinnes ablehnte, würden wir ihn uns sonstwie schnappen müssen, und auf diese mögliche Entwicklung der Dinge mochte ich ihn nicht auch noch vorbereiten. Ich spielte ganz cool meine Karte aus. »Wir müssen zügig handeln«, sagte ich. »Wenn wir das Ganze nicht in einer Woche oder so unter Dach und Fach haben, könnte London das Interesse verlieren und den ganzen Plan fallenlassen. Das sähe ihnen ähnlich.«

Es würde ein heißer Tag werden. Der Wind wehte mit acht bis zehn Knoten, so daß die Wellen länger wurden und sich hie und da brachen und Schaumkronen aufsetzten. Am westlichen Horizont konnte ich zwei Schiffe ausmachen. Ich sah auf den Kompaß. Wollte Stinnes den Spieß umdrehen? Waren das etwa russische Trawler, die darauf warteten, daß Stinnes längsseits anlegte und mich unter den Augen einiger KGB-Leute, die über die Reling hingen, ablieferte? Vielleicht schwante Stinnes, was in meinem Kopf vorging, denn er drehte das Steuerrad etwas und schlug einen anderen Kurs ein, der das Boot südlich an den Schiffen vorbeiführen würde. Bei dieser Richtungsänderung brach sich eine besonders große Welle am Bug und sprühte Gischt. »Ihre Leute sind clever, Samson... Ist das Ihr richtiger Name – Samson?«

»Es ist mein Name. Sind sie wirklich clever?«

Er zeigte ein humorloses kleines Lächeln. »Ich bin vierzig und immer noch Major und sehe kaum noch eine Chance für die Streifen eines Obersten. Ich bin kein Wunderknabe, Samson. Ich ende nicht als General mit einer eigenen Abteilung, einem hübschen, geräumigen Büro in Moskau und einem großen Auto mit Chauffeur, der mich jeden Abend nach Hause bringt. Sogar ich habe inzwischen begonnen, mir das einzugestehen.«

»Ich dachte, Sie würden gern in Berlin leben«, sagte ich.

»Ich bin lange genug dort gewesen. Ich habe genug von Berlin. Ich habe genug davon, in meinem engen, kleinen Haus zu sitzen und im westdeutschen Fernsehen all die Dinge zu sehen, die meine Frau gern hätte, aber nicht bekommt.« Eine weitere Welle brach sich am Bug. Er nahm Fahrt weg, so daß das Boot langsamer über die Wellen glitt, gerade noch schnell genug, um die Richtung beizubehalten. »Ich werde mich scheiden lassen«, sagte er und beschäftigte sich plötzlich mit dem Radar, was seine Worte wie eine bedeutungslose Nebensächlichkeit erscheinen ließ. »Weiß London etwas davon?«

»Nein«, sagte ich.

»Nein, natürlich nicht. Selbst meine eigenen Leute wissen noch nichts davon. Die Hauptverwaltung mag keine Scheidungen... häusliche Labilität nennen sie so was. Alles, was in einer Ehe schiefgeht, wird als ›häusliche Labilität‹ eingestuft. Wenn man sein Kind schlägt, seine Frau verprügelt, eine Geliebte hat oder ein Gewohnheitstrinker ist. Es wird ›häusliche Labilität‹ genannt und bringt jene Minuspunkte, die zu langen, ausführlichen Gesprächen mit Untersuchungsbeamten führen und mitunter auch zu einem kurzen ›Führungskurs‹ mit politischer Indoktrination und körperlicher Ertüchtigung. Die Frauen von KGB-Offizieren verlassen sich darauf, Samson.«

»Ich habe etwas gegen körperliche Ertüchtigung«, sagte ich. Vielleicht ist London wirklich clever, dachte ich. Vielleicht wußten sie Bescheid und hatten es darum so eilig.

»Ihnen würde diese Art sportlichen Trainings bestimmt nicht gefallen«, sagte Stinnes. »Die KGB-Führungsschule für Offiziere im Außendienst liegt auf der Insel Sachalin im Ochotskischen Meer, fast einhundertfünfzig Kilometer von der nächsten Ortschaft entfernt. Ich war mal als junger Leutnant dort. Ich gehörte einer bewaffneten Zweimann-Eskorte an. Das war im September 1964. Ein Hauptmann meiner Einheit war zu einem viermonatigen Kurs dorthin beordert worden, weil er eines Abends im Suff in einem Raum voller Offiziere verkündet hatte, Nikita Chruschtschow tauge nicht zum Ministerpräsidenten und schon gar nicht zum Ersten Sekretär der KPdSU. Es ist ein grauenhafter Ort, Samson. Ich war nur zwei Stunden dort, aber das hat mir bereits gereicht. Ungeheizte Räume, Kaltwasserduschen, und die ›Kandidaten‹ dürfen sich nur im Laufschritt bewegen. Nur dem Personal ist gestattet, normal zu gehen. Bestimmt kein Ort, der Ihnen zusagen würde. Das Komische daran war, daß Chruschtschow ein paar Wochen später in weitaus rüderer Form getadelt und durch Breschnew ersetzt wurde.« Stinnes zeigte ein flüchtiges, humorloses Lächeln. »Aber der Hauptmann hatte nichts davon. Er saß seine Strafe ab... das heißt, er absolvierte den gesamten Führungskurs. Mir würde es gar nicht gefallen, dorthin geschickt zu werden.«

»Klingt wie ein starkes Argument für die eheliche Treue«, sagte ich.

»Ja, ich habe bisher nicht offiziell um Scheidung nachgesucht. Ich habe lediglich darüber nachgedacht. Aber jedermann weiß, daß ich mit meiner Frau Inge nicht mehr gut auskomme. Ich langweile mich mit ihr, und sie sich mit mir. Und dagegen hilft nichts anderes, als auszuziehen, bevor ich anfange, sie zu verabscheuen. Verstehen Sie das?« Er sah mich an. Wir wußten beide, was mit meiner Frau geschehen war; sie war seine Vorgesetzte geworden. Und er schien nicht gerade ein Mann zu sein, dem es Vergnügen bereitete, für einen weiblichen Boß zu arbeiten. Ich fragte mich, ob das ein Teil der wahren Geschichte sein konnte.

»Haben Sie Kinder?« fragte ich.

»Einen Jungen, er ist achtzehn Jahre alt. Er ist in einem Alter, in dem er einzusehen beginnt, wie weit ich mich von dem Vater entfernt habe, den er früher bewundert hat. Anfangs machte es mich wütend, dann traurig. Inzwischen neige ich dazu, das für eine ganz natürliche Entwicklung der Jugend zu halten.«

»Sie haben eine Deutsche geheiratet«, sagte ich.

»Ich war einsam, Inge ist nur ein paar Monate jünger als ich. Sie kennen diesen besonderen Zauber, den Mädchen in Berlin ausüben können. Sonnenschein, starkes Bier, kurze Röcke, lange, heitere Abende, Segelboote auf dem Müggelsee. Es müßte verboten werden.« Stinnes lachte ein kurzes, trockenes, bitteres Lachen, ganz so, als würde er sie immer noch lieben, sich das aber übelnehmen.

»Wenn Sie in den Westen überwechseln, würde das alle Ihre Probleme lösen«, sagte ich. Ich wollte ihn nicht drängen. Jede Andeutung von Hast konnte ihn jetzt dazu bringen, seine Meinung zu ändern. Vielleicht würde er zu uns kommen, vielleicht wollte er mich auch nur bei Laune halten, aber ich wußte, wie wichtig es war, jetzt voranzukommen. Ich wußte auch, was für Gedanken ihm durch den Kopf gingen. Da gab es viele Dinge, die noch zu erledigen waren. Da würde es gute Leute geben, die versetzt werden mußten, damit durch seinen Verrat kein Makel auf sie fiel.

»Was für eine herrliche Offerte. Wie könnte jemand einer problemlosen Zukunft widerstehen?«

»Es ist Ihr Leben«, sagte ich. Einen Moment lang war es mir völlig gleichgültig, was er tun würde, doch dann siegte sofort wieder meine Professionalität über meine Verärgerung. Ich hatte schließlich den Auftrag, Erich Stinnes abzuwerben. »Aber wenn Sie nein sagen, bezweifle ich stark, daß London jemals wieder auf Sie zukommt. Es gibt nur ein jetzt oder nie.«

»Sehr gut«, meinte Stinnes. »Sagen Sie Ihren Leuten, daß ich abgelehnt hätte. Ich möchte, daß das von Ihrer Botschaft in Mexico City in der üblichen Codierung London übermittelt wird.« Ich nickte und versuchte, meine Überraschung zu verbergen, daß die

Russen unseren Code geknackt hatten. Künftig würden wir dafür sorgen müssen, daß alles Wichtige via Washington und NSA-crypto-ciph-B-Geräte ging.

Er wartete, bis ich mein Einverständnis signalisierte. Es war ihm klar, daß er mir eine wichtige Geheiminformation hatte zukommen lassen.

»Ich werde einen Annäherungsversuch berichten. Ich werde Sie nicht identifizieren, Samson. Ich werde es vage genug halten, damit Moskau glaubt, es handele sich um einen kleinen Agenten vor Ort, der sich einen Namen machen will. Aber Sie fahren zurück nach London und sagen dem Wer-auch-immer am Schreibtisch, daß Sie das Geschäft abgeschlossen haben.«

»Welche Zeitvorstellungen haben Sie?«

»Es kommt noch einiges auf mich zu. Ich werde etwa einen Monat brauchen.«

»Ja«, sagte ich. Er würde irgendwelche Geheimpapiere in die Hände bekommen müssen, so daß er ein Mitbringsel für uns hatte. Er würde Zeit brauchen für seine Frau, für ein letztes Gespräch mit seinem Sohn, für ein Essen mit seiner Familie, für einen Drink mit der Sekretärin und einen Abend mit guten Freunden. Er wollte sich alle in seine Erinnerung einprägen. »Ich verstehe.«

Erst jetzt bemerkte ich, daß er das Boot versiert gewendet hatte und wieder auf das Land zuhielt. Stinnes erledigte alles mit derselben professionellen Unauffälligkeit.

»Meine Leute könnten ungeduldig werden«, warnte ich.

»Wir wissen beide, wie diese Schreibtischhengste sind. Sie halten sie mir warm?«

»Ich versuche es«, versprach ich. »Aber Sie sollten dafür sorgen, daß Sie etwas Gutes mitbringen.«

»Ich bin kein Anfänger, Samson. Um das zu arrangieren, brauche ich einen Monat.« Er holte eine kleine schwarze Zigarre aus seiner Jackentasche und ließ sich Zeit, sie anzuzünden. Als sie richtig brannte, nahm er sie wieder aus dem Mund und nickte, als würde er sich selbst etwas bestätigen.

Falls er wirklich die Absicht hatte, zu uns zu kommen, würde er sich soviel Dokumente greifen, wie er nur kriegen konnte, und sie irgendwo deponieren, in einem Banksafe in der Schweiz vielleicht. Nur ein Dummkopf würde kommen, ohne irgendwo ein paar Extras versteckt zu haben. Und Stinnes war kein Dummkopf.

»Auf welche Art von Material sind Sie aus?« fragte er.

»Man wird erwarten, daß Sie ein Netz auffliegen lassen«, sagte ich.

Er dachte nach. »Ist es das, was London will?«

»Das sage ich ja. Sie wissen, was man erwartet. Das würden Sie doch auch tun, wenn Sie mich in Moskau hätten.«

»Ja.«

»Aber ich gebe Ihnen einen guten Rat«, sagte ich. »Schalten Sie kein Netz aus und kommen Sie dann mit einer Liste von Leuten, die ohne Hinterlassung einer Adresse verzogen sind. Das würde jedermann verstimmen, und man würde anfangen zu glauben, Sie beziehen immer noch Ihr Gehalt aus Moskau. Ist das klar?«

Er zog an der Zigarre. »Es ist ein wahres Vergnügen, mit Ihnen geschäftlich zu verhandeln. Sie lassen nichts im unklaren.«

»Dann lassen Sie mich noch etwas klarstellen. Wenn Sie versuchen sollten, mich umzudrehen, wenn Sie irgendwelche Tricks an mir ausprobieren, werde ich Sie umpusten.«

8

Gegen Mittag hatten wir bereits drei Stunden gewartet, aber unser Flugzeug war immer noch nicht da. Andere Abflüge verspäteten sich ebenfalls. Die offizielle Erklärung waren Hurrikans. Der Flughafen von Mexico City war rappelvoll mit Menschen. Da waren Indiofrauen mit Mehlsäcken und buntgewandete Rockgruppen, die ihre Verstärkeranlagen bewachten. Alle fanden irgendeinen Weg, um mit den unbefristeten Verspätungen fertig zu werden; Mütter säugten Babies, Jungen flitzten auf Rollschuhen durchs Gewühl, ein Teppichhändler, gebeugt stehend durch die Schwere seiner Ware, beackerte systematisch die ihm hilflos ausgelieferte Zuhörerschaft, Reiseleiter marschierten resolut hin und her, Stewardessen gähnten, fußlahme Wandervögel schnarchten, Nonnen beteten den Rosenkranz, ein hochgewachsener Neger, die Kopfhörer eines Walkman über den Ohren, bewegte sich rhythmisch hin und her, und ein paar schwedische Schulkinder verjubelten ihre wenigen Pesos an den Spielautomaten.

Dicky Cruyer hatte Übergepäck und außerdem einige Pakete mit billigen blechernen Schmuckmasken, bei denen er darauf bestand, daß sie als Kabinengepäck durchgingen. Von meinem Platz aus konnte ich sehen, wie Dicky seinen gebündelten Charme auf das Mädchen am Abfertigungsschalter losließ. Es waren keine Sitzplätze frei, daher hockte ich auf einem von Dickys Koffern und unterhielt mich mit Werner. Ich beobachtete, wie Dicky gestikulierte und sich mit den Händen durch sein lockiges Haar fuhr – das hatte er stets drauf, wenn er schüchtern und jungenhaft wirken wollte.

»Du darfst ihm nicht vertrauen«, sagte Werner.

»Dicky? Keine Angst, das tue ich nicht.«

»Du weißt genau, von wem ich rede«, sagte Werner. »Du darfst Stinnes nicht vertrauen.« Auch Werner saß auf einem von Dickys vielen Koffern. Er trug ein *guyavere*, das traditionelle mexikanische Hemd, das nur aus Rüschen und Knöpfen besteht, dazu Leinenhosen und teuer aussehende Schuhe mit durchbrochenem Oberleder. Obwohl sich Werner dauernd über die mexikanische Hitze und Luftfeuchtigkeit beklagte, schien ihm das Klima gut zu bekommen. Sein Teint war leicht gebräunt, und er wirkte entspannter, als es in Europa jemals den Anschein gehabt hatte.

»Es ist nichts dabei zu verlieren«, sagte ich.

»Meinst du für die Zentrale in London oder für dich?«

»Ich tue das, was London mir aufgetragen hat, Werner... ›Es ist nicht an ihnen, Widerworte zu geben; es ist nicht an ihnen, nach dem Warum zu fragen. An ihnen ist es, zu folgen und zu sterben‹, wie es so schön heißt. Du weißt, was London von uns erwartet?«

»Ja«, sagte Werner, der diese Art Gespräch schon viele Male mit mir geführt hatte. »Es ist immer einfacher, zu folgen und zu sterben, als nach den Gründen dafür zu fragen.«

»Ich traue ihm nicht und ich mißtraue ihm nicht«, sagte ich. »Ich schere mich den Teufel um ihn. Ich beneide ihn nicht um die Möglichkeit, eine beträchtliche Menge Bares aus der Abteilung herauszuholen – mehr, als jeder treue Mitarbeiter jemals kriegen kann. Und vermutlich auch wesentlich mehr, als die hinterbliebenen Frauen und Kinder unserer in Pflichterfüllung gestorbenen Kollegen jemals einstecken durften. Aber es macht mich neugierig, Werner. Ich frage mich, worum es, zum Teufel noch mal, eigentlich geht.«

»Es ist das Spiel«, sagte Werner. »Es hat nichts zu tun mit Gut und Böse, Leistung und Belohnung. Es ist nur ein Spiel. Das weißt du auch, Bernie.«

»Und Stinnes kann es besser spielen als wir?«

»Es ist ein Spiel, bei dem es nicht um Fertigkeiten geht«, sagte Werner. »Es ist ein Glücksspiel.«

»Und es gibt da nichts, was aufleuchtet, wenn man falsch spielt?«

»Stinnes betrügt nicht. Er ist lediglich der Mann zur richtigen Zeit am richtigen Ort. Er hat selbst nichts dazu beigetragen, London den Versuch zu seiner Abwerbung unternehmen zu lassen.«

»Was hältst du von ihm, Werner?«

»Er ist ein KGB-Offizier. Wir haben beide schon jede Menge von ihnen erlebt. Stinnes ist für mich keine Überraschung. Bernie, und, vorausgesetzt, du vertraust ihm nicht, auch keine für dich.«

»Er hat nicht genug Fragen gestellt«, sagte ich. »Nach dem Bootsausflug mußte ich immer wieder daran denken. Stinnes hat keine Fragen gestellt, die doch wichtig gewesen wären. Nicht die Fragen, die ich gestellt hätte.«

»Er ist ein Roboter«, erwiderte Werner. »Hast du erwartet, daß er dich in ein politisches Streitgespräch verwickelt? Hast du mit einer ausführlichen Diskussion über die Ausbeutung der Dritten Welt gerechnet?«

»Vermutlich ja«, gab ich zu.

»Nun, hier ist das richtige Land für jemand, der auf politische Debatten aus ist«, sagte Werner. »Wenn es jemals ein Land gab, das so auf der Kippe zur Revolution stand, dann Mexiko. Sieh dich doch um. Zwei Drittel der mexikanischen Bevölkerung – ungefähr fünfzig Millionen Menschen – leben am Rand des Verhungerns. Du hast doch gesehen, wie sich die *campesinos* damit abquälen, auf vulkanischer Asche oder steinigem Boden ein bißchen Getreide anzubauen, um dann doch nur ein Dutzend Zwiebeln oder ein kleines Bündel Korn auf den Markt zu bringen. Du hast gesehen, wie sie sich in der Stadt ihren Lebensunterhalt zusammenkratzen, in Slums, die noch übler sind als sonstwo auf der Welt. Vier von zehn Mexikanern trinken nie Milch, zwei von zehn essen nie Fleisch, Eier oder Brot. Aber die mexikanische Regierung subventioniert den Coca-Cola-Verkauf. Die offizielle Begründung dafür lautet, daß Coca-Cola ein Nahrungsmittel ist. Und jetzt, da der IMF, der Internationale Währungsfonds, Mexiko gezwungen hat, den Peso abzuwerten, bauen große US-Konzerne wie Xerox hier Fabriken zu absoluten Niedrigpreisen, verkaufen ihre Produkte jedoch in Ländern mit harter, stabiler Währung. Die Inflationsrate klettert. Die Zahl der Arbeitslosen steigt. Die Steuern werden angehoben. Aber die Einkommen sinken. Wie würde dir das gefallen, wenn du Mexikaner wärst?« Für Werner war das eine beachtliche Ansprache.

»Hat Stinnes dir das erzählt?«

»Hast du mir nicht zugehört? Stinnes ist KGB-Offizier. Stinnes interessiert sich nicht die Bohne für die Mexikaner und ihre Probleme. Ich habe versucht, eines Abends im Club mit Stinnes über all das zu sprechen. Stinnes hat keine Ahnung von Mexiko. Er verfügt noch nicht einmal über die oberflächlichen Informationen, die alle osteuropäischen diplomatischen Dienste ihrem Personal zukommen lassen.«

»Warum nicht?« fragte ich.

»Warum nicht?« wiederholte Werner gereizt. Er glaubte wohl, ich wolle lediglich das Thema wechseln. »Woher soll ich das wissen?«

»Denk mal darüber nach, Werner. Auf jeden Fall ist es ein Hinweis darauf, daß er kurzfristig hergeschickt wurde. Und selbst dann hätte das KGB, wie ich es kenne, doch dafür gesorgt, daß er hier in Mexico City politisch indoktriniert wird.«

Werner saß denkbar unbequem auf Dickys Koffer und sah sich

nach einer anderen Sitzmöglichkeit um. Es gab aber keine, da das Flughafengebäude von Minute zu Minute noch voller wurde, als es ohnehin schon war. Jetzt tauchte auch eine Gruppe junger Leute mit orangefarbenen Rucksäcken auf, die sie als einen Chor aus Neuseeland auswiesen. Sie setzten sich alle in den Durchgang. Ich hoffte nur, sie würden nicht auch noch zu singen anfangen. »Vermutlich hast du recht«, sagte Werner.

»Ich *habe* recht«, sagte ich. »Und ich sage dir noch etwas. Das absolute Fehlen jeglicher politischer Unterweisung sagt mir, daß Stinnes weder hier ist, um Agenten nach Kalifornien einzuschleusen, noch um Biedermanns Überweisungen von Moskauer Geld an örtliche Organisationen zu überwachen.«

»Mach's nicht so spannend«, sagte Werner müde.

»Ich weiß die Antwort auch nicht, Werner. Keine Ahnung, was Stinnes hier treibt. Ich weiß ja nicht einmal, was ich eigentlich hier mache. Stinnes hätte auch ohne mich einwandfrei identifiziert werden können.«

»London hat dich nicht hergeschickt, um Stinnes zu identifizieren«, sagte Werner. »London hat dich hergeschickt, damit Stinnes dich identifizieren kann.«

»Keine Anagramme bitte, Werner. Für mich bitte ganz einfach.«

»Was glaubst du, was ihm neulich Abend als erstes in den Sinn kam, als ich mit ihm über Tiefkühltruhen, Video und die Aus-dem-Stand-Beschleunigung des Porsche 924 turbo sprach?«

»Eine Falle?«

»Aber natürlich. Er befürchtete, ich könnte ein KGB-Agent sein, der sich um das nötige Beweismaterial gegen ihn bemüht, damit er für zwanzig Jahre in ein sibirisches Arbeitslager geschickt werden kann.«

»Hmm. Aber er konnte sich davon überzeugen, daß ich wirklich von SIS in London bin. Schließlich hat er mich ja selbst in Ostberlin in Arrest gehabt. Ich glaube, du hast recht, Werner. Ich nehme an, Bret hat sich das alles ausgeklügelt.«

»Bret Rensselaer, nicht wahr? Von allen Leuten in der Londoner Zentrale ist er der krummste Hund und im Augenblick sehr darauf erpicht zu beweisen, daß er für die Abteilung unentbehrlich ist.«

»Dicky befürchtet, daß Bret die Verantwortung für den britischen Geheimdienst in Deutschland übertragen bekommt.«

»Stuhlpolonaise«, sagte Werner.

»Genau. Eine Stuhlpolonaise.« Werners Gebrauch dieses Wortes rief mir das Gesellschaftsspiel in Erinnerung, bei dem es gilt, beim letzten Ton der Musik einen Stuhl zu ergattern und sich zu setzen. Es ist immer ein Stuhl zu wenig vorhanden. Das entsprach ziemlich genau dem Tanz, den die Londoner Zentrale jedesmal dann aufführte, wenn irgendeine größere Umorganisation anstand. »Und Bret hat Dicky sechstausend Kilometer vom einzigen freien Stuhl entfernt. Logisch, daß Dicky zurück sein möchte, bevor die Musik abbricht.«

»Aber er möchte nicht zurück, ohne einen größeren Erfolg vorweisen zu können.«

»Du siehst das auch so, nicht?« fragte ich bewundernd. Werner hatte nicht viel ausgelassen. »Ja, Bret hat sich eine brenzlige Situation ausgetüftelt, die sogar Dicky in Aufregung versetzt. Wenn er lange genug hier herumsitzt, um Stinnes für uns an Land zu ziehen, wird Bret der Mann sein, der ihm gratuliert und mit einem neuen Auftrag wieder hinausschickt. Wenn er andererseits ohne einen Erfolg in der Stinnes-Sache zurückkehrt, wird irgend jemand erklären, Dicky sei dem Job nicht gewachsen.«

»Aber nun fliegt ihr beide zurück«, sagte Werner. Er sah sich in der überfüllten Abfertigungshalle um. Die Landebahn draußen war leer und der übliche nachmittägliche Gewitterregen in vollem Gange. Es gab keinerlei Anzeichen dafür, daß hier bald jemand überhaupt irgendwohin fliegen würde.

»Und was kommt in die Akte, Werner? Dicky wird einen Bericht anfertigen, auf welche Weise er die Operation Stinnes bis kurz vor den erfolgreichen Abschluß gebracht und dann mir alles übergeben hat.«

»Er ist ein ausgebuffter Halunke«, sagte Werner.

»Erzähl mir lieber was, was ich noch nicht weiß.«

»Und wenn Stinnes nicht rüberkommt, wird Dicky sagen, daß du alles verpatzt hast.«

»Eins rauf mit Mappe, Werner. Du hast es tatsächlich durchschaut.«

»Aber ich schätze unsere Chancen gering ein, Stinnes auf unsere Seite herüberzuziehen.«

»Warum?« Ich stimmte Werner zu, wollte aber seine Argumente hören.

»Zunächst einmal hat er noch immer Angst. Wenn Stinnes dir wirklich voll vertraut, würde er dir doch nicht auftragen, ein Negativsignal nach London zu schicken. Er würde dich denen in London alles sagen lassen, was du willst.«

»Sag Dicky bloß nichts davon, daß ich dir etwas von dem

undichten Nachrichtenverkehr der Botschaft gesagt habe«, sagte ich. »Er würde behaupten, du wärst ein Sicherheitsrisiko.«

»Ich bin ein Sicherheitsrisiko«, sagte Werner. »Genaugenommen hätte ich von dieser wichtigen Information nicht erfahren dürfen – es sei denn, sie betrifft direkt meine Arbeit.«

»Lieber Himmel, Werner. Bin ich froh, daß du nicht in London für Deutschland verantwortlich bist. Ich glaube, du würdest mich durch den Fleischwolf drehen, wenn du glaubtest, ich würde die Sicherheit gefährden.«

»Vielleicht würde ich das sogar tun«, sagte Werner selbstgefällig. Ich ergriff ihn beim Kragen und tat so, als wollte ich ihn erwürgen. Es war ein Schauspiel, das eine der Nonnen genug interessierte, um ihrer Begleiterin einen Rippenstoß zu versetzen und in meine Richtung zu nicken. Ich warf den beiden einen finsteren Blick zu, und Werner streckte die Zunge heraus und verdrehte die Augen.

Nachdem ich Werner wieder freigegeben hatte, sagte ich: »Du sagtest, Stinnes würde mich für koscher halten, weil er mich einmal verhört hat.«

»Das könnte durchaus ein Doppelschlag sein«, stellte Werner fest. »Wenn du wirklich für Moskau arbeiten würdest, wärst du doch ganz zufrieden damit, dich von Stinnes in Ostberlin schnappen zu lassen. Dann wärst du doch der perfekte Köder für ihn.«

»Aber Stinnes ist für Moskau nicht wichtig genug, um eine solche Operette zu inszenieren.«

»Stinnes selbst hält sich vermutlich für wichtig genug. Und das ist schließlich menschlich. Wir sind doch alle irgendwie überzeugt, für etwas wichtig genug zu sein.«

Werner konnte mitunter wirklich aufreizend sein. »Das ist genau das, was Hollywood irrsinnige Logik nennt, Werner. Es ist die Art hirnrissiger Verrücktheit, die nicht entschuldigt werden kann, weil sie einfach zu blödsinnig ist.«

»Erklär mir doch, was daran blödsinnig ist.«

Ich holte tief Atem. »Wenn Moskau einen gutplazierten Agenten in London hätte, dessen Identität so gut geschützt ist, daß Stinnes ihn unmöglich verdächtigen könnte, würde Moskau doch nicht so leichtsinnig sein, ihn nach Ostberlin gehen und arretieren zu lassen, nur um dort das Vertrauen von Stinnes zu gewinnen, so daß er Monate später in Mexico City dazu gebracht werden könnte, einem Angebot zum Überlaufen zuzustimmen. Ich bitte dich, Werner...!«

Er lächelte selbstbewußt. »Du hast recht, Bernie. Aber Stinnes wird weiterhin mißtrauisch bleiben. Denk an meine Worte.«

»Sicher. Aber er wird auch London gegenüber mißtrauisch bleiben. Er wird sich fragen, ob diese Schreibtischheinis ihre Versprechen auch halten. Er wird sich keinesfalls den Kopf darüber zerbrechen, ob ich ein KGB-Maulwurf bin oder nicht. Ein Mann wie Stinnes kann einen KGB-Agenten höchstwahrscheinlich auf hundert Schritt Entfernung riechen; genau wie wir unsere Leute doch auch erkennen.«

»Da wir gerade davon sprechen, unsere eigenen Leute auf hundert Schritt Entfernung zu erkennen – Dicky ist im Anmarsch«, sagte Werner. »Gehört der Mann neben ihm auch zum SIS?«

Dicky Cruyer trug noch immer seine Hollywoodklamotten; heute waren es blaugestreifte Leinenhosen, ein Baumwollsporthemd und Lacklederschuhe von Gucci. Er trug eine kleine Ledertasche, die er unter keinen Umständen als Handtasche oder so bezeichnet haben wollte.

Dicky hatte seinen Freund von der Botschaft im Schlepptau. Sie hatten beide am Balliol College der Universität von Oxford studiert und machten keinerlei Geheimnis aus ihrer heftigen Rivalität. Obwohl im gleichen Alter, sah Henry Tiptree jünger aus als Dicky. Vielleicht lag das an dem kleinen, ziemlich spärlichen Schnurrbart, den er sich wachsen ließ, oder seinem dünnen Hals, knochigen Kinn und der unglücklichen Figur, die er in seinem Tropenanzug abgab, sowie der festgezurrten Universitätskrawatte.

Dicky hatte mir berichtet, daß sein Freund bereits in sehr jungen Jahren, im Alter von achtunddreißig, zum Botschaftsrat ernannt worden war und nun *grade 3* anstrebte. Aber der britische diplomatische Dienst ist übersät mit brillanten Botschaftsräten aller Altersstufen, und ein großer Teil von ihnen wird ans *Institute for Strategic Studies* abgeschoben, oder sie erhalten ein Universitätsstipendium für Oxford, wo sie in ihren schriftlichen Arbeiten jede Menge Unsinn über die sowjetischen Absichten und Ziele in Osteuropa verzapfen können, während Leute wie Werner und ich uns in der Praxis herumschlagen müssen.

»Henry hat alles mit dem Gepäck geregelt«, teilte Dicky mit.

»Mit meinem Gepäck war nichts zu regeln«, sagte ich. »Ich habe es eingecheckt, als ich hier angekommen bin.«

Dicky ignorierte meine Replik. »Es geht als Luftfracht, und da wir Erster-Klasse-Tickets haben, kommt es in unserer Maschine mit.«

»Und welche Maschine ist das?« erkundigte ich mich.

Henry sah auf seine Uhr und meinte: »Sie sagen, sie müßte gleich hereinkommen.«

»Und du glaubst daran, wie?« fragte Dicky. »Lieber Himmel, diese Airline-Fritzen sind noch zungenfertiger im Lügen als Diplomaten.«

»Ha, ha«, sagte Henry pflichtschuldigst. »Verspätungen im Flugverkehr sind zu dieser Jahreszeit nun mal an der Tagesordnung. Drei Stunden sind keine Seltenheit. Deshalb hielt ich es für besser, herzukommen und euch zu verabschieden.«

»Wie aufmerksam. Aber du hättest ohnehin hier sein müssen. Heute ist schließlich Posttag«, sagte Dicky maliziös. Henry lächelte.

»Posttag?« fragte Werner.

»Mit unserer Maschine kommt auch der Kurier mit der Diplomatenpost«, erläuterte ich.

»Dennoch wissen wir deine Anwesenheit natürlich zu schätzen, Henry«, sagte Dicky zu ihm. »Ich werde dafür sorgen, daß der Privatsekretär des Premierministers erfährt, welch große Unterstützung du uns hast zukommen lassen.« Sie lachten beide über Dickys kleinen Scherz, aber immerhin, da war doch das Versprechen einer nicht näher definierten Hilfe, wenn sich die Gelegenheit ergab. Aber so waren Balliol-Kommilitonen nun mal; jedenfalls betonte Dicky das immer wieder.

Ich sah, daß Werner Henry interessiert beäugte, um herauszufinden, ob er tatsächlich innerhalb der Botschaft für den SIS arbeitete. Es schien durchaus möglich. Ich zwinkerte Werner zu. Er grinste, als ihm bewußt wurde, daß ich erraten hatte, was in seinem Kopf vorging. Aber so waren wir weniger gebildeten Männer nun mal; jedenfalls betonte ich das immer wieder.

»Dicky sagte, Sie seien der Mann, der die Abteilung zusammenhält«, sagte Henry.

»Es ist nicht ganz einfach«, sagte ich.

Dicky, der damit gerechnet hatte, ich würde bestreiten, die Abteilung zusammenzuhalten, sagte: »Henry hat uns das Auto geliehen.«

»Danke, Henry«, sagte ich.

»Keine Ahnung, wie Sie mit der kaputten Klimaanlage klargekommen sind«, meinte Henry. »Aber vermutlich werdet ihr Burschen den vollen Hertz-Tarif auf die Spesenabrechnung setzen, was?«

»Dicky doch nicht«, sagte ich.

»Ha, ha«, machte Henry.

Dicky wechselte das Thema. »Erdbeeren und frischgefangener Lachs«, sagte er. »Jetzt ist die richtige Zeit, um in England zu sein, Henry. Du kannst dir dein Land der *tacos* und gebackenen Bohnen an den Hut stecken.«

»Sei kein Sadist, Dicky. Ich hoffe nur, daß meine Versetzung durchkommt, sonst sitze ich bis Weihnachten oder Neujahr hier fest, ohne jede Aussicht auf Urlaub.«

»Du hättest nicht in den diplomatischen Dienst eintreten sollen«, sagte Dicky.

»Ich darf mich nicht beklagen. Immerhin hatte ich angenehme sechs Monate, um das Kauderwelsch zu lernen, und ich komme wenigstens dann und wann mal nach Los Angeles. Vergiß nicht, diese Mexikaner sind schon komische Vögel. Es braucht nicht viel, um sie ausgesprochen übellaunig werden zu lassen.«

»Egal. Du wirst als *grade 4* ja nicht für immer hierbleiben und deine Karriere irgendwann ganz sicher mit einem Adelstitel krönen«, sagte Dicky neidisch. Es war Dickys besonderer Kummer, das SIS-Beamte gleichen Formats nicht mit einer derartigen Auszeichnung rechnen durften. Alles hing davon ab, wo man hinging.

»Solange ich keine Getränke über die Gattin des Präsidenten schütte oder einen Krieg anfange oder sonst so was.« Er lachte.

Ich fragte Dicky leise, ob er die Botschaft über den abgehörten Nachrichtenverkehr unterrichtet hatte.

»Lieber Himmel«, sagte Dicky. »Bernard hat mich gerade an etwas erinnert, was streng vertraulich nur für dich bestimmt ist. Etwas für deinen *Head of Station*. Sehr, sehr vertraulich in der Tat.«

Henry hob eine Augenbraue. *Head of Station* war immer der dienstälteste britische Geheimdienstbeamte der Botschaft.

Dicky sagte: »Streng vertraulich, Henry, altes Haus: Wir haben Grund zu der Annahme, daß die Russen eure Piccolo-Geräte abhören und gelernt haben, die Musik zu verstehen.«

»Fürwahr«, sagte Henry.

»Ich schlage vor, daß er das eurem Missionschef unverzüglich berichtet. Er soll allerdings klarstellen, daß es sich um einen bislang unbewiesenen Verdacht handelt.«

»Ich habe nicht besonders häufig Gelegenheit, mit dem Boß zu sprechen, Dicky. Die großen Tiere schwirren bei jeder sich bietenden Gelegenheit ab nach Acapulco.« Er ging zum Fenster und sah hinaus. »Eure Maschine kommt gerade rein. Besser, du checkst mit deinem Gepäck jetzt ein.«

»Vielleicht ist es nur eine Ente«, sagte Dicky. »Aber wir hoffen, in ein paar Wochen in der Lage zu sein, euch die Sache zu bestätigen oder den Alarm abzublasen. Sollte sich in dieser Angelegenheit etwas tun, wirst du es über die üblichen Kanäle erfahren.«

»Ihr Leute von der Zentrale‹ habt wirklich was von eurem Leben«, sagte Henry. »Hast du hier tatsächlich Kapriolen à la James Bond geschlagen, Dicky?«

»Keine Spur«, sagte Dicky und schnippte mit dem Finger nach einem vorbeikommenden Träger, der bereitwilligst und sofort reagierte, Dickys Koffer ergriff und sie sich auf die Schultern packte. Dicky streichelte sein teures Gepäck, als könne er sich nicht davon trennen. »Diese drei sind sehr empfindlich – *muy fragil. Comprende usted?*«

»Klar«, sagte der Gepäckträger. »Kein Problem, Kamerad.«

»Da belauschen diese russischen Codebrecher also unseren Piccolo-Funkverkehr«, sinnierte Henry. »Nun, das würde eine ganze Reihe von Dingen erklären.«

»Zum Beispiel?« fragte Dicky. Er zählte seine Koffer, die der Gepäckträger gerade auf einen Karren wuchtete.

»Nur unbedeutende Sachen«, sagte Henry vage. »Dennoch würde ich sagen, daß euer Hinweis keine Ente ist.«

»Eins rauf für Stinnes«, sagte Werner.

Unser Flug wurde aufgerufen, und wir beeilten uns mit dem Abschied von Henry und Werner, so daß Dicky dem Gepäckträger auf dem Fuße folgen konnte, um ganz sicher zu gehen, daß seine Koffer nicht verlorengingen.

»Henry hat moderne Sprachen studiert«, sagte Dicky, als wir in der Luft waren und der Heimat zustrebten, mit einem Glas Champagner in der Hand und einer lächelnden Stewardeß vor uns, die uns kleine runde Toaststücke mit Kaviar anbot. »Er ist eine verdammt feine Haut; Henrys Parties waren berühmt, aber er ist nicht besonders geistreich und auch nicht gerade das, was man einen hart arbeitenden Menschen nennt. Diesen Job hat er bekommen, weil er die richtigen Leute kennt. Ehrlich gesagt, ich habe nicht damit gerechnet, daß er an der alten diplomatischen Ochsentour festhalten würde. Es ist nicht Henrys Art, einen festen Job zu haben und ›ja, Sir – nein, Sir‹ zu jedem zu sagen, der ihm gerade über den Weg läuft. Es ist hart für dieses arme Luder, seine Zeit in diesem Höllenloch vergeuden zu müssen.«

»Ja, armer Henry«, sagte ich.

»Er ist ganz wild darauf, bei uns einzusteigen. Aber ganz ehrlich, Bernard – ich glaube nicht, daß er der Richtige dafür wäre. Was meinst du?«

»Nach allem, was du eben gesagt hast, glaube ich, daß er genau der Richtige für uns ist.«

»Wirklich?«

Dicky hatte alles nach seinen Wünschen geregelt. Er hatte seine drei Pakete mit zerbrechlichem Inhalt auf einem freien Sitz deponiert und mit dem Sicherheitsgurt festgeschnallt. Er hatte die Schuhe ausgezogen und die Hausschuhe übergestreift, die er seiner Aktentasche entnommen hatte. Er hatte Tabletten gegen Luftkrankheit geschluckt und dafür gesorgt, daß Aspirin und Alka Seltzer dort lagen, wo er sie leicht erreichen konnte. Er hatte das Faltblatt mit den Sicherheitsbestimmungen studiert und sich über die Position der Notausgänge informiert. Und er hatte unter den Sitz gegriffen, um sich zu vergewissern, daß die Rettungsweste auch da war, wo sie sein sollte.

Ich hielt mein Glas hoch, damit die Stewardeß noch ein bißchen Champagner nachgießen konnte. Dicky legte eine Hand über sein Glas. »Wir haben einen langen Flug vor uns«, sagte er in leicht tadelndem Ton.

»Da kann ich mir ja ruhig noch ein Glas Champagner genehmigen«, stellte ich fest.

Dicky stellte sein Glas ab und schlug sich leicht auf den Oberschenkel, wie ein Vorsitzender, der eine Versammlung zur Ordnung ruft. »Jetzt, wo wir unter uns sind, können wir vielleicht endlich mal Klartext reden.«

Der einzige Grund, weshalb wir nicht schon zuvor jede Menge Klartext geredet hatten, war der, daß Dicky jeden erdenklichen Moment mit Essen, Trinken, Einkaufen, Stadtrundfahrten und der Ausdehnung seines Bekanntenkreises verbracht hatte. Nun wollte er herausfinden, welche Arbeit ich inzwischen geleistet hatte, um seinen Vorgesetzten einreden zu können, er habe sich fast zu Tode gerackert. »Was willst du wissen, Dicky?«

»Wie stehen die Chancen, daß Stinnes auf unsere Seite überwechselt?«

»Mit Nebensächlichkeiten hältst du dich wohl nicht gern auf, was?«

»Ich weiß, das du etwas gegen Vermutungen hast. Dennoch: Was glaubst du, was passieren wird? Du hast dich doch mit Stinnes getroffen. Was für ein Mensch ist er eigentlich? Du hast doch schon früher mit Überläufern zu tun gehabt.«

Ich hatte überhaupt nichts dagegen, Vermutungen anzustellen. Ich hatte lediglich etwas dagegen, sie Dicky anzuvertrauen, da er es ausgesprochen genoß, mich später an all diejenigen zu erinnern, mit denen ich schiefgelegen hatte. Ich sagte: »Nicht mit einem wirklich ausgefuchsten KGB-Agenten. Die Überläufer, mit denen ich bislang zu tun hatte, waren eher kleine Lichter.«

»Stinnes ist auch nur Major. Du tust ja so, als wäre er Mitglied des Politbüros. Du hattest doch damals mit diesem Oberst zu tun... diesem Luftfahrtattaché, der zögerte und zauderte, bis er schließlich deportiert wurde, bevor wir ihn uns krallen konnten.«

»Du erinnerst dich richtig. Aber Stinnes ist ebenso erfahren wie zäh. Wenn wir ihn kriegen, verfügen wir über eine erstklassige Quelle. Bis unsere Vernehmungsspezialisten alles zu Papier gebracht haben, was er weiß, dürften Monate vergehen. Aber unsere Aussichten, ihn zu bekommen, sind nicht rosig.«

»Du hast mir erzählt, er habe ja gesagt«, wandte Dicky ein.

»Er hat lediglich ja gesagt, um zu hören, wie wir reagieren.«

»Geht es um Geld?« fragte Dicky.

»Ich kann mir nicht vorstellen, daß Geld bei ihm eine große Rolle spielt. Aber für gründlich indoktrinierte Männer wie Stinnes ist es immer schwer, in unser Gesellschaftssystem überzuwechseln.«

»Du meinst, er ist ein hartgesottener Kommunist?«

»Nur insoweit, als er weiß, daß es nicht gut ist, gegen den Strom zu schwimmen. Ich wäre überrascht, wenn sich herausstellen sollte, daß er ein wahrer Gläubiger ist.« Ich trank meinen Champagner. Dicky wartete darauf, daß ich fortfuhr. »Stinnes gehört zur Elite eines totalitären Staates, in dem es keine zermürbenden Diskussionen über die Todesstrafe, Demonstrationen gegen Umweltverschmutzung oder moralische Bedenken wegen Besitzes von Atomwaffen gibt. Ein KGB-Major wie Stinnes kann in das Büro eines Kommandierenden Generals laufen, ohne anzuklopfen. Hier im Westen hat niemand die Macht, über die er verfügt.«

»Aber dafür bieten wir ihm ein nettes, bequemes Leben an. Und nach allem, was du mir über seine Scheidungspläne gesagt hast, kommt dieses Angebot zum richtigen Zeitpunkt.«

»Auf soviel Macht zu verzichten, wird nicht leicht sein. Als Überläufer ist er ein Niemand. Höchstwahrscheinlich kennt er

Überläufer und hat das Leben gesehen, das sie in der Sowjetunion führen. Er wird sich keine Illusionen darüber machen, wie es bei uns sein wird.«

»Wie kannst du das Leben eines Überläufers, der in den Osten geht, mit dem eines Überläufers vergleichen, der in den Westen kommt? Alles, was sie bieten, ist doch eine pervertierte Ideologie und ein mittelalterliches Sozialsystem, das auf Privilegien und Gehorsam basiert. Wir haben eine freie Gesellschaft, eine freie Presse. Wir können demonstrieren und haben das Recht der freien Meinungsäußerung.«

»Stinnes hat lange Zeit in den oberen Schichten einer autoritären Gesellschaft gelebt. Er wird kaum gegen die englische Regierung – welcher politischen Schattierung auch immer – demonstrieren oder protestieren wollen. Und er wird nur wenig Sympathie für jene aufbringen, die es tun.«

»Dann drück ihm doch Bares in die Hand und geh mit ihm in die Geschäfte. Zeig ihm die materiellen Vorteile, die aus einer freien Marktwirtschaft und dem Wettbewerb resultieren.«

»Stinnes ist nicht der Mann, der seine Seele für eine Hi-Fi-Anlage oder einen Mikrowellenherd verkaufen würde«, sagte ich.

»Seine Seele verkaufen?« wiederholte Dicky indigniert.

»Funktioniere das hier nicht in eine politische Diskussion um, Dicky. Du hast mich gefragt, wie unsere Chancen stehen, und ich habe dir gesagt, was in seinem Kopf vorgehen könnte.«

»Was für eine Chance haben wir also?« fragte Dicky ungeduldig. »Fünfzig-fünfzig?«

»Jedenfalls nicht besser.«

»Fifty-fifty werde ich dem Alten sagen«, erklärte Dicky und hakte diese Frage im Geiste ab. Ich weiß nicht, warum ich versuchte, Dicky die Dinge zu erklären. Er bevorzugte Ja-oder-Nein-Antworten. Erklärungen verwirrten ihn nur.

»Und was ist mit diesem Biedermann?«

»Ich weiß nicht.«

»Er ist reich wie Krösus. Ich habe mich in Los Angeles über ihn informiert.«

»Ich sehe nicht, daß er für uns wichtig sein könnte. Und ich frage mich, warum er dann für Stinnes wichtig sein sollte. Das ist es, was mich verwundert.«

»Ich werde ihn in meinem Bericht erwähnen«, sagte Dicky. Es hörte sich zwar an wie eine Absichtserklärung, war aber Dickys Art, um Zustimmung zu heischen.

»Tu das auf jeden Fall. Ich habe eine Liste von den Leuten, denen er Geld geschickt hat. Du könntest vielleicht einen dieser hellen, jungen Neulinge dazu bringen, etwas daraus zu machen, was eindrucksvoll klingt.«

»Wollen wir etwas gegen Biedermann unternehmen?«

»Da können wir nicht allzuviel machen«, sagte ich skeptisch. »Wir können ihn lediglich im Auge behalten und von Zeit zu Zeit aufstören, um ihn daran zu erinnern, daß er nicht vergessen ist.«

»Sachte, sachte«, sagte Dicky. »Ein Mann wie er kann uns in Teufels Küche bringen.«

»Ich kenne ihn, seit ich ein Kind war«, sagte ich. »Er wird uns keine Schwierigkeiten machen. Es sei denn, er hätte begründete Aussicht, damit durchzukommen.«

»Stinnes an Land zu ziehen ist eine enorm wichtige Sache«, sagte Dicky. »Biedermann ist nichts im Vergleich zu der Möglichkeit, Stinnes auf unsere Seite zu holen.«

»Ich werde meinen Talisman streicheln.«

»Wenn wir es schaffen, Stinnes zum Überlaufen zu bewegen, wirst du eine Menge Ruhm einheimsen.«

»Werde ich?« fragte ich, denn das kam mir unwahrscheinlich vor.

»Das gehört zu den Dingen, die ich mit Bret vor meiner Abreise aus London besprochen habe. Ich habe betont, daß das allein deine Operation ist. Laß Bernard die Dinge auf seine Weise erledigen, habe ich gesagt.«

»Und was hat Bret dazu gesagt?« Ich stellte fest, das der Toast, wenn man den ältlichen Airline-Kaviar herunterkratzte, gar nicht so schlecht schmeckte.

»Hast du Bret irgendwann verärgert?«

»Ich verärgere ihn andauernd.«

»Du hast eine äußerst wichtige Aufgabe vor dir, Bernard. Du brauchst Bret. Du brauchst jede Hilfe, die du nur bekommen kannst. Ich stehe natürlich jederzeit voll hinter dir, aber wenn Bret meinen Schreibtisch übernehmen sollte, wirst du keine Unterstützung von ihm erwarten dürfen.«

»Danke, Dicky«, sagte ich zweifelnd. Es war Dickys Art, mich dazu zu bringen, ihm bei seinem Machtkampf gegen Bret zu helfen. Dennoch fühlte ich mich geschmeichelt, daß Dicky offenbar dachte, ich hätte genug Einfluß, um irgend etwas zu bewirken.

»Du weißt, wovon ich rede, nicht wahr, Bernard?«

»Sicher«, sagte ich, obwohl ich es eigentlich nicht wußte. Ich lehnte mich in meinem Sitz zurück und betrachtete die Speisekarte. Aus dem Augenwinkel konnte ich sehen, daß Dicky seinen Füllfederhalter in ein Kleenex-Tuch wickelte, obwohl wir bereits in elftausend Metern Höhe waren und sein Füller, falls er klecksen würde, dies bereits getan hätte.

»Ja«, sagte Dicky. »Für dich geht's dabei um alles oder nichts, Bernard.« Er legte den bandagierten Füller in seiner Handtasche zur Ruhe wie eine kleine ägyptische Mumie, die mindestens tausend Jahre in ihrem Grab verbleiben sollte.

»Gott sei Dank zeigen sie keinen Film«, sagte Dicky. »Ich verabscheue Filme während eines Fluges. Du nicht auch?«

»Ja«, sagte ich. Das war eines der wenigen Dinge, über die Dicky und ich uneingeschränkt einer Meinung waren.

Jetzt, da wir über den Wolken waren, blendete die Sonne. Dicky, der am Fenster saß, zog die Blende herunter. »Du willst doch nicht lesen oder so was?«

Ich sah Dicky an und schüttelte den Kopf. Er lächelte, und ich fragte mich, welches Spiel er wohl spielte mit seinem Gerede, das sei allein meine Operation. Immerhin hatte er sich viel Zeit gelassen, bis er mir diesen bemerkenswerten Aspekt unseres kleinen Ausflugs nach Mexiko offenbarte.

Wir kamen am späten Vormittag in London an. Die Sonne schien von einem klarblauen Himmel, aber es wehte ein kühler Wind. Als Antwort auf zwei Fernschreiben und einen Telefonanruf aus Mexiko hatte uns der Beamte vom Dienst ein Auto geschickt. Wir beluden es bis zu einem Punkt, an dem den Stoßdämpfern die Puste auszugehen drohte, und fuhren zu Dickys Haus. Da ich nun schon einmal da war, akzeptierte ich Dickys Einladung, auf einen Drink mit hineinzukommen.

Dickys Frau erwartete uns mit einer Flasche Sancerre im Weinkühler und Kaffee in der Thermosflasche. Daphne war eine tatkräftige Frau Anfang Dreißig. Ich fand, daß sie besonders attraktiv aussah, wie sie da in der Küche stand, umgeben von Wein und Essereien. Daphne hatte ihr Aussehen radikal verändert. Blümchenkittel und Omabrille waren out, blaßgelbe Overalls in. Auch ihre Frisur hatte sich gewandelt. Sie war jetzt zu einem eher schmucklosen Pagenkopf mit Fransen geschnitten, so daß sie wieder aussah wie die Kunststudentin, die Dicky vor so langer Zeit geheiratet hatte. »Bernard-Schätzchen! Was für eine hübsche Überraschung.« Sie hatte die laute Stimme und den Akzent der Oberklasse, der zu Wochenenden in großen, ungeheizten Häusern auf dem Lande gehört, wo jedermann über Pferde redet und Dick-Francis-Krimis liest.

Daphne war dabei, das Mittagessen vorzubereiten. Sie hatte eine große Schüssel vor sich auf dem Tisch und eine Waage, auf der ein halbes Pfund weiche Butter abgewogen war. Ihre Hände waren mehlbestäubt, und sie wischte sie sich an einem Handtuch ab, das mit einem Bild des Eiffelturms bedruckt war. Sie nahm eine Sammlung von Armbändern und Reifen vom Tisch auf und streifte sie sich übers Handgelenk, bevor sie Dicky umarmte.

»Du kommst früh, Darling«, sagte sie, als sie ihn küßte und auch mir einen Schmatz gab.

Dicky wischte Mehl von seinem Hemd und meinte: »Das Flugzeug ist ohne große Verspätung gelandet. Damit hatte ich nicht gerechnet.«

Sie fragte Dicky, ob er Kaffee wolle oder Wein. Mich fragte sie nicht. Sie nahm ein Glas aus dem Schrank, öffnete die Flasche aus dem Kühler und goß mir großzügig ein. Der Wein war köstlich.

Dicky stöberte im Küchenschrank und sagte: »Wo sind denn die blauen Spode-Tassen?«

»Im Geschirrspüler. Es sind nur noch drei übrig. Du wirst einen Becher nehmen müssen.«

Dicky seufzte auf die Art, die er auch draufhatte, wenn ihm einer der Mitarbeiter die Geheimpapiere zurückbrachte, die er am Kopiergerät vergessen hatte. Dann goß er sich einen Becher schwarzen Kaffees ein, und wir setzten uns an den Küchentisch.

»Tut mir leid, daß wir nicht ins Wohnzimmer können«, sagte Daphne. »Es ist zur Zeit blockiert.« Sie sah auf die Küchenuhr, bevor sie sich entschied, auch ein Glas Wein mitzutrinken.

»Daphne hat ihre Werbeagentur verlassen«, sagte Dicky. »Das habe ich dir noch gar nicht erzählt, oder? Sie haben den Cornflakes-Auftrag verloren und mußten Personal abbauen. Daphne haben sie einen goldenen Händedruck angeboten. Fünftausend Pfund. Nicht schlecht, was?« Dicky hielt sich die Ohren zu und schluckte. Das tat er immer nach einem Flug.

»Was machst du denn jetzt, Daphne?« fragte ich.

Dicky antwortete für sie. »Sie strippt. Sie macht das zusammen mit einem anderen Mädchen aus der Agentur.« Daphne zeigte ein Lächeln, das mir sagte, sie habe diesen Scherz schon mehrmals gehört, lasse aber Dicky den Spaß, ihn bis zum letzten auszureizen. »Bei dieser Art von Striptease ist eine Menge Geld zu machen, sagt

Daphne.« Dicky lächelte breit und legte den Arm um die Schulter seiner Frau.

»Möbel«, sagte Dicky. »Das Wohnzimmer ist bis unter die Decke voller antiker Möbel. Sie wollen sie abbeizen, aufpolieren und dann für ein Vermögen verkaufen.«

»Keine antiken Möbel«, sagte Daphne. »Bernard hält uns doch jetzt schon für Spießer. Ich möchte nicht, daß er mich für eine komplette Barbarin hält, die Antiquitäten ruiniert. Es handelt sich um Möbel aus zweiter Hand, Küchenstühle, Tische und so weiter. Sinnlos, in den kleinen Geschäften in Camden Town danach zu suchen. Liz und ich fahren aufs Land und putzen Klinken. Es macht richtig Spaß. Man lernt die komischsten Leute kennen.«

»Ich habe so was auch mal probiert«, sagte ich. »Mit einem hölzernen Kamin. Nach dem Abbeizen fiel er in Stücke. Es war der Farbanstrich von fünfzig Jahren, der ihn zusammengehalten hatte.«

»Oh, sag so was nicht, Bernard«, sagte Daphne und lachte. »Du nimmst mir jeden Mut.« Sie schenkte mir Wein nach und wirkte absolut nicht entmutigt.

»Hör doch nicht auf Bernard«, empfahl Dicky. »Er kann keine Steckdose reparieren, ohne daß alle Lampen durchbrennen.«

»Wir werden die Möbel nicht als neuwertig oder antik verkaufen«, sagte Daphne.

»Es ist das, wonach Frischverheiratete suchen«, erklärte Dicky. »Zumindest ein Teil dieser Dinge.« Er zwinkerte seiner Frau zu und umarmte sie liebevoll. »Und es sieht gut aus. Wirklich. Wenn das einschlägt, können die Mädchen ein Vermögen machen. Denk an meine Worte. Sie wollten den Laden ›Nackte Tatsachen‹ nennen, aber inzwischen haben wir gehört, daß diesen Namen schon jemand benutzt.«

»Du bist aber nicht sehr braun geworden, Dicky«, sagte sie und betrachtete sehr genau sein Gesicht. »Zumindest, wenn man bedenkt, wo du gewesen bist. Ich dachte, du würdest brauner zurückkommen – und Bernard ebenfalls«, fügte sie hinzu, nach einem Blick auf mich.

»Wir haben gearbeitet, altes Mädchen. Wir haben nicht in der Sonne gefaulenzt. Stimmt's, Bernard?« Er nahm den Korken der Weinflasche, die Daphne aufgemacht hatte, und beschnupperte ihn.

»Stimmt, Dicky.«

»Übrigens habe ich Henry Tiptree getroffen, Darling. Du erinnerst dich doch noch an Henry? Er war mit mir zusammen am Balliol College.«

»Ist das der, der die BBC verlassen hat, weil sie da alle schwul sind?«

»Nein, Darling. Henry. Groß, dünn, rötliches Haar. Sieht ein bißchen wie ein Schwachkopf aus. Sein Cousin ist ein Herzog. Henry ist derjenige, der immer diese Riesenschachteln feinen belgischen Konfekts mitgebracht hat. Erinnerst du dich?«

»Nein«, sagte Daphne.

»Du hast das Konfekt regelmäßig deiner Mutter mitgenommen. Und dann wurde Henry irgendwohin versetzt,. und du hast verlangt, daß ich es künftig für sie kaufe. Belgisches Konfekt, handgefertigt. Es hat mich ein Vermögen gekostet.«

»Ja, und dann haben wir geheiratet, und du hast ihr gesagt, das Geschäft würde es nicht mehr führen, und ihr statt dessen ›Black Magic‹ gekauft.«

»Wie dem auch sei«, sagte Dicky. »Henry ist jetzt in Mexiko und hat uns sein Auto geliehen. Übrigens habe ich es geschafft, nach Los Angeles rüberzufahren. Ich habe alles von deiner Liste bekommen, bis auf die Kissenbezüge von Robinson's. Sie hatten nicht genau die Farbe des Musters, das du mir mitgegeben hattest. Sie waren mehr purpur als mauve, daher habe ich sie nicht gekauft.«

»Du bist ja so süß«, sagte Daphne.

»Außerdem habe ich ein Dutzend von den Masken erstanden, die die Mexikaner aus alten Blechdosen fertigen, und zudem sechs versilberte Armreifen auf dem Markt gekauft. Denk bei den Weihnachtsgeschenken daran.«

»Ich habe einen ganzen Lachs für Donnerstag bestellt«, sagte Daphne. »Aber mir ist kein Mädchen eingefallen, das wir für Bernard einladen könnten.«

»Ich hätte es dir sagen müssen«, sagte Dicky und wandte sich an mich. »Du bist Donnerstag zum Abendessen eingeladen. Du hast doch Zeit?«

»Ich glaube schon«, sagte ich. »Danke.«

»Und mach dir keine Sorgen wegen eines Mädchens für ihn«, meinte Dicky. »Er hat was mit einer Kleinen aus dem Büro angefangen.« Ein leichter Ton von Bitterkeit war in Dickys Stimme, der Daphne auch nicht entging. Sie sah ihn scharf an. Dickys Zuneigung zu ihr war in letzter Zeit eher unstet gewesen, und Daphne war das nicht entgangen. Sie trank ihr Weinglas aus.

»Wie nett«, sagte Daphne eisig und schenkte sich nach. »Wie heißt sie denn, Bernard?«

»Gloria«, sagte Dicky, ehe ich antworten konnte.

»Ist das diejenige, die du als Sekretärin haben wolltest?« fragte Daphne. Sie stand da, mit der Flasche in der Hand, und wartete auf eine Antwort.

»Nein, nein, nein«, sagte Dicky. »Bret hatte sie mir andrehen wollen, aber ich habe dankend abgewinkt.« Nachdem er versucht hatte, Daphne zu besänftigen, wandte er sich an mich. »Das soll kein Affront gegen dich sein, alter Junge. Ich bin sicher, sie ist ein ganz reizendes Mädchen.«

»Wie schön«, sagte Daphne. »Ich freue mich darauf, sie kennenzulernen. Ich erinnere mich daran, daß Dicky gesagt hat, sie sei eine ganz ausgezeichnete Stenotypistin.« Mir wurde klar, daß Daphne weit davon entfernt war, an Dickys Unschuld zu glauben.

»Sie wird also Donnerstag zum Essen kommen, deine Freundin Gloria?« fragte Dicky und beobachtete mich genau.

»Gloria? Oh, natürlich wird sie das«, sagte ich. »Wenn es irgendwo umsonst was zu essen gibt, ist sie dabei.«

»Das ist aber nicht besonders galant von dir, Bernard«, sagte Daphne.

»Wir werden kommen«, hörte ich mich sagen. Ich weiß nicht, warum ich so etwas erzähle. Wahrscheinlich liegt das daran, daß Dicky immer das Schlechteste in mir hervorbringt. Ich kannte Gloria kaum. Ich hatte erst zweimal mit ihr gesprochen, und dann auch nur, um ihr zu sagen, sie möge sich mit der Arbeit beeilen, die sie für mich zu erledigen hatte.

9

Es war gut, wieder in London zu sein. Als erstes öffnete ich die Fensterläden in jedem Raum und ließ die Sonne herein. Ich konnte mich immer noch nicht daran gewöhnen, in ein dunkles, stilles Haus heimzukommen. Es schien erst kurze Zeit her zu sein, daß es von den Stimmen der Kinder, des Kindermädchens und meiner Frau Fiona widerhallte.

Zum Mittagessen machte ich mir eine Tasse Tee und häufte den Inhalt einer Dose Ölsardinen auf zwei altbackene Scheiben Vollkornbrot. Es war heiß und stickig in dem Raum im oberen Stockwerk, den ich als Arbeitszimmer benutzte. Ich öffnete das Fenster, und Londons Sonntagnachmittagsgeräusche drangen herein. Ich hörte die entfernten Rufe von Kindern, die auf der Straße spielten, und das Glockenspiel eines Eisverkäufers. Dann rief ich im Büro an und teilte mit, daß ich wieder zu Hause war. Der diensthabende Beamte klang müde und gelangweilt, aber ich widerstand seinem Versuch, mich in ein Gespräch über das mexikanische Klima zu dieser Jahreszeit zu verwickeln.

Während ich meine Sardinen aß, öffnete ich den Stapel Post. Abgesehen von Rechnungen für Gas, Strom und Wein bestand die Post in der Hauptsache aus farbigen Werbebroschüren. Oberkellner wiesen auf die Vorteile von Kreditkarten hin, berühmte Chefköche boten eine Kochbuch-»Bibliothek« an, Schweinslederbrieftaschen kamen kostenlos mit Buch-Subskriptionen, und auch die einmalige Chance, Beethoven-Symphonien zu hören wie noch niemals zuvor, wurde einem geboten. Auf den Notizblock auf meinem Schreibtisch hatte die portugiesische Putzfrau, Mrs. Dias, eine Reihe von Leuten notiert, die während ihrer täglichen Besuche angerufen hatten. Ihre Handschrift war ziemlich unleserlich, aber ich fand niemanden vermerkt, bei dem ich das Gefühl hatte, unbedingt zurückrufen zu müssen – bis auf meine Mutter. Ich rief sie an und plauderte mit ihr. Ich sprach auch mit den Kindern. Sie wirkten im großen und ganzen zufrieden.

»Hat es dir in Mexiko gefallen?« fragte Sally.

»Es war sehr heiß«, sagte ich.

»Oma sagt, du würdest mit uns an die See fahren, wenn du wieder da bist.«

»Möchtest du denn da hin?«
»Du warst lange weg, Daddy.«
»Ich fahre mit euch an die See.«
»Wann?«
»Sobald ich kann.«
»Billy hat gesagt, daß du das sagen würdest.«
»Tut mir leid«, sagte ich. »Ich bin ein schrecklicher Vater.«
»Dürfen wir nach Hause?«
»Ja, sehr bald.«

Erst nachdem ich geduscht und die Kleidung gewechselt hatte, entdeckte ich den cremefarbenen Briefumschlag, der an die Uhr gelehnt war. Mrs. Dias hielt dies anscheinend für einen Platz, auf den das menschliche Auge am häufigsten blickt.

»Ruf mich zu Hause oder im Büro an, wenn du wieder da bist. Es gibt viel zu bereden. David.«

Er war durch Boten gebracht worden. Der Umschlag trug einen grellroten »Dringend«-Aufkleber, und die Botschaft war mit Tinte auf handgeschöpftem Büttenpapier geschrieben, das zum Kuvert paßte. Ich erkannte das Briefpapier auch ohne die eingeprägte Adresse und das künstlerisch gestaltete Bild des Hauses wieder, das es zierte. Die Aussicht auf eine Unterredung mit meinem Schwiegervater, Mister David Timothy Kimber-Hutchinson, Philanthrop, Philosoph, Tycoon und Mitglied der Royal Society of Arts, war nicht gerade meine Vorstellung von einem herzlichen »Willkommen zu Hause«. Aber mir fiel keine Ausrede ein, um sie zu vermeiden. Also rief ich ihn an und stimmte zu, unverzüglich zu ihm hinauszufahren.

Das Haus lag an einem baumbestandenen Hügel, nicht weit entfernt von der Stelle, wo die alte Römerstraße von Stane Street die Downs hinunterführt. Es war ein Herrenhaus aus der Zeit Jakobs II., das im Lauf der Jahrhunderte so oft restauriert worden war, daß von dem ursprünglichen Gebäude nicht mehr viel vorhanden war. Doch den wesentlichen Dingen des Lebens war stets Vorrang eingeräumt worden, so daß das Dach nie undicht war und die Rohrleitungen, die Heizungs- und elektrischen Anlagen stets einen Grad von Komfort gewährleisteten, der in englischen Landhäusern selten anzutreffen ist.

Mitunter fragte ich mich, wieviel Geld durch seine Hände rinnen mußte, damit er in der Lage war, dieses Haus mit seinen komfortablen Personalunterkünften, einem Flügel für seine Gäste und den beheizten Ställen für seine Pferde unterhalten zu können. Ich parkte meinen altersschwachen Ford zwischen Kimber-Hutchinsons silbernem Rolls und dem Jaguar seiner Frau. Die Kimber-Hutchinsons würden sich kein ausländisches Auto kaufen. Es war nicht einfach eine Sache von Patriotismus, hatte mir der alte Herr mal erzählt; es würde vielmehr einige seiner Kunden verärgern. Der arme Mann – er brauchte maßgearbeitete Schuhe wegen seiner »mißlichen Füße« und Anzüge aus der Savile Row, weil er unglücklicherweise keine Figur für Konfektionsware hatte. Billiger Wein ruinierte seinen Magen, daher trank er teuren, und weil er nicht auf die Sitze in der Touristenklasse paßte, flog er stets Erster Klasse. Der arme David beneidete Menschen wie mich. Das erzählte er mir immer wieder.

David – er wollte, daß ich ihn David nannte, da »Schwiegervater« zu bestimmt, »Vater« zu ungenau, »Mr. Kimber-Hutchinson« zu schwerfällig und »Kimber« eine Anrede war, die seinen Intimfreunden vorbehalten war – erwartete mich in seinem Atelier. Das Atelier war eine luxuriös umgebaute Scheune. An einem Ende gab es ein riesiges Nordfenster und eine Staffelei, vor der er gerne stand und Aquarelle malte, die zu guten Preisen von Angehörigen der Unternehmen weggeschnappt wurden, mit denen er geschäftlich zu tun hatte. Unter einem Oberlichtfenster gab es eine große, hölzerne Estrade, die angeblich aus dem Pariser Atelier von Maillol stammte, einem französischen Bildhauer, der den Großteil seines Lebens der liebevollen Darstellung weiblicher Nacktheit widmete. Ich hatte David einmal gefragt, wozu sie eigentlich diente, aber nur eine ausweichende Antwort erhalten.

»Komm doch herein und setz dich, Bernard, alter Junge.« Er arbeitete an einem Bild, aber er stand nicht vor der Staffelei. Er saß an einem kleinen Tisch, hatte ein Reißbrett auf den Knien und zeichnete die Umrisse einer Landschaft mit Pferden. Auf dem Tisch lagen ein halbes Dutzend vergrößerter Fotos mit derselben Ansicht, Fotos von Pferden und ein Blatt Pauspapier, das er benutzt hatte. »Du hast damit mein kleines Geheimnis entdeckt«, sagte er, ohne von seiner Skizze aufzublicken. »Ich fange immer mit Fotos an. Es wäre doch dumm, sich nicht aller Hilfsmittel zu bedienen, die es gibt. Michelangelo hätte auch eine Kamera benutzt, als er die Decke der Sixtinischen Kapelle ausmalte, wenn er die Möglichkeit dazu gehabt hätte.«

Da David Kimber-Hutchinson keine Anstalten machte, weitere Enthüllungen über Michelangelos frustrierte technologische Sehnsüchte von sich zu geben, gab ich meinerseits einen Brummton von mir und setzte mich, während er das Pferd zu Ende zeichnete.

Er trug einen dunkelblauen Künstlerkittel über seinem gelben Kaschmir-Rollkragenpullover und den Reithosen. Sein Gesicht war sanft gerötet. Ich vermutete, daß er vor kurzem von einem Galopp über die Downs zurückgekommen war. Mir kam es so vor, als habe er die Dinge so arrangiert, daß ich ihn dabei ertappen sollte, wie er seine Bilder abpauste. Wahrscheinlich nahm er an, daß ich eine derart praktizierte Schummelei mehr bewundern würde als angeborenes Talent. Ein Mann kann sich Talent nun mal nicht in dem Maß als Verdienst anrechnen, wie das bei den geschickten Tricks, die er beherrscht, der Fall ist.

Schließlich gab er seine Bemühungen auf und legte den Stift aus der Hand. »Ich habe Pferde noch nie zeichnen können«, sagte er. »Kein anderer Maler liebt Pferde so wie ich oder weiß so viel über sie. Doch selbst wenn ich Fotos benutze, kann ich sie einfach nicht richtig abmalen. Das ist ungerecht.«

Ich hatte ihn sich nie zuvor auf Gerechtigkeit berufen hören. Üblicherweise pries er die elementaren Kräfte der Marktwirtschaft und das Überleben des Tüchtigsten. »Vielleicht liegt es daran, daß du Fotos abpaust«, sagte ich. »Du solltest Gemälde abpausen.«

Er sah mich an und versuchte herauszubekommen, ob er beleidigt sein sollte. Aber mein Gesicht war ausdruckslos, und er sagte: »Ich könnte das mal versuchen. Einen Stubbs oder etwas ähnliches abpausen, nur um eine Vorstellung von den Geheimnissen des Metiers zu bekommen. Hmmm. Alles Tricks, weißt du. Ein Maler der Royal Academy hat es mir einmal gestanden. Bei der Malerei geht es auch nur darum, eine Reihe von Tricks zu lernen, genau wie an der Börse.«

»Das sind Fertigkeiten, die ich nie beherrschen werde«, sagte ich.

»Es ist einfach genug, Bernard.« Er legte seinen Malerkittel ab und lächelte. Er hörte gern, daß seine Errungenschaften denen anderer überlegen waren, und ganz besonders mochte er es, wegen seines Geschicks im Umgang mit Pferden bewundert zu werden. Er stand jeden Morgen früh auf, um seine Pferde zu pflegen, und er ertrug die lange Fahrt in sein Londoner Büro und zurück, nur um seinen Pferden nahe zu sein. Mehr als einmal hatte er mir gesagt, daß er Pferde mehr liebe als Menschen. »Sie belügen einen nicht, die Pferde«, sagte er. »Sie versuchen nicht, dich übers Ohr zu hauen.«

Er sprach, ohne von seinem Reißbrett aufzublicken. »Du fährst also immer noch deinen alten Ford«, sagte er. »Ich dachte, du wolltest dir einen Volvo anschaffen.«

»Ich habe die Bestellung rückgängig gemacht«, sagte ich. »Jetzt brauche ich kein großes Auto mehr.«

»Ein großes Auto kostet auch mehr, als du dir leisten kannst«, sagte er mit der Direktheit, auf die man sich bei ihm immer verlassen konnte. »Du solltest mal die Rechnungen sehen, die ich für diesen Rolls bezahlen muß. Im letzten Monat mußte ein Feuerlöscher ausgewechselt werden, das hat mich achtundsiebzig Pfund gekostet.«

»Sie könnten sich bezahlt machen, wenn du mal in Flammen stehst«, sagte ich.

»Trink doch etwas, Bernard, du hast schließlich die lange Anfahrt von London hinter dir. Wie bist du denn hergekommen? Über die Umgehungsstraße bei Kingston? Voll von Wochenendfahrern, was? ›Mördermeile‹ nennen sie es, das Stück südlich von Kingston Vale. Ich habe ein Dutzend demolierter Autos an dieser Strecke gesehen.«

»Von London hierher war es nicht allzu schlimm«, sagte ich.

Er ging hinüber zu einem alten Schrank, der Töpfe voller Pinsel sowie Farbtuben, Terpentinflaschen und Leinöl für den Fall enthielt, daß er in Öl malen wollte. Einem Schrankfach entnahm er ein Glas und eine Flasche. »Du bist doch ein Whisky-Fan, wenn ich mich nicht irre.« Er lachte und goß einen gewaltigen Scotch ein. »Teacher's – ist der dir recht?« Er reichte mir den Drink, ohne meine Antwort abzuwarten.

»Danke.« Es war ein billiges Glas, kein Waterford, das er bei Tisch benutzte. Dieser David, der hier in seinem Atelier malte, war ein anderer David – ein Künstler, ein einfacher Mann mit irdischen Bedürfnissen und von simplem Geschmack.

»Ja«, sagte er. »Ein großes Auto hätte keinen Sinn, jetzt, wo du allein auf dich gestellt bist. Das große Haus wird auch eine Belastung sein. Ich habe da ein paar Zahlen zusammengestellt, um es dir zu beweisen.«

»Hast du?« fragte ich.

Er holte ein Blatt Papier vom Tisch, sank auf das Sofa und studierte es, als habe er es noch nie gesehen. »Du hast das Haus vor vier Jahren gekauft, und seither sind die Immobilienpreise nicht sehr gestiegen. Ich hatte dich seinerzeit auch diesbezüglich gewarnt, wenn ich mich nicht irre. So wie der Markt zur Zeit aussieht, kannst du froh sein, wenn du das Geld zurückbekommst, das du hineingesteckt hast.«

»Tatsächlich«, sagte ich.

»Und wenn du die Inflation und den Zinsverlust bedenkst, war das eine ausgesprochen schlechte Investition. Ich fürchte, du wirst dich damit abfinden müssen. Das wichtigste ist jetzt, deine Ausgaben einzuschränken. Such dir gleich morgen früh einen Immobilienmakler, Bernard. Bring das Haus auf den Markt und such dir eine kleine Wohnung. Schlafzimmer, Wohnzimmer und Küche ist alles, was du brauchst. Ich frage mich, ob du überhaupt eine Küche brauchst.« Als ich nicht antwortete, sagte er: »Ich habe dir hier ein paar Telefonnummern von Maklern aufgeschrieben, zu denen ich geschäftliche Beziehungen habe. Du willst doch nicht zum Erstbesten gehen. Zu viele Juden in dieser Branche.« Er lächelte. »Oh, ich vergaß. Du magst Juden, nicht wahr?«

»Nicht mehr als Schotten oder Saudis, aber ich denke immer, was in dieser Woche den Juden angetan wird, könnte in der nächsten Woche mir angetan werden. Und was das Haus anbelangt – ich habe mich dafür entschieden, es zumindest für die nächste Zeit noch zu behalten.«

»Das wäre doch absurd, Bernard. Du wirst in Zukunft nur dein Gehalt haben. Du wirst weder Fionas Treuhandfonds haben noch den Treuhandfond der Kinder, geschweige denn Fionas Gehalt.«

»Die Treuhandfonds wurden ausschließlich für Fiona und die Kinder verwendet«, warf ich ein.

»Sicher, sicher«, sagte David. »Aber du willst doch nicht bestreiten, daß dein Haushalt künftig mit weniger Geld auskommen muß. Und das ist bestimmt nicht genug, um dir ein elegantes, kleines Haus im Westend leisten zu können.«

»Wenn ich in eine Dienstwohnung umziehen würde, hätte ich keinen Platz für die Kinder«, sagte ich.

»Dazu wollte ich noch kommen, Bernard. Die Kinder – und ich glaube, da wirst du mir uneingeschränkt zustimmen – sind der wichtigste Faktor in dieser tragischen Geschichte.«

»Ja«, sagte ich.

Er sah mich an. »Ich glaube, ich werde auch etwas trinken«, sagte er. Er stand auf, ging zum Schrank und machte sich einen Gin-Tonic mit sehr viel Tonic. »Und laß mich auch etwas für dich tun, Bernard.« Er nahm mein Glas und füllte es neu. »Ich bin ein Sozialist, Bernard. Das weißt du. Ich habe nie ein Geheimnis daraus gemacht. Mein Vater hat sein Leben lang gearbeitet, und er ist an seiner Werkbank gestorben. Das ist etwas, das ich nie vergessen werde.«

Ich nickte. Ich hatte das alles schon oft gehört, aber ich wußte auch, daß für Davids Vater die Werkbank das gewesen war, war für David die Staffelei war. Davids Vater hatte die Hälfte einer Fabrik mit fünfhundert Angestellten besessen.

»Aber ich habe nie Geschäfte mit Kommunisten gemacht, Bernard. Und als ich hörte, daß Fiona all diese Jahre für die Russen gearbeitet hat, habe ich zu meiner Frau gesagt: ›Sie ist nicht mehr unsere Tochter.‹ Genauso habe ich es gesagt und auch gemeint. Am nächsten Tag habe ich meinen Anwalt kommen lassen und sie enterbt.« Er sah mich an.

»Ich nahm an, du wolltest irgend etwas über die Kinder sagen«, forderte ich ihn heraus.

»Ja, das will ich auch. Fiona ist für immer fort, Bernard. Sie wird nie zurückkommen. Falls du das Haus in der Hoffnung behältst, daß Fiona zurückkehrt, so kannst du das vergessen.«

»Falls sie zurückkommen würde«, sagte ich, »sähe sie einer langen Gefängnisstrafe entgegen.«

»Verdammt, das wäre der Gipfel der Schande. Ihre Mutter würde vor Scham in die Erde versinken. Gott sei Dank, ist die Geschichte nie von den Zeitungen aufgegriffen worden. Dennoch habe ich die Besuche in meinen Clubs eingeschränkt, damit ich nicht auf jemand treffe, der zuviel von diesen Dingen weiß. Ich muß auf große Teile meines gesellschaftlichen Lebens verzichten. Seit uns diese Nachricht erreichte, habe ich keine einzige Runde Golf gespielt.«

»Für mich ist das Leben auch nicht gerade einfacher geworden«, stellte ich fest.

»In der Abteilung? Sie glauben wohl, du hättest sie früher enttarnen müssen, was?«

»Ja, das tun sie.«

»Aber du warst doch schließlich derjenige, der herausgefunden hat, was da vor sich ging. Du warst derjenige, der sie als Spionin entlarvte, oder?«

Ich schwieg.

»Du brauchst dir keinerlei Gedanken zu machen, Bernard. Ich werfe dir das nicht vor. Irgend jemand mußte es tun. Du hast schließlich deine Pflicht getan.« Er trank einen Schluck und zeigte ein grimmiges, männliches Lächeln. Wahrscheinlich hielt er sich für großmütig. »Aber wir haben uns jetzt mit dem Chaos auseinanderzusetzen, das sie hinterlassen hat. Meine Frau und ich haben die ganze Angelegenheit ausführlich besprochen...« Sein Lächeln sollte zum Ausdruck bringen, daß er mit mir das Bewußtsein teilte, wie schwer es war, irgendwelche Diskussionen mit Frauen zu führen. »...und wir würden gern die Kinder haben. Das Kindermädchen würden wir ebenfalls übernehmen, so daß eine gewisse Kontinuität gewährleistet ist. Ich habe auch mit einem Freund über Schulen gesprochen. Billy hat ja ohnehin die Möglichkeit, in diesem Jahr die Schule zu wechseln...«

»Die Kinder bleiben bei mir«, sagte ich.

»Ich weiß, was in dir vorgeht, Bernard«, sagte er. »Aber unter praktischen Gesichtspunkten ist es doch schlechthin unmöglich. Du kannst es dir nicht leisten, die Hypothekenzahlungen zu leisten, so wie die Zinsen steigen. Wovon willst du das Kindermädchen bezahlen? Und wie willst du andererseits ohne es auskommen?«

»Augenblicklich sind die Kinder bei meiner Mutter.«

»Ich weiß. Aber sie ist zu alt für den Umgang mit kleinen Kindern, und ihr Haus ist zu klein; es gibt da doch nur diesen winzigen Garten.«

»Ich wußte gar nicht, daß du dort gewesen bist«, sagte ich.

»Als ich hörte, daß du in Mexiko bist, habe ich es für meine Pflicht gehalten, sie zu besuchen und mich danach zu erkundigen, ob es ihnen gut geht. Ich habe ihnen ein bißchen Spielzeug mitgebracht und deiner Mutter etwas Geld für Kleidung und so weiter gegeben.«

»Eigentlich geht dich das alles gar nichts an«, sagte ich.

»Sie sind meine Enkel«, erwiderte er. »Auch Großeltern haben Rechte, mußt du wissen.« Er sagte es freundlich; er wollte keinen Streit, sondern nur seinen Willen bezüglich der Vormundschaft für die Kinder durchsetzen.

»Die Kinder bleiben bei mir«, sagte ich.

»Stell dir doch vor, Fiona schickt noch mehr Russen und versucht, sie entführen zu lassen.«

»Sie werden rund um die Uhr bewacht«, sagte ich.

»Aber wie lange noch? Deine Leute können doch nicht in alle Ewigkeit kostenlos bewaffnete Beschützer stellen, oder?«

Er hatte recht. Die Wachen waren nur deshalb noch da, weil ich nach Mexiko fahren mußte. Sobald ich wieder im Büro war, würde man versuchen, die teuren Sicherheitsmaßnahmen zurückzuziehen. »Wir werden sehen«, sagte ich.

»Ich möchte nicht, daß Geld aus dem Treuhandfonds dafür vergeudet wird. Mein Anwalt ist Treuhänder für beide Kinder; vielleicht übersiehst du das. Ich werde dafür sorgen, daß du dieses Geld nicht für die Bezahlung von Wachen verwendest, oder auch nur für das Gehalt des Kindermädchens. Das wäre den Kindern gegenüber nicht fair. Jedenfalls nicht, wenn wir ihnen hier ein besseres Leben auf dem Lande bieten können – mit Pferden und anderen Tieren. Und das, ohne ihr Geld anzutasten.«

Ich schwieg. In gewisser Weise hatte er recht. Diese ländliche Umgebung war besser als alles, was ich ihnen bieten konnte. Das Dumme daran war nur, daß die Kinder dann bei einem Mann wie David Kimber-Hutchinson aufwachsen würden, einem Mann, der schon bei der Erziehung von Fiona nicht allzu erfolgreich gewesen war.

»Denk darüber nach«, sagte er. »Sag nicht gleich nein. Ich möchte vermeiden, vor Gericht um die Vormundschaft für die Kinder kämpfen zu müssen. Ich zahle den Anwälten ohnehin zuviel Geld.«

»Du würdest dein Geld nur zum Fenster hinauswerfen«, sagte ich. »Unter solchen Umständen würde jedes Gericht mir das Sorgerecht für die Kinder übertragen.«

»Sei nicht so sicher«, erwiderte er. »Die Dinge haben sich in den letzten Jahren beträchtlich geändert. Ich bin darüber informiert worden, daß meine Chancen für eine gesetzliche Vormundschaft gut sind. Das Problem ist nur – und ich will dir gegenüber in diesem Punkt ganz offen sein –, daß ich es überhaupt nicht schätze, Anwälten Geld hinterherzuwerfen, nur damit alle Welt erfährt, was für einen schlechten Schwiegersohn ich doch habe.«

»Dann gib doch Ruhe«, sagte ich. Ich hatte befürchtet, daß es auf eine Konfrontation wie diese hinauslaufen würde – gleich von Anfang an, als ich den cremefarbenen Umschlag gesehen hatte.

»Aber ich wäre nicht der einzige Verlierer«, fuhr er unerbittlich fort. »Denk doch nur daran, was deine Arbeitgeber sagen würden, wenn dein Name und der Name meiner Tochter vor die Gerichte gezerrt werden. Sie würden das nicht aus den Zeitungen heraushalten können, wie sie es nach Fionas Absprung getan haben.«

Er hatte selbstverständlich recht. Seine juristischen Berater waren ihr Honorar wert gewesen. Die Abteilung würde mit allen Mitteln versuchen, diese Sache von den Gerichten fernzuhalten. Von daher hatte ich keine Unterstützung zu erwarten, wenn ich versuchte, meine Kinder zu behalten. Im Gegenteil, man würde mich dazu drängen, das vernünftige Angebot meines Schwiegervaters anzunehmen.

Hinter ihm, durch die großen Atelierfenster, konnte ich sehen, wie die Abendsonne die Bäume golden färbte, und auch die Koppel, auf der Billy und Sally so gern umherstreiften. Geld ist nicht alles in der Welt, aber Menschen wie er schienen sich alles dafür kaufen zu können. »Ich werde jetzt lieber gehen«, sagte ich. »Ich habe im Flugzeug nicht viel schlafen können, und morgen früh erwartet mich eine Menge Arbeit im Büro.«

Er legte mir die Hand auf die Schulter. »Laß es dir durch den Kopf gehen, Bernard. Nimm dir ein paar Wochen dafür Zeit. Sieh dir deine Rechnungen an und notier dir deine Unkosten. Betrachte dein Nettoeinkommen und vergleiche es mit deinen Ausgaben im vergangenen Jahr. Selbst wenn du deine Ausgaben einschränkst, wird dir einfach nicht genug Geld bleiben. Aber rechne dir das alles selbst aus. Du wirst sehen, daß das, was ich sage, Hand und Fuß hat.«

»Ich werde darüber nachdenken«, versprach ich, obwohl mein Entschluß gefaßt war und er das auch am Klang meiner Stimme erkennen konnte.

»Du könntest natürlich jederzeit herkommen, um sie zu sehen, Bernard. Ich brauche das wohl nicht erst zu betonen.«

»Ich habe gesagt, daß ich es mir überlegen werde.«

»Und melde Fionas Porsche nicht als gestohlen. Ich habe ihn von meinem Chauffeur abholen lassen. In der nächsten Woche wird er in der *Sunday Times* zum Verkauf angeboten. Es ist besser, ihn loszuwerden. Für dich hängen doch zu viele traurige Erinnerungen daran, als daß du ihn würdest fahren wollen.«

»Danke, David«, sagte ich. »Ich danke dir für alles.«

»Ich versuche nur mein Bestes«, sagte er.

10

Trotz meiner Müdigkeit schlief ich nicht gut nach meinem Besuch in Leith Hill. Die Luft war warm, und ich ließ das Schlafzimmerfenster offen. Vollends wach wurde ich durch das ohrenbetäubende Kreischen der Düsen und das Getöse von Turbojets, die mit weit geöffneten Drosselklappen über die Stadt brausten, um den Luftwiderstand auszugleichen. Die Fluglotsen von London Heathrow schicken gern ein paar dicke Jets allmorgendlich gegen 6.30 Uhr über die Dächer – nur für den Fall, daß irgendein Bewohner der Metropole verschlafen haben sollte.

Der Radiowecker war auf *Radio 3* geschaltet, so daß ich die Sieben-Uhr-Nachrichten hören konnte, und dann fünfzehn Minuten zu den Klängen von Mozart und Bach auf dem Hometrainer zu verbringen. Seit ich allein lebte, war die Kaffeemaschine auf einen Zeitmechanismus geschaltet, und ich konnte beim Hinuntergehen bereits den Duft frischen Kaffees riechen. Ich öffnete eine Dose Kaffeesahne und fand ein Croissant in der Brotbüchse. Es war alt und verschrumpelt, aber ich kaute dankbar darauf herum, da ich seit Beginn des Fluges nichts Anständiges mehr in den Magen bekommen hatte. Dennoch war ich eigentlich nicht hungrig. Mein Kopf war vollauf beschäftigt mit Gedanken an die Kinder und das Gespräch mit meinem Schwiegervater. Seine Ausführungen in puncto Geld hatten mich doch besorgt gemacht. Wenn überhaupt, so irrte er sich sehr selten, wenn es um Geld ging.

Ich war draußen auf der Straße und schloß mein Auto auf, als die junge Frau auf mich zukam. Sie war etwa dreißig, vielleicht auch jünger, dunkelhäutig und sehr attraktiv. Sie trug eine Krankenschwesterntracht und darüber einen dunkelblauen Mantel und eine einfache dunkelblaue Handtasche. »Mein verflixtes Auto will einfach nicht anspringen«, sagte sie. Ihr Akzent war unverkennbar westindisch; Jamaika vermutete ich. »Und die Oberschwester bringt mich um, wenn ich um dreiviertel neun nicht im St. Mary Abbots Hospital bin. Fahren Sie zufällig in diese Richtung, oder kommen Sie irgendwo vorbei, wo ich mir ein Taxi nehmen kann?«

»St. Mary Abbots Hospital?«

»Marloes Road in der Nähe der Cromwell Road. Nicht weit entfernt von der Stelle, wo früher das Air Terminal war.«

»Ich erinnere mich«, sagte ich.

»Es ist mir sehr peinlich, Ihnen Unannehmlichkeiten zu bereiten«, sagte sie. »Ich wohne da drüben auf der anderen Straßenseite, in Nummer siebenundvierzig.« Es war ein großes Haus, das irgendein Spekulant in winzige Apartments aufgeteilt hatte, aber dann nicht verkaufen konnte. Jetzt hingen da überall Schilder »Zu vermieten« an den Balkongeländern, und es gab eine rasche Folge von Kurzzeitbewohnern. Ich nahm an, daß es genau so eine Wohnung war, in die mich mein Schwiegervater stecken wollte. Sie sagte: »Vermutlich stimmt irgend etwas nicht mit dem Anlasser.«

Ich stieg in mein Auto, beugte mich hinüber und öffnete für sie die Beifahrertür. »Die Oberschwester ist ein wahrer Drachen«, sagte sie. »Ich wage es einfach nicht, schon wieder zu spät zu kommen.«

»Ich kann durch den Park fahren«, sagte ich.

Sie wickelte ihren Mantel dekorativ um die Beine und deponierte ihre Handtasche auf dem Schoß. »Es ist sehr freundlich von Ihnen. Wahrscheinlich liegt es meilenweit weg von Ihrem Weg.«

»Nein«, sagte ich. Tatsächlich bedeutete dies einen beträchtlichen Umweg für mich, aber die Aussicht, zwanzig Minuten lang neben ihr sitzen zu können, kam mir nicht gerade ungelegen.

»Sie sollten sich lieber anschnallen«, sagte sie. »Das ist doch jetzt Pflicht, oder?«

»Ja«, meinte ich. »Und so früh am Morgen wollen wir doch das Gesetz noch nicht übertreten, was?«

Sie legte ihren Sicherheitsgurt an und sagte: »Verfolgen Sie die Cricketspiele?«

»Ich war verreist«, sagte ich.

»Ich stamme aus Kingston auf Jamaika«, erklärte sie. »Ich habe fünf Brüder und mußte mich einfach für Cricket interessieren, weil sie über nichts anderes sprachen.«

Wir redeten noch immer über Cricket, als ich aus dem Park herauskam und in die Exhibition Road einfuhr. Als ich an der Ampel am Victoria and Albert Museum anhielt, unterbrach sie mein Geplauder über das armselige Spiel der Engländer gegen die Australier im letzten Winter, indem sie sagte: »Es tut mir sehr leid, Ihnen das antun zu müssen, Mister Samson, aber Sie werden nach Westen in die Cromwell Road fahren, sobald wir am Ende dieser Einbahnstraße sind.«

»Was? Was soll das heißen?« Ich wandte den Kopf und stellte fest, daß sie mich anstarrte. Sie antwortete nicht. Ich blickte hinunter und sah, daß sie ein Injektionsspritze auf dem Schoß hielt, deren Nadel auf meinen Oberschenkel gerichtet war. »Richten Sie Ihre Augen auf die Fahrbahn. Sie brauchen lediglich das zu tun, was ich Ihnen sage, dann wird Ihnen nichts geschehen.«

»Wer zum Teufel sind Sie?«

»Wir werden über die Cromwell Road zum Londoner Flughafen fahren. Dort habe ich etwas zu erledigen. Wenn alles vorüber ist, sind Sie frei und können tun, was Ihnen beliebt.« Sie griff mit ihrer freien Hand nach oben zum Rückspiegel und drehte ihn so, daß ich den nachfolgenden Verkehr nicht mehr darin sehen konnte.

»Und wenn ich plötzlich bremsen muß?«

»Das würde ich Ihnen nicht raten, Mister Samson. Ich bin ausgebildete Krankenschwester. Meine Papiere sind in Ordnung, meine Geschichte genau ausgefeilt. Und was ich in dieser Spritze habe, wirkt innerhalb von Sekunden.«

Ich war durch den Gurt gefesselt und konnte keine Alternative zur Fahrt nach Heathrow erkennen. Sie schaltete das Autoradio an, und wir beide hörten die Sendung »Gestern im Parlament«.

»Ich betone noch einmal«, sagte sie, »es ist nicht beabsichtigt, Ihnen irgendeinen Schaden zuzufügen.«

»Warum zum Flughafen?«

»Das werden Sie verstehen, wenn wir da sind. Aber glauben Sie nicht, es sei geplant, Sie zu entführen. Es geht lediglich um Ihre Kinder und Ihre Arbeit.« Wir fuhren hinter einem angerosteten alten Auto her, aus dessen Auspuff Unmengen schwärzlichen Qualms kamen. Auf dem Rückfenster erklärte ein Aufkleber: Atomkraft – nein danke!

Als wir zum Flughafen kamen, dirigierte sie mich zum Terminal 2, das von nichtbritischen Fluggesellschaften hauptsächlich für Flüge auf den europäischen Kontinent genutzt wird. Wir passierten den Haupteingang des Terminals und das dazugehörige vielstöckige Parkhaus und fuhren weiter bis zu einem Straßenabschnitt, der zum Terminal 3 führte. Trotz der gelben Linien und der Parkverbotsschilder waren da Autos geparkt. »Halten Sie an«, sagte sie. »Und drehen Sie sich nicht um.« Vorsichtig und ohne ihren Griff um die Spritze zu lockern oder mich aus den Augen zu lassen, langte sie nach hinten und entriegelte die linke Hintertür.

Wir hielten neben zwei dunkelblauen Lieferwagen. Ich hörte, wie meine Wagentür geöffnet wurde, und spürte, wie die Federung das Gewicht eines weiteren Fahrgastes aufnahm. »Fahren

Sie weiter. Langsam«, sagte die Krankenschwester. »Wir werden durch den Tunnel zurückfahren. Dann zum Autobahnkreisel hinunter, einmal ganz herum und zum Terminal 2 zurück. Haben Sie das verstanden?«

»Ich habe verstanden.«

»Er gehört Ihnen«, sagte die Krankenschwester zu der Person auf dem Rücksitz, sah mich aber weiterhin an.

»Ich bin's, Darling«, sagte eine Stimme. »Hoffentlich habe ich dich nicht erschreckt.« Sie konnte diesen Hauch von Spott einfach nicht ablegen. Es gab Leute, die ihn gar nicht spürten, aber ich kannte sie zu gut, um diese Spur hämischer Befriedigung zu überhören. Es war meine Frau. Ich war fassungslos. Stets hatte ich mich gerühmt, auf alles vorbereitet zu sein – schließlich ist es das, was den professionellen Agenten ausmacht –, aber jetzt war ich wie erstarrt.

»Fiona, bist du verrückt?«

»Hierherzukommen? Es liegt doch kein Haftbefehl gegen mich vor. Ich habe mein Aussehen und meinen Namen verändert... nein, dreh dich nicht um. Ich möchte nicht, daß du ohnmächtig wirst.«

»Was soll das eigentlich alles?« Mich Auto fahren zu lassen, war eine gute Idee; es schränkte meine Möglichkeiten stark ein, etwas zu tun, was sie nicht wollten.

»Es geht um die Kinder, Darling. Billy und Sally. Ich habe sie gesehen. Ich habe auf dem Weg vom Haus deiner Mutter zur Schule auf sie gewartet. Sie sahen bezaubernd aus. Natürlich haben sie mich nicht gesehen. Schließlich mußte ich mich ja vor deinen Bluthunden in acht nehmen, nicht wahr? Sie waren beide gleich gekleidet, giftgrün mit glänzenden, gelben Kunststoffjacken. Ich bin sicher, Daddy hat ihnen die Sachen geschickt. Nur mein Vater hat diesen natürlichen Instinkt für die Art von Gewöhnlichkeit, die Kinder so lieben.«

»Hast du deinen Vater getroffen?«

Sie lachte. »Ich bin nicht auf Urlaub hier, Bernard-Darling. Und selbst wenn ich es wäre, würde ich bezweifeln, daß ein Besuch bei meinem Vater auf meiner Reiseroute läge.«

»Also, was soll das alles?«

»Sei nicht so schroff. Ich muß mit dir reden, und ich konnte doch nicht anrufen, ohne zu riskieren, daß meine Stimme von diesem verdammten Anrufbeantworter aufgenommen wird.« Sie hielt einen Moment lang inne. Ich konnte ihr schnelles, tiefes Atmen hören – fast asthmatisch. Es war schon immer ein Zeichen dafür gewesen, daß sie verärgert oder nervös oder beides war. »Ich möchte den Kindern das Leben nicht unnötig schwer machen. Genausowenig wie du.«

»Was schlägst du also vor?«

»Ich werde dir das bindende Versprechen geben, die Kinder für ein Jahr in England zu lassen. Ich will ihnen die Möglichkeit geben, ein normales Leben zu führen. Es ist ausgesprochen widerlich, daß sie von zwei bewaffneten Beamten zur Schule gefahren werden und daß Tag und Nacht bewaffnete Posten um sie herum sind. Was für ein Leben ist denn das für die Kinder?«

»Für ein Jahr?«, fragte ich weiter. »Und dann?«

»Dann werden wir weitersehen.«

»Und du willst, daß sie nicht mehr bewacht werden?«

»Die Abteilung wird die Beamten ohnehin bald abziehen. Das weißt du genausogut wie ich. Und du kannst es dir nicht leisten, derartige Sicherheitsmaßnahmen zu bezahlen.«

»Ich schaffe das schon.« Ich hielt am Kreisverkehr, bis sich eine Lücke ergab, und fuhr dann weiter. Es war ziemlich riskant, ohne Rückspiegel fahren zu müssen.

»Ja, du würdest sicher irgendeine Art von Schutz in die Wege leiten, indem du dich der Hilfe deiner alten *Freunde* bedienst.« Sie schaffte es problemlos, dieses Wort mit all ihrer Abneigung gegen sie zu befrachten. »Ich kann mir das Resultat lebhaft vorstellen. Deine Kumpel sitzen hier herum, lassen sich vollaufen und bereden, was sie tun würden, falls ich auf den Gedanken kommen sollte, dir die Kinder wegzunehmen.«

»Du verlangst keine Gegenleistung?« fragte ich.

»Ich würde von dir erwarten, daß du diese Geschichte mit dem armen alten Erich Stinnes aufsteckst.«

»Was hat denn Stinnes mit uns zu tun?«

»Er ist mein Erster Assistent. Das hat er mit uns zu tun. Du würdest Erich mit irgendwelchen Versprechungen über das gute Leben, das auf ihn hier im Westen wartet, nicht in Versuchung führen. Dafür ist er zu pflichtergeben und zu ernsthaft. Aber ich kenne dich, und ich kenne die Abteilung. Ich weiß, daß du in der Lage wärst, ihn zu entführen, wenn alle anderen Wege zu nichts führen.«

»Und das würde für dich nicht gut sein«, sagte ich. Wir näherten uns dem Flughafentunnel. Ich fragte mich, ob mir die plötzliche Dunkelheit eine Chance bieten würde, die Krankenschwester außer Gefecht zu setzen, bevor sie mir die Spritze reinjagen konnte. Ich entschied, es besser sein zu lassen. »Terminal 2?«

»Ja, Terminal 2«, sagte Fiona. »Wenn du die Verfolgung von Erich Stinnes fortsetzt, werde ich jedes bindende Versprechen in bezug auf die Kinder für null und nichtig erklären. Sei doch vernünftig, Bernard. Ich will doch nur das Beste für Sally und Billy. Was glaubst du, wie mir bei der Aussicht zumute ist, sie nicht sehen zu können? Ich versuche, meinen guten Willen zu beweisen. Ich erwarte keine andere Gegenleistung als die, daß du meinen Ersten Assistenten nicht kidnappst. Verlange ich da zuviel?«

»Das vermag ich nicht zu entscheiden.«

»Das ist mir auch klar. Aber du hast Einfluß. Wenn du willst, daß sie die Sache fallenlassen, dann werden sie es auch tun. Mach Erich nicht zum Teil deines persönlichen Rachefeldzuges gegen mich.«

»Ich führe keinen Rachefeldzug gegen dich«, stellte ich fest.

»Ich habe getan, was ich tun mußte«, sagte sie. Und damit kam sie einer Entschuldigung näher als je zuvor.

»Du leitest jetzt das KGB-Büro da drüben, nicht?«

Ich hörte die Erheiterung in ihrer Stimme. »Ich organisiere es völlig neu. Es war so altmodisch, Darling. Aber ich werde es schon bald im Griff haben. Willst du mir denn nicht Glück wünschen?«

Ich antwortete nicht. Wenigstens hatte sie mich nicht gebeten, bei ihr einzutreten. Sie mußte ja am besten wissen, daß das ein sinnloses Unterfangen war. Aber es sah ihr unähnlich, es nicht wenigstens zu versuchen. Geschah das, weil sie wußte, daß keine Möglichkeit bestand, mich zu bestechen, oder weil sie andere Pläne hatte – Entführung etwa oder auch die Möglichkeit, mich auf Dauer zu beseitigen?

»Halten Sie da hinter dem Taxi«, sagte die Krankenschwester. Es war das erste Mal, daß sie sprach, seit Fiona ins Auto gestiegen war. Ich stoppte.

»Erich Stinnes wird nicht freiwillig überlaufen«, sagte Fiona. »Sag das deinen Leuten.«

»Das habe ich bereits getan.«

»Dann wollen wir nicht weiter herumzanken. *Good bye*, Darling. Es wäre besser, den Kindern nicht zu sagen, daß du mich getroffen hast. Es würde sie nur unnötig aufregen. Und erzähle niemand in der Zentrale von unserer Begegnung.«

«Sonst?«

»Sonst werde ich mich nicht wieder mit dir in Verbindung setzen. Benutze deinen Verstand, Darling.«

»*Goodbye*, Fiona.« Ich konnte noch immer nicht begreifen, was geschehen war – wahrscheinlich hatten sie auf den Überraschungseffekt gesetzt. Schon als ich mich verabschiedete, wurde die Tür geöffnet. Fiona schlug sie mit lautem Knall zu und war fort. Ich erinnerte mich daran, wie sie das Scharnier des Ford ruiniert hatte, weil sie immer die Tür so schwungvoll zugeworfen hatte.

»Sehen Sie geradeaus«, sagte die Krankenschwester. »Es ist noch nicht alles vorbei.« Ich sah, daß sie auf ihre Uhr blickte. Sie steckte am Träger ihrer Schürze, wie bei allen englischen Krankenschwestern.

»Welcher ist es?« erkundigte ich mich. »Der Aeroflotflug nach Moskau oder die Maschine der polnischen Luftfahrtgesellschaft nach Warschau? Die hat doch einen Zwischenaufenthalt in Ostberlin, oder?«

»Wir werden auf der A 4 zurückfahren«, sagte sie. »Nicht über den Motorway. Ich möchte nicht, daß Sie auf die brillante Idee kommen, auf dem Rückweg etwas sehr Mutiges zu tun.«

»Ich habe schon lange keine brillanten Ideen mehr«, gab ich zurück. »Da können Sie fragen, wen Sie wollen.«

11

Bret Rensselaer wollte mich an diesem Morgen sprechen. Ich war nicht da. Er ließ mich erneut rufen und setzte das fort, bis ich schließlich nach meinem Umweg über den Flughafen zum Dienst erschien. Bret war in seinem Büro im obersten Stockwerk. Es war elegant eingerichtet – grauer Teppich, Glas- und Chrom-Schreibtisch und schwarzlederner Chesterfield –, in jenem Ton-in-Ton-Stil, der so gut zu Brets Anthrazit-Stahl-Persönlichkeit paßte.

Bret war ein hungrig wirkender Amerikaner, Mitte Fünfzig, mit blondem Haar, das in Weiß überging, und einem Lächeln, das Diamanten zerschneiden konnte. Seine Familie hatte ein paar kleine Banken besessen, die von einem großen Bankenkonsortium aufgesogen worden waren und dieses wiederum von einem noch größeren, so daß Brets Anteile inzwischen mehr Geld wert waren, als er für seinen sehr britischen, maßvollen Lebensunterhalt benötigte.

»Nimm Platz, Bernard.« Er betonte stets die zweite Silbe meines Namens. Wäre das nicht gewesen und das Talkum, das er auf sein Kinn auftrug, und der Ring seiner Verbindung, den er nie ablegte – ich glaube, ich hätte seine amerikanische Nationalität mitunter übersehen, denn sein Akzent war minimal, und seine Anzüge stammten aus der Savile Row. »Du kommst spät«, sagte er. »Verdammt spät.«

»Ja, ich weiß«, sagte ich.

»Darf ich auf eine Erklärung hoffen?«

«Ich hatte da diesen herrlichen Traum, Bret. Ich träumte, ich würde für einen Mann arbeiten, der die Zeit nicht kannte.«

Bret las irgend etwas auf seinem Schreibtisch und gab keinerlei Anzeichen von sich, mich verstanden zu haben. Er trug ein weißes Turnbull-and-Asser-Hemd mit übertriebenen Manschetten und Monogramm auf der Tasche sowie goldene Manschettenknöpfe. Er trug auch eine Weste, die offenstand, und eine grauseidene Fliege. Sein Jackett hing über einem Sessel, der nur aus dem Grund da zu stehen schien, damit Bret etwas hatte, wo er sein Jackett aufhängen konnte. Schließlich sah er von seinem Stapel wichtiger Papiere auf und sagte: »Du hast vielleicht schon davon gehört, daß ich Dicky zur Zeit ein bißchen unter die Arme greife.«

»Ich war fort«, sagte ich.

»Sicher warst du das«, sagte Bret. Er lächelte und legte seine Lesebrille ab, um mich anzusehen, setzte sie aber dann wieder auf. Also hatte Bret Anspruch auf einen Sektor von Dickys Arbeitsbereich erhoben. Ich konnte kaum erwarten zu sehen, wie Dicky das schluckte. Bret sagte: »Ich habe diese Extra-Arbeit nur übernommen, weil Dicky nach Mexiko geflogen ist. Daß ich dienstälter bin als er, bedeutet noch lange nicht, daß Dicky in seinem Job nicht voll verantwortlich wäre. Okay?«

»Okay«, sagte ich. Es war die reine Poesie. Für den Fall, daß jemand auf den Gedanken kam, Bret assistiere Dicky, schickte er allem, was er sagte, die Feststellung voraus, er sei im Rang höher als Dicky. Aber das tat er lediglich, weil er alle Welt wissen lassen wollte, er sei keineswegs hinter Dickys Posten her. Wer sonst hätte sich so etwas abgefeimtes Byzantinisches ausdenken können als dieser ungewöhnlich hilfsbereite, bescheidene Bret Rensselaer?

»Du hast also mit diesem Stinnes gesprochen?«

»Ja.«

»Und?«

Ich zuckte die Achseln.

»Muß ich denn jedes verdammte Wort einzeln aus dir herausholen? Was hat er gesagt, und wie denkst du darüber?«

»Was er gesagt hat und was ich denke, sind zwei Paar Stiefel.«

»Ich habe bereits mit Dicky gesprochen. Er meint, Stinnes wird zu uns überwechseln, da er in einer beruflichen Sackgasse steckt und ohnehin seine Frau verlassen will. Er möchte die Scheidung, hat aber Bedenken, seine KGB-Bosse das wissen zu lassen, weil er befürchtet, daß sie sauer auf ihn werden könnten.«

»Das hat er gesagt.«

»Paßt das mit dem zusammen, was wir über das KGB wissen?«

»Wie soll ich ahnen, was ›wir‹ über das KGB wissen?«

»Okay. Schlaumeier. Paßt es zu dem, was du weißt?«

»Es hängt alles davon ab, was in seiner Personalakte steht. Ist das Scheidungsbegehren die Folge von irgendwelchen Techtelmechteln, die Stinnes eventuell gar mit verheirateten Frauen gehabt hat, dann könnte die Sache ihm unter Umständen einen gewaltigen Ärger eintragen.«

»Und was würde mit ihm geschehen?«

»Außerhalb der Sowjetunion eingesetzt zu werden, ist für jeden russischen Staatsbürger ein Privileg. Die Armeebestimmungen schließen zum Beispiel jeden Juden, egal welchen Dienstrang er hat, davon aus, irgendwo anders als in einer ihrer Republiken Dienst zu tun. Sogar Esten, Letten, Litauer, Krimtartaren und Leute aus der westlichen Ukraine werden genau im Auge behalten, wenn sie auf Posten ins Ausland beordert werden, selbst wenn es sich dabei um kommunistische Länder wie Polen oder die DDR handelt.«

»Aber Stinnes gehört doch in keine dieser Kategorien?«

»Seine Ehe mit einer Deutschen ist ungewöhnlich. Es gibt nicht viele Russen, die Ausländer heiraten. Sie wissen, daß sie das zu Staatsbürgern zweiter Klasse macht. Stinnes ist da eine Ausnahme. Und es ist durchaus bemerkenswert, wieviel Selbstvertrauen er bewies, indem er eine Deutsche heiratete. Daß er sich eines deutschen Namens bedient, ist ebenfalls ungewöhnlich. Deshalb habe ich mich zunächst gefragt, ober er einer dieser deutschen Volksgruppen entstammt.«

»Gibt es denn immer noch deutsche Gemeinden in der Sowjetunion? Ich dachte, die hätte Stalin damals in den vierziger Jahren liquidiert.« Er schwang seinen Sessel herum und stand auf, um aus dem Fenster zu sehen. Bret Rensselaer war ein peripatetischer Mann, der nicht denken konnte, wenn sein Körper nicht in Bewegung war. Jetzt zog er die Schultern wie ein Preisboxer ein und pendelte mit dem Oberkörper hin und her, als wollte er Schlägen ausweichen. Manchmal hob er seinen Fuß, um das Knie zu beugen, von dem es hieß, es bereite ihm Schwierigkeiten seit einem Einsatz als Freiwilliger der US Navy in den letzten Monaten des Krieges im Pazifik. Aber er klagte nie über Beschwerden.

»Die großen deutschen Volksgruppen an der Wolga wurden 1941 durch Deportationen und Exekutionen ausgelöscht. Aber es gibt immer noch Deutsche in der Sowjetunion, verstreut von einem Ende zum anderen.« Bret kehrte mir noch immer den Rücken zu, aber ich hatte mich an ihn und seine eigentümlichen Marotten so gewöhnt, daß ich fortfuhr. »Deutsche Siedlungen gibt es in Sibirien und den arktischen Regionen. Aber auch in den meisten Großstädten der UdSSR gibt es deutsche Minderheiten, die natürlich kaum ins Gewicht fallen.«

Er wandte sich um und sah mich an. »Weshalb bist du so sicher, daß Stinnes nicht einer dieser deutschen Volksgruppen entstammt?« Er zupfte an den Enden der grauen Seidenfliege, um sich zu vergewissern, daß ihr Sitz korrekt war.

»Weil er in der DDR stationiert ist. Die Armee und das KGB

haben strenge Vorschriften. Niemand, der deutscher Herkunft ist, darf bei Armeeinheiten in Deutschland Dienst tun.«

»Und wenn Stinnes nun die Scheidung einreicht, besteht durchaus die Möglichkeit, daß er in die Sowjetunion zurückbeordert wird?«

»Wahrscheinlich in irgendeine abgelegene, ›neue‹ Stadt in Zentralasien. Und das wäre nicht gerade ein Wunschposten für ihn.« Dieser Gedanke erheiterte ihn. »Also macht das Stinnes zu einem potentiellen Kunden für unser Angebot.«

»Wie du sagst, Bret«, stimmte ich zu.

»Du bist ein elender Miesmacher, Bernard.« Nun nahm er seine Lesebrille ab und legte sie auf den Schreibtisch, während er mich von Kopf bis Fuß musterte.

»Gib es auf, Stinnes abwerben zu wollen«, sagte ich. »Die Chancen sind gleich Null, daß uns das gelingt.«

»Du willst doch nicht allen Ernstes vorschlagen, daß wir die ganze Angelegenheit fallenlassen sollen?«

»Ich sage ja nicht, daß ihr sie fallenlassen sollt. Falls ihr – Dicky und du – nichts Besseres zu tun habt, macht ruhig weiter. Es gibt eine ganze Reihe – sogar noch weniger erfolgversprechende – Projekte, in die die Abteilung Zeit und Geld investiert. Außerdem wäre es vielleicht ganz gut, wenn Dicky mal ein paar praktische Erfahrungen auf der rauhen Seite des Geschäfts sammelt.«

»Zielt diese Stichelei auch in meine Richtung?«

»Ich sehe keinen Grund, weshalb du nicht auch aktiv werden solltest. Du hast doch noch nie einen Russen aus der Nähe gesehen, es sei denn über ein Räucherlachs-Sandwich hinweg auf diesen Botschaftsempfängen«, sagte ich. »Stinnes ist ein echter Profi. Es wird dir ein Vergnügen sein, dich mit ihm unterhalten zu können.«

Bret schätzte Bemerkungen über seine mangelhaften Erfahrungen auf dem Gebiet des Außendienstes ebensowenig wie Dicky, aber er konnte seine Verärgerung besser verbergen. Er nahm wieder hinter seinem Schreibtisch Platz und rückte seine Brille zurecht. »Wir wollen dieses Thema mal einen Augenblick beiseite lassen«, sagte er. »Es gibt da ein paar Routinesachen, die ich gern mit dir durchgehen würde.« Ich schwieg dazu. »Routinesachen in bezug auf deine Frau. Ich weiß, daß du das alles schon gefragt worden bist, Bernard. Aber ich muß es einfach noch mal von dir hören.«

»Ich verstehe.«

»Ich wünschte, ich könnte sicher sein, daß du es verstehst«, sagte Bret. Er ließ sich in seinen Sessel zurücksinken und nahm den Telefonhörer ab, ohne jedoch zu wählen. »Frank Harrington ist im Hause. Ich glaube, es wäre ganz gut, ihn dabeizuhaben. Du hast doch keine Einwände, nehme ich an?«

»Frank Harrington?«

»Er hat mit alledem sehr viel zu tun. Und Frank hat dich sehr gern, Bernard. Ich gehe davon aus, daß ich dir das nicht erst zu sagen brauche.«

»Ja, ich weiß es.«

»Du bist für ihn so eine Art Sohnersatz.« Er spielte mit dem Telefon.

»Frank hat einen Sohn«, betonte ich.

»Einen Airline-Piloten?« meinte Bret verächtlich, ganz so, als würde diese Karriere die Vaterschaft ganz automatisch in Frage stellen. Er drückte einen Knopf seiner Telefonanlage und sagte: »Bitten Sie Mr. Harrington zu mir.« Während wir auf Frank Harrington warteten, griff sich Bret eine Seite aus seinem Lose-Blatt-Notizbuch. Er drehte sie um und überzeugte sich davon, daß sich keine seiner winzigen, handgeschriebenen Aufzeichnungen auf der Rückseite befand, und legte den Zettel auf einen Stapel ähnlicher Blätter unter einem Briefbeschwerer. Bret war methodisch. Er fuhr mit dem Zeigefinger die nächste Notizseite hinunter und las sie immer noch, als Frank hereinkam.

Frank Harrington, Leiter der Berliner Außenstelle des britischen Geheimdienstes, war ein hagerer Sechzigjähriger. Er trug einen weichen Tweedanzug mit Weste und auf Hochglanz polierte Oxfordschuhe. Wenn man ihn auf der Straße sah, konnte man ihn fälschlicherweise für den Oberst eines schmucken Infanterieregiments halten, und mitunter beschlich mit das Gefühl, daß Frank diese Ähnlichkeit durchaus kultivierte. Aber trotz des bleichen und dennoch wettergegerbten Gesichtes und des in die Manschette gesteckten Taschentuches war Frank bis auf kurze Abstecher nie bei der Armee gewesen. Er war vor allem wegen seiner akademischen Meriten zur Abteilung gekommen. *Literae humaniores,* so sagt man, verlange eine akkurate Sprache, akkurates Denken sowie einen wachen, kritischen Geist. Unglücklicherweise vermittelt die humanistische Bildung auch nicht die leiseste Ahnung von der heutigen Welt und verschafft auch keinen Zugang zu den Geheimnissen der modernen Politik oder Wirtschaft. Außerdem können derartige klassische Studien das Verständnis eines jungen Mannes für moderne Sprachen nachteilig beeinflussen. Wenn Frank Deutsch sprach, hatte das die gespreizte Förmlichkeit einer kaiserlichen Proklamation.

Ohne eine Wort der Begrüßung deutete Bret mit dem Finger auf den schwarzen Chesterfield. Frank lächelte mich an und setzte sich. Wir waren beide an Brets amerikanischen Stil der Amtsführung gewöhnt.

»Wie ich schon sagte, geht es lediglich um eine Rekapitulation, Bernard. Wir wollen es hinter uns bringen und vergessen«, sagte Bret.

»Nichts dagegen«, sagte ich. Frank holte seine Pfeife aus der Tasche, streichelte sie liebevoll und pustete dann lautstark hinein. Als Bret ihm einen Blick zuwarf, lächelte Frank entschuldigend.

»Offensichtlich...«, Bret sah mich an, um herauszubekommen, wie ich auf seine Frage reagierte, »...hast du deine Frau vor deiner Mission in Ostberlin nie in Verdacht gehabt, für das KGB zu arbeiten.«

»Das stimmt«, sagte ich und sah zu Frank hinüber. Er hatte seinen Ölhaut-Tabaksbeutel auf den Knien deponiert und werkelte darin herum, um seine Pfeife zu stopfen. Er blickte nicht hoch.

»Selbst wenn wir Jahre und Jahre zurückgehen?« fragte Bret.

»Gerade dann«, sagte ich. »Sie war meine Frau, und ich habe sie geliebt.«

»Also keinerlei Verdacht? Nicht den geringsten?«

»Sie ist von der Abteilung gründlich durchleuchtet worden. Sie ist von der Inneren Sicherheit durchleuchtet worden. Sie wurde regelmäßig überprüft...«

»*Touché*«, sagte Bret.

»Wenn du dir Notizen machst«, sagte ich zu Bret, »dann schreib das auf. Mein Versagen war nicht größer als das der Abteilung.«

Bret schüttelte den Kopf. »Sei nicht dumm, Bernard. Sie war deine Frau. Du hast sie zu mir gebracht und mir vorgeschlagen, ihr einen Job zu geben. Du warst zwölf Jahre mit ihr verheiratet. Wie kannst du dein Versagen in Hinblick darauf, was sie wirklich war, mit dem der Abteilung vergleichen?«

»Aber letztlich war ich derjenige, welcher«, sagte ich. »Wenn ich sie nicht entlarvt hätte, würde sie heute noch hier arbeiten und deine Geheimnisse nach Moskau weiterreichen.«

»Unsere Geheimnisse«, sagte Bret Rensselaer. »Laß uns doch lieber unsere Geheimnisse sagen. Es sei denn, du hast auch die Absicht, uns zu verlassen.«

»Das war eben verdammt beleidigend, Bret«, sagte ich.

»Dann ziehe ich es zurück«, sagte er. »Ich will dir das Leben doch nicht unnötig schwer machen, Bernard. Wirklich nicht.« Frank gab dazu keinen Kommentar ab. »Du hast also nie ein Telefongespräch mitbekommen oder Post gefunden, die – im Lichte dessen, was wir jetzt wissen –, einen Bezug zum Überlaufen deiner Frau hatten?«

»Glaubst du, das hätte ich nicht gesagt? Du mußt doch die Durchschrift meiner Befragung gesehen haben. Da steht alles drin.«

»Das weiß ich, Bernard. Und ich habe mich bereits dafür entschuldigt, das alles noch einmal durchzugehen. Aber diese Befragung war für die Innere Sicherheit. Das jetzt kommt in deinen Report.« Über jeden Angestellten wurden jedes Jahr von seinem unmittelbaren Vorgesetzten Berichte für die Personalabteilung angefertigt. Die Tatsache, daß sich Bret um meinen Report kümmerte, war ein weiterer Beweis dafür, daß er sich in Dicky Cruyers Ressort hineindrängte.

»So, so, in meinen Report also?«

»Nun, du wirst doch nicht annehmen, daß wir in der Lage sind, die Sache mit deiner Frau einfach zu übergehen, oder? Man erwartet von mir, daß ich über deine...« Er blickte hinunter auf seine Notizen, »... Urteilskraft, politisches Verständnis, analytischen Fähigkeiten und Weitsicht berichte. In fast jedem Report wird auch die Frau des betreffenden Mitarbeiters in irgendeiner Form erwähnt, Bernard. Das ist also gar nichts Besonderes. Der gesamte britische Civil Service hat dasselbe Report-System. Nun werde bloß nicht paranoid.«

Frank beendete das Stopfen seiner Pfeife. Er lehnte sich zurück und sagte: »Die Abteilung kümmert sich um die ihren, Bernard. Das brauche ich dir doch nicht zu sagen.« Er hatte seine Pfeife noch nicht angezündet, steckte sie aber in den Mund und kaute darauf herum.

»Ich glaube, ich habe keine Ahnung, wovon du sprichst, Frank«, sagte ich.

Frank Harrington hatte eine lange Zeit in der Abteilung verbracht, und das gab ihm gewisse Vorrechte. So dachte er zum Beispiel gar nicht daran, sich Bret etwa unterzuordnen, obwohl der ranghöher war. »Ich versuche dir klarzumachen, daß Bret und ich nur dein Bestes wollen, Bernard.«

»Danke, Frank«, sagte ich ohne viel Wärme.

»Aber es muß auch auf dem Papier gut aussehen«, sagte Bret. Er stand auf, steckte die Hände in die Taschen und klimperte mit seinem Kleingeld.

»Und wie sieht es im Augenblick auf dem Papier aus?« fragte ich. »Ich meine ohne die vereinten Anstrengungen von Frank und dir, es für mich gut aussehen zu lassen?«

Bret sah Frank mit einem gequälten Ausdruck in den Augen an. Er probte diesen Blick, damit er ihn auch auf mich anwenden konnte, falls ich auch weiterhin aufmüpfig war. »Die Abteilung hat eine Menge Feinde, Bernard. Nicht nur gewisse sozialistische Parlamentsmitglieder. In Westminster gibt es eine ganze Reihe von publicitygeilen Leuten, die liebend gern so etwas wie das hier in die Hände bekommen würden, damit sie mit dreister Selbstverständlichkeit im Fernsehen auftreten können, in den Nachrichten erscheinen und für *Newsnight* interviewt werden. Und es gibt auch einige unserer Kollegen in Whitehall, die es immer genießen, wenn wir unter die Lupe genommen werden und uns verlegen winden.«

»Was ist es, das wir zu verbergen trachten, Bret?« fragte ich.

Bret schoß empört in die Höhe. »Um Himmels willen...« Er ging quer durch den Raum, nahm seine Jacke und legte sie sich über den Arm. »Sprichst du mit ihm, Frank«, sagte er. »Ich gehe für einen Moment hinaus. Sieh zu, daß du ihn wieder zur Vernunft bringst!«

Frank schwieg. Er hielt die kalte Pfeife eine Weile zwischen den Zähnen, bevor er sie aus dem Mund nahm und auf den Tabak starrte. Damit beschäftigte er sich, während Bret Rensselaer hinausging und die Tür hinter sich schloß. Selbst dann ließ sich Frank noch Zeit, bis er sagte: »Wir kennen uns schon lange.«

»Das stimmt«, sagte ich.

»Berlin 1945. Du hattest gerade laufen gelernt. Du lebtest im Dachgeschoß von Frau Hennings Haus. Dein Vater war einer der ersten Offiziere, die ihre Familie ins besetzte Deutschland mitnahmen. Das hat mich damals sehr berührt, Bernard. Die meisten anderen zogen es vor, von ihren Familien getrennt zu leben. Sie führten das Lotterleben von Eroberern. Große Wohnungen, Hauspersonal, Schnaps, Frauen – alles war für ein paar Zigaretten und ein wenig Essen zu haben. Aber dein Vater war eine Ausnahme, Bernard. Er wollte dich und deine Mutter um sich haben und setzte Himmel und Hölle in Bewegung, damit ihr herüber konntet. Deswegen mochte ich ihn, Bernard, und wegen anderem auch.«

»Was willst du eigentlich damit zum Ausdruck bringen, Frank?«

»Diese Sache mit deiner Frau war ein Schock. Für dich ebenso wie für mich. Die ganze Abteilung ist kalt erwischt worden, Bernard, und sie leidet noch immer unter dem Schlag.«

»Und gibt mir die Schuld? Ist es das?«

»Nein, Bernard. Schließlich warst du derjenige, der uns den entscheidenden Hinweis gegeben hat. Niemand kann Vorwürfe gegen dich erheben.«

»Aber... höre ich da nicht ein ›aber‹ nachkommen?«

Frank fummelte an seiner Pfeife herum. »Laß uns über diesen Burschen Stinnes reden. Er war der Offizier, der dich zur Zeit des Überlaufens deiner Frau in Ostberlin festgenommen hat?«

»Ja«, sagte ich.

»Und er war auch der Vernehmungsoffizier?«

»Das haben wir doch alles schon mal durchgekaut, Frank«, sagte ich. »Es gab da kein formelles Verhör. Er hatte Anweisung aus Moskau, Fionas Ankunft abzuwarten.«

»Ja, ich erinnere mich«, meinte Frank. »Ich will lediglich darauf hinaus, daß Stinnes ein hoher Offizier in der Berliner KGB-Dependance ist.«

»Daran besteht kein Zweifel«, sagte ich.

»Deine Frau arbeitet jetzt auch dort für das KGB-Büro?«

»Das jüngste Gerücht besagt, daß sie es leitet«, sagte ich.

»Und Stinnes ist bestimmt einer ihrer wichtigsten Mitarbeiter – würdest du das nicht auch sagen?«

»Selbstverständlich, Frank. Aber sag endlich deutlich, was du zu sagen hast.«

Frank deutete mit der Pfeife in meine Richtung und schloß die Augen, während er seine Antwort formulierte. »Dieser Stinnes weiß alles über das Überlaufen deiner Frau und ihre spätere Tätigkeit, und er hat dich damals befragt. Seit dieser Zeit ist alles, was seine Person betrifft, für die Abteilung von höchster Wichtigkeit. Als er in Mexico City ausfindig gemacht wurde, warum fuhr da Dicky Cruyer – immerhin der Verantwortliche für den britischen Geheimdienst in Deutschland – hinüber, um ihn unter die Lupe zu nehmen?«

»Die Antwort darauf wissen wir beide nicht, Frank. Dicky liebt Freiflüge; und die Reise schaffte ihn aus dem Weg, während Bret sich ein Stück aus Dickys kleinem Imperium herausmeißelte.«

»Sehr gut«, sagte Frank in einer Art, die deutlich machte, daß er mit meiner Interpretation der Ereignisse nicht einverstanden war. »Und warum wurdest du hinübergeschickt?«

»Weil ich mit Dicky zusammenarbeite. Wenn wir beide aus dem Weg waren, hatte Bret eine glaubhaftere Rechtfertigung dafür, ›ein wenig von Dickys Arbeitslast zu übernehmen‹«, imitierte ich Brets Stimme.

»Du bist auf einer falschen Fährte«, sagte Frank. »Man will Stinnes abwerben. Das ist eine Entscheidung von ganz oben, und ihr wurde höchste Priorität eingeräumt. Man will, daß Stinnes hier vor einem Befragungsausschuß alles ausplaudert, was er weiß.«

»Über Fiona?«

»Ja, über deine Frau«, sagte Frank. Ich stellte fest, daß er seit ihrem Seitenwechsel immer nur »deine Frau« sagte. Offenbar brachte er es nicht über sich, ihren Namen auszusprechen. »Und über dich.«

»Über mich?«

»Wie lange wird es dauern, bis der Groschen fällt, Bernard? Wie lange wirst du noch brauchen, um zu begreifen, daß du verdächtig bleibst, bis dich erstklassige, eindeutige Beweise entlasten?«

»Moment mal, Frank. Erinnerst du dich an mich? Ich bin derjenige, der die Abteilung über Fionas Aktivitäten unterrichtet hat.«

»Aber sie hat Fehler begangen, Bernard. Wenn du nicht Alarm geschlagen hättest, hätte das früher oder später ein anderer getan. Also warum solltest du dann nicht sie enttarnen und alles so erledigen, wie Moskau es wollte?«

Ich dachte einen Augenblick lang nach. »Aber das ist doch an den Haaren herbeigezogen, Frank.«

»Und so, wie du die Sache angepackt hast, räumtest du ihr die Möglichkeit zur Flucht ein. Sie ist entkommen, Bernard, vergiß das nicht.«

»Es gab da aber etliche Seufzer der Erleichterung. Hier hätten doch einige Leute alles getan, um das Spektakel eines weiteren Spionageprozesses zu vermeiden. Und wenn man Fiona vor Gericht gestellt hätte, wäre die gesamte Abteilung hochgegangen.«

»Jeder, der da erleichtert geseufzt hat, ist ein verdammter Idiot«, stellte Frank fest. »Sie hat ein Vermögen mitgenommen. Keine Geheimdokumente – soweit wir wissen –, aber ihre bei uns gemachten Erfahrungen müssen denen da drüben jede Menge wert sein. Das weißt du genau.«

»Und man nimmt an, ich hätte ihre Flucht arrangiert?« Ich war fassungslos und tief empört.

Frank konnte sehen, wie wütend ich war, und fügte hastig hinzu: »Niemand beschuldigt dich irgendeines Vergehens, aber wir müssen schließlich jede Möglichkeit in Betracht ziehen, das ist nun einmal unser Job, Bernard. Und wenn deine Frau ohnehin über kurz oder lang aufgeflogen wäre – warum solltest *du* sie dann nicht auffliegen lassen? Auf diese Weise verliert das KGB zwar einen ideal plazierten Agenten, hat aber einen anderen in derselben Abteilung. Und die Referenzen dieses zweiten Agenten sind mit Goldrand verziert. Hat er nicht sogar die eigene Frau verraten?«

»Will man Stinnes deshalb abwerben?«

»Ich dachte, das hättest du von Anfang an durchschaut. Wenn du Stinnes zur Befragung herschaffst, so ist das die Möglichkeit zu beweisen, daß alles so gelaufen ist, wie du gesagt hast.«

»Und wenn ich ihn nicht herbeischaffe?«

Frank klopfte mit dem Kopf seiner Pfeife gegen seinen Daumennagel. »Du tust dir mit Sicherheit keinen Gefallen, wenn du sagst, Stinnes könne deiner Meinung nach nicht abgeworben werden. Das wirst du doch einsehen.«

»Ich habe nur meine Überzeugung geäußert.«

»Verdammt, Bernard. Dann höre eben auf, deine Überzeugungen zu äußern, oder die Abteilung könnte annehmen, du hättest etwas dagegen, daß sie Stinnes in die Hände bekommt.«

»Die Abteilung kann annehmen was sie will, zum Teufel noch mal.«

»Das ist dummes Gerede, Bernard. Stinnes wäre ein Traum-Überläufer für uns. Aber der eigentliche Grund dafür, daß die Abteilung weder Geld noch Zeit scheut, ist doch der, daß man dich so hoch einschätzt. Es geht vor allem darum, dich zu halten, wenn sie auf die Abwerbung von Stinnes drängen.«

Frank verhielt sich ausgesprochen diplomatisch, aber das änderte nichts an den grundlegenden Tatsachen. »Das macht mich verdammt wütend, Frank.«

»Sei nicht kindisch«, sagte Frank. »Niemand verdächtigt dich wirklich. Es ist nur eine Formalität. Sie haben dich doch noch nicht einmal auf die Liste derjenigen gesetzt, die nur beschränkten Zugang zu Geheimpapieren haben. Und viele der Probleme sind doch nur deshalb aufgetreten, weil du und deine Frau eine so glückliche Ehe geführt habt – das ist das Absurde daran. Man brauchte euch doch nur anzusehen, um zu erkennen, wie sehr ihr euch geliebt habt. Eine glückliche Ehe, vielversprechende Karriere, entzückende Kinder. Wenn ihr euch häufiger gestritten, vielleicht sogar zeitweise getrennt gelebt hättet, wäre es leichter, in dir das Opfer zu sehen, hintergangen und – politisch nicht verwickelt.«

»Und wenn wir Stinnes nicht abwerben? Was wird dann?«

»Es könnte schwierig werden, dich bei *Operations* zu halten, wenn es uns nicht gelingt, Stinnes abzuwerben.«

»Ich weiß, was das heißt.« Ich erinnerte mich an einige Kollegen, die von der Inneren Sicherheit als nicht tragbar für *Operations* betrachtet wurden. Es war deprimierend, an diese Leute zu denken, die plötzlich als Sicherheitsrisiko galten. In den meisten Fällen waren übliche Routineüberprüfungen der auslösende Faktor gewesen. Sie waren es, die den diskreten Homosexuellen entlarvten, der das Wochenende mit jungen spanischen Kellnern verbrachte oder die Lesbierin, die ihre Wohnungen mit Damen teilte, die nicht ihre Cousinen waren. Aber da gab es auch ein paar jüngere Leute, die es vorteilhafterweise »vergessen« hatten, während ihrer Studentenzeit Mitglied irgendwelcher internationaler Freundschaftsvereinigungen gewesen zu sein. Vereinigungen, die die Wörter »Freiheit«, »Frieden« und »Leben« auf ihr Panier geschrieben hatten, so daß jeder, der sie ablehnte, in Gefahr geriet, mit Kerker, Krieg und Tod in Verbindung gebracht zu werden; oder jene, die anderen harmlos klingenden Organisationen beigetreten waren, die sich bequem nahe an Universitäten angesiedelt hatten und Kaffee und Kuchenbrötchen parat hielten, aber auch idealistische Gespräche mit respektabel gekleideten ausländischen Besuchern. Es war mir bekannt, daß sich derart Degradierte auf der untersten Stufe der SIS-Leiter wiederfanden – in einer Botschaft in Zentralafrika oder bei der Überprüfung von Aeroflot-Frachtbriefen auf dem Londoner Flughafen.

»Ich würde mir an deiner Stelle keine Gedanken darüber machen, *Operations* verlassen zu müssen«, sagte Frank. »Du wirst Stinnes bekommen. Jetzt, wo du weißt, wieviel davon abhängt, wirst du es schaffen. Davon bin ich fest überzeugt, Bernard.«

Es schien nichts mehr zu sagen zu sein, aber als ich mich von meinem Sessel erhob, sagte Frank: »Ich habe gestern mit dem Chef gesprochen. Wir tranken ein Glas in seiner Wohnung, und eine Reihe von Dingen kam so zur Sprache...«

»Ja?«

»Wir sind alle besorgt um dich, Bernard. Wir machen uns Gedanken über die Schwierigkeiten, die du bei der Betreuung der Kinder hast.«

»Das einzige Problem ist Geld«, sagte ich scharf.

»Das wissen wir alle, Bernard. Ich rede auch von Geld. Der Chef sieht eine Möglichkeit, dir eine besondere Zuwendung zukommen zu lassen. Im diplomatischen Dienst gibt es eine Einrichtung, die sich ›Indirekte Repräsentationsaufwandsentschädigung‹ nennt. So eine Bezeichnung konnte sich auch nur ein Bürokrat ausdenken, was? Aus diesem Topf werden Kosten für ein Kindermädchen erstattet, damit die Kinder versorgt sind, wenn Diplomaten und ihre Frauen gesellschaftlichen Verpflichtungen nachkommen. Diplomaten erhalten auch einen Internatszuschuß. Ich weiß nicht, wieviel da zusammenkommen könnte, aber es würde deine finanzielle Situation doch ein bißchen entlasten. Es könnte allerdings ein wenig dauern, bis es durch ist; der alte Pferdefuß.«

»Ich schicke die Kinder nicht in ein Internat.«

»Immer mit der Ruhe, Bernard. Du bist seit kurzem so verdammt kratzbürstig. Kein Mensch wird kommen und herumschnüffeln, welche Schule deine Kinder besuchen. Der Chef sucht einfach einen passablen Weg, um dir helfen zu können. Er möchte eine Form, die bereits praktiziert wird. Eine *ex gratia*-Zahlung wäre nicht gerade das, was er sich vorstellt. Wenn jemand herausbekommt, daß eine *ex gratia*-Zahlung direkt an einen Mitarbeiter geht, könnte sich das zu einer mittleren Katastrophe auswachsen.«

»Ich bin sehr dankbar, Frank.«

»Jedermann hat Verständnis für dich, Bernard.« Er steckte seinen Tabaksbeutel in die Tasche. Seine Pfeife hatte er noch immer nicht in Brand gesetzt. »Übrigens, Stinnes ist wieder in Berlin. Er war im Westsektor, um deine Freunde, die Volkmanns, zu besuchen... besonders Frau Volkmann. Ich dachte, das würdest du gern erfahren.«

Frank Harrington hatte eine Affäre mit Zena Volkmann gehabt, und zwischen ihm und Werner bestand eine Abneigung, die noch weiter zurückreichte. Ich fragte mich, ob Frank mir das über Stinnes als eine Art von Vorwurf gegenüber Werner erzählte, der mir nichts darüber berichtet hatte. »Ja, ich werden dem nachgehen, Frank. Ich werde nach Berlin fahren müssen. Es ist nur eine Frage der Zeiteinteilung.«

Ich verließ Frank, um Bret zu sagen, daß der getan hatte, was verlangt worden war. Er hatte ein Diagramm gezeichnet, das so simpel gestrickt war, daß sogar ich es verstand. Und dann hatte er alle Bestandteile auch noch mit ausführlichen Erklärungen versehen.

Ich ging in mein Büro und ließ mir den jungen Julian MacKenzie kommen. »Nun?« fragte ich.

»Die Schwestern im St. Mary Abbots Hospital tragen keine solche Tracht wie Sie sie beschrieben haben; außerdem findet dort um acht Uhr fünfundvierzig kein Schichtwechsel statt; ferner gibt es keine farbige Frau, gleich welchen Alters, die den Bewohnern des Blocks gegenüber Ihrem Haus bekannt wäre.«

»Das ging ja extrem schnell, MacKenzie.«

»Ich fand es auch ganz passabel, Boß.« MacKenzie war ein recht kesser Kerl, der moderne Sprachen in Cambridge mit Auszeichnung studiert und die A 1-Einstufung durch das Einstellungskomitee des Civil Service erhalten hatte und der nun seit ein paar Monaten probeweise in unserer Abteilung arbeitete. Sein Ehrgeiz war von der Art, daß er lange und hart arbeitete und niemals Fragen stellte oder von mir verlangte, für jeden kleinen Auftrag eine unterschriebene Vollmacht zu erhalten. Auch seine aufmüpfige Art gegenüber allem und jedem gefiel mir.

»Mir würde es wirklich Spaß machen, in den Außendienst zu gehen. Wie fange ich das am besten an? Irgendwelche Hinweise und Tips, Boß?« Das war inzwischen zur Standardfrage geworden.

»Ja, kämmen Sie sich dann und wann die Haare, wechseln Sie jeden Tag das Hemd und befleißigen Sie sich eines respektvollen Tons im Umgang mit Vorgesetzten.«

»Ich meine es ernst.«

»Ich auch« versicherte ich ihm. »Übrigens, da Sie gerade hier sind – wie heißt diese Gloria eigentlich mit Nachnamen? Sie wissen, diese Stenotypistin, die bei Mr. Rensselaer beschäftigt war.«

»Die umwerfende Blondine mit den ungeheuren Dingern?«

»Sie haben eine so dezente Weise, sich auszudrücken, MacKenzie. Ja, die meine ich. Ich habe sie seit längerem nicht mehr gesehen. Wo arbeitet sie jetzt?«

»Sie heißt Kent, Gloria Kent. Ihr Vater ist Zahnarzt. Sie ist ganz wild aufs Tanzen und Wasserskifahren. Aber sie ist keine Stenotypistin, sondern eine *Grade 9*-Beamtin. Sie hofft darauf, einen dieser Abteilungs-Zuschüsse für ein Universitätsstudium zu ergattern. Außerdem spricht sie fließend Ungarisch.« Er grinste. »Wir werden von unseren Ambitionen getrieben. Ich würde sagen, Miss Kent ist scharf auf eine Karriere im Dienst, Sie nicht auch?«

»Sie sind ein echter Quell an Informationen, MacKenzie. Ist ihr Vater Ungar?«

»Sie haben es erraten. Und sie wohnt bei ihren Eltern irgendwo in der finstersten Provinz. Für Sie wäre es da draußen nichts, fürchte ich.«

»Sie sind ein unverschämter Bursche, MacKenzie.«

»Ich weiß, Sir. Sie haben mir das neulich schon gesagt. Gloria arbeitet im Augenblick in der Registratur, das arme kleine Ding. Es sind nur meine täglichen Promenaden, um sie dort unten zu besuchen, die sie zwischen all dem Aktenstaub nicht verrückt werden lassen.«

»So, in der Registratur also.« Es war der unbeliebteste Job in der Abteilung, aber fast ein Drittel des Personals war dort beschäftigt. Theoretisch sollte der Computer der Datenzentrale allmählich die Tausende von staubigen Akten ersetzten, so daß die Registratur schließlich aufgelöst werden konnte. Aber – getreulich den Gesetzen jeder Bürokratie – wuchs und wuchs der Personalbedarf in der Datenzentrale, während jedoch die Zahl der Angestellten in der Registratur nicht in dem Maße abnahm.

»Sie würde sehr gern bei Ihnen arbeiten, Sir. Ich weiß, daß sie für einen Job bei einem Beamten von *Operations* alles geben würde.«

»Alles?«

»Fast alles, Sir«, sagte MacKenzie und zwinkerte mir zu. »Nach dem, was ich so gehört habe.«

Ich rief den alten Drachen an, der die Registratur unter sich hatte, und sagte, daß ich es gern hätte, wenn Miss Kent ein paar Tage für mich tätig sein könnte. Als sie zu mir ins Büro kam, zeigte ich ihr den Riesenstapel Papiere, der abgelegt werden mußte. Sie hatten sich monatelang im Schrank angesammelt, und meine Sekretärin war angenehm überrascht, daß ihr diese Fron abgenommen wurde.

Gloria Kent war groß, langbeinig, schlank und etwa zwanzig Jahre alt. Ihr Haar hatte die Farbe blassen Strohs. Es war wellig, aber locker genug, um ihr in die Stirn zu fallen, kurz, aber lang genug, um den Rollkragen ihres dunkelbraunen Pullovers zu berühren. Sie hatte große braune Augen, lange Wimpern und volle Lippen. Hätte Botticelli den Schachteldeckel für eine Barbie-Puppe gemalt, wäre das Ergebnis Gloria Kent gewesen. Dennoch hatte sie absolut nichts Puppenhaftes an sich, und sie beugte auch nicht den Kopf, wie das viele große Frauen so an sich haben, um sich dem Ego kleinwüchsiger Männer um sich herum anzupassen. Und es war ihre kerzengerade Haltung – denn ihr Make-up war minimal –, die sie eher wie eine Revuetänzerin als wie eine Beamtin erscheinen ließ.

Sie hatte ungefähr eine Stunde lang Akten sortiert, als sie fragte: »Muß ich zurück in die Registratur?«

»Das hängt nicht von mir ab, Miss Kent«, sagte ich, »da für uns beide Mister Cruyer zuständig ist. Er trifft die Entscheidungen.«

»Er ist der Verantwortliche für den britischen Geheimdienst in Deutschland«, stellte sie fest und nannte Dicky damit bei seinem offiziellen Titel. »Dann ist das doch hier meine Abteilung, oder nicht?«

»Ich fürchte, hier geht im Augenblick alles ein bißchen drunter und drüber«, sagte ich.

»Ich weiß. Ich habe für Mister Rensselaer gearbeitet. Aber das hat nur zehn Tage gedauert. Dann hatte sein Komitee für Wirtschaftsspionage nichts mehr zu tun für mich. Ich habe ein paar Sachen für die Leute im obersten Stockwerk getippt, und dann hat man mich hinunter in die Registratur geschickt.«

»Und Sie mögen die Registratur nicht?«

»Niemand gefällt es da unten. Es gibt kein Tageslicht, und die Neonbeleuchtung ermüdet mich so schnell. Und man wird so schmutzig, wenn man den ganzen Tag mit Akten zu tun hat. Sie sollten einmal meine Hände sehen, wenn ich abends heimgehe. Wenn ich zu Hause bin, kann ich es gar nicht abwarten, mich auszuziehen und ein Bad zu nehmen.«

Ich holte tief Atem und sagte: »Ich hoffe, hier oben werden Sie nicht so schmutzig.«

»Es ist ein Hochgenuß, das Tageslicht zu sehen, Mr. Samson.«

»Alle hier nennen mich nicht anders als Bernard«, sagte ich. »Daher wäre es einfacher, wenn Sie das auch täten.«

»Ich heiße Gloria«, erwiderte sie.

»Ja, ich weiß«, sagte ich. »Ach übrigens, Gloria – Mr. Cruyer ist es ein besonderes Anliegen, zu seinen Mitarbeitern auch privat Kontakt zu halten. Dann und wann lädt er ein paar von uns in sein Haus ein; zu einem informellen Essen und einem kleinen Plausch.«

»Das finde ich aber sehr nett«, stellte Gloria fest. Sie strich ihren Rock über den Hüften glatt.

»Ich auch«, sagte ich. »Wir wissen es alle sehr zu schätzen. Am Donnerstag gibt er wieder eines dieser Essen und hat ausdrücklich betont, daß er gerade Sie gern dabei haben würde.«

»Donnerstag. Das ist ein wenig kurzfristig«, sagte sie. Sie bewegte den Kopf, ließ ihr Haar schwingen und berührte es, als würde sie bereits über einen Termin beim Friseur nachdenken.

»Falls Sie etwas anderes Wichtiges vorhaben, wird er bestimmt Verständnis dafür zeigen«, sagte ich.

»Aber das würde sich doch schrecklich anhören, oder?«

»Nein, das muß es nicht. Ich würde ihm erklären, daß Sie eine andere Verabredung hatten, die Sie leider nicht absagen konnten.«

»Ich werde lieber hingehen«, sagte sie. »Ich glaube, daß ich das regeln kann. Sonst...«, sie lächelte, »...müßte ich vielleicht den Rest meines Lebens in der Registratur verbringen.«

»Er hat uns für dreiviertel acht eingeladen. Falls Sie zu weit draußen wohnen sollten, wird Ihnen Mrs. Cruyer sicherlich einen Raum zum Umziehen zur Verfügung stellen. Doch da fällt mir ein«, sagte ich, »Sie könnten doch auch bei mir etwas trinken und sich dort umziehen. Dann könnte ich Sie gleich zu Mr. Cruyer mitnehmen. Sein Haus ist ein bißchen schwer zu finden.«

Ich bemerkte, daß ein Ausdruck von Zweifel in ihrem Gesicht auftauchte. Einen Moment lang befürchtete ich, mein Blatt überreizt zu haben, doch dann beschäftigte ich mich mit meinen Papieren und schwieg.

Dickys Dinnerparty war ein Erfolg. Daphne hatte drei Tage damit zugebracht, das Essen vorzubereiten. Mir wurde klar, daß ich am vergangenen Sonntag nur deshalb nicht von ihr zum Mittagessen eingeladen worden war, weil sie an diesem Tag das gleiche Gurkensuppen-Rezept, den gleichen Wildreis und die gleiche Stachelbeercreme, die sie zur Dinnerparty servierte, an Dicky ausprobiert hatte. Nur der gedünstete Lachs war ein Experiment; sein Kopf fiel auf den Küchenboden, als er aus dem Fischtopf gehoben wurde.

Wir waren zu acht. Obwohl Gloria Kent damit gerechnet hatte, daß es sich um eine reine Zusammenkunft von Abteilungskollegen handeln würde, ließ sie sich keinerlei Enttäuschung anmerken, als sie die neuen Nachbarn der Cruyers und ein Ehepaar namens Stephens kennenlernte. Liz Stephens war Daphnes Partnerin im Möbelgeschäft; und Dicky konnte es sich nicht verkneifen, wieder seinen Scherz anzubringen, daß Daphne Geld mit »Strippen« verdiente. Es war unübersehbar, daß Gloria die einzige war, die ihn noch nicht kannte. Gloria lachte.

Das Gespräch bei Tisch beschränkte sich auf das bei Londoner Dinnerparties übliche Geplauder: das Aufzählen ausländischer Wintersportorte und einheimischer Restaurants, Schulen und Autos – in absteigender Interessenfolge. Dann wurde über das Abbeizen von Möbeln geredet. Der erste Versuch von Daphne und Liz war kläglich gescheitert. Niemand hatte ihnen den Tip gegeben, es mit Wiener Stühlen besser nicht zu probieren, und der erste Satz Stühle hatte die Prozedur nicht überstanden und sich in seine Bestandteile aufgelöst. Die beiden Frauen brachten es fertig, darüber zu lachen, aber ihre Ehemänner tauschten Blicke gemeinsam empfundener Resignation aus.

Die Nachbarn von gegenüber, deren Babysitter noch zur Schule ging und deshalb früh zu Hause sein mußte, gingen nach der Stachelbeercreme. Die Stephens' brachen wenig später nach einer hastig getrunkenen Tasse Kaffee auf. Blieben wir vier, die im Wohnzimmer beisammen saßen. Dicky hatte eine Chopin-Platte aufgelegt, und Gloria bewunderte nun das Gemälde von Adam und Eva über dem Kamin, das von einem naiven Maler stammte. Daphne hatte es auf einem Flohmarkt in Amsterdam »entdeckt«. Sie freute sich immer, wenn jemand es bewunderte.

»Ein verdammt gutes Essen, Liebling«, sagte Dicky, als seine Frau die zweite Kanne Kaffee und schokoladenüberzogene Pfefferminztäfelchen hereinbrachte. Seine Stimme war eine saftige Imitation von Silas Gaunt, einem der Oldtimer der Abteilung. Er schob seine Tasse zum Nachfüllen hin.

Daphne warf ihm einen Blick zu, lächelte nervös und goß den heißen Kaffee auf den polierten Tisch. Ich hatte das Gefühl, daß diese Abendessen wahre Alpträume für Daphne waren. Als sie Dicky heiratete, war sie ein energisches, selbstbewußtes Karrieremädchen gewesen, aber sie kannte ihre Grenzen als Köchin und wußte, wie kritisch Dicky Cruyer, der Präsident der *Oxford University Wine and Food Society*, sein konnte, wenn er den Gastgeber für Leute spielte, mit denen er zusammenarbeitete. Mitunter schien sie fast körperliche Angst vor Dicky zu haben, und ich kannte seine plötzlichen Anfälle von schlechter Laune zur Genüge, um Mitleid mit ihr zu empfinden.

Nach einem Wettbewerb darum, wer die meisten Kleenex-Taschentücher zum Aufwischen des verschütteten Kaffees verbrauchen konnte – den Daphne für sich entschied, weil sie eine ganze Handvoll benutzte –, sagte Gloria: »Sie haben wirklich ein sehr schönes Haus, Mrs. Cruyer.«

»Daphne. Daphne, ich bitte Sie! Es ist ein Schweinestall«, sagte Daphne mit bescheidenem Selbstvertrauen. »Manchmal bringt es mich um.«

Ich sah mich nach irgendwelchen Anzeichen von Möbeln um, die Daphne hier gelagert hatte. Aber sie waren alle fort. Arme Daphne. Ihre Autos waren auf der Straße geparkt. Ich nahm an, daß all die Möbel jetzt in der Garage verstaut waren.

»Wie schön, euch beide zu sehen«, sagte Dicky und reichte Gloria den Kaffee. Dicky legte jede Menge Bedeutung in das Wort »beide«; es war schon fast sinnlich. Gloria lächelte Dicky nervös an und blickte dann auf mich. »Ja«, sagte Dicky und reichte auch mir eine Tasse Kaffee. »Bernard hat so viel von Ihnen erzählt.«

»Wann?« fragte Gloria. Sie war kein Dummkopf. Sie merkte sofort, was hinter Dickys Bemerkungen steckte.

»Als wir in Mexiko waren«, sagte Dicky.

»Ach?«, sagte Gloria und bedachte mich mit einem süßen Lächeln, doch ihre Augen waren kalt. »Ich hatte ja keine Ahnung, daß in Mexiko über mich gesprochen wurde, Bernard.«

Gloria wandte sich nun Daphne zu. »Wenn ich doch bloß nicht wieder in die Registratur zurückmüßte, Mrs. Cruyer«, seufzte sie. »Es ist die Hölle.« Daphne nickte verständnisvoll. Es war brillant von Gloria, das zu Daphne zu sagen. Hätte sie sich damit an Dicky oder mich gewandt – ich glaube, Daphne würde dafür gesorgt haben, daß Gloria schon am nächsten Morgen wieder unten in der Registratur gesessen hätte. »Könnten Sie Ihren Mann denn nicht bitten, mich irgendwo anders arbeiten zu lassen?«

Daphne wirkte verunsichert. »Ich bin sicher, er wird tun, was er kann. Das wirst du doch, nicht, Dicky?«

»Selbstverständlich«, sagte Dicky. »Oben gibt es doch immer etwas zu tun. Ich mußte neulich erst Bret Rensselaer bitten, seine Sekretärin mit einem der Leute vom *Deputy Desk* zu teilen. Gloria könnte meiner Sekretärin helfen, Bernards Sekretärin helfen und die Gelegenheitsarbeiten für Bret erledigen.«

Dicky schlug also zurück. Guter, alter Dicky. Teilte seine Sekretärin; das sollte Bret nun wirklich dazu bringen, sich in die neutrale Ecke zurückzuziehen und die Tränen aus den Augen zu wischen.

»Das wäre herrlich, Mr. Cruyer«, sagte Gloria, aber sie lächelte Daphne an. Es begann mir zu dämmern, daß Gloria eine große Karriere vor sich hatte. Wie war das mit den Ungarn, die hinter einem die Drehtür betreten, aber vor einem aus ihr herauskommen?

»Wir sind eine große, glückliche Familie in Dickys Abteilung«, sagte ich.

Dicky lächelte mich verächtlich an.

»Wir sollten lieber gehen«, sagte ich. Ich begegnete Dickys Blick und fügte hinzu: »Gloria hat ihre Kleider noch bei mir zu Hause.«

»Oh, wie das klingt«, sagte Gloria. »Bernard hat mir angeboten, daß ich mich bei ihm umziehen könne, weil meine Eltern zu weit draußen wohnen.«

Nachdem wir gute Nacht gesagt hatten und in meinem alten Ford saßen, meinte Gloria: »Die Cruyers sind wirklich reizende Leute.«

»Ja«, sagte ich.

»Mr. Cruyer ist ein sehr interessanter Mann«, sagte sie.

»Finden Sie?«

»Sie nicht?« fragte sie, als mache sie sich Sorgen, etwas Falsches gesagt zu haben.

»*Sehr* interessant«, erwiderte ich. »Aber ich bin überrascht, daß Sie das so schnell herausgefunden haben.«

»Er war am Balliol«, sagte sie sehnsüchtig. »Alle besonders klugen Leute gehen ans Balliol College.«

»Das stimmt«, sagte ich.

»Wo waren Sie, Bernard?«

»Sie können mich Mr. Samson nennen, falls Sie mögen«, sagte ich. »Ich war nämlich nirgendwo. Ich verließ die Schule mit sechzehn und fing an zu arbeiten.«

»Für die Abteilung?«

»In etwa.«

»Mit sechzehn kann man keine Prüfung für den *Civil Service* ablegen.«

»Es war im Ausland«, sagte ich. »Mein Vater leitete das Berliner Büro. Ich spreche den Berliner Dialekt wie ein Einheimischer und kenne die Stadt. Es war nur natürlich, daß ich für die Abteilung arbeitete. Der nötige Papierkram wurde später erledigt. Das Einstellungskomitee hat mich nie zu Gesicht bekommen.« Es klang aggressiver als beabsichtigt.

»Ich habe in fünf Prüfungsfächern die Bestnote bekommen«, sagte Gloria stolz. Weg war die *femme fatale*; mit einem Mal war sie das sechzehnjährige Schulmädchen, das mit seinen Zeugnissen nach Hause rannte.

»Wir sind da«, sagte ich.

Zu meiner Überraschung bog sie den Kopf nach hinten, bis er auf meiner Schulter lag, und sagte: »Ich wollte, dieser Abend würde nie zu Ende gehen.«

»Wir werden ihn so weit wie möglich ausdehnen«, sagte ich. »Kommen Sie, trinken Sie noch einen Schluck mit mir.«

Gloria lächelte träge. Hätte sie nicht so wenig Wein getrunken, wäre ich geneigt gewesen anzunehmen, sie sei betrunken. Sie legte ihre Hand auf meinen Arm und wandte mir ihr Gesicht zu. Ich küßte sie auf die Stirn und öffnete die Autotür. »Kommen Sie.« Sie kicherte und stieg aus dem Wagen. Dabei schob sich ihr Rock hoch und enthüllte jede Menge Bein.

Einmal im Haus, setzte sie sich aufs Sofa und sagte erneut, was für ein herrlicher Abend es doch sei. »Brandy?« fragte ich. »Likör? Scotch mit Soda?«

»Einen ganz kleinen Brandy«, sagte sie. »Aber ich werde meinen letzten Zug verpassen, wenn wir nicht sehr bald aufbrechen.« Ich goß zwei dreistöckige Martell ein und setzte mich neben sie.

»Werden sich Ihre Eltern denn nicht Sorgen machen, wenn Sie Ihren Zug verpassen?« fragte ich und gab ihr einen schicklichen Kuß auf die Wange.

»Ich bin inzwischen ein großes Mädchen«, sagte sie.

»Das sind Sie wirklich«, sagte ich bewundernd. »Sie sind ein wunderbares Mädchen.« Ich legte meinen Arm um sie und zog sie an mich.

»Was haben Sie über mich gesagt, als Sie im Mexiko waren?« Ihre Stimme war verträumt und wurde noch weicher durch die Art, wie sie an meinem Ohr herumkoste. »Haben Sie mit Dicky Cruyer gewettet, daß Sie mich ins Bett bekommen?«

»Selbstverständlich nicht«, sagte ich.

»Sie haben gesagt, daß Sie mich bereits im Bett hatten? Hmmm?«

»Lieber Himmel, nein!« sagte ich. »Wir haben über personelle Dinge im allgemeinen gesprochen, aber über keinen Angestellten im besonderen. Wir sprachen über das Büro, die Last der Arbeit...«

Sie kuschelte ihr Gesicht an mein Ohr. »Sie sind ein schrecklicher Lügner, Bernard. Hat Ihnen das eigentlich schon jemand gesagt? Sie sind ein total hoffnungsloser Lügner. Wie haben Sie als Geheimagent nur überleben können?« Sie küßte mich auf die Wange. »Geben Sie zu, daß Sie Dicky gesagt haben, ich sei Ihre Geliebte.« Sie wandte ihren Kopf, um mir ihre Lippen anzubieten, und wir küßten uns. Nachdem sie sich von mir gelöst hatte, schnurrte sie: »Sie haben es gesagt, stimmt's«

»Vielleicht habe ich etwas gesagt, was er falsch ausgelegt hat«, gab ich zu. »Da sehen Sie, wie Dicky ist.«

Sie küßte mich wieder. »Ich muß nach Hause«, sagte sie.

»Müssen Sie?«

»Ich muß. Meine Eltern könnten sich beunruhigen.«

»Sie sind doch jetzt ein großes Mädchen«, erinnerte ich sie. Aber sie schob mich fort und stand auf. »Vielleicht ein anderes Mal«, sagte sie. Sie war hellwach jetzt, und ich konnte sehen, daß sie sich zum Gehen entschlossen hatte. »Ich werde hinauflaufen und meine Tasche holen. Und Sie...« Sie ergriff meine Hand und zog mich zur Haustür. »Sie werden hinausgehen, das Auto in Gang bringen und mich zum Bahnhof fahren.«

Als ich nur wenig Neigung zeigte, ihre Anordnungen zu befolgen, marschierte sie hinauf, um ihre Sachen zu holen, und sagte über die Schulter hinweg: »Wenn ich meinen Zug in Waterloo verpasse, werden Sie mich bis nach Epsom hinausbringen müssen, Mister Samson. Und das ist eine elende Fahrt, jetzt mitten in der Nacht.«

»Okay, Gloria«, sagte ich. »Sie haben mich überredet.«

Ich brachte sie rechtzeitig zur Waterloo Station, damit sie ihren Zug erreichen konnte, und kehrte dann zurück in mein einsames Bett.

Erst am nächsten Morgen stellte ich fest, daß sie die Schere aus dem Bad dazu benutzt hatte, meine sämtlichen Unterhosen säuberlich in zwei Teile zu schneiden. Und erst als es hell wurde, konnte ich sehen, daß sie mit Lippenstift quer über die Fensterscheibe des Schlafzimmers geschrieben hatte: »Sie sind ein Bastard, Mr. Samson!« Ich brauchte Ewigkeiten, um den Lippenstift zu entfernen und die Teile meiner Unterwäsche zu verstecken, bevor Mrs. Dias, die Putzfrau, auftauchte. Ich verspürte keine Eile, das Erlebnis mit Gloria zu wiederholen. Es kam mir so vor, als läge da eine tiefe, psychologische Bedeutung in der Art Vergeltung, die sie an meiner Wäsche geübt hatte – wegen etwas, das mir wie ein kleiner, harmloser Scherz vorgekommen war.

12

»Dieser verdammte Werner hat sich mit Stinnes getroffen«, sagte Dicky. Er tigerte auf und ab und beknabberte den Nagel seines kleinen Fingers. Es war ein Zeichen dafür, daß er erregt war. Und das war er in letzter Zeit häufig, so daß ich mich mitunter fragte, ob seine Nägel tatsächlich so schnell nachwuchsen.

»Davon habe ich gehört«, sagte ich gelassen.

»Aha«, sagte Dicky. »Habe ich es mir doch gedacht. Hast du schon wieder etwas hinter meinem Rücken angestellt?«

Ich verbeugte mich tief und unterwürfig. »O Master, ich haben das gehört nur von Harrington Sahib.«

»Hör auf mit dem Quatsch«, sagte Dicky. Er setzte sich hinter seinen riesigen Rosenholztisch. Er hatte keinen richtigen Schreibtisch in seinem Büro stehen, nur ein paar edle, antike Möbelstücke, zu denen dieser Rosenholztisch gehörte, den er als Schreibtisch nutzte, ein Charles-Eames-Sessel, um sich darin zu lümmeln, und zwei Lehnstühle für Besucher. Es war ein großer Raum mit zwei Fenstern, von denen aus man den Park überblicken konnte. Früher-einmal hatte er ihn mit seiner Sekretärin geteilt, dann aber das Nebenbüro für sie annektiert, um sich selbst ausbreiten zu können.

»Niemand sagt mir etwas«, sagte Dicky. Er saß auf seinem kleinen harten Stuhl, Beine und Knie zusammengepreßt und die Arme fest über der Brust verschränkt – ein Bild, das sich hervorragend als Illustration für einen Leitfaden zum Thema *Wie behandele ich trotzige Kinder* geeignet hätte. »Bret ist entschlossen, meinen Job zu kapern. Vermutlich geht er bereits dazu über, mich von jeglicher Kommunikation mit meinen Leuten abzuschneiden.«

»Offiziell arbeitet Werner Volkmann nicht für die Abteilung. Du hast ihm in Mexico City kein Geld gegeben, und ich erinnere mich sehr wohl daran, wie ich dich darum gebeten hatte. Aber du hast gesagt: ›Nur über meine Leiche.‹«

»Er hat kein Recht, sich mit Stinnes zu treffen, ohne mich vorher darüber zu informieren.«

»Oft kann das nicht gewesen sein, denn er ist doch höchstens seit fünf Minuten wieder in Berlin.«

»Er hätte mich trotzdem um Erlaubnis fragen müssen«, beharrte Dicky.

»Werner schuldet uns gar nichts, allenfalls wir ihm.«

»Wer ist ihm etwas schuldig?« erkundigte sich Dicky streitsüchtig.

»Die Abteilung steht in seiner Schuld, denn schließlich hat Werner Stinnes für uns ausfindig gemacht. Und dann hast du dich geweigert, ihm dafür ein Honorar zu zahlen. Was erwartest du eigentlich?«

»Dein Kumpel Werner will uns also Mores lehren. Ist es das, was er vorhat?«

Ich versank tief in Dickys Charles-Eames-Sessel, von dem wirklich eine entspannende Wirkung ausging. Kaum verwunderlich, daß Dicky da nichts zustande brachte. »Werner gehört zu den eigenartigen Menschen, denen es Freude macht, für den Geheimdienst zu arbeiten. Er verdient blendend an seinen finanziellen Transaktionen, und dennoch möchte er für uns arbeiten. Laß Werner wieder für uns arbeiten, und er wird der enthusiastischste Agent sein, den du dir vorstellen kannst. Gib ihm ein bißchen Geld, und du wirst sogar seine Frau für die Sache interessieren.«

»Diese Zena ist ausgesprochen geldgierig.«

Also hatte es selbst Dicky bemerkt. »Ja, das ist sie«, sagte ich. »Aber da sie sich beide mit Stinnes treffen, rate ich dir, sie bei Laune zu halten.«

Dicky brummte und knabberte weiter an seinem Nagel herum.

»Zena hält Ohren und Augen offen, und Stinnes scheint sie zu mögen. Vielleicht ahnt sie eher, was in seinen Kopf vorgeht, als irgendein anderer.«

Dicky schmollte. So war er immer, wenn es darum ging, irgendwelche Sonderhonorare für Agenten im Außendienst zu bewilligen. Normalerweise hätte ich eine Diskussion über Geld auf einen Tag verschoben, an dem sich Dicky in einer Aufwärtsphase seines manischen Lebensstils befand. »Wenn Werner Volkmann aus allem ein komplettes Chaos macht, und er steht nicht in unserem Sold, kann ich so tun, als würde ich ihn gar nicht kennen«, erklärte Dicky, der jede Aufgabe mit der Klärung der Frage anging, wie er sich am besten aus der Affäre ziehen konnte, falls die Sache schieflief.

»Ich übernehme persönlich für ihn die Verantwortung«, sagte ich.

Dieser Vorschlag behagte Dicky sichtlich. »Das wäre durchaus eine Möglichkeit«, meint er. Die Wand hinter Dicky war fast zur Gänze mit gerahmten Fotos bedeckt: Dicky lächelnd und händeschüttelnd mit den Großen der Welt. Diese Form der Eigenwerbung, die in den Büros extrovertierter amerikanischer Filmproduzenten häufiger anzutreffen ist, war als schlechter Stil verpönt, als Dicky mit seiner Sammlung begann. Aber Dicky hatte es geschafft, eine Posse daraus zu machen, eine drollige, akademische Form von Ulk, so daß er mittlerweile in der Lage war, Spaß zu haben und sich gleichzeitig darüber lustig zu machen. Eines der Fotos zeigte Dicky in Kalkutta während einer Reise mit Sir Henry Clevemore, dem Chef des Amtes. Es handelte sich um ein großes Farbfoto im goldenen Rahmen. Die beiden Männer standen vor einem Kiosk, der lithographierte Poster feilhielt. Beim näheren Hinsehen konnte man Porträts von John Lennon entdecken, Napoleon, Marilyn Monroe, Lenin und John F. Kennedy. Irgendwie war Dicky für mich immer dieser junge Mann auf dem Foto, der, umgeben von einer Schar erfolgreicher Menschen, seinen Chef anlächelt. »Ich habe Berlin gesagt, daß ich Werner unverzüglich hier haben will. Er sitzt schon im Flugzeug. Ich werde einen Wagen zum Flughafen schicken und ihn abholen lassen. Er dürfte dann so gegen drei Uhr hier sein. Wir werden ihn uns vorknöpfen und herausfinden, was, zum Teufel, das eigentlich alles soll. Okay, Bernard?«

»Ich hoffe, du bietest ihm zunächst einmal einen anständigen Vertrag an«, sagte ich. »Er ist schließlich nicht dein Untergebener und hat durchaus die Möglichkeit, dir glattweg zu sagen: ›Von mir aus können Sie sich einsargen lassen und mit meinem Anwalt telefonieren.‹«

Dicky biß sich auf die Lippe. »Das hatten wir doch alles schon einmal. Du hast erklärt, daß du für ihn persönlich die Verantwortung übernimmst.

»Dann laß mich ihm einen anständigen Vertrag anbieten«, sagte ich. Dicky blickte zweifelnd. »Es leuchtet mir durchaus ein, daß du zu Werner auf Distanz gehen willst für den Fall, daß die Sache schiefläuft. Aber treibe das nicht zu weit, denn sonst kannst du im Erfolgsfall keine Meriten mehr einheimsen.«

Dicky holte ein Taschentuch hervor und putzte sich die Nase. »Ich bekomme eine Erkältung«, stellte er bekümmert fest. »Das liegt an dem Klimawechsel: der Hitze in Mexiko und dem Wetter in London.«

Ich nickte. Wenn Dicky die Symptome einer gewöhnlichen Erkältung zur Schau stellte, hing das üblicherweise damit zusammen, daß er mit irgendeiner Arbeit rechnete, die er nicht bewältigen konnte, oder Fragen, die er nicht beantworten wollte. »Überlasse es mir, mich mit Werner zu treffen. Ich halte es auch für besser, wenn du ihn nicht hierher ins Büro zitierst und mich die Sache mit dem Vertrag für ihn deichseln läßt. Sag mir, was du von ihm erwartest, und ich sorge dafür, daß die Verbindung zwischen euch klappt. Führe ihn doch einfach durch mich, Dicky. Für dich kann das nur in jeder Hinsicht von Vorteil sein.«

»Also gut«, sagte Dicky. Er putzte sich erneut die Nase und versuchte, seine Erleichterung hinter seinem großen weißen Taschentuch zu verstecken.

»Aber ich werde Geld brauchen«, sagte ich. »Nicht nur eine Handvoll Kleingeld. Zehn Riesen wenigstens, Dicky.«

»Zehn Riesen?«

»Es ist bloß Geld, Dicky.«

»Du bist unverantwortlich, Bernard. Zweitausend vielleicht, aber doch nicht zehn.«

»Es ist nicht dein Geld, Dicky.«

»Genau das habe ich von dir erwartet«, sagte Dicky. »Du denkst wohl, die Abteilung hätte Geld zu verschenken.«

»Wir brauchen es, um unseren Job tun zu können. Das Geld der Abteilung können wir nur schonen, wenn wir auf unseren Ärschen sitzen und Löcher in die Luft starren.«

»Mir war klar, daß du auch darauf eine Antwort haben würdest«, sagte Dicky.

Ich grinste, denn ich wußte, daß sich Dicky diese Antwort gut merken würde – für den Fall, daß die Rechnungsprüfer wieder einmal seine verschwenderischen Spesenabrechnungen monierten.

»Also gut, zehntausend, aber nur gegen genaue Abrechnung, wenn ich bitten darf. Ich verlange für jeden einzelnen Pfennig einen präzisen Nachweis.«

»Ich hielte es für gut, wenn Werner nach Ostberlin ginge, um dort auf Stinnes' eigenem Territorium so viel wie möglich über ihn in Erfahrung zu bringen.«

Dicky beknabberte nun einen seiner Fingernägel mit einer Hingabe, die unser Gespräch zur Nebensächlichkeit degradierte. »Gefährlich«, sagte er. »Äußerst riskant für alle Beteiligten.«

»Laß Werner das doch beurteilen. Ich werde ihn zu nichts zwingen.«

»Nein, du wirst ihm das Geld geben und ihm sagen, daß er einen Vertrag bekommt. Und dann wirst du fragen, ob er Lust hat, hinüberzugehen. Du bist ein skrupelloser Bastard, Bernard. Ich dachte, Werner sei dein Freund.«

»Er ist mein Freund. Werner würde nicht hinübergehen, wenn er nicht überzeugt wäre, sich dabei keinen Gefahren auszusetzen.« Aber stimmte das auch, fragte ich mich. Hatte ich wirklich vorgehabt, Werner auf so zynische Weise zu manipulieren? Und falls ja, wäre mir das ohne Dickys Einwand bewußt geworden?

»Zehntausend Pfund«, sinnierte Dicky. »So einen warmen Regen könnte ich auch gut gebrauchen. Ich weiß nicht, wie ich das Schulgeld für die Jungen im nächsten Jahr aufbringen soll. Ich habe gerade einen langen Brief des Rektors erhalten. Ich mache dem Internat gar keine Vorwürfe; dessen Kosten explodieren doch förmlich.«

»Die Regierung geht davon aus, daß die Inflationsrate wieder sinkt«, sagte ich und fragte mich, wie Dicky wohl reagierte, wenn er erfuhr, daß ich einen Internatszuschuß und Geld für das Kindermädchen bekommen würde.

»Den verdammten Politikern ist das doch völlig egal«, stellte Dicky fest. »Das erste, was diese Hunde tun, wenn sie in Amt und Würden sind, ist doch, sich erst einmal selbst die Gehälter und Zuwendungen zu erhöhen – und das in astronomischen Größenordnungen.«

»Ja«, sagte ich. »Auf die Barrikaden!« Also ging Unzufriedenheit um in den Reihen von Whitehall, trotz angepaßter Pensionen und all den anderen Vergünstigungen.

»Nun«, sagte Dicky, »ich würde meinen, daß auch du so deine finanziellen Probleme hast.«

»Ja, Dicky. Die habe ich.«

»Also, was soll ich dem Fahrer sagen? Wo soll er Werner absetzen, wenn er ihn vom Flughafen abholt? Du hast doch selbst gesagt, du willst ihn nicht hierhaben. Und da er ständig zwischen Ost und West hin und her pendelt, ist es am besten, er bleibt in angemessener Entfernung.«

»Soll ich deiner Sekretärin sagen, sie möge eine Zahlungsanweisung tippen?«

»Ja, ja, ja, ja, ja«, sagte Dicky gereizt. »Ich werde meine Zusagen bezüglich deines kostbaren Werner schon einhalten. Hol den Wisch, und ich zeichne ihn ab.«

Die unterschriebene Zahlungsanweisung nahm ich vorsichtshalber gleich mit in mein Büro. Ich wollte Dicky nicht der Versuchung aussetzen, die unterzeichnete Anweisung vom Schreibtisch seiner Sekretärin zu grapschen, um erneut in tiefe Grübeleien zu versinken. Meine Sekretärin hatte sich zu einem frühen Lunch entschieden, aber Gloria Kent war da. Ich hatte so den Verdacht, daß sie die Aktenablage absichtlich langsam erledigte, um die Rückkehr in die Registratur hinauszuzögern.

»Gehen Sie mit dieser Anweisung zur Kasse, und erklären Sie denen, ich hätte dafür gern einen Barscheck, und das möglichst noch vor der Mittagspause.«

»Die in der Kasse haben so schrecklich viel zu tun, Bernard.«

»Rühren Sie sich nicht vom Fleck, bis Sie den Scheck haben. Fallen Sie denen ruhig auf den Wecker.«

»Und wie soll ich das anstellen?«

»Plaudern Sie mit ihnen«, schlug ich vor. »Oder, noch besser, lesen Sie jeden Papierkram, den Sie entdecken können. Erkundigen Sie sich lautstark danach, welche Summen an wen gehen. Das bringt die für gewöhnlich auf Trab.«

»Ich weiß nie, wann Sie Witze machen und wann nicht«, beklagte sich Gloria.

»Ich mache nie Witze über Geld«, sagte ich.

Sie hatte gerade das Büro verlassen, als mein Telefon klingelte. Das Mädchen von der Telefonzentrale sagte: »Ein Ferngespräch für Sie, Mr. Samson. Eine Mrs. Kozinski.« Ich war immer wieder verdutzt, wenn ich den Namen Kozinski hörte. Nie kam mir dabei Fionas Schwester in den Sinn, und ganz bestimmt nie der liebe alte George, mein Schwager, mit seinem Cockneydialekt und seinen schrecklichen Witzen. »Hier Bernard«, meldete ich mich.

»Oh, Bernard. Ich versuche schon seit einer halben Ewigkeit, zu dir durchzukommen. Deine Leute bewachen dich ausgesprochen gut, Schätzchen. Ich wünschte mir, so mißtrauische Wächter würden sich auch um mich kümmern. Es ist ja so, als versuche man, in den Buckingham Palast vorzudringen. Eigentlich sogar noch schlimmer, denn George hat ein paar Kunden am königlichen Hof, und ich habe erlebt, daß er in null Komma nichts zu ihnen durchgestellt wurde.« Es war die atemlose Syntax einer Klatschspalte.

»Ist irgend etwas passiert, Tessa?« fragte ich meine attraktive, leichtfertige Schwägerin, die mich immer in Erstaunen versetzte.

»Nichts, worüber ich am Telefon mit dir sprechen könnte.«

»Oh, wirklich?« Ich fragte mich, ob der Anruf von der Inneren Sicherheit aufgezeichnet wurde. Nach allem, was Frank Harrington mir gesagt hatte, mußte ich davon ausgehen.

»Bernard, hast du Zeit, mit mir essen zu gehen? Heute mittag, meine ich. Eigentlich jetzt. Sofort. Wenn du eine Verabredung haben solltest, so verschiebe sie. Ich muß dich sehen, Schätzchen.« Sie brachte es tatsächlich fertig, eine starke Betonung auf jeden einzelnen Satz zu legen und dennoch jeden Anklang wirklicher Dringlichkeit vermissen zu lassen. Ich glaube, wenn bei Tessa ein Feuer ausbräche, würde sie »Feuer!« auf eine Weise rufen, die eher geziert als verzweifelt klang.

»Ich habe über Mittag nichts vor.«

»Super.«

»Wo möchtest du denn hingehen?« Ich wußte, daß Tessa immer spezielle Vorstellungen hatte, wenn sie zum Lunch wollte. Zu oft schon hatte ich ihre harschen Kommentare über die mangelhafte Qualität des Essens in diversen Restaurants gehört.

»Oh.« Nur die englische Mittelklasse verfügt über diesen sanften Diphthong, der sie in die Lage versetzte, »oh« auf eben diese Weise auszusprechen. Tessa kannte ein »oh« zu einer Bach-Kantate machen. Nachdem sie dadurch Zeit zum Nachdenken gewonnen hatte, sagte sie: »Ich habe diese schrecklich affektierten kleinen Restaurants so satt, die von jungen Männern geführt werden, die bei Bocuse in Urlaub waren. Wie wär's mit dem ›Savoy‹, Schätzchen? Wenn man es recht bedenkt, ist es doch der einzige Ort in London, der ein bißchen echte Klasse hat. Alles andere ist heutzutage doch überfüllt mit diesen Werbeleuten.«

»Ich will sehen, ob ich einen Tisch bekomme«, versprach ich.

»Im Restaurant, Schätzchen, nicht im Grill. Im Grill treffe ich nie irgendwelche Freunde von mir. Wollen wir sagen um ein Uhr? Wenn du anrufst, daß dir den Oberkellner geben, Mr. Edelmann. George kennt ihn schrecklich gut. Erwähne George.«

»Handelt es sich um ein gesellschaftliches Treffen, Tessa? Oder geht es um etwas Besonderes?«

»Ich war gestern bei Daddy zum Abendessen, Bernard. Ich muß mit dir sprechen. Es geht um du-weißt-schon-wen und die Kinder, Schätzchen. Ich habe von deinem Besuch in Leith Hill gehört.«

»Ja, David wollte mich sehen.«

»Ich weiß alles darüber. Wir werden gut miteinander essen und über alles reden. Ich habe dir ja so viel zu erzählen, Bernard. Es scheint Ewigkeiten her zu sein, seit wir zum letzten Mal richtig miteinander gesprochen haben.«

»George geht es auch gut?«

»George geht es immer gut, wenn er Geld macht, Schätzchen. Das weißt du doch.«

»Es freut mich zu hören, daß er Geld macht«, sagte ich.

»Er hat diesen Midas-Touch, Schätzchen. Wir haben jetzt ein Apartment in Mayfair. Weißt du das schon? Nein, natürlich nicht. Die Karten mit der Adressenänderung werden ja nicht vor nächster Woche verschickt. Das Apartment wird dir gefallen, es ist himmlisch und liegt so zentral.«

»Wir werden uns beim Lunch darüber unterhalten«, sagte ich, weil Dicky zu mir hereinkam.

»›Savoy‹, Punkt ein Uhr im Restaurant«, hielt Tessa nochmals fest. Sie mochte schußlig sein, was die meisten Dinge betraf, aber damit hatte sie sichergestellt, daß es über unser Lunch keinerlei Mißverständnis geben konnte. Ich nehme an, daß jeder, der diese Vielzahl von heimlichen Liebesaffären und Rendezvous hat, deren sich Tessa erfreute, so methodisch und präzise sein muß, wenn es um Termine geht.

»Bis dann«, sagte ich.

»Wer war denn das?« fragte Dicky.

Ich war versucht, ihm zu sagen, daß ihn das überhaupt nichts anginge, meinte dann aber wahrheitsgemäß: »Tessa Kozinski. Meine Schwägerin.«

»Oh«, sagte Dicky. Wie ich von Fiona wußte, hatte es da mal eine kurze, verrückte Liebesaffäre zwischen Dicky und Tessa gegeben. Ich beobachtete sein Gesicht genau und kam zu dem Schluß, daß das höchstwahrscheinlich zutraf. »Ich habe sie mal kennengelernt. Sie ist eine nette kleine Frau.«

Nette kleine Frau war nicht gerade die Bezeichnung, die einem Mann in den Sinn kam, wenn er Tessa Kozinski sah. »Manche Leute halten sie für eine Sexbombe«, sagte ich.

»Das würde ich nicht sagen«, meinte Dick sehr kühl.

»Wolltest du etwas Bestimmtes?«

»Werner. Wohin soll ich ihn schicken?«

»Schick ihn ins Restaurant des ›Savoy‹«, sagte ich. »Ich bin dort mit meiner Schwägerin zum Lunch verabredet.«

»Ich dachte, du wärst knapp bei Kasse«, sagte Dicky.

»Werner wird mir beim Kaffee Gesellschaft leisten«, sagte ich.

»Du wirst diesen Lunch in keinem Fall auf die Spesenrechnung setzen. Das ist nicht drin«, sagte Dicky.

Tessa kam und sah hinreißend aus. Sie war dreiunddreißig Jahre alt, sah aber zehn Jahre jünger aus. Was Tessa auch immer tun mochte, es schien ihr gut zu bekommen. Sie hatte wundervolle

Haut und hellblondes Haar, das sie lang trug, so daß es ihr über die Schultern fiel. Georges Einkommen – gar nicht zu reden von den Zuwendungen ihres Vaters – war in jedem teuren Nadelstich des dunkelblauen Chanel-Kostüms erkennbar, an der Hermès-Handtasche und den Schuhen von Charles Jourdan. Selbst der blasierteste Kellner reckte den Hals, um zu beobachten, wie sie mich mit extravaganten Umarmungen und Seufzern bedachte, bevor sie sich setzte.

Sie streifte unter dem Tisch die Schuhe ab und fluchte leise, während sie sich den Fuß rieb. »Was für einen wundervollen Tisch du doch für uns bekommen hast; mit diesem herrlichen Ausblick auf den Fluß. Du mußt hier bekannt sein.«

»Nein«, sagte ich aufrichtig. »Ich habe lediglich Georges Namen erwähnt, so, wie du das vorgeschlagen hast.«

Sie lächelte pflichtschuldig, als sei das ein Scherz, den sie schon oft gehört hatte. Dann schob sie die Speisekarte fort, ohne einen Blick darauf geworfen zu haben, und bestellte eine Ogen-Melone, gegrillte Seezunge und einen kleinen gemischten Salat. Als sie sah, daß ich mich in die Weinkarte vertiefte, sagte sie: »Würdest du mich schrecklich finden, wenn ich dich bäte, eine Flasche Bollinger zu bestellen, Schätzchen? Mein Arzt hat mir geraten, Rotwein und härtere Sachen zu meiden.«

»Eine Flasche Bollinger«, sagte ich zum Kellner.

»Ich habe David gesehen«, sagte sie. Sie rieb sich wieder den Fuß. »Findest du nicht auch, daß er abscheulich ist?«

»Wir sind nie besonders gut miteinander ausgekommen«, sagte ich.

»Er ist ein ausgemachter Himmelhund. Du weißt, daß er das ist. Und nun versucht er, an die Kinder heranzukommen. Ich kann nur hoffen, daß du ihm gesagt hast, er solle sich geradewegs zum Teufel scheren.«

»Ich möchte nicht, daß er die Kinder bekommt«, sagte ich.

»Wenn es nach mir ginge, würde ich dem alten Gauner noch nicht einmal gestatten, einen Zoo zu leiten«, sagte Tessa. »Er hat mein Leben ruiniert. Und ich gebe ihm auch die Schuld an allem, was Fiona passiert ist.«

»So?«

»Nun, es heißt doch, daß all diese Spione und Verräter nur deshalb so reagieren, weil sie einen Haß auf ihre Eltern haben.«

»Das ist eine durchaus populäre Theorie«, stellte ich fest.

»Und mein Vater ist der lebende Beweis für diese Theorie. Wie kann man sich vorstellen, daß die arme Fiona für diese miesen Kommunisten arbeitet, wenn sie nicht von David dazu getrieben worden ist.«

»Ich werde die Kinder bei mir behalten«, sagte ich. »Es wird ein bißchen schwer sein, das Geld dafür aufzubringen – aber nicht schwieriger, als es für meinen Vater schließlich auch gewesen ist.«

»Schön, Bernie. Ich hatte gehofft, daß du das sagen würdest. Ich werde dir dabei helfen, wenn du gestattest.« Sie sah mich mit einem ernsten Gesichtsausdruck an, den ich so anziehend fand. Es war unmöglich, sie nicht mit der diamantharten Zena zu vergleichen. Denn trotz ihres extravaganten Lebensstils und ihrer flotten Sprüche war Tessa unsicher. Mitunter fragte ich mich, ob ihre diversen Liebesaffären nicht nur Versuche waren, sich selbst zu bestätigen – so, wie manche Leute trinken oder in den Spiegel schauen. Ich hatte schon immer eine kleine Schwäche für sie gehabt, ganz gleich, wie allürenhaft sie auch war. Sicher, sie war oberflächlich, aber sie war auch spontan großzügig. Ich fand, daß es sehr leicht war, sich in sie zu verlieben, war aber entschlossen, das nicht zu tun. Sie lächelte ernst und sah dann aus dem Fenster. Das Wasser der Themse glänzte wie Öl. Ein Zug Schleppkähne kämpfte gegen die Strömung an und entschwand dann hinter einem Bogen der Waterloo Bridge aus dem Blickfeld.

»Ich danke dir für dein Angebot, Tessa. Ich kann jede Hilfe gebrauchen, die ich bekommen kann.«

»Ich habe mit deiner Mutter telefoniert. Sie macht sich Sorgen.«

»Das tun Mütter immer.«

»Sie sagte, die Kinder würden demnächst zu dir in die Duke Street zurückkehren. Das Kindermädchen ist immer noch bei ihnen. Ich finde, es hat sich großartig verhalten. Das hätte ich ihm gar nicht zugetraut. Sicher war es für das Mädchen sehr unangenehm, im Haus deiner Mutter so eingepfercht zu sein. Ich dachte, es wäre ganz gut, wenn ich mit meiner Putzfrau in die Duke Street käme, um alles für die Heimkehr vorzubereiten. Okay?«

»Das ist sehr nett von dir, Tessa, aber ich glaube, das wird sich schon finden.«

»Weil du ein Mann bist und keinerlei Vorstellungen davon hast, was in einem Haus für den Aufenthalt von Kindern getan werden muß. Die Räume müssen gelüftet werden, saubere Sachen bereitliegen, die Betten gemacht sein, Essen vorbereitet, Lebensmittel in der Speisekammer und ein paar vorgekochte Mahlzeiten oder Fertiggerichte in der Tiefkühltruhe.«

»Wahrscheinlich hast du recht«, sagte ich.

»Natürlich habe ich recht, Schätzchen. Du glaubst doch nicht etwa, daß sich das alles von selbst erledigt?«

»Ich habe Mrs. Dias«, sagte ich.

»Mrs. Dias«, sagte Tessa. Sie lachte, trank einen Schluck Champagner, fing den Blick des Kellners ein und deutete auf unsere leeren Gläser. Bei dem Gedanken an Mrs. Dias lachte sie erneut auf. »Mrs. Dias, Schätzchen, Mrs. Dias ist genauso geschenkt wie Nippes zu einer Hochzeit – falls du verstehst, was ich damit meine.«

»Aber Fiona ist mit Mrs. Dias immer gut ausgekommen.«

»Weil Fiona die Hälfte der Hausarbeit selbst gemacht hat.«

»Hat sie? Das habe ich gar nicht gewußt.«

»Natürlich nicht. Männer wissen so etwas nie. Aber es ist nun einmal eine Tatsache, daß du das Haus perfekt durchorganisiert haben mußt, wenn du die Kinder bei dir haben willst. Es wird nicht ganz einfach sein, Bernard. Aber ich werde tun, was ich kann.«

»Das ist sehr lieb von dir, Tessa.«

»Ich will auf jeden Fall verhindern, daß David sie in die Hände bekommt.« Der Kellner brachte das Essen. Tessa hob ihr Glas und sagte: »Viel Glück, Bernard.« Sie beugte sich über den Tisch zu mir herüber und sagte: »Champagner – echter, französischer Champagner – macht nicht dick. Ich gehe zu diesem hervorragenden Arzt. Er hat mir eine Diät zusammengestellt.«

»Ich bin entzückt, diese wunderbaren Neuigkeiten über Champagner zu hören«, sagte ich. »Wie dickmachend ist denn billiger, roter, spanischer Fusel?«

»Fang bloß nicht wieder an mit diesem Arbeiterklassen-Gefasel. Ich kenne das in- und auswendig. Zur Sache also; ich werde Sonnabendmorgen ein Auto zum Haus deiner Mutter schicken, um die Kinder und das Kindermädchen abzuholen.

»Danke«, sagte ich. »Gibt es sonst noch etwas, worüber du mit mir sprechen wolltest?«

»Nein, nein, nein,«, sagte sie. »Nur über das Haus. Ich werde es einigermaßen in Ordnung bringen. Gib mir deinen Schlüssel. Ich weiß, daß du einen zur Reserve in deiner Schreibtischschublade im Büro hast.«

»Gibt es irgend etwas, was du nicht weißt?« fragte ich.

Sie blickte auf und griff über den Tisch, um meinen Handrücken mit ihren Fingerspitzen zu berühren. Es jagte mir ein Kribbeln über den Rücken. »Es gibt viele Dinge, die ich nicht weiß, Bernard«, sagte sie. »Aber alles zu seiner Zeit, ja?«

13

Werner erschien nicht um drei Uhr. Der Start der Maschine in Berlin-Tegel, mit der er hätte kommen sollen, hatte sich aufgrund irgendwelcher technischer Probleme verzögert, und sie traf mit erheblicher Verspätung in London ein – aber Werner war nicht an Bord.

Werner tauchte auch nicht am nächsten Tag auf. Ich rief in seiner Dahlemer Wohnung an, aber niemand meldete sich.

Am dritten Tag äußerte Dicky finstere Verdächtigungen und stieß Drohungen aus. »Das Berliner Büro hat ihm einen Wagen geschickt«, beklagte er sich bitter. »Sein Flugticket war besorgt, und beim Fahrer waren einhundert Pfund Sterling hinterlegt worden. Wohin, zum Teufel, hat sich dieser verdammte Kerl abgesetzt?«

»Wahrscheinlich gibt es eine ganz schlüssige Erklärung«, sagte ich.

»Dann muß er sich aber was ganz Hübsches einfallen lassen«, sagte Dicky. »Jetzt fängt nämlich sogar schon der Chef damit an, Fragen nach Stinnes zu stellen. Was soll ich ihm denn erzählen? Würdest du mir das bitte mal sagen?« Es war durchaus keine theoretische Frage. Er starrte mich an und wartete auf eine Antwort. Als keine kam, zog er sein Taschentuch hervor und betupfte sich die Augen. Er stand einen Moment lang wie angewurzelt da und atmete tief, als ob er niesen müßte, schnaubte sich dann aber doch nur die Nase. »Ich bin diese Erkältung noch immer nicht losgeworden«, sagte er.

»Ein paar Tage zu Hause helfen da vielleicht am besten«, sagte ich.

Er warf mir einen mißtrauischen Blick zu und sagte dann: »Dazu könnte es kommen. Ich habe mir bereits überlegt, daß ich unter Umständen alle hier anstecken könnte.«

»Gib Werner noch Zeit bis zum Wochenende«, sagte ich. »Dann sollten wir vielleicht doch einen irgendwie gearteten Alarm auslösen oder über einen Kontaktmann herauszubekommen versuchen, wo er steckt.«

»Hast du mit Frank Harrington telefoniert?«

»Ja, aber er ist gerade erst nach Berlin zurückgekehrt. Da Werner keiner seiner Agenten ist, hat er keine Kontaktnummer für ihn.«

»Und für Zena?« erkundigte sich Dicky sarkastisch. Derart giftige Bemerkungen über höhere Chargen – ungeachtet ihrer Fehltritte –

waren höchst ungewöhnlich. Ich begann mich zu fragen, ob Dicky nicht doch Fieber hatte.

Werner rief mich an diesem Abend an – gerade, als ich dabei war, das Büro zu verlassen. Die Etage war fast leer; Dicky war nach Hause gegangen, Gloria Kent und meine Sekretärin ebenfalls. Die Telefonzentrale hatte bereits die Leitungen von draußen ins Büro des Chefs vom Dienst geschaltet, aber glücklicherweise erreichte mich Werner über meinen persönlichen Anschluß.

»Wo, in drei Teufels Namen, hast du denn gesteckt?« erkundigte ich mich grimmig. »Dicky versetzt mir deinetwegen schon pausenlos Arschtritte.«

»Tut mir leid«, sagte Werner. Er konnte kläglich wirken, ohne sich wirklich zu entschuldigen. »Es wäre besser, wenn du sofort herkommst.«

»Wo bist du? In Berlin?«

»Nein, ich bin in England. Ich bin in dem alten ›Sicheren Haus‹, das du früher einmal benutzt hast... das am Meer, in der Nähe von Bosham.«

»Chichester? Was machst du denn da, Werner? Dicky wird außer sich sein.«

»Ich kann nicht offen reden. Ich telefoniere von einem Pub aus. Hier wartet jemand. Ich treffe dich dann in dem Haus.«

»Aber das ist verdammt weit, und ich mag die Strecke überhaupt nicht. Ich werde mindestens eine Stunde oder noch länger unterwegs sein.«

»Bis dann. Du weißt noch, wie du hinkommst?«

»Bis dann«, sagte ich ohne allzu große Begeisterung. Bosham, das die Engländer »Bosem« aussprechen, um Ausländer zu verwirren, besteht aus einer Ansammlung alter und neuer Cottages auf einer Halbinsel zwischen zwei gezeitenabhängigen Flüßchen, die zu einem Binnengewässer zusammenfließen, um schließlich doch in den englischen Kanal zu münden. Hier gibt es Segelboote jeder Art und Größe und Segelschulen und Segelclubs; die Pubs sind vollgestopft mit nautischem Schnickschnack, und die Uhren, die die *closing time*, die Sperrstunde, ankündigen, klingen wie Schiffsglocken. Und es wimmelt von lautstarken Männern in Seemannspullovern, die ihre Boote hinter ihren Autos im Schlepptau haben.

Das »Sichere Haus« lag nicht weit entfernt von Boshams kleiner Kirche. Es war ein hübsches kleines »Zwei-Zimmer-oben-und zwei-unten-Cottage«, mit einer frischgestrichenen, verschalten

Vorderfront und leuchtend orangefarbenen Dachziegeln. Selbst in den Jahren sinkender Immobilienpreise hatten diese adretten Weekend-Cottages, mit ihrer Aussicht auf die Boote und manchmal sogar mit einem Blick zwischen ihnen hindurch auf das Wasser, ihren Wert behalten.

Der Sommer war vorbei, aber es war ein schöner Tag für jene gewesen, die glücklich damit waren, ihn mit Segeln verbringen zu können. Aber jetzt wehte der Wind vom Land her, und als ich aus dem Auto stieg, war die Luft kühl, und ich brauchte den Mantel, den ich auf den Rücksitz geworfen hatte. Es dämmerte bereits. Die gelben Lichter der Fenster spiegelten sich im Wasser, und da waren noch immer Leute auf den Booten, die ihre Segel einholten. Werner erwartete mich am Steuer eines Rover, der dicht neben dem Haus geparkt war. Er öffnete die Tür, und ich setzte mich neben ihn.

»Worum geht's, Werner?«

»Ein dunkelhäutiges Mädchen aus der Karibik. Sie war verheiratet mit einem Amerikaner von der Air Force, der in Deutschland stationiert war. Sie ließen sich scheiden. Sie lebt in München. Eine sehr aktive Frau, politisch engagiert, die flammende Reden für den Sozialismus schwingt. Das war bis vor zwei Jahren so. Da wurde sie plötzlich politisch abstinent und eher bürgerlich. Weißt du, worauf ich hinauswill?«

»KGB-Rekrutierung.«

»Sieht ganz so aus. In der letzten Woche war sie in Berlin, um Instruktionen zu erhalten. Eines Abends ging ich Stinnes nach, als ich bemerkt hatte, daß er nach dem Abendessen auf die Uhr gesehen hatte. Dann heftete ich mich an ihre Fersen, und sie kam hierher.« Werner lächelte. Er war der geborene Pfadfinder und liebte dieses ganze Spionagegeschäft mit der Besessenheit, die andere Männer für Golf, Frauen oder Briefmarkensammlungen aufbringen.

»Ich glaube, wir sind einander begegnet«, sagte ich.

»Sie kam hierher!« sagte Werner noch einmal. Er hatte die Autoschlüssel in der Hand und klopfte mit ihnen gegen das Steuerrad, um seine Worte zu unterstreichen. »In dieses Haus!«

»Wie ist das möglich? Das ist doch ein Haus der Abteilung.«

»Ich weiß«, sagte Werner. »Ich bin ihr gefolgt und erkannte es wieder. Du hast mich mal hergeschickt. Es ist schon lange her. Ich brachte einen Packen Dokumente für jemanden, der hier festsaß.«

»Ist sie jetzt da?«

»Nein, sie ist fort.«

»Hast du versucht hineinzukommen?«

»Ich war drinnen, bin aber schnell wieder raus. Oben liegt eine Leiche, männlich, würde ich sagen. Mit einer Taschenlampe kann man nicht allzuviel erkennen. Die Läden waren geschlossen, es gab kein Tageslicht, und ich wollte nicht durchs ganze Haus trampeln und auf der Suche nach dem Hauptschalter für das elektrische Licht überall meine Spuren hinterlassen.«

»Wie bist du hineingekommen?«

»Durchs Küchenfenster. Es ist ziemlich schlimm, Bernard. Eine wirklich schmutzige Sache. Überall Blut auf dem Boden. Ich fürchte, ich habe Fußabdrücke hinterlassen. Blut auf dem Boden, Blut an den Wänden, Blut an der Decke.«

»Was genau ist passiert? Hast du eine Vorstellung?«

»Sieht ganz so aus, als würde der Tote schon ein paar Tage da liegen. Kopfschuß aus einer großkalibrigen Schnellfeuerpistole, würde ich sagen.«

»Wir sollten uns das mal ansehen«, sagte ich und stieg aus dem Auto. Von irgendwoher in der Nähe hörte ich fröhliche Urlauber den Pub verlassen. Sie sangen.

Mein Einstieg durchs Küchenfenster wurde durchaus nicht die beabsichtigte Demonstration meiner Geschicklichkeit. Werner verkniff sich jegliche Bemerkung darüber, daß meine Schuhe Schmutz in der Spüle hinterließen und mein Ellbogen eine Tasse vom Tisch fegte. Für diese Zurückhaltung war ich ihm dankbar.

Ich ließ Werner dann durch die Vordertür ein und ging zu dem Sicherungskasten unter der Treppe, um Licht zu machen. Viel hatte sich nicht verändert, seit ich das letzte Mal in diesem Haus gewesen war. Wir hatten damals einen Wissenschaftler aus der DDR hier – für eine längere Befragung. Die Reihe war an mir gewesen, ihn auszuholen. Um ihm das Elend seiner Abgeschlossenheit zu erleichtern, waren ihm ein paar Segelausflüge gestattet worden. Ich hatte viele angenehme Erinnerungen an dieses Haus. Aber inzwischen waren zwei russische Luftwaffenoffiziere hier einquartiert gewesen. Einer von ihnen war schließlich doch in die Sowjetunion zurückgekehrt. Und obwohl auch diese beiden – wie alle derart Internierten – im geschlossenen Wagen hergebracht worden waren, hatte es doch Befürchtungen gegeben, daß die Adresse verraten worden war.

Offiziell wurde das Haus schon seit ein paar Jahren nicht mehr für Überläufer benutzt, aber alle Absprachen über Instandhaltung und Pflege waren – so gründlich und hartnäckig plagte sich die

Verwaltung der Abteilung nun mal herum – noch voll gültig. Der Strom war noch angeschlossen, und das Haus wirkte sauber und aufgeräumt. Einige Anzeichen deuteten auf eine kürzlich erfolgte Benutzung hin: Geschirr auf dem Abtropfbrett und frische Lebensmittel im Regal.

Zunächst ging ich in das erste Schlafzimmer hinauf. Ich öffnete die Tür und schaltete das Licht an. Wie Werner gesagt hatte, befand sich der Raum in einem schlimmen Zustand. Die blaßgrüne Tapete war blutbespritzt, noch mehr Blut war an der Decke und als klebrige Pfütze auf dem Boden. Durch die Lufteinwirkung war das Blut nicht mehr hellrot, sondern bräunlich verfärbt, an manchen Stellen fast schwarz.

Es war ein kleiner Raum, nur ein Bett stand darin. Es war mit Decken und Kissen bedeckt, so daß es mehr wie ein Sofa wirkte. In der Ecke stand eine Ankleidekommode mit einem Spiegel, der den Körper eines Mannes reflektierte – hingestreckt auf einem billigen indischen Teppich. Er war durch die Wucht des Geschosses von dem kleinen Küchenstuhl gestürzt, auf dem er gesessen hatte. Der Stuhl war umgekippt; seine Rückenlehne wies nacktes weißes Holz auf, wo eine Kugel einen großen Span herausgerissen hatte.

»Kennst du ihn?« fragte Werner.

»Ja«, sagte ich. »Er ist einer von uns, befand sich noch in der Probezeit. Ein heller Junge, heißt Julian MacKenzie.« Mein Blick fiel auf eine runde Kunststoffscheibe, und ich hob sie vom Boden auf. Es war ein Uhrglas mit einem Kratzer. Ich erkannte es als das meiner alten Omega wieder. Nachdem sie stehengeblieben war, hatte ich die Uhr und das Glas in einen Umschlag getan und dann doch nie zur Reparatur gebracht. Ich fragte mich, wer es gefunden hatte und wo.

»Wußtest du, daß er herkommen würde?« fragte Werner.

Ich schaltete das Licht aus und zog die Tür hinter dem toten Jungen zu. Ich warf einen Blick in den nächsten Raum. Es war ein weiteres Schlafzimmer, wiederum nur mit einem Einzelbett. »Kein Mensch würde das hier für ein Wochenend-Cottage halten. Die sind doch für gewöhnlich rappelvoll mit Betten«, sagte ich, bloß um einen Moment nicht an den toten MacKenzie denken zu müssen.

In der Ecke befand sich eine Ankleidekommode, die mit aufgerissenen Packungen aller Art übersät war, Puderrückständen und Schmutzflecken, die von vergossenen Flüssigkeiten stammten. Auf dem Bett stand eine große Kunststoffschachtel. Ich öffnete sie vorsichtig und entdeckte einen elektrischen Lockenwicklerset. Ich schloß den Deckel wieder und wischte sorgfältig die Stellen ab, die ich berührt hatte. Der Papierkorb enthielt eine Sammlung leerer Plastikflaschen: Shampoo, Feuchtigkeitscreme, Haarfestiger, Haarfärbemittel und jede Menge zerknüllter Papiertaschentücher und benutzter Wattebäusche. Auch das Bad war benutzt worden. In der Wanne lagen Haare. Hier hatte jemand – wahrscheinlich eine Frau – die Haare gewaschen. Handtücher hingen ausgebreitet über einem Ständer zum Trocknen.

»Stimmt«, sagte Werner. »Es sieht nicht wie ein Wochenend-Cottage aus; es sieht aus wie ein ›Sicheres Haus‹.« Er folgte mir die Treppe wieder hinunter. Ich sah mich in der Küche um. »Hast du zufällig herausgefunden, wo hier der Schnaps steht, als du das erste Mal da warst?«

»Hier gibt es keinen Schnaps.«

»Sei doch nicht blödsinnig. In einem ›Sicheren Haus‹ gibt es den immer.«

»Im Kühlschrank steht eine Flasche mit irgend etwas.« Werner nahm einen Stuhl und setzte sich rittlings darauf. Sein rechter Ellbogen war auf die Lehne gestützt, und sein ausgeprägter Kiefer ruhte auf seiner Hand. Er beobachtete mich; seine schwarzen Augen glänzten unter den buschigen dunklen Brauen, und seine Stirn wies mißbilligende Falten auf. Manchmal registrierte ich gar nicht, was für ein riesiger Bär von einem Mann er doch war, aber jetzt, mit den Schultern nach vorn gebeugt und die Füße weit auseinander, sah er fast so aus wie ein Sumo-Ringer.

Er starrte mich an, während ich Gläser aus einem Schrank und den Schnaps – eine große, viereckige, grüne Flasche *Bokma oude jenever* – aus dem Kühlschrank nahm. Zweifellos stammte sie von einem Segeltörn an die niederländische Küste. Immer noch stehend, goß ich wenig für Werner und viel für mich ein. Werner winkte zunächst ab, aber als ich ein paar Schlucke trank, nahm er sein Glas und schnüffelte mißtrauisch, bevor er daran nippte und das Gesicht verzog.

»Der arme MacKenzie«, sagte ich. Ich setzte mich nicht, sondern wanderte mit Flasche und Glas in der Hand durch den Raum und betrachtete die Bilder, die Ausstattung und die Möbel, mich an die Zeit erinnernd, die ich hier verbracht hatte.

»Dem Jungen fehlte die Erfahrung. Er hatte noch nicht gelernt, wann man besser Angst haben sollte«, meinte Werner.

»Das dunkelhäutige Mädchen war angezogen wie eine Krankenschwester. Ich habe sie in meinem Auto mitgenommen. Sie sagte, sie würde zu spät zur Arbeit kommen. Sie hat mich mit einer Spritze in Schach gehalten. Der Sicherheitsgurt machte mich völlig hilflos. Ich kam mir vor wie ein verdammter Idiot, Werner. Aber was sollte ich tun?«

»Sie muß in dem zweiten Zimmer geschlafen haben. Da hängt eine Schwesterntracht im Schrank, außerdem gibt es da eine medizinische Ausstattung nebst ein paar Spritzen und Medikamenten mit Etiketten, die böhmische Dörfer für mich sind.«

»Sie sagte, sie stamme aus Jamaika. Vermutlich haben sie sie ausgewählt, weil sie einen britischen Paß hat.« Ich setzte mich und stellte Glas und Flasche auf den Tisch. »Aber warum dieses Haus, Werner? Wenn sie KGB-Agentin ist, warum dann dieses ›Sichere Haus‹ unserer Abteilung? Sie haben doch ihre eigenen Unterkünfte, Häuser, von denen wir nichts wissen.«

Werner verzog das Gesicht. So deutete er an, daß er die Antwort auch nicht wußte.

»Ich habe MacKenzie losgeschickt, sie ausfindig zu machen.«

»Sieht ganz so aus, als habe er sie auch gefunden«, stellte Werner fest.

»Du bist diesem dunkelhäutigen Mädchen also bis hierher gefolgt. Und was dann?«

»Ich bin wieder nach London zurückgefahren. Zena war in London, nur für zwei Tage. Ich wollte sie dort nicht alleinlassen.«

»Du bist ein verdammt guter Agent, Werner.«

»Ich bin schließlich kein Hellseher«, sagte Werner. Sein gerötetes Gesicht und die Verärgerung in der Stimme zeigten, wie verlegen er war. »Wie hätte ich denn wissen sollen, daß es so ausgehen würde?«

»Du bist also hierher zurückgekommen. Was dann?«

»Das Auto des Mädchens war fort. Ich sah, daß unten neben dem Pub ein Ford Fiesta geparkt war. Mit Autotelefon. Ich erkannte Ausstattung und Antenne.«

»MacKenzies. Ja. Keiner der erfahreneren Leute hat heutzutage noch die Standardausrüstung für Autotelefon. Es ist zu verdächtig.«

»Ich bin dann hier eingestiegen und habe die Leiche gefunden. Ich habe dich angerufen. Ende der Geschichte.«

»Ich weiß es zu schätzen, Werner.«

»Patenter Junge, dein MacKenzie. Wie ist er ihr denn auf die Spur gekommen? Es war gar nicht einfach, sie zu verfolgen, Bernard. Was hat sie getan, um den Jungen hierher zu führen?«

»Ich weiß es nicht, Werner.«

»Und er hat dich auch nicht angerufen, um dir zu sagen, was er vorhat?«

»Was willst du damit andeuten, Werner?«

»Dein MacKenzie muß einer von denen gewesen sein. Das ist die einzige Erklärung, die passen würde. Er gehörte zum KGB. Er hat dir nichts gesagt. Er war ihnen bei dem behilflich, was immer sie auch im Schilde geführt haben mochten, und dann hat ihn das Mädchen zum Schweigen gebracht.«

»Das ist eine verführerische Theorie, Werner. Ich kaufe sie dir aber nicht ab, jedenfalls zum augenblicklichen Zeitpunkt noch nicht.«

»Wie hat er sie denn aufgespürt? War das nur Glück?«

»Du hast doch die Leiche da oben selbst gesehen, Werner. Kein schöner Anblick, nicht? Du und ich – wir haben bereits etliches erlebt, aber hier wurdest du ziemlich grün um die Nase herum, und ich hatte einen Drink nötig. Für mich ist das nicht die Tat einer Frau. Sie feuert eine Waffe ab und verspritzt dabei eine Menge Blut. Ein Mann ist tödlich verletzt, es gibt Schreie und Hilferufe. Sie erlebt seinen Todeskampf. Sie feuert noch einmal – noch mehr Blut. Und wieder. Und wieder. Nein, ich glaube nicht, daß eine Frau so etwas tun würde.«

»Dann weißt du wahrscheinlich nicht viel von Frauen«, sagte Werner mitfühlend.

»Du meinst *crime passionel*. Aber hier geht es doch nicht darum, daß eine Frau ihren Liebhaber mit ihrer Rivalin im Bett erwischt hat. Das hier war kaltblütiger Mord. MacKenzie saß mitten im Zimmer auf einem Stuhl. Es gibt keinerlei Hinweise auf irgendwelche sexuellen Motive. Das Bettzeug ist ja noch nicht einmal zerknittert.«

»Wenn es nicht das Mädchen war – wer dann?«

»Es war keine Frau, Werner, sondern ein Mann, wahrscheinlich sogar mehrere, ein KGB-Trupp.«

»Der einen ihrer eigenen Leute getötet hat«, sagte Werner, der an seiner Theorie festhielt.

»Wenn das KGB MacKenzie in Cambridge angeworben hat und es ihm dennoch gelungen ist, einen Job in unserer Abteilung zu erhalten, dann würden sie doch alles tun, ihn gut bedeckt zu halten und darauf zu warten, daß er einen verantwortlichen Posten erhält. Sie würden ihn doch nicht umbringen.«

»Gut, nehmen wir an, MacKenzie sei kein KGB-Agent gewesen.

Welche Geheimnisse soll er denn dann entdeckt haben, daß es nötig wurde, ihn zu töten?«

»MacKenzie war kein begnadeter Detektiv, Werner. Er war ein scharfsinniger Junge mit brillanten Prüfungsergebnissen in Cambridge. Er war kein Ex-Polizist, besaß keinerlei Erfahrungen in Untersuchungs- und Fahndungsarbeit – und er war auch keine Naturbegabung wie du eine bist. Er wäre nie dazu fähig gewesen, einen gewieften KGB-Agenten bis zu einem ›Sicheren Haus‹ zu verfolgen. Er wurde hierher gelockt, Werner. Jemand hat ihn absichtlich mit Hinweisen versorgt, denen er einfach folgen mußte.«

»Aber warum?«

»Es ist unser ›Sicheres Haus‹, Werner. Ein strenggehütetes Abteilungsgeheimnis. Diese KGB-Hunde wollten uns beweisen, wie clever sie sind.«

»Und ermorden einen Anfänger, um uns das zu demonstrieren?« Werner blieb skeptisch.

»Er saß mitten im Zimmer auf einem Stuhl, Werner. Sein Mörder stand hinter ihm. Die Pistole wurde hinten im Genick angesetzt, am Ende des Rückgrats. Genau so hat die Ochrana in zaristischen Zeiten bolschewistische Revolutionäre hingerichtet. In den zwanziger Jahren jagte die Tscheka weißrussische Emigranten in Paris und Berlin. Auch von ihnen wurden einige nach dieser Methode getötet. Im spanischen Bürgerkrieg zog Stalins NKWD durch Katalonien und exekutierte Dutzende von Trotzkisten nach diesem Strickmuster.«

»Aber warum sollte ein KGB-Trupp derart theatralisch vorgehen? Und was hatte das dunkelhäutige Mädchen dabei zu tun?«

»Sie kam meinetwegen nach England. Genauer gesagt, sie hat mich in London abgepaßt.«

»Weshalb wollte sie sich denn mit dir treffen?«

Ich zögerte mit meiner Antwort, goß mir Genever ein, nahm einen kräftigen Schluck und genoß es, wie er mir feurig die Kehle herunterrann und dann den Magen wärmte.

»Du wirst es mir schon sagen müssen«, mahnte Werner. »Wir stecken beide bereits viel zu tief in der Geschichte, um irgendwelche Geheimnisse voreinander haben zu können.«

»Fiona hat mir eine Botschaft geschickt. Sie sagte, sie würde mir die Kinder für ein Jahr lassen, aber sie verlangte von mir, daß ich dafür die Abwerbung von Stinnes verhindere.«

»Verhindern?«

»Zumindest nicht vorantreibe.«

»Aus welchem Grund?«

»Keine Ahnung, Werner. Ich versuche, mich in ihre Situation zu versetzen, um herauszubekommen, was sie vorhaben könnte. Sie liebt die Kinder, Werner, aber sie will auch ihre KGB-Oberen durch weitere Erfolge beeindrucken, schließlich hat Fiona für sie ihr ganzes Leben investiert, ihre Karriere, ihre Familie, ihre Ehe. Sie hat Moskau mehr von sich gegeben, als sie jemals den Kindern gegeben hat.«

»Stinnes hat auf jeden Fall damit zu tun«, sagte Werner. »Das dunkelhäutige Mädchen hat von ihm ihre Instruktionen erhalten. Ich habe sie zusammen gesehen.«

»Laß uns keine voreiligen Schlüsse ziehen. Vielleicht kennt er den ganzen Plan gar nicht. Wenn sie wissen, daß er sich mit dir trifft, wenn er in den Westen kommt, halten sie ihn vielleicht absichtlich im Ungewissen.« Ich nahm meine Brille ab und bedeckte meine Augen mit den Händen, um einen Augenblick im Dunkeln zu verharren. Ich fühlte mich müde. Allein die Vorstellung der Rückfahrt nach London war entmutigend. Von der Existenz dieses »Sicheren Hauses« wußten sie mit Sicherheit durch Fiona. Was mochte sie ihnen sonst noch alles erzählt haben? MacKenzie lag tot da oben, aber es fiel mir immer noch schwer, das auch zu glauben.

Ein Geräusch draußen schreckte mich auf. Ich sprang auf die Füße, aber es war nur einer der Zecher, der über eine Mülltonne gestolpert war. Ich setzte mich wieder und trank weiter meinen Genever. Einen Moment lang schloß ich erneut die Augen. Was ich jetzt brauchte, war Schlaf. Wenn ich aufwachte, würde alles ganz anders sein. MacKenzie würde leben, Fiona zu Hause bei den Kindern sein und auf mich warten.

»Du kannst doch nicht die ganze Nacht hier herumsitzen und die Ginflasche leertrinken, Bernard. Du mußt der Abteilung Bescheid geben.«

»Das Dumme ist nur, daß ich der Abteilung gegenüber kein Wort von dem dunkelhäutigen Mädchen erwähnt habe.«

»Aber du hast doch MacKenzie beauftragt, sie zu suchen.«

»Das war doch nicht offiziell.«

»Du bist ein hirnverbrannter Esel, Bernard.« Werner war schon immer davon überzeugt gewesen, meinen Job viel besser erledigen zu können als ich, und immer mal wieder geschah etwas, das ihn in diesem Irrglauben bestätigte.

»Das brauchst du mir nicht zweimal zu sagen.«

»Du schaffst dir selbst Probleme. Warum hast du ihnen nichts davon erzählt?«

»Als ich ins Büro kam, hatte ich die feste Absicht, das zu tun. Doch dann begann Bret mit seiner üblichen Leier, und Frank Harrington spielte den gestrengen Vater. Da habe ich es für mich behalten.«

»Hier geht es um Mord mit KGB-Beteiligung. Mord an einem eurer Leute, in einem ›Sicheren Haus‹ der Abteilung. Das kannst du doch nicht einfach übergehen.«

Ich sah Werner an. Er hatte die Situation knapp und treffend umrissen. »Das ist noch nicht alles«, sagte ich. »Das dunkelhäutige Mädchen hat mich dazu gezwungen, zum Londoner Flughafen zu fahren. Als ich dort angekommen war, stieg Fiona ins Auto und setzte sich auf den Rücksitz. Ich durfte sie zwar nicht ansehen, aber es besteht keinerlei Zweifel, daß sie es war. Ich habe ihre Stimme erkannt. Die Sache mit den Kindern habe ich von ihr selbst gehört. Das schwarze Mädchen war die ganze Zeit über dabei. Es konnte hören, was gesprochen wurde. Also gehe ich davon aus, daß alles mit dem KGB abgesprochen war.«

Ich hatte erwartet, daß Werner genauso verblüfft sein würde, wie ich es gewesen war, aber er nahm es sehr gelassen auf. »Ich habe schon so etwas Ähnliches vermutet.«

»Wie das?«

»Du hast die elektrischen Lockenwickler oben gesehen, mit denen man rasch eine Frisur verändern kann. Und dann die Kosmetika, die keine dunkelhäutige Frau benutzen würde, und das Haarfärbemittel. Da du das alles nicht besonders beachtet hast, wurde mir klar, daß du wußtest, es ist noch eine andere Frau hier gewesen. Und das mußte Fiona sein. Sie kam hierher, um sich Locken einzudrehen und die Haare zu färben, damit man sie nicht erkennt.«

»Du bist gar nicht so dumm, wie du aussiehst, Werner«, sagte ich mit echter Bewunderung.

»Du bildest dir doch aber hoffentlich nicht ein, daß du bei einer Untersuchung von MacKenzies Tod verhindern kannst, daß das alles ans Licht kommt?«

»Ich weiß es nicht, Werner. Aber ich werde es auf jeden Fall probieren.« Werner starrte mich an und versuchte herauszufinden, ob ich Angst hatte. Ich hatte in der Tat eine Scheißangst, tat aber alles, um dies vor ihm zu verbergen.

Ich wünschte, Werner würde das Thema wechseln, aber er war beharrlich. »Und als MacKenzie hier erschien, hätte er Fiona mit Sicherheit wiedererkannt. Das wäre Grund genug, ihn umzubringen. Sie wollten verhindern, daß er über sie berichtet. Sie wollten, daß du das tust. Oder sie wollten sogar, daß du das nicht tust, denn dann wären die Folgen für dich fast noch fataler.«

»Laß uns nicht allzu spitzfindig werden. Das KGB ist nicht gerade berühmt für Spitzfindigkeiten.«

»Diese Aussage solltest du lieber noch einmal überdenken«, riet Werner. »Jetzt arbeitet deine Frau für sie und macht alles anders.«

»Hast du Belege für diese Behauptung?«

»Bernie, sie weiß ganz genau, daß sie dich nie zum Überlaufen bewegen könnte. Also verschwendet sie erst gar keine Zeit mit eventuellen Versuchen, sondern gaukelt der Abteilung vor, du hättest die Seiten bereits gewechselt. Auf diese Weise kann sie durchaus erreichen, daß du *Operations* verlassen mußt – unter Umständen sogar den Dienst.«

»Weil das KGB in mir seinen gefährlichsten Widersacher sieht?« erkundigte ich mich sarkastisch.

»Nein, weil Fiona in dir ihren gefährlichsten Widersacher sieht. Du kennst sie besser als sonst ein Mensch, und weißt, wie sie denkt. Du bist derjenige, welcher mit großer Wahrscheinlichkeit dahinterkommen wird, was sie jeweils vorhat.«

Vielleicht hatte Werner recht. So wie ich Furcht davor hatte, daß Fiona all ihr Wissen über mich gegen mich verwenden könnte, fragte sie sich wahrscheinlich, was ich ihr antun konnte. Das Problem lag darin, daß unsere Ehe ihr meine Schwächen sehr bewußt gemacht hatte, während sie mich lediglich gelehrt hatte, daß sie keine besaß. »Deshalb habe ich auch keine große Lust, das hier der Londoner Zentrale zu melden«, erklärte ich. »Sie werden sagen, das sei ein Beweis, daß ich unter Druck stehe. Und sie werden mich fragen, warum ich unter Druck stehe. Schließlich ertappe ich mich dabei, daß ich ihnen alles darüber erzähle, wie ich mit Fiona am Flughafen zusammengetroffen bin. Und schon werde ich vorerst vom Dienst suspendiert.« Ich schraubte die Geneverflasche zu und wischte die Fingerabdrücke ab. Dann spülte ich die Gläser und stellte sie weg. Ich mußte mich beschäftigen, da es mich kribbelig machte, mit Werner herumzusitzen und zu reden. »Du siehst doch, daß das Haus regelmäßig saubergemacht wird. Irgend jemand wird die Leiche finden und die Zentrale davon verständigen. So ist es wesentlich besser, Werner.«

Aber Werner blieb uneinsichtig. »Ich mache alles, was du willst, Bernie. Dennoch finde ich, daß du ihnen alles beichten solltest.«

»Hast du irgendwelche Spuren hinterlassen?«

»An einigen Stellen, aber ich weiß noch wo.«

»Sieh dir das an«, sagte ich und hielt das Uhrglas hoch. »Irgendein Hund hat das so neben der Leiche deponiert, daß es der Untersuchungsbeamte mit Sicherheit gefunden hätte.«

»Ich habe gesehen, wie du es aufgehoben hast. Es gehört dir, nicht?«

Ich nickte und steckte das Uhrglas wieder in die Tasche. »Laß uns aufräumen und verschwinden, Werner. Angenommen, wir würden morgen früh nach Berlin fliegen. Würde dir das passen? Für mich ist es ein günstiger Zeitpunkt, eine Weile vom Büro fort zu sein.«

Werner sah mich an und nickte. Ich hatte mich häufig darüber beklagt, wie sich Dicky beim Auftauchen irgendwelcher Probleme aus dem Büro abseilte. Daß jetzt auch ich vor Schwierigkeiten davonlief, beleidigte Werners Auffassung von Pflicht.

»Was noch?« fragte Werner mißtrauisch. »Ich rieche doch förmlich, daß da noch was im Busch ist. Du kannst es ruhig gleich sagen.« Er massierte seine Wange, als versuche er, sich wachzuhalten.

Es war nicht einfach, meine Gedanken vor Werner geheimzuhalten. »London will dich wieder als festen Mitarbeiter. Zehntausend Pfund Sterling als Akontozahlung; ein regelmäßiges Monatsgehalt zuzüglich Spesen gegen Unterschrift. Du kennst das alles ja, Werner.«

»Und?« fragte er lediglich, damit ich nicht mitbekommen sollte, wie glücklich er war.

»Sie lassen dich fragen, ob du eine kleine Erkundungsfahrt in den Osten unternehmen würdest, um etwas über Stinnes herauszubekommen?«

»Zum Beispiel?«

»Seine Ehe; ist sie tatsächlich am Ende? Was für einen Ruf hat er eigentlich? Wurde er tatsächlich bei der Beförderung übergangen, oder ist das eine Finte?«

»Ist das alles?« erkundigte sich Werner sarkastisch. Jetzt war sein Gesicht sehr bewegt. Er befeuchtete seine Lippen, als wäre ihm bei dem Gedanken an die möglichen Risiken plötzlich der Mund trocken geworden. »Irgendein Tip der Londoner Zentrale, wie ich an all diese KGB-Geheimnisse herankommen kann? Schließlich handelt es sich dabei nicht um eine US-Basis am Tag der offenen Tür. Sie haben keine Presseoffiziere, die maschinengeschriebene Erläuterungen und Hochglanzfotos herumreichen, die ohne Honorar vervielfältigt werden können. Sie verteilen auch keine Orientierungskarten über die militärischen Anlagen, falls ein Besucher sich verlaufen sollte.«

Ich konnte ihm nicht widersprechen. Er wußte mehr über die Problematik eines solchen Jobs als ich. Und zusammen wußten wir unendlich mehr darüber als die Leute in der Londoner Zentrale, die den Schlußbericht abzeichneten und die Lorbeeren einheimsten. »Nimm das Geld und tu, was du kannst.«

»Das wird nicht viel sein«, sagte Werner.

»Das Geld ist auch nicht besonders viel«, stellte ich fest. »Also mach nichts Unüberlegtes.« Werner setzte ein undurchdringliches Gesicht auf. Er wußte, daß ich Angst hatte.

14

Ich fuhr nach London zurück und lauschte dabei Ingrid Haebler, die ein Klavierkonzert von Mozart spielte. Ich stellte den Kassettenrecorder sehr laut ein, während ich versuchte, die Überlegungen und Theorien zu entwirren, die schier endlos durch mein Gehirn wirbelten. Wäre ich weniger müde und weniger betroffen über MacKenzies Tod gewesen, hätte ich vermutlich ein paar Vorsichtsmaßnahmen getroffen, bevor ich mein Haus betrat. Aber das, was für wohl jeden eine angemessene Warnung gewesen wäre – Tür nicht fest abgeschlossen und die Briefkastenklappe noch offen vom Druck gegen die Tür –, drang gar nicht bis in mein Gehirn vor. Ich trat ein und stellte fest, daß im Erdgeschoß alle Lampen brannten.

Ich ging durch die Halle. Im Wohnzimmer war niemand zu sehen, daher stieß ich die Küchentür auf und trat einen Schritt zurück. Da war eine Gestalt – verloren im Halbdunkel der dahinterliegenden kleinen Speisekammer. Ich berührte den Knauf der Pistole in meiner Tasche.

»Wer ist da?«

»Bernard-Schätzchen. Ich wußte nicht, ob du zu Hause sein würdest oder nicht.«

»Tessa. Wie bist du hereingekommen?«

»Du hast mir einen Schlüssel gegeben, Bernard. Du erinnerst dich doch noch daran?«

»Natürlich.«

»Ich räume Suppe und Fischstäbchen in die Tiefkühltruhe, Schätzchen. Morgen kommen deine Kinder. Oder hast du das vergessen?« Sie sprach über die Schulter hinweg. Ich konnte sie im Halbdunkel der Speisekammer jetzt deutlicher erkennen. Das lange blonde Haar fiel ihr ins Gesicht, als sie sich vorbeugte, um in die Tiefkühltruhe zu langen.

»Nein«, sagte ich, obwohl ich es vergessen hatte.

Sie verstaute die letzte Packung und schloß dann den Deckel der Truhe mit einem lauten Knall. »Wie wäre es jetzt mit einem Drink?« erkundigte sie sich. Sie trug ein loses, durchgeknöpftes Baumwollkleid und darunter eine glänzende, pinkfarbene Bluse, die überaus gut zu ihren blonden Haaren paßte.

Ich sah auf meine Uhr. Es war fast Mitternacht. »Kann ich dir was anbieten, Tessa?«

»Habe ich da nicht vorhin eine Flasche Champagner im Kühlschrank gesehen? Oder ist die einem Tête-à-tête mit der hinreißenden Gloria vorbehalten?«

»Wie schnell sich alles herumspricht«, stellte ich fest, zog meinen Mantel aus und holte Gläser nebst der Flasche Champagner. Ich füllte Eiswürfel in den Sektkühler und stellte die Flasche hinein.

»Es ist so schick, einen anständigen Eiskübel zu haben«, sagte Tessa. »Habe ich dir eigentlich erzählt, daß George einen massiv silbernen gekauft hat und daß der uns dann stibitzt wurde?«

»Wißt ihr, von wem?«

»Das haben wir nie herausbekommen, Schätzchen. Es geschah auf einer Party. Irgendein Mistfink hat den Eiskübel mitgehen lassen. Ich frage mich, ob er wußte, daß er aus massivem Silber war, oder ob er sich nur einen Jux machen wollte. Übrigens habe ich alles über das exotische Wesen erfahren, mit dem du neulich zum Abendessen warst. Ich habe mit Daphne Kaffee getrunken.«

»Daphne Cruyer? Ich dachte, du und Daphne... das heißt, ich dachte...«

»Sprich dich ruhig aus, Bernard-Schätzchen. Du dachtest, Daphne und ich würden einander die Augen auskratzen, weil ich da dieses kleine Techtelmechtel mit Dandy Dicky hatte?«

»Ja.« Ich widmete meine ganze Aufmerksamkeit dem Champagnerkorken. Nach einigen Schwierigkeiten löste er sich mit einem Plopp, und ich kleckerte ein wenig beim Einschenken.

»So ist Daphne nicht, Schätzchen. Daphne ist eine ganz reizende Person. Sie hat das alles für einen köstlichen Witz gehalten.«

»Deine Affäre mit Dicky?« fragte ich zweifelnd, da ich mir dies bei Daphne nun wirklich nicht vorstellen konnte.

»Eine Affäre! Wie romantisch! Es war keine Affäre, Schätzchen. Mit Dicky kann man gar keine Affären haben. Er hat eine unvergängliche Liebesaffäre mit sich selbst. Und welche Frau könnte schon mit Dickys erster und einziger Liebe konkurrieren?«

»Was war es denn dann?« Ich reichte ihr ein Glas.

»Es war eine Laune. Eine Caprice. Eine plötzliche Laune. Nach ein paar Wochen war es vorüber.«

»Fiona sagt, es hätte fast drei Monate gedauert.«

»Keine Spur.«

»Fiona hat ein gutes Gedächtnis für derlei Sachen. Ich glaube schon, daß es drei Monate waren.«

»Nun, dann eben drei Monate. Hacke doch nicht so darauf herum. Drei Monate, was ist das schon? Ich kann mir nicht vorstellen, daß Daphne deswegen besorgt war. Sie wußte, daß ich nicht mit ihm durchbrennen würde. Kannst du dir vorstellen, daß ich mit Dicky durchbrenne? Und jetzt hat Daphne ihn voll unter ihrem Pantoffel.«

»Hat sie?«

»Selbstverständlich, Schätzchen. Er hat entsetzliche Gewissensbisse, und das mit Recht. Er kann neuerdings gar nicht genug für Daphne tun; er kauft ihr sogar Blumen. Hmmm, dieser Champagner ist köstlich. Ich habe dir doch erzählt, daß mein Arzt mich auf diese Spezialdiät gesetzt hat – Champagner in Mengen, aber sonst keinen Alkohol und weder Zucker noch Fett.« Sie drehte die Flasche, um das Etikett lesen zu können. »Bollinger, mein Lieblings-Champagner. Wie extravagant du doch geworden bist. Hängt das mit Gloria zusammen?«

»Ich wünschte, du würdest aufhören, von Gloria zu reden«, sagte ich. »Diese Flasche Bollinger ist die letzte aus der Kiste, die du uns zu Weihnachten geschenkt hast.«

»Wie dumm von mir«, sagte Tessa. »Oh, wie hochnotpeinlich.«

»Es war sehr, sehr nett von dir, Tessa. Und vielen Dank, daß du Lebensmittel für die Kinder gebracht hast.« Ich hob das Glas und trank auf ihr Wohl.

»Das ist noch nicht alles«, sagte Tessa, die ein kindliches Verlangen nach Lob hatte. »Ich habe ihre Zimmer saubermachen lassen, etwas Spielzeug mitgebracht und Kissen und Bettbezüge mit riesigen Drachen, die Feuer spucken. Du mußt sie dir unbedingt ansehen, Bernard. Ich wünschte, sie würden so etwas auch für Erwachsene herstellen. Drachen! Ich wünschte, ich hätte sie auch in meinem Bett. Du nicht auch, Schätzchen?«

»Da wir gerade vom Bett reden...«

»Halte ich dich auf, Bernard? Du siehst müde aus. Entschuldige, daß ich erst so spät gekommen bin, aber ich konnte meinen Bridgepartner nicht versetzen. Wir haben bis nach elf Uhr gespielt. Er ist derjenige mit diesem Tiefkühlkost-Großhandel, von dem ich all das Zeug habe. Er hat es in sein Auto geladen. Es war alles in Trockeneis verpackt. Du brauchst dir also keinerlei Sorgen zu machen.«

»Ich mache mir keine Sorgen.«

»Kann ich noch einen Spritzer Champagner haben?« Sie goß ein, ohne meine Antwort abzuwarten. »Oh, es ist ja doch noch eine ganze Menge da. Auch noch was für dich? Dann muß ich aber wirklich nach Hause.«

»Danke, Tessa. Ja.«

Wir tranken beide, und dann plötzlich, als sähe sie mich eben zum ersten Mal an, sagte sie: »Bernard, wo bist du denn gewesen, Schätzchen? Du siehst ausgesprochen mitgenommen aus.«

»Ich habe gearbeitet. Was willst du damit sagen?«

Sie starrte mich an. »Du siehst leidend aus, Schätzchen. Du hast dich verändert. Wenn ich es nicht mit meinen eigenen Augen sähe, könnte ich es nicht glauben. Du bist in wenigen Tagen um zehn Jahre gealtert. Bist du krank?«

»Nun mach mal 'n Punkt, Tessa.«

»Ehrlich, Schätzchen. Du siehst grauenhaft aus. Du hattest doch hoffentlich keinen Unfall mit dem Auto? Ich meine, du hast doch nicht jemand überfahren oder so?«

»Selbstverständlich nicht.«

»George hatte vor Jahren mal einen schlimmen Unfall, und ich erinnere mich daran, daß er über Nacht ziemlich grauhaarig wurde. Und er sah aus wie du jetzt: grün, Schätzchen. Du siehst grün und ziemlich alt aus.«

Ich nahm den Champagner und sagte: »Wenn wir diese Flasche schon austrinken, können wir das auch im Sitzen tun und es uns gemütlicher machen.« Ich ging voran ins Wohnzimmer, schaltete das Licht ein und sagte, nachdem wir uns gesetzt hatten: »Ich bin nur ein bißchen müde, das ist alles.«

»Ich weiß. Das ist diese ganze Geschichte mit Fiona. Es muß absolut widerwärtig für dich sein. Und nun erweist sich auch noch Daddy im Zusammenhang mit den Kindern als ausgemachtes Arschloch. Ich könnte mir auch vorstellen, daß du finanziell ein paar Probleme am Hals hast. Daddy sagt, daß du das Haus verkaufen wirst. Das tust du doch nicht, oder?« Tessa ließ sich die Haare ins Gesicht fallen wie ein Kind, das hinter einem Vorhang Verstekken spielt.

»Im Augenblick nicht.«

»Bleib dabei, Bernard. Daddy sagt, es sei zu groß. Aber es ist ein so süßes kleines Haus, und du brauchst doch ein Spielzimmer für die Kinder, und das Kindermädchen muß ja auch irgendwo bleiben.«

»Dein Vater hat behauptet, es sei zu groß, weil er die Kinder in Leith Hill haben möchte.«

»Ich weiß. Ich habe ihm gesagt, was für ein blödsinniger Einfall das ist.« Ihr Gesicht zuckte, und einen Moment lang fragte ich mich, ob sie zu weinen anfangen würde. Aber sie preßte rasch ihre Hände gegen das Gesicht und gewann ihre Fassung wieder. »Er würde doch niemals den Krach tolerieren, den Kinder nun einmal machen. Und kannst du dir vorstellen, daß er mit ihnen spielt oder ihnen Gutenachtgeschichten vorliest?«

»Nein«, sagte ich.

»Er will die Kinder nur zur Dekoration. Genau wie diese Ansammlung von Rüstungen in der Halle und diese lächerliche Bibliothek, vollgestopft mit teuren Erstausgaben, die er ja doch nicht ansieht; es sei denn, er läßt einen Gutachter kommen, um die Versicherungssumme neu festzusetzen. Und dann geht er los und erzählt jedem in seinem Club, was für eine wundervolle Investition er doch getätigt hat.«

»Vermutlich hat er auch seine guten Seiten«, sagte ich – mehr wegen des Kummers, den sie zeigte, als daß mir welche eingefallen wären.

»Dann hält er sie aber gut versteckt«, stellte sie fest und lachte, als wolle sie ihren plötzlichen Anfall von Traurigkeit abschütteln. Sie stand auf, griff nach dem Champagner und füllte mein Glas und ihres, bevor sie sich wieder aufs Sofa setzte. Tessa schlüpfte aus ihren Schuhen und zog die Beine an.

»Willst du George anrufen?« schlug ich vor. »Weiß er, wo du bist?«

»Auf beide Fragen lautet die Antwort nein«, sagte sie. »Und auf die noch ausstehende Frage entgegne ich, daß es ihm egal ist.«

»Ist zwischen dir und George auch alles in Ordnung?«

»George liebt mich nicht mehr. Er haßt mich und sucht nur nach irgendeiner Möglichkeit, mich loszuwerden, damit er mit einer anderen auf und davon kann.«

»Hat George eine andere?«

»Woher soll ich das wissen? Mit Sex ist das wie mit Verbrechen. Nur ein Prozent Motivation und neunundneunzig Prozent Gelegenheit.« Sie trank einen Schluck. »Aber ich kann ihm wohl kaum Vorwürfe machen, oder? George wollte immer Kinder haben.« Sie suchte in ihrer Handtasche nach einem Taschentuch. »Oh, nun sieh doch nicht so beunruhigt aus, Bernard. Ich werde schon nicht zu schluchzen anfangen oder so was.« Trotz dieser Versicherung betupfte sie sich die Augen. »Warum habe ich ihn bloß geheiratet?«

»Ja, warum eigentlich?«

»Weil er mich gefragt hat. So einfach ist das.«

»Ich bin sicher, daß dich auch andere Männer gefragt haben, ob du sie nicht heiraten willst.«

»George hat mich zu einem Zeitpunkt gefragt, als ich mich sehr niedergeschlagen fühlte. Du wirst das sicher nicht verstehen. Männer empfinden anders. Männer heiraten, um ihren Frieden und ihre Bequemlichkeit zu haben. Sie haben nie Angst davor, unverheiratet zu bleiben – so, wie Frauen das mitunter empfinden.«

Ich war betroffen von der Intensität ihrer Gefühle. »Woher willst du wissen, daß George eine andere hat? Hat er es dir gesagt?«

»Einer Ehefrau braucht man so etwas nicht erst zu sagen. Es ist offensichtlich, daß er mich nicht mehr liebt. Selbstverständlich hat er eine andere.« Sie wischte sich mit dem Taschentuch über die Augen, bevor sie mich ansah. Sie blinzelte und zeigte ein tapferes kleines Lächeln. »Er nimmt sie mit nach Südafrika.«

»Frauen neigen zu der Annahme, daß Männer andere Frauen haben«, stellte ich fest. »Wenn er keine andere Frau erwähnt hat, dann gibt es höchstwahrscheinlich auch keine.«

»Willst du damit andeuten, daß George vielleicht nur ein bißchen Ruhe und Frieden haben will – weit weg von mir? Nur ein bißchen Lachen und Trinken mit seinen Freunden aus der Autobranche?«

Es war genau das, was mir durch den Kopf gegangen war. »Nein«, sagte ich. »Natürlich nicht. Aber immerhin ist George sehr eingespannt in seine Arbeit. Das war er doch schon immer. Und die Wirtschaft befindet sich längst noch nicht in dem Aufwind, den sich alle erhofft haben. Vielleicht muß er sich im Augenblick ganz auf seine Geschäfte konzentrieren.«

»Ihr Männer haltet doch immer zusammen.«

»Ich kenne George zwar nur wenig, aber er ist mir immer wie ein sehr anständiger Kerl vorgekommen. Und du hast es ihm auch nicht immer leicht gemacht, Tessa. Es muß mitunter recht schwer für ihn gewesen sein. Ich meine, du warst bei deinen kleinen Affären doch nicht immer ausgesprochen diskret, oder?«

»Habe ich dir gesagt, daß er letzte Woche nach Italien gefahren ist? Zu diesen Ferrari-Leuten? Er ist schon häufiger dagewesen, und ich kenne das Hotel, in dem er immer absteigt. Also rief ich da an und fragte, ob Mrs. Kozinski da sei. Das Mädchen in der Vermittlung sagte, Mr. und Mrs. Kozinski seien zwar nicht auf ihrem Zimmer, aber der Herr, der die Suite mit ihnen teile. Ob ich den sprechen oder lieber eine Nachricht hinterlassen wolle.«

»Na und? Hast du mit diesem Jemand gesprochen?«

»Nein. Ich bekam es mit der Angst zu tun und habe aufgelegt.«

»Wer war denn der andere Mann?«

»Vielleicht jemand von Ferrari oder Georges Verkaufsleiter. Er geht manchmal mit auf derartige Reisen.«

»Und hast du George wegen dieser Sache in die Zange genommen?«

»Ich habe es mit einem kleinen Trick probiert. Er fährt doch geschäftlich nach Südafrika. Ich war noch nie dort, also sagte ich, daß ich gern mitfahren würde. Er sah mich ganz eigenartig an und meinte, er könne die Vorbereitungen nicht umwerfen und würde deshalb allein fahren.«

»Ist das alles?«

»Er fährt mit einer Frau. Das ist doch sonnenklar. Er nimmt sie mit nach Südafrika.«

»Er ist doch dauernd geschäftlich unterwegs. Willst du etwa behaupten, er nimmt immer Frauen mit?«

»Das weiß ich nicht. Ich habe ihn ja bisher kaum auf eine Geschäftsreise begleitet. Es ist todlangweilig, immer nur mit diesen Autoleuten zusammen zu sein. Schon schlimm genug, daß er sie mit nach Hause bringt. Alles, worüber sie sprechen, sind Liefertermine, Werbemaßnahmen und Gewinnspannen. Sie reden nie über Autos, es sei denn über Rallyes oder einen Grand Prix. Bist du schon mal bei einem Autorennen gewesen, Bernard?«

»Bisher noch nicht.«

»George hat mich mal nach Monte Carlo mitgenommen. Es hörte sich alles so an, als könne es ein Mordsspaß werden. George hatte eine Suite im ›Hôtel de Paris‹ gemietet, und eine Schulfreundin von mir lebt jetzt mit ihrer Familie in Monte Carlo. Nun, Bernard, ich merkte, daß ich mich falsch entschieden hatte, als ich sie anrief und von dem Mädchen erfuhr, die Familie verlasse alljährlich vor dem Grand Prix die Stadt, um den entsetzlichen Trubel und Krach zu entgehen. Schätzchen, ich habe mir ein Kissen über den Kopf gezogen und nur noch geschrien.«

»Warst du etwa während des Rennens in deinem Hotelzimmer?«

»Ich bin doch kein Idiot, Bernard. George hatte die besten Plätze, die man sich nur vorstellen kann. Aber zehn Minuten nach Start des Rennens konnte kein Mensch mehr sagen, welches der verfluchten Formel-1-Autos, die an einem vorbeizischen, eigentlich vorne lag. Es stinkt alles fürchterlich nach Benzin, und es herrscht ein Höllenlärm. Und wenn du dann versuchst, dich in dein Hotel zu flüchten, läufst du garantiert diesen monegassischen Polizisten in die Arme. Das sind so in etwa die eseligsten Gorillas dieses Erdballs. Es ist ihre ganz große Chance, sich zu brüsten, die Leute anzuschreien und herumzuschubsen. Sie nützen das weidlich aus. Geh bloß nie hin, Bernard. Es ist absolut grauenhaft.«

»Vermute ich richtig, daß das die letzte Geschäftsreise war, auf die du George begleitet hast?«

»Du vermutest richtig, Schätzchen.« Sie sah mich an. Ihre Augen waren groß und sehr blau.

»Und jetzt bist du davon überzeugt, daß George eine Dame gefunden hat, die den Krach und den Benzingestank mag und die Polizisten von Monaco himmlisch finden wird?«

»Nun, zumindest sieht doch alles danach aus, oder nicht? Meine Mutter hat immer gesagt, ich solle ihn überallhin begleiten. Mummy läßt Daddy nie aus den Augen. Sie verabscheut die Vorstellung, daß ich George allein verreisen lassen könnte. Das bringt immer Probleme, sagt meine Mutter.« Tessa verbarg das Gesicht und weinte auf eine sehr zurückhaltende Art. Sie tat mir leid, denn ich sah, daß sie ehrlich verzweifelt war.

»Es ist doch nicht das Ende der Welt, Tessa.«

»Ich habe niemand, an den ich mich wenden könnte«, sagte sie zwischen zwei Schluchzern. »Du bist der einzige, mit dem ich mich aussprechen kann – jetzt, wo Fiona nicht mehr da ist.«

»Du hast doch tausend Freunde.«

»Nenn mir nur einen!«

»Sei nicht kindisch. Du hast sehr viele Freunde.«

»Ist das deine höfliche Umschreibung für Liebhaber, Bernard? Liebhaber sind keine Freunde. Meine waren es jedenfalls nie. Die Männer in meinem Leben sind nie meine Freunde gewesen. Meine Liebesaffären waren Scherze... Schulmädchenscherze, Kapriolen, die kein Mensch ernst nimmt. Eine Umarmung, eine Liebkosung, ein paar Stunden in einem teuren Hotelbett. Ein Wochenende bei eigenartigen Leuten, die ich kaum kannte. Leidenschaftliche Umarmungen in Skihütten und verstohlene Küsse in geparkten Autos – Gefühlsaufwallungen, blinde Vernarrtheit. Und dann ist alles auch schon wieder vorbei. ›Wir wußten ja, daß es nicht dauern konnte, oder? *Good bye*, Liebling, es war schön‹, aber das war's dann auch.«

»Du schienst immer so glücklich zu sein, Tessa.«

»Ich war es, Schätzchen. Ich war die glückliche, zuversichtliche

Tess. Fröhlich, unbeschwert und immer zu einem Scherz über ihr Leben aufgelegt. Doch all das war, als ich George noch hatte, zu dem ich nach Hause gehen konnte.«

»Willst du damit sagen...«

»Sieh doch nicht so besorgt aus, Bernard. Ich habe es nicht wörtlich gemeint. Ich wollte damit doch nicht sagen, daß ich hier bei dir einziehe. Du solltest jetzt mal dein Gesicht sehen.«

»So habe ich es nicht gemeint«, sagte ich. »Falls du George verlassen solltest, kannst du jederzeit das kleine Zimmer haben. Es steht ein Bett darin. Meine Mutter hat da geschlafen, wenn sie uns besuchte. Es ist allerdings nicht besonders bequem.«

»Selbstverständlich ist es nicht bequem, Schätzchen. Es handelt sich um einen Raum, der eingerichtet wurde, damit eine Mutter darin übernachten kann. Es ist ein scheußliches, dunkles, kleines Zimmer – ganz vorzüglich geeignet auch für eine Schwägerin, die andernfalls vielleicht zu lange bleiben könnte.« Sie widmete ihre ganze Aufmerksamkeit den kleinen Perlen, die im Champagner aufstiegen und fuhr mit den Fingerspitzen das Glas entlang, um Linien durch die Kondensierung zu zeichnen.

»Klingt ja so, als wärst du fest entschlossen, dich selbst zu bemitleiden.«

»Tue ich auch. Warum denn nicht? Mein Mann will nichts mehr mit mir zu tun haben, und der einzige Mann, den ich schon immer geliebt habe, sieht auf seine hübsche, neue Uhr und gähnt.«

»Geh nach Hause und sage George, daß du ihn liebst«, sagte ich. »Du wirst schon sehen, es wird alles wieder gut.«

»Ich habe dich schon immer gern gehabt, Bernard. Das weißt du, oder?«

»Darüber werden wir ein anderes Mal sprechen, Tessa. Glaubst du, daß du denn noch fahrtüchtig bist, oder soll ich dir lieber ein Taxi rufen?«

»Im Bridgeclub wird kein Alkohol ausgeschenkt. Das ist es, was ich an ihm so gar nicht schätze. Deshalb bin ich fast so nüchtern wie eine Ordensschwester und werde jetzt brav nach Hause fahren und dich in Ruhe lassen.«

»Sprich mit George. Ihr werdet schon klarkommen.«

»Du bist ein Schatz«, sagte sie. Ich half ihr in den schicken Ledermantel, und sie gab mir einen schicklichen Kuß. »Du bist der einzige, mit dem ich reden kann.« Sie lächelte. »Ich werde wieder hier sein, wenn das Kindermädchen kommt. Widme du dich ruhig deiner Arbeit.«

»Ich fliege morgen früh nach Berlin.«

»Dann bist du ja gar nicht hier, um die Kinder zu begrüßen.«

»Das schmerzt mich ja auch daran am meisten.«

»Keine Sorge. Ich werde zu Gloriette gehen – gegenüber von Harrods – und ihnen einen prächtigen Schokoladenkuchen besorgen. ›Alles Liebe von Daddy‹ lasse ich obendrauf schreiben. Und ich werde ihnen sagen, wie leid es dir tut, nicht dabei sein zu können.«

»Danke, Tessa.«

Ich öffnete ihr die Haustür, aber sie ging nicht. Sie sah mich an und sagte: »Ich hatte neulich nacht einen Traum. Ich träumte, daß Fiona mich anrief, und ich fragte sie, ob sie von Rußland aus spreche. Sie erwiderte, darüber sollte ich mir keine Gedanken machen. Hast du jemals von ihr geträumt, Bernard?«

»Nein«, sagte ich.

»Es war ein sehr lebhafter Traum. Sie sagte, ich solle mich mit ihr am Londoner Flughafen treffen und niemand etwas davon sagen. Sie wollte, daß ich ihr ein paar Fotos bringe.«

»Fotos?«

»Ja, von den Kindern. Ziemlich albern, wenn man es richtig überlegt. Fiona hat doch sicherlich welche mitgenommen, als sie ging. Aber in meinem Traum verlangte sie dringend Fotos von den Kindern. Ich träumte, daß sie ins Telefon schrie, wie sie das früher schon getan hat, als wir noch Kinder waren, und sie ihren Willen nicht bekam. ›Wach doch auf‹, rief sie. Es war wirklich ein höchst unsinniger Traum. Sie wollte übrigens auch Fotos von dir.«

»Wie bitte?«

»Es war doch nur ein Traum, Schätzchen. Oh, Fotos von dir hat sie vor Monaten bei mir zu Hause liegenlassen. Sie waren ziemlich neu und wurden für deinen Paß aufgenommen, würde ich sagen. Todlangweilige Aufnahmen, fand ich, und Porträts von den Kindern. Ist es nicht seltsam, welche albernen und trivialen Dinge man doch mitunter träumt?«

»Welches Terminal?«

»Was meinst du?«

»In deinem Traum. Zu welchem Terminal des Londoner Flughafens solltest du gehen? Was hat sie gesagt?«

»Terminal 2. Reg dich doch nicht auf, Bernard. Ich hätte dir gar nichts davon erzählt, wenn ich gewußt hätte, daß es dich so mitnimmt. Aber ich muß dir gestehen, daß ich auch ziemlich aufgeregt war. Es war früh am Morgen, als ich diesen Traum hatte.

Ich ging darin ans Telefon, und die Vermittlung fragte, ob ich ein R-Gespräch aus Bosham annehmen würde. Ich bitte dich, Schätzchen! Aus welchen dunklen Tiefen meines Hirns habe ich wohl Bosham hervorgezerrt? Ich bin nie im Leben dort gewesen.« Sie lachte. »George war ganz schön sauer, als ich ihn weckte und ihm davon erzählte. Hätte das Telefon tatsächlich geklingelt, sagte er, hätte er es auch gehört. Und da wurde mir klar, daß es sich um einen Traum gehandelt hatte. Allerdings klingelt das Telefon häufiger, ohne daß George etwas mitbekommt, besonders dann, wenn er sich zuvor in seinem Club einen hinter die Binde gegossen hat.«

»Ich würde versuchen, das Ganze zu vergessen«, sagte ich. »Es ist durchaus nicht ungewöhnlich, daß man eigenartige Träume bekommt, nachdem so etwas wie mit Fiona passiert ist.«

Sie nickte, und ich drückte ihren Arm. Der Verrat ihrer Schwester hatte sie tief getroffen. Für sie – wie für mich auch – war es ein ganz persönlicher Verrat, der ein grundsätzliches Überdenken ihrer gesamten Beziehung zu Fiona erforderte. Und das bedeutete ein grundsätzliches Überdenken ihrer selbst. Vielleicht wußte sie, was mir da durch den Kopf ging, denn sie sah zu mir auf und lächelte, als würden wir ein Geheimnis teilen.

»Vergiß es«, sagte ich noch einmal. Ich wollte Tessa nicht beunruhigen und vor allem nicht, daß sie das Fernamt anrief, um zu überprüfen, ob es da wirklich ein R-Gespräch aus Bosham gegeben hatte. Das könnte durchaus zu Nachforschungen führen, die ich auf jeden Fall vermeiden wollte. Fionas Überlegungen waren mir klar. Wenn sie ein R-Gespräch anmeldete, ging sie sicher, daß der Anruf nicht auf der Telefonrechnung des Cottage in Bosham auftauchte. So konnte ihre Schwester nicht hineingezogen und über sie eine Verbindung zu ihr hergestellt werden.

Ich küßte Tessa wieder und bat sie, gut auf sich aufzupassen. Mir gefiel die Vorstellung gar nicht, daß Fiona von mir Paßfotos haben wollte. Mit Sicherheit wollte sie sie nicht, um sie neben ihr Bett zu stellen.

Ich sah zu, wie Tessa in ihren silbernen VW stieg. Sie kurbelte das Fenster herunter, um mir noch eine Kußhand zum Abschied zuzuwerfen. Die Art und Weise, in der sie mit dem Wagen losbrauste, weckten Zweifel in mir bezüglich ihrer Worte über den Alkoholausschank im Bridgeclub.

Als ich hinauf ins Schlafzimmer kam, sah ich MacKenzie ausgestreckt in seinem Blute auf dem Boden liegen. Es war eine Art von Halluzination. Sie dauerte jedoch nur einen Augenblick. Als ich das Licht im Schlafzimmer anknipste, bot sich mir der vertraute Anblick dar. Es war nur der Schock gewesen, der Alkohol, die Erschöpfung und die Angst. Armer Junge, dachte ich; ich hatte ihn in den Tod geschickt. Wäre er ein erfahrener Agent gewesen, hätte ich mich vielleicht nicht ganz so erbärmlich schuldig gefühlt. Aber MacKenzie war nicht viel mehr als ein Kind gewesen und ein Neuling im Spionagegeschäft. Ich fühlte mich schuldig, und als ich mich auszog, begann ich die verspätete Reaktion zu spüren, die mein Körper so lange hinausgeschoben hatte. Es schüttelte mich, ohne daß ich etwas dagegen hätte tun können. Ich wollte nicht zugeben, selbst mir gegenüber nicht, daß ich Angst hatte. Aber dieses Bild von MacKenzie war zu einer Vision von mir selbst verschwommen, und mein Schuldgefühl verwandelte sich in Furcht.

15

Es hatte eine Zeit gegeben, in der mir Lisl Hennigs Haus gigantisch vorgekommen ist. Als ich ein kleines Kind war, war jede einzelne Marmorstufe dieser grandiosen Treppe für mich ein Berg gewesen. Die Erstürmung dieser Berge hatte eine Anstrengung verlangt, die meine Kräfte fast überstieg, und ich hatte eine kleine Ruhepause nötig, wenn einer der Gipfel erklommen war. Genauso war es jetzt für Lisl Hennig. Ich sah ihr zu, wie sie sich den Weg in den Salon ganz langsam erkämpfte und sich in einen gewaltigen Thronsessel fallen ließ. Sie war alt, aber das braungefärbte Haar, die großen Augen und die feinen Züge ihres faltigen Gesichts machten es äußerst schwierig, ihr tatsächliches Alter zu bestimmen.

»Bernd«, sagte sie, »leg doch meine Stöcke hinten auf den Sessel, damit ich sie habe, wenn ich sie brauche. Du hast ja keine Ahnung, wie es ist, verkrüppelt zu sein. Ohne meine Stöcke bin ich buchstäblich an diesen verdammten Sessel gefesselt.«

»Sie liegen schon da«, sagte ich.

»Gib mir einen Kuß«, verlangte sie. »Hast du Tante Lisl vergessen? Und wie ich dich auf meinen Armen gewiegt habe?«

Ich wartete nun schon drei Tage in Berlin darauf, daß Werner von seiner »kurzen Erkundungsfahrt« in den Ostsektor zurückkam, aber an jedem Tag begrüßte mich Lisl so, als würde sie mich nach langer Abwesenheit wiedersehen. Ich küßte sie.

»Ich möchte Tee«, sagte Lisl. »Such dieser verflixte Klara und sag ihr, sie soll Tee bringen. Bestell dir auch welchen, wenn du magst.« Sie hatte schon immer dieses selbstherrliche, fordernde Wesen gehabt. Jetzt sah sie sich um, als wolle sie sich vergewissern, daß alles am rechten Platz war. Die handgeschnitzten Eichenmöbel hatte Lisls Mutter ausgewählt, und der Kronleuchter war 1945 im Kohlenkeller versteckt worden. In Lisls Kindheit war dieser Raum mit Spitzendecken und Stickereien geziert gewesen – so wie es einem Zimmer ansteht, in das sich die Damen im Anschluß an das Essen zurückziehen. Der damalige Speiseraum diente heute als Hotelrezeption.

Es war Lisl gewesen, die diesen Raum zuerst »Salon« genannt und hier für Berlins vielversprechendste junge Architekten, Maler, Poeten, Schriftsteller und gewisse Nazipolitiker Gesellschaften gegeben hatte. Viele dieser Berühmtheiten aus jener Zeit, die man die Goldenen Zwanziger nennt, drängten sich an den Wänden dieses Salons, lächelten oder blickten ernst auf sepiagetönten Fotos, die mit jenem übertriebenen Schwung signiert waren, der Ausdruck des unbekümmerten Jahrzehnts war, das dem Dritten Reich voranging.

Lisl trug grüne Seide. Wie ein Wasserfall rieselte sie über die Masse ihres Körpers und versickerte über ihren winzigen, spitzen Spangenschuhen. »Was machst du heute abend?« wollte sie wissen. Klara - das »verflixte Mädchen« war um die sechzig und arbeitete seit mehr als zwanzig Jahren für Lisl – sah durch die Tür. Sie nickte mir zu und lächelte nervös, um zu zeigen, daß sie Lisls Tee-Wunsch gehört hatte.

»Ich treffe mich mit Werner«, sagte ich.

»Und ich hatte gehofft, du würdest mit mir Karten spielen«, sagte sie. Sie rieb sich ihr schmerzendes Knie und lächelte.

»Das hätte ich sehr gern getan, Lisl«, erwiderte ich. »Aber ich habe mit ihm etwas zu besprechen.«

»Du verabscheust es, mit deiner alten Tante Lisl Karten zu spielen, ich weiß, ich weiß.« Sie blickte auf, und als das Licht auf sie fiel, konnte ich die falschen Wimpern und die Schichten von Schminke und Puder sehen, die sie an den Tagen auflegte, an denen sie Gäste empfing. »Ich habe dir das Bridgespielen beigebracht, als du noch keine zehn Jahre alt warst. Damals hat es dir Spaß gemacht.«

»Das tut es auch heute noch«, protestierte ich halbherzig.

»Da ist ein sehr netter junger Engländer, mit dem ich dich gern bekannt gemacht hätte, und der alte Herr Koch kommt auch.«

»Wenn ich mich nicht mit Werner treffen müßte«, sagte ich, »hätte ich liebend gern den Abend mit dir verbracht.« Sie lächelte grimmig, da sie wußte, daß ich Kartenspiele haßte.

»Mit Werner?« rief Lisl, als wäre ihr plötzlich etwas eingefallen. »Da war eine telefonische Nachricht für dich. Werner verspätet sich und kann dich heute abend leider nicht sehen. Er wird dich morgen früh anrufen.« Sie lächelte. »Es macht nichts, Liebchen. Tante Lisl wird dich nicht beim Wort nehmen. Ich weiß, daß du interessantere Dinge zu tun hast, als mit einer häßlichen, alten, verkrüppelten Frau wie mir Bridge zu spielen.«

Das war Spiel, Satz und Sieg für Lisl. »Ich bin mit von der Partie«, sagte ich mit soviel Würde, wie ich aufbringen konnte. »Von wo aus hat Werner denn angerufen?«

»Wundervoll«, sagte Lisl mit einem breiten Lächeln. »Von wo aus er telefoniert hat, Liebchen? Woher soll ich das denn wissen?« Ich nahm an, daß sie ihn im Ostsektor vermutete. Aber das wollte sie nicht zugeben, nicht einmal vor sich selbst. Wie so viele andere geborene Berliner versuchte sie zu verdrängen, daß Berlin inzwischen eine kleine Insel inmitten eines kommunistischen Meeres war. Sie nahm von der kommunistischen Welt nur mit den Mitteln des Witzes, der Halbwahrheiten und Beschönigungen Kenntnis – genau wie die Wiener dreihundert Jahre zuvor die belagernden ottomanischen Türken mit einem Schulterzucken abgetan hatten. »Du kannst nicht richtig reizen«, stellte sie fest. »Deshalb wird aus dir nie ein guter Bridgespieler werden.«

»Ich spiele gut genug«, sagte ich. Es war dumm von mir, ihr die Bemerkung übelzunehmen, da ich keinerlei Ambitionen hatte, ein guter Bridgespieler zu werden. Ich war pikiert, daß diese alte Frau fähig war, mich mit den gleichen durchsichtigen Taktiken zu einem Bridgeabend einzufangen, die sie mir gegenüber schon angewandt hatte, als ich noch ein Kind war.

»Kopf hoch, Bernd«, sagte sie. »Hier ist der Tee. Und ich glaube, da ist auch Kuchen. Keine Zitrone, Klara. Wir trinken den Tee auf englische Art.« Die zerbrechliche Klara stellte das Tablett auf den Tisch und begann mit dem Ritual des Tischdeckens. Sie stellte Tassen und Teller hin, legte Löffel und Gabeln dazu und die silberne Schale, die das Teesieb aufnahm. »Da ist ja mein neuer englischer Freund«, sagte Lisl. »Der, von dem ich dir erzählt habe. Noch eine Tasse bitte, Klara.«

Ich drehte mich zu dem Mann um, der den Salon betreten hatte. Es war Dickys Studienfreund aus Mexico City. Es war unmöglich, diesen hochgewachsenen, dünnen Engländer mit seinem braunen, fast ingwerfarbenen Haar nicht wiederzuerkennen. Er trug graue Flanellhosen und einen blauen Blazer mit großen dekorativen Messingknöpfen und dem Abzeichen irgendeines Cricket-Clubs auf der Tasche. »Bernard Samson«, sagte ich und streckte die Hand aus. »Henry Tiptree. Erinnern Sie sich?« Sein Händedruck war fest, aber seltsam verstohlen – die Art von Händedruck, mit dem Diplomaten und Politiker einer langen Reihe von Gästen die Hand schütteln. »Was für ein Glück, Sie hier wiederzutreffen. Neulich habe ich mit einem Burschen namens Harrington gesprochen. Er sagte, Sie wüßten mehr über diese außergewöhnliche Stadt als zehn andere.«

»Ich dachte, Sie würden in Mexico City hart arbeiten.«

»Guten Tag, gnädige Frau«, begrüßte er Lisl, die sich mit gerunzelten Augenbrauen bemühte, den plötzlichen Schwall englischer Worte zu verkraften. Henry Tiptree beugte sich über die juwelengeschmückte Hand, die sie ihm zum Handkuß entgegenstreckte. Dann verbeugte er sich noch einmal mit jenem umwerfenden Charme der Schauspieler in alten Ausstattungsfilmen, die am kaiserlichen Hof in Wien spielen. Er wandte sich an mich. »Sie haben gedacht, ich würde in Mexico City hart arbeiten. Ich auch. Ha ha. Aber wenn Sie ein paar Jahre im diplomatischen Dienst waren, werden Sie wissen, daß der Bursche, der eben noch den Sprachkurs für Koreanisch in Seoul geleitet hat, morgen für Presse und Information an der Botschaft in Paris zuständig ist.« Nachdenklich rieb er sich den linken Nasenflügel. »Nein, irgendein Guru in der Personalabteilung hat beschlossen, daß mein Schuldeutsch genau das ist, was sie brauchten, um mich für unbefristete Zeit zu euch zu beordern. Keine Erklärung, keine Entschuldigung, keine Zeit für die Vorbereitungen. Eins, zwei, drei – hier bin ich. Ha ha.«

»Eine ziemliche Überraschung«, stellte ich fest. »Ich glaube, wir spielen heute abend miteinander Karten.«

»Es freut mich zu hören, daß Sie uns Gesellschaft leisten«, stellte Henry fest und schien ehrlich erfreut zu sein. »Das nenne ich das echte Berlin, was? Die wundervolle, kultivierte Frau Hennig hier und dieser herrliche Bursche Koch, über den sie mir schon so viel erzählt hat. Das sind doch die Menschen, die man kennenlernen möchte, und nicht jene Schnorrer-Typen, die bei jeder Durchschnittsbotschaft anklopfen.«

Lisl berührte meinen Arm. »Und zieh dir ein Jackett an und binde dir eine Krawatte um, ja, Liebchen? Nur, um deine alte Lisl glücklich zu machen. Trage nur einmal auch bei mir so einen Anzug, wie du sie anziehst, wenn du Frank Harrington besuchst.« Lisl wußte, wie man mich zu einem verdammten Trottel machen konnte. Ich sah Tiptree an; er lächelte.

Wir spielten Bridge in Lisls Arbeitszimmer, einem Raum, der vollgestopft war mit ihren Schätzen. Hier stellte sie die Rechnungen aus und kassierte das Geld von ihren Hotelgästen. Hier bewahrte sie ihre Flasche Sherry in einem Schrank auf, der ansonsten mit allerlei Porzellan-Zierrat gefüllt war.

»Ich glaube, die Karten müssen besser gemischt werden«, beschwerte sich Lisl, während sie die wenigen Spielmarken sortierte, die ihr noch geblieben waren. Wir gaben diese Spielmarken für jeweils fünfzig Pfennig aus, und Lisls Verluste konnten den Preis der Flasche Sherry kaum übersteigen, die wir fast geleert hatten, aber sie verlor nun einmal nicht gern.

Wir vier saßen um den runden dreibeinigen Mahagonitisch, an dem Lisl gewöhnlich saß, wenn sie ihr Frühstück zu sich nahm.

Lothar Koch hatte soeben zu einer seiner langen Geschichten angesetzt. »Was wollte ich gerade sagen?« fragte Koch, der nicht in der Lage war, die Karten zu mischen und gleichzeitig zu erzählen.

»Sie sprachen von diesem interessanten Geheimbericht über die Aufstände in den Niederlanden«, soufflierte Henry.

»Ach ja«, sagte er. Lothar Koch war ein kleiner, verhärmter Mann von fünfundachtzig Jahren mit dunklen Ringen unter den bekümmerten Augen und einer Nase, die viel zu groß war für sein kleines, eingesunkenes Gesicht. Herr Koch besaß eine goldene Rolex-Uhr und liebte es, am Abend gepunktete Fliegen zu tragen. »Damit hat alles begonnen. Das war 1941. Brandt kam nach dem Aufstand zu mir ins Büro.«

»Rudolf Brandt«, erläuterte Lisl. »Heinrich Himmlers Sekretär.«

»Ich erinnere mich daran, als sei es gestern gewesen«, fuhr Koch fort. »Brandt lud diesen Bericht auf meinem Schreibtisch ab. Er steckte in einem gelben Aktendeckel und bestand aus dreiundvierzig maschinenbeschriebenen Seiten. ›Sehen Sie nur, womit dieser Dummkopf Bormann jetzt wieder angekommen ist‹, sagte er zu mir. Er meinte Hitler, aber es war üblich, für derlei Dinge Bormann die Schuld zu geben. Es stimmte zwar, daß Bormann jede Seite gegengezeichnet hatte, aber er war lediglich der Leiter der Parteikanzlei, er besaß keinerlei politische Macht. Die hatte einwandfrei der Führer. ›Was ist es denn?‹ fragte ich. Ich hatte selbst genug Papierkram zu lesen und riß mich nicht gerade danach, mir mit einem weiteren Bericht meinen Abend zu vermiesen. Brandt sagte, daß die gesamte holländische Bevölkerung in die ehemaligen polnischen Gebiete umgesiedelt werden sollte.«

»Guter Gott«, sagte Henry und trank einen Schluck Sherry.

»Achteinhalb Millionen Menschen. Die ersten sollten die ›Unverbesserlichen‹ sein, also all jene, die keine Nazis waren und bei denen auch nicht damit zu rechnen war, daß sie je welche werden würden. Darunter sollten sich aber auch Gemüsegärtner, Bauern und andere Leute mit landwirtschaftlicher Erfahrung befinden. Sie sollten nach Galizien geschickt werden, um dort eine Basiswirtschaft zu schaffen, die später den Rest der Holländer ernähren konnte, die nachkommen würden.«

»Was haben Sie ihm denn gesagt?« fragte Henry.

»›Wie können wir denn der Reichsbahn diese Mehrbelastung zumuten?‹ fragte ich ihn. Wissen Sie, es war sinnlos, diesen Menschen mit moralischen Appellen zu kommen.«

»Das war aber sehr clever«, stellte Henry fest.

»Und die Wehrmacht bereitete sich doch gerade auf den Angriff auf die Sowjetunion vor«, sagte Herr Koch. »Der damit zusammenhängende Arbeitsaufwand war unvorstellbar... besondere Fahrpläne, die ganze Logistik und so weiter. Ich ging an diesem Nachmittag hinüber zu Kersten. Es regnete, aber ich hatte weder Mantel noch Schirm mitgenommen. Ich erinnere mich genau. Es herrschte reger Verkehr auf der Friedrichstraße, und als ich in mein Büro zurückkam, war ich völlig durchnäßt.«

»Felix Kersten war Heinrich Himmlers persönlicher medizinischer Betreuer«, flocht Lisl ein.

»Kersten war finnischer Staatsangehöriger, in Estland geboren. Vor dem Kriege hatte er in Holland gelebt und die holländische Königsfamilie behandelt. Himmler hielt ihn für ein medizinisches Genie. Kersten hegte ein besonderes Wohlwollen gegenüber den Holländern, und ich wußte, daß er mich anhören würde.«

»Warum teilen Sie die Karten nicht aus?« schlug ich vor. Koch warf mir ob dieser störenden Bemerkung einen bösen Blick zu.

»Eine wirklich faszinierende Geschichte«, sagte Henry. »Was hat Kersten gesagt?«

»Er hörte sich alles an, äußerte sich aber nicht«, sagte Koch und pochte mit den Spielkarten auf die Tischplatte. »Aber später, in seinen Memoiren, hat der finnische Medizinalrat behauptet, es sei lediglich seiner persönlichen Intervention zu verdanken, daß die Holländer gerettet wurden. Himmler litt an starken Magenkrämpfen, und Kersten warnte ihn, daß ein so ungeheures Vorhaben wie die Umsiedlung eines ganzen Volkes nicht nur die Kapazitäten der Reichsbahn bei weitem übersteigen, sondern auch – da in Himmlers Verantwortungsbereich fallend – einen gesundheitlichen Kollaps nach sich ziehen würde.«

»Sie ließen den Plan fallen?« fragte Henry. Er war ein wundervoller Zuhörer, und Herr Koch aalte sich in der Aufmerksamkeit, die Henry ihm schenkte. Er lächelte und sagte: »Himmler überredete Hitler, den Plan bis nach dem Krieg zu verschieben. Wissen Sie, zu diesem Zeitpunkt kämpften unsere Armeen in Jugoslawien und

Griechenland. Ich wußte, daß kaum eine Chance für seine Durchführung bestand.«

»Ich muß schon sagen, das ist wirklich außergewöhnlich«, sagte Henry. »Sie hätten dafür einen Orden verdient.«

»Sie haben doch eine Auszeichnung bekommen, nicht wahr, Herr Koch? Von der Partei?« sagte ich.

Herr Koch schenkte mir ein festgefrorenes, freudloses Lächeln und mischte die Karten. »Ja, das stimmt.« Und zu Henry sagte er: »Bernd findet es amüsant, daß ich die Auszeichnung für zehn Jahre Mitgliedschaft in der NSDAP erhalten habe. Aber er weiß auch ...« – Herr Koch wies mit erhobenem Finger in meine Richtung – ».. daß es mein Posten im Innenministerium unbedingt erforderlich machte, in die Partei einzutreten. Ich war aber bekanntermaßen nie ein aktiver Nationalsozialist.«

»Herr Koch war ein ›Unverbesserlicher‹«, sagte ich.

»Sie sind ein Störenfried, Bernd«, sagte Herr Koch. »Wenn ich nicht ein so enger Freund Ihres Vaters gewesen wäre, könnte ich auf einige Ihrer Bemerkungen durchaus verärgert reagieren.«

»Das war doch nur ein Scherz, Herr Koch«, sagte ich. Tatsächlich war ich jedoch fest davon überzeugt, daß der alte Lothar Koch ein unverbesserlicher Nazi war, der jeden Abend vor dem Zubettgehen ein Kapitel aus *Mein Kampf* las. Aber er bewies eine so erstaunliche Freundlichkeit angesichts meiner Bemerkungen, daß ich ihn deswegen bewunderte.

»Was soll eigentlich dieser Unsinn von wegen ›Bernd‹, Samson?« Henrys gerötete Stirn pellte sich nicht nur, sie war auch in Falten gezogen. »Sie sind doch kein Deutscher, oder?«

»Manchmal«, erwiderte ich, »fühle ich mich schon wie einer.«

»Diese Frau hätte einen Orden verdient«, sagte Koch plötzlich. Er deutete auf Lisl Hennig. »Sie hat eine jüdische Familie da oben versteckt. Drei Jahre lang hat sie sie verborgen. Können Sie sich vorstellen, was geschehen wäre, wenn die Gestapo sie entdeckt hätte – iietsch!« Herr Koch fuhr sich mit dem Zeigefinger quer über den Hals. »Und Frau Hennig wäre ins Konzentrationslager gekommen. Sie waren eine unverbesserliche Törin, meine Liebe.«

»Wir waren alle Narren – in der einen oder anderen Weise«, sagte Lisl. »Es war eben eine komplett verrückte Zeit.«

»Haben denn Ihre Nachbarn nicht gewußt, wen Sie da versteckt hielten«, wollte Henry wissen.

»Die ganze Straße hat es gewußt«, sagte Koch. »Die Mutter der versteckten Familie war ihre Köchin.«

»Einmal mußten wir sie tatsächlich in den Kühlschrank stekken«, sagte Lisl. »Sie hatte solche Angst und wehrte sich wie verrückt. ›Ich werde darin ersticken‹, schrie sie. ›Ich werde erstikken.‹ Aber das Küchenmädchen – eine riesige Frau und schon lange tot, Gott sei ihrer Seele gnädig – hat mir geholfen. Wir stellten alle Lebensmittel auf den Tisch und schoben Frau Volkmann in den Kühlschrank.«

»Die Gestapo war da, um das ganze Haus zu durchsuchen«, sagte Herr Koch.

»Aber nur drei Beamte«, sagte Lisl. »Kleine Wichtigtuer. Ich nahm sie mit an die Bar. Weiter sind sie mit ihrer Durchsuchung nicht gekommen.«

»Und die Frau im Kühlschrank?« fragte Henry.

»Als sich der Pegelstand des Schnapses dem Boden der Flasche näherte, hielten wir es für besser, sie zu befreien. Sie hatte es schadlos überstanden. Wir gaben ihr eine Wärmflasche und steckten sie ins Bett.«

»Das war Werners Mutter«, sagte Lisl zu mir.

»Ich weiß, Lisl«, sagte ich. »Du warst sehr mutig.«

Nach solchen Bridgeabenden spendierte Lisl häufig einen »Schlummertrunk« auf Kosten des Hauses, aber diesmal mußten wir für unsere Getränke bezahlen. Vermutlich war sie immer noch verschnupft, daß mir meine mangelhaften Bridgekenntnisse fünf Mark eingebracht hatten, während sie drei verloren hatte. Sie hatte eine ihrer verdrießlichen Launen und klagte über alles – angefangen bei ihren Knieschmerzen bis hin zur Alkoholsteuer. Ich war fast dankbar, daß Lisl beschloß, sich früh zurückzuziehen. Mir war klar, daß sie noch nicht schlafen würde. Vielleicht würde sie Zeitung lesen oder bis in die frühen Morgenstunden ihre alten Platten spielen. Aber wir sagten ihr gute Nacht; kurz darauf bestellte sich Lothar Koch telefonisch ein Taxi und brach auf.

Henry Tiptree schien erpicht, den Abend zu verlängern, und mit einer Flasche Weinbrand vor uns auf dem Tisch hatte ich nichts dagegen, seine Fragen zu beantworten. »Was für ein außergewöhnlicher, alter Mann«, sagte Henry, nachdem sich Koch verabschiedet hatte.

»Er hat das alles miterlebt«, sagte ich.

»Ist er wirklich deshalb Nazi geworden, weil er im Ministerium gearbeitet hat?«

»Weil er ein Nazi war, hat er den Job im Ministerium bekommen.

Vor 1933 war er im Empfang des ›Kaiserhof‹ beschäftigt. Das war ein Hotel, in dem Hitler häufig logierte. Lothar kannte die meisten der Nazigrößen. Manche kamen mit ihren Freundinnen, und schon bald machte das Wort die Runde, daß derjenige, der ein Zimmer für eine Stunde mieten wollte, sich am besten an Lothar – den mit dem Parteiabzeichen am Revers – zu wenden hatte.«

»Und dafür erhielt er seinen Posten im Innenministerium?«

»Ich weiß nicht, ob das der einzige Grund war. Auf jeden Fall hat er ihn bekommen. Aber natürlich handelte es sich nicht um den hochrangigen Posten, an den sich Lothar heute so gern erinnert. Aber er war da und hielt die Augen offen. Allerdings machte er sie auch zu, wenn es zum Beispiel darum ging, daß Lisl Werners Eltern versteckte.«

Henry studierte mich ernst, bevor er sich zu einem Lachen entschloß. »Ha ha«, sagte er. »Das ist das wahre Berlin. Donnerwetter. Das Büro wollte, daß ich im ›Kempinski‹ oder dem herrlichen neuen ›Steigenberger Hotel‹ absteige. Aber Ihr Freund Harrington riet mir, mich hier häuslich niederzulassen. Da finden Sie das wahre Berlin, sagte er. Und, Teufel noch mal, er hat recht.«

»Hätten Sie etwas dagegen, wenn ich mir noch etwas von diesem Brandy einschenke?« fragte ich.

»Ich bitte Sie! Aber lassen Sie mich das machen.« Er goß mir ein großzügiges Quantum ein, sich selbst aber nur ein Minimum.

»Ich nehme an, daß Sie hier zusammen mit Dicky irgendeinen abenteuerlichen Auftrag zu erledigen haben?«

»Gleich zweimal falsch«, sagte ich. »Dicky liegt in London brav im Bett, und ich bin lediglich hier, um ein paar Dokumente abzuholen und sie dann nach London mitzunehmen, eigentlich eine Art Botendienst, aber bei uns herrscht ausgesprochene Personalknappheit.«

»Verdammt«, sagte Henry. »Und da habe ich mir eingeredet, daß Ihr besorgter Gesichtsausdruck während des ganzen Abends damit zu tun hat, daß Sie Angst um irgendeinen armen Teufel haben, der sich da draußen gerade eine Schneise durch den Stacheldraht schneidet.« Er lachte und nahm einen Schluck Brandy. Aus Lisls Zimmer hörte ich, daß sie eine ihrer Lieblingsplatten spielte.

»...No one here can love and understand me,
Oh what hard-luck stories they all hand me...«

»Es tut mir leid, Sie enttäuscht zu haben«, sagte ich.

»Können wir uns nicht irgendwo in der Mitte treffen?« schlug Henry aufgeräumt vor. »Könnten Sie mir denn nicht erzählen, daß da draußen wenigstens ein nachgemachter James Bond seinen Hals bei den Russkis riskiert?«

»Vielleicht gibt es ihn«, erwiderte ich. »Aber niemand hat mir von ihm berichtet.«

»Ha ha«, sagte Henry und trank noch einen Schluck Brandy. Anfangs hatte er nur sehr mäßig getrunken, aber inzwischen war er dabei, einen Großteil dieser Vorsicht über Bord zu werfen.

»Erzählen Sie mir doch, was Sie hier treiben«, sagte ich.

»Was ich hier treibe? Ja, was eigentlich. Das ist eine lange Geschichte, mein lieber Freund.«

»Erzählen Sie sie mir trotzdem.« Ich sah auf meine Uhr. Es war spät. Ich fragte mich, von wo aus Werner angerufen hatte. Er fuhr ein Auto mit DDR-Zulassungsnummer, was nicht ganz unproblematisch war, und er hatte vorgehabt, die Transitautobahn zu benutzen. Mir hatte diese Methode noch nie gefallen. Die Autobahnen wurden ziemlich scharf überwacht, um soweit als möglich zu verhindern, daß sich Deutsche von hüben und drüben etwa auf Parkplätzen trafen. Ich hatte dafür gesorgt, daß zur vereinbarten Zeit an diesem Morgen jemand am richtigen Ort anwesend war. Aber nun hatte ich keine Ahnung, wo Werner steckte, und ich konnte nichts tun, um ihm zu helfen.

Lisls Platte begann von neuem.

»Pack up all my cares and woe.
Here I go, singing low,
Bye, bye, blackbird...«

»Haben Sie denn genug Zeit, sich meine Lebensgeschichte anzuhören?« fragte Henry. Er kicherte. Wir wußten beide, daß Henry Tiptree nicht gerade der Mann war, der irgend jemand seine Lebensgeschichte anvertrauen würde. Nie beschweren, nichts erklären – so lautete die Richtschnur der exklusiven Internatsschulen.

»Ich habe die Zeit«, sagte ich, »und Sie haben den Brandy.«

»Und ich dachte schon, Sie würden sagen: Ich habe die Zeit, wenn Sie die Neigung haben – wie Big Ben zum schiefen Turm von Pisa sagte, was? Ha ha.«

»Wenn Sie gerade an einer geheimen Sache dran sein sollten...« sagte ich.

Er wischte eine derartige Überlegung beiseite. Seine Hand stieß an sein Glas, und etwas von seinem Brandy schwappte über. »Mein unmittelbarer Vorgesetzter ist da mit einer dieser langwierigen Studien beschäftigt, die so ähnlich wie *Westliche Verhandlungspolitik und sowjetische Militärmacht* heißen wird. Er will seinen Namen auf dem Titelblatt prangen sehen und durch die zwingende Logik des Werkes eine Stufe auf der Karriereleiter hinauffallen. Ich bin nur der vom Fußvolk, der die ganze Kleinarbeit macht, um dann am Ende einer langen Liste von Danksagungen Erwähnung zu finden.« Diese Vorstellung veranlaßte ihn, dem Alkohol besonders kräftig zuzusprechen.

»Und kann man schon sagen, was die Quintessenz Ihrer langwierigen Studie sein wird?«

»Ich muß schon sagen, Sie sind höflich. Sie wird all jene Dinge beinhalten, über die wir alle allzu gut Bescheid wissen, von denen die Politiker aber wollen, daß wir sie möglichst schnell vergessen.«

»Zum Beispiel?«

»Daß achtzig Prozent der Aufrüstung in Mitteleuropa seit 1965 von Staaten des Warschauer Paktes vorgenommen wurden, oder beispielsweise die amerikanischen Militärausgaben zwischen 1968 und 1978 um vierzig Prozent gekürzt wurden, während im gleichen Zeitraum die sowjetischen Ausgaben um fünfundsiebzig Prozent gestiegen sind, wohingegen die Truppenstärke des westlichen Verteidigungsbündnisses um 50000 Mann verringert wurde, während die östliche um 150000 Mann zugenommen hat – Sie sehen, alles Dinge, die Sie schon längst wissen.«

»Wozu dann aber die Studie?«

»Eine Zielsetzung ist auch, die Motive zu ergründen, die hinter den ungeheuren sowjetischen Rüstungsanstrengungen stecken. Mein Herr und Meister ist der Ansicht, daß man die Antwort findet, wenn man die einzelnen taktischen Vorbereitungen unter die Lupe nimmt, die von russischen Armeeinheiten getroffen werden, Einheiten, die denen der NATO gegenüberstehen.«

»Wie wollen Sie das denn bewerkstelligen?« fragte ich.

»Es ist ein ziemlich mühsames Unterfangen. Wir haben Leute, die regelmäßig mit russischen Soldaten sprechen – über ganz alltägliche Dinge –, wir befragen Deserteure, und wir verfügen über Berichte gewisser Abenteurer.« Er entblößte seine Zähne. »Trinken Sie doch noch einen Brandy. Ich habe mir sagen lassen, daß Sie eine ganze Menge vertragen.«

»Danke«, sagte ich. Ich war nicht ganz sicher, ob es mir gefiel, einen solchen Ruf zu haben, aber ich würde auf gar keinen Fall seinen Brandy schonen, nur um das Gegenteil zu beweisen.

»Meist bin ich mit Ihren Leuten zusammen«, sagte er. »Aber ich verbringe meine Zeit auch mit anderen Gruppen. Dicky hat das alles für mich arrangiert. Netter Bursche, dieser Dicky.« Eine blonde Locke fiel ihm ins Gesicht. Er strich sie sich so energisch aus der Stirn, daß er seine Frisur in Unordnung brachte. »*Cheers.*«

»Was haben Sie mit ihnen vor?« wollte ich wissen.

Er sprach jetzt schon schwerfälliger. »Dieselbe verdammte Sache. Sowjetische Militärmacht und westliche... was sagte ich doch gleich, wie das heißt?«

»So ungefähr«, sagte ich und schenkte uns Brandy nach.

»Ich weiß, was Sie vorhaben, Samson«, sagte er. »Zumindest... versuchen Sie es wenigstens.«

»Und das wäre?«

»Mich betrunken zu machen. Aber das wird Ihnen nicht gelingen.« Er lächelte. »Ich trinke Sie doch unter den Tisch, alter Bursche.«

»Ich habe doch gar nicht vor, Sie betrunken zu machen«, sagte ich. »Je weniger Sie trinken, desto mehr bleibt für mich übrig.«

Henry Tiptree dachte über dieses Argument so gründlich nach, als wollte er ein Haar in der Suppe finden, schüttelte dann verdutzt den Kopf, leerte die Weinbrandflasche, wobei er den Rest mit umständlicher Sorgfalt Tropfen für Tropfen zwischen uns aufteilte. »Dicky hat mir gesagt, daß Sie ein Gauner sind.«

»Dann geht das hier auf Dicky«, sagte ich und hob mein Glas.

»Prost auf Dicky«, erwiderte er. »Ich kenne ihn schon lange. In Oxford hat er mir immer leid getan. Dickys Vater hatte in Südamerika investiert und das meiste Geld im Krieg verloren. Dicky mußte mit ansehen, wie seine Cousins in Sportwagen durch die Gegend brausten und fürs Wochenende nach Paris flogen, während er nicht einmal das Geld für eine Eisenbahnkarte nach London hatte. Es war verdammt scheußlich für ihn, erniedrigend...«

»Das habe ich nicht gewußt«, sagte ich.

»Manche Leute in Oxford sagten, er sei ein Streber... das war er auch und ist es noch... Aber das war es, was Dicky dazu anstachelte, so gute Leistungen zu erzielen. Er wollte uns beweisen, wozu er fähig war... und, natürlich, da er kein Geld in der Tasche hatte, hatte er auch viel Zeit zur Verfügung.«

»Die hat er auch jetzt noch«, stellte ich fest.

Henry Tiptree sah mich an, bevor er ein hinterhältiges Lächeln aufsetzte. »Wie wäre es mit noch einer Flasche?« fragte er.

»Wir haben beide genug getrunken, Henry«, sagte ich.

»Ich spendier noch die Flasche, die ich in meinem Zimmer habe.«

»Wir lassen das besser«, sagte ich und stand auf. Ich war zwar nicht betrunken, spürte aber doch den genossenen Alkohol. Wann würde Werner morgen früh anrufen, fragte ich mich. Es war dumm von mir gewesen, ihm zu sagen, daß er wieder fester Mitarbeiter werden würde. Nun war er wild entschlossen, der Zentrale in London zu beweisen, auf was sie da die ganzen Jahre hindurch freiwillig verzichtet hatte. Und mit Werner konnte das ein todsicheres Rezept für eine Katastrophe sein. Ich hatte erlebt, wie es war, wenn Werner jemanden beeindrucken wollte. Als wir noch zur Schule gingen, hatte es da ein hübsches Mädchen mit Namen Renate gegeben, das im Wedding wohnte. Ihre Mutter schrubbte die Böden der Klinik. Werner war so wild darauf gewesen, Renate zu beeindrucken, daß er ein amerikanisches Auto stehlen wollte, das vor der Schule geparkt war. Er war gerade dabei, das Fenster gewaltsam mit Draht zu öffnen, als der Besitzer, ein amerikanischer Soldat, ihn erwischte. Werner konnte sich glücklich schätzen, mit einer Ohrfeige davonzukommen. Es war so unsinnig. Nie zuvor in seinem Leben hatte Werner irgend etwas gestohlen. Und ausgerechnet ein Auto – Werner hatte doch nicht den blassesten Schimmer, wie man so ein Ding in Gang setzt. Ich fragte mich, ob er in Ostberlin oder in der DDR in Schwierigkeiten geraten war. Wenn ihm etwas zugestoßen war, müßte ich mir die Schuld daran geben. Es war niemand da, den ich sonst hätte verantwortlich machen können.

Henry Tiptree saß steif mit verkniffenem Gesicht auf seinem Sessel. Ein weniger adretter Mann hätte nicht so betrunken ausgesehen. An dem untadeligen Henry Tiptree wirkten das leicht derangierte Haar und der verrutschte Krawattenknoten jedoch komisch. »Sie werden damit nicht durchkommen«, sagte er verärgert. Er durchlief die verschiedenen Stadien der Trunkenheit, von der fröhlichen Hochstimmung zu Niedergeschlagenheit, Mißtrauen und Zorn.

»Womit?« fragte ich.

»Das wissen Sie schon, Samson. Spielen Sie bloß nicht den Unschuldigen!« Diesmal war es die Erregung, die ihn daran hinderte, sich deutlicher zu artikulieren.

»Sagen Sie es mir trotzdem.«

»Nein«, sagte er. Er starrte mich mit haßerfüllten Augen an.

Da wußte ich, daß Tiptree eine Rolle dabei spielte, das Netz zu spinnen, in dem ich mich zu verfangen begann. Auf allen Seiten war ich von Mißtrauen, Wut und Haß umgeben. War das alles Fionas Werk, oder war das etwas, was ich mir selbst zuzuschreiben hatte? Und wie sollte ich mich wehren, wenn ich nicht wußte, wo meine erbittertsten Feinde saßen und wer sie waren?

»Na, dann gute Nacht«, sagte ich und nickte ihm zu.

»Gute Nacht, Sie Super-Agent«, sagte Tiptree verbittert.

Als ich die große Schiebetür erreicht hatte, die den Salon von der Bar trennte, drehte ich mich um. Er bemühte sich, auf die Beine zu kommen, und griff quer über den Tisch, um das äußere Ende der Tischkante zu packen. Dann versuchte er, mit vor Anstrengung ganz weißen Fingerknöcheln, sich an der Kante in die Höhe zu ziehen. Es sah alles danach aus, als könnte er Erfolg haben, aber als ich auf die Treppe zuging, hörte ich ein ungeheures Gepolter.

Ich ging zurück in die Bar, wo Henry Tiptree neben dem umgekippten Tisch der Länge nach auf dem Fußboden lag. Er atmete schwer und gab kleine Stöhnlaute von sich, war aber ansonsten gänzlich weggetreten. »Kommen Sie, Henry«, sagte ich. »Lassen Sie uns von hier verschwinden.« Ich wußte, wenn man ihn am Morgen hier fand, würde Lisl mir die Schuld geben. Alles, was diesem »englischen Gentleman« auch geschah, würde mir in die Schuhe geschoben werden. Ich richtete den Tisch wieder auf und hoffte inständig, Lisl habe den Tumult nicht gehört.

Als ich mir Tiptree auf die Schulter lud, begann ich mich zu fragen, warum er hergekommen war. Mit Sicherheit war er geschickt worden, aber von wem? Er war doch nicht der Typ, der freiwillig in Tante Lisls Hotel abstieg, wo man morgens über den Korridor laufen mußte, um zum Bad zu kommen, in dem es kein warmes Wasser gab. Nein, die Tiptrees dieser Welt bevorzugen die feudalen City-Hotels, wo alles funktioniert, sogar das Personal.

Ich schwankte, als ich den Salon mit Tiptrees Gewicht auf meinen Schultern durchquerte – und das taten auch der Spiegel, der Fußboden und die Decke. Aber ich fing mich wieder und legte eine kurze Pause ein, bevor ich an der Tür vorbeiging, die zu Lisls Zimmer führte.

Ihre Platte lief immer noch, und ich sah sie vor mir, wie sie da auf einem Dutzend Spitzenkissen lag und den Kopf im Rhythmus der Musik bewegte.

»Make my bed and light the light,
I'll arrive late tonight.
Blackbird, bye-bye.«

16

Es war kalt, und eine formlose graue Wolkendecke erstreckte sich über der flachen Landschaft, so weit das Auge reichte, und es schüttete, was das Zeug hielt.

Auf Werners Nachricht hin hatte ich mich in den Dorfgasthof »Zum Goldenen Bär« begeben. Zwei Tage ergebnisloser Warterei hatte ich bereits hinter mir. Ich saß gerade beim Frühstück, als draußen ein dunkelgrüner VW Passat mit einem Nummernschild des Bundesgrenzschutzes vorfuhr, zu dessen Aufgaben es auch gehört, fremde Personen zu überprüfen, die sich in Grenznähe aufhalten.

Der noch relativ junge Beamte, der hereinkam, wechselte ein paar Sätze mit dem Wirt, warf einen Blick in das Gästebuch und ging dann auf meinen Tisch zu.

»Ihre Papiere, bitte«, sagte er, und ich reichte ihm meinen behelfsmäßigen Personalausweis, den die Berliner haben. »Wie lange wollen Sie bleiben?« erkundigte er sich.

»Eine Woche etwa. Montag muß ich wieder arbeiten.« Daß ich das Zimmer für sieben Tage gemietet hatte, wußte er ohnehin bereits vom Wirt. »Manchmal habe ich das Gefühl, unbedingt ein paar Tage aus Berlin raus zu müssen.«

»Und weshalb kommen Sie ausgerechnet hierher?« fragte der Grenzschützer.

»Weshalb nicht?« gab ich zurück. Er sah aus dem Fenster. Es schüttete noch immer unablässig. Gegenüber, auf der anderen Straßenseite, waren Arbeiter mit dem Abriß eines alten, baufälligen Hauses beschäftigt. Sie arbeiteten ungeachtet des Regens. Während ich hinübersah, stürzte eine Mauer mit lautem Krachen ein, und eine mächtige Staubwolke stieg auf, die der Regen jedoch rasch niederdrückte. Die eingestürzte Mauer gab nun den Blick frei auf offene Felder hinter dem Dorf und ein glänzendes Band, das ein Stück der Elbe war, die Ost und West trennt. Die Elbe war schon immer ein Grenzfluß gewesen; sie hatte sogar Karl den Großen aufgehalten. Im Lauf der Geschichte hatte sie Lombarden von Slawen getrennt, Franken von Awaren, Christen von Heiden, Katholiken von Protestanten, und jetzt Kommunisten von Kapitalisten. »Es ist besser als da drüben«, sagte ich.

»Überall ist es besser als da drüben«, sagte der Grenzschützer übellaunig, als wäre ich seiner Frage ausgewichen. Hinter ihm sah ich Konrad, den Sohn des Wirts, den Frühstücksraum betreten. Konrad war ein schlaksiger Achtzehnjähriger in Blue Jeans und einem Cowboyhemd mit Fransen. Er war unrasiert, aber ich war mir noch nicht klar darüber, ob das darauf zurückzuführen war, daß er sich einen Bart wachsen ließ oder zu der beiläufigen Gleichgültigkeit gehörte, die er seinen morgendlichen Waschriten angedeihen ließ. Er begann die Tische für das Mittagessen zu decken. Trotz der Hingabe, mit der er sich seiner Aufgabe widmete, war ich sicher, daß er hereingekommen war, um zu lauschen.

»Ich gehe spazieren«, sagte ich. »Mein Arzt hat mir geraten, viel spazierenzugehen. Selbst bei Regen bin ich jeden Tag unterwegs.«

»Davon habe ich gehört«, sagte der Grenzwächter. Er legte meinen Ausweis auf das rotkarierte Tischtuch neben den Korb mit den Frühstücksbrötchen. »Passen Sie nur auf, daß Sie nicht in die falsche Richtung spazierengehen. Als Berliner«, er betonte das Wort so merkwürdig, wie ich fand, oder war dies nur Einbildung? – »wird Ihnen ja die Gefährlichkeit dieses Todesstreifens ein Begriff sein.«

Der Mann konnte nicht ahnen, welche noch immer in mir lebendigen Erinnerungen seine Worte heraufbeschworen. Ich hatte einen solchen Grenzstreifen in einer Nacht des Jahres 1978 überwunden. Mein Begleiter kam nicht durch. Er war ein guter Freund gewesen, den es in dem Minenfeld so bös erwischte. Der arme Max schrie so laut, daß ich sicher war, sie würden uns finden, aber die Vopos trauten sich nicht, so ohne weiteres das Minenfeld zu betreten. Mit einem Glückstreffer aus seiner Pistole brachte Max den grellen Lichtkegel des Suchscheinwerfers zum Erlöschen. Das war das letzte, was er tun konnte; das Mündungsfeuer seiner Waffe hatte ihnen verraten, wo er lag. Max starb im Geschoßhagel, der sofort einsetzte. Ich schaffte es irgendwie, mit heiler Haut die rettende Seite zu erreichen. Hinterher war ich so fertig, daß London mich aus dem Außendienst herausnahm. Von da an operierte ich mehr vom Schreibtisch aus.

»Und dann ist da natürlich noch der Fluß«, sagte der Mann vom Grenzschutz.

»Warum erzählen Sie mir das alles?« fragte ich und trank einen Schluck Kaffee.

»Vielleicht werden Sie nun einsehen, daß Ihr Freund nicht kommen wird«, sagte der Grenzschützer. Er beobachtete mich.

Meine Hand zitterte, als ich die Tasse absetzen wollte, und ich vergoß ein paar Tropfen Kaffee aufs Tischtuch.

»Welcher Freund?« Ich betupfte den Fleck.

»Wir haben Leute wie Sie hier schon öfter gesehen«, sagte der Mann vom Grenzschutz. »Ich weiß, warum Sie hier im ›Goldenen Bären‹ warten.«

»Sie vermiesen mir mein Frühstück«, stellte ich fest. »Und wenn Sie mich nicht in Frieden lassen, werde ich mich über Sie beschweren.«

»Gehen Sie künftig in westlicher Richtung spazieren«, sagte er. »Das ist besser für Ihre Gesundheit, ganz gleich, was der Arzt Ihnen verschrieben hat.« Er grinste über seinen Scherz.

Ungeachtet dieser Warnung schlenderte ich nach dem Frühstück am Fluß entlang. Zum Schutz gegen den Regen hatte ich meinen Trenchcoat angezogen. Im hohen Gras wurden meine Hosenbeine bis hinauf zu den Knien naß. Die Elbe ist hier sehr breit. In der feuchten Uferregion wachsen saftgrüne Gräser mit messerscharfen Halmen, gedeihen Weiden und Erlen, Bäume, die immer durstig sind. Drüben, auf der anderen Seite des Flusses, stieg ein Reiher auf. Irgend etwas hatte ihn aufgestört – vielleicht nahte eine Grenzpatrouille. Die Beine nach hinten gestreckt, flog er mit trägen Schwingenschlägen wenig später über mich hinweg.

Ein leichter Wind ließ mich frösteln, aber er teilte nicht den grauen Dunst, der über dem Fluß lag. Es war so ein Morgen, an dem Grenzposten nervös und verzweifelte Männer unvorsichtig werden. Lastkähne glitten wie graue Phantome lautlos über das etwas bräunliche Wasser, folgten der Fahrrinne, die sie zu einem Schlangenkurs zwang, mal nahe an das östliche Ufer, mal nahe an das westliche. Alle kommunistischen Ansprüche auf die Hälfte des Flusses waren angesichts der Eigenwilligkeiten dieser Fahrrinne ins Wanken geraten. Selbst die Besatzungen der eigens mit besonders flachen Rümpfen gebauten DDR-Patrouillenboote konnten sich nicht immer an die Seite des Flusses halten, die ihre Herren beanspruchten. Ein westdeutsches Schnellboot des Zolls tuckerte in gemächlicher Fahrt diese verlassene Flußstrecke entlang.

Ich entdeckte einen weiteren Reiher. Er stand im seichten Wasser und starrte vor sich hin. Er war absolut ruhig, schwankte lediglich wie Ried und Binsen im Wind hin und her. »Der geduldige Jäger des Sumpflandes«, hatte ihn mein Schulbuch genannt. Er wartete darauf, daß ein Fisch in die Reichweite seines speerähnlichen Schnabels schwamm. Hin und wieder frischte der Wind genug auf, um den Nebel wie einen Vorhang zu teilen. Am anderen Ufer wurde plötzlich für einen Moment ein Wachtturm sichtbar, um gleich darauf wieder hinter der Nebelwand zu verschwinden.

Als ich zu den Überresten der lange nicht mehr benutzten Fährenanlagestelle kam, bemerkte ich Aktivität auf der anderen Seite des Flusses. Vier Arbeiter waren drüben mit Reparaturarbeiten am Zaun beschäftigt. Sie wurden von zwei mit Maschinenpistolen ausgerüsteten Angehörigen der kasernierten Volkspolizei, die als besonders zuverlässig und linientreu gilt, beaufsichtigt, damit sie sich nicht etwa im Schutze des Nebels davonmachten.

Um die Mittagszeit war ich wieder zurück im »Goldenen Bären«. Ich zog mir trockene Schuhe und Hosen an. Als ich gerade dabei war, mir eine Krawatte umzubinden, klopfte es an der Tür.

»Ich bin's, Konrad.«

»Kommen Sie herein.«

»Mein Vater läßt fragen, ob Sie heute bei uns zu Mittag essen.«

»Erwarten Sie einen Gästeansturm?«

Konrad lächelte und rieb sich das Kinn. Ich nahm an, daß ihn die Bartstoppeln juckten. »Papa würde es nur gern wissen.«

»Ich würde gern Kohl und Pinkel essen, wenn es auf der Karte steht.«

»Das gibt es eigentlich immer, weil Papa das auch so gerne ißt. Der Metzger im Dorf macht die Pinkel, aber auch Brägenwurst und Kochwurst. Selbst aus Lüneburg und sogar Hamburg kommen Leute zu uns, um sie hier im Dorf zu kaufen. So gut wie Mutter, meint Papa, kann kein Koch Grünkohl mit Pinkel zubereiten.« Obwohl ich ihm gesagt hatte, was ich zu essen haben wollte, ging er nicht. Konrad sah mich an, und der Ausdruck auf seinem Gesicht war eine Mischung aus Neugierde und Nervosität. »Ich glaube, Sie bekommen Besuch«, sagte er.

Ich drapierte meine nassen Hosen über der Zentralheizung. »Etwas Räucherlachs wäre vielleicht auch nicht schlecht. Aber nur eine kleine Portion, als Vorspeise.«

»Meine Mutter kann Ihnen die Hosen bügeln, wenn Sie es wünschen.«

Ich reichte sie ihm und fragte: »Wie kommen Sie denn darauf, Konrad, daß ein Besucher für mich im Anmarsch ist?«

Er grinste: »Weil da ein Anruf aus Schwanheide war. Ein Taxifahrer bringt jemanden vom Grenzübergang Buchen her.«

»Es trifft zwar in der Tat zu, daß ich einen Freund erwarte, aber ich kann mir nicht vorstellen, daß er sein Eintreffen telefonisch ankündigen würde«, sagte ich.

Konrad lachte auf. »Der Taxifahrer hat angerufen! Sie bekommen nämlich eine Provision von meinem Vater, wenn sie Leute herbringen, denen er Zimmer vermieten kann.«

Der Grenzübergang war nicht weit entfernt. Er liegt dort, wo die Grenze weiter in nördlicher Richtung verläuft, weg von der Elbe. »Sie sollten vielleicht doch besser für zwei große Portionen Grünkohl und Pinkel sorgen«, sagte ich.

Werner kam rechtzeitig zum Mittagessen. An einem so feuchten, kühlen Tag war es im Gasthof besonders gemütlich. In dem offenen Kamin brannten Holzscheite.

»Wie ist es gelaufen?« erkundigte ich mich. Werner zuckte die Achseln. Ich wußte, er würde es mir berichten, wenn er den richtigen Zeitpunkt dafür gekommen sah. Er mußte immer erst seine Gedanken sortieren und bestellte sich deshalb zunächst ein Pils. Werner schien niemals stärkere Getränke nötig zu haben, ganz gleich, was ihm auch zustieß. Und er war auch mit seinem Bier noch nicht fertig, als der Räucheraal und Schwarzbrot serviert wurden. »Hat es irgendwelche Schwierigkeiten gegeben?« erkundigte ich mich.

»Eigentlich nicht«, sagte Werner. »Der Regen war günstig.«

»Gut.«

»Es hat die ganze Nacht hindurch geregnet«, sagte Werner. »Es war gegen drei Uhr morgens, als ich durch Potsdam kam...«

»Was, zum Teufel, hast du denn in Potsdam gemacht, Werner? Das ist aus und vorbei.«

»Aus irgendwelchen Gründen, ich nehme an Straßenbauarbeiten, war da eine Umleitung. Als ich durch Potsdam kam, regnete es Schusterjungen. Weit und breit war kein Mensch zu sehen, und nicht ein einziges Auto war unterwegs, nicht einmal ein Vopowagen oder ein Armeelaster. Erst als ich ins Stadtzentrum kam, Friedrich-Ebert-Straße... Kennst du Potsdam?«

»Ich weiß, wo die Friedrich-Ebert-Straße ist«, sagte ich. »In dem Geheimbericht, den ich dir gegeben habe, steht, daß neuerdings am Nauener Tor nach Einbruch der Dunkelheit Verkehrskontrollen vorgenommen werden.«

»Du liest dieses Zeug also wirklich?« fragte Werner bewundernd. »Ich weiß nicht, woher du die Zeit dafür nimmst.«

»Ich hoffe sehr, daß du den Bericht auch gelesen hast.«

»Habe ich, nur erinnerte ich mich zu spät daran. Gestern nacht war da eine Verkehrskontrolle. Zumindest war da ein Armeelastwagen mit zwei Männern darin. Sie rauchten. Ich habe sie überhaupt nur wegen der Glut ihrer Zigaretten gesehen.«

»Waren deine Papiere in Ordnung? Wie hast du deine Anwesenheit dort erklärt? Das ist ein anderer Verwaltungsbezirk.«

»Ja, es ist der Bezirk Potsdam«, sagte Werner. »Aber ich hätte mich schon irgendwie herausgeredet. Da die ganzen Umleitungsschilder nicht beleuchtet sind, könnte ich mir vorstellen, daß sich eine ganze Reihe von Leuten bei dem Versuch verfranst hat, wieder auf die Autobahn zu gelangen. Da der Regen ziemlich stark war, wollten die Vopos offensichtlich nicht naß werden. Ich fuhr ganz langsam, hielt fast an, um meine Gesetzestreue unter Beweis zu stellen. Aber der Fahrer des Lastwagens kurbelte nur das Fenster herunter und winkte mich weiter.«

»Aber so war es doch früher nicht, Werner. Es gab eine Zeit, da hat sich jeder da drüben strikt an die Regeln gehalten. Nicht mehr und nicht weniger, immer streng nach Vorschrift. Selbst das Hotelpersonal lehnte Trinkgelder oder kleine Geschenke ab. Jetzt hat sich anscheinend alles geändert. Keiner glaubt mehr an die sozialistische Revolution; sie glauben nur an Westmark.«

»Wahrscheinlich hat es sich um Wehrdienstpflichtige gehandelt«, sagte Werner. »Vermutlich haben sie sich bereits ausgerechnet, wann ihre drei Jahre bei der Volkspolizei rum sind. Vielleicht waren es auch Angehörige von Betriebskampfgruppen.«

»Betriebskampfgruppen sind doch ganz Eifrige«, sagte ich. »Unbezahlte Freiwillige; sie hätten dich bestimmt in die Zange genommen.«

»Jetzt auch nicht mehr«, sagte Werner. »Sie kriegen nicht genug Freiwillige. Die Betriebe drängen die Leute neuerdings zum Beitritt. Sie machen es zur Bedingung für eine Beförderung zum Schichtleiter oder Brigadier. Die Betriebskampfgruppen sind ziemlich lasch geworden.«

»Nun, mir ist das nur recht«, sagte ich. »Und da du mit Papieren durch Potsdam gekommen bist, die dir den Aufenthalt dort nicht gestatten, dir vermutlich auch.«

»Das ist nicht nur so im Osten«, sagte Werner abwehrend. Er betrachtete jede Kritik an Deutschland oder den Deutschen als persönlichen Angriff auf sich selbst. Mitunter fragte ich mich, wie er diesen Patriotismus mit dem Wunsch in Einklang brachte, für London zu arbeiten. »Das ist doch überall dasselbe: nur Bestechung und Korruption. Vor zwanzig Jahren und mehr, damals, als wir mit diesem Geschäft angefangen haben, stahlen die Menschen Geheimnisse, weil sie politisch überzeugt oder patriotisch eingestellt waren. Moskaus Honorare waren ein Trinkgeld. Und es wurde gezahlt, um die Agenten besser in den Griff zu bekommen, Agenten übrigens, die auch umsonst gearbeitet hätten. Wie viele Leute gibt es, die heute noch so sind? Nicht viele. Heute müssen beide Seiten für ihre Spionage teuer bezahlen. Die Hälfte derjenigen, die uns Material liefern, würden es doch jederzeit an den Meistbietenden verscherbeln.«

»Um Geld dreht sich nun mal alles im Kapitalismus, Werner«, sagte ich, um ihn zu piesacken.

»Wenn ich tatsächlich davon überzeugt wäre, würde ich nicht für London arbeiten. Ich fände es abscheulich, so zu sein wie du«, sagte Werner.

»Hast du jemals über deine Besessenheit nachgedacht, unbedingt für London arbeiten zu wollen?« fragte ich ihn. »Du machst doch genug Geld, du hast Zena. Bloß wieso treibst du dich eigentlich mitten in der Nacht in Potsdam herum?«

»Das ist etwas, das ich bereits getan habe, als ich ein Junge war. Eine Spezialität von mir, und darin bin ich gut, nicht?«

»Zumindest besser als ich. Das wolltest du mir damit doch auch beweisen, nicht wahr, Werner?« Er zuckte mit den Schultern, als habe er nie zuvor darüber nachgedacht. »Und du wolltest mir möglicherweise auch demonstrieren, daß man Dinge, die mein Job eben mit sich bringt, auch sauber –«

»Wenn du diese Hippies da am Strand meinen solltest...« unterbrach er mich.

»Okay, Werner, du hast gewonnen. Ich habe ohnehin gewußt, daß wir früher oder später darüber würden reden müssen.«

»Du hättest die Sache der Polizei melden sollen«, sagte Werner steif.

»Ich war damit befaßt, einen Auftrag zu erledigen, Werner, und der hatte eben absoluten Vorrang, notgedrungen. Ich kann mir den Luxus eines reinen Gewissens nicht leisten.«

»Und was ist mit der Sache in Bosham?« bohrte Werner weiter.

»Ich packe die Dinge auf meine Art an, Werner. Kapier das doch endlich!«

»Du hast diesen Streit angefangen«, sagte Werner. »Ich habe dich nie kritisiert. Es sind deine Schuldgefühle, die dir so zusetzen.«

»Es gibt Augenblicke, Werner, in denen könnte ich dich glatt umbringen«, sagte ich.

Werner lächelte selbstgefällig, als lautes Gelächter erklang, das von einem Schwung von Leuten stammte, die den Gasthof betraten. Es schien sich um die Gäste einer Geburtstagsfeier zu handeln. Das Geburtstagskind, ein etwa sechzigjähriger Bauer, hatte, der Art nach zu urteilen, wie er gegen einen Tisch stolperte und einen Stuhl anstieß, bevor er sich setzte, bereits einen Gehörigen in der Krone. Insgesamt handelte es sich um zwölf Personen, alle über Fünfzig und einige nahe an Siebzig. Männlein und Weiblein waren im Sonntagsstaat; die Frauen hatten frische Dauerwellen und trugen altmodische Hüte. Zwölf Mittagessen: Vermutlich war das der Grund, weshalb die Küche schon vorher hatte wissen wollen, was ich zu speisen beabsichtigte. »Noch zwei Pils, bitte«, rief Werner Konrad zu. »Und für meinen Freund auch einen Schnaps.«

»Nur um den Fisch von den Fingern zu kriegen«, sagte ich. Der Junge lächelte, denn der Vorwand, den Schnaps zum Säubern der Finger zu benötigen, war uralt.

Nach den berühmten sieben Minuten, die das Zapfen eines gepflegten Pilses nun mal beansprucht, brachte Konrad uns die bestellten Getränke und gleich darauf unser deftiges Essen, das herrlich nach Räucherspeck und Zwiebeln duftete. Außerdem hatte Konrads Mutter als nette Geste uns einen kleinen Extrateller mit Kostproben von Koch- und Brägenwurst mitgeschickt.

Die Geburtstagsgesellschaft bekam Schlesisches Himmelreich aufgetischt, Schweinebauch mit Dörrobst, und dazu gab es Klöße. Die Portionen waren reichlich bemessen. Die Damen hielten sich mengenmäßig etwas zurück, doch dafür hauten die Männer trotz ihres Alters um so kräftiger rein, und ihr Bierkonsum war mindestens so groß wie ihr Appetit.

Manfred, der rotgesichtige Bauer, dessen Geburtstag gefeiert wurde, brachte launige Trinksprüche auf die »Ehelosigkeit« sowie »Freundinnen und Frauen, die einander nie begegnen mögen« aus und dann, etwas ernsthafter, einen auf Konrads Mutter, die ihnen sein Leibgericht aus der alten schlesischen Heimat zubereitete.

Aber die Gesellschaft wurde im Verlauf der Festivität nicht fröhlicher, im Gegenteil. Von dem Augenblick an, da Manfred auf die »abwesenden Freunde« getrunken hatte, wurden sie alle fast trübsinnig. Die älteren stammten, wenn ich das richtig mitbekommen hatte, aus Breslau. Ihr geliebtes Schlesien war inzwischen ein Teil Polens, und sie würden es wohl kaum je wiedersehen.

»Mit Zenas Familienangehörigen verhält es sich ähnlich«, stellte Werner fest. »Sie veranstalten große Familientreffen und reden über die alten Zeiten. Sie reden über das Gut, als hätten sie es erst gestern verlassen. Sie erinnern sich an die Einrichtung jedes einzelnen Raumes ihrer Gutshäuser und an den Namen jedes Pferdes, das sie einst besessen haben. Und sie machen das, was die Leute da am Nebentisch auch machen: Sie essen die alten heimatlichen Gerichte, reden über längst verstorbene Freunde und Verwandte, und zu guter Letzt werden auch noch die alten Lieder gesungen. Es ist eine andere Welt, Bernie. Wir sind Großstadtkinder. Menschen vom Lande sind anders als wir, und diese Deutschen aus den Ostgebieten kennen ein Leben, das wir nicht einmal erahnen können.«

»Es war gut, so lange es dauerte«, sagte ich.

»Ja, aber als es zu Ende ging, war es für immer zu Ende«, erwiderte Werner. »Zenas Familie entging mit knapper Not der Roten Armee. Das Haus lag bereits unter Artilleriebeschuß, als sie sich endlich des Ernstes der Situation bewußt wurden und sich auf die Flucht gen Westen machten. Im Grunde genommen konnten sie nicht mehr mitnehmen als das, was sie auf dem Leibe trugen, und dazu eine Handvoll Bargeld, ein bißchen Schmuck und eine Tasche mit Familienfotos.«

»Aber Zena war damals noch gar nicht auf der Welt, Werner.«

»Aber sie ist mit all diesen Märchen aufgewachsen, Bernie. Und du weißt doch, wie Kinder sind. Sie träumen gern davon, adlig geboren oder Filmstars zu sein.«

»Tun sie das?« fragte ich.

»Aber sicher tun sie das. Ich habe als Kind darüber nachgedacht, ob ich nicht der Sohn von Tante Lisl sein könnte.«

»Und wen hat sich Zena als Mutter vorgestellt?«

»Du weißt genau, was ich meine, Bernie. Zena hat all diese Geschichten gehört – daß ihre Familie Dutzende von Dienern hatte, Pferde und Kutschen... Und daß es Weihnachtsbälle gab, Jagdfrühstücke, festliche Bankette und wundervolle Gesellschaften, bei denen Kapellen aufspielten und die adligen Gäste draußen unter den Sternen tanzten... Zena ist immer noch sehr jung, Bernard. Sie will nicht glauben, daß das alles für immer vorbei ist.«

»Das solltest du ihr aber besser klarmachen, Werner. Zu ihrem, aber auch zu deinem Besten.«

»Sie ist ein Kind, Bernie. Deshalb liebe ich sie so sehr. Ich liebe sie, weil sie an Märchen aller Art glaubt.«

»Aber sie ist doch nicht wirklich überzeugt davon, jemals dorthin zurückgehen zu können, oder?«

»In die Vergangenheit zurück, ja. Aber nicht zurück nach Ostpreußen.«

»Sie hat diesen Dialekt.«

Werner sah mich an, als hätte ich irgendeine intime Eigenheit seiner Frau erwähnt, von der ich nichts hätte wissen dürfen. »Ja, sie hat ihn von ihren Eltern aufgeschnappt. Seltsam, nicht?«

»Nicht besonders«, entgegnete ich. »Du hast doch eben selbst mehr oder weniger erklärt warum. Sie ist entschlossen, an ihren Träumen festzuhalten.«

»Du hast recht«, sagte Werner, der auch die übliche Pubertätständelei mit Freud, Jung und Adler durchgemacht hatte. »Der Wunsch ist in ihrem Unterbewußtsein. Aber die Tatsache, daß sie die Sprache als Charakteristikum zur Imitation gewählt hat, zeigt, daß sie eigentlich möchte, daß der Wunsch bekannt wird.«

O mein Gott, dachte ich. Werners psychologische Vorträge gehörten zu den geisttötendsten Erlebnissen, die mir das Leben beschert hatte.

Ich sah hinüber, wo gerade die Dessertteller der Geburtstagsgesellschaft abgeräumt wurden. Konrad nahm die Bestellungen für Kaffee und Weinbrand entgegen. Manfred hatte das Glas erhoben und brachte einen neuen Toast aus. »Die Worte unseres unsterblichen Goethe, deren ich mich erinnere, sprechen jedem Deutschen aus der Seele, wenn es da heißt: ›Gebraucht der Zeit. Sie geht so schnell von hinnen; doch Ordnung lehrt euch Zeit gewinnen.‹«

Beifälliges Gemurmel war zu hören, und dann tranken sie alle auf das Wohl Goethes.

»Ich fühle mich nie englischer als dann, wenn ich jemand von euch einen eurer großen deutschen Dichter zitieren höre«, sagte ich.

»Was soll denn das heißen?« erkundigte sich Werner mit mehr als nur einem Hauch von Indignation.

»Solche Aussagen würden in England nur wenige Anhänger finden – ganz gleich, ob nun unter Intellektuellen, Politikern oder den Reichen. Überleg doch mal, was unser Freund da eben so stolz proklamiert hat. Auf englisch würde das etwa so heißen: ›*Employ each hour which so quickly glides away*...‹ So weit so gut. Aber dann kommt: ›...*but learn through order how to conquer time's swift flight*.‹«

»Das ist eine lausige Übersetzung«, sagte Werner. »In dem Zusammenhang bedeutet doch gewinnen ›*reclaim*‹ oder ›*earn*‹.«

»Was ich klarstellen möchte, mein lieber Werner, ist die natürliche Abneigung, die jeder Engländer bei der Vorstellung empfinden würde, daß seiner Zeit eine Ordnung aufgezwungen wird. Besonders seiner Freizeit oder, wie hier wahrscheinlich angedeutet, seinem Ruhestand.«

»Warum?«

»Für Engländer gehen Ordnung und Freizeit nicht zusammen. Sie mögen alles, was ungezwungen ist. Sie lieben es, einfach so in einem Liegestuhl am Strand zu dösen oder im Garten herumzuwerkeln, wenn ihnen danach zumute ist, oder die Zeitung zu lesen oder irgendein Taschenbuch.«

»Willst du damit sagen, du seist sehr englisch?«

»Dieser Henry Tiptree ist in Berlin«, sagte ich.

»Und?« fragte Werner.

»Tiptree hat mich gefragt, ob ich Deutscher bin.«

»Na, und bist du ein Deutscher?«

»Ich fühle mich sehr deutsch, wenn ich mit Menschen wie Tiptree zusammen bin«, sagte ich. Konrad kam, die Speisekarte schwingend, an unseren Tisch.

»Wenn also Tiptree beginnt, Goethe zu zitieren, würdest du glatt einen Nervenzusammenbruch bekommen?« erkundigte sich Werner. »Möchtest du einen Nachtisch? Ich mag kein Dessert, und du wirst zu dick.«

»Nur Kaffee«, sagte ich. »Manchmal frage ich mich wirklich, wo ich zu Hause bin. Verstehst du, was ich meine, Werner?«

»Selbstverständlich verstehe ich, was du meinst. Ich bin Jude.« Er sah Konrad an. »Dann also zwei Kaffee, bitte.«

»Und was ist nun mit Stinnes?« fragte ich Werner, als Konrad uns den Kaffee gebracht hatte.

»Als ich da hinüberfuhr, hielt ich das ursprünglich für glatte Zeitverschwendung, aber ich dachte, wenn London will, daß ich rübergehe und irgendeinen Bericht zusammenschustere, werde ich ihnen diesen Gefallen eben tun. Ich dachte nicht, daß ich sehr viel über Stinnes in Erfahrung bringen würde. Darüber hinaus war ich der Ansicht, daß uns Stinnes ganz schön an der Nase herumgeführt hat.«

»Und jetzt?«

»Ich habe meine Meinung in beiden Punkten geändert.«

»Was ist passiert?«

»Du machst dir verdammte Sorgen um ihn, was?« fragte Werner.

»Er interessiert mich nicht die Bohne. Ich möchte es lediglich wissen.«

»Du identifizierst dich mit ihm.«

»Mach dich doch nicht lächerlich«, sagte ich.

»Er wurde, wie du, 1943 geboren. Es gibt noch weitere Parallelen. Sein Vater gehörte den russischen Besatzungstruppen in Berlin an, deiner den englischen. Er besuchte eine normale deutsche Schule, und du tatest dies auch. Und beide seid ihr heute hochrangige Geheimdienstagenten mit dem Spezialgebiet Deutschland. Kein Wunder, daß du dich irgendwie mit ihm identifizierst.«

»Ich will mich nicht mit dir herumstreiten, Werner, aber du weißt genausogut wie ich, daß ich eine ganze Reihe von Argumenten vorbringen könnte, um dir zu beweisen, daß du Unsinn redest.«

»Zum Beispiel?«

»Auf Grund seiner perfekten spanischen Sprachkenntnisse scheint Stinnes der KGB-Experte speziell für Kuba und lateinamerikanische Belange gewesen zu sein. Ich wette mit dir, falls Stinnes für einen Job in Moskau zur Diskussion gestanden hätte, dann wäre das die Kuba-Abteilung gewesen.«

»Stinnes ist ursprünglich gar nicht nach Kuba beordert worden, weil er Spanisch spricht«, sagte Werner. »In erster Linie wurde er dorthin geschickt, weil er einer der Moskauer Experten für die römisch-katholische Kirche war. Er saß im Dezernat für religiöse Angelegenheiten, Sektion vierundvierzig. In jenen Tagen bestand das Büro lediglich aus ein paar Figuren. Heute, da etwa die Kirche Polens eine Rolle in der Politik spielt, hat sich das gewandelt. Allerdings hat Stinnes nicht allzulange in der Sektion vierundvierzig gearbeitet. Seine Frau überredete ihn, den Job in Berlin anzunehmen.«

»Das ist gute Arbeit, Werner. Und seine Ehe?«

»Stinnes war schon immer hinter den Frauen her. Das ist schwer zu glauben, wenn man ihn so sieht, nicht? Aber Frauen sind nun mal eigenartige Wesen, wie wir beide wissen, Bernie.«

»Es geht ihm also um Scheidung?«

»Es scheint alles genauso zu sein, wie Stinnes gesagt hat. Sie bewohnen ein Haus – keine Wohnung, ein Haus – auf dem Lande, nicht weit von Werneuchen.«

»Wo liegt denn das?«

»Im Nordosten, außerhalb der Stadtgrenzen, und mit den öffentlichen Verkehrsmitteln S-Bahn und Bus ist es eine halbe Weltreise bis dorthin.«

»Verdammt eigenartiger Wohnsitz.«

»Seine Frau ist Deutsche, Bernie. Sie wollte aus Moskau weg, weil sie nicht mit der russischen Sprache und ihren russischen Nachbarinnen klar kam.«

»Bist du mal in die Gegend hinausgefahren?«

»Ich habe sogar mit der Frau selbst gesprochen. Ich gab vor, eine Befragung über den Busverkehr durchzuführen, und habe sie gefragt, wie oft sie nach Berlin hineinfährt und welches Verkehrsmittel sie benutzt.«

»Himmel, das war gefährlich, Werner.«

»Es war schon okay, Bernie. Ich glaube, sie war froh, mal mit jemandem reden zu können.«

»Mach so etwas bloß nicht noch einmal, Werner. Es gibt Leute, die so etwas für dich erledigen können, unverfängliche Leute mit ordentlichen Papieren. Stell dir mal vor, sie hätte die Polizei gerufen, und du hättest dich ausweisen müssen.«

»Es war okay, Bernie. Sie hätte niemand gerufen. Ihr linkes Auge war ganz schön geschwollen und auf dem besten Wege, sich blau zu verfärben. Sie sagte zwar, sie wäre gestürzt, aber natürlich war es Stinnes, der ihr das Veilchen verpaßt hat.«

»Was?«

»Na, siehst du jetzt, warum es besser ist, wenn ich diese Dinge selbst erledige? Ich habe mich mit ihr unterhalten. Sie sagte, sie hoffe, bald zurück in ein Dorf bei Leipzig ziehen zu können, wo sie herstammt. Ein Bruder und zwei ihrer Schwestern wohnen dort noch immer. Sie schien es kaum abwarten zu können, wieder dahin zurückzukehren. Sie hasse Berlin, hat sie gesagt. So etwas sagt eine Frau, wenn sie eigentlich damit meint, daß sie ihren Ehemann haßt. Es paßt alles zusammen, Bernie.«

»Du nimmst also an, daß Stinnes aufrichtig war. Wurde er bei der Beförderung übergangen, und ist er auf Scheidung aus?«

»Über die Beförderungsaussichten weiß ich nichts«, sagte Werner. »Aber die Ehe ist auf jeden Fall im Eimer. Ich habe alle Häuser dieser kleinen Straße abgeklappert und mit den Nachbarn gesprochen. Ihnen ist bekannt, daß Stinnes und seine Frau nicht gut miteinander auskommen. Sie haben eine lautstarke Auseinandersetzung, in deren Verlauf auch etliche Dinge zerdeppert wurden, mitbekommen. Die fand am Vorabend des Tages statt, an dem ich sie mit dem Veilchenauge antraf. Sie liegen sich in den Haaren, Bernie, das steht fest. Sie streiten sich, weil Stinnes was mit anderen Frauen hat.«

»Nun will ich dir mal was sagen, Werner. Diese Sache – die Auseinandersetzungen mit seiner Frau, seine Weibergeschichten und seine fehlende berufliche Perspektive – wurde vom KGB als Bestandteil eines Täuschungsmanövers erfunden. Im besten Fall werden sie uns in die Falle laufen lassen, um zu sehen, wie wir reagieren. Im schlimmsten Fall werden sie sich einen von uns schnappen.«

»Einen von uns schnappen? Mich werden sie wohl kaum hopp nehmen, da ich eben erst zweimal die Grenzkontrolle passiert habe. Ich sehe auch keinen Grund, weshalb sie das bei Dicky tun sollten. Wenn du sagst, daß sie sich einen von uns schnappen, meinst du wohl Bernie Samson damit, was?«

»Nun, nimm ruhig mal an, daß ich davon ausgehe.«

»Nein, Bernie, deine Theorie, daß es sich bei dem Ganzen um ein gezieltes Täuschungsmanöver handelt, finde ich alles andere als plausibel. Kein Mensch würde seine Frau verprügeln, nur damit es in die Geschichte paßt, die sich sein Chef ausgedacht hat.«

»Und wenn das doch alles zu einem noch größeren Plan gehört, dann wäre es die Sache unter Umständen wert.«

»Warum willst du denn nicht zugeben, daß du auf dem Holzweg bist, Bernie? Selbst wenn sie denken sollten, sie bekämen die bestgehütetsten Geheimnisse dieser Welt in die Hände, würde Stinnes seine Frau deswegen noch lange nicht verprügeln.«

»Wie kannst du da so sicher sein?«

»Bernie«, sagte Werner sanft. »Hast du dir mal überlegt, wie gering die Chancen waren, daß ich da hinausfahren und sie in diesem Zustand sehen würde? Eins zu einer Million? Ginge es nur um Gerüchte und Klatschgeschichten der Nachbarn, könnte ich mich vielleicht auch deiner Meinung anschließen. Aber kein Mann verpaßt seiner Frau ein Veilchen, bloß weil es eine Chance von eins zu einer Million gibt, daß ein feindlicher Agent das Risiko auf sich nimmt, das du gerade eben als gefährlich bezeichnet hast.«

»Du hast recht, Werner.«

Er sah mich lange Zeit an. Vermutlich wollte er herausbekommen, ob er den Rest auch erzählen sollte. Schließlich sagte er: »Wenn du hören willst, was ich wirklich denke, kommen wir dem Ziel vielleicht näher.«

»Dann schieß mal los, Werner!«

»Ich gehe davon aus, daß Stinnes in Berlin die Verantwortung trug, bis deine Frau das Büro übernahm. Sie hat dir gesagt, Stinnes sei ihr Erster Assistent...«

»Was offensichtlich nicht stimmte. Wäre Stinnes ihr Erster Assistent, wäre ich der letzte, dem sie das erzählen würde.«

»Ich denke, sie hat Stinnes in die Wüste, sprich Mexiko, geschickt, um ihn aus dem Weg zu haben. So ist es doch immer, wenn ein Neuer eine Abteilung übernimmt. Der Vorgänger wird aufs Abstellgleis geschoben.«

»Vielleicht.« Ich sah aus dem Fenster. Die Arbeiter, die mit dem Abriß des Hauses beschäftigt waren, hatten ihre Mittagspause beendet. Ein Bulldozer lud den Schutt auf einen Lastwagen.

»Du weißt, wie Fiona ist. Sie hat etwas gegen Konkurrenz, wie sie ihr Stinnes machen könnte«, sagte Werner.

»Ich glaube, du hast recht damit, daß sie Stinnes loswerden wollte. Vielleicht ist sie sogar entschlossen, ihn auf Dauer loszuwerden, indem sie ihn durch uns abwerben läßt.«

Werner schloß die Augen und griff sich mit Daumen und Zeigefinger an die Nasenspitze. »Ein bißchen weit hergeholt, Bernie. Schließlich ist sie nach England gefahren, um dich davon abzubringen, genau das zu tun. Das hast du mir selbst erzählt.« Seine Augen blieben geschlossen.

»Und eben das könnte der cleverste Schachzug der ganzen Partie sein. Sie wollte mich davon abbringen, sicher, aber Fiona weiß genau, daß so was keinerlei Eindruck auf mich macht.«

»Und was ist mit ihrer Drohung, die Kinder zu entführen?«

»Es gab keine Drohung, die Kinder zu entführen. Ich habe mir das Gespräch noch mal Wort für Wort in Erinnerung gerufen. Sie hat lediglich angeboten, die Dinge ein Jahr lang so zu belassen, wie sie sind.«

Er öffnete die Augen und starrte mich an. »Unter der Voraussetzung, daß Stinnes in Frieden gelassen wird.«

»Okay, aber trotzdem hat Fionas Vorschlag eine viel zu passive Note, die einfach nicht zu ihr paßt. Wenn sie tatsächlich unsere Bemühungen um Stinnes unterbinden wollte, brauchte sie ihn doch bloß irgendwohin beordern, wo er für uns unerreichbar ist. Daher nehme ich an, sie will, daß wir Stinnes abwerben.«

»Und wie paßt der Mord an dem jungen MacKenzie in diese Theorie?«

»Sie hatte die ganze Zeit lang eine Zeugin – das dunkelhäutige Mädchen –, und deshalb hat sie auch in Rätseln gesprochen. Fiona wollte sich auch nicht mit mir allein treffen, um ihnen nicht die Chance zu geben, sie eines Doppelspiels verdächtigen zu können. Ich gehe davon aus, daß der Mord an MacKenzie eine Entscheidung war, die von jemand anders getroffen wurde, vielleicht dem Schlägertrupp, den sie für alle Fälle als eine Art Rückendeckung dabeigehabt hat. Du weißt doch, wie sie vorgehen.«

Werner saß einen Moment lang bewegungslos da und dachte darüber nach. »Sie wäre durchaus in der Lage dazu, Bernie. Erbarmungslos genug ist sie.«

»Verdammt noch mal, natürlich ist sie das!«

Er zögerte einen Augenblick. »Du liebst sie noch immer, nicht wahr?«

»Nein.«

»Wie du das nun auch immer nennen willst – irgend etwas hindert dich jedenfalls daran, unbefangen über sie zu urteilen. Und im Fall des Falles wird dich dieses Etwas auch daran hindern, das Notwendige zu tun. Das alles wäre vielleicht noch gar nicht so schlimm, wenn du nicht überzeugt davon wärst, sie würde dir gegenüber ebenso empfinden. Fiona ist unbarmherzig, Bernie. Sie wird das tun, was auch immer das KGB von ihr verlangt. Sieh doch den Tatsachen endlich ins Gesicht. Sie hat MacKenzie ausgeschaltet, ohne mit der Wimper zu zucken. Und sie wird auch dich ausschalten, wenn es darauf ankommt.«

»Du bist ein heilloser Romantiker, Werner«, sagte ich und versuchte, einen Scherz daraus zu machen, aber seine Worte hatten mich erschüttert.

Jetzt, wo er ausgesprochen hatte, wie er über Fiona dachte, war Werner verlegen. Wir saßen schweigend da und sahen zum Fenster hinaus wie zwei Fremde in einem Eisenbahnabteil. »Dieser Henry Tiptree«, sagte Werner endlich. »Was will der eigentlich?«

»Er will keine Super-Luxusabsteige wie das ›Steigenberger‹, mit Privatbad und Roomservice, Disco und picobello Essen. Er liebt das wahre Berlin und hat es bei Lisl lieber etwas spartanischer.«

»Mist«, sagte Werner.

»Er hat versucht, mich neulich nacht betrunken zu machen. Vielleicht hat er angenommen, ich würde ihm mein Herz ausschütten. Warum Mist? Mir gefällt es bei Lisl, und dir doch auch.«

Werner machte sich nicht die Mühe, meine Frage zu beantworten. Wir wußten beide, daß Henry Tiptree gänzlich anders war als wir und es daher unwahrscheinlich war, daß er unseren Geschmack in irgendeiner Hinsicht – angefangen bei Musik und Essen bis hin zu Autos und Frauen – teilte. »Er spioniert dir nach«, sagte Werner. »Frank Harrington hat ihn zu Lisl geschickt, damit er dich ausholt. Das ist doch sonnenklar.«

»Sei nicht albern, Werner.« Ich lachte, obwohl mir nicht komisch zumute war. »Wenn man dich so hört, könnte man annehmen, Frank Harrington regiere die Welt. Frank ist nur der Verantwortliche in Berlin. Er ist lediglich daran interessiert, das Berliner Büro zu hegen und zu pflegen, bis er sich zur Ruhe setzt. Er richtet seine Spione nicht darauf ab, mich um die halbe Welt zu hetzen, von Mexico City bis zu Tante Lisl, mit dem einzigen Ziel, mich betrunken zu machen und zu sehen, welche Geheimnisse er mir entlokken kann.«

»Du versuchst doch immer wieder, mich lächerlich zu machen.«

»Frank ist nicht darauf aus, dich oder mich zu schnappen.«

»Und was hat es dann für eine Bewandtnis mit diesem Henry Tiptree?«

»Er ist ein Produkt der Charmeschule des Foreign Office, hilft mit, eine dieser Abhandlungen über die sowjetische Aufrüstung zu schreiben. Du kennst das doch – was sind die politischen Intentionen, und wie lauten die wirtschaftlichen Konsequenzen?«

»Ich glaube kein einziges Wort davon«, sagte Werner.

»Ich schon. Die Abteilung wird doch buchstäblich begraben unter dem Gewicht solcher Berichte, wie das wieder einer wird. Ganze Wälder werden abgeholzt, um das notwendige Papier dafür zu liefern. Manchmal glaube ich, daß der gesamte Stab des Foreign Office nichts anderes tut, als solche Studien auszuhecken. Weißt du eigentlich, Werner, daß 1914 der Personalbestand des Foreign Office hundertsechsundsiebzig Leute in London und vierhundertfünfzig im auswärtigen diplomatischen Dienst umfaßte? Jetzt, wo wir das Empire verloren haben, brauchen sie sechstausend Beamte und fast achttausend vor Ort eingesetzte Mitarbeiter.«

Werner sah mich unter schweren Lidern an. »Nimm Valium, und leg dich eine Weile hin.«

»Das sind nahezu vierzehntausend Leute, Werner. Wie kannst du dich da wundern, daß Henry Tiptree durch die Welt schwirrt und nach Beschäftigungsmöglichkeiten sucht?«

»Ich mag ihn nicht«, sagte Werner. »Er ist darauf aus, Ärger anzuzetteln. Wart's nur ab.«

»Ich werde Frank fragen, was Tiptree eigentlich macht«, bot ich an. »Ich werde ohnehin meinen Frieden mit Frank schließen müssen, da ich seine Hilfe brauchen werde, um mir London vom Hals zu halten.« Obwohl ich versuchte, meine Worte so harmlos und beiläufig wie möglich klingen zu lassen, befürchtete ich in Wirklichkeit doch, daß London mir noch etliche Knüppel zwischen die

Beine werfen würde, sobald ich dort wieder aus der Versenkung auftauchte. Und ich war mir gar nicht sicher, ob Frank in der Lage sein würde, mir zu helfen – und ob er das überhaupt wollte!

»Fährst du zurück nach Berlin? Mein Auto habe ich drüben gelassen. Ich werde Zena anrufen und ihr sagen, daß ich zum Abendessen zurück bin. Hast du Zeit und Lust, mit uns zu Abend zu essen?«

»Zena wird dich für sich haben wollen, Werner.« Vermutlich würde mir Frank Harrington schon beistehen. In der Vergangenheit hatte er mir immer geholfen. Uns verband eine Art Vater-Sohn-Beziehung mit all den stürmischen Zusammenstößen, die so oft damit einhergehen. Frank würde mir Schützenhilfe geben. Innerhalb der Abteilung war er derjenige, auf den ich mich immer verlassen konnte.

»Unsinn. Wir werden gemeinsam essen«, sagte Werner. »Zena hat gern Gäste.«

»Ich mache mir nicht allzu viele Gedanken über Tiptree«, sagte ich, obwohl das natürlich auch nicht stimmte. Ich machte mir Gedanken über das ganze verdammte Durcheinander, in dem ich festsaß. Die Tatsache, daß ich Werner gegenüber meine Besorgnis ableugnete, sagte ihm genug über das Ausmaß meiner Ängste. Er starrte mich an und machte sich vermutlich schwere Sorgen um mich. Ich lächelte ihn an und fügte hinzu: »Du brauchst doch nur zehn Minuten lang mit Tiptree zusammen zu sein, um zu wissen, daß er ein blutiger Laie ist.« Aber war er wirklich ein blutiger Laie, fragte ich mich. Oder war er ein sehr schlauer Fuchs, der wußte, wie man es anstellt, als unbedarfter Anfänger zu wirken?

»Es sind die Laien, die am gefährlichsten sind«, sagte Werner.

17

Zena Volkmann konnte bezaubernd sein, wenn sie in der Stimmung war, die anmutige Gastgeberin zu spielen. An diesem Abend empfing sie uns in engsitzenden grauen Hosen mit dazu passendem Hemd. Darüber trug sie eine lockere, ärmellose Seidenjacke mit Streifen in allen Farben des Regenbogens. Sie hatte Lidschatten aufgetragen und etwas Make-up. Zena sah sehr hübsch aus, aber nicht unbedingt wie eine durchschnittliche Hausfrau, die ihren Ehemann zum Essen erwartet, sondern mehr wie eine Freundin, die damit rechnet, von ihrem Verehrer in ein exklusives Restaurant ausgeführt zu werden. Ich lieferte Werner in seinem Apartment in Berlin-Dahlem ab und war bereit, seine Einladung zu vergessen. Aber Zena sagte, sie hätte ein Essen für uns drei vorbereitet, und war beharrlich genug, um mich zum Bleiben zu überreden und Werner stolz auf seine Frau zu machen, die eine so herzliche Gastfreundschaft an den Tag legte.

Sie umarmte und küßte ihn vorsichtig, weil sie Lippenstift aufgelegt hatte. Dann richtete sie ihm die Krawatte und wischte ihm die Fusseln vom Jackett. Zena wußte genau, wie man Männer um den kleinen Finger wickelt, und ich glaube, sie hätte das sogar bei mir geschafft, falls sie es darauf angelegt hätte. Aber glücklicherweise war ich kein Bestandteil ihrer Zukunftsplanung.

Sie holte Werners Rat in allen Dingen ein, auf die es ihr nicht so ankam, und sie versicherte sich seines Beistandes, wenn auch nur die geringste Chance für sie bestand, die hilflose Frau zu spielen. Er wurde in die Küche gerufen, um Dosen zu öffnen oder heiße Pfannen vom Herd zu nehmen. Werner war der einzige, der in der Lage war, eine Flasche Wein zu öffnen und einzuschenken. Werner wurde gebeten, einen Blick auf die Quiche zu werfen und das Brathuhn zu beschnuppern, um es dann für gar zu erklären. Da aber praktisch das ganze Essen vorbereitet aus der Lebensmittelabteilung des KaDeWe gekommen war, wirkten Zenas Vorkehrungen irgendwie überdreht, doch Werner schien sie schwelgerisch zu genießen.

Hätte ich all die schlauen Psychologiebücher gelesen, die bei Werner im Regal standen, wäre ich vielleicht auf den Gedanken gekommen, Zena sei die Manifestation seines Wunsches nach einer

Tochter oder eine Reflektion von Kindheitszweifeln an der Keuschheit seiner Mutter. Aber wie es nun einmal war, nahm ich einfach an, daß Werner den abhängigen Typ mochte und Zena nur allzu bereit war, diese Rolle für ihn zu spielen. Allerdings war ich ziemlich sicher, daß auch Zena keines dieser Bücher gelesen hatte.

Aber man braucht keine Bücher zu lesen, um gerissen zu werden, und Zena war so ausgekocht wie eine Straßengöre. Ohne Zweifel konnte ich von ihr noch manches lernen. Die Einrichtung des Apartments verriet einiges über ihre Beziehung zueinander. Werner hatte trotz seiner ständigen Beteuerungen, unmittelbar vor dem Bankrott zu stehen, schon immer eine großzügige Ader gehabt. Aber bevor er Zena kennenlernte, hatte diese Wohnung eher einer Studentenbude geglichen und war durch und durch männlich gewesen: Ein altes Klavier, auf dem Werner gern *Smoke Gets in Your Eyes* spielte, ein paar große Sessel mit lädierten Sprungfedern und altmodischen Blumenbezügen mit etlichen Brandflecken, die von unaufmerksamen Rauchern stammten. Sogar ein mottenzerfressenes Tigerfell war vorhanden gewesen, das – wie so vieles von Werners Einrichtung – vom Flohmarkt in der aufgegebenen Hochbahnstation Nollendorfplatz stammte. Zu jener Zeit war die Küche mit wenig mehr als einem Dosenöffner und einer Bratpfanne und fünfmal soviel Gläsern wie Tassen ausgestattet gewesen. Jetzt war das anders, und der ursprüngliche Charme der Wohnung war dahin. Sie wirkte wie eine dieser nackt aussehenden Kulissen, die für Modezeitschriften fotografiert werden. Strahler, an Lichtschienen angebracht, sorgten für eine raffinierte Raumausleuchtung, und auf dem Sofa war ein *serape* malerisch drapiert. Grünpflanzen, kleine Teppiche, Schnittblumen und ein paar Bücher waren strategisch verteilt, und die Sessel waren sehr modern und sehr unbequem.

Wir saßen um den Eßtisch und beendeten den Hauptgang – Hühnchen, gefüllt mit Trüffeln und exotischen Kräutern. Zena hatte Werner gerade wegen des herrlichen Weins gelobt, den er doch ausgewählt habe, und Werner fragte sie, was sie denn so alles während seiner Abwesenheit getrieben hätte.

»Das einzige, was erwähnenswert ist«, sagte Zena, »war der Abend, an dem ich in die Oper gegangen bin.« Sie wandte sich an mich und sagte: »Werner mag Opern nicht. Werner in die Oper mitzunehmen wäre so, als würde man einem Bären das Tanzen beizubringen versuchen.«

»Du bist allein gegangen?« erkundigte sich Werner.

»Deswegen will ich es dir doch gerade erzählen. Erich Stinnes hat angerufen. Ich habe ihm nicht gesagt, daß du nicht da bist, Werner, weil ich nicht wollte, daß er oder irgend jemand anderes von deiner Abwesenheit erfuhr.«

»Erich Stinnes?« fragte Werner.

»Du weißt doch, wie er ist. Er hatte zwei Karten für die Oper, mit denen er dir und mir eine Freude machen wollte. Er sagte, sie seien als kleines Dankeschön für all die Abendessen gedacht, die er bei uns eingenommen hat. Ich fand, das war eine sehr nette Geste von ihm.«

»So viele waren das nun auch wieder nicht«, sagte Werner mürrisch.

»Er wollte lediglich höflich sein, Liebling. Also sagte ich, daß du erst sehr spät zurück wärst, aber daß ich sehr gern in die Oper gehen würde.«

Ich sah Werner an und er mich. In irgendeiner anderen Situation hätte ein solcher Blickwechsel, ausgetauscht zwischen Männern mit einem anderen Beruf, durchaus ein Kommentar in bezug auf die eheliche Treue einer Frau sein können. Aber Werner und mir gingen andere Gedanken im Kopf herum. Die Beunruhigung in Werners Gesicht zeigte seine Besorgnis, daß Stinnes von Zenas Alleinsein gewußt haben könnte, weil er ihm hinüber in den Ostteil der Stadt gefolgt war. Zena sah von einem zum anderen. »Was ist denn?« wollte sie wissen.

»Die Oper«, sagte Werner vage, während er im Geist seinen Weg von Berlin durch die dunkle Landschaft zur Grenze zurückverfolgte und sich an beharrliche Scheinwerfer hinter ihm zu erinnern versuchte, an einen Schatten in einem Hauseingang, eine Gestalt auf der Straße oder irgendeinen der anderen tausend Flüchtigkeitsfehler, die auch dem besten Agenten unterlaufen können.

»Er hat einen Wagen geschickt«, sagte Zena. »Ich hatte deshalb gewisse Bedenken, weil ich mir vorstellte, es käme vielleicht ein Auto mit einem Chauffeur in russischer Uniform vorgefahren, oder mit einem Stander mit Hammer und Sichel darauf.« Sie kicherte.

»Du bist nach Ost-Berlin gefahren?«

»Wir haben in der Komischen Oper Mozarts *Zauberflöte* gesehen, Liebling. Jede Menge Leute aus West-Berlin gehen da abends hin. Sogar britische Offiziere in prachtvollen Uniformen waren darunter, und eine ganze Reihe von Frauen trug Abendkleider. Ich fühlte mich irgendwie falsch angezogen. Wir müssen einmal zusammen hingehen, Werner. Es war herrlich.«

»Stinnes ist verheiratet«, sagte Werner.

»Sei doch nicht so ehrpusselig, Werner. Was soll's? Wir haben doch beide gehört, wie er sich über seine gescheiterte Ehe verbreitet hat.«

»Aber eigentlich war es doch seltsam von ihm, so etwas zu machen, nicht?« fragte Werner.

»Oh, Werner, Liebling. Wie kannst du nur so etwas sagen? Du hast doch selbst gehört, wie ich von meiner Vorliebe für Opern erzählt habe. Und Erich hat dich auch gefragt, ob du Opern magst. Und du hast ja gesagt.«

»Wahrscheinlich hatte ich gar nicht richtig zugehört«, sagte Werner.

»Ich weiß, du hast halb vor dich hingedöst. Deswegen mußte ich dich ja auch unter dem Tisch mit dem Fuß anstupsen.«

»Du solltest bei Erich Stinnes sehr vorsichtig sein«, sagte Werner. Er lächelte, als sei er fest entschlossen, sich nicht über Zena zu ärgern. »Er ist keineswegs der höfliche Gentleman, den er so gern vorspielt. Er gehört zum KGB, Zena, und all diese Tschekisten sind gefährlich.«

»Ich habe Apfelstrudel vorgesehen und danach Pralinen von Lenôtre aus dem KaDeWe – die, die du so gern magst. Willst du den Strudel lieber auslassen? Und wie ist es mit Ihnen, Bernard?«

»Ich sage zu beidem nicht nein.«

»Schlagsahne zum Strudel? Und dazu Kaffee?« fragte Zena.

»Sie nehmen mir direkt die Worte aus dem Mund«, sagte ich.

»Stinnes spielt ein gefährliches Spiel«, sagte Werner zu ihr. »Niemand weiß genau, was er im Schilde führt. Stell dir doch nur vor, er hätte dich drüben als Geisel zurückgehalten.«

Zena zog einen Schmollmund. »Immer diese leeren Versprechungen.«

»Das ist überhaupt nicht komisch«, fauchte Werner. »So etwas könnte durchaus passieren.«

»Ich komme mit Erich Stinnes schon zurecht«, sagte Zena. »Ich verstehe ihn besser, als ihr Männer es je könnt.«

»Ich verstehe ihn schon«, rief Werner ihr nach, als sie in die Küche entschwand, um den Apfelstrudel zu holen und die Kaffeemaschine einzuschalten. Und mit leiserer Stimme fügte er für mich hinzu: »Vielleicht sogar zu gut.«

Das Telefon klingelte. Werner ging an den Apparat. Er brummte auf eine Weise in die Muschel, die für den höflichen Werner ungewöhnlich war. »Ja, er ist hier, Frank«, sagte er.

Frank Harrington. Unter der gesamten Bevölkerung von Berlin gab es nur einen Menschen, den Werner wirklich nicht ausstehen konnte, und das war der Leiter des Berliner Büros des britischen Geheimdienstes. Das war kein gutes Omen für Werners Zukunft in der Abteilung. Zu Werners Bestem konnte ich nur hoffen, daß sich Frank bald zur Ruhe setzte.

Ich nahm den Telefonhörer. »Hallo, Frank. Ich bin's, Bernard.«

»Ich habe schon überall versucht, dich zu erreichen, Bernard. Warum, zum Teufel, rufst du denn nicht in meinem Büro an, wenn du in die Stadt kommst, und hinterläßt eine Kontaktnummer?«

»Ich wohne wie immer bei Lisl«, sagte ich.

»Du bist jetzt nicht bei Lisl, und du warst die letzten beiden Nächte nicht bei der verdammten Lisl.« Frank klang höchst verärgert.

»Ich war unterwegs und nicht in Berlin«, sagte ich. »Du erwartest doch nicht, daß ich dich jeden Abend anrufe, ganz egal, wo ich mich gerade aufhalte, oder? Das erwartet noch nicht einmal meine Mutter von mir, Frank.«

»Dicky hat gesagt, du seist aus London verschwunden, ohne irgendeine Mitteilung über deinen weiteren Verbleib zu machen.«

»Das hat Dicky gesagt?«

»Ja«, schrie Frank. »Das hat Dicky gesagt.«

»Dicky hat ein miserables Gedächtnis, Frank. Im letzten Jahr hat er einen von diesen Fernkursen in Gedächtnistraining mitgemacht, die man immer in Zeitungsannoncen angekündigt sieht. Aber es scheint nicht viel geholfen zu haben.«

»Ich bin nicht in der richtigen Stimmung für deine albernen Scherze«, sagte Frank. »Ich möchte dich morgen früh in meinem Büro sehen, Punkt zehn.«

»Ich hätte mich ohnehin mit dir in Verbindung gesetzt, Frank.«

»Morgen früh, zehn Uhr, in meinem Büro«, wiederholte Frank. »Und ich möchte nicht, daß du die ganze Nacht in Lisls Bar trinkst. Hast du verstanden?«

»Meine besten Grüße an deine Frau, Frank«, sagte ich und legte den Hörer auf.

Werner sah mich an.

»Frank hat mir die Leviten gelesen«, sagte ich. »Ich soll mich nicht in Lisls Bar betrinken, hat er gemeint. Das klingt ganz so, als habe er sich darüber mit unserem Freund Henry Tiptree unterhalten.«

»Er spioniert dir nach«, sagte Werner mit vorgegaukelter Mattigkeit. »Wie lange wird es noch dauern, bis du anfängst, mir zu glauben?«

Zena kehrte mit einem Tablett zurück, auf dem mein Stück Apfelstrudel, Schlagsahne, der Kaffee und ein kleiner Teller Konfekt standen. »Wer hat angerufen?« fragte sie.

»Frank Harrington«, sagte Werner. »Er wollte Bernie sprechen.«

Sie nickte, stellte das Tablett ab und sagte: »Sie bieten Erich Stinnes eine Viertelmillion Dollar, wenn er die Seiten wechselt.«

»Was?« fragte Werner, wie vom Donner gerührt.

»Du hast richtig gehört, Liebling. Die Londoner Zentrale bietet Erich Stinnes eine Viertelmillion Dollar für den Fall, daß er überläuft.« Sie war sich völlig bewußt, welche Bombe sie da eben gezündet hatte. Ich hatte den Eindruck, daß sie mich nur zum Bleiben überredet hatte, damit ich dabei war, wenn sie ihre Neuigkeiten zum Besten gab.

»Lächerlich«, sagte Werner. »Weißt du irgend etwas darüber, Bernie?«

Aber Zena ließ mir keine Chance, ihr die Butter vom Brot zu nehmen. Sie sagte: »Dieser Betrag, den er natürlich nicht zu versteuern braucht, ist dazu da, daß er davon seine diversen Ausgaben und den Unterhalt seines Wagens bestreiten kann. Zusätzlich bekommt er ein kleines Haus zur Verfügung gestellt. Er braucht ja auch kein großes, da er dort ohnehin allein sein wird. Stinnes hat beschlossen, sich von seiner Frau zu trennen, und wird ihr auch nichts von dem Angebot erzählen, weil er befürchtet, daß sie ihn sonst verraten könnte.«

»Eine Viertelmillion Dollar«, sagte Werner. »Das sind ... siebenhundertfünfzigtausend Mark. Ich kann es einfach nicht glauben.«

Zena stellte den Strudel vor mich hin und plazierte die Schlagsahne handlich daneben. »Möchtest du Schlagsahne in den Kaffee, Werner?« Sie goß eine Tasse Kaffee ein und reichte sie ihrem Mann. »Nun, es stimmt. Ob du es nun glaubst oder nicht, das ist das Angebot, das sie ihm gemacht haben.«

»Mir ist davon nichts bekannt, Zena«, sagte ich, »und ich bin schließlich damit beauftragt, die ganze Sache abzuwickeln; falls sie bereit sein sollten, Stinnes die Viertelmillion zu offerieren, würden sie mir das doch sagen, nicht wahr?«

Die Frage war rhetorisch gemeint, aber Zena beantwortete sie trotzdem. »Nein, mein lieber Bernard«, sagte sie. »Ich bin sogar ziemlich sicher, daß sie es Ihnen nicht sagen würden.«

»Warum nicht?« fragte ich.

»Denken Sie doch mal nach«, sagte Zena. »Sie gehören zur Spitze in der Londoner Zentrale. Sie sind wahrscheinlich wichtiger als ein Mann wie Stinnes...«

»Viel wichtiger«, sagte ich zwischen zwei Bissen Strudel.

»Genau«, sagte Zena. »Wenn also Erich Stinnes London eine Viertelmillion Dollar wert ist, dann sind Sie Moskau mindestens genausoviel wert.«

Ich brauchte einen Moment, um zu begreifen, was sie meinte. Der Gedanke erheiterte mich. »Sie wollen also sagen, London befürchtet, daß ich herausbekomme, wieviel ich wert bin, und mich daraufhin Moskau zum gleichen Preis anbiete?«

»Selbstverständlich«, sagte Zena. Sie mit ihren zweiundzwanzig Jahren sah die Welt in der gleichen gefälligen Vereinfachung, wie ich sie auch gesehen hatte, als ich in ihrem Alter war.

»Ich würde mehr als eine Viertelmillion Dollar brauchen, um mich für den Gedanken erwärmen zu können, den Rest meines Lebens in Moskau zuzubringen«, sagte ich.

»Weichen Sie nicht aus«, sagte Zena. »Glauben Sie wirklich, daß Erich den Rest seines Lebens in London verbringen wird?«

»Was Sie nicht sagen«, stellte ich fest. Ich aß meinen Strudel und nippte an meinem Kaffee, der so stark war, wie Zena ihn liebte, nur daß sie ihn schwarz trank, während ich Sahne nahm.

Werner, der sehr müde aussah, rieb sich das Gesicht und nahm seinen Kaffee mit hinüber zum Sofa und setzte sich. »Du siehst, worauf Zena hinauswill, Bernie«, sagte er.

»Nein.«

»Laß uns den Gedanken mal weiterspinnen, nur um der Diskussion willen«, sagte er. »Moskau würde dich lang und breit ausholen wollen. Wie lange? Sechs Monate. Höchstens zwölf Monate.«

»Und dann?« fragte ich.

»Und dann bekämst du eine neue Identität. Seit das KGB in Karlshorst sitzt, ist es in der Lage, Dokumente zu fabrizieren, die fast jeder Überprüfung standhalten. Du weißt ja, deutsche Wertarbeit.« Er lächelte ein winziges Lächeln, aber es reichte aus, alles wie einen Scherz klingen zu lassen.

»Deutsche Wertarbeit«, sagte ich. Die Russen waren seit 1945 hinterher gewesen. Sie hatten die versprengten Überbleibsel der SS-Einheit Amt VI F eingesammelt, die dann von der Delbrückstraße aus – unter Benutzung der Papierfabrik Spechthausen bei Eberswalde und Fälschern aus dem Konzentrationslager Oranienburg –

die Herstellung von hervorragenden Papieren überwacht hatten, von schwedischen Pässen bis hin zu britischen Fünf-Pfund-Noten. »Perfekte Papiere und eine neue Identität, zuzüglich einer unbegrenzten Summe gefälschten Papiergeldes. Das wäre ja wundervoll, Werner.«

Werner sah unter seinen schweren Lidern hervor und sagte: »Überläufer in Moskauer Richtung enden in den erstaunlichsten Ecken dieser Welt, Bernie. Wir beide kennen da gewisse Einwohner von Kapstadt, Rom und ... wo war es das letzte Mal ... irgendwo in Bolivien? ... die ihre Namen und Beruf ziemlich plötzlich und erfolgreich geändert haben, seit wir sie das letzte Mal gesehen haben.«

»Für eine Viertelmillion Dollar?« fragte ich. »Und ein Lebensabend in Kapstadt, Rom oder Bolivien?«

»Zena hat nicht gemeint, daß du das für eine Viertelmillion Dollar tust, Bernie.«

»Hat sie nicht? Was haben Sie denn gemeint, Zena?«

»Kein Grund, so empfindlich zu sein. Sie haben gehört, was ich gesagt habe, und wissen, daß es stimmt. Ich habe gesagt, daß die Londoner Zentrale Angst davor hat, was Sie unter Umständen tun könnten. Ich habe nicht gesagt, daß ich ihre Bedenken teile. London Central traut niemandem. Sie trauen Werner nicht, sie trauen Ihnen nicht, sie trauen mir nicht.«

»In welcher Hinsicht sollten sie Ihnen trauen?« fragte ich.

Zena spielte mit ihrer langen Halskette, und ihre Blicke schweiften durch den Raum, als sei sie mit anderen, weit wichtigeren Dingen beschäftigt. »Sie trauen mir nicht zu, ihre Verbindung zu Stinnes zu sein. Ich habe Dicky Cruyer gefragt, und er hat die Frage ignoriert. Vorhin habe ich Ihnen den gleichen Vorschlag unterbreitet, und Sie haben das Thema gewechselt.«

»Stimmt das eigentlich, daß Erich Stinnes ein Kind hat?« fragte ich.

»Nicht unbedingt ein Kind«, sagte Zena. »Er hat einen Sohn, und der ist achtzehn Jahre alt. Inzwischen vielleicht schon neunzehn. Im vergangenen Jahr hat man ihm den Zugang zur Humboldt-Universität verwehrt, obwohl er sehr gute Abiturnoten hatte. Arbeiterkinder werden eben drüben bevorzugt. Erich war darüber außer sich.«

Ich stand vom Tisch auf und trat ans Fenster, um einen Blick hinauszuwerfen. Von Werners Apartment in der feinen Villengegend Dahlem aus konnte man die dunklen Baumspitzen des Grunewalds sehen, der sich über sechs Kilometer bis an die Ufer der breiten Havel erstreckte.

Zenas provokative Bemerkungen machten mich nervös. Warum hatte mich London nicht von dem Angebot an Stinnes in Kenntnis gesetzt? Ich war schließlich kein Irgendwer einer x-beliebigen kleinen Operation. Hier ging es um Abwerbung, die kitzligste Sache im ganzen Geschäft. Normalerweise war es doch so, daß man den »Abwerber« über alles auf dem laufenden hält, was sich um ihn herum abspielt. Ich fragte mich, ob Dicky von der Viertelmillion wußte. Ich brauchte kaum mehr als einen Moment, um die Antwort zu wissen. Natürlich wußte Dicky Bescheid. Als Leiter der Deutschland-Abteilung mußte er die Zahlungsanweisung abzeichnen. Der Betrag würde zunächst als Debet auf dem Konto seiner Kostenstelle erscheinen, bis der Ausgleich durch die Hauptkasse erfolgte.

Auf der Straße stand das Regenwasser. Es reflektierte die Straßenlaternen und bildete eine Schnur von Monden, die durch den unablässigen Verkehr immer wieder zerstört wurden. In jedem der geparkten Autos da unten konnten Observierer sitzen. Hinter jedem einzelnen Fenster des gegenüberliegenden Apartmenthauses konnten Kameras mit Teleobjektiven und hochempfindliche Richtmikrofone versteckt sein. Ab wann, fragte ich mich, wurde aus vernünftiger Vorsicht krankhafte Paranoia? Von welchem Punkt an stellt ein vertrauenswürdiger Mitarbeiter ein »gewisses Risiko« dar und ist schließlich »nur für unbedenkliche Aufträge« verwendungsfähig? Ich schloß die Vorhänge und wandte mich Zena zu. »Ist Stinnes so außer sich, daß er seinen Sohn auch auf eine Universität im Westen schicken würde?«

»Dazu kann ich nichts sagen«, meinte Zena. »Fragen Sie ihn doch selbst.«

»Wir brauchen jede Hilfe, die wir bekommen können«, sagte Werner ruhig.

»Der Sohn lebt inzwischen bei Stinnes' erster Frau in Rußland.«

»Da haben Sie uns gegenüber einen Informationsvorsprung, Zena«, gab ich zu. »Darüber, daß Stinnes schon mal verheiratet war, haben wir nichts im Computer gespeichert.«

Zena konnte ihre Genugtuung nicht verbergen. »Es ist sein einziges Kind. Die erste Ehe mit seiner russischen Frau wurde vor langer Zeit aufgelöst. Im letzten Jahr oder so hat dann der Sohn bei Stinnes und seiner zweiten Frau in Ost-Berlin gelebt. Er wollte Deutsch lernen. Aber nun ist er wieder zurück zu seiner Mutter nach Moskau gefahren. Sie hat Verwandte, die glauben, dem Sohn einen Platz an der Moskauer Universität verschaffen zu können. Da ist er sofort nach Moskau zurückgekehrt. Offensichtlich ist er ganz wild darauf, zur Universität zu gehen.«

»Das wären Sie an seiner Stelle auch«, sagte ich. »Schulabsolventen, die keinen Studienplatz erhalten, werden zum Arbeitseinsatz in die Landwirtschaft oder in Fabriken geschickt, dorthin, wo gerade Arbeitskräfte gebraucht werden. Darüber hinaus unterliegen sie der Wehrpflicht. Studenten, so sie eine staatliche Sondergenehmigung erhalten, sind davon ausgenommen.«

»Die Mutter hat Beziehungen in Moskau. Sie wird für ihren Sohn einen Platz bekommen.«

»Hängt Stinnes eigentlich an dem Jungen?« Ich war verblüfft, wieviel sie dem verschlossenen Stinnes hatte entlocken können.

»Sie streiten viel herum«, sagte Zena. »Er ist in dem Alter, in dem Söhne sich mit ihren Vätern anlegen. Das ist von der Natur so vorgesehen, um die flüggen Jungen dazu zu bringen, das Nest zu verlassen.«

»Dann glaubst du also, daß Stinnes kommen wird?« erkundigte sich Werner. Seine Einstellung zu Stinnes war noch immer ambivalent.

»Ich weiß nicht«, sagte Zena. Ich konnte ihr anmerken, daß sie die Art ablehnte, wie Werner sie dazu gebracht hatte, diese Dinge über Stinnes zu erzählen. Vielleicht war sie der Auffassung, daß es sich um Informationen handelte, für die London hätte bezahlen müssen. »Er denkt noch darüber nach. Aber wenn er nicht kommt, dann liegt das weder an seiner Frau noch an seinem Sohn.«

»Was wird denn dann der entscheidende Faktor sein?« fragte ich sie. Ich nahm die Kaffeekanne hoch. »Möchte noch jemand Kaffee?«

Werner schüttelte den Kopf. Zena schob mir ihre Tasse hin, aber mein nonchalantes Benehmen tröstete sie keineswegs darüber hinweg, daß sie mich mit Gratis-Informationen versorgt hatte. »Er ist vierzig Jahre alt«, sagte Zena. »Ist das nicht das Alter, in dem ein Mann seine Midlife-Krise bekommen soll?«

»So?« sagte ich lediglich.

»Ist das nicht der Zeitpunkt, an dem sich Männer fragen, was sie erreicht und ob sie sich überhaupt den richtigen Beruf ausgesucht haben?« bohrte Zena weiter.

»Und die richtige Frau? Und den richtigen Sohn?« erkundigte ich mich.

Zena zeigte ein saures Lächeln.

»Haben nicht auch Frauen diese Art von Midlife-Krise?« fragte Werner.

»Sie haben sie mit neunundzwanzig«, sagte Zena und lächelte.

»Ich nehme an, daß er es tun wird«, sagte Werner. »Das habe ich Bernie schon gesagt. Meine Meinung über ihn hat sich geändert. Ich nehme an, daß er zu uns überwechseln wird.« Werner wirkte noch immer nicht allzu glücklich bei dieser Vorstellung.

»Sie sollte ihm einen vernünftigen Posten anbieten«, sagte Zena. »Für einen Mann wie ihn ist eine Viertelmillion-Dollar-Ruhestandsregelung doch nicht viel besser, als würde man ihn lebendig begraben. Man müßte ihm das Gefühl vermitteln, daß er herüberkommt, um eine wichtige Aufgabe zu erledigen. Er muß den Eindruck haben, hier gebraucht zu werden.«

»Ja«, sagte ich. Diese Art von Psychologie hatte sie offenbar erfolgreich bei Werner angewandt. Ich erinnerte mich auch daran, daß man meine Frau mit der Verheißung des Rangs eines Obersten und eines richtigen Schreibtischjobs geködert hatte, bei dem Leute wie Stinnes ihre Anordnungen befolgen müssen. »Aber was könnten wir ihm bieten? Er hat die letzten zehn Jahre nicht gerade als kapitalistischer Maulwurf verbracht. Wenn er in den Westen kommt, geschieht dieser Schritt nicht aus politischen Gründen. Ihm gefällt seine Rolle als eine Art Polizist.«

»Polizist?« schrie Zena voller Hohn. »Bezeichnen Sie sich auch so? Sehen Sie sich nur als ein Haufen dicker, alter Bullen, die alte Damen über die Straße geleiten und Touristen Auskunft erteilen, wie sie zu nächsten Bushaltestelle kommen?«

»Das reicht«, sagte Werner. Es war eine seiner seltenen Zurechtweisungen.

»Ihr seid doch alle gleich«, sagte Zena. »Du, Bernie, Stinnes, Frank Harrington, Dicky Cruyer... alle, die ich je kennengelernt habe. Alles kleine Jungen, die Cowboy spielen.«

»Ich habe gesagt, es ist genug«, sagte Werner. Ich nahm an, er war eher ärgerlich darüber, daß ich Zeuge ihres Ausbruchs geworden war, als daß er sich das vermutlich schon zum x-ten Male hatte anhören müssen.

»Peng, peng«, spielte Zena Cowboy.

»Eine Viertelmillion Dollar«, sagte Werner. »London muß ziemlich erpicht darauf sein, ihn zu bekommen.«

»Ich habe da was in Stinnes' Auto gefunden«, sagte Zena.

»Was ist es denn?« fragte Werner.

»Ich werde es euch zeigen«, sagte Zena. Sie ging hinüber zu der Glasvitrine, in der Werner früher sein maßstabgetreues Modell des Flugboots Dornier Do X aufbewahrt hatte. Nun war es, wie alle seine Flugzeugmodelle, in den Keller verbannt worden, und Zena hatte dort ihre Porzellantiersammlung untergebracht. Dahinter holte sie einen großen braunen Umschlag hervor. »Seht euch das an«, sagte sie, zog einige maschinebeschriebene Bögen heraus und schob sie uns über den Tisch zu. Ich nahm ein Blatt und gab Werner, der auf dem Sofa saß, ein weiteres.

Es waren fünf Bögen graues, grobes Papier. Sie waren beidseitig eng mit der Maschine beschrieben. Es handelte sich um Matrizenabzüge, eine Vervielfältigungsform, die in westlichen Ländern kaum noch Verwendung findet, aber im Osten noch allgemein gebräuchlich ist. Ich studierte die Blätter unter der Lampe, weil die Worte an einigen Stellen nicht besonders gut leserlich waren und ich sie auf dem grauen Papier nur schwer erkennen konnte. Aber derartige russische Geheimpapiere waren mir geläufig, so daß ich die Passagen leicht erriet, die ich nicht entziffern oder nicht verstehen konnte.

»Worum geht es?« fragte Zena. »Ich kann Russisch nicht lesen. Steht da ›geheim‹?«

»Woher haben Sie das genau?« fragte ich zurück.

»Aus Stinnes' Auto. Ich saß auf dem Rücksitz und griff in eine der Türtaschen, die diese altmodischen Wagen haben. Ich fand alte Bleistifte, ein paar Haarklammern und diese Papiere.«

»Und da haben Sie sie an sich genommen?«

»Ich habe sie in meine Handtasche gesteckt. Niemand hat mich dabei beobachtet, falls Sie sich darüber Gedanken machen sollten. »Heißt das geheim?« fragte sie wieder und deutete auf einen großen, roten Stempelabdruck, mit dem jede der Kopien versehen war.

»Ja, geheim«, sagte ich. »Aber es ist nichts, was es wert wäre, das Weiße Haus anzurufen und den Präsidenten aus dem Bett zu holen.«

»Was ist es?«

»Die Überschrift lautet: *Sowjetische Streitkräfte in Deutschland*. Das ist die offizielle Bezeichnung für alle russischen Einheiten in der DDR. Darunter ist die Kennziffer. Dann folgt der Titel des Dokumentes: *Ergänzende Anweisungen für Spionageabwehrmaßnahmen der Sicherheitsorgane*. Dann folgte eine lange Präambel, die typisch ist für diese Art von Papieren. Es heißt da: ›Die Kommunistische Partei der UdSSR weist dem sowjetischen Volk den Weg im Kampf um den Sieg des Kommunismus. Die Partei leitet und führt die nationalen Streitkräfte und die Organe der Staatssicherheit.‹«

»Worum geht es?« fragte Zena ungeduldig.

»Erst auf der unteren Hälfte der Seite kommt man endlich zur Sache. Diese numerierten Absätze sind überschrieben: *Instruktionen für KGB-Einheitsführer betreffend ihr Verhältnis zu Kommandeuren von Armee-Einheiten, denen sie angegliedert sind.* Es heißt da: ›Seien Sie fest und höflich und kooperativ‹ ... all dieser Mist, den Bürokraten aller Regierungen allüberall verzapfen. Die nächsten Absätze sind überschrieben: *Aufgaben der Sonderabteilungen*, und sie unterrichten KGB-Offiziere über mögliche Mittel und Wege, mit denen imperialistische Geheimdienste versuchen, in den Besitz sowjetischer Geheimnisse zu kommen.«

»Welche Art von Methoden?« fragte Zena.

»Zwei der Absätze befassen sich detailliert mit Leuten, die als Spione ertappt worden sind, einmal in einer Fabrik und das andere Mal in der Nähe eines Raketengeländes. Bei keinem der beiden Beispiele handelt es sich allerdings um das, was man gemeinhin unter Spionage verstehen würde. Im ersten Fall scheint ein Mann seinem Hund nachgelaufen zu sein – hinein in ein Sperrgebiet. Und im anderen Fall hat der Mann ohne Genehmigung fotografiert.«

»Sie wollen also damit andeuten, daß die Papiere, die ich Ihnen gebracht habe, nur für den Papierkorb taugen? Das nehme ich Ihnen nicht ab.«

»Dann fragen Sie Werner. Er versteht besser Russisch als ich.«

»Bernie hat das tadellos übersetzt«, sagte Werner.

»Dann behauptest du also auch, daß sie wertlos sind«, sagte Zena. Ihre Enttäuschung hatte sie ärgerlich gemacht.

Werner sah mich an. Er schien sich zu fragen, wieviel er sagen durfte. Wohl wissend, daß er es ihr ohnehin erzählen würde, sagte ich: »Das ist eine regelmäßige Publikation, die einmal im Monat herauskommt. Sie sehen die Nummer da oben; das ist Nummer fünfzehn einer Auflage von wahrscheinlich nicht mehr als einhundert Exemplaren. Es ist geheim. London hat ganz gern Kopien davon, wenn es sie kriegen kann. Ich bezweifle, daß wir eine komplette Sammlung aller Ausgaben in unserem Archiv haben. Die CIA hat sie sicherlich. Die Amerikaner haben gern alles vollständig – den vollständigen Shakespeare, ein vollständiges Speiseservice aus Meißener Porzellan, einen vollständigen Satz Objektive für die Olympus-Kamera und Garagen, gerammelt voll mit Ausgaben des *National Geographic* Magazins der letzten fünfundzwanzig Jahre – und das komplett.«

»Und?« fragte Zena.

Ich zuckte mit den Schultern. »Es ist geheim, aber es ist nicht sonderlich interessant.«

»Für Sie ist es nicht sonderlich interessant. Das ist es doch, was Sie damit sagen wollen.«

»Es ist für niemand interessant. Es sei denn für Archivare.«

Ich sah zu, wie sich Werner aus dem Sofa hochhievte. Es war ein sehr niedriges Sofa, und sich daraus wieder zu erheben, war gar nicht so einfach. Ich stellte fest, daß Zena nie darauf saß; sie kniete vielmehr darauf, so daß sie die Füße auf den Boden schwingen konnte und so mit Leichtigkeit auf die Füße kam.

»Ich habe den Umschlag im Auto gefunden«, sagte Zena, »und bin davon ausgegangen, sein Inhalt könnte für euch wichtig sein.«

»Du hättest ihn besser dort gelassen, wo er war«, sagte Werner.

Zena, die mit uneingeschränktem Lob gerechnet hatte, biß sich wie ein kleines Kind auf die Lippe und schmollte.

»Willst du dieses Zeug haben, Bernie?« fragte Werner.

»Ich kann sie nicht gebrauchen«, sagte ich. Es war eine glatte Untertreibung. Ich wollte von Zenas Papieren absolut nichts mehr wissen. Sie begriff nicht, was sie damit, daß sie den Umschlag an sich nahm, eigentlich angerichtet hatte, und sie wollte es auch gar nicht begreifen.

Erst als Werner in sein Arbeitszimmer gegangen war, dämmerte Zena, was er eigentlich vorhatte. Doch da hörten wir bereits das Geräusch des Reißwolfes, mit dem Werner die Seiten vernichtete.

»Warum?« fragte Zena empört. »Diese Dokumente waren wertvoll, und sie haben mir gehört.«

»Weder das eine noch das andere«, sagte ich. »Sie waren gestohlen und bildeten ein Risiko.«

Werner kam zurück und sagte: »Es war besser, sie verschwinden zu lassen. Was wir damit auch angefangen hätten – es hätte jemand in Schwierigkeiten bringen können. Falls Stinnes dich verdächtigt, sie genommen zu haben, wird er annehmen, wir hätten dich dazu angestiftet. Und das könnte bereits ausreichen, ihn von unserem geplanten Handel zurückschrecken zu lassen.«

»Wir hätten sie London verkaufen können.« Zena blieb stur.

»London ist nicht gerade wild auf Dokumente, die so leicht zu beschaffen sind«, stellte ich fest. »Man würde sich dort fragen, ob sie überhaupt echt sind oder ob jemand versucht, ihnen einen Floh in den Pelz zu setzen. Und London würde anfangen, unbequeme Fragen über Sie, Zena und Stinnes zu stellen. Wir haben es aber nicht gern, wenn uns diese Londoner Bürokraten in die Suppe spucken. Dieser Job ist ohnehin schon schwer genug.«

»Wir hätten sie an Frank Harrington verkaufen können«, sagte Zena, aber ihre Stimme klang mittlerweile schon weniger überzeugt.

»Ich bemühe mich, mir Frank Harrington vom Leibe zu halten«, sagte ich. »Wenn es mit Stinnes ernst wird, werde ich die Abwerbung von Mexiko aus über die Bühne gehen lassen. Würde ich das von hier aus erledigen, würde Frank versuchen, den Daumen draufzuhalten.«

»Frank ist zu träge«, stellte Zena fest.

»Dafür nicht«, entgegnete ich. »Ich glaube, Frank hat mittlerweile begonnen, das Ausmaß des Londoner Interesses zu erkennen. Ich glaube, er will sich ins Spiel bringen. Das wäre eine hübsche Feder an seinem Hut – etwas, womit er sich genüßlich zur Ruhe setzen könnte.«

»Und Mexico City ist weit genug von London entfernt«, sagte Werner. »Kaum anzunehmen, daß dir London im Nacken sitzt, wenn du die Sache in Mexiko deichselst. Ich weiß, wie dein Köpfchen arbeitet, Bernie.«

Ich lächelte und schwieg. Er hatte recht. Ich wollte die Zentrale so weit wie möglich aus dem Spiel halten. Es war schwierig genug gewesen, mit den Leuten vom KGB fertigzuwerden, aber jetzt hatte ich mich auch noch gegen die Londoner Zentrale zur Wehr zu setzen, und zu allem Überfluß war auch noch Fiona in dem Puzzle zugange, um die Dinge noch mehr zu verwirren.

»Ich bin immer noch der Meinung, daß wir die Papiere hätten an Frank verkaufen sollen«, sagte Zena.

»Das hätte sich als gefährlich erweisen können«, sagte Werner. »Und, Zena-Liebling, wir dürfen auch nicht die Möglichkeit außer acht lassen, daß Stinnes sie absichtlich im Auto ließ, damit du sie findest. Und wenn dem so wäre, hätte ich nicht gemocht, daß ausgerechnet du diejenige gewesen wärst, die sie zu Frank Harrington bringt.«

Zena lächelte. Sie glaubte nicht, daß Stinnes die Dokumente absichtlich im Auto gelassen hatte, um ihr eine Falle zu stellen. Für Zena war es schwer zu glauben, daß ihr Mann überhaupt eine Falle stellen könnte. Vielleicht hatte sie die gemeinsame Zeit mit Werner in dieser falschen Sicherheit gewiegt.

18

Ich kannte Frank Harrington ein Leben lang – nicht sein Leben natürlich, aber meins. So überraschte es mich nicht, daß der Chauffeur, der mich von Lisls Hotel abholte, mich zu Franks Haus und nicht zum SIS-Büro beim Olympiastadion brachte. Wenn Frank »das Büro« sagte, meinte er jenes in der Nähe des Stadions, das Hitler für die Olympischen Spiele 1936 hatte bauen lassen. Aber wenn er »mein Büro« sagte, war die Rede von seinem Arbeitszimmer in dem großen Haus in Grunewald, das dem Leiter des Berliner Büros auf Dauer zur Verfügung stand und das Frank auf lange Sicht in Besitz genommen hatte. Es war ein wundervolles Haus, das für die Verwandten eines Bankiers Bleichröder gebaut worden war, der Bismarck mit dem notwendigen Kredit für das Wagnis des Deutsch-Französischen Krieges ausgestattet hatte. Es hatte einen ausgedehnten Garten mit genügend Bäumen, um den Eindruck zu erwecken, man befände sich irgendwo draußen auf dem Lande.

Ich wurde von Franks Faktotum Tarrant ins Arbeitszimmer geführt, einem kräftigen Mann, der seit dem Krieg bei Frank diente. Frank saß hinter seinem Schreibtisch und wedelte mit wichtig aussehenden Papieren. Er blickte mich unter zusammengekniffenen Augenbrauen an wie ein Kommandierender Offizier einen Rekruten, der sich schlecht benommen hatte.

Frank trug einen dunkelgrauen Westenanzug und dazu ein gestärktes weißes Hemd mit Etonkrawatte. Das von Frank bevorzugte Image eines Regimentsobersten beschränkte sich nicht nur auf sein Erscheinungsbild, sondern erstreckte sich auch auf die Einrichtung seines Arbeitszimmers. Da gab es Rattanmöbel und eine gepolsterte Lederbank, die so alt und abgesessen war, daß das Leder an manchen Stellen fast weiß war; auf einer Militärtruhe aus Kampferholz stand eine altertümliche Schreibmaschine, die eigentlich ins Museum gehört hätte. Hinter Frank hing gerahmt an der Wand ein großes offizielles Hoffoto der Königin. Das alles wirkte wie die Kulisse zu einem Stück, das von den letzten Tagen der britischen Herrschaft in Indien handelt. Der Eindruck, sich in einem indischen Armeebungalow zu befinden, wurde noch verstärkt durch die Art und Weise, wie Hunderte von Sonnenstrahlen durch die durchbrochenen, aber zum Schutz gegen hochempfindliche Mikrofone vorsorglich geschlossenen Fensterläden in Franks Arbeitszimmer fielen. Sie hätten auch von einer unbarmherzigen Pandschabsonne herrühren können.

»Guter Gott, Bernard«, sagte Frank. »Du stellst meine Geduld mitunter auf eine harte Probe.«

»Mache ich das, Frank? Das ist nicht meine Absicht. Tut mir leid.«

»Was, zum Teufel, hast du denn in Lüneburg gemacht?«

»Ein Treff«, sagte ich.

»Mit einem Agenten?«

»Du solltest es doch nun wirklich besser wissen, als mich das zu fragen, Frank«, sagte ich.

»In London ist die Hölle los. Einer deiner Burschen ist ermordet worden.«

»Wer?«

»MacKenzie. Soviel ich verstanden habe, hat er manchmal für dich gearbeitet.«

»Ich kenne ihn«, sagte ich.

»Was weißt du über seinen Tod?«

»Das, was du mir darüber gesagt hast.«

»Nicht mehr?«

»Ist das hier eine formelle Befragung?«

»Selbstverständlich nicht, Bernard. Aber es ist auch nicht gerade der geeignete Zeitpunkt, um Beweismaterial zurückzuhalten.«

»Wenn es der geeignete Zeitpunkt wäre – würdest du es mir sagen, Frank?«

»Ich versuche nur zu helfen, Bernard. Wenn du nach London zurückkehrst, wirst du dich mit ganz anderen Fragen konfrontiert sehen.«

»Zum Beispiel?«

»Machst du dir denn gar keine Gedanken über den armen Jungen?«

»Ich mache mir Gedanken. Ich mache mir sogar sehr viele Gedanken. Was müßte ich tun, um dich davon zu überzeugen?« fragte ich.

»Du brauchst mich von gar nichts zu überzeugen, Bernard. Ich habe mich immer hinter dich gestellt. Seit dein Vater tot ist, habe ich mich dir gegenüber *in loco parentis* gesehen und gehofft, daß du zu mir kommen würdest, wenn du Schwierigkeiten hast – genauso, wie du zu deinem Vater gegangen wärst.«

Hatte mich Frank so dringend sehen wollen, um darüber mit mir zu sprechen? Ich wußte es nicht. Und nun drehte ich den Spieß um. »Ist Henry Tiptree einer von deinen Leuten, Frank?« Ich hielt meine Stimme betont beiläufig.

»Tiptree? Der Bursche, der bei Frau Hennig wohnt?« Nachdenklich strich er über seinen Schnurrbart.

Im Grunde genommen war Frank der einzige mir bekannte Mensch, der Lisl »Frau Hennig« nannte, und ich brauchte eine gewisse Zeit, bis ich reagierte. »Ja. Das ist er«, sagte ich.

Ich hatte Frank kalt erwischt. Er griff in die Schublade seines Schreibtischs und fand ein Päckchen Pfeifentabak. Er ließ sich Zeit, die Packung aufzureißen und den Inhalt zu beschnuppern, um zu sehen, wie frisch er sich in seiner Schublade gehalten hatte. »Was hat denn Tiptree gesagt, was er macht?«

»Er hat eine Menge Gewäsch erzählt. Aber ich nehme an, daß er zur Inneren Sicherheit gehört.«

Frank wurde ziemlich nervös. Er stopfte den Tabak so sorglos in seinen Pfeifenkopf, daß eine Menge davon auf die ansonsten untadelig saubere Schreibtischplatte bröselte. »Du hast recht, Bernard. Ich bin froh, daß du über ihn gestolpert bist. Ich wollte dir einen Tip zukommen lassen, aber die Signale aus London waren ausnahmslos für mich bestimmt. Der Chef vom Amt hat mich angewiesen, es niemand zu sagen. Aber nun, da du es bereits vermutet hast, kann ich es ruhig zugeben...«

»Was spielt er für eine Rolle, Frank?«

»Er ist ein ehrgeiziger junger Diplomat, der auf geheimdienstlichem Gebiet ein paar Erfahrungen sammeln will.«

»Bei der Inneren Sicherheit?«

»Nun sei doch nicht so ungläubig. Da stecken sie solche Leute nun mal hin. Wir wollen sie doch nicht mitten im Mündungsfeuer haben, was, Bernard?«

»Und warum hat ihn die Innere Sicherheit hergeschickt?«

»Die von der Inneren Sicherheit sagen uns gewöhnlichen Sterblichen doch nie, was sie tun und warum, Bernard. Ich nehme an, er vermutet, daß alles, was er mir erzählt, die Tendenz hat, zu dir zurückzukommen.«

»Und warum sollte das wichtig sein?«

»Laß mich das noch einmal formulieren.« Frank zwang sich ein Lächeln ab. »Ich habe gemeint, daß alles, was er mir erzählt, die Tendenz hat, zu einem Angehörigen des Berliner Stabes durchzusickern.«

»Überprüft mich dieser Hund?« fragte ich.

»Nun reg dich doch nicht auf, Bernard. Niemand weiß, was er tut. Die Innere Sicherheit hat ihre eigenen Gesetze, das weißt du doch. Aber selbst wenn er seine Nase in deine Angelegenheiten stecken sollte, so ist das für dich doch kein Grund, überrascht zu sein. Wir werden alle von Zeit zu Zeit überprüft. Und du hast...«

»...eine Frau, die übergelaufen ist. Ist es das, was du sagen wolltest?«

»Darauf wollte ich nicht hinaus. Aber da du die Sache nun mal ins Gespräch gebracht hast – sie ist immerhin ein Faktor, den die Innere Sicherheit als relevant ansehen muß.«

Ich antwortete nicht. Wenigstens hatte ich Frank in der Defensive. Das war besser, als wenn er mir mit MacKenzie zusetzen würde. Jetzt, wo seine Pfeife gestopft war, ließ ich ihm genügend Zeit, sie anzuzünden. »Ja, du wirst sie mit Sicherheit eine Weile am Hals haben. Aber diese Dinge kommen irgendwann einmal alle zur Ruhe. Der Dienst ist fair, Bernard. Das mußt du zugeben.« Er zog mit kurzen, hastigen Zügen an seiner Pfeife, um den Tabak zum Glimmen zu bringen. »Kennst du auch nur einen Fall, bei dem ein Mitarbeiter der Abteilung fallengelassen worden wäre?«

»Ich kenne keinen«, sagte ich. »Und das aus dem sehr guten Grund, daß über derlei Dinge der Mantel des Schweigens gebreitet wird.«

»Wir können ja wohl kaum irgendwelche Leute deswegen Leserbriefe an die *Times* schreiben lassen, oder?« fragte Frank. Er lächelte, aber ich sah ihn ausdruckslos an und beobachtete, wie er die Streichholzschachtel über den Pfeifenkopf hielt, um für einen besseren Zug zu sorgen. Ich war mir nie ganz schlüssig, ob er mit seiner Pfeife nicht richtig umzugehen wußte, oder ob die ganze Herumhantiererei nur dazu diente, sich Zeit zum Überlegen der Antworten auf unangenehme Fragen zu verschaffen.

»Es könnte sein, daß ich keine Unterstützung in der Stinnes-Sache brauche, Frank«, sagte ich und wählte meine Worte sorgfältig. »Es ist nicht ausgeschlossen, daß ich sie außerhalb der Stadt, vielleicht sogar außerhalb Deutschlands abwickeln werde.«

Frank nahm die Bemerkung als das, was sie war – eine abteilungsübliche Art, ihm zu sagen, er könne sich zum Teufel scheren. Eine offizielle Mitteilung, daß ich die Operation Stinnes von ihm und seinem Treiben fernhalten wollte. »Es ist deine Show, Junge«, sagte Frank. »Wie läuft's denn so?«

»Weißt du, daß London Stinnes einen Haufen Geld angeboten hat?«

Nur seine Augen bewegten sich. Er sah von seiner Pfeife auf, behielt sie aber im Mund und fummelte weiter daran herum. »Nein. Zumindest nicht offiziell.«

»Aber du hast davon gehört?«

»Der Chef hat mir gesagt, daß es da unter Umständen eine Zahlung geben könnte. Der Alte erzählt mir dergleichen immer, wenn es um etwas geht, was in mein Gebiet fällt. Nur aus Höflichkeit.«

»Ist der Boß persönlich daran interessiert?«

»Das ist er in der Tat.« Ein gekünsteltes kleines Lächeln folgte. »Deshalb verfolgen so viele unserer Kollegen diese Angelegenheit ja auch mit so viel Aufmerksamkeit.«

»Du eingeschlossen?«

»Ich bin zusammen mit Sir Henry Clevemore in den Dienst eingetreten. Wir sind gemeinsam ausgebildet worden – obwohl er älter ist als ich –, und wir sind gute Freunde geworden. Aber Sir Henry ist der Chef vom Amt, und ich bin nur der kleine Statthalter in Berlin. Das läßt er nicht außer acht, Bernard, und ich tue das meinige, um dies auch nicht zu vergessen.« Das war Franks Art, mir vorzuhalten, daß ich zu aufmüpfig war. »Ja. Wenn Sir Henry ein besonderes persönliches Interesse an einer unserer Unternehmungen nimmt, dann nehme auch ich daran Interesse. Er ist kein Dummkopf.«

»Das letzte Mal, als ich ihn sah, machte ich mir Sorgen über seinen Zustand.«

»Ist er krank?« fragte Frank, als höre er zum ersten Mal von dieser Möglichkeit.

»Nicht einfach krank, Frank. Als ich mit ihm sprach, schwafelte er 'ne Menge unzusammenhängendes Zeug.«

»Willst du damit etwa andeuten, daß der Alte *non compos mentis* ist?«

»Er ist total ga-ga, Frank. Du mußt das doch wissen, wenn du kürzlich mit ihm zusammen warst.«

»Exzentrisch vielleicht«, sagte Frank vorsichtig.

»Er ist einer der mächtigsten Männer in Großbritannien, Frank. Wir wollen hier keine Worte klauben.«

»Ich möchte doch nicht annehmen, daß du irgend jemand gegenüber andeuten könntest, der Amtschef könnte etwas anderes als bei guter körperlicher und geistiger Gesundheit sein«, sagte Frank. »Er steht unter ständigem Streß. Wenn die Zeit reif ist, wird er natürlich gehen. Aber wir sind alle sehr daran interessiert, daß es dann nicht so aussieht, als würden wir einem Ersuchen der Regierung entsprechen.«

»Und die Regierung verlangt seinen Kopf?«

»Es gibt gewisse Leute im Kabinett, die lieber einen anderen auf seinem Stuhl sitzen sehen würden.«

»Du meinst jemand bestimmten?«

»Sie werden einen Politiker da hinsetzen, wenn sich die Chance bietet«, sagte Frank. »Im Grunde genommen hat doch jede Regierung seit dem Krieg die Vorstellung gehätschelt, einen ›verläßlichen‹ Mann an der Spitze unseres Dienstes zu haben. Nicht nur die Sozialisten, auch die Tories haben ihre Kandidaten. Und soviel ich weiß, hegen die Liberalen und die Sozialdemokraten ebenfalls gewisse Ambitionen.«

»Ist das ein Posten, der dich reizen könnte?«

»Mich?«

»Nun sag bloß nicht, du hättest noch nie darüber nachgedacht.«

»Vom Berliner Büroleiter zum Amtschef wäre schon ein gewaltiger Schritt.«

»Wir alle wissen, daß du hierher gekommen bist, um einen Saustall auszumisten. Wärst du in London geblieben, könntest du jetzt der Stellvertreter des Alten sein.«

»Mag sein«, sagte Frank.

»Ist dieser Vorschlag jemals gemacht worden?«

»Mal weniger ernsthaft und mal mehr«, gab Frank zu. »Aber ich habe mich auf den Ruhestand eingestellt, Bernard. Ich glaube, ich könnte in meinem Alter nicht mehr die Aufgabe übernehmen, eine ganze Abteilung zu leiten. Ich habe gesagt, daß ich einspringen würde, falls der Alte tatsächlich ernsthaft erkranken sollte – aber nur so lange, bis eine Dauerlösung gefunden ist. Das wäre immerhin eine Möglichkeit, einen politischen Kandidaten aus dem Rennen zu halten. Aber ich würde mich nie an die Reorganisation heranwagen, die dringend erforderlich ist.«

»Die ist verdammt überfällig«, sagte ich.

»Es gibt einige, die sie für überfällig halten«, gab Frank zu. »Aber die allgemeine Meinung ist die, daß man – falls es zum Schlimmsten kommen sollte – mit einem leeren Chefsessel besser fährt als ohne einen Leiter des Büros.«

»Der Sessel des Amtschefs steht schon jetzt die meiste Zeit leer«, sagte ich. »Und der Stellvertreter hat eine leidende Frau und eine blühende Anwaltspraxis. Das ist eine zeitraubende Kombination. Keine Spur von ihm im obersten Stockwerk neuerdings.«

»Und was wird nach Meinung der Gerüchteküche passieren?« fragte Frank.

»Jetzt, nachdem Bret Rensselaer sein Imperium verloren hat, ist er einer der hoffnungsvollsten Kandidaten.«

Frank nahm die Pfeife aus dem Mund und zog eine Grimasse. »Bret wird niemals Chef vom Amt werden. Bret ist Amerikaner. Das wäre unannehmbar für die Regierung, die Abteilung und die Öffentlichkeit, wenn das herauskommt.«

»Bret ist britischer Staatsbürger. Er ist es schon ein paar Jahre. Jedenfalls habe ich es so gehört.«

»Bret mag das auf dem Papier geregelt haben, wie er will. Aber die Leute, die die Entscheidung treffen, betrachten Bret als Amerikaner, und daher ist er Amerikaner. Und er wird immer Amerikaner bleiben.«

»Das solltest du Bret aber lieber nicht sagen.«

»Oh, ich meine damit keineswegs, daß er seinen Adelstitel nicht bekommen wird. Schauspieler, Komiker und Fußballer bekommen ihn ja neuerdings – warum nicht auch Bret? Und das ist es doch, worum es ihm geht. Er möchte als Sir Bret Rensselaer in seine kleine neuenglische Stadt zurückkehren. Aber es würde ihm doch sicherlich nicht gestattet werden, zurückzukehren und zu sagen, daß er gerade Chef von MI 6 geworden ist, oder? Also, wo ist der Punkt?«

»Du bist ein bißchen hart gegenüber Bret«, sagte ich. »Du tust ja gerade so, als sei er bloß auf den ›Sir‹ erpicht.« Ich fragte mich, ob Franks plötzliche Abneigung gegen Bret etwas damit zu tun hatte, daß er ein Mitbewerber um den Sessel des Alten geworden war. Ich nahm Frank seine bescheidene Entsagung nicht ab. Wenn es darauf ankam, würde Frank mit Klauen und Zähnen um den Posten des Amtschefs kämpfen.

Frank seufzte. »In diesem Job hat ein Mann keine Freunde, Bernhard. Das Berliner Büro ist der Ort, an den London die Leute schickt, die es loswerden möchte. Das hier ist das Sibirien des Dienstes. Da schicken sie einen herüber, damit er mit einem unmöglichen Job fertig wird – und das mit unzulänglichen Leuten und unzulänglichen Mitteln. Und die ganze Zeit, während man versucht, die Dinge zusammenzuhalten, schmeißt London einem nur Knüppel zwischen die Beine. In einem einzigen Punkt stimmen das *London Central Policy Committee* und *Controller Europe* überein: Wenn in London irgend etwas schiefläuft, ist es mit Sicherheit auf einen Fehler zurückzuführen, der hier in Berlin gemacht wurde. Bret hat mich lediglich hierher gesetzt, um mich aus dem Weg zu haben, als alles danach aussah, als könnte ich die Abteilung Wirtschaftsspionage bekommen, die er später in ein Imperium umgewandelt hat.«

»Schnee von gestern, Frank«, sagte ich. »Wer zuletzt lachte, das warst du. Bret hat alles verloren, als sie Brahms Vier rausholten und seinen Bereich schlossen. Zur Zeit kämpft er um ein Stück von Dickys Arbeitsbereich.«

»Verschätz dich nicht, was Bret anbelangt. Er wird zwar nicht Amtschef werden, aber er ist glatt, sehr klug und wohlausgestattet mit einflußreichen Gönnern.« Frank erhob sich hinter seinem Schreibtisch, um die Lampe anzuknipsen, die über seiner altertümlichen Schreibmaschine hing. Der Lampenschirm war aus grünem Glas, und das Licht ließ Franks verkniffenes Gesicht totenähnlich wirken. »Und wenn du Stinnes abwirbst, wird es zu einer erheblichen Neubewertung der Leistungen eines jeden von uns in den letzten zehn Jahren kommen.« Franks Stimme klang ernst.

»Wird es das?« fragte ich.

»Das kann dir doch nicht entgangen sein, Bernard. Seine Befragung wird sich Ewigkeiten hinziehen. Sie werden jeden verdammten Fall aus ihm herausholen, von dem Stinnes je gehört hat. Sie werden jeden Bericht studieren, den wir jemals angefertigt haben.«

»Auf der Suche nach einem Maulwurf?«

»Das kann gut die Ausrede sein. Aber es gibt keinen Maulwurf. Sie werden Stinnes benutzen, um herauszufinden, wie gut wir unsere Arbeit gemacht haben. Sie werden in der Lage sein zu beurteilen, wie zutreffend unsere Vermutungen über die Vorgänge auf der anderen Seite gewesen sind. Sie werden unsere Berichte und Einschätzungen mit ihrem neu erworbenen Wissen überprüfen. Und schließlich werden wir unsere Zeugnisse erhalten.«

»Ist es das, was der Chef mit Stinnes vorhat?« fragte ich.

»Der Chef ist keineswegs der senile Alte, den du offenbar gern in ihm siehst, Bernard. Ich persönlich bin viel zu nahe an der Pensionierung dran, als daß es mich sonderlich betreffen könnte. Aber die Befragung von Stinnes wird eine ganze Reihe von Leuten ziemlich dumm aussehen lassen. Das wird natürlich seine Zeit dauern. Die Vernehmungsspezialisten werden prüfen und gegenprüfen und dann ihre Berichte vorlegen. Aber schließlich liegen die Prüfungsergebnisse vor, und einige der Examinierten werden dann zum Rektor gebeten, wo man ihnen diskret rät, sich eine andere Schule zu suchen.«

»Aber jedermann in der Zentrale scheint doch die Abwerbung von Stinnes zu wollen«, sagte ich.

»Weil sie alle davon überzeugt sind, daß Stinnes beweisen wird, wie clever sie sind. Man muß Egomaniker sein, um im Londoner Büro überleben zu können. Das weißt du.«

»Habe ich darum hier überlebt?« fragte ich.

»Ja.« Frank stand immer noch hinter mir. Er hatte sich nicht bewegt, seit er die Lampe eingeschaltet hatte. Dort an der Wand hing eine Fotografie – ein signiertes Porträt von Duke Ellington. Abgesehen vom Porträt der Königin war es das einzige Bild im Raum. Frank hatte eine der größten Sammlungen von Ellington-Platten auf der Welt. Sie anzuhören, war das einzige Freizeitvergnügen, das er sich gestattete, abgesehen von seinen sporadischen Liebesaffären mit inadäquat jungen Frauen. »Inwieweit es dich betreffen wird, weiß ich nicht«, sagte Frank. Er berührte meine Schulter mit einer väterlich-aufmunternden Geste.

»Es wird nichts ans Licht kommen, was meine Chancen beeinträchtigen könnte, Chef vom Amt zu werden«, sagte ich.

»Du bist immer noch verärgert, daß Dicky Cruyer die Deutschland-Abteilung bekommen hat, nicht?«

»Ich hatte angenommen, daß sie jemand bekommt, der sein Handwerk wirklich versteht. Ich hätte wissen müssen, daß nur Oxbridge-Leute gefragt sein würden.«

»Aber so ist es doch schon immer gewesen. Historisch betrachtet ergibt dies sogar Sinn. Absolventen von renommierten guten Universitäten waren kaum verdächtig, Königsmörder, Agrarreformer oder Maschinenstürmer abzugeben. Eines Tages wird sich das alles wandeln. Aber Veränderungen lassen sich Zeit in England.«

»Es war mein Fehler«, sagte ich. »Ich wußte, wie so etwas läuft, aber ich habe mir eingeredet, diesmal würde es anders sein. Dabei gab es dafür keinerlei Anlaß.«

»Aber du hast nie daran gedacht, den Dienst zu quittieren?«

»Eine Woche lang habe ich an nichts anderes gedacht. Zweimal habe ich Kündigungsschreiben entworfen. Ich habe sogar mit einem Mann, über einen Job in Kalifornien gesprochen.«

»Und was hat dich dann zu dem Entschluß gebracht, doch zu bleiben?«

»Ich habe nie beschlossen zu bleiben, aber ich hatte immer etwas zu erledigen, was beendet sein mußte, bevor ich gehen konnte. Und wenn das dann geschafft war, hatte ich bereits etwas Neues am Hals.«

»Hast du seinerzeit mit Fiona über das alles gesprochen?«

»Sie hat es nie ernst genommen und meinte, ich würde die Abteilung ohnehin nie und nimmer verlassen.«

»Du bist für mich immer wie ein Sohn gewesen, Bernard. Das weißt du. Ich würde sagen, du hast es mittlerweile satt, mich immer wieder darüber reden zu hören. Ich habe deinem Vater versprochen, mich um dich zu kümmern. Aber ich hätte mich auch sonst um dich gekümmert. Dein Dad hat das gewußt, und ich hoffe, du weißt es auch.« Frank war immer noch hinter mir. Ich drehte mich nicht um, sondern starrte Duke Ellington an. Er trug einen weißen Frack auf dem Foto, das irgendwann in den dreißiger Jahren aufgenommen worden war. »Sei also nicht ärgerlich über das, was ich dir jetzt eröffnen werde«, sagte Frank. »Es ist nicht leicht für mich.« Das Foto zeigte einen sehr jungen Duke, aber Ellington hatte es für Frank anläßlich seines Westberlin-Besuchs im Jahre 1969 signiert, und das war auch schon wieder verdammt lange her. »Falls du irgendwelche Befürchtungen hinsichtlich dessen haben solltest, was bei den Stinnes-Befragungen herauskommen könnte...« erklärte Frank, »dann wäre es vielleicht besser, jetzt auszusteigen, Bernard.«

Ich brauchte eine ganze Weile, um zu begreifen, was er mir zu suggerieren versuchte. »Du meinst doch nicht überlaufen, Frank?«

»Stinnes durch deine Finger schlüpfen zu lassen, wäre keine Lösung«, sagte Frank, ohne sich anmerken zu lassen, ob er meine Frage überhaupt mitbekommen hatte. »Nach Stinnes wird ein anderer kommen, und dann wieder ein anderer. Vielleicht nicht so bedeutend wie Stinnes, aber doch ausreichend für *Coordination*, um die Mosaiksteine zusammenzusetzen.« Seine Stimme war sanft und konziliant, als habe er seinen Auftritt mehrmals geübt.

Erzürnt drehte ich mich herum, um ihn anzusehen. Ich war dabei, in die Luft zu gehen, aber Frank sah fix und fertig aus. Es war ihm sichtlich schwergefallen, das zu sagen, was er zu sagen hatte, und trotz meiner Verärgerung sprach ich sanft: »Du nimmst also an, ich sei ein sowjetischer Agent? Du glaubst, Stinnes wird mich entlarven, und daß ich deshalb seine Abwerbung absichtlich hintertreibe? Und nun gibst du mir den Rat, mich abzusetzen? Geht es darum, Frank?«

Frank sah mich an. »Ich weiß es nicht, Bernard. Ich weiß es wirklich nicht.« Er klang erschöpft.

»Du brauchst mir nichts zu erklären, Frank«, sagte ich. »Ich habe diese ganzen Jahre mit Fiona verbracht, ohne zu wissen, daß meine eigene Frau eine sowjetische Agentin ist. Selbst ganz am Schluß hatte ich noch Schwierigkeiten, es zu glauben. Mitunter wache ich mitten in der Nacht auf und denke, alles sei nur ein Alptraum, und bin erleichtert, daß es vorbei ist. Doch dann werde ich vollends wach und mache mir klar, daß es nicht vorbei ist. Der Alptraum geht immer noch weiter.«

»Du mußt Stinnes kriegen – und zwar schnell«, sagte Frank. »Das ist der einzige Weg, London zu beweisen, daß du sauber bist.«

»Er wird zurückschrecken, wenn er sich gedrängt fühlt«, sagte ich. »Wir müssen ihm Zeit lassen, sich selbst zum Kommen zu entschließen. Da war mal ein alter Mann, oben in Reinickendorf. Er hatte an den Olympischen Spielen 1936 als Schwimmer teilgenommen. Während des Krieges verlor er einen Fuß durch Erfrierungen. Er brachte einer Menge Kindern das Schwimmen bei. Zu ihm brachte ich meinen Sohn Billy, und der konnte in null Komma nix schwimmen. Ich fragte ihn, wie er das fertiggebracht habe, wo doch Billy immer so wasserscheu gewesen sei. Der alte Mann sagte mir, er würde die Kinder niemals ins Wasser schicken. Er lasse sie einfach den anderen zusehen. Manchmal würde es Ewigkeiten dauern, bis ein Kind genug Mut aufbrächte, den ersten Schritt ins Becken zu tun, aber er lasse es stets selbst die Entscheidung darüber treffen.«

»Und genau so machst du es mit Stinnes?« Frank ging zu seinem Schreibtisch zurück und setzte sich.

»Er wird ein KGB-Netz hochgehen lassen müssen, um seinen guten Willen zu beweisen, Frank. Du weißt das, ich weiß es und er weiß es auch. Denk doch einmal darüber nach, was das bedeutet. Er wird seine eigenen Leute an uns ausliefern. Und wenn ein Netz hochzugehen beginnt, weiß man doch nie, wie das ausgeht. Hingekritzelte Notizen, ein verlegtes Adreßbuch oder eine unbedachte Äußerung in der Befragung, und ein weiteres Netz ist zum Teufel. Wir wissen doch beide, wie so etwas wirklich vor sich geht – ganz gleich, was darüber in den klugen Büchern steht. Es sind seine Leute, Frank, Männer und Frauen, mit denen er zusammenarbeitet, Menschen, die er vielleicht gut kennt. Damit muß er erst einmal fertig werden.«

»Mach nicht zu lange, Bernard.«

»Wenn London nicht dazwischengefunkt hätte, könnten wir ihn vielleicht jetzt schon haben. Bei diesem Geldangebot muß er sich doch vorkommen wie ein Judas. Das Bare zu früh zu erwähnen, ist bei einem Mann wie Stinnes das Schlimmste, was man machen kann.«

»Die Londoner Zentrale hat versucht, dir zu helfen«, sagte Frank. »Und das ist das Schlimmste, was einem Mann zustoßen kann.«

»Es dauert länger als üblich, weil wir es waren, die an ihn herangetreten sind; er ist nicht zu uns gekommen. Diese Idioten in London glauben, Stinnes mit der Sorte von Überläufern in einen Topf werfen zu können, die nach Westberlin kommen, zum Telefonhörer greifen und zu uns sagen: ›Auf geht's.‹ Ihnen braucht man natürlich nur einen MP-Wagen zu schicken und kann mit dem Papierkram beginnen. Aber Stinnes trägt sich nicht schon jahrelang mit dem Gedanken und wartet lediglich auf die Chance zum Absprung. Er muß becirct und in Versuchung geführt werden.«

»Aber sicherlich weiß er doch mittlerweile, was er will«, sagte Frank.

»Selbst wenn er schon entschlossen ist, wird er noch ein paar Dokumente und so in die Hand bekommen wollen. Es ist ein großer Schritt, Frank. Er hat eine Frau und einen erwachsenen Sohn, die er nie wiedersehen wird.«

»Ich kann nur hoffen, daß du ihm gegenüber nicht ganz so rührselig bist.«

»Keine Angst, wir werden ihn schon bekommen. Ist da noch etwas, worüber du mit mir sprechen wolltest?«

Frank sah mich eine Weile lang schweigend an, bevor er sagte: »Nein, ich dachte, es wäre ganz gut, wenn ich dich persönlich vom Tod MacKenzies in Kenntnis setze. Die Abteilung kocht das alles sehr auf Sparflamme.«

»Das weiß ich zu schätzen, Frank«, sagte ich. Der eigentliche Grund für unser Zusammentreffen – sein Vorschlag, daß ich geradewegs durch den Checkpoint Charlie marschieren sollte – war ein abgeschlossenes Kapitel; ein Tabuthema, das wahrscheinlich nie wieder erwähnt werden würde.

Die Tür öffnete sich wie durch Geisterhand. Ich nahm an, daß Frank auf irgendeinen verborgenen Klingelknopf gedrückt hatte, um den alten Tarrant, seinen Diener und Faktotum für alles, herbeizurufen. »Ich weiß es wirklich sehr zu schätzen, Frank«, sagte ich noch einmal. Er hatte das, was von seiner Karriere noch übrig war, und seine herrliche Pension riskiert, um das Versprechen zu erfüllen, das er meinem Vater gegeben hatte. Ich fragte mich, ob ich diese Güte und dieses Vertrauen ihm gegenüber auch gezeigt hätte, wenn die Situation umgekehrt gewesen wäre.

»Tarrant, sagen Sie dem Fahrer, daß mein Gast gehen möchte. Und halten Sie bitte seinen Mantel bereit«, sagte Frank.

»Ja, Sir«, erwiderte er in lautstarkem Feldwebelton. Nachdem Tarrant gegangen war, sagte Frank: »Bist du jemals einsam, Bernard?«

»Mitunter«, erwiderte ich.

»Das ist ein scheußliches Gefühl. Meine Frau verabscheut Berlin. Sie kommt neuerdings kaum noch her«, sagte Frank. »Manchmal glaube ich, daß auch ich die Stadt hasse. Die Luft ist so schmutzig. Das liegt sicher auch mit an kohlebeheizten Wohnungen hüben wie drüben. An besonders schlimmen Tagen kann man den Ruß förmlich schmecken, den man mit jedem Atemzug in die Lungen bekommt. Ich kann es kaum erwarten, wieder in England zu sein. Ich langweile mich hier gräßlich.«

»Keine sonstigen Interessen, Frank?«

Er kniff die Augen zusammen. Ich übertrat ständig diese gewisse Linie im Umgang mit Frank, aber er wußte jeweils darauf angemessen zu reagieren. Manchmal hatte ich den Verdacht, daß ich der einzige Mensch auf der Welt war, der mit ihm auf gleicher Ebene sprach. »Du meinst Frauen?« Er lächelte nicht, denn das war kein Thema für Scherze.

»Etwas in dieser Art«, sagte ich.

»Seit Ewigkeiten schon nicht mehr. Ich bin zu alt für Techtelmechtel.«

Plötzlich klingelte das Telefon, und Frank nahm den Hörer ab. »Hallo?« Er brauchte sich nicht mit seinem Namen zu melden, weil das der Hausapparat zu seiner Privatsekretärin war. Er lauschte eine Weile schweigend und sagte dann: »Schicken Sie per Telex die üblichen Bestätigungen und erklären Sie, wir würden jemanden schicken. Falls London wissen möchte, was wir unternehmen, sagen Sie, daß wir uns um die Sache kümmern, bis wir anderslautende Anweisungen erhalten. Rufen Sie mich an, falls sich etwas Neues ergibt. Ich bleibe hier.« Er legte den Hörer auf die Gabel zurück und sah mich an.

»Was ist?« fragte ich.

»Du solltest besser erst einmal die Tür schließen, bevor wir die Sache bereden«, sagte Frank. »Paul Biedermann ist von einem Sicherheitsbeamten festgenommen worden.«

»Aus welchem Grund?«

»Das wissen wir bisher noch nicht ganz genau. Er ist in Paris, auf dem Flughafen Charles de Gaulle. Es tickerte gerade über den Fernschreiber, Kennwort ›Mikado‹, und das ist ein NATO-Codewort für jede Art von Geheimdokumenten.«

»Was hat das denn mit uns zu tun?« fragte ich.

Frank lächelte grimmig. »Eigentlich nichts – bis auf die Tatsache, daß irgendein verdammter Idiot in London Biedermann mit einem *sacred*-Etikett versehen hat. Bislang hat sich noch niemand dazu bekannt, aber sie werden schon noch herausbekommen, wer das angeordnet hat. Man kann niemandem dieses Etikett verpassen, ohne das nötige Formular zu unterzeichnen.«

»Das stimmt«, sagte ich. Plötzlich war mir eiskalt, denn besagter Idiot war ich.

Frank rümpfte die Nase. »Sollte Biedermann gestohlene Geheimpapiere mit sich herumtragen, während er Protektion von jemand aus London hat, wird die Hölle los sein.« Er sah mich an und wartete auf meine Reaktion.

»Es klingt aber nicht so, als würde er besonders viel Schutz genießen. Du hast doch gesagt, er sei festgenommen worden.«

»Es war eine Überprüfung vor Ort. Davor schützt auch ein *sacred*-Etikett nicht. Aber Leute unter diesem Rubrum sollten unter irgendeiner Form von Beobachtung stehen, wie oberflächlich die auch immer ausfallen mag.« Er lächelte bei der Vorstellung, daß jemand in London in die Schußlinie geriet. »Wenn er hinter NATO-Geheimnisse gekommen ist, drehen sie durch. Kennst du Paul Biedermann?«

»Natürlich tue ich das. Wir waren doch beide in diesem Cricket-Team, das du für diese deutschen Jungs zusammentrommeln wolltest.«

»Cricket-Team. Ah, das ist schon lange her.«

»Und ich habe seine Schwester Poppy hier in diesem Haus kennengelernt – vor gar nicht so langer Zeit. Das war, als du mich das letzte Mal zum Abendessen eingeladen hast.«

»Poppy ist ein Schatz. Aber Paul ist ein windiger Hund. Hast du ihm nicht mal diesen Ferrari verkauft?«

»Windig? Bist du zu dieser Meinung gekommen, seit das Telefon geklingelt hat?« fragte ich. »Ja, ich habe ihm mein Auto verkauft. Häufig denke ich, ich hätte es lieber behalten sollen. Mein jetziges ist seither schon mindestens ein dutzendmal mit irgendwelchen Defekten liegegeblieben, und trotz meines Autozuschusses kann ich mir keinen neuen Volvo leisten.«

»Ich habe mich schon immer gefragt, ob Biedermann nicht im Spionagegeschäft ist. Er wäre doch hervorragend plaziert; all diese vielen Reisen. Und er wäre egoistisch genug, es tun zu wollen. Aber es sieht ganz so aus, als wäre die andere Seite zuerst drangewesen.«

»Er ist ein Kriecher«, sagte ich.

»Ja, jetzt fällt mir wieder ein, daß du ihn nicht ausstehen kannst. Ich kann mich daran erinnern, daß du mir mal einen Vortrag darüber gehalten hast, wie das war, als er den Fuhrpark seines Vaters verkauft hat. Wie würde es dir gefallen, nach Paris zu fahren und dich um die Angelegenheit zu kümmern? Es geht lediglich darum, erste Gespräche mit den Leuten zu führen, die ihn festhalten. Inzwischen wird London den erwischt haben, der das *sacred*-Formular unterschrieben hat. Wer das auch immer sein mag – er wird ebenfalls nach Paris müssen. So ist es nun mal Usance, oder nicht?«

»Ja, so ist es«, erwiderte ich, und kalte, unangenehme Vorahnungen beschlichen mich. Jeder, der davon wußte, daß ich Biedermann mit dem *sacred*-Etikett ausgestattet hatte, konnte mich aufgrund dieser Regel, bei der es keine Ausnahme gibt, an jeden beliebigen Ort beordern, an den er mich gerade hinhaben wollte. Dazu bedurfte es nur, Biedermann festzunehmen und das NATO-Signal auf den Weg zu bringen. Daran hatte ich nicht gedacht, als ich Biedermann das Rubrum *sacred* verpaßt hatte. Und nun war es zu spät, irgend etwas zu ändern.

»Geht es dir gut, Bernard? Du siehst plötzlich so grün um die Nase herum aus.«

»Das muß am Frühstück liegen, das ich bei Lisl zu mir genommen habe«, sagte ich hastig. »Anscheinend vertrage ich das deutsche Frühstück neuerdings nicht mehr.«

Frank nickte. Diese Erklärung war zuviel des Guten. Das war das Problem im Umgang mit Frank und Werner; sie kannten mich zu gut, ebenso wie Fiona. »Halte die Stellung in Paris, bis London denjenigen gefunden hat, der diese *sacred*-Sache unterschrieben hat. Ich bin in dieser Woche ziemlich knapp an Leuten, und da du ja ohnehin auf dem Rückweg nach London bist... du hast doch nichts dagegen, oder?«

»Natürlich nicht.« Ich fragte mich, ob die Person, die dieses Ding eingefädelt hatte, auch wußte, daß ich an diesem Tag mit Frank zusammen sein würde, oder ob das lediglich ein glückliches Übereintreffen gewesen war. Das Resultat war in beiden Fällen das gleiche. Früher oder später würde ich nach Paris fahren müssen. Ich war die Maus im Labyrinth. Dann renn mal los, Maus! »Kann ich eine Pistole haben, Frank?«

»Jetzt? Sofort? Du kommst aber auch mit den eigenartigsten Ansinnen daher, Bernard. Neuerdings kümmert sich die Armee um unsere Eisenwaren, und es dauert ein oder zwei Tage, bis der nötige Papierkram durchgeschleust und ein Termin mit dem Waffenoffizier vom Dienst getroffen ist. Gegen Ende der Woche könnte ich sie haben. An was denkst du? Ich werde es mir lieber aufschreiben, damit ich keinen Fehler mache.«

»Mach dir keine Mühe, Frank«, entgegnete ich. »Ich wollte nur wissen, wie so etwas läuft, falls ich mal irgendwann eine Waffe brauche, wenn ich gerade hier bin.«

Frank lächelte. »Und ich glaubte einen Moment lang, du wolltest die Pistole mit nach Paris nehmen. Und das würde doch bedeuten, daß du eins von diesen Kunststoffdingern brauchst – Flughafenwaffen nennt man sie jetzt –, und ich weiß nicht, ob wir die vorrätig haben.« Er war erleichtert. Und jetzt legte er die Hand auf den Telefonapparat, als würde er damit rechnen, daß er wieder klingelte. »Meine Sekretärin wird zurückrufen, um noch nähere Einzelheiten durchzugeben, und dann kann dich das Auto rechtzeitig zum Start der nächsten Maschine zum Flughafen fahren.« Er zog seine goldene Armbanduhr zu Rate. »Ja, das wird zeitlich prima klappen. Wie gut, daß du gerade hier warst, als die Meldung durchkam.«

»Ja«, sagte ich. »Wie gut, daß ich gerade hier war, als die Meldung durchkam.«

Frank mußte die Verbitterung in meiner Stimme gehört haben, denn er blickte auf. Ich lächelte.

19

Der Flughafen Charles de Gaulle machte den Eindruck eines futuristischen, allerdings ziemlich heruntergekommenen Weltraumbahnhofs. Der durchsichtige Kunststoff an den Decken braunfleckig, Rolltreppen standen still, der Teppichboden war fadenscheinig und der imitierte Marmor hier und da rissig. Die Löcher, die sich auftaten, dienten als Aschenbecher für Zigarettenkippen. Man stand lange Schlange, um Kaffee zu bekommen und noch länger für irgendeinen anderen Drink, und die Fluggäste, die im Sitzen essen wollten, breiteten sich auf dem Fußboden zwischen weggeworfenen Plastiktassen und den Verpackungen von warmen Sandwiches aus.

Ich hatte Glück. Ich entging den langen Schlangen. Ein uniformierter CRS-Mann kam auf mich zu, als ich das Flugzeug verließ. Er nahm meine Reisetasche und geleitete mich durch die Zoll- und Paßkontrolle, wobei er den dort diensthabenden CRS-Kollegen mit kaum mehr als einem oberflächlichen Zuwinken bedachte. Jetzt öffnete er eine verschlossene Tür, die mich in eine andere Welt entließ. Denn hinter dem chaotischen Slum, den der Reisende als Flughafen kennt, gibt es eine andere, behaglichere Welt fürs Personal. Hier hat man die Möglichkeit, auszuruhen und nachzudenken sowie zu essen und zu trinken – ungestört bis auf das Geklingel der Telefonapparate.

»Wo halten Sie ihn denn fest?« erkundigte ich mich bei dem CRS-Beamten, der mir die Tür aufhielt.

»Sie werden mit Chefinspektor Nicol sprechen müssen«, sagte der CRS-Mann. Wir befanden uns in dem kleinen oberen Trakt des Hauptgebäudes, in dem die Polizei untergebracht ist. Die meisten Büros entlang des Flurs beanspruchte die Compagnie Républicaine de Sécurité, die für die Ausländer- und Einwandererkontrolle zuständig ist. Aber in dem Büro, in das ich nun gebracht wurde, residierte kein Mann, der Pässe kontrollierte. Chefinspektor Gérard Nicol war eine wohlbekannte Persönlichkeit der Sûreté Nationale. Den »Kardinal« nannten sie ihn, und er war arriviert genug, um über ein eigenes, wohlausgestattetes Büro im Ministerium an der Rue des Saussaies zu verfügen. Ich war ihm schon einige Male zuvor begegnet.

»Chefinspektor Nicol, ich bin Samson«, sagte ich, als ich sein Büro betrat. Ich hielt es sehr formell. Französische Polizisten verlangen Höflichkeit von Kollegen und Gefangenen gleichermaßen.

Er betrachtete mich von oben bis unten, als wolle er sichergehen, daß ich es auch wirklich war. »Es ist lange her, Bernard«, sagte er schließlich. Er trug die Uniform, die Sûreté-Beamte anhaben, wenn sie keine Uniform tragen: dunkle Hosen, schwarze Lederjacke, weißes Hemd und schlichte Krawatte.

»Drei Jahre oder so«, sagte ich.

»Zwei«, stellte er richtig. »Es war bei dieser Sicherheitskonferenz in Frankfurt. Damals wurde davon geredet, daß Sie ganz groß befördert werden sollten.«

»Irgendein anderer hat den Job bekommen«, sagte ich.

»Sie haben damals schon gesagt, daß Sie ihn nicht kriegen würden«, erinnerte er mich.

»Ja, aber ich habe es mir nicht geglaubt.«

Er schob die Unterlippe vor und zuckte mit den Schultern, wie nur Franzosen mit den Schultern zucken. »Und jetzt schickt man Sie her, damit Sie uns beschwatzen, Ihnen einen unserer Gefangenen zu überlassen.«

»Was wird ihm vorgeworfen?« fragte ich.

Statt einer Antwort packte Nicol eine durchsichtige Plastiktüte an einer ihrer Ecken, so daß der Inhalt auf die Platte seines Schreibtisches fiel. Ein US-Paß mit jeder Menge Einreisestempeln von Tokio bis Portugal, ein Schlüsselbund, eine Armbanduhr, eine Krokodillederbrieftasche, ein goldener Kugelschreiber, ein Bündel Banknoten – deutsche und französische –, eine Plastikhülle mit vier Kreditkarten, eine Packung Papiertaschentücher, ein mit Notizen bekritzelter Briefumschlag, ein goldenes Feuerzeug und eine Packung deutscher Zigaretten – Attika –, die ich Biedermann hatte rauchen sehen. Nicol nahm die Kreditkarten auf.

»Identifizierung per Kreditkarte?« Ich fingerte schnell durch Biedermanns Habseligkeiten.

»Heutzutage ist es weit schwieriger, eine Kreditkarte zu bekommen als eine *carte de séjour*«, stellte Nicol bekümmert fest. »Aber da ist auch ein kalifornischer Führerschein, falls Ihnen das mehr zusagt. Im Augenblick werfen wir ihm noch gar nichts vor. Ich dachte, es sei besser, auf Ihre Ankunft zu warten.«

»Das ist äußerst rücksichtsvoll von Ihnen«, sagte ich. Ich steckte die Schachtel deutscher Zigaretten in meine Tasche. Falls Nicol das gesehen hatte, so sagte er jedenfalls nichts.

»Wir bemühen uns immer, gefällig zu sein«, stellte Nicol fest.

Das französische Recht kennt keine Habeaskorpusakte. Es gibt keine Bestimmung, die es untersagt, jemanden festzuhalten, auch wenn ihm nichts vorgeworfen werden kann. Der Polizeipräfekt braucht keine formelle Anklage oder Gerichtsbehörde, um Häuser zu durchsuchen, Haftbefehle auszustellen oder die Post zu konfiszieren. Er kann jederzeit Haft anordnen, ohne Beweise zu haben, daß überhaupt ein Vergehen vorliegt. Er kann die Festgenommenen verhören und dann den Gerichten überstellen, sie freilassen oder in Nervenheilanstalten verschwinden lassen. Kein Wunder, daß französische Polizisten so entspannt wirken.

»Darf ich sehen, was er sonst noch bei sich hatte?« fragte ich.

»So eine kleine Reisetasche mit Rasierzeug, Unterwäsche, einer Zeitung, Aspirin und so weiter. Die ist da drüben. Ich habe darin nichts Interessantes gefunden. Aber er hatte auch das da bei sich.« Nicol deutete auf einen braunen Lederkoffer auf einem Nebentisch. Es handelte sich um ein teures Gepäckstück ohne Herstelleretikett, einen kleinen Koffer für einen Anzug und mit Extrafächern für Schuhe, Hemden und Socken. Ich nahm zwar an, daß der Fabrikant die maximal zulässigen Maße für Bordgepäck genau eingehalten hatte, aber zumindest optisch wirkte sein Produkt groß genug, um deshalb von pingeligem Abfertigungspersonal in längere Diskussionen verwickelt zu werden.

Ein Fach im Deckel war für Geschäftspapiere vorgesehen. Es verfügte sogar über Halterungen für Stifte, Füller und ein Notizbuch. Innerhalb des mit Reißverschluß versehenen Faches waren vier Bündel maschinengeschriebener Papiere, jedes säuberlich in andersfarbigen Plastikhüllen verstaut. Schnell blätterte ich die Seiten durch. Die Sprache war Englisch, doch mit unverkennbar amerikanischem Satzbau und Duktus. Es war die Art von Prospektmaterial – mit farbigen Karten und beschrifteten Fotos –, wie sie etwa eine Werbeagentur potentiellen Kunden zuschickt.

In der Einführung hieß es: »Die Howaldt-Werke – Deutsche Werft AG in Kiel beherrscht den Markt kleinerer und mittlerer U-Boote mit Dieselelektroantrieb seit mehr als fünfzehn Jahren. Zwei Boote des Typs 209 (1400 t) werden zur Zeit ausgerüstet, und auch Brasilien hat zwei mit gleicher Wasserverdrängung in Auftrag gegeben. Die Arbeiten hierzu werden unverzüglich aufgenommen. Zwei größere (1500 t) Boote für Indien befinden sich bereits im Bau. Es handelt sich hierbei nicht um eine verlängerte Version des Typs 209, sondern um einen Entwurf entsprechend einer neuen Spezifikation.«

Schon bald wurden die Beschreibungen technisch detaillierter: »Der Typ 209 verfügt über ein Krupp Atlas *passive/active* Sonar im Turm, aber auch der TR 1700 besitzt ein *passive ranging* Sonar französischer Bauart. Die Feuerleitanlage – hergestellt von Hollandse Signaal Apparaten – ist eine Standardausführung, bei der jedoch technische Änderungen vorgenommen wurden aufgrund wiederholter Ausfälle während der Angriffe des argentinischen U-Boots *San Luis* auf den Flottenverband der Royal Navy.«

»Sieht ja nicht so aus, als hätten Sie einen Meisterspion gefangen«, stellte ich fest.

»Es ist als geheim ausgewiesen«, verteidigte sich Nicol.

»Das sind die meisten Dinge in den Archiven der Museen auch«, sagte ich.

»Reden Sie doch nicht von Archiven. Das hier datiert vom letzten Monat. Ich habe zwar keine Ahnung von U-Booten, aber ich weiß immerhin, daß die Sowjets der Erweiterung ihrer Kenntnisse über den neuesten Stand des U-Boot-Baus in der Welt hohe Priorität einräumen. Ich weiß ebenfalls, daß diese Boote mit Dieselelektroantrieb die *hunterkiller* sind, die eingesetzt wurden, um die atomgetriebenen der Russen aufzuspüren.«

»Sie haben zu viele von diesen Fernsehdokumentationen gesehen«, sagte ich.

»Und ich habe genug auf den NATO-Sicherheitskonferenzen mitbekommen, um zu wissen, daß ein Bericht wie dieser, der Daten über auf deutschen Werften gebaute U-Boote für die norwegische und dänische Marine enthält, jeden aufschrecken wird.«

»Ohne Zweifel«, sagte ich. »Wir halten Biedermann für einen Schmalspur-Agenten des KGB, der von Berlin aus geführt wird. Wohin wollte er?«

»Das kann ich Ihnen nicht sagen.«

»Können Sie es nicht sagen, oder wissen Sie es nicht?« fragte ich.

»Er kam aus Paris, mit einem Taxi. Er hatte sich noch nicht einmal ein Ticket gekauft. Sehen Sie selbst.« Nicol wies auf Biedermanns Besitztümer, die noch immer auf dem Schreibtisch lagen.

»Also war es ein Tip?«

»Eine gute Vermutung«, stellte Nicol fest.

»Machen Sie mir doch nichts vor, Gérard«, sagte ich. »Sie sagen doch, er hätte sich noch nicht einmal ein Ticket gekauft. Und er ist nicht mit dem Flugzeug gelandet. Also hatte er weder den Zoll noch die Paß- oder Sicherheitskontrolle passiert, als Sie die Papiere entdeckt haben. Wer hat Ihnen den Wink gegeben, ihn zu durchsuchen?«

»Den Wink gegeben?«

»Sie wissen doch nur, daß dieser gedruckte Kram hier geheim ist, weil Sie einen Tip bekommen haben.«

»Ich verabscheue Polizisten – Sie nicht auch, Bernard? Sie haben stets und ständig so häßliche, argwöhnische Gedanken im Kopf. In meiner Freizeit vermeide ich es, mit ihnen zusammenzukommen.«

»Amerikanischer Paß. Haben Sie die Botschaft verständigt?«

»Noch nicht«, sagte er. »Wo hat Biedermann seinen Wohnsitz?«

»In Mexiko. Er hat Unternehmen, die dort registriert sind. Aus steuerlichen Gründen, nehme ich an. Macht er den Mund auf?«

»Auf ein paar anfängliche Fragen hin zeigte er sich einigermaßen kooperativ«, gab Nicol zu.

»A passage à tabac?« fragte ich. Das war die beschönigende Formulierung im Polizeijargon für eine Behandlung, die man Gefangenen angedeihen ließ, um sie beim Verhör ein wenig kooperativer zu machen.

»Nicols Gesicht war ausdruckslos, als er sagte: »Solche Dinge gibt es längst nicht mehr. Das hat vor fünfzig Jahren aufgehört.«

»Ich habe nur einen Scherz gemacht«, sagte ich, obwohl ich mein Hemd hätte öffnen können, um ihm ein paar Narben zu zeigen, die das Gegenteil bewiesen. »Wie ist die Sachlage? Wollen Sie den Festgenommenen hierbehalten, oder soll ich ihn mitnehmen?«

»Ich warte auf entsprechende Anweisungen«, sagte Nicol. »Aber man hat immerhin zugestimmt, daß Sie mit ihm sprechen können.«

»Allein?«

Nicol zeigte mir ein freudloses Grinsen. »Vorausgesetzt, Sie gehen nicht allzu grob mit ihm um und versuchen anschließend, die Folgen unseren primitiven Polizeimethoden in die Schuhe zu schieben.«

Meine Stichelei hatte also doch gesessen. »Danke«, sagte ich. »Ich bin jederzeit zu Gegendiensten bereit.«

»Es war ein Tip. Ein Direktanruf. Es war also jemand, der sich in der Sûreté auskennt. Der Anrufer, der perfekt französisch sprach, sagte, da käme ein Mann zum Schalter der Alitalia; er habe ein narbiges Gesicht und hinke. Einer meiner Mitarbeiter hat das Gespräch entgegengenommen. Es gab keine Möglichkeit, die

Stimme zu identifizieren oder den Anruf zurückzuverfolgen. Aber Sie können mit dem Beamten sprechen, falls Sie das wünschen. Er tippt darauf, daß der Mann aus Paris stammt.«

»Danke«, sagte ich. »Klingt ja ganz so, als hätten Sie den Kreis der Verdächtigen bereits auf acht Millionen eingegrenzt.«

»Ich werde jemanden holen, der Sie hinunterbringt.«

Sie hielten Paul Biedermann in jenem eigens gebauten Zellentrakt in Gewahrsam, der ein Stockwerk unter den Polizeiunterkünften liegt, einem Ziegelbau mit armierten Betondecken. 1973, als sich Flughäfen zum Hauptanziehungspunkt für Entführer, Attentäter, Demonstranten sowie Irre und Kriminelle jeder Art entwickelten, wurde der Zellentrakt in der Größe verdreifacht und so aufgeteilt, daß er fünfundzwanzig sehr kleine Einzelzellen, acht für jeweils drei Gefangene (die aktuelle Strafvollzugslehre geht davon aus, daß vier Festgenommene miteinander leicht kämpfen, während zwei zu vertraut miteinander werden) und vier Räume für Verhöre enthält. Drei Zellen für weibliche Gefangene wurden in dieser Zeit ebenfalls geschaffen.

Paul Biedermann befand sich nicht in einer Zelle. Sie hielten ihn in einem ihrer Verhörräume fest. Wie bei den meisten dieser Räumlichkeiten gehörte dazu eine kleine Observierungskammer, groß genug für zwei bis drei Leute. Die Tür dazu war unverschlossen. Ich trat ein und betrachtete Paul Biedermann durch ein Spiegelglaspaneel. Es gab all die üblichen Aufnahme- und Abhörgeräte, aber nichts ließ darauf schließen, daß sie erst vor kurzem benutzt worden waren.

Der eigentliche Verhörraum enthielt kein Bett, nur einen Tisch und zwei Stühle. Nichts war da, was zerbrochen oder als Waffe hätte benutzt werden können. Die Tür war keine Zellentür; es gab weder Eisengitter noch Riegel, sie war lediglich mit einem Sicherheitsschloß ausgestattet. Nachdem ich mir Paul Biedermann eingehend betrachtet hatte, schloß ich die Tür auf und ging zu ihm hinein.

»Bernd. Bin ich froh, dich zu sehen.« Die Narben in seinem Gesicht puckerten, und sein Lächeln war so breit, daß seine verzerrten Züge fast wahnsinnig wirkten. »Himmel, ich habe gehofft, daß du es sein würdest! Sie haben gesagt, daß jemand aus Berlin käme. Ich kann dir alles erklären, Bernd. Das ist nur ein absurdes Mißverständnis.« Selbst unter Streß hatte er immer noch die tiefe, heisere Stimme und den starken amerikanischen Akzent.

»Immer mit der Ruhe, Paul«, sagte ich. Ich sah mich in dem weißgekachelten Raum um, konnte aber keine Hinweise auf eventuell versteckte Mikrofone entdecken. Wenn die Observierungskammer nicht besetzt war, nahmen sie unser Gespräch vielleicht gar nicht auf. Schließlich beschloß ich, mir darüber keine weiteren Gedanken zu machen.

»Ich habe alles gemacht, was du mir gesagt hast, Bernd. Alles.« Er trug teure Leinenhosen, ein braunes Hemd mit offenem Kragen und einen Schal, der am Hals verknotet war. Eine weiche, braune Kaschmirjacke war achtlos auf einen der Stühle geworfen worden. »Hast du eine Zigarette? Sie haben mir sogar meine Zigaretten abgenommen. Wie findest du das?«

Ich bot ihm die Packung Attika an. Es waren seine eigenen Zigaretten, die von den Sachen auf Nicols Schreibtisch stammten. Er nahm eine, und ich legte die Schachtel auf den Tisch. Das war ein stillschweigendes Einverständnis zwischen uns, daß er sie behalten durfte, falls er sich entgegenkommend zeigte. Ich gab ihm Feuer, und er inhalierte gierig. »Hast du den ganzen geheimen Plunder mit dir herumgetragen, den ich da oben gesehen habe?«

»Nein«, sagte er.

»Du hast das Zeug nicht bei dir gehabt? Du hast es nie zuvor gesehen?«

»Ja. Das heißt, ja und nein. Ich hatte es bei mir. Aber ich hatte keine Ahnung... U-Boote.« Er lachte kurz auf. »Was weiß ich schon von U-Booten?«

»Setz dich. Entspann dich erst einmal. Und dann erzähl mir genau, wie du zu den Papieren gekommen bist«, sagte ich.

Er stieß den Rauch aus und wedelte ihn dann mit der Hand fort, als befürchte er, ein Wächter könne hereinkommen und ihm die Zigarette wegnehmen. »Ich reise immer mit wenig Gepäck. Ich wollte nach Rom. Ich habe da ein Ferienhaus auf Giglio – das ist eine Insel...«

»Ich weiß, wo Giglio liegt«, sagte ich. »Erzähl mir von den Dokumenten.«

»Ich reise immer mit leichtem Gepäck, weil mich stets ein Auto vom Flughafen abholt und ich im Haus alles habe, was ich brauche.«

»Was für ein Leben du doch führst, Paul. Ist es das, was man so *la dolce vita* nennt – da unten auf Giglio?«

Er schenkte mir ein flüchtiges Lächeln, das nicht mehr war als eine Grimasse. »Also, ich hatte nur diese kleine Schultertasche bei mir. Die ist so klein, daß ich sie mit in die Kabine nehmen kann.«

»Also nur Kleidung?«

»Da war doch kaum etwas drin – nur Rasierzeug und Unterwäsche, falls ich irgendwo einmal durch Verspätungen aufgehalten werden sollte.«

»Und was ist mit dem braunen Lederkoffer?«

»Ich bezahlte das Taxi draußen vor der Ankunftshalle und ging durch den Haupteingang hinein. Aber ich hatte den Alitalia-Schalter noch nicht erreicht, als mir der Taxifahrer nachgelaufen kam. Er gab mir den braunen Koffer und sagte, ich hätte ihn vergessen. Ich sagte, das sei gar nicht meiner, aber er meinte, er stünde im Halteverbot, drängte mir das Gepäckstück auf und war auch schon wieder im Gedränge verschwunden. Ich dachte, es sei vielleicht besser, den Koffer bei der Polizei abzugeben.«

»Du hast das also für ein echtes Mißverständnis gehalten? Was hat denn der Fahrer gesagt, als er dir den Koffer gab?«

»Er sagte: ›Ich bin der Taxifahrer. Hier ist der Koffer, den Sie vergessen haben!‹«

»Denk doch noch mal ganz genau nach, Paul. Ich wüßte das gern ganz exakt.«

»Exakt das hat er gesagt. Er sagte: ›Ich bin der Taxifahrer. Hier ist der Koffer, den Sie vergessen haben.‹« Biedermann wartete, er sah mich an. »Was ist denn dabei?«

»Vermutlich könnte es so gewesen sein. Aber wenn ich der Taxifahrer gewesen wäre und mich gerade jemand bezahlt hat, würde ich keineswegs die Notwendigkeit verspüren zu erklären, wer ich bin. Ich wäre selbstbewußt genug anzunehmen, daß mein Fahrgast sich noch an mich erinnert. Und genausowenig würde ich mich veranlaßt sehen zu sagen, was das für ein Koffer ist. Ich würde davon ausgehen, daß ihn mein Fahrgast sofort erkennt. Ich würde doch annehmen, daß er vor Entzücken außer sich gerät, das gute Stück wiederzuhaben. Und ich würde ferner so lange herumhängen, bis er diesem Entzücken auch Ausdruck gegeben hat – finanziell, meine ich. Stimmt's nicht, Paul?«

»Jaaa... Mir ist daran nichts komisch vorgekommen. Aber ich war ja auch ziemlich verdutzt.«

»Bist du auch ganz sicher, daß der Mann, der dir den Koffer gab, und dein Taxifahrer identisch sind?«

Paul Biedermanns Gesicht gefror. Dann nahm er einen Zug aus seiner Zigarette und dachte nach. »Himmel. Du hast recht, Bernd.

Der Taxifahrer trug eine Lederjacke von der gleichen Farbe wie meine und dazu ein dunkelblaues Hemd. Mir fiel sein Ärmel auf, während er fuhr.«

»Und der mit dem Koffer?«

»Der war in Hemdsärmeln. Ich dachte, mein Fahrer hätte seine Jacke ausgezogen. Aber das Hemd des zweiten Mannes war weiß. Himmel, Bernd, du bist ein Genie. Irgendein Hund hat mir diesen Koffer angedreht. Ich war gerade dabei, die Dienststelle der Flughafenpolizei zu suchen, als sie mich festnahmen.«

»Du warst in der Nähe des Alitalia-Schalters, Paul«, sagte ich. »Werde nicht nachlässig. Wer hat gewußt, daß du zur Alitalia gehen würdest?«

»Kannst du mich hier herausholen?« fragte er. Seine Stimme klang so flehend und flüsternd, wie ich das von anderen Männern in verzweifelten Situationen her kannte.

»Ich werde es versuchen«, versprach ich. »Wer hat gewußt, daß du zum Schalter der Alitalia gehen würdest?«

»Nur das Mädchen von der Hotelrezeption. Sie hat für mich dort angerufen. Waren es deine Leute, die mir den Koffer angehängt haben? Wollt ihr mich so dazu bringen, für euch zu arbeiten?«

»Nimm dich nicht so wichtig, Paul.«

»Warum sollten denn die Russen so etwas tun? Ich meine, sie hätten mir doch nur zu sagen brauchen, ich soll diesen verdammten Koffer für sie irgendwohin bringen, und ich hätte es getan. Ich habe schon ganz andere Dinge für sie gemacht, wie ich dir erzählt habe.« Er drückte in typisch amerikanischer Manier seine nur zur Hälfte gerauchte Zigarette aus.

»Ja«, sagte ich, obwohl er mit keinem Sterbenswort mir gegenüber hatte verlauten lassen, daß er für sie Pakete und dergleichen mehr transportierte. Es entstand ein längeres Schweigen. Biedermann war zappelig.

»Warum haben sie das getan?« fragte er schließlich. »Warum bloß? Sag es mir doch!«

»Ich weiß es nicht«, erwiderte ich. »Ich wünschte, ich wüßte es.« Nervös griff er zur nächsten Zigarette, und ich gab ihm Feuer. »Ich werde jetzt gehen und noch einmal mit Chefinspektor Nicol sprechen. London will, daß ich dich mitnehme. Nicol wartet darauf, daß Paris ihm sagt, ob sie bereit sind, dich in meine Obhut zu entlassen.«

»Ich hoffe zu Gott, daß sie es tun. Diese Dinge durch französische Gerichte klären zu lassen, kann Jahre dauern.«

Ich öffnete die Tür mit dem Schlüssel, den mir Nicol gegeben hatte. Als sei er ängstlich darauf bedacht, mir einen besonderen Gefallen zu erweisen, den ich mit gutem Willen zu honorieren hätte, sagte Biedermann: »Achte auf diesen Moskwin, Bernd. Er ist verschlagen wie eine alte Ratte. Der andere ist im Vergleich dazu fast menschlich, aber Moskwin schreckt vor nichts zurück. Er ist wirklich ein *fink.*«

»Ich werde für dich tun, was in meiner Macht steht, Paul«, sagte ich.

Ich ging hinaus und verschloß die Tür hinter mir. Dann lief ich den Korridor entlang zur Treppe, um noch einmal mit Nicol zu sprechen. Oben am Treppenabsatz stieß ich fast mit einer Frau in einem blauen Kostüm zusammen. Sie war ziemlich jung, Mitte zwanzig vielleicht, und trug ein kleines Kunststofftablett mit einem ausgetrockneten Sandwich und einer Tasse Kaffee mit dem bei Espresso üblichen feinen Schaum. »Schönen Gruß von Chefinspektor Nicol«, sagte die Frau in unverkennbarem Arbeiterjargon. »Das hier ist für den Festgenommenen. Der Inspektor sagt, Sie hätten den Schlüssel.«

»Ja, den habe ich. Möchten Sie ihn?«

»Würden Sie ihm vielleicht den Kaffee bringen?« fragte die Frau nervös. »Inspektor Nicol hätte es sicher nicht gern, wenn Sie den Schlüssel weitergeben – das ist ein zu großes Sicherheitsrisiko.«

»Gut«, sagte ich.

»Bleiben Sie nicht zu lange. Der Inspektor muß noch zu einer Sitzung.«

»Ich bin gleich bei ihm«, versprach ich.

Ich brauchte kaum mehr als eine Minute, um Paul Biedermann den Kaffee und das Sandwich zu bringen. »Mittagessen habe ich bereits gehabt«, sagte er, »aber den Kaffee nehme ich sehr gern.« Er hatte den bitteren Geruch des scharfgerösteten Kaffees, den die Franzosen so schätzen.

Ich schloß ihn wieder ein und machte mich auf den Weg zu Nicol. Er saß noch immer hinter seinem Schreibtisch. Er telefonierte, bat mich aber mit einem Kopfnicken ins Büro und beendete dann abrupt sein Gespräch. »Na, konnten Sie irgend etwas aus ihm herausbekommen, Bernard?« Auf seinem Schreibtisch stand jetzt eine Vase mit Schnittblumen. Das war dieser feine, undefinierbare gallische Touch, dieses kleine *je ne sais qoui,* von dem die Franzosen gern glauben, daß es sie menschlich macht.

»Er sagt, der Koffer sei ihm angedreht worden«, sagte ich. Ich legte den Schlüssel auf Nicols Schreibtisch und stellte fest, daß der inzwischen abgeräumt worden war und daß sich Biedermanns Habseligkeiten nun wieder in der Klarsichttüte befanden.

»Von einem Taxifahrer? Er ist an einem Halteplatz in der Rue Rivoli in den Wagen gestiegen. Wie würden Sie es in diesem Fall deichseln, daß er ausgerechnet das und kein anderes Taxi nimmt? Nicht sehr überzeugend, finden Sie nicht auch?«

»Ich glaube, der Koffer ist ihm von einem anderen Mann gegeben worden. Er dürfte geradewegs in eine Falle gelaufen sein.«

»Aber warum sollte jemand so etwas tun? Sie haben doch selbst gesagt, er sei ein Schmalspuragent.«

»Ich kann es mir auch nicht erklären, warum sie so etwas tun sollten«, stellte ich fest.

»Paris hat sich noch nicht gemeldet, aber allzu lange kann es nicht mehr dauern. Darf ich Ihnen etwas zu trinken kommen lassen?«

»Ein *grand crème*, wie Sie ihn gerade Paul Biedermann hinuntergeschickt haben, wäre mir jetzt hochwillkommen. Machen Sie so etwas eigentlich mit allen Gefangenen hier, oder wollten Sie mich nur beeindrucken?«

»Und einen Cognac dazu? Jedenfalls werde ich mir das bestellen.«

»Schon überredet. Vielen Dank.«

Er griff nach dem Telefon, doch bevor er den Hörer abnahm, sagte er: »Was für einen Kaffee habe ich ihm hinuntergeschickt?«

»Sie haben ihm doch gerade einen Kaffee und ein Sandwich hinuntergeschickt, oder nicht?«

»Einen Kaffee? Was glauben Sie, was das hier ist – das ›Ritz‹? Ich schicke den Gefangenen doch keinen Kaffee.«

»Sie haben nicht ...?«

»Sind Sie verrückt? Ein Gefangener könnte die Tasse zerbrechen und sich mit den Scherben die Pulsadern aufschneiden. Bringt man Ihnen in England denn gar nichts bei?«

Ich stand auf. »Eine junge Frau gab mir den Kaffee. Sie trug ein blaues Kostüm. Sie sah aus wie eine Sekretärin, sprach aber eher wie ein Pariser Lastwagenfahrer. Sie erklärte, der Kaffee und das Sandwich kämen mit besten Grüßen von Ihnen, und sie fragte mich, ob ich beides nicht dem Festgenommenen bringen könnte. Sie sagte, Sie müßten noch zu einer Sitzung.«

»Sie wollte Sie aus dem Weg haben«, sagte Nicol. Er nahm den Schlüssel und rief den Uniformierten, der im Nebenzimmer hinter einem Schreibtisch saß. Er nahm die Treppe mit einem einzigen Satz, und ich war dicht hinter ihm.

Natürlich war es zu spät. Paul Biedermann lag in einer Ecke auf den Knien. Seine Stirn berührte den Boden, und er wirkte wie ein Muslim beim Gebet. Aber seine gekrümmte Haltung resultierte aus derselben Muskelkontraktion, die auch sein Gesicht unnatürlich verzerrt und sein Herz zum Stillstand gebracht hatte.

Nicol hielt Biedermanns Handgelenk in der Hoffnung, noch den Puls fühlen zu können. Aber es war ganz offensichtlich, daß alle Anzeichen von Leben längst gewichen waren. »Holen Sie einen Arzt«, sagte Nicol zu dem Uniformierten. Ein Polizeioffizier kann zwar den Tod als gegeben betrachten, aber er darf ihn nicht feststellen.

Nicol nahm die Kaffeetasse, roch daran und stellte sie wieder hin. Das Sandwich war unberührt. Es war ein miserables, ganz trockenes Sandwich. Offenbar gehörte es nicht zu ihrem Plan, daß er es essen sollte.

»Das wird uns die ganze Nacht wachhalten«, sagte Nicol, der vor Wut ganz weiß geworden war. »Meine Leute werden toben, wenn sie das erfahren. Wenn Festgenommene in der Haft sterben, liegt das doch immer an den brutalen Polizeimethoden. Das haben Sie doch selbst vorhin angedeutet, oder? Und können Sie sich vorstellen, was die Kommunisten daraus machen? Das ist mehr als eine Katastrophe.«

»Die Russen?«

»Hören Sie mir doch mit den Russen auf!« meinte Nicol verächtlich. »Alles was ich an Kommunisten brauche, habe ich hier in der Nationalversammlung, sogar mehr als genug.«

»Es ist meine Schuld«, sagte ich, als wir wieder in seinem Büro waren.

»Damit haben Sie verdammt noch mal recht«, sagte Nicol. Seine Wut nahm auch durch meine Selbstbezichtigung nicht ab. »Und so wird es auch zu Papier gebracht. Erwarten Sie bloß nicht, daß ich das für Sie vertusche.« Er holte ein paar Bogen liniertes Papier aus der Schreibtischschublade und schob sie mir über den Tisch hinweg zu. »Sie werden mir jetzt eine schriftliche Erklärung abgeben. Ich weiß, daß Sie jetzt sagen werden, Sie können das nicht. Aber irgend etwas werden Sie sich schon einfallen lassen müssen, Bernard.«

Ich starrte lange Zeit auf das leere Papier. Erklärungen werden immer auf liniertem Papier abgegeben. Die Polizei traut niemand zu, gerade Zeilen schreiben zu können. Nicol zog die Hülse von einem Kugelschreiber und knallte ihn aufs Papier, um mich zur Eile anzutreiben.

»Sie werden mich also nicht ersuchen hierzubleiben?«

»Hierbleiben? Ich? Sie hierbehalten? Und dann erkläre ich meinem Minister, daß ich den erstbesten Ausländer hinuntergehen und einen meiner Gefangenen ermorden ließ? Schreiben Sie Ihre Erklärung, und dann verschwinden Sie. Und bleiben Sie mir künftig vom Halse. Je schneller Sie hier weg sind, desto besser. Gehen Sie und setzen Sie das alles Ihren Leuten in London auseinander, obwohl ich noch nicht einmal zu ahnen beginne, wie, zum Teufel, Sie das eigentlich erklären wollen.«

Die Geschichte mit dem falschen Taxifahrer, von der Biedermann gefaselt hatte, begann einen Sinn zu ergeben. Das KGB war entschlossen, mich hereinzulegen. Es würde so aussehen, als hätte ich Biedermann mit einem *sacred*-Etikett versehen, ohne daß irgendeine wirkliche Untersuchung im Gange gewesen war, bloß um ihm dabei zu helfen, sich als KGB-Kurier zu betätigen. Und dann, so würden sie sagen, war der Mord verübt worden, um ihn zum Schweigen zu bringen.

Jetzt war das große Rätsel endlich gelöst. Jetzt wußte ich, was Stinnes in Mexiko gemacht hatte. Er war dorthin beordert worden, um Biedermann die Hölle heiß zu machen, und dann war die Ermordung Biedermanns, für die ich nun den Kopf hinhalten mußte, mit äußerstem Geschick eingefädelt worden. Natürlich hatten sie Stinnes nicht den ganzen Plan in allen Details erzählt. Das war nicht die Art des KGB. Der Kommunismus ist diesem Verschwörer-Klima nie entkommen, in das er hineingeboren worden ist, und im Außendienst wurden sogar ranghohe KGB-Offiziere nur mit Einzelaufgaben betraut. Selbst jetzt, während ich so dasaß, fast starr vor Angst, kam ich nicht umhin, die Intrige zu bewundern, in der ich mich gefangen hatte. Das KGB mochte ja nicht gerade berühmt sein für brillante Einfälle, aber eine zähe Planung, Entschlossenheit und ein gewisser Sinn fürs Detail konnten häufig aus einer lausigen Idee noch eine Menge machen.

Nun, die Maus näherte sich dem Ende des Labyrinths. Nun wußte ich, wie die Falle aussah, in der ich saß. Aber ernsthaft konnte doch eigentlich niemand in der Londoner Zentrale glauben, ich sei ein KGB-Agent und noch dazu jemand, der Biedermann oder MacKenzie kaltblütig ermorden könnte. Doch dann erinnerte ich mich daran, wie Frank mit seinem Gewissen gerungen hatte, um mir die Chance aufzuzeigen, mich geradewegs nach Moskau abzusetzen. Nichts war klarer als das: Frank hatte seinen Job für mich riskiert, seine Aussicht auf einen Adelstitel und seine Pension. Selbst Frank hielt es für möglich, daß ich schuldig war, und er kannte mich, seit ich in der Wiege gelegen hatte. Die smarten Oxbridge-Männer der Londoner Zentrale würden mich mit Sicherheit nicht in den Genuß auch nur des geringsten Zweifels an meiner Schuld kommen lassen.

20

Und als ich schließlich wieder nach London kam, war ich überrascht, eine Frau in meinem Bett vorzufinden. Nun, das stimmte nicht ganz. Die Frau war Tessa, meine Schwägerin, und sie lag auch nicht in meinem Bett, sondern schlief in dem kleinen Nebenzimmer. Und ich war auch nicht überrascht, da mich ein Zettel am Schirmständer in der Diele über ihre Anwesenheit informierte.

Es war früh am Morgen. Sie kam in ihrem wunderschönen geblümten Morgenrock die Treppe herunter und fand mich im Wohnzimmer. Ihre langen blonden Haare waren zerzaust und ihre Augenlider noch schwer vom Schlaf. Es liegt eine eigenartige Intimität darin, das Gesicht einer Frau ohne Make-up zu sehen. Tessa wirkte blaß, besonders um die Augen herum, wo sonst Lidschatten, nachgezogene Brauen und getuschte Wimpern waren. Sie hatte das Gesicht eines verschlafenen Kindes, war aber deswegen nicht weniger anziehend. Nie zuvor hatte ich mir klargemacht, wie schön sie war. George war ein glücklicher Mann; aber da waren auch noch andere Männer gleichermaßen glücklich.

»Bernard. Wir dachten schon, du würdest gar nicht mehr zurückkommen. Die Kinder fragen mich dauernd...«

»Es tut mir leid, Tessa. Ich komme direkt vom Flughafen.«

»Dem Kindermädchen ist es nicht ganz geheuer, wenn es hier so allein ist. Das merken natürlich die Kinder und bekommen ebenfalls Angst. Das Mädchen mag zwar nicht besonders hell sein, aber dafür kann sie sehr gut mit den Kindern umgehen. Für sich selbst bleibt ihr da nicht viel Zeit übrig. Ich bin in dieses kleine Zimmer gezogen. Du hast doch gesagt, ich könnte es benutzen.«

»Selbstverständlich. Du kannst jederzeit darin wohnen. Vielen Dank, daß du dich um die Kinder kümmerst«, sagte ich. Ich legte Hut und Mantel ab und warf sie auf einen Sessel. Dann setzte ich mich aufs Sofa.

»Hat man dir im Flugzeug wenigstens ein anständiges Frühstück serviert?«

»Nichts, was für den menschlichen Verzehr geeignet gewesen wäre.«

»Möchtest du Kaffee?« Sie fuhr sich durch die Haare, als habe sie plötzlich bemerkt, daß sie in Unordnung seien.

»Unheimlich gern.«

»Und Orangensaft? Es wird eine Weile dauern, bis der Kaffee durchgelaufen ist.«

»Weiß David, daß ich so oft fort bin?«

»Er war außer sich und drohte, herzukommen und die Kinder abzuholen. Das ist auch mit ein Grund, weshalb ich hier bin. Das Kindermädchen könnte sich doch gegen ihn nicht durchsetzen.« Sie betrachtete sich verstohlen im Spiegel und zupfte am Morgenrock. »Ich hatte vor, am Freitag mit den Kindern zu meiner Cousine zu fahren... aber vielleicht ist es dir nicht recht – jetzt, wo du wieder hier bist.« Hastig fügte sie hinzu: »Sie hat drei Kinder, einen großen Garten und Unmengen von Spielzeug. Wir wollten eigentlich übers Wochenende dort bleiben.«

»Ich muß wieder nach Mexiko«, sagte ich. »Du brauchst also deine Pläne nicht zu ändern.«

Sie beugte sich vor und berührte mein Gesicht mit einer Geste großer Zuneigung. »Ich weiß, daß du die Kinder liebst. Und sie wissen es auch. Du mußt deine Arbeit tun, Bernard. Mach dir keine Sorgen.« Sie ging in die Küche und klapperte mit Flaschen und Gläsern und Tassen. Als sie zurückkam, trug sie ein Tablett mit einer halbvollen Flasche Champagner. Und da war auch ein Krug mit Wasser, in dem ein dosenförmiger Brocken gefrorenen Orangensaftkonzentrats schwamm und zu schmelzen begann.

»Wie möchtest du deinen Orangensaft?« fragte sie. »Mit Champagner verdünnt oder pur?«

»Champagner? Ich dachte, um diese Tageszeit würde er nur in Damenschuhen serviert.«

»Es ist der Rest von gestern. Ich habe mir am Abend eine Flasche mit dem Kindermädchen geteilt, aber wir haben sie nicht ausgetrunken. Die Flasche habe ich gleich nach dem Einschenken fest verkorkt wieder in den Kühlschrank gestellt. Ich habe eine ganze Kiste mitgebracht, als ich herkam. Es hat einen Riesenkrach mit George gegeben, und ich dachte, warum soll ich ihm den ganzen Champagner dalassen?«

»Kam's zum Bruch?«

»Wer weiß? George hat geschrien. Er schreit nicht oft.«

»Ist er nach Südafrika gefahren?«

Sie schenkte uns beiden Champagner ein. »Ich habe dir doch alles erzählt, oder?... Daß ich in diesem Hotel in Italien angerufen und nach Mrs. Kozinski gefragt habe? War es eigentlich schrecklich ermüdend, daß ich dich mit alldem belastet habe?«

»Ist er gefahren?« Ich rührte in dem gefrorenen Saft und goß jeweils einen Schuß in unsere Gläser. Um so früh am Morgen schon Champagner pur zu trinken, war ich zu verdammt puritanisch. Aber gemischt mit Orangensaft, das war schon akzeptabler.

»Nein, er hat seinen Geschäftsführer die Reise machen lassen. Das ist der Beweis, daß es da eine andere Frau gibt.«

»Dieser Logik kann ich nicht folgen«, stellte ich fest und nippte an meinem Glas.

»Die andere wäre doch außer sich geraten, wenn er sie sitzengelassen und statt dessen seine eigene Frau mitgenommen hätte. Sein einziger Ausweg aus dem Dilemma war daher, gar nicht zu fahren.«

»Ich wünschte, ich könnte dir helfen«, sagte ich.

»Ich bin nicht sicher, daß du das könntest, Bernard.« Sie sah auf ihre Uhr. »Der Kaffee wird noch einen Augenblick dauern.«

»Ich werde mit George sprechen.«

»Ich bin davon überzeugt, daß du selbst genug eigene Sorgen hast.«

»Nein«, erklärte ich resolut. Der gute, alte Bernard hatte immer Zeit, seinen Mitmenschen zu helfen – ganz egal, in welcher Situation er sich auch befand. Oder versuchte ich nur, mir selbst etwas einzureden?

»George ist ein solcher Dummkopf, Bernard. Ich meine, er weiß schließlich, daß ich von anderen Männern in Versuchung geführt worden bin...« Sie brach ab.

»Hmm«, sagte ich und nickte. Ich bewunderte ihre Wortwahl. Nur eine Frau war in der Lage, eine so lange Folge hemmungsloser Liebesaffären als In-Versuchung-geführt-zu-Werden zu bezeichnen, und das ohne jede Andeutung, daß sie diesen Versuchungen tatsächlich auch erlegen war.

»Ich habe mich doch wirklich nicht besonders darum bemüht, es vor ihm geheimzuhalten. Das weißt du, Bernard. Ich meine, er hat sich ziemlich lange Zeit gelassen, nicht? Man dürfte doch annehmen, daß er irgend etwas sagt, bevor er beschließt, mit einer anderen Frau etwas anzufangen. Das sieht ihm eigentlich nicht ähnlich.«

»Gibt es da eine bestimmte Geschichte, die George besonders aufgebracht haben könnte?«

»O Bernard«, sagte sie. Ihre Stimme war laut, lauter, als sie beabsichtigt hatte, denn sie drehte sich um und schien sich zu fragen, ob das Kindermädchen uns gehört haben könnte. Aber dessen Zimmer lag ganz oben neben dem der Kinder. »Bernard, wirklich, du kannst einen in Rage bringen.« Sie trank einen Schluck. »Das tut gut«, stellte sie fest.

Ich hatte es nicht gern, jemand verärgert zu haben, ohne zu wissen, warum. »Was habe ich denn getan, Tessa?« erkundigte ich mich.

»Aber das ist doch offensichtlich. Selbst einem so starrköpfigen Esel wie dir sollte es eigentlich klar sein.«

»Was?«

»Daß ich dich anbete, Bernard. Du bist es, um den George immer ein solches Theater macht.«

»Aber wir haben... ich meine, ich habe nie...«

Tessa lachte kurz und höhnisch. »Du bist tatsächlich rot geworden, Schätzchen. Ich hatte ja keine Ahnung, daß ich dich zum Erröten bringen kann. Du bist immer so verdammt cool. Das ist es doch, was dich so anbetungswürdig macht.«

»Schluß mit dem Unsinn, Tessa. Worum geht es hier eigentlich?«

»Es ist George. Er ist überzeugt, daß wir eine glühende Liebesaffäre miteinander haben. Nichts, was ich auch sage, kann ihn von dieser Meinung abbringen.«

»Also wirklich! Ich muß unbedingt mit ihm reden.«

»Ich wünsch' dir viel Glück dabei, Schätzchen. Er nimmt nichts von dem zur Kenntnis, was ich dazu zu sagen habe.«

»Weiß er, wo du jetzt bist?«

»Natürlich weiß er das. Das hat ihn doch erst richtig in Rage gebracht. Er hat mich schauderhaft beschimpft, Bernard. Wenn du tatsächlich mein Liebhaber wärst, würdest du glatt hingehen und ihm eins auf die Nase geben. Das habe ich ihm auch gesagt.«

»Was hast du ihm gesagt?«

»Ich sagte, wenn Bernard wirklich mein Liebhaber wäre, würde er hier auftauchen und dich verprügeln.«

»O Gott, Tessa. Was hast du dir nur dabei gedacht?«

»Ich war so wütend.« Sie lachte, als sie sich an die Szene mit ihrem Mann erinnerte. Allerdings konnte ich nicht mitlachen. »Ich habe ihm erklärt, daß du jede Menge Frauen hättest und auf mich gar nicht angewiesen wärst.«

»Aber das trifft doch überhaupt nicht zu!« Es gefiel mir nicht, daß sie derartige Geschichten verbreitete. »Wenn ich ganz ehrlich bin, habe ich keine einzige Frau.«

»Nun übertreib mal nicht, Bernard. Kein Mensch verlangt von dir, daß du das Leben eines Einsiedler führst. Und das ›Secret de

Vénus‹ im Bad hast du dir schließlich auch nicht im Supermarkt gekauft, damit du besser riechst.«

»Was für 'n Sekret?«

»Badeöl von Weil in Paris. Es kostet ein absolutes Vermögen, und ich weiß, daß es Fiona nie benutzt hat.«

»Ich habe jemandem aus dem Büro erlaubt, sich hier umzuziehen.«

»Die hinreißende Gloria. Ich weiß alles über sie von Daphne Cruyer. Sie hat es vergessen, weil sie ganz andere Dinge im Kopf hat, was? Du bist mir schon einer, Bernard. Und wieviel andere gibt es da noch?«

Eigentlich hatte ich die Absicht, ihre Behauptungen zu widerlegen. Aber ich wußte, daß das genau das war, was sie wollte. Also ließ ich es laufen. »Armer George«, sagte ich. »Ich werde das klarstellen müssen.«

»Er wird dir nicht glauben. Genausogut könnten wir jetzt hinaufgehen, ins Bett springen und all seine Verdächtigungen auf der Stelle bestätigen.«

»Mach darüber keine Witze.«

»Komm her zu mir aufs Sofa, und ich zeige dir, ob ich es ernst meine oder nicht.« Sie schob den Saum ihres Morgenrocks zentimeterweise in die Höhe und zeigte ihre Beine. Es war eine scherzhafte Geste, eine possierliche Posse, die sie wahrscheinlich in einem alten Film gesehen hatte, aber es entging mir nicht, daß sie unter dem Morgenrock nackt war. Ich holte tief Atem und widmete meine ganze Aufmerksamkeit meinem Drink. Aber diese »süße Unordnung der Kleidung« machte es überaus problematisch, sich auf irgend etwas anderes zu konzentrieren als auf Tessa; sie war verwirrend.

Ich trank mein Glas aus und stand auf. »Ich werde jetzt zu den Kindern hinaufgehen«, sagte ich. »Und dann werden wir alle miteinander frühstücken.«

Tessa lächelte.

»Und ich werde mit George reden. Ich werde ihn im Laufe des Vormittags anrufen.«

»Ich bin überzeugt davon, daß du wichtigere Dinge zu erledigen hast.« Sie stand auch auf. »Möchtest du, daß ich verschwinde?«

»Ich dachte, du willst zu George zurück.«

»Ich weiß nicht, was ich will«, sagte sie. »Ich brauche Zeit zum Nachdenken.«

»Du brauchst keine Zeit zum Nachdenken«, widersprach ich. »Du mußt entweder zu George zurückgehen oder ihn verlassen und einen klaren Trennungsstrich ziehen. Wenn du die Dinge so weiterlaufen läßt wie bisher, werdet ihr beide daran kaputtgehen. Du mußt entscheiden, ob du ihn liebst oder nicht. Das ist das einzige, was zählt.«

»Tatsächlich? Liebst du Fiona noch?«

»Nein«, sagte ich. »Und ich habe sie nie geliebt.«

»Du kannst die Vergangenheit nicht einfach auswischen, Bernard. Ich weiß doch, wie glücklich Fi war, als du sie gebeten hast, deine Frau zu werden. Sie hat dich angebetet; ihr wart beide so glücklich. Ich weiß nicht, was alles vorgefallen ist, aber behaupte bloß nicht, du hättest sie nie geliebt.«

»Die Fiona, die ich gekannt habe, war nur ein Teil einer Person, eine Schauspielerin, die nie zuließ, daß ich ihre ganze Persönlichkeit zu Gesicht bekam. Sie lebte mit einer Lüge, und sie ist inzwischen dort, wo sie immer sein wollte.«

»Sei doch nicht so verbittert. George könnte doch über mich das gleiche sagen. Es könnte mir auch vorwerfen, ich hätte ihm mein wahres Selbst vorenthalten.«

»Ich kann dir die Entscheidung nicht abnehmen, Tessa.«

»Wirf mich bitte nicht raus, Bernard. Ich werde mich um die Kinder kümmern und dir dabei soweit wie möglich aus dem Weg gehen. Als du weg warst, habe ich oben bei dem Kindermädchen gegessen und abends mit ihr ferngesehen. Das Frühstück mache ich in ihrer kleinen Küche, und wir nehmen es im Kinderzimmer ein. Wir kommen doch nur selten hier herunter. Du wirst mich gar nicht sehen, falls du Leute mit nach Hause bringst.«

»Ich habe nicht die Absicht, Leute mit nach Hause zu bringen, falls du damit Frauen meinen solltest.«

»Gehst du heute vormittag ins Büro?«

»Wahrscheinlich«, sagte ich. Wir standen nahe beieinander. Keiner von uns hatte etwas zu sagen, aber wir bewegten uns auch nicht. Wir waren vermutlich beide ziemlich einsam.

»Ich höre, daß das Badewasser für die Kinder eingelassen wird«, sagte Tessa. »Warum gehst du nicht hinauf und begrüßt sie? Sie werden begeistert sein, dich zu sehen.«

»Aber ich werde mit George sprechen«, warnte ich sie.

»Aber nicht sofort«, flehte sie.

»Ich werde ihn anrufen, sobald ich im Büro bin«, sagte ich. »Ich verabscheue Mißverständnisse.«

Als ich hinaufkam, begrüßten mich die Kinder mit großem Hallo. Ich sagte ihnen, daß sie mit Tessa aufs Land fahren würden.

»Nanny auch?« fragte Billy.

Das Kindermädchen lächelte scheu. Ich nahm an, daß Billy in sein Kindermädchen verliebt war. »Selbstverständlich«, sagte ich.

»Tante Tessa hat uns Champagner trinken lassen«, sagte Sally. Billy blitzte sie an, weil sie ein Geheimnis verriet. Sie hatten mich nie nach ihrer Mutter gefragt. Ich machte mir Gedanken darüber, was sie über Fionas plötzliches Verschwinden dachten, aber es schien mir besser zu sein, ihre Fragen abzuwarten.

An ihre Pinnwand hatten sie das Bild eines rotgesichtigen Mannes befestigt. Er saß auf einer Kiste und zupfte auf einer Gitarre herum. Quer über den klarblauen Himmel stand »Wellcom Daddy« in großen Buchstaben und falsch geschrieben. »Bin ich das?« erkundigte ich mich.

»Wir haben die Zeichnung nach einem Bild von Mick Jagger gemacht«, erklärte mir Billy. »Und dann haben wir deine Brille reingemalt. Ich habe die Umrisse gezeichnet, und Sally hat alles bunt angemalt.«

»Und das ist eine Pyramide in Mexiko«, sagte Sally. »Wir haben sie aus dem Lexikon kopiert.«

»Ein prachtvolles Bild«, lobte ich. »Darf ich es behalten?«

»Nein«, sagte Billy. »Sally möchte es in die Schule mitnehmen.«

Ich ging in den kleinen Raum, in dem ich meine Schreibmaschine, meine Bücher und unbezahlten Rechnungen aufbewahre, und schlug in meinem Wörterbuch die genaue Bedeutung des Wortes *»fink«* nach.

fink [US-Slang] Angehöriger eines Geheimdienstes, geheimer Informant oder Streikbrecher; schlechter, verachtenswerter Mensch, Fiesling (Orig. *pink*, Abk. von *Pinkerton man*)

Ich fragte mich, inwieweit diese Beschreibung auf Pawel Moskwin paßte und was mir Paul Biedermann dazu noch hatte sagen wollen.

21

Ich wußte, was ich zu erwarten hatte. Aus diesem Grund zögerte ich das Frühstück hinaus, verbrachte längere Zeit mit den Kindern und wählte einen dunklen Anzug nebst schlichter Krawatte. Bret Rensselaer hatte sich dazu entschlossen, sich mit mir im Sitzungszimmer Nummer 3 zu treffen. Es war ein kleiner Raum im oberen Stockwerk, der normalerweise von den hohen Chargen genutzt wurde, wenn sie ein gemütliches Schwätzchen fernab dem Geklapper der Schreibmaschinen, dem Geruch der Kopiergeräte und dem Anblick des niederen, arbeitenden Volkes halten wollten, das seinen Tee aus Tassen ohne Untertassen trank.

Es gab dort einen sargförmigen Tisch, und Bret nahm den Platz des Vorsitzenden am Kopfende ein. Ich saß am unteren Ende. Die anderen – Dicky Cruyer und sein Freund Henry Tiptree, zusammen mit Frank Harrington und einem Mann namens Morgan, seines Zeichens Faktotum für alles und Vasall des Amtschefs – waren so plaziert, daß sie Brets Autorität unterworfen waren. Ganz abgesehen davon, was mit mir geschehen würde, war Bret darauf aus, das Ganze so über die Bühne zu bringen, daß es ihm ein Maximum an Ansehen und Bedeutung einbringen würde. Bret war ein »Abteilungsleiter« auf der Suche nach einer Abteilung, und es gab kein gefährlicheres Lebewesen in den Fluren und Gängen von Whitehall. Er trug einen schwarzen Kammgarnanzug – nur ein so ordentlicher Mann wie Bret konnte diesen Stoff wählen, auf dem sich jedes Stäubchen und Härchen zeigte – und ein weißes Hemd mit steifem Kragen und jenen altmodischen doppelten Ärmelaufschlägen, die Manschettenknöpfe erforderlich machen. Brets Manschettenknöpfe waren groß und aus alten Goldmünzen gefertigt, und seine blauweiße Krawatte war von der Art, wie sie nur Concorde-Passagieren verkauft werden.

»Ich habe zugehört«, sagte Bret. »Du kannst doch nicht behaupten, ich hätte nicht zugehört. Ich weiß zwar nicht, ob ich in der Lage bin, sehr viel von dem zu verstehen, was du da gesagt hast; aber ich habe zugehört.« Er sah auf seine Uhr und notierte die Zeit in einem Notizbuch, das vor ihm auf dem Tisch lag. Bret hatte große Anstrengungen unternommen, mir gegenüber zu betonen, wie informell das alles war, es gab weder einen Protokollführer, der stenographierte, noch lief ein Tonbandgerät mit. Das hatte für Bret den Vorteil, daß nichts von dem nachprüfbar festgehalten wurde, was er sagte – bis auf das, was er eben selbst aufschrieb. »Ich habe dir immer noch eine ganze Reihe von Fragen zu stellen«, sagte er. Mir war klar, daß Bret auf eine alles entscheidende Auseinandersetzung aus war. »Die Sache spruchreif zu machen«, lautete Brets elegante Formulierung dafür.

Ich versuchte zwar gerade, mir das Rauchen abzugewöhnen, aber ich griff doch nach der versilberten Zigarettendose, die zur Standardeinrichtung der Sitzungszimmer im oberen Stockwerk gehört, und bediente mich. Sonst wollte niemand eine Zigarette. Sie wollten wohl alle mit mir nicht in Verbindung gebracht werden – sei es in Gedanken, Theorie oder Tat. Ich hatte das Gefühl, hätte ich meine Absicht erklärt, Abstinenzler zu werden, wären sie alle hinausgestürmt, um sich vollaufen zu lassen. Mein Gesicht erhellte sich, ich lächelte und versicherte Bret, daß ich froh wäre, die Dinge so zu erledigen, wie er das wünschte.

Außer mir lächelte keiner. Frank fingerte an seiner goldenen Armbanduhr und drückte auf einen Knopf, um zu sehen, wie spät es gerade in Timbuktu war. Henry Tiptree, der etwas geschrieben hatte, was zu privat war, um es öffentlich auszusprechen, zeigte es jetzt Morgan. Bret Rensselaer schien alle die kleinen Notizblöcke und Stifte eingesammelt zu haben, die sonst an jedem Platz lagen. So hatte er erfolgreich verhindert, daß sich jemand Aufzeichnungen machen konnte, bis auf Henry Tiptree, der sein eigenes Notizbuch bei sich hatte. Dicky Cruyer trug seinen blauen Jeansanzug und ein Baumwollhemd, das weit genug offenstand, um seine goldene Halskette zur Wirkung zu bringen. Nun war mir klar, daß Dicky die ganze Zeit gewußt hatte, daß Tiptree Angehöriger der Inneren Sicherheit war. Ich würde es ihm nie vergessen, daß er mir keinen diesbezüglichen Tip gegeben hatte, als Tiptree damals in Mexiko auftauchte und zu schnüffeln begann.

Bret Rensselaer nahm die große Nickelbrille ab, die er zum Lesen brauchte, und sagte: »Angenommen, ich behaupte, du wärst entschlossen gewesen, die Abwerbung von Stinnes zu verhindern? Angenommen, ich behaupte, daß alles, was du seit dem Zeitpunkt unternommen hast, seit du nach Mexico City fuhrst – und vielleicht auch schon davor – lediglich ein Ziel hatte: Stinnes dem KGB zu erhalten?« Er hob die Hand und wedelte damit in der Luft herum wie ein Auktionator, der nach Geboten Ausschau hält. »Es ist nur eine Hypothese, verstehst du?«

Ich ließ mir Zeit mit der Antwort. »Du meinst, ich hätte ihm gedroht? Willst du behaupten, ich hätte ihm gesagt, daß ich für das KGB arbeite und dafür sorgen würde, daß jeder Versuch des Überlaufens für ihn mit einem Desaster enden würde?«

»Oh, nein. Für ein derart dilettantisches Vorgehen bist du doch viel zu klug. Du hättest gegenüber Stinnes mit keinem Wort deine Betätigung für das KGB erwähnt. Du würdest das Ganze eher auf der Inkompetenz-Masche angehen, so daß Stinnes letztlich völlig verunsichert ist. Du würdest dafür sorgen, daß er schließlich viel zuviel Angst hat, um überhaupt etwas zu unternehmen.«

»Und du bist der Meinung, daß die Sache so gedeichselt wurde?« fragte ich. »Daß sie zu einer Inkompetenz-Nummer ausgeartet ist?« Jetzt war nicht mehr von Hypothese die Rede, registrierte ich. Das mit der Inkompetenz war mir sauber verpackt serviert worden.

Mexico City war Dickys Operation gewesen, und Dicky merkte sehr schnell, daß Bret darauf aus war, ihn gleich mitzuerledigen. »Ich glaube nicht, daß du im Augenblick über alle nötigen Informationen verfügst«, gab er Bret Bescheid. Dicky würde sich nicht abhalftern lassen, selbst wenn dies für ihn bedeutete, mir Schützenhilfe gewähren zu müssen.

»Wir sind die Sache behutsam und langsam angegangen, Bret«, sagte ich. »Die Anweisung besagte, daß London Stinnes unter allen Umständen, und zwar aussagewillig, haben wollte. Deshalb haben wir ihn nicht allzu sehr bedrängt. Und du hattest erklärt, daß das *London Debriefing Centre* keine Lust hätte, ihm jedes Wort einzeln entlocken zu müssen. Frank wird sich bestimmt daran erinnern.«

Bret bemerkte, daß er sich in den Zankereien verfangen konnte. »Das habe ich so nicht gesagt«, meinte er defensiv. »Woher zum Teufel sollte ich denn wissen, was das *Debriefing Centre* will?«

Dicky lehnte sich vor, sah Bret an und sagte: »Du hast dich in diesem Sinne geäußert. Definitiv hast du gesagt, Bernard solle sich auf seine eigene Urteilskraft verlassen. Und er hat nun mal beschlossen, die Dinge langsam anlaufen zu lassen.«

»Vielleicht habe ich es getan«, sagte Bret und drehte – nachdem er Dicky beschwichtigt hatte – den Spieß in meine Richtung: »Aber wie langsam ist langsam? Wir wollen doch nicht, daß Stinnes an Altersschwäche stirbt, während du immer noch versuchst, ihn abzuwerben. Wir wollen, daß die Dinge ein bißchen beschleunigt werden.«

»Du willst, daß die Dinge ein bißchen beschleunigt werden. Daher hast du doch auch zu der magischen Beschleunigungs-

Formel gegriffen, oder?« sagte ich. »Du hast Stinnes eine Viertelmillion Dollar angeboten, um seiner Entschlußkraft nachzuhelfen. Und das hast du getan, ohne mir ein Wort davon zu sagen – trotz der Tatsache, daß schließlich ich der Abwerber bin. Ich werde mich offiziell über diese plumpe Form der Einmischung beschweren.« Ich wandte mich an den persönlichen Assistenten des Amtschefs und sagte: »Haben Sie das gehört, Morgan. Ich lege hiermit Beschwerde ein über diesen Eingriff in meine Operation.«

Morgan war ein blaßgesichtiger Mann aus Wales, dessen einzige Qualifikation für seine Anwesenheit in der Abteilung in einem Abschluß mit *summa cum laude* in Biologie und einem Onkel im Auswärtigen Amt bestand. Er sah mich an, als wäre ich ein Insekt, das in seinem Drink herumschwamm. Ich hatte mir schon seit längerem vorgenommen, ihm an dem Tag, da ich die Abteilung verlassen würde, kräftig eins auf die Nase zu geben. Diese Freude würde ich mir ganz bestimmt auch gönnen.

Bret sprach schnell weiter, als wollte er die Art vertuschen, in der ich mich selbst zum Narren machte. »Wir hatten unsere Gründe, Stinnes sehr schnell befragen zu wollen. Gründe, die dir nur allzu bekannt sein dürften.«

»Um ihn über Fionas Überlaufen zu befragen?« erkundigte ich mich. »Würdest du mir bitte den Aschenbecher rüberschieben?«

»Es war kein Überlaufen, Junge. Überlaufen heißt doch wohl die Seiten wechseln. Deine Frau aber war eine KGB-Agentin, die geheime Unterlagen an Moskau weitergegeben hat.« Er ließ den schweren Glasaschenbecher mit diesem deutlichen Aplomb über den polierten Tisch rutschen, wie das Bartender mit Bourbonflaschen auf Saloontheken in Wildwestfilmen tun.

Ich schnippte die Asche hinein und sagte: »Was auch immer sie getan hat – du wolltest Stinnes dazu befragen?«

»Wir wollten ihn über deine Rolle bei dem ganzen Unternehmen befragen. Es gibt da unten Leute, die schon immer geglaubt haben, du hättest mit deiner Frau zusammengearbeitet.« Ich bemerkte, daß Frank seinen Stuhl einen Zentimeter vom Tisch abrückte. Sein Unterbewußtsein forderte wohl von ihm, sich von jedem zu distanzieren, der so etwas dachte.

»Als sie sich absetzte, war ich bereits drüben – in Ostberlin nämlich. Warum sollte ich zurückkommen, um meinen Kopf in die Schlinge zu stecken?«

Bret hielt einen seiner Manschettenknöpfe fest und bewegte sein Handgelenk in der gestärkten, weißen Manschette. Seine Augen waren auf mich gerichtet. »Das war doch das tollste Gaunerstück. Welcher schuldige Mann würde wohl in die Abteilung zurückkehren, die er verraten hat? Die Tatsache, daß du zurückgekommen bist, war die geistreichste Verteidigung, die du dir hättest einfallen lassen können. Und darüber hinaus – es sieht dir sehr ähnlich, Bernard.«

»Ich muß schon sagen, Bret. Nun mal langsam«, sagte Frank Harrington. Bret sah Frank lange genug an, um ihn daran zu erinnern, wem er das Verweilen auf seinem augenblicklichen Posten verdankte und wer ihm zweifellos einen untergeordneten Job auf Island verpassen konnte, falls ihm der Sinn danach stand. Frank verwandelte seinen Einwand in ein Hüsteln, und Bret blickte den Tisch entlang auf mich.

»Mir sehr ähnlich?« erkundigte ich mich.

»Ja«, sagte Bret. »Es ist genau die Art Doppel-Bluff, die dich auszeichnet. Und du bist einer der wenigen Menschen, die das auch bringen können. Du bist cool, sehr cool.«

Ich zog an meiner Zigarette und versuchte, so cool zu sein, wie er von mir behauptete. Ich kannte Bret. Er arbeitete nach der Beobachtungsmethode. Es war eines seiner Standardverfahren, mächtig aufzudrehen, um zu sehen, wie die Leute darauf reagierten. Er tat das sogar mit den Angestellten seines Büros. »Das ist doch Seemannsgarn, Bret«, sagte ich, »denn diese Version, die du da vorträgst, läßt ein wichtiges Detail außer acht, nämlich die Tatsache, daß ich es war, der Fiona enttarnte. Es war mein Telefonanruf, der sie zur Flucht veranlaßte.«

»Das ist deine Darstellung der Ereignisse«, entgegnete Bret. »Und du vergißt dabei bequemerweise das Faktum, daß Fiona dadurch auch entkam. Ich würde sagen, daß sie durch deinen Anruf rechtzeitig gewarnt wurde, um noch das Weite suchen zu können.«

»Aber ich habe auch Dicky informiert.«

»Nur weil du wolltest, daß er verhindert, daß sie deine Kinder mitnimmt.«

»Lassen wir mal die Motive beiseite«, sagte ich. »Tatsache ist, daß ich sie zur Flucht veranlaßt habe, zur sofortigen Flucht. Selbst der Bericht erwähnt, daß sie nicht mehr in der Lage war, geheime Papiere oder sonst etwas Bedeutendes mitnehmen zu können.«

»Sie hat nichts mitgenommen, weil sie entschlossen war, sauber durch die Paß- und Zollkontrolle zu kommen. So, wie das britische Recht nun einmal ist, gab es keinerlei legale Gründe, sie am

Verlassen des Landes zu hindern, mit oder ohne Paß. Sie wußte, wenn sie nichts Belastendes mit sich führt, würde uns nichts anderes übrig bleiben, als ihr beim Abflug freundlich zuzuwinken.«

»Ich möchte mich nicht auf eine Nebendiskussion über die Rechte eines britischen Bürgers beim Verlassen des Landes oder der Wiedereinreise einlassen«, sagte ich spröde, als würde Bret versuchen, vom eigentlichen Thema abzuschweifen. »Ich stelle lediglich fest, daß sie unvorbereitet war. Wäre sie rechtzeitig gewarnt worden, hätte sie uns einen bösen Schlag versetzen können.«

Bret hatte auch darauf etwas zu sagen. »Sie war eine Agentin ohne Perspektive, Bernard. Sie war am Ende. Die Beweise, die sie belasten konnten, waren da. Wenn du sie nicht zur Flucht veranlaßt hättest, würde das der nächste Agent getan haben. Aber so, wie die Sache dann gelaufen ist, versetzte es Moskau in die Lage, dich zum Goldjungen hier in London hochzustilisieren. So etwas nennen die Schachspieler ein Gambit, oder? Eine Figur wird geopfert, um dadurch in eine bessere Angriffsposition zu kommen.«

»Ich kenne mich mit Schachfinessen nicht aus«, sagte ich.

»Das überrascht mich«, stellte Bret fest. »Ich hätte angenommen, du seist ein starker Schachspieler. Aber du wirst daran denken, wenn du das nächste Mal eine Partie spielst, ja? Ich meine, eine Figur aufzugeben, um so die eigene Position zu verbessern?«

»Wenn meine Doppelrolle so verdammt durchsichtig war, Bret, warum hast du mich dann nicht sofort festnehmen lassen, als ich wieder in London aufkreuzte?«

»Wir waren uns nicht sicher«, sagte Bret. Er rutschte auf seinem Stuhl hin und her. Bret war ein Mann für Hemdsärmel. Er sah irgendwie unglücklich aus, wie er da saß – mit einem Jackett angetan wie eine Schaufensterpuppe.

»Du hast mich nicht dazu aufgefordert, mich vor einer Kommission zu verantworten. Es hat ja noch nicht einmal eine Untersuchung gegeben.«

»Wir wollten abwarten, wie du das mit der Abwerbung von Stinnes handhabst.«

»Das ist nicht sehr überzeugend, Bret. Die Tatsache, daß du Stinnes abwerben willst, um ihn befragen zu können, ist ein Beweis für deine Zweifel an meiner Schuld.«

»Überhaupt nicht. So können wir deine Loyalität oder Illoyalität beweisen und hätten Stinnes noch als Zugabe. Dicky und ich haben das alles durchgesprochen. Stimmt's, Dicky?« Bret hatte offenbar das Gefühl gewonnen, von Dicky nicht die Unterstützung zu bekommen, die er brauchte.

»Ich habe immer gesagt, daß es zuwenig Beweismaterial gibt, als daß irgendwelche Maßnahmen gegen Bernard gerechtfertigt wären«, sagte Dicky. »Das möchte ich nochmals vor allen hier am Tisch eindeutig klarstellen.« Dicky blickte jedermann in der Runde an.

Der gute, alte Dicky. Er war also doch nicht nur ein Puppengesicht. Er hatte begriffen, daß sich das hier sehr wohl als die Gelegenheit erweisen könnte, auf die er gewartet hatte – die Möglichkeit, Bret einen Kübel Mist über den Kopf zu stülpen. Dicky würde an der Seitenlinie sitzenbleiben, aber er würde mich anfeuern, jetzt, da Bret die Rolle meines Anklägers übernommen hatte. Falls ich mich aber als schuldig erweisen sollte, würde man Dicky daraus keinen Strick drehen können. Dazu hatte er die Worte seines Statements viel zu sorgfältig gewählt, und bei den Anwesenden konnte er davon ausgehen, daß auch jede Nuance verstanden worden war. Er hatte gesagt, es gäbe zuwenig Beweismaterial, um irgendwelche Maßnahmen gegen mich zu rechtfertigen. Soweit würde Dicky nicht den Kopf vorstrecken und sagen, ich sei unschuldig.

Und sehr wohl sehend, daß Bret durch seine Bemerkung momentan aus dem Konzept gebracht war, ließ Dicky noch schnell einen rechten und linken Haken folgen. »Und selbst wenn es Bernard nicht schaffen sollte, Stinnes abzuwerben – würde das seine Schuld beweisen?« fragte Dicky. Er bediente sich einer ziemlich hohen Stimme und eines kleinen Lächelns. Das war so Dickys Vorstellung eines possierlichen, respektheischenden Oxford-Gelehrten, aber sie paßte schlecht zu einem Mann in modisch ausgeblichenem Jeansstoff und Gucci-Schuhen. Dicky blieb beharrlich. »Das klingt ja fast so wie diese mittelalterlichen Hexenprozesse. Man wirft einen Angeklagten in einen See, und wenn er auftaucht, weiß man, daß er schuldig ist – und dann exekutiert man ihn.«

»Okay, Dicky, okay«, sagte Bret. Er hob eine Hand, bewunderte seinen Verbindungsring und seine Maniküre. »Aber da gibt's noch eine ganze Menge unbeantworteter Fragen. Warum hat Bernard beispielsweise Biedermann mit einem *sacred*-Etikett versehen?«

Es war taktisch klug, diese Frage an Dicky Cruyer zu richten, denn der sprang zur Seite wie eine verbrühte Katze. Er wußte, daß er in seiner Rolle als mein Berater nur einen Schritt davon entfernt war, auch als mein Helfershelfer zu gelten. »Nun, wie steht's damit?« fragte Dicky und wandte mir sein Gesicht mit einem Ausdruck zu, der besagte, daß er so weit gegangen war, wie ein Mann nur gehen konnte, um mir zu helfen.

»Ich bin mit Biedermann zur Schule gegangen«, sagte ich. »Ich kannte ihn sein ganzes Leben lang. Er war nie von irgendwelcher Bedeutung.«

»Möchtest du mal eine Liste von Biedermanns geschäftlichen Unternehmungen sehen?« erkundigte sich Bret. »Ganz hübsch für einen Niemand.«

»Nein, kein Interesse. Ich rede davon, was er als Agent getan hat. Und das war völlig bedeutungslos.«

»Wie kannst du da so sicher sein?« fragte Bret.

»Biedermanns Tod war ein Ablenkungsmanöver. Er war nie mehr als ein winziges Rädchen im Getriebe des KGB. Es gibt keinerlei Hinweis darauf, daß Biedermann jemals Zugang zu wirklich wichtigen Papieren hatte.« Sie sahen mich alle gleichgültig an. Sie wußten, daß ich Biedermann herunterspielen würde, was immer auch gewesen sein mochte.

Tiptree ergriff zum ersten Mal das Wort. Er glättete sein gutgebürstetes Haar mit der Hand und befingerte dann seinen dünnen Schnurrbart, als wolle er sich davon überzeugen, daß er noch immer festklebte. Er wirkte wie ein nervöser junger Schauspieler, der dabei war, seinen ersten Auftritt auf der Bühne zu absolvieren. »Aber diesmal hatte er doch zweifellos Geheimdokumente bei sich, nicht wahr?«

»Ich warte das offizielle Gutachten ab, bevor ich mich in irgendeiner Weise dazu äußere«, sagte ich. »Aber selbst wenn es sich tatsächlich um wichtiges Material handeln sollte, wird es uns nichts über die Russen enthüllen. Darauf wette ich.«

»Natürlich wird es uns nichts über die Russen enthüllen«, sagte Tiptree mit seiner maßvollen, sonoren Stimme. »Schließlich war dieser Bursche ein sowjetischer Agent, oder?« Er sah sich am Tisch um und lächelte flüchtig.

Nun ergriff Morgan zum ersten Mal das Wort. Er erklärte Tiptree, worauf ich angespielt hatte. »Samson meint, daß wir aus dem U-Boot-Bericht, den Biedermann bei sich hatte, nichts über sowjetische Ziele oder Absichten erfahren werden.«

»Das einzige, was wir daraus entnehmen können«, fügte ich hinzu, »ist der nicht gerade neue Sachverhalt, daß sich das KGB für diesen Sektor interessiert, eine Tatsache, die eine Reihe verschiedener Geheimdienste involviert: Frankreich, Dänemark, Norwegen, Großbritannien, verschiedene lateinamerikanische Kunden, Mexiko, wo Biedermann seinen Wohnsitz hatte, und die Vereinigten Staaten wegen des Passes.«

»Aber das Material war immerhin wichtig genug, daß er deswegen umgebracht worden ist«, sagte Tiptree.

»Sein Tod dient dazu, mich zu belasten«, sagte ich.

»Nun«, sagte Tiptree mit einstudierter Geduld, »es führt zumindest kein Weg darum herum, daß Sie ihm den tödlichen Trank brachten.«

»Aber davon hatte ich doch keine Ahnung. Das sind wir doch alles schon einmal durchgegangen. Und kurz bevor wir hierher kamen, hat mir Bret gesagt, daß die Sûreté bereits jemand gefunden hat, der das Mädchen identifizieren konnte, das mir den vergifteten Kaffee gegeben hat.«

Bret rutschte auf seinem Stuhl hin und her. Er liebte es, in seinem Drehsessel im Büro herumzuschwingen. Das hier war kein Drehstuhl, aber Bret verlagerte sein Gewicht, als habe er die Hoffnung, es könne noch einer werden. Er korrigierte mich. »Ich sagte, daß die Sûreté jemanden gefunden hat, der das Mädchen, das du beschrieben hast, in dem Gebäude gesehen hat. Das ist nicht ganz dasselbe, Bernard.«

»Sie sagen, daß Biedermann keinerlei Bedeutung hatte«, sagte Tiptree und zeigte noch immer diese gesittete Geduld, mit der wirklich große Geister Ignoranz entwirren. »Ich wünschte mir, Sie könnten uns nur einen einzigen Grund für diese Annahme nennen.«

»Biedermann war so unwichtig, daß ihn das KGB lediglich tötete, um mich zu belasten. Beweist das nicht genug?«

»Es beweist gar nichts, wie du sehr wohl weißt«, sagte Bret. »Denn nach allem, was wir wissen, müssen wir davon ausgehen, daß Biedermann bis zum Hals drin saß und du mit ihm zusammengearbeitet hast. Das klingt für mich nach einem weit schlüssigeren Motiv für den Mord. Und diese Erklärung wird auch durch die Tatsache erhärtet, daß du ihn mit einem *sacred*-Rubrum versehen hast, ohne die entsprechende Akteneintragung vorzunehmen.«

»Ich wollte eine Gefallen von ihm und bereitete den Boden dafür vor.«

»Welchen Gefallen?«

»Ich wollte, daß er mir dabei hilft, Stinnes zum Überlaufen zu überreden.«

»Was für eine Hilfe hattest du schon von einem Mann zu erwarten, den du gerade eben als unbedeutenden Wicht bezeichnet hast?« fragte Bret.

»Stinnes stand mit Biedermann in Verbindung. Ich hatte angenommen, Stinnes würde lieber über ihn Kontakt aufnehmen als über Werner Volkmann.«

»Warum?«

»Weil ich das auch getan hätte.«

»Und warum hat sich Stinnes nicht Biedermanns bedient?«

»Ich nehme an, daß er es vorhatte, daß sich dann aber das KGB Gedanken gemacht hat, über das, was da vor sich ging und ihn stoppte.«

»Noch mal von vorn, aber nur halb so schnell«, sagte Bret und runzelte die Stirn.

»Ich nehme an, daß Moskau Stinnes am Anfang sogar ermutigt hat, mit uns ein bißchen zu kokettieren. Doch dann stellte Stinnes fest, was für ein perfekter Deckmantel das doch war, tatsächlich zu uns überzulaufen. Moskau vertraut jedoch niemals jemandem ganz. Also vermute ich, daß Stinnes überwacht wurde, und damit auch seine Kontakte. Stinnes hat da einen Assistenten – Pawel Moskwin –, der sehr gut von Moskau auf ihn angesetzt sein könnte. Und es könnte weiterhin sehr gut möglich sein, daß sie weitere Leute haben, die ihrerseits den im Auge behalten. Wir wissen doch alle, daß Moskau gern Spitzel hat, die Spitzel bespitzeln. Ich nehme an, daß Stinnes von jemandem, der über ihm steht, angewiesen wurde, Biedermann nicht als Zwischenträger zu benutzen. Sie hatten etwas anderes mit Biedermann vor. Er sollte ermordet werden.«

Bret fixierte mich wie die Schlange das Kaninchen. Wir wußten beide, daß mit »jemand über Stinnes« Fiona gemeint war. Ich erwartete fast, daß er es aussprechen würde. Früher einmal hatte ich ihn im Verdacht, Fionas Liebhaber zu sein. Selbst jetzt hatte ich diese Vorstellung noch nicht ganz abgetan. Ich fragte mich, ob er das wußte. Er sagte: »Du hast also angenommen, Biedermann könnte uns nützlich sein. Und aus diesem Grund hast du ihn mit diesem *sacred* versehen.«

»Ja«, sagte ich.

»Wäre es nicht einfacher und sehr viel logischer, anzunehmen, daß du Biedermann diese Deckung verschafft hast, weil ihr unter einer Decke gesteckt habt?«

»Wir sind auf Einfachheit und Logik aus?« erkundigte ich mich.

»Ich dachte, es ginge um das KGB, über das wir hier reden. Wir wollen uns doch an das halten, was wahrscheinlich ist.«

»Wie wahrscheinlich findest du denn das?« wollte Bret wissen. »Biedermann war dein KGB-Kontaktmann. Du hast ihm das *sacred*-Etikett verpaßt, um ihm den Rücken freizuhalten. So würdest du es auch als erster erfahren, wenn er die Aufmerksamkeit irgendeines NATO-Geheimdienstes erregen sollte. Und du hättest eine perfekte Entschuldigung dafür, jederzeit mit ihm in Verbindung zu treten, Tag und Nacht. Du brauchtest nur zu sagen, daß du die Nachforschungen über seine Aktivitäten fortsetzt.«

»Ich habe Biedermann noch nie leiden können. Das wird dir jeder bestätigen, den du fragst.« Das war eine ausgesprochen schwache Reaktion auf Brets überzeugendes Gedankenspiel, und er ignorierte sie entsprechend.

»Diese Art Deckmantel – angebliche Nachforschungen – ist auch schon von anderen angewandt worden.«

»Biedermann wurde getötet, um mir seine Ermordung anzuhängen, und weil er lebend ein überzeugender Beweis für alles gewesen wäre, was ich gesagt habe. Es gibt keine andere Erklärung für das, was sonst ein absolut sinnloser Mord wäre.«

»Aber sicher«, höhnte Bret. »Alles nur, um dich in große Schwierigkeiten zu bringen.«

Ich schwieg. Der Planungsstab des KGB hatte seine Aufgabe gut gemacht. Gesetzt den Fall, diese Verdächtigungen würden gegen einen anderen Mitarbeiter der Abteilung vorgebracht, dann wäre ich ebenso mißtrauisch gewesen wie Bret.

Dicky hörte auf, an seinem Nagel zu knabbern. »Soll ich dir sagen, was ich annehme«, sagte er. Seine Stimme klang hoch und nervös, aber es war keine Frage, daß Dicky fest entschlossen war, seine Theorie kundzutun. »Ich nehme an, daß sich Stinnes keinen Pfifferling um Biedermann gekümmert hat. Als er an jenem Abend in Mexiko die Bekanntschaft der Volkmanns machte, kam er angeblich an ihren Tisch, weil er Zena Volkmann irrtümlich für Biedermanns Schwester hielt. Ich sage euch, Stinnes war hinter Zena Volkmann her. Himmel, sie ist schon eine tolle Frau, und Stinnes hat einen gewissen Ruf als Frauenheld. Ich glaube, wir spielen hier Biedermanns Rolle in der ganzen Angelegenheit viel zu hoch.«

»Nun, denken wir doch mal darüber nach«, sagte ich. »Angenommen, Stinnes wurde nach Mexiko geschickt, weil sich Zena und Werner dort schon aufhielten. Er hat ihnen zwar gesagt, er sei bereits ein paar Wochen da, aber dafür gibt es keinerlei Beweise.

Wir haben uns begeistert auf die Schultern geklopft, als die Volkmanns uns die Entdeckung von Stinnes meldeten, und seinetwegen diesen Abteilungsalarm ausgelöst. Aber mal angenommen, es war anders herum? Angenommen, Stinnes wußte ganz genau, wer die Volkmanns waren, als er an jenem Abend an ihren Tisch im ›Kronprinz‹ kam? Nehmt doch mal an, das ganze Szenario wurde vom Operationsstab des KGB geplant.«

Ich blickte mich um. »Weiter«, sagte Bret. »Wir sind ganz Ohr.«

Ich sagte: »Wie konnte er Zena Volkmann mit Poppy Biedermann verwechseln? Niemand könnte doch die eine für die andere halten. Es gibt gar keine Ähnlichkeit zwischen den beiden. Stinnes gab vor, Zena für die Biedermann-Schwester zu halten, um Biedermann ins Gespräch zu bringen und weil er wußte, daß wir uns dann mit ihm in Verbindung setzen würden. Angenommen, Biedermann war ein fester Bestandteil ihres Planes von Anfang an?«

»Aus welchen Motiven?« erkundigte sich Dicky und bereute sofort die Frage. Dicky gab sich gern als einer, der zu den Dingen nickte und über alles Bescheid weiß. Er berührte seine blutleeren Lippen um sicherzustellen, daß sie fest verschlossen waren.

»Nun, das Ganze ist doch gar nicht so schlecht eingefädelt, oder?« fragte ich. »Es hat immerhin dazu geführt, daß hier nicht schlecht verrückt gespielt wird. Man beschuldigt mich sogar, ein KGB-Agent zu sein, der auf Geheiß des Komitees für Staatssicherheit Biedermann umgebracht hat. Nicht schlecht. Wir wären überaus stolz, wenn wir es fertigbrächten, das KGB so im dunkeln umhertappen zu sehen, bei dem Versuch herauszufinden, wer denn nun eigentlich auf welcher Seite ist.«

Bret runzelte die Stirn; mein Vorwurf des Umhertappens hatte ihn getroffen. Frank Harrington lehnte sich vor und sagte: »Wie weit werden sie noch gehen? Werden sie Stinnes herschicken, damit er uns jede Menge Falschinformationen auftischt?«

»Ich bezweifle, daß er eine längere Befragung durchstehen könnte.«

»Aber warum, zum Teufel, sollten sie sich denn all diese Mühe geben?« fragte Bret.

»Um mich zum Laufen zu bringen«, sagte ich.

»In Moskauer Richtung?«

»Es paßt alles. Sie schicken Stinnes nach Mexiko, damit die Volkmanns ihn entdecken. Und sie gehen davon aus, daß ich der Kontaktmann sein würde. Und dann planen sie den Mord an Biedermann, um mich damit belasten zu können. Sie könnten sogar angenommen haben, ich würde Biedermann mit diesem *sacred*-Rubrum versehen – das ist schon vorgekommen, das wissen wir alle – und nun versuchen sie, mir diesen Mord anzuhängen.« Da gab es noch eine ganze Reihe von anderen Punkten, die meine Theorie untermauerten, etwa die Geschichte mit der dunkelhäutigen angeblichen Krankenschwester oder den Mord an MacKenzie. Aber ich hatte keineswegs die Absicht, das aufs Tapet zu bringen. »Die ganze Sache zielt darauf ab, mich zum Überlaufen zu bewegen.«

»Das ist genau das, was die Ärzte eine ›Papierkorb-Diagnose‹ nennen«, stellte Bret fest. »Du wirfst alle Symptome in einen Topf und erfindest daraus eine neue Seuche.«

»Dann sag mir doch, was daran nicht stimmen soll«, sagte ich.

»Ich möchte dich erst von jedem Verdacht befreit sehen, bevor ich mir das Hirn darüber zermartere, warum sie ausgerechnet dich hereinlegen wollen«, sagte Bret. »Und bis dahin haben wir noch einen weiten Weg vor uns.«

Frank Harrington warf einen Blick in die Runde und sagte: »Es wäre ihnen mit Sicherheit eine Menge wert, Bernard da drüben zu haben – um politisches Asyl nachsuchend. Ich denke, wir sollten auch die Art und Weise in Betracht ziehen, wie Bernard sich hier den Tatsachen gestellt hat.« Bis zu diesem Augenblick hatte ich mich gefragt, ob Franks dezenter Hinweis, mich in Richtung Checkpoint Charlie abzusetzen, vielleicht auf irgendeine Direktive aus London erfolgt war. Aber nun wußte ich, daß es Frank von sich aus getan hatte. Ich war ihm mehr als dankbar. Und wenn Franks Beiträge in dieser Sitzung eher lauwarm wirkten, so hing das sicher damit zusammen, daß er glaubte, hinter den Kulissen mehr für mich tun zu können als in der offenen Feldschlacht.

Bret wandte sich wieder an mich. »Du bist also fest davon überzeugt, daß alle Beweise gegen dich auf einem ausgetüftelten Plan Moskaus beruhen, um dich zum Überlaufen zu bringen?« Er schwieg, aber niemand sonst sagte ein Wort. Ironisch fügte Bret hinzu: »Oder könnte das alles nur auf deinen Verfolgungswahn zurückzuführen sein?«

»Ich bin nicht paranoid, Bret«, sagte ich. »Ich werde verfolgt.«

Bret explodierte vor Empörung. »Verfolgt? Ich werde dir mal was sagen...«

Frank legte Bret eine Hand auf den Arm, um ihn zu beruhigen. »Es ist ein Scherz, Bret«, sagte er. »Ein alter Witz.«

»Oh, ich verstehe. Ja«, sagte Bret. Er war peinlich berührt , die

Kontrolle verloren zu haben, wenn auch nur für einen Moment. »Nun, es ist schwer vorstellbar, daß das KGB so etwas ausbrüten sollte.«

»Ich könnte dir sogar, falls du möchtest, noch ein paar blödsinnigere Überlegungen aufzählen, denen wir nachgegangen sind«, sagte ich.

Bret forderte mich nicht dazu auf, das zu tun, sondern sagte: »Was du uns da unterbreitet hast, würde doch einen völligen Wechsel der Taktik bedeuten, oder nicht? Das hat doch etwas von der Art, die sich jemand erträumt, um zu zeigen, was für ein Genie er doch ist.« Jeder am Tisch wußte, wen er meinte, und als ihm einfiel, daß kein Tonband mitlief, fügte er noch hinzu »Jemand wie deine Frau?«

»Ja, Fiona. Sie könnte in so etwas ihre Finger haben.«

»Sie bringt dich zum Überlaufen und bekäme damit nicht nur dich, sondern auch noch die Kinder. Hmmm«, sagte Bret. Er hatte einen goldenen Kugelschreiber in der Hand, den er nun zwei- oder dreimal klicken ließ, um uns zu zeigen, daß er nachdachte. »Könnte Fiona davon ausgehen, daß sie dich auf diese Weise kriegt? Sie kennt dich gut. Warum sollte sie sich irren? Liegt sie richtig?«

»Moment mal, Bret«, sagte ich. »Immer langsam mit den jungen Pferden.«

»Immerhin«, sagte Bret, »gibt es da noch einen weiteren ungeklärten Zwischenfall.« Er sah auf Tiptree.

Tiptree fuhr aufs Stichwort fort. Vielleicht hatte er nicht gerade geprobt, aber diese Vorstellung war offensichtlich im Detail abgesprochen worden. »Eine dunkelhäutige Frau hat Sie darum gebeten, sie im Auto mitzunehmen. Sie haben sie zum Londoner Flughafen gebracht. Dort führten Sie dann ein Gespräch mit einer zweiten Frau, die in den Wagen zustieg.«

Ich sah erst Tiptree, dann Bret an. Damit hatten sie mich kalt erwischt. Und daß dies erst so spät vorgebracht wurde, machte einen großen Teil der Wirkung aus. »Das hatte nichts mit der Abteilung zu tun.«

»Nun, ich würde sagen, daß es sehr wohl mit der Abteilung zu tun hatte«, sagte Bret.

»Uns allen ist ein Privatleben gestattet, Bret«, erinnerte ich ihn. »Oder spielen wir jetzt ein neues Spiel? Wir kommen alle montagmorgens her und diskutieren das Privatleben der Kollegen, wie es die Beschattungsteams enthüllt haben? Wollen wir jetzt gleich damit anfangen?« Bret, der sich nicht zu schade dafür war, dann und wann eine der wohlgeformteren Sekretärinnen zu einem gemütlichen Wochenende in sein Haus am Fluß einzuladen, war sicher nicht gerade erpicht darauf, intime Beobachtungen auszutauschen.

Um den Druck von Bret zu nehmen, sagte Henry Tiptree: »Zu dieser Zeit haben wir Ihre Fahrten zwischen der Wohnung und dem Büro kontrolliert. Sie standen seit Ihrer Rückkehr nach London unter Verdacht. Das müssen Sie doch vermutet haben, Bernard.«

»Nein, das habe ich nicht vermutet. Wenigstens habe ich nicht angenommen, daß mir die Innere Sicherheit auf den Hals gehetzt wird.«

»Wer war sie denn nun?« fragte Tiptree.

»Es war eine Nachbarin. Sie hat eine Freundin, die auf dem Flughafen arbeitet, und ich wollte sie einstellen, damit sie sich ein bißchen um die Kinder kümmert. Sie ist eine ausgebildete Krankenschwester, die sich etwas dazuverdienen möchte. Aber wie die Dinge im Augenblick liegen, werde ich wohl jemand ganztags einstellen müssen.«

Es war eine hastige Improvisation, und ich war mir keineswegs sicher, ob Tiptree sie mir abnehmen würde. Er starrte mich eine ganze Weile an, und ich starrte mit ähnlicher Antipathie zurück. »Nun, wir werden es für den Augenblick dabei belassen«, sagte er, als mache er mir ein Zugeständnis. Ich fragte mich, ob auch er versucht hatte, die Spur des dunkelhäutigen Mädchens zu verfolgen; allerdings mit weniger Glück als der arme MacKenzie. »Kommen wir zu MacKenzie«, sagte Tiptree als könne er Gedanken lesen. »Sagen Sie mir, was er zum Zeitpunkt seines Todes für Sie erledigt hat.«

War das ein Trick? »Ich kenne den Zeitpunkt seines Todes nicht«, sagte ich. »Ich weiß nur, welche Angaben der Arzt darüber gemacht hat.«

Tiptree lächelte grimmig. »Na ja, wenn Sie also darüber nichts wissen«, sagte er, diesen Vorbehalt sorgfältig nutzend, als würde er mir nicht glauben, »dann erzählen Sie mir doch etwas über MacKenzie. Sie haben ihm eine ganze Reihe Aufträge erteilt. Nach dem, was ich alles von Ihnen gehört habe, entspricht es doch so gar nicht Ihrer Art, einen Anfänger während seiner Probezeit einzusetzen. Sie sind doch derjenige, der sich andauernd über den allgemeinen Mangel an Erfahrung beklagt. Sie sind derjenige, der Amateure nicht toleriert. Warum also MacKenzie?«

Ich hielt mich so nahe wie möglich an die Wahrheit. »Er wollte in den Außendienst«, sagte ich ihnen. »Das war sein sehnlichster Wunsch.« Sie nickten. Wir alle hatten ganze Legionen von Kandidaten erlebt, die sich danach drängten, in den Außendienst zu kommen, obwohl die unterschiedlichen Auswahlkommissionen bemüht waren, jeden mit derart pervertierten Ambitionen vor sich selbst zu schützen. Schon bald gelangten auch die hartnäckigsten Kandidaten zu der Einsicht, daß die Chancen sehr gering waren, als Agent ins Ausland geschickt zu werden. Agenten für das Auslandsnetz wurden selten aus dem Personalbestand rekrutiert. Agenten für draußen wurden nirgendwohin geschickt, sie waren bereits vor Ort.

»Sie haben ihn oft eingesetzt«, sagte Tiptree.

»Er hatte immer Zeit, mir zu helfen. Er tippte die Berichte, wenn sich bereits der gesamte Schreibpool geweigert hatte, Überstunden zu machen. Er stand nächtelang im Regen herum und stellte keine Fragen, weshalb er dieses oder jenes Gebäude nun eigentlich observierte. Er ging zu den Behörden und verbrachte Stunden damit, in Karteikästen mit alten, staubigen Geburtsurkunden zu wühlen oder Steuerveranlagungen und Wählerlisten einzusehen. Und weil er ein besonders rüder und schlechtgekleideter Bursche war, der darüber hinaus ein nicht besonders gepflegtes Englisch sprach, hatte er keine Schwierigkeiten, jedermann davon zu überzeugen, er sei Reporter einer unserer großen überregionalen Zeitungen. Deshalb habe ich ihn eingesetzt.«

Morgan, ein Mann mit walisischem Dialekt, der sich kürzlich darum bemüht hatte, einen solchen Reporter zu mimen, ließ es zu, daß der winzige Anflug eines Lächelns sein blasses Gesicht heimsuchte.

»Aber das erklärt kaum, was er in einem ›Sicheren Haus‹ der Abteilung in Bosham zu suchen hatte«, sagte Tiptree.

»Oh, wir wissen doch alle, was er dort gemacht hat«, sagte ich. »Er lag dort tot herum. Er lag dort sieben Tage lang tot herum, bevor sich jemand von dem hochbezahlten Hauspersonal die Mühe machte, einmal nach dem Rechten zu sehen.«

»Ich habe diese faulen Kerle zum Teufel gejagt«, erklärte Bret. »Diesen Ärger wird es kein zweites Mal mehr geben.«

»Das ist sehr beruhigend zu wissen, wenn ich das nächste Mal ein ›Sicheres Haus‹ aufsuche und mich dort auf einen Stuhl setze, so daß mir irgend so ein KGB-Strolch mit einer vierundvierziger Magnum das Gehirn rauspustet.«

»Woher wissen Sie, was für eine Waffe es war?« fragte Tiptree so beiläufig, wie es ihm möglich war.

»Ich habe keine Ahnung, Mister Tiptree«, sagte ich. »Ich weiß lediglich, um was für Munition es sich gehandelt hat, um ein Hohlraumgeschoß, das sich bei hoher Auftreffgeschwindigkeit pilzartig verformt und die Leute auseinanderreißt, auch wenn nicht besonders gut gezielt wurde. Und das – bevor Sie mir die Zusatzfrage stellen, die sich bereits auf Ihren Lippen formt – habe ich aus dem ballistischen Gutachten, das sich in den Akten über MacKenzies Tod befindet. Vielleicht ist das etwas, was Sie einmal lesen sollten, da Sie doch so begierig darauf sind, den Schuldigen zu finden.«

»Niemand gibt dir die Schuld an MacKenzies Tod«, sagte Frank freundlich.

»Du brauchst nicht aufzustehen und *Rule Britannia* zu singen«, sagte Bret. »Es ist nicht beabsichtigt, für dich eine orangefarbene Akte anzulegen. Wir sind lediglich darum bemüht, die Wahrheit herauszufinden. Und daran sollte dir eigentlich noch viel mehr gelegen sein als uns.«

»Dann prüf mal, ob dir folgendes paßt«, sagte ich. »Angenommen, es ist alles so, wie ich es gesagt habe – und bisher hast du mir noch nicht nachweisen können, daß dem nicht so ist – und angenommen, meine langsame Art, Stinnes abzuwerben, ist der richtige Weg, dann wäre es doch möglich, daß es in der Abteilung Leute gibt, die es ganz gern sehen würden, wenn mein Abwerbungsversuch fehlschlägt.« Ich machte eine Pause, um meine Worte wirken zu lassen. »Nimm doch mal an«, fuhr ich dann fort, »diese Leute hoffen, indem sie mich drängen und behindern, daß Stinnes genau dort bleibt, wo er ist – auf der anderen Seite nämlich.«

»Laß mich das doch bitte noch mal hören«, sagte Bret. Seine Stimme war hart und unzugänglich.

»Du hast gehört, was ich gesagt habe, Bret. Wenn Stinnes zum *London Debriefing Centre* geht – und zwar so, wie ich es gern hätte, entspannt und kooperativ –, wird er singen. Und ich sage dir, daß sich auch hier – und nicht nur in Ostberlin oder Moskau – Leute befinden könnten, die keinen Hang zur Musik haben.«

»Es ist der Mühe wert, mal darüber nachzudenken, Bret«, sagte Frank. Ich hatte nur das ausgesprochen, was Frank mir gegenüber bereits in Berlin angedeutet hatte. Er sah mich an und zwinkerte mir fast unmerklich zu.

»Schließt du mich da etwa mit ein?« fragte Bret.

»Ich weiß nicht, Bret. Sprich doch mal mit deinem Analytiker darüber. Ich befasse mich nur mit den Fakten.«

»Niemand versucht, dir einen Maulkorb umzuhängen, du Schlauberger«, sagte Bret. Er sprach jetzt direkt mit mir, als wäre sonst niemand mehr im Raum.

»Du hättest mich durchaus zum Narren halten können, Bret. Nach allem, was ich heute so gehört habe, wurde die Abwerbung von Stinnes durch mich zum inkompetenten Gefummel. Leute werfen ihm Geld hinterher, ohne mir auch nur ein Sterbenswort darüber zu sagen. Ich hätte auf den Gedanken kommen können, daß es dir nicht ins Konzept paßt, wie ich die Sache anpacke.«

»Sprich nicht so mit mir«, sagte Bret.

»Du wirst mir zuhören, Bret, alter Junge«, sagte ich. »Ich rede mit dir so, wie es mir paßt, weil ich schließlich für die Stinnes-Sache zuständig bin. Und, nur falls du es vergessen haben solltest, wir haben ein altmodisches System in dieser Abteilung. Wenn ein Agent erst einmal mit einem Fall befaßt ist, hat er auch die volle Entscheidungsfreiheit. Und er führt seine Aufgabe durch, bis der Fall abgeschlossen ist oder er ihm aus den Händen genommen wird. Wie er das macht, unterliegt seinem eigenen Willen. Und du stellst mich hier an den Pranger und berufst dieses Gericht aus lauter Befangenen ein, um mich einzuschüchtern. Aber ich war da drüben, wo die Einschüchterung von Experten betrieben wird. Du jagst mir also keine Angst ein, Bret. Du jagst mir überhaupt keine Angst ein. Und wenn es bei dieser Pantomime darum gehen sollte, daß ich den Stinnes-Fall abgebe, so ist es reine Zeitverschwendung. Ich werde Stinnes bekommen. Und er wird hierherkommen und plaudern wie ein geretteter Schiffbrüchiger.«

Sie waren von meinem Ausbruch peinlich berührt. Die niedrigen Chargen dürfen nicht aufmucken. Das ist etwas, was jede anständige Schule schon ihren Erstkläßlern beibringt. Frank hustete, Morgan legte den Kopf zurück, um an die Decke zu starren, Tiptree strich sich übers Haar, und Dicky hatte alle seine Finger vor sich auf dem Tisch aufgereiht und wählte sich den aus, den er als nächsten beknabbern wollte.

»Aber falls jemand der hier Anwesenden der Meinung sein sollte, der Fall Stinnes müsse mir aus den Händen genommen werden, so möge er jetzt aufstehen und sprechen.« Ich wartete. Bret sah mich an und lächelte andeutungsweise. Keiner sagte auch nur ein Wort.

Ich stand auf und sagte: »Dann werte ich das als einstimmiges

Votum, daß ich für den Fall Stinnes verantwortlich bleibe. Und nun verlasse ich Sie, meine Herren, damit Sie die Ereignisse dieser Zusammenkunft schriftlich festhalten können, wie es Ihnen behagt. Aber bitten Sie mich nicht darum, das zu unterschreiben. Falls Sie mich während der nächsten paar Minuten sprechen wollen – ich bin beim Chef. Ich praktiziere meine Rechte im Rahmen eines weiteren altmodischen Gesetzes dieser Abteilung, das Recht, Sir Henry persönlich Bericht zu erstatten, wenn es um Dinge von lebenswichtiger Bedeutung für den Dienst geht.«

Bret machte Anstalten aufzustehen. »Du brauchst mich nicht hinauszubegleiten, Bret«, sagte ich. »Und versuche nicht, meinen Besuch beim Alten abzublocken. Ich habe den Termin bereits heute früh vereinbart, und er erwartet mich schon.«

Ich kam immerhin bis zur Tür, ehe sich Bret soweit erholt hatte, um sich eine Entgegnung einfallen zu lassen. »Du solltest Stinnes besser kriegen«, sagte er. »Wenn du diese Stinnes-Sache vermasselst, werde ich dafür sorgen, daß du als Aktenträger unten in der Registratur landest.«

»Warum nicht?« sagte ich. »Ich wollte schon immer mal Einblick in die persönlichen Akten des leitenden Personals nehmen.«

Als ich draußen auf dem Korridor stand, holte ich tief Luft. Ich war aus dem Bauch des Wals entkommen, aber die See war noch immer sehr rauh.

Das Treffen mit Sir Henry verlief genau in der zivilisierten Formalität, die Zusammenkünfte dieser Art an sich haben. Natürlich berichtete ich nichts von lebenswichtigem Interesse für den Dienst. Ich appellierte lediglich an das Wohlwollen des Chefs, indem ich ihm guten Tag sagte. Ich versuchte immer, mir eine wichtige Verabredung zu verschaffen, wenn ich den Verdacht hatte, eine Sitzung könnte sich allzulange hinziehen.

Der Raum war dämmerig und roch nach Ledersesseln und staubigen Büchern, die auf den Stühlen gestapelt waren. Sir Henry saß am Fenster hinter einem kleinen Schreibtisch, der mit Familienfotos, Akten, Ein- und Ausgangskörben und längst vergessenen Tassen Tee überfüllt war. Es war, als würde man irgendein altes ägyptisches Grabmal betreten, um mit einer leutseligen Mumie zu plaudern.

»Selbstverständlich erinnere ich mich an Sie«, sagte Sir Henry. »Ihr Vater, Silas Gaunt, war der Leiter der Europa-Abteilung, als ich zum Dienst kam.«

»Nein. Silas Gaunt ist ein entfernter Verwandter – und das auch nur durch Heirat«, sagte ich. »Mein Vater war Colonel Samson, der Leiter des Berliner Büros, während der Zeit, da Silas für Europa verantwortlich war.«

Der Amtschef nickte vage. »Leiter der Europa-Abteilung, Leiter der Iberia-Abteilung – ich war schon immer der Meinung, daß diese Bezeichnungen klingen, als gehörten wir zum Überseedienst der BBC.« Er kicherte. Es war ein Scherz, den er schon oft angebracht hatte. »Es ist doch alles in Ordnung, oder etwa nicht?«

Sir Henry machte nicht gerade den Eindruck eines Mannes, der gern davon hört, wenn irgend etwas nicht ganz in Ordnung sein sollte. Ich hatte im Gegenteil das Gefühl, daß er sich – falls ich auch nur etwas derartiges andeuten würde – aus dem Fenster stürzen würde, ohne sich die Mühe zu machen, es zuvor zu öffnen. Ich nahm an, daß sich jeder in dieser Beschützerrolle befand, wenn er mit dem Chef sprach. Zweifelsohne war das auch der Grund, warum die Abteilung inzwischen so etwas wie ein Schlachtfeld geworden war. »Ja, Sir«, sagte ich. »Alles läuft zur vollsten Zufriedenheit.« Ein braver Mann, dieser Bernard Samson, und aufrichtig bis zur Selbstaufgabe.

»Ich halte mich gern auf dem laufenden«, sagte der Boß. »Deshalb habe ich Sie rufen lassen.«

»Ja, Sir«, sagte ich.

»Dieser verdammte Arzt erlaubt mir keinen Tropfen mehr. Aber es sieht nicht so aus, als würden Sie sich für Tee mit Zitrone erwärmen können. Warum gehen Sie nicht an meinen Schrank und gießen sich einen anständigen Schluck ein? Was haben Sie gesagt?«

»Vielen Dank, Sir.«

»Ich habe viel Zeit«, sagte der Chef. »Ich höre gern, was sich in diesen Tagen so alles in Washington ereignet.«

»Ich bin in Berlin gewesen, Sir. Ich arbeite in der Deutschlandabteilung.«

»Egal, egal. Erzählen Sie mir, was in Berlin los ist. Was sagten Sie doch gleich, wie Sie heißen?«

»Samson, Sir. Bernard Samson.«

Er sah mich lange Zeit an. »Samson, ja natürlich. Sie hatten dieses furchtbare Problem mit Ihrer Frau.«

»Ja, Sir.«

»Mr. Harrington hat mich über unsere Schwierigkeiten informiert. Hat er Ihnen gesagt, daß wir uns darum bemühen, ein bißchen mehr Geld für Sie durchzudrücken?«

»Ja, Sir. Das wäre äußerst hilfreich.«

»Machen Sie sich keine Sorgen um die Kinder. Sie werden nicht zu Schaden kommen, das garantiere ich.« Sir Henry lächelte. »Versprechen Sie mir, daß Sie sich keinerlei Sorgen wegen der Kinder machen werden.«

»Ja, Sir. Ich verspreche es.«

»Samson. Ja, natürlich. Ich hatte schon immer ein besonderes Geschick, mir Namen zu merken«, sagte er.

Nachdem ich das Büro von Sir Henry verlassen hatte, ging ich auf die Toilette und fand mich schließlich dabei wieder, wie ich mir den Heißlufttrockner für die Hände mit Frank Harrington teilte.

»Fühlst du dich jetzt besser?« fragte er aufgeräumt.

»Besser als ich mich zuvor gefühlt habe? Oder besser als die Teilnehmer der Runde bei Bret?«

»Oh, darüber hast du in keinem von uns irgendeinen Zweifel hinterlassen, mein lieber Junge. Du hast deine Überlegenheit mehr als deutlich herausgekehrt. Was hast du Sir Henry angetan? Ihn zum Rücktritt aufgefordert?« Er sah, daß ich mich umblickte, und fügte hinzu: »Es ist schon in Ordnung. Niemand sonst da.«

»Ich habe gesagt, was gesagt werden mußte«, verteidigte ich mich.

»Und das hast du sehr gut getan. Bret eilte nach Hause, um seine Unterhosen zu wechseln.«

»Das möchte ich mal erleben«, sagte ich.

»Du unterschätzt die Wirkung deiner leidenschaftlichen Ausbrüche, Bernard. Bret kann sich nur selbst die Schuld zuschreiben. Deine spitze Bemerkung über das aus Befangenen zusammengesetzte Gericht hat gesessen. Bret war darüber ziemlich unglücklich und hat das sogar zugegeben. Er hat zehn Minuten dafür aufgewandt, dein Loblied zu singen, um uns zu überzeugen, daß nichts dergleichen beabsichtigt war. Aber, Bernd, übertreib's nicht.«

»Ist das eine Warnung, Frank?«

»Ein Rat, Bernard. Ein Rat.«

»Meine Zunge zu hüten?«

»Keineswegs. Ich habe deine Wutanfälle schon immer genossen – es sei denn, sie richteten sich gegen mich. Es hat mir Spaß gemacht, mit anzusehen, wie du sie da drinnen fast zu Tode erschreckt hast.«

»Zu Tode erschreckt?«

»Selbstverständlich. Sie wissen doch, wie schnell du aus ihnen einen Narren machen kannst. Bret hat den Scherz noch immer nicht verwunden, den du dir im Zusammenhang mit seinem Berlin-Besuch im letzten Jahr auf seine Kosten geleistet hast.«

»Ich weiß schon gar nicht mehr, was ich von mir gegeben habe.«

»Nun, du hast gesagt, er sei beim Checkpoint Charlie die Treppe hinaufgestiegen und habe über die Mauer geblickt. Das hat ihm nicht besonders gefallen, Bernard.«

»Aber genau das hat er doch auch getan. Er stellte sich hinter einer Busladung Touristen an, kletterte auf die Aussichtsplattform und sah über die gottverdammte Mauer.«

»Selbstverständlich hat er es getan. Deswegen konnte er doch auch nicht darüber lachen. Wenn Dicky das erzählt hätte, oder irgend jemand anderes aus dem Büro ohne Außendiensterfahrung, hätte es ihm nicht viel ausgemacht. Aber da es von dir kam, bedeutete dies für Bret einen Gesichtsverlust. Und sein persönliches Ansehen bedeutet sehr viel für Bret.« Die ganze Zeit lächelte Frank, um mir zu zeigen, was für ein guter Witz das doch alles war.

»Und was weiter?«

»Tja, Bernard, alter Freund. Bring nicht eine ganze Runde von Leuten mit einem Schlag gegen dich auf. Das ist ein gefährlicher Sport, mein Junge. Sie schließen sich zusammen, wenn sie etwas gemein haben. Künftig also immer hübsch einen nach dem anderen, ja?«

»Ja, Frank.«

»Deinem Vater hätte der Rabatz gefallen, den du veranstaltet hast. Er hätte ihn natürlich nicht gutgeheißen. Das war nicht sein Stil, das wissen wir beide. Aber es hätte ihm gefallen, Bernard.«

Warum freute mich diese letzte Bemerkung von Frank so sehr? Streifen wir die Tyrannei der Liebe unserer Väter denn nie ab?

22

Als ich mein Tagewerk im Büro beendet hatte, war ich nicht gerade in der Stimmung, einem aufgebrachten Ehemann gegenüberzutreten, der auch noch zu Unrecht gereizt war. Aber ich hatte George versprochen, mit ihm ein Glas zu trinken, und darüber hinaus war es am besten, die Sache so schnell wie möglich hinter mich zu bringen. Er hatte ein Treffen in dem neuen Apartment vorgeschlagen, das er in Mayfair erworben hatte, und so fuhr ich direkt vom Büro aus dorthin.

Es war eine riesige zweigeschossige Wohnung in einem Haus an der Mount Street, zum Ende des Hyde Parks hin. Obwohl ich wußte, daß sie noch nicht richtig bewohnt wurde, war ich doch auf die nackten Dielenbretter und den Geruch frischverputzter Wände nicht vorbereitet gewesen.

George war bereits da. Er war erst siebenunddreißig Jahre alt, schien aber alles Erdenkliche zu tun, um wenigstens zehn Jahre älter zu wirken. Geboren in Poplar, wo die Themse eine mächtige Schleife bildet, die das Herz der Londoner Docks bildet, hatte er mit fünfzehn die Schule verlassen, um seinem behinderten Vater zu helfen. Als er einundzwanzig war, fuhr er bereits einen Rolls-Royce, wenn auch einen alten, den er mit Gewinn zu verkaufen suchte.

Georges kleine Statur trug viel zu dem Eindruck rastloser Energie bei, mit der er sich in kleinen Schritten von Raum zu Raum bewegte. Er bückte sich, reckte sich, klopfte hier, betastete dort und überprüfte buchstäblich alles, was in Sicht war. Er trug starke Brillengläser, die ihm beständig die Nase herunterrutschten, welliges Haar, das sich an den Schläfen grau zu färben begann, und einen mächtigen Schnurrbart. Bei seiner Erscheinung war es leicht zu glauben, daß seine Eltern polnische Immigranten waren, aber sein waschechter Eastend-Dialekt und seine gelegentlich verschluckten h's waren stets eine Überraschung. Manchmal fragte ich mich, ob er seinen Cockney-Dialekt als notwendiges Zubehör für seine Autoverkäufe kultivierte.

»Nun, da bist du ja, Bernard«, sagte er. »Wie schön, dich zu sehen. Sehr schön.« Er begrüßte mich eher wie einen potentiellen Kunden als wie jemanden, den er einer Liebelei mit seiner Frau verdächtigte.

»Du hast hier vielleicht 'ne Wohnung, George«, stellte ich fest.

»Wir können gleich gehen. Aber ich muß das hier noch schnell ausmessen, bevor das Tageslicht weg ist. Es gibt noch keinen Saft, sieh mal.« Er knipste am Lichtschalter, um es zu beweisen.

Er trug einen auffallenden dunkelblauen Anzug mit Nadelstreifen, der ihn fast noch kleiner erscheinen ließ, als er in Wirklichkeit ohnehin schon war. Es war alles unübersehbar teuer – das Seidenhemd und die Cardinkrawatte mit Blumenmuster und die schwarzen, derben Schuhe –, weil George es gern hatte, daß jedermann sofort sah, er war ein armer Junge, der es geschafft hatte. »Ich würde gern mit dir über Tessa sprechen«, sagte ich.

»Aha.« George konnte diesem Ton jede Bedeutung geben: »ja«, »nein« oder »vielleicht«. Er maß die Länge des Zimmers aus. »Hier, halt' mal«, sagte er und rückte mir das Ende des Maßbandes in die Hand, damit ich es an das Kaminende hielt. »Hier kommen blaßgoldene Teppiche rein«, sagte er. »Was hältst du davon?«

»Sehr elegant«, sagte ich. Ich bückte mich, um ihm zu helfen, den Kamin auszumessen. »Ich bin dir sehr dankbar, daß du ihr erlaubt hast, sich während meiner Abwesenheit um die Kinder zu kümmern«, sagte ich und hielt das für eine sehr diplomatische Eröffnung.

»Sie hat mich nicht danach gefragt«, erwiderte er. »Sie fragt mich nie etwas. Sie macht einfach, was sie will.« Er rollte das Band so schnell auf, daß es mir aus den Fingern schlüpfte.

»Das Kindermädchen ist nachts nicht gern allein«, erläuterte ich.

George stand plötzlich auf und sah mich an. In seinen Augen lag ein schmerzlicher Ausdruck. »Ein Meter achtundsechzig«, sagte er. Er rollte die letzten Zentimeter des Bandes auf und steckte es sich unter den Arm, während er sich den Wert mit leuchtendblauem Kugelschreiber auf die Hand schrieb. »Hältst du bitte noch mal?« fragte er. Er gab mir das Ende des Bandes und verzog sich bereits wieder in die Weite des Raumes, um die Breite auszumessen.

»Ich dachte, es wäre ganz gut, mit dir einmal ein paar Worte zu wechseln«, sagte ich.

»Worüber?«

»Über Tessa.« Ich ging in die Hocke, um das Ende des Bandes an die Wand zu halten. Er zog es stramm und hatte Mühe, bei dem schnell schwindenden Tageslicht das Ergebnis abzulesen.

»Was ist mit Tessa?« fragte George und schrieb sich die Maße wieder auf die Hand.

»Sie hat ein paar Nächte in meinem Haus verbracht. Ich dachte, ich sollte mich dafür bei dir bedanken.«

Er sah mich an und zeigte ein schiefes Lächeln.

»Ich habe Tessa gern«, sagte ich. »Aber ich möchte nicht, daß du auf falsche Gedanken kommst.«

»Welche Gedanken wären denn falsch?«

»Über mich und Tessa.«

»Deine Absichten sind absolut ehrenhaft, nicht wahr?« Er ging zum anderen Ende des Zimmers und prüfte ein Dielenbrett mit dem Absatz. Es quietschte, als er es mit seinem Gewicht belastete. Er verzog das Gesicht, ging zum Fenster und sah auf die Straße hinunter. »Ich vergewissere mich gern, daß mit dem Auto auch alles in Ordnung ist«, sagte er.

»Ich habe gar keine Absichten«, stellte ich fest. Er begann mich zu irritieren, und das kam in meiner Stimme zum Ausdruck.

»Ihr plaudert nur miteinander, was?« Seine Stimme war nur um eine Schattierung lauter, aber sie schien vom anderen Ende des Zimmers ein Echo aufzufangen und hallte in dem großen, leeren Raum. »Du und Tessa, ihr plaudert nur miteinander. Rein kameradschaftlich, meine ich.«

»Selbstverständlich unterhalten wir uns«, sagte ich.

»Vermutlich über mich. Du gibst ihr Ratschläge, wie sie mich behandeln soll, nehme ich an. Wie wir unsere Ehe wieder flott bekommen. So was in der Art.«

»Manchmal schon«, gab ich zu.

»Nun, das ist schon schlechter«, sagte er, ohne die Stimme zu erheben. »Wie würdest du dir wohl vorkommen, wenn deine Frau mit anderen Männern darüber spricht, wie man dich am besten behandelt. Wie würde dir das gefallen, eh?«

»Ich weiß nicht«, räumte ich ein. So betrachtet, vermittelte es mir ein übles Gefühl.

»Mir wäre es lieber gewesen, du wärst mit ihr ins Bett gehüpft. So ein schneller, unpersönlicher Spaß läßt sich schneller vergessen.« Er kam näher und streichelte den Kamin. »Den habe ich einbauen lassen«, sagte er. »Marmor. Er stammt aus einem herrlichen alten Haus in Bristol.« Behutsam prüfte er die frischverputzten Stellen der Wand, wo der Kamin eingelassen worden war. Und dann kam er noch näher, um zu sagen: »Aber sie hat den Nerv, mir zu sagen, wie sehr sie es doch genießt, sich mit dir aussprechen zu können. Das ist eine verdammte Frechheit, Bernard.«

Es war fast so, als würde er zwei Unterhaltungen mit zwei verschiedenen Personen führen. Er wandte sich um und streichelte die frischverputzte Wand. Ruhiger meinte er: »Hier kommt eine blaßgraue Streifentapete hin. Regency-Muster. Das wird gut zu unseren Möbeln passen. Erinnerst du dich an diese wunderhübsche georgianische Kommode? Die mit der geschwungenen Vorderfront? Sie steht jetzt in der Diele, und kein Mensch kann sie richtig würdigen. Nun, bald bekommt sie einen Ehrenplatz – da drüben an der Wand. Und darüber wird ein ovaler Spiegel hängen in einem herrlichen Rahmen aus einem Kranz vergoldeter Blätter – georgianisches Rokoko. Ich habe das edle Stück in der vergangenen Woche bei Sotheby's erworben. Originalspiegel; der Rahmen ist zwar restauriert, aber sie haben gute Arbeit geleistet. Ich habe eine hübsche Stange Geld dafür geblecht, denn ich mußte gegen einen Händler bieten. Aber ich habe nichts dagegen, einen Händler auszustechen. Schließlich würde der ja noch fünfzig Prozent draufschlagen, oder?«

»Vermutlich ja«, sagte ich.

»Logisch, daß er das tut.«

»Ich wäre gern gut Freund mit dir, George«, sagte ich. »Und gut Freund mit euch beiden.«

»Warum?« fragte George. »Schließlich sind wir doch nicht blutsverwandt, oder? Wir kennen uns nur, weil wir zwei Vögel geheiratet haben, die Schwestern sind. Du scherst dich nicht um mich, und ich schere mich nicht um dich. Warum solltest du gut Freund mit mir sein wollen?«

»Okay«, sagte ich verärgert. »Dann laß uns eben keine Freunde sein. Aber ich bumse deine Frau nicht, und habe auch nicht die Absicht, das zu tun. Und wenn du, verdammt noch mal, zu dumm bist, um meine Bemühungen zu schätzen, dann kannst du meinetwegen zum Teufel gehen.«

»Dunkelblaue Fliesen im Eßzimmer«, verkündete George, öffnete eine Schiebetür und trat ins andere Zimmer. »Aus Italien importiert. Es gibt Leute, die sagen, daß Fliesen einen Raum zu laut machen. Aber im Eßzimmer habe ich nichts gegen ein bißchen Spektakel. Wir werden unseren alten Eßtisch behalten. Es ist ein viktorianisches Monstrum, aber es war das erste Möbelstück, das sich meine Eltern angeschafft haben. Mein Dad hat es gekauft, als sie heirateten.« Er schob seine Brille mit dem Zeigefinger hoch. »'türlich wird es kein Zuckerschlecken sein, das Haus in Hampstead zu verkaufen. Im Immobiliengeschäft weht zur Zeit ein rauher Wind. Ich werde Geld dabei verlieren.«

»Ich bin sicher, daß du das auch den Leuten auseinandergesetzt hast, von denen du diese Wohnung hier erworben hast«, sagte ich.

Er zeigte ein flüchtiges, anerkennendes Grinsen. »Ah, du hast recht. Hausbesitz ist immer eine gute Investition, Bernard. Und wenn der Markt flau ist, sollte ein vernünftiger Mann bis an die Grenze seiner finanziellen Belastbarkeit gehen, wenn er sich etwas kauft. Ich werde wahrscheinlich um die fünfundzwanzig Riesen bei dem Haus in Hampstead verlieren, aber ich schätze, daß ich die Wohnung hier um achtzig Riesen billiger bekomme, als sie in normalen Zeiten kosten würde. Außerdem wickle ich das über den Rentenfonds meiner eigenen Gesellschaft ab und spare so eine Menge Steuern.«

»Tessa glaubt, daß du sie nicht mehr liebst.«

»Sie hat mir das Leben nicht gerade leicht gemacht, Bernard. Das brauche ich dir wohl nicht extra zu sagen.«

Das stimmte. Was sollte ich ihm wohl dazu sagen. »Vielleicht könnten sich die Dinge ändern. Sie fühlt sich vernachlässigt, George. Vielleicht verbringst du zu viel Zeit mit deiner Arbeit.«

»Mein Geschäft ist alles, was ich habe«, sagte George. Er nahm das Band und vermaß das Eßzimmerfenster aus keinem anderen Grund, als seine Hände zu beschäftigen. »Du hast ja keine Ahnung, wie grausam Tessa sein kann.« Er ging in die Küche hinüber. Seine Stimme echote in dem kleinen Raum. »Ich habe hier selbstreinigende amerikanische Herde aufstellen lassen. Der verdammte Narr, der sie lieferte, meinte, die deutschen seien besser.«

»Na und, sind sie es?«

»Das interessiert mich nicht. Denk bloß nicht, daß ich etwas Deutsches kaufe. Mein Dad würde sich im Grabe umdrehen. Es ist schon schlimm genug, diese verdammten japanischen Autos verkaufen zu müssen. Aber diese Idioten können doch einen Herd nicht von einem Staubsauger unterscheiden. Du nimmst doch nicht an, daß ich in ein Geschäft gehe und mich nach der Meinung der Leute über die Ware erkundige, die sie verkaufen?«

»Tust du das nicht?«

»Das wäre doch genau so, als würde jemand in einen meiner Ausstellungsräume kommen und fragen, welches denn nun das beste Auto sei. Das beste ist natürlich das, welches für mich den größten Gewinn abwirft. Nein, die Amerikaner sind die einzigen, die selbstreinigende Herde herstellen können, die was taugen.« Er rümpfte die Nase. »Plötzlich hat sie beschlossen, daß sie nichts anderes als Champagner mehr trinken kann. Es kostet mich ein Vermögen, aber ich halte sie nicht davon ab – sie tut das nur, um mich zu ärgern. Sie findet das sehr komisch.«

»Oh, ich weiß nicht so recht. Bei mir zu Hause trinkt sie auch Champagner.«

»Sie trinkt in einer Menge Häuser Champagner. Aber es ist immer mein Champagner, den sie trinkt.«

»Vielleicht hast du recht«, sagte ich.

»Sie hätte keine so große Schau daraus zu machen brauchen«, sagte er bekümmert. »Sie hätte diskreter sein können. Sie hätte mich doch nicht zum allgemeinen Gespött zu machen brauchen, oder?« Er blickte in die Backröhre des Ofens. »Tessa ist eine gute Köchin. Sie tut zwar gern so, als sei sie das keineswegs, aber mit einer anständigen Küche weiß sie etwas anzufangen.«

»Vielleicht macht sie sich nicht klar...«

Er studierte nun die komplizierte Zeitschaltuhr, mit der sich die Kochvorgänge steuern ließen. »Sie macht es sich klar. Frauen machen sich alles klar, alles was mit Liebesaffären und solchen Possen zusammenhängt. Frauen machen sich das klar, ja? Sie war sich klar darüber, daß sie mich verletzte. Mach dir da nichts vor, Bernard.« Er sagte das ohne Groll, ganz so, als würde er ein besonderes Detail des Herdes diskutieren.

»Ich habe nicht gewußt, wie verbittert du bist«, sagte ich.

»Das bin ich nicht. Sieh dir diese Wohnung an. Wirkt sie so, als sei ich verbittert?«

»Tessa macht sich Sorgen, daß du jemand anderes nach Italien mitgenommen hast«, sagte ich tastend.

»Ich weiß, daß sie sich Sorgen macht. Soll sie doch.«

»Wenn das etwas Ernstes ist, George, solltest du ihr das sagen. Das wäre besser für euch beide.«

Er seufzte. »Mein Bruder Stefan und seine Frau waren auf Urlaub in Rom. Wir haben ein paar Tage im selben Hotel verbracht. Alles klar?«

»Dann ging man im Hotel also davon aus, daß Tessa ihre Schwägerin sprechen wollte, als sie dort anrief? Warum hast du das Tessa denn nicht gesagt?«

»Sie hat mich nie danach gefragt«, sagte George. »Sie hält mir Moralpredigten und zieht Schlüsse. Sie fragt mich nie etwas.«

»So sind Frauen nun einmal«, stellte ich fest. »Also denkst du nicht an Scheidung?«

»Nein, Bernard, ich denke nicht an Scheidung.« Er trat in ein anderes kleines Zimmer, das offensichtlich als Wäscheraum genutzt worden war. Sogar der Anschluß für die Waschmaschine war noch in der Wand. Der Raum war weiß gestrichen und hatte einen graugefliesten Fußboden mit einem zentralen Abfluß. »Das würde eine hübsche kleine Dunkelkammer abgeben. Findest du nicht auch?«

»Wahrscheinlich ja«, erwiderte ich.

»Aber Tessa sagt, sie hätte hier gern eine kleine Nähstube. Es kommt mir zwar komisch vor, einen Raum nur zum Nähen haben zu wollen – aber bitte. Da ist noch ein Bad, das ich in eine Dunkelkammer umbauen kann. In gewisser Hinsicht ist es eigentlich eine Schande, einen Raum mit einem anständigen Fenster für so etwas herzunehmen.« Er ging in das nächste Zimmer und knipste am Schalter, obwohl er wußte, daß es keinen Strom gab. »Die Gefühle, die ich einmal für sie empfand, sind natürlich gestorben. Keine Liebe kann die Schläge überleben, die eine ständig untreue Frau austeilt.« Er blickte aus dem Fenster, um erneut einen Blick auf seinen geparkten Wagen zu werfen.

»Das sind aber ziemlich trübe Aussichten für die Zukunft, George. Mit jemand zu leben, den man nicht liebt.«

»Ja? Für dich vielleicht. Aber ich bin Katholik.« Natürlich, wie hatte ich das nur vergessen können? Ich kam mir wie ein Trottel vor, von Scheidung geredet zu haben, und George mußte das gespürt haben, denn er fügte schnell hinzu: »Kein Kruzifix im Wohnzimmer und kein goldenes Kreuz um meinen Hals, aber ich bin Katholik, und mein Glaube ist mir wichtig. Ich stehe jeden Morgen vor sechs Uhr auf, um zur Sieben-Uhr-Messe gehen zu können und dennoch nicht zu spät zur Arbeit zu kommen. Mein Dad und meine Mum waren genauso. Bis Dad in den Frachtraum eines Schiffes stürzte und sich die Beine zerschmetterte und den Rest seiner Tage an einen Rollstuhl gefesselt war. Danach brachte sie ihn in eine spätere Messe. Drüben in Polen sind beide Brüder meiner Mutter Priester. Ich war nicht gescheit genug für den Priesterstand, aber mein Glaube ist stark.« Er lächelte. Ich nahm an, daß er inzwischen wußte, wie überraschend derartige Bekenntnisse für Leute sein konnten, die in ihm nur den Cockney-Kapitalisten sahen, der seine Knie lediglich vor dem Mammon beugte. »Hier wird es einfacher für mich sein. Ich kann in der Farm Street zur Messe gehen. Das sind nur ein paar Schritte die Straße hinunter. Es ist eine wunderschöne kleine Kirche, und ich gewinne jeden Tag ein paar Minuten, die ich länger im Bett bleiben kann.« Er lächelte verschmitzt, aber ich konnte mir kaum jemanden vorstellen, dem ein paar Minuten länger im Bett so wenig ausmachen würden wie ihm.

»Tessa ist unsicher«, sagte ich.

»Hat sie dir das gesagt?«

»Sie ist sehr verletzlich, George. Sie braucht einen Rückhalt und Schutz. Du machst dir doch sicher klar, daß dieses ganze exzentrische Verhalten nur einen extremen Mangel an Selbstsicherheit kaschiert. Fiona hat immer gesagt, das sei das ›Zweite-Kind-Syndrom‹. Und nun erlebe ich es auch bei meinen Kindern. Tessa ist im Schatten einer brillanten, eigenwilligen Schwester aufgewachsen.«

»Du hast den dominierenden Vater vergessen«, sagte George. Er nahm seinen Hut von der Leiter, wo er ihn deponiert hatte. »Wie ich sehe, hast du sehr lange darüber nachgedacht. Vielleicht haben wir die falsche Schwester geheiratet. Vielleicht hättest du Tessa davon abhalten können, so über die Stränge zu schlagen.« Es war schwer zu entscheiden, ob das ironisch oder ernsthaft gemeint war.

»Und du hättest vielleicht Fiona davon abhalten können, über die Stränge zu schlagen? Ist es das, was du meinst?«

»Wer weiß?« sagte George.

»Ich fange an zu glauben, daß Fiona mich haßt«, sagte ich. Ich wußte nicht, warum ich ihm plötzlich etwas anvertraute, was ich noch keinem anderen eingestanden hatte. Vielleicht lag das daran, daß George dieses leidenschaftslose Verhalten eines hochbezahlten medizinischen Spezialisten hatte – oder, so nehme ich jedenfalls an, das eines Gläubigen.

»Du bist doch ein ständiger Vorwurf für sie«, sagte er ohne jedes Zögern. Vermutlich hatte er früher schon einmal darüber nachgedacht. »Du läßt sie sich klein fühlen. Du läßt sie sich billig fühlen.«

»Du glaubst, daß sie es so sieht?«

»Sein Land zu verraten ist so, als würde man seinen Partner verraten. Und wenn eine Ehe zerbricht, so kann man das nicht als Erfolg für eine Partei werten; es ist ein gemeinsames Scheitern. Wie kann Fiona ertragen, sich vorzustellen, daß du alles fortsetzt wie gehabt? Der Job, die Kinder, das Zuhause? Es läßt sie doch albern aussehen, Bernard. Es läßt sie aussehen wie ein verwöhntes kleines Mädchen, das Politikerin spielt – nicht viel besser als diese vollmundigen Filmschauspielerinnen, die so gern tun, als seien sie politische Aktivistinnen. Selbstverständlich haßt dich Fiona.« Er hatte mit seinem Hut gespielt, aber jetzt setzte er ihn auf; ein Signal, daß er das Thema wechseln wollte. »Also, wenn du immer noch etwas trinken willst, laß uns um die Ecke ins ›Connaught‹ gehen. Ich bevorzuge Hotels und einen bequemen Sitzplatz. Ich bin nicht gerade erpicht auf Pubs, wenn es um mein Privatvergnügen geht.

Ich sehe zu viele von ihnen, wenn ich geschäftlich unterwegs bin. Auch ein Sandwich, wenn du magst. Ich habe nichts, was mich nach Hause ziehen könnte.«

»Es war meine Einladung«, erinnerte ich ihn. »Erlaube mir, daß ich dich zum Abendessen einlade.«

»Das ist sehr anständig von dir, Bernard. Wie ich sehe, fährst du noch immer deinen alten Ford. Ich wünschte, du würdest es zulassen, daß ich dich mit etwas Besserem versorge.«

»Als potentieller Kunde, George, bin ich leicht zu überreden.«

»Gut. Gut. Es gibt nichts, was ich mehr genieße, als einem Mann ein Auto zu verkaufen«, sagte George, und er schien das ganz ernst zu meinen. Er wirkte jetzt entspannt, war ein ganz anderer Mensch, nachdem unser schwieriges Gespräch vorüber war. Vielleicht hatte er es genauso gefürchtet wie ich. »Und ich habe da einen fahrbaren Untersatz hereinbekommen, der ganz auf deiner Linie liegt, Bernard. Ein paar Strolche haben von mir ein Auto gekauft und es dann für einen großen Lohnraub umfrisiert. Die Bremsen und die Lenkung sind erstklassig, und ich bin mit dem Ding auf der Autobahn hundertsechzig gefahren – ohne daß die geringsten Klopfgeräusche vom Motor kamen. Du würdest dabei billig wegkommen, Bernard. Na, interessiert?«

»Warum billig, George?«

»Die Karosserie weist ein paar Dellen und Rostflecke auf. Aber das richten zu lassen, lohnt auch wieder nicht. Wenn die Leute zu mir kommen, um Autos zu kaufen, wollen sie nichts über Bremsen und Lenkung wissen, und kaum einer von zehn macht sich je die Mühe, einen Blick auf den Motor zu werfen. Ich kaufe und verkaufe Karosserien. Das sage ich auch immer meinen Leuten.«

»Ich bin interessiert.«

»Natürlich bist du das. Ein ramponiert aussehendes Auto, das sich jedem dicken Mercedes vor die Nase setzen kann, ist genau dein Stil. Komm doch mal vorbei und sieh es dir an. Ich hebe es für dich auf.«

»Danke, George.«

»Das war heute vielleicht ein komischer Tag«, äußerte er bereitwillig. »Heute früh rief die Polizei an und sagte, sie hätten einen massiv silbernen Weinkühler sichergestellt, der uns gestohlen worden war. Nicht antik zwar, aber doch ein sehr schönes Stück und reich verziert. Ich hatte schon gedacht, ich würde ihn nie wiedersehen. Ein junger Bursche, der mal bei mir als Mechaniker beschäftigt war, hat versucht, ihn an einen Antiquitätenhändler in der Portobello Road zu verkaufen. Aber der Händler schöpfte Verdacht, es könnte sich um Diebesgut handeln, und rief die Polizei.«

Tessas Sektkübel war Georges Weinkühler, stellte ich fest. So war es auch mit vielen anderen Dingen. Sie hatten so wenig gemeinsam, daß es ein Wunder war, daß sie überhaupt geheiratet hatten. »Du hast Glück gehabt, ihn zurückzubekommen.«

Er warf einen letzten stolzen Blick auf seine neue Wohnung, bevor er die Tür zweimal abschloß und dann auch noch das Sicherheitsschloß versperrte. »Der Junge hat angenommen, es sei nur versilbertes Metall. Er hat nicht erkannt, daß es massives Silber war. Dumm, was? Das würde doch jeden mißtrauisch machen. Er war ein guter Arbeiter, dieser Junge, erst neunzehn Jahre alt, aber ich habe ihm auch einen guten Lohn gezahlt. Eigenartige Sache, jemandem etwas aus der Wohnung zu stehlen. Findest du nicht auch?«

»Ja, das ist es.«

Aber George diskutierte mehr mit sich selbst. »Andererseits habe ich ihn doch auch in Versuchung geführt, nicht? Ich habe ihn in ein Haus geladen, wo so viele wertvolle Dinge zur Schau gestellt sind. Mich trifft eine gewisse Mitschuld. Das habe ich dem Polizeibeamten auch gesagt.«

»Und wie hat er reagiert?«

»Er sagte, er könne sich nicht auch noch auf eine Diskussion über Ethik und Moral einlassen. Er hätte bereits genug Schwierigkeiten, die Gesetze zu verstehen.« George lachte. »Kriminelle Handlungen sind ein Prozent Motivation und neunundneunzig Prozent Gelegenheit. Du hast das sicher schon von mir gehört, Bernard.«

»Es kommt mir bekannt vor«, sagte ich.

23

Die Vorstellung, wieder nach Mexiko fliegen zu müssen, war – selbst ohne Dicky – erschreckend. Ich wollte hier bleiben; mehr von den Kindern haben, mir den Bauch mit Hausmannskost vollschlagen und Mozart hören. Statt dessen standen für mich eine Reihe steriler Hotels auf dem Programm, »internationale Küche«, und *muzak*.

Ich kam vor Mitternacht nach Hause, nachdem ich noch einen angenehmen Abend mit George verbracht hatte. Er hatte sich weiter über das ausgelassen, was er als das richtige Auto für mich bezeichnete: »Schäbiges Äußeres, aber dafür jede Menge Power unter der Haube.« Entsprach das dem Bild, das sich George von mir machte, oder war es eine unterbewußte Reflexion seiner eigenen Unzulänglichkeiten?

Ich konnte nicht zu Bett gehen, bevor nicht der Bote mit meinen Flugtickets erschienen war. Mich selbst bemitleidend, schlenderte ich ins Kinderzimmer und blätterte in einem lustigen Buch, das Sally gehörte. »Wie fängt man einen Affen? – Häng dich mit dem Kopf nach unten an einen Baum und mache Geräusche wie eine Banane.« Und in Billys Buch mit Kinderversen fand ich einen von Kipling:

Fünf und zwanzig Ponies
traben durch das Dunkel –
Branntwein für den Pfarrer,
Tabak für den Schreiber;
Spitzen für 'ne Dame, Briefe für 'n Spitzel,
guck zur Wand, mein Kind, wenn sich die Herren nähern.

Und ich hatte versprochen, Batterien für sein Rennauto mit Fernsteuerung zu besorgen und Sallys Donald-Duck-Wecker zu reparieren. Ich hatte in diesem Jahr ihre beiden Geburtstage vergessen, und nun waren sie zu Tessas Cousine abgeschoben worden. Ich fühlte mich ihnen gegenüber schuldig, aber ich konnte mich nicht weigern, nach Mexiko zu fahren. Ich brauchte den Rückhalt der Abteilung.

Wenn ich der Abteilung ade sagte, hatte ich keinerlei Qualifikationen vorzuweisen, die mir anderswo ein vergleichbar gutes Gehalt einbringen würden. Die Abteilung würde mir keinen Job verschaffen. Im Gegenteil – da wären jene, die sagen würden, daß mein Abschied beweise, wie sehr ich in Fionas Aktivitäten verstrickt sei. Das war mir bei dieser Zusammenkunft mit Bret recht deutlich gemacht worden. Mir blieb keine andere Wahl, als mich als ein vorbildlicher Beamter der Abteilung zu erweisen, ein verläßlicher Profi, der solide Resultate lieferte, während es andere bei leerer Rhetorik bewenden ließen. Und wenn, während ich meine Arbeit unbeeinflußt von Abteilungsrücksichten erledigte und mich von jedem Verdacht befreite, dabei einige der Inkompetentesten in London unter die Räder gerieten, sollte mir das nur recht sein.

Es klingelte. 23.55 Uhr. Mein Gott, sie hatten sich wirklich Zeit gelassen. Allerdings hatte ich kein Motorrad nahen hören, und das war ungewöhnlich bei Zustellungen zu dieser Tageszeit. Eingedenk Werners düsteren Prophezeiungen über KGB-Schlägertrupps öffnete ich die Tür sehr vorsichtig und blieb in Deckung.

»Guten Abend, Mr. Samson. Was ist denn los?«

Es war Gloria Kent. »Nichts.«

»Sie haben einen Motorradboten erwartet. Stimmt's?«

Sie war verdammt schnell von Begriff. »So ist es.«

»Darf ich für einen Augenblick hereinkommen? Ich bin gerade auf dem Nachhauseweg von einem Freund.«

»Sie haben Ihren letzten Zug verpaßt«, sagte ich säuerlich. »Bitte treten Sie näher.«

Sie trug eine Pelzmütze und einen braunen, bis zum Hals zugeknöpften Wildledermantel mit großem Pelzkragen, und dazu einen goldfarbenen Schal. Der Mantel war figurbetont geschnitten und die Weite seines Saums so bemessen, daß man die glänzenden Lederstiefel nicht übersehen konnte. Ich registrierte das »McDouglas, Paris«-Etikett, als ich ihr den Mantel abnahm, um ihn aufzuhängen. Er war mit einem teuer aussehenden Pelz gefüttert. Das war kein Mantel, den man sich von ihrem Dienstgehalt leisten konnte.

Sie setzte sich, ohne dazu aufgefordert worden zu sein. Ihr Köfferchen behielt sie dicht neben sich. »Ich wollte mich bei Ihnen bedanken«, sagte sie.

»Wofür?«

»Daß Sie mich nicht in die Registratur zurückgeschickt haben und ich oben bleiben und Ihrer Sekretärin helfen darf. Ich hatte angenommen, Sie wären ärgerlich auf mich. Ich dachte, Sie wollten mich loswerden.«

»Ich konnte doch nicht zulassen, daß Sie unter meiner falschen Einschätzung zu leiden haben«, sagte ich.

Sie lächelte. »Hätten Sie vielleicht einen ganz kleinen Schluck von diesem köstlichen Cognac für mich, den ich beim letzten Mal hatte? Ich glaube, es war Martell.«

»Sicher.« Ich goß kleine Mengen in zwei Gläser und reichte ihr eins. »Haben Sie vielleicht Badeöl hier vergessen? Secret de Vénus?«

»Ich hatte es schon vermißt. Haben Sie es gefunden?«

»Meine Schwägerin.«

»Du meine Güte.« Gloria lachte; sie trank die Hälfte ihres Cognacs in einem Zug und mußte dann fast husten. »Es ist kalt heute abend«, stellte sie fest. Sie stellte das Glas ab und hob den Koffer auf ihre Knie. »Ich wollte Ihnen sagen, wie leid es mir tut, was geschehen ist. Ich fand, ich müßte den Schaden wiedergutmachen, den ich angerichtet habe.« Sie öffnete das Köfferchen. Es enthielt Männerunterhemden und -hosen, alle neu und in Klarsichtverpakkungen.

Ich würde nicht zulassen, daß sie zum zweiten Mal einen Narren aus mir machte. Ich fragte mich, ob nicht ein paar Mädchen aus dem Büro bei diesem Spaß mit von der Partie waren. »Sie sind nicht meine Größe«, fauchte ich.

Sie wirkte bestürzt. »Aber sie sind doch von ›Marks and Sparks‹, Baumwolle, groß. Das habe ich bemerkt, als ich sie... als ich sie zerschnippelte. Es tut mir entsetzlich leid, Mr. Samson. Es war so kindisch.«

»Wir waren beide kindisch«, sagte ich. Sie lächelte nicht, aber ich war mir ihrer noch immer nicht ganz sicher.

»Aber ich war es, die den Schaden angerichtet hat«, sagte sie.

»Ich habe mir bereits neue gekauft. Ich brauche sie nicht.«

»Daran habe ich auch schon gedacht. Aber ›Marks and Sparks‹ sind sehr entgegenkommend im Falle eines Umtausches. Sie geben einem unter Umständen sogar das Geld wieder...« Sie sah mir ins Gesicht, als sie einen großen Umschlag aus dem Köfferchen holte. »Hier sind Ihre Tickets für Mexiko und dreihundert Pfund in Travellerschecks. Die Tickets und die Schecks sind auf den Namen Samson ausgestellt, aber ich könnte sie gleich morgen früh ändern lassen, falls Sie unter einem anderen Namen reisen wollen. Falls Sie sie so benutzen wollen, sollten Sie die Schecks gleich unterschreiben. Die Kasse hat es nicht gern, sie blanko aus der Hand zu geben. Ihre Sekretärin war nicht ganz sicher, unter welchem Namen Sie reisen wollen. Sie sagte, derartige Informationen würden Sie gern für sich behalten.«

»Danke, Gloria. Samson ist in Ordnung.«

»Sie gestatten doch, daß ich die Sachen für Sie aufräume?« fragte sie. Sie stand auf, trank den Rest ihres Cognacs und ging auf die Treppe zu. Ich war dabei, nein zu sagen, aber da war sie bereits auf dem Weg.

Ich zuckte mit den Schultern.

Sie war etwa fünf Minuten oben, als ich ein heftiges Poltern hörte. Ich war der Meinung, sie habe den Fernseher neben dem Bett runtergestoßen, hastete die Treppe hinauf und stürmte ins Schlafzimmer. Es war dunkel, aber im Schein der Nachttischlampe sah ich Glorias Kleidung und seidene Unterwäsche im Zimmer verstreut. Gloria stand neben der anderen Seite des Bettes und war splitternackt. Gerade hatte sie den schweren Stuhl wieder aufgerichtet, den sie umgeworfen hatte. Nun stand sie da, die Hände in die Seiten gestemmt, als wäre sie dabei, mit ihrer Morgengymnastik zu beginnen. »Was, zum Teufel...?« sagte ich und schaltete auch die andere Nachttischlampe an.

»Es war die einzige Möglichkeit, die mir einfiel, dich hier heraufzulocken«, sagte sie. »Es wäre doch zu billig gewesen, dich einfach zu rufen.«

»Laß das, Gloria. Sagtest du nicht eben, du kämst gerade von deinem Freund?« Sie hatte eine hervorragende Figur, und es war mir unmöglich, sie nicht anzustarren.

»Es gibt gar keinen Freund. Das habe ich nur für den Fall behauptet, daß eine andere Frau bei dir sein sollte.«

»Wo ist der Witz?«

»Kein Witz. Ich möchte nur eine zweite Chance, nachdem ich die neulich nicht wahrgenommen habe. Ich habe darüber nachgedacht. Ich war albern.« Sie stieg ins Bett und zog sich die Decke bis zum Hals. Sie zitterte. »He, ist das Bett kalt! Hast du noch nie etwas von elektrischen Heizdecken gehört? Komm her und wärme mich.«

Ich zögerte.

»Kein Sicherheitsrisiko, Bernard. Ich bin durchleuchtet und für zuverlässig befunden worden.« Sie lächelte träumerisch und schüttelte den Kopf, so daß ihre Haare im Lampenlicht schimmerten. »Komm schon, *action man*. Im Büro heißt es, du seist impulsiv und instinktiv.« Sie mußte irgend etwas in meinem Gesicht gesehen haben, denn sie fügte schnell hinzu: »Nein, nein. Niemand im Büro weiß etwas. Deine Sekretärin glaubt, ich hätte die Tickets dem Boten gegeben. Es ist kein Scherz. Ich schwöre es.«

Sie war unwiderstehlich. Sie war so jung und ernsthaft. Ich zog mich aus. Sie sagte nichts, aber sie beobachtete mich lächelnd, um die Absurdität unserer Verrücktheit mit mir zu teilen. Als ich ins Bett stieg, streckte sie sich über mich, um die Nachttischlampe auszuschalten. Ich wollte sie; ich griff nach ihr.

Danach, sehr lange danach, ertappte ich mich dabei, wie ich auf den Nachttisch neben dem Bett starrte, das früher einmal meiner Frau gehört hatte. Aus der Diele fiel ein Lichtschimmer herein. Ich konnte die historische Abhandlung erkennen, bei der Fiona nie über Seite 30 hinausgekommen war, sowie einen Kamm und eine Schachtel Aspirin. Sie hatte sich morgens immer im Bett die Haare gekämmt, bevor sie aufstand. Es war fast eine Reflexbewegung gewesen, bevor sie ganz wach war.

»Schlaf nicht ein«, sagte Gloria.

»Ich war nie wacher.«

»Denkst du an deine Frau... deine Kinder?«

»Die Kinder sind nicht da.«

»Das weiß ich, du Dummkopf. Ich weiß doch alles über dich – jetzt, wo ich mit deiner Sekretärin zusammenarbeite.«

»Hast du etwa spioniert?« erkundigte ich mich mit gespielter Ernsthaftigkeit.

»Natürlich. Das ist doch unser Geschäft, oder?«

»Nicht untereinander«, sagte ich.

»Manchmal schon«, korrigierte sie mich.

»Ja, bisweilen auch das«, räumte ich ein.

»Ich wünschte, du würdest mir vertrauen.«

»Warum?«

»Weil ich dich liebe«, sagte sie.

»Ich bin alt genug, daß ich dein Vater sein könnte.«

»Was hat das denn mit Liebe zu tun?«

»Daraus würde nie etwas werden; du und ich... es könnte nie etwas Ernstes daraus werden, Gloria.«

»Verabscheust du den Namen – Gloria?«

»Nein, natürlich nicht.«

»Du sprichst ihn aus, als würdest du ihn hassen. Meine Familie nennt mich Su. Das ist die Kurzform für Zsuzsa.«

»Nun, Su, ich hab nichts gegen den Namen Gloria...«

Sie lachte, umarmte mich und senkte den Kopf, um mich in

gespieltem Ärger in die Schulter zu beißen. Plötzlich wurde sie ernst, strich über die blaugestreifte Bettdecke und sagte: »Warst du in diesem Bett auch mit anderen Mädchen zusammen, seit deine Frau dich verlassen hat?«

Ich antwortete nicht.

»Das habe ich mir nicht klargemacht. Es war unbedacht von mir.«

»Nein, es ist gut. Ich kann nicht den Rest meines Lebens im Zölibat verbringen.«

»Du liebst sie immer noch?«

»Ich vermisse sie. Man lebt mit jemandem zusammen, man hat Kinder, man sieht sie aufwachsen. Man macht sich gemeinsam Sorgen, man teilt gute und schlechte Zeiten... sie ist ein Teil meines Lebens.«

»Glaubst du, sie wird zurückkommen?«

»Das ist etwas, über das wir nicht diskutieren sollten. Es ist ein offizielles Rundschreiben über sie im Büro herumgegangen. Das Verschwinden meiner Frau fällt inzwischen unter das Gesetz über Staatsgeheimnisse.«

»Ich sorge mich nicht um das Büro, Bernard. Ich sorge mich um dich...« Eine lange Pause. »Und um mich.«

»Sie wird nicht zurückkommen. Sie kommen nie zurück.«

»Du bist zornig«, sagte sie. »Du bist nicht traurig, du bist zornig. Es ist nicht der politische Verrat, es ist der persönliche Verrat, der dich so verbittert.«

»Unsinn«, sagte ich.

Ich konnte jetzt besser sehen, da sich meine Augen dem Dämmerlicht angepaßt hatten. Sie stützte sich auf ihren Ellenbogen, um mein Gesicht besser betrachten zu können. Die Bettdecke glitt ihr von den Schultern, und das Licht aus der Diele zeichnete die Umrisse ihres Körpers nach. »Es ist kein Unsinn. Deine Frau ist nicht übergelaufen, weil sie *Das Kapital* gelesen hat. Sie muß auf sehr enger Basis mit einem sowjetischen KGB-Beamten zusammengearbeitet haben. Und das über Jahre hinweg. Es war eine Aufgabe, eine Romanze, eine Verführung. Ganz gleich, wie züchtig die körperliche Beziehung zwischen ihnen war; deine Frau wurde verführt.«

»Es ist eine romantische Vorstellung, Su, aber es ist nicht gerade die Art und Weise, in der diese Dinge üblicherweise ablaufen.«

»Frauen haben persönliche Beziehungen. Sie verschenken ihre Treue nicht an abstrakte Begriffe, wie das Männer tun.«

»Du läßt es zu, daß deine Einbildungskraft mit dir durchgeht, weil dieser besondere sowjetische Agent eine Frau ist. Aber die meisten Spione sind Männer.«

»Die meisten Spione sind Homosexuelle«, sagte sie. Und das ließ mich innehalten. Viele von denen, die in der westlichen Gesellschaft spionierten, waren homosexuell – versteckt oder offen –, und es stimmte, daß das KGB auf regelmäßige oder gelegentliche persönliche Kontakte angewiesen war. Unsere Leute im Osten konnten sich nicht so frei bewegen, und persönliche Kontakte waren auf Notfälle beschränkt.

»Homosexuelle sind die geselligsten aller unsteten Elemente der westlichen Gesellschaft«, sagte ich glatt.

»Promiscue, meinst du. Heute mit dem Minister, morgen mit dem Laboranten. Ist es das, was du meinst?«

»Das ist es, was ich meine.«

»Ich kann nur hoffen, daß du mich nicht für promiscue hältst«, sagte sie und ging vom Allgemeinen zum Persönlichen über, wie das Frauen so häufig tun.

»Bist du es denn nicht?«

»Sei nicht so eklig, Liebling. Woran denkst du?«

Ich dachte an das, was Stinnes dem unbeholfenen Pawel Moskwin in Biedermanns leerem Strandhaus in Mexiko erzählt hatte. »Während wir noch in der Verführungsphase sind, möchtest du zur Vergewaltigung übergehen«, hatte er gesagt. Bei mehr als einer Gelegenheit hatte ich mich ähnlicher Worte bedient. Ich hatte Dicky vorgehalten, daß Stinnes nicht gewonnen, sondern abgeworben werden müsse. Das Gewinnen sei eine Verführung, hatte ich gesagt, Abwerbung aber eine Scheidung. Man gewinnt einen Agenten, indem man dem Unschuldigen eine glorreiche Zukunft vorgaukelt. Aber ein feindlicher Agent wie Stinnes ist für Romanzen nicht empfänglich. Den holt man herüber mit Versprechungen eines Hauses, eines Autos, von Unterhaltszahlungen. »An nichts«, erwiderte ich.

»Du kannst so abwesend sein«, sagte sie plötzlich. »Du vermittelst mir das Gefühl, ich sei gar nicht mehr vorhanden oder nötig.«

»Entschuldige bitte«, sagte ich und zog sie eng an mich. Ihr Körper war kalt, als sie sich an mich schmiegte, und ich zog die Bettdecke fast über unsere Gesichter. Sie küßte mich. »Du bist hier. Ich brauche dich«, sagte ich.

»Ich liebe dich, Bernard. Ich weiß, daß du mich für unreif hältst, aber ich liebe dich sehr.«

»Ich halte dich für sehr reif«, sagte ich und liebkoste sie.

»Oh ja«, sagte sie verträumt. Und dann, als wäre ihr der Gedanke ganz plötzlich gekommen, sagte sie: »Du wirst mich doch nicht vor den Kindern verstecken, oder?«

»Nein, das werde ich nicht.«

»Versprochen?«

»Selbstverständlich.«

»Ich kann gut mit Kindern umgehen.«

»Du kannst auch gut mit Erwachsenen umgehen«, sagte ich.

»Oh, ja«, sagte sie. Sie kuschelte sich ins Bett und umarmte mich. Ich hielt mich so lange wach wie möglich. Ich hatte Angst, daß ich nach dem Einschlafen wieder einen dieser Alpträume über MacKenzie bekommen und schreiend und schweißgebadet aufwachen würde, wie mir das schon zwei- oder dreimal passiert war. Aber schließlich schlief ich ein. Ich träumte überhaupt nicht. Gloria tat mir gut.

24

Als ich aus dem Flugzeug in die Hitze Mexico Citys trat, kam ich mir vor wie in einer Sauna. Ich traf an einem besonders schlimmen Tag ein. Luftfeuchtigkeit und Temperatur hatten wahre Rekordhöhen erreicht. Wie in einer Stadt, die unter Artilleriebeschuß lag, hallten die dampfenden Straßen vom stetigen Grollen eines fernen Donners wider. Mächtige, schwere, dunkle Wolken hingen über den Bergen, ohne daß es aber zu den vorhergesagten Gewittern kam. So eine Wetterlage zerrte sogar an den Nerven der an das Klima gewöhnten Einwohner, und die Polizeistatistiken wiesen ein sprunghaftes Ansteigen der Kriminalität aus, das nicht anders als jahreszeitlich erklärbar war.

»Ich muß mit Stinnes sprechen«, sagte ich zu Werner. »Ich muß ihm Auge in Auge gegenüberstehen.« Wir befanden uns in dem Apartment, das Zenas Onkel gehörte. Die »Bruch«-Liste über dem Telefon war inzwischen beträchtlich länger geworden. Vielleicht auch ein Indiz dafür, daß das schwüle Wetter jedermann kribbelig machte. Ich zögerte, mich aus der Nähe der Klimaanlage zu entfernen, obwohl die dort ausströmende Luft auch warm und das Geräusch des Motors so laut war, daß ich kaum verstand, was Werner sagte. Ich legte die Hand ans Ohr.

»Er wird am Freitag bereit sein«, sagte Werner mit erhobener Stimme, denn er sagte es bereits zum zweiten Mal. »Genau wie London verlangt hat. Freitag; nicht früher, nicht später.« Selbst Werner, dem hohe Temperaturen sonst nichts auszumachen schienen, hatte schließlich vor der schwülen Hitze kapituliert. Er hatte sich seines Oberhemds entledigt und trank unentwegt eisgekühlte Limonade. Ich hatte ihm zwar gesagt, daß das auch nicht viel helfen würde, aber Werner blieb dabei. Er konnte manchmal recht uneinsichtig sein.

»London wird die Auszahlung einer so hohen Summe nicht genehmigen, falls nicht jemand vor Ort den Empfänger identifiziert«, sagte ich. »Und derjenige vor Ort bin ich.«

Zena betrat den Raum. Sie brachte noch mehr eisgekühlte Limonade an. »Seine Botschaft hat die Bewegungsfreiheit all ihrer Leute stark eingeschränkt. Er kann da nicht mehr ein- und ausgehen wie zuvor«, sagte sie.

»Das kann ich kaum glauben«, erwiderte ich. »Stinnes ist KGB-Offizier. Er braucht sich um nichts zu kümmern, was die Botschaft sagt; er kann dem Botschafter raten, sich einsargen zu lassen.«

Zena interpretierte meinen Einwand als Zeichen von Nervosität. »Es wird schon klappen«, sagte sie und lächelte mich so gönnerhaft an, wie sie das Werner gegenüber häufig tat.

»Es wird nicht klappen«, sagte ich. »London wird die Auszahlung nicht genehmigen... nicht in dieser Höhe.«

»Dann sagen Sie London eben, daß sie es genehmigen sollen.«

»Mein Verhältnis zu London ist nicht so gut, daß sie meine Anordnungen bereitwilligst befolgen«, erklärte ich. »Sie werden Antworten auf ein paar Fragen haben wollen.«

»Was für Fragen?« erkundigte sich Werner.

»Sie werden wissen wollen, warum Stinnes so wild darauf ist, das Geld vorweg haben zu wollen.«

»Warum nicht?« fragte Zena, die überrascht wäre, wenn jemand sein Geld auf eine andere Art würde haben wollen.

»Warum diese Eile?« wollte ich wissen. »Warum will Stinnes nicht warten, bis er in Großbritannien ist? Was will denn Stinnes in Mexico City mit einem Koffer voller Pfundnoten?«

»Amerikanische Dollarnoten«, sagte Zena. »Das hat er verlangt; gebrauchte Hundertdollarnoten.«

Zenas Verhalten verärgerte mich, und ich blaffte sie an. »Gold – Sovereigns, Zlotys, Haifischzähne oder Kaurimuscheln – was macht das für einen Unterschied?« fragte ich. »Warum sollte man einen Koffer mit Bargeld durch diese windige Stadt schleppen wollen? Warum denn keine Banküberweisung oder ein Kreditbrief oder selbst eine Schuldverschreibung?«

»Ich frage mich, ob Erich an Sovereigns gedacht hat«, sagte Zena. »Wissen Sie, ich glaube fast, daß er Sovereigns oder sogar Krügerrands gegenüber amerikanischem Papiergeld bevorzugt hätte. Wie schwer wäre die Summe in Gold?«

Ich ging auf ihre Frage gar nicht ein. »Für welche Art von Zahlungsmittel er sich auch entschieden hat – er wird es auf jeden Fall bei sich haben wollen, wenn's losgeht, oder nicht? Und wenn wir schlechte Absichten hätten, könnten wir es ihm leicht wieder abnehmen. Ich verstehe nicht, was in seinem Kopf vorgeht.«

»Ich denke nicht, daß er das Geld bei sich haben wird«, sagte Zena ganz beiläufig, als frage sie sich, ob das Gewitter endlich kommen und der Regen die Straßen abkühlen würde. »Erich ist clever. Er wird es irgendwo verstecken, wo niemand herankann.«

»Tatsächlich?« fragte ich.

»Das würde ich jedenfalls tun«, sagte Zena.

»Husch rein in die Bank und es dem Kassierer in die Hand drücken, wie?« fragte ich spöttisch.

Sie biß an. »Oder es jemandem geben, dem er vertraut«, sagte sie.

Ich lachte. »Er gibt also sein Geld jemandem, dem er vertraut, liefert seinen Körper aber Leuten aus, denen er nicht traut? Ich würde sagen, daß jeder, der nach dieser Logik verfährt, einfach schwachsinnig ist.« Ich sah sie an, um herauszubekommen, warum sie sich in bezug auf Stinnes' Überlegungen so sicher sein konnte. Es gab keinen Zweifel, daß sie großen Einfluß auf ihn hatte. Nun begann ich mich zu fragen, ob Zena daran dachte, ihn an uns auszuliefern und ihm dann das Geld abzuluchsen. Armer Erich Stinnes.

»Das glaube ich gern«, sagte sie hoheitsvoll. »Das liegt einfach daran, daß Sie jetzt, da Ihre Frau Sie verlassen hat, kein Vertrauen zu nichts und niemand mehr haben. Aber es gibt noch vertrauenswürdige Menschen in dieser Welt.«

»Ja«, sagte ich. »Es gibt vertrauenswürdige Menschen in dieser Welt, aber da muß man schon recht unangenehme Risiken auf sich nehmen, um herauszufinden, wer sie sind.«

Sie lächelte, als würde sie mich bedauern, und sagte mit unverhüllter Ironie: »Das Leben ist schon hart, nicht? Man muß das riskieren, was man braucht, um zu bekommen, was man will.« Sie räumte die Kaffeetassen ab und stellte sie mit mehr Geschepper als nötig aufs Tablett. »Ich werde jetzt gehen, Werner«, sagte sie, als würde sie mich durch die Hinzufügung seines Namens von dieser Information ausschließen.

»Ja, Liebling«, sagte Werner.

»Auf Wiedersehen, Frau Volkmann«, sagte ich. »Es war nett, mit Ihnen zu plaudern.« Sie starrte mich an. Sie wußte, daß ich lediglich mit Werner in das Apartment gekommen war, weil ich wußte, daß sie eine Verabredung hatte.

»Ich wünschte – Zena und du – ihr würdet besser miteinander auskommen«, sagte Werner, nachdem sie gegangen war.

»Du meinst, du wünschst, ich wäre höflicher zu ihr.«

»Sie ist vielleicht nicht gerade der umgänglichste Mensch«, stellte Werner fest, »aber du scheinst immer nur die falschen Dinge zu ihr zu sagen.«

»Hast du die Kanone für mich, Werner?«

»Es war nicht leicht.« Ich folgte ihm hinüber zu dem großen Bücherschrank, in dem das Porzellan zur Schau gestellt war. Er öffnete eine verschlossene Schublade, griff hinein und tastete hinter den in Tücher gewickelten Silberbestecken nach einem 38er Colt Detective Special. Er gab ihn mir. Ich nahm ihn aus dem feinen handgearbeiteten Lederhalfter und untersuchte ihn. Die Nickeloberfläche war fast abgewetzt; er mußte ein Vierteljahrhundert alt sein. In jüngerer Zeit war der Bolzen mit einer Ummantelung versehen worden, um zu verhindern, daß sich jemand versehentlich ein Loch in den Fuß schoß. »Ich wußte, du wolltest eine kleine Automatik mit Schalldämpfer, aber das war alles, was ich in der Kürze der Zeit auftreiben konnte«, entschuldige sich Werner.

»Ist schon gut«, sagte ich. Ich versuchte, etwas Nettes darüber zu sagen – etwas, das nicht von seinem unwahrscheinlichen Spürsinn für antike Stücke handeln sollte. »Bei diesen Stahlrahmenwaffen wird man leichter mit dem Rückstoß fertig als bei den kurzläufigen. Ich will ja nur damit ein bißchen herumfuchteln, falls Stinnes seine Meinung ändern sollte.«

»Ich habe nur eine Schachtel Patronen. Aber sie sind nicht allzu altertümlich.«

»Dieser Stinnes. Ich habe da so ein komisches Gefühl, Werner«, sagte ich und steckte die Waffe, die ein ganz schönes Gewicht hatte, links in meinen Hosenbund und die Patronen zum Ausgleich in meine rechte Tasche. »Es kommt mir fast so vor, als wollte Zena verhindern, daß ich mich mit ihm treffe.«

»Sie hat da eine Art Beschützerrolle übernommen. Sie denkt, die Londoner Zentrale sei darauf aus, jedermann zu behumsen. Und, ehrlich gesagt, Bernie, du trägst nicht allzuviel dazu bei, ihr Mißtrauen abzubauen.«

»Und wie steht es mit dir?« fragte ich. »Teilst du dieses Mißtrauen?«

»Hättest *du* Stinnes das Geld versprochen, wäre ich sicher, daß er es auch bekommt. Aber dich halten sie doch aus allem raus, oder?«

»Sie werden das Geld bald schicken müssen. Sie werden dafür sorgen müssen, daß es bis zum Freitag hier ist, sonst können sie nicht damit rechnen, daß ich ihn ins Flugzeug bekomme.«

Werner rieb sich mit dem Zeigefinger die Nase. »Nun, ich bin mir gar nicht sicher, ob London das Geld schicken wird«, sagte er.

»Was willst du damit andeuten, Werner?«

»Dein Freund Henry Tiptree ist in der Stadt. Um wieviel wollen wir wetten, daß er damit beauftragt ist, die Zahlung abzuwickeln? Sie werden dich da raushalten, Bernard.«

»Tiptree? Woher weißt du das?«

»Ich weiß es eben«, sagte Werner. »Und vielleicht ist es auch ganz gut so. Laß ihn doch seine geheimen Spielchen treiben, wenn London das so will. Es stimmt schon, was du vorhin gesagt hast, Bernie. Es ist verdammt gefährlich, mit einem Sack Bargeld durch diese Stadt zu laufen. Es gibt eine Menge Leute hier, die dich für fünfzig Centavos abstechen würden. Jede Menge.«

»Aber ich verstehe immer noch nicht, warum Zena so sehr darauf aus ist, meine Begegnung mit Stinnes zu verhindern«, sagte ich. »Wir können doch mit dieser albernen Prozedur nicht so weitermachen, daß ich mit dir und Zena spreche und ihr mir dann Botschaften von Stinnes überbringt. Am Anfang war das gut und schön, aber jetzt wird die Zeit knapp.«

»Was macht das schon für einen Unterschied?« fragte Werner. »Ob du mit ihm sprichst, ob ich mit ihm spreche oder ob Zena mit ihm spricht. Wo liegt der Unterschied?«

»Wenn Stinnes im letzten Moment einen Rückzieher macht, oder wenn es da irgendeine andere Art Tohuwabohu gibt... und es ist durchaus möglich, daß etwas schiefläuft... dann hätte ich es lieber, das wäre auf meine Fehler zurückzuführen statt auf eure.«

»Es wird schon gut gehen«, sagte Werner. »Aber Erich ist sehr nervös. Er hat Feinde in seinem Büro; es ist gefährlich für ihn.«

Er war jetzt für beide Volkmanns »Erich«. Mir gefiel das nicht, es war zu persönlich. Es war besser, in dieser Art von Geschäften eine Arzt-Patient-Beziehung zueinander zu unterhalten – nur für den Fall, daß es ungemütlich wird. »Daran hätte er denken sollen, als er sich noch nicht entschieden hatte«, sagte ich.

»Es ist ein großer Schritt, Bernie«, sagte Werner.

»Ja, das ist es«, sagte ich und ging hinüber zur Klimaanlage und hielt die Hand an die Austrittsschlitze, aber die Luft war noch immer nicht kühler.

»Sie macht jede Menge Getöse, funktioniert aber nicht besonders gut«, erklärte Werner. »Die Mexikaner nennen sie deshalb auch ›politico‹.«

»Und falls ich London schließlich über ein Tohuwabohu berichten muß, werden sie doch fragen, warum ich denn nicht darauf bestanden habe, Stinnes persönlich zu sehen.«

»Erich weiß, was auf dem Spiel steht«, sagte Werner. »Er ist ein erfahrener Agent. Alles wird so ablaufen, als würden wir es machen. Wir werden schon dafür sorgen, daß die Sache klappt, nicht wahr?«

»Er sollte besser auch dazu beitragen«, sagte ich. »Er wird wohl kaum in der Lage sein, in die Botschaft zurückzukehren und zu sagen, er habe sich alles noch einmal überlegt.«

»Warum eigentlich nicht?« fragte Werner. »So was ist schon vorgekommen. Ich dachte, deshalb sei man in London so darauf bedacht, ihn in eine Maschine zu verfrachten und auszufliegen.«

»London hat an so etwas gedacht«, sagte ich. »Sobald sie das Fernschreiben bekommen, daß wir Stinnes haben, werden sie an eine der Nachrichtenagenturen durchsickern lassen, daß wir einen hochrangigen KGB-Überläufer haben, der uns bereits seit ein paar Jahren Informationen geliefert hat. Und der auserwählte Reporter wird sogar über ein paar Details informiert sein, die der gute, alte Stinnes ausgeplaudert haben soll.«

Werners Unterhemd klebte ihm mittlerweile am Körper. »Erich Stinnes hat doch noch nie etwas nach London geliefert?«

»Was ziehst du also für einen Schluß daraus?«

»Ich denke, daß ihn die Londoner Zentrale so in den Schmutz zieht, daß er es gar nicht wagt, jemals wieder an Rückkehr zu denken.«

»Phantastisch, Werner«, sagte ich mit spöttischer Bewunderung. »Du hast es auf Anhieb erraten. Aber laß Stinnes um Himmels willen keinen Wind davon bekommen.«

»Wer ist denn mit dieser häßlichen kleinen Idee angekommen? Bret Rensselaer?«

»Nun, wir wissen beide, daß es Dicky nicht gewesen sein kann«, sagte ich. »Dicky kommen nie irgendwelche Ideen.«

»Wo willst du dich mit Stinnes treffen?« fragte Werner.

»Ich muß ihn sehen«, sagte ich. »Von Angesicht zu Angesicht. Und rechtzeitig vor Freitag. Möglichst heute noch. Wenn er Zena vertrauen will oder irgendeinem anderen, so ist das seine Sache. Die Entscheidung kann ich ihm nicht abnehmen. Die Information über das Rendezvous am Freitag ist lediglich für ihn bestimmt, Werner.«

»Du willst Zena nicht dabeihaben, nicht? Willst du auch mich raushalten?«

»Du hast deinen Teil getan, Zena auch. Wir wollen sehen, daß wir es hinter uns bringen. Ich möchte raus aus dieser Stadt. Der Regen und die Hitze... und der Gestank. Das ist nicht gerade meine Vorstellung von Urlaub.«

»Zenas Onkel und Tante kommen am Wochenende aus den Ferien zurück, also werden wir abfahren. Aber es wird mir nicht leid tun«, sagte Werner. »Nie wieder werde ich mich über das Wetter in Berlin beschweren – nach dieser verdammten Schwüle hier. Dreimal war jemand da und hat nach der Klimaanlage gesehen. Sie haben behauptet, das Ding würde hervorragend funktionieren, nur wäre es einfach draußen zu heiß, als daß die Maschine damit fertig werden könnte.«

Ich sah ihn an und nickte.

»Okay«, meinte Werner. »Ich bringe dich mit Erich Stinnes zusammen. Er wird gegen sechs anrufen. Ich bringe ihn an jeden Ort, wo du ihn hinhaben willst.«

»Es muß ein Treffpunkt sein, wo wir sicher sind. Angels Reparaturwerkstatt zum Beispiel; diese Autowerkstatt da draußen in der Nähe des Schreins von Guadalupe. Erinnerst du dich? Das Haus ist leuchtend rot und gelb gestrichen.«

»Wann?«

»Fahre direkt hinein, durch die Werkstatt und hinten auf den Hof hinaus. Ich werde dort parken. Oh, sagen wir um sieben Uhr.«

»Ich werde da sein.«

»Ohne Zena«, sagte ich.

Werner trank eine Schluck Limonade. »Ich habe sie nie zuvor so erlebt«, sagte er bekümmert. »Sie mag Erich wirklich gern. Sie macht sich Sorgen um ihn.«

»Halte sie da raus, Werner.«

»Bernie. Du glaubst doch nicht, Zena könnte in Erich Stinnes vernarrt sein, oder?«

»Du kennst sie besser als ich«, sagte ich, um die Frage zu umgehen. Oder, besser gesagt, um die Antwort zu vermeiden, da ich nur eine Sache kannte, in die Zena vernarrt war, Geld. Und Erich Stinnes war dabei, das hübsche Sümmchen von einer Viertelmillion Dollar entgegenzunehmen.

»Ob ich sie kenne?« fragte Werner, als würde er es bezweifeln. »Den Menschen, den man liebt, sieht man doch nur durch eine getönte Brille. Manchmal erwarte ich einfach zuviel von ihr. Ich liebe sie. Ich würde ihr die Kronjuwelen geben.«

»Die Kronjuwelen würden ihr behagen, Werner.«

Er lächelte schwach. »Ich liebe sie sehr; das weißt du. Du bist mein Freund; du kannst das besser erkennen als ich.«

»Es lohnt sich nicht, mich über Zena zu befragen«, sagte ich.

»Es lohnt sich nicht, von mir zu erwarten, daß ich jemals irgendeine Frau verstehen werde. Und was Zena gegenüber Erich Stinnes empfindet – ich glaube, es gibt keine sehr große Chance, daß einer von uns beiden das jemals herausfindet. Allerdings hätte ich angenommen, daß sie Russen haßt.«

»Sie spricht sehr viel von ihm. Sie hat eines der Paßfotos behalten, die er dir geschickt hat. Sie bewahrt es zwischen den Seiten ihres Passes auf. Ich habe gesehen, wie sie es rausnahm, bevor wir durch die Paßkontrolle hier auf dem Flughafen gegangen sind.«

»Das hat doch nichts Besonderes zu bedeuten«, sagte ich.

»Wenn sie mit Stinnes durchbrennt, sterbe ich«, sagte Werner.

»Sie wird nicht mit Stinnes durchbrennen«, sagte ich. »Und selbst wenn dieser unwahrscheinliche Umstand doch eintreten sollte, wirst du daran nicht sterben, Werner. Du wirst dich zwar hundeelend fühlen, aber du wirst es überleben.« Ich war versucht, Werner zu packen und solange zu schütteln, bis diese verzagte Stimmung von ihm abfiel. Aber ich wußte, daß das nicht funktionieren würde.

»Als wir diesmal Berlin verlassen haben, hat sie ihren Schmuck zu ihrer Schwester gebracht.«

Scheiße, dachte ich, nun sag bloß, es gibt doch noch eine andere Zena. Aber laut sagte ich: »Hat sie denn viel Schmuck?«

»Eine ganze Menge. Ein paar Diamantringe, eine dreireihige Perlenkette, ein Platinarmband mit großen Diamanten. Und dann ist da eine schwere, goldene Halskette, die mich fast zehntausend Mark gekostet hat. Und die Dinge von ihrer Mutter; Ohrgehänge, eine Uhr mit Diamanten und Perlen. Sie liebt Schmuck. Du mußt ihn doch schon an ihr gesehen haben.«

»Vielleicht«, sagte ich. »Aber ich habe nicht darauf geachtet.«

»Sie hat ihn zu ihrer Schwester gebracht.«

»Sie hatte wohl Angst vor Einbrechern?« fragte ich.

»Sie läßt ihn nie in der Wohnung, wenn wir fort sind.«

»Na, siehst du. Es hätte doch wenig Sinn gehabt, ihn mit nach Mexiko zu nehmen. Das hätte eventuell doch nur eine Auseinandersetzung mit dem Zoll heraufbeschworen; und ihn wieder auszuführen hätte sich sicherlich noch viel schwieriger gestaltet.«

»Aber normalerweise bittet sie mich darum, ihn in meinem Bankschließfach zu deponieren. Diesmal hat sie ihn zu ihrer Schwester gebracht.«

»Du kannst sie doch jederzeit danach fragen«, sagte ich und suchte nach einer Möglichkeit, das Thema zu wechseln.

»Das habe ich getan«, sagte Werner. »Sie sagte, ihre Schwester könnte ihn vielleicht während ihrer Abwesenheit tragen.«

»Na bitte. Das ist die Erklärung.«

»Aber ihre Schwester geht nirgendwohin, wo sie das Zeug hätte tragen können.«

»Was denkst du denn, aus welchem Grund sie den Schmuck zu ihrer Schwester gebracht hat?«

»Wenn Zena mit Erich Stinnes auf und davon will, wäre das eine gute Lösung. Sie liebt diesen Schmuck mehr als alles andere auf der Welt.«

»Es wäre besser, wenn sie nicht ganz genau weiß, was sich am Freitag abspielt«, sagte ich.

»Du meinst, ich soll mich weigern, es ihr zu erzählen?« Ich sah, daß er den Kampf vor sich sah, der ihm da bevorstand.

»Noch besser wäre es allerdings, wenn keiner von euch beiden Bescheid wüßte«, sagte ich.

»Sie wird sich mit meiner Weigerung nicht zufriedengeben«, sagte Werner. »Zena hat das alles von Anfang an verfolgt, und sie wird auch beim Finale dabei sein wollen.«

»Wir werden uns etwas einfallen lassen, was wir ihr erzählen«, sagte ich. »Woher weißt du übrigens, daß Henry Tiptree angekommen ist?«

»Er hat mich angerufen. Er hat mir jede Menge Schmeicheleinheiten über meinen angeblich so guten Ruf verpaßt. Dann verabredete er ein Treffen. Er sagte, er wolle von meinen Kenntnissen profitieren. Aber er rief dann später noch einmal an und sagte das Treffen ab. Er würde sich noch einmal melden, sagte er.«

»Warum hat er abgesagt?«

»Ich kann dir nicht sagen, warum. Zena hat den Anruf entgegengenommen. Soweit ich weiß, hat er keinen besonderen Grund genannt. Zena sagte, er habe nur angerufen, um das Treffen abzusagen.« Ich nickte. »Sag Zena nichts von der Kanone«, sagte Werner. »Sie haßt Waffen.«

Zena hatte also mit Tiptree gesprochen. Oder er hatte mit ihr gesprochen. In beiden Fällen lief es auf dasselbe hinaus. Und beide Variationen gefielen mir nicht. Mir gefiel auch die Art nicht, wie sie Werner ausgebootet hatten. Sie waren schon ein feines Gespann: die bedenkenlose kleine Zena und Tiptree, der ehrgeizige Diplomat, der sich seine Sporen in Geheimdiensttätigkeit à la James Bond zu verdienen suchte. Sie waren Amateure. Amateure halten die Augen auf das Ziel gerichtet, statt über ihre Schulter zu blicken.

25

Man halte Ausschau nach der *taquería*, deren offenes Feuer ständig raucht und vor der eine Menschenschlange auf frische *taquería* wartet. Gegenüber, auf der anderen Straßenseite, stehen die Busse, die die Pilger zum Schrein von Guadalupe bringen, Busse in jeder Form, Größe und Farbe. Riesige Ungetüme mit Klimaanlagen, die Gäste aus den großen Hotels im Stadtzentrum herbringen, alte Klapperkisten, die Pilger von jenseits der Berge herankarren. Aber die Leute, die nach *tacos* Schlange stehen, sind nicht alles Besucher des Schreins, es sind auch Einheimische darunter.

Neben der verräucherten *taquería* liegt der Ort, an dem ich mich mit Stinnes treffen wollte. Es ist ein großes, schuppenähnliches Gebäude mit baufälliger Front. Quer über den leuchtendroten Vorbau ist mit blutroten, ungelenken Lettern »Angel – Auto- und Karosseriewerkstatt« geschrieben. Drinnen wird an Lastwagen und Autos immer emsig geschraubt, gehämmert, und ständig blitzen Lichter auf und ist das unaufhörliche Zischen der Schweißgeräte zu hören. Für erfahrene Automechaniker herrscht in Mexiko kein Mangel an Arbeit. Ich war früh da, durchfuhr die Werkstatt und parkte hinten auf dem Hof. Angel Morales, ein kleiner Mann mit kummervollen Augen, dunkler Haut und einem sorgfältig getrimmten Schnurrbart, kam heraus, um nachzusehen, wer da war. »Ich treffe mich hier mit jemandem, Angel«, sagte ich. »Es ist geschäftlich.« Ich gab ihm einen Umschlag mit Geld.

Angel nickte düster. Angel war der Freund eines Freundes, aber wir hatten die Dinge gleich zu Beginn unserer Bekanntschaft auf eine ordentliche Geschäftsgrundlage gestellt. Die Werkstatt war besser als eines der »Sicheren Häuser«, die mir die SIS-Leute der Botschaft zu Verfügung stellen würden. Er nahm den Umschlag und steckte ihn in die Tasche seines ölverschmierten Overalls, ohne einen Blick hineinzuwerfen. »Ich möchte keinen Ärger«, sagte Angel. Das mußten die einzigen englischen Wörter sein, die Angel kannte, denn diesen Satz hatte er auch bei unseren beiden vorangegangenen Begegnungen gesagt.

»Es wird keinen Ärger geben, Angel«, sagte ich und schenkte ihm eines dieser breiten Lächeln, die ich auf den Gesichtern sorgloser Männer mit unbeschwerten Gemütern gesehen hatte.

Er nickte und ging zurück, um einen indianischen Jungen anzuschreien, der gerade irgendwas verbockt hatte.

Sie waren auf die Minute pünktlich. Stinnes saß selbst am Lenkrad des Wagens. Er stoppte ihn auf dem Hof, stieg aus, ließ aber den Motor weiterlaufen. Werner rutschte auf den Fahrersitz hinüber, wartete gerade lange genug, bis Stinnes auf dem Hof stand, und winkte kurz mit der Hand, bevor er zurücksetzte und dabei mit der hinteren Stoßstange die Mauer touchierte. Mit einem verlegenen Grinsen legte er den ersten Gang ein, beschleunigte und schoß davon. Es war vereinbart, daß Werner in einer halben Stunde mit dem Wagen zurück sein sollte. Ich fragte mich, ob er verärgert darüber sein könnte, von diesem Treffen ausgeschlossen zu sein. Doch dann gab ich diesen Gedanken auf. Werner war zu sehr Profi, um über so was verdrossen zu sein.

Stinnes trug einen grünen Tropenanzug, der durch häufiges Waschen viel an Farbe verloren hatte. Der Kragen seines weißen Hemdes war geschlossen, obwohl er keine Krawatte umhatte. Er vermittelte den Eindruck eines verschusselten Mannes, der sich in aller Hast angezogen hatte. Ich wußte jedoch, daß Stinnes keineswegs verschusselt war; vielmehr kennzeichnete die Art und Weise, wie er die Arrangements für seine Abwerbung hinausgezögert hatte, einen Menschen, der nichts überhastete. Stinnes war ernst, als er zu mir ins Auto stieg. »Ich hoffe, es ist nichts schiefgelaufen«, sagte er, nachdem die Begrüßung vorüber war.

»Welches Spiel spielen Sie, Erich?« fragte ich. »Das würde ich doch zu gern wissen.«

»Was gibt es denn für Spiele?«

»Sehr viele und sehr unterschiedliche«, sagte ich. »Da wäre zum Beispiel das Moskau-Spiel, bei dem Sie uns an der Nase herumführen und sich ohne Dank verabschieden.«

»Ich kenne nur das Bernard-Samson-Spiel«, entgegnete er. »Ich halte mich an Ihren Vorschlag. Ich bekomme das Geld, muß ein paar Monate Befragungen über mich ergehen lassen und setze mich gemütlich zur Ruhe.«

»Wie wäre es mit dem Erich-Stinnes-Spiel, genannt Mexiko-Poker? Sie schnappen sich das Geld, hauen ab und sind verschwunden?«

»Sie würden schon einen Weg finden, um das zu verhindern. Da bin ich ganz sicher. Schließlich ist das doch Ihr Job, oder?«

»Was haben Sie hinter meinem Rücken mit London abgesprochen, Erich?« wollte ich wissen.

»Das ist es, was Sie in Wirklichkeit verärgert; die Art und Weise, wie sich Ihre eigene Abteilung verhalten hat. Sie haben keinerlei Grund, sich über mich zu beklagen. Ich habe mich die ganze Zeit lang an mein Wort gehalten.«

»Sehr weit sind wir bislang nicht gekommen«, führte ich aus.

»Das London-Spiel, das ist es, was Sie nicht erwähnt haben«, sagte Stinnes.

Ich schwieg. Er versuchte, mich zu reizen. Er wollte sehen, was er aus mir herausbekommen konnte. Das war zu erwarten gewesen; genau so hätte ich mich in seinem Fall auch verhalten.

»Das London-Spiel...«, sagte Stinnes. »Sie nehmen die Schuld für alle ihre Fehler auf sich. Ist das vielleicht das London-Spiel, Mr. Samson?«

»Keine Ahnung«, sagte ich. Ich hatte dieses alberne Gespräch satt.

Aber Stinnes blieb beharrlich. »Wenn Sie verschwinden würden, hätte London doch einen bequemen Sündenbock für all seine Fehlschläge, nicht wahr?«

»Nein. Sie müßten sogar eine ganze Menge Erklärungen abgeben«, sagte ich mit aller Bravour, die ich aufbringen konnte.

»Nicht, wenn das Geld mit Ihnen verschwindet.«

»Was wollen Sie mir da eigentlich weismachen, Erich?« Ich ging es ganz locker an und versuchte so zu tun, als fände ich seine Überlegungen amüsant. »Daß London mich ermorden und das Geld verschwinden lassen würde, um dann zu sagen, ich sei schon jahrelang für das KGB tätig gewesen?«

Er lächelte, gab aber keine Antwort.

»Und wie passen Sie in dieses Bild? Ich tot. Geld weg. Stinnes wo?«

»Ich werde mich an meine Vereinbarung halten. Das habe ich Ihnen schon gesagt. Haben Sie irgendeinen Anlaß zum Zweifel?« Ich folgte Stinnes' Blick. Am Ende des Hofes stieg der Erdboden leicht an. Ein Jugendlicher in ausgeblichenen Jeans und mit purpurfarbenem T-Shirt stand auf einer schmutzigweißen Mauer und sprayte einen Slogan an die hohe Stuckwand: *»La revolución no tiene fronteras* – die Revolution hat keine Grenzen.« Das war überall in Mittelamerika zu sehen, überall da, wo sie sich Farbe leisten konnten.

»Wir sind immer noch auf verschiedenen Seiten, Erich. Am Freitag werden wir uns unter anderen Umständen wiedersehen. Aber bis dahin werde ich Sie mit größtem Mißtrauen behandeln.«

Er wandte den Kopf, um mich anzusehen. »Selbstverständlich. Vielleicht erwarten Sie von mir eine Geste guten Willens? Wollen Sie das damit andeuten?«

»Es würde meine Moral heben.«

»Diese spezielle Geste guten Willens vielleicht nicht«, sagte Stinnes. Er griff in die Tasche und holte einen sowjetischen Paß heraus. Er gab ihn mir. Er war vor zwei Jahren ausgestellt worden und wies die kleinen Spuren häufiger Benutzung auf. Es war nichts Besonderes an ihm, bis auf die Tatsache, daß das Foto und die Personenbeschreibung meine waren. Mir wurde kalt. »Behalten Sie ihn als Andenken«, sagte Stinnes. »Aber benutzen Sie ihn nicht. Die Seriennummer würde die Grenzpolizei alarmieren. Und da sind unsichtbare Markierungen, die – unter UV-Licht betrachtet – ein Telefongespräch mit Moskau bedeuten.« Er lächelte, lud mich ein, den Spaß mit ihm zu teilen.

»Es gab einen Plan, mich zu entführen?«

»Einen lächerlichen Gesetzt-den-Fall-Plan, der inzwischen aber längst aufgegeben worden ist... auf meine Intervention hin.«

»Und niemand hat Sie im Verdacht, daß Sie zu uns überwechseln könnten?«

»Ein frustrierter Trottel hegt einen gewissen Verdacht. Aber er hat schon viel zu oft in anderen Fällen völlig umsonst ›Haltet den Dieb‹ geschrien.«

»Seien Sie vorsichtig, Erich.«

»Vorsichtig sein? Wie sicher ist dieser Ort? Angels Werkstatt? Können wir sicher sein, nicht beobachtet zu werden?«

»Werner versteht sein Handwerk, und Angels Hof ist so sicher wie nur irgendwas sonst in dieser gefährlichen Stadt.«

»Haben Sie gesehen, was diese Männer da mit dem Meißel machen?« fragte er. »Sie entfernen die Nummer vom Motorblock des Lastwagens. Es sind Kriminelle, und vielleicht hat die Polizei diese Werkstatt bereits längst unter Beobachtung. Sie müssen verrückt sein, mich hierher zu bestellen.«

»Sie müssen noch viel über den Westen lernen, Erich. Angel frisiert regelmäßig Lastwagen und Autos um, die in Texas oder Kalifornien gestohlen wurden. Als ich das erste Mal herkam, ertappte ich ihn mit einer Kiste US-Zulassungsnummern, die von Wagen abmontiert worden waren, bevor sie umgespritzt wurden.«

»Und?«

»Nun, Sie nehmen doch wohl nicht an, daß er das jahrelang so machen kann, ohne die Aufmerksamkeit der Polizei auf sich zu ziehen?«

»Warum sitzt er nicht hinter Gittern?«

»Er besticht die Polizei, Erich. Die ›Scharfen‹, wie man sie hier nennt, erscheinen regelmäßig, um ihre Sümmchen zu kassieren. Das hier ist der sicherste Ort in der ganzen Stadt. Kein Polizist würde es wagen, unser friedliches Gespräch zu stören. Dann hätte er doch die ganze Meute am Hals.«

»Ich sehe ein, daß ich noch viel über den Westen lernen muß«, sagte Stinnes sarkastisch. Ich fand es sehr interessant, daß er so tat, als würde es Korruption und Bestechung im Ostblock nicht geben. Er nahm die Brille ab und blinzelte. »Es ist mir schwergefallen, mich von meinem Sohn zu verabschieden«, sagte er, als würde er laut denken. »Er hat mich gefragt, ob ich je daran gedacht hätte, in den Westen überzulaufen... Nie zuvor hatte er so etwas geäußert. Niemals. Es war ganz eigenartig, fast wie Telepathie. Ich mußte nein sagen. Was blieb mir sonst übrig?«

Zum ersten Mal empfand ich Mitleid mit ihm, hütete mich aber, ihm das zu zeigen. »Wir werden uns am Garibaldi-Platz treffen«, sagte ich. »Fahren Sie mit dem Taxi dorthin und tun Sie so, als würden Sie den Musikanten zuhören. Aber bleiben Sie im Taxi. Seien Sie um neun Uhr dort. Der Zeitpunkt könnte sich ändern, falls sich das Flugzeug verspätet. Rufen Sie zwischen sechs und sieben die Telefonnummer an, die ich Ihnen gegeben habe, um sich die Zeit bestätigen zu lassen. Wer auch immer am Telefon ist – er wird Ihnen nur die Zeit nennen, nicht den Ort. Der heißt Garibaldi-Platz. Kein Gepäck. Ziehen Sie irgend etwas an, was in England nicht allzu verdächtig aussieht.«

»Ich werde da sein.«

»Und sagen Sie Frau Volkmann nichts davon.«

»Ich soll ihr nicht sagen, wo ich Sie treffen werde?«

»Sagen Sie ihr überhaupt nichts.«

»Sie gehört doch zu Ihren Leuten, oder nicht? Ich bin davon ausgegangen, daß wir im selben Flugzeug fliegen.«

»Sagen Sie ihr nichts.«

»Sind Sie sicher, daß Sie die Verantwortung für dieses Unternehmen haben?«

»Unter uns Profis, Erich – ich muß Ihnen gestehen, daß diese Art von Job mich nervös macht. Sie werden nicht bewaffnet sein, verstanden? Ich werde eine Waffe tragen. Und in dem Augenblick, wo ich auch nur das geringste Anzeichen eines KGB-Agenten oder irgendeines anderen Möchtegern-Mitspielers sehe, werde ich ein Loch in Sie pusten – so groß, daß die Sonne von der anderen Seite durch Sie hindurchscheinen kann. Nehmen Sie mir das nicht übel, Erich, aber ich fühle mich besser, Ihnen das im voraus gesagt zu haben.«

»Unter uns Profis«, sagte Stinnes mit mehr als einer Spur Ironie, »ich schätze Ihre Offenheit.« Er sah mich nicht an, als er sprach. Er blickte durch die offenen Türen der Werkstatt hinaus auf die Straße. Dort hielt gerade ein Jeep an. Darinnen saßen drei Militärpolizisten, alle in US-Armee-ähnlicher Ausrüstung, mit weißbemalten Helmen. Einer der Militärpolizisten stieg aus, marschierte quer durch die Werkstatt und betrat den Hof, wo wir parkten. Er starrte uns eine ganze Weile an. Stinnes sagte kein Wort, bis der Militärpolizist sich umgedreht hatte und wieder in der Werkstatt war. Wir sahen ihm nach, wie er in dem Lattenverschlag verschwand, den Angel als Büro benutzte und dessen Außenwände mit Pin-up-Fotos, Kalendern und Reiseplakaten bepflastert waren. Auf einem hieß es: »Sheraton Hotels bringen Sie in Schwung – im Rhythmus Lateinamerikas.«

Nach wenigen Minuten tauchte der Militärpolizist wieder auf; er knöpfte sich die obere Tasche seines Jacketts zu. Er grinste seinen Fahrer an, als der Jeep davonfuhr.

»So ist es überall in dieser Stadt. Die Polizisten berauben sogar die Taxis, die Touristen zum Flughafen bringen«, sagte ich. »Und jeder greift in die Tasche.«

Stinnes sah auf seine Uhr, um sich zu vergewissern, wie lange es noch dauern würde, bis Werner zurück war. »Sie wissen, wie sehr Sie von meinem guten Willen abhängen, oder?«

»Tu ich das?«

»Die Londoner Zentrale will vor allem eines wissen: Ob Sie Moskaus Mann sind. Wenn ich ›ja‹ sage, sind Sie erledigt.«

»Wenn Sie ›ja‹ sagen, wird man feststellen, daß Sie lügen«, sagte ich gelassen.

»Vielleicht, vielleicht aber auch nicht.«

»Die Befragungskommission ist nicht so dumm, wie Sie offenbar annehmen«, sagte ich mit mehr Überzeugung, als ich tatsächlich empfand. »Sie bedienen sich zwar keiner Daumenschrauben oder elektrischer Nadeln, noch nicht einmal einer Brot-und-Wasser-Diät, aber sie bekommen die Wahrheit immer heraus.«

»Irgendwann einmal vielleicht. Aber dann könnte es zu spät sein, um Ihnen noch irgendwie zu nützen.«

»Sie werden mich schon nicht an die Wand stellen und erschießen«, sagte ich.

»Nein, das würden sie nicht. Aber Sie würden aus dem Dienst entfernt – unehrenhaft. Und wenn Sie später von jedem Verdacht befreit sind, würde man Sie keineswegs wieder in Ehren aufnehmen.«

»Wenn ich annehmen müßte, daß alles nur ein KGB-Komplott war, um mich in Mißkredit zu bringen, würde ich Sie auf der Stelle töten, Stinnes.«

»Das würde die Sache für Sie nur noch verschlimmern. Wenn ich umgebracht werde, würde der Verdacht doch sofort auf Sie fallen. Ihre Situation wäre noch trostloser, als wenn ich Sie verleumden würde. Bleibe ich am Leben, können Sie sich gegen mich und meine Behauptungen zur Wehr setzen. Aber meine Leiche wäre für die Londoner Zentrale der beste Beweis Ihrer Schuld.«

»So sehen Sie die Sache also.«

»So sehe ich sie nicht nur – so ist sie«, sagte Stinnes. »Gibt es sonst noch etwas?«

»Hat meine Frau den Mord an dem Jungen in Bosham in die Wege geleitet?«

»Warum?«

»Ich muß das wissen.«

»Er hat sie erkannt.«

»Hat sie ihn getötet?«

»Ihre Frau? Natürlich nicht.«

»Hat sie den Mord angeordnet?«

»Nein, es war eine Entscheidung vor Ort. Ihre Frau wurde nicht zu Rate gezogen.«

Ich sah ihn an und versuchte, seine Gedanken zu lesen. »Das würden Sie so oder so sagen.«

Ich sah seinem Gesicht an, daß er nicht mehr darüber diskutieren wollte. Aber dann schien er einzusehen, daß er sich in Zukunft daran gewöhnen mußte, die Dinge auf unsere Weise zu sehen und zu tun. »Pawel Moskwin, einer meiner Leute, hat versucht, sich ein Denkmal zu setzen.«

»Indem er einen unserer Nachwuchsleute ermordete?«

»Moskwin benutzte meinen Namen; er hat sich in England für mich ausgegeben. Er hat geglaubt, MacKenzie wären Sie.«

»Was?«

»Er wußte nichts über Sie – bis auf Ihren Namen und die Tatsache, daß Sie mit mir in Kontakt treten wollten. Er war mit einer

Routineaufgabe in England befaßt; er war nicht mehr als eine Unterstützung für das Team Ihrer Frau. Aber als MacKenzie auf der Bildfläche erschien, konnte Moskwin der Versuchung nicht widerstehen. Er gab vor, ich zu sein.«

»Was für ein Fiasko«, sagte ich.

»Moskwin ist ein Wirrkopf. Er stellt sich alles immer ganz einfach vor. Und schließlich tötete er lieber einen Ihrer Leute als in einem Bericht einzugestehen, daß er die ganze Sache verhunzt hatte. Nein, Ihre Frau hatte damit nichts zu tun. Sie war ziemlich wütend darüber.« Einer von Angels Leuten machte sich nun im Hof daran, eine Autotür neu zu lackieren. Die Spritzpistole zischte laut, während Wolken roter Farbe über den Hof stoben.

»Sie sind nach den Volkmanns hier angekommen, nicht wahr?«

»Ich habe ihr gesagt, daß Sie das vermuten würden. Die Zeitfolge ist immer das erste Element der Schlußfolgerung.«

»Die Volkmanns trafen hier ein, und dann kamen Sie, um sich von ihnen aufspüren zu lassen.«

»Ihre Frau war sicher, daß ihr Plan Sie zum Überlaufen veranlassen würde.«

»War sie das?« Ich bezweifelte, daß sie solche Dinge mit Stinnes oder jemand anders besprochen hätte. Das war nicht Fionas Stil.

»Sie war fest davon überzeugt, daß Ihnen London eigentlich längst die Haut bei lebendigem Leibe abgezogen haben mußte. Aber statt dessen scheinen Sie sich aus allen Problemen herausgeredet zu haben. Sie fliehen nicht in Richtung Osten, dafür aber ich in Richtung Westen. Es wird eine doppelte Niederlage für Ihre Frau sein, und es gibt Leute in Moskau, die sie nicht ungeschoren davonkommen lassen werden. Sie wird einen Zorn entwickeln, wie ihn nur Frauen kennen, und sich an Ihnen rächen wollen, Samson. Ich möchte nicht in Ihrer Haut stecken, wenn sie auf Vergeltung sinnt.«

»Man gewinnt, man verliert.« Ich konnte jetzt die Farbe riechen. Sie hatte den scharfen Geruch billiger Süßigkeiten, den alle schnelltrocknenden Lacke aufweisen.

»Das sagen Sie, weil Sie ein Mann sind«, sagte Stinnes.

»Das sage ich, weil ich ein Profi bin. Genau wie Sie einer sind und meine Frau einer ist. Profis sind nicht auf Rache aus; sie haben genug Probleme, ihren Job ordentlich zu tun.«

»Sie mögen vielleicht ein guter Agent sein«, sagte Stinnes. »Aber in puncto Frauen haben Sie noch viel zu lernen.«

»Das einzige, was ein Mann über Frauen wissen muß, ist, daß er nie etwas über sie wissen wird. Aber nun lassen Sie mich den Wagen zurücksetzen, bevor der Kühler auch noch was von dem Rot abbekommt.«

Ich ließ den Motor an und bugsierte das Auto aus dem Aktionsradius des Sprühkünstlers. »Lieben Sie Ihre Frau immer noch?« fragte Stinnes.

»Nein«, sagte ich. Allmählich hatte ich es satt, daß sich alle Welt nur noch damit zu beschäftigen schien, ob ich Fiona noch liebte. »Lieben Sie Frau Volkmann immer noch?« gab ich zurück.

Stinnes zuckte zusammen, als hätte ich ihn ins Gesicht geschlagen. Er war sprachlos.

»Sie sollten es mir lieber sagen«, meinte ich. »Es könnte für die Abwerbung bedeutsam sein.«

»In welcher Hinsicht?«

»Haben Sie vereinbart, mit Frau Volkmann nach England zu gehen?«

»Sie hat es so vereinbart, und Ihre Leute haben dem zugestimmt.«

»Haben sie das? Mein Gott.«

»Sie hat ihnen gesagt, das sei eine Bedingung. Ich liebe sie. Und sie liebt mich.«

»Meinen Sie das im Ernst, Erich?«

»Ich liebe sie. Haben Sie nie geliebt?«

»Zena Volkmann nicht.«

»Versuchen Sie nicht, irgend etwas zu ändern. Dazu ist es jetzt zu spät. Wir werden zusammen ein neues Leben in England beginnen. Wenn Sie das ihrem Mann erzählen oder sich da sonstwie einmischen, mache ich nicht mehr mit.«

»Sie müssen ein verdammter Narr sein«, sagte ich. »Ein Mann wie Sie – fällt auf das Süßholzraspeln einer kleinen Nassauerin wie Zena Volkmann herein. Sie will das Geld in ihre Hände bekommen. Können Sie das denn nicht sehen?«

»Das ist meine Sache«, erklärte er verdrießlich.

»Dieser Streit mit Ihrer Frau, ihr blaues Auge... hat das mit Zena Volkmann zu tun? Sie haben sie doch nicht nur ins Gesicht geschlagen, damit es echt aussieht, oder?«

»Als ich Inge sagte, es gäbe da eine andere Frau, wurde sie hysterisch. Ich wollte sie nicht verletzen, aber sie hat versucht, mich mit einem Feuerhaken umzubringen.« Er seufzte. »Zena hat darauf bestanden, daß ich es ihr sage. Zena war der Meinung, ich sollte einen klaren Trennungsstrich ziehen, weil sonst Inge unter

Umständen versuchen könnte, mich zu finden. Aber auf diese Art würde sie mich vielleicht vergessen und wieder heiraten.«

»Sie haben Ihrer Frau doch nicht gesagt, daß Sie sich mit dem Gedanken tragen, die Seiten zu wechseln?«

»Ich bin verliebt, aber ich bin nicht geisteskrank. Nein, natürlich habe ich ihr nichts gesagt.«

»Dann bleiben Sie auch in bezug auf Zena Volkmann im Vollbesitz Ihrer geistigen Kräfte«, sagte ich. »Ich werde Zena ein Ticket nach London besorgen, für die nächste Maschine nach der unseren. Sie sehen zu, daß Sie am Freitag allein am Garibaldi-Platz erscheinen. Sonst muß ich sehen, daß ich Zena auf die harte Tour loswerde.«

Stinnes schien meine Drohung nicht ernst zu nehmen. »Ich nehme an, daß jeder Tourist in London das Haus Nummer 221 b in der Baker Street sehen möchte.«

»Was ist denn in der Baker Street?« fragte ich. Doch noch bevor ich den Satz ausgesprochen hatte, wurde mir klar, daß es sich um die fiktive Adresse von Sherlock Holmes handelte. »Wir werden zusammen hingehen«, versprach ich.

»Das ist etwas, was ich mir schon immer ansehen wollte«, sagte Stinnes. Doch bevor wir weiter über Sherlock Holmes reden konnten, war Werner mit Stinnes' Auto zur Stelle. Er stieg aus, ließ die Tür offenstehen und kam zu uns herüber.

»Seid ihr fertig?« fragte Werner. »Oder wollt ihr, daß ich euch noch ein bißchen Zeit lasse?«

Stinnes sah mich an. »Wir haben soweit alles besprochen, Werner«, sagte ich.

Als Stinnes aus dem Auto stieg, tippte er grüßend mit dem Zeigefinger an seine rechte Stirnseite. »Auf Wiedersehen«, sagte er ziemlich ironisch. Ich machte mir klar, warum er das Thema auf Sherlock Holmes gebracht hatte; er hatte nicht versprochen, Zena nicht mitzubringen.

»*Sayonara*«, sagte ich. Ich wußte immer noch nicht, wie ich ihm die Augen öffnen sollte.

»Was nagt denn an dir?« fragte Werner, nachdem er neben mir im Auto Platz genommen hatte. Ich sah in den Rückspiegel, bis Stinnes in seinem Wagen saß und davongefahren war. Dann gab ich Werner den sowjetischen Paß. »Grundgütiger Himmel«, sagte Werner.

»Ja, sie waren darauf aus, mich zu erwischen.«

»Und Stinnes hat es verhindert?«

»Er ist darauf aus, die Lorbeeren dafür einzuheimsen«, sagte ich. »Sie könnten es aber genausogut zugunsten anderer Pläne aufgegeben haben.«

»Und London hätte gedacht, du wärst aus freien Stücken gegangen«, sagte Werner. »Das ist ein toller Einfall.«

»Ja, Moskau hatte in letzter Zeit eine Menge toller Einfälle, die meine Wenigkeit betrafen.«

»Du meinst Fiona?«

»Man ist versucht, sich vorzustellen, daß das alles von ihr kommt«, sagte ich. »Aber ich will nicht, daß es bei mir zu einer fixen Idee wird.«

»Hat er irgend etwas über Zena gesagt?« fragte Werner.

»Das haben wir doch schon alles durchgesprochen, Werner. Du sorgst dafür, daß Zena am Freitag beschäftigt ist. Du sagst ihr, daß weiter nichts geplant sei, und fliegst dann mit ihr auf ein langes Wochenende nach Acapulco, um zu schwimmen und schön braun zu werden. Du schickst sie am Freitagmorgen voraus. Dann kannst du mich am Abend auf dem Flughafen ein bißchen unterstützen. Du fliegst ihr dann mit der letzten Maschine hinterher.«

»Darauf wird sie aber nicht hereinfallen, Bernie. Sie weiß doch, daß die Sache mit Stinnes in diesen Tagen über die Bühne gehen soll.«

»Du mußt sie eben davon überzeugen, daß ihr beide einfach eine Weile ausspannen müßt. Du mußt dir halt Mühe geben, Werner. Du weißt, wieviel für mich davon abhängt. Ich brauche Stinnes in London.«

»Und ich brauche Zena hier bei mir«, sagte Werner grimmig.

»Stinnes glaubt, Zena würde mit ihm durchgehen.«

»Durchgehen?«

»Du weißt, was ich meine«, sagte ich.

»Zena hält ihn nur hin«, sagte Werner. »Sie versucht, dir zu helfen, Bernie.«

»Sie ist verdammt undurchsichtig, Werner. Sie ist deine Frau, ich weiß, aber trotzdem verdammt undurchsichtig.«

Werner leugnete es nicht ab. »Sie hat sich mit diesem Tiptree getroffen«, sagte Werner.

»Mit ihm getroffen?«

»Das war ihre Verabredung, an dem Nachmittag, als wir uns unterhalten haben. Sie hat sich mit Henry Tiptree getroffen. Sie hat es mir gesagt, als sie zurückkam.«

»Worauf will London eigentlich hinaus?« fragte ich müde.

»Warum versuchst du nicht, das herauszufinden?« fragte Werner. »Warum triffst du dich nicht mit Tiptree? Sag ihm, er soll das ganze Unternehmen eigenverantwortlich in seine Hände nehmen oder sich gefälligst raushalten.«

»Daran habe ich schon gedacht, Werner«, sagte ich. »Aber Tiptree ist so von sich selbst überzeugt, daß er die Sache tatsächlich übernehmen würde. Und wir wissen beide, daß er sie sehr gut verhunzen könnte. Ich bin ganz sicher, daß es Erich Stinnes ernst ist. Wenn er am Freitag auftaucht, werde ich ihn in diesem verdammten Flugzeug abliefern – notfalls mit gezogener Waffe. Ich kriege ihn nach London oder gehe bei dem Versuch drauf. Wenn ich alles Tiptree überlasse und er die Geschichte verpatzt, wird London behaupten, ich hätte die Operation absichtlich abgegeben, um zu verhindern, daß Stinnes in London befragt wird.«

Werner wandte sich ab und kurbelte das Seitenfenster herunter, als wäre er plötzlich an etwas ganz anderem interessiert. Er mied meinen Blick. Ich nehme an, er war über die Vorstellung entsetzt, Zena zu verlieren.

»Zena wird mit Stinnes nirgendwohin gehen«, versprach ich. »Du wirst auf dem Flughafen sein, Werner. Du kannst sie davon abhalten, wenn sie es versuchen sollte.« Er antwortete nicht. Ich startete den Motor, umrundete den Hof, und fuhr dann im Schritttempo durch die Werkstatt. Der Schein der Schweißbrenner beleuchtete die Autos wie die Blitzlichter von tausend Pressefotografen. Draußen war ein blauweißes Polizeiauto geparkt. Der Fahrer unterhielt sich mit Angel.

26

Was die Galapagos-Inseln für die Tierwelt sind, ist der Garibaldi-Platz für mexikanische Musiker. Selbst in den frühen Morgenstunden vor Sonnenaufgang wimmelt es dort von Menschen, und die Luft ist erfüllt von den Klängen der zwei bis drei Dutzend Gruppen, die alle verschiedene Lieder singen und spielen; Pop, Rock, Soul oder Punk gibt es da nicht zu hören; kein Elvis, keine Beatles, kein Elton John, nur mexikanische Musik.

»Ich war noch nie zuvor am frühen Morgen hier. Ich hatte ja keine Ahnung, wie es wirklich ist. Phantastisch«, sagte Henry Tiptree, als wir an fünf Musikern in *serapes* und *sombreros* vorbeikamen, die »... das Leben ist nichts wert in Guanajuato« sangen. Tiptree blieb einen Moment stehen, um zuzuhören. »Das Treiben ist noch nicht einmal vom Tourismus verdorben. Fast alle hier sind Mexikaner.«

»Genau richtig für das, was wir vorhaben«, sagte ich, »schlecht beleuchtet, laut und überfüllt.« Und anrüchig. Eingefangen durch die Berge der Umgebung, drückte die windstille Luft auf die Stadt und sammelte Benzingestank und Holzrauch ein, so daß die Luft die Nase beleidigte und in den Augen brannte.

»Ich arbeite nicht gegen Sie«, sagte Henry Tiptree plötzlich.

»Wenn Sie es sagen«, erwiderte ich. Tiptree blieb stehen, um sich auf dem Platz umzusehen. Er befingerte seinen Bart, der nie zu wachsen schien, und sprach in der vertraulichen Art, die Leute anwenden, die ihre Wichtigkeit zum Ausdruck bringen wollen. »Sie müssen verstehen«, sagte er, »daß der Erfolg dieser Operation lediglich daran gemessen wird, ob wir unseren Mann nach London kriegen; nichts anderes zählt. Deshalb ist die Zentrale auch so darauf bedacht, daß wir alles richtig machen.«

»Das sind wir alle«, sagte ich. »Aber wer weiß schon, was das Richtige ist?«

»Sehr philosophisch«, sagte Tiptree trocken.

»Man wird philosophisch, wenn London einen ein paarmal im Regen hat stehen lassen«, erklärte ich.

»London hat bestätigt, daß ich der Verantwortliche bin«, sagte Tiptree. »Ich möchte das klarstellen, bevor wir einen Schritt weitergehen. Sie werden Stinnes nach London bringen, aber hier in der Stadt werden die Dinge auf meine Art erledigt.«

»Sie sind verantwortlich«, stimmte ich zu. Wer in der Londoner Zentrale mochte diesem Idioten wohl die Verantwortung übertragen haben? Dicky? Bret? Morgan vielleicht. Tiptree schien mit Morgan auf sehr gutem Fuße zu stehen, dem Faktotum von Sir Henry. Morgan hatte vermutlich eine schwache Minute des Chefs genutzt, um ihm eine Unterschrift abzuluchsen.

Tiptree warf mir einen mißtrauischen Blick zu. Er wußte wohl, daß meine eilfertige Zustimmung wenig oder gar nichts besagte. Ich riskierte doch nicht meinen Hals, indem ich Befehle von Anfängern entgegennahm. Er blieb stehen, um einer anderen Gruppe zuzuhören. Sie sangen von einem Mann, der sein Herz an ein Mädchen aus Veracruz verloren hatte. Die Männer wurden von einer Karbidlampe beleuchtet, die zu ihren Füßen stand. Der Vorsänger – ein sehr alter Mann mit einem Gesicht wie eine Walnuß und einem *bandido*-Schnurrbart – hatte eine ausgezeichnete tiefe Stimme, in die er seine ganze Ausdruckskraft zu legen verstand. In jedem Mexikaner steckt eine leidenschaftliche Seele, so daß Liebe oder Revolution sein Leben dominieren, aber jedes Mal nur kurz.

»Was haben Sie hinsichtlich seines Geldes vereinbart?« fragte ich.

Aus dem Augenwinkel konnte ich sehen, daß Tiptree mich musterte, um zu entscheiden, wie er antworten sollte. »Mrs. Volkmann trifft sich mit uns in der Bank«, sagte er schließlich. »Stinnes möchte, daß ihr das Geld ausgezahlt wird.«

Nur unter Aufbietung all meiner Selbstbeherrschung schaffte ich es, nicht in die Luft zu gehen und vor Wut loszukreischen. Dieser Idiot hatte Zena besser informiert als mich. Aber sehr ruhig sagte ich: »Welche Bank am Garibaldi-Platz hat denn um diese Zeit geöffnet?«

»Es gibt also Dinge, die nicht einmal Sie wissen, was, Samson?«

Wir gingen weiter und fanden eine *pulqueria*, in der sogar der Barmann betrunken aussah. Der gärende Saft der Magueypflanze riecht wie ranziges Nußöl, aber es ist der billigste Weg ins Vergessen, und wie so viele andere war auch diese Bar gerappelt voll. Nachdem er sich einen Weg durch die Gäste gebahnt hatte, öffnete Tiptree ganz hinten eine Tür und hielt sie mir auf. Ich folgte ihm in einen engen Flur, und dann begann er eine Treppe knarrender Stufen hinaufzusteigen.

»Einen Augenblick mal«, sagte ich. Ich blieb am Fuß der Treppe stehen und sah mich um. Nur eine einsame elektrische Birne beleuchtete den Durchgang, der hinaus auf den Hof und zu den Toiletten führte. »Wohin gehen wir?« Meine Stimme hallte wider, nachdem ich die Tür hinter mir geschlossen hatte. Die Gäste in der Bar verursachten ein solches Getöse, daß ich die Musiker auf dem Garibaldi-Platz nur noch verschwommen hören konnte. Hier gab es einiges, das mir absolut nicht gefiel.

»Ich treffe mich mit Stinnes auf dem Platz«, protestierte ich.

»Seien Sie doch nicht nervös«, sagte Tiptree. »Der Plan ist geändert worden. Stinnes weiß Bescheid.« Er lächelte, um mich zu beruhigen, aber das machte mir lediglich klar, was für ein eitler Trottel er doch war. Er wußte, wie sehr ich die Änderung des Planes ablehnte und die Art, wie Zena bereits zu einem festen Bestandteil des Unternehmens gemacht worden war. »Es ist alles abgesprochen.«

Ich berührte den Knauf der alten Pistole, um mich zu vergewissern, daß sie immer noch da war, und folgte ihm dann die schmale Stiege hinauf. Rattenfalle, Feuerfalle, Menschenfalle. Es war genau die Art von Örtlichkeit, die mir noch nie gefallen hatte. Und noch weniger gefiel sie mir bei dieser Art von Job. Eine enge Stiege mit einem breiten Treppenauge, so daß ein Mann oben im Haus notfalls eine ganze Armee Mann für Mann ausradieren konnte.

Tiptree stand auf dem Treppenabsatz im ersten Stock. Es gab gerade genug Licht, um erkennen zu können, daß die Tür neu war. Er drückte auf den Summer und wartete, bis sich ein kleines Guckfenster öffnete. Es gewährte dem Jemand da drinnen einen Blick auf Tiptrees Eton-Krawatte. Er beugte sich vor, sah hinein und flüsterte irgend etwas. Das Ergebnis war das Geräusch gutgeölter Riegel, die zurückglitten.

»Ich liebe keine Überraschungen«, sagte ich zu Tiptree. »Es war verabredet, daß ich Stinnes auf dem Platz treffe.«

»Ich habe ihm eine Botschaft geschickt«, sagte Tiptree. »Er wird sich hier mit uns treffen. Er ist so verdammt öffentlich, dieser Platz.«

Als die Tür von einem schmächtigen Mexikanerjungen geöffnet wurde – er trug einen Strohhut mit hochgezogener Krempe nach Cowboyart –, stellte ich fest, daß die Holztür stahlverstärkt war. Ein anderer Junge stand hinter ihm und beobachtete uns wachsam. Er erkannte Tiptree und nickte.

»Das ist die Bank«, verkündete Tiptree. Es war ein großer Raum, der auf den Platz hinausführte, aber die Rollos an den Fenstern waren heruntergelassen. Mit der gemusterten viktorianischen Tapete und den Messing-Wandlampen wirkte der Raum wie ein Western Saloon aus dem vergangenen Jahrhundert. Drei fast identische Männer saßen hinter drei fast identischen alten Tischen. Die Männer trugen weiße, kurzärmelige Hemden, schwarze Hosen, schwarze Krawatten und schwarze, blankgeputzte Schuhe – die Uniform, die in der ganzen Welt von Männern getragen wird, die wünschen, daß man ihnen Geld anvertraut. Jeder Mann war ausgestattet mit einem halben Dutzend Hauptbüchern, einer kleinen Kasse, einem Notizblock und einem japanischen Taschenrechner. Durch eine halbgeöffnete Tür konnte ich in einen anderen Raum sehen, in dem Mädchen auf Schreibmaschinen mit besonders breiten Walzen schrieben, wie sie für Kontenblätter gebraucht werden.

»Das ist eine Wechselstube«, sagte ich.

»Es gibt drei Partner – Brüder. Früher haben sie ein Kreditunternehmen geleitet, das auch auf Geldwechsel eingestellt war. Aber als die Regierung die Banken verstaatlichte, eröffneten sich neue Horizonte für sie.«

»Ist das eine offizielle Bank?« fragte ich.

»Genaugenommen ist sie nicht legal, und es ist auch keine Bank«, sagte Tiptree. »Aber genau richtig für das, was wir vorhaben. Ich bin lange genug in Mexiko gewesen, Samson. Ich weiß, wie die Dinge hier laufen.«

Ich sah auf den alten Mann, der mit einer Schrotflinte auf den Knien neben der Tür saß. Die beiden Jungen, die uns eingelassen hatten, wirkten wie Blutsverwandte. Vielleicht war das hier ein Familienunternehmen.

Tiptree begrüßte Zena. Sie saß auf einer hölzernen Bank und nickte uns beiden höflich zu. Trotz der Hitze trug sie ein weißes Leinenkostüm, das eindeutig Pariser Herkunft war, und ihr Makeup und die flachen Schuhe ließen sie aussehen wie jemand, der auf Reisen gehen wollte.

Von Werner war keine Spur zu sehen.

»Hier soll also das Geld sein?« fragte ich.

Tiptree belächelte die Zweifel in meiner Stimme. »Lassen Sie sich nicht von Äußerlichkeiten irreführen. Eine Viertelmillion Dollar ist für diese Leute eine Bagatelle, Samson. Sie könnten innerhalb einer Stunde zehn Millionen in jeder maßgeblichen Währung der Welt hier auf dem Fußboden ausbreiten.«

»Sie haben an alles gedacht«, sagte ich.

»Sie sind die Muskeln, ich bin das Gehirn«, sagte Tiptree und gab sich nicht allzuviel Mühe, mich davon zu überzeugen, daß es sich um einen Scherz handelte.

Tiptree tauschte Höflichkeiten britischer Art mit einem der Partner aus und stellte mich ganz formell vor. Der Seniorpartner wurde Pepe genannt. Er war ein Mann mit sanfter Stimme, weißem Haar, einem pockennarbigen Gesicht und einer Tasche voller Stifte. Tiptree erzählte ihm, daß Zena diejenige sei, an die das Geld ausgezahlt werden sollte. Ich sah Zena an, und sie lächelte.

Als sie soweit waren, das Geld zu zählen, ging Zena zum Tisch und beobachtete, wie der Mann die Hundertdollarnoten stapelte. Ich nahm auch einen Beobachtungsposten ein. Es waren gebrauchte Scheine, je zweihundertfünfzig pro dickem Bündel. Sie wurden von kräftigen roten Gummibändern zusammengehalten, unter die abgerissene Papierstreifen geschoben worden waren, auf denen jeweils »$ 25000« gekritzelt stand. Es waren zehn Stapel.

Vielleicht wäre in einer anderen Bank, in einer anderen Stadt, das Geld einfach über den Tisch geschoben worden. Aber dies war Mexiko, und dies waren Männer, denen das Mißtrauen, das die Landbevölkerung Bankern entgegenbringt, wohlvertraut war. Es mußte alles zum zweiten Mal gezählt werden, Schein für Schein. Trotz Pepes Gefummel nahm das nur wenige Minuten in Anspruch.

Als er mit dem Zählen fertig war, öffnete Pepe einen Schrank, um einen Pappkarton für das Geld herauszunehmen. In dem Schrank waren viele Kartons unterschiedlicher Größe und Form gestapelt. Auf der Seite unseres Kartons hieß es: »Anchovis-Filets, 50 Dosen, 2 oz.« Ich fragte mich, wer wohl als erster entdeckt hatte, daß fünfzig Dosen Anchovis genausoviel Platz einnehmen wie eine Viertelmillion Dollar. Oder umgekehrt.

Vielleicht hätte ich Pepes Nervosität und der Unbeholfenheit, die er im Umgang mit den Geldscheinen zeigte, mehr Aufmerksamkeit schenken sollen, aber ich war zu sehr von der Vorstellung beansprucht, daß Zena mit dem Geld verschwinden könnte, bevor Stinnes da war. Ich sah auf die Uhr an der Wand. Stinnes war spät dran. Meine ganze berufliche Intuition sagte mir: Hau ab! Und das sofort! Aber ich blieb.

Während Pepe eine Schnur um den Karton wickelte, ging Zena zum Fenster. Sie hob eine Ecke des Rollos an, um auf den Platz hinunterzusehen, als Pepe mich und Tiptree aufforderte, die Hände auf den Kopf zu legen.

»Tut mir leid«, sagte Pepe, dessen verzerrtes, bleiches Gesicht, auf dem sich bereits die Stoppeln eines morgendlichen Bartes abzeichneten, einen hilflosen, unglücklichen Ausdruck zeigte. »Ich tue nur, was ich tun muß.«

Trotz seiner ausgezeichneten Spanischkenntnisse verstand Tiptree Pepes sanfte Aufforderung nicht.

»Legen Sie die Hände auf den Kopf«, sagte ich. »Machen Sie, was er sagt.« Selbst jetzt schien Tiptree nicht zu verstehen, aber er sah, daß ich meine Hände hochhob. »Jemand ist uns zuvorgekommen.«

»Ihre Freunde?« fragte Tiptree und sah sich um.

»Ich wünschte, sie wären es«, sagte ich. Aber ich hatte keine Zeit für Tiptrees dümmlichen Verdacht. Ich versuchte herauszubekommen, welche Rolle der alte Mann mit der Schrotflinte spielte und ob die beiden Jungen neben ihm bewaffnet waren.

Jetzt hob auch Zena ihre Hände hoch. Sie hatte sich vom Fenster abgewandt, damit ihr Schatten auf dem Rollo nicht von draußen zu sehen war. »Was ist denn los?« fragte sie.

Da kam ein stämmiger Mann in einem dunklen Anzug aus dem Nebenraum. Bei ihm war ein mexikanischer Junge mit einer Maschinenpistole. Ich habe etwas gegen Maschinenpistolen. Die Hoffnung, eine falsche Bewegung gegen einen Mann mit einer Maschinenpistole zu überleben, ist so, als würde man einen Mann mit einem Gartenschlauch wüst beschimpfen und darauf hoffen, von ihm nicht naß gespritzt zu werden. Ich beäugte die Maschinenpistole genau. Es war ein uraltes Modell aus tschechischer Fabrikation. Der Junge gefiel sich darin, sie herumzuschwenken, und er hatte die Schulterstütze nach vorn geklappt, um sich die Sache einfacher zu machen.

Ich kannte den Mann im dunklen Anzug seit jener Nacht in Biedermanns Haus. Es war Stinnes' Begleiter, der Mann, der sich Pawel Moskwin nannte; der *fink*, ein Fünfzigjähriger mit kurzgeschorenem Haar und der bulligen Statur eines Schuldeneintreibers. »Sie«, sagte er zu mir in seinem schauderhaften Deutsch. »Sie sorgen dafür, daß Ihre Freunde wissen, es wird ihnen nichts geschehen, solange sie tun, was man ihnen sagt.«

»Worum geht es hier eigentlich?« erkundigte ich mich.

Er sah mich an, antwortete aber nicht. »Sagen Sie es ihnen«, meinte er. Zena und Tiptree hatten es schon selbst gehört. Tiptree fragte: »Haben wir das Ihnen zu verdanken, Samson?«

»Seien Sie doch nicht albern«, sagte ich. »Das ist ein Komplott.

Sie warten auf Stinnes. Sie könnten uns unter Umständen verschonen, wenn wir ganz artig sind.«

»Was werden sie machen?« fragte Tiptree. »Werden sie ihn töten?«

Ich zuckte mit den Schultern. Uns blieb nichts anderes übrig, als abzuwarten. Der Türsummer ertönte, und Moskwin bedeutete Pepe mit einem Nicken, das Guckfenster zu öffnen.

Pepe blickte hindurch. Nach kurzem Gemurmel durch die Luke sagte er, da draußen sei eine Frau, die ein paar Dollarnoten in mexikanisches Geld umgewechselt haben wollte. »Kennen Sie sie?« fragte Moskwin Pepe.

»Es gibt hier eine ganze Menge von Leuten, die wechseln kommen – Kellner, Hotelangestellte, Geschäftsleute, Händler. Ich weiß nicht. Durch die Luke kann ich kaum etwas erkennen.«

»Sagen Sie ihr, sie soll morgen wiederkommen. Sagen Sie, Ihnen sei das Geld ausgegangen.« Moskwins Spanisch war noch schlechter als sein Deutsch. Um mit so mangelhaften Sprachkenntnissen einen Job im Auslandsdienst der Sowjetunion zu bekommen, mußte ein Mann schon ein sehr loyaler Diener der Partei sein.

Pepe schickte die Frau fort, und dann richteten wir uns alle aufs Warten ein. Moskwin hatte das alles prächtig arrangiert. Es war genau der richtige Ort. Er hatte alle Beweismittel, um Stinnes festnageln zu können, und obendrein auch noch das Geld. Das war ein gefundenes Fressen für das KGB. Ich verfluchte Tiptree, weil er den Treffpunkt geändert hatte. Da draußen, auf dem dunklen, überfüllten Platz, hätte es Moskwin nicht so einfach gehabt.

Ich sah Pepe an. Seine Beschäftigung machte es unwahrscheinlich, daß er Verbindungen zur Kommunistischen Partei unterhielt. Wahrscheinlich hatte das KGB Tiptree beobachtet, als er hierher kam, um die Vereinbarungen über die Geldauszahlung zu treffen.

In einer solchen Situation ist fast alles reine Spekulation. Ich vermutete, daß es sich bei dem alten Mann um den regulären Wachmann der Bank handelte – ganz einfach deshalb, weil er nicht zu der Sorte harter Männer gehörte, die Moskau ins Spiel bringen würde. Und so, wie er die doppelläufige Flinte hielt, hatte ich den Eindruck, daß Moskwin die Patronen entfernt hatte. Der verzagte Ausdruck in den Gesichtern der jungen Burschen und der Neid, mit dem sie die Maschinenpistole beäugten, bestärkten mich in der Vermutung, daß sie unbewaffnet waren. Ich konnte mich vielleicht des alten Mannes und der beiden Jungs annehmen, unter Umständen sogar zur gleichen Zeit mit Moskwin fertigwerden, aber die Maschinenpistole verschob das Gleichgewicht.

Ich behielt die Hände auf dem Kopf und versuchte, sehr ängstlich auszusehen. Das war nicht besonders schwer, vor allem als ich sah, wie der Junge die Maschinenpistole schwenkte und dabei am Abzug herumspielte. »Ich möchte, daß sich keiner rührt«, sagte Moskwin. Er sagte es mehrmals und sah zwischenzeitlich auf seine Armbanduhr. »Und bleiben Sie vom Fenster weg.«

Pepe machte eine harmlose Bewegung, um an das Taschentuch in seiner Hosentasche heranzukommen. Moskwin war verärgert. Er stieß Pepe so kräftig in den Rücken, daß der auf die Knie fiel. »Der nächste, der sich bewegt, wird erschossen«, kündigte er an und versetzte Pepe einen boshaften Tritt, um seine Warnung zu unterstreichen.

Wie es schien, waren es nur diese zwei, und es war unwahrscheinlich, daß sie zuvor schon zusammengearbeitet hatten. Eine Maschinenpistole und vermutlich irgendeine Handfeuerwaffe in Moskwins Hosentasche. Gegen sie hatte ein einzelner Mann nur eine geringe Chance.

Ich sah mich im Raum um und versuchte zu entscheiden, was zu tun war, wenn Stinnes da draußen auf den Summer drückte. Sie mußten die Tür in jedem Fall öffnen, weil er sonst hinter der Stahlverkleidung relativ sicher war. Ich fragte mich, ob sie da unten in der Bar oder draußen auf dem Platz noch jemand postiert hatten, um Stinnes' Ankunft zu erwarten. Die überfüllte Bar bot eine optimale Deckung.

Ich betrachtete die drei Partner, die drei Wachleute und die beiden weiblichen Angestellten, die aus dem Nebenraum hereingebracht worden waren. Alle hielten sie ihre Hände auf dem Kopf, und alle hatten sie diesen geduldigen und ergebenen Gesichtsausdruck, der die Menschen Lateinamerikas so deutlich von den romanischen Völkern Europas unterscheidet.

Während ich noch darüber nachsann, hörte ich unten eine Tür klappen. Unter normalen Umständen wären die Schritte auf der Treppe nicht zu hören gewesen, aber die Umstände waren nicht normal; jeder im Raum war aufs äußerste gespannt.

Der Junge mit der Maschinenpistole entsicherte die Waffe. Es gab ein klickendes Geräusch. Das reichte, um einen Mechanismus in Zenas Kopf auszulösen. »Sie haben es versprochen«, schrie sie. »Sie haben versprochen, ihn nicht zu verletzen.«

Sie schrie Moskwin an, aber der lächelte, ohne sich auch nur die Mühe zu machen, sie anzusehen. So war das also gedeichselt worden. Moskwin hatte die ganze Sache durch Zena überwacht. Aber von Belang war sie für das KGB nicht. Überflüssig zu fragen, was sie dafür erhielt: den Karton mit dem Geld. Hübsch ausgedacht, Moskwin. Aber wenn meine Frau Fiona nicht hinter dieser Idee steckte, würde ich das Geld fressen, Schein für Schein.

Wir konnten die Schritte hören, als jemand das Ende der Treppe erreicht hatte und auf dem Absatz stehenblieb. »Sie haben es versprochen«, sagte Zena. Sie war fast außer sich vor Zorn. »Ich liebe ihn. Ich habe es Ihnen gesagt.« Als sie Moskwins absolute Gleichgültigkeit erkannte, erstarrte sie und wurde aschfahl unter dem reichlich aufgelegten Make-up.

Weder Moskwin noch der Junge mit der MP kümmerte sich um Zena. Ihre Augen waren auf die Tür gerichtet, wo jede Minute Stinnes erscheinen mußte.

Es gibt immer irgendeine verdammte Möglichkeit, die jede Wahrscheinlichkeitsrechnung über den Haufen wirft. Vermutlich war das das einzige, was ich nicht bedacht hatte, die Möglichkeit, daß Zena in Stinnes verliebt sein könnte. In ihrer komplexen Persönlichkeit gab es eine stark romantische Ader, und da war diese alte preußische Rechtschaffenheit, die sie jede zerbrochene Teetasse aufschreiben ließ. Zena mochte zulassen, daß Stinnes betrogen wurde, aber nie würde sie zulassen, daß man ihn tötete.

Ungeachtet der Maschinenpistole warf sie sich wie eine menschliche Kanonenkugel quer durch den Raum. Sie prallte mit dem Jungen zusammen, Füße zum Stoßen bereit, Fingernägel ausgestreckt. Er krümmte sich unter der Wucht ihres Angriffs und stürzte fast. Dann krachte es laut, als ihre beiden Körper gegen die Wand knallten. Bei dem Versuch, sich gegen ihre Fingernägel zur Wehr zu setzen, ließ der Junge die Maschinenpistole fallen und griff nach ihren Händen. Ein ohrenbetäubender Knall hallte durch den Raum, als sich bei dem Aufprall der Waffe auf den Boden ein Schuß löste. Doch zu diesem Zeitpunkt hatte Zena ihre Nägel bereits im Gesicht des Jungen, und der brüllte sie an, sie solle aufhören. Er hatte Angst vor ihr, das war seinem Gebrüll zu entnehmen. Dadurch ermutigt, ließ sie nur kurz von ihm ab, um seine langen Haare zu packen und seinen Kopf gegen die scharfe Kante eines Aktenschranks zu knallen.

Hätte Moskwin seine Pistole aus der Hosentasche geholt oder hätte er sich gebückt, um die Maschinenpistole aufzuheben, hätte er unter Umständen die Kontrolle über das Geschehen wiedererlangt. Aber er setzte seine riesigen Fäuste ein. Es waren die Reflexe eines Mannes, der sein Leben damit verbracht hatte, sein Gewicht einzusetzen – sowohl wörtlich als auch bildlich gesprochen. Er versetzte Zenas schmalem Körper einen mächtigen Schlag in die Nieren, dem eine Linke gegen den Kopf folgte.

Die Schläge trafen mit unbarmherziger Wucht. Die kleine Zena war nur noch halb bei Bewußtsein, als sie mit weit ausgebreiteten Armen zu Boden stürzte. Und dann konnte Moskwin der Versuchung nicht widerstehen, sie zu treten. Und dafür nahm er sich Zeit. Er nahm sich viel Zeit, und ich schob meine Pistole zurück in den Gürtel, als ich beobachtete, daß Tiptree eine kleine Browning Automatic aus der Hosentasche holte und mit lobenswerter Schnelligkeit zwei Schüsse auf Moskwin abgab. Die erste Kugel ging ins Leere – ich hörte, wie sie von einer Schreibmaschine im Nebenraum abprallte –, aber die zweite Kugel traf Moskwin ins Bein. Moskwin hörte auf, Zena zu treten. Er schrie. Moskwin mußte wohl ein Amateur sein, denn nun demonstrierte er, daß ein Amateur nur so lange effektiv ist, wie es ihm gutgeht. Einmal getroffen, verlor Moskwin das Interesse daran, Stinnes zu töten. Er verlor das Interesse an dem Geld. Er verlor das Interesse an dem Jungen, dessen Gesicht von Zenas Fingernägeln übel gezeichnet war und dessen Schädel an der scharfen Kante des Aktenschranks eine klaffende Wunde davongetragen hatte. Er verlor sogar das Interesse an der Maschinenpistole auf dem Boden.

Die Mexikaner verhielten sich alle mucksmäuschenstill, Hände auf den Köpfen und die Gesichter ausdruckslos. Ich bewegte mich unauffällig seitwärts, und es gelang mir, meinen Fuß auf die Maschinenpistole zu setzen. Das war die Trumpfkarte.

Moskwin fiel auf einen Stuhl zurück, krampfte die Hände um das verletzte Bein und wimmerte und jammerte vor Schmerz. Allzugroß konnte der Schmerz nicht sein, aber er hatte Angst. Vielleicht redete er sich sogar ein, er werde sterben. Sogar Menschen, die gegen den Anblick von Blut abgehärtet sind, können ganz schön weiche Knie kriegen, wenn es ihr eigenes ist.

Tiptree fand jetzt die Zeit, sich umzusehen, wo ich geblieben war. »Öffnen Sie die Tür«, befahl er mit einer Überheblichkeit, die den Keim der Geringschätzung in sich trug. »Und nehmen Sie die Hände vom Kopf. Es ist alles vorbei.« Als ich mich nicht schnell genug bewegte, sah er hinunter zu meinem Fuß, unter dem sich die Maschinenpistole befand. »Sie haben sie? Gut.«

»Ich muß ins Krankenhaus. Ich verblute«, rief Moskwin.

»Halt's Maul«, sagte ich.

Trotz der veränderten Lage behielten die Mexikaner die Hände auf den Köpfen. Sie gingen kein Risiko ein. Ich hob die Maschinenpistole auf, ging zur Tür und öffnete die Luke in der Erwartung, Stinnes vor mir zu sehen. Aber statt dessen flüsterte ein kleines Kind: »Ich habe eine Nachricht. Sie ist für Señor Samson bestimmt.«

»Ich bin Señor Samson«, sagte ich.

Der kleine Junge sah mich sehr lange an, bevor er sich dazu entschloß, mir seine Nachricht anzuvertrauen. Er wisperte: »Ihr Freund wartet auf Sie an dem Ort, den Sie verabredet haben.«

»Vielen Dank«, sagte ich.

»Sie sollen mir hundert Pesos geben«, sagte das Kind. Stinnes wußte, wie man dafür sorgte, daß Botschaften übermittelt wurden. Ich schob ihm eine Banknote durch die Luke zu und schloß sie dann wieder.

»Ich muß in ein Krankenhaus«, sagte Moskwin. Seine Stimme war inzwischen tiefer und kräftiger – ganz so, als würde er wieder sein Selbstvertrauen gewinnen.

»Wenn er noch irgendein Wort über irgend etwas sagt, erschießen Sie ihn«, sagte ich in englischer Sprache zu Tiptree. »Im Leichenschauhaus werden sie ihm keine Fragen stellen.«

Tiptree nickte ernsthaft. Ich nahm an, er hätte es sogar getan. Bei Enthusiasten wie Tiptree ist man eben nie ganz sicher.

Moskwin war augenblicklich still. Er verstand offensichtlich genug Englisch, um zu wissen, was gut für ihn war.

Der Junge, der sich zuvor mit der MP so wichtig getan hatte, hockte blutüberströmt auf dem Boden. Er war nur halb bei Bewußtsein und seine Augen vor Schmerz geschlossen. Er hatte entdecken müssen, daß ein Aktenschrank eine furchtbare Waffe sein kann.

»Und was jetzt?« erkundigte sich Tiptree. Seine Stimme klang schrill. Er war erregt und sich seiner Sache allzu sicher und fuchtelte noch immer mit der Pistole herum.

»Sie bleiben hier und sorgen dafür, daß niemand den Raum verläßt, bis ich Sie von Sie-wissen-schon-wo anrufe.«

»Augenblick mal«, sagte Tiptree und seine Stimme enthüllte eine plötzliche Sorge. »Das hier muß doch irgendwie geregelt werden. Der Russe ist angeschossen, der mexikanische Junge schwer verletzt und das Mädchen bewußtlos. Die Polizei könnte kommen. Wie erkläre ich dann die Waffen?«

Ich rief das Frachtbüro auf dem Flughafen an. Werner meldete sich sofort. »Wir sind hier bereit«, sagte er. »Ist bei dir alles in Ordnung?«

Ich sah Zena an. Es hatte wenig Sinn, Werner zu beunruhigen; er hätte nichts tun können. »Soweit schon«, sagte ich und legte den Hörer wieder auf. Zu Tiptree sagte ich: »›Der Erfolg dieser Operation wird lediglich daran gemessen, ob wir unseren Mann nach London bekommen; nichts anderes zählt.‹ Das haben Sie doch selbst gesagt. London verläßt sich auf Sie, Henry. Lassen Sie sie nicht hängen. Ich werde dafür sorgen, daß Sie jemand hier anruft, wenn wir sicher in der Luft sind. Inzwischen halten Sie die hier fest. Das ist Ihre große Chance. Es sind sehr gefährliche Agenten.«

»Ich werde gehen. Sie bleiben«, schlug Tiptree vor.

»Sie wissen nicht, wo ich unseren Freund treffen werde«, sagte ich.

»Und Sie würden es mir sicher nicht erzählen«, meinte Tiptree.

Ich machte mir nicht die Mühe, ihm zu antworten. Ich sah sie mir alle noch mal an. Den dummen, unbeholfenen Moskwin mit seinem hochgerollten Hosenumschlag, der sich seine Krawatte ums Bein gebunden hatte, um die Blutung zu stoppen, und der um sein Leben bangte. Den einstigen Maschinen-*pistolero*, der jetzt mit geschlossenen Augen stöhnend auf dem Boden saß und sich mit einer Menge Papiertaschentücher das Blut vom Gesicht abtupfte.

Und da war Zena, das erstaunliche kleine Energiebündel, das ich wohl nie ganz begreifen würde. Wie typisch für sie – kaum war sie wieder ein bißchen zu Bewußtsein gekommen, da untersuchten ihre Finger bereits die Risse in dem teuren Pariser Kostüm.

Nun, Tiptree würde es schon schaffen, mit diesen »gefährlichen Agenten« fertig zu werden. Wie er allerdings mit der Polizei fertig werden wollte – das war etwas, das ich nicht erleben würde, da ich nicht die Absicht hatte, so lange zu bleiben.

»Sie haben recht«, sagte Tiptree mit einem plötzlichen Lächeln. Glücklicherweise beeinträchtigte das Adrenalin sein Urteilsvermögen, und den Rest besorgte seine hohe Selbsteinschätzung. »Ich werde mich um das hier kümmern. Sagen Sie London, daß ich meinen Bericht zu gegebener Zeit abliefern werde.«

»Ich werde es ihnen mitteilen«, sagte ich.

Ich ging die Treppe hinunter und hinaus auf den Hinterhof, wo ich auf einen Stapel Bierkästen und von da aus auf eine Mauer kletterte, um dann auf die Seitenstraße hinunterzuspringen – nur für den Fall, daß Moskwin einen Freund in der Bar sitzen hatte.

Stinnes wartete in einem Taxi an der Straßenecke. Er öffnete die Tür für mich, und ich glitt neben ihn. Ich rechnete damit, daß er sofort nach Zena fragen würde, aber statt dessen sagte er: »Weshalb die Verspätung?« Er beugte sich zum Fahrer vor. »Zum Flughafen«, sagte er ihm, und der Mann fuhr los.

»Frachtgebäude«, sagte ich. Ich stellte den Pappkarton mit dem Geld auf Stinnes' Knie.

Als ihm aufging, was drin war, schob Stinnes ihn beiseite, ohne ihn zu öffnen.

»Ich will das Geld nicht«, sagte er, als habe er gründlich darüber nachgedacht. »Ich mache es nicht wegen des Geldes.«

»Ich weiß«, erwiderte ich. »Aber nehmen Sie es trotzdem. Sie werden keine Schwierigkeiten haben, es loszuwerden.«

Das Taxi fuhr an – anfangs sehr langsam, um die dahinschlendernden Musikanten und Nachtschwärmer nicht zu überfahren. Stinnes sank in seinen Sitz zurück. Wenn ich daran dachte, daß ich bereit gewesen war, ihn mit gezogener Pistole davon abzuhalten, zu seiner geliebten Zena hinaufzustürmen...

»Frachtgebäude«, sagte Stinnes. »Noch eine Änderung des ursprünglichen Plans. Und wenn wir auf dem Frachthof des Flughafens sind – was dann? Ein Bus nach Los Angeles?«

»Vielleicht«, sagte ich.

»Sie sind spät dran«, sagte er nach einem Blick auf seine Uhr.

»Ihr Moskwin ist aufgetaucht. Offenbar konnte er den Gedanken nicht ertragen, von Ihnen getrennt zu werden.«

»Moskwin«, sagte Stinnes. »Gestern habe ich ihn dabei ertappt, wie er meinen Schreibtisch durchwühlte. Er hat natürlich nichts gefunden, aber ich hätte Ihnen dennoch von dem Vorfall erzählen sollen.«

»Ihre Herzensdame hat Moskwin voll auf dem laufenden gehalten«, sagte ich. »Sie hat ihm jedes Wort erzählt.«

»Sie hat mit Moskwin gesprochen?«

»Wie sonst hätte er dorthin kommen sollen?« Es gab auch noch andere Antworten auf diese Frage, aber Stinnes kannte sie nicht. Und es war nicht der richtige Augenblick, ihm zu sagen, daß Zena ihr Leben riskiert hatte, um ihn zu retten.

Er schwieg, als wir über den Garibaldi-Platz fuhren. An der Kreuzung duckte er den Kopf, um die »Bank« sehen zu können. Vielleicht mußte er das Gebäude und die Lichter hinter den heruntergelassenen Rollos sehen, um mit Zenas Verrat ins reine zu kommen. »Sie hatten recht in bezug auf sie«, sagte er traurig. »Ich habe es Ihrem Gesicht angesehen, als Sie mir sagten, was für ein Dummkopf ich doch sei. Sie haben mich zur Vernunft gebracht.«

Es herrschte reger Verkehr, aber ich konnte mir eine gewisse Verspätung erlauben; ich ließ mir sogar Zeit für den Verkehrsstau. Der Verkehr kam ins Stocken und blieb schließlich ganz stehen. Der Feuerschlucker war immer noch bei der Arbeit. Er blies eine gewaltige Flammenzunge in die Luft. In der Dunkelheit ließ die Flamme die Autos und Farben aufleuchten, und sie schimmerte in allen Fenstern. »Phantastisch, was manche Menschen tun, um sich ihren Lebensunterhalt zu verdienen«, sagte Stinnes. Er kurbelte das Autofenster herunter und gab dem Kind, welches das Geld einsammelte, zweihundert Pesos.

Als der Verkehr wieder in Bewegung geriet, holte er eine kleine, schwarze Zigarre aus der Tasche und steckte sie sich in den Mund. Als er in seinen Taschen nach Feuer kramte, beobachtete ich ihn genau, aber es waren nur Streichhölzer, die er herausholte.

»Sagen Sie mir«, forderte ich ihn auf, »so wie Sie den kleinen Jungen mit der Nachricht geschickt haben – haben Sie auch die alte Frau geschickt?« Ich schätzte eine solche Übervorsicht. Das war genau das, was ein echter Profi tun würde.

Er zündete sich die kleine Zigarre mit der wohlüberlegten Sorgfalt an, die ein Mann an eine feine Double-Corona verschwenden könnte. »Ja, ich habe auch die alte Frau geschickt.« Er stieß Rauch aus, und das Taxi füllte sich mit dem strengen Geruch überfermentierten Tabaks, den Stinnes so zu schätzen schien. »Ja«, sagte er. »Ich wollte wissen, was oben vor sich ging. Ich hatte keine Lust, selbst da oben zu erscheinen. Die Rollos waren heruntergezogen, enge Treppe, überfüllte Bar. Es sah nicht sehr empfehlenswert aus. Was ist geschehen?«

»Nicht viel«, sagte ich. »Moskwin ist ein Schreibtischhengst, stimmt's?«

»Ja«, sagte Stinnes. »Und ich verabscheue Schreibtischhengste.«

»Ich auch«, sagte ich. »Sie sind verdammt gefährlich.«

Len Deighton, ein Meister des Spionage-Thrillers

„Der Engländer Len Deighton gehört zu jenen Thriller-Autoren, deren Bücher eine zweite oder dritte Lektüre vertragen“ – so urteilte die Frankfurter Allgemeine Zeitung.

In England wurde bereits Deightons erster Roman „The Ipcress File“ (1962) als eine Sensation gefeiert. Seit seinem Debüt wird Len Deighton zu den Größen im Genre des Spionageromans gezählt, in dem er damals ganz neue Akzente setzte: Durch genaueste Recherchen, etwa auf dem Gebiet der technischen Entwicklungen, gelang es ihm, in seinen Schilderungen ein außergewöhnlich hohes Maß an Glaubwürdigkeit zu erlangen; sein elliptischer Stil, der den Eindruck der Authentizität noch verstärkte, machte regelrecht Furore.

Vor dem Start seiner schriftstellerischen Laufbahn absolvierte Leonard Cecil Deighton eine sehr wechselvolle Karriere. Geboren wurde er 1929 in London. Nach seiner Schulzeit machte er zunächst eine Ausbildung als Eisenbahnbeamter. Im Zweiten Weltkrieg diente Deighton bei der Britischen Luftwaffe. Anschließend studierte er Kunst und arbeitete nebenbei als Kellner in einem Restaurant am Piccadilly. Nach dem Studium nahm er die verschiedensten Jobs an. So war er Leichtmatrose auf einem japanischen Walfänger, Flugsteward, Lehrer, Illustrator von Buchumschlägen in New York und Frankreich, Art Director bei einer Londoner Werbefirma, Fotograf, Übersetzer, Reporter bei der „Times“.

Seit 1962 hat Len Deighton über eine Dutzend erstklassiger Spionageromane veröffentlicht. Neben Ian Fleming und John le

Carre zählt er zu den führenden Autoren dieses Genres. Um seine intensiven, oft Jahre dauernden Recherchen durchzuführen, unternimmt Deighton Reisen in die ganze Welt. Zu Hause ist er heute in Irland.

Len Deighton
Verzeichnis lieferbarer Titel

(Stand: Februar 1991)

Blitzkrieg
Bomber
Brahms Vier
Einer kam durch (01/353)
Einsatz (01/6633)
Eiskalt (02/2304)
Finale in Berlin
Fische reden nicht (01/7783)
Geködert
Goodbye für einen Helden
In Treu und Glauben (01/8127)
Ipcress – Streng geheim
Komm schon, Baby, lach dich tot
London Match
Mexico Poker
Das Milliarden-Dollar-Gehirn
Nagelprobe (01/5466)
Nahaufnahme – Close up
Sahara-Duell (01/6242)
SS-GB (01/7893)
Tod auf teurem Pflaster (01/7964)
Unternehmen Adler. Die Luftschlacht um England
XPD. Das Hitler-Protokoll

Drei Romane in einem Band:
Brahms Vier/Mexico Poker/London Match

Die Bandnummern der Heyne-Taschenbücher sind jeweils in Klammern angegeben.